范培松 著

中国散文史

下

凤凰出版传媒集团
江苏教育出版社

图书在版编目(CIP)数据

中国散文史/范培松主编.—南京：江苏教育出版社，2008.7

ISBN 978-7-5343-8772-2

Ⅰ.中... Ⅱ.范... Ⅲ.散文—文学史—中国 Ⅳ.I207.6

中国版本图书馆 CIP 数据核字（2008）第 104663 号

书　　名	中国散文史（上、下卷）
责任编辑	徐宗文
装帧设计	张金凤
出版发行	凤凰出版传媒集团 江苏教育出版社(南京市马家街 31 号 210009)
网　　址	http://www.1088.com.cn
集团网址	凤凰出版传媒网 http://www.ppm.cn
经　　销	江苏省新华发行集团有限公司
照　　排	南京理工出版信息技术有限公司
印　　刷	常熟市华通印刷有限公司
厂　　址	常熟市虞山高新园阳光大道 28 号(邮编 215557)
电　　话	0512-52391383,52361778
开　　本	787×1092 毫米　1/16
印　　张	58
插　　页	8
字　　数	1015 000
版　　次	2008 年 8 月第 1 版 2008 年 8 月第 1 次印刷
书　　号	ISBN 978-7-5343-8772-2
定　　价	108.00 元
批发电话	025-83260760,83260768
邮购电话	025-85400774,8008289797
短信咨询	10602585420909
E—mail	jsep@vip.163.com
盗版举报	025-83204538

苏教版图书若有印装错误可向承印厂调换

提供盗版线索者给予重奖

《野百合花》书影

《杨朔散文选》书影

丰子恺散文《阿咪》插图

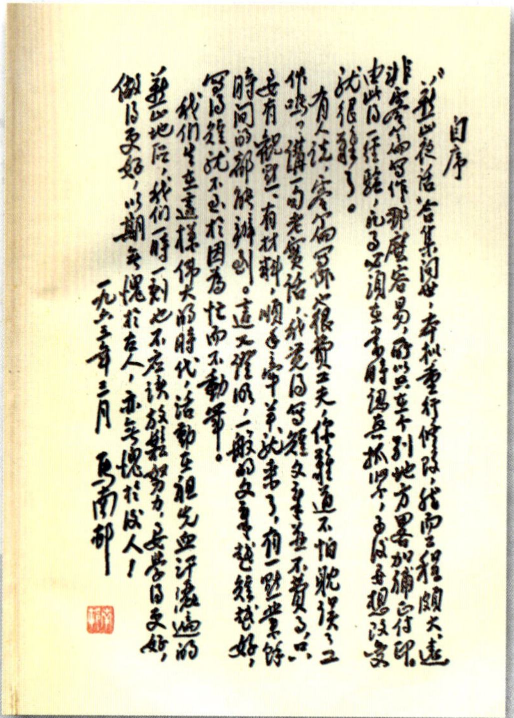
自序

《燕山夜话》合集问世，本拟重行修改，然而工程颇大，远非零篇写作那么容易，所以只在个别地方略加补正付印。由此可见一经脱稿，不须再写时，遇事抓紧，再要想改定，就很难了。

有人说，零篇写作也很费工夫，作者难道不怕耽误工作吗？讲一句老实话，我觉得写杂文并不费多少工夫，只要有观点，有材料，顺手写来就是了，有一点业余时间的都能办到。这又证明，一般的文章越短越好，写得短就不至于因为忙而不动笔。

我们生在这样伟大的时代，活动在祖先血汗浇过的燕山地区，我们一时一刻也不应该放松努力，要学得更好，做得更好，以期无愧于古人，亦无愧于后人！

一九六三年三月　马南邨

邓拓手迹

汪曾祺与沈从文在北京中山公园合影

1959年巴金同萧珊（中）在新安江

《文化苦旅》书影

贾平凹和周涛（中）在中国作家协会第五次全国代表大会上的合影

史铁生近照

《梦中的天地》书影

董桥近影

《学术上的老人与海》书影

《香港方物志》书影

余光中和夫人摄于西班牙的小巷

《田园之秋》书影

下卷

第三编

消融聚合

（40年代中期—80年代中期）

第十四章 “工农兵”代言人时代的散文

第一节 角色转换:“工农兵”代言人的提出和确立

一 角色转换的艰难:王实味的《野百合花》及其批判

从二十世纪四十年代中期到八十年代中期,在近半个世纪中,中国大陆的散文进入了“工农兵”代言人的时代。诚然,它有前后期之分,可以七十年代中期“文革”结束为前后期区分的标志,从七十年代中期到八十年代中期是后“工农兵”代言人时代。

从二十世纪四十年代中期到七十年代中期,这是树立权威的时代。战争是权威,党派是权威,枪杆子是权威,权力是权威。当日本帝国主义投降以后,整个中国处在国共对立的你死我活的战争状态中。阶级斗争以战争的形式出现。战争主宰了一切。散文家在这场你死我活的对抗中必须作出选择。其实在之前,这一选择就已经严峻地摆在面前,四十年代初,发生在延安的文艺整风,就是要求散文家作出新的选择。

当时代车轮刚刚驶入四十年代,毛泽东就已意识到文化的重要。他在1940年1月延安创刊的《中国文化》上发表了长篇论文《新民主主义论》,用大量的篇幅表达了中国共产党对新民主主义文化的认识和立场,指出“民族的科学的大众的文化,就是人民大众反帝反封建的文化,就是新民主主义的文化,就是中华民族的新文化”①。尽管这种立场表述是纲要性质的蓝图描绘,但有一点是具体的,清晰的,而且是毫不动摇的,就是新文化必须接受共产党的领导:“所谓新民主主义的文化,就是人民大众反帝反封建的文化;在今日,就是抗日统一战线的文化。这种文化,只能由无产阶级的文化思想即共产主义思想去领导,任何别的阶级的文化思想都是不能领导了的。所谓新民主主义的

---

① 毛泽东:《新民主主义论》,《毛泽东选集》第2卷,人民出版社1966年版,第669页。

文化，一句话，就是无产阶级领导的人民大众的反帝反封建的文化。”①这里的“无产阶级领导”是非常落实的，具体的，其含义应是管理，指挥，服从。毛泽东坚持的是两条，一条是党指挥枪，另一条是党指挥文化。文化必须接受共产党的领导，文化必须服从党派和权力的权威，必须服从意识形态的权威，散文决不能例外。

但这一切并没有引起当时延安作家的足够重视。从延安作家队伍的结构来看，大部分是从国统区和沦陷区投奔而来的，跟随武装部队从江西经历二万五千里长征来的极少，这一结构决定了他们对延安的认识心态上的差异。作为当时共产党的军事人员和领导者来说，他们是九死一生，历经二万五千里长征，最后终于在延安建立了自己的根据地，延安是命根子，他们已无路可走。而且延安处在日军和国民党围困之中，在战时特定环境下，延安是一个封闭的社会。再从权力管理系统来看，从中央到地方，体系非常严密，形成一种国中之国的割据局面。这种割据，决定了延安的共产党领导人必须时刻保持警惕，并理所当然地要用阶级斗争的观点审视延安发生的一切，以确保政权的巩固。延安的安全和稳定高于一切。对于从国统区和沦陷区投奔来的大批作家来说，他们的心态不同。他们是满怀激情，为实现自己的艺术理想来到延安，他们把延安视为理想的王国和完美的圣地。作家们又非常敏感，他们在延安的现实生活中看到了另一面，那就是等级制度、干部庸俗的心态以及享乐主义等等。作家们把理想和完美视为高于一切，这样冲突就不可避免。王实味在《政治家·艺术家》中就用文学的手法描述了这两种不同心态的冲突：“有些以政治家自傲的人，望到艺术家便嘴角浮漾着冷讽的微笑；另有些人以艺术家自高的人，提到政治家也要耸耸肩膀。其实，客观反映总都有些真理，最好是彼此都把对方当作是镜子照一照自己。不要忘记：彼此同是带着肮脏黑暗的旧中国的儿女呀！”②

倘若冲突双方仅仅是“冷讽的微笑”和“耸耸肩膀”，事情就简单多了。但事实并非如此，其严重和残酷远比人们想像的要严重得多，在近半个世纪里酿造了许多冤案。而发生在四十年代初批判王实味的这场冲突，竟成为二十世纪中国散文史上的一个沉重话题。

冲突经历了一个逐渐演变的过程。

事情的缘起是在1942年春天，当时丁玲主编的《解放日报》副刊上发表了

---

① 毛泽东：《新民主主义论》，《毛泽东选集》第2卷，人民出版社1966年版，第659页。

② 王实味：《政治家·艺术家》，《谷雨》1942年3月17日。

王实味、萧军、丁玲、艾青和罗烽等的杂文。王实味(1906—1947),河南潢川人。1922年入北京大学,同时从事文学创作和马列主义著作的翻译。抗战前夕去延安,在延安中央研究院文艺研究室任特别研究员。他在1942年3月13日、23日的《解放日报》上发表了杂文《野百合花》,在1942年3月15日《谷雨》上发表了杂文《政治家·艺术家》。萧军(1908—1987),辽宁义县人。早年就读东北陆军讲武堂,曾在东北宪兵教练处任少尉军事及武术助教。“九一八”事变后,拟组织抗日义勇军,失败后逃赴哈尔滨,在哈尔滨与萧红出版短篇小说合集《跋涉》。1933年他和萧红逃到上海。他的长篇小说《八月的乡村》由鲁迅亲自撰序推荐出版,声名大振。抗日战争爆发后,他到武汉参加《七月》刊物编辑工作。次年去延安,后辗转到四川,从事工人业余文艺教学工作和参加抗日救亡运动。1940年再赴延安,主编《文艺日报》。他在1942年4月8日《解放日报》上,发表了杂文《论同志之“爱”与“耐”》。丁玲(1904—1986),湖南临澧人。1921年到上海入平民学校,次年入上海大学中国文学系,读了一年左右到北京。1927年发表处女作《梦珂》,接着发表《莎菲女士的日记》等,影响颇大。1936年逃离南京到达延安,曾任中央红军警卫团政治处副主任,1941年主编《解放日报》文艺副刊。1942年3月9日在《解放日报》副刊《文艺》第98期上发表杂文《三八节有感》。艾青(1910—1996),浙江金华人。早年曾赴巴黎习画,后来开始写诗,1936年出版的诗集《大堰河》奠定了他在中国新诗史上的地位,1941年辗转到了延安,一度任教于鲁迅艺术学院,主编诗刊。1942年3月11日,他在《解放日报》副刊《文艺》第100期上发表了杂文《了解作家,尊重作家》。罗烽(1909—1991),辽宁沈阳人。1928年毕业于哈尔滨呼海铁路练习所。1929年参加中国共产党。在杨靖宇领导下担任哈尔滨东区区委宣委,创办《文艺》、《夜哨》周刊。抗战爆发后去武汉,参与编辑半月刊《哨岗》。武汉沦陷后他去了重庆,继续从事革命文学活动。1941年赴延安,任中华全国文艺界抗敌协会延安分会主席。1942年3月12日在《解放日报》副刊《文艺》第101期上发表了杂文《还是杂文的时代》。

这批性质相似的杂文在同一期间出现,显示了这样五个共同特点:第一,这批杂文作家都是抗战前后从国统区和沦陷区进入延安的,在到达延安之前,他们已有了较大的文名和声望,不是一般作家。第二,这批杂文都发表在延安最权威的刊物《解放日报》上,影响很大。第三,时间集中,都发表在1942年春天。第四,都是从不同的角度对延安现实中的阴暗面进行揭露和批判。第五,在文体上均是杂文,对问题的揭露和批判是以直截了当一针见血的方式呈现的。它们成了第一批公开发表的批评延安的意见书。散文的文体特征,决定了它在这场冲突中充当了出头鸟的角色。

这批杂文集中揭露和批判了延安的阴暗面和黑暗面，揭露是无情的。以《野百合花》为例，它的要害是“野”。“野”在于它认为延安有“黑暗”，有些人“在那儿间接助长黑暗，甚至直接制造黑暗”①！尤其对延安“衣分三色，食分五等”的等级制度，进行了无情的批判：“如果一方面害病的同志喝不到一口面汤，青年学生一天只得到两餐稀粥（在问到是否吃得饱的时候，党员还得起模范作用回答：吃得饱！），另一方面有些颇为健康的‘大人物’，作非常不必要不合理的‘享受’，以致下对上感觉他们是异类，对他们不惟没有爱，而且——这是叫人想来不能不有些‘不安’的。”②在这一点上，丁玲的《三八节有感》也作了同样的揭露。另外，《野百合花》还对延安缺乏“爱”，对一些干部只顾自身享乐，只顾自己的一点利益等庸俗丑陋现象也提出了批判。艾青、萧军、罗烽等的杂文也基本上是对这些现象进行揭露和批判的，尤其是罗烽提出的“还是杂文的时代”成了这批杂文的理论依据和口号、旗帜。

如果客观来看这些揭露和批判，应该是可以容忍和允许的。但问题在于，它们的集中出现，在延安群众中引起了强烈的反响，有人还把王实味捧为延安的鲁迅。由于延安的政权和体制，是从江西根据地延续而来，是以军事手段建立起来的。战争环境中凭借军事手段建立起来的政权有至高无上的权威性，从江西到延安，从来没有任何人（包括作家）对这一权威发动批判和挑战。而且这种权威在战时环境中保持高度警惕。罗烽在《还是杂文的时代》中说道，“延安是政治警觉性表现的最高的地方”。因此，对延安政权的阴暗面的揭露和批判，尤其是它在群众中引起的轰动效应，不能不引起毛泽东的警觉和注意。后来在中国共产党“七大”期间，毛泽东对这一局面曾作了这样的评价：“1942 年，王实味在延安挂帅，他出墙报，引得南门外各地的人都去看。他是‘总司令’，我们打了败仗。我们承认打了败仗，于是好好整风。”③文学问题一下就转化成政治问题。1942 年 5 月，中国共产党中央在延安召开文艺座谈会，毛泽东主持会议并发表讲话。从 5 月 27 日开始的一个多月时间里，对王实味、丁玲、萧军、艾青、罗烽等进行批判，中国共产党第一次用政治手段，动用权力来解决文学问题，开创了把文学问题和政治问题混为一谈的先河。批判者成了被批判者，成了敌人。丁玲作了自我批判。王实味最后以“反党五人集团”和托派问题被捕，并于 1947 年被错误地处决。

---

①② 王实味：《野百合花》，花城出版社 1992 年版，第 9 页，第 11 页。

③ 转引自戴晴：《王实味与〈野百合花〉》，《文汇月刊》1988 年第 5 期。

这里特别要提一提，在对王实味等人的批判上，运用了群众批判的手段，它不同程度地动员广大群众参加，以会议的形式展开。如对王实味的《野百合花》、《政治家·艺术家》的批判，当时中央研究院开始以座谈会形式进行批判。座谈会从1942年5月27日开始，到6月11日结束，共开了十六天，期间开了十四次大会。当时会议参加者对6月8日的座谈会作了这样的记述：“从早晨七点起，就不断地像潮水一样涌来了一千多个旁听者，他们来自七十几个机关(学校在内)。”①一千多个人对一个人批判，这是一种什么样的场景！鲁迅曾说：“牺牲为群众祈福，祀了神道后，群众就分了他的肉，散胙。”②不幸，鲁迅的话成了王实味等的谶语，在此后的很长时间里，中国大陆文坛上对作家和作品时常运用群众批判的手段。当群众在一种权威体制运作下，变成一种专制，一种暴力时，它就可能成为一种可怕的力量。王实味等在群众批判下，完全失去了语言的感觉，因为群众批判重复着战斗的刺激的语言，形成一种声势、一种压迫、一种结论。王实味们终于败下阵来。

《野百合花》等杂文的出现，使毛泽东等人认识到，除了政治权威，军事权威以外，还要建立文化权威，而且建立文化权威的时机已经成熟了。于是，毛泽东发表了《在延安文艺座谈会上的讲话》，对《新民主主义论》中提出的“无产阶级领导的人民大众的反帝反封建的文化”中的“无产阶级领导”的蓝图开始了全面具体的规划。

二 “工农兵”代言人角色的确立：散文“非知识分子”写作时代的开始

毛泽东的《在延安文艺座谈会上的讲话》的发表，对散文的直接影响是，要求散文家成为“工农兵”的代言人。“一切革命的文学家艺术家只有联系群众，表现群众，把自己当作群众的忠实的代言人，他们的工作才有意义”③，“我们的文学艺术都是为人民大众的，首先是为工农兵的，为工农兵而创作，为工农兵所利用的”④。这不是一般的文学评论，而是中国共产党的最高领导的指示和号召，它并不是要大家讨论，更不是可以不可以执行的问题，而是必须坚决执行。散文首当其冲，它的文体特征，决定了在散文创作领域里，散文作家必

① 温济泽等著：《王实味冤案平反纪实》，群众出版社1993年版，第194页。

② 鲁迅：《两地书》，《鲁迅全集》第11卷，人民文学出版社1981年版，第75页。

③④ 毛泽东：《在延安文艺座谈会上的讲话》，《毛泽东选集》第3卷，人民出版社1966年版，第821页，第820页。

须以直接作为“工农兵”代言人的角色出现。在中国之后的近半个世纪里，散文进入了“非知识分子”写作时代。

毛泽东的《在延安文艺座谈会上的讲话》，对散文作家提出了一系列的政治要求，归纳起来，这些政治要求是：

（一）立场问题，把文学创作立场化。

要求作家“站在无产阶级的和人民大众的立场。对于共产党员来说，也就是要站在党的立场，站在党性和党的政策的立场”①。

（二）态度问题。

要求作家“一切危害人民群众的黑暗势力必须暴露之，一切人民群众的革命斗争必须歌颂之”②。亦即对共产党和它领导的革命斗争必须歌颂。

（三）评判作品的标准。

“有两个标准，一个是政治标准，一个是艺术标准。”应该是“以政治标准放在第一位，以艺术标准放在第二位的”。特别指出“有些政治上根本反动的东西，也可能有某种艺术性。内容愈反动的作品而又愈带艺术性，就愈能毒害人民，就愈应该排斥”③。

其中有一段话，是特别对散文说的：

“还是杂文时代，还要鲁迅笔法。”鲁迅处在黑暗势力统治下面，没有言论自由，所以用冷嘲热讽的杂文形式作战，鲁迅是完全正确的。我们也需要尖锐地嘲笑法西斯主义、中国的反动派和一切危害人民的事物，但在给革命文艺家以充分民主自由、仅仅不给反革命分子以民主自由的陕甘宁边区和敌后的各抗日根据地，杂文形式就不应该简单地和鲁迅的一样。我们可以大声疾呼，而不要隐晦曲折，使人民大众不易看懂。如果不是对于人民的敌人，而是对于人民自己，那末，“杂文时代”的鲁迅，也不曾嘲笑和攻击革命人民和革命政党，杂文的写法也和对于敌人的完全两样。对于人民的缺点是需要批评的，我们在前面已经说过了，但必须是真正站在人民的立场上，用保护人民、教育人民的满腔热情来说话，如果把同志当作敌人来对待，就是使自己站在敌人的立场上去了。我们是否废除讽刺？不是的，讽刺是永远需要的。但是有几种讽刺：有对付敌人的，有对付同盟者的，有对付自己队伍的，态度各有不同。我们并不一般地反对讽刺，但是必

①②③ 毛泽东：《在延安文艺座谈会上的讲话》，《毛泽东选集》第3卷，人民出版社1966年版，第805页，第828页，第826页。

须废除讽刺的乱用。①

这段话的核心意思十分清楚:杂文和鲁迅笔法是鲁迅在黑暗统治下的产物,杂文和鲁迅笔法是对待“法西斯主义、中国的反动派和一切危害人民的事物”。而延安是人民大众的,是工农兵的,因此,“杂文形式就不应该简单地和鲁迅的一样”。如果一定要写杂文,“杂文的写法也和对于敌人的完全两样”,“必须是真正站在人民的立场上,用保护人民、教育人民的满腔热情来说话”。这里的“满腔热情”的注释就是:“一切危害人民群众的黑暗势力必须暴露之,一切人民群众的革命斗争必须歌颂之。”并把这一点作为资产阶级文艺家和无产阶级文艺家区别的标志。散文作家已经别无选择,他们必须主动地转变自己的角色,充当“工农兵”的代言人,把歌颂无产阶级的光明作为最高任务,这就是延安文艺整风的必然结果。

在不到十年的时间里,散文经历了两次选择,第一次是在三十年代初,在“以自我为中心,以闲适为格调”和“匕首”、“投枪”的论战中,散文选择了“匕首”和“投枪”。在四十年代的延安文艺整风中,散文的选择是拒绝了“匕首”和“投枪”。

散文已别无选择。

就一般文艺理论而言,文艺写工农兵,颂工农兵,为工农兵服务,是应该的,正确的。但这里提出的歌颂“工农兵”理论以及之后近半个世纪的散文创作实践,证明了这个“工农兵”实质是一种意识形态和权力的象征、符号。而且,作为“知识分子”的散文作家今后将作为这个“工农兵”改造的对象出现。“知识分子”不再有自己的独立空间,它和“工农兵”将呈现出一种对“主”的依从。因此,“工农兵”和“知识分子”的散文作家的关系也变得复杂起来,前者需要后者作为代言人,后者以此为荣,并把它作为是“自我”的价值的一种实现,但在精神上却又和前者形成了“是”与“非”的对立,它又必须妥协,甚至以牺牲“自我”为代价。知识分子将在“工农兵”“群”中重新对“自我”进行确认和改写,它将经历从大写到小写,从“超我”到“常我”的蜕变。它是一种预示:从此以后,近半个世纪,散文将进入“工农兵”代言人时代,进入红色颂歌的通道,散文的“非知识分子”写作的时代开始了。周作人等“士”把散文奉为文学的“极致”的神话也就宣告彻底破灭了。

① 毛泽东:《在延安文艺座谈会上的讲话》,《毛泽东选集》第3卷,人民出版社1966年版,第829页。

1931年3月,朱自清在他发表的"最中意"的文章《论无话可说》中,就已经预感到他所处的时代"要的是'代言人',而且将一切说话的都可作'代言人':压根儿就无所谓自己的话"。如果说,这还仅仅是他的一种职业敏感,但四十年代后的延安,就已经明确提出充当"代言人",更进一步地说是充当"工农兵"代言人!

散文的"工农兵"代言人时代开始了。

"工农兵"代言人时代散文创作的特点是:

1. 彻底否定以"自我"为中心,散文必须"非自我"化。

在散文创作中,"工农兵"至上,为"工农兵"服务,用"工农兵"情感洗涤自己的灵魂,成为散文创作的时髦。当时大部分散文作家也意识到,他们的"自我"和"工农兵"都无条件地接受了"非自我"化。这种无条件的接受,对于散文家来说是一种牺牲,它意味着"自我"将失去独立的位置。这种失去将是意味着立场、情感、姿态和个性的失去。但在战时的延安,他们意识到,自己这种牺牲"自我"的代价和中国共产党及人民大众在民族战争中所做的牺牲相比,实在太渺小了,这时他们已经把自己的一切和革命事业紧密联系在一起了。所以他们甘愿把自己政治化,并以此为荣。"非自我"化成了他们的自觉和时尚。此后在散文中,散文家不断把"自我""矮化",最终成为"他者"——"工农兵"的对立面或陪衬。当时的散文家还没有意识到它的后果,但建国后不断的政治运动,将使他们渐渐品尝到"非自我"化的真正苦果。

2. 批判成为异类,颂歌将成为流行文本样式。

在现代散文史上,肩负着启蒙的散文家在抒发主体情感上一直存在着与大众世俗相对抗的抒写模式,周作人标榜的"极致"和何其芳的"精致独语"是代表。"工农兵"代言人时代将引领散文家们为"工农兵"歌唱,颂歌成了"工农兵"代言人时代的主要文本样式。从军旅散文到杨朔所倡导的诗化散文,乃至到最后"文革"中的"致敬电",都是这一时代的散文主体样式。散文将坚决摈弃"匕首"与"投枪"。直到"文革"结束,进入后"工农兵"代言人时代,情况才逐步有所变化。由于散文把歌颂意识形态和权力作为最高目的,从此,在散文创作中,批判成了异类,批判的声音变成了异质的声音,批判的后果必然要被批判。王实味的《野百合花》等被批判就是一个范例。"非自我"化的本身就是把散文作为螺丝钉拧到革命的机器上,因此,散文失去批判性的同时也失去了脊梁。不仅如此,散文对工农兵在新的制度下遇到的困难、痛苦和矛盾,也一律不能表现,因此,"工农兵"代言人中的"工农兵"实质成了一种政治和意识形态的符号。

3. 散文话语的“工农兵”化。

对于散文家来说,失语是一件痛苦的事,原来所熟悉的话语将束之高阁。一切从头学起,尽量使话语“工农兵”化。即通俗、明白、易懂、单纯、热情;要口语化、宣传化、有鼓动效应等等。

从中国几千年的文学史来考察,毛泽东《在延安文艺座谈会上的讲话》所阐述的理论确是一次翻天覆地的革命。它对文艺提出了一系列政治要求,并把文艺创作政治化,对于处在战时延安的特定环境下的散文家来说,充满了豪迈的革命浪漫主义精神,又具有充分的现实意义。因为当时文艺服从政治就是服从战争需要,而战争能极大地刺激人们的热情。尤其是毛泽东及其所领导的中国共产党在抗日民族战争中的卓越表现以及所作的艰苦奋斗,更使毛泽东的理论魅力无穷,具有神圣性。散文家响应毛泽东的号召,自觉自愿充当“工农兵”代言人的角色,投身到现实中去。接着,军旅散文的兴盛,拉开了“工农兵”代言人时代的序幕。

相比之下,国民党在抗日战争时期对文学的领导一直处于软弱无力的状态,他们既拿不出有影响的作品,也没有坚实的作家队伍,尤其是“皖南事变”等逆流行动更使他们处在孤立的状态。为了摆脱这种困境,扭转被动局面,由中央文化委员会的领导人张道藩出面,在1942年7月1日出版的《文化先锋》月刊创刊号上,发表了《我们所需要的文艺政策》,提出“六不”和“五要”:

六不:

一、不专写社会的黑暗。

二、不挑拨阶级的仇恨。

三、不带悲观的色彩。

四、不表现浪漫的情调。

五、不写无意义的作品。

六、不表现不正确的意识。

五要:

一、要创造我们的民族文艺。

二、要为最苦痛的平民而写作。

三、要以民族立场而写作。

四、要从理智里产生作品。

五、要用现实的形式。

这"六不"、"五要"既含糊又空泛，同时也拿不出像样的作品来。在文学领域里，国民党完全失去了领导权。作家们纷纷奔赴前线，特别是散文家，他们发现自己在战争中特别有用武之地，所以显得十分活跃。以 1942 年为起点，散文就明确地向通讯靠拢，散文通讯化的时代从此开始了。这是三十年代散文俗化的继续，战争促使了这种继续。

第二节　"工农兵"代言人的首次集体亮相：军旅散文

一　散文"当通讯一样写"形成风气

从四十年代开始，散文文体的变化和发展并不显著。由于战争特殊环境的影响，散文家的创作个性受到了制约。随着战争的深入，出现了散文的消融聚合现象：即个人风格削弱，文类和流派相互消融，这也就形成了散文通讯化时代的风尚特点。散文文体的发展从"分"趋向"合"。

散文通讯化时代的散文消融聚合呈现在以下三个方面：

（一）散文鼓动功能的强调和发挥。

抗日战争时期，残酷和紧张的战争局势，使得对散文的鼓动功能的要求愈来愈强烈。中国共产党和国民党都通过行政指令或群众组织方式，对文学（当然也包括散文）的鼓动功能和宣传效应提出了具体要求。广大读者对此也同样有要求，他们企望能从散文中了解战争的现状，以增强胜利的信念。报刊的主持者也希望能借助散文的宣传功能来吸引读者，扩大发行量。而作为民族一分子的散文家也自觉地用散文来肩负起宣传的重任。在中国现代散文史上，对散文的鼓动功能，政党、作者和读者能在认识上如此高度一致，还是第一次。在抗日战争和解放战争中，散文没有辜负大家所望，尤其在解放战争中，军旅散文更是伴随着战士冲锋陷阵，自始至终最大限度地发挥了它的鼓动功能。

（二）散文题材的趋同和单一。

对散文鼓动功能和宣传效应的强调，必然制约和影响着散文家的选材，它使散文家在选材时倾心于眼前的事实，注视瞬息万变的时局，从而出现了散文题材的趋同和单一。当时沈从文对此有疑虑，曾提出文艺界在创作上有"差不多"的现象，这也就包括选材的趋同和单一。由于种种原因，沈从文提出的这一问题没有展开讨论。事实明摆着，人们关心的就是这“差不多”的战争，关心的是国家命运和民族命运，这就是现实。另外，从战争来说，它本身就不是一种常态，最富有变化性，时刻牵动着千万人的命运，这一题材本身对于散文创作来说是最理想的描写对象。当时的散文选材几乎大部分是以战争为中心，如以散文创作最为活跃的1940年为例，据不完全统计，共出版了五十本散文专集，直接描写战争的近二十本，约占三分之一。报刊上的散文几乎为战争题材所垄断。

需要指出的是，虽则散文题材出现了趋同的倾向，但因为战争的层面是千姿百态，瞬息万变的，再加上各个散文家根据自己的特定视角可以写出战争的不同侧面，从而避免了单调。同时，人们又时刻关心着时局，而要了解战局的真相，即使对同一战争事件进行反复报道依然会受到人们欢迎。战争使当时的散文拥有最广泛的忠实读者，这也是中国现代散文史上的一个特有现象。

(三) 散文创作手法的粗犷化。

战争既改变了作家，也改变了读者的阅读口味，如街头活报剧当时就受到人民欢迎。有的作家描写说，“《放下你的鞭子》最叫座，看的人都哭”①。散文的精致受到了人们的冷遇和漠视。最典型的是三十年代初期和中期曾风行一时的性灵散文、闲适散文，随着抗日战争全面爆发，也就没有人再去欣赏了，极力倡导性灵散文和闲适散文的《人间世》、《宇宙风》、《论语》等刊物也被迫停刊的停刊，变味的变味，褪色的褪色，无人问津了。在浴血奋战的民族战争中，人们阅读散文、评判散文不再以精致典雅作为最高原则，而是以能否如实反映战争和有没有正确揭示这场战争的发展规律及命运，来评判散文的优劣。当时流行的街头活报剧《放下你的鞭子》和秧歌剧《兄妹开荒》反复演出却备受欢迎，引起轰动，正说明了这一点。散文顺应战争的潮流，及时放下架子，一改精致的作法，转向粗犷化。何其芳的散文创作的转向——从三十年代精致的独语到抗日战争中粗犷的特写和报告，正是这时期整个散文创作嬗变的缩影。其他一些散文作家如丰子恺等，在创作性灵散文上已很有成就，但在炮火下的流浪生活冲击下，散文创作也有了显著的改变。在这个时代里，婉转比兴等手法受到了冷落，张口见喉、鼓动昂扬受到欢迎，散文趋向通俗、普及和明白易懂，使得搔首弄姿的媚俗矫揉之作愈来愈少。但也不可否认，散文家在激动昂扬的同时，也忽视了个性的创作，不注意追求稳定的审美价值，这种影响一直延伸到了当代。

---

① 吴伯箫：《送寒衣》，《吴伯箫文集》(上卷)，人民教育出版社1993年版，第350页。

二　军旅散文的特征和影响

在延安文艺整风后，随着战事的展开，一批作家奔赴了战争的第一线，成为随军记者。军旅散文应运而生，这批随军记者的出现，是中国散文史上首批"工农兵"代言人在文坛上的集体亮相。

军旅散文的特定的政治背景，就是中国人民的解放战争。而当时的中国人民解放军也把军旅散文作为政治部门的一项专门工作来抓，所以军旅散文也是中国共产党用行政手段来抓创作的初步尝试。实质上，军旅散文创作已成为中国人民革命事业的一个有机组成部分。当时有影响的军旅散文作家有刘白羽、华山、黄钢、杨朔和魏巍等。军旅散文是抗日战争的战地速写的延续，是随军记者写作的一种通讯式散文。它以战争、军队和军队生活为题材，描写军队的生活，战争的动态，彰显人民军队的业绩和军人的形象、情感。刘白羽、华山等主要作家，在抗日战争时期就相当活跃，写过许多战地速写，积累了丰富的经验，所以一旦解放战争拉开序幕，他们就毫不犹豫地走上战场，进行军旅散文的创作。

军旅散文呈现了以下三个特征：

第一，军旅散文的作家队伍基本上是随军记者组成的。他们由于随军记者的特殊身份，是部队的一员，而有资格跟随部队行动，实地参加战争，融入战争，目睹战争的变化，紧跟战争的脉搏，才有资格写军旅散文。这就是军旅散文对它的作者的资格要求。

第二，军旅散文要有强烈的鼓动性和宣传性。在这一方面，比抗日战争时期的战地速写要求还要苛刻。它必须富有激情，在倾向上绝不含糊，要绝对忠诚于中国人民解放军，宣传我军必胜，敌军必败的观念。军旅散文就是一种形象的战地"简报"。

第三，军旅散文拒绝虚构，必须以快速为前提，对艺术加工不予强调，史料事实的剪辑和连缀是它的主要加工任务和方式，因此，大多数军旅散文都有"稍逊风骚"之不足。

军旅散文是中国当代散文的序曲和前奏，它标志着中国现代散文的通讯化时代已经形成。这一时代一直要延伸到七十年代。

军旅散文创作的基本经验在很长一段时间被奉为经典，五十年代和六十年代的散文创作基本上就是仿照这样的模式发展起来的，尤其是五十年代初的魏巍的《谁是最可爱的人》把军旅散文推到了鼎盛时期。随着共和国的建立，革命的胜利，英雄辈出，工农兵主宰一切，红色颂歌的流行也就成了必然。

在五十年代中期之后兴起的革命回忆录也是军旅散文的变种，代表作是《星火燎原》和《红旗飘飘》。

由于中国政治环境的改变，从战争走向了和平，而军旅散文的创作经验毕竟是特殊年代的产物，所以，这些经验的照搬和延续也就对中国当代的散文产生了负面影响：公式化、概念化的泛滥，创作个性的泯灭，对读者兴趣的忽视，散文品种的单调，等等，都和它有关。一直到七十年代末八十年代初，随着改革开放的进程，散文通讯化的时代才逐步结束。

三　军旅散文作家

(一) 刘白羽：以“实”和“明”取胜。

刘白羽(1916—2005)，北京人。从1946年到1949年担任新华社军事记者，使得他能跟随中国人民解放军从东北松花江转战到长江以南，写了大批的军旅散文，代表作有《环行东北》和《为祖国而战》等。

刘白羽从三十年代中期起就已开始文学创作实践，1937年他在巴金主编的《文学丛刊》出版了小说集《草原上》。在抗日战争中，也写过很多战地速写。之后，他又编辑过《文艺突击》和《新华日报》副刊，有丰富的编辑经验，这都为他的散文创作打下了坚实的基础。小说创作使他掌握了写人叙事的基本功，编辑经验使他熟悉军旅散文发表的要求和规格，这样使他可以快速地抒写军旅散文，又可快速地发表，产生社会影响。

刘白羽的军旅散文充满了战火硝烟气味，也可以经常听到怒吼的枪炮声。他的许多军旅散文是在战壕和炮火中急就而成的，几乎和战争同步进行，如《光明照耀着沈阳》中的许多篇章，都是紧跟部队解放东北的进程迅速完成的。由于刘白羽一方面置身在战争的洪流中，耳闻目睹了许多活生生的材料，另一方面他又能接触中国人民解放军高层次的领导人，对战争的全局比较了解，虽然战争不允许他坐下来精心地谋篇布局和用词造句，但因为他有从宏观和微观上正确把握战争进程的优势，所以他的军旅散文尽管是如实地把许多近乎原始的材料连缀集纳起来，也足以使读者惊叹和折服了。

在战火冶炼中，刘白羽的军旅散文逐步形成“实”和“明”的风格。“实”是老实、扎实、实打实，既没有什么雕琢，也没有多少修饰，显示的常常是战争的原始状态，无铺陈，少穿插联想，异乎寻常地质朴。“明”是态度、倾向、感情和爱憎都很鲜明、清楚，在反对谁、拥护谁、仇恨谁、热爱谁等问题上，钉是钉、铆是铆，毫不含糊，斩钉截铁充满激情地告诉读者，并且是反复地把我军必胜敌军必败的消息传递给人们。他的散文的这些风格既是战争环境所造成的，也适应了战争时期特殊的宣传需要。因为军旅散文的最广泛的读者是中国人民解放军的广大指战员和广大人民，在当时的情况下，他们的文化水平比较低下，刘白羽的军旅散文的“实”和“明”正合他们的胃口，因此也就能产生强烈的影响。

刘白羽的军旅散文的成就，一是真实地再现了一些载入史册的历史性事件，并且具有一定的气度，成功地为我们留下了宝贵的历史镜头。如1949年3月25日北京西郊的毛主席阅兵，解放东北的一些主要战役，周恩来总理在北京饭店宣布渡江的场面等等，为我们研究历史提供了真实可靠的依据。二是他吸收了我国的传记文学的创作经验，把人物的立传和速写糅合起来，创作了许多以我军官兵中各类人物为主的军旅散文。如《战斗的旗帜》中对英雄曹纬的描写，坚持在多侧面多层次的刻画中显示人物的内心情感，刻画曹纬与自己的个人意识展开激烈斗争的情况，尽量使人物有血有肉，有思想有情感地呈现在读者面前，这也是难能可贵的。战争是最神圣的法官。刘白羽的军旅散文是中国人民解放军前进的记录，具有历史文献价值。

(二) 华山:用小说笔法显示浪漫色彩。

华山(1920—1985)，广西龙州人。他1938年参加革命，并进入鲁迅艺术文学院，对文学创作进行了系统学习，后在《新华日报》华北版长期担任随军记者，取得了写军旅散文的资格。他的军旅散文和刘白羽的军旅散文有相同的一面:他们选取的题材相同，甚至有时所表现的具体对象完全相同，如刘白羽的《漂河口杂记》和华山的《东行杂记》就同是以王木匠和许云起的壮烈事迹为对象;他们同是要告诉人们历史进程的必然性——我军必胜，敌军必败;他们同是充满了英雄主义气概等等。但是，他们又各具特色:刘白羽重“实”，华山富有浪漫色彩;刘白羽采用粗线条的速写，而华山则喜欢把军旅散文小说化，如《英雄的十月》、《窑洞阵地战》等都有故事，有情节，有人物，有波澜跌宕，有冲突悬念。这两人的军旅散文各有所长，各具特色。

华山的军旅散文取材“出格”。战争中的有些题材，如我军撤退，伤病员的思想苦恼等等，一般作者都退避三舍，不敢写或不愿写，可是华山敢写，而且写得特别好，诸如《承德撤退》、《家》等都写得很出色，其中《承德撤退》成为轰动一时的名篇。《承德撤退》充分显示了华山的气魄和智慧。他根据切身的体验，从承德的我军暂时撤退，看到了“我们还要回来的”曙光，他就借这束曙光作为冲破暂时撤退的黑暗的动力，让它照耀全文，使农民打游击，工人破坏铁路，知识分子和市民跟随解放军撤退，还有荣升班子男女演员的觉悟——“死了也要找八路军”等等，都披上了“我们还要回来的”曙光，揭示出这场战争的人心向背，凝炼成一股浩然正气，使《承德撤退》成为一曲动人的正气歌！华山之所以能让“我们还要回来的”曙光作为突破光束，这和他了解战争全局，能正确把握战争进程有关。他在《抓住特点，具体地说明特点》一文中曾以老鹰抓小鸡为例，说“老鹰总是先飞得高高的，在空中转上几圈，瞅准目的，然后一头猛扎下来——小鸡一下子就叫它抓走了”①，以此说明突破一点和了解全面的关系。华山正因为了解战争全局才能迸发出智慧的火花，去驾驭诸如“撤退”这类“出格”的题材了。

华山取材“出格”还表现在他善于抓住一些为常人忽视的材料，而加以大胆地艺术强调。在《奔袭口前》中，他别出心裁地列了一章“俘虏种种”，居然用很大的一个篇幅介绍俘虏投降姿势的改变：原来“歪戴帽子，挺腰直跪，双手向前倒举枪托，或者向上举武器，或者空着两手举在头顶不断拍掌”等，而现在却改为“身体匍匐地面，两手向上反举，平擎武器”。这样的材料也许在一般作者眼里全被当成“边角料”处理掉，但华山独具慧眼，他从这投降姿态的改变，看到我军优待俘虏政策的深入人心，使国民党士兵毫无顾虑，考虑如何保险地投入我军。这样的材料他信手拈来，写在文中，使他的军旅散文避免了当时写战争题材作品所患的“炮火加勇气”的流行病。

华山在处理题材上很果断、泼辣，敢于集中，也敢于分散。他在抗日战争时期写的战地速写《碉堡线上》已显示了这方面才能。《碉堡线上》写一个敌人统治了五六年的老“治安区”在共产党领导下坚持抗日的故事。作品涉及的故事很多，头绪杂，战线长。华山敢于把文中牵涉到的各种人在斗争中的表现和心态，统统纳入和集中到游击队长小刘、区长老李的活动轨道上，呈一字长蛇阵展开，使作品跌宕多姿。这种敢于集中和敢于分散的处理题材的果断泼辣劲一直保持在他的军旅散文创作中，使他的军旅散文不被具体的战线所束缚，增强了可读性。

华山的军旅散文富有浪漫色彩，在所有的军旅散文作家中，华山在这一点上是独领风骚。一般来说，军旅散文似乎难以和浪漫结缘，在浓烈的硝烟中也实在不能浪漫。但华山有天生的内在浪漫气质，他偏偏要浪漫，他凭着坚定的信念以及对战争的认识，用我军压倒一切的气概铸造成自己笔下的军旅散文的诗意灵魂，使必胜的信念开放出无数朵浪漫的奇葩。如《奔袭口前》中描写独臂英雄孙立俊的战斗英姿，有这样一节文字：

---

①　见《新闻业务》1953年10月30日。

> 正在紧张的时候，手榴弹打光了。孙立俊脸上又叫炸伤了。他两手空空的，摸摸腮帮，一手血；伸手到石头上抹掉血迹，忽然情急智生，猛吼叫来：“用石头打啊！”一阵石头打过去，又抢了一段交通壕。可是他的左胳膊又挂彩了。这是他唯一能够战斗的手，骨头被打断了。英雄的业绩，常常是在这种危急的顷刻完成的。折骨的手猛一挥，摔出鲜血，溅向敌人的血立刻成为一个号召——突击组冲进碉堡了。①

这段描写，既是纪实的，但又富有奇异色彩。作者把孙立俊的战斗英姿，通过“折骨的手猛一挥，摔出鲜血，溅向敌人的血立刻成为一个号召——突击组冲进碉堡了”的超常情和超现实的艺术处理，使其人其事充分理想化，而生动地打上浪漫主义烙印。

华山为了增强军旅散文的浪漫色彩，还经常运用奇特的构思和想象，尽量使所纪的“实”诗化，这在《家》中表现得更为突出。文中一再以我军伤员李二虎出现负伤后的幻觉幻象加以穿插；再对李二虎养伤的房东老大娘家的红灯笼，进行轮番点染；再吸收小说中安排冲突的技巧，让李二虎和房东大娘一家之间的军民鱼水情，突破了一般的民拥军、军爱民的事实框架而升华，形成一种甜蜜的诗意境界，使读者在心理上得到极大的满足。

（三）黄钢：娓娓而谈，清新别致。

黄钢(1917—1993)，擅长写报告文学，成名之作是《开麦拉之前的汪精卫》。在这篇报告文学中，他对人物进行全方位的跃动报告，把汪精卫在重庆的行踪分割为八个片断，撕下他的伪装，还其卖国贼的本来面目，有一种宏大的气度。

1938年，黄钢经武汉八路军办事处介绍到延安，进鲁迅艺术学院文学系学习。1939年3月，随“鲁迅战地文艺工作团”赴晋东南敌后抗日根据地工作近一年。1940年回延安工作。在这期间，他写了许多以颂扬八路军为主的军旅散文，如《我看见了八路军》、《树林里》和《雨》等。这些军旅散文别致、清新。虽以歌颂为主，并没有人为拔高，也没有加以“净化”，严格遵守新闻真实，使这些散文的色调斑斓而多彩。同时，这些散文都没有拉大嗓门，用高八度的基调来大声颂扬，统统把语调放到平时正常说话的语调上，向人们述说朱德和战士一道游戏的情景，向人们报告火线上的学习讨论会，向人们展示陈赓旅团在艰苦环境中作战的情况，乃至开小差的处理，黄钢也让它如实曝光，似乎这一切

---

① 华山：《踏破辽河千里雪》，新华书店华东分店1951年版，第20页。

都是司空见惯，并没有什么了不起。这种娓娓如谈家常的谈话风，使得黄钢的军旅散文别具风采，格外夺目。

(四) 魏巍：把军旅散文当诗一样写。

魏巍(1920—　)，河南郑州人。原名魏鸿杰。1937年参加革命，在部队长期担任随军记者。朝鲜战争期间，赴朝采访。散文集有《幸福的花为勇士而开》、《春天漫笔》、《北行集》和《魏巍散文集》等，代表作是《谁是最可爱的人》。

魏巍前期创作以诗为主，出版过诗集《黎明风景》、《不断集》等。在小说创作方面，有长篇小说《东方》，获得了第一届茅盾文学奖。魏巍在文学创作中最有影响的是军旅散文。早在四十年代战争时期，他就写过《雁宿崖战斗小景》、《燕嘎子》、《娘子关前》、《在突破口》等。在朝鲜战争时期写了《谁是最可爱的人》、《依依惜别的深情》等传诵一时的名作。建国初期是魏巍军旅散文创作的全盛时期。

魏巍是个诗人。毫无疑问，他把诗人的气质带进了军旅散文之中。他在朝鲜的日日夜夜，正是用诗人的目光去寻觅那些动情的人和事，用自己的感情对那些动情的人和事进行不断地冶炼，完成了一篇篇富有激情的军旅散文。尽管这些军旅散文写的人和事有所不同，但它们的灵魂却只有一个，那就是革命英雄主义。魏巍曾说：“伟大的革命斗争常常孕育和产生着伟大的文学。”正是战争成全了他，他的军旅散文可以称之为是革命的英雄主义文学。

魏巍是我国作家运用军旅散文进行歌颂新人新事的开拓者、实践者。他的《谁是最可爱的人》可以说是家喻户晓，脍炙人口。“最可爱的人”竟成为中国人民志愿军的代名词。以至于民众一提到魏巍就会想到《谁是最可爱的人》，可见他的军旅散文影响之深远了。

值得深思的是，运用军旅散文歌颂新人新事，并不是魏巍首创。在建国前，已经有很多作家早就用军旅散文对英雄的人民子弟兵进行歌颂，但为什么独独魏巍的《谁是最可爱的人》等歌颂志愿军的军旅散文的影响能如此深远、巨大，竟成为我国军旅散文发展史上的一块重要里程碑呢？原因有三：首先，在建国前，虽然有很多作家(也包括魏巍)运用军旅散文，对英雄的子弟兵进行热情的歌颂，但是由于战争连绵，炮火弥漫，国家四分五裂，这就必然影响军旅散文的出版和流传，也就削弱了它们在读者中的效果。而魏巍歌颂中国人民志愿军的军旅散文是写在建国初期，祖国大陆已经基本统一、安定，出版和流传就比较容易，这是客观上的原因。其次，魏巍的《谁是最可爱的人》这些军旅散文，创作在建国初期，当时新旧交替，举国上下对英雄的子弟兵，对共产党，对毛泽东的感情，犹如火山爆发。魏巍的军旅散文正是在这一时刻出现，顺应民心，顺应历史潮流，表达了全国人民的强烈意愿，也必然会激起人们感情上的强烈共鸣。再次，魏巍在建国前已有长期的丰富的文学创作实践，积累了一定的创作经验，尤其他在部队里生活，既有坚定的立场，又有火热的感情，这一切再加上他的诗人气质，使他的纯净感情得到了最自然充分的发挥。他的特有的诗人的激情和抒情技巧也促使他的军旅散文能够获得成功。

魏巍喜欢把军旅散文当诗一样来写。他的军旅散文有一种诗的韵味。这种韵味的产生，完全靠的是感情，即通过实地采访，用火热的心去感受，在主客观的高度交融中孕育出诗一般的特定情致。如果对他的军旅散文创作过程进行描摹，最突出的就是他用特定情致去统帅材料，软化材料，剪辑材料，使他的许多军旅散文处在一种特定的情致笼罩下。如《谁是最可爱的人》就用"志愿军是最可爱的人"这一特定的情致，把松骨峰战斗、汉江南岸抢险和雪夜笑谈苦乐观三件事粘连起来，再插入"你不觉得我们的战士是最可爱的人吗"的抒情指点，运用反复咏叹，使作品酿造出一股特有的韵味。再如《战士和祖国》中，同样在"为了祖国"这一情致统率下，集纳了英雄姜世福以及一个伤员的壮烈故事，使整个作品在"为了祖国"的情致中升华。这种以情致和韵味取胜的艺术书写策略，是他成功的秘诀。

魏巍的军旅散文还有一个独特之处，他的剪辑是凭借情致的意志来完成的。在军旅散文作家中，魏巍的军旅散文的主观意志显示得最为强烈。他按照情感的自然流淌，让情感去粘连一件又一件的事。如《依依惜别的深情》中，作者就是根据志愿军和朝鲜人民的惜别深情，"粘"来了志愿军战士为朝鲜人民赠礼，阳德郡的志愿军战士为朝鲜人民造屋，温井里二十二个朝鲜老妈妈为志愿军战士饯行，古阳德的无名诗翁的诗作等等事情。看起来这些事件没有什么规则和联系，似乎很松散，但这些事因为是被某种特定情致召唤而来，一旦粘在一起，便如胶似漆，十分紧密，幻化成一种特别的情境。

第三节 "工农兵"代言人的变脸艺术：散文"当诗一样写"

一 两个"神话"

中华人民共和国的诞生，成了一个铁的事实，它是不需要论证的一个命题：工农兵创造了共和国，他们是共和国的主人和绝对权威。面对共和国，散文的作者和读者的审美取向,都不能以超然的态度来对待。因为通过战争,并以巨大牺牲为代价建立的共和国,改变了人们的价值观念(不管是主动的还是被动的)。对于原来散文表现的“爱”和“恨”,随着人们价值观念的改变,获得了全新的内容。这种内容是一种历史的颠倒,原来被踩在脚下的奴隶,成了共和国的主人。从这个意义上说,这时的散文创作出现了断裂,和传统告别成了必然。同时,散文生产的主体和消费的主体,即作者与读者之间的相互作用也在改变,因为散文的生产的方式已逐步纳入共和国建立的新的文化体制轨道中。而散文的消费的主体,也受到新的文化体制的指导。散文的作者和读者都处在这样或那样的“组织化”的状态之中。原来作为自由职业存在的作家已不复存在。所以“组织化”的作者与“组织化”的读者之间时常通过“组织”的相互作用来调节,从而形成了这一阶段的具有过程性特征的散文历史。

散文创作的主体,毫无疑问是以军旅散文作者为代表,他们和共和国血肉相连,是成功的“工农兵”代言人。他们把在战争中积累的散文创作经验视之为生命。这种经验的秘诀是:盯着现实,以颂歌的形式现炒现卖。诚然,他们的颂歌是虔诚的,因为他们参与了工农兵用汗水用血肉建造起共和国的全过程。尤其是建国初发生朝鲜战争后,军旅散文作家再次发挥了他们的特长和优势,以浓烈的笔墨,讴歌浴血奋战的中国人民志愿军,代表作是魏巍的《谁是最可爱的人》。这篇散文是“工农兵”代言人用散文的方式对全国上下的人民进行了一次“爱”的教育,使全国上下接受了一次对工农兵爱的洗礼。正是这篇散文,使人民接受了“他者”——中国人民志愿军。中国人民志愿军也由此获得了一个神圣的称号:“最可爱的人”。《谁是最可爱的人》居然能调动全国读者的情绪,并使一支武装部队获得一个新的称号,这不能不说是二十世纪散文史上用爱构筑起来的一个“神话”。

《谁是最可爱的人》这个“神话”文本的意义还在于它创造了以工农兵为中心的崇高审美观。从文本来说,它以抒情的笔调,截取了朝鲜战场上的三个片段:松骨峰战斗,汉江南岸的志愿军救人以及志愿军战士在防空洞里吃炒面。三个故事显示的是志愿军的非凡:死得非凡和活得非凡。在非凡中彰显了一种崭新的价值取向,这种取向蕴涵的审美观是赞扬崇高。康德认为,崇高并不在于物体本身,而在于理性的无限,它能够超越感情的局限,反过来讲,崇高又是一种“自我异化”,它来自从物体中发现理性的无限,而这种行为与“自我”相悖。作为军旅散文作家,他们在军旅生活中,早就做到“自我”和“工农兵”相融,实现了自我异化,在“工农兵”身上发现了理性的无限。这对于他们来说是一种自觉。但对全国读者而言,他们对建立共和国起了卓越作用的军队还很陌生。因此《谁是最可爱的人》又用散文的笔墨,在全国建造了一个中国人民志愿军战无不胜的"神话"。讴歌军队的散文主宰了建国初期的散文文坛,代表作有《朝鲜通讯报告选》、《朝鲜通讯报告选二集》、《朝鲜通讯报告选三集》、《志愿军一日》、《志愿军英雄传》以及刘白羽、华山等的一些散文作品,这些作品的成功之处正如丁玲在《朝鲜通讯报告选》的序中所说,这些作家在朝鲜"也穿着志愿军的军装,冒着炮火的危险,成天与英雄们在一起",他们是"最懂得英雄的","由于事迹本身动人,和执笔者的热情","在文学创作的领域上开辟了道路"。

"工农兵"崇拜成为建国后的17年散文创作的审美主潮。当时许多散文家投身到经济建设中去,到工厂去、到农村去成了散文中的时尚口号。散文被通讯同化,流行的散文成为似散文似通讯似报告的一种边缘文体,代表的作家和作品有:李若冰的《在勘探的道路上》和《柴达木手记》,这是作者的采访手记,他的足迹遍布酒泉、柴达木、小柴旦、大柴旦、冷户和芒崖等,凝聚成一种戈壁滩的激情,对建设中的平凡的林林总总的工人进行速写素描,富有边塞特色。写边疆的还有碧野的一些散文,如《天山景物记》。另外还有柳青的《一九五五年秋天皇甫村》,秦兆阳的《王永淮》和沙汀的《卢家秀》等是从各个侧面展现农村的变化。在写工人的建设生活方面还有徐迟的《庆功宴》、魏钢焰的《红桃是怎么开的》和汪受善的《老孟泰的一天》等等,都是一些近似通讯的文学报告。由于作家对他者("工农兵")的情感主动与被动的认同,以崇高为美的审美情感也被泛政治化。

在"工农兵"崇拜成为审美主潮的散文创作泛政治化的趋势中,缺乏想象力成了散文的流行病。建国后的十七年散文创作时代是一个缺乏文学想象力的时代。现炒现卖是对想象力的制约,更重要的是使散文创作的主体的矮化,使想象力干涸,想象力成了散文的奢侈品。这里不妨对当时散文作家的内心作一个透视。从结构来看,当时散文作家是两大类知识分子构成,一类是军旅散文作家,如杨朔、黄钢、刘白羽、魏巍等。这部分作家应该说早已被工农兵同化,成为工农兵一员,但他们在创作中,仍然感到畏惧,感到跟不上"工农兵",不断地忏悔和改造。杨朔就如此说:

……是谁在火线上冲锋陷阵,拿性命来保卫灾难的祖国?穿了军装的农民!是谁在后方一把汗一把力地生产,支援前线?还是农民!我做了些什么呢?手不能提,肩不能挑,打起仗来,倒变成个累赘,要人家来照顾我。摇摇笔杆子写点东西,比起人民创造历史的伟大斗争,渺小得连肉眼都看不见,有什么值得夸耀的?①

忏悔的结果是“我是多么渺小,多么的孤单啊”②! 这是一种声音的代表。“工农兵”崇拜是通过枪炮、镰刀和斧头建立起来的。他们虽然是“工农兵”队伍中的一员,面对枪炮、镰刀和斧头,仍感到渺小,时时凭借忏悔和改造,求得和“工农兵”相融。另一类散文家是非军旅散文家,他们是非根据地作家或者说是国统区的一些作家。这些作家面对共和国,在欢迎的同时,也以军旅散文家为榜样,对“工农兵”倾注无限激情,希望以矮化自己,改造自己,表示一种“忠诚”,来适应新的创作环境,发出新的声音。对他们来说,当然是困难重重,但他们还是努力工作,这类作家可以巴金为代表。他们夹着尾巴,想脱胎换骨,进入“工农兵”队伍中。因此,他们也想站在“工农兵”立场上,发出“工农兵”的声音,但却有些力不从心。巴金在 1959 年 12 月 20 日为自己的散文新作《赞歌集》写的“后记”中说道:“时代在向前飞奔,中国人民继续在全面大跃进。我也得奋勇向前,哪怕是跑得气咻咻的,也要鼓足干劲赶上去。否则到 1960 年底,我连这样的一本《赞歌》也编不出来了。但是我绝不愿意落在后面。”这也可以说是当时非根据地的散文家的一种代表声音和情绪。文学想象应该具备两个必要条件,一是心态要自由、宽松,二是在审美上避免功利,相对超然。现在散文家们时时要和“工农兵”看齐,提心吊胆,忧心忡忡,不断地矮化,改造,怎能驰骋想象的翅膀? 1960 年 4 月 17 日杂文家马铁丁为华山的《远航集》写的序言中分析当时一些散文家的创作状况,说:“有人站在板凳上看时代,也许可以看到屋顶;有人站在屋顶上看时代,看到几条街;有人站在泰山看时代,高山大川,森林田野,公路铁路,一览无余。”即使就以马铁丁所赞赏的第三种境界,也只不过是在泰山看到“高山大川,森林田野”而已,想象的无限和无限的想象安在? 事实上,当时大量的散文都是一些站在“板凳”上看“屋顶”的平庸之作。就以在五十年代、六十年代散文界享有盛誉的刘白羽的三篇散文代表作《日出》、《灯火》和《红玛瑙》为例,看看这些作品的想象到底是怎样的:

《日出》描写了作者从国外坐飞机返回祖国时,见到了最雄伟、最瑰丽的日出景象后,作了这样的想象:“黎明时刻的种种红色、灰色、黛色、蓝色,都不见了,只有上下天空,一碧万顷,空中的一些云朵,闪着银光,像小孩子的笑脸,这

①② 杨朔:《我的改造》,《杨朔散文选》,人民文学出版社 1978 年版,第 46—47 页,第 49 页。

时，我忘掉了为这一次看到日出奇景而高兴，而喜悦，我却进入了一种庄严的思索，我在体会着‘我们是早上六点钟的太阳’这一句诗那最优美、最深刻的含意。”①

《灯火》描写作者在1956年5月1日的河南新乡一个小水电站，见到发电的灯火时，产生了如此的想象：“当我看到这河流发动的最初一点灯火，我的心窝热了一下，由于过度的兴奋、愉快，人们一时无法表达自己的心境，有时是会流出眼泪来的。我觉得，我又回到那战争的风雪之夜了。是的，现在这样灿烂的灯光不是从那时，那一星星灯火开始的吗？不过，发展了，扩大了，它已不是星星之火，而是把我们整个世界照得闪闪发光的一种光芒了。这种光芒，我们管它叫什么呢？我想就叫它作共产主义的火光吧！”②

《红玛瑙》是作者写自己1960年回延安的情景，文中有一段在秋夜沉思联想的描写：“就在这天夜晚，我正对秋高气爽的夜空凝视，忽然，宝塔山上的宝塔，像一串珍珠、一簇缨络一样亮了起来，这简直是梦幻世界啊！当年，我看夕照，看曙色，看月光映出这宝塔，现在电灯却把它装扮得如此美丽。我不禁进入沉思：‘……如果说一个革命者，当他获得革命真理时才获得了真正的生命，那么，延安，在多少人心灵上点燃起那最初一点火焰啊！而这火焰，从此便在你生活中永远熠熠闪光了。’”③

从这些事例的想象来看，第一例是想象未来，第二例是想象历史，第三例是面对面，对现实的想象。无论是对未来，还是对历史和现实，这些想象的通道非常耀眼而狭窄，从“革命”上升华，最后又落实到“革命”上，这样的“想象”是道地的泛政治化的抽象。

正因为如此，杨朔等有识之士，看到了散文创作的症结所在，倡导散文“当诗一样写”，力图变脸，但收获无几，除了他本人的少数篇章外，还有较为成功的“当诗一样写”的篇章，就是吴伯箫“忆延安”的系列散文，成为杨朔倡导变脸艺术的唯一安慰。

文学想象干涸，政治想象力却空前高涨。从建国以后，散文创作的主体和读者的消费之间的关系，不断在调整。在阶级斗争高于一切的年代里，尤其在建国初期对胡风书信发动群众批判后，散文和政治再度携手。读者对散文的阅读，除了审美欣赏外，强化了自己的政治嗅觉，并产生政治联想，这种联想对散文创作来说，形成了一种压抑和声势。由于出版物都纳入了文化体制轨道，处于组织化的状态，因此，在散文批评时，报纸杂志经常运用“编者按”或“群众

①②③ 见《红玛瑙集》，文化艺术出版社1983年版，第4页，第10页，第102页。

来信”等形式，传递一些权威的声音，对于所谓另类声音进行批判。典型的如对胡风书信的批判，对“右派”的杂文的批判和对《三家村札记》、《燕山夜话》的批判。这种批判，富有进攻性和杀伤力，特别是它能掀起和组织群众运动，构成一种咄咄逼人的文化暴力。这种文化暴力对于散文来说，是“工农兵”的一种“恨”的洗礼。尤其在六十年代中期，对《三家村札记》和《燕山夜话》的批判，全国上下，游行示威、演活报剧、组织批斗会等等，把民众充分调动起来批判散文，这在二十世纪中国散文史、乃至世界散文史上也可以说是一个“神话”。不过这个“神话”与第一次《谁是最可爱的人》所创建的“神话”不同，这是在文化专制主义时代，用“工农兵”仇恨的火焰燃烧起来的。

二　散文“当诗一样写”的倡导、实践和终结

面对单调颂歌的泛滥，面对虚假散文的风行，一些尚有艺术良知的作家想扭转和改变这一局面，于是在六十年代初，杨朔站出来，倡导散文“当诗一样写”。

作为杨朔来说，倡导散文“当诗一样写”，缺乏精神基础。他对文化专制主义和极“左”思潮没有怀疑和异议，更谈不上批判。他并不反对颂歌。在1956年夏，他在自己的一本旧作上，写下了这样的评语：“我的政治思想、创作思想，都存在着严重的缺点和错误，距离毛主席的《在延安文艺座谈会上的讲话》的指示很远很远呢。不，有些观点、描写是根本违反毛主席的指示的，这需要在斗争中继续好好改造自己，好好与工农兵结合，这才有点可能写出为工农兵服务的东西。重看旧作，惭愧欲死！”①杨朔是以害怕不能充当称职的歌颂“工农兵”的代言人而不安和惭愧，批胡风反“右派”等风雨没有把他牵扯进来。这段时期他的精神状态是平和、阳光，没有怨恨，甚至于连苦闷都没有，在许多篇章中他都显示了这种心态。在《〈海市〉小序》中面对萧瑟秋风，如此说：“可是我今天感到的根本不像欧阳修那种萧瑟肃杀的心情。听着秋风，我好像听到了千千万万人惊天动地的脚步正在奔腾前进。”②俨然以千千万万“工农兵”中的一员自居，把歌颂“工农兵”作为己任。对泛政治化的大环境他也没有什么不适之感，既没有心理紊乱，也没有失衡和苦闷。因此他对散文“当诗一样写”的倡导，并不是想在泛政治化的重围之中突围，更不是想从根本上改变散文创作的状况。杨朔没有正视现实的勇气和胆略，因此，对散文“当诗一样写”的倡导

① 林林：《〈杨朔散文选〉序》，《杨朔散文选》，人民文学出版社1978年版，第1页。

② 杨朔：《〈海市〉小序》，《杨朔散文选》，人民文学出版社1978年版，第196页。

缺乏精神支柱。说到底,对散文"当诗一样写"的倡导仅是想使散文唱颂歌唱得更艺术些,更动听些,更响亮些罢了。

再从当时的文化环境来考察,延安文艺整风所建立的政治化散文批评模式,即批判者从政治出发,以群众运动为主,对散文作品进行立场鉴别的批评模式,在反胡风和对"右派"杂文批判中,已经成为主流体制中的常态的批评模式。这种批评模式,对散文作家的艺术个性的发展已经形成了一种文化制约。以杨朔为代表的军旅散文作家对这种文化体制的制约没有切肤之痛,他们没有感到自己的创作个性被压抑,因此也没有张扬的欲求。虽则 1961 年《人民日报》开辟了"笔谈散文"的讨论专栏,参加者大多是一些权威散文作家,如老舍、李健吾、师陀、柯灵和秦牧等,但他们不敢对文化专制主义加以批判,回避散文个性等本质问题,仅是一些皮毛的讨论。但就是这样一些皮毛的讨论,在泛政治化环境下的散文文坛里,也成了稀罕。所以把散文"当诗一样写"又缺乏艺术的勇气和胆识。

把散文"当诗一样写",是杨朔在他的散文集《东风第一枝》的"小跋"中提出的,文中写道:

> 有一位热心肠的批评家看了我的文章,写信鼓励督促我,同时问道:"我总觉得你的散文有个共同的特点,究竟在哪里,一时还捉不住。你能把你自己写作散文的想法告诉我么?"
>
> 这倒是个难题,我并没有什么多的想法,一定要问,那就告诉你:我在写每篇文章时,总是拿着当诗一样写。①

从文字的上下文来看,"热心肠的批评家"似乎是对杨朔散文以景或物比兴开始,而后写一点人和事,最后陡然升华的所谓"大转弯"的抒情写作手法的"共同特点"有些看法,这个看法是肯定还是保留,没有明确表达。杨朔却借着这个话题,提出"当诗一样写"。杨朔对这一倡导并没有加以张扬或论述,仅是一种感性式的话语。当时许多评论家和散文家却抓住这一话语,加以炒作,一时竟成了响亮的口号和鲜艳的旗帜,杨朔的"大转弯"写作艺术竟成了时尚。这种时尚的特点是在思维上直线前进,选定某个比兴物,或景或物或其他,而后加以延伸,具体描绘一些人或事或其他,最后转弯升华,达到所谓诗化的目的,但是这个诗化必须受两条约束,一是必须是颂歌,二是诗化的主体必须是

① 见《杨朔散文选》,人民文学出版社 1978 年版,第 220 页。

工农兵。杨朔用自己的实践，为散文“当诗一样写”提供了一批范本，即《雪浪花》、《荔枝蜜》、《泰山极顶》、《海市》和《香山红叶》等。这批范本的主体特征是：在审美上，明朗、庄严，基调是一种颂扬的高调；在表现手法上，是一种宏大的叙事抒情写意；在话语上，是强语、大话、豪言；在情感的内质上，是纯化净化。具体表现在散文中，出现频率较多的是叹词和惊叹号，深情长诉，豪情勃发，甚至不惜重复。刘白羽的《灯火》最后这样写道：“现在战争过去了，可是在我的心中，却永远永远地留下了那个灯火。虽然我们整个新世界都在闪闪发光，但在我心中，那细小的一星灯火还是明亮的，它是不会熄灭的灯火。因为它是革命的灯火，年轻的灯火，勇敢的灯火，因为它是穿过暴风雨而明亮过来的灯火，它是还可以引导我们再穿过暴风雨的灯火。”短短的一段话中，“灯火”重复了八次，“明亮”重复了两次，“暴风雨”重复了两次。这种重复，表明作者一方面想作为“工农兵”代言人激情歌唱，但又感情稀薄，因此只能借助强势语言的重复来表达。激情是一种失去常态的情感，现实实际上被他们革命的幻觉化，这种体验已缺乏生活基础，从而使他们的散文中的情境成为一种虚拟的情境。当然，也不能说作者没有体验，而且有时体验还非常精致，如《泰山极顶》中对泰山的美是“一幅规模惊人的青绿山水画，从下面倒展开来”的体验等等，但是颂扬“工农兵”的约束，和“自我”的泯灭，最后只能落入精致的重复的窠臼之中。尽管重复，也是一种创造，但这种创造是一种低级的创造。

“工农兵”代言人的变脸艺术的另一个比较有影响的实践者是秦牧。不过，他没有采取杨朔的“当诗一样写”的写法，而是以谈天说地，抒写奇闻轶事的知识小品，宕开散文创作的另一个天地，他喜欢运用一点知识性的东西来说明问题，进行议论，抒发感情，把它作为增强情趣的手段，代表作《艺海拾贝》是深受读者欢迎的畅销书。应该说，秦牧的知识小品也是“工农兵”代言人变脸艺术的重要收获。

杨朔对散文“当诗一样写”的倡导和实践，使得当时文坛上模仿杨朔的散文成风，乃至有人把 1961 年命名为“散文年”。这类散文由于它的通俗和明朗，易读易学易流行，形成了五六十年代散文的红色颂歌主旋律，并逐渐把红色颂歌散文模式化。从现代散文发展来看，这种红色颂歌散文也算是一种新范式。它是从四十年代的军旅散文中脱胎而来。在创作时，作者“小我”一边倒，绝对服从革命的“大我”，以“大我”统率“小我”，有一种革命的忠诚。其思维特征是政治思维和形象思维的杂交，是一种泛政治化思维，较多地是受到政治灵感的激发，以颂扬当下某种政治任务所产生的某种恒定的革命情感为己任，具有新闻时效性。取材的目光向“下”，紧跟形势，盯着工农兵。它回避对现实阴暗面的描写和揭露。创作手法以报道为主,把散文当通讯写。在风格上追求明亮高昂,甜腻单调,有贫血症。一旦形成范式,它的正效应和负效应就会迅速膨胀,因为范式使散文从思维到构思到手段都被恒定化,如制造产品那样操作,成为流行的快餐精神食品。这种新范式的盛行,导致这一时期散文流派泯灭,发展的后果是路越走越窄,手法单一,情感稀薄,乃至到"文革"发展成为以一级权力机构给毛泽东表忠心的"致敬电"。"致敬电"话语极端华丽,结构大同小异,它的出现,宣告了红色颂歌散文的最后终结。

三 "工农兵"代言人的变脸艺术的实践者

(一) 杨朔的"当诗一样写"的散文。

杨朔(1913—1968),山东蓬莱人。从抗日战争开始,杨朔"在华北敌人后方乱串了几年,长年在农村里,在部队里","跟战士、农民混在一起"①。他的军旅散文从抗日战争始,一直未间断,曾先后结集出版了《潼关之夜》和《铁骑兵》等散文集。1956年后,开始从事外事工作。在工作之余,积极从事散文创作。出版的散文集有《亚洲日出》、《海市》和《东风第一枝》等。

杨朔在战争时期创作的军旅散文喜用逆笔,常有"戏"。先是娓娓而谈,从容不迫,到最后一个陡转弯,用一点出人意料之外的笔墨,借助逆转,宕开一个新天地,引出"戏"来,掀起波澜,使读者获得惊异之感。其中有的是用悬念逆转到"戏",如《狮子头》写婆媳俩掩护抗日区长"狮子头",冒着危险把"狮子头"藏匿在一小堆棒子秸中,设下悬念;后日军围困村庄,逼迫老百姓交出"狮子头",又生一悬念;接着日军搜索到"狮子头"藏匿的棒子秸边,居然"吐了口唾沫,把手一挥,掉头走了",再设悬念。环环紧扣,险象丛生,直到文章末尾,借助解悬逆转,原来是婆媳俩故意在棒子秸周围搅弄上人粪,使得日军不去搜索,"狮子头"才安然无恙。这一逆转引出的"戏"唱出了军民鱼水情。有的是借助人物情感发展变化的逆转引"戏",如《征尘》写一个车夫乐于助人,帮助"我"找旅馆,后又殷殷地把"我"送进城。但尚未送到城时,途遇八路军的行军队伍,车夫见到队伍中的辎重兵被弹药压得走路艰难时,突然高声命"我"下车,说:"你爱给我几个就给几个,不给就算了。"原因是车夫自愿要"帮他们(即八路军——引者注)送送东西",事情发生了意料不到的逆转。这台"戏"却是捧出了车夫一心抗日的赤诚之心。有的是借助一些传奇性的变化逆转引"戏",如《铁骑兵》写八路军被日本兵切断阻隔的一个班,孤立地与敌人周旋,

---

① 杨朔:《我的改造》,《杨朔散文选》,人民文学出版社1978年版,第46页。

无意间来到黄河边的包头，无目的地向包头放了一排枪，结果逆转产生了戏剧性的效果，居然吓得到雁北进行扫荡的日军终止扫荡，缩回包头，而这班骑兵也安然转回根据地。这一台富有传奇性的“戏”可和诸葛亮的“空城计”并肩媲美，把我军勇武的气概和日军纸老虎的原形深刻地揭示了出来。有的是借助一些脱出常规的突变的逆转引“戏”，如《烈士证》写夏老汉因儿子牺牲获烈士证，由此被国民党折磨成疯，最后解放军打回来了，气顺了，逆转了，他对战士“直着嗓子嚷：‘快打呀！拿下北京城好过太平年’”。尽管是疯子疯语演的一场疯“戏”，却揭示了人心向背、我军必胜的客观规律。这些逆笔引“戏”的散文创作技巧，是杨朔把散文当小说通讯一样写的初步尝试。他对此非常偏爱，乃至到了六十年代，为了把散文从通讯化的轨道上扭转过来，再次运用这种技巧，并从诗歌中借来创造意境的技巧，糅合起来，形成“景(物)—人(事)—理”的诗化转变的思维流程，强化散文的文学色彩，创作了《荔枝蜜》、《雪浪花》和《泰山极顶》等篇章，轰动一时。由此，杨朔的散文创作道路和何其芳的创作道路正巧是个颠倒：前者从散文当小说通讯一样写嬗变到散文当诗一样写，后者则是从散文当诗一样写嬗变到散文当小说通讯一样写，“杨”、“何”合起来正是我国现当代散文发展的一个缩影。

不过，把杨朔六十年代的诗化散文和这一时期的军旅散文相比，虽然技巧是纯熟了、精致了，但情感上却又不得不借助掺假来转弯。两两比照，这一时期军旅散文虽然还比较粗糙，但却是自然地根据事物发展的内在必然因素转弯，读者感到实在、可亲，正如他在散文《潼关之夜·征尘》中最后描写的“心是活泼而轻快的”。

由于杨朔六十年代的散文集《海市》和《东风第一枝》等，成为名噪一时的佳作，被人们奉为学习散文创作的范本。正是在他的散文盛名之下，他假借为自己的散文集《东风第一枝》出版时写的“小跋”中倡导散文“当诗一样写”。顿时，散文“当诗一样写”就成了散文文坛上的一面大旗。杨朔想通过散文“当诗一样写”的倡导和实践，企图“用自己新鲜的意境、思想、情感”来抒写一种“诗的意境”般的散文，打破散文园地里虚假甜蜜的颂歌局面，遏制散文通讯化的潮流。另外，1949 年之后，经过历次运动，特别是 1957 年反“右派”斗争，散文作家都主动“自我萎缩”和“矮化”，导致散文创作变成了“酿蜜”生产，闭着眼睛甚至违背自己的意愿对现实生活进行“净化”和“甜化”。杨朔还想通过散文“当诗一样写”的口号，召回“自我”：“不要从狭义方面来理解诗意两个字，杏花春雨，固然有诗，铁马金戈的英雄气概，更富有鼓舞人心的诗力。你在斗争中，劳动中，生活中，时常会有些东西触动你的心，使你激昂，使你欢乐，使你忧愁，使你深思,这不是诗又是什么?凡是遇到这样动情的事,我就要反复思索,到后来往往形成我文章里的思想意境。"把歌颂"大炼钢铁"、"大跃进"落实到寻求"我"的"动情的事"——"我"的激昂、"我"的欢乐、"我"的忧愁上,于是,在"动情的事"的照耀下,杨朔悄悄地想为散文家的"自我"招魂。

由于杨朔注重写作者"动情的事"——"我"的激昂、"我"的欢乐、"我"的忧愁,并努力把它凝成"思想意境",创造出一整套"当诗一样写"的写作经验,代表作有《荔枝蜜》、《雪浪花》、《海市》以及《泰山极顶》等。《荔枝蜜》一开始写"我"见到蜜蜂的感情是"总不大喜欢",因为"我"曾被蜜蜂螫过,所以"感情上疙疙瘩瘩的,总不怎么舒服"。待到后来,吃到了荔枝蜜,听到了饲养蜜蜂的老梁介绍了蜜蜂的一些品德,这时"我"的感情彻底转化,由表及里地升华飞跃:"多可爱的小生灵啊,对人无所求,给人的却是极好的东西。蜜蜂是在酿蜜,又是在酿造生活;不是为自己,而是在为人类酿造最甜的生活。蜜蜂是渺小的;蜜蜂却又多么高尚啊!"颂扬了人民大众的劳动和献身精神。《雪浪花》以海岸的雪浪花景起兴,引出"老泰山"的经历和事迹,最后感叹指点,以浪花冲击礁石的"顽劲"和"韧性精神"来显示"老泰山"的灵魂,组成了富有诗意的情感三部曲,等等。杨朔是虔诚的歌者,他的散文都是阳光灿烂:《海市》着力歌颂人民公社到处是"金山""银山"的伟大成就,《泰山极顶》则赞扬在"人民公社"、"大炼钢铁"等红旗指引下的祖国正在"旭日东升"……这些相对诗意浓浓的散文,在当时枯燥的文坛上,引起轰动,1961 年被人们誉为"散文年"。

应该肯定,杨朔的散文有其真切的感受蕴含在内。如《泰山极顶》中那种泰山美景是"一幅规模惊人的青绿山水画,从下面倒展开来"的感受,观看泰山的石刻是"零零乱乱翻着一卷历史稿本"的体验,都是珍品。但是,遗憾的是在登上极顶后,却夹进了这样的假货:

> ……再瞧那渺渺茫茫的天边,扬起一带烟尘。那不是什么"齐烟九点",同伴告诉我说那也许是炼铁厂。铁厂也好,钢厂也好,或者是别的什么工厂也好,反正那里有千千万万只精巧坚强的手,正配合着全国人民一致的节奏,用钢铁铸造着祖国的江山。①

这里对"大炼钢铁"、"大跃进"抒发的激情是建筑在极顶上所见到的"渺渺

① 见《杨朔散文选》,人民文学出版社 1978 年版,第 190—191 页。

茫茫的天边”、“扬起一带烟尘”上，而且还是一连串的“也许”、“或者”、“也好”的猜测，作者居然要让这样牵强渺茫的景来承担抒发“大炼钢铁”、“大跃进”这样重大的政治激情，显然造成了景与情的反差。这一反差说明作者或是肩负着这一政治激情上泰山的，或是创作时把它掺和进去的，反而使得散文出现了情感的虚假的裂缝。因此，杨朔的散文凭借他那“当诗一样写”的技巧，用完美的景掺和完美的情构筑了一篇篇极乐的“人间海市”式的天堂散文。可惜这天堂不在人间，而在天上。杨朔的悲剧就在于他的“自我”也随着极乐的“人间海市”式的天堂散文升天了，泯灭了。他从来没有想过放弃充当“工农兵”代言人的角色。而他个人也无法改变当时的文化制度，这样，他想用“当诗一样写”来改变散文园地里虚假的甜蜜的颂歌风气，但又不得不屈从那些政治激情，最后形成了这样的精致抒情模式：以景（物）比兴—写人叙事—陡然转变，激扬指点。由于杨朔的“自我”泯灭，最后也只能在自己创造的精致抒情模式里重复自己，从结构篇章到词语，都不断重复。如《泰山极顶》是以想看“泰山日出”起笔，通过登泰山的所见所闻的描写，最后逆转，抒写没有看到泰山日出，却看到了祖国“更加辉煌的日出”；《海市》以想到蓬莱看“海市”起笔，通过在蓬莱长山列岛的见闻的描述，最后逆转，虽没有见到海市，却见到了“真实的海市”“长山列岛”；《香山红叶》以想看香山红叶起笔，通过香山游览，对老向导进行了特写，最后又逆转，没有看到香山红叶，却看到了越到深秋，越红得可爱的“老向导”……这些都明显地是从一个模式里变幻出来的，再加上语言的重复，如见到美景就“醉”，所有这一切，就形成了所谓“杨式”散文。六十年代乃至以后的长时期里，“杨式”散文一直作为人们的楷模。他之所以能在读者中红火，成为大众明星，乃是因为当时文化背景单一，粗制滥造的红色颂歌让人乏味生厌，杨朔的“具有”诗意的散文无疑是一帖兴奋剂，所以从这一点来看，时代限制了他，同时又造就和选择了他。不仅如此，他的散文模式还使那些有颂歌癖的散文家找到了一条精致的多快好省的创作散文的捷径，它所产生的负面影响是倡导者所没有料到的。

（二）刘白羽的“早晨的太阳”系列散文。

建国后，刘白羽以“工农兵”代言人的身份写了大量抒情散文，散文集有《早晨的太阳》、《早晨六点钟》、《踏着晨光前进的人们》、《火炬与太阳》和《晨光集》等等。这些抒情散文是他的军旅散文创作的延伸。引人注目的是他的散文对“早晨的太阳”有强烈的感情，一而再，再而三地反复对其进行歌唱。他的许多文集也都用“早晨的太阳”或类似“早晨的太阳”命名，如《早晨的太阳》、《早晨六点钟》、《踏着晨光前进的人们》、《火炬与太阳》、《晨光集》等等。他的代表作是《日出》和《长江三日》。《日出》从容自如,以“日出”为圆心,忽而印度忽而中国忽而苏联,假借初升的太阳的壮美景象,反复渲染,抒发了“我们是早上六点钟的太阳”的豪情。《长江三日》是以穿行险峻的峡谷,战胜激流为象征,鼓励人们勇往直前去战胜困难。统观刘白羽的散文,作为他的抒情的兴奋点和意象的常常是“晨光”、“灯火”等等,抒写的情感几乎都是雷同的高腔高调,如:

……我却进入一种庄严的思索,我在体会着“我们是早上六点钟的太阳”这一句诗那最优美、最深刻的含意。①

……因为它是革命的灯火、年轻的灯火、勇敢的灯火,因为它是穿过暴风雨而明亮过来的灯火,它是还可以引导我们再穿过暴风雨的灯火。②

……这闪光正是我们整个社会主义祖国发射出来的无比明亮的青春的闪光。这青春的闪光将成为永恒不灭的真理的火炬,这青春的闪光将引导着我们奔向更远的明天,更远的前方。③

……我想象,在我们六亿人民的心里,如果问一下,谁都有那么一个早晨,那么可贵的早晨,从那时起我们的生活便闪光了。因此,当我们整个社会发生巨大的轰响向前行进时,我愿意,让我的心灵再一次地萦回在那太阳初升的早晨。④

……这时我两眼注视着前方,前方无限辽远的地平线上突然出现了小小一点光亮,开始像一枚金红色小片,但随即扩大了,展开了,像火一样燃烧起来。我再向四周看时,不觉之间,黑暗已为晨光所代替,而新的一天就这样诞生、开始了。⑤

① 刘白羽:《日出》,《红玛瑙集》,文化艺术出版社 1983 年版,第 4 页。

② 刘白羽:《灯光》,《红玛瑙集》,文化艺术出版社 1983 年版,第 11 页。

③ 刘白羽:《青春的闪光》,《红玛瑙集》,文化艺术出版社 1983 年版,第 33 页。

④ 刘白羽:《写在太阳初升的时候》,《红玛瑙集》,文化艺术出版社 1983 年版,第 52 页。

⑤ 刘白羽:《红玛瑙》,《红玛瑙集》,文化艺术出版社 1983 年版,第 103 页。

……那是什么？仔细分辨，原来是武汉两岸的亿万灯火。当我们的“江津”号，嘹亮地向武汉市发出致敬欢呼的声音时，我心中升起一种庄严的情感，看一看！我们创造的新世界有多么灿烂吧！①

以上所抒写的情绪，由于都紧密和“早晨的太阳”或“灯光”有关，所以它们就只能在“更远的明天”，或是“多么灿烂”，或是“生活闪光”等幅度不大的光亮耀眼的天地里轮回。这样，刘白羽散文中的“自我”情绪也就只能挤到一条逼仄的灿烂光明的小道上。固然，他的“自我”情绪来自这样的情感逻辑：年轻的共和国在战火中刚刚诞生，它确似朝阳蒸蒸日上，应该放声歌唱——而他又为共和国的诞生付出了代价，他和共和国心心相印——因此他是真诚地为它歌唱。读者在阅读他的散文时，也确实并不怀疑它的真实性。但后果是刘白羽的散文渐渐地形成这样一种心理定势：即如他在散文集《红玛瑙》的“题辞”中所概括的：“要创造一个红玛瑙一样鲜红、通明的新世界，那就先努力把自己锻炼成为永远鲜红、通明的红玛瑙一样的人吧。”以此考察他的散文，就可以轻易地发现他的散文有这样一套抒情模式：“‘日出’‘晨光’式的景——‘日出’‘晨光’式的人或事——‘日出’‘晨光’式的豪言壮语。”这就是刘白羽的壮美“日出”式散文。品味刘白羽散文中的“‘日出’‘晨光’式的豪言壮语”，壮美而豪迈，犹如一根耀眼的光带，但是把它们集纳起来，就显得非常亮丽刺目，有一种豪迈的单调，使人生厌。

（三）秦牧的“艺海拾贝”散文。

秦牧（1919—1992），广东澄海县人，生于香港。他一生创作以散文成就最高，代表作有《贝壳集》、《潮汐和船》、《花城》、《长河浪花集》以及《艺海拾贝》等。1994 年人民文学出版社出版有十卷本《秦牧全集》。

在同时代散文作家中，相对地说，秦牧还比较重视创作的个性表现。他说，在“‘直诉胸臆’和倾泻感情的时候，如果一个作家回避表现自己，就不可能写出精彩动人的文字，也不可能给人任何亲切的感受。因为他只能讲一般的道理，用一般的语言，而不敢写出具有个性的见解，具有独特风格的语言。而没有独特风格的文学作品又往往是缺乏生命力的”②。不过，他不敢摆脱“工农兵”代言人的身份，因此又作了这样的补充：“当‘我’字是在集体之外甚至和集体对立的时候，它是渺小的以至可恶的。但当它真正融合于集体中的时候，

① 刘白羽：《长江三日》，《红玛瑙集》，文化艺术出版社 1983 年版，第 112 页。

② 秦牧：《海阔天空的散文领域》，《花城》，花城出版社 1982 年版，第 189 页。

‘我’的思想感情也就是集体的思想感情的构成部分。”①这话有些费解，但指向还比较明确，意思是我要坚持个性，但你们不能把我从“工农兵”代言人的队伍中开除出去。

秦牧散文善于谈天说地，以异人异事异物异趣作为他的散文元素，构筑成一个趣味横生、奇异多彩的知识王国。尤其他的散文在组合艺术上比较放纵，常常抓住一个抒情意象，随物赋形，随意而谈，该行则行，该止则止，似行云流水，从容自如。如《土地》以土地为圆心，谈古论今，忽而讲述晋公子重耳逃亡途中的故事，忽而叙写现实中人民子弟兵为守住“一寸土”的英雄业绩，忽而回忆明末御倭抗清时福建沿海保卫土地的激烈斗争，忽而又讴歌当今人们在改天换地中的伟大成就……赞叹人民一旦成为土地的主人，就能创造出神仙的奇迹。又如《社稷坛抒情》凭借社稷坛为情感支点，发思古幽情，纵横交错：纵——从古代帝王祭天祭地，论到现今诸如解放台湾实现祖国统一的现实问题，横——联想到泰山观日出、长城看日落、华北平原跑马、戈壁滩上骑骆驼，显露了作为一个多民族的统一的中国的子孙的自豪。与杨朔的“人间海市”散文和刘白羽的高腔高调散文相比，秦牧的散文是复合维生素，可读性强。不过，秦牧很清醒，在政治主宰一切的政治大环境中，谈天说地很容易和资产阶级搅在一起，因此他就用极简单极原始的办法，给他笔下的“天”和“地”涂上一点红色，变成革命的“天”、革命的“地”。秦牧也确有办法能使他笔下所有的奇奇怪怪的知识披上红色的霞光，有的是顺理成章，顺手捎带，如《说狼》、《人和狼的搏斗》，把狼比作帝国主义，号召人们和帝国主义斗，很自然；有的是以当时流行的口号来提升，如《古战场春晓》对古战场从古到今进行了一番介绍后，最后引吭高歌，如此提升：“呵，我们美丽的土地，英雄的人民！”在《“中国的吉卜赛”》中发掘了中国的“吉卜赛”人后，显示的情感是大家熟悉的一条标语：“中国人民大翻身”，虽则口号标语俗了一点，但读者还能接受；有的却是用贴膏药的办法，把一些相似型号的情感标签，烙到他的散文上，在《社稷坛抒情》中，他在面对社稷坛发思古幽情后，最后的情感升华是既明了又简单：要读者“深深呼吸一口新鲜空气，想好好地学习和劳动”。而在《天坛幻想录》中，他面对天坛幻想一通后，最后的感叹又是“吸一口园林的新鲜空气，那空气，是多么的甜美呵！”这些提升非常牵强。秦牧的散文形成了这样的强烈反差：一方面谈天说地，知识丰富，给人以享受，另一方面又不断地一而再再而三地把一些相似的具有保险系数的感情，如膏药般地贴上，使他的散文有股政治膏药味。

① 秦牧：《思想和感情的火花》，《花城》，花城出版社 1982 年版，第 176 页。

(四) 吴伯箫:“忆延安”的系列散文。

从六十年代开始,吴伯箫以回忆延安为题材,创作了“忆延安”的系列散文,有《延安》、《记一辆纺车》、《菜园小记》、《歌声》和《窑洞风景》等。

当众多作家在虚拟的天空中,心安理得地唱着粉饰现实的颂歌时,吴伯箫回首把目光投向了历史,创作了以回忆延安生活为题材的散文。尽管当时的主流文化体制不断提倡回忆对比,来激励人们前进。尤其在五十年代末到六十年代初的三年自然灾害期间,回忆对比成了一种安抚民心的灵丹妙药。但是,吴伯箫的“忆延安”却不单纯是一种宣传,这里的回忆是实实在在的经历,更是一种自觉一种喷发一种责任。在中国现代史上,延安是一块圣地。这段历史在吴伯箫那里是清晰的,既是立场,又是超越立场的情感,这种情感没有任何的虚拟,它是真实的。或许作者本人并不想针砭现实,但他的“忆延安”系列散文所描写的历史的延安和当时的现实已经拉开了距离。吴伯箫在怀念着历史的延安。

解读吴伯箫的“忆延安”系列散文的关键词一是“劳动”,二是“集体”。串联起来,劳动者是我,人人在劳动;我在集体中,人人是集体。这两个关键词成了吴伯箫处理延安题材的两大兴奋点。

或许作者有百分之百的革命题材作坚强后盾,因此在创作状态上,显得有恃无恐,从容自然,他既不需要杨朔那样去借比兴物来作拐杖,也不需要像刘白羽那样拉高声调去喊叫。他采用的抒情法是选定一个意象,这个意象大多和镰刀斧头有关,和集体有关。对于一个原来生活在自我小天地里的知识分子,突然置身于工农兵集体之中,并能亲手拿起镰刀斧头时,这种感觉只有两个字:坚强。在这过程中产生的意象格外生动,坚挺有力。如《记一辆纺车》中的“纺车”,《歌声》中的“歌声”,《窑洞风景》中的“窑洞”,这些意象中都活跃着“我”,既是社会历史变革的一种象征,也是“我”的一段历史的象征。

正因为如此,吴伯箫在回忆时,非常散漫,他以选定的意象为圆心,让自己的情感自由地驰骋,随物赋形,纵横捭阖。写到兴致浓烈处,诗意迸射,霞光灿烂。如《记一辆纺车》中写纺线的姿态,本来这是枯燥的说明文字,但在吴伯箫笔下,是如此写的:

纺线有几种姿势:可以坐着蒲团纺,可以坐着矮凳纺,也可以把纺车垫得高高的站着纺。站着纺线,步子有进有退,手臂尽量伸直,像“白鹤晾翅”,一抽线能拉得很长很长。这样气势最开阔,肢体最舒展;兴致高的时候，很难说那是生产，是舞蹈，还是体育锻炼。①

寥寥几笔，把站着纺线的有进有退的“白鹤晾翅”的纺线姿态写得出神入化，那舒展，那进退，那气势，给劳动所创造的物质和精神的快感，披上了诗意的霞光，吴伯箫的散文可以称得上是散文“当诗一样写”的范本。

更可贵的是吴伯箫散文的情致丰富而多元，在单调歌颂流行的时代，这更显得弥足珍贵，因为它经得起品，越品越有味。在《菜园小记》中抒写了种种田园劳作之乐后，末尾拖出了这样一段文字：

> 那年蔬菜丰收。韭菜割了三茬，最后吃了苔下韭(跟莲下藕一样，那是以老来嫩有名的)，掐了韭花。春白菜以后种了秋白菜，细水萝卜以后种了白萝卜。园里连江西腊、波斯菊都要开败的时候，我们还收了最后一批西红柿。天凉了，西红柿吃起来干脆爽口，有些秋梨的味道。我们还把通红通红的辣椒穿成串晒干了，挂在窑洞的窗户旁边，一直挂到过新年。②

尽管这里用细针密线串起来的家珍是韭菜、白菜、萝卜、西红柿等，但那一连串的种植，加上意外的西红柿丰收，以及西红柿的甜美，都体验着一种通过劳动所获得的诗意地栖居的意境，尤其最后通红通红的辣椒串的展览，更使这种诗意栖居的意境色彩斑斓，滋味无穷。

在这一期间，把散文“当诗一样写”的影响较大的还有曹靖华、郭风、袁鹰和菡子等。曹靖华在六十年代初，陆续出版了散文集《花》、《春城飞花》和《飞花集》等。他的散文集都和花有关，如花一般的神采飞扬。他擅长回忆，如《忆当年，穿着细事且莫等闲看!》、《顽猴探头树枝间，蟠桃哪有灵枣鲜?》等极具神韵。他的散文深得鲁迅的“大可以随便”的奥妙，形断神连，神断形连，似断似续，随物赋形，处处皆有情。郭风的散文集有《叶笛集》、《小溪和海岛》、《曙》和《英雄与花朵》等。他受鲁迅的《野草》散文诗影响很深，因此他的散文创作惯性是以诗为文，形成一种诗体散文。特别是抒写乡土的那些篇章，闪动着别样的情调。袁鹰长期担任编辑，散文集有《第一个火花》、《红河南北》、《第十个春天》、《风帆》、《非洲的火炬》(与闻捷合著)、《悲观》、《天涯》、《留春集》、《京华小品》、《秋水》和《远行》等，散文无形中染上一种通讯味，以“实”取胜。但《小

①② 见《难老泉》，吉林摄影出版社 1999 年版，第 58—59 页，第 12 页。

站》、《虎丘人》等篇章却很灵动,《小站》中对盛开着的杏花和盆景的特写,把小站人对南来北往的旅客的情谊点染得浓浓的。《虎丘人》中把两位讲解员对工作的投入和讲解的艺术,写得栩栩如生。菡子著有散文集《和平博物馆》、《幼稚集》、《前线的颂歌》、《初晴集》、《素花集》和《乡村集》等。她痴迷于乡村生活,有影响的是《初晴集》和《乡村集》。《初晴集》主要描写农村的新生活,叙写了自己和农民之间的情谊,文笔流畅。《乡村集》中描写的风情淳厚而富有诗意。

四 致敬电:红色颂歌散文的最后“辉煌”

从二十世纪六十年代中期开始,到七十年代中期为止,整整十年,中国大陆处在无产阶级文化大革命时期。

散文“当诗一样写”的实践再也无法继续下去。对吴晗的新编历史剧《海瑞罢官》的批判和对邓拓、吴晗、廖沫沙的《燕山夜话》、《三家村札记》的批判,煽动了人们的仇恨。全国处在仇恨之中,人人仇恨,仇恨人人。散文的灵魂是爱,诗意的灵魂也是爱,失去灵魂的散文焉能有“诗”?“诗”难觅,颂歌却还要唱,这就是散文所面临的精神难题。

这是一个权威主宰一切的时代。人人卷进了权威制造的巨大政治漩涡。在仇恨中发狂、错乱。一方面处处在高唱“从来就没有什么救世主”,另一方面,“救世主”又不断地运动人们。刊物停了,连“工农兵”代言人也一批批倒下,文化被摧毁的同时,散文也被摧毁。

这是一个制造英雄的时代。权威需要精神奴隶的同时,又需要奴隶式的“英雄”来支撑。因此,在散文被摧毁的同时,出现了精神奴隶大写特写英雄的红色颂歌散文的奇景。散文又再次显威。这时,形形色色的“英雄”不断地被英雄散文制造出来,杨水才、王国福、王杰、大寨英雄、小靳庄英雄等成为家喻户晓的公众人物。这类散文的最大特点,是根据形势的发展需要,把这些“英雄”的话语提炼加工成豪言壮语,这就是红色颂歌散文中的英雄散文。主流文化体制通过英雄散文,对民众灌输。这些英雄散文的特征是:叙事抒情的策略是宏大叙事,高腔高调,有强烈的煽情和鼓动功能。在布局上,一般以英雄的豪言壮语来结构。如《人民的好医生李月华》(《人民日报》1972 年 12 月 19 日)的五节标题是:“‘她做的好事俺们数不清’”、“‘做医生就要学习白求恩’”、“‘是革命的本钱,就要舍得花在革命上’”、“‘把自己的一切献给人类的壮丽事业’”、“激励千万人前进”。前四节除了第一节以外,另三节都是李月华的豪言壮语。在功能上只求宣传效应,通俗易懂,语言明快有力,还要便于朗读,便于广播。

当然也有一些个别例外的散文作品，原载《草原启示录》的李大同的《雅干锡力日记》堪称这个例外散文作品中的代表作。作品用日记体的形式实录内蒙古的一个公社的一次赛马情景。先细描作者饲养的青马——干青包勒在预赛中的失利，对手得意忘形，而后在比赛中终于获胜。文中除了出现"公社"两字以外，全篇竟没有任何时髦的色彩话语，这样的散文在当时堪称奇迹。字里行间挟带着草原的气息，有一种原始的力量在冲击着读者：

> 这马每年第一次骑总是有些可怕，恩，鞴鞍子还挺老实。我牵着它绕将起来，一般每年的第一次，紧好肚带后绕两圈，它就会撅起尾巴屙一泡屎。那时就只管放心上马，保证不尥。今天可真有点闹不机密了！青马死活就是夹着尾巴不屙，更使人发颤的是耳朵也向后背着。几位女生端着碗，靠着包，幸灾乐祸地叫着："哈哈，不屙，肯定尥！把你摔个半死，谁叫你昨晚不圈牛！"真的，昨晚只顾弄马，牛也忘了圈，我狠狠地看了她们一眼，在奚落声中把青马猛地揪了过来，"刷"地纫进左镫，马一声怪叫，前腿直立起来，好骑术，我一定是以一个异常迅速的动作翻上去了，它前腿还在腾空，我已经稳稳地坐在鞍子上了。马只是转圈，蹦跳着，没尥，咦，几位女将的怪叫怎么也听不见了？呣，一定是吓住了。我两脚磕了一下马肚子，它猛地蹿向前，到水淖边又"腾"地戳住，就在我差点儿失去平衡时，觉出马背一弓，身后"扑扑"两声。哈哈！牵你不屙，倒是给骑出来了。
>
> 跃过小河，飞过山岗，微风拂面，身轻似燕。啊呀！上帝，眼镜要戴不住了！

这是充满青春而富有野性的文字。文中用了一连串的象声词：恩——哈哈——刷——呣——腾——扑扑——啊呀，每个象声词的后面，勾出一个力的动作，引出一幅富有生机的场面，有声有色地把每年第一次骑马的热烈、躁动和奔涌以及人欢马叫的阳光场景，写得气势非凡。处处有一种力在躁动。人与人，人与动物在草原上如此和谐地生活着。那"扑扑"的屙屎声，更是大胆得出格，再加上"跃过小河，飞过山岗，微风拂面，身轻似燕"的情感释放，使得文章野性十足。在"工农兵"代言人时代，这种野性就意味着背叛，所以，这篇散文在红色颂歌散文泛滥的年代，也可以称得上稀罕。

但是，主宰着这一时期的红色颂歌的浪潮无法遏制。权威的喜好，成了精神奴隶创作红色颂歌的源源不尽的动力。发展到最后，就是在六十年代后半期各省、市和自治区发给毛主席的致敬电(信)。这种致敬电(信)以极端华丽奢侈的词语和句式进行颂扬,它们的布局大致相同,一般分三部分:第一部分是报告成立革委会的喜讯,第二部分是回忆歌颂毛泽东的丰功伟绩,第三部分是表忠心。如北京市革命委员会成立的致敬信,第二部分内容如此:

是您把马克思列宁主义和工人运动结合起来,缔造了伟大的中国共产党,创造性地发展了马克思列宁主义;

是您点燃了井冈山上的星星之火,开辟了中国革命的胜利航程;

是您指挥中国工农红军跨过万水千山,实现了举世闻名的两万五千里长征;

是您在永垂史册的遵义会议上,结束了“左”右倾机会主义路线在党内的统治,奠定了中国革命的胜利基础。

是您在革命圣地延安,指引着抗日战争前进的方向;

是您统帅浩浩荡荡的人民军队开进北京,为古老都城带来了春天;

是您在天安门广场升起了第一面五星红旗,缔造了伟大的人民共和国。①

这段文字,是以中国共产党发展史的几个众所周知的关键时刻作为基点来抒发感情的。它公开拒绝艺术创作的陌生化的创造规律,重复报刊上无数次宣传过的事例,乃至语言。其他省(市)的致敬电或致敬信也是如此,在颂扬时,统统是以中国共产党发展史的几个众所周知的关键时刻作为抒发感情的核心段落。所不同的是在颂扬时,结合本省(市)的实际,作一点变化,如江西糅进井冈山、陕西放入延安等等。这种重复决定了致敬电(信)的程式化、空洞化,形式的极端决定了话语的极端。如这些致敬电(信)的开头:

在对党内最大的走资本主义道路当权派的大斗争、大批判中,我们首都无产阶级革命派怀着万分激动的心情,向您,我们心中最红最红的红太阳,报告一个振奋人心的喜讯:北京市革命委员会成立了!这是您的光辉思想的又一支响彻云霄的凯歌!这是以您为代表的无产阶级革命路线的又一伟大胜利!

——北京市革命委员会成立和庆祝大会②

---

①② 《人民日报》1967年4月21日。

今天，井冈扬臂举红旗，赣江奔腾来报喜。我们井冈山儿女，怀着无比的喜悦，无限的激情，向您，我们心中最红最红的红太阳，报告一个振奋人心的喜讯：在您光辉思想的哺育下，江西革命委员会在阶级斗争的暴风雨中胜利诞生了。

——江西省革命委员会成立和庆祝大会①

今天，您家乡的三千八百万英雄儿女，怀着无比激动的心情，向您，我们心中最红最红的红太阳，报告一个振奋人心的喜讯：在您一系列最新指示的光辉照耀下，在阶级斗争的疾风暴雨中，湖南省革命委员会胜利地诞生了！

——湖南省革命委员会成立和庆祝大会②

这里的重复，或是词语完全相同的重复，如"向您，我们心中最红最红的红太阳，报告一个振奋人心的喜讯"，是三篇致敬电的一字不易的重复；或略作变动，如心情，是在"万分激动"、"无限激情"和"无比激动"中变化，基本上是重复的。作者们应该知道，这样的重复以及极端的词语是对艺术的亵渎，但是，致敬电(信)依然如此坚持制作，是因为他们不需要面对广大读者，他们只需对一个权威的读者负责，从这个意义上说，致敬电(信)是权威和精神奴隶共谋制作的产品。

致敬电(信)的模式化制作把红色颂歌散文推向了极端。因此，它成了一种预示：红色颂歌散文已到了山穷水尽的地步。对于红色颂歌散文来说，致敬电(信)是它发展的必然。因为在文化专制主义的文化背景下，文体的发展必然受到权威意志的制约。对读者的忽视或藐视又决定了对艺术创作规律的蔑视。极端的结果是终结。致敬电为红色颂歌散文画了一个轰轰烈烈的句号。

第四节　与体制不和谐的声音

一　1957年的异质杂文

杂文是一种敏感的文体，也是一种批判的文体。

现代杂文是鲁迅在和敌人抗争中创建的，这种抗争也为杂文的命运染上了悲剧色彩。

---

① 《人民日报》1967年1月5日。

② 《人民日报》1967年4月8日。

或许因为杂文的敏感，在建国后不久的1950年，杂文家黄裳就在《文汇报》上发表了《杂文复兴》的文章，由此展开了“杂文复兴”的讨论。这场讨论最后由冯雪峰来总结，他提出了一个模糊的空泛的结论：“今天人民所需要的那种形式、内容和精神的杂文。”这场讨论事实上没有任何结果。

但这一切却并没有影响杂文家的创作激情。

1957年，由徐懋庸的《小品文的新危机》，再度引发了关于“小品文危机”的讨论，在“百花齐放，百家争鸣”方针的鼓舞下，《人民日报》从1956年7月1日起改版，第八版文艺副刊以加花边的醒目位置把杂文放在头条，从1956年到1957年，许多杂文家如徐懋庸、巴人、秦牧、钟惦棐、黄秋耘、艾青、流沙河以及费孝通等都发表了许多有影响的杂文，在文坛上引起反响。据不完全统计，从1956年7月到1957年6月，仅《人民日报》文艺副刊就发表了杂文五百多篇，作者有两百人。当时连毛泽东都说：“我爱读杂文，假如让我选择职业的话，我想做个杂文家，为《人民日报》写点杂文。可惜，我现在没有这个自由。”接着又说，“杂文家难得。因此，我要保护一些杂文家。”①毛泽东非常清楚杂文的特征，也非常了解杂文家在当时文化体制中的命运，但事态的发展，对于杂文家来说，事实却是“保护”成了奢望，等待他们的是一网打尽。当时的代表作品有巴人的《论人情》、费孝通的《知识分子的早春天气》、徐懋庸的《小品文的新危机》和钟惦棐的《电影的锣鼓》等。

虽则，这些杂文论及到各个方面，但激发他们创作的心理动机大致相同，这就是费孝通在《知识分子的早春天气》中所描述的：

> 去年一月，周总理关于知识分子问题的报告，像春雷般起了惊蛰作用，接着百家争鸣的和风一吹，知识分子的积极因素应时而动了起来。但是对一般老知识分子来说，现在好像还是早春天气。他们的生气正在冒头，但还有一点腼腆，自信力不那么强，顾虑似乎不少。早春天气，未免乍寒乍暖，这原是最难将息的时节。逼近一看，问题还是不少的。当然，问题总是有的，但当前的问题毕竟和过去不同了。②

这番话最清楚地表达了这批作家的杂文创作心理动机，他们把“百花齐放，百家争鸣”的方针和周总理关于知识分子问题的报告，看作是春天到来的

① 转引自林放：《杂文之春》，《杂文选》，新华出版社1988年版，第86页。
② 见王实味等著《野百合花》，花城出版社1992年版，第109页。

标志。这群作家是觉醒者、思想者，他们对建国以来的知识分子被狂风暴雨的改造所带来的问题了如指掌。因此，他们要想把改造中所造成的压抑和知识分子的一些问题倾吐出来，而倾吐的途径唯有杂文，于是他们不约而同地选择了杂文。这种心态中还孕育了对建国后的文坛上充满单调的红色颂歌的反感，艾青的《蝉的歌》正是借“八哥”和“蝉”的对话，明确地表达了这种反感。八哥对蝉整天从早上到晚上唱的是同一首歌非常反感，八哥对蝉说：“我说句老实话，我一听见你的歌，就觉得厌烦极了，原因就是它没有变化；没有变化，再好的歌也会叫人厌烦的。你的不肯休息，已使我害怕，明天我要搬家了。”①因此他们肩负着一种道义，要想借杂文，把问题摆一摆。这样的心理动机，显然和“工农兵”代言人唱颂歌的亢奋心态格格不入，决定了他们的杂文的内涵品质是一种异质，它与“工农兵”代言人的红色颂歌形成了对峙。

对于“工农兵”代言人来说，这批异质杂文持的是一种挑战的姿态。这种挑战毫不含糊，具有一种逼人的锋芒。在钟惦棐的《电影的锣鼓》中，摆了这样的问题：

在上海，《一件提案》的上座率是9%，《土地》是20%，《春风吹到诺敏河》与《闽江橘子红》是23%，另据北京《光明日报》的报道：从1953年到今年6月，国产片共发行了一百多部，其中有70%以上没有收回成本，有的只收回成本的10%。纪录片《幸福的儿童》竟连广告费也没收回！②

摆了这一连串的事实，接着提出了这样的问题：

事态的发展迫使我们记住：绝不可以把文艺为工农兵服务的方针和影片的观众对立起来；绝不可以把影片的社会价值、艺术价值和影片的票房价值对立起来；绝不可以把电影为工农兵服务理解为“工农兵电影”。③

三个“绝不可以”把问题提得非常尖锐；费孝通的《知识分子的早春天气》虽然语调和缓，但对教育界的问题也揭示得非常坚决和彻底。他把许多知识分子听了周恩来报告后的心情形容为“再度解放”，这也就把知识分子在建国后的改造运动中的压抑袒露了出来。毋庸置疑，是对“工农兵”在意识形态里，

①②③ 见王实味等著《野百合花》，花城出版社1992年版，第211—212页，第215—216页，第216页。

即科研、教育和文化领域里的权威表示质疑，质疑的目的，并不是要解构和颠覆“工农兵”的权威，而是要“工农兵”权威尊重科学，尊重规律，按科学办事，按规律办事，如此而已。一句话，他们仅想尊重科学，尊重规律。所以，才要用杂文来倾吐。

事实上，从杂文创作来看，这批异质杂文在艺术上并没有多大发展和创造。其中艾青、流沙河的杂文特色较为明显，如艾青的《蝉的歌》、流沙河的《草木篇》等，借用诗歌作法，用一些意象作比，凭借形象的话语，阐发一些思想，内涵较为丰富，比较成功，其他一些杂文，如费孝通的《知识分子的早春天气》和钟惦棐的《电影的锣鼓》都是较为形象的报告而已，但是，他们在散文史上有地位，决定他们地位的恰恰不是艺术，而是精神和思想。

“只爱温顺的人，本身是软弱的，而我们却具有倔强的灵魂”，艾青如是说——这批异质杂文的作家们所怀有的正是这样倔强的灵魂。

二　邓拓、吴晗和廖沫沙的杂文

六十年代初，中国大陆的思想界随着政策的调整又逐步活跃起来。思想的活跃，促进了杂文的活跃。杂文永远为思想者所有。当时各报刊纷纷开设杂文专栏，有《人民日报》的“长短录”专栏，《重庆日报》的“巴山漫话”专栏，《大众日报》的“历下漫话”专栏，《北京晚报》的“燕山夜话”专栏，《前线》杂志的“三家村札记”专栏等等。其中“燕山夜话”和“三家村札记”后来成了六十年代中期的文化大革命的批判对象，批判浪潮立刻席卷全国。

《燕山夜话》和《三家村札记》是邓拓、吴晗和廖沫沙的杂文代表作。

“燕山夜话”专栏是六十年代初《北京晚报》编辑部响应上级的提倡读书、振奋精神的号召开设的，邀请了时任北京市委书记处书记的邓拓主笔，邓拓就以马南邨为笔名，开始了“燕山夜话”的专栏写作。对这个专栏，邓拓曾向编辑解释说：“燕山，是北京的一条主要山脉，夜话，是夜晚谈心的意思。马南邨，是笔名，马南邨原是我们办《晋察冀日报》所在的一个小村子，我对它一直很怀念。”“三家村札记”专栏是北京市委机关理论刊物《前线》杂志开设的，据作者之一廖沫沙的回忆：

> 在一九六一年的九月以前，《前线》将开辟这个专栏的事，我是一无所知的。直到九月中旬或下旬，《前线》编辑部的工作同志来通知我：第二天的中午，邀请我到四川饭店聚餐。我也没有问过他为什么、将有什么人参加。因为我本来是《前线》的编委之一，而且在此以前曾多次给《前线》写

过稿；编辑部约请写稿人吃顿饭，在我的写作经历中并不是什么稀罕的事，三十年代在上海，四十年代在桂林、香港、重庆，五十年代即解放以后在北京，我都被邀参加过报刊出版社的聚餐，所以我对这类约会，一点也不感觉新奇。

到时我就去了。在座的人并不多，邓拓、吴晗两位之外，只有《前线》编辑部的几位同志。

入席以前，坐在沙发上喝茶抽烟，邓拓同志随便地谈起：《前线》也想仿照别的报刊"马铁丁""司马牛"之类，约几个人合写一个专栏，今天就是请你们两位（指吴和我）来商量一下。听说"马铁丁"他们是三个人合用的笔名，我们也照样是三个人取个共同的笔名；既是三个人，就干脆叫《三家村札记》行不行？他所说的"三个人"就是指邓、吴、廖三人。

我记得话谈到这里，饭店的服务员已摆好桌面，端来饭菜，催请入席。编辑部的一个同志说"一边吃，一边谈吧"。于是大家就座。

吃饭的中间，话题并不集中，东拉西扯，直到吃完，才又回到本题。所谓"本题"，也不过是三人合用的笔名如何取法，最后确定一人出一个字，吴晗出"吴"字，邓拓出"南"字（邓拓的笔名叫"马南邨"），我出"星"字（我当时的笔名是"繁星"）。专栏的名称与合用的笔名"吴南星"就这样定了。至于文章的写作内容和写作方法如何，我清楚地记得，当时并没有任何人提出来作为议题加以讨论；只是相约：文章以一千字左右为限度，每期在《前线》刊登一篇；三人轮流写稿；为了备忘，由编辑部派人在集稿前向作者联系、取稿；为了防备临时因事耽误写稿，每人各自先交稿一篇，以为储备；万一作者因公离京，就请旁的同志代笔。所以现在出版的《札记》中有五篇是其他同志写的。①

邓拓（1912—1966），福建福州人。原名邓子健。1929年考入上海光华大学社会经济学系。1937年出版了《中国救荒史》，被学术界誉为"扛鼎之作"。1937年10月，邓拓到达晋察冀边区，先后主持《战线》、《抗敌报》、《晋察冀时报》等报刊工作。建国后曾担任《人民日报》总编辑，北京市委书记处书记。杂文集有《燕山夜话》。吴晗（1909—1969），浙江义乌人。原名吴青晗。1928年考入中国公学大学部预科，次年升入社会历史系。1930年著文《西汉的经济

---

① 廖沫沙：《〈三家村札记〉后记》，《三家村札记》，人民文学出版社1979年版，第241—242页。

状况》,为胡适赏识。先后在清华大学、云南大学和西南联大分校任教。建国后任清华大学文学院院长,历史系主任,北京市副市长等职。杂文集有《灯下集》、《投枪集》、《春天集》和《学习集》等。廖沫沙(1907—1990),湖南长沙人。原名廖家权。三十年代从事中国共产党的地下工作。在《申报·自由谈》、《大晚报·火炬》、《中华时报·动向》等副刊发表很多杂文。抗日战争期间,先后在桂林、香港、重庆等地从事报刊编辑工作。建国后先后任北京市委宣传部副部长、教育部长和统战部长等职。出版杂文集《分阴集》。

从本质上看,邓拓、吴晗和廖沫沙的不期而遇是一种必然,他们的经历中共同的一点是他们都是文化人和思想者。邓拓、吴晗和廖沫沙都处在主流文化体制的中心,他们深知主流文化体制的严肃,这种严肃就是要求他们必须成为忠实的“工农兵”代言人。但是,他们不幸是文化人,而且是文化人中的思想者。更不幸的是思想又化为杂文。其实,他们并不是主流文化体制的叛逆者,他们仅仅是以思想表示了一种清醒,乃至成为“罪人”。在文化专制主义下,他们的悲剧也成了必然。

《燕山夜话》和《三家村札记》都是有感而发,有强烈的特指性。在创作心态上,他们一方面要维护主流体制,另一方面又对极权专制主义下的现实中的种种现象不满。因此在这两本杂文集中出现了这样的矛盾:一方面借古今中外天文地理、历史文化、人物掌故等,从正面来阐发一些道理,拥护社会主义,反对资本主义,坚持主流体制的立场,千方百计“补天”;另一方面,却又不时借古讽今,借题发挥,对主流体制显示某种思想独立。如《一个鸡蛋的家当》对违背经济规律的抨击,《伟大的空话》对假大空的社会风气的针砭,《赵括和马谡》对教条主义的清算,针芒所向,显然是直指极“左”思潮。虽然不露声色,旁敲侧击,但细细体味,可以品到另一种滋味。对于当时的现实来说,他们能如此发挥,不能不说是一种坚持一种清醒。可惜这种清醒染上了浓厚的文人夫子味。邓拓的《“批判”正解》就是一个例证。他对当时几个高级知识分子老朋友“为什么那样不高兴听‘批判’这两个字呢?难道一提到‘批判’就真的觉得受到打击,就什么都被否定,一切完蛋了吗?”表示很不理解,认为“这是对于‘批判’的极大误解”①。为此,他作了这样的“正解”:“从这个意义上说,批判不但不是什么坏东西,而且是我们经常需要的好东西。”②“问题很明显,批判是唯一正确的研究方法,批判即是研究,没有批判的研究,就不能叫做研究。”③他一腔热血

①②③　马南邨:《“批判”正解》,《燕山夜话》,北京出版社 1979 年版,第 92 页,第 92 页,第 93 页。

对“批判”，但最后的现实是他恰恰死于“批判”，他对当时的“批判”的“正解”恰恰是极大的误解。这种独立只能说是一种可悲的软性的独立。

《燕山夜话》和《三家村札记》均是专栏文章，明显带有急就章色彩，他们软性的独立在针砭时能一定程度上站在民间立场上为民鼓与呼，所以决定了他们的风格具有一致性。但具体表现在文章上各人风格又有差异。邓拓嬉笑怒骂，尺水兴波，具有一种理智的冷峻，《一个鸡蛋的家当》用千余字把那个财迷的贪婪、欺诈和愚蠢写得淋漓尽致。吴晗有史家的严谨，在直露中表示一种虔诚和执拗。廖沫沙有长者风范，劝说味浓。他们组成的“三家村”，堪称是一组黄金搭档。

三 “文革”期间丰子恺的回忆小品

在“文革”期间，丰子恺共创作了三十三篇散文，以回忆小品为主，自己编成一集，定名为《往事琐忆》，后改为《续缘缘堂随笔》，最后改定为《缘缘堂续笔》，生前未发表。后其子丰一吟从三十三篇中选了十七篇，和丰子恺的其他散文合成《缘缘堂随笔集》，由浙江文艺出版社于 1983 年出版。

对于丰子恺在晚年创作回忆小品的动机，丰一吟作了这样的描述：

> 选自《缘缘堂续笔》中的十七篇则更是来之不易。父亲写作《缘缘堂续笔》时，正当十年内乱中的 1972 年，当时父亲还没有摆脱受“审查”的地位。读者看了这十七篇随笔，就会发觉其中的内容与当时的社会环境是多么不相称。作者面对着这样严峻的现实，竟把自己的思想感情寄托于遥远的往昔。这是多么发人深思啊！
>
> ……
>
> 写作已经成了父亲的第二生命，他决不能投笔闲坐！这位惯于从平凡琐碎的现实生活中取材，最喜“小中见大”，还求“弦外余音”的作者，看到当时现实生活中的一些丑恶现象，而又不能痛痛快快地举起“五寸不烂之笔”加以鞭挞，这时，他就采用了另一种方法：“你批你的，我写我的！”《缘缘堂续笔》就是在这样的情况下诞生的。①

如果从 1931 年的《缘缘堂随笔》在开明书店出版社出版时算起，到 1972

① 丰一吟：《〈缘缘堂随笔〉编后记》，《缘缘堂随笔》，浙江文艺出版社 1983 年版，第 500—501 页。

年创作《缘缘堂续笔》为止，时间整整四十年。丰子恺的《缘缘堂随笔》不管风云如何变幻，四十年如一日，直到晚年，面对文化专制主义的迫害，他所持的创作姿态依然不变，审美观念依然不变，价值标准依然不变。整整四十年，除了深化以外，创作风格没有断裂没有变形没有妥协，一以贯之，“你批你的，我写我的”，我行我素，我是我，这是一种坚守也是一种品位。他晚年的回忆小品犹如地火那样的奔腾和燃烧，这种默默的抗争中没有半点虚妄，没有半点畏惧，《缘缘堂续笔》是他的绝笔，是他留给后人的遗嘱！巴金在1979年提出把散文“当遗嘱一样写”，丰子恺却早在1972年就用他的《缘缘堂续笔》为这一创作原则提供了成功的范本。

丰子恺在三十年代创作的《缘缘堂随笔》里倾心抒写了一种“大人格”、“大人生”意象，并且把这种“大人格”、“大人生”幻化到佛法上，多少是一种抽象的说教和浪漫的企盼。到了七十年代他的《缘缘堂续笔》，强化了这种“大人格”、“大人生”的意象，不过，他不再把“大人格”、“大人生”幻化到佛法上，而是把它转化到“自我”身上，“大人格”、“大人生”不再是抽象和企盼，而是活在现实中，那就是随笔中的“自我”的一种冷静一种坚定一种主宰。这种冷静和坚定主宰了他晚年的小品，回忆小品成为他在《大人》篇中所说的“大人”：“他自能于无形中将身心放大，而以浩劫为须臾，以天地为室庐，其住世间就同乘火车，搭轮船一样。”所以，他在1972年这样动乱艰难的岁月里，处在被“审查”的位置上，依然能如此从容地面对世间翻滚的恶浪，有一种“君临天下”的“大人”气概。在《食肉》中，他侃侃而谈，从小时不吃肉到平时坚决不吃肉的情景，写到最后，突然不露声色地摔出一句：“我不吃肉，实在是‘大逆不道’！但我‘知故不改’，却笑‘食肉者鄙’。”痛快淋漓，傲视天下，视当时主宰天下的“四人帮”为粪土，鄙视怨恨尽含其中，表达了自己岿然不动的意态。又如《歪鲈婆阿三》，写了阿三通过买彩票变成了暴发户。结果大吃大喝，滥赌滥用，仅一个月，又回到了原来的潦倒地步。在这阿三身上，作者巧妙地折射出当时那些主宰天下的政治暴发户的身影，明确昭示读者，他们来日不长了。

丰子恺从来不想作“工农兵”代言人，五六十年代的一些随笔小品，虽则也有些颂歌，但大多发自肺腑，也并不是直接歌颂“工农兵”的。他不是唱高调的人，他笔下也很少写工农兵，因为他不熟悉不了解工农兵，所以他才在1962年创作了小品《阿咪》。由于描绘的对象是一只名叫阿咪的猫，由此回忆一只名叫“猫伯伯”的黄猫，中间着力赞美的意象是：一次，作者会客时，黄猫爬到一位“贵客”的脊背上，构成一幅极为美妙的画面。对一只猫爬到一位身份可疑的贵客身上所构成的画面进行赞美，这样闲情逸致，在当时的主流文化体制看来,是和写"工农兵"对抗,它理所当然地被斥之为毒草而受到批判。但他不改初衷,在七十年代初的"文革"高潮中,正是全国报刊大写工农兵英雄的时代,他的三十三篇回忆小品,依然把视点放在他所熟悉的那些市井凡人小事上。写他们的纯朴,写他们的狡诈,写他们的喜怒哀乐,表达的是他坚持的传统的一些理念道德。如他在《酆都》中引用的一个对联:"为恶必灭,若有不灭,祖宗之遗德,德尽必灭;为善必昌,若有不昌,祖宗之遗殃,殃尽必昌"①。文化大革命是以批判中华民族文化的大传统为目的,丰子恺则用他的回忆小品,坚持他对民族文化大传统的理念的传承,这种坚持和传承又是对文化大革命的一个不屈的抗争。

丰子恺的回忆小品还荡漾着他四十年散文创作中坚持的一种谐趣。"文革"是没有幽默和情趣的时代,但丰子恺我写我的,把笔下的人和事写得趣味盎然。在《癞六伯》中有一段写癞六伯喜欢骂人的文字是这样的:

> 且说癞六伯喝时酒,喝到饱和程度,还了酒钱,提着篮子起身回家了。此时他头上的癞疮疤变成通红,走步有些摇摇晃晃。走到桥上,便开始骂人了。他站在桥顶上,指手划脚地骂:"皇帝万万岁,小人日日醉!""你老子不怕!""你算有钱?千年田地八百主!""你老子一条裤子一根绳,皇帝看见让三分!"骂的内容大概就是这些,反复地骂到十来分钟,旁人久已看惯,不当一回事。癞六伯在桥上骂人,似乎是一种自然现象,仿佛鸡啼之类。我母亲听见了,就对陈妈妈说:"好烧饭了,癞六伯骂过了。"时间大约在十点钟光景,很准确的。②

以"癞疮疤变成通红"的醉态骂人,已令人发笑。天天重复骂,更令人发笑。骂到旁人充耳不闻,视若不见,不当一回事,已属有趣。骂人变成自然现象,仿佛如鸡啼,趣中有幽默,妙不可言。到最后,天天准时骂到居然母亲可把癞六伯的骂人时刻定为烧饭的时间标准,真是妙趣横生!岂止是妙趣横生?如果人们联系当时的社会现实,不是还可以从癞六伯骂人的"事件"中体味出别一种情感?在1972年的这样险恶的环境中,丰子恺的回忆小品还能如此趣味盎然,一方面说明了他对回忆的投入和执拗,另一方面也说明他创作个性的顽强,在百年中国散文史上,不能不说是一个榜样。

在这种动乱的年月里,散文家的出路,要么如奴隶般的活着,要么如斗士

---

①② 见《缘缘堂随笔》,浙江文艺出版社1983年版,第461页,第463页。

般地沉默。丰子恺没有沉默,他能做的,是返回历史,继续用他的小品作为一个时代的发言,正是这发言,人们看到的是一个天塌地陷都奈何他不得的斗士。

其实,在五六十年代,从抒情小品角度考察,异质散文也有许多,代表作有黄苗子的《豆腐》、老舍的《养花》、张恨水的《陶然亭》、常书鸿的《夏天的敦煌》、黄裳的《放翁诗》和周瘦鹃的《听风听雨入雁山》等。

第十五章　转折:后“工农兵”代言人时代的散文(上)

第一节　文化精神特征

一　文化心理特征:心有余悸

从1976年“文革”结束到八十年代中期的近十年时间里,和其他文体,如小说、诗歌等相比,散文的文体变革和发展相对比较缓慢,小说、诗歌在“文革”结束不久,就很快和“工农兵”代言人时代告别,但散文却一直在徘徊,我们把它命名为后“工农兵”代言人时代。因为这十年中,散文创作的基本倾向,散文家的状态,思维的模式,抒情的姿态以及话语,基本上和“工农兵”代言人时代一脉相承,也就是说,这一时期的散文的风气和主流倾向是对“工农兵”代言人时代的散文创作经验的承认,但散文的蜕变、叛逆却又和这一承认同时存在。世界在变,现实在变,散文家的“自我”虽然还在包裹的状态之中,但已经蠢蠢欲动,“工农兵”代言人时代即将终结。事实证明,到八十年代中后期,余秋雨、贾平凹、王小波、夏坚勇、邵燕祥等站出来,以文化“自我”为中心,创作一批散文,和以前的“我”告别,实现了文化“自我”的自由,散文终于走出了“工农兵”代言人时代。

后“工农兵”代言人时代成了散文特有的一个时代。

在这一个时代里,散文家的文化心理特征的常态是:心有余悸。

“文革”结束,社会处在转型时期,在急剧变化中,社会成员的灵魂分裂是以各种不同的形式表现出来的,其结果是不断产生一些互相对立互不相容的思想类型,表现到文艺创作中,诗歌的朦胧诗派,小说的各种各样先锋派,都能形成气候。但在散文创作中,却遭遇到了挫折。在五六十年代的“突出政治”主宰下长期形成的泛政治化的文化环境虽则在互相对立互不相容的思想类型冲击下,悄然地在变化,对小说诗歌的制约力越来越弱,但以直抒胸臆为天职的散文家们却仍然心有余悸,显得顾虑重重,无所作为。其原因是转型过渡时期的文化背景变得复杂起来了,一方面中国文学中的启蒙主义话语在逐渐复苏走向自觉，持民间立场运用民间话语创作也已逐步流行。但政治体制基本延续原有的轨道前进，经济体制虽然开始变革，但社会公众也是以疑惑的眼光注视着它的变化，所有这一切，都制约着散文家，因为，和小说诗歌相比，它要持民间立场运用民间话语创作缺少掩护的屏障。

其实，在“文革”结束，率先站出来的，恰恰是直抒胸臆的散文，他们成了批判“文革”的领头羊。巴金的《随想录》、陶斯亮的《一封终于发出的信》等一篇篇血泪凝成的悼念“文革”中被迫害致死的冤魂的哀祭散文破土而出。长期形成的散文倾心描写鸟语花香的甜蜜文风，被这哀祭散文一扫而光。他们特有的血泪的内涵，为散文抒写真情实感作出了榜样。

但是，不久，哀祭散文就逐渐向回忆散文转移，这种回忆是背对现实，以回忆往事和追忆历史为宗旨，形成了一般回忆散文热。八十年代前期，回忆散文一度主宰散文文坛，如《散文》月刊对 1983 至 1990 年刊载其上的散文评奖，获一等奖的十篇散文中有六篇是回忆散文。虽则在这批回忆散文中，有艾煊的《醒时的梦》、《湖上的梦》，陈白尘的《云梦断忆》，杨绛的《干校六记》和丁玲的《“牛棚”小品》等，使人们从历史的回声中听到现实的叹息，品尝到苦而涩的味，增添了散文的多重色彩，提醒人们不要忘记历史的教训，但总体上看，当时的回忆散文痴迷于回忆，和现实拉开了距离，使得散文有一种“老了”的感觉。背对现实，和现实拉开距离，原因固然是多方面的，但重要的一条，是和作家的“心”有关。“工农兵”代言人时代培养的散文家的心理状态是：“奴在心者”，巴金如是说。在后“工农兵”代言人，这种状况没有得到根本的改变。

回忆历史，背对现实向“后”看，并不是说散文必然要“老了”。八十年代末到九十年代初兴起的文化散文，恰恰也是向“后”看，但它们是以历史作为镜子，用历史的文化对专制主义文化体制进行爆破，强烈的弦外之音，证明作家的主体已经获得了脱胎换骨的改造，他们艺术地实现了以文化“自我”为中心。而这一时期的回忆散文的作者的“自我”基本上还处于冬眠状态。他们回忆历史是把历史当成“梦”来看待。他们仍然延续阶级斗争的思维方式，艾煊把他这一时期的代表作均以“梦”来命名，《醒时的梦》、《湖上的梦》，是有代表性的。不管是甜蜜的“梦”，还是苦涩的“梦”，还是凶恶的“梦”，他们没有勇气也不想对他们身处的专制主义文化体制和文化暴力作一点反抗，爆破，连一点反思，或扔一两块小石子，都不想做。这种回忆，变成了一种纯粹的回忆，纯粹的回忆的结果，是回忆散文的精神疲软，其真正的根源是一种畏惧，对专制主义文化体制形成的文化暴力的畏惧，他们仅仅用“梦”对不满的现实作一心理的休整。

心有余悸最主要的表现是不愿将心裸露，千方百计予以包装。这种包装大致可以分为两类，一类是有意识的，甚至于是精心的包装。黄宗英写于1978年的《星》，是对著名影星上官云珠的哀悼。整个文章自始至终突出一点，上官云珠是个“革命者”，从抗日战争参加地下党领导的影业公司开始，到拒绝参加国民党的“慰劳空军”，到掩护起义的空军，到拍摄进步电影，到积极参加建国后的各项政治活动等等，展览上官云珠的革命史的目的，是向读者证明上官云珠是个标准的革命者，似乎只有这样，才享有被哀悼的荣誉。倘若上官云珠仅是一个影星，就不能享受他人哀悼的眼泪了。这种有条件的对人的生命权的思考，也是典型的后“工农兵”代言人症候。这种有意识的包装在七十年代末的散文中，是一个常见的现象，从根本上说依然是一种“文革”思维、“文革”腔调、“文革”语言，“文革”中群众组织之间为某一个干部争论时，均是用这样的包装。另一类是一种无意识的惯性延伸，主流文化体制对作家的指令已经通过长期翻来覆去的传递，深入到作家的心坎中，成为一种惯性思维，左右作家的创作。这类作家虽然力图挣脱阶级斗争思维，但无意识中时时不忘自己是“工农兵”代言人角色。黄裳的《晚春行旅》中写于1981年3月22日的《沈园》，记述作者游览沈园的所见所闻。沈园是作者“久久悬之梦寐的地方”，是一个凄绝的悲剧故事发生地，游玩沈园，带着沉重的心情离开沈园时，“被一阵阵清脆的笑声惊破了。原来小巷里已经挤满了刚吃完午饭的年轻女工，她们就在沈园对面的工厂里工作”。这纯属邂逅，面对这群“那么开心，充满生趣”的姑娘，作者产生的联想是：“在她们中间，发生《钗头凤》那种悲剧的可能大概不存在了。我想，这简直是一定的。”①这种联想，和杨朔六十年代初登泰山途中，面对“渺渺茫茫的天边”所扬起的“一带烟尘”产生的对“大炼钢铁”赞颂的激情相比，显然是一种无意识的自然感情流露。杨朔是带着歌颂“大跃进”、“大炼钢铁”的旨意登泰山的，因此“渺渺茫茫的天边”的“一带烟尘”，尽管和“大炼钢铁”不大搭界，也不得不牵强附会，因为这是“工农兵”代言人的基本要求。黄裳并没有带着要歌颂当今妇女的美好生活的旨意踏进沈园，他的思想还是比较开放的。但当步出沈园，一群开心、生趣的姑娘的出现，稀释了他游园的沉闷心情，因此，想要抒发一点感情也是必然的。“《钗头凤》的那种悲剧的可能大概不存在了”，是一种自然，但这一自然恰恰和新旧社会两重天的“工农兵”代言人时代所常用的忆苦思甜的宣传口径暗合。这种暗合是无意识的，散文家徘徊于主流文坛和私密空间之间，在话语上有些不知所措的迷茫，稍不留神，手中的笔又被拖到杨朔式的阳光普照的“人间天堂”里。

---

① 黄裳：《沈园》，《晚春的行旅》，湖南人民出版社1986年版，第22页。

心有余悸还表现在一部分老散文家身上,这部分散文家可以孙犁为代表。孙犁以四十年代末写农村速写起家,这些散文虽然也可以归入红色颂歌散文之列,但它却是作者“泡”在农村土地里写出来的。白洋淀与孙犁,犹如湘西与沈从文,上海与张爱玲。他在“白洋淀”时期的散文,成了他一生文学创作中的一个玫瑰式的“梦”,这个“梦”中的孙犁是真实的。正是这“梦”,成了他在“文革”中抵抗极“左”文艺思想的浪漫的精神力量。他和刘白羽等并不同,刘白羽等极力歌颂的“火光”和“日出”早已成为历史。但孙犁在“白洋淀”时期的散文所编织的“梦”,却仍然散发着它的光彩。所以孙犁在后“工农兵”代言人时代,虽然清醒地意识到散文要变革,但对于他来说,变革的意义是否定“文革”,坚持走历史上的白洋淀时期的创作之路。因此,他论散文变革形成了这样的策略,一是言必称鲁迅和中国古代散文,二是强调散文要“实”,要有“真情”,这些策略对散文变革来说,未必不是个办法,但他始终不敢触及散文中的主体——“自我”解放这一既敏感又关键的根本问题。而且巴金已经通过《随想录》,把建国以来的散文家的“奴在心者”的问题强烈地提了出来,而像孙犁这样有影响的散文家却还是对此沉默,这不能不使人联想到他的一再的自我表白:“我写东西,是谨小慎微的,我的胆子不是那么大。我写文章是兢兢业业的。”①我们虽然不能苛求孙犁,但孙犁在这一时期的表现也确实代表了一部分老散文家,“心有余悸”成了他们的一种创作常态。

在这一时期里,也有一些人完全敞开心房,把包裹“心”的伪装撕碎,让“心”完全裸露,巴金就是一个代表。他在《随想录》中无情地自我拷问。自我拷问的方式就是忏悔。在当时,忏悔还不是时髦。他以忏悔进行自我拷问的心理基础是,对在文化专制主义之下的“自我”的厌恶。长期的压抑,使之从“奴在身者”最后蜕变成“奴在心者”。因此,他采取凤凰涅槃的方式,用审判“自我”否定“自我”来砸碎身上的精神枷锁:“我踏在脚下的是那么多的谎言,用鲜花装饰的谎言!”②“人只有讲真话,才能够认真地活下去。”③他的忏悔是那样强大和健康,因为他非常自信:“我快要走到生命的尽头了。我不愿意空着双手离开人世,我要写,我绝不停止我的笔,让它点燃火狠狠地烧我自已,到了我烧成灰烬的时候,我的爱、我的恨也不会在人间消失。”④但遗憾的是当巴

① 孙犁:《文学和生活的路——同〈文艺报〉记者谈话》,《秀露集》,百花文艺出版社1981年版,第127页。

②③ 巴金:《再论说真话》,《探索集》,人民文学出版社1981年版,第97页。

④ 巴金:《我和文学》,《探索集》,人民文学出版社1981年版,第129页。

金在高举火焰向前奋进时,后面竟没有跟随的散文同志,响应者寡,散文界对此几乎无动于衷。巴金成了一个孤独者,许多散文家仍然有意无意地操练着杨朔、刘白羽等式样的散文。庆幸的是一批有骨头的杂文家还在,尤其那些在历次运动中受打击的一些杂文家,如林放、严秀、牧惠、邵燕祥、舒展、吴有恒、陈虞孙等,他们依然那么敏感,智慧和锋芒使得他们的杂文成了巴金的呐喊的响应者。但总体来看,散文作家的"自我"长期"休克",仍然把习惯于重复"上帝"的语言视为正常,现在骤然要说自己的话,有些不寒而栗,王实味、邓拓的冤魂还紧挨着他们,这都是"心有余悸"的文化心理作祟的结果。有些仁人志士,敢于说自己的话,但他们对散文很隔膜,不太善于艺术地说自己的话,要他们用美文形式实现"自我"的解放,有较大难度,所以这一时期散文处在不死不活的挣扎状态之中。

二 文化精神特征:欠独立

心有余悸的文化心理造成了大多数散文家的欠独立的文化精神。

这是一个政治转折的时代。一个人的精神和经济基础之间存在着一定的联系。从七十年代末到八十年代初,基本上还是计划经济时代,个人和集体的命运紧密相连,经济的不独立在一定程度上制约了人的精神独立。这种制约从某种意义上是全方位的,因为精神独立包括自尊、自主、自我思考甚至还包括自我扩张,这和计划经济是一种对立,对立产生矛盾,矛盾产生斗争,精神独立与反精神独立的矛盾,产生的结果是呈现出一种欠独立的精神姿态。

对散文家的欠独立的精神特征,最早形象阐述的是杂文家陈虞孙。他早在 1978 年 7 月写的杂文《杂谈出笼》,就用一个形象比喻,来显示当时一些作家(包括散文家)的思想精神状态:

> 如果一只鸟在笼里十多年,幸而没有死,有朝一日,一双巨手砸碎了这笼子,把它放出笼来,对它说,你解放了,你可以自由飞翔了。我以为,此时这只鸟倒有点为难。亦许,它开始用自己的脚跳两跳,又停下来,你又提醒它,飞呀,两只翅膀好好的,为什么不振翅飞呀。亦许这只鸟此时想起自己的翅膀,开始伸展一下,觉得翅膀还在,于是扑几下,飞起来了。可是飞了很小的一个圈子,又停在原地。①

长期在专制主义文化牢笼中的散文家就如这一只"为难"的鸟,在牢笼砸碎

① 见《解放日报》1978 年 7 月 2 日。

后,或“用自己的脚跳两跳,又停下来”,或是“飞了很小的一个圈子,又停在原地”。他们对自己的解放还不习惯,还无法独立。精神的独立依赖于人格的独立。人格的独立还需要时间。

在这一段时期里,尽管有些觉醒者,如刘再复在《地上有着无数太阳》中发出“我相信地上有无数太阳”的呼喊,但散文家的人格独立还面临着诸多的心理障碍,有现实中时而出现的政治运动(尽管不多)的敲击,有对思想意识出轨的焦虑,还担忧道德价值的惩罚,诸如此类,使得散文家形成了一种想独立又难独立的欠独立的精神特征。贾平凹就是一个代表。他在八十年代初开始创作散文,在 1983 年之前他已发表了不少散文作品,并屡屡获奖,其《丑石》一鸣惊人,引起反响。但在他的前期散文中,我们看到的贾平凹的人格形象,就是一个欠独立的人格形象。他前期的散文代表作是《丑石》和《月迹》。《丑石》是以家门前的那块“丑石”起兴,文中出场的人物是“奶奶”和“我”,“奶奶”看不起丑石,经常设法要把它搬走,并时时责骂它。但就是这块丑石,最后却被证实是一块了不起的陨石,最后文章升华了,歌颂“丑到极处,便是美到极处”,有一种“不屈于误解,寂寞的生存的伟大”的思想。另一篇代表作《月迹》是以“月”起兴,文中出场的主要人物依然是“奶奶”和“我”。奶奶以“月亮进来了”引出话题,并怂恿孩子们去寻找月亮,孩子们发生了“月亮是属于自己的”争论,最后奶奶站出来升华:月亮“是属于我们的,每个人的”。值得注意的是,尽管“奶奶”在这两篇散文中扮演的角色不同,前者是“反”角,后者是“正”角,但所起到的作用是相同的,帮助作者精神爬坡和精神飞跃,达到抒写“赫然的目的”(贾平凹语)的目的,奶奶在这里充当了“拐杖”。贾平凹这类散文和杨朔散文比较,虽则有一些区别,但本质上是相同的,区别仅是杨朔散文中的最后的“赫然的目的”是正宗的主流文化体制话语,贾平凹散文中的最后的“赫然的目的”是准主流文化体制话语;杨朔是失去“自我”,贾平凹是精神欠独立,都想通过“赫然的目的”的升华,树立一种精神的楷模。贾平凹因为精神欠独立,所以要请出“奶奶”来帮助,用“奶奶”这个道具来支撑精神的独立,这样“奶奶”在《丑石》中还勉强可以担当“拐杖”的角色,但在《月迹》中就有些力不从心了,“奶奶”简直不像奶奶了。贾平凹在这一时期的散文中有较多的篇章都是如此,如《云雀》、《地平线》等。而《丑石》堪称是后“工农兵”代言人时代的代表作。

欠独立的文化精神是一种相对矛盾的精神。表现在作家身上也各不相同:一些写抒情小品的作家如刘白羽、袁鹰、徐开垒、艾煊、赵丽宏等,比较尊重当时的主流文化体制,基本上和五六十年代的思想文化传统接轨。另一些散文家和杂文家,如巴金、舒展、冯英子、严修、邵燕祥等则坚决挣脱思想牢笼,彻底和旧我决裂,决心砸碎束缚思想的锁链。但一切都在“变”,变得最迅速最成功的当推贾平凹,他在八十年代中期创作的《商州初录》和《商州又录》成功地完成了蜕变,用他自己的话说,创作这些散文是“常常处于一种随心所欲的境界”①。“自我”站起来了,精神独立的标志就是“一种随心所欲的境界”。贾平凹在二十世纪百年散文史上的地位非常独特,既是一个时代(“工农兵”代言人时代)的终结者,又是另一个时代(和而不同的时代)的开拓者。

欠独立的精神特征集中表现在大多数散文家身上的另一个方面是缺乏自我拷问的勇气。拷问自我,本是一种自由,需要不需要拷问,何时拷问,怎样拷问,都不能成为一个文学艺术倾向问题。但从散文这一抒写“自我”的特定的文体来说,“自我”的状况是影响它发展的决定因素。尤其在社会急剧转折的七十年代中期到八十年代中期的特定的年代里,拷问“自我”成了散文能否发展的焦点。当巴金的《随想录》中以拷问“自我”的策略挣脱精神枷锁时,多数散文家却保持沉默。巴金的拷问“自我”是要彻底埋葬“工农兵”代言人时代的“自我”,而并不是特指“文革”这一段时期。以巴金为代表的散文家,在进入“工农兵”代言人时代时,曾经历了一个否定“自我”的过程,现在他对这个否定“自我”的拷问,就是否定的否定。这个否定的否定又是如此决绝和彻底,因为他有一个真正的“自我”——工农兵代言人时代前的“我”在。但对于大多数散文家——尤其是对以延安时期成长起来的军旅散文作家为核心的红色颂歌散文的歌者来说,他们就是以写红色颂歌散文起家,他们以身相许红色颂歌散文,并相依为命,否定则意味着他们将在散文史上隐退,他们还没有这样的勇气。于是,他们的散文就出现了这样的反常,在散文中原来的“工农兵”代言人“我”变异成一个“超我”。这种“超我”有极强的淘汰情绪中异质因子的能力,能自觉地对散文中的情绪进行“净化”和“纯化”处理,超离现实,既不针对什么,也不关心什么,选择一些花呀草呀,或美丽的自然山水,而后再加上不痛不痒的高调和哲理,编织成一个个理想的乐园。在情绪释放的策略上也基本延续杨朔的宏大抒情方法,由于套在“自我”脖子的绳索不除,导致在创作上拘谨地守“法”,呈现出一种病态的规矩。人格欠独立,制约了散文解放的步伐。

事实上,巴金用拷问“自我”来回顾历史,是一种进攻的策略。拷问“自我”中的“自我”,实质是非“自我”,拷问矛头所向,直指极权的文化专制主义,因为拷问的“自我”是极权的文化专制主义雕塑起来的木偶。这里的拷问“自我”和

① 贾平凹:《在商州山地》,《贾平凹散文大系》第2卷,漓江出版社1993年版,第119页。

“文革”前的知识分子的思想改造,“文革”中的“触及灵魂大革命”的主体来了一个颠倒,拷问“自我”实质是“自我”在拷问,拷问极权的文化专制主义。不言而喻,拷问“自我”实际上是解放散文的有效的捷径。遗憾的是大多数散文家对此却冷漠、沉默,被“触及灵魂大革命”折腾得死去活来的散文家,他们已厌倦对“自我”这样那样的触及。即使一些年轻的作家,在“文革”中也写过一些红色颂歌散文,如张抗抗、余秋雨等,在这一转型时期,对拷问自我也显得无所作为,因为他们没有像巴金那样拥有一个自由的历史的“巴金”可以支撑。散文家仍被无形绳索束缚着。杂文家陈虞孙在一篇题为《“还我头来”》的文章中呼吁:“还我头来!”这就是后“工农兵”时代散文家中的一个带有倾向性的问题。事实上,在这一时期里,从散文来看,欠独立的精神就是一个普遍的社会病。

欠独立的人格精神导致了散文对现代性的冷漠,使得散文缺乏现代性的想象。他们依然生活在“工农兵”代言人时代的幻觉之中。虽然散文也想和“工农兵”代言人时代决裂,当时散文界流行一种观点:散文要解放,必须继承五四传统。但倡导者本身对五四传统的精义也很迷茫,不知道要拒绝什么坚持什么,更没有从文化主流体制和散文发展的关系上思考,因此这些口号都未能在根本上改变散文家人格欠独立的状况。

三 审美特征:泛政治化

精神不独立导致精神指向较为模糊,审美价值判断也较为混乱。这一时期的社会环境基本上还是属于泛政治化环境,虽然如此,但这一时期的文学环境并不平庸,原来封闭的文学大门敞开了,各种被拒之门外的思潮、流派、风格都蜂拥而入。文坛上探索如潮,文学一次次地向传统,向原有的规范和价值体系,向各种各样的框框发动冲击。文学的主题在蜕变,文坛上不时有“离经叛道”的现象出现,虽则每次出现人们都惊愕、不安,偶尔还有零星的武器的铿锵声,但不久人们又会看到,“离经叛道”者安然无恙,且“离经叛道”魅力无穷,也会不自觉地喜欢它,于是新的“离经叛道”的现象又会冒出来。正是在这种循环中,促使八十年代文坛一步步开放。泛政治化的社会环境对小说诗歌的制约力愈来愈弱。这时出现了这样一个奇特的现象:在文坛上出版了名目繁多的诸如“探索小说选”,“探索诗歌选”,“探索戏剧选”,独独没有“探索散文选”。“探索散文选”的缺席,正说明了散文对泛政治化环境的畏惧,泛政治化的审美价值标准还牢牢控制着它。《随想录》面世后的命运就是一个例证。巴金曾描述他的《随想录》出版后的遭遇:“绝没有想到《随想录》在《大公报》上连载不到十几篇,就有各种各类叽叽喳喳传到我的耳里。有人扬言我在香港发表文章犯了错误;朋友从北京来信说是上海要对我进行批评；还有人在某种场合宣传我坚持‘不同政见’。”①这种遭遇说明了政治在散文评判中的权威和冷酷。阶级斗争的思维逻辑还在散文中发威。散文的直抒己见的特征，使得散文成了泛政治化的审美标准牢牢控制的最后一个阵地。

在这一转折时期中，新旧思想冲突十分尖锐，“政治第一，艺术第二”深入人心，尤其是出版界，对这一审美标准运用得非常娴熟。或许朦胧诗的朦胧，先锋小说的先锋，他们有些无奈，但是，散文就不同了，明明白白的“已见”，完全就可以“政治第一，艺术第二”。1979 年上海教育出版社出版了一套现代散文选，周作人的散文也入选了。读书编者作了这样的说明：“选入本书的某些作者，政治态度前后变化很大，如周作人等。我们根据历史唯物主义的原则，对这些作者尚属新文学等阵营时期的作品，也适当地选了若干篇。”②这一说明明确地表达了编者对编选作品所遵照的政治原则，政治在散文审美价值中的地位依然显得那么重要。到了 1982 年，人民文学出版社也出版了一套《中国现代散文选(1918—1949)》，在“编辑说明”中重申“以革命的和具有进步倾向的作品为主”的原则之后，又特别说明：“我们还按照唯物主义的历史观和实事求是的原则，对在政治态度上前后变化甚大的某些作家所写的具有一定价值的作品，酌情选入了一些；对个别作家如周作人，则分别选了几篇代表他前后不同思想状况的作品。”③从七十年代末到八十年代初，一南一北两家有影响的出版社在对待像周作人这样的作家的态度上，口径竟如此惊人地一致！对待周作人的散文的态度成了散文审美变化的晴雨表。一直要到 1987 年经“报告中央有关部门同意”，周作人的散文才被开禁，由岳麓书社“有选择地陆续予以整理出版”。散文审美终于出现了多元化的变迁。

这一时期，散文审美的泛政治化还表现在对散文所抒写的情绪的纯粹的敬畏。当沈从文的散文《湘行散记》重新出版后，立刻遭到了一些非议，冯英子在 1983 年 10 月 14 日写的《说青年的眼光》一文中，就披露了这样

---

① 巴金：《〈随想录〉合订本新记》，《随想录》，生活·读书·新知三联书店(北京)1987 年版，第Ⅵ页。

② 北京大学中文系中国现代文学教研室等编《散文选》，上海教育出版社 1979 年版，第 1 页。

③ 中国社会科学院等编《中国现代散文选(1918—1949)》，人民文学出版社 1982 年版，第 3 页。

的情况:"最近听说,有人认为沈先生的那些作品,有的非常黄色,青年人不宜阅读。"①这种对历史散文的责难,都证明了散文界在审美上的苛刻和挑剔。尽管当时散文理论界反复提出"振兴散文"、"向唐宋散文学习"、"要写真情实感"等等,事实上是想通过种种途径对散文的审美进行规范。八十年代是崇尚文体变革的年代,照例,散文在和其他文体的交融上更应该有所作为,但散文家对此抱着消极的态度,把散文和其他文体的交融视为是一种消解,是一种僭越,甚至还是一种破坏。从内涵到形式,散文都为纯粹所累。

散文的泛政治化的审美在对待历史的反思上,对"工农兵"代言人时代的散文表现出虔诚的尊敬,尤其表现在对五十年代和六十年代中国散文文坛上风行的所谓杨(朔)式、刘(白羽)式和秦(牧)式散文的膜拜上。在"文革"中,杨朔、刘白羽和秦牧的散文也受到了政治化散文批评的批判。"文革"结束后,为他们平反,并且客观地公正地对他们进行历史评价是需要的。但是如果不把他们的散文放到历史坐标上,回避对他们散文中的"自我"情感的透视和鉴别,盲目地全面地推崇他们的散文,乃至把他们的散文经典化、模式化,这实在是对散文体裁纯粹化的一种盲目的敬畏,和八十年代推崇文体变革的风尚显得很不和谐。以 1982 年为例,据不完全统计,全国报刊上发表的散文批评论文有四百一十三篇,其中对杨朔、刘白羽和秦牧评论的文章就有六十五篇之多,约占七分之一,这六十五篇中除掉个别的篇章是分析杨朔散文的不足的,绝大多数是热烈颂扬,全面肯定。这种敬畏促使"工农兵"代言人时代的红色颂歌散文享受了文学变革的"豁免"权,纯粹的情智建构和审美模式依然统治着散文。散文真正告别"工农兵"代言人时代还有漫长的路要走。

然而,审美的价值观念在散文作家身上悄悄地发生着变化,虽然变化仅仅发生在个别作家身上,而且带有一种偶然性。张洁就是这样一个偶然的个案的代表。她在小说创作之余,在 1979 年连续发表了三篇散文,即分别发表于 5 月的《挖荠菜》、12 月的《拣麦穗》和岁末的《盯梢》。三篇散文都追思往事,追思往事和现实之间的"距离","距离"酿造着诗意和美感。尤其经历了血腥的"文革",人与人的关系被扭曲,情感的淡薄和冷却,都诱导着作者带着无限的温情去回忆和抚摸往事,因此也多少对事物的真相有一种诗意的夸张和主宰。富有意味的是张洁的第一篇散文《挖荠菜》和后两篇散文仅隔半年之久,在审

① 冯英子:《说青年人的眼光》,《相照集》,生活·读书·新知三联书店(北京)1985 年版,第 100 页。

美价值观念上的变化却令人吃惊。《挖荠菜》前半部分极写解放前的一次因饥饿偷玉米时被财主的大管家发现乃至被追打得狼狈逃跑的惨景，引出自由自在挖荠菜的快乐；后半部分转折，写现在人们对荠菜的冷漠，最后的结论作者点得明明白白：要孩子们“珍爱生活”，“懂得什么是幸福，怎样才会得到幸福”。很显然，文章的思维模式是“文革”中常见的新旧社会回忆对比的模式。人与人之间的关系的设置，也是建立在“我”和“财主”、“大管家”的对立基础上，是一种阶级斗争的常态表现形式。结论也是标准的宣传话语，提醒青年一代要珍惜今天的幸福。文章的话语、策略和腔调，如对“财主家”的“大管家”的刻画和对幸福的议论指点，堪称是红色颂歌散文的一种翻版，审美的泛政治化明白无误地烙印在文章的字里行间。奇怪的是到岁末的《拣麦穗》和《盯梢》，作者的审美观念发生了几乎是彻底的蜕变。这两篇散文均是写情爱的。《拣麦穗》中的情感纠葛的双方，一个是“卖灶糖的老头”，另一个是“我”——一个对世事尚不明了的“馋嘴小丫头”。这两个人之间别的不说，光凭年龄就不可能发生恋情，但“我”却公开宣布：“我要嫁那个卖灶糖的老汉。”当这个“卖灶糖的老汉”获悉“我”的宣言，有这样一段描写：

我的话，很快就传进了他的耳朵。

那天，他挑着担子来到我们村，见到我就乐了。说：“娃娃你要给我做媳妇吗？”

“对呀！”

他张着大嘴笑了，露出了一嘴的黄牙。他那长在半个葫芦似的头上的白发，也随着笑声抖动着。

“你为啥要嫁我呢？”

“我要天天吃灶糖咧。”

他把旱烟锅朝鞋底上磕着：“娃呀，你太小哩。”

“你等我长大嘛。”

他摸着我的头顶说：“不等你长大了，我可该进土啦。”

听了他的话，我急了。他要是死了，可咋办呢？我急得要哭了。

他赶紧拿块灶糖塞进了我的手里。看着那块灶糖，我又咧着嘴笑了：“你别死啊，等着我长大。”

他又乐了。答应着我：“我等你长大。”

“你家住哪哒呢？”

“这担子就是我的家，走到哪哒，就歇在哪哒。”

我犯愁了：“等我长大，去哪哒寻你呀。”

“你莫愁，等你长大了，我来接你。”①

一“老”一“小”之间多认真，一个明知是不可能却故意把它当真，一个不知不可能却死死把它当真。爱的简单令人无法想象——仅仅“要天天吃灶糖”，真得简直是生死相约，尤其是之后“老”对“小”的疼爱，“小”对“老”的依恋和企盼，把这场情与爱展示得无法让人来界定和命名。正因为那种“没有任何希求没有任何企望”的朴素的疼爱的无法界定和命名，却对泛政治化的两元对立的审美价值观念形成了一种不可抗拒的威胁，它是一种有意的模糊和解构。而《盯梢》中的“二姐”和“三哥哥”之间的纯真恋情，也完全把政治汁水挤干榨尽，几乎是一种绝对的朴素的爱情至上，同样也对“工农兵”代言人时代流行的红色颂歌散文造成了一种美的冲击和颠覆。但遗憾的是，张洁心系小说，对散文有些漫不经心，《拣麦穗》和《盯梢》所取得的经验并没有扩展，也未形成气候，但是它已经实实在在地告诉人们：散文竟然还可以这样写！它们在后“工农兵”代言人时代对散文变革的推动起到了良性的积极作用。

在这段时期内，另一个在审美观念上推动变革的是汪曾祺，他对散文的功能提出了应该起到“文化的休息”的乐园的作用。尽管汪曾祺对“文化的休息”要求高，既要“带有文化气息的”，又要是“健康的”，还要“悠闲的”。②但从这一口号中，我们自然可以联想到三十年代林语堂提出的“以自我为中心，以闲适为格调”，“文化的休息”源于“以闲适为格调”，它们之间的血脉是相通的。汪曾祺身体力行创作的大量“文化的休息”小品，以及另一个重要散文作家张中行的取晒太阳时闲话之义所命名的《负暄琐话》和《负暄续话》等，更是对散文审美泛政治化作了成功的突围。近半个世纪在散文创作中讳莫如深的“闲”的幽灵，终于悄悄地登场了。既然散文成了“文化的休息”的乐园，休闲散文的出现将是指日可待了！

和而不同，多元并存的散文新局面即将来临了。

---

① 见《光明日报》1979年12月16日。

② 汪曾祺：《〈汪曾祺小品〉自序》，范培松、徐卓人编《汪曾祺散文选集》，百花文艺出版社1996年版，第256页。

第二节 巴金的《随想录》和回应

一 《随想录》:在忏悔中与"伪我"彻底决裂

对经历"文革"岁月的人来说,巴金是一个受害者,他最不需要忏悔,他完全可以不忏悔,但恰恰是他,首先挺身而出,用《随想录》向世人进行了忏悔。

在忏悔中,巴金站出来了。

《随想录》,这是巴金1978年底到1986年间的散文总集,收入散文一百五十篇。从1980年到1986年巴金共出《随想录》第一集、《探索集》、《真话集》、《病中集》,1987年9月结集为《随想录》(上下两册),三联书店(北京)出版,增加了作者新写的《合订本新记》。

《随想录》包括两大类,一类是杂文,另一类是抒情小品。

从杂文来看,主要内容一是忏悔,二是呼吁讲真话。在忏悔和呼吁讲真话中针砭时事,抨击"文革"。他忏悔得非常彻底,坚决地焚毁"伪我",不给自己留有任何余地,以此把"心"交给读者。代表作有《〈随想录〉总序》、《把心交给读者》、《"豪言壮语"》、《〈探索集〉后记》、《十年一梦》、《〈随想录〉日译本序》、《〈病中集〉后记》、《卖真货》、《"紧箍咒"》以及《〈题集〉后记》等。

忏悔作为个人来说,应是一种"自我"的心灵活动,但作为巴金来说,他的忏悔是针对一个时代的知识分子在特定的生存环境中的所作所为,是寻找关乎知识分子生存的大感觉。所以他的忏悔充满了深情,以凤凰涅槃的决心彻底焚毁旧我。

> 自己的思想暗暗地、慢慢地在进行大转弯。我又有了新的发现:我就是"奴在心者",而且是死心塌地的精神奴隶。
>
> 这个发现使我十分难过!我的心在挣扎,我感觉到奴隶哲学像铁链似地紧紧捆住我全身,我不是我自己。①

显然,这里的"奴在心者"和"我不是我自己"的忏悔,已经超越了散文创作领域的空间,进入了思想、精神和哲学的层面。在"工农兵"代言人时代,专制

---

① 巴金:《十年一梦》,《随想录》,生活·读书·新知三联书店(北京)1987年版,第380页。

的主流文化体制不断用各种手法迫使散文作家运用矮化自我的叙事策略和话语,以此取得“工农兵”代言人的资格。巴金的忏悔正是以其人之道还治其人之身,砸碎历史捆绑在作家身上的种种绳索。于是,忏悔成了抗争和战斗,并显示了力量,忏悔的意义是自己解放自己,恢复“自我”,强化“自我”。巴金宣告:

我还能说自己的话,写自己的文章。我不再是“奴在心者”,也不再是“奴在身者”。我是我自己。我回到我自己身上了。①

“我回到我自己身上”,是一种宣言。这种宣言对巴金来说是对遗忘“文革”历史记忆的抗争。这种抗争有些悲壮,一方面要彻底埋葬历史的“我”——“伪我”,另一方面又要对社会和国家有意识地忘却“文革”历史记忆进行抗拒。抗拒是富有艺术性的,巴金先从恢复“自我”对“文革”历史的记忆做起。于是,《随想录》“从解剖自己、批判自己做起”②,“我写作,也就是在挖掘,挖掘自己的灵魂。必须挖得更深,才能理解更多,看得更加清楚。但是越往深挖,就越痛,也越困难”③。他“把笔当作手术刀一下一下地割自己的心”,“五卷书上每篇每页满是血迹,但更多的却是十年创作的浓血”④。抗拒播下了种子,《随想录》就是这一种子生长发育开出的“生命之花”。

对于巴金来说,他以忏悔恢复历史的记忆。他的忏悔是认真的,决不是一种姿态、炒作和包装。他的忏悔是一种行动。这里展示的“自我”并不是历史的虚影,而是一个实实在在的“我”,并且展示得非常彻底,在时间段上他一直延伸到五六十年代,这就意味着直接和专制文化体制相抗衡。巴金深知这种忏悔所面临的后果,因为它可落实到现实中的真“我”身上,在当时的环境下,也许就是毁灭,但他义无反顾,在《紧箍咒》中,他就撕下了自己在反“右”时的伪“我”的面纱,细致地叙述了他面对压力,如何违心地表态,感谢领导没有把自己划为右派,之后又如何小心翼翼,“下定决心用个人崇拜来消除一切的杂念,这样的一座塔就是建筑在恐惧、疑惑与自我保护上面,我有时清夜自思,会轻视自己的愚昧无知,不能用自己的脑子思考,哪里有什么‘知识’?有时受到批判、遇到挫折,又埋怨自我改造成绩不大。总之,我给压在个人崇拜的宝塔

① 巴金:《十年一梦》,《随想录》,生活·读书·新知三联书店(北京)1987年版,第385页。

②③ 巴金:《〈随想录〉日译本序》,《随想录》,生活·读书·新知三联书店(北京)1987年版,第430页,第430页。

④ 巴金:《〈随想录〉合订本新记》,《随想录》,生活·读书·新知三联书店(北京)1987年版,第11页。

底下一直喘不过气来。”在《写真话》中,他又毫无保留地把自己和作家王西彦相比,写王西彦一直“顶”,不服罪,而自己面对迫害的怯弱、畏缩,“苦行赎罪”,把身上最隐蔽的脓血都展示出来。忏悔在希腊文里的本意是心思改变,生出懊悔,转移目标。忏悔的精神指向应该是内顾的,自我照亮式的。但对于巴金来说,从五六十年代一直到“文革”,违心地写着的各种检查和“认罪”书,也可以说是一种“忏悔”,不过,这里的“忏悔”成了逃生的手段。现在,他又对历史的“忏悔”进行忏悔,以现在的忏悔否定历史的“忏悔”,这表明他原来的“忏悔”和现在的忏悔,都脱离了本意上的忏悔的轨道,因为巴金本是无罪的。前者是逃生手段,后者是指向专制文化体制的一把锋利的剑。所以,巴金的忏悔引起了专制文化体制的恐慌和不安,《随想录》的出版受到非议和指摘即说明了这一点。

巴金深深知道,忏悔的真正实现要落实到话语的蜕变上,《随想录》在忏悔中反复地呼吁讲“真话”。在工农兵代言人时代的散文中的伪“我”情感,是通过说假话来抒写的。说假话成风,以至于整个社会把说假话当成了说真话,或者说,说假话成了一种自然的惯性和社会的麻木,说真话变得稀罕,说假话成了一个根深蒂固的社会问题。巴金深知在这个时候提倡说“真话”,是一种堂·吉诃德式的浪漫,但他还是反复呼吁:

下了决心:不再说假话!然后又是:要多说真话!①

每一篇文章都是我的无法背弃的誓言。②

古语说:“人之将死,其言也善。”我过去不懂这句话,今天倒颇欣赏它。我觉得我开始在接近死亡,我愿意向读者们讲真话。《随想录》其实是我自愿写的真实的“思想汇报”。③

我也曾一再声明:我所谓“讲真话”不过是“把心交给读者”,讲自己心

---

① 巴金:《〈随想录〉合订本新记》,《随想录》,生活·读书·新知三联书店(北京)1987年版,第5页。

② 巴金:《〈怀念集〉序》,《随想录》,生活·读书·新知三联书店(北京)1987年版,第409页。

③ 巴金:《〈随想录〉后记》,《随想录》,生活·读书·新知三联书店(北京)1987年版,第166页。

里的话,讲自己相信的话,讲自己思考过的话。我从未说,也不想说,我的“真话”就是“真理”。①

这些都是巴金对“真话”的解释。巴金认为“真话”是“无法背弃的誓言”,是“其言也善”,是“自己心里的话”,“自己相信的话”,“自己思考过的话”。他反复呼吁,仍感到不够分量,于是不惜把它极端化,提出散文要“当作我的遗嘱写”,斩钉截铁,毫无回旋的余地。衡量这样的“真话”的重要标准之一是“我”站起来了。读《随想录》,会使人不由得联想到在二十世纪初郭沫若写的那首名为《天狗》的诗句:“我是一条天狗啊,我把月来吞了,我把日来吞了,我把一切的星球来吞了,我把全宇宙来吞了。我便是我了!”《随想录》正是用“我把全宇宙来吞了”的气概,实现了“我便是我”!

《随想录》中另一类是抒情小品,代表作有《怀念萧珊》、《小狗包弟》和《说梦》等。这些抒情小品克服了他前期散文的抒情直露的缺陷,深沉而细腻。《怀念萧珊》如诉如泣,状写了作者和萧珊在危难中心心相印,相依为命的苦难历程。《小狗包弟》以“文革”中北京一位艺术家的小狗的悲惨经历为引子,引出自己家的名为包弟的小狗的故事,先极写小狗的可爱以及和自己一家长达七年的情谊,继而逆转,写“文革”的恐怖,为“摔掉包袱”,把小狗送给医院作解剖实验。在此基础上作了这样的忏悔和自责:“不能保护一条小狗,我感到羞耻;为了想保全自己,我把包弟送到解剖桌上,我瞧不起自己,我不能原谅自己!”连无辜小狗也难幸免,文章对“文革”的揭露和控诉,对自己在“文革”中逆来顺受的谴责以及裸露自我的彻底,都令人震撼。《说梦》从四岁做梦写起,写与梦有关的喜怒哀乐,以梦展现自己的人生历程。接着,重点写“文革”中的噩梦,最后如此写道:

好些时候我没有做怪梦,但我还不能说以后永远不做怪梦。我在梦中斗鬼,其实我不是钟馗,连战士也不是。我挥动胳膊,只是保护自己,大声叫嚷,无非想吓退鬼怪。我深挖自己的灵魂,很想找到一点珍宝,可是我挖出来的却是一些垃圾。为什么在梦里我也不敢站起来捏紧拳头朝鬼怪打过去呢?我在最痛苦的日子,的确像一位朋友责备我的那样,“以忍受为药物,来纯净自己的灵魂”。

① 巴金:《〈真话集〉后记》,《随想录》,生活·读书·新知三联书店(北京)1987年版,第506页。

但是对我,这种日子已经结束了。①

连续三句先肯定、后否定的句式,准确地把自己做怪梦时代的“以忍受为药物”的状态揭示了出来,是标准的“自己心里的话”。最后,一句“但是对我,这种日子已经结束了”,铿锵有力,掷地有声,是脊柱挺直了说的,虽则说梦,却是“自己相信的话”,“自己思考过的话”。值得注意的是,巴金的抒情小品的话语,正是用“自己心里的话”,“自己相信的话”和“自己思考过的话”,颠覆了“工农兵”代言人时代流行的话语。尤其在气势和语调上,原来“工农兵”代言人时代的散文作者皆是把“我”放到最低姿态来写的,现在“我”站起来了。“我”就是“我”!《随想录》都是这样的“真话”。

巴金倡导散文当“遗嘱一样写”以及“说真话”,倘若从散文创作意义上看,并不具有先锋意义,它只是回复到精神维度上重新表达自我,是在“文革”所造成的文化废墟上面的自我增值。二十世纪初,周作人在《美文》中对现代散文曾用“记述的,是艺术性的”和“须有自己的文句与思想”②两条进行规范。现在,巴金倡导散文“当作我的遗嘱写”以及“说真话”,也仅是“须有自己的文句与思想”换一种形式的强调,使得散文创作又回到二十世纪初的起跑线上,这不能不说是散文的一大悲哀。而且,这种强调还忽视了散文“是艺术性的”,尽管巴金也提出了“艺术的最高境界是无技巧”③,但是对散文而言,建树不大。因为,散文作为艺术而言,主体的“我”是“我”了,但这个“我”必须是“艺术性的”“我”,巴金对此没有作出回答,散文仍然无法发展,事情就是如此的严峻。所以,在巴金的《随想录》发表之后很长一段时间里,散文依然原地徘徊和停步不前,这不能不说是一个原因。

巴金的贡献是巨大的。散文家“我”是“我”了,他所转变的能量必然是巨大的,创造的空间也是无限的。到了八十年代中期,一批文化散文作家站出来,用文化散文艺术地实现了以文化“自我”为中心,原因固然是多方面的,但巴金的呐喊是最重要的一条。

---

① 巴金:《说梦》,《随想录》,生活·读书·新知三联书店(北京)1987年版,第313页。

② 周作人:《美文》,《谈虎集》,上海书店1987年影印版,第41—42页。

③ 巴金:《我和文学》,《随想录》,生活·读书·新知三联书店(北京)1987年版,第316页。

二　《随想录》的回应之一:陈白尘的《云梦断忆》和杨绛的《干校六记》

(一) 陈白尘的《云梦断忆》。

陈白尘(1908—1994),江苏淮阴人。散文家、剧作家。早年是田汉领导的南国社的重要成员。1929 年冬与左明等组织摩登剧社。抗日战争爆发后,在重庆、成都等地参加上海影人剧团、上海业余剧人协会、中华剧艺社的领导工作;同时任教于国立戏剧专科学校、四川戏剧音乐学校。还主编《华西日报》、《华西晚报》和《新民晚报》的副刊。建国后,先后在上海文联、中国作协担任领导工作,并主编过《人民文学》。“文革”中遭受迫害,被逐到云梦“五七干校”。1978 年任南京大学中文系教授、系主任。主要的散文集有《云梦断忆》、《寂寞的童年》等;剧作有《石达开的末路》、《大渡河》、《大风歌》、《升官图》、《岁寒图》等以及电影《幸福狂想曲》、《乌鸦与麻雀》和《宋景诗》等。散文代表作是《云梦断忆》。

陈白尘是天生的讽刺喜剧家,《云梦断忆》里天才地发挥了他的讽刺喜剧家的才能,处处活跃着讽刺喜剧的细胞。阅读它,可以使人联想到他的《升官图》。全书八篇,分别为《忆云梦泽》、《忆房东》、《忆茅舍》、《忆“甲骨文”》、《忆眸子》、《忆鸭群》(上)、《忆鸭群》(下)、《忆探亲》。首篇《忆云梦泽》开头一波三折地抒写自己迫切地想要“到达梦想已久的古云梦泽边那个‘五七干校’”的心情。“五七干校”对于知识分子来说,是一个苦海,但作者却从 1969 年下半年起“翘首以待,希望榜上有名”,当在第一批名单中“名‘超’孙山”,竟然“颇似范进中举,欢欣若狂”。但临近出发时,“又没获得通知”,好似“一瓢冷水浇下来”,直到过了三个月,才去干校。表面热情的盼望,掩盖的是他当时身处“三年多大轰大嗡,神魂不安的日脚”之难熬,表明他当时的日子比“五七干校”的苦海还要苦,从一个侧面揭示了“文革”迫害知识分子的罪行。文集发挥了作者的幽默讽刺的优势,“自我”十分活跃,该骂则骂,该颂则颂,该笑则笑,该刺则刺,嬉笑怒骂,声情并茂。文集真正动人处是在对“文革”中的种种丑陋的人和事物批判中,时时挖掘人性的“美”。如《忆房东》中的房东儿子贾老二雨夜为作者修补胶靴,分别时贾老二为作者挑着行李“十八相送”,依依惜别。又如《忆茅舍》中和作者在一起劳动的同单位工人,在危难中帮助他挑白菜等等,作为暖色点染。作者要告诉人们在这病态的非正常的社会里,健全的正常的人格和道德却还没有泯灭。

或许是对“人”的失望,或许是对社会的失望,因此,文集中写得最精彩的篇章是《忆鸭群》(上、下)。作者被贬牧鸭,处在弱势地位,和同是弱者的鸭相处,“在兽性大发作的年代里,有些‘人’,是远不及我的鸭群和平温良,而且颇富于‘人’情的——它们从来没骂过我”。“人”、“鸭”相依为命,并从“鸭”的王国里,寻觅在“人”群中丢失的品德,在遍地是“人斗人”的扭曲的大环境中,描绘出一幅“人”、“鸭”诗意地栖居的乐融融的画面。“人”、“鸭”心心相通,于是,作者笔下出现了许多神奇的画面。如写鸭吞食青蛙:

……(鸭)吞食青蛙的姿态也很神奇:它捕获到这种美味以后,决不松口,它利用其两片长喙,好像杂技团里表演顶坛者一样,绝不利用手足,只用长喙将之向上抛掷,必使青蛙的头部向下,以对准它的长嘴了,这样才有吞食的可能。否则,青蛙便可乘机一跃,逃脱厄运。但咬住青蛙头部,并不等于可以果腹了,它还要再伸直长颈,向上跃动,让蛙身逐步逐步接近其咽喉。待青蛙前足和身躯达到喉部时,是大功垂成,鸭子便可稍事喘息了。这时只见青蛙的两只后腿挂在它扁嘴两边,恍如两撇大胡子,其胜利者得意之状,是可以向同侪骄傲的了!最后,再一次伸足长颈,向上一颠,那位身躯比鸭颈还粗二三倍的青蛙,便神奇地进入鸭子的食道而入胃部。最后,它便凯旋将军似的,一踱一踱,扬长而去。①

这里细描了鸭吞青蛙的三部曲:先是“用长喙将之向上抛掷”;继而“再伸直长颈,向上跃动,让蛙身逐步逐步接近其咽喉”;最后“再一次伸足长颈,向上一颠,那位身躯比鸭颈还粗二三倍的青蛙”,神奇地被鸭吞下了。尤其在青蛙前足和身躯达到鸭的喉部,鸭子稍事休息时,“青蛙的两只后腿挂在它扁嘴两边,恍如两撇大胡子”,生动地描写了鸭作为胜利者的骄傲得意之态。

本来,作者到“五七干校”牧鸭,是和鸭被动的结合,但最后却达到“亲密无间的地步”,对于“文革”中人和人争斗的不和谐的社会状况而言,这确实是一个意外的奇迹。或许,作者此中有深层的寓意,是中华文化的“天人合一”、“致中和”等等与自然和谐的文化理念的折射。但若联系整个文集的话语考察,我们可以感受到作者对主流文化体制的拒绝。作者充分发挥了他的讽刺智慧,巧妙地运用了各种技巧,对“文革”流行的各种破坏社会和谐的流行词语进行嘲讽,如:

---

① 陈白尘:《忆鸭群》(上),《云梦断忆》,生活·读书·新知三联书店(北京)1984年版,第81—82页。

但我还有个很重大的收获,经过不断劳动,原来每年都要犯一二次腰椎炎的,一犯病便得卧床半月,下去以后却基本上未犯,有一次似乎要犯了,一位女医生为我打了一次封闭针,又能劳动了,“知识分子要劳动化”倒的确是真理!①

一次是老乡放的牛闯进我们菜园子,美美地吃了十几棵包心菜。这确实不能怨我。当时正当中午,我一边照看着菜园子,一面点上煤油炉在热我的冷饭。煤油炉靠近芦席围墙,我不能不随时“小心火烛”;但我只注意大坝上有无入侵之牛,却不防它也来了个“声东击西”之计,从菜园后边进攻了!大概它并不承认我这头“牛”是其同类,而肆意侵略起来。②

只是有一类“大义灭亲”之辈,对于其亲人之朋友也一律视为仇寇,就未免有罪及九族之嫌了。我的一位三十多年老友,自然也是“黑帮”,为“大义”故,遭其亲人老伴之“灭”——宣告离婚了。③

这里的“知识分子要劳动化”、“牛”、“大义灭亲”和“黑帮”,都是当时社会上滚来滚去流行的话语,被作者用讽刺的手法,如此这般地一收拾,顿时变味变质,逗人一笑,并在笑中达到了解构的目的。处在转型过渡时期的作者,熟悉的是阶级斗争时期的话语,经历了“文革”的折腾,他又厌恶这些话语。因此文集显示了作者在过渡时期的散文创作的语言姿态:一方面他拒绝阶级斗争时期的话语,毫不留情地解构他们;但另一方面,他又不愿深层次地触及文化体制。虽则,他郑重声明:“希望读者不要当它‘一笑散’”④,但是,总体上看,还是就批判“文革”写“文革”,是响应巴金的号召,为巴金倡导的筹建“文革博物馆”提供一些实证。所以,产生的效果正如他在“后记”中所言,是为伤痕“涂上些止血剂的”⑤。

---

① 陈白尘:《忆云梦泽》,《云梦断忆》,生活·读书·新知三联书店(北京)1984年版,第11页。

② 陈白尘:《忆茅舍》,《云梦断忆》,生活·读书·新知三联书店(北京)1984年版,第35页。

③ 陈白尘:《忆眸子》,《云梦断忆》,生活·读书·新知三联书店(北京)1984年版,第63页。

④⑤ 陈白尘:《〈云梦断忆〉后记》,《云梦断忆》,生活·读书·新知三联书店(北京)1984年版,第123页。

(二) 杨绛的《干校六记》。

杨绛(1911—),江苏无锡人。原名杨季康。散文家,小说家,剧作家和翻译家。1932 年毕业于苏州东吴大学政治系,旋即考入清华大学研究院,为外语系研究生。1935 年与钱锺书结婚,是年夏季二人同赴英国、法国留学。1938 年归国,曾任上海震旦女子文理学院外语系教授,清华大学外语系教授。建国后,先后任北京大学文学研究所外国文学研究组研究员,中国社会科学院外国文学研究所研究员。主要的散文集有《干校六记》、《将饮茶》和《杂忆与杂写》,小说有《倒影集》、《洗澡》等,剧作有《称心如意》、《弄真成假》和《风絮》等,译作有《一九三九年以来英国散文作品》和《堂·吉诃德》等。《干校六记》是杨绛的散文代表作。

《干校六记》的"六记"分别是"下放记别"、"凿井记劳"、"学圃记闲"、"'小趋'记情"、"冒险记幸"和"误传记妄",记述作者夫妇在"文革"中被逐到河南"五七干校"劳动改造的生活。所写的事是种草、凿井、看电影等"小点缀"(钱锺书语),但文中的人物却有些特别,都是声名显赫的名士。人物和故事的环境是如此不协调,让声名显赫的名士在极其恶劣的环境中从事最粗笨的简单劳动,为的是改造这些名士。这种改造产生的效果是戏剧性的,发生了诸如何其芳吃肥皂这样的令人辛酸的笑话,它所折射的结论是残酷的。但最终结果是发明这种改造方法的人所意想不到的:被改造者"我还是依然故我"①。这一呼声是对巴金的"我是我自己"的呐喊的最强烈的回应。

钱锺书评述《干校六记》是"大背景的小点缀,大故事的小穿插"②。这里的"小点缀"与"小穿插",是指一个知识分子一家一户遭难的个案。文中把难突出在"别"上,一开始写与爱女别,女儿"踽踽独归",作者闭眼垂泪;在干校,夫妇近在身边,却时刻分离。这些文字使人们联想起叶圣陶的小说《潘先生在难中》,作者夫妇成了难中的"潘先生"。一家不团圆的"小点缀"显示的大背景是中国千万民众家庭的不团圆,举国浩劫迫使知识分子遭难,乃至千万民众都在苦难中。

《干校六记》以不动声色的平静叙事为主,唯一动情处是"'小趋'记情",记的是作者饲养的一条小狗,名曰:小趋。这一条小狗并不高贵,饥饿时甚至偷食粪便,它对作者夫妇的情感竟是如此:

---

① 杨绛:《误传记妄》,《干校六记》,中国社会科学出版社 1992 年版,第 105 页。

② 钱锺书:《〈干校六记〉小引》,见杨绛《干校六记》,中国社会科学出版社 1992 年版,第 1 页。

默存每到我们的菜园来,总拿些带毛的硬肉皮或带筋的骨头来喂小趋。小趋一见他就蹦跳欢迎。一次,默存带来两个臭蛋——不知谁扔掉的。他对着小趋"啪"一扔,小趋连吃带舔,蛋壳也一屑不剩。我独自一人看园的时候,小趋总和我一同等候默存。它远远看见默存从砖窑北面跑来,就迎上前去,跳呀、蹦呀、叫呀、拼命摇尾巴呀,还不足以表达它的欢忻,特又饶上个打滚儿;打完一滚,又起来摇尾蹦跳,然后又就地打个滚儿。默存大概一辈子也没受到这么热烈的欢迎。他简直无法向前迈步,得我喊着小趋让开路,我们三个才一同来到菜地。①

在人与人关系空前冷却的"文革"岁月中,作者夫妇却遭遇到了这样热烈的一幕。狗对人之热,和人对人之冷形成了鲜明的反差和对比。尤其是干校搬迁时,小趋满处寻找作者夫妇的执拗,更把小趋对人的感情推向了极点。这种感情,或许是作者要为"六记"添加一点暖意,但结论却分明是:人不如狗。

《干校六记》与《随想录》的区别在于作者不忏悔,是以"我还是依然故我"的姿态记这记那。这个"故我"很顽强。她之强倒不在于她面对干校的繁重单调的体力劳动能挺住,更重要的是她的精神文化的顽固,连半点妥协和勉强都不行。在文中曾记一件事,写的是作者要为一位未婚女青年的父母代笔,给在部队里当战士的未来女婿写回信,竟是:"我举笔半天,想不出一句合适的话。"作者的"故我"是一个彻彻底底的"士",任凭怎样"九蒸九焙的改造","我还是依然故我"。《干校六记》或明或暗地显示了作者特有的一种高贵的倔强。

文章自始至终以淡淡笔墨叙写人和事,作者几乎不站出来发言,把情感深深隐藏着,使文章笼罩着一种苍凉凄楚的情调。

三 《随想录》回应之二:杂文作家群的涌现

杂文是一种思想和批评权力的象征。它在"工农兵"代言人时代的坎坷命运,也说明了专制文化体制对社会的思想和批评权力的剥夺。巴金的《随想录》的发表,表明公众和社会对争取思想和批评权力的一种坚持。正是这种争取的鼓舞,文坛上涌现了杂文作家群。他们是后"工农兵"代言人时代的散文的亮点。

杂文作家群的出现经历了一个过程。先是秦牧在 1978 年 3 月 8 日的《人民日报》上发表了《鬣狗的风格》。这篇杂文借助鬣狗这一形象,对"四人帮"及

① 杨绛:《"小趋"记情》,《干校六记》,中国社会科学出版社 1992 年版,第 58—59 页。

其爪牙进行了批判。正是这篇杂文,成了杂文创作复苏的一个信号。接着,乐秀良在 1979 年 8 月 4 日的《人民日报》上发表了《日记何罪!》,响亮地喊出了"日记无罪","日记应该受到法律的保护",引起轰动。同时,巴金的《随想录》的陆续发表和出版,《文艺报》以及重视杂文创作的《新观察》先后就杂文创作多次召开座谈会,探讨杂文创作问题,总结了杂文创作经验。所有这一切,推动了杂文的创作。在后"工农兵"代言人时代的特定文化背景中,杂文的批判不断地深化,尤其通过对刘甲提出的"我们时代的杂文,则不论是哪一种,都具有翻身当权后的国家主人翁的笔调"的"新基调杂文"的论争,杂文批评的"禁区"一再被打破,杂文显得非常活跃。其中影响大的有林放、严秀、牧惠、舒展、冯英子、陶白、陈小川和邵燕祥等。主要代表成果集中在严秀、秦牧和陶白主编的《中国新文学大系·杂文集》,以及严秀和牧惠主编的《当代杂文选粹》中。

这批杂文作家有这样一些共同特征:一是他们大多是杂文宿将,对杂文的批判功能非常熟悉和精通;二是他们是社会活动家,不是纯文学家,熟悉社会熟悉民间,因为他们中多数曾沉到社会最底层,饱经风霜和沧桑,使得他们的杂文苦难意识重,问题意识强烈;三是他们是文化人,他们敏感,有思想。其中多数原在主流文化体制阵营中,后来被驱逐,是主流文化体制的直接受害者,对主流文化体制的弊端,尤其是专制文化主义的危害,有切肤之痛。持民间立场说民间话语,应是他们的特权。但是,特定的文化环境又制约了他们的思想和批判想象的空间。虽然有像陈虞孙的《"还我头来"》这样的呐喊,但是从他们的杂文观念总体来看,相对拘谨。冯英子在 1984 年 3 月发表的《漫谈杂文》中提出了这样的杂文观:"我们现在的杂文也不同于鲁迅时代的杂文,今天的杂文要在政治上保持同党中央的一致,为先进的鸣锣开道,向落后的口诛笔伐,使杂文具有更鲜明的战斗性和思想性,成为社会主义文苑中的一支奇葩。"代表了他们这一时期的杂文观。在他们看来,"文革"把流行的"道"破坏了。社会无"道",他们就把杂文的精神之基石放到以前他们所熟悉的主流文化之"道"上。他们在杂文中维护和彰显的"道",是"文革"前被"文革"破坏的流行的"道"。这也许是他们写作的策略,但我们更应该看到,这是他们想要重建"道"的急迫的精神立场。

林放(1910—1992),浙江瑞安人。原名赵景熹,常用名赵超构。杂文家。1934 年毕业于中国公学大学部经济系,后进入南京《朝报》担任编辑。1938 年至 1946 年担任重庆《新民报》主编、副总主编等职。1946 年自重庆去上海,参与《新民报晚刊》的创刊工作。建国后主持《新民报晚刊》的工作。"文革"中遭受迫害。粉碎“四人帮”后,重返《新民晚报》任职。主要作品有杂文集《未晚谈》、《未晚谈二编》、《林放杂文选》和《未晚谈三编》等。

林放是个老报人,职业的敏感使他对现实中的“问题”非常感兴趣。他厌恶空谈主义,多次反复地声讨空谈主义。在《多谈些社会问题 宣传好社会主义》中,他说:“如果我们光谈主义,却不研究这些迫切需要解决的问题,那个主义又有什么用呢?”以此成为他的杂文创作宗旨。他认为:“我们写文章如果光谈主义,却不研究眼前迫切需要解决的社会问题,那就会空话连篇,舍之无物。所以为了宣传好社会主义,也必须研究好社会问题。”概括起来,是:为了宣传主义,必须研究好社会问题。他直面人生,把“问题”作为兴奋点,使他的杂文清醒而鲜活。如他的代表作《江东子弟今犹在》就是把一个严峻的社会问题摆到人们面前,提醒人们警惕“造反派”头头这类“江东子弟”卷土重来。

林放的杂文善于“常取类型”。《论犹大》中的“犹大”,《伽利略心有余悸》中的“宗教裁判所”和“囮探”,就是借国外的文学作品中的人和事,勾勒成的类型。在《伽利略心有余悸》中引用一本外国通俗读物对“宗教裁判所”的滥杀无辜和“囮探”的告密丑行进行的描绘,以此为类型,联系到“文革”的现实,并糅进自己对现实问题的思考,显得锋芒灼人:

> 一场浩劫冤死是几十万人,株连是几十万户,冤案是几百万件,凌辱、拷打、处死的方式是无奇不有,连我们的国家主席被害死了,竟可以光身裸体地烧掉拉倒。“杀人如草不闻声”,这跟三五百年前的宗教裁判所有什么两样?

通过对“宗教裁判所”和“囮探”这些类型的描绘,作者借用布鲁诺受刑前的遗言:“一是‘国家无命令人民作如何思想之权’。二是‘社会不得以武力惩罚那些不赞成公认的教条的人’。”,发出了“永别了,宗教裁判所”,“永别了,十年浩劫”的呼告,表明了一种对命运对生存权利思考的精神立场。从林放来说,他对社会问题的敏感,实质是对苦难的敏感,这种敏感是一种富有良知的拯救。成功的是,他善于把这种拯救转化成艺术的“类型”。在林放的杂文中,没有浪漫的夸张,也没有虚无的遐想,几乎所有的“类型”身上都粘附着一个严肃的问题。他的杂文,除了“问题”还是“问题”。“类型”成了他笔下的形象化的“问题”。

林放杂文善于尺水兴波,在不断起伏中把问题剖析得酣畅淋漓。《论犹大》从“文革”冤案平反谈起,骤然通过想象,引出《圣经》中的犹大。重墨刻画犹大通过“犹大的接吻”出卖耶稣的手段。而后再回到现实中，揭露“文革”中那些以两面派手法迫害干部群众的“犹大”式人物。但行文到此，笔墨又突然转到《圣经》中的犹大身上，写犹大以自杀表示对自己出卖耶稣的忏悔，并由此和现实中的“犹大”式人物比较，他们远没有犹大的良心，还要准备以“第二次的接吻”的罪恶手段，出卖自己的灵魂，去第二次领赏，深刻地揭示了现实中的犹大比犹大还要“犹大”。行文到此尚未带住，再把笔墨引向社会流行的一种论调，比犹大还“犹大”的人们所常说的一句话：“我是受害者，中毒者”，把它曝光，加以批驳。这样，文章在正正反反、进进退退中，达到了纵横捭阖、气势非凡的效果。

严秀(1919—)，四川宜宾人。原名曾彦秀。杂文家。长期从事宣传出版工作。从二十世纪四十年代初就开始发表杂文作品。建国后，先后任中共广东省委宣传部部长、人民出版社社长等职。五十年代发表了《论“数蚊子”》、《九斤老太论》和《“官要修衙，客要修店”》等针砭时弊的杂文力作。1957年被错划成“右派”。1979年改正错划，任人民出版社总编辑、社长。主要作品有杂文集《严秀杂文选》和《牵牛花蔓》等。

严秀是个纯粹的老革命。五十年代创作杂文时，他的感觉甚好。因此，1957年4月11日徐懋庸在《人民日报》上发表《小品文的新危机》时，他对此不以为然，发表了《“危机”问题试论》。文中说：“过去，这一个形式(指杂文——引者按)，在鲁迅先生的运用下，变成了对敌斗争最有效的投枪和匕首，一转到人民取得政权以后，一下子确有不知该如何着手之感。在根据地，有几个人曾经利用这种形式来写过文章，但不是对共产党的恶毒的诬蔑(在延安)，便是用来作为反苏反共的武器(在东北)。当然，并不是这种形式注定非如此不可，而是这几个别有企图的人刚好选中了这种形式。”但现实无情地和他开了个玩笑，不久，他也就被打成“别有企图的人刚好选中了这种形式”，“对共产党的恶毒的诬蔑”的“右派分子”。“文革”结束后，他的杂文创作激情被激发了出来，其中最具亮色的是批判极权的专制主义的篇章，如《二世而亡乎，一世而亡乎？——豫陕川行小感之二》、《林彪一希特勒合论——四个“念念不忘”的实质是什么》等，似乎把多年积累的对极权专制的仇恨的能量，通过对秦始皇和林彪这两个人物的批判，释放了出来。如对秦始皇的批判：“这样穷凶极恶的残暴，这样的严刑苛法，这样的糟蹋人力、物力，这样异想天开的挥霍豪侈，这样严重的徭役赋税，这样奇特的自我封锁，实在都达到顶点了。仅仅由于他的强大武力和几十年一帆风顺的军事大胜利，只要他活着的一天，有他这个大铁罩子罩住,老百姓们的反抗确是难于公开爆发的。但引起爆发的无比巨大的能量在积累着,一旦秦始皇这个大铁罩子揭去,火山就爆发了。”酣畅淋漓,体现了他的杂文的风格和批判的锋芒。他的另一些杂文,大多是站在体制的立场上,以一种忠诚和善良之心,对为政者进行劝勉,语调恳切。这类杂文中,他的“自我”很“真实”,这一“真实”是凭借恢复来实现的,即恢复成战争年代的革命者的“自我”,在观念上和延安革命时期的观念接轨。

需要指出的是,他和秦牧、陶白主编了《中国新文学大系·杂文集》,和牧惠联袂主编了《当代杂文选粹》丛书,促进了杂文创作。

吴有恒(1913—1994),广东恩平人。三十年代在广州参加学生运动,1936年为躲避当局追捕逃到香港,历任中共香港市工委、市委书记等职,还担任《大众日报》副刊主编。1940年到达延安,担任中共中央党务研究室研究员。1945年,南归从事武装斗争,担任粤中纵队司令员。建国后,历任粤中地委书记、广州市委书记处书记等职。1957年反右和反地方主义运动中,被错误打成地方主义反党联盟集团分子,撤消党内外一切职务,被下放到广州造纸厂劳动。“文革”时被捕入狱,“文革”后复出。主要作品有杂文集《当代杂文选粹·吴有恒之卷》,长篇小说《北山记》和《滨海传》等。

吴有恒无所畏惧,他的杂文有一种无畏的气概,可以说,是和巴金的《随想录》遥相呼应。在反专制、反封建、反个人崇拜和反偶像上,他旗帜鲜明,没有半点拖泥带水的遮遮掩掩。《拿破仑搞经济》中对“拿破仑在军事上是个天才,但在经济问题上却一窍不通,是个痴汉”的批判,《讥偶像的俗语》中对“十足无用”的“官模官样的神”的讽刺等等,都可以从现实中找到实实在在的影子。尤其他以亲身经历,作为历史见证人反专制反个人崇拜,更具说服力。在《〈东方红〉这个歌》中,他以亲身经历,说明《东方红》原是唱刘志丹的,是“后来,有些人要搞个人崇拜,他们借此为题,就作起伪来”。最后发出这样的感叹:“细想起来,当初还不如照旧唱刘志丹打横山好。实事求是,省多少虚无梦幻。”真正有点像巴金所说的把散文“当遗嘱一样写”的气概。另外,在《故人小记》中,以五十年代的广州市长朱光不要警卫,使自己能和群众相融的事,和毛泽东到广州时,广州市委如何把毛泽东同群众隔开,弄虚作假,最后引出这样的结论:“由是观之,毛主席之被隔开来看,久矣远矣,并不是到了广州才这样的。他自己却如在云里雾中。怪不得他晚年做了许多糊涂事。”一针见血,直截了当。正因为有一种无畏的气概,所以他的杂文不看别人眼色,也不去观察风向,我是我,吐出的皆是真言,在这一时期的杂文家中,当属出类拔萃。

吴有恒有阅历，有知识，有见地，谈古论今，皆成文章，遗憾的是直露了一些。

牧惠(1928—2004)，祖籍广东新会，生于广西贺县。原名林颂葵，后名林文山。杂文家。抗战胜利后考入广州中山大学文学院中文系学习，并参加了民主爱国学生协会。1948 年到香港，从那里进入新(会)高(明)鹤(山)游击区打游击。建国后，先后在区、县、地委从事宣传工作。1961 年到《红旗》杂志任职。主要作品有杂文集《湖滨拾翠》、《牧惠杂文自选集》和《闲侃聊斋》等多种。《湖滨拾翠》获“新时期优秀杂文(集)奖”。

反愚昧、反专制，是牧惠杂文始终高举的一面旗帜，他的杂文用这面旗帜抢占了思想制高点。一方面他用许多篇章揭露文化专制主义，代表作如《文字狱古今谈》，以古代著名的几个典型的文字狱为例，对文化专制主义进行声讨，文章激情洋溢，气势非凡。另一方面又凭借反专制反愚昧，对社会予以人文关怀，建构一个与世界相连的文明空间。

舒展(1931—)，湖北武汉人。原名舒学熠。杂文家。1950 年毕业于中央戏剧学院。先后在中央歌剧舞剧院、《中国青年报》工作。1957 年被错划为“右派”，被贬到山西、山东、黑龙江等地劳动和工作。1979 年错划改正后，重返《中国青年报》主编《星期刊》。主要作品有杂文集《辣味集》、《牛不驯集》和《布衣集》等。《辣味集》获“新时期优秀杂文(集)奖”。

从七十年代末开始，舒展的杂文创作激情高昂，他除了抨击文化专制主义外，矛头所向主要抨击社会的种种陋习。他的杂文取材很杂，意在净化社会环境，倡导一种社会文明批评。这种批评的精神源头主要来自他自身成长中所吸收的养料，如鲁迅的作品和形象，在《辣味集》的八十七篇杂文中，有十七篇以鲁迅的言论和事迹作为立论的依据。发表在 1979 年 5 月 8 日的《人民日报》上的《教子篇》是这种社会文明批评的代表作。通过英雄和不良青年，不同的干部的教育方法等对比，提出“无愧为人父”，引起社会反响。他的杂文幽默诙谐，常常能令读者会心地一笑。不过，笑中带刺，时人喻为“糖醋辣椒”。

这一时期活跃的杂文家还有冯英子、陶白、陈小川等人。冯英子的杂文以反封建和提倡民主作为两大主题，棱角分明，锋芒毕露；陶白的杂文率性而谈，小中见大，言近而旨远，具有一种真性情；陈小川的杂文鞭挞丑恶，在坦诚直率中显示出一种锋芒。另外，还有刘征、虞丹、蓝翎、章明和宋振庭等的杂文也产生了一定的影响。

第三节　哀祭散文

一　用眼泪哀情谱写的第一“乐章”

哀祭散文是指悼念和回忆亡者的散文。从我国文学史来考察,哀祭散文有一个漫长的复杂的演变过程。古代对哀祭文很重视,在方式上也名目繁多。最早的叫哀诔,这是对自己亲近或敬爱的人之死的哀悼。《诗经》中秦人哀三良的《黄鸟》,《左传》中鲁哀公吊孔子的诔词都属哀祭文字。之后,哀祭的文体愈来愈多,刘勰的《文心雕龙》中,就专门开辟了“诔碑”和“哀吊”两章,论述了“诔”、“碑”、“哀”、“吊”四种不同形式的哀祭文。根据刘勰的论述,诔是“累其德行,旌之不朽也”,也就是古代贵族死后,歌颂他生时的德行;碑是“上古帝王,纪号封禅,树石埤岳”,是帝王封禅祭天在山上竖石称碑,歌功颂德,或在宫室宗庙里竖木称碑,上刻死者籍贯,叫碑文;哀,“短折曰哀”,是用来哀悼夭折的文辞;吊,是慰问生者遭遇凶丧灾祸的文章。它们分工明确,职责清楚,从文体看,有韵文、散文。到了清代,姚鼐编的《古文辞类纂》就单独列了哀祭类,把哀、吊、诔等相似的文体合并为哀祭。这里论述的哀祭散文其源盖出于此。哀祭散文最显著特点是生者悼念死者(当然也有例外,如陶渊明生前最后的一篇文章就叫《自祭文》,是自己祭自己,这样的文章现在几乎绝迹);内容大多是赞美死者,兼表哀悼;形式也可多种多样。由于“文革”十年内乱,许多人被迫害致死,随着“文革”结束,人们都以沉痛的心情来悼念这些亡者。如巴金的《怀念萧珊》、陶斯亮的《一封终于发出的信——给我的爸爸陶铸》等都成为轰动一时的佳作,引爆了哀祭散文的写作,哀祭散文成了“文革”后的第一“乐章”,迎接散文复苏的竟然是人们用眼泪哀情写就的“悼文”。

“文革”后的哀祭散文的发展大致经历了两大阶段。

第一阶段是七十年代后期至八十年代初,这是哀祭散文崛起的阶段。说它崛起,因为它是一跃而起,几乎没有经历什么复苏、准备的阶段。从总体上考察,这一阶段的哀祭散文偏重在政治上着眼,有强烈的政治目的,所写的内容也大多和政治直接有关;哀祭的对象也比较单一,大多是受极“左”路线迫害致死的老一辈无产阶级革命家以及斗士;它们是血泪的控诉,有强烈的政治倾向;作者和读者也形成某种默契,自觉地把它当作和专制主义战斗的武器。因此,把这一阶段的哀祭散文称之为政治化的散文也未尝不可。由于当时处在新旧交替和转折的特殊时代,特别是亿万人民经过十年内乱,身上都有这样或那样的创伤,这些血泪滂沱的散文也就特别能引起人们的感情和心理上的共鸣,有力地配合了当时揭批"四人帮"的斗争,它无疑起到了催化、加速新旧交替进程的作用。当时影响较为强烈的如陶斯亮的《一封终于发出的信——给我的爸爸陶铸》,巴金的《怀念萧珊》以及悼念彭德怀、贺龙、陈毅等的一些散文,几乎家喻户晓。这一时期的哀祭散文最为显著的特点是感情真挚、自然、强烈,这对"工农兵"代言人时代所形成的矫揉造作的虚假文风是一个有力的冲击。另一个特点是他们把控诉专制主义和歌颂死者紧密地糅合在一起,形成尖锐的"恨"与"爱"对立的感情两极,使这些哀祭散文的感情陡起陡落,直接、外露、鲜明,因此对哀祭对象的勾画也比较明朗、单调。不过,这样也就带来了一个不良的后果,即这一时期的哀祭散文不太注重哀祭对象的个性显示,有些哀祭散文的"突出味"还比较浓。再加上哀祭对象的单一,使当时的哀祭散文天地比较狭小。但由于内在感情强烈,因此气势汹涌,一泻千里,势不可挡,委实壮观。

从八十年代开始,哀祭散文进入了新的阶段,从感情上的外露逐渐趋向内转,开始平稳地发展,并趋向成熟。这一阶段的散文从哀祭的对象来看,面迅速拓宽,从老一辈无产阶级革命家到普通平凡的民众,都可进入哀祭殿堂,几乎哀祭对象无禁区。即使是人格有缺陷的人,如乔冠华(徐迟:《祭于潮》)、俞铭璜(惠浴宇:《记铭璜同志》)等也都成为哀祭散文抒写的对象。尤其是这一时期的哀祭散文中有些优秀的篇章,很有效地纠正了哀祭散文中的一颂到底所引起的"一边倒"的倾斜,把哀祭对象的真实历史面目告诉了读者,这是一件壮举,也是一个解放。因为"一边倒"的倾斜,是建国以来长期形成的时代顽症,但现在的哀祭散文用实事求是、不虚美、不隐恶、敢于直言的手法,医治了这种病症。代表作有刘海粟的《傅雷二三事》、惠浴宇的《记铭璜同志》等。前者不仅生动地勾画了傅雷的纯真、坦率、爽直以及在大是大非上的光明磊落,但也如实地写了他教育孩子以及在爱情等问题上的弱点,把一个真实的傅雷昭示于世间,这篇散文不仅是一篇杰出的哀祭散文,也是一篇优秀的新文学史料,对我们研究傅雷的著作也大有启迪。后者也是以诚实的态度写了俞铭璜的功过,是难得的佳作。这些作品虽然在数量上还不很多,但已日益为人们所认同,使哀祭散文呈现出多姿多彩局面。

二 代表作品扫描

(一) 黄宗英:《星》。

文中怀念的"星",是指电影演员上官云珠,发表于 1978 年第 9 期《人民文学》。作者黄宗英(1925—　),浙江瑞安人。报告文学作家。这是一篇典型的后“工农兵”代言人时代的散文。文章站在政治立场上,展览上官云珠的革命历史的光荣:一是写她在建国前旧社会的苦难与仇恨,突出的事例是她在演一位革命女性遭到流氓欺凌时,号啕大哭,不能自制,因为引发了她心灵中被欺凌的创伤;二是写她的“革命”史,参加地下党领导的电影公司,掩护起义同志,建国后的对革命的热情和忠诚等等。以此显示上官云珠的革命价值,是革命者,控诉“文革”对上官云珠的迫害。这篇哀祭文的创作前提是:上官云珠是革命者,结果却被打成“反革命者”。因此抒写的是一种政治化了的热情。但由于作者和上官云珠是难友,是同受迫害的“同志”,因此哭上官云珠,也是哭自己,政治化的激情中又掺进了自己心灵的伤痛和朋友的情谊,文章有震撼力。特别是中间有一段停格特写,格外令人颤抖:“可是重病未能消灭上官的生命,‘四人帮’的黑手却不放过已经残废了的人! 现在……我见上官云珠还在颤抖,我问她:‘你怎么啦?’上官不说话,我当时不知道她又遭毒打,我只当是因为勒令她不许和任何人说话。只当是重病夺去了她说话的能力,我只安抚她说:‘上官,你别怕,快下班了,没人来,你就可以回家了。你哪儿不舒服,告诉我们,你说话啊!’她,似乎没听见,她,在苦思,她那惨白呆滞的脸上,半点表情也没有,像一座石膏像,只有一滴冷泪,从她那冰雪般的面颊上,冷冷地流落下来……这就是上官云珠给我留下的最后印象,我能想象,能理解,她就是带着这张没有表情的脸,脚一跺,坠楼身亡! 上官,上官,如今,你,你,你总是带着这张没有表情的脸,站在我的书桌前,我能再替你说什么? ……”这是一个无声的画面,一个即将结束自己生命的女性,面对世界却是沉默,苦思,冷泪流落。这是一种残酷的悲哀,撼人肺腑。全文用天上的“星”喻地上的明星,自然贴切,强化了抒情的效果。

(二)陶斯亮:《一封终于发出的信——给我的爸爸陶铸》。

这是陶斯亮悼念其父陶铸的文章,陶铸曾任国务院副总理、宣传部部长等职。文章发表于 1978 年 12 月 21 日《人民日报》。全文采用书信体方式,和死者直接对话。这种处在阴阳两个不同世界的对话,有利于如诉如泣地抒写悲哀心情。文章极写了陶铸受迫害之怨:一是陶铸被打倒时,他还在接见群众组织的代表,“成了一个可耻的政治骗局的无辜牺牲者”;二是面对种种莫须有的罪名,却无正常的申辩权利,惨遭群众批斗和毒打;三是在病危之机,为了妻子和女儿,不得不毅然和妻儿诀别;四是被迫害致死,亲人不在身边,至今遗骨沦落在何处都不知道,展示了陶铸所受到的非人的精神和肉体的迫害。文章的感人之处还在于作者敢于对政治人物陶铸进行人性化处理,在当时写作环境中可以说是一个奇迹,文中细描了陶铸得知自己唯一的爱女有了男朋友后的心理变化:先是激动,而后担忧、不安,怕自己被审查连累这对恋人,继而又担心女儿把自己的问题对男朋友说得“分量不够”而受“委屈”,就亲自出面给女儿的男朋友写信说明自己的情况,信送出去后又是“焦躁不安”,直到男方斩钉截铁不动摇,就再也无法按捺自己的高兴。把一个政治人物的儿女情写得有血有肉,强化了悲剧的情绪内核。由于文章是处在阴阳不同的两个世界的对话,缺乏现实的互动,因此,作者为了弥补这个不足,特别重视自己在父亲的被迫害进程中的感应意象的勾画。如当父亲身陷囹圄,每天用急促的步子在不大的房间里走来走去,像一只被关在笼子里的猛虎时,文中写道:“爸爸,你可知道,从此我就不爱去动物园了,因为每当我看到孩子们兴高采烈地逗弄铁笼里的老虎时,我立刻想到了您……”这种感应意象立刻让读者有一种亲手触摸的现场感,增强了悲剧效果。

(三) 巴金:《怀念萧珊》。

萧珊是巴金的亡妻。文章写于 1979 年 1 月 15 日,以“有感情无处倾吐时我经常求助于纸笔,可是一九七二年八月里那几天,我每天坐三四个小时望着面前摊开的稿纸,却写不出一句话”起笔,为这篇哀祭文定下沉重压抑的基调。接着文章极写“是我连累了她,是我害了她”。反复描写在苦难中,“她”为“我”经受的精神折磨以及分担的痛苦,渲染在苦难中“我”和“她”的心心相印,患难与共:“有一个时期我和她每晚临睡前服两粒眠尔通才能够闭眼,可是天刚刚发白就都醒了。我唤她,她也唤我。我诉苦般地说:‘日子难过啊!’她也用同样声调回答:‘日子难过啊!’但是马上加一句:‘要坚持下去。’或者再加一句:‘坚持就是胜利。’”文章着重刻画萧珊面对“文革”所受精神苦难时的高尚品德:“她也有这样的想法:她多受一点精神折磨,可以减轻对我的压力。”因此,她面对精神折磨,屡次发出这样的哀叹:“我恐怕等不到那个时候了”,悲上加悲!尤其是“我”所受的苦难波及全家,引发了作者的“我后悔当初不该写小说,更不该生儿育女”的内疚自责以及“我几乎要叫出声来。‘一切都朝我的头打下来吧,让所有的灾祸都来吧。我受得住’”!撕心裂肺,把文章的情感推向一个又一个的高潮。这篇哀祭文是作者借对亡妻的悼念,对极权主义和文化暴力进行的总的清算,因此态度决绝,心灵开放,是作者倡导的把散文“当遗嘱一样写”的范本,也是作者捐献给他想构筑的“文革”博物馆的一件珍品。

(四) 黄秋耘:《哀阿雪》。

黄秋耘(1918—2001),福建莆田人,散文家。文章收于百花文艺出版社 1981 年出版的散文集《丁香花下》中。这是一篇特殊的哀祭文,阿雪是一个极普通的业余作者,而作者“和阿雪虽说是朋友,但从来没有见过面,从来没有握过手,当面谈过一句话”,只是神交。神交是精神感应的交融,无目的无倾向无功利,是具有永恒意义的至交,也是友谊中的极品。尽管他们的交往中间还有一点善意的误会:阿雪曾把三十篇已经发表和尚未发表过的散文收集起来,编成一本《晴窗集》寄给作者,希望能帮助推荐一下。但因为作者已经被定为“三反分子”,撤职查办,他怕株连阿雪,“只好将原件挂号寄还给他,但又不便说明其中原委”,阿雪却并没有为此和作者绝交,但随着阿雪被迫害致死,误会也就永远成了误会。误会的本身一方面彰显两人神交的圣洁,另一方面也抒发了因为两人已处在阴阳不同世界,误会变成永远的误会而酿成的悲情。文中的高潮处是阿雪之死,在“文革”中,他因珍藏的一千余册书被红卫兵焚毁,愤而自杀。这位年轻的业余作者把书视为生命,书被毁,即毫不犹豫地结束了自己的生命。正因为他是把文化视为生命的人,才会和作家之间有这样纯洁的友谊,两者互为因果。文章更为厚重的是作者哀阿雪,也是为如阿雪那样可怜的一代人在“文革”中惨遭迫害而悲哀,让人们看到了“文革”对文化的破坏所造成的苦难性结果。另外,黄秋耘在散文集《丁香花下》中所发的哀悼郭小川、老舍、黄谷柳等人的文章,也都文字真挚,哀思动人。

(五) 邹志安:《黄土》。

邹志安(1946—1993),陕西礼泉人。文章发表于 1981 年 11 月。这篇哀祭文悼念的是作者的父亲,一个普通的农民,普通得“像一把黄土”。文章很真挚,作为抒写哀情的两件主要的事皆很小很小,一件是为了挽救父亲生命,让他“吃‘心脉宁’一类比较贵的药。他问:‘一瓶药多少钱?’听说有三元多,半天沉默不语,后来就说:‘不要买药了,我不要紧。’当我不在时,就偷偷停止服药。他一定计算过:一瓶药的价值要买近二十斤盐,要让儿媳们劳动好多天。”另一件是“在重病期间他出现了呓语,净念叨‘把猪喂了没有?’、‘把锄头安好’、‘麦黄了就快收’之类。临死时他默默流泪,留恋这个世界——他为之洒尽汗水然而仍不富裕的世界”。这些事十足地鸡毛蒜皮,话语也实在平凡普通,但它却昭示了一个农民的黄土般真实的内心世界。这篇哀祭文显露了散文从泛政治化的环境中突围的迹象:一是哀祭对象的言行已完全褪掉了工农兵英雄的光亮色彩,事迹平凡言语也平凡;二是作者的叙述话语也有非政治化倾向,在对父亲评价时,如此说:“父亲从来无是无非,关心而弄不明白各种国家大事,可以说在精神上是贫困的。富有者被给予,贫困者被剥夺,那么他是被剥夺了:从前因为贫困而没有机会接受文化教育,后来倒是不断地接受了各种政治教育,而终于都没有弄明白。”通过对父亲的无是无非并弄不明白政治的黄土般的一生总结,巧妙地达到了非政治化的目的,可以看到散文家在后“工农兵”代言人时代的转折中所作的成功努力。

(六) 宗璞:《哭小弟》。

小弟,即宗璞的小弟冯钟越。写于 1982 年 11 月。文章哀悼小弟英年早逝。全文聚焦点是:小弟“违反常规”,“过早地去了”。通篇以克制的笔墨,叙述小弟因医疗条件的恶劣,治病的艰难以及被误诊耽误了医疗时机,“违反常规”“过早地去了”,引出了一个社会问题:知识分子地位的低贱。最后文章在含泪中升华:“我哭小弟,哭他在剧痛中还拿着那本航空资料‘想再看看’,哭他的‘胃下垂’、‘肾游走’;我也哭蒋筑英抱病奔波,客殇成都;我也哭罗健夫不肯一个人坐一辆汽车！我还要哭那些没有见诸报章的过早离去的我的同辈人。他们几经雪欺霜冻,好不容易奋斗着张开几片花瓣,尚未盛开,就骤然凋谢。我哭我们这迟开而早谢的一代人。”反思转变成强度的批判。把哭小弟的悲剧命运升格到对一代知识分子命运的哀悼。最后奇峰突起,陡然一反克制的笔调,斩钉截铁地说:“小弟,我不哭。”用哀、怨、怒和愤熔铸成一个拳头。哀祭变成了控诉。文章充分发挥了宗璞善于用清丽脱俗的笔墨状物写人的优势,如写小弟少时的情景:“我长小弟三岁,从我有比较完整的记忆起,生活里便有我的弟弟,一个胖胖的,可爱的小弟弟,跟在我身后。他虽然小,可是在玩耍时,他常常当老师,照顾着小朋友,让大家坐好,他站着上课,那神色真是庄严。他虽然小,在昆明的冬天里,孩子们都生冻疮,都怕用冷水洗脸,他却一点不怕。他站在山泉边,捧着一个大盆的样子,至今还十分清晰地在我眼前。‘小姊,你看,我先洗!’他高兴地叫道。”把小弟玩耍时扮演老师的庄严得可爱的神态,以及小弟用自己先洗手鼓励姐姐的真情写得栩栩如生。文中的哀情也随着小弟的治疗的艰难而起伏跌宕,叙述虽不见痛哭的泪,但处处可感受到作者心中在流泪,那是大痛、至痛,同时又把对个人的悼念和知识分子的命运糅合起来,既强化了它的哀情的力度,又显示了它的独特品位。

(七) 惠浴宇:《记铭璜同志》。

铭璜同志,即俞铭璜,二十世纪五十年代的江苏省委宣传部部长,著名的“苏中才子”。文章写于 1984 年 2 月。这篇哀祭文的最大特点是以诚实态度对待哀祭对象。俞铭璜是有人格缺陷的人,他很“傲”,作者当时任江苏省省长,文中有这样一段描写:“铭璜同志,有‘苏中才子’之称,因为是才子吧,他有些傲……一九五八年,种种不正常因素,使他和周围关系很紧张。当然他自己也是有责任的,他曾把一份演讲稿编辑为小册子出版了,不久便发现宣扬了一度盛行的‘共产风’错误。他要求下放锻炼,到南大中文系做了主任。当时他的爱人沈序同志刚刚逝世,心境之坏是可以想见的。我去看他,无非是劝慰勉励之意吧。我的汽车刚停稳,正巧他拿了钥匙开门,我下得车来,他看了我一眼,竟‘砰’地一声关上了门。我真气坏了,不要说多年的战友情分,就是从组织关系上说,他俞铭璜也不能拒绝和我谈话啊! 他真是傲上天了!”俞铭璜已逝世二十年了,祭文还要抖落他的“傲”,似乎有些不近情理。作者认为:“一个人的好与不好,是一种客观存在,以为化成一把灰了,一切便都烟消云散,那不是唯物主义的态度。”①正因为诚实,他在哀祭时无牵无挂,有什么写什么,重视人物的个性,写铭璜同志的好赌气,写铭璜和孩子摔跤竖蜻蜓,把一个鲜活的可亲的俞铭璜放到读者面前。这篇哀祭文无论从哀祭对象的选择还是重视人物个性叙事抒情的写法,都很出格,具有开拓性意义。作者出版的《写心集》获“新时期优秀散文(集)奖”,其中许多篇章,如《司令・严师・兄长》中对陈毅副总理的悼念,《遥祭陶勇寄深情》中对海军司令员陶勇的遥祭,都抱着诚实的态度,重视人物的个性刻画,所以能使被悼念的对象“活”起来。

三　对散文抒写真情实感进行了成功的演练

“工农兵”代言人时代的歌颂工农兵英雄的散文中,有很大一部分是歌颂已故的工农兵人物,如从五十年代初的歌颂志愿军英雄黄继光、邱少云,到雷锋,到焦裕禄,到“文革”中的杨水才、王国福等等散文,从宽泛意义上说,也是属哀祭散文。它们和主流文化体制在政治上互动,联合营造了泛政治化的环境。富有意味的是,“文革”结束,也正是哀祭散文率先用眼泪和哀情,从泛政治化的环境中突围。这个突围也经历了一个过程,开始阶段,以巴金的《怀念萧珊》和陶斯亮的《一封终于发出的信——给我的爸爸陶铸》为代表的哀祭散文,还是以政治姿态揭露、批判“文革”的罪行,政治烙印比较明显。之后就逐步蜕变。邹志安的《黄土》和惠浴宇的《记铭璜同志》是这种蜕变的代表。《黄土》从取材到写作姿态已经完全非政治化,《记铭璜同志》虽则基本上还是泛政治化的姿态,但所持的立场,明显的已不是原来泛政治化意义上的“政治”,它们是转折时代的代表作。哀祭散文成了散文变革的一种预示。

哀祭散文对散文的发展产生积极影响,具体还在于提供了许多有益的经验。

一是尊重死者,尊重历史,以对事实、死者、历史负责的精神来写,使哀祭对象在文中“起死回生”,鲜活起来。

---

① 惠浴宇:《记铭璜同志》,《写心集》,上海人民出版社 1987 年版,第 71 页。

哀祭散文真正继承了传统的秉笔直书的诚实风格,许多作者面对死者,敢于尊重事实,敢于把死者的历史面目交给读者,这是一种自信力的显示。也正是这种自信力,促使作者在写作哀祭散文时,敢于破除框框,冲破束缚,按死者本来面目,选择一些富有个性的生动的事例来加以艺术展示。说到底,作者敢于尊重事实的自信力,才是哀祭对象"起死回生"的最强的生命动力。如刘海粟的《傅雷二三事》中记述了傅雷这样一件事:

不久我(指刘海粟——引者按)和他(指傅雷——引者按)为一件事,整整十年没有来往。

傅冲很小,傅雷不让他上学,自己教他文化,请上海乐团一位意大利学派的专家教指法,乐团指挥兼提琴家教乐理,每天要傅冲练习钢琴,傅雷听觉灵敏,听出差错就打,这一点我很反感,劝他说:"小孩子应当上学,过集体生活,让他全面发展,这样打不太好了。"

傅雷说:"我教训自己的儿你也要管么?"

"你用瓷盆子砸在孩子鼻子上,留下一个疤,这太过分了,我为什么不能管?"

"我偏不服你管!"他的声调提高了。

"你这样做要后悔的!"

"永不后悔!"

他真的不后悔吗? 不。在认清了自己的过失之后,责己之严,正是怒安本色,他曾对儿子说过:"孩子! 我虐待了你,我永远对不起你! 我永远补赎不了这种罪过!"但这已是后话了。

大概在一般常人看来,这似乎有些丑化傅雷,堂堂皇皇的学者,怎么可以虐待孩子呢? 但事实就是这么回事。正是这一个具有鲜明个性的"过失"描写,展示了傅雷性格中的许多侧面,如望子成龙心切带来的愚笨的教子法,以及不会掩饰自己感情的那种坦率、单纯和如孩童般的不认错的幼稚可爱相。一句话,傅雷"活"了。同时,字里行间我们也可看到作者和傅雷的"相知",因此,才会有这样的争吵,才会写出这等文字!

要使哀祭对象"起死回生",还必须破除各种"套套"和"程式"。哀祭散文固然要涉及对死者的评价,但它毕竟不是组织对某人作鉴定。因此,写哀祭散文不必面面俱到,从思想写到学习,从作风写到态度,若以这样的"套套",四平八稳去写哀祭散文,那么,哀祭对象即使具有个性,也会在你的四平八稳的"套套”中“磨”成统一的僵尸,而失去其本来面目。

二是对散文抒写真情实感进行了成功的演练。

哀祭散文是最早对“工农兵”代言人时代的散文进行解构的一次尝试。“工农兵”代言人时代的散文最大的缺陷是情感的虚假,哀祭散文的作者凭借沉重的伤痛记忆的描写,对真实的哀情进行了一次大释放。它的意义远远超过了文体本身变革的意义。

哀祭散文是最有感情的文章,它属于抒情散文类。这一期间的哀祭散文纠正了“工农兵”代言人时代所形成的情来自于哀祭对象的英雄事迹的作法。它破除了对英雄事迹的迷信,实现了立足点的转移:即从盯着哀祭对象的英雄事迹转移到面向平凡的事迹上,并且牢固树立了这样的信念,在平凡的事迹中也常常蕴含着不平凡的感情光辉。有些平凡的事迹中的感情浓得几乎可以滴出来,抓住它们来写,抒情效果十分强烈,这样的佳作很多,而且可以说已蔚然成风。比如邹志安的《黄土》中悼念他的父亲,写的都是生活琐事,没有豪言壮语,既平常又普通,但正是在这平凡的事迹的叙写中,倾诉了作者对如黄土般的父亲的景仰和爱戴的真切情感,震撼人们的心灵,收到了较好的抒情效果。

这一时期哀祭散文在重视平凡事迹的抒情中,十分注意抒情的艺术,尤其在避免情感单调和呆板上,作出了有效的努力,在抒写悲哀情绪上重视以反求正的写法就是一例。比如路长琴写的哀祭丈夫蒋筑英的散文《永存的慰藉》就是这方面的代表作。文章以提问起笔(直到今天,我还弄不懂,世界上怎么会没有了蒋筑英在一起的欢笑),充满了“乐”,再接下去笔锋就陡然转向反面,描写对蒋筑英的“恨”:

> 你走的前一天晚上,我真的生你气了,不为你东西也不收拾,就跑去帮薛家修下水道。这是应该的,也不为你事先不曾关照一声,说走就走,这在我们本来已是常事,我只恨你太不顾惜你自己。肚子疼了多久了——去看过么?牙齿掉了多久了——好不容易托人约好下周二去镶,可你又忙着到四川出差去了。①

正因为爱之深,才会恨他不顾惜自己的身体;“恨”中的爱愈是爱,而这样的悲也愈是悲,笔墨虽淡情却烈。同时,在抒情时注重人物复杂情致的主体展示,运用多种手段刻画人物的个性等等,都丰富了哀祭散文抒情意识的宝库。

---

① 《光明日报》1982 年 11 月 7 日。

但是,也不可否认,这一时期的哀祭散文虽然对专制主义践踏人的权利作了一些揭露,如《一封终于发出的信——给我的爸爸陶铸》中对陶铸的被审查,没有任何会议,也没有任何决议,就莫名其妙地沦为阶下囚的暴露;又如《怀念萧珊》中对殃及无辜的批判,都是一种觉醒,但远远还不够。所以,这一时期的哀祭散文的眼泪和哀情是动人的,但理性批判是肤浅的。

第四节 游 记

一 在山水自然中"自我"逐渐复苏

七十年代末,随着改革开放,社会安定,旅游事业逐渐兴旺起来。"游山玩水"已被人们视为生活中的一种正常需要。随着开放,国际交流增多,到世界各地旅游也逐渐成为常事,这就为游记的创作准备了众多的作者和读者。游记创作出现了兴旺的局面。

这一时期的游记有这样一些成就:

(一) 逐步摆脱宣传化的束缚,转向注重抒写山水自然。

建国后,游记尽管也是写山写水,但是山水仅仅是陪衬和铺垫,真正的实在的动机是颂扬工农兵,要通过山水描写,变幻成一个工农兵的理念——即宣传口号去。这是"工农兵"代言人时代对游记的制约。这样,写游记的和读游记的心理负荷都很沉重,显得神经紧张:前者紧张的是要能如变戏法似的把山水变幻成理念,后者是一读到游记中的山水就会条件反射地紧张地去猜测作者不知要把它变幻到什么理念上去。游记创作中这一尴尬的局面在这一时期终于得到了改观。如黄裳的一些游记,他在七十年代末之后创作的《晚春的行旅》等,已逐步卸掉心理负荷,信马由缰,从容自如,随便散漫,挥洒自如,不断穿插一些风俗人情和历史典故,或是不时站出来感叹指点一番,有情则抒,有景即写,非常舒展,没有任何套式,使山水的自然景物真正成为描写的中心。这样的游记作者写得自由,读者读得也自由。其他如冯牧、黄秋耘的一些游记也都是如此。

(二) 个性正在逐渐复苏。

由于五六十年代游记的宣传化,使游记中抒发的情致划一化,甚至程式化。这样不同的山水都要装点上相同的宣传口号色彩,游记的作者不能发出自已的声音,从而导致游记个性的泯灭。而这一时期的游记,尽管呈现鲜明个性的篇章尚不多,但是已出现了这样的好兆头,在山水自然中,自我逐渐复苏,游记中的个性也正在受到作家的重视,作者的主观意志能较为自由地得到展现和宣泄。

游记的个性当然是指两个方面,一是指记的山水自然客观对象的个性,二是指欣赏山水自然的作者主体的个性。成功的游记的个性应该是这两者的和谐的统一。这样的佳作在这十年中也时有可见。代表作如汪曾祺的《天山行色》,文中逼真地写出了天山的个性:天池的蓝,伊犁鸠的鸣声的动听,锡泊人的忠勇,唐巴拉的马奶的鲜美等等,这一切又都通过作者的简练干净机智的笔墨勾画出来,人们从中看到了天山的个性,但它又是典型的汪曾祺式的。再如苏叶的一些游记,如《能不忆江南——常熟印象》、《索溪的月亮》等,无论是写景状物,都率真自然,往往是情思和事实并重,有丰富的内涵和特殊的意蕴美。她的游记,既没有稳定的结构方式,也看不到固有的情感定势,景、物都有一股特异的“野”性,以其鲜明个性在游记中显得一“叶”独秀。

(三) 情致正在从单一向多重蜕变。

以往游记宣传化的时代病,导致作者抒写的情致单一而苍白,从而使情感萎缩和干瘪,这也是游记衰落的一个重要原因。随着文学观念的更新,特别是它的近邻小说、报告文学等文学样式开始注重描写多重性格的人物并取得成功,也大大地增强了游记抒写多重情致的信心。这方面做得最为出色的,当推王蒙。他的《访苏心潮》、《旅美花絮》等,可称得上是游记中抒写多重情致的难得的佳作。他借助报告文学的笔法,把在苏联和美国所见所闻所思复杂地呈现在读者面前。这两篇游记都是写国外的,在一个时期内,有些国外游记,要么就是把外国说成一枝花,连月亮也是他们的圆;要么就是把外国说成一塌糊涂,简直连地狱都不如,王蒙用比较的方法,今昔纵横对比,剥去种种的现象外表,把复杂的本质内涵揭示了出来。这样的游记是完全可以当成历史来读的。其他一些散文家如贾平凹等也都非常注重游记的情致内核的意蕴的丰厚,因而这些游记的山水和作者的丰厚思想一齐发光,为人们所喜爱。

更值得注意的是这一时期游记中出现了一批边缘性的乡土作品。这些游记写纯粹的风俗人情,以显示境界为目的,并不表达什么倾向。如贾平凹的《五味巷》、《静虚村记》,陆文夫的《梦中的天地》,刘成章的《转九曲》等等。把它们看作乡土散文亦可。它们共同的特点是地方味浓,乡情纯似山泉,形成一种独特的境,显示作者对所描写的土地的姿态。读者阅读这些散文,会感到这里美不胜收,乐而忘返,以此陶冶心灵,受到感化。这些游记在建国以来是极为少见的。

这一时期的游记也有明显的不足。

首先,偏重临摹山水自然的外在形态,常常是“看到一点就写”,有“浅”、

“俗”的倾向。

由于游记要凭依山水自然来写,许多作者对这种文体就产生了一种错觉,误以为游记这种文体只要到某一景地,看到一点美景,有一些触动,就可以“现炒现卖”写游记了。因此许多作者创作游记的境界就是建筑在这种错觉基础上。这样的“现炒现卖”者最容易忘记鲁迅在《答北斗杂志社问》中对我们的告诫,即“不看到一点就写”,而这一时期很多游记恰恰就是“看到一点就写”的产物。再加上现在旅游的特点,常常是坐在现代化的交通工具里,“一日游”或“几日游”,到某地浮光掠影地看一下,张望一番,不用说像徐霞客那样以身相许山水了,连花一些力气,认真游、认真看、认真想都不大可能。这种隔窗观花的结果,也必然使游记失“魂”,难以避免“浅”、“俗”了。

“看到一点就写”的后果,使许多游记作者展示山水自然客观景象时,把注意力放在外在形态的美的“一点”上。因为这“一点”容易看到,即使自己不去体验,凭这一风景点上的许多名人写的游记的历史老账里,也可翻到一些。而且有些游记作者还有一个误解,总认为美景必然能感动人。因此就形成这样的惯性:把笔墨重点放在临摹山水自然的外在形态上,用各种艳词展览美景,以此取悦读者。其后果也必然导致作者忽视对山水自然的内在形态的感应和体验,从而失“神”。

其次,过于追求完美,使这一时期的游记不同程度地存在着矫揉造作的缺陷。

这个问题和上面的一个问题紧密相连。由于这一时期游记的偏重对山水自然的外在形态的美的临摹和展示上,这样“美景”反过来制约作者情绪的展示,要求作者的情致也必须单一化、纯净化和完美化,因为只有这样的“美情”才能和“美景”相匹配。这种制约,既妨碍了抒写的情致从单一向多重的蜕变,也容易把某种完美的情和完美的景强扭在一起,使情景勉强地凑合在一起。这一时期的一些游记中之所以出现矫揉造作之态,原因之一就在这里。

王国维在《人间词话》中说:“自然之物,互相关系,互相限制,故不能有完全之美。”推而论之,人和自然,也由于互相关系,互相限制,也不能有完美之情,但是偏偏有些游记作者对完美有一种本能的追求,特别是六十年代杨朔的完美的“人间海市”的描写,一直对作家有极大的号召力。游记中还能时时看到一批这样的“人间海市”式的“天堂”、“乐园”,还不能直接地给以一种有独立抒情的可能性,更不能不加任何润饰地把所见所闻传达出来,游记还冲不出完美的“乐园”的包围圈,和山水自然贴近,去掉矫揉造作之态,还山水本来面目。

这一时期游记还有形式呆板、单调,情绪抒发走向僵硬等问题。

二　代表作品欣赏

这一时期的游记代表作有:黄裳的《晚春的行旅》,苏叶的《能不忆江南——常熟印象》,谢大光的《鼎湖山听泉》,叶梦的《羞女山》,刘成章的《转九曲》和贾平凹的《商州初录》、《商州又录》等。

(一)黄裳:《晚春的行旅》。

《晚春的行旅》是黄裳在 1986 年由湖南人民出版社出版的游记集。其中多数篇章写于八十年代初期。在游山玩水中,激发他的创作灵感的是文化,文化成了他游山玩水的兴奋点。他借助文化的冥想,重点写山水自然的人文景观。但他的本色是杂文家,他擅长的是杂感,因此他的文化冥想呈现的是零星的片断,但连接起来的却是一条别开生面的人文精神之旅。如他对兰亭的"流觞亭"前重修的用石块叠起来的"曲水"的非议:"看起来实在有点近于儿戏,好像是幼稚园里的设施。"(《兰亭》)又如在常熟,他一方面对清代画家王石谷的墓能完整保存下来感到庆幸,但另一方面又对当地政府漠视王墓表示惊讶:"奇怪的是墓前并无'文物保护单位'的石碣,难道王石谷连'三级'文化名人都不够格吗?"(《钱柳的遗迹》)再如《南行琐记》中对广州人的"迷信"的议论和剖析,还有《东园》中对郭沫若书法的俗滥的批评……都可看出他是九十年代兴起的"文化苦旅"的先行者。总体上看,《晚春的行旅》中的文化"自我"在复苏,但还没有真正觉醒,或者说他的文化"自我"还处在必然的状态中,这是后"工农兵"代言人时代的散文家常见的症候。他并不是自觉地要去迎合主流文化体制,但他在"工农兵"代言人时代耳濡目染所形成的惯性还在支配他的思维。所以,在带着梦也似的沉重心情离开了沈园时,"走到门口,就被一阵清脆的笑声惊破了。原来小巷里已经挤满了刚吃完饭的年轻女工,她们就在沈园对面的工厂里工作。她们三三两两簇拥着,肩并肩地指指点点不停地笑。她们是在看我们这群里的王丹凤女士。那么开心,充满生趣……我不禁想,在她们中间,发生《钗头凤》那种悲剧的可能大概不存在了。我想,这简直是一定的"。这显然是两种社会两重天的忆苦思甜的思维惯性的延伸,虽则自然,却也不免有些"工农兵"代言人的痕迹。再如《我看苏州》对苏州建设社会主义精神文明的企盼,虽然诚恳,却欠自然,似有敷衍之嫌。不过,黄裳在状写风物、描摹山水上还是独有一功,在他的《东园》中描写东园的"仙桃洞"是这样的幽深:"在进门处码头下船,缓缓撑出去,没好久就到了名为'仙桃洞'的地方。这是由二十几丈高的峭壁镶成的一处狭狭的水府,当门处还留下一条石壁,形成一宽一窄两个进口,船摇进洞,打一个转,从另一出口出来,船头船尾,都会碰击或擦到两旁的石壁。洞里阴森幽暗,好像密藏着几千万年的幽灵精怪。没有谁想学阮籍那样地长啸,怕真的会惊醒他们。船悄悄地进来又悄悄地出去了。水深处据说超过了五丈,黛绿色的潭水静静的,一点波纹都没有,好像古代的谁在这里储藏下的陈酒,只要摇一只小船来,顺手舀起就能尽兴痛饮。”联想奇特,笔墨轻盈。可惜在他的游记中,这样的描写较少,总体来看:理胜于情。用杂感写游记,既是黄裳的特色,又是他的不足。不管怎么说,九十年代开始兴盛的文化苦旅式的散文,黄裳已经在开始探索和实践了。

(二)苏叶:《能不忆江南——常熟印象》。

《能不忆江南——常熟印象》发表于1982年。文章的基调是“灰调”,正如作者在文中所写:“整个田野呈现在一种广阔、庄重、清丽而又若有所思的灰调中。这是我喜爱的颜色,不知为什么有人要把它捺上反动的记号。”这种“灰调”在八十年代初期的文化生态环境中,还是一种危险的色调。文章起笔,是带着一种很坏的心情进入常熟的:“这些年来,使人失望的事不少,人啊,地方啊,希望啊,名声啊,你原来以为不错,远远地望着,很带着温情,可一走近看清了,全不是那么回事了,还不如蒙蔽着呢!”带着这样的心情游常熟,偏偏又“真希望这个恬适的小城是一块没沾上恶癖的净土”。这种矛盾的心态,带来的结果是窝囊事全给“我”撞到了:在花边厂,面对成堆成垛的精美绝伦的台布、床罩和窗帘,陪同者说:“我们这些工人家,一条也没有的”,是“种花人无花”的贫困;为了几角钱,三轮车工人与顾客争吵;老婆子吹熄供奉庙里的香烛,稍稍修整,再去卖给其他香客等等。作者游览常熟,是感受到了一个负荷太重的沉闷的常熟。说到底,是作者自己处在负荷太重的沉闷之中。游览常熟,实质是作者在翻检自己的沉重的心灵历程。作者在到常熟之前的那种“不知从何时起,人人体贴人,关心人,默默地爱护别人,在生活中竟变得这样稀少”的心情,游完常熟后,不仅没有改变,反而更得到了验证。在这篇游记中,处处可见作者的满腹心事。对于在“工农兵”代言人时代中常见的“美景+美情”的游记来说,这篇游记是一个无情的解构。游记居然出现了另类!从表面上看,情感的基调很沉闷,但事实上,却纵横捭阖,没有预设,没有规范,自然畅达。虽然文笔不先锋,但情调却很先锋。

在这篇游记中,还可看到作者的“自我”的精神架势,是一种悲观的失望。因此,“工农兵”代言人时代对散文应是明朗的红色颂歌的要求,在这里也遭遇到了挫折,这篇游记的破坏力是显然的,在后“工农兵”代言人时代中,应该说这是持民间立场写游记的一个成功的尝试。

(三)谢大光:《鼎湖山听泉》。

《鼎湖山听泉》写于1982年11月,收入谢大光的散文集《落花》。谢大光(1943—　),山西人。散文家。《鼎湖山听泉》是游览鼎湖山的实录。文章起笔是写“我”于黄昏时刻到达鼎湖山,在雾漫中上山,轻纱遮掩,“眼不见,耳则愈灵”,扑面而来的清朗泉声,指引着“我”上山。“我”和“泉”的偶然相逢,一“听”钟情,以在家散步时的爱女姿态比作“泉”:伸手欲揽时,“泉”却远远地跑开;佯作冷淡时,“泉”却偎我腰间,呈现出“半含半露,欲近故远”的姿态,极写“我”和“泉”的亲密。亲密中,突然暂停听泉,留出笔墨,写鼎湖山的“寺”与“树”,作为绿叶衬托,丰韵多姿。高潮处是结尾的万籁俱寂的夜中“枕泉而眠”时的听“泉”。先分层次写:“柔曼如提琴者,是草丛中淌过的小溪;那清脆如弹拨者,是石缝间漏下的滴泉;那厚重如贝司轰响者,应为万道细流汇于空谷;那雄伟如铜管齐鸣者,定是激流直下陡壁,飞瀑落入深潭。至于泉水绕过树根,清流拍打着卵石,则轻重缓急、远近高低,各自发出互不相同的音响。”可谓体物入微,听泉入神。后合笔一处,以“一曲奇妙的交响乐”做结,引出“清泉永在,清泉常鸣”的感叹。

一个机缘,形成了“人”和“泉”的和谐栖居的境界。与大自然和谐相处,要有一份真性情。“我”对“泉”的钟情痴迷,是因为“我”的心“融于水中,随泉而流”。“我”和“泉”之间形成了“身心了无尘世”的“清澈透明的境界”。真正做到了以身相许“泉”了。

“我”和“泉”的亲密所形成的“了无尘世”的境界,对“工农兵”代言人时代而言,是一种挣脱,文中的情感文中的话语文中的思维,也都暧昧也都暗藏玄机,“工农兵”代言人时代对散文的要求在这里受到了冷淡和漠视。这里发出的声音,是一种知识分子的个人声音。这种声音不是反抗,却又正是反抗。这种对“泉”的痴迷,也是“以自我为中心”的一次初试锋芒。在听泉中可以见到正在站起的作者的“自我”身影。

在这一时期,精品游记还有叶梦的《羞女山》,贾平凹的《商州初录》和《商州又录》等,因为下文还要阐述,在这里就不再赘述了。

三　寻找另一种散文写作意义的尝试和实践

在二十世纪百年散文发展史中,游记在散文变革中处于举足轻重的地位。当三十年代对散文是“匕首”、“投枪”还是“小摆设”进行争论并引起对立的时候,沈从文却以《湘行散记》开辟了散文创作的新天地,形成了以他为首的京派散文流派。六十年代初杨朔等也是以游记倡导散文“当诗一样写”,企图为红色单调的颂歌改变局面。从根本上说，八十年代末九十年代初散文热的出现，也是从文化苦旅式的游记开始的，这是二十世纪百年散文史上的一个十分引人注目的文体现象。

这一时期的游记正预示着散文将要出现重大的变革。

就经济基础而言，经过五六十年代的极左思潮翻来覆去的折腾，中国的经济处于贫困阶段。“文革”结束，改革开放，经济迅速发展，游山玩水具有了物质基础。经济和文学的关系其实并不一定有什么直接的因果关系，但表现在游记上，却非常直接，开放的国策和经济的发展，都直接为游记的发展提供了有利条件。

最主要的变革是，这一时期的游记寻找到了另一种散文的写作意义。“工农兵”代言人时代所形成的散文的“根”，深深扎在工农兵之中，公认的主导散文写作意义是歌颂工农兵。杨朔的游“海市”，上“泰山”，其实并不是真正意义上的游山玩水，“海市”和“泰山”也成了一种虚拟的符号。“工农兵”代言人时代的文化生态环境所形成的公共言论空间也是虚幻的。而这一时期的游记，已经悄悄地开始发生蜕变，当散文作家一旦真正处在青山绿水中，“自我”的躁动、复苏有了可能。所以自然界的青山绿水对“工农兵”代言人所形成的虚幻的公共空间，进行了甜蜜的颠覆，这种颠覆，如黄裳等借自然人文景观用文化话语的说三道四，又如叶梦等借羞女山强烈呼唤“人”的独立，也有如贾平凹、谢大光等，干脆忘却尘世，褪去所有色彩，享受人与自然的诗意的融合。这一切，都为之后余秋雨的文化苦旅登上文坛做了最好的铺垫。散文作家已经凭借游记开始逐步寻找另一种散文写作意义，正在开辟着另一条写作的通道。

但这种寻找还并不具备真正的先锋意义。和诗歌兴起的朦胧诗派写作以及小说兴起的先锋派小说相比，散文家的这种寻找的步伐相当缓慢。在诗歌的朦胧诗派和小说的先锋派小说创作中，“自我”可以彻底地释放，公共话语空间和主流文化环境对他们的制约力越来越弱，这些探索虽则对散文具有鼓动力，但是散文“自我”抒写的直接性和实用性，促使散文对公共话语空间和主流文化环境既依赖又畏惧。这样就出现了尴尬，在现实生活中，“人”已逐步潇洒逐步自然，但到了散文中，“人”却潇洒不起来，自然不起来，因此藏头藏尾、遮遮掩掩的散文依然处于主导的地位。先锋就是自由，散文还没有真正的自由。

不过，这一时期的游记毕竟给散文变革带来了希望。散文家们已经意识到，真正面对青山绿水，抒写青山绿水，就是对眼睛盯着工农兵的反拨。更重要的是在抒写山水自然中，“人”的空间是那样无拘无束，“人”的生命是这样雄伟地存在。在山水自然中，“人”可以真正获得自由，心灵的秘密可以尽情地释放。所以，这一时期的游记在二十世纪散文变革史中确实承担了承上启下的作用。

第十六章　转折:后“工农兵”代言人时代的散文(下)

第五节　江南散文

一　江南散文的文化品格

在二十世纪中国散文史上,八十年代中期的《钟山》一度引起散文读者和研究者的注意。它在1983年到1984年,先发表了贾平凹的中篇系列散文《商州初录》,接着在1984年到1986年先后发表了艾煊的中篇系列散文《醒时的梦》和《湖上的梦》。前者是西部散文的探索尝试,后者成了江南散文的成功实践。这些散文的出现,在二十世纪散文的发展史上有着举足轻重的地位。

江南散文代表作家是艾煊、忆明珠和陆文夫等。

需要说明的是,这里的江南散文是对一种具有相似风格和特征的散文的研究概括和命名。从代表作家艾煊、忆明珠和陆文夫等来说,他们并没有公开亮出“江南散文”的旗号。后“工农兵”代言人散文时代也一定程度上制约了散文流派的形成和发展。但是,他们的散文的文化倾向和审美特征又显示了较为明显的相似倾向性。它们植根于江南文化。诚然,江南散文是特指地域而言,这个地域的边界有些模糊,它泛指江南,当然也包括长江下游南北两岸。江南散文的作家都有魂梦系之的“乡”作为根据地,他们和“乡”是你中有我,我中有你。如艾煊和太湖,陆文夫和苏州,忆明珠和仪征。这种关系是一种生命的联结,从某种意义上说,是“乡”成全了他们的散文。江南散文的文化背景是江南文化,但是,这里江南文化又有它的特指性,是以吴文化为主。从五六十年代开始,江南散文已不断有佳作面世,如周瘦鹃的花木散文以及艾煊的《碧螺春汛》。直到七十年代末、八十年代初,江南散文作家的创作激情陡增,佳作涌现。代表作品有艾煊的《醒时的梦》和《湖上的梦》,忆明珠的《荷上珠小集》、《墨色花小集》和陆文夫的《梦中的天地》。

这一时期的江南散文作家都曾志愿要当“工农兵”时代的代言人。但他们的江南文人品格又常常和时代发生碰撞,几度风光又几经沉浮,“代言人”和

“罪人”角色的时常转换,使得这些作家形象非常特别。他们对主流文化体制表示敬畏和服从,最强烈的反抗也仅仅是沉默。每当狂风过后,稍有机会,他们又忘却了伤痕,带着伤痕争当“代言人”角色。他们入世很深,身上虽有江南名士气味,但又从来不是江南名士,因而为“代言人”时代所不容。这就决定了这一时期出现的江南散文并不纯粹,味也不纯正。他们时时想关心社会,关心现实,以此增强他们散文的硬度,可谓是“硬江南散文”。相比之下,九十年代后涌现的江南散文作家的作品就比较纯粹、纯正,更为个人化,是“软江南散文”。

江南散文的根扎在江南文化土壤中,他们的文化品格是:

(一) 凭借江南的“乡”,作为文化生命的再生据点,以此表现和弘扬江南文化。

江南散文的代表作家,几乎都不是正宗的江南人:艾煊是安徽舒城人,忆明珠是山东莱阳人,陆文夫是苏北泰兴人。他们由于种种原因,客居江南。如艾煊是被贬到苏州太湖边,陆文夫是随军南下到苏州,忆明珠是“落户”仪征。由于他们的身份不断地发生从“座上客”到“阶下囚”的转换,使得他们和客居地之间形成了一种联结,如忆明珠是这样来赞美他心中的“仪征”的:“是仪征,赐予了我更严峻的锤打、磨炼,更酷烈的‘热处理’和‘冷处理’,更丰富的正面和反面的经验教训,这样我才获得了一个比较完整的人生。喜怒哀乐,歌哭离合,苦辣酸甜,荣辱升沉……凡人生的种种,大体备尝,庶几得免于偏怙——‘幸甚至哉!’”这是一种生命的联结,但更重要的是一种文化联结。事情发生了戏剧性变化,客居地成了他们的文化生命的再生据点和文化故乡,并把他们塑造成江南文化人,反“客”为“主”。因此,对于他们来说,江南文化是可以感受可以触摸可以表现的,是他们散文生命的一部分。

(二) 以“工农兵”代言人的姿态,彰显主流文化风貌。

江南散文作家的角色比较尴尬。从本质上讲,他们是“工农兵”代言人,他们的经历也证实了这一点。艾煊曾在炮火中坚定地充当“工农兵”代言人;陆文夫的代表作《小巷深处》、《二遇周泰》等都得到主流文化体制的高度赞扬,成为主流文化的范本;忆明珠本身就是“工农兵”中的“兵”。尽管他们在阶级斗争的风雨中几经沉浮,但他们并不想脱离主流文化体制,更不愿站到民间立场上,对历史进行反思,对专制文化暴力进行抨击。他们成了双面人,一方面是“代言人”,另一方面又是“文化人”。“代言人”制约了“文化人”,他们的“文化自我”尚未真正觉醒,更谈不上能做到以“文化自我”为中心。因此,他们把笔下的江南文化,毫无保留地贡献给主流文化体制,成为主流文化体制的一部分,艾煊的《碧螺春汛》中的江南采茶图,《湖上的梦》中的山水人物风貌,虽然没有贴什么标签,而且像《土郎中阿法》中还有对阿法的苦难的展示,但一切似乎过去了,是那么平静,平静得和杨朔笔下的“人间天堂”也不相上下。而陆文夫的名作《梦中的天地》中把苏州旧时代的茶馆里动荡不安的“苦”与现在小巷里平稳安定的“甜”进行对比描写,更是“工农兵”代言人经常运用的描写策略。他们不愿越轨,回避对专制文化暴力的批判,回避对民间苦难的揭露,从精神层面来看,这种回避实质是精神的疲软。所以,导致在审美上,依然没有脱离二元对立的轨道。它们身上烙印着典型的后“工农兵”代言人时代的散文印记。

(三) 情感细腻,意境淡逸。

江南散文的文化背景是江南文化,尤其是吴文化。几千年来,江南文化代有创造,代有不同,逐渐在变化中形成一种稳定的区域性文化。这种文化影响到散文中,最主要的特征是情感细腻,意境淡逸。艾煊在《江南流风》中曾对江南文学作这样的评述:

> 当代江南文学,往往重情感,重意境,秀、淡、逸、隽。不以粗犷壮伟称雄,而以细腻柔稚见长,较少叱咤风云色变的放笔豪墨。在美学追求、人格追求上,较多着眼于美与善,美与真。不趋时尚,不求闻达。较少追逐事功,较多自甘寂寞。①

虽然是对江南文学而论,但就散文而言,这些评述也非常符合。江南散文作家把散文创作视为园林建筑,在一石一木中寄寓自己的情感。他们和崇尚西风烈马的西部散文不同,整日和“水”相依,活泼泼的长江水,活泼泼的太湖水,孕育了他们的情感生命,使得他们的情感“半是天生,半是人为,任何英雄豪杰都是无法左右的”②,细腻而真挚。从江南散文的代表作来看,《碧螺春汛》中对碧螺春制作过程中兰娣采茶、橘英烧火的细腻描绘和礼赞,忆明珠的《唱给豆腐的颂歌》中对豆腐的深情歌唱,陆文夫的《梦中的天地》中对小巷的特写,都可品味到他们情感的细腻。

情感细腻是一种性格的内敛,这和江南散文作家长期所处的外部文化环境有关。主流文化体制的严峻,政治风云的变幻,把他们折磨得手足无措。在现实中,他们有些茫然,但他们天生有情感。遗憾的是他们又不敢充当民间代

---

① 见《艾煊文集》(第二卷),上海文艺出版社 2002 年版,第 226 页。

② 陆文夫:《人与城》,《梦中的天地》,(台湾)幼狮出版社 1995 年版,第 38 页。

言人，用抗争独立于世间，于是，只能以细腻的情感，表明他们生活在真实中。为了在散文中能细腻地展示自己的情感，他们又较少采取“追逐事功”的抒情策略，把他们的情感色彩、倾向和目的淡化到近乎脱离尘世的地步。写于“工农兵”代言人时代的《碧螺春汛》，却没有任何时代痕迹，几乎是“不知有汉，无论魏晋”，放到任何一个时代，似乎都可以。他们散文中无所指，也不想有指，诚然也不敢有指，绝少声色俱厉的文字。他们追求的是逸，在逸中飘起来，虽不似神仙，但在逸中得到审美的满足。当然，到八十年代有所改变，如陆文夫的《得壶记趣》已对人间事物有所针砭了。

对淡逸的审美追求，从江南散文作家来说，是一种江南士风的延续，也是他们一种理想生存状态的折射和追求。他们深知，自己所处的环境“社会心理不正常”①，他们也曾把“文学当作社会斗争的工具，因而会对文学作一些简单化、单一化的理解”②，但是，所处的逆境又从另一方面给他们教育，艾煊如此写到自己的变化：“在湖中小岛上生活了两年，离现实事功远了一点，对文学本身的价值，对它的美学意义，对它的多种功能，也看得清一点。”③正是这种变化，促使他们能把茶、小巷和豆腐之类的题材纳入自己的视线。这既是无奈又是自觉，因为茶、小巷和豆腐中能寄寓和宣泄他们的审美理想。他们写茶写小巷写豆腐写得如此出神入化，是因为他们从中获得了神韵，所以他们离不开茶，离不开小巷，也离不开豆腐，这和创作“天苍苍，野茫茫，风吹草低见牛羊”诗句的诗人离不开风、草和牛羊一样。他们几乎能将一切日常生活，如饮茶、如喝酒、如美食……皆酿造成淡逸的境界。说到底，这种淡逸还是从“闲”中分泌出来的，心态放松，情绪平和。他们似乎想向明清小品学习，又想向周作人冲淡小品学习，但又似乎想另辟蹊径，他们有些尴尬，但这种尴尬又给了他们大显身手的机会，再加上后“工农兵”代言人时代给了他们一个机遇，他们终于有了一点“闲”，可以把自己的散文写得精致灵巧，秀丽柔和，可惜这些江南散文家的“闲”，有一点被迫和被动，但也是一种“闲”，不过，是三分无奈三分自觉罢了。

二　艾煊

艾煊(1922—2001)，安徽舒城人。散文家、小说家。1939 年在大别山参加抗日救亡工作团。1943 年到《抗敌报》当记者，从此开始了战地记者的生

①②③　艾煊：《五味瓶》，见《艾煊作品研究》，中国文联出版公司 1987 年版，第 258 页，第 260 页，第 260 页。

涯。建国后,先后担任《新华日报》副刊主编、江苏作家协会主席等职。主要作品有散文集《朝鲜五十天》、《碧螺春汛》、《雨花棋》和《艾煊文集(散文)》(四卷本)等,小说《战斗在长江三角洲》、《秋收之后》、《大江风雷》、《山雨欲来》和《乡关何处》等。

艾煊虽然是小说家,但他的感情一直恋恋于散文。

这也许是特殊原因所促成的。就以散文集《碧螺春汛》来说,倘若没有1957年的“探求者”一案,它是不大可能问世的。这也可叫是“无心插柳”吧。从艾煊的创作成果来看,在数量上散文要比小说少得多,但从影响来看,散文却不比小说小。我们认识艾煊,也是从读他的《碧螺春汛》开始的。

早在五十年代初,朝鲜战场的烽烟吸引着艾煊。他跟随赴朝慰问团,踏遍了朝鲜山山水水,回国后写成了散文集《朝鲜五十天》。艾煊怀着炽热的情感,在这本散文集中,为志愿军战士和朝鲜人民放声歌唱。这是一本英雄谱,也是一本真实的史册。然而,因为来去匆匆,这本散文集总的看来是快笔速写,粗笔勾勒,它的不足是文采稍逊。之后,到了1957年,艾煊就因“探求者”一案,被贬到太湖的孤岛——西山。这是艾煊生活道路上的一个重要转折点,也是他创作道路上值得注意的一个时刻。他原来身居要职,现在骤然成为罪人,被抛到生活的底层。他真正以普通人民的一员,“泡”到人民中间,融到了山水之间。他或在太湖的山道里迤逦而行,痴迷于湖光山色之间;或泛舟于浩瀚烟波之上,和渔民款款而谈。他的创作意识逐步深化。因身为罪人,也使他能比较从容地在这美山美水美人之中,倾注了自己所有的感情,吟成了一篇篇动人的篇章,最后凝聚成了散文集《碧螺春汛》。它一问世,就受到人们的欢迎,其中有些篇章,也广为人们传播。之后,到了“文革”,他又不得不搁下笔,继而又被放逐到宜兴山区,他只能“冬眠”了。直到“四人帮”粉碎之后,他才又苏醒了。此时,两鬓斑白人已老,怀旧情绪强烈。一方面,他几度来到淮南,重游战斗过的故地,以往火热的战斗生活也时时在他心中翻腾,于是又陆陆续续地写成一些篇章,最后以《雨花棋》为名结集出版。另一方面,又写了一组带有自传性的散文。这组散文,均以“××梦”为题,已发表的有《醒时的梦》、《湖上的梦》。《醒时的梦》刚一问世,就引人注目。作者融传记文学、小说和散文为一炉,真实而生动地显示了一段历史时期的广阔的社会生活画面,大大丰富了当代散文创作的理论宝库,为散文创作提供了有益的经验,具有一定的开拓意义。

艾煊散文拒绝为极“左”思潮歌唱。《碧螺春汛》散文集创作在“工农兵”代言人时代。当时许多散文家的创作意识发生了急剧的变化,开始转向,面对极“左”思潮,不敢在散文中真正说“自我”要讲的话,即使一些有影响的散文家,也难免在散文中把“自我”遮盖起来,说一些违心之言,或是掺点假,打上了极“左”思潮的印记。但艾煊的散文拒绝这样做,文集表现的内容大致有这样三种:一种是歌颂劳动,如捕鱼、采茶、制茶、种橘、刺绣等等;第二种是为小人物,如茶农、渔民、绣娘、护士等等立传;第三种是为山水、湖光、竹林、橘丛等自然景物唱赞歌。对这一切,他都“我行我素”,既没有受当时的意识支配,为表现某一时髦的高调有意去淘汰一些东西;也没有被当时潮流裹挟,为表现某种单调的概念而人为地进行一些光亮的点缀工作。他如实地把生活中的样子捧给了大家。所以,《碧螺春汛》产生影响,就在于它没有当时文学作品中常见的那种“大叫大嚷”的流行病,而是以真情实感赢得了读者。正由于艾煊散文的不趋时、不胡编、不瞎吹、不掺假,直到今天来检验它,它仍值得我们反复吟诵。在文化专制暴力赫日当中的那种气氛下,这样写是需要勇气和智慧的!

艾煊散文抒写情绪的另一特征是注重丰富多重的“自我情绪”——即情绪内核由丰富多重因子组成。倘若把小说创作理论中的“圆形人物”和“扁平人物”借用过来,也可以把艾煊散文中抒写的丰富多重的情绪称之为“圆形情绪”。相对单一、纯粹的“扁平情绪”而言,散文中抒写的丰富的、多重的情绪应是“圆形情绪”。从五十年代末期起,我国的散文在抒写情绪上就出现了单一和纯粹的偏向,而艾煊散文可贵也就可贵在这里,他就是在这同一时刻,坚持和注重写“圆形情绪”。《碧螺春汛》写的是制茶劳动,有景、有人、有事。文中特写了一天的情景,写了采茶—拣茶—炒茶的全过程,尽管文中的焦点很集中,一是对准“茶”,二是对准村民们的“手”,但那富有诗情画意的湖光山色和主宰这山水的人的劳动,构筑了一个独特的艺术天地。这个艺术天地里的情感,组成因子既丰富又复杂:你可以说作者在歌颂春之美,你也可以说作者在赞扬茶之美,你还可以说作者在描绘山水之美,你更可以说作者在全力讴歌那双创造万物的手之美……你读了以后,也许又会觉得作者并不在写什么美,他只不过要告诉你,在祖国的广阔疆域上,有这么个村庄,还有这样的人以及这样的事。至于什么是美,只能意会,不能言传。《醒时的梦》更是如此。作者在文中用长镜头的写法,把他童年的所见所闻,作了生动的实录。文中所写的那些人,如温良谦顺的桂嫂、鸦片鬼汤老三、天真无邪的栀子等等,尽管都只在一个个片断中出现,但这些人在作者笔下也都呈现出“圆形”的形象轮廓。这些人物是难以用正面或反面的一句话加以概括的,而作者在文中所表达的“自我”情绪更是五彩缤纷,似乎是既无憎又无爱,又似乎又憎又爱,又似乎说不清楚是憎是爱。这种丰富复杂的情绪,正是来源于作者的“赤裸裸的自我”。

艾煊所写的丰富复杂的“圆形情绪”的价值还表现在它的历史深度上。艾煊有一些散文是“怀旧”之作。怀旧，是千百年来散文家所喜爱的一个主题。但艾煊的怀旧，绝不是简单地在今昔对比中寻求安慰和刺激，他的怀旧，常常在今昔对比中写出特有的历史深度。在《访老乡亲》中，他迫不及待地固执地寻访以往战斗过的地方以及房东老大娘，特别是目睹以往大量的历史陈迹，看到老区变化不大，他心中又升起了这样的怅惘：

这条村街，正是我多年来向往再看到的那个样子，但几十年前的陈旧村街果真出现在眼前时，却又感到这正是我非常不愿意再看到的。①

这是发自肺腑的呼喊。它是一种极大的历史反差的“自我”情绪的凝聚。这种矛盾的怅惘，正是作者深深开掘历史的结晶。这样的结晶，在他的其他散文中也可看到，比如在《殉难者的圣地》中，对雨花台的建设，他要求保留当日烈士英勇就义的现场的议论，在《太湖秋》中对客人冷淡地游东山的感叹，《这双手》中对外婆不习惯手的解放的困惑等等，都可看到作者在现实面前的深沉的历史思考，从而使他的散文散发出一种哲理美。

艾煊散文中着力抒写的“圆形情绪”，虽然那样丰富复杂，但同时它却又很纯净，有一种特有的“湖气”和“山气”，那丰富复杂的情绪为纯净的美感所笼致，是纯净的“圆形情绪”。

艾煊散文中的丰富复杂的“自我”情绪，是凭借艺术的真诚才得以充分展示的。应该看到，由于极“左”思潮影响，散文中的单一和纯粹的情绪，常常是依赖于情绪抒发走向的呆板写法来实现的。六十年代初，那种“景一人一理”的散文写法之所以兴盛，就是这个缘故。可是，艾煊蔑视这种呆板的情绪抒发走向写法。他的散文既不墨守“格”，也不死守“格”，靠的是艺术的真诚，靠的是用心去感应，感应到什么就写什么，感应到要怎样写才行就怎样写，各篇不一样。《碧螺春汛》似乎不入“格”，既没有用什么以物比兴“格”，也没有用什么激扬指点“法”，通篇也仿佛没有精心的构思，只是平平淡淡地向你讲述采茶一拣茶一炒茶。但它却有一股强大的吸引力，能把读者吸引住。因为他是那样顶真：文中娓娓介绍的采茶、拣茶和炒茶是那样道地，对此你不能不信，你不能不惊讶！他又是那样纯真：文中写的山间晨景多有味：“忽然，缥缈峰下一声鸡鸣，把湖和山都喊醒了。太阳惊醒后，还来不及跳出湖面，就先把白的、橘黄的、玫瑰红的各种耀眼的光彩，照直射到高空的云层上。”令人赞叹和神往。他

① 见《艾煊文集》，上海文艺出版社 2002 年版，第 260 页。

又是那样热烈:文中写的那位能烧六眼灶的姑娘是那么神:“十分灵活地从这个灶膛口跳到那个灶膛口,来来往往,像舞龙灯一样。”令人佩服和叫绝。貌似平淡,实是醇厚,那是高层次的醇厚;它貌似无“法”,实是有“法”。这也许可以说就是巴金所描述的“无技巧”境界吧。这“无技巧”境界就是靠艺术的真诚来实现的。这种无“法”之“法”的技巧,在《醒时的梦》和《湖上的梦》中更是得到自如的充分发挥。这两篇散文,作者都是即兴所至,不求连贯,不求完整,想到什么就写什么,有多少话就写多少,无做作的痕迹,诚如苏轼在《自评文》中所描述的,“如万斛泉源,不择地皆可出”。

艾煊散文中的艺术真诚,还表现在刻意写自己“所知”“所感”的“痴迷”。他的许多散文篇章中散发出来的情都带有一点“痴”味。他在《碧螺春汛》里写太湖水:“湖水已经暖了,甜了。银鱼、红鱼、梅鲚,成群结队的,开始浮游到水面上来迎春孵卵了。”湖水怎能“甜”了?似乎不合逻辑,这就是艾煊对太湖水的“痴”,因为“痴”,他就和别人不同,会感到湖水“甜”。他在《指点湖山》中写那农船的船舱里的味道:“刚走进舱口,从舱里,迎面喷出来一股暖烘烘的热浪。这热浪,是腌雪里蕻、虾干、鲞鱼、鸡窠和奶孩子混合在一起的气息,是太湖农村客堂里特有的温暖气息。舱里是乌黑的,只闻到人身上的热气,但看不清人。这情景,立刻使人联想起夜行军中,到达宿营地,敲开群众屋门时的情景:老大娘一手掩着衣襟,一手拨开门闩。那时,在老大娘的身后,也喷出来这么一股有些醉人的温暖热浪。”这船舱的味,也不能算是好气味吧,可是艾煊却不仅浮想联翩,还感到它是“醉人的温暖热浪”,似乎又有些不合逻辑,这就是艾煊对乡亲的“痴”,因为“痴”,他才会有如此甜蜜的联想。这种痴情,是最高境界的赤诚和纯真。它固然是作者的“自我”情绪的内涵组成因子之一,但更可贵的是这种表达形式的自然和随便,是艺术技巧上的真诚。当然这二者是紧密联系在一起的:正因为作者独具这样的痴情,所以不需要做作、矫饰,也不要求助于那种呆板的情绪抒发走向的写法,只需要自然而然地流露出来就行了。他独有的那种艺术的真诚和自然,从《碧螺春汛》到《湖上的梦》是一以贯之的,坚守这种真诚,这也是艾煊的一种独有的对艺术真诚追求的“痴情”。

诚然,艾煊的散文也不是篇篇不守“格”,也不是都写得那么从容自然,尤其在《碧螺春汛》和《雨花棋》这两本散文集中的那些偏重记游的散文,就都比较重“格”。正如他在散文《太湖秋》中所说,大概是参观游览匆匆,没有能和景物充分交流感情,所以写起来就不那么自然,和那长期“泡”在东山、西山写出来的散文作比较,就显得相形见绌了。

艾煊是小说家,他熟谙小说的一套章法,也习惯在小说创作的道路上前进,因此他喜欢把散文当小说一样写。这主要表现在两方面:一是他喜欢在散文中安排一个或几个人物贯穿始终。如《捕银鱼的人》中的李长风,《鸟》中的云生,《兰之恋》中的园艺师柳漫楚,《他》中的画家等等;二是在散文中讲究情节安排,有时还要写一些激烈的冲突、复杂的纠葛。在他的散文中可看到情节时起时伏、时隐时现的发展。典型的如《绣娘》中的周根生和阿莲;《海潮晚来急》中的彭素秋和“猛犸”。作者写他们的坎坷遭遇,富有情节性。尤其是《绣娘》真可以说是情节紧张,险象丛生,读了以后扣人心弦,艺术效果很好,分不清它是散文还是小说。所以,艾煊有些散文完全可以当作小说来读。

把散文当小说一样写,未尝不可。屠格涅夫的《猎人笔记》,鲁迅的《故乡》都是把散文当小说一样写的成功之作。但把散文当作小说一样写,也会产生一些弊端:一弊,这种写法势必要着力费心去安排一个矛盾冲突来贯穿全文,影响作者“意”的表现,容易失“魂”;二弊,这种写法要把重心放到人物形象刻画上,可能会妨碍作者情感的自然抒发,容易失“情”;三弊,这种写法硬把作者的情放到小说的“框架”中,使文势难以展开,容易失“势”。因此,把散文当小说写,更重要的是还必须善于把散文当小说一样写。从总的倾向来看,艾煊是善于把散文当小说一样写的。这可以从下面三方面来考察:

其一,艾煊善于发挥他的长处,把小说中写人的一些技巧,大胆引进散文中来,使人物能在较短的篇幅中比较充分地展开,得到鲜明的再现。比如《绣娘》中,作者一开始通过外宾寻找刺绣“朝橘图”设下悬念,而后又引进传说,给主人公周根生和阿莲的身上打上传奇色彩,增强了情节的曲折性;中间又运用个性化的语言,生动的细节描写,还有铺垫、衬托、对比等手法。其他的一些散文中,如《兰之恋》、《鸟》、《七姑》等,作者都能得心应手地用很省俭的笔墨,运用小说中写人的一些技巧,把人物写活写生动。

其二,由于作者擅长写小说,因此对一些能表现人物或抒发情感极为有用的细节十分敏感,能以少量笔墨来加大文章容量。如《竹海新篁》中,作者精选了这样一个细节:护林员云志在竹海中的每一棵竹上刻了数字,他能知道身边这棵竹是“第两万四千八百七十五棵”。就这么一件小事,把一个忠于职守的护林员的形象凸现了出来。

其三,巧妙地借鉴小说的一些艺术手段,在散文中强烈地抒写悲剧意识。艾煊巧妙地借鉴了小说中的一些艺术手段(如人物塑造,气氛渲染,环境烘托等等),在散文中表达自己浓郁的悲剧意识,这在散文中是具有开拓意义的,它打破了散文写一色(颂歌)一味(甜味)的局面,为散文创作拓宽了路子。比如《雨花棋》中的《兰之恋》、《他》、《海潮晚来急》都是这样的作品。艾煊的整个散文的基调是淡和、平静、纯真,像这种抒发浓烈的悲剧意识的散文呈现了多姿的风采。

艾煊把散文当小说一样写,也使他的散文出现了某种缺陷。由于较多地考虑人物的描写、情节的安排,有些散文写得局促而拘泥,斧凿的痕迹比较深,同时也势必要影响情感的抒发,这在《海潮晚来急》中表现得最为明显。相反,艾煊如果不把主要精力放在人物描写和情节安排上,而是着力抒发"自我"情感时,散文就写得从容、空灵,《碧螺春汛》之所以为人们喜爱,写得如此出色,这是一个很重要的原因。

三　忆明珠　陆文夫

1. 忆明珠:精雕细刻,气韵生动。

忆明珠(1927—　),山东莱阳人。原名赵镇瑞。散文家、诗人。1946 年参加中国人民解放军,历任排长、宣传干事等职。1950 年参加中国人民志愿军奔赴朝鲜战场。1953 年转业至江苏公安厅工作。1958 年调至仪征县文化馆。1980 年调江苏作家协会从事专业创作。主要作品有散文集《墨色花小集》、《荷上珠小集》、《小天地庐漫笔》和《落日楼头独语》等,诗集《春风啊,带去我的问候吧》、《沉吟集》和《天落水》等。《荷上珠小集》获"新时期优秀散文(集)奖"。《唱给豆腐的颂歌》和《鱼的闲话》是他的散文的代表作。

相比之下,在江南散文作家中,忆明珠的散文味中带辣,江南味中夹杂一点鲁味。他的散文着墨都是家常事、平常物。如豆腐、河豚、香烟、糖果等,一到他笔下,空间就无限膨胀起来,古今中外,天上地下,构筑起一个个艺术天地。在这个艺术天地之中,他的"文化自我"在当时的文化背景中得到了充分的舒展。他和艾煊、陆文夫不同的是,在散文中时时凭借弦外之音对世事进行针砭,从而增强他的散文的硬度。虽然称不上是对专制文化体制的颠覆,但不满和怀疑之情溢于言表。比如在《唱给豆腐的颂歌》中从赵匡胤的"白边红心饭"写到他"是大宋王朝的开国之君,很可能他还身兼着忆苦饭的创始人呢",从而引出这样一段感叹:"忆苦饭也是多种多样的,百花齐放的。但豆腐渣无疑是具有出典的、历史更为悠久的忆苦饭之一种。我们不是赵宋的皇子皇孙,才不必追怀他们祖宗如何的创业艰难,更没有去吃那种'白边红心'忆苦饭的义务。"毫无疑问,是对"文革"流行的忆苦饭的嘲讽。对于忆明珠来说,他对昔日的专制文化体制的弊端洞若观火,了如指掌;他也有艺术智慧,可以充当转折时代的散文的领衔人,但他没有巴金把散文"当遗嘱一样写"的艺术胆量。因为他对今后的"现实"没有预见。他的散文写作面对的现实是"自己的现实”,正如诗人于坚所说:“真正的写作只面对你自己的现实,而这个现实意味着什么,我以为诗人是不知道的,他根本不知道你穿过你的现实森林,最终那条小路会通到什么地方,他永远不知道这件事。”①当然,我们不能苛求他,在后“工农兵”代言人时代中,他的散文完全可以称得上是佼佼者了。

忆明珠散文精雕细刻,尤其在情感的勾画上,可以说是细针密线。但又不琐碎,因为他的散文“气”盛,他以“气”造势,以“气”求韵,用“气”把所有的细枝末节融汇成一个生动的艺术天地,达到气韵生动的理想境界。以《鱼的闲话》为例,从人们爱不爱吃鱼起笔,写到鱼的象征,写到人们对鲤鱼的崇拜,再写到有关鲤鱼画的种种轶事,最后笔墨之槌在美女挂历泛滥、诗集无人问津上落下,在鱼的历史中写尽了人间的沧桑,全凭一股对“鱼”的感应之“气”贯穿。虽然上下文、前后事都似乎不沾边,但由于都注入了作者对“鱼”的感应的艺术之“气”,所有关于“鱼”的闲话皆生动起来。气韵生动,使忆明珠的散文理所当然地成为江南散文的一朵奇葩。

2. 陆文夫:精致优美,神采飞扬。

陆文夫(1928—2005),江苏泰兴人。散文家、小说家。少年时曾就读苏州中学。1948年赴苏北解放区投身革命。建国后,在苏州《新苏州日报》任职。1956年因小说《小巷深处》一举成名。后因“探求者”一案,定为“反党集团”成员,被下放到工厂劳动。六十年代初再出文坛,发表小说《二遇周泰》,引起轰动。“文革”再度受到迫害,被贬到苏北乡村劳动。“文革”结束,回到苏州。先后担任中国作家协会副主席、江苏省作家协会主席等职。出版散文集有《梦中的天地》等,小说集有《小巷深处》、《有人敲门》、《特别法庭》、《小巷人物志》、《美食家》以及长篇小说《人之窝》。

陆文夫以写小说著称,八十年代初客串散文,量不多,却精致而有特色。他写小说,非常刻意,但在散文创作中,却较为随意。他总结《梦中的天地》的写作体会时说:“散文没有什么限制,也不需要有意识地去按照什么方法去写,完全按照自己的感情、经历、生活、体验去写”②,“写散文和写小说不同,写了开头还不知道结尾在哪里呢!”③所以,他的散文情纵势纵,伴随着情感的延伸而延伸,无拘无束。这些特点集中地反映在他的散文代表作《梦中的天地》之

---

①　转引自谢有顺:《文学是慢的历史》,见《先锋就是自由》,山东文艺出版社2004年版,第155页。

②③　见范培松:《从“米”到“酒”》,《散文瞭望角》,(台湾)业强出版社1995年版,第181页,第180页。

中。当然,他的个别散文篇章也非常讲究结构,如他的另一篇代表作《得壶记趣》,巧妙而精巧,精巧到天衣无缝。

陆文夫的散文特别讲究语言文字的锤炼。他曾说:“散文的文字不美,就无法看下去。”①他创作散文,在运笔前,重视定情绪的基调,而后根据情绪基调来筛选词语。如《梦中的天地》写苏州小巷早晨上班时的拥挤:

> 买菜的队伍消散了,隔不多久,巷里的活动又进入了高潮。上班的人几乎是在同一个时间内拥出来的,有的出巷往东走,有的入巷往西去,背书包的蹦蹦跳跳,抱孩子的叫孩子和好婆再见,只看见那自行车银光闪闪,只听见那铃铛儿响成一片。小巷子成了自行车的竞技场,展览会,技术不佳的女同志只好把车子推出巷口再骑。不过这种高潮像一阵海浪,半个小时后便会平息。②

显然,这一节的情绪定在“拥”上,以“拥”作为特定的情绪笼致这节文字。而后根据这一特定情绪作为筛选文字的方向,用“有的出巷往东走,有的入巷往西去”的整齐句式对应,以声势显示出人群之多、来往穿梭之速。“背书包的蹦蹦跳跳”,则以形加强了“拥”的匆忙的动感。“抱孩子的叫孩子和好婆再见”,以告别的一刹那之声渲染“拥”的质感,“只看见那自行车银光闪闪,只听见那铃铛儿响成一片”,“银光闪闪”的色和“响成一片”的声交杂,把“拥”推向高潮。更妙的是在“拥”中再亮出一个慢动作特写:“技术不佳的女同志只好把车子推出巷口再骑”,以慢反射“拥”,就更展示了“拥”的声势吓人。

陆文夫重视散文语言的锤炼,他的散文精致而优美,《梦中的天地》中最后描写苏州夜晚小巷的梦幻般的美,令人神往:

> 小巷子里一天的生活也是由青年人来收尾,更深人静,情侣归来,空巷沉寂,男女二人的脚步都很合拍、和谐、整齐。这时节,路灯灼亮,粉墙反光,使得那挂在巷子头上的月亮也变得红殷殷的。脚步停住,钥匙声响,女的推门而入,男的迟疑而去,步步回头;那门关了又开,女的探出上半身来,频频挥手。这一对厚情深意,那一对不知道出了什么问题,男的手足无措,站在一边,女的依在那方形的石牌坊上,赌气、别扭,双方僵持

① 见范培松:《从“米”到“酒”》,《散文瞭望角》,(台湾)业强出版社 1995 年版,第 175 页。

② 见《梦中的天地》,(台湾)业强出版社 1995 年版,第 9 页。

着,好像要等待月儿沉西。归去吧姑娘,夜露浸凉,不宜久留,何况那方形的石柱也依不得,那是块死硬而沉重的东西……①

这是无声的天地,但无声胜有声;这是安静的世界,但安静中却包裹着热烈。一对恋人,情到深处,但面对安静的小巷,只能用"步步回头"、"频频挥手"的肢体语言,来表达相互的爱;另一对争吵的恋人,却被小巷的安静所震慑,也只能以"双方僵持着"来显示,将苏州小巷的静的美在灵动中渲染到了极致。

陆文夫的个别散文篇章也非常讲究结构,而且极为成功,如《得壶记趣》。文章漫不经心地从遥远的五十年代起笔,从容细致地写自己购买一把龙壶的经过,并叙写了自己和龙壶相伴的岁月。到最后,文章陡起波澜,原来经专家鉴定,此壶乃是出自名家的传世珍宝,引出这样一段文字:

……想不到花了八毛钱竟买下了一件传世珍品,穷书生也有好运气,可入聊斋志异。高兴了一阵之后又有点犯愁了,我今后还用不用这把龙壶来饮茶呢?万一在沏茶、倒水、擦洗之际失手打碎这传世的珍品,岂不可惜!忠实的侍者突然成了碰拿不得的千金贵体,这事儿倒也是十分尴尬的。

漫不经心中可以看到结构的精心,巧妙的陡然转折把前面整个文字黏合得浑然一体,从而使文章的情感神采飞扬。从这一点看,陆文夫是完全有足够的能力抵达深刻的,仅用一把壶就把现实中的阴阳颠倒点了个透,可惜的是他到此为止,他在小说《美食家》中的"文化自我"是那样潇洒,借了"美食家"这个形象,把近半个世纪的文化专制主义造成的阴阳颠倒鞭挞得淋漓尽致,但他在散文中,却不愿挪动他所持的文化姿态的位置,他把"文化自我"的自由交给了小说,从而把缺陷留给了散文。

第六节　孙　犁

一　《农村速写》:富有泥土的芬芳

孙犁(1913—2002),河北平县人。在中学时就极为推崇鲁迅的散文小说。1937年参加了吕正操将军领导的冀中人民自卫军,从事政治宣传工作。从三

① 见《梦中的天地》,(台湾)业强出版社1995年版,第11—12页。

十年代末开始从事文学创作,并参加了《冀中一月》的编辑工作。他以写白洋淀著称,代表作有小说《荷花淀》、《芦花荡》等,受到读者赞赏。1945 年日本投降后,他回冀中家乡,参加土地改革斗争,编辑《平原杂志》。这一时期是他的农村速写的旺盛时期,也是孙犁的散文创作的前期,写了近二十篇农村速写,后结集为《农村速写》,于 1950 年由读书书店出版,这是孙犁前期的农村速写的代表作。建国后,在《天津日报》担任文艺副刊的编辑工作。先后担任作协天津分会副主席、主席和名誉主席。"文革"后,历经沧桑,再次激发了他的散文创作热情,迎来了新的创作高潮。他后期创作的散文,以随笔为主。主要作品有《农村速写》、《晚华集》、《秀露集》、《澹定集》、《尺泽集》、《耕堂散文》、《远道集》和《无为集》等。

孙犁创作农村速写,不是像军旅散文作家那样跟随部队流动创作出来的,而是"泡"在冀中土地里闷头写出来的。用比喻来说,军旅散文的创作是"游击战",而孙犁的农村速写的创作却是"阵地战",他的阵地就在冀中平原。但他们的质地是相同的,同是战争土壤培育出的花朵。

《农村速写》的轴心情绪是"变"。由于作者泡在农民中间,他对这翻天覆地时代的"变"的震动特别敏感,因此也就能准确地揭示这"变"的趋向、结果以及它的不可避免性。在《天灯》中,作者从原来过新年时只有西头财主家有一个"天灯",现在却变成:这盏"天灯"熄灭了;而东头的贫农小王家的"天灯"高高挂起来了。在这变化中,作者看到了这是"穷人翻身的标志"。如果这还仅是外在的"变"的标志,那么《相片》就是在刻画内在的"变"了。一位抗属妇女坚持要把在敌人刺刀逼迫下拍的"哆哩哆嗦"的相片寄给战场上的丈夫,为的是要她的丈夫"看看这个"而去"坚决勇敢地打仗"。这就深刻地揭示了促使中国翻天覆地的这场战争中人心向背的意义。难能可贵的是孙犁在揭示这种"变"时,没有简单化、粗糙化和表面化,他深知背着历史包袱的冀中平原在"变"的路途上的痛苦、矛盾和挣扎:《诉苦翻心》中写一个老大娘一方面慷慨激昂地在群众大会上诉苦,支持儿子当干部,但当儿子真要去参军,她却顽固起来了,起了"负"的变化,当了绊脚石。后儿子虽参军了,但立即开小差被她庇护起来。她的脊梁在群众面前始终不敢挺直了,连地主也嘲笑她,她终于又从"负变"向"正变"飞跃,亲自送儿子走向战场。这位老大娘的"变"也就成为整个农民"变"的缩影。因此,《农村速写》所着力揭示的这种"变"就成为一种真实的历史写照。

二　真实的孙犁:漫长而艰难的蜕变

孙犁的散文创作观念的蜕变应追溯到六十年代初期。当时他以病中趣事写了系列散文《黄鹂》与《石子》,这是他散文创作观念蜕变的起点,也可以说是他思想蜕变的里程碑。

从表面看,《黄鹂》似乎是演绎了一个"典型环境中的典型性格"的文艺理论问题,事实上,这篇散文却向读者展示了一系列关于"黄鹂"的画面:自由的"迅若流星"的黄鹂—被枪惊吓了的黄鹂—捆绑着的黄鹂—自由极致的黄鹂。作者把这一系列不和谐的画面进行剪辑,最后升华到这样一个理念:"在一定的环境里,才能发挥这种极致。这就是形色神态和环境的自然结合和相互发挥,这就是景物一体。典型环境中的典型性格,也可以从这个角度来理解吧。这正是在艺术上不容易遇到的一种境界。"画面的内涵和升华的理念之间的联系是那样勉强,乃至可以说是牛头不对马嘴。孙犁因为家庭出身不好,他自称:"我写东西,是谨小慎微的,我的胆子不是那么大。我写文章是兢兢业业的",又说,"我就警惕自己,不要在写文章上犯错误。我在文字上是很敏感的,推敲自己的作品,不要它犯错误"①。把被枪惊吓的黄鹂和被捆绑的黄鹂演绎到"典型环境中的典型性格",可见他的"谨小慎微"的"推敲自己的作品"确实到了"兢兢业业"的地步,即使如此,他还是不敢发表,"过去,我的一篇散文《黄鹂》,放了二十年才发表"②。因为读者从这些画面中可以非常容易地听到作者在作品中发出的心声:呼唤自由,向往自由,保护自由。文章写于 1962 年 4 月,联系那时严酷的政治环境和文化环境,我们不难看出作者的大胆和叛逆。写于同时的另一篇散文《石子》,似乎是在向人们讲述一个老掉了牙的"色衰爱弛"的故事,文章前半部分极力渲染他对"石子"的爱之深,爱之烈,爱之执着,爱之痴迷,但是随着时间迁移,他对"石子"的感情陡然彻底改变,兴趣索然。这一个转变,最后上升到了这样一个理念:"时过境迁,色衰爱弛,我对它们也失去了兴趣,任凭孩子们抛来掷去,想不到当时全心全力寤寐以求的东西,现在却落到了这般光景",竟把这样一个大起大落的故事采取了一个很俗气的方式加以处理,把落脚点放到"色衰爱弛"上。但是,"想不到当时全心全力寤寐以求的东西,现在却落到了这般光景",还是泄露了玄机,病中的孙犁大概不会有闲情逸致在这时候来讲"色"谈"爱"吧,读者可以自然地体会到文中的弦外之音。不过,孙犁还是布了一个迷魂阵,昔日"全心全力寤寐以求",今日"对它们也失去了兴趣"的"石子"究竟是指什么? 是理想? 是观念? 还是经验? 还

① 孙犁:《文学和生活的路——同〈文艺报〉记者谈话》,《秀露集》,百花文艺出版社 1981 年版,第 127 页。

② 孙犁:《关于散文创作的答问》,《远道集》,百花文艺出版社 1984 年版,第 131 页。

是指经过艰苦奋斗流血牺牲得来的现实？是什么样的东西促使他对“石子”的态度发生了根本的改变？他又是以“兢兢业业”的“推敲”处理掉了，但留下的空间却使人们看到作者的一种可怖的清醒。

尽管孙犁“谨小慎微”地“推敲自己的作品”到了“兢兢业业”的地步，但他不顾环境险恶，仍借“黄鹂”、“石子”来彰显他自己的心声，应该说，他的“自我”他的个性，是非常的倔强。

富有意味的是这两篇蜕变之作都是他病中之作，他虽“病”，但他的创作心理很健康。

如果说，六十年代初期的《黄鹂》和《石子》还仅是一种创作观念蜕变的思考，那么，“文革”期间，他的创作理念的蜕变就已经付之于实践。《戏的梦》中详细记录了他在这时期的实践。由于他的清醒，对主流文化体制所推行的创作理论的抵制变成了行动。孙犁是主流文化体制培养出来的忠实的“工农兵”代言人，他的创作经验资源基本上是凭借在“工农兵”代言人时代初期的实践中积累起来的，这也说明了在“工农兵”代言人时代初期的散文创作的实际情况是比较复杂的。以孙犁为代表的散文是比较健康的，个性比较张扬。所以，在六十年代的不正常的文化环境中，他能冷静地思考，到“文革”中，他又正是主要凭借这些资源，清醒地觉察到“文革”时期主流文化体制所推行的文艺路线以及理论的谬误。文中写到他被落实政策，调去参加修改一个描写白洋淀抗日斗争的京剧的现代戏，他看了这一京剧的演出，就得出这样的结论：“今晚的印象是：两个多小时，在舞台上，我既没有能见到白洋淀当年抗日的情景，也没有听到我所熟悉的京戏。戏剧演完，我记不住整个故事的情节，因为它的情节非常支离；也唤不起我有关抗日战争的回忆，因为它所写的抗日战争，完全不是那么回事，甚至可以说是不着边际。整个戏锣鼓喧天，枪炮齐鸣，人出人进，乱乱哄哄。不知其何以开始，也不知其何以告终。”最后的结局是“我对京剧是外行，又从不礼拜甚至从不理睬那企图支配整个民族文化的‘样板戏’，剧团当然一字一句也没有采用我的剧本”。修改京剧的失败，成为孙犁的“戏”之梦，成了他告别“工农兵”代言人时代的“梦”。更引人注意的是文中还有这样一段话，写他和剧组到白洋淀体验生活时所碰到的情景：“使我奇怪的是，这个创作组，曾不只一次到白洋淀一带，体验生活，进行访问，并从那里弄来一位当年的游击队长，长期参与他们的创作活动。为什么如此无视抗日战争的历史和现实呢？这位游击队长，战斗英雄，为什么也尸位素餐，不把当年的历史情景和自己的亲身经历，告诉他们呢？”六十年代他的散文《石子》中的“石子”在这里终于见到了它的真实影子。在粉碎“四人帮”后不久他写了一篇悼念诗人朋友“远”的文章,文中对这位爱惜自己羽毛的诗人因诗被“四人帮”迫害致死,不禁发出了这样一段议论:“他在青年时是一名电工,我想如果他一直爬在高高的电线杆上,也许还在愉快勤奋地操作吧。”表达了对“文革”时期的主流文化体制的愤懑和批判。

孙犁是真实的。这一时期的蜕变,与巴金相比,他还缺乏那种彻底否定自己在“工农兵”代言人时代的散文创作经验的勇气。事实上,他的散文创作经历也确实和巴金不同。巴金在建国前的小说和散文创作,是一种以“自我”为中心的创作,外来的干预,他人的脸色,对巴金创作影响甚小。建国后,情况就不同了,巴金曾两次深入朝鲜战场,写过大量的歌颂新生活新人物的散文,对于他来说,这是一种“配合中心”、“配合政治”的行为。他的这些红色颂歌散文,几乎都是为政治服务所作。他的“自我”处在一种服从、妥协、压抑乃至迎合的状态,是一种非正常状态,用巴金自己的话说,那时他是一个“奴在心者”。“文革”对于巴金来说,是一帖清醒剂,促使他迅速地从非正常状态恢复到昔日的“自我”高扬的正常状态,所以巴金对建国后自己的“奴在心者”的猛烈抨击,仅是他的昔日的“本我”的一种正常恢复而已,由于他的正常,巴金显得有恃无恐,义无返顾。但是,孙犁不同,建国前的小说和散文创作是从“工农兵”代言人时代开始的,而且是在“工农兵”代言人时代的特定文化环境中成就的。他的创作据点在白洋淀,他的小说散文是在白洋淀里长期“泡”出来的。他的“自我”也在“泡”中和那块土地相融,因此,他的“自我”的个性也在描写白洋淀的小说和散文中获得了艺术的实现。建国后,他违心地写的红色颂歌散文作品也不多。因此,他的“自我”在建国前后变化,没有像巴金经历从张扬“自我”到“奴在心者”的反差那么大,六十年代病中写的《黄鹂》和《石子》就是一个明证。所以,他的散文创作观念的蜕变和巴金不同的最明显的一点,是把落脚点放在“坚持”两个字上,坚持他在白洋淀时期的写作经验。这样,我们就不难理解,在《戏之梦》中,孙犁为什么在“文革”中一见到那本描写白洋淀的京剧就如此反感,表现出了强烈的反弹:一方面是因为他和白洋淀融为一体,他了解白洋淀;另一方面是在描写白洋淀上他有成功的经验,只要有一点虚假,都会在他面前显出原形。

正是这种“坚持”显示了孙犁散文创作理念蜕变的复杂性。他对“工农兵”代言人时代,尤其是“文革”时的散文的弊病非常了解、清楚,想推动散文的变革,所以在这一段时期内,他不断地对散文的变革发表文章,竟有十余篇文章表现了他的散文变革的热情。但是,他的散文变革所依靠的资源仅是对他产生过影响的一些历史文化资源,所以,他凡是谈论散文创作变革的文章,基本上是言必称“鲁迅”和“古典散文”，始终不敢触及“自我”解放的问题。因此他在这些文章中对散文变革开的药方大同小异，不能切中病根要害，因为他没有找到散文的真正病根。如1982年12月25日为《孙犁散文选》作序时，提出散文“一、要质胜于文”，“二、要有真情，要写真象”，“三、文字、文章要自然”①。又如在1983年5月的《关于散文创作的答问》中提出散文病症是：“一、对所记事物，缺乏真实深刻感受，有时反故弄玄虚”，“二、情感迎合风尚，夸张虚伪”，“三、所用词藻，外表华丽，实多相互抄袭，已成陈词滥调”，“四、因以上种种，造成当前散文篇幅都很长，欲求古代之一千字上下的散文，几不可得”②。再如1984年6月23日在给谢大光的信中，总结中国散文创作规律是“一曰感发”、“二曰含蓄”③等等。和巴金相比，孙犁在散文变革的态度上有所不同：巴金呼喊散文家要“自我”解放，从根本上解决“我是我”问题；孙犁着眼的是散文写作的策略，以讲求散文作法为主，显得较为软弱。白洋淀成就了他，但白洋淀又局限了他。诚然我们也可从另一个角度来考察，巴金从散文家的“自我”解放的宏观上，提出散文“要当遗嘱写”，对“工农兵”代言人所流行的红色颂歌散文进行解构；而孙犁是从微观和战术上对散文变革提供策略的经验，他们合起来，正显示了老一代散文家在后“工农兵”代言人时代里对散文变革所作的不同的努力和自觉。

但应该看到，孙犁的坚持，和当时少数继续坚持原来主流文化体制所推行的路线的人有本质的不同。他坚持的是他用个人的艰苦努力和奋斗得来的艺术生命的体验。这种坚持给他带来了尴尬：他既不能跟随巴金呐喊怒吼，又不愿和那些顽固坚持原来主流文化体制所推行的路线的人为伍，面对后“工农兵”代言人时代，他选择了孤独。在1982年12月14日写的《致贾平凹》中，公开宣称：“我很孤独寂寞。”④这就是真实的孙犁。

三　坚持和回归：崇尚纪实抒写“结局”的历史记忆

孙犁后期散文创作的姿态和策略，总体来看，是和他的散文理念的蜕变一致的，坚持和回归，崇尚纪实抒写“结局”的历史记忆。从四十年代开始，他一以贯之，在散文创作中，坚持的是以纪实为主。在他后期阐述散文蜕变理念

① 孙犁：《〈孙犁散文选〉序》，《远道集》，百花文艺出版社1984年版，第116—117页。
② 孙犁：《关于散文创作的答问》，《远道集》，百花文艺出版社1984年版，第127页。
③ 孙犁：《散文的感发与含蓄》，《陋巷集》，百花文艺出版社1987年版，第160—161页。
④ 孙犁：《致贾平凹》，《远道集》，百花文艺出版社1984年版，第109页。

时,不管怎么变,强化散文重“实”始终不变。他一再反复宣称:“散文在内容上要实”,是“避虚就实”①,“散文要眼见为实”②。孙犁后期散文中最主要的一部分是回忆“乡里的事”的作品,如《耕堂散文》、《芸斋小说》、《芸斋琐谈》、《乡里旧闻》、《耕堂读书记》和《芸斋短简》中,有相当一部分的篇章是写“乡里的事”。这种“乡里的事”的回忆适合于纪实手法,也符合他晚年对散文的理解。他认为散文“是一种老年人的文体,不需要过多情感,靠理智就可以写成”③。这显然是对散文创作的一种误导。把孙犁早期在四十年代和五十年代写的散文与晚年写的散文比较,早期散文就明显透出一股青春气,如写于 1947 年 2 月的《照片》,那位青年妇女坚持要把在敌人刺刀逼迫下照的照片寄给前线的亲属,一番英气逼人的话语是何等气概。又如写于 1953 年 9 月的《齐满花》,军属齐满花的青春,以及勤劳俭朴、勃勃向上的道德品格,充满了活力。这样的散文怎能和“老年人的文体”连在一起?

但是孙犁晚年创作的散文,令人惊讶的是少了这股英气,多了一些苍凉,他以老年人的宁静看待世界,因此出现了这样的一个心理定势,在他的回忆记叙“乡里的事”以记人为主的小品中,几乎大多要把文中的人的最后“结局”告诉读者。以《耕堂散文》中的《乡里旧闻》为例,共八篇,除了第一篇《度春荒》是记事外,其他七篇都是重在写人,无一例外地把文中写的人的最后的“结局”显示了出来。《村长》最后写了文中几个人物的结局:村长——被农民绑架,割去生殖器,大卸八块而死;和村长相好的寡妇——任村妇救会第一任主任;村长的孙子孙女——“先后参加了八路军,后来都是干部”。《凤池叔》中主要写作者家的“前邻”凤池叔,最后交代了他的结局:“凤池叔不久就卖掉了他那三间北房。土改时,贫民团又把这房分给了他。在他死以前,他又把它卖掉了,才为自己出了一个体面的、虽属光棍但谁都乐于帮忙的殡,了此一生。”《干巴》主要写村中最穷最苦的干巴,最后以帮助村人埋葬死去的小孩为生,结局是:“这种工作:一直到干巴离开人间,成了他的专利。”《木匠的女儿》写村中木匠的女儿小杏的风流史,最后交代:“小杏在二十几岁上,经历了这些生活感情上的走马灯似的动乱、打击,得了她母亲那样致命的疾病,不久就死了。”小杏的父亲最后也“孤独一人,不久就得了病”,“又过了两年,才死去了”。《老刁》是写同学兼朋友的一个谜一样的人老刁,最后交代他的结局是“他在县公安局三股工

① 孙犁:《散文的虚与实》,《陋巷集》,百花文艺出版社 1987 年版,第 205 页。
② 孙犁:《和青年谈游记写作》,《尺泽集》,百花文艺出版社 1987 年版,第 125 页。
③ 孙犁:《答吴泰昌问》,《澹定集》,百花文艺出版社 1981 年版,第 10 页。

作,我不知道公安局的分工细则,后来也一直没有见过他。没过两年,就听说他去世了。也不过四十来岁吧”。《菜虎》写一个以菜为衣食之道的被人忘记了名字的人,叫菜虎,最后文中点明他的结局“菜虎和他多病的老伴早死了”。《光棍》中写光棍老索后来娶妻生子,两个儿子为一个女人争风吃醋,弟弟打死了哥哥。最后又交代这样的结局:因为老索家有门风,他的一个堂房兄弟也是为了霸占嫂嫂,把哥哥打死。这七篇文章说明了孙犁后期散文在纪实中,对人物的“结局”的抒写的癖好和执拗,也正是凭借这一抒写的癖好和执拗,把他的后期散文和前期的散文区别开来。他的后期散文对纪实的坚持和回归,并不是简单地重新操起他四五十年代的纪实笔法,而是糅进了他晚年的宁静心态。“结局”是定格,是一种宁静和解脱,孙犁正是通过抒写“结局”来实现自己心理的宁静。他也想通过“结局”给后人留下一点理性的启示:有报应,有轮回,有劝勉……有的甚至说不清道不明,无法加以命名。总而言之,孙犁对“结局”的迷恋,使他的散文有一种饱经风霜的世故老人味,而且他对“结局”的执拗也剥夺了读者想象的空间。

青年人重过程,老年人重结局。过程是动态,结局是静态。孙犁晚年的散文不能证实散文是“老年人文体”,只能说是孙犁晚年的散文,是他在老年时期写的散文。

孙犁用他的散文向世人证明,他活在真实的历史记忆中。

但是,在他后期的散文中,也有不宁静的返老还童时刻,往往他返老还童的时刻,正是他的后期散文中最耀眼的亮点。《亡人逸事》是悼念亡妻,最后一段如此写道:

> 我们结婚四十年,我有许多事情,对不起她,可以说她没有一件事情是对不起我的。在夫妻的情分上,我做得很差。正因为如此,她对我们之间的恩爱,记忆很深。我在北平当小职员时曾经买过两丈花布,直接寄至她家,临终之前,她还向我提起这一件小事,问道:
>
> “你那时为什么把布寄到我娘家去啊?”
>
> 我说:“为的是叫你做衣服方便呀!”
>
> 她闭上眼睛,久病的脸上,展现了一丝幸福的笑容。

妻子临终前的一个问题,表达了她对丈夫给予自己的爱的敏感和刻骨铭心的珍惜,也从一个侧面显示了夫妻的相濡以沫、倾心相爱。所有这些描写,又都符合孙犁的散文创作理念,把返老还童的那种纯真的激情,通过一问一答,以及“一丝幸福的笑容”的特写,化为淡淡的笔墨,含蓄地藏进字里行间。

由于孙犁后期散文崇尚纪实抒写“结局”的历史记忆,所以他的后期散文的诗意逐渐退化。尤其那些纪实的“乡里旧闻”,基本上是把散文当小说来写。所以,在他的后期散文中,我们不断可以看到那些他在小说创作中常用的刻画人物性格的细节描写。如在《瞎周》中写主人公瞎周的妻子,“她在那里站着和人说话,总是不安定,前走两步,又后退两步。所说的话,就是小孩子也听得出来,没有丝毫的诚意。她对人没有同情,只会幸灾乐祸”。把一个类似鲁迅小说中的“豆腐西施”的形象,写得栩栩如生。再如《大戏》中写那些年轻力壮的小伙子为了显示自己的一身好力气,去“扒台板”看戏。如此写道:“所谓扒台板,就是把小褂一脱,缠在腰里,从台下侧身而入,硬拱进去。然后扒住台板,用背往后一靠。身后万人披靡,一片人浪,向后拥去。戏台照棚,为之动摇。”有声有色,把那些“扒台板”的青年人的“力拔山兮”的气概和声势凸现了出来。

第七节 汪曾祺 张中行

一 汪曾祺:精心营建“文化休息场所”

汪曾祺(1920—1997),江苏高邮人。散文家,小说家。1939 年考入西南联大中国文学系,开始发表文学作品。1958 年被错划为“右派”。1962 年调北京京剧团任编剧。出版的散文集有《蒲桥集》、《旅食集》、《榆树村杂记》、《草花集》、《老学闲抄》、《五味集》、《逝水》等;作品综合集《汪曾祺自选集》、《汪曾祺文集》(四卷)等。

汪曾祺的散文似“水”。他的散文是“水”孕育出来的,具有鲜明的“水”性。

据汪曾祺自报家门,他从小和“水”结缘。在散文《我的家乡》中,他说:“我的家乡是一个水乡,我是在水边长大的,耳目之所接,无非是水。水影响了我的性格,也影响了我的作品的风格。”在这一点上,他和他的老师沈从文相似,沈从文在他的散文《我读一本小书的同时又读一本大书》中也说,“我(沈从文——引者注)幼时较美丽的生活,大部分都同水不能分离。我的学校可以说是水边的。我认识美、学会思索,水对我有极大的关系。”这一对情深似海的师生的缘分就是“水”。综观沈从文和汪曾祺的散文,他们所具有的“水”性有这样两个共同点:

一是取材上自由自在,具有“漫”性和“野”性。沈从文和汪曾祺都崇尚水那样的流动美。他们不愿把自己的散文纳入到某种目的和倾向的轨道中，因此在散文取材上自由自在，具有散漫性和野性。沈从文的散文代表作《湘行散记》，就是撇开一般作家的选材标准，只要进入他的视野，并能引起他的美的感应的，他统统以“强盗一样好大胆”（沈从文语），把这些对象写进散文天地，诸如水手、妓女、土匪等，引起文坛的注目。汪曾祺也和他的老师一样，几十年来，风风雨雨的坎坷人生，从美丽的家乡到北京的胡同，造就了他无拘无束的散漫个性。所以他在取材上很杂。典型的如《闹市闲民》，写一个七十八岁的老头，此人实在没有什么奇特之处，他平平静静，没大喜大忧，没烦恼，无欲望无追求，每天只知道吃抻条面，世界一切事都与他无关。如此而已。但汪氏感到这也是一种人，一种人生——是“一个活庄子”。因此就把他写出来了。不能不说，这也是一种大胆。当然，相比之下，沈从文取材更“野”一些，汪曾祺取材更“漫”更“闲”一些。

二是以营造气氛进行抒情写感，具有天然的随机性。沈从文和汪曾祺均是小说家，以小说见长。善于写人状物，善于把自己的情感观点深深藏在人和事之中。所以他们抒写情感都非常克制，而是把笔力放在营造气氛上。如沈从文笔下的湘西、长沙、鸭围，凭借人（水手、妓女等）的对话、动作，营造一种富有野性的迷人的气氛。在这一点上，汪曾祺完全继承了沈从文的衣钵，无论是写家乡的人还是胡同里的事，也处处以一种氛围把读者粘住。正因为这样，使得他们的散文都很潇洒，尤其在抒情上，具有天然的随机性，如行云流水，随物赋形，该行则行，该止则止。用汪曾祺的话说是“不今不古，不中不西”①。

虽然沈从文和汪曾祺的散文属“水”性，但由于他们的经历、气质以及所处的环境不同，他们的“水”性又各具特色，显示出很大的差异。这种差异最鲜明地就是表现在对现实的态度上。

从总体上看，沈从文是个感情至上主义者，在他的一篇阐述创作理念的重要文章《水云》中，再三强调“生命中还有比理性更具势力的‘情感’”。他把这一“情感”推向了极端：“我需要的就是绝对的皈依，从皈依中见到神。我是个乡下人，走到任何一处照例都带了一把尺，一把秤，和普遍的社会总是不合。一切来到我命运中的事事物物，我有我自己的尺寸和分量，来证实生命的价值和意义。我用不着你们名叫‘社会’为制定的那个东西，我讨厌一般标准。”他所皈依的“情感”是“神”，是一种理想的抽象。

---

① 汪曾祺：《自报家门》，见范培松、徐卓人编《汪曾祺散文选集》，百花文艺出版社1996年版，第225页。

用他在《〈从文小说习作选〉代序》中的话说,是“一种优美,健康,自然,而又不悖乎人性的人生形式”。在二三十年代,他对现实不满,感到压抑,在《辰河小船上的水手》中描写道:“这个民族,在这一堆长长的日子里,为内战,毒物,饥馑,水灾,如何向堕落与灭亡大路走去,一切人生活习惯,又如何在巨大压力下失去它原来的纯朴型范,形成一种难以设想的模式。”因此,他在1943年冬天,冒着生命危险重返故乡,写下著名的散文《湘行散记》,他以水手、妓女、矿工为题材是企图把水手、妓女、矿工身上所保存的纯朴民风作为纯朴型范加以理想化的描写,以此对现实形成一种批判。他对现实的腐败无能为力,企图借助存在于历史中的一种“野性”来兴奋自己的神经,因此说到底是一种“避”的态度,是一种阿Q式的精神胜利法。汪曾祺却是对现实采取“随遇而安”的态度,他的解释是“‘遇’,当然不是不顺的境遇,‘安’也是不得已。不‘安’,又怎么着呢?既已如此,何不想开些。如北京人所说:‘哄着自己玩。’当然,也不完全是哄自己。生活,是很好玩的”①。这种态度使汪曾祺对现实似水一样化解一切问题、矛盾。甚至对批判他的人也都作了这样的化解:

开了多次会,批判的同志实在没有多少可说的了……他们也是没话找话,不得已。我因此觉得开批判会对被批判者是过关,对批判者也是过关。他们也并不好受。因此,我当时就对他们没有怨恨,甚至还有点同情。②

这种惊人的化解,简直已经达到了近乎宗教式的宽容。所以汪曾祺对现实是一种“融”的态度,说到底,是对现实采取“入”的态度。不过,这种“入”是一种汪曾祺式的“入”,这种汪式的“入”有事实可证,《牙疼》中有这样一段描写:

“文化大革命”中,我正要出剧团的大门,大门“哐”的一声被踢开,正摔在我的脸上。我当时觉得嘴里乱七八糟!吐出来一看,我的上下四颗门牙都被震下来了,假牙也断成了两截。踢门的是一个翻筋斗的武戏演员,没有文化……这人一向是个冒失鬼。剧团的大门是可以里外两面开的玻璃门,玻璃上糊了一层报纸,他看不见里面有人出来。这小子不

---

①② 汪曾祺:《随遇而安》,见范培松、徐卓人编《汪曾祺散文选集》,百花文艺出版社1996年版,第142页,第144页。

推门，一脚踹开了。他直道歉：“对不起！对不起！”我说：“没事儿！没事儿！你走吧！”对这么个人，我能说什么呢？他又不是有心。掉了四颗门牙，竟没有流一滴血，可见这四颗牙已经衰老到什么程度，掉了就掉了吧。假牙左边半截已经没有用处，右边的还凑合一阵。我就把这半截假牙单摆浮搁地安在牙床上，既没有钩子，也没有套子，嗨，还真能嚼东西……①

这就是汪曾祺！面对现实——一位没有文化的人强加给他的痛苦，他的态度都非常现实：于他人，是以“他又不是有心”予以宽宥；于己，是以“掉了就掉了吧”和“还真能嚼东西”而自慰。他是把痛苦嚼碎了，咽到肚子里，而后再缓缓转化为微苦微痛微涩加以表现。虽柔却有一种正视现实的不折的刚性在闪耀着光芒。因此同是“水”，沈从文那颗心似“水”那样绕过现实，把历史中的原始的野性美，作为理想的“一种新鲜声音、新鲜颜色、新鲜气味而跳”。而汪曾祺却面对现实，似“水”那样化解一切。因此，在对待同一件事上，他们的“异”就表现得很明显。汪曾祺在《沈从文先生在西南联大》中写到这样一件事：沈先生读过的书，往往在书后有两行题记。有的是记一个日期，那天天气如何，也有时发一点感慨。有一本书的后面写道：“某月某日，见一个大胖女人从桥上过，心中十分难过。”这两句话我一直记得。可是一直不知道是什么意思。大胖女人为什么使沈先生十分难过呢？

沈从文见到一大胖女人从桥上过，不能容忍，在他看来，应该是美丽的少女倩影在小桥上走过，才能构成一理想的美的境界，他要回避它因此而难过。但汪曾祺认为现实中就存在这种情况，应该容忍，所以他不明白，“大胖女人为什么使沈先生十分难过呢”？从这种“异”上考察，应该说，汪曾祺对现实的态度要比沈从文更现实些更坚强些。

在当代散文家中，汪曾祺对散文理论最感兴趣，也发表过很多见解。在这些见解中，最引人注目的，是他的“滋润”散文观。他在《〈蒲桥集〉再版后记》、《〈汪曾祺小品〉自序》等文中反复地阐述了这一观念。在他看来，散文之所以受欢迎，“这大概有很深刻、很复杂的社会原因和文学原因。生活的不安定是一个原因。喧嚣扰攘的生活使大家的心情变得很浮躁，很疲劳，活得很累，他们需要休息，‘民亦劳止，汔迄小休’，需要安慰，需要一点清凉，一点宁静，或者

① 汪曾祺：《牙疼》，见范培松、徐卓人编《汪曾祺散文选集》，百花文艺出版社 1996 年版，第 153—154 页。

像我以前说过的那样,需要‘滋润’。”他倡导用散文对读者进行精神按摩,这就是汪曾祺的散文纲领和旗帜。联系他的散文创作,应从以下两个方面来认识他的“滋润”散文观:

第一,“滋润”是全方位的一种审美自觉。

“滋润”是无形地渗透在散文创作的全过程中,是一种无目的的目的,无倾向的倾向。用比喻来说,是水的渗透和滋润。所以,汪曾祺的散文讲历史讲掌故讲花鸟虫鱼讲四方食事,尽管不是有意识的以说教为目的,也不是以某种价值来取舍,但却是自觉地以“滋润”为前提。比如《四方食事》中的“口味”篇,他海阔天空,从内蒙的吃羊肉讲到家乡的虾,再从云贵川的辣延伸到山东人吃葱。无边无际的食事既给人们美的享受,却又把一个美好的愿望:“有些东西,自己尽可不吃,但不要反对旁人吃”深埋其内,让读者在悠闲享受之中又得到一次“宽容”的滋润。再如他的散文中展示胡同里的凡人们,也都个个水灵灵的,往你面前一站,不由得叫你要动心。典型的如《大妈们》写的是邻里的大妈们,“乒乒乓乓地剁菜”的许大妈,对同乡格外关照的奚大妈,“脚很秀气”的江大妈,“干部意识根深蒂固”的顾大妈,走路“雄赳赳气昂昂”的丁大妈,“连片子嘴”的罗大妈,爱做饭爱养花的乔大妈等,不多不少,一共七位,个个栩栩如生。写她们有什么目的,谈不上,仅是轮廓的素描而已。但在文章的最后一段中,冷不丁地冒了一句:“大妈们有一个好处,倒不搬弄是非。”这句话,并不是作者的有意指点,但他泄露了一个天机,进入这篇散文的“人才”有一个原则——“不搬弄是非”,这应该说,又是一种自觉的“滋润”:读者可受这些大妈们身上的勃勃的生命力的浸染,而得到美好的享受。

第二,“滋润”的终极目的是“文化的休息”。

这种“文化休息”的内涵要求很高,既要“带有文化气息的”,又要是“健康的”,还要“悠闲的”①。

汪曾祺认为,散文应该向读者提供“文化的休息”。在这一指导思想下,他强烈反对散文的伤感主义。这一点显然是受到沈从文的影响。早在四十年代,沈从文就严肃地告诉汪曾祺,在创作中,“千万不要冷嘲”(汪曾祺:《沈从文的寂寞》)。因此,使得汪曾祺的散文创作动机非常善良。他认为,“伤感主义是散文(也是一切文学)的大敌”②。他身体力行地做出榜样,“我的作品的内

---

①　汪曾祺:《〈汪曾祺小品〉自序》,见范培松、徐卓人编《汪曾祺散文选集》,百花文艺出版社 1996 年版,第 256 页。

②　汪曾祺:《〈蒲桥集〉自序》,《蒲桥集》,作家出版社 1989 年版,第 3 页。

在情绪是欢乐的"①。因此,即使是写一些痛苦的话题,如身体上要命的"牙痛",他都会"泰然置之,而且有点幸灾乐祸地想:我倒看你疼出一朵什么花来"!"还能谈笑风生,语惊一座"。②再如写他政治上被打成右派,下到地狱里去所受的苦难,在文章的开头,居然是笑眯眯地"我当了回右派,真是三生有幸"③,以此来定文章的基调。严格地信奉着他的不伤感。诚然,这种"不伤感"使得汪曾祺的散文呈现出一种软性特色。但是千万不能产生这样的误解,汪曾祺似乎是一个"娃哈哈"式的"开口笑菩萨",是一个专门以施舍廉价的微笑为己任的糟老头。差矣!他的笑必须还有三个条件,即带有文化气息的、健康的、悠闲的,他虽常带笑容——因为他要读者到他的散文的宁静港湾里来悠闲一会,但展示在读者面前的却是五味俱全,五光十色的生活。不由得叫你在悠闲中增长一点见识。就以《随遇而安》为例,虽则是以悠闲的笔墨写他被打成右派的苦难,但到最后,冒出的却是这样一句话:

……他们(指被打成右派的人——引者注)的工作动力,一是要实证自己的价值。人活着,总得做一点事。二是对生我养我的故国未免有情。但是,要恢复对在上者的信任,甚至轻信,恢复年轻时的天真的热情,恐怕是很难了。他们对世事看淡了,看透了,对现实多多少少是疏离的。受过伤的心总是有璺的。人的心,是脆的。

这是没有办法的事。

为政临民者,可不慎乎。

这里,没有慷慨悲歌,也没有嚎啕大哭。温温的、淡淡的、静静的——因为,是要让读者到这里来休息。但几十年的风雨、沧桑、凄凉,怎能被忽视?"受过伤的心总是有璺的"这一文化心理,必须昭示于世!这是历史,这是事实!还必须把这几十年的教训向"为政临民者"发出这样的警告:"可不慎乎。"可谓是绵里藏针,刚柔并济。所有这一切可以"带有文化气息的"、"健康的"、"悠闲的"来概括,是地地道道的"文化的休息",但在这里得到的享受却是无边

---

① 汪曾祺:《关于〈受戒〉》,见范培松、徐卓人编《汪曾祺散文选集》,百花文艺出版社1996年版,第242页。

② 汪曾祺:《牙疼》,见范培松、徐卓人编《汪曾祺散文选集》,百花文艺出版社1996年版,第152页。

③ 汪曾祺:《随遇而安》,见范培松、徐卓人编《汪曾祺散文选集》,百花文艺出版社1996年版,第142页。

无际的。"滋润"实在是魔力无穷。

汪曾祺的散文源于"水",归于"胡同",因此它具有浓郁的"胡同"味。这种"胡同"味,是汪曾祺散文显示的一种综合的北京胡同的地方特色:它既表现在取材、构思和抒情习惯上的平民性,同时在语言上也具有北京胡同的京腔京调的韵味。再从深层次来看,这种"胡同"味蕴含着汪曾祺对传统文化的理解和选择,也显示了他的审美理想和审美情趣。

从汪曾祺散文的文化选择来看,他的散文对农业大文化的选择有自觉与不自觉的依恋。

还是在二十世纪初的五四运动中,当时的先驱者如李大钊、陈独秀等就借助张扬科学和民主的浪潮,对中国几千年来形成的农业大文化进行猛烈抨击,尤其是对中国农业大文化所造成的"以安息为本位"、"以家庭为本位"、"以感情为本位"予以批判和否定(陈独秀:《东西民族根本思想之差异》)。当时的这种批判和否定,实质上把旧文化和农业大文化笼统地等同起来,因为五四革命的风暴来得如此迅猛,还不可能对这两者进行细微鉴别。直到二十年代末三十年代初,以沈从文为代表的京派散文作家遇到了困惑。他们在都市生活中感到压抑和孤独,处处和现实格格不入,产生了心理紊乱。这种紊乱使他们不由自主地对于五四冲击的农业大文化产生了不同程度的眷恋。这种眷恋并没有多少政治目的,他们也并不想认真地从农业大文化中寻找出路,也不是想把农业大文化强加给现实,他们仅仅是把这种眷恋作为对孤独和压抑的一种排遣,一种解闷,也可以说是寻找一种刺激和安慰。因此沈从文甘愿冒着危险,到历史对于它毫无意义的湘西土地上,寻找那些壮健的水手和洒脱的妓女,抵御现代的文明,并以此创建了散文文坛上的一朵奇葩——京派散文。汪曾祺所处的环境,和沈从文所处的环境虽然并不相同,但是,汪真正从事散文创作,恰恰也是处在我国正在激烈地进行改革开放的时刻。这种变化也可以称得上是翻天覆地。处在这种变化的时刻,汪显得相对平静,他欢迎这一变化,并不感到压抑。但是由于他长期在农业大文化的哺育下,对农业大文化的种种精华和美最了解最熟悉最相知,因而也最依恋。他担心农业大文化中的精华和美会消失,从这一层意义上说,他虽不压抑但也产生了心理紊乱。他到香港后写的散文《香港的高楼和北京的大树》、《香港的鸟》都显示了他心电图的这种紊乱。面对香港耸立的高楼和各种游乐设施,他都不感兴趣,很少逛街,只是坐在酒店的房间里,因而引起同行的张辛欣的批评,说他"从北京到香港就是换一个地方坐着"。身处繁华的香港街道上,整天萦绕、折磨他的是"北京的大树、中山公园、劳动人民文化宫、天坛的柏树、北海的白皮松"。这种"树"崇拜的心理,实质上是把树幻化为有本有根的古老的农业大文化的象征。同样,他“在香港听到了斑鸠和蟋蟀,觉得很亲切”①。当他从香港回到北京后,心理紊乱才解除。因为“想起那些大树,我就觉得安心了”。很显然,作者这些写香港的散文是把香港和北京相对照来写,这和沈从文把大都市和湘西相对照来写是何其相似乃尔。所不同的是,沈从文眷恋农业大文化是以此解心头对现实之怨之恨,因此显得执拗和激烈,而汪曾祺是以眷恋农业大文化作为对现实改革开放之补充,显得柔和平稳。总而言之,前者是破,后者是立。汪曾祺还是希望:北京快快实现现代化,只不过,“现代化之后的北京,还会是北京”②。其内涵是他所欣赏迷恋的农业大文化,诸如树之类能保存下来就心满意足,仅此而已。这正是“胡同”文化味的一个真实反映。

正是这种对农业大文化的眷恋,使他对以农业大文化为土壤所培养的精华都顶礼膜拜,予以颂扬。《水母》就是这种颂扬的代表作。作者情系家乡的水母娘娘这尊神,在她身上倾注了深厚的感情并竭力颂扬。水母娘娘是一个小媳妇,家乡发大水,她正在娘家梳头,刚把头发打开还没有挽好,就往婆家跑。急中生智,用锅盖往发大水的缸上一盖,止住了大水,而后她再从容地盘腿坐在锅盖上梳头。塑像就是塑水母娘娘盘腿挽发的模样。汪为何对水母娘娘顶礼膜拜?因为她“是农民按照自己的模样塑造的神”。从这里可以清晰地看到汪曾祺对农业文化的依恋。同样在《白马庙》中对哑巴的画的赞扬也都是这种依恋的反映。当然,这种依恋也是有原则的。在《牌坊》中对寡妇守节的批判就非常坚定和辛辣。这样使得汪曾祺的散文没有霉气、酸气,显得勃勃有生机。

从汪曾祺散文的审美理想来看,是以“和”为贵,在平等和宽容中实现和谐。

汪曾祺的散文崇尚和谐,这和他的“滋润”散文观紧密相连。正因为他要让读者在他的散文天地里得到“文化的休息”,这个天地的和谐就变得至关重要了。这一点,又和沈从文的散文区别开来了。沈从文是感应至上论者,他绝对皈依他的感应,从而崇尚极端。但汪曾祺比较克制和宽容。他长期生活在北京胡同中③,对于精义是“忍”的“胡同文化”比较熟悉。但他并不一味迁就

---

① 汪曾祺:《香港的鸟》,《蒲桥集》,作家出版社 1989 年版,第 254 页。

② 汪曾祺:《香港的高楼和北京的大树》,《蒲桥集》,作家出版社 1989 年版,第 252 页。

③ 汪曾祺:《胡同文化》,见范培松、徐卓人编《汪曾祺散文选集》,百花文艺出版社 1996 年版,第 138 页。

胡同文化,而是用他的"水性"对胡同文化积极改造,形成汪氏的胡同味。这种改造说起来并不奥妙,就是崇尚平等,以此把他的宽容和"胡同文化"的消极的"忍"划清了界限。尽管这种平等崇拜是朴素的、原始的,但却使汪曾祺的创作富有生命力,变得积极生动起来。如在《林肯的鼻子》中,他对美国人喜欢摸林肯头像的鼻子(因为摸了会有好运气)感慨无比,发出了"谁的鼻子都可以摸,林肯的鼻子也可以摸。没有一个人的鼻子是神圣的"的呼喊,并由此延伸出这样的结论:"自由,是以平等为前提的。在中国,现在很需要倡导这种'created eguar'的精神。"正因为平等成了他的理想,所以他在《钓鱼台》中对钓鱼台从被围墙所围到围墙被拆的变迁,有刻骨的感受,最后是这样痛骂那些制造不平等的人们:

> 原来的铁蒺藜有的是在柳树上箍一个圈,再用钉子钉上的,有一棵柳树上的铁蒺藜拆不净,因为它已经长进树皮里,拔不出来了。这棵柳树就带着外面拖着一截的铁蒺藜往上长,一天比一天高。这棵带着铁蒺藜的树,是"四人帮"作恶的一个历史见证。似乎这也像经了"文化大革命"一通折腾之后的中国人。①

感情至诚至烈,在汪氏散文中也属少见。平等,平等,这千百年来是多少仁人志士梦寐以求的理想,钓鱼台的围墙拆除并不难,但要真正实现平等是何其难。对于汪曾祺来说,这种平等理想,也近乎是一个"乌托邦"。唯有可以安慰的是,在他年少时的家中,倒真正过了这样一段"多年父子成兄弟"的平等的甜蜜日子:"我十七岁初恋,暑假里,在家写情书,他(指汪父——引者注)在一旁出主意,我十几岁就学会了抽烟喝酒。他喝酒,给我也倒一杯。抽烟,一次抽出两根他一根我一根。他还总是先给我点上火。"不知现实生活中,何时才能真正实现汪氏的平等理想。

从汪曾祺散文的审美情趣来看,是以静为本,崇尚静趣。

这种审美情趣一是为他的"滋润"散文观服务,既然散文是给读者提供"文化的休息",必须以静为本:静则悠,悠则闲,于此方能使读者留连忘返,方能使读者宁静。同时也和汪曾祺年龄有关,他创作散文时已步入老年,老年喜静厌动,这也是一个因素。当然,勾画静境也是汪曾祺的创作优势,他善写静境。

---

① 汪曾祺:《钓鱼台》,《中国当代名人随笔·汪曾祺卷》,陕西人民出版社 1993 年版,第 19—20 页。

凡此种种,汪曾祺的散文形成了以“静”为核心的审美情趣。这是他的散文的胡同味的又一大特色。

就以他作为见面礼捧给散文文坛的名作《葡萄月令》来说,这是一篇歌颂生命体验的乐章。从一月到十二月,整个葡萄园的内核始终充满活力,在激烈地跳动着。葡萄藤的生命力是何等旺盛,还没有出土,就“已经绽开了芽苞”,一出土,“不大一会,小叶就变了颜色,叶边发红;——又不大一会,绿了”。这种爆发力可以说是“神”。葡萄喝水,更是惊人:“浇了水,不大一会,它就从根直吸到梢,简直是小孩嘬奶似的拼命往上嘬”,甚至“‘漫灌’,整池子的喝”。这些在“不大一会”中的葡萄生命的神奇变化的描写,把葡萄的生命力彰显到了饱和的状态。在歌颂葡萄生命力的同时,又显示了“人”和“葡萄”的亲密,有情有义的互动,开掘了一条人和葡萄之间亲密沟通的秘密生命隧道,使人和葡萄时时处在一个和谐的恬静的境中。“雪静静地下着。果园一片白。听不到一点声音。葡萄睡在铺着白雪的窖里”,境是何等的迷人,这样的境可以称得上是圣境。

正是汪曾祺酷爱静的惯性,使得他的思维具有一种特有的柔滑性,即使是至痛的事,到他的柔滑思维机器中转几转,也会变得平和起来,如自己的牙齿为一个没有文化的人碰落,他居然也能宁静起来。同时,这种柔滑性也驱使汪氏在散文创作中形成把动化静的惯性,如《跑警报》中,写的是战争中在昆明时躲避日机轰炸的苦难,但他也会奇迹般地去状写人们利用跑警报,躲在洼地里静静地谈情说爱,居然还把笔墨停格在两个学生不跑警报上:利用这个机会,一个洗头,另一个从容煮冰糖莲子。这种动中化静,简直可称为汪曾祺散文创作的一种特异功能。

总之,依恋农业大文化,崇尚和谐、平等,以静为本,再加上“滋润”的散文观,四位合力,酿造了汪曾祺散文的浓郁的胡同味。这种胡同味就是一种特色,既不能简单肯定也不能简单地否定。但有一点可以肯定,正是这种胡同味,使汪曾祺的散文被纳入到京派散文——而且是正宗的京派散文之中。倘若说,沈从文在三十年代苦心创建的京派散文的京味还不够浓,但到了世纪末,汪曾祺已把他的散文的京味搞得浓而又浓了。因此,把汪曾祺散文称之为京派散文的再度辉煌,可以说是当之无愧了。

二 张中行:状写“可感”、“可传”的历史记忆

这一时期写京腔京味京调的散文,能和汪曾祺比美者,当推张中行。张中行(1909—2006),河北香河人。原名张璿。1931 年通县师范学校毕业,1935

年北京大学中国语言文学系毕业。建国后,任教于中学、大学,长期在人民教育出版社任编辑。主要著作有:《文言文选读》、《文言津逮》、《文言和白话》、《作文杂谈》、《佛教与中国文学》、《禅外说禅》、《诗词读写丛话》和《顺生论》等。八十年代开始,以散文创作著称。主要作品有《负暄琐话》、《负暄续话》和《负暄三话》等。

正如《负暄琐话》的卷末内容介绍所述:"作者取晒太阳时谈闲话之义,于八十年代前期著文,写三十年代前期以北京大学为中心的旧人旧事,得章太炎、黄晦闻等六十余篇,于 1986 年出版。用意是记可传之人,可感之事和可念之情。"无拘无束,因是"琐话"、"闲话",从创作心态来看,作者轻松自由,任心、任性、任情。同时,对读者是绝对尊重,把读者视为亲朋良友,以极其亲切的态度讲述一切,和读者交心沟通,以抚慰人的心灵为目的。在这一点上,他也是和汪曾祺的审美理想一致,把自己的散文构筑成"文化的休息"场所。

《负暄琐话》清一色地写旧人旧事,是抒写历史记忆。正因为抒写历史记忆,就不可避免地牵涉到一个意义价值指向问题。在作者看来,这也是"琐话"的首要条件,他在《负暄琐话》的"小引"中着重阐述了这个问题。他说:"所谓记忆都是零零星星的,既不清晰,只是一些模模糊糊的影子",但这些"影子的内涵很杂",要进入他的"琐话"范围,必须具备两个条件:"一是可感,就是昔日曾经使我感动或至少是感兴趣,今天想到仍然有些怀念的。二是可传,就是让来者知道并不是毫无意义的。逝者如斯,长生、驻景都是幻想,永垂不朽只能存于来者的感知里。"①在传媒信息化的社会里,人人与时俱进,但作者却是"早春晚秋,坐在向阳的篱下,同也坐在篱下的老朽们,或年不老而愿意听听旧事的人们,谈谈记忆中的一些影子"②。这种状态,实在和时代的步伐有些不协调。但恰恰在这不协调中,对红色颂歌散文的价值观实行颠覆,迸发出一些永恒的意义价值,它正是来自于"内涵很杂"的"影子"。

从张中行的创作经历来看,他是八十年代初期步入散文文坛的,和"工农兵"代言人时代的那些歌者相比,他没有戴着政治眼镜在虚拟的结论性的假想空间中闭着眼唱颂歌的体验。他在向阳篱下"闲话"历史记忆的写作姿态,使他拥有了个人处理历史和现实关系的秘密通道,这个通道就是"可感"和"可传"。他对历史的"可感"充满自信,因为这种"可感"不仅是他个人的心灵秘密,更重要的是他超越了政治和倾向,是一种属于"人"的抽象。所以,他写人叙事,看似琐碎,但"琐"中有"骨","碎"里见"品"。他正是借这种"骨"与"品",

---

①② 张中行:《〈负暄琐话〉小引》,《负暄琐话》,黑龙江人民出版社 1986 年版,第 3 页。

传递一种永恒的意义价值指向信息，使之在读者的感知里“永垂不朽”。在《马幼渔》中写了马幼渔的糊涂、好好先生的性情之后，插入这样一段描写，马幼渔“任系主任时候，他家的某一个年轻人报考北京大学。有一次，不知是有意还是无意，在马先生面前自言自语地说：‘不知道今年国文会出哪类题。’马先生大怒，骂道：‘你是混蛋！想叫我告诉你考题吗？’”顿时，马幼渔的“影子”内涵就“杂”起来，于意义指向中把永恒的“人”的美彰显了出来。这种意义不是来自于虚拟和假想，它是从作者历史记忆中的真实“可感”中滋生出来的。因此，《负暄琐话》面对的历史，实质是面对自己内心的“历史”和“现实”，所以它才产生了那种能够泯灭与读者心灵的距离的魅力，使读者也能产生心灵的“感知”。

《负暄琐话》在处理历史和现实的秘密通道中，个人对现实的体验始终处于活跃的状态。这种活跃，也不是一般意义的作翻案文章。作者自称：“是当作诗和史写的。”①其实，对于作者来说，“诗”和“史”实在难以统一，因为作者尽管采取了在向阳篱下闲话的平和写作姿态，但文章中的平和是在经历漫长的心灵失衡之后形成的平和，漫长的心灵失衡实质上已经自然地融进了他的历史记忆中，所以，这种失衡又时常会无意识地在闲话中冒出来，怎能成“诗”又怎能为“史”？不过，这无关紧要，作者正是要借助这种冒，实现它的价值意义指向，但是这种价值意义指向时时融在“苦”味中，在这一点上他似乎师承了周作人，和汪曾祺的“随遇而安”的状态区别开来了。在《负暄琐话》中，处处可品尝到这种“苦”：如在《马一浮》中写完马一浮的林林总总，最后牵出他珍藏的马先生的手迹一事，保存了十年以上的马先生手迹，在文化大革命的暴风雨来临时，作者写道：“我想到上面有可以指控为‘右’为‘反’的话，为了马先生的安宁，赶紧拿出来烧了。这是我的一点点善意，可惜没有机会告诉马先生了。”善意，竟是销毁珍藏的手迹，一苦；马先生已作古，自己的心迹无法向先生剖露，又是一苦。正是这苦中之苦，表达了对“文革”的愤懑和否定。又如在《马幼渔》中写到抗日战争时，面对破碎的河山，作者去拜访先生马幼渔时的情景：“他爱国，有时爱到近于有宗教的感情。他相信中国最终一定胜利，而且时间不会很久。我们每次去，他见面第一句话总是问：‘听到什么好消息吗？’为了安慰老人，我们总是把消息挑选一下，用现在流行的话说是报喜不报忧。——我们确是有个忧，是马先生有个羊角疯的病根，几年反复一次，而且，据说一次比一次重，不久之后会不会有意外呢？”马先生忧国，“我们”忧国又忧先生之病，无奈只能用“报喜不报忧”的反常举动来解忧，是忧上加忧，这样把马先生

① 张中行：《〈负暄琐话〉小引》，《负暄琐话》，黑龙江人民出版社 1986 年版，第 4 页。

之忧和“我们”之忧的情感传递到读者心中。多重的忧苦表明的意义指向正是对宗教般的爱国和金子般的师生之情谊的认同。

《负暄琐话》的价值意义指向,是一种多元化的复合物,用他自己的说法,是“影子的内涵很杂”。“杂”集中表现在选择描写对象和抒写策略上。文集中选择的描写对象很“杂”,有文化名流和社会精英,还有里弄市民,乡村凡夫一类的草根小人物,他们都已成为尘封的历史“影子”。作者凭着他的“可感”“可传”的审美标准,统统为他们立传,借助他的“出语冷峻”和惜墨如金,把这些“影子”清晰化。这种清晰就是对“工农兵”代言人时代的散文价值意义指向的解构。这种解构是一种解脱。文集在描写的对象选择和抒写策略上,达到了一种自由,这种自由使得作者写起来无拘无束,几乎完全听凭他的“可感”来主宰,从而在“影子”中显“神”、出“神”。如《熊十力》一文写熊十力和废名两人在学术上的较劲:

> ……四十年代晚期,废名(冯文炳)也住在红楼后面,这位先生本来是搞新文学的,后来迷上哲学,尤其是佛学。熊先生是黄冈人,冯是黄梅人,都是湖北佬,如果合唱,就可以称为“二黄”。他们都治佛学,又都相信自己最正确,可是所信不同,于是而有二道桥(熊先生三十年代的一个寓所,在地安门内稍东)互不相下,至于动手的故事。这动手的武剧,我没有看见;可是有一次听到他们的争论。熊先生说自己的意见最对,凡是不同的都是错误的。冯先生答:“我的意见正确,是代表佛,你不同意就是反对佛。”真可谓“妙不可酱油”。我忍着笑走了。①

两个在学术性研究上自信心强得近似顽固的学者较劲起来,势同水火。一个把自己看成是“佛”的“佛”,一个干脆把自己视为“佛”的代表,两尊“佛”的较劲,既简单又尖锐,更是认真,没有任何余地。作者似乎不愿当他们的“是”与“非”的仲裁人,也不愿对笔下的人物进行臧否下结论。但就在不“是”不“非”中把价值意义指向显露出来。不过,显露得有些模糊,是一种“神”,一种“韵”罢了。

在对待尘封的“影子”的人和事的抒写姿态上,和汪曾祺相比,相同的是两人都是站在非主流文化体制的边缘化的平民立场上写作,这里的“平民”不等同于“工农兵”代言人时代中的“工农兵”,因此张中行和汪曾祺的散文

---

① 见《负暄琐话》,黑龙江人民出版社 1986 年版,第 25—26 页。

在后“工农兵”代言人时代中已属另类。他们的散文已经淡化了流行的主流话语。他们虽然是“士”，但他们因这样那样的缘故，曾沦落到草根族中，不知不觉中和平民一起喜怒哀乐，成了一个草根式的“士”。面对现实，他们非常现实，已经产生不了激情和晕眩，因此，现实在他们面前就是现实。

但他们有思想有想象。不过，他们的思想和想象在对待现实和历史影子上有差异。汪曾祺是随遇而安，对现实采取一切皆可融的态度，可融的要融，不能融的也变着法子让其融，乃至没文化的武戏演员把他的牙齿踢落，也可融到理解的地步，是近乎宗教的融，归纳起来，他是笑对人生。张中行却不同，他无论是回忆历史“影子”，还是面对现实，都是叹息人生。一叹世间竟有这样的人这样的事；二叹世间有这样多的无奈。他虽研究过佛学，但对世事的种种不顺心的事，仍“可感”在心，“士”的精神和草根的生存方式的不协调，又酿造出种种的“苦”，“苦”难化解，于是叹，不是仰天长叹，却是叹得不动声色，把那种苦涩在叹中留于世，传递给后人。为此，他采取的策略，是把叹糅在字里行间，不过较多还是在文章煞尾处叹息一番，这也是给读者一种“文化休息”，让他们在“文化休息”中思索，进而提高公众的文化层次，改善文化氛围，让世间的无奈的事可以少一些。

张中行擅长写人。他的写人小品在艺术上胜于写事小品。他写人不精雕细刻，而是采取大笔写意的方法，以写意出“神”。惜墨如金又能出“神”，当属散文中的上品。如《王门汲碎》中写一生清廉的京兆尹王铁珊的女儿，真可谓神采飞扬。她嫁给一位李姓的厂长为妻，大家呼为李太太，她兼爱、仁慈、宽厚而迂阔。作者家中来客，客人习惯用大嗓门说天说地，她“以为是吵架，执意要来劝”。儿女劝阻，勉强作罢，兼爱到如此地步。“文革”被批斗，众人批她父是贪官，她坚持她父亲是好人，一生清廉，连续批了三天，她都坚持，使得批判会难以结束。于是，文中写道：

> 有个聪明人想个办法，委托李先生开导她，意思是只要说一句，那时候我年轻，不清楚，也许不好，就算完。下一天，大家怀着胜利结束的希望来开会，静听李太太的发言，是：“昨晚上李先生劝我，让我说几句假话，过去就得了。我不答应，气得他拧我。拧我我也不能说假话，反正我爸爸是好人，一辈子清廉，没贪过一文钱。”会就这样以全场暗笑告终。①

---

① 见《负暄琐话》，黑龙江人民出版社 1986 年版，第 122 页。

这一个特写,把李太太对父亲爱得执拗迂阔的忠诚不贰的情感刻画得栩栩如生,也彰显了她的光明磊落,通体透明得如水晶般纯净。

和汪曾祺一样,张中行的文章也是京腔京味京调。他土生土长,经历的皆是京城内外的事,自然染上京城气息。但更重要的是他对京派文化精通。京腔也罢京味也罢,聚焦点还是在京派文化上。京腔、京味、京调并不是附加的,是作者用生命体验得来的,乃至成为他的艺术生命的一个组成部分。如在《鬼市》中写他逛“鬼市”的“鬼趣”:

> 赶早寻宝的商人多半提着马灯,快步前行,或者停在某鼓担前,掌上托着什么,用灯照着细看;买卖双方都不说话,袖口对袖口用手指争论价钱。我们书生一流自然只能掇拾一点点大网漏下的小鱼小虾……①

京城里的“鬼市”的“鬼”味,在寥寥几笔中勾勒了出来,以马灯照明走路,以马灯照明商品,无声的袖口对袖口的用手指论价,既神秘又诡异,一切都显得“鬼”,充满了鬼气、鬼趣和鬼秘,复活了昔日京城里的“鬼市”。和汪曾祺相比,张中行的京味带有书生味,汪曾祺的京味染上了胡同味;张中行的京味偏涩,汪曾祺的京味较为平和。

继《负暄琐话》之后,张中行又作《负暄续话》和《负暄三话》,延续了坐在向阳篱下闲话的风格,谈古论今,但所持态度越来越松弛,乃至有些篇章不再惜墨如金,碎语较多,闲而松垮。

第八节　贾平凹

一　从“静虚村”到“商州”:“我”的心灵回归之旅

贾平凹(1953—　),陕西丹凤人。原名平娃。散文家、小说家。1972 年入西北大学中文系学习,毕业后到陕西人民出版社任编辑。1983 年任《长安》文学编辑。现任陕西省作协副主席、西安作协主席、《美文》主编。主要作品有散文集《月迹》、《爱的踪迹》、《心迹》、《商州散记》、《人迹》、《太白山记》和《贾平凹散文大系》(三卷本)等;长篇小说《浮躁》、《妊娠》、《废都》、《白夜》和《土门》等。《爱的踪迹》获新时期全国优秀散文(集)奖。

---

① 见《负暄琐话》,黑龙江人民出版社 1986 年版,第 162—163 页。

贾平凹散文创作始于八十年代初，在这之前，他主要精力放在小说创作上，偶尔也有过一点散文面世。从1981年起，他“开始了进攻散文”(《我的台阶和台阶上的我》)，落款写在“静虚村”的一系列散文的发表，标志着他的散文创作的开始。社会成全了他，此时，正值对“文革”以及历年来的冤假错案所造成的大大小小的成为“丑石”般的知识分子落实政策之时，《丑石》的面世，激起了民众的共鸣。就其散文创作而言，尽管他在1981年开始进攻散文时，自称是写得“顺心所欲”(《我的台阶与台阶上的我》)，其实他在散文创作上并不那么顺心，他敬畏古典散文和近现代散文为散文所铺设的“法”这一独木桥，并在上面小心翼翼地行走着，诸如托物啦、扬抑啦、大转弯啦以及卒章显志啦等等，为此，有时他显得力不从心，不得不常常把奶奶、孩子、月亮、云雀以及他所接触到的花草虫鱼请来，作为他的拐杖，陪着他走完这独木桥。这时的散文尚缺乏个性，师“法”的痕迹较为明显，多少还有些书呆子味，把生活简单化了。其实，对“法”的敬畏，是一种心理胆怯。这种心理胆怯表现在他对“我”的看法上。写于1981年5月13日的散文《在这块土地上》，收入散文集《爱的踪迹》，并置于末尾，相当于“跋语”，说明贾平凹对它的珍视。尽管贾平凹在这篇散文中也喊出了“我就是我”，但是，他的呼喊却是这样表达的：“你知道吗，我是什么？我就是我，社会主义。中国便是我身下的这块土地。栽我培我的只有你呀，农夫，我亲爱的党。”从贾平凹的经历来看，他所接受的文艺理论和文化资源基本上是“工农兵”代言人时代流行的概念。在这一时期，以巴金为代表的一些作家也喊出了“我就是我”这一口号，尽管口号相同，但他们所持的姿态以及文化心理和内涵却迥然不同。巴金的“我”就是“我”，而贾平凹的“我就是我”中的“我”却是和“社会主义”融在一起，是社会的“我”。“我”的不独立，促使他对“法”的依赖。这一阶段，他的其他散文创作如《文竹》、《池塘》、《云雀》和《白夜》等，都是偏重一时的感兴之作，无甚特色。他有意无意要在散文中表现“赫然的目的”。但他却为之得意，并借用唐诗描述他当时的心境：“春风得意马蹄疾，一日看尽长安花！”(《我的台阶和台阶上的我》)从这一层意义上考察，贾平凹是“工农兵”代言人时代的最后一个代表人物。

但是，从八十年代中期开始，贾平凹散文开始迅速蜕变。其标志是《商州初录》、《商州又录》和《商州再录》，即“商州三录”。从现象上看，似乎从他“开始进攻散文”到走向成熟，仅仅用了两年多时间，其实不然，他在创作上的艰苦的思索早就在默默地进行着。1978年他的小说《满月儿》获奖，起先他在赴京的路上“激动得睡不着”，并准备了七八封告捷的信，但一到北京，面对群雄，他的“嚣张之气顿然消失”，七八封告捷的信“一把火烧了”，变得“一语不发”。之后,虽则也出版了作品,但“却不愿意让外人知道我是谁”。尽管这种痛苦思索有过反复,曾一度“得意劲儿又滋生了,耐不得寂寞,耐不得孤独,喜欢听好听的”①,但却从不曾停止思考。这种思考的庄严突出地表现在他的散文《对月》中,静夜对月,他在进行了“老虎可以吃鸡,鸡可以吃虫,虫可以蚀杠子,杠子可以打老虎”的一连串的否定的思考后,最后以明月作证,悟出了“我不再被失败所惑了,再不被成功所犯了,再不为老死而悲了,再不为生儿而喜了”。对功利对荣辱对自我对世界开始了重新认识。正是在这个关键时刻,他又重新回到商洛。随后,《商州初录》和《商州又录》的发表,引起了强烈的反响。它的成功使人们联想到三十年代沈从文重又回到故乡湘西写下的《湘行散记》和《湘西》,这是中国现代当代散文史上值得记述与自豪的巧合。他如“月”一般,丰满起来了。而且更奇的是他的小说创作也在这时走向了成熟,反映农村生活变动的中篇小说《小月前本》、《鸡窝洼人家》和《腊月·正月》获得满堂彩。他成了中国文坛上的幸运儿,小说散文创作齐获成功。其时,他刚年过三十,这印证了先哲之言:三十而立。

贾平凹的散文创作历程,简单地说,是从“静虚村”出发,到“商州”成熟,这也是他的“自我”回归的心灵之旅。

贾平凹投身到散文创作的时代,虽然处在转型时期,但是现实的变化缓慢而复杂。一个作家一时无法摆脱历史的投影。尤其从散文创作来说,“工农兵”代言人时代所流行的红色颂歌模型的阴影也过于强大,贾平凹的“我就是我,社会主义”的表白,就是对整体主义和社会公论的自觉的迎合。再加上贾平凹是小说家,他对散文的直抒胸臆也有些不知所措。所以在他散文创作开始时的一些作品中,我们可以看到这种不知所措的勉强。如对《鸟巢》中的“娘”,《泉》中的“小儿”,《丑石》中的“奶奶”和《云雀》中的“妹妹”等等的描写,总让读者在她们身上看到一种不自然的做作。这是贾平凹的“我”和社会过于亲密的结果。“娘”、“小儿”、“奶奶”、“妹妹”的不自然,是贾平凹的“自我”的不自然,因为这里面的“自我”不是贾平凹真正的“自我”。

事情的复杂在于,几乎是与此同时,贾平凹在另一些散文中创造了一个虚拟的空间,在这个虚拟的空间中,他的“自我”却得到了自由地彰显,这可以散文《静虚村记》为代表。“静虚村”或许在现实中可以找到影子,但是,贾平凹极力把它诗化,诗化的目的是虚拟化。贾平凹之所以采取虚拟化的抒情策略,其

---

① 贾平凹:《我的台阶和台阶上的我》,《贾平凹散文大系》第 2 卷,漓江出版社 1993 年版,第 136—137 页。

中的原因是,虚拟空间可以帮助他挣脱历史的阴影。在文中,有一段写“我”:

……而我,是世上最呆的人,喜欢静静地坐地,静静地思想,静静地作文。村人知我脾性,有了新鲜事,跑来对我叙说,说毕了,就退出让我写,写出了,嚷着要我念。我念得忘我,村人听得忘归;看着村人忘归,我一时忘乎所以,邀听者到月下树影,盘脚而坐,取清茶淡酒,饮而醉之。一醉半天不醒,村人已沉睡入梦,风止月暝,露珠闪闪,一片蛐蛐鸣叫。我称我们村是静虚村。①

这里的“我”虽是“世上最呆的人”,但这个“呆人”在这时的“静静地坐地,静静地思想,静静地作文”,以及和村人之间的“忘乎所以”,却是“我”的真实的“我”。“我”之所以“念得忘我”和“忘乎所以”,是“忘”掉了“我就是我,社会主义”中的“我”。《静虚村记》是贾平凹试图让“我”在散文中真正挺立的一种尝试。尽管贾平凹对“静虚村”进行了虚拟的处理,但在“静虚村”中的一切,那近于傻味的村人,染指甲的花,盆口粗的槐树,甜甜的水井,乃至妻、儿,都是那样的自然和鲜活。其源是“我”的鲜活。这种鲜活,还表现在《五味巷》中,尽管《五味巷》的抒情策略有些变化,是一种半虚拟化的处理,但目的和效果跟《静虚村记》相同。

诚然,在八十年代初,贾平凹的“我”面临着蜕变的分裂,一方面是迎合流行的社会公论,另一方面又在虚拟的空间中挣脱束缚。但真正完成自我蜕变的,是《商州初录》、《商州又录》和《商州再录》。

所谓真正完成“自我”的蜕变,是指贾平凹的写作姿态和立足点的根本转变。“商州三录”明显是师承沈从文的《湘行散记》。从格局、笔法到审美趣味,和《湘行散记》一脉相承。他们都留恋和赞颂农业文化,寻找还没有失去的原始文明,以此挖掘一些永恒的价值。从本质上讲,他们都在寻“根”。沈从文在《湘行散记》中感叹:“百年前或百年后皆仿佛同目前一样。”②贾平凹也在《商州初录》中写道:“商州人称包谷糊汤为命饭,男的也养,女的也养,久吃不厌,愈吃愈香,连出门在外工作的,不论在北京,上海,不论做何等官职,也不曾有

① 贾平凹:《静虚村记》,《贾平凹散文大系》第1卷,漓江出版社1993年版,第6—7页。

② 见《沈从文文集》第9卷,花城出版社、生活·读书·新知三联书店(香港)1984年版,第254页。

被‘洋’化了的而忘却这种饭谱。更奇怪的是商州人在年轻时,是会有人跑出山来,到关中泾阳、三原、高陵,或河南灵宝、三门峡去谋生定居,但一过四十,就又都纷纷退回,也有一些姑娘到山外寻婆家,但也都少不了离婚逃回,长则六年七年,少则三月便罢,两月就了。”①他们都想歌颂这两块土地上的人的旺盛的原始生命力。所不同的是,沈从文返“乡”寻“根”,是源于对都市文化的不满和抗拒,因此心态失衡,对湘西的感情显得偏执。而贾平凹相对心态平衡,他对都市文化没有深仇大恨,所以他在《商州初录》的“引言”中特地郑重声明,他写《商州初录》是“使外边的多少懂得这块地方,以公平而平静的眼光看待这个地方”②。

事实上,贾平凹对待文化的态度确实不偏执,而是相对开放。有论者指出:“贾平凹并没有深入研究过中国古代思想史,也没有坚实的思辨头脑,他只凭着他灵敏的感受力感性地承受了这些影响。”正因为如此,他的“自我”蜕变相对要容易些。“工农兵”代言人时代流行的红色颂歌模型散文,对他来说,仅是一种影子而已,他没有这方面的创作经历和体验,更不曾以此作为自己的艺术生命。所以当八十年代初,涉足散文领域时,他的“自我”是以一种欠“自我”的形象出现的。一旦他在《静虚村记》、《五味巷》中用虚拟的抒写策略获得成功后,他的“自我”立刻复苏。时间之迅速,蜕变之彻底,可以说是一个奇迹,他基本上仅用五年左右的时间走完了二十世纪中国散文史的近半个世纪的蜕变历程。所以,贾平凹在二十世纪中国散文史上的地位非常独特,他的出现,既标志了“工农兵”代言人时代的终结,又预示了“和而不同”的散文新局面即将出现。

不过,在《商州初录》、《商州又录》和《商州再录》中他运用的策略更大胆,把它们当小说来写,以自由的姿态让“自我”在文中伸展和活跃。无论在写作对象的选择上,如丑汉、屠夫、复员军人、摆渡老汉等,还是在对待写作对象的态度上,他都以一种农民的知心人的感应对待,如他在《静虚村记》中所说:“村人焦虑,我也焦虑。”“工农兵”代言人时代,也标榜写“工农兵”,歌颂“工农兵”,但这些“工农兵”是一种观念、一种权力和一种体制的象征,为这些“工农兵”代言,最后却为真正的工农兵所厌弃。而贾平凹的《商州初录》、《商州又录》和《商州再录》却是作为农民的知心人去善待农民。他要在散文中把农民还给农民!因此,在这些农民身上所闪现的审美价值也确实无法用“工农兵”代言人时代流行的尺度去衡量。如《商州初录》中的《石头沟里一位复退军人》中的那

①②　贾平凹:《商州初录》,《钟山》1983 年第 5 期。

个窝囊的复员军人宁有生和寡妇桂枝的相爱和抗争,《一对恩爱夫妻》里丈夫用毁妻子容来避免书记的欺负等等,都难以用固定的价值标尺来衡量。在《商州初录》、《商州又录》和《商州再录》中,贾平凹的"自我"得到了真正的彰显。贾平凹也正是在把农民还给农民中,获得了"自我"真正复活和回归的快感。

八十年代中期完成"自我"蜕变的贾平凹,身上强烈地烙印着农民文化中的"俗"。他在散文中所显现的农民的质朴和真诚,在中国现当代散文中可以说并不多见,不多见就是特色和成功。如《笑口常开》中的"我"犹如是从毫无污染的山村原野中走出来的农民,面对世界的种种作弄和反差,感到了困惑,从而发出了一连串的苦涩的笑。为了使在大庭广众中放了一个屁的官太太免受众人指责,就挺身而出代人受过,这大概是一种农民式的盲目的勇敢。写到"我"要出差,在不到十平方米的单间里,想要和妻子亲热一番,可有儿子在旁不便,就想出个办法,叫孩子出外买酱油,而且要他用双手捧盘去买回酱油,让他一步一小心地买回来。在《闲人》中以一种农民式的闲适心理去欣赏"闲人"的所作所为,而且有时还要流露出一点农民的狡猾。当然,有时农民的真诚和农民的意识也给贾平凹造成一点麻烦,《笑口常开》的最后结尾,去厕所中找回手稿,捂着鼻子抄,实在"农民"得过火。

概括起来,"商州三录"从以下两个方面标志贾平凹散文创作走向成熟:

一是无"法"。贾平凹原来对"法"的敬畏在商州的野性自然中,迅速得到了克服。面对商州,他轻松起来,他无"法"无"天"了。这种轻松是自己的角色转换后的心理反映。应该说是商州山水和商州人把他的"我"从"社会"中剥离了出来。他不愿再担任"工农兵"代言人时代的要为某种"概念"负责的那种角色。这集中表现在他对"目的"的厌恶和轻视,在他看来,一个作家在作品中"总是要把你的目的显露出来,这是干了多么大的蠢事"!因为"目的就像一条绳索,捆住了读者想象的翅膀;当读者明白你的简单目的后,他们嗤之一笑,便无情地将你抛弃了"①。与之有关,他还对一些用"赫然的口气"和"赫然的文字"写的散文,提出了这样一类的质问:"你有赫然的寓意吗?"从而斩钉截铁地得出了这样的结论:"你习惯了你的赫然,世人也习惯了你的浮华;伟大而空洞的东西使你碰得焦头烂额。"事实上,"法"也确实无法束缚住商州的人和事,所以丑汉、退伍军人、屠夫等统统走进了贾平凹的散文,统统变得鲜灵活现。贾平凹从师"法"走向无"法"的蜕变使他在散文创作上获得了自由。

---

① 贾平凹:《使短篇小说短起来》,《贾平凹散文大系》第1卷,漓江出版社1993年版,第123页。

二是远“功利”。“功利”和目的紧密相关。贾平凹八十年代初期的散文显示了求功利的倾向，在他八十年代初期的散文中，他时时会明白无误地向你揭示一个真理(这种揭示有它的善良愿望和美好的效果)。他想把散文变成一盏灯火，以此指引人们前进。这种教化作用应该受到赞许。但由于他对“法”的敬畏，使得这些教化变得有点急功好利，甚至有时有虚张声势之嫌。《商州初录》、《商州又录》却在这一点上有了明显的转变(但并不是根本转变)。这种转变的因素是多方面的：一是有他事业成功的因素。原来在未成名前，他必须想尽办法使他的作品能够面世。现在功成名就，原来所追求的功利也就变得无所谓了；二是生理因素，人到中年，兴趣转移，他的神经兴奋点也从功利上转移；三是视野拓宽，这里当然又要归功于商州的山水人物。这些因素，促使他远功利避功利甚至恶功利。如果说在《商州初录》中功利还可时时冒头，在诸如“一对恩爱夫妻”(《一对恩爱夫妻》)或“屠夫刘川海”(《屠夫刘川海》)身上作祟，到了《商州又录》中，则功利远去，远功利使他的散文审美具有超然的明净，且又富有谜性。从而改变了散文家长期以来形成的思维传统和对于文学的态度。打破了功利主义的枷锁，抒情和想象都有了充分发挥的余地。

二　情感的隐秘维度：谜性和野性

贾平凹的散文情绪光怪陆离，且带有一定的不可知性，内涵比较复杂，不成体系，多变而不稳定，具有谜性。就以他八十年代初期开始向散文进攻时写于静虚村的一系列散文中亮出的“静虚”来看，“静”和“虚”本来是“陶钧文思，贵在虚静，疏瀹五脏，澡雪精神”(刘勰《文心雕龙·神思》)，也是一种淡泊从容，不为感情左右而避世的修身养性之道，但写于静虚村的散文代表作《静虚村记》却是外静而内动，表冷而质热。他在静虚村，乐陶陶麻乎乎，自我陶醉，似仙非仙。这种和村人相融的灼热入世，何静虚之有？再就贾平凹对待“世”而言，他的散文入也有，逃避也有，超然也有，愤懑也有，很不稳定。这大概和他的年龄有关，虽过三十，但还不是固执已见的年龄；他的脑海里充满了各种思想，佛家也有，儒家也有，道家也有；唯物的也有，唯心的也有……他还没有办法把它们冶炼成一种定型的情绪，为此，他就把情绪谜性化。

情绪谜性化是贾平凹认知世界的多极化的产物，是他散文创作走向成熟的必然。贾平凹的早期散文所抒写的情绪较为单纯明朗。这种单纯明朗显示了他的得失功利的狭隘，即在“得”与“失”的正反两极之间的狭长地带上跳跃。这种跳跃，是一种传统的得失观在他身上的惯性延续，也反映了他在散文创作初期思维的封闭性和保守性。但奇怪的是，他在前进过程中，很快就果断地终止了这种惯性的延续,他凭借自己的智慧,迅速地从正反两极的狭长地带上挣扎了出来,尤其在得失观念的内涵和外延上进行了生动的拓展,这种拓展在《大洼地一夜》里表现得非常明显。这篇散文写的是在风雪夜他和猎手打猎,在秦山深处追捕一只狐狸,突然狐狸不见,却只见干柴。为此,一个人采集一捆干柴,却又迷了路,只能借助划着一根又一根火柴来清醒自己,最后弃干柴走出了迷津。他在文中显示了一连串的"谜":明明打伤了一只狐狸,但突然追过山梁就不见了!辛辛苦苦寻着了干柴,却一根也未拿回来!常常进深山打猎,但这迷路的地方却从未见过!以此告知人们大自然的不可知性。这件事的本身就是在迷路的"大洼地里什么也没有得到啊"!但他还是那样有滋有味地把"什么也没有得到"的"大洼地一夜"纳入了自己的思维轨道之中,尽管最后还怪模怪样地拖着一根可爱的小尾巴——"我们的脚印不是从此留在那里了吗"?但这不能不说是个进步。这一进步反映了他在认知世界上的飞跃。这种飞跃,形成了他特有的多元思维,乃是一种开放,一种包容,一种活力。他已逐渐不为得失所左右也不为目的所支配。他的散文中的谜性情绪的出现,正标志着他认知世界的一个过程即将终结,另一个过程——即对人生的不迷不惑将要开始。

另外,贾平凹还把情绪谜性化中的一种不可知的模糊性,作为他加大散文内涵容量的一种抒写策略。他崇尚大境界,但他又始终讲不清大境界的概念。他有这种企图,想用情绪谜化来作为实现大境界的一个途径。如《商州初录》中的《摸鱼捉鳖的人》,文中的那位丑汉为何这样执著地痴痴地天天向河里扔情书?结果将如何,文章不解答,留下一个似乎可解但却没有解的"谜",把想象的空间留给读者,并以此拓宽境界。这种模糊的不确定性有时虽谜,不可捉摸,但却又实实在在存在着,使读者品味无穷,如《商州又录》中的女人关于生活是"外边人在地里转圈圈,屋里人在炕上转圈圈"的思考,《商州又录》中关于"人生人"的恐怖的渲染,都让人能够从文中的有限的生活实景描写联想到无限的人生哲理等等,使它的散文小天地紧联着宇宙大人生,达到了加大内涵的目的。

从总体上看,贾平凹对情绪谜性化把握有"度",偶尔也为谜性情绪所惑而失"度"。他有时是以实指显"谜",如《商州初录》中大部分篇章;有时是以虚指显"谜",如《商州又录》中的大部分篇章;有时捎带一笔,有时全面开花,虚虚实实,手法多样,使读者虽迷而不惑,见谜而不厌。但有时也失"度",《太白山记》似有这种倾向,文中有些篇章变成八卦图,要读者去解,就有些失度。

贾平凹对散文情绪的处理上采取的另一个策略是把情绪野化。他的散文天地,似乎像一片原始森林,有一种野性的神秘。如《野籁》中的男男女女:打一个口哨令人麻酥酥的极俊俏的女子,有滋有味地喝着又苦又涩的土制茶的老汉,以及苍凉的“招魂”声都令人神秘莫测;再如《摸鱼捉鳖的人》中的那个丑汉每天把一份情书抛入河中,尽管毫无所获,仍然痴痴地坚持着,也给人们留下了一个“哥德巴赫猜想”;还有《一对恩爱夫妻》中的那位男主人公为了不使妻子受辱,不惜用毁容使得“他永远属于她,她也永远属于他”,也让人困惑不解等等,一切的一切,似乎是天地自然的安排,但又保持它特有的神秘。使得他的散文打上了“西部”的烙印。贾平凹,是九十年代西部散文的开拓者。

贾平凹散文的野化,最主要表现在崇拜感应上。在他看来,琐碎的感情是成不了气候的。他追求的大的境界之一是“要有个人对宇宙人生的感应”(《瞎摸索与新局面》)。他倡导“大散文”,他的散文全是感应的结晶。对这种感应的结晶,贾平凹给了它一个很好的名称,谓之曰“迹”。他把他所有的文集,都定成什么什么“迹”,如《月迹》、《爱的踪迹》、《人迹》、《心迹》……这些“迹”都是用他的心态拥抱社会拥抱人生获得的,而并不是靠什么经典和概念来启发的。正因为如此,他借助那些“迹”把情感野化,不管是爱也罢恨也罢,也不管是轰轰烈烈还是普普通通,都会把“迹”酿化出一些独特的“境”来。且看他笔下的西安城西河沿的一块普通草地:

> 到处的草都是密密的,高高的,竟有这样的地方:草没了茎,没了叶,只留下草根。草呢,草呢?草被掐去了。他们坐在那里,一个热切切地盯着脸,一个羞答答地低了眼:一张薄亮亮的纸捅破了,两根心弦砰地一弹却无声地静默了。鸟儿在树上也不曾叫,蛐蛐在草里也不曾动,一双颤抖的手,下意识地在掐身边的草,掐下一节,再掐下一节……①

两颗燃烧的“心”碰撞了!从而创造出一个奇特的爱的境界。在这个境界里,爱的排他性决定了这里只能有他们两个人存在。爱的魔力无边,于是改变了整个世界,于是世界为之凝固了,鸟儿不敢叫,蛐蛐儿不敢动。但这两颗躁动的心却在动,于是无辜的草儿遭了殃。原来长满密密的高高的草的草地中的一块块没茎没叶只有草根的地,竟是爱留下的痕迹,也是贾平凹独特的感应留下的痕迹。感应使得这块只有草根的土地发烫而令人神往,使很多读者都会想带着他的恋人到这块土地上去掐下一节又一节的草……

① 贾平凹:《爱的踪迹》,《爱的踪迹》,上海文艺出版社1985年版,第30页。

情感的野化使贾平凹的散文很难用一个主题或一种目的来概括，尤其是《商州又录》的诸篇。如其中的第一篇，写商州的春，短短的几个镜头：暖暖的风，发酥的石头，初试腿力的鹿以及眯了一只眼儿对着太阳耀着新生的热量的小妞等等，构成了一幅商州春意图，它是一种心境的展示，很难明确地说它在展示一种什么思想和目的，但它却能形成一种“境”。显然，贾平凹是想用这种感应所形成的“境”来替代“目的”，让“目的”深藏在这种“境”中。

不过，贾平凹有时也不敢把情感彻底野化。有时他还不得不妥协。所以，在《石头沟里一位复退军人》里要为一对受尽人间迫害的情人——一位复退军人和一位寡妇，添上一个美妙的结尾：迫害这对情人的大队领导终于撤了职，让有情人终成眷属。尽管显得有些笨拙，但总还是可以让读者感到一种心理上的满足。

在情感野化上，贾平凹另一个手法是刺激野化。他的散文取材既奇又怪，富有刺激性，如《屠夫刘川海》中对杀猪时宰杀动作以及猪的挣扎的血淋淋的有滋有味的细描；《莽岭一条沟》中对山中一位名医接骨老汉为狼治病的恐怖展示；《闲人》中对闲人的无赖动作诸如把鸡的头砍了，而后放开，让无头的鸡瞎走一阵，将那桃花一般的血印在地上的特写；以及《太白山记》中各篇光怪陆离的故事和男女做爱的描写。这种取材习惯，对贾平凹来说，既是他重感应的一种必然，也是他的一种审美趣味的映照。他肚里有着数不清的奇奇怪怪的事，因为他占据着整个商州，而商州又是那样神秘，天然孕育着无数奇奇怪怪的事，源源不断地供他创作。这对散文界来讲是一种冲击波。因为散文界经历无数次的运动和改造，在取材上逐步变得小心翼翼，许多散文作家变得十分脆弱，他们选材务求合“线”合“纲”，不敢有任何越轨，形成一种驯化和纯化的取材趋向。贾平凹到商州山水中采集来的许多“野”，实在是对红色颂歌散文的一个解构。

总体来看，无论从审美心理还是从审美趣味，都可看到贾平凹散文中的野性熠熠发光。这种野性从中国现代散文史来考察，也可以说是沈从文的西部散文野性的香火的延续和复燃。贾平凹生于商州长于商州，在他的血液中有着自然的野性因子在流动。因此，他本人就是一个具有“野”性的人。野化的情感是他天性的必然流露。

三　在松坦情绪中用磁性话语营建情感磁场

贾平凹重视散文语言的魔力，他曾作过如此的比喻：“一根羽毛，一根羽毛，或许太平常了，但组合起来，却是孔雀的艳丽彩屏；一缕丝线，一缕丝线，或许太普通了,但经纬起来,却是一匹光华的绸缎;一部好作品,使多少人笑之忘我,悲之落泪,究其竟,不过是一堆互补相连的方块字呢。"①他不敢怠慢方块字,为了使散文至情至美,在语言上作了艰苦的探索。在他的初期散文中,可以明显地看到他从古典散文中吸取精华的用心。如《静虚村记》中的一段描写静虚村的夜谈情景文字:"每天这里人群不散,谈北京城里的政策,也谈家里婆娘的针线,谈笑风生,乐而忘归。直到夜里十二点,家家喊人回去。回去者,扳倒头便睡的,是村人,回来捻灯正坐,记下一段文字的,是我呢。"这里的字句的运用,节奏的安排,都很容易使读者联想到《醉翁亭记》。这些努力虽则是一种局部的模仿,但确实使贾平凹的散文增色。

贾平凹并不以此为满足,这种局部的模仿仅是他对散文语言探索的一个"迹"而已。他很清楚散文是一种作者主观性很强的文体,但又必须"在松坦中情绪流露"②,使每个方块字都能宣泄他的情绪,他要把他的散文变成情感磁场,并以此发出磁性把读者粘住。为此目的,他总是力求使他描写的对象——景、人和事在平和松坦中情绪化,形成一种风致和神韵,深藏在字里行间,情化为磁场。如《五味巷》中的那一条具有酸甜苦辣咸"五味"的小巷的冬景:

……等雪在柳树下积得厚厚的了,看见有相识的打下边过,动手一扯那柳枝,雪块就哗地砸下,并不生疼,却吃一大惊,楼上楼下就乐得大呼小叫。③

写的是"雪压柳枝",落笔却在人情上,那是一连串的动作:楼上人扯柳枝—楼下人吃一大惊—楼上楼下大呼小叫。普通的窄窄的小巷,尽管被严寒的雪裹压着,但骨子里却流动着一股暖融融的人情味。在尺寸天地的实景中,隐藏着无穷的滋味,形成一种特定的情感磁场,磁性产生了,读者被粘,心也会感到麻酥酥的,也会情不自禁地乐得"大呼小叫"。

贾平凹的散文话语以体验为前提,以准确为目的,他的经验是抓住"灵魂","以你的体验写出了大家都可能有的隐秘"④,就成功了。如《在米脂》中

① 贾平凹:《语言》,《贾平凹散文大系》第1卷,漓江出版社1994年版,第283页。

②④ 贾平凹:《关于散文的通信》,《贾平凹散文大系》第3卷,漓江出版社1994年版,第210页。

③ 见《贾平凹散文大系》第1卷,漓江出版社1994年版,第134页。

有这样一段抒写一对恋人之间的感情交流：

姑娘有姑娘的意中人，眼波只属于清风，只属于他。他是后山的后生，十八或者二十岁，每天要从这里路过去县上赶脚。进得店来，看见她，粗茶淡饭也香，喝口凉水也甜。常常饥着而来，呆会便走，不吃不喝也就饱了。她给他擀面，擀得白纸一张，切面，刀案齐响，下到锅里莲花转，捞到碗里一窝丝。她一回头，他正看她，给她一笑，她想回他个笑，但她却变了脸。他低了头，连脖子都红了，却看见了桌布下她露出的两只鞋尖。她看出他的意思了，却更冷了脸儿，饭端上来，偏不拿筷子。他问；她说："在筷笼，你没长手?"他凉了心，吃得没味，出去了。她得意地笑，终又恨他，骂他"孱头"。

他几天竟不来了。她坐在家里等，等得久了，头也懒得梳，她说："不来了，好!"但却哭了。①

多么难以捉摸的一对！爱的精灵在这里充分地施法作怪：明明是恋，偏偏要斗——热斗冷斗变着花样斗，越斗越热乎。斗的"他"、"她"，并没有输赢，爱却胜利了！爱牢牢地控制着这对恋人，它把这对恋人搞"糊"了。爱本来就是一片"糊"——理不清说不明的"糊"。但这种理不清说不明的"糊"在这里又恰恰是借助准确的文字来勾勒，准确到可以说是毫不含糊的地步。如"他几天竟不来了。她坐在家里等。等得久了，头也懒得梳，她说：'不来了，好！'但却哭了"。把"他不来"引起的"她"的热烈的等—懒得梳头—嘴硬赌气—心软痛哭的从晴到阴的四重转折心理变化刻画得惟妙惟肖。贾平凹正是抓住这对恋人的爱的"糊"的"灵魂"，用体验写出这恋的隐秘，使它形成的磁场具有永久的磁性。

① 见《贾平凹散文大系》第1卷，漓江出版社1994年版，第185—186页。

第十七章　台 湾 散 文

第一节　概　述

一　文化生态环境和文脉流变

在这半个世纪中，台湾的散文以六十年代为界限，大致可分为两个时期。在六十年代前为一个时期，从六十年代开始为第二个时期。日本据台五十年，赖和、张我军等在岛内倡导新文学运动，虽然规模不大，但意义庄严。有影响的散文不多。1946年，台湾回归祖国，新闻报业逐渐走上轨道，报纸推行中日文并用，散文并不盛行。

五十年代初，台湾被摒弃于国际政治舞台之外，成了国际社会的弃儿，“孤臣孽子”和“孤儿弃儿”的流亡心态弥漫整个台岛。直到朝鲜战争爆发，美国根据战争需要，于1955年和台湾签订《中美共同防卫条约》，并宣布美国“协防金马”，把台湾置于美国武力的保卫之下，切断了台湾与大陆的一切关联。

台湾当局为了巩固其统治，在岛内进行整肃和清洗。据有关资料显示，1950—1955年期间，有两千名政治犯被枪决，三千名被判刑，其后果是引起台湾人民对政治的恐惧和冷漠。

国民党吸取在大陆失败的教训，加紧对文学控制，大力倡导“战斗文学”、“反共文学”，反共小说、反共诗歌风行一时。但令人奇怪的是散文却长期受到当局的漠视。1950年3月成立的台湾“中华文艺奖金委员会”，每年分两次颁奖。征稿范围包括诗歌、曲谱、小说、话剧、平剧、文艺理论、宣传画、漫画及木刻、鼓词小谈等，独缺散文，这种现象曾维持了相当长的一段时间。钟肇政在1966年独立主持编辑出版的为庆祝台省光复二十周年的两大丛书，散文又再次缺席。第一套丛书是台湾本省籍作家作品选集，共十巨册，文坛社出版，其中小说集九册，新诗集一册，网罗台省籍小说家、诗人共一百六十八位的作品。第二套丛书是台湾青年文学丛书，共十册，均为个人小说集。这一现象说明了无论是从大陆来台湾的散文家，还是本土的散文家，面对现实的改变，尚未适应。台湾在中国的边缘，边缘的位置不仅是地理的，更重要的是心理的，因此散文家的“我”和民族、中国的关系还处在紊乱之中,他们要按自身的体验去描绘情感和欲望,尚有障碍,还要经历一个过程。再加上政治环境的严峻,使他们对现实有一种本能的恐惧。钟梅音写于1949年8月5日的《有朋自远方来》在写和来访朋友品茗深谈后,拖出这样一笔:“我们谈话的内容,包括髫龄逸事,近年遭遇,名流掌故,胸中感慨,不能例外的,也附带一些某人的琐碎,故而更深人静,不致隔墙有耳,‘天下第一乐事为雪夜闭门读禁书’,我虽没有经验过,却在这时候领略到一点其中三昧。”仅仅是谈谈髫龄逸事、名流掌故,都得提防“隔墙有耳”,当时的文化生态环境,可以说是风声鹤唳,草木皆兵。作为以抒写自我为主的散文,在这段时间,缺席也就不足为怪了。

不过,在五十年代,台湾散文家依然坚持散文创作。尤其是1947年到1949年,在当时《台湾新生报》名为“桥”的副刊上展开了一场关于台湾新文学诸问题的论争,“这是一次继台湾从中国五四新文艺运动中汲取并承继其理论和创作,而展开台湾现代新文学以来,另一次汲取和承继中国三十年代文艺思想、理论和作品的重要历史事件”①。这场论争是要把五四新文学文艺在台湾延续下去。它直接影响了台湾散文作家。许多从大陆来到台湾的散文家和台湾本土散文家会合,在残酷的生态环境下,渐渐适应,逐渐活跃起来。特别是许多文艺刊物的创办,如《畅流》(1950年创刊)、《中国文艺》(1952年创刊)、《文艺日报》(1953年创刊)、《幼狮文艺》(1954年创刊)、《火炬》(1954年创刊)、《新文艺》(1956年创刊)、《文艺创作》(1956年创刊)和《亚洲文学》(1959年创刊)等的发行,也推动了散文创作。最有力的证明是1956年1月9日台湾“中国青年写作协会”举办的“四十四年度全国青年最喜读文艺作品测验”活动,选出了青年最喜阅读的散文,是:艾雯的《青春篇》,张秀亚的《三色堇》、《牧羊女》、《凡妮的手册》,徐钟佩的《我在台北》,谢冰莹的《爱晚亭》,梁容若的《坦白与说谎》,凤兮的《鸡鸣集》,钟梅音的《冷泉心影》以及苏雪林的《绿天》等。从五十年代至六十年代台湾散文的内容和风格来看,大致可分为两大类,一类着眼政治教化和宣传效应,其中有一部分是军中作家所写,这类散文就是所谓“战斗散文”,代表作家有刘心皇、凤兮、徐钟佩、冯牧民、何凡、叶苹等。这类散文主题直白,力图和官方口径保持一致,宣传反共复国,如凤兮的《敬爱中华民国》就是这类散文的代表作。全文开宗明义就发出呼喊“中国只有一个,那就是中华民国”,颂扬“青天白日满地红的国旗”和“伟大的中华民国宪法”,展现

① 陈映真、曾健民编:《1947—1949台湾文学问题论议集》,(台湾)人间出版社1999年版,第9页。

国民政府推翻满清、消灭北洋军阀、击败日本帝国主义、克复台湾的丰功伟绩，从而表示要和"邪恶"共产主义决战到底，要把中华民国的国旗和宪法带回大陆。这类散文中的精品不多，日久也渐生习套，时人把它称为"反共八股"。也有较为客观写伤痛的，如徐钟佩的散文集《我在台北》，真实地展现了从大陆漂流到台湾的战乱流民心态。《浮萍》中对似浮萍的"迷茫和惶恐"，如孤儿般地为国际社会遗弃的"孤凄寂寞"，描绘得入木三分，为读者认识这一时期从大陆到台湾的人的心态提供了一本真实的历史记录。文集中最放异彩的是《海禄和玛尼》，海禄和玛尼是两条不同性格的狗，前者恪尽职守，忠于主人，对其他人决不妥协；而后者对什么人当主人都无所谓，谁做主人都可以，最后的命运完全两样，前者遭人暗算，失踪，后者却仍然有滋有味地活着。两个对比，对人生进行一种艺术的隐喻，可称得上是难得的佳构。另一类是怀念故乡，抒写家庭儿女情感的作品。无论是日据时期生存下来的台湾本土作家，还是从大陆流亡到台湾的作家，都沾染了不同程度的"孤儿意识"和"孤臣意识"，他们以"流浪者"自居，在内心深层意识中时时想"回家"，怀乡成了他们的精神病。但倾诉到散文中，又尽量避免和时事政治相牵连，抚今忆昔，感慨丛生，时时发出真性情的叹息，这类作家的作品中精品较多。代表作家有张秀亚、钟梅音、林海音、艾雯、宣建人、梁容若、王聿均、尹雪曼、王文漪等。当然，这一时期以梁实秋、台静农等为代表的学者散文也颇有成就，尤其是梁实秋继续着《雅舍小品》的创作，只是更加生活化、闲适化，和现实距离越来越远，在艺术上并没有多大拓展。

从六十年代开始到八十年代初，台湾散文所依赖的生存环境有所改变。社会环境走向稳定，经济发展，随着美元援助，西方文化知识逐渐侵入。乡土文学的讨论及兴起，现代诗创作成为时髦，通俗言情小说的流行等等，推动和引发了散文的裂变。1963 年，余光中发表了《剪掉散文的辫子》，对台湾散文的弊端提出猛烈抨击，呼吁散文革命。余光中在论文中抨击了学者散文中的"洋学者的散文和国学者的散文"，"花花公子的散文"和"浣衣妇的散文"，历数它们的"辫子"：洋学者的散文内容往往是未经消化的什么什么主义，什么什么派别，形式往往是情人的喃喃，愚人的喋喋。对于他们，含糊等于神秘，噜嗦等于强调，枯燥等于严肃……只有十分愚蠢的读者，才会忍气吞声地读完这类文章①；国学者的散文"不文不白，不痛不痒，同样地夹缠难读……令人读了，恍若置身白鹿洞中，听朱老夫子的训话，产生一种时间的幻觉"②；花花公子的散文"千篇一律，它歌颂自然的美丽，慨叹人生的无常，惊异于小动物或孩子的善

---

①② 余光中：《剪掉散文的辫子》，(台湾)《文星》1963 年第 68 期。

良和纯真,并且惭愧于自己的愚昧和渺小。不论作者年纪有多大,他会常常怀念在老祖母膝上吮手指的金黄色的童年。不论作者年纪有多小,他会说出有白胡子的格言来。这类散文像一袋包装俗艳的廉价的糖果,一味的死甜,有时袋里也会摸到一粒维他命丸,那总不外是一些'记得有一位老哲人说过,人生……'等等的金玉良言……几乎每一位花花公子都会攀在泰戈尔的白髯上,荡秋千、唱童歌、说梦话"①。以上这些"辫子",余光中认为都应在剪掉之列。同时,根据他的创作经验,提出了现代散文的新范本:讲究弹性、密度和质料,虽则都偏重在语言上,但这种气吞山河、横扫千军的气概,推动了散文的革新,它的出现,在台湾散文史上具有里程碑意义。

这时期的散文成就突出的,有以余光中、杨牧为代表的诗化散文。余光中、杨牧皆是一手写诗一手写散文的两栖型作家,他们自觉或不自觉地把诗歌创作经验植入散文创作中。他们的散文艺术宣言只有四个字"以诗为文"②。余光中的《剪掉散文的辫子》,实质上也是凭借他的诗歌经验来革新散文。他们"以诗为文"所创作的诗化散文,是以诗人的姿态、诗人的气质,用诗的腔调、诗的语言描绘他们诗的感觉。余光中的《咦呵西部》是典型的诗化散文,文中遍处是类似这样的语气语调:"咦呵西部,天无碍,地无碍,日月闲闲,任鸟飞,任马驰,任牛羊在草原上咀嚼空旷的意义。"语调是诗歌的,形式是散文的。是诗化了的散文,散文化了的诗,但不是散文诗。耐人寻味的是,几乎与此同时,大陆以杨朔为代表的散文家,也在呼喊散文"当诗一样写",并写出了如《海市》、《泰山极顶》等一批诗一样的散文。两岸散文家树的是同一面旗,要把散文当成诗一样写。他们都对当时散文的现状不满。从表现形态看,尽管当时大陆和台湾的散文状态有所不同:前者为颂歌、牧歌主宰,成为"轻骑兵",受宣传的制约和束缚;后者要服从"战斗",目的是和大陆对抗,形式不同,实质一样。散文在中国两岸都蜕变成一种宣传工具、宣传手段。两岸的散文家们也清醒地认识到,他们无法改变散文所处的政治环境,也无法使原"我"在散文中得到真实的闪现,但他们有权恢复散文的艺术功能,使艺术的"我"在散文中能得到充分抒写的自由。此刻他们同时想到了"诗","诗"即艺术,当"诗"一样写,以"诗"为文,就是当艺术一样写,以艺术为文。散文本是艺术,现在却还要倡导当艺术一样写。在散文中召回艺术,是余光中和杨朔的本质追求。

---

① 余光中:《剪掉散文的辫子》,(台湾)《文星》1963年第68期。

② 余光中:《十二文集——散文选集自序》,《余光中散文选集》(一),时代文艺出版社1997年版,第6页。

余光中是诗人,他的气质就是诗人的气质,他熟悉诗的规律和话语,因此,他在诗歌经验中寻找灵感,把诗歌创作中的一些话语,如"弹性,密度和质料"都引进散文评论中,提出要"剪掉散文的辫子",呼吁散文变革,虽然有些仓促和生硬,但极具创造力。他的那些以诗为文的散文,也确实有一种诗的艺术气质,对于被"战斗文艺"统治下的台湾散文文坛,这无疑是一种艺术爆破,具有拓荒作用。再加上诗人杨牧接受西方现代派理论,引进西方现代派诗歌创作技巧,以"诗"为文在台湾的文坛很快形成气候,一个较长的时期,"诗化散文"成为一种常态散文。这场形式革命对台湾的散文发展起到了积极的良性作用。代表作有余光中的《逍遥游》、《望乡的牧神》、《焚鹤人》等和杨牧的《年轮》、《搜索者》。

在这一时期流行的还有人文小品。从大陆到台湾的剧烈动乱,使得散文家人生感悟特别丰富。既有世态针砭,又有颠沛流离生活之后的沉思。因此有一批散文家来诠释"人为什么活着"、"应该怎样活着"等古今中外人类遭遇到的永恒的话题。此时大陆的散文也在关注这个问题,不同的是大陆散文把这个问题阶级化、政治化、英雄化,因此在散文中从"最可爱的人",一直颂扬到雷锋、焦裕禄、王国福、杨水才等,而台湾却把这个问题俗化、"人"化,立足于一般的"人"——抽象的"人"。关注的是人类自身的命运休咎,对人生纵横全方位的思索,闪现着以人为本的人文主义精神。但这类散文的思维模式是属于中华民族的,它的资源基本上来源于汉文化,并以几千年积累的中华民族的道德、伦理作为背景。这和当时的社会环境密切相关。写这类人文小品的有王鼎钧、张晓风、亮轩、吴鲁芹和罗兰等。

王鼎钧以他的人文小品作为散文形象品牌,对人的基本休咎作了无微不至的阐述,虽然他所持的立场以传统伦理道德为轴心,没有出轨,但又有一种海纳百川的长者风范,非常宽容,因此在台湾的特定环境中,显得比较开放,代表作是《人生试金石》、《开放的人生》和《我们现代人》,合称"人生三书"。张晓风是台湾文坛上难得的小说、散文和戏剧创作均取得丰硕成果的多面手。她从六十年代开始,在漫长的创作生涯中为读者贡献出众多出色的人文小品。她采用传统的手法,托物比兴、卒章显志,并以虔诚的心态布道,倡导包容、兼爱,显现出超凡脱俗的境界。特别在创作初期写的爱情报告《地毯的那一端》,甜蜜可人,有永恒的魅力。她的代表作有《步下红毯之后》、《再生缘》和《从你美丽的流域》等。亮轩,他具有一种江南名士风度,以"散打"的写法,抓住人生中共同关心的话题,进行人文解读,对读者"精神按摩",《笔砚船》是他的代表作。

在这一时期显眼的依然是思乡小品，余光中、张晓风等用他们的才情喷泻出一篇篇炽热的充满“乡愁”、“乡思”的篇章。不过独领风骚的当推琦君。她以遥望的姿态，把历史风云和乡情糅合在一起，虚拟了一片“乡”的温馨的天空，给同是天涯沦落人的读者带来莫大的安慰。和五十年代那批怀乡小品作家相比，琦君笔下的“乡”越来越客观，越来越抽象，尤其是把她的人生阅历和信仰注入“乡”中，使她的怀乡小品具有一种虔诚的宗教味。代表作有散文《髻》。林海音从五十年代起就写了大量以北平为思念对象的思乡小品，有影响的当推《两地》。她所思念的北平虽则是些陈谷子烂芝麻的事，但因为把自己的思念之情搅拌其中，因此，篇篇都有情有意，耐人寻味。艾雯也是写思乡小品的主要作家。从五十年代起，她以写抒情小品起家，散文集《青春篇》为她赢得了声誉。她的怀乡散文以回忆苏州为主。她早年生活在苏州，痴迷苏州，所以她描写苏州的“怀乡草”变成了她的一座神圣的艺术殿堂。这一时期的怀乡小品创作成绩较突出的还有张拓芜等。

归纳起来，台湾散文属于另一个系统，但其文脉流变的趋向，总体和大陆相同：“从本土到西化，从一元到多元，两地发展程序基本上是一致的，只是时间先后有别。从大的方面来看，毕竟同属于汉族文化传统。”①

二　“我”在中国的边缘上

这一时期的台湾散文聚焦在一个光点上：“我”在哪里？

“你在远处，我不知道你怎么样了。我的家乡在远处，我不知道家乡发生了什么事。”②

“我”在中国的边缘上。

国民党1949年败退到台湾，无论是跟随到台湾的老一辈散文家，还是之后成长的新一代散文家，他们在散文中对“我”的定位，和香港散文有一个明显的区别，即是把自我定位在隶属于中华民族的一分子上。在台湾长期兴盛的怀乡小品，其“乡”有唯一的特指性，是指“中国”，“我”在中国，强烈地表达对中国的认同。他们在散文中显现了“我”对昔日的中国和今后的中国的想象。张晓风在散文《愁乡石》中表达的“在这个无奈的多风的下午，我只剩下一个爱情，爱我自己国家的名字，爱这个蓝得近于哀愁的中国海”的情感，就是这种怀乡的代表。即使年轻一代的，如出生在1950年的阿盛，虽在台湾土生土

---

①　林贤治：《五十年：散文与自由的一种观察》(一)，《书屋》2000年第3期。

②　米兰·昆德拉：《无知》，许钧译，上海译文出版社2004年8月版，第5页。

长,但牢记着汉家先辈的艰苦创业的历史,为刻骨铭心的血浓于水的文化沿传所感动,呼喊出:“我们这一代的汉家儿女人人都应有这般大器度:要子孙们手上的香火更明更亮!要子孙们也为我们鼓掌!”(《唱起唐山谣》)他们以中国为自豪。

但是“我”又在中国边缘上,离乡背井的失去家园的乡愁,使他们对中国的认知中,“自我”成为“弃儿”、“流浪儿”,有一种飘泊感、流浪感。这种感觉的真实,滋生的是“在”与“不在”的虚实、真幻的交错和纠葛。这一时期的散文家的主流思维模式是血浓于水,以中国情操为主宰,站在台湾的中国边缘上思“乡”,“乡”成了中国大陆的代名词和符号,失“乡”离“乡”的必然是望“乡”愁“乡”。身在中国,却不在“乡”,只能以残缺和破碎的心情去阅读“乡”。一切都无法改变存在的遗憾,蜕变成永恒的公式:于相对凝视绝对,从有限眺望无限,在此岸遥看彼岸……一切的一切,全部勾兑成永恒的乡愁,乡愁的极致是千方百计在散文中对“乡”虚拟化艺术化。张晓风想的南京,“不是地理上的南京,是诗里的,词里的,魂梦里的,母亲的乡音里的南京”①。王鼎钧说:“故乡,对于我,又进入传说的时代。”②“乡”成了传说,因此是如此的残缺:“做梦回家,梦中竟找不到回家的巷路,一进城门就陷入迷宫,任你流泪流汗也不能脱身。梦醒了,仔细想想,也果然紊乱了巷弄。我知道我离家太久了、太久了。”③残缺、破碎,只能隔岸相望,无奈,无奈!远望岂能当归?思念和现实的矛盾并没有淡化思“乡”情,而是更刺激着作家的神经。余光中呼喊道:“在中国,你仅是七万万分之一的中国,天灾,你可以怨中国的天,人祸,你可以骂中国的人,军阀、汉奸、政客、贪官污吏、土豪劣绅,你可以一个挨一个的骂下去,直骂到你的老师,父亲,母亲。”但是,“当你不在中国,你便成为全部的中国”④。“乡”成了“我”,“我”成了“乡”。“我”与“乡”同在,“在”与“不在”的合一,使台湾散文的思乡之情既实在又缥缈。

随着时间的变迁,乡愁也逐步转移和变调。在五六十年代,台湾散文家的思“乡”时时有意无意注入政治激情,以配合国民党把台湾作为复兴基地的政治要求。凤兮的散文《敬爱中华民国》中直接宣称“中国只有一个,那就是中华民国”。张晓风则艺术地在《十月的阳光》中显露:“中山陵上的落叶已深,我们

---

① 张晓风:《步下红毯之后》,《步下红毯之后》,(台湾)九歌出版社 1979 年版,第 57 页。

② 王鼎钧:《瞳孔里的古城》,《王鼎钧散文》,浙江文艺出版社 1994 年版,第 54 页。

③ 王鼎钧:《水心》,《左心房漩涡》,(台湾)尔雅出版社 1988 年版,第 10—11 页。

④ 余光中:《地图》,《余光中散文选集》(二),时代文艺出版社 1997 年版,第 56 页。

的手臂因渴望一个扫墓的动作而酸痛。”赤裸也好艺术也好，都在血浓于水中镶嵌了政治的想象。所以那些有一段时间生活在大陆的散文家，如王鼎钧、琦君等，在他们的思乡和忆乡作品中，许多被大陆视为阶级敌人的都成了圣者加以回忆和歌颂，这也反映了思乡的政治倾向。但是，时间淡化着台湾散文家思乡的政治色彩，“乡”越来越从政治化向文化方向转移。余光中的情绪最为典型，如他在美国讲课，如此：

> 秋季愈益深了。女学生们开始穿大衣来教室。上课的时候，掌大的枫树落叶，会簌簌叩打大幅的玻璃窗。我仍记得，那天早晨刚落过霜，我正讲到杜甫的“秋来相顾尚飘蓬”，忽然瞥见红叶黄叶之上，异邦的星条旗飏在猎猎的风中，一种摧心折骨的无边秋感，自头盖骨一直麻到十个指尖。有三四秒钟我说不出话来……①

这里的秋感式的思乡之情的催化剂是纯文化的，是中国的古诗。这种“摧心折骨的无边秋感”式的乡愁植根在中华民族的传统文化中，它已经过滤掉了政治的滋味，是一种文化感情，而这种文化感情不受政治影响，却能保持永恒的激情，所以它能伴“我”永在，时时爆发，永生永随。这样的文化思乡，是思乡的深化和升华。在文化“思乡”中的“乡”成了美的符号和抽象，也成了非理的绝对，乃至霸道，张晓风在机场上闻到茉莉花的香，发出的感叹是绝对的斩钉截铁：“作为一个中国人，无论如何总霸道的觉得茉莉花是中国的，生长在一切前庭后院，插在母亲鬓边，别在外婆衣襟上，唱在儿歌里。”②文化思乡至纯至烈，它已超越意识形态，余光中则把它推向了极端：“世界上最可爱的最神秘最伟大的土地，是中国。踏不到的泥土是最香的泥土。”③形容文化思乡中的“乡”最多最恰当的词是“最”。“乡”已不在，但“我”的情在，心在，思在。因此，在怀乡散文中，作者在塑造“乡”的形象时，把“乡”的历史圣化，把“乡”与“我”相关的一切情化，最终把“乡”诗化艺术化。“乡”成了作者心目中的“圣”，是一种情化了的艺术天堂，“乡”在艺术中虚幻化。余光中描述他的怀乡病，“在抗战的歌谣里，在穿草鞋踏过的土地上，在战前朦胧的记忆里，也在古典诗悠扬

---

① 余光中：《望乡的牧神》，《余光中散文选集》(二)，时代文艺出版社 1997 年版，第 39 页。

② 张晓风：《遇》，《再生缘》，(台湾)尔雅出版社 1982 年版，第 8 页。

③ 余光中：《塔》，《余光中散文选集》(二)，时代文艺出版社 1997 年版，第 466 页。

的韵尾"①。张晓风则把"乡"比作"画",思"乡"的结果是:"我是那画中人,站在固定的时间和空间里,我是'风雨归牧'图,我是'寒江独钓'图,我是'豁山万里'图,我不能走开,我有一片风景要完成。没有人规定我,但我不能走开,因为我已经属于那片天光云影。"②在王鼎钧、琦君、艾雯、张秀亚、张拓芜等作家的笔下,"乡"中的一切,都被加以艺术地再现,成为一种情化了的王国。残缺、分割,那是一段令人至痛的历史,相比之下,台湾本土作家杨牧、阿盛等的思"乡"情就没有这样的残缺感,显得圆润和实在。

第二节　诗化散文:余光中、杨牧

一　余光中:以诗为文

余光中(1928—　),祖籍福建永春,1928年生于江苏南京。1949年5月到台湾,插班考入台湾大学外文系。1954年与覃子豪、钟鼎文等共创蓝星诗社。1958年赴美国爱荷华大学学习,获艺术硕士学位。先后在台湾师范大学、台湾大学、台湾政治大学以及香港中文大学任教。余光中自称,右手写诗,左手写散文。出版的诗集有《舟子的悲歌》、《钟乳石》、《莲的联想》、《在冷战的年代》、《白玉苦瓜》、《天狼星》、《隔水观音》等十余种;散文和评论合集有《左手的缪思》、《望乡的牧神》、《逍遥游》、《焚鹤人》、《听听那冷雨》以及《青春边愁》等;散文集有《凭一张地图》、《记忆像铁轨一样长》以及《隔水呼渡》等;评论集有《掌上雨》、《分水岭上》以及《从徐霞客到凡高》等。

余光中评述自己的散文创作时如是说:"我这一生,写诗虽近八百首,但我的诗不全在诗里,因为一部分已化入散文里了。同样地,所写散文虽逾百篇,但我的散文也不全在散文里,因为一部分已化入评论里了。简而言之,我竟然有点以诗为文,而且以文为论。"③"以诗为文"是余光中的散文艺术创作宣言。

余光中散文"气"盛情旺,以一种诗人的姿态贯穿创作全过程。他蔑视散

① 余光中:《四月,在古战场》,《余光中散文选集》(一),时代文艺出版社1997年版,第448页。

② 张晓风:《画中人》,《再生缘》,(台湾)尔雅出版社1982年版,第47—48页。

③ 余光中:《十二文集——散文选集自序》,《余光中散文选集》(一),时代文艺出版社1997年版,第6页。

文条条框框,一起笔就鼓起感情的风帆,气鼓足,抒情,还是抒情,把读者卷进诗意王国中,如他的几篇著名抒情散文的开头:

惊蛰一过,春寒加剧。先是料料峭峭,继而雨季开始,时而淋淋漓漓,时而淅淅沥沥,天潮潮地湿湿,即连在梦里,也似乎把伞撑着。①

如果你有逸兴作太清的逍遥游行,如果你想在十二宫中缘黄道而散步,如果在蓝石英的幻境中你欲冉冉升起,蝉蜕蝶化,遗忘不快的自己,总而言之,如果你不幸患上,如果你不幸患了"观星癖"的话,则今夕,偏偏是今夕,你竟不能与我并观神话之墟,实在是太可惜太可惜了。②

一过密苏里河,内布拉斯卡便摊开它全部的浩瀚,向你。坦坦荡荡的大平原,至阔、至远,永不收卷的一幅地图。咦呵西部,咦呵咦呵咦——呵——我们在车里吆喝起来。是啊,这就是西部了。③

这些散文的开头,就可清晰地看到,作者以诗人的姿态,用放纵的笔墨,倾泻喷发。格调完全诗化:或以整齐对偶句式,渲染情绪,如《听听那冷雨》以"料料峭峭"、"淋淋漓漓"、"淅淅沥沥"用"先是"、"继而"和"时而"串联,开始把"春寒加剧"搽抹得冷冷的,但梦里"也似乎把伞撑着",立刻把听冷雨的诗境化出;或是干脆一连串排比,让情雨尽情喷发,如《逍遥游》中一开始就是一连串"如果你"的排比,卷起诗意涟漪,盛情邀请与"观星癖"逍遥游;或是干脆用长短参差的句式,凭借铿锵的语言声响,鼓起诗情的浪潮,如《咦呵西部》中的"咦呵咦呵咦呵"、"呵"等的连用,一下就把读者的眼珠粘到至阔至远的大平原之中。无论是对偶、排比或长短句参差,在遣词造句上都非常讲究质料,《听听那冷雨》的缠绵的"湿",《逍遥游》的潇洒的"游",《咦呵西部》的铿锵的"吆喝",都是凭借高品位的诗句以及诗的节奏、意韵,抒情造势,把文字包裹在诗意之中。和大陆同期倡导把散文"当诗一样写"的杨朔相比,杨朔是在姿态上把散文"当

① 余光中:《听听那冷雨》,《余光中散文选集》(二),时代文艺出版社 1997 年版,第388 页。

② 余光中:《逍遥游》,《余光中散文选集》(一),时代文艺出版社 1997 年版,第425 页。

③ 余光中:《咦呵西部》,《余光中散文选集》(二),时代文艺出版社 1997 年版,第 5 页。

诗一样写”，余光中是彻底的“以诗为文”，把文诗化。他以诗人的姿态始，又以诗人的姿态终。这种“以诗为文”，追求的是文化诗性，是一种有意为之，“有意超越当代的风气，在篇幅上要求摆脱鲁迅所嗤的‘小摆设’”①。他在散文中追求“大品”，“大品之大，不全在其长，更在其格局与气势。谁规定散文要谨守寸土，味之如橄榄，饮之如清茶？在风格上我不满当时的散文叙事潦草，写景空泛，既乏临场的实感，又无创新的音调：总之是感性稀薄”②。所以他在散文中，“扩大格局，加强感性，并且取法于其他的文类，例如诗与小说，与乎其他艺术，例如音乐、绘画、电影”③。这是诗人气质在散文中的必然流露。为了诗化散文的需要，他采取宏大叙事抒情的文体策略，形成的情感基调是雄壮、豪放、挺拔，还有一些浪漫，是一种“动如风，变化如云”的亮丽的高腔高调。尽管他的一些抒写思乡的散文也很缠绵，但缠绵中依然透出三分豪放。或许他担忧这种高腔高调，会患上“写景空泛”、“感性稀薄”的毛病，因此，他在散文中时时反复地用浓艳的词句，铺陈他的丰盛感觉，有时又不免“气”太盛，情太丰，汪洋恣肆中不太克制，有些感觉过剩。

余光中散文中的珍品是思乡之作。如《听听那冷雨》、《塔》、《望乡的牧神》、《四月，在古战场》、《地图》以及《逍遥游》等。令人注目的是他的思乡之作喜把主体“他”化，如《听听那冷雨》、《四月，在古战场》、《塔》、《地图》等，抒情的主角均是“他”。这种“他”化，从余氏来说，以“他”写“我”，是对散文习用体式的一种试验性调整，“他”的视角可以比“我”更客观、更超越，能包容更多的内容，但在散文抒情中也确实有些脱出常轨。大概也是出于无奈，因为这些思乡之作大多作于二十世纪六十年代、七十年代，严峻的政治气候，促使作者为了保护自己，堵塞人们对“我”的思乡情绪作其他联想的通道，因此不得不把思乡情绪从“我”转嫁给“他”。这种转嫁，给抒情设置了障碍，明明是“我”的情，偏要借“他“抒发，有些别扭，但事实上，在实际写作中，“他”就是“我”，仅是一种转嫁而已。余光中的思乡是“在”，“我”在“乡”在，处处在，时时在，是有“根”的思，是现在的“思”，无论何时何处，都会突然冒出来。因为它融化在血液之中，在美国，登上摩天大楼，想到的是中国：“太阳降下去的方向，便是中国。喏，就在那边，在新泽西州的那边还要那边。”(《登楼赋》)在讲课时，正讲到杜甫的“秋来相顾尚飘蓬”，忽然瞥见红叶黄叶之上飘着异邦国旗，乡愁袭来，竟“自头盖骨一直麻到十个指尖。有三四秒钟我说不出话来”

①②③ 余光中：《〈左手的掌纹〉自序》，《左手的掌纹》，江苏文艺出版社 2003 年版，第 3 页。

(《望乡的牧神》)等等,这种突然袭击爆发的思乡情,正显示了思乡的长久和永恒。余光中的思乡名言是:“当你不在中国,你便成为全部的中国。”①这就是思乡的“在”的最高境界,但又斩钉截铁,毫不含糊,不可改变,“因为他的战场,他的床,他的沙漠在中国,在中国,在日落的方向,他的敌人和情人和同伴同伴”②。不过余光中的思乡之情又是遥远的,破碎的,不团圆的。“他的怀乡病中的中国,不在台湾海峡的这边,也不在海峡的那边,而在抗战的歌谣里,在穿草鞋踏过的土地上,在战前朦胧的记忆里,也在古典诗悠扬的韵尾”③。这是历史,这是沧桑,它也是一种病痛,是无可救药的病——因为它是破碎的,它已经成了梦。因此,它又是缠绵的,是无奈的愁,湿湿的思。思乡成了乡愁。而这种思乡和乡愁都无法遗传,和他人无法沟通,有它的封闭性。“他想。他想。他想。他永远只能一个人想。他不能对那些无忧的美国孩子说,因为他们不懂,因为中国的一年等于美国的一世纪,因为黄河饮过的血扬子江饮过的泪多于他们饮过的牛奶饮过的可口可乐,因为中国的孩子被烽火的烟熏成早熟的熏鱼,周幽王的烽火,卢沟桥的烽火。他只能独咽五十个世纪乘一千万平方公里的凄凉。”④“永远只能一个人想”,“独咽凄凉”更增添了乡愁的力度。当然,余光中在抒发思乡之情上,虽然所思的对象——“乡”已成了历史成了梦,但在立场上他避免用虚拟化抒情语言,而是立足现实,使他的思乡之情变得实在而可触摸。如《地图》通篇乡思附着在“地图”上,《望乡的牧神》借在异国他乡咀嚼的大豆之相,无意间又哼起家乡小调,“鼻子酸了起来”,等等。在这一点上,余光中百无禁忌,一有机会就倾泻,这是治思乡病的唯一良方。归根结底,余光中的乡情已经从五十年代的反共文学阴影中走了出来,是一种文化乡思,或曰思乡文化。那“秋来相顾尚飘蓬”的古诗,那抗战的歌谣……就是这文化之乡的象征。

余光中后期的写人叙事的家庭小品、社会小品更为人们所爱,如《我的四个假想敌》就是脍炙人口的名篇。这类小品,余光中写得无拘无束,潇洒自如。在《我的四个假想敌》中,作者以二女儿考取台湾大学外文系起笔,一开始就把四个女儿长大,将要嫁人,自己担心失去女儿,处在“腹背受敌”的困境提了出来。“这实在是一件家常事,却也是一个牵动众人的社会问题。”紧接着,文章就让感情如

---

① 余光中:《地图》,《余光中散文选集》(二),时代文艺出版社 1997 年版,第 56 页。

② 余光中:《塔》,《余光中散文选集》(一),时代文艺出版社 1997 年版,第 465 页。

③④ 余光中:《四月,在古战场》,《余光中散文选集》(一),时代文艺出版社 1997 年版,第 448 页。

野马一样奔驰,吟起一本儿女经来:其中有女儿成人前的可爱,有不能用“急冻术”把她们久藏的遗憾,有被四个假想敌骚扰和对他们防不胜防的苦恼,有权威被动摇的叹息等等,他所主张的散文的弹性、密度和质料都得到了艺术地实现。全文错综复杂,忧乐交叉,却又诙谐幽默,趣味盎然,让读者不由自主地发出会心的微笑。全文没有一个恒定的目的,只是把作者平时和女儿生活在一起的感情结晶,如天女散花般地撒到读者面前。但由于作文有一根固定的轴心——父女情深,牢牢撑着,使这篇散文——树好花开,光彩夺目。尤其是这篇散文对父女为轴心的家庭礼赞,是典型的中国传统家庭观念的情绪,这正是世界华文文学中标示的一种民族特色。

二　杨牧:以诗人姿态抒写散文

杨牧(1940—　),台湾花莲人。本名王靖献,笔名叶珊。台湾东海大学外文系毕业,美国柏克莱加州大学比较文学博士。他和余光中一样右手写诗,左手写散文。诗集主要有《水之湄》、《花季》、《灯船》、《非渡集》、《瓶中稿》、《杨牧诗集》、《海岸七叠》以及《禁忌的游戏》等;散文集主要有《叶珊散文集》、《年轮》、《方向归零》、《山风海雨》、《交流道》、《搜索者》以及《亭午之鹰》等。还有评论集《文学的源流》等。

杨牧也是台湾“以诗为文”的倡导者、实践者和领衔者。他的散文创作的理念是“散文与诗之不可分”①,“诗和散文常是一种情绪下的产物”,散文创作是他的“诗创作的‘补遗’”②。他和余光中一样,坚持以诗为文,以诗人的姿态诗人的风度写散文,他的散文倔强地保持着诗人的个性和气质。不同的是,余光中前后期散文风格变化不大,而杨牧的散文前后期风格有较明显的转变和差异。前期可以《年轮》和《柏克莱精神》为代表,它们是杨牧“以诗为文”的先锋和前卫之作,它们“以抽象为艺术之鹄的,以寓言和象征为文学的基础格调”③,把西方诗歌现代派的各种技巧引进散文,如大幅度的跳跃的想象,繁缛的朦胧意象,对现实的超越空间的集纳等等,而后以诗的激情,托物寓意,凝成一种抽象的源的艺术境界。如写琵亚特丽切的经历:

除了血,琵亚特丽切,只有波敢地的葡萄酒是红的,海棠是红的,夕阳

①② 杨牧:《〈叶珊散文集〉后记》,《昨日以前的星光》,花城出版社 1989 年版,第 245 页,第 247 页。

③ 杨牧:《〈年轮〉序》,《年轮》,(台湾)洪范书店 1982 年版,第 1 页。

是红的。印地奥的前夕，除了血只有狭谷是红的，我们滑进红色的狭谷，火焰在四壁吐舌。火焰吵杂不休的争论着不让你散乱的头发干燥。你的双乳迎向阻绝的虚无，最寂寞的奉献。小河在百里以外滚滚地欢畅地奔流，水仙花"像星辰"在河沿开放。请你随从的天使领我到浸信的忘川，用她柔荑的手压迫我让我淹没；果若暂时的淹没可以导向永恒的谅解，请你把我肢解吞食，如同第一次在弗洛冷斯的桥头，我记忆里古昔绿焰的轻袍如何曳过晚风，扑灭但丁传诵于罗马街头的恋歌。我的黑暗时代已经开始了，等候你悄悄走来，因夭亡的剧痛掀起历史的篇幅，为地中海宣告一灿烂无比的文艺复兴。①

这里运用现代派的想象技巧，状写一种心情。作者不断反复地通过葡萄酒、海棠、夕阳，把傍晚的琵亚特丽切的夏景的底色搽抹得红红的，而后通过想象，时隐时现，时起时落，宣泄一种寂寞和企盼。这种境界是纯主观的，它有些虚无，但却飞扬和绝对，是一种青春的躁动和独白。杨牧的前期散文是诗性的，作者在散文中天马行空，独来独往。

但从七十年代末开始，杨牧的散文风格逐渐蜕变，虽则仍然保持着诗人的气质，但抒情写意逐步实化，从热衷主观想象到重视客观写人状物，这可以《搜索者》和《亭午之鹰》为代表。在创作理念上也有变化，虽则还是强调以诗为文，但强调的是准确状写："所谓散文，往往就和诗一样必须在一真正准确的修辞与文法架势里，始能有机地发端，展开，完成，如前文不厌其烦缕述的关于'亭午之鹰'的经验，大致如此。"②如写寂寞，却如此：

我坐在阳台上，久久。忽然真实地感觉到从前曾经来过，坐在同一个位置，张望同样的海水，思索同样没有结果的问题。或许未曾来过，那便是在另一个海边，另一个天涯，另一个海角，单独的，也许是人群中的寂寞，坐在仿佛类似的阳台上一张椅子里，沉没在莫须有的抑郁中。或许也不是，这只是我自己的设想，假定别人也经验过这种完全相同的抑郁和寂寞，在另一个天涯，另一个海角，而这一切都是可以互相倾诉的。③

① 杨牧：《柏克莱》，《年轮》，(台湾)洪范书店 1982 年版，第 47 页。

② 杨牧：《〈亭午之鹰〉后记》，《亭午之鹰》，(台湾)洪范书店 1996 年版，第 206 页。

③ 杨牧：《搜索者》，《搜索者》，(台湾)洪范书店 1982 年版，第 6 页。

这里抒写的是没有原因没有结果的寂寞和抑郁，是把想象焊接在阳台上，固定在一个力点上。犹如放风筝一般，任凭风筝在天空中飘荡，但始终把牵引风筝的线紧握在手中。这和他前期散文中任凭主观驰骋显然不同。在《搜索者》文集中，虽则也有较多的篇章是游历之作，但这游历之作中较多的是客观状写，如《普林士顿的秋天》中，就重点抒写普林士顿的市容市貌以及所见所闻，纯主观的想象成分就减少了。而《亭午之鹰》严格地说是速写集，如文集中的首篇《借来的空间》所述，是寄寓在美国时的作品。如写"鹰"："(它)迎着千万支震撼的金阳，它真的翻身落下，劲翮二六，机连体轻，两翼健壮地张开，倏忽而去，在眩目的日影和水光间扬长相击，如此决绝，近乎悲壮地，舍我而去。我听到钟响十二，正是亭午。"(《亭午之鹰》)如写"土狼"："昨夜又是一个月明之夜，我在屋里饮酒……忽然我听到一阵提升飞扬的嗥呼，迅速目及霜华的天空，以一种旷古不歇的旋律飘过冰冷的草地，以及我吃惊的神经。"(《北美大草原之土狼》)青年时期的豪情依然在文中延伸，但情感不再在空中飘浮，而是紧密和实体相连。这种转变大概和年龄相关，步入中午后，诗性的衰退，也是一种必然。

杨牧是一个纯本土散文家，他的"乡"就在台湾，生于斯长于斯，所以他对台湾的感情也特纯："飞机一离开台北盆地，即进入宣山区，山都在白云下，只有几个峰峦参差可见。白云也是自己的白云，不是别人的白云——我在美国高空看白云，常因发觉白云不是我的白云而神经质地感到惆怅。"(《归航》)故乡一切皆为我所有，爱到占为己有，到了无以复加的地步。正因为如此，这种乡情又非常武断专横，"在花莲生长的人，当然都知道港口有一座灯塔，而且提到它的时候，一定说是'白灯塔'，没有人会说是'灯塔'"(《花莲白灯塔》)。花莲灯塔一定要用"白灯塔"来称呼，并以此作为对花莲的态度的试金石，实在有点霸道，这就是杨牧的刻骨铭心的乡情！和大陆到台湾的散文家的乡情相比，杨牧的乡情饱满而滋润。

杨牧提出："文学是精神独立的标榜"，"文学是一种反抗"。① 但他的"反抗"不是一种政治的理念，是一种情绪的显现，非常宽泛。如《亭午之鹰》中的开卷之作《在借来的空间》中抒写寄寓在美国，时空更换，在借来的空间中有淡淡的寂寞，因此向往眷恋空中的"鹰"和北美大草原之土狼，对抗寂寞，他认为这就是"反抗"！他的散文有一种独立的精神，不愿依附体制，重视自我情感抒发，但创作的驱动力却时强时弱，少数游历之作中虽则蕴含着真切的体验，但

① 杨牧：《纽约日记》，《亭午之鹰》，(台湾)洪范书店 1996 年版，第 61 页。

不免有单薄的缺憾。

第三节 人文小品：王鼎钧、张晓风和亮轩

一 王鼎钧：以“侧击奇袭”的姿态纵论人生

王鼎钧（1925— ），山东临沂人。少时就开始写作，有丰富的人生阅历。到台湾后，任职于中国广播公司、幼狮文化等单位，先后为《公论报》副刊撰“民间闲话”专栏，为《联合报》副刊撰“饮苦茶斋笔记”专栏，为《台湾日报》副刊撰“长短调”专栏，为《中国时报》副刊撰“今日春秋”专栏。散文集有《情人眼》、《人生试金石》、《开放的人生》、《我们现代人》、《碎琉璃》、《海水天涯中国人》以及《左心房漩涡》等。余光中赞扬他：“海外作家鼎盛，风格多变，其旅外尤久而创作不衰者，诗人首推杨牧，散文家首推王鼎钧。”现定居美国新泽西州。

王鼎钧散文大致可分两类，一类是怀乡小品，一类是人文小品。影响最大的是人文小品，咏叹人生，探讨人生。他的《人生试金石》、《开放的人生》和《我们现代人》，合称“人生三书”，在海内外赢得了广泛的读者。

王鼎钧乡思浓烈：“我并没有失去我的故乡。当年离家时，我把那块根生土长的地方藏在瞳孔里，走到天涯，带到天涯。只要一寸土，只要找到一寸干净土，我就可以把故乡摆在上面，仔细看，看每一道折皱，每一个孔窍，看上面的锈痕和光泽。”（《瞳孔里的古城》）故乡与我同在！这是一种血肉相连的乡情。这种乡情集中体现在1978年出版的《碎琉璃》集中。但是，祖国分割的残酷的现实，又使他的乡情中糅进了“断”的疼痛感觉，呼喊着：“我一路呼叫：喂，喂，我们的血管连着血管，神经连着神经，为什么不能合而为一呢？”（《明灭》）所以在王鼎钧的怀乡小品中的思乡之情永远是残缺的！永远是带有疼痛的刻骨铭心。他自己评价自己的乡情是：“我的乡愁是浪漫而略近颓废的，带着像感冒一样的温柔。”①或许是这种疼痛的残缺，使得他的怀乡小品真切细腻，尤其是“我”置身其中，情更浓更烈。如《登楼》写外祖母家中一座抵御土匪的土楼，危危欲倒，舅舅要出外打日本人，外祖母携着“我”登上二十年没有上去过的危楼，目送抗日志士远去，荡漾着一股气冲霄汉的豪情。又如《红头绳儿》回忆在学校里的生活，写“我”对校长爱女“红头绳

---

① 王鼎钧：《脚印》，《左心房漩涡》，（台湾）尔雅出版社1988年版，第201页。

儿”的朦胧恋情，最后在一次日寇的轰炸中，“红头绳儿”葬身于一口大钟之下，最后的神来之笔是校长如此对“我”说：“老弟，别安慰我了，我情愿她扣在钟底下，也不愿意她在外面流落……”抒写了故乡人对日本帝国主义势不两立的刻骨仇恨。对亲情的回忆更是细针密线，温柔滋润。如《一方阳光》中写到小进一家在冬季一方阳光里的甜蜜：“我清楚记得一股暖流缓缓充进我的棉衣，棉絮膨胀起来，轻软无比。我清楚记得毛孔张开，承受热絮的轻烫，无须再为了抵抗寒冷而收缩戒备，一切烦恼似乎一扫而空。血液把这种快乐传遍内脏，最后在脸颊上留下心满意足的红润。我还能清清楚楚听见那只猫的鼾声，它躺在母亲怀里，或者伏在我的脚面上，虔诚的念着由西天带来的神秘经文。”而“母亲嚷着‘我的头皮好痒！’我就攀着她的肩膀，向她的发根里找虱子，找白头发”。展现的是一幅和谐的农家乐画面。但总体来看，王鼎钧的怀乡小品的基调是：“作梦回家，梦中竟找不到回家的巷路，一进城门就陷入迷宫，任你流泪流汗也不能脱身。梦醒了，仔细想想，也果然紊乱了巷弄。我知道我离家太久了、太久了。”（《水心》）残缺的乡情，紊乱的乡情，一切只因为离家太久了！太久了！！正因为如此，王鼎钧的怀乡小品大多是情感浓郁的艺术散文。

王鼎钧的另一类人文小品是他的散文的形象品牌。由此他成了读者的“大众情人”。台湾抒写人文小品的作家很多，为什么他独占鳌头？他的人文小品大多作于七十年代，据王鼎钧自述：“第一本《开放的人生》，偏重做人的基本修养，书中的内容，大半在童年时期得自我的母亲；当我执笔撰写的时候，耳畔还仿佛听到她那充满爱心的叮咛。第二本《人生试金石》偏重离开家庭学校的阅历，探触父母师长没有想到的、没有教过的或者不便说破的一面，然而那是人生必然涉及的一个层面。我在撰写的时候，已逝的云月尘土，又在眼前重现一遍。这一本《我们现代人》提出‘未来’的问题。所谓‘未来’实际上正在大踏步迎面而来，它可能成全你，也可能否定你，我写这本书的时候，重温当年第一次下场打球的感觉，球向你怀中箭也似的传过来，你慌张，但是你必须接住，必须知道怎样得分。”①这段叙述说明：他的人文小品的资源一是来自于母辈来自于传统，是对传统文化的传承；二是来自于自身的人生体验，有真知灼见蕴含其中；在写作态度上是面向未来，试图与时俱进。但事实上，在台湾七十年代的政治文化环境中，他的“开放的人生”不可能“开放”，只能有限的“开放”，不过，在当时封闭的环境中，这些人文小品如同春风拂面，各类读者都可

① 王鼎钧：《〈人生三书〉自序》，《人生三书》，（台湾）尔雅出版社 1985 年版，第 5 页。

从中找到不同的安慰。

王鼎钧的人文小品具有长者风范。所持的立场是带有抽象的"人"的立场,而且特别诚恳。尔雅出版社在"敬告读者"中特别指出:"这是一本诚恳的书。"①诚则灵。抒发人生咏叹议论,最忌讳以教者师者面孔出现,把自己装扮成上帝,指点人们应该如何。王鼎钧的人文小品从选题到举例到议论都是和读者推心置腹,促膝交谈。尤其是能做到去政治化,实现纯人生化,这在七十年代台湾的政治专制体制下,是一种难得的诚恳和独立。《开放的人生》中的六十六个题目,所选的角度都非常智慧,牵涉到人生前进过程中所遇到的各种问题。轴心是修身养性,非常贴近民众,平民意识比较强烈。在议论方法上也采取通俗化、平民化,娓娓而谈,非常合民众的胃口。作者喜欢选择一些流行的观念,采取"侧击奇袭"的战术,加以评解,如"一日之计"、"人生如戏"、"三人行"、"宁为鸡口,勿为牛后"、"忍"与"争"呀等等,对它们进行别解新解。在对"忍"与"争"评价时,提出"'争'的训练也不可少"。但,"首先要辨明可争与不可争,然后要争得心平气和,争得辞充气沛,争得圆融贯通,化敌为友"。给人耳目一新之感。

王鼎钧的人文小品还创造了一个议论方法,把议题提炼成带有警觉意味的格言句式,作为副题出现,抓住读者眼球,如探照灯照亮读者的心坎。在《开放的人生》中六十六篇文章的话题就如六十六条格言。如:

——得意事来,处之以淡;失意事来,处之以忍。

——从前的错误就是将来的智慧。

——守本分,尽本分。

——为工作而生活,不要为生活而工作。

——节俭是一生食用不尽的美筵。

这些副标题自然形成一种亮点,具有非常强的感染力。所以尽管王鼎钧的人文小品是"援笔立就",骤起骤落,线条精,笔墨少,但是由于这些格言式的警策之言在副题中列出,汇聚成一种诗意的霞光,一咏三叹,特别有味,自成一种笔调。

王鼎钧由于有丰富的散文创作实践,因此在散文理念上也有不少发明,

① 尔雅出版社:《本社敬告读者——关于〈开放的人生〉这本书》,《开放的人生》,(台湾)尔雅出版社 1975 年版,第 6 页。

尤其对杂文的评述，非常到位。他认为："杂文是一种'在野的'文体，毫无庙堂馆阁之气。"①"杂文的生命就是'不同意'，歌功颂德捧场叫好由大门进来，杂文就从窗子飞去。"②"杂文在制作上短小精练，在精神上是'不同意'，在技巧上是'讲理'。"③新颖独特，揭示了杂文的本质，丰富了散文理论批评宝库。

二　张晓风：凭借精美的艺术感觉随物赋形

张晓风(1941—　)，原籍江苏铜山，生于浙江金华。1949年随父母到台湾。1962年毕业于台湾东吴大学中文系，留校任教。1967年以《地毯的那一端》获中山文艺散文奖。六十年代中期开始，她从事散文、小说和戏剧创作。八十年代以来，专心致力于散文创作。她出版的散文集有《愁乡石》、《步下红毯之后》、《你还没有爱过》、《再生缘》、《三弦》、《我在》、《从你美丽的流域》等；戏剧作品有《画爱》、《第五墙》、《武陵人》、《自烹》、《严子与妻》等；还有小说集《晓风小说集》，是台湾文坛难得的多面手。

在两岸当今的女散文家中，张晓风的艺术感觉、才华和创作的激情，都是首屈一指的。她用整个生命去感受自然拥抱人生，因此，那些生动的美妙的艺术感觉如满天星斗，布满在她的散文之中，几乎俯身可拾。她形容大海："海太大，大得令人绝望，根本不知要如何去管它。"(《地勺》)安静的夜晚，在她的笔下，是这样的感觉："风睡了，鸟睡了，连夜也睡了。"(《母亲羽衣》)对那些夏天不定期坚持开放在那里的"犯规"野牡丹，她劝道："真的，请你不要再犯规了，你会搞得天下大乱的，彗星不守规矩的乱划长空，山风不守规矩的乱掀相思林。你，千万别跟他们学，你安安分分的吧！不然，整个校园都会给你好个固执的紫弄得魂不守舍的，真的，你要知道，已经夏至了。"(《他们都不讲理》)等等，读到这些感觉，都令人魂不守舍。

在漫长的散文创作道路上，她的散文经历了一个嬗变期，大致可分为前后期，以1982年的散文集《再生缘》为标志。在之前，张晓风散文非常青春，情绪激昂，且有较强的对抗性，余光中评述张晓风说："张晓风不愧是第三代散文家里腕挟风雷的淋漓健笔，这枝笔，能写景也能叙事，能咏物也能传人，扬之有豪气，抑之有秀气，而即使在柔婉的时候，也带一点刚劲。"这里的"腕挟风雷"、"豪气"和"刚劲"，是蕴含了那种对抗情绪的。在前期散文中，她的散文有比较多的篇章写怀乡，抒发思念大陆之情。但她的怀乡、思念大陆和琦君、林海音、

---

①②③　王鼎钧：《杂文面面观》，《人生观察》，(台湾)文星书店1965年版，第1—2页。

艾雯等明显不同，思中由怨而生怒，怒中见刚，刚柔并举。她思“乡”的大前提令人感动：“‘中国’总是那最初也是最后的恋人。”①“把我们造成一个中国人，我们就选择住在中国的土地上。”②住的本身是一种行动，一种向往，一种等待：“我是那画中人，站在固定的时间和空间里，我是‘风雨归牧’图，我是‘寒江独钓’图，我是‘谿山万里’图，我不能走开，我有一片风景要完成。”③她的决心是：“我们是画中人，赤足行过风雪。”④“思乡”最后落实到“行过风雪”上，把自我自觉地拧到对抗情绪中的一极上。她不愿离开台湾，是要坚定做“画中人”，凭自己的“赤足行过风雪”，来实现思乡和怀乡的目的。虽则理念不同，但她的乡愁是血气方刚的青春期的一种生理反应，它的出奇是带有一种真诚的浪漫，它令读者感动。

张晓风的思乡代表了1949年到台湾的年青一代的情绪。

在《再生缘》之后，张晓风的散文创作明显地发生转变，她成了“安静的游客”⑤，即“不因有故事要告诉人而痴，也不因想听别人的故事而痴”⑥。青春期的躁动、浪漫和喧嚣所凝成的“风雪”和“豪气”虽然仍在激荡，但对抗情绪渐渐为宽容、理解所稀释，尤其在对待中国的态度上，目光注视的是对这片土地的爱和情，写于1986年的《摇动过，但依然是我的土地》是这种转变的代表作。地震来了，来台湾访问的华人朋友都吓得提前离开了台湾，但她却发出了这样的呼喊：“这是我的地盘，摇过震过，而且难保明天不继续摇撼，但它是我唯一的爱，我从来无法把它跟别的土地放在一起来选择。”⑦抒写的情感，已过滤了派别和敌我的纷争，是中华儿女和国土生死相依的情爱喷发。

更重要的转变还表现在她的人文小品的创作上。张晓风的散文较多的是人文小品，她一直钟爱人文小品的创作。使她一举成名的就是人文小品《地毯的那一端》。文章的迷人是它柔情似水，甜蜜可人。它细腻地展示一个待嫁的青年女子的爱情幸福历程，是一篇爱情报告。从写法到情感到观念判断，都是传统的，并没有多少创新之处。它之所以为人们所称颂和当时的环境有关，一方面是六十年代中期台湾社会的封闭以及处在冷战环境中的不安和动荡，甜蜜的情爱在这时就成了读者企盼所得的奢侈品；另一方面是反共文艺的泛滥，

---

① 张晓风：《情怀》，《再生缘》，（台湾）尔雅出版社1982年版，第96页。

②③④ 张晓风：《画中人》，《再生缘》，（台湾）尔雅出版社1982年版，第46页，第47页，第51页。

⑤⑥ 张晓风：《触目》，《从你美丽的流域》，陕西人民出版社1993年版，第51页。

⑦ 张晓风：《摇动过，但依然是我的土地》，《从你美丽的流域》，陕西人民出版社1993年版，第118页。

许多小品成为宣传品，抒写的情感模式化、简单化，而《地毯的那一端》脱出了这个轨道，就显得特别耀眼和灿烂。值得注意的是张晓风在这篇散文中彰显的爱情价值观中有一个重要的支点：奉献。这个爱情观贯穿了她的整个散文创作，和那种强调索取的所谓现代爱情观卓然对立。在她的另一篇散文《一个女人的爱情观》中，她把自己的爱情观浓缩到一句俗得不能再俗的话语上，“对我而言，爱一个人，就不免想跟他生一窝孩子”，最清楚地表达了她所信奉的爱情教条。她的爱情观滋润饱满，用她自己的话说，是“在知足感恩和渴切不足里细细体会一条河的韵律”（《一个女人的爱情观》）。

张晓风的人文小品从你我两个人的爱情对视上起飞，随之她的目光调整扩展到对整个社会和人生的注视，她徜徉于人生旅程中，严肃地思考人生，追求探索永恒的人文精神。当然，调整和扩展有一个过渡期，《步下红毯之后》是过渡期的一个标志。在这篇散文中，她最后表白说：“我不能永远披着白纱，踏着花瓣，走向红毯尽处的他，当我们携手走下红毯，迎人而来的是风是雨，是风雨声中恻恻的哀鸣。——但无论如何，我已举步上路。”①“我”和“他”携手走下红毯后，举步上路，迎接“风”和“雨”，这一调整和扩展虽则是面对整个社会和人生，但这里的“风”和“雨”还有它的特指性，因为促发她表白的是想起了南京，是故国的神州之思，所以“风”和“雨”实质是政治化了的，正如她文中自吟的那首诗：“欲饱史笔有脂髓，血作金汤骨作垒，凭将一腔热肝肠，烈作三江沸腾水。”②因此，她从七十年代到八十年代初的过渡期内创作人文小品还左顾右盼，时时走神、变调。如《再生缘》中的《问名》，前面写了诸多喜欢问名的事，从问鸟、问花到问菜单上的名，但文章最后却突然落实到设想自己临死，要问清楚病名，这个转折就使文章变调，无法飞扬起来，最后的结句：“自始至终，我是一个喜欢问名的人”，更是显得疲软。又如《再生缘》中的《月，阙也》，最后的“因为我们爱过圆月，让我们也爱缺月吧——它们原是同一个月亮啊”！真正使她的人文小品成熟和出彩，是在她变成“安静的游客”后，以一种“不因有故事要告诉人而痴，也不因想听别人的故事而痴”的中年心态，凭借丰富阅历去创作时，在境界和品位上得到了提升，代表作是散文集《从你美丽的流域》。境界和品位的提升表现在：包容。

包容是一种境界。从本质上讲是“我”和“他人”和社会的关系的调整，这种调整不仅是视角的调整，更重要的是内心世界和情感世界的调整和拓展。

---

①② 张晓风：《步下红毯之后》，《步下红毯之后》，（台湾）九歌出版社 1979 年版，第 60 页，第 59 页。

写于1985年的《幸亏》这篇文章，显示了她的调整。文章列举了许多社会上存在的摩擦和丑陋的事，种田种菜和买米买菜之间的摩擦、环境污染、生态破坏等等，她把自己假想成摩擦的一方和丑陋现象制造本身。但文章到最后，来了一百八十度的大转弯，写道：

> 让河流流经好人和坏人的门庭，这是上帝。让阳光爱抚好人和坏人的肩膀，这是上帝。不管是好人坏人，地心吸力同样将他们仁慈地留在大地上，这才是上帝的风格，并且不管世人多么迟钝蒙昧，春花秋月和朝霞夕彩会永远不知疲倦的挥霍下去，这才是上帝。
>
> 是由于那种包容和等待，那种无所不在的覆罩和承载，以及仁慈到溺爱程度的疼惜，我才安然拥有我能有的一切。①

这里的宽容包含了：一是承认“好人”和“坏人”的同时存在；二是“好人”和“坏人”是平等的，应该同样享受人世间的一切；三是等待，应具有“仁慈到溺爱程度的疼惜”。对于“腕挟风雷”的“刚劲”的张晓风来说，这种宽容是由心灵裂变所产生的巨大能量化解而成的。这固然和台湾社会的开放、多元价值观的影响有关，但最主要的还是和作者年龄增大、阅历丰富、情感成熟紧密相关。散文集《从你美丽的流域》中许多篇章都显示了这种对对立双方的包容，如对“受伤”的解读：“人生世上，一颗心从擦伤、灼伤、冻伤、撞伤、压伤、扭伤乃至到内伤，哪能一点伤害都不受呢？如果关怀和爱就必须包括受伤，那么就不要完整，只要撕裂，基督不同于世人的，岂不正在那双钉痕宛在的受伤手掌吗？”（《只因为年轻啊》）又如对祸殃的诠释：“如果哈雷是祸殃，又有什么可悸可怖？我们的生命本身岂不是更大的祸殃吗？然而，然而我们不是一直想念生命是一场充满祝福的诅咒，一枝有着苦蒂的甜瓜，一条布满陷阱的坦途吗？”（《星约》）对立的双方，在张晓风的心中，已经合二为一。

博爱，兼爱，这是她处理和他人关系的原则。这一原则显然和她皈依基督教有关，当然也有先天的因素。她在《你不能要求简单的答案》中披露了这样一件事：她两岁半时，五姨教唱一首孤儿的歌，她唱着唱着竟哭了起来。这种“常抱心头一点春，须知世上苦人多”的同情之心是她的天性，实是她之后博爱、兼爱的本源。这种本源和她之后所受的教育，以及丰富多彩的阅历糅合起来，通过她的细微的艺术感觉，凝成一种脱俗的境界。在《你要做什么》中，先

① 见《从你美丽的流域》，陕西人民出版社1993年版，第18页。

写自己在日本的寺庙前，看到一棵一棵系满了素色纸签的小树，一打听，原来是人们抽到不够好的签就不愿带回家，姑且留在树上了。面对这一株株“独独为别人承受他自己不欲承受的命运”的树，迸发出这样虔诚的心愿：

> ……我只愿自己是那株小树，站在局外，容许别人在我的肩上卸下一颗悲伤和慌惴的心，容许他们把不祥的预言，打一个结，系在我的腕上，由我承当。①

为他人分忧，为他人承担痛苦，这和“包容”构成一个和谐的境界：高尚。对这种境界的追求，张晓风似乎非常彻底，在《一条西裤》中她借一个牧师的故事，表达了这样的理念。牧师的一条西裤为小偷所窃，当他听到女儿告诉人们，小偷偷了她爸爸的西裤时，他严厉地纠正了她：“不是，不是小偷——是一个人，只是他比我更需要那条裤子而已。”作者发出了这样的惊呼：“盗贼永不能在他的国度里生存——因为藉着爱心的馈赠，他已消灭了他们。”没有盗贼概念的惊呼以及上面对小树的赞叹，在作者的散文中并不是一种装饰，也不是勉强粘附，这确实是作者心理嬗变所产生的一种精神超越。这种超越的精神源是对生活的感恩。《一捆柴》中她借在哈佛大学任教的一位医生为台湾穷苦的山地人治病，一位被治好病的山地人砍了一捆柴，走三天的路，来到城中送给医生，医生把它视作“从来没有收过这样贵重、昂价的礼物”。张晓风也正是这样的人，她把生活留给她的一切，都视为不朽的财富，所以能有这样的超越。

张晓风在抒情策略上，大致有两种套路：一种是凭借她的精美的艺术感觉，随物赋形，如同散步，把一个又一个的感觉撒到作品中。如《他们都不讲理》之一“花中的横井庄一”，以“匆匆走过山径，没想到那丛野牡丹还靠在那里”开篇，写紫色的野牡丹“犯规”，已到夏天还“紫在那里”开放着。这样打开抒情的开关，把“野牡丹”拟人化，和“野牡丹”絮絮叨叨对话，说的都是情话，抛出的也是一个又一个的艺术感觉：如“春花的战事已经结束了，万紫千红的部队已经撤退了，却没有人来通知你，所以你就糊里糊涂每天仍然在射击许多发花花蕊蕊”；又如“不管你是谁，六月了，还开在这里，真叫人着急，你这样不规矩在校园里大开特开，不公然跟植物教授作对吗？我劝你还是做个乖孩子，早睡早起吧，今年早点谢，明年早点开，好吗”等等，这样许多精美的艺术感觉一路挥洒出去，无目的无倾向，是为美所动，为美而写，把它们放在一起，似灿烂

---

① 见《从你美丽的流域》，陕西人民出版社 1993 年版，第 55 页。

花圃,令人赏心悦目。她的成名作《地毯的那一端》也是采用这样的抒情套路。另一种是基本遵循古代抒情写法,托物寓意,卒章显志。在她的人文小品中,比较喜欢运用这种方法,由于她是有感而发,有情可抒,有志可显,大多数文章写得从容自如,和蔼可亲,使人感觉不到说教味。

三 亮轩:以"散打"的笔法艺术地进行人生解读

亮轩(1942—),辽宁金县人,生于四川。原名马国光。他的学生时代的生活非常奇特,"校内课业满纸红字,这有足够的理由让教员怀疑是白痴"。他整天生活在三重世界里,"有时为了逃避责打,'必须'撒谎,谎言日益增加,逐渐构成了一个相当完整的假象世界,也许'一个'并不贴切,应该说对学校中老师有一个谎言世界,对家里又有另一个,加上真实的那一个,一共是三个。一个孩子,生存在他必须正式面对的三个世界里,如果他还想喘一口气,感觉一点生存的趣味,他就必须再创一个完全属于自己的幻境。在这个幻境中不一定快乐,可是非常自由"①。这个幻境就是读读写写。之后漫长的散文创作道路,正是这三重世界的艺术叠合的延伸。在散文中,他的真实的那一个"我"得到了充分的发挥。先为报纸写专栏,兼作时评、文评。后留学美国获硕士学位。后回台湾在国立艺专等校执教。1979年出版的散文集《笔砚船》,标志他的散文创作成熟,成为他的代表作。他的散文集有《一个读书的故事》、《石头人语》、《在时间里》、《说亮话》、《笔砚船》、《书乡细语》、《肠痕》、《江湖人物》、《寂寞滋味》和《情人的花束》等。

亮轩钟情于人文小品,他的散文大多是以"散打"的写法,抓住人生中民众共同关心的话题,进行人文解读,纵横交叉,从各种不同角度,借题发挥,说出许多别样的见解来,对读者进行"精神按摩",使读者感到精神爽朗,从而发出会心一笑。这种"散打"艺术在《笔砚船》中已经成型,使之成为亮轩散文创作中的一个艺术亮点。

《笔砚船》收录散文十九篇,创作这些散文时,亮轩三十多岁,年轻气盛,但又有阅历,经历过人生沉浮,有资格来纵论人生。其中《说朋友》、《奖》、《说笑》和《哀乐中年》等,都写得非常出众。成功之处是作者用"散打"不经意地抓住一些带有类型性的常态的人生现象进行细致地透视,借题发挥,参悟出一些出人意料的滋味来。如《说笑》中写到"卖笑",拖出这样一段文字:"不要笑人家卖笑赔笑,我们自己搞不好也是干这种营生的。白天我对人家笑,晚上人家对

① 亮轩:《〈笔砚船〉序》,《笔砚船》,(台湾)尔雅出版社1979年版,第3—4页。

我笑。上半辈子我对人家笑,下半辈子人家对我笑。或者是面孔向左转时我对人笑,向右转时人对我笑。”爆出一篇“笑”的“收支平衡”经,令读者震愕。又如《哀乐中年》中说到“中年”,用前后比较,引出这样一段发挥:“青年有梦想,老年有回忆,中年,别无选择,只有实践。通常是以实践别人的梦想来蓄积自己的回忆,类似以草料维持自己,以奶水供应别人的母牛。”把中年人的甜酸苦辣含蓄地抖落出来,激起各种类型读者的无穷联想。可贵的是亮轩散文中的“散打”不讲究套路,不追求规则,即兴起笔,以“势”连结各个抒情的“点”,在动态中展现感情的起伏。《说笑》中以狄更斯的“笑面神童”起笔,接着展示人生社会上的各种笑:卖笑、陪笑、笑的“收支平衡”、笑的抑制等等,无规则可循,完全凭“势”发挥。发挥到极佳处,又会突然停住,对某一“点”来一个特写,带有夸张的放大,当写到“笑”的抑制时,突然把笔墨定格在“无牵无挂”的“接近孩子的笑或是弥勒佛的笑”上,“这样的笑是无牵无挂独来独往的,花钱买不到,拿枪杆子也逼不出,时机未到,硬是不笑。但是哈哈一开始,直如黄河之水势不可挡,总要笑到天地共鸣才能少歇。能这样笑的人大多有点疯疯癫癫,严重的会让人看了生气,听了害怕。气是气他们的放肆,怕则怕他们的疯傻”。逼真地写出无牵无挂的笑的“放肆”和“疯傻”,使文章幽默而又有韵味。当然,在个别篇章中的“散打”有些拖泥带水,文字粘乎乎,欠畅达。如《闲话空白》中从“洁癖”起笔,写人生“需要空白”,就有些勉强,接下去写忙碌,写读书,写生命的发展过程,兜来转去,就事论事。这是亮轩“散打”的不足。

还要指出的是,亮轩有一部分咏物小品也非常鲜亮,如《船》、《窗》和《不是走马看花》等。写作这些状物小品时,作者心态极佳,以一种江南名士的风度,精致地把许多感觉描绘出来,勾勒出一种优美的境界。如《船》中写乘坐小船的感觉:

差不多的小船,曾经跟随在长辈身边坐过,好像很窄,窄得两只手可以分别搭在船缘两侧。船身虽小,吃水却很深,趴在船边,鼻尖几乎都可以触到水面。船上有桨,也有竹篙,因为河道在水田间转折,所以用篙撑一撑田垅也就行了。用桨的机会很少,水真是清得可以,船首掠过,经常惊动了原来潜藏在岸边水草丛里的游鱼,大大小小黑灰色偶尔闪动着鳞光的影子,箭一般的四下里迸射开去,一个孩子就可以那么一直趴在船头,看水草依依的舒缓着手臂衣带,看游鱼你争我夺,一直趴到自己的口水都滴到河里。①

① 见《笔砚船》,(台湾)尔雅出版社 1979 年版,第 19 页。

船“窄”、水“清”、鱼“射”以及“趴到自己的口水都滴到河里”的忘我，和谐地组成了一幅水乡行舟图。感觉精致，体贴入微，具有江南名士的风神。又如《不是走马看花》中描写“蝶恋花”：“眼看菜花黄了起来，一大片一大片的，黄花菜的好处是株株一般高，小花朵都在尖梢上，一阵风来，激起一波又一波的花浪，浪头上飞舞着黄白粉蝶，像缀在大地黄纱表面的亮片，闪呀闪的死瞪着它独独钟情的那小小一朵，生怕转眼间失了依恋。”在“一大片一大片”的“一波又一波”的花浪里，特写那只恋花的粉蝶，一个别致的“死瞪”，虽有些出格，却逼真地写出了蝶恋花的执拗专注，这幅菜花图不仅使我们见到了色，闻到了香，还可品到深藏在内的“蝶恋花”的情。

这一时期对人文小品始终钟情的还有吴鲁芹、罗兰等。

吴鲁芹(1918—1983)，生于上海。他的散文集有《美国去来》、《鸡尾酒会及其他》、《朋友 · 文章》、《瞎三话四集》、《余年集》等。他叙人论事，规矩、传统、道地、方正，堪称道德文章。如《懒散》、《杞人忧天录》等篇章，娓娓道来，前后左右，注意照顾，揭示一些人生的哲理，不足的是拘谨，欠潇洒。后期有所改变，代表作是《余年集》，如其中的《六十述要》，以“我已经过了六十了，不能再这样规矩下去了”为立意，抒发“余年可以过得很太平，不必与语言无味，面目可憎之人，互道久仰，此愿能偿，是多大的福气，多大的解脱”！全文起伏跌宕，舒展自如，显示出老而弥坚的别一番风采。

罗兰(1919—)，河北宁河人。她的散文集有《罗兰小语》(五辑)、《罗兰散文》(七集)、《给青年们》、《访美散记》、《歌与春及花》、《独游小记》、《早起看人间》、《生命之歌》、《从小桥流水到经济起飞》等。其中尤以《罗兰小语》影响最大，风靡大陆和台港地区，给作者带来极高声誉。罗兰散文虽然涉猎面很广，但以谈论人生的短章成就最为显著。这些短章面向整个人生，谈生活，论人生，议道德，说爱情，人生修养、亲情友谊都成为她的话题，使她的短章成了一部人生百科全书。这些短章看似是人生旅途中的偶得，或是一时感兴，但都是从她热爱生活的心泉中流出，又有丰厚的阅历垫底，从而独具魅力。

第四节　思乡小品：琦君、林海音和艾雯

一　琦君：用跳荡的印象“温存”昔日的“乡”

琦君(1907—2006)，浙江永嘉人。原名潘希真。之江大学毕业。1949 年

赴台。著有散文集《烟愁》、《溪边琐语》、《琦君小品》、《红纱灯》、《三更有梦书当枕》、《桂花雨》、《细雨灯花落》、《千里怀人月在峰》、《与我同车》、《灯景旧情怀》、《水是故乡甜》、《玻璃笔》和《此处有仙枕》等;小说《橘子红了》等。她的散文多次获奖,在六十年代风起云涌的思乡小品创作热中独领风骚,被誉为“台湾文坛上闪亮的恒星”。其代表作《髻》是二十世纪中国散文史上的经典之作。

琦君的思乡小品,“思”的对象有其特指性,思念的是故乡的人和事。散文集《烟愁》中的许多篇章是回忆父亲、母亲、姨娘、哥哥、师长、长工阿荣等等,都是和作者童年、青少年时代亲密接触的人物。散文集《琦君小品》收《外祖父的白胡须》等思乡小品二十篇,如《髻》写母亲和姨娘的纠葛,最后“我”和姨娘到台湾,相依为命,一笑泯恩仇;《一朵小梅花》写父母从原先的隔膜到最后心心相印;《木南儿》、《妈妈哭了》中写母子由矛盾所引起的一次次相互更深沉的爱。散文集《红纱灯》中第一辑收《红纱灯》等思乡回忆小品二十二篇,如《红纱灯》写外公对五叔的谆谆善诱的关爱和教育。散文集《此处有仙枕》中的“旧日的情怀”和“母亲的手艺”两部分中大多是怀旧之作,《笑的故事》写教生物的马老师不苟言笑,学生尊重她,最后她终于笑了,师生之间的温暖之情跃然纸上。《宝松师傅》中写理发师宝松为父亲理发的专注、投入,如写“前额一绺头发滑下来又甩上去,甩上去又滑下来,光溜溜的大疤总显露了出来”等等。总观琦君的散文,写得最好的是思乡小品,尤其是写父亲、母亲和外祖父的篇章最佳。在琦君的众多散文集中,有几本是把她的思乡小品和其他类的小品编撰在一起的,这样就使得其他类小品相形见绌,如《水是故乡甜》中的那些旅游之作,《此处有仙桃》中那几篇怀念在台湾、美国所交往的人,都较为一般。

在琦君的思乡小品中,大多她都在场,是亲身经历,在我见我闻中糅进了自己的喜怒哀乐。琦君思乡,是思昨天的“我”,是今天的“我”对昨天的“我”的眷恋和热恋。眷恋热恋的激情,源于今日的“我”和昨天的“我”在空间上的阻隔和断裂,但这种阻隔和断裂却无法使时间和历史中断,因此作者就要凭借思乡和乡恋来弥合这空间阻隔所造成的情感空白,延续她和大陆的血脉相连。也正是空间的阻隔和断裂产生的万般无奈,孕育了她的激情,使她用发光的眼睛,回首去注视昔日的林林总总,产生了巨大的心灵感应磁场,使得她的思乡小品魅力无穷。

富有意味的是,在琦君等台湾作家于六十年代掀起创作思乡回忆小品热潮的同时,大陆也掀起了回忆散文热。所不同的是:大陆的回忆散文,大量以半是揭露半是歌颂的手法,显示建国前后的两种不同生活,把回忆的对象政治化,表达两重社会两重天的主题;但琦君的回忆思维,却是尽量把人和事去政治化，对昨天的一切情化热化阳光化神圣化，所以在文中出现的人，都是浸透着她的亲情的"情人"。如写父亲对她的爱：

……父亲又命我去厨房暖酒来，他怕我胆小一个人不敢去，就说："我来大声念诗，你听着我的诗声，一路去就不怕黑了。"于是他就念起来："有梅无雪不精神，有雪无诗俗了人，日暮诗成天又雪，与梅添作十分春。"我一路听着，渐行渐远，而诗声仍隐约可闻。①

病重的父亲深知"我"胆小怕黑，就用高声诵诗的特殊办法陪伴"我"摸黑取酒。这种关切出自至诚的理解，是一种父女心心相印的关爱。用特殊的诵诗声陪伴，又体现了父爱的体贴入微和深沉的周到，"诗声仍隐约可闻"中使人触摸到亲情的融融。

琦君思乡小品善用佛教教义来解读历史的往事。在思维上，采用一种圆通的方式，通过佛教的教义诠释，使一些对立的事物和情感，最后在佛教的教义解读中圆融起来，达到一种境界的飞跃和提升。如《髻》的前半部分是写"母亲"和父亲的小老婆——"姨娘"的对立和斗争，这场没有硝烟的战争表现在头发上，文中写道：

母亲不能常常麻烦张伯母，自己梳出来的鲍鱼头紧绷绷的，跟原先的螺丝髻相差有限，别说父亲，连我看了都不顺眼，那时姨娘已请了个包梳头刘嫂。刘嫂头上插一根大红签子，一双大脚丫子托着个又矮又胖的身体，走起路来气喘吁吁的。她每天早上十点钟来，给姨娘梳各式各样的头，什么凤凰髻、羽扇髻、同心髻、燕尾髻，常常换样子，衬托着姨娘细洁的肌肤，袅袅婷婷的水蛇腰儿，越发引得父亲笑眯了眼。刘嫂劝母亲说："大太太，你也梳个时髦点的样式嘛。"母亲摇摇头，响也不响，她噘起厚嘴唇走了。母亲不久也由张伯母介绍了一个包梳头陈嫂。她年纪比刘嫂大，一张黄黄的大扁脸，嘴里两颗闪亮的金牙老露在外面，一看就是个爱说话的女人。她一边梳一边叽里呱啦地从赵老太爷的大少奶奶，说到李参谋长的三姨太，母亲像个闷葫芦似的一句也不搭腔，我却听得津津有味。有时刘嫂与陈嫂一起来了，母亲和姨娘就在廊前背对着背同时梳头，只听姨娘和刘嫂有说有笑，这边母亲只是闭目养神。陈嫂越梳越没劲儿，不久就

---

① 琦君：《酒杯》，《烟愁》，(台湾)尔雅出版社 1981 年版，第 59 页。

辞工不来了。我还清清楚楚地听见她对刘嫂说:"这么老古董的乡下太太,梳什么包梳头呢?"我都气哭了,可是不敢告诉母亲。

在母亲和姨娘的对立斗争中,母亲显然处于劣势,人老珠黄,怎能和年轻风骚的姨娘抗衡。但母亲不甘心于她的失败,斗争在头发上展开了。不过,作为母亲来说,对这场发型战,开始就是处于被动的位置,当刘嫂劝她"梳个时髦点的样式",她"摇摇头,响也不响"。后来,母亲终于也请了一个包梳头陈嫂,但她梳头时"像个闷葫芦似的一句也不搭腔",依然持消极的态度。她和姨娘的斗争日趋尖锐,最后到了高潮,其画面是:"有时刘嫂与陈嫂一起来了,母亲和姨娘就在廊前背对着背同时梳头,只听姨娘和刘嫂有说有笑,这边母亲只是闭目养神。"一个是以动抗静,另一个是以静制动,剑拔弩张,在"背对背"的平静中呈现出惊心动魄的抗争。斗争抗衡的结果也很显然,母亲败下阵来,最后连陈嫂都离她而去。"我"置身于这样一场你死我活的较量,其情感的砝码完全是站在母亲一边,但是母亲死后,她和姨娘都到了台湾,照例这场斗争应该延续下去,但令读者意想不到的是来了一百八十度转弯,姨娘成了"我"唯一的亲人。感叹"她和母亲背对着背梳头,彼此不交一语的仇视日子,转眼都成过去"。一笑泯恩仇,最后以两人相依为命的结局,实现了圆通。所以,琦君的思乡小品,不管写什么破碎的凄切的事,最后都要用佛教的教义点化,虽则字里行间有着淡淡的乡愁,但总体来看,她的思乡小品有着劝人为善的阳光普照,非常温馨和暖和,犹如高僧讲经播道,有着超度众人的慈悲之心。这和她的文学主张有关,她曾这样表达自己的文学主张:"乔治桑对巴尔扎克说:'你所写的是实际的丑恶面,我所写的是我所希望实现的美好面。'(大意如此)说得真好。在此时此地,我宁愿服膺乔治桑的文学主张。"①因此她的散文能做到"此心春常满"。

值得称道的是,佛教教义的诠释能不露声色地融化在形象的写作叙事中,丝毫没有要强迫读者接受。"留予他年说梦痕,一花一木耐温存。"琦君有很高的文字修养,她的散文句句能从印象上着笔,字字句句耐温存。在《一生一代一双人》中写老师夏承焘夫妇的恩爱:

吃完面,他又买了四个肉包子,小心翼翼地用手帕包好,双手捧着走回家来,远远地已看见师母笑脸迎人地倚门等待了。等老师走到身边,她

① 琦君:《应描写美好的一面》,《玻璃笔》,(台湾)九歌出版社 1989 年版,第 142 页。

低低问道:"你出去后我才看到你的绒线背心没有穿上,外面风大,小心受凉呢?"老师把四个包子塞到师母手心里,轻声轻气地说:"不会的,好妻子,你摸摸看,连包子都是暖烘烘的呢!"师母报之以嫣然一笑。我赶紧缩回自己房里去了。①

小心翼翼用手帕包四个肉包子的动作,一声担心着凉的问候,就把一对夫妻相濡以沫、心心相印的恋情勾画出来。无论是动作,还是言语,都有跳动的印象活力,这样的文字真"耐温存"。即使一般的叙述,琦君也会用印象化的语言"温存"读者,如《妈妈的菜》中写到思念母亲的感情时,这样叙述:"为了想母亲,我时常去有母亲的朋友家以求分享那一份幸福。我也时常烧几样母亲当年价廉物美的拿手菜以飨好友,她们吃了赞不绝口,我心中的安慰是难以言喻的。"把思念母亲的感情动人地印象化,可触可摸可感可视。

琦君擅长用"画眼睛"的方法状写人物,把人物浮雕般地凸现出来。如《编草鞋》中写的四婶的形象:

我家有位堂房四婶,她结的草鞋又软又结实,是村子里第一等的。大家都纷纷向她订购。她性情沈静,终日不言不语的,忙完了厨房里的工作,就到后面天井里坐下编草鞋。她坐的姿势跟别人不一样。我看她这样扭着坐不舒服,问她为什么不正对前面的木架,两脚跨两边坐。她总是很不好意思地说:"多不成样子呀,女人家嘛。"②

仅仅一个"侧着身子坐"着编草鞋的女子身影投射,就把一个保守自律、注重自身形象的农村妇女形象雕塑了出来。

琦君还有一个绝招,就是不断地把情感贮藏到某个意象物中,有意识地不断传递情感信息,层层加温,使意象物灼热,感染读者,如浸透着哥哥弟弟温情的"金盒子"(《金盒子》),象征童年又憨又傻的由母亲改做的"紫红铁机缎夹袍"(《喜宴》),加强文章的感染力。所以成为台湾文坛的"恒星"之恒大概与琦君的这些功夫有关。当然,琦君的散文也有其不平衡性,相对来说,《烟愁》集中佳作较多,而有些散文集如《玻璃笔》、《母心·佛心》等中许多篇章,就线条较粗,似乎为应付报章专栏所作,魅力就相对弱一些。

---

① 见《烟愁》,(台湾)尔雅出版社 1981 年版,第 104 页。

② 见《水是故乡甜》,(台湾)九歌出版社 1984 年版,第 41 页。

二　林海音:在细如毫发的事中酿出浓烈的乡情

林海音(1919—2001),原籍台湾苗栗。本名林含英。北平世界新闻专科学校毕业,曾任记者、编辑。散文集有《冬春树》、《作客美国》、《两地》、《窗》(与何凡合著)、《剪影话文坛》、《一家之主》、《家住书坊边:我的京味回忆录》、《林海音散文集》、《隔着竹帘儿看见她》、《英子的心》和《静静的听》等;小说集有《城南旧事》、《晓云》、《婚姻的故事》、《英子的乡恋》、《生命的风铃》和《春风》等。

从五十年代起,林海音写了大量的以北京为思念对象的思乡小品,有影响的当推《两地》,在五十年代台湾散文界,时称"二音(林海音、钟梅音)一佩(徐钟佩)"。她自称:"我的第二故乡是北平,我在那里几乎住了一个世纪的四分之一。因此除了语言之外,我也有十足的北平味儿,有些地方甚至'比北平人还北平'。"①她思念北平如痴如醉,细如毫发的事在她的心中都能形成强烈的兴奋点,在《一张地图》中写道:"整个晚上,我们凭着一张地图都在说北平。客人走后,家人睡了,我又独自展开了地图,细细的看着每条街,每条胡同,回忆是无法记忆出详细年月的,常常会由一条小胡同,一个不相干的感触,把思路牵回到自己的童年,想起我的住室,我的小床,我的玩具和伴侣……一环跟着一环,故事既无关系,年月也不衔接,思想就是这么个奇妙的东西。"思乡的结果是:"第二天晏起了,原来就容易发疼的眼睛,因为看太久那细小的地图上的字,就更疼了。"凭着一张地图,用望梅止渴的办法来过思乡瘾,已属一奇;更奇的是居然望梅也还真解渴,能一环跟着一环地牵出童年的一切。文章最后用看得眼睛疼来反衬昨日思乡之专注。在《两地》的前半部分集中回忆北平的一些篇章所显现的乡情是那样粘,那样热气腾腾,所有的文字都被乡愁乡恋乡情腌着,滋味浓烈。相比之下,后半部分介绍台湾的,反而如导游那样客观,显得平实。

虽则林海音思念北平的都是些陈谷子烂芝麻的事,她在《陈谷子·烂芝麻》里说:"我所写的,数来数去,全是陈谷子、烂芝麻呀!但是我是多么喜欢这些呢!"但她把昔日的北平作为一种理想王国和艺术天地来展现,因此在她笔下,处处是一种艺术境界。如在《台上·台下》中描写的昔日北平戏台里的场景:

在大戏场的木板屏风后面的角落里,茶房正从一大盆滚烫的开水里,拧起一大把毛巾,送到客座上来。当戏台上是不重要的过场时,茶房便要

① 见《两地》,(台湾)三民书店1955年版,第119页。

表演“扔手巾把儿”的绝技了,楼下的茶房,站在观众群中惹人注目的地位,把一大捆热手巾,忽下子,扔给楼上的茶房,或者是由后座扔到前座去,客人擦过脸收集了再扔下来,扔回去。这样扔来扔去,万无一失,也能博得满堂喝彩,观众中会冒出一嗓子:“好毛巾把儿!”①

“毛巾把儿”在戏堂里飞来飞去,在作者“喜欢这些”的浓烈乡情的处理下,味儿十足,转化成一幅富有动感的昔日北平戏堂演出风俗画,令人神往。

和其他思乡作家一样,林海音思乡时也喜欢把“我”放进“乡”的场景中,不过,她更重视写自己的主观体验和感应。《文化阁剪发记》中写自己剪完发后的情景:“我又快乐又难过,走回家去,人像是在飘着,我躲在妈妈和宋妈的中间走。我剪了发是给人看的,可是这会子我又怕人看。我希望明天早晨到了班上,别的女同学也都剪了,大家都一样就好了,省得男人看我一个人。可是我还是希望别的女生没有剪,好让大家看我一个人。”把少女理发后的想给人看又怕给人看的矛盾犹豫复杂感受细腻地刻画了出来,更增添了乡恋乡情的色彩。诚然,林海音的思乡小品也有过碎的缺陷,有些篇章较为平实。

林海音在七十年代还写了不少家庭生活小品,如《一家之主》中收的五十五篇小品,大多写夫妻家庭生活,如教育儿女的日常琐事,记述议论笔墨多,也有一些幽默,配上一些插图,也颇有光彩。

三 艾雯:具有神韵性灵的“怀乡草”

艾雯(1923—),苏州人。原名熊崑珍。世代书香,父亲能书擅画。她1949年到台湾,致力创作。1951年出版《青春篇》,其中《路》一文,被收入初中国文教科书第三册,并被推举为“青年最喜爱阅读之作品及作家”。之后陆续出版的散文集有《生活小品》、《渔港书简》、《艾雯散文选》、《昙花开的晚上》、《浮生散记》、《不沉的小舟》、《缀网集》以及《倚风楼书简》等。她有浓烈的苏州情结,为此把专门回忆苏州的系列怀乡小品命名为《怀乡草》。在她的怀乡小品中,写得最多的是苏州,写得最好的也是苏州,因为她最爱的是苏州。她对苏州刻骨铭心。她认为,如果父亲不离开苏州到外地任职,肯定不会逝世得这样早。在她的台北居室里,她的书房里墙上挂的,是她少年时绘的苏州风景素描,书架里排放着清一色的关于苏州的书和画册,木柜里陈放着众多的苏州评弹和苏昆的录像录音带,房间四周巧妙地安置着琳琅满目的苏州艺术品,成为

---

① 见《两地》,(台湾)三民书店1955年版,第22页。

台岛上的"小苏州"。在台湾众多怀乡作家中,艾雯以写苏州展示了她的精致散文艺术。

艾雯以写抒情小品起家。她的成名作《青春篇》所收的均是抒情小品。在这本散文集中,充分显示她的散文创作特有的女性思维:即以闺阁中的女子的沉思来展示情致。这种展示,虽则偶尔也借用一些意象作为作者和读者之间的中介物,如路、墙、门之类,但大多数却是直接对一些虚的理念进行抒写,这些虚的理念,又都以春春为圆心,是青春这棵树干上开出的花朵,如失落、寂寞、渴望、沉默、惦念、迟暮等。就这些虚的理念抒发情感,是要冒风险的:一是没有中介物作为意象,满足读者在感官上的欣赏要求;二是这种闺阁中的沉思,弄得不好会在静中变得沉闷。但《青春篇》取得成功。它的成功,固然是因为当时台湾处在激烈的风云之中,人们骤然看到一位女子用沉思得来的纯情所凝成的一块绿洲,可以到它那里得到片刻喘息和暂时的安宁;但更重要的还是因为这位女子在动乱中向人们坦率地捧出了一颗心。这颗心里孕育出来的感情,或许你会感到陌生,但你无法拒绝它!因为它是那样纯净和善良。"不管一路上有些什么?生命本身便是一个旅程。当我们迈出第一步,必须尽全力到达终点。"(《月未圆》)这样的呼喊,虽则不算高亢,但它却坚实有力,犹如鼓点,激励人们向前!

要为艾雯的散文创作划分出几个时期较为困难。她的沉思式的女性思维,在她的创作生涯中一以贯之。但从情绪内核来考察,则可以清晰地勾勒出来这样一条轨迹:从青春的躁动向冲淡恬静蜕变。她的前期散文,抓住生活中许多充满矛盾的大问号来谋篇,并把自己对这些大问号的沉思结晶作为散文中的情绪波澜的涟漪,内中含着力的冲动。如《表演者》中,对那条失去自由的海豹在一位年轻人指挥下的可怜的表演,显得如此沉重:"海豹是为人的生活而生活,可怜可悲的又何止海豹。"由此,读者不难看出作者对自由的呼唤和向往。但到后期,她的散文愈来愈淡。这种转折可以《缀网集》为代表,她由衷地赞美"秩序之美"(《秩序之美》),厌恶愤怒——"愤怒是敌"(《愤怒是敌》),忠实地皈依了"淡在喜中"(《淡在喜中》)。当然,这种皈依并不是不食人间烟火。即使在她公开亮出"淡在喜中"的旗号时,她也感叹:"果真修炼到炉火纯青,恬淡无为;热忱也低了,活力也减了。缺少那股'入世'的冲动,总不免有点苍凉之感。"(《淡在喜中》)因此,她还是要把一只眼睛睁得大大的,观看着人世间的变幻,并继续沉思着,只不过心态渐趋平和。但由于她的感情天然的丰富,弥补了平和的不足。

艾雯痴迷苏州,因此苏州的一切进入她的散文都非常有神韵,使得她的淡中具有凝重丰厚的风采。她把思乡的文章称之为“怀乡草”,“怀乡草”中的苏州,是一座神圣的艺术天堂,非常性灵化。如《石榴花开时》写少年时在苏州的盛夏中,到井里取浸泡着的西瓜时,这样写道:

我半蹲半跪地扶着井栏,只等大人一打开白木井盖,先享受那股冲上来的凉气,凉嗖嗖地拂在脸上,一瞬间汗也干了,痱子也不痒了,比什么都舒服。每当我要向井里看第一眼时,总企盼着出现什么奇迹,譬如一张漂亮王子的笑脸,或者一位凌波仙女的倩影,甚至一个狰狞可怖的巫婆面孔,但显现在黑黝黝、阴森森的水面下的,永远是那张白白圆圆、童花式头发覆盖着浓浓双眉的傻女孩的脸——我自己。我皱鼻子她也皱鼻子,我伸舌头她也伸舌头,我双手拉眼皮扯嘴,她变了个滑稽的老虎脸……那张小圆脸晃呀晃的,忽然扭曲了,平静的井水泛起了阵阵波澜,蓦地里一个圆滚滚的物体冒出了水面,腾空而起,我连忙舍弃了井中那个我,帮着解包袱,好一只冰凉激淋的大西瓜!

尽管写的是捞取冰凉凉的西瓜,但感受到的却是炽热的滚烫的文字。只有思念家乡到了痴迷程度的游子才会写出这样痴情的文字。她的思乡“怀乡草”一反艾雯创作规矩(她的散文平均只有几百字、千把字),极不克制,如数家珍般地把深藏在她记忆库中的记忆统统介绍给大家,她要在自己的散文中再现一个苏州!她为此赢得了一个名副其实的称号,那就是——“艾苏州”。

在这一时期写怀乡小品的还有张秀亚、张拓芜等。

张秀亚(1919—2001),河北沧州人。五十年代她的散文集《三色堇》在台湾文坛名声大噪。《三色堇》许多篇章取材自昔日大陆战时的人和事,描绘动荡的心态,基调纯净、柔弱,充满了宗教味,字里行间利用一切机会布道。如《遗珠》描写自己在校园宿舍里亲手抓住小偷,却又和小偷为“友”,为避免他人为难小偷,竟亲手“握住一双贼的‘友谊的’手护送其走出校园”。又如《山城之子》中那位小工友,为“我”和同事购买柑橘时,把三个柑橘藏匿起来,后被发现。“我”又义不容辞为之解围。仁爱之心既虔诚,又近乎浪漫。虽则如此,这种仁爱之心在历尽沧桑之后更显得难能可贵,在动乱中挣扎,又遇到家庭变故,夫妻离异,她依然勃勃向上。在《种花记》中,她对被风雨和动物欺凌的小花草,依然倔强地生出“新绿的翅膀”,由衷地发出赞美,正是她对神奇瑰丽的生命力的肯定。《三色堇》的风格和创作心态,和冰心的《寄小读者》一脉相承。

在五十年代初的动荡不安的台湾海岛，无疑是一片绿洲，赢得了读者的青睐。但由于作者是个报人，在散文创作时，显得较为拘谨，有一种布道味，影响了文学性，因此虽则她成名早于琦君，但怀乡小品成就却较之逊色。她的散文集还有《牧羊女》、《凡妮的手册》、《怀念》、《湖上》、《爱琳日记》、《两个圣诞节》、《少女的书》、《北窗下》、《曼陀罗》、《心寄何处》、《书房一角》、《水仙池》、《天香庭院》、《人生小景》、《石竹花的沉思》、《海棠树下小窗前》、《爱的轻歌》和《杏黄月》等。

张拓芜(1928—　)，安徽泾县人。1944 年从军，担任"代马输卒"。他的成名作是 1975 年之后相继出版的散文系列丛书《代马输卒手记》、《代马输卒续记》、《代马输卒余记》、《代马输卒补记》和《代马输卒外记》等，合称《代马五书》，被台湾文坛誉为"大兵文学的代表"。他的散文集还有《左残闲话》、《坎坷岁月》、《坐对一山愁》和《桃花源》等。从他的代表作《代马五书》所怀念的特定对象——代马输卒来看，应该说不是纯粹的怀乡小品，尽管其中也辑录了怀乡的作品，如《代马输卒手记》中后半部分就是纯粹的"细说故乡"，但总体来看，半是抒写军旅半是怀念故乡，是一个军旅散文和怀乡小品的合成品。大陆从四十年代末开始，军旅散文就逐渐兴旺。五十年代、六十年代以回忆战争为主的革命回忆录如《星火燎原》、《红旗飘飘》等，都红火一时。大约是因为败走台湾的原因，相比之下，台湾的军旅散文较为冷落。正因为如此，张拓芜的《代马五书》就显得格外令人注目。和大陆的军旅散文相比，两者截然不同：大陆的军旅散文以胜利者自居，宣扬军功，歌颂伟业，为政治服务；而张拓芜的创作心态非常自由，受政治约束较少，虽则文中也有对共产党攻击的内容，但侧重的还是客观地记述和描写国民党军队下层人士的生活，是一部真实的历史纪录片。如《最后一次开小差》中如实描写国民党部队中开小差的情况，以自己开小差的亲身体验，细述开小差的缘由、经过，最后写出了"当兵的开小差，就如寡妇偷人，有了第一次就有第二次，以后就索性豁了出去……"的精彩之笔。又如部队中的各类体罚情况的描写等等，对了解这一时期的国民党部队提供了可贵的资料。文集中的后半部分"细说故乡"，是回忆家乡昔日的风貌，和女作家相比，张拓芜的回忆也较为客观，但其中有许多民俗的描写，如《春节舞龙》和《挖锥子会》写得有声有色。《春节舞龙》中极写舞龙灯的气势和热闹，《挖锥子会》把姐姐被恶婆婆虐待，母亲带着一帮人雄赳赳气昂昂地到女儿婆家惩罚恶婆婆的情景，写得栩栩如生：母亲一帮人是大军压境，气势逼人；恶婆婆只能苦苦求饶。令读者身临其境，如见其人，如闻其声。和擅长写怀乡小品的女散文家的作品相比，张拓芜偏重纪实，感情显得较为克制。

第十八章　香港散文

第一节　都市文化背景下的港味散文

一　个性:在商业化中模糊

香港从开埠以来,“虽然由英人管辖,但文化发展方面,特别是文学部分,仍与中国骨肉相连”①。1928年墨冰子主编的综合性杂志《墨花》和张稚庐主编的《伴侣》半月刊,已经有一些用白话文创作的随笔面世。现代散文的创作尚未形成气候,直到1937年抗日战争爆发后,上海沦陷,香港渐渐成了中国作家的集散地,其中有一部分散文家,如徐訏、叶灵凤等就以香港作为暂时栖居地,从事散文创作。也有一些作家如范长江、萨空了、成舍我、金仲华、茅盾、戴望舒等,以香港为主要宣传阵地,办报及从事出版事业。他们创办的报纸的文艺副刊,如茅盾、叶灵凤先后主编的《立报·言林》,戴望舒主编的《星岛日报·星座》,萧乾、杨刚主编的《大公报·文艺》,陆浮、夏衍先后主编的《华商报·灯塔》等,对香港现代散文创作起到了推动和促进作用。

由于连年的战争(抗日战争和国内战争),促使一批内地散文家陆续来到香港,也有一些香港散文家到内地参与文学活动。这时香港散文的发展基本上和内地散文发展的轨迹叠合在一起。直至五十年代后,香港由于位置的特殊,散文发展开始分流。内地的散文发展进入了“工农兵”代言人时代,以红色颂歌作为它的主要范式,但香港散文却逸出了这个范式,以自由的多元化的姿态向前发展,在都市文化背景下形成了具有独特文化形态的港味散文。

从这近半个世纪的香港散文发展来看,它也一度受到政治和意识形态的制约。无论是抗日战争还是之后重新爆发的国内战争,来港的散文家大多肩负着这样或那样的使命,因此在散文创作中,有较多的宣传味。五十年代后,由于中华人民共和国的建立,一批对共和国持反对或疑虑态度的散文家避入

① 卢玮銮:《香港早期新文学发展初探》,《香港文纵》,(香港)华汉文化事业公司1987年版,第10页。

香港，因此在五十年代，香港文坛也出现了意识形态和政治倾向分明的对峙，散文也常常为政治倾向和意识形态所裹挟。香港的特殊地理环境和政治环境，成为东西两大阵营互相渗透、互相较量、互相角力的场所。散文特殊的文体功能，在这种较量和角力中虽然能发挥互动作用，但因为处在边缘，有影响的散文作家和作品不多。

七十年代以后，香港文坛发生重要变化，政治、文化和意识形态的对峙逐步趋向淡化、模糊和消解。五十年代南来的作家逐渐退出由他们主导的文坛，经济的飞速发展、教育的普及，尤其因内地"文革"的结束，重新恢复了香港与内地的政治、经济、文化联系。从七十年代开始，数量巨大、内容丰富、形式活泼的杂文发展起来，形成了一种独特的民众公共空间。政治和意识形态的模糊，化解了文化对峙，在散文的创作中出现了多元并存的局面。

不过，无论是在对峙的年代，还是对峙模糊和消解的时期，由于香港特定的社会环境和文化环境，没有权威的、意识形态鲜明的主流文化体制来控制散文家的创作；即使处在对峙的阶段，散文作家也比较自由，不需要严格地服从某种权威文化体制的主宰和指导，某个散文家即使具有某种意识形态的倾向，也是一种自由选择。因此，三十年代那场小品文是"匕首"、"投枪"还是"小摆设"的争论对于香港散文影响不大，内地的"工农兵"代言人时代的红色颂歌模型也没有渗透进香港。所以闲适的趣味性小品在香港畅通无阻，各种生活小品、书斋小品、风物小品依然盛行，如叶灵凤等作家创作散文的套路依旧。叶灵凤的《香港方物志》可以说是一部奇书，在繁华喧嚣的香港，居然能以这样纯粹而诗意的心灵去感应自然，可以说是他的唯美主义的又一次激情燃烧。对峙的模糊和消解的必然，使香港散文非意识形态化。倾向的模糊和意识形态的淡化，成了港味散文的重要特征。

本来，没有权威意识形态主导的主流文化体制的控制和主宰，散文家的个性可以得到自由发挥和充分展现，但近半个世纪的香港散文创作事实却和内地散文一样存在着一个问题，即想象力的贫乏和个性的模糊。这一现象的根源在于香港的文化缺乏个性。香港是一个商业化的社会，正如香港学者小思所说："香港的文化个性也朦胧"；"身世朦胧，大概来自一股历史悲情"，"香港，没有时间回头关注过去的身世，她只有努力朝向前方，紧紧追随着世界大潮流，适应急剧的新陈代谢。"①追随世界大潮流是高度商业化的驱使，潮流是个性的天敌，高度商业化也改变了读者欣赏的观念，追求刺激、追求休闲成为时

① 小思：《香港的故事》，(台湾)《联合文学》第8卷第10期。

尚。可以这样说,香港的高度商业化社会对散文的休闲性、趣味性和流行性的要求,同内地的主流文化体制对散文的功利性、倾向性的要求一样地偏执和疯狂。个性化为商业化所替代。一些有影响的散文家为了追求商业卖点,不是以艺术的个性提高散文的品位,而是走怪与偏的偏道去迎合市民的口味。

散文的个性的模糊,还在于商业化社会对散文生产过程的制约。散文作家在创作过程中,必须受到出版商的制约,与消费者接轨。这种接轨,对传统散文创作价值观念是一个颠覆。决定了散文创作主体原来以小品为极致的精神享受,必须向消费者追求的休闲妥协。所以,对散文进行个性化的先锋实验,或追求散文艺术个性化的精致并以此自我陶醉等等,对于散文家来说,都成了冒险,唯一的出路是追求时尚,追求卖点,以满足大众化的口味。个性就在这种满足大众化的过程中被消解。

二 新闻传媒主导下的散文被动创作,导致"散文性"流失

随着香港商业化的高度发展,新闻传媒也非常发达。本来,二十世纪中国散文的产生发展是和新闻传媒紧密相依的,但对香港来说,它的文化体制和内地文化体制迥然不同。散文作家没有固定收入,完全依赖于报纸杂志。这种依赖性对散文家来说是一种压力,因为人要生存。生存的压力极容易转化为创作的动力,所以发达的新闻传媒也培育和造就了一批散文家和杂文家,六十年代起以"三苏怪论"开一代风气的杂文家三苏(高雄)就是其中的代表。他为了新闻传媒的需要,勤奋写作,最忙时日产一万二千字,写稿十小时,涉足各种文体,同时刊于十四种报纸杂志上。许多散文就是这样被新闻传媒逼出来的,"散文性"也就在这样的逼迫下悄悄地流失了。

散文作家对新闻报刊的依赖,决定了许多散文作家的被动性。尤其发端于五十年代报纸的框框专栏,到六七十年代逐渐成熟,专栏的定期性和规定性,迫使散文作家有感情要写,没有感情也要写;有欲望要写,没有欲望也要写。散文创作主体的被动,稀释了散文的情感。在这一时期,即使一些较有影响的专栏散文,如1956年10月由金庸、梁羽生和陈凡三人在《大公报》副刊上开设的《三剑楼随笔》,1974年由柴娃娃、杜良媞、圆圆、小思、陆离、尹怀文和亦舒等七位女性作家轮流执笔,在《星岛日报》上开设的副刊专栏等等,也都呈现出情感稀薄相。虽然一些有才华的散文家,如三苏等用立论怪异、幽默风趣的散文反映市民的愿望和心声,较有个性,但毕竟属凤毛麟角,而且大批量的创作也迫使他们无法精心结构,反复琢磨,他们的作品也因此显得粗糙,社会反应不一,优劣掺半。被动写作产生的是经验的复制,或是自我复制,或是复

制他人。深度的思想和发光的精神也成了散文的奢侈品。

高度商业化社会还驱使散文向实用性倾斜。香港作为发达的大都市，其文化特质非常强调实用性，因为它有一批嗜好实用性散文的读者。这种都市文化的土壤，导致散文向实用性献媚。提供种种日常生活及专业与非专业性质的实用知识，也堂而皇之地成为散文的主要内容。散文的艺术性追求受到漠视。本来，散文就具有反文类倾向，在商业文化的冲击下，它越来越边缘化，在大量的框框散文中，标明所谓散文的文章的"散文性"面目越来越可疑。从七十年代到八十年代，有些框框散文越来越专业化、实用化、知识化，不少专门谈经济、政治、艺术、医药、教育、投资、移民甚至优皮、音响、录影、养花、养狗、电脑、围棋等等，这种专业化、实用化，离散文愈来愈远。三十年代内地兴盛一时的科普小品、社会小品文采灼人，而香港的这些实用性散文实在是枯燥无味，它把休闲性推到了极端，这必然是对文体的伤害。

三　消费至上，散文是亲切的邻人

香港的都市文化心态特征中注满了消费意识。读者视散文为商品，是以消费者的心情来对待的。散文是读者的文化消费、精神消费。在香港，持高蹈的姿态写绅士兰姆式小品会处处碰壁，散文成了为普通读者写普通人物、普通事情从而普及各界的通俗文体。这样，散文家就千方百计要把自己放到读者亲切的邻人的位置上，使散文成为读者亲切的邻人。

这种关系，从散文家来说，是对读者的尊重。在二十世纪中国散文发展史上，散文家与读者的关系，也始终是一个敏感的话题。林语堂在三十年代提出的散文是"似乎良朋在亲密中闲谈的体裁"，应该把读者视为"亲熟的"故交，"读来如至友对谈，推诚相与，易见衷曲；当其坐谈，亦无过瞎扯而已，乃至谈得精彩，锋芒焕发，亦多入神入意之作"①。但由于林语堂的"以自我为中心，以闲适为格调"被视为异端邪说，这些观点也被内地散文界所抛弃。但在香港的都市文化氛围中，散文作家必须以读者的朋友或同事身份写作，才能使散文和读者沟通。香港的散文家也斯对香港散文家自觉调整自己和读者的关系作这样的论述：

……不是说报馆或编辑给你甚么限制，而是你自觉地把响亮的声线降低，把高蹈的姿态缓和，正如齐白石画上题字所说："不欲教人仰首看。"

① 林语堂：《小品文之遗绪》，佘树森编《现代作家谈散文》，百花文艺出版社 1986 年版，第 117 页。

本来想谈严肃的问题,但在写的过程中,不管说得如何艰深,还是会有读者的影子在脑中,不至于自说自话了。这种亲切世俗的特色,或许也是香港散文的一个特色,与台湾或大陆的散文不同,较少文艺腔,较少文雅的形容词,却更多现代生活的感性。①

香港散文作家对作品与读者关系的自觉调整和重视,也正是内地海派散文作家创作态度的一个继承和延伸。由于把自己作为读者的亲切邻人,所以香港散文审美趣味的主导面是有亲切感、亲和力的,较少摆着面孔去教育人、引导人。当然也有少数反亲切感的,如李碧华,但她的散文总的姿态还是和大众站在一起,与大众共呼吸、话家常。不过,也有些散文作家追求亲切感和亲和力过度,结果变成了媚俗。有些散文作家没有思想,缺乏精神,再加上智慧不足,使得就事论事的平庸媚俗之作成为看后即扔的一次性消费的"散文快餐"。

四　殖民文化环境的稀释:"乡情"的淡漠和遗忘

香港长期为英国殖民者占领,英国殖民者通过自己组建的殖民政府推行殖民文化。殖民文化推行的最重要的结果,是对"祖国"的淡漠和遗忘。具体表现到散文中,是对"乡"的淡漠和遗忘。香港散文和大陆内地、台湾散文相比,最刺眼的一点就是:乡土散文的缺席。在香港散文中,几乎找不到一个具有个性的乡土散文作家。香港散文作家对"乡"的缺乏想象,也成了港味散文的一个重要特征。

长期生活在原始的农业文明氛围中的知识分子对都市文化的物欲本位思想有着最敏感和最深切的体验,无论是大陆三十年代的沈从文、废名,到九十年代的周涛、刘亮程等,还是台湾的余光中、张晓风,到九十年代的阿盛、黄春明等,深刻的乡土眷恋作为一种凝固了的审美心态,化成无限的想象,落实到他们散文的字里行间。他们对"自我"的认同,落脚点常常放到"乡"上。尤其是经过内战,共和国建立后撤退到台湾的一些作家,更是对中国大一统充满想象,他们把对"自我"的认同和对"乡"、对"中国"的认同融合起来。这里的"乡"已经不是与"都市"相对应的狭义的"乡",而是扩大到中国,包括都市在内。典型的口号是余光中的名言:"当你不在中国,你便成为全部的中国。"这是思"乡"的最高境界。与大陆和台湾的散文相比,"乡"在香港散文中几乎没有影

① 也斯:《公众空间中的个人论说》,见卢玮銮编《不老的缪思》,(香港)天地图书有限公司1993年版,第205页。

踪,不管是从大陆到香港来的作家,还是香港本土作家,对“乡”、对“祖国”缺乏想象的热情,既没有失“乡”、失“祖国”的痛苦,也没有怀“乡”、怀“祖国”的激情。即使一部分作家在散文中也追忆到“乡”,如司马长风、吴其敏和叶灵凤等有一些怀乡思乡之作,但所持姿态、情感和大陆以及台湾的散文作家相比,大相径庭。如叶灵凤对南京、对镇江的怀念,这种怀念仅仅是以一种观赏文物的心态来看南京、看镇江。与之相比,几乎是同一时期在台湾的散文作家林海音写了许多对北京的怀念散文,她和叶灵凤的心态就完全不同。她在《一张地图》中写到自己思念北京的情景,竟是凭着一张北京地图回忆北京,用望梅止渴的办法思念北京,而且望梅止渴竟能真的止渴,治疗她的思乡病,思乡思到了痴迷!和林海音的思乡相比,叶灵凤等简直不是在思乡。乡土散文在香港散文中稀少,不能不说是殖民文化推行的结果。

第二节 叶灵凤 曹聚仁

一 叶灵凤:唯美主义追求的生动回归和闪现

叶灵凤(1904—1975),江苏南京人。原名叶韫璞。散文家、画家兼藏书家。中学在江苏镇江的一所教会中学就读。1924年到上海美术专科学校学习。1925年参加创造社,参与出版部的工作,任《洪水》半月刊的编辑。1926年与潘汉年合编《幻洲》半月刊。1928年主编《现代小说》和《戈壁》。1934年,与穆时英合办《文艺画报》。抗战爆发,他南下广州,参加《救亡日报》编辑部工作。1939年广州沦陷后,抵达香港,并定居香港,直至1975年逝世。在港先后主编《立报》副刊《言林》、《星岛日报》副刊《星座》、《华侨日报》周刊《文艺》等,以编《星座》的时间最长。主要散文小品有《白叶杂记》、《灵凤小品集》、《读书随笔》、《文艺随笔》、《北窗读书录》、《霜红室随笔》、《晚晴杂记》、《香港书录》、《书鱼闲话》、《香港方物志》、《香江旧事》、《张保仔的传说和真相》和《能不忆江南》等十数种。

三十年代的叶灵凤是个唯美主义者和新浪漫主义者,也是海派散文作家中的代表人物。在散文小品创作上,他坚持的理念是:“小品文应该无中生有的,以一点点小引为中心,由这上面忽远忽近的放射出去,最后仍然能收到自己的笔上,那样才是上品。”①这一理念的关键词是:“中心”、“放射”和“收”。

① 叶灵凤:《我的小品作家——文艺随笔之二》,《灵凤小品集》,上海现代书局1933年版,第132页。

从中心出发放射，而后又收回到自己笔尖，他的小品创作坚持了这一理念。1933年由现代书局出版的《灵凤小品集》代表了他前期的小品成就。这些小品，确实是常常以一点点小引为中心，扩散辐射出去，最后又收拢回到自己笔尖，书写自己的一点意绪，表达自己的独特心境。如《霉的素描》中，以梅雨期内的“霉”为小引出发，眼前所见的是挥之不去的“霉”：墙上雨痕未干，“软弱的阳光中又夹杂着毛一样的细雨了”；“书脊上昨日所拂去的霉点今朝又新生了”，“霉的个性似乎比苍蝇还要执拗”。以“霉”放射出去，抒写的是自己被“霉”包围的意绪，最后的收回还是在“我”身上：“我绝望了。投下笔，我愤然的站了起来。”他在三十年代写的“双凤楼随笔”系列小品，抒情写意的基本格局如此。这一时期的小品总体来看，是“以自我为中心，以闲适为格调”。

叶灵凤的散文小品中有两类影响较大，一类是书话，读书札记，如《读书随笔》；另一类是写风俗和方物的，以《能不忆江南》和《香港方物志》为代表。

对于书话，叶灵凤曾在他的《文艺随笔》的“后记”中说明了他的写作宗旨：“我一向认为要写这一类随笔，将自己读过的觉得喜欢的书介绍出来，是应该将这本书的作者，他的生平和一点有趣的小故事融合着这本书自身来一起谈的。有时，一本书在这世间的遭遇，会与这本书的内容同样地有趣。这都是我特别感兴趣的。”这种书话的写作策略和他在三十年代坚守的小品写作策略是一脉相承的，总体来看，是持开放的姿态，把书内和书外相融合，书和人相融合，书的历史和书的现在相融合，融合的目的是把书话写得艺术些。因此，他的书话是艺术再创造。典型的如1962年10月15日至19日发表在香港《新晚报》上的《读〈作家书简〉》，文中先把《作家书简》和孔另境编的《现代中国书简集》相比，判定高下，并揭示了《作家书简》的特色。而后，对版本进行研讨，特别对“‘定价’两字之下是空白的”作一说明。再把笔锋转到编者身上，从所收书信作家的身份上，推论出编者当是“平襟亚”，并写出这样一段介绍：“他在上海一向是办小报的，后来又挂牌做律师，经营过‘一折八扣书’，印过《古本金瓶梅》和其他所谓‘珍本小说’，颇赚了一点钱，是一个在当时上海出版界专走偏门的人物。”从定价“空白”的说明，到“走偏门的人物”——编者的介绍，是属“书外”。接着重点对《作家书简》的“书内”进行评述，特别对其中有价值的——郁达夫、郭沫若、朱雯、罗洪和周作人等的书信进行了评述。对这些书简介绍，又把周作人作为评述的重点，因为周作人信中谈的是关于他遇刺的事，这是研究周作人的，也是中国现代文学史上有影响的重要史料，是《作家书简》的价值所在，所以笔墨相当放纵，甚至把这一事件中的“刺客”也牵出来，介绍了“刺客”们一些“有趣的小故事”，为后人研究提供佐证，这是“书内”中的

"书外"。全文把许多"有趣的小故事"融合起来,有情有趣,勾连成一片艺术天地,成为艺术的书话。更可贵的是在这篇书话中对书和作家的评价,处处显示出内行鉴赏家的挑剔,如对《作家书简》的编辑的批评:"书中类此情形者还很多,删去了人名、书名或是文章的题目,总是不加注明。至于上款,有的保留,有的删去,也不一致。这都是这部《作家书简》在编辑体例上的缺点。"《读〈作家书简〉》是叶灵凤书话风格的一个代表。当然,叶灵凤书话也良莠不齐,少数篇章较为粗糙,有敷衍之嫌,如1961年发表的关于《五十人集》的一系列书话就有这样的缺憾。

叶灵凤小品中另一类有特色的作品是状写风俗人情和方物的,代表作有《能不忆江南》和《香港方物志》。

《能不忆江南》的编者姜德明介绍:"本书文字选自叶先生的专著《晚清杂记》、《北窗读书录》,以及他与几位香港作家的散文合集《新绿集》、《红豆集》。许多零篇的文字则选自香港《新晚报》副刊的专栏《霜红室随笔》。因为作者写作时未标明写作时间,有的出版物又未写明出版年月,写作年月只能大体定于六十年代初到七十年代初。"①这本书虽然是从各文集和报刊中选辑而成,但情感却是一致的,是用温情的笔墨状写江南的人文自然景观,林林总总,皆蕴含着他的刻骨铭心的体验。说到底,这些情是一种乡情,字里行间都可看到他的心迹足迹情迹。尤其是写南京和镇江两地的文章,特别细微和到位。如文章中为"镇江肴肉"写的系列小品《肴肉白汤面》、《肉骨头和京江蹄肴》和《狮子头和镇江肴肉》,简直是以肴肉专家的角色来鉴赏肴肉,对镇江肴肉的制作"秘密"和食法的叙述,既权威,又显示了对家乡的一种偏爱。正因为他对家乡充满了情意,所以他选择的角度有时非常奇特。如《南京的马车》中,在叙写完南京的马车史之后,竟拖出这样一段文字:

> 同马车夫讲价钱,最费口舌。他们漫天讨价,只要你开口还了价钱,他们就驾了车子跟在你一旁,向你兜揽不休。而且别的马车夫都拒绝再同你接洽。因此,你如果问了一辆马车的价钱,就无法再雇第二辆,不容你有选择。如果有别的马车夫破坏了这行规,吵骂和打架就要发生了。因此,对当时初到南京的人士来说,雇马车和讲价钱,都是一件苦事。②

① 姜德明:《〈能不忆江南〉编者前言》,《能不忆江南》,江苏古籍出版社2000年版,第3页。

② 见《能不忆江南》,江苏古籍出版社2000年版,第34页。

写南京马车，选择了和马车夫论价一事，因为这事有些奇特：只要你同马车夫开了口，还了价钱，他就驾车跟着你兜揽不休，是一奇；别的马车夫拒绝再同你接洽，你再也没有办法雇到第二辆，则是奇上加奇。这一奇事，也可以说是陋习，作者也说不清它的滋味：马车夫的江湖义气，可恶中又有点让人钦佩；雇马车和讲价钱是苦事，作者大概也尝到过此种苦，但他对这苦又感到奇，苦而奇，乃至刻骨铭心。这些文章都写在六十年代初到七十年代初，作者已经过香港生活的长期浸染，所以他的这些乡情小品文笔开放、滋味无穷。

叶灵凤的散文随笔中最富特色的还是他用散文笔法为香港写的自然史《香港方物志》。这是一本用"心"感应自然写出来的奇书。在繁华躁动、灯红酒绿的香港，能够如此屏息静气地去感应自然，实在是一种人生的艺术。这是他早期的唯美主义追求的又一次生动回归和闪现。这本小品不仅填补了用方物记载香港的空白，同时，也用一篇篇美文营造了一座香港方物博物馆，它可以说是香港的《塞尔彭自然史》。

《香港方物志》包罗万象，作者能感应到的方物，皆形象地展现在他的笔下。如《后海湾的鹭鸶》中对鹭鸶捕鱼的描写：

> 鹭鸶捕鱼很有趣，它们不似鱼郎或是翡翠那样，在飞行中突然扑的一声飞入水中衔出一条鱼来。它们乃是在浅水中缓缓的步行，躬背缩颈，那模样极似一个身披蓑衣的涉水老渔翁，见了鱼就一口啄去，百无一失。更有一种则凝然站在水中不动；等候鱼儿游过脚下就捉。①

鹭鸶躬背缩颈的缓缓步行和凝然不动的两种捕鱼法，写得惟妙惟肖，可谓传神之笔。传神之笔来自于作者凝神感应之"神"，这种"神"在《香港方物志》之中时常可见，如《行不得也哥哥》中对鹧鸪飞翔的状写，《呢喃双燕》中对"燕子话"的描摹，都是让人难忘的文字。处处皆有"神"是《香港方物志》的一大特点。在充满商业气味的港味散文中，叶灵凤的这种清净诗意的小品，显得格外夺目而难得。

二　曹聚仁：以"有所知"、"有所见"的学术随笔进行文化普及

曹聚仁(1900—1972)，浙江金华人。散文家。幼受庭训，在父亲办的小学里读书。1922 年到上海，听章太炎的国学演讲。先后任复旦大学、暨南大学

① 见《香港方物志》，生活·读书·新知三联书店(北京)1985 年版，第 25 页。

等大学教授。1932 年开始写作,先后主编《涛声》周刊和《芒种》半月刊。抗日战争时期任随军记者,辗转于东南沿海各地。1950 年到达香港并定居,专门从事写作,曾主编《学生时代》杂志,与徐讦、李辉英合办《热风》半月刊,创办过创垦出版社。1972 年病逝于澳门。主要作品有散文集《鱼龙集》、《浮过了生命海》、《曹聚仁杂文选》,报告文学集《大江南线》、《采访外记》、《采访记》、《北行小记》、《北行二记》、《北行三记》、《采访新记》等,小说《酒店》、《秦淮感旧录》,文学评论、随笔、回忆录《文坛五十年》、《文坛三忆》、《书林新语》、《到新文艺之路》、《万里行记》,传记和评传《蒋百里评传》、《鲁迅年谱》、《鲁迅评传》,自传《我和我的世界》,学术思想随笔《中国学术思想史随笔》等等。

曹聚仁著述甚丰,学术随笔是他最具特色的散文代表作。1970 年 1 月 2 日至 9 月 15 日,在香港《晶报》上开设专栏,连载他的学术随笔,最初以《听涛声随笔》为题,后结集以《中国学术思想史随笔》为名出版。他在集中的《三教》篇中叙述他的写作宗旨:"我年已衰老,这回应友人之约,要我对年轻的孩子讲中国古代学术思想的演变。我虽不能如陈寅恪先生所说的那样寻流溯源,烛隐发微,我却不能如谈高头讲章的严生那样人云亦云。这是一种'有所见'的书,不仅是'有所知'的书,窃愿藏之名山以待后世的知者。"①概括起来,他的以《中国学术思想史随笔》为代表的学术随笔,是借助他的"有所知"、"有所见",以通俗明白的话语,宣讲中国思想文化,以此达到学术普及、文化普及和思想普及的目的。如《隋唐佛学》篇中对佛教经典渗透到社会生活中的讲解,就以生活中常听到的一句口头语"南无阿弥陀佛"为例,宣讲"色即是空,空即是色"。深入浅出地把一些学术问题化解成易懂的话语,达到普及的目的。曹聚仁早年接受过系统而又严格的国学教育和训练,这本学术随笔集,也可以说是他早年所受的国学教育的反刍之作。

曹聚仁散文中有较多的篇章是以许多文坛大事亲身经历者的身份写的回忆小品,代表作是《我与我的世界》、《文坛五十年》。他在《文坛五十年》前辞中,称自己的回忆"只是以史人的地位,在文坛一角作一孤立的看客而已"。无论是回忆自己还是追述他人,他始终保持的是一个报人的姿态,客观地叙述,平静地介绍,采取的是写实的新闻笔法。如在《我的童年》中回忆自己牙疼,仿佛是叙述一件与己无关的事,对牙疼的感觉滋味不愿展开和细描。这大概就是他的所谓"看客"的姿态。不过,因为他回忆的往事,特别是文坛旧事,大多

① 曹聚仁:《三教》,《中国学术思想史随笔》,生活·读书·新知三联书店(北京)1986 年版,第 194 页。

是他亲身经历的、参与的,同时,他又处在香港这个自由港,意识形态的干扰基本没有,所以他能避免一些历史的是是非非的恩怨,公正地提供一些历史事实,成为历史的见证录。

总体来看,曹聚仁的职业报人的身份,使他形成了一种重事实轻体验的写作惯性。尽管他的一些散文小品有一个刺激而醒目的标题,如《我的情书》、《荒唐》、《死》,但写得枯燥而寡味。他的散文小品专栏味太浓。

需要指出的是曹聚仁对散文批评有一点偏爱,他有多篇文章评述散文,如《小品散文》、《谈传记文学》、《报章文学》、《杂文》和《语丝文体》等,糅进了自己的创作体验,有不少真知灼见。

第三节 陈之藩 思果

一 陈之藩:从容不迫地展示"自我"的心灵历程

陈之藩(1924—),河北人。天津北洋大学毕业,美国宾夕法尼亚大学科学硕士,英国剑桥大学哲学博士。1977年至1984年在香港中文大学电子系任讲座教授兼系主任。著有散文集《旅美小简》、《在春风里》、《剑河倒影》和《一星如月》等,代表作为《剑河倒影》。

陈之藩和梁实秋为邻,他称自己很幸运,"在台北与实秋先生谈了五年天"①,耳濡目染,沾上了梁实秋的从容而谈的气度。他的域外散文,抒写自己处在异域学习和工作的种种感受,实质是他的心灵历程。影响最广泛的是《剑河倒影》,写他眼中的剑桥、心中的剑桥。和徐志摩相比,徐志摩心中的剑桥是感性的、疯狂的,陈之藩心中的剑桥是理性的、有内涵的;徐志摩心中的剑桥是图画式的,陈之藩心中的剑桥是理智的。陈之藩多次描写剑桥的吃饭,是各路英雄,"一天三顿饭,两次茶,大家正襟危坐穿着黑袍一块吃"②。"就是吃这么一次晚饭,我好像觉得我走进饭厅时与走出饭厅时,除了肚子有所不同外,脑筋似乎也有所不同。好像有好多观念在辐射你,有好多想法在引诱你。不知是哪位圣人创出剑桥这种制度,这种制度是无时无地不让你混合。比如教授与学生混合,喝茶与讲道混合,吃饭与聊天混合,天南的系与地北的系混合,东方的书与西方的书混合。至于行与行间的混合,他们以为更是理所当然的事。

①② 陈之藩:《剑河倒影》,《陈之藩散文集》,(台湾)远东图书公司1985年版,第5页,第10页。

生物化学家忽然变成了考古，工程科学家忽然搞起经济学，搞抽象数学的到实验室做起实验来，连女秘书都可变成权威教授，你就知道这个学校之怪了”①。这些描写都是受某种理念的支配，描写的结果也是要形而上地提升到某种理念：剑桥大学的自由自在的混合创造精神。正因为如此，剑桥到了陈之藩笔下被种种光环神化了，成了完美的绝对的抽象。剑桥的一切的一切，包括厕所文学，包括学生旷课，包括制度中的一些陋习，在陈之藩的笔下也都会被勾兑成学术天堂，赞美之语处处可见，如：“（剑桥）把学生当成生物，让生物生长；别的大学，似乎把学生当成矿物，让矿物定型。”（《古瓶》）“原是臭可冲天的粪土，竟因为冷静的分析，细心的利导，化成了万紫千红的春天。导师制度给剑桥带来了另一个黄金时代。”（《喷烟制度考》）这些赞语发自肺腑，是以剑桥为荣、把自己视为剑桥人的。虽则，陈之藩出生在中国大陆，但他在域外期间，并没有像余光中、琦君那样有离“乡”之感。于是在对“乡”的漠视和遗忘上，他的散文和余光中、琦君的散文划清了界限，这也是一种典型的港味。因此，他对“乡”——中国的态度，有一种冷漠之感。这种冷漠，或是干脆把中国大陆作为和西方文化对立的一极处理：“我常常想：我们中国如果有个剑桥，如果出个凯因斯，也许生灵涂炭不至于到今天这步田地。”② 或是视中国大陆为仇敌，如在他难得的一篇较为纯粹的回忆少年时在大陆学校生活的散文《垂柳》中，描写一位仇视鲁迅的教师的被杀等等。故乡的遗忘是陈之藩对剑桥崇拜的必然。鉴于他对“国”的淡漠、对“乡”的厌恶，把陈之藩的散文放入香港散文的行列，似乎较为妥帖。

陈之藩散文擅长抒写情绪，他的《寂寞的画廊》是抒写寂寞的名篇。或许陈之藩在域外唯一遇到的困厄就是寂寞，因此他的散文中时时有关于寂寞的名句，如“寂寞像湿了的衣服一样，穿着难过已极，而脱又脱不下来”（《王子的寂寞》），“人生的寂寞是不分东西的，人世的荒凉是不分今古的”（《几度夕阳红》）等等。但最成功的还是在《寂寞的画廊》里抒写了一位可以称之为美国当代“祥林嫂”的寂寞。文中的那位老太太虽然拥有风景如画的别墅，但她也拥着寂寞，因此，她如祥林嫂一般，每天强迫租她房屋的客人听她重复三代身世介绍：“我大女儿嫁给第一银行的总裁，我二女儿嫁给皮货公司的总理，我缺少第三个女儿，不然，我一定有个女婿是美国的总统了。”“我的丈夫是曼城有名的医生，五年前他死了。我不想卖我这四十年的房子。等我去了以后，给我的

①② 陈之藩：《剑河倒影》，《陈之藩散文集》，（台湾）远东图书公司 1985 年版，第 23—24 页，第 43 页。

儿子,把他的诊所搬到这个房里来,这儿不是很像个疗养院吗?”……每天“我”回来,她一定要“向我背一遍身世”。这个每天向人重复身世的老太太,和祥林嫂相比,不同的是她有丰富的物质生活,也有过爱,有过儿女欢乐……但最后她的结局却是“无边的寂寞”,在“人们似乎赢得了一切,又似乎一无所有”,“征不服这永世的寂寞”上,和祥林嫂走到一块去了。最后的结论是:“我看不出有谁比这位老太太再幸福,但我也看不出还有谁比这位老太太再寂寞。”表现了发达国家里有丰富物质生活的人的精神悲凉。在抒写寂寞上,《寂寞的画廊》可以当之无愧称得上是珍品了。

陈之藩的《在春风里》散文集中有诸多篇章是怀人小品。尤其是怀念胡适的几篇文章,用解读胡适来信的方式抒写剖析胡适的人格,字里行间荡漾着温暖的真情。如在他笔下,胡适是“进亦乐,退亦乐。他看到别人的成功,他能高兴得手舞足蹈;他看到旁人的失败,他就援救不遑。日子长了,他的心胸,山高水长,已不足以形容,完全变成了天无私覆,地无私载,日月无私照的朗朗襟怀了”。以一种仰视的笔墨,表达了崇敬心情。有些篇章,如“第三信——纪念胡适之先生之三”中对胡适为什么不是诗人的剖析,也为人们研究胡适提供了一些论据,具有研究参考价值。

二 思果:在变异中抒写“善”与“诚”

思果(1918—2004),江苏镇江人。从不惑之年开始,散文创作成了他生命中的“第二春”。作品有《私念》、《香港之秋》、《沙田随想》、《剪韭集》、《河汉集》、《看花集》、《晓雾随笔》、《沉思录》和《艺术家肖像》等。

思果的经历是一部百科全书,他一生历经战乱,饱受沧桑。晚年又归籍异邦,成为那里的少数民族成员。近一个世纪的风风雨雨逐渐形成了他的散文的理念天地:信善。对人,他最怕负人。一位在他十四五岁时曾教他习武的老师,因后来失去联络,没有报答,他引以为憾,一直责备自己。“为了怕负人,许多事只有趁早提防,怕不能回报”(《负人》)。他时时爱人,甚至爱仇人,反对复仇,“有人得罪了你,或者害了你,你想复仇么?这是最吃力而不讨好的。挖空心思,布置陷阱,要害伊人,免不了会寝食不安,有时甚么事也没心思做,甚么福也享不成”(《借钱》),近乎到了“迂”的地步。对人如此,对万事万物也如此。一只红雀因为撞在他家的窗户玻璃上而死,他“心里又悲,又有些疚愧”,“把它拎到林子外面空地上埋了”(《玻璃》),已到了善“痴”的地步。总之,他以善为本,信善是真信心信从骨子里信;行善是处处行时时行大事行小事行。他与人为善,劝人为善。善成了他的信仰他的理想他的准绳他的一切。不过,他的善独具特色:一是有条件有原则,虽则他主张爱人乃至爱仇人,但他不主张对恶纵容,如对动物:"我打死了一只蟑螂,心里有说不出的欢愉,那里会爱它?"(《众寡悬殊》)他以区分善恶的是非标准为行善的前提,而且在区分上决不含糊,即使一些微小的区分也要坚持。如在《看花集》的《迁移》中,对他搬不走的物件,"定下原则,决不出售",因为"一件比较值钱的东西,如钢琴、冰箱,我卖了所得无几,可是售货商卖给旁人,却可以要一大笔钱。可想而知那买下的人不是十分富有的,他为了要个冰箱,不得不省吃俭用,负担利息。为甚么不送给他"。这里,受惠的对象区别得非常明确,这就是他行善的原则。二是以"他"为本。一切为他人着想、为他人考虑,是一种利他主义。如《河汉集》的《借钱》中,他就宣称:"借钱给人,最聪明的办法是忘掉这件事。能借就当送给他,不愿意送——也还是借吧。"以他人利益为重。三是强调自我操守、自我修养。他虽则十分相信"一切事固然是天主的主意",但又非常强调自我的意志,强调修身。他认为:"我们的罪行和善行,这两样不能说是天主的主意。我们有自己意志,要小心谨慎去利用,不能推诿。"一言以蔽之,思果散文的最高宗旨是劝人为善。

思果散文的情感天地则是:心诚。虽则在散文创作上,他认为散文重在说理,抒情次之,事实上他的散文既多情,又善于抒情。他的为数极少的几篇纯抒情散文如《春至》中写对"春"的感觉:"瞎子也知道春在哪里,春天可以接触到。"①乃是写"春"的绝唱。他的散文的情感率真,却又宽容、厚道,他善于"变"中抒情,重过程,重阶段,重变异,在过程变异中抒情。

把情粘附在过程变化的各个环节上,以实写情,情实相依,抒的是实感。如《春至》中对春的到来的抒情:

> 起初是羞羞怯怯,畏畏缩缩地,好像胆子小,做了不该做的事似地,有那么一丝绿意。冬天的寒锋稍钝,雪刚融,还有好多次要下,青草就长出来了,不耐烦等候春风。生的力量已经推它出来,什么阻挡都没有用——冷而僵硬的土盖不住,牛马的蹄踩不死。这个绿的开始真了不得,渐渐地明目张胆起来,一个周末不见的空地,忽然很葱翠了。不知哪里来的邪力附在草叶上,好像在喊叫,简直有些发怒。我早晚出外,还有寒意。门前有大块草地的人渐渐忙碌起来,大雨之后,草长得猛,有人架了刈草机,一面手持念珠在念玫瑰经,一面割草。有人在黑夜还加紧剪除。②

①② 见《看花集》,(香港)晓林出版社1972年版,第25页,第23页。

这里对春天的不觉地来到以及它的勃勃生机的颂扬，展示了春到的过程："羞羞怯怯"的"一丝绿意"——"绿"的"明目张胆"的"真了不得"——"邪力附在草叶上"的"长得猛"等，以抒写春色到来的不可阻挡的激情。这一激情处处粘附在"春"的变异的过程上，使"春"在变化中时时更换一幅幅新的形象，富有层次感，读者可以感受到一种变动的力的冲击，避免了单调和凝固。

在变中显情必须善于观变，思果善观变也善察变，具有一种职业的敏感。他能在变中求异，锱铢之变皆能察，这样使他抒写的情感也就能瞬息多变而使人耳目一新。如他抒发"翩翩疑燕掠，数叶落庭阴"的秋景情怀时，在《秋叶》中这样写落叶：

叶子落法变化很多。起初是一两片，隔许久才落一次，一阵风吹过，当然飕飕地掉许多下来。遇到秋霜，也会打下叶雨，落叶声和雨声相似，淅沥淅沥。你望着树林，鸟飞下来，穿枝擦干，就像树叶在落。而树叶悠然飘坠，就叫你疑心是飞鸟降临。①

同是树叶坠地，却在变化过程中各各有异。初是"一两片"，待"一阵风吹过"，"飕飕地掉许多下来"；霜后，是"下叶雨"，声响"和雨声相似，淅沥淅沥"；最后是落叶飘坠和鸟飞穿枝擦干相混，难以分辨。凭借变异，把落叶的多姿写得栩栩如生。在变异中抒情，思果还注意运用参差写法，即为了和谐先故意打破和谐，不让情感在直线中发展、延伸，而是兴风作浪，使情感跌宕起伏，在曲线中回荡，以此为情感加色加味，从而把情感渲染得浓浓的、烈烈的，感染读者。如《理发》前面大部分文字极写理发师老王的态度认真，技术娴熟，待人诚恳等，但写到末了，思果突然笔锋一转，陡起波澜：

我说的风波是这样一回事。有一年除夕前十天我去剪发，发觉他（指老王——引者注）替我剪得太少，还听到他们说一种我听不懂的话，猜那意思是说：这家伙是个"肯（读去声）子"（意思是吝啬的人），这回剪过了过年就不剪了，省给双工。那时我的愤怒是形容不出的……从此我就不去了。②

① 见《看花集》，（香港）晓林出版社 1972 年版，第 28 页。
② 见《河汉集》，（台湾）大地出版社 1982 年版，第 38 页。

这下“戏”唱起来了。接下去极写自己和老王绝交后对老王的留恋、惆怅、忐忑不安，以及到处剪发都不满意的“流浪汉”的别扭感觉，直到最后，再峰回路转，疑云消失，重回老王身边，其情感“有游子归家的感觉”，就显得非常坚实而动人。

思果还喜欢于“非理”中抒情。这一技巧恰恰又和他的散文“说话有道理”的观念相对立。他在抒情时，常常不合逻辑不求合理，选择一些反常的不合理的事来表达内心丰厚的情致。如《别离》中的母子对话：

> 即使是成人，一到要出门，大家便都像孩子。梅醴（思果太太——引者注）对儿子说了许多他因为忙碌，恐怕根本没听进耳朵里去的话。
>
> “在外面饮食要小心。”
>
> “我知道。”
>
> “你到了秋天就要收夏衣，到了夏天就要收夹衣。衣裳要洗干净，晒了再收，不然就要发霉，好好的东西。”
>
> “是的，妈。”
>
> 女性在这时总是最成熟、最有智慧的，母亲的心也最细。
>
> 忽然儿子想起了一件事。
>
> “妈，你明天送船不要哭——上次××的姆妈哭得怪伤心的，真糟糕。”
>
> “哭甚么？你出门有前途，我喜欢还来不及呢。”
>
> “那就好。”
>
> “可是你呢？第一次离开家……”
>
> “你不哭我一定不哭。”
>
> 就这样，没有多大意思的话说不完。①

照理，儿子远行，母亲有多少至关紧要的话要叮嘱，作者不写，却细描母子在那里说一些无关痛痒“没有多大意思”的废话的场景。这些话并不伟大，而且儿子“因为忙碌，恐怕根本没听进耳朵里去”，但母亲还要说，反复地说，郑重地说，连绵地说，刻骨铭心的母爱正是在这反常和悖理中熠熠发光，于“非理”中显示了慈母的一片慈情。直到最后，儿子要出门的刹那，思果却再次写了儿子的一连串“非理”举动：抚琴亲狗。文中写道：“可是儿子还要坐下来弹一会

① 见《河汉集》，（台湾）大地出版社 1982 年版，第 12 页。

儿琴——‘这个琴的声音真好!’他称赞道。临出门,忽然想起家中的那只小狗,又回来抚弄它一番,那狗抱着他腿不放。他一看表,时间到了,然后推开狗,出了门。”这些反常举动,准确地显示了儿子对亲人的留恋、眷念不舍。看似荒唐,实乃纯真。正是母痴儿痴一片痴情,思果散文的魅力也在这种反常中得到了充分的展现。

这一时期香港有特色的散文家还有曾敏之、司马长风、吴其敏和丝韦等。曾敏之是报人兼学者,他擅长文史小品,如《文苑春秋》和《文史品味论》,都是从古今史中采撷一些人和事,微言大义,情义拳拳。最有影响的是杂文,代表作是《观海录》。他在这本杂文集的“自序”中称:“置于茫茫尘海之中,常常有感而发,见于文字,但因未能洗尽铅华,归于恬淡,所闻所感,也就难免仍有或褒或贬的陋习,也难掩饰爱憎的情感。”文集一方面延续了他的文史小品创作的风格,不同的是在说轶闻轶事、论古今笔录中,含蕴着尖锐的思想批判的锋芒。司马长风是一位唯情论者,有散文集《北国的春天》、《段老师的眼泪》、《心影集》、《乡愁集》、《捋胡须的人们》、《唯情论者的独语》、《濡沫集》、《旧梦新痕》、《大观集》、《吉卜赛的乡愁》、《绿窗随笔》、《长歌集》和《司马长风散文选》等。他主张散文要“纯、独、朴、炼、味”,即情感要纯,又必须忠于自我感受,把个性视为散文的生命,同时要用纯朴的材料和简洁的文风去完成。他的散文最大的特点是情深意浓,尤其在他前期散文中写青年时代流亡生活的那些篇章表现得非常突出,更可贵的是这些篇章具有一种浓郁的乡土气息,在港味散文中实属难得。后期散文以写香港社会的世态人心为主,和前期散文相比,风格有些变化,语调平稳,情调淡泊。吴其敏的散文诗意盎然,有散文集《怀思集》、《文史小札》、《闲墨篇》、《拾芥集》、《书边掇拾》、《撷微集》、《望翠轩杂文》、《园边叶》和《坐井集》等。尤其如《山村居小品》一类的随笔小品,用诗意笔调抒写了那一缕缕“剪不断、理还乱”的乡愁。丝韦有散文集《风雷集》、《西窗小品》、《繁花集》和《香港、香港……》等,他关注现实,托物言志,以温柔敦厚的笔墨,针砭现实,一些怀乡思国的小品也写得有情有意。

第四编

和而不同

（80年代中期—90年代末）

第十九章 “散文热”:重塑“自我”灵魂的狂欢

第一节 “散文热”整体观

一 “散文热”的文化环境

(一)“文化热”对散文主流模式的颠覆。

从二十世纪八十年代中后期开始,散文受到人们的注目,迎来了世纪末的繁荣。尽管在此前后出现过一些论争,但并未在全国产生实质性的影响,因此世纪末的散文热是一种未经人提倡也未经人呐喊的自然进步,它几乎找不到一个口号作为标志,一哄而起,席卷全国。在二十世纪文学史上,也可称得上是一个奇迹。

大致过程如下。首先,各出版社整理和出版了大量现代散文家的作品,百花文艺出版社以《现代散文丛书》率先亮相,它精选的 1917 年至 1949 年间散文家的名篇佳作,受到读者的广泛欢迎。随后,各出版社纷纷出版以各种名目编写分类的散文集,且大多数成了畅销书,上海文艺出版社出版的《新时期优秀散文精选》,花城出版社出版的《中国当代百家》,中国青年出版社出版的《青年散文选》都为读者所争购。这又反过来刺激了出版社,《当代散文艺术精选》、《百家散文名作欣赏》、《外国名家散文丛书》、《九十年代散文年选》、《中国散文精品分类鉴赏辞典》、《女作家散文选》、《新时期抒情散文大系》等先后编辑出版,出版社以编出高水平的散文集作为显示该社水平的一个标志。接着,余秋雨的文化散文成为文坛的热点和亮点。同时,贾平凹以“大散文”为旗号,创办《美文》刊物,弘扬“大散文”,而全国各报刊的“副刊”也以散文作为它们的品牌,争取读者。一些艺人、主持人和各类名人也激发了散文创作的热情,他们的各类“自述”和“自白”成了大众的热门话题。这一切汇成了九十年代的散文大爆炸,迎来了空前的散文兴盛。九十年代是属于散文的,九十年代是散文的时代。正如散文家们所形容的:“太阳对着散文微笑。”

“散文热”是由诸多因素造成的,但直接原因和八十年代后期的“文化热”有关,它们之间事实上形成了一种因果关系。

巴赫金曾指出:"文学史所关心的是根源性的文学环境中文学作品的具体生命,以及根源性的意识形态环境中的文学环境,最后是无处不在的根源性的社会经济背景中的意识形态环境。"从八十年代到九十年代的三次持久的"文化热",尽管有些散文作家如王小波对此持贬斥态度,但不可否认,它是九十年代"散文热"形成的重要文化环境。尤其九十年代的"文化热",规模浩大,声势汹涌,"人文精神"的讨论,各种文化期刊的开发,大量西方文化专著的评介,形成了近代史上继洋务运动和五四运动之后的又一文化高峰。散文家们在"文化热"中接受了这样的洗礼:一是对文学的特权的挑战和反叛。虽则,小说诗歌等文学样式离经叛道的实践,已经为散文的蜕变拓展了空间,但散文自设的文体误读——长期受制于外力而设置的以"匕首"、"投枪"为文体特性的"文艺轻骑兵"的定位——约束了自身蜕变的步伐。"文化热"以及文化批评的兴起,对长期意识形态专政控制下的杨朔、刘白羽式的准政治思维是一种艺术的抗拒,使得散文创作在"中心"、"主题"之外找到了表现的空间,在"一分为二"或者"两元对立"之外的多元情感终于借助"文化热"的爆破力,堂而皇之地涌进了散文的殿堂,形成了特有的文化立场、文化情感、文化视角。正是这种立场、情感和视角以一种不可抗拒的艺术力量,将国家的政治经济状况巧妙地浓缩幻兑成一种文化表象,从而消解和颠覆了长期统治散文的主流立场、主流情感和主流视角形成的散文情感的单一化。九十年代"散文热"借助这一颠覆力量力求实现政治偏航回归艺术之途,散文在文化建构的每一个细节中渗透进文化的道义与观念。二是与之相关的,对散文抒情叙事笔法的革新。长期意识形态的专政,决定了散文抒情叙事笔法的正统性、指向性、规定性和恒定性,形成了固有的散文抒情主流模式,杨朔、刘白羽散文的情致重复的根源也在于此。"文化热"所形成的文化立场、文化情感、文化视角蔑视散文抒情叙事笔法的正统性、指向性、规定性和恒定性,散文家们以论文化者自居,并借助文化立场、文化情感、文化视角,把散文的文化气味搽抹得浓浓的,以此把读者醉倒。散文家们同时也借鉴其他文化革新的成功经验,创造了边缘叙事的手法,以"闲笔"、"曲笔"、"春秋笔法"等等,加强了"弦外之音"的文明批判,从而实现了通过散文艺术地传达自己的声音的理想,对于散文表现笔法的纯粹又是一次艺术的否定和反叛。三是消解了长期主宰散文的主流话语。话语本身是一种特殊的文化,长期主宰散文的主流话语实质上是一种政治文化,它面对大众,以"工农兵"政治理解作为它的阅读欣赏层次,形成以说教性、依附性、阐释性为主要特征的单向型模式。"文化热"从文化立场、文化视角出发,引进了大批二十世纪西方哲学、史学、文学批评、政治学、社会学和经济学著作的批评话语,正是这些话语在"文化热"的熔铸下,对散文抒情叙事话语进行了艺术的改造,改变了散文纯粹语言的一统天下,实质上是使散文话语得到一次贵族化的脱胎换骨的改造。

破除了对散文体裁之纯粹的敬畏,才使散文迎来了真正的创作春天。

(二) 在文化自觉中的散文作家"自我"的觉醒。

"文化热"所形成的文化自觉的环境,促使九十年代中国更进一步地开放。经济的开放必然带来人的观念的变化,对散文作家而言,最重要的变化,是"自我"的觉醒。

首先,"人"作为个体存在的价值越来越受到社会的重视。九十年代,后现代主义和消费文化共同完成了对文化的重铸与改造,成为新的主流文化形态,与八十年代整体文化语境构成一种断裂的文化关系。在断裂中,个人的权利、权益及其保障受到社会的关注,个人的生活方式开始多样化,个人的情感也能自由地得到多维的张扬,媒体的作用也在社会上愈来愈明显,文明批评已逐步为人们所接受,公开性、开放性与参与性也日益变成了每个公民的呼声,"法治"逐渐强化,人与人之间的宽容成为大众要求,以人为本、"和而不同"已成为散文家们追求的文化自觉。尤其是"自由撰稿人"的涌现,教训文学的萎缩,政治意识的淡化,人们不再关心或担忧这样的叙述表达是"左派"的还是"右派"的,在这样的语境中,散文家终于能摆脱七十年代末巴金所批评的"我不是我"的困境,而高标"我就是太阳",反本质主义、反权威主义、反宏大叙事抒情等已逐步为人们认同,散文作家要开始"我是我"了。

"散文热",从本质上讲,是世纪末重塑"自我"灵魂的狂欢。

其次,"我是我"的认同,也必然产生"排他",其标志是英雄文化的终结。从二十世纪四十年代中到七十年代末,是一个英雄鼎盛的时代,战争中涌现出不少英雄,形成中国特有的英雄文化。在特定的战争环境中,英雄的产生和英雄所形成的旋风,确实对社会的进程起到了推动作用。建国后,英雄文化作为一种成功的经验,纳入国家权力轨道,散文写作则成为它的附属品,在英雄主义的张扬和宣传上,散文有特殊的功能,"工农兵"代言成了"英雄"代言。写英雄颂英雄成了红色颂歌散文的主旋律。英雄文化无形中使作家自我缩小,自我矮化。九十年代"文化热"中形成的文化自觉,促使人们重新反思,"我是我"的自觉消解了英雄文化,"英雄"、"经典"、"权威"地位被动摇,人们唱了数十年的"从来没有救世主",在九十年代的"文化热"中真正为大众所接受,由此也促成了散文家"自我"的觉醒。

再次,从八十年代开始,国家逐步开放,大批知识分子到欧美留学,经受欧风美雨的熏陶。中西文化的汇合,各种西方思潮的涌进,深刻地推动了思想解放,社会上出现了众多的流派、主义,此时以最激进的姿态活跃于思想界的,大多曾是"文革”中的红卫兵，人们便称他们的影响为“后红卫兵现象”。尽管他们缺乏深厚的文化底蕴，有些流派口号也仅仅独领风骚三五天而已，但这批人的无畏、张狂却进一步催化了知识分子的“自我”觉醒。这种觉醒，有的是以彻底的自由主义者形象出现的，如王小波，他在生命的最后一天致友人的信中作了如下独白：“我正在出一本杂文集，名为《沉默的大多数》。大体意思是说：自从我辈成人以来，所见到的一切全是颠倒着的。在一个喧嚣的话语圈下面，始终有个沉默的大多数。既然精神原子弹在一颗又一颗地炸着，哪里有我们说话的份？但我辈现在开始说话，以前说过的一切和我们都无关系——总而言之，是个一刀两断的意思。千里之行始于足下，中国要有自由派，就从我辈开始。”①这是一种极端化的代表，更多的是借助文化传统，张扬人文精神，以此复活“自我”，如余秋雨、张承志、张炜等。

“文化热”还为“散文热”准备了多元追求的读者群。在主流话语的主宰下，散文强调教化功能和社会作用。随着文化自觉环境的形成，所有制的转换，商品经济、市场经济的发展，读者对散文的精神需求也从被动地受教育转向主动需要，精神消费、精神愉悦、精神对话和精神感应等反过来刺激散文作家，不仅要“我是我”，能说自己的话，抒发自己的情感，表达自己的声音，而且在更高层次上要求作者能艺术地抒发自己的情感，表达自己的声音，真正使散文成为读者的文化娱乐场所。散文的休闲功能因此必然被强化。同时，在形式风格上，除了以往的常规叙述手段外，“闲笔”、“趣笔”等也愈来愈受到重视，促进散文艺术的蜕变和更新。

二　“散文热”透视

（一）文明批评逐步为社会认同，“弦外之音”多姿多彩。

“文化热”造就的文化散文，通过文化反思，以古讽今，从现实生发出艺术批判的“弦外之音”，构成了独特的艺术天地。正是这种文明批评，成为文化散文的脊梁，在九十年代的“散文热”中起到了导航作用。

九十年代，市场经济的勃兴所激发和滋生的矛盾与冲突，与八十年代相比较，有增无减。下岗、贫困、失学、腐败等现象交织起来，集中和渗透到广大底层民众生活中。恰恰在这个时候，小说、戏剧、诗歌等都失声失态，远离现实，在现实面前显得无所作为，失去轰动效应。长期的文化专制，又使得历史上遗留的一些大事小事和种种痕迹都未能得到梳理和清算，成为谜团或悬案悬置

① 李银河：《〈沉默的大多数〉前言》，见王小波《沉默的大多数》，中国青年出版社 1997 年版，第 1 页。

起来。正是在这种情况下,以余秋雨为代表的文化散文应运而生,挑起了这个重担,丰厚的文化学养和文化积累,使他们能够俯仰自如,从容不迫地谈“古”论“今”,以谈文化取得了话语权,解决了长期困扰散文家的散文抒情“失语”问题。社会普通一员的身份又使他们能和底层近距离沟通,体察民情,使散文和底层切近。同时学者的身份又使他们有足够的时间进行精心结构,和六十年代的虽是学者却更是文化官员的邓拓、吴晗和廖沫沙创作的《燕山夜话》、《三家村札记》相比,他们能更从容地使“谈‘古’论‘今’”艺术化。

文明批评的“弦外之音”给散文注入了活力,令散文充满了激情。尤其余秋雨、王小波、邵燕祥、夏坚勇等的散文消解了文化专制主义。他们以一种自由精神探索民族的文化人格,在针砭批判的同时,自然地铸造了新的、但又是民族的文化人格。这种文化批评使得文化散文既不是“匕首”、“投枪”,也不是“小摆设”,而是一种充满个性、充满活力的艺术品,在“匕首”、“投枪”和“小摆设”之外宕开了一个新的天地。

诚然,九十年代“散文热”是众神狂欢的季节,在“热”中不免有热烈的仿效,变味的改制,冒牌的“克隆”以及恶炒狂捧等等现象发生,这些局限说明了“散文热”所带来的必然的无序和放浪;同时在另一种意味上,它们的出现,也正说明文化专制主义的收敛和失效。当然,读者是最权威的鉴别者,事实上,许多写得快、发表得快的“散文油子”所创作的散文,在文坛上匆匆忙忙走了一下后也就销声匿迹了。

(二) 散文商品意识逐步强化。

现代艺术的典型特征是与商品形式的对抗。当四十年代海派散文家们公开宣称他们的散文是“商品”,是“为了需要钱”,是“吃饭第一”时,立刻遭到了革命作家,甚至像沈从文这样的民主作家的批判。但到了九十年代余秋雨的散文受到消费者的欢迎,并成为一种文化品牌后,出版商嗅到了金钱的味道。他们了解读者,深知读者的胃口已被各式各样新的旧的、大的小的、尖锐的温和的刺激败坏了,而写家常事、谈家常语的散文却有无限的亲和力,为此,他们物色鼓动形形色色的编家选家们,或对散文旧作进行重刊,或从各种不同角度对现当代散文和散文家进行改造包装,再利用传媒手段推波助澜,使得散文成为一种热门商品,在社会上广泛流传。

散文商品化改变了传统的审美观念。人类在对散文审美时,通常分三个层面:一是对真假的认知判断,二是对善恶的道德判断,三是对审美品位的判断。康德认为,审美品位的判断必须廓除认知和道德关怀,以一种“超然”的态度为前提。五六十年代主流文化主宰下的散文欣赏,恰恰是以认知和道德关怀为前提，终极目的也是以认知和道德关怀为主，既是出发点，也是终点，贯串散文欣赏始终。所以在这些年代，周作人、徐志摩、张爱玲以及林语堂等的散文受到绝对的排斥和禁止。而此时的散文染上商品意识，逐步培养了读者的“超然于政治”的欣赏观念，满足了读者欣赏多元化的需求。

散文商品化还促使了散文文体的边缘化。散文文体是一个非常有争议的弹性的文体。本来，在约定俗成的层面上，人们有这样一个共识，即散文必须是记述的，表达自己的情怀和声音，同时又要是艺术的美文。但由于九十年代“散文热”的领衔者余秋雨的散文就是“无法统一风格、无法划定体裁的奇怪篇什”①；再者，贾平凹树起的“大散文”旗号，形成的“大散文”旋风，以及一些明星和主持人的“自传”“自述”、副刊上的方块散文都受到读者的青睐，具有卖点。在出版商眼中，卖点和利润高于一切，而这种卖点和利润恰恰鼓励了散文的边缘化，使原来就有弹性的散文文体更是变得有些非驴非马。这种边缘化一方面鼓励了散文的无序和杂乱，但另一方面也确实使散文处于尴尬境地。为此，有些学者提出：“‘规范’散文必须先从清理‘大散文’的散漫、驳杂入手，高扬‘文学’的大旗是极其必要的。”②

散文商品化也不可避免地带来散文的媚俗倾向。一些出版商利用一部分读者在市场经济中见旗帜就拜、见明星就追的心理，大量出版以明星主持人为主角的隐私披露，或变着花样的休闲娱乐小品。这些作品大多属于软性文化，它们良莠不齐、鱼龙混杂。它们虽有一定的审美价值，但总体上看，对散文的艺术格调的追求并不重视，甚至不惜模仿、拼贴、复制，使这些散文沦为低俗化的快餐文学。这是后现代文化对散文的影响，这类散文与市场体系和商品形式具有同谋关系，它们完全蜕变为纯粹审美消费的食物提供给读者。这在市场经济中也是一种不可避免的滋生物，因为只要有读者的多元消费需要，它就有市场，有市场它就能存在。

第二节　“散文热”中的散文嬗变

一　两极分化：精英化和大众化

(一) 散文精英化，文化散文勃兴。

---

① 余秋雨：《〈文化苦旅〉自序》，《文化苦旅》，东方出版中心 1992 年版，第 3 页。

② 刘锡庆：《世纪之交：对散文发展的回顾与思考》，《文学评论》1997 年第 2 期。

世纪末散文兴盛最主要的表现在于文化散文的勃兴。

文化散文的最早雏形是二十世纪二十年代的“语丝体”。所谓文化散文,必须具备这样两个品格:第一是要具有尖端性和非大众性:“冶古今中外于一炉且引经据典”,“在整个散文的广大世界中,是造诣较高,弹性较大,内涵较丰的。”①第二是要对社会能持公论,站在独特的思想或文化立场上,对社会持有一种文明批判的精神,具有独特的学者和思想者的品格。文化散文是“现代中文发展的方向”,“在散文世界,学者的作品肩负责无旁贷的大任,就如研究的机构领导学术一样”②。九十年代散文的兴盛正是以余秋雨为代表的文化散文来领衔和导航的。

从八十年代中后期开始,文化散文已经初露端倪。陈白尘的《云梦断忆》、杨绛的《干校六记》以及张中行的《负暄琐话》等有浓浓文化气息的散文面世,已受到文坛注目,但由于国内政治大势和散文文体本身的条件制约,未能形成气候。直到1988年余秋雨的《文化苦旅》在《收获》杂志上以专栏形式连载,一时成为文坛热门话题。文化散文开始在文坛上独领风骚,代表作家作品有:余秋雨的《文化苦旅》、《山居笔记》,夏坚勇的《湮没的辉煌》、《旷世风华》等,以及王蒙、李国文、周国平、王小波、潘旭澜和王充闾等的散文。

文化散文的勃兴,标志着散文的精英化:一是他们并不以满足大众读者的口味为目的,而以追求文化品位、文化格调以及文化精神为审美理想和终极目标,在他们所建构的每一个细节中渗透文化的道义与观念,具有脱俗的极致性。二是“以文化批判为中心”实现“以文化自我为中心”。文化散文实质是科研和体验杂交的结晶,从某种意义上说,它们是作者科研的成果,只不过这些成果是通过艺术来表达,因此它们正是周作人在二十世纪二十年代初说的“艺术论文”。三是在叙事手段上,时常引经据典,尽管它对散文艺术来说是一种解构,但由于引经据典和现实体验的亲密交融,使得它成为散文艺术中的一种极致表达,恰恰这种极致表达是学者的专利。四是从读者欣赏来说,文化散文具有教化作用,学者们很自信,他们好为人师的本性在散文中得到顽强的表现,因此文化散文又是教本。不过学者们都很明智,他们不愿重蹈政治化散文的覆辙,他们以谈文化的面目出现,把他们散文的文化气味搽抹得浓浓的,使读者在浓浓的文化气味中醉倒。作为文化散文同盟军的,是一部分学者撰写的民间思想随笔,以王小波、邵燕祥、陈四益为代表。他们时时处在“焦虑”状

---

①②　梁锡华:《学者的散文》,《梁锡华选集》,(香港)山边社1984年版,第99页,第100页。

态中,诚如哲学家蒂利希所说:“焦虑是一种状态,在这种状态中,一个存在者能意识到他自己可能有的非存在。”①他们的散文中弥漫着一种无处不在的“焦虑”,他们十分活跃,站在民间立场上,谈古论今,针砭时事,影响较大的有王小波的《沉默的大多数》,邵燕祥的《邵燕祥文抄》,陈四益的《绘图双百喻》、《乱翻书》以及《权势圈中“世说”初谭》等。他们有太多的沧桑、太多的压抑、太多的体验,忧国忧民使他们呈现出一种“唯我独醒”的姿态,因而他们创作的思想随笔几乎皆是思想体验的浓缩晶体,充分地展现了民族的焦虑现象。其共同特点是:他们拒绝中心价值体系,和权力抗衡,没有闲笔、没有敷衍、没有幽默,真刀真枪,字字句句都有着落;虽则是谈古,但真实目的是论今,关心的是国计民生;同时由于作者的自觉负重,使得它们呈现出冷峻的沉重感;在文笔上,他们重议重论,有五四杂感的遗风,处在文学边缘的边缘上。

(二) 散文大众化,休闲娱乐散文千姿百态。

在文化散文的带动下,休闲娱乐散文也开始兴旺起来。

休闲娱乐散文以满足大众口味为最高目的,写大众事、说大众话、抒大众情,这和九十年代经济的发展、都市文化的兴起紧密相关,所以休闲娱乐散文属于都市散文。它以增强与大众的亲和力为审美理想,重视散文的商品效应,作者和读者的关系建立在消费上。因此,在题材选择和情感表现上都以大众喜闻乐见为准,重休闲娱乐,轻审美教化。

散文的大众化和“工农兵”代言人时代散文的工农兵化,虽则在散文的俗化上有重合之处,但其本质却不同。散文工农兵化持的是以阶级斗争为纲的二元对立思维模式,以“敌”、“我”划线,情感被简化,审美上追求崇高,崇尚教化。而散文大众化是市场经济的产物,以多元思维为模式,它不以“敌”、“我”来划线,对“中间色”、“中间情”予以肯定,求趣求美求乐。在和读者关系上,散文工农兵化是以警示、教育读者为主,对现实的关注更多地表现在对政策、权力的走向以及政治的关注上。散文大众化是以娱乐读者为主,对现实的关注重在对读者的阅读趣味以及作品的商业效应上,以读者为上帝。

休闲娱乐散文的兴起,以“小女人散文”为标志。“小女人散文”的作者多是城市职业女性,并以从事新闻业的女性为骨干。这些作者有立异标新的欲望,她们厌恶散文从属于政治,反其道行之。评论家把她们的散文标为“小女人散文”。这一标牌,炒作胜过创作。“小女人散文”标榜“小”,但事实上,她们没有真正的“柴米油盐酱醋”之忧,却津津乐道“柴米油盐酱醋”,有“家主婆”

---

① (美)蒂利希:《存在的勇气》,成穷等译,贵州人民出版社 1998 年版,第 29 页。

味。她们收入不菲，生活有滋有味，因此她们的散文没有人生疼痛味，只有人生满足感。她们学养不够，整天游荡，因此不愿对“柴米油盐酱醋”虚化提升，既缺乏形而上的高度，同时又缺乏形而下的实实在在，没有给读者任何享受余地。因此“小女人散文”最后蜕化为泡沫，在散文舞台上充当了来去匆匆的过客。虽是过客，它却给散文带来了商业信息，并成了一种预示，休闲娱乐散文将会受到人们欢迎。休闲娱乐散文最主要的园地是各类晚报的副刊。这些园地重金收购散文，名人逸事、奇闻异趣、飞禽走兽、花草虫鱼皆是这类散文抒写的重要题材。从表面上看，副刊散文的涌现似乎体现了题材多样的散文特性，但实际上它们的作者多以“猎奇”为旨趣，以无深度和平面化写作共性，自觉地把散文创作视为作坊生产，对散文进行一种无形的解构，从另一条渠道促使散文边缘化。从这一点上看，副刊的休闲娱乐散文的血液中流动着二十世纪三十年代的海派散文的因子。另外，在创作心态上，这些散文的作者心态平和，既不想对“道”进行敷衍和迁就，也不想用弦外之音招惹是非；对于文化，他们也顺其自然，不刻意求之，以捎带为度。他们对题材的处理多是从客观到客观，从休闲到休闲，从娱乐到娱乐，与休闲娱乐相始终。他们不以朋友的身份出现，更多的是把自己视作演员，把读者视为观众，以愉悦对方作为和读者建立关系的有效手段。休闲娱乐散文的兴起还表现在各出版商聘请一些选家，以休闲娱乐为主题，策划制作各类休闲娱乐丛书。这种丛书，有的还带有指导性质，成为各类休闲生活的权威顾问，如种花、养鱼、读书、养生、烹饪、保健、饮食、婚姻等等。这类丛书中精品多，名家多，休闲和审美并重，颇受读者欢迎。但发展到后来，重复克隆、冒牌凑合的现象愈来愈盛，大有泛滥之势。

二　个人化：抒情散文多元化格局逐步形成

（一）“遁而作他体”的叛逆者涌入抒情散文作者队伍。

从八十年代后期开始，小说、诗歌等文体经历了频繁的革新和蜕变，逐步趋于平静。尽管有些刊物还在变换花样，用商业手段对小说、诗歌等进行这样那样的包装和炒作，打出各种旗号，但革新和蜕变所产生的新小说、新诗歌或新新小说、新新诗歌，又逐步惯例化、规则化，成为一种相对稳定的语言模式，被编织成新的“牢笼”，使得那些创新者成为“笼中人”。但作家是天生的主体叛逆者，他们不得不用今天的“新”，来粉碎昨天的“新”所编织的牢笼，“新”又被“更新”替代，因此革新和蜕变所产生的“新”缺乏积累的过程，也缺乏神圣化和完善化的过程。许多清醒的小说家和诗人一旦意识到自己所革新的“新”不能神圣化、恒定化，就产生了失落和愤懑。从八十年代后期开始，在小说、诗歌界，有一部分作家患上“集体的文体叛逆病”。正如王国维在《人间词话》中所说：

盖文体通行既久，染指遂多，自成习套，豪杰之士，亦难于其中自出新意，故遁而作他体，以自解脱。一切文体所以始盛而终衰者，皆由于此。①

于是文坛上出现了非散文作家从各自坚守的文体“遁而作他体”——散文的现象。

作家们“遁而作他体”——汇聚到散文领域里，更深层的原因，是在市场经济的冲击下，人们的价值观念的急剧蜕变。社会上通过权力、舆论的长期努力建立起的一整套主宰公众的统一价值标准，被市场经济的春风轻轻一吹，就失去了权威性。被誉为神圣绝对的某种统一价值成了人们的幻想，个人与个人之间，个人与社群之间，无法找到一种公认的更高的价值标准来裁决。“我是我”的呼声，更瓦解了绝对统一价值标准。价值是创生性的，人类的价值不能靠某种主义、理念或目标，并用形式逻辑推断出来，也不是某个救世主来恩赐的。市场经济把价值从浪漫主义的幻想拖回到现实之中，公众自觉地获得了这样的价值信念：价值是多元的。这样，九十年代社会上出现了“生活意义上的不圆满和价值目的之间的冲突，是人类生存的无奈本质”②的流行病。这种流行病对于作家们来说，更重要的是精神家园的迷失。史铁生的“地坛”，张承志的“清洁精神”都是重建精神家园的一种象征或虚化。正是如此，作为自我告白的散文文体才引起作家们的注意。在他们眼中，“小说是为了讲给别人；而散文，是讲给自己”，“散文是人生的一个忠实陪伴”③；“散文首先是表达思想的工具，而不是描摹生活的画笔”④。他们把“重建精神家园的最后的一次机会”⑤放到了散文的肩上。于是出现了这样的景象：“有这么多的作家、学者、诗人、散文家都在倾心于散文这种文体，足见‘解放散文’是大家的共识和愿望，新时期的最后一次文学的会战，已经不约而同地把这个时代最强的兵力汇集到散文的阵地上了。”⑥他们以“会战”的心态，自觉地汇聚到散文大旗下，抒情散文在他们手中生动起来了。于是社会上流传着这样的观点：“好的散文

① 见《人间词话》，中国人民大学出版社2004年版，第17页。
② 刘小枫：《刺猬的温顺》，上海文艺出版社2002年版，第178—179页。
③ 张抗抗：《散文自选集小序》，《沧浪之水》，江苏文艺出版社1998年版，第178页。
④ 周涛：《万类霜天竞自由》，《周涛散文》，东方出版中心1998年版，第403页。
⑤ 周涛：《散文和散文理论》，《周涛散文》，东方出版中心1998年版，第419页。
⑥ 周涛：《散文小议》，《周涛散文》，东方出版中心1998年版，第422页。

大都出自小说家、诗人或是学者之手。”①成就较大的有从诗人转向散文家的周涛、邵燕祥和舒婷等，有从小说家中投奔过来的史铁生、贾平凹、张抗抗、张承志等，以及从学者中走来的余秋雨、雷达等。

当然，这些“遁而作他体”的叛逆者们面临着种种困难。一是主宰散文的杨朔、刘白羽模式经历了漫长的神圣化过程，成为一种经典式的范本为人们所推崇，要破除它，委实艰难。二是散文是最少制约、最自由灵动的文体，它的“体”就是“无体”。“遁而作他体”的叛逆者的优势在于熟悉精通他们原本的文体的“体”，现在一旦要离开本“体”，进入那个无“体”的“他体”，固然可以放开手脚，自由创造，但由于缺乏依傍和规划，会变得手忙脚乱。三是散文是直抒胸臆的自我告白文体，而“遁而作他体”的叛逆者原来都是在“自我”隐身的情况下，借助艺术或者艺术形象抒发情感，抒情方式的转变固然可以通过艺术来实现，但更多的或更直接的还要凭借作家的胆量和机智，这也容易为这些叛逆者构筑心理障碍。

但“遁而作他体”的叛逆者们充满信心，进入散文领域，他们无所畏惧。周涛把九十年代散文热称之为“散文文体的革命”②，以“解放散文”的大无畏精神进入散文。雷达把世纪末的“散文热”看做是急剧变动的生活赐给散文的一个千载难逢的机缘，他以亢奋的姿态投入了散文创作。他们几乎无所畏惧，虽则无所畏惧是可怕的，但他们无所畏惧的心态使他们敢于把真实的“自我”亮出来，这是散文“个人化”的最重要思想保障。更重要的是他们是“遁而作他体”的叛逆者，对“他体”散文来说，他们原本是旁观的“他人”，“他人”看“他体”，看得格外真切，因此他们对散文的弊端非常了解。周涛把八十年代散文的“病态”归纳为八种：“病人养病鸟”、“正宗丈夫心理”、“沉默主义”、“巫婆气”、“范文笔调”、“武大郎提倡短小”、“二郎神的脑门不长肉眼”以及“九斤老太越生越小”③。正由于对弊端看得准，当他们涌入抒情散文领域时，也就能以全新的革命姿态投入。他们蔑视抒情散文长期以来的政治性的隐喻传统，把他们原本坚守的文体革命精神带到抒情散文领域里，为抒情散文创作提供了丰富的经验，准备了作者队伍。

(二) 个人化：散文抒情从颂“群”到写“己”。

九十年代中国的经济体制转换，在无形中调整着散文家的抒情视角。视

---

①③　周涛：《万类霜天竞自由》，《周涛散文》，东方出版中心 1998 年版，第 394—395 页，第 390—392 页。

②　周涛：《散文和散文理论》，《周涛散文》，东方出版中心 1998 年版，第 416 页。

角调整的落脚点放到散文家在抒写情感时如何处理“群”与“己”的关系上。从四十年代开始,散文在“群”和“己”的关系上越来越僵硬,越来越对立。1942年王实味、丁玲、萧军等的杂文批评延安缺乏“爱”、缺乏“温暖”,说到底,是要求对“己”的个体的尊重。即使当时如艾青把作家视为“群”的一员:“作家是一个民族或一个阶级的感觉器官,思想神经,或是思想的瞳孔。作家是从精神上——即情感,感觉,思想,心理的活动上——守卫他所属的民族和阶级的忠实的兵士。”①在这样的前提下为作家争取一点自由表达、自由抒写“己”的权利,“作家除了自由写作之外,不要求其他的特权”②,依然成了异类,他们均受到严厉的批判和整肃。散文家自觉非自觉地成了阶级人、政治人。因此,五六十年代的杨朔、刘白羽等在散文中抒写情感时,始终是以“群众代表”、“工农兵代表”和“党的代表”抒发“人民”、“阶级”和“党”的感情。作家视这种“代表”角色为无上的光荣,认为在新社会中变成了主人翁。在“群”和“己”的关系上,虽则也有苦恼,但这一苦恼是唯恐自己不能担当好“代表”角色。巴金就有这样的苦恼:“我想写新社会,写新人和新事,这一切对我有多么大的吸引力,这一切在我的眼睛里显得多么有光彩!然而我的笔好像有点生疏,我常常因为它不能充分地表达我的思想感情而感到苦恼。”③这一虔诚告白,非常富有代表性,他是因“己”和“群”的生疏而苦恼的。所以五六十年代散文家们舍“己”入“群”,是一种真诚的集体献身。以“群众代表”、“工农兵代表”和“党的代表”的声音作为“己”的声音也是一种自觉。正是这种自觉,导致散文公式化、模式化、雷同化。即使像杨朔等看到了散文公式化、模式化、雷同化的弊端,提出把散文“当诗一样写”,但他的用意,并不是要放弃“代表”角色,而是想用“当诗一样写”来艺术地强化“代表”角色。所以“当诗一样写”非但不能遏制散文公式化、模式化倾向,反而使自己也陷入了情致重复的泥坑中。

直到七十年代末,巴金站了出来,他的散文《随想录》最大的亮点就是发出了“我是谁”的质问,提出散文应该“我是我”的命题。令人奇怪的是,和五四时期的个性解放相比,巴金的解放“我”在目标上方法上完全不同。鲁迅、周作人等在五四时期倡导个性解放,是以“弑父”、“审父”为起点的。鲁迅的《朝花夕拾》中的《二十四孝图》、《五猖会》等都深刻地揭示了父辈文化对“己”的毒害,揭露它们的虚伪和丑陋,宣扬个性解放。周作人的《祖先崇拜》更是一篇声讨父辈文化的宣言书。但是,巴金的《随想录》却是以“审己”、“弑己”和“焚我”为

①② 艾青:《了解作家,尊重作家》,《解放日报》1942年3月11日。

③ 巴金:《〈巴金文集〉后记》,《序跋集》,花城出版社1982年版,第450页。

方式，要求“我是我”。他以凤凰涅槃般的极端方式，以毁灭“旧我”来唤醒人们的个人意识。巴金之所以采取这样的方式，是因为巴金看到了五六十年代以来作家“自我”的丧失和泯灭，固然与文化专制主义有关，但更重要的是自我阉割造成的，不毁“旧我”，“新我”怎能诞生？但七十年代末、八十年代初的社会环境，并不能使巴金的呼喊变成现实。直到九十年代，小说、诗歌等创作为作家创作“个人化”积累了经验后，散文在它们的基础上实现了抒情“个人化”，从颂“群”转变到自由地为“己”抒情歌唱。

九十年代散文抒情个人化呈现出一哄而起的景观。余秋雨的文化散文作为前导，紧跟着各种类型的抒情散文家也以自己独特的方式自由歌唱，影响大的有王小波、邵燕祥和夏坚勇为代表的民间思想随笔，有周涛领衔的西部散文，还有女作家群等等。另有刘烨园、老愚等，以写新文艺散文、后现代散文为主，并借此树起“新生代散文”旗号，这类作家有：王开林、冯秋子、鲍尔吉·原野、苇岸、钟鸣和一平等。他们享受现代物质文明，却又对追求现代物质予以批判，虽然口号新潮，但却模糊，且没有系统明确的理论主张，又和“校园随笔”相混，因此“新生代散文”没有能形成气候。不过，其中有些作品如苇岸的《大地上的事情》等颇有影响。散文热使散文园地形成了正如周涛形容的“万类霜天竞自由”的景象①，散文家们无拘无束地舒展自己的声音，恢复了抒情散文的自由灵活。

（三）抒写情致多元艺术化。

散文以艺术地抒写自我情致为最高理想。由于长期以来“自我”的泯灭，强调情感对政治理念的攀附性，导致公式化概念化的散文的盛行。而九十年代抒情散文成功地实现了情致的多元艺术化。

第一，作家在对待情致的观念上实现了彻底的转变。黑格尔认为：“人不只具有一个神来形成他的情致；人的心胸是广大的，一个真正的人就同时具有许多神，许多神只各代表一种力量，而人却把这些力量全包罗在他的心里。”②他提出，情致是“精神关系的总和”。九十年代的抒情散文家们吸取了五六十年代散文创作的教训，他们用自己的整个心去感应世界，而且是用自己心中的“许多神”去感应世界，他们真正地回到现实之中，视散文的情致为“精神关系的总和”，敢于面对情致的丰富性、复杂性和多元性，也敢于重视其形成过程中的特殊性、偶然性和个别性。情致成了作家的精神世界和外部客观世界相融

---

① 周涛：《万类霜天竞自由》，《周涛散文》，东方出版中心 1998 年版，第 389 页。

② （德）黑格尔：《美学》（第 1 卷），朱光潜译，商务印书馆 1979 年版，第 301 页。

合的艺术天地。散文家们不再人为地从教条、政策、文件立场等对情感进行淘汰、鉴别，不再以追求情感的纯粹和单调作为目的。这一彻底的转变具有颠覆性，它将情致从原来对政治理念的攀附颠倒过来，把“外在事物，自然环境以及它的景致都只应看作次要的附庸的东西，其目的在于帮助发挥情致”①。由此，抒情散文家们从中获得了真正的自由空间。周涛长期生活在新疆，与“天山”、“草原”相依为命，正是“天山”、“草原”和他丰富的人生阅历凝聚起来，熔铸成他特有的高贵的情致气质。史铁生凭借地坛公园，把自己的苦难和他人的苦难交杂在一起，表现自己的两难境地：一方面承认没有苦难就没有世界，苦难的存在是必然的；另一方面谁来充当苦难的角色只能听凭命运安排，落入宿命的圈套。张抗抗借助“地下森林”、“牡丹”，表达自己不屈的抗争等等。这些作家的创作，真正艺术地实现了情致的多元化。

第二，抒情散文作家们真正把散文的情致作为艺术个性来创造，把内在情致和外在世界的融合作为一个艺术理想来实现。情致成了散文艺术的中心。散文家们已经意识到：“凡是有关真理的教条、信念和见解都不能成为可供艺术表现的真正的情致，因为它们的基本要求在于认识。”②

①② （德）黑格尔：《美学》（第1卷），朱光潜译，商务印书馆1979年版，第296页，第297页。

第二十章　文化散文

第一节　散文体式变革

一　散文体式变革之一:身份置换

二十世纪九十年代的文化散文,是由两大文类的作品构成的。一类是文化批判散文,以余秋雨、夏坚勇为代表。这类散文站在文化立场上,以特定的文化视角来描写历史的文化情感,从中编织出一种文化理想。他们的经历使他们熟悉文化和文化批判的种种套路,对八九十年代之交处于市场经济勃兴下的文化环境,他们痛感文化救赎的流失,痛感的反冲滋生了强大的激情,促使他们以启蒙和救赎的虔诚,用文化批判来捍卫经典文化的传统,重铸健全的文化人格。他们或许不愿充当“牧师”和“救世主”,但读者从他们所颂扬的文化以及文化人物那里受到了一场新的文化洗礼,这是另一场文化革命,是六七十年代的“文化革命”的“文化革命”,是一场基于文艺复兴意味上的真正意义的“文化革命”。另一类是民间思想随笔,以王小波、邵燕祥为代表。他们站在民间立场上,特立独行,直面现实,敢于批判,为民立言。他们是彻底的自由主义者,在他们看来,上帝死了,权威死了,经典死了,他们真正无所畏惧。由于他们重思想轻审美,因此,他们的散文是文学的边缘的边缘。

(一) 文化散文的文化身份的确立。

在二十世纪中国散文史上,最早注重自己作品身份的当推周作人。在五四新文化运动中的周作人,曾经呐喊过呼啸过,并写了许多有影响的杂感散文。但到了二十年代初,当他从五四新文化运动的激流中退下来时,最最苦恼的是自己的作品身份不明,他强烈反对文艺的统一,因为统一抹杀了身份。他讲“文艺上统一的不应有与不可能”①,坚持认为:“倘若用了什么大名义,强迫人牺牲了个性去侍奉白痴的社会——美其名曰迎合社会心理——那简直与借

---

①　周作人:《文艺的统一》,《自己的园地》,岳麓书社 1987 年版,第 24—25 页。

了伦常之名强人忠君,借了国家之名强人战争一样的不合理了。”①他要为他的作品争身份,为此,他把自己的第一本散文集命名为《自己的园地》,并解释说:“所谓自己的园地……只要本了他个人的自觉,在他认定的不论大小的地面上,用了力量去耕种,便都是尽了他的天职了。在这平淡无奇的说话中间,我所想要特地申明的,只是在于种蔷薇地丁也是耕种我们自己的园地,与种果蔬药材,虽是种类不同而有同一的价值。”②还一再强调:“文学是情绪的作品,而著者所能最切迫的感到者又只有自己的情绪,那么文学以个人自己为本位,正是当然的事。”③周作人如此反复地强调他的作品是属于他“自己的”,是因为他感到自己在五四新文化运动中写的作品,“满口柴胡,殊少敦厚温和之气”④,都是处于潮流冲击中的以道德身份模糊地教训他人的说教文章,并不是“著者所能最切迫的感到……自己的情绪”的文章。所有这一切,固然是要强烈地表达“文学以个人自己为本位”这样的文学理念,但更重要的是他要争他的作品是“自己的”,即身份。他的作品的身份是什么?他有过多种表达,一是“贵族的与平民的”,具体说来就是:“以平民的精神为基调,再加以贵族的洗礼。”⑤二是“两个鬼”:“其一是绅士鬼,其二是流氓鬼。”⑥看来他散文的身份似乎是一对矛盾化合物,但事实上,它真实地标明了二十世纪初这位性格复杂而又矛盾的散文家的文化人身份。

重视自己的散文身份的不只是周作人一个人,三十年代的散文作家中的代表人物如沈从文、芦焚、李广田等也非常重视自己散文的身份,对自己散文的身份一点也不迷糊,他们一再宣称自己是“乡下人”,沈从文宣称:“我是个乡下人,走到任何一处照例都带了一把尺,一杆秤,和普通社会总是不合。一切来到我命运中的事事物物,我有我自己的尺寸和分量,来证实生命的价值和意义。”的确,他们的散文身份实实在在烙上了所谓“乡下人”的印记。这一时期,散文家们重视自己散文的身份是一件正常的事。对此,读者们并不十分看重,而权力统治者们对此也不十分计较,在这个问题上,有些自由主义甚至无政府主义,你写你的,我写我的。三十年代上海文坛上的小品文之争,要把散文的身份定为“斗士”(主张“匕首”、“投枪”)和“闲适的名士”(主张“小摆设”),并把

①② 周作人:《自己的园地》,《自己的园地》,岳麓书社 1987 年版,第 6 页,第 5 页。
③ 周作人:《文艺的统一》,《自己的园地》,岳麓书社 1987 年版,第 25 页。
④ 周作人:《〈雨天的书〉自序二》,《雨天的书》,岳麓书社 1987 年版,第 3 页。
⑤ 周作人:《贵族的与平民的》,《自己的园地》,岳麓书社 1987 年版,第 16 页。
⑥ 周作人:《两个鬼》,《谈虎集》,上海书店 1987 年版,第 393 页。

这两种身份对立起来，虽则已有些火药味，但也没造成多少严重后果。

但是，从四十年代以后，散文的身份问题开始起了变化。

首先，毛泽东《在延安文艺座谈会上的讲话》把文学作品（包括散文作品）的身份政治化，提出以政治立场作为文学作品的身份标志。毛泽东说："我们是站在无产阶级的和人民大众的立场。对于共产党员来说，也就是要站在党的立场，站在党性和党的政策的立场。"①这样，就明确地表明，要以作品的政治立场确定作品的身份，并且首先从散文开始。当时延安文艺界对王实味的杂文进行整肃批判，开创了以散文作品所表达的政治立场来确定"敌人"身份的先河。从四十年代开始，到建国后直至八十年代初，国家机器和权力机关明确地把文学作品的身份纳入到它的轨道，流行的口号是"要写革命文先做革命人"，从此，以直抒胸怀为基点来确定散文的身份问题就变得沉重和严肃起来了。

其次，在文化专制制度下，散文研究批评政治化，散文作者的主体失去了对自己作品身份的定性权、申诉权。政治化散文批评者们，在对散文批评时，首先对每篇散文进行身份的政治鉴定，这一鉴定既苛刻又简单，即在政治上确定它的身份是无产阶级还是资产阶级。这一鉴定过程与审美无关，也与作者在现实生活中的政治身份无关，也不重视散文作者对自己散文身份的申诉或表白，而是批评者们以政治的眼光，根据现实斗争的需要对散文进行任意审定。这种政治随意性形成一种话语的霸权氛围，使得每个散文作家不得不高度重视自己作品的身份，努力使自己站在工农兵立场上，成为工农兵的代言人，但这样就必然会遇到身份上的角色矛盾问题，即文化人角色和工农兵角色之间的矛盾。杨朔的心理矛盾很富有代表性，当他和战士、农民生活在一起时，骨子里总感到是油滴到水里，融合不起来。探究其原因，杨朔有这样一段内心独白："真正的要害却在于我的思想。我嘴里不说，心里多少有点自大，有意无意地夸大了文艺的功能，以为这是属于高贵的思想领域的工作，不同凡响。自己搞文艺，自然也就不同凡响了。于是表现在外面的言语举动不自觉地带着一种优越感。"②因此，四十年代到八十年代的中国文坛，出现了散文作者的身份模糊暧昧的现象，作者竞相靠拢工农兵，并以工农兵一员为自豪，在作品中努力抒写他们认为的工农兵感情，并声明和自己以往的感情决裂。1954 年，巴金把自己出版的散文命名为《新声集》，解释这个书名时，他如此郑

① 毛泽东：《在延安文艺座谈会上的讲话》，《毛泽东选集》第 3 卷，人民出版社 1964 年版，第 805 页。

② 杨朔：《我的改造》，《杨朔散文选》，人民文学出版社 1978 年版，第 46 页。

重地宣布:“书名《新声》,并无深意。我只想说,在我的作品中,它们是新的声音。我过去的调子,不说今天的读者不会喜欢,连我自己也受不了。十年前我重新拿起笔写作,对我来说,是一个新的开始。虽然成绩不佳,作品不多,但是既然走上了新的道路,参加了新的队伍,就必须拿出全力跟着大队前进。”①他自认为已不再是文化人,而是工农兵“新的队伍”中的一员,并以工农兵的代言人身份来抒写工农兵的“新声”。巴金的身份转变是一代散文家的身份转变的标志,这就是二十世纪中国散文史上奇特的散文作家“身份遗失”现象。

九十年代的文化散文的作者们强烈意识到了这一点,他们首先就解决身份问题,并明确地以“文化人”自居,用文化身份来解决长期困扰作家们的“身份遗失”问题。

在解决“身份遗失”问题上,文化散文作家们非常富有艺术性。

事实上,从八十年代开始,诗人、小说家们已经在逐步地解决“身份遗失”问题,以技巧和形式变革来回归自己的身份——诗人借助“朦胧诗”、“现代诗”等技巧,小说家借助“先锋派”、“现代派”、“荒诞派”等技巧,悄悄地把自己的“身份”明确起来。散文没有这样的优势,它只能等待,八九十年代之交的“文化热”的掀起,使它终于找到了解决“身份遗失”的灵丹妙药,那就是“以文化为中心”来确立自己的文化身份。这是二十世纪散文史上又一次有意义的散文体式革命——身份革命,具体表现在以下两点。

一是文化精神至上。文化散文的作家们几乎无一例外地标榜自己的散文是寻找、重建新的民族精神。这种寻找和重建是富有现代意味的,他们面对变革、面对现实,企图重新发现给人类存在赋予意义的合理的精神基础,因为建国以来,散文中一直倾心讴歌的所谓革命精神已经受到人们的怀疑和批判。在八九十年代之交,人们需要的是文化精神,正是这样,文化散文作家们以他们的文化本能,用文化精神来显示出他们散文的特定身份。当然,这种文化本能是一个过程,既要有文化生活的阅历,又要有文化情感的积累,还要有一定的文化品格的修养,汇聚起来才会产生寻觅和重建文化精神的自觉。但这种文化精神又是绝对排他性的,在它们身上深深烙印着中华民族的本质特征,是从中华民族传统的优秀文化遗产中挖掘出来,加以改造提炼而成的,是对中华民族文化的认同,所以文化散文作家们的精神都很压抑、沉重,夏坚勇称自己“被压抑得太久了”②,余秋雨面对“人文山水”,也“总有一种沉重的历史气压

① 巴金:《〈新声集〉序》,《序跋集》,花城出版社 1982 年版,第 427 页。

② 夏坚勇:《〈湮没的辉煌〉自序》,《湮没的辉煌》,东方出版中心 1997 年版,第 2 页。

罩住我的全身"①。他们徜徉于"人文山水"之间,成为一个文化精神漂泊者(当然,他们之间也有处"庙堂之高"和"江湖之远"的区别)。他们的文化本能炼就他们的慧眼,每当他们置身于"人文山水"之间流浪漂泊时,他们"从具象化的断壁残垣中,看到的往往是一个历史大时代,特别是这一历史大时代中文化精神的涌动和流变"②,由此出发,他们对自己的身份和生命重新定位:"世间的种种定位毕竟都还有一些可选择的余地,也许,正是对这种可选择性的承认与否和容忍的幅度,最终决定着一个人的心理年龄,或说大一点,决定着一种文化、一种历史的生命潜能和更新可能。"③最后的结局是:文化散文作家们把自己的散文定位在"有关文化走向的评述上"④。

从具体写作来看,文化散文作家们有一些共同倾向:在取材上,他们对文化专制主义下产生的文化冤案、文化人格和官场人格的矛盾以及文人的孤独寂寞都比较关注,因为这些材料最能彰显文化精神。在立意上,他们都善于艺术地用文化精神来主宰和处理题材,即使事实上属于政治(如文化宽容)题材,他们也能把它文化化。仅在余秋雨的笔下,就出现了令人眼花缭乱的众多文化:贬官文化、酱缸文化、夜航船文化、废墟文化、毛笔文化等等,是纯粹的文化迷。和文化专制主义时代的文学政治化完全对立,他们以追求、歌颂健全的文化人格和崭新的文化精神贯穿始终。

二是文化性格鲜明。文化散文家们视散文创作为文化精神的穿越,他们几乎都有文化"怀旧"的癖好,但文化"怀旧"不是他们的本意,文化"怀旧"的终极目标是文化精神的穿越。当然,这种文化精神的穿越的格调,表现在各个文化散文作家们身上又因人而异。有的是一个永远的文化精神穿越者,信奉这样的信条:"我将穿越,但我永远不会抵达。"⑤即以一个新的穿越替代另一个穿越。也有的最终停止,为声色犬马的炒作包装所软化和钝化。但不管是永远也好,暂时也好,文化散文中呈现的文化性格都非常倔强:以"弦外之音"进行的文化批判使其作品处处生刺,批判和文化散文同在,同时批判的基石又是真正的中华民族文化,因而尽管文化散文中有一些例外者,但基调是相同的,文化散文作家们多是站在中国古老文化的断壁残垣上,俯仰天地,吞吐古今,始终离不开中华民族的文化母本。

总之,九十年代文化散文终于彻底消解了散文的政治身份,确立了它的文

①③④　余秋雨:《〈文化苦旅〉自序》,《文化苦旅》,东方出版中心 1992 年版,第 3 页,第 4 页,第 5 页。

②⑤　夏坚勇:《〈湮没的辉煌〉自序》,《湮没的辉煌》,东方出版中心 1997 年版,第 3 页。

化身份。文化散文的作家们是以“文化关怀者”的身份,在散文园地上集体亮相,他们从政治人真正蜕变成文化人,对于散文家来说,这不能不说是一次伟大的蜕变。

(二) 文化散文的文化精神特征。

九十年代的文化散文热,是知识分子集体发动的,以个人为本位的文化“怀旧”,这是文化散文的文化精神的显著特征。

八十年代,随着中国社会的逐步开放和市场经济的迅猛发展,崇尚以个人为本位的现代主义和现代精神也逐步在社会上蔓延。现代主义和现代精神的重要取向是“对过去持一种遗忘的、漠不关心的态度,它割断与过去的联系,沉醉于对新颖性的要求”①。道德价值观念上“允许在市场上不受道德约束地追求自我利益的作法,其合理性当初竟然得到了道德上的证明”②。这样,面对蔓延的现代主义和精神,知识分子手中拥有的文化资本,只能逐步贬值。一种摒弃理想主义,放逐精神价值的实用主义的世俗生活哲学,正以消费主义的文化形态,进行着物欲对心灵的全面荡涤和彻底控制。知识分子不再拥有文化中心的特权,无奈地退守到边缘位置。在退守中,他们已成了“一群最找不到感觉的人”(王朔语)。他们在整体上感到精神疲惫,但是,知识分子并不麻木。面对现代主义和现代精神的蔓延,他们也从中接受了以“个人为本位”的洗礼。相对“五四”来说,这次洗礼要深刻得多。不过,他们接受以个人为本位的洗礼,并不是想成为现代主义和现代精神的俘虏,而是想以此为尺度,重新对传统文化进行鉴别,通过“怀旧”、鉴别,寻找到真正的文化精神,恢复他们文化人的直觉,恢复文化的价值。

这是总的倾向特征,但就文化散文作者个体而言,以个人为本位的文化“怀旧”表现出各不相同的特征,归纳起来大致有以下三种类型。

寻觅型。以余秋雨等为代表。以个人为本位的潮流使他们能自由地确立自己的寻找目标和寻找角度,但是目标和角度不管怎样变动,却始终离不开中国古老的文化。他们是以“有悟性的文人”姿态出现的,他们想借中国古老文化的文明,使中国知识分子强健起来。余秋雨有一段自我表白:“大地默默无言,只要来一二个有悟性的文人一站立,它封存久远的文化内涵也就能哗的一声奔泻而出;文人本也萎靡柔弱,只要被这种奔泻所裹卷,倒也能吞吐千年。”③这就是寻觅型知识分子的宣言书。寻觅型的学者都比较自信,有优越感,也有

①② (美)大卫·雷·格里芬编《后现代精神》,中央编译出版社 1998 年版,第 6 页。

③ 余秋雨:《〈文化苦旅〉自序》,《文化苦旅》,东方出版中心 1992 年版,第 3 页。

点君临天下、吞吐千年的气概，他们散文中的异质成分较少，而且重在描绘知识分子个体的内心冲突，对他们所抒写的理想对象和理想境界，都带有三分理想的色彩，呈现出古典浪漫主义的光华。他们的“怀旧”寻觅也不是无克制地掉书袋，在他们看来，“怀旧”的目的是要复活健全的文化人格和文化良知。因此，他们认为一个山村“重新延续起傩祭傩戏”的代价“过于沉重”，对其持保留态度。余秋雨的《贵池傩》把健全的文化人格和良知的恢复作为“怀旧”的底线，也足以证明寻觅型作家的浪漫精神。

抗争型。以夏坚勇、邵燕祥等为代表。与其说他们是文化人，还不如称他们是思想者。他们的散文处处骨头外露，显示出民间立场。和寻觅型作家相似的是，他们也留恋中国的古代传统文化，但他们有着强烈的民间自由学者品格，在文化“怀旧”中，他们坚持以人权意识为审美价值坐标，对文化专制主义怀有深仇大恨。在抒写中国古代文化中遭受迫害的知识分子时，他们的笔锋更多地指向文化专制主义制度。他们有强烈的状态意识，时刻处在批判之中，关心的是如何铲除文化专制主义，这种关注是对整个知识分子命运的关注，如夏坚勇对明王朝的专制主义的不遗余力的揭露，潘旭澜对太平天国的鞭挞等等。尤其是邵燕祥，咬住文化专制主义不放，他眼中的历史“主要是专制史：一方面是奴役，一方面是苦难”①。他“看到了给人类造成巨大劫难的法西斯主义的幽灵，至今仍在大地上游荡，所以说：‘反法西斯，不但是我们上一代和我们这一代的口号，也是我们下一代的口号’”②。这些作家对“斗争”有深刻的体验，尽管他们也看到八十年代的朦胧诗和各小说流派在不同程度上展开了对专制主义的批判，但他们意识到这场批判的持久性，他们的散文保持着现实“斗争”的清醒。他们用“文化”来对专制主义批判进行“补课”，显示出鲜明的思想立场、自由的文化胆魄和强硬的批判能力。

叛逆型。以王小波等为代表。整个散文表达的是一种另类声音、另类情感、另类立场。王小波在临死前，就以决绝的态度宣布：“我正在出一本杂文集，名为《沉默的大多数》。”他把“以前”的“我”界定为被剥夺了发言权的，“沉默的大多数”中的一员，因此他的“怀旧”就是对“以前”的宣战：彻底“一刀两断”。这里的“以前”是泛指，指“以前”的社会、集体、权威、价值等一切的一切。他是彻底的自由主义者和自我中心论者，他的“我是我”已经失去制约——不管是政治的还是文化的，都要把“以前”的一切来一个彻底的颠倒，从中传递的是一种异质文化因子，具有极端性、破坏性和彻底性。

①② 林贤治：《90年代散文：世纪末的狂欢》，《文艺争鸣》2001年第2期。

这些类型不管有何差别,但基本特征有一条:坚持以个人为本位。没有这一条,文化"怀旧"难以形成气候。文化散文用文化"怀旧"抗拒他者,坚持以个人为本位,是对现代主义、现代精神的一种认同和亲近。从精神特征来说,文化散文和现代主义、现代精神有着相同的因子,并且还有着一定的因果关系,没有八十年代的现代主义、现代精神的入侵,也就没有九十年代的文化散文热。

文化散文的另一个精神特征是:对文化格调的皈依、追求都非常执拗和倾心,具有与软性文化对抗的形而上的精神硬度。

在创作心态上,文化散文的作者,"往往因胸中有块垒,一吐为快",但是,"旧的块垒暂时消隐,新的块垒还会从杯底翻出"①。他们既压抑又忧患。他们涉足散文,和文化续缘,实际上是以一种神圣感来完成他们的某种文化使命。"文化"也好,"散文"也好,在他们手中又幻化为"武器",压抑、忧患所滋生的激情更促使他们的文化"怀旧"泛政治化,没有工匠气,也不想作秀。他们要用各自的精神来主宰他们的散文,所以在他们的散文中时时有激烈的情感漩涡,形成激情专制,以形而上的精神硬度达到教化作用,恢复文化的尊严,恢复人的尊严,恢复自由的尊严,召唤永恒不变的精神,凝成一种独特的文化格调——放傲。这主要表现在以下三点。

弃"仕"。和五四时期的知识分子后来蜕变的"仕"的价值取向以及对政治的粘附不同,九十年代文化散文的作家们大都对"仕"取淡漠的态度,没有附庸意识。几千年来知识分子在"仕"与"非仕"上的矛盾,在他们身上表现得不甚明显,但是"仕"与"非仕"的矛盾却成了九十年代文化散文中的一个话题、问题。对待这个问题,不管是颂扬"非仕"(如余秋雨),还是在"仕"与"非仕"上持暧昧模糊的立场(如夏坚勇),有一点是共同的,他们本人已对"仕"兴味索然。这样,在某种程度上,他们可以不看他人脸色进行自由政论,也可少一些依附迎合的炒作。他们活在文化历史中,为的是现实中的文化的复活,而不是作为走进"仕"门的敲门砖,他们没有权力崇拜。弃"仕"使他们站到民间的或近似民间的立场上,有民主意识和平等意识,并且可以任意而谈,既"放"又"纵",没有丝毫的遮掩和敷衍。即使如王小波虽则不放不纵,但在他的幽默和反讽中也显现出一种放达的格调。

傲岸。具有对峙性。正如有的作者所言:"为普遍意义而存在的知识分子只有在今天才遇到了真正的挑战——他们已找不到自己的献身方式,只能在

---

① 邵燕祥:《〈自己的酒杯〉题记》,《自己的酒杯》,群众出版社1993年版,第1—2页。

最后的坚守中,在与世俗化大潮的持久对峙中获得自我确证。"[①]文化散文从整体上看是和专制主义对峙,和软性文化对峙,和人欲横流的享乐主义对峙,和媚俗时尚对峙,在对峙中守卫人类生存的终极意义。对峙需要力量也需要激情,它们来自于作家对"自我"以及自己拥有的文化价值的自信。他们以"自我"为中心,具有周作人所说的以文学引导人朝向新文明发展的"贵族的精神"[②]。这种"贵族精神"具有偏执性,但也有硬度,因为他既有独特的立场,又有自由的胆魄以及坚韧的批判能力。他们值得傲,因为他们卓越独立,因为他们清醒,因为他们不愿随波逐流。他们以傲岸的格调,用他们的散文为重建当今的健全文化人格提供了一个范本。

文化散文的第三个精神特征表现在审美上:对宏大和随意的追求。文化散文的作家们公开排斥世俗化、闲适化。夏坚勇声明,他要"寻找新的审美视点",张扬个体灵魂,追求散文"有黄钟大吕之响与惊涛裂岸之势"。所以,在话语表达上,他们摒弃闲谈语调,而使命感以及他们坚守的人文精神又使他们的散文创作陷入审美意义上的困顿。康德认为真正的审美必须以一种"超然"的态度为前提,即摒除认知和道德的关怀。[③]但文化散文的对峙性格特征,促使他们深深地卷进了认知和道德的关怀之中,他们厌恶超然也决不愿意超然,因此在审美上就出现了这样相悖的特征:一方面追求宏大、崇高、超越,追求理性和无限,另一方面在抒情写意上随意化,排斥诗化和艺术化,完全服从情感抒发的需要,随意倾泻,忽略"艺术"地表现他们的文化理想,所以余秋雨称他的散文是"一些无法统一风格、无法划定体裁的奇怪篇什"[④]。他们想借助散文回到"中心"来,但对散文文体来说,却又把散文拖回到边缘文体位置上,成了一个泛文化化的文本,尽管对杨朔的情致重复的模式化创作是一个颠覆,但它的局限也随着颠覆自然地彰显出来。

二　散文体式变革之二:以文化批判实现"以文化自我为中心"

(一)"高姿态"与"低姿态"。

文化批判是文化散文的天职,也是它的优势。弗雷德里克·詹姆逊认为:"现代知识分子的使命已经明确限定为破坏,即从古代政体以来,他们便倾向

---

① 孟繁华:《众神狂欢》,今日中国出版社 1998 年版,第 24—25 页。

② 周作人:《贵族的与平民的》,《自己的园地》,岳麓书社 1987 年版,第 16 页。

③ (美)小吉唐谷:《美学的功用:东方主义之后》,王丽亚译,《外国文学》2001 年第 5 期。

④ 余秋雨:《〈文化苦旅〉自序》,《文化苦旅》,东方出版中心 1992 年版,第 3 页。

于认为自己的任务是对既成的体制和观念的批判和反对。”①文化散文的作者们自觉把“对既成的体制和观念的批判和反对”作为自己的使命，是出于各种不同的目的，归纳起来大致有两类：一是要凭借文化散文和商业文化的区别，寻求其艺术的独特性和乌托邦理想，借助批判，对商业文化进行抵制，维护经典文化和健全的文化人格。偏重这一目的的文化散文作者在写作中常常采取高姿态批判方式，对批判的主体和批判的对象双方都采取了预设和假想。一方面，他们把“自我”和中国传统文化中的精华、经典融和起来，预设为批判主体，这一主体是中国文化中的精华和经典的延续的代表，他们有孤独感、围困感、危机感，但他们卓然独立，从古到今，是文化历史的主宰者。同时，他们又预设一些无所不在的论敌、错误以及罪恶，两者构成文化冲突。余秋雨当属这类高姿态的批判者。他笔下的苏东坡、柳宗元，实质上融进了自己的影子，他虽然没有公开预设自己就是苏东坡、柳宗元，但散文中显示的情感和信息，非常容易使读者产生如此的联想。这种高姿态最主要的特征是批判锋芒泛指，虽然也涉及文化专制主义，但兴奋点放在被文化专制主义迫害的文化人的自我精神的提升上，显示“果”。作者有一种先知先觉的化身的优越感，以导师自居，热衷于充当大众的启蒙者角色，居高临下，力图使他们在捍卫文化精华和经典的批判中创作的散文也能成为对抗商业文化的精华和经典，实现他们的文化乌托邦。另一种批判目的是针对现实的体制和观念的批判。运用这类批判的文化散文的作者，他们站在民间立场上，面对的现实是真实的对象，具有特指性，集中攻击的目标是各种类型的极权主义和愚昧垃圾，采取的是低姿态批判。他们是各种类型的自由主义者，以王小波、夏坚勇和邵燕祥等为代表。当然，他们之间又有区别，夏坚勇、邵燕祥在散文创作中，顽强的自我理念以及各种感觉上的反应携手并进。他们否定传统中的形形色色的专制主义，是以灭绝的气概来进行的，不讲辩证法，不留任何余地，以铲除为目的。夏坚勇不少篇章揭露批判明王朝，是因为“由于朱元璋的苦心经营，皇权已到了至高无上的地步，那一套铁桶也似的专制模式是历朝天子所无法比拟的”②。邵燕祥是把一切极权主义者和独裁者视为头号敌人，一反到底，从外国的希特勒、墨索里尼到中国的“文字狱”、“文革”，统统在批判之列，他的口号是“永远地反法西斯”③。王小波则不同，虽则他时时要

① (美)弗雷德里克·詹姆逊：《文化转向》，胡亚敏等译，中国社会科学出版社 2000 年版，第 54 页。

② 夏坚勇：《东林悲风》，《湮没的辉煌》，东方出版中心 1997 年版，第 77 页。

③ 邵燕祥：《反法西斯》，《邵燕祥文抄》(一)，作家出版社 1997 年版，第 668 页。

揭露专制主义下所滋生的虚伪,“理学越兴盛,人也越虚伪。从亲身经历中我们知道,七十年代的调门最高。知青为了上大学、回城,什么事都干出来了”①。但他集中攻击的是愚蠢,提倡拒绝社会的道德标准,提倡思索,开启民智,认为“低智、偏执、思想贫乏是最大的罪恶”②。在这一点上,他比余秋雨、夏坚勇和邵燕祥等人更为彻底,彻底到“拆自己的台”③。他持低姿态批判立场者,称得上是“革命”的“革命者”。但对于今后的文化建设,他们也拿不出具体的意见来,在这一点上,他们和持高姿态批判立场者一样,具有乌托邦的浪漫。

“高姿态”与“低姿态”的区别还在于作者对自己的社会角色的确认。这种确认并不是看他的自我表白,而是以他的作品所表现的精神、内涵来确认。持“高姿态”批判的作家是把自己视为文化英雄、文化明星,如余秋雨,他的“文化苦旅”是“救赎文化之旅”,虽苦犹荣,所到之处,皆受到英雄的礼遇。在新加坡,他受到皇后般的女富婆的如接待国家元首般的接待,同时又与一位艺术家在豪华的住宅内比邻而居(余秋雨《华语情结》);在国内,报纸上不断报道他的社会文化活动,以至一位朋友“几乎能从报纸的新闻上排出我最近的日程表”(余秋雨《三十年的重量》)等等。字里行间,透出的信息是分明的,即作者的血脉是高贵的。而持“低姿态”批判的作家是把自己定为文化难民,是“沉默的大多数”(王小波《沉默的大多数》),他们一直在自我放逐,自我流浪,他们摒弃了社会规定的道德、价值标准,重起炉灶,从头开始,他们是脚踏实地的文化思想家。

(二)“以文化自我为中心”的审美理想的实现。

“以自我为中心”是二十世纪中国散文家追求的审美理想,九十年代文化散文借助文化批判,终于实现了这一理想,但是它并不是三十年代的“以自我为中心”,而是借助文化皈依把“自我”文化化,实现的是“以文化自我为中心”,实现的过程富有艺术性。

首先,以恢复文化的尊严来恢复人的尊严。

事实上,从七十年代末开始,散文家已经开始要求从极权主义者手中讨回人的尊严,代表作家是巴金。他的散文集《随想录》的主题只有一个,那就是:“我是我!”向极权主义者索回“我”。“我是我”这一命题,放在七十年代末的“文革”刚刚结束的社会环境里,仍是一个沉重的政治命题。大多数民众依然昏睡在极权主义魔掌下,“我是我”的口号虽振聋发聩,但响应者寡。九十年代

---

① 王小波:《关于崇高》,《沉默的大多数》,中国青年出版社 1997 年版,第 187 页。

② 王小波:《思维的乐趣》,《沉默的大多数》,中国青年出版社 1997 年版,第 27 页。

③ 王小波:《文化之争》,《沉默的大多数》,中国青年出版社 1997 年版,第 90 页。

的文化散文却看准了时机,在“文化热”的浪潮中,他们借助文化批判,以恢复文化尊严为旗号,悄悄地却是坚决地要求恢复人的尊严。在这一点上,文化散文作家们思路一致,他们把目光投射到形形色色的极权主义或皇权主义受害者身上,把这些受害者在被迫害后所创造的文化神圣化,恢复其尊严。在《柳侯祠》中余秋雨描述柳宗元受尽皇权对他的“你不是你”的折磨后,到了晚年,虽则是柳州的一个小小的贬谪官员,却很有政绩:

> 柳宗元晚年所干的这些事,一般被称为政绩。当然也对,但他的政绩有点特别,每件事,都按着一个正直文人的心意,依照所遇所见的实情作出,并不考据何种政治规范;作了,又花笔墨加以阐释,疏浚理义,文采斐然,成了一种文化现象。在这里,他已不是朝廷棋盘中一枚无生命的棋子,而是凭着自己的文化人格,营筑着一个可人的小天地。①

对此作者作了这样激情昂扬的肯定和颂扬:

> ……唯有在这里,文采华章才从朝报奏折中抽出,重新凝入心灵,并蔚成方圆。它们突然变得清醒,浑然构成张力,生气勃勃,与殿阙对峙,与史官争辩,为普天皇土留下一脉异音。世代文人,由此而增添一成傲气,三分自信。华夏文明,才不至于全然黯暗。朝廷万万未曾想到,正是发配南荒的御批,点化了民族的精灵。②

这里从恢复文化的尊严到恢复创造文化的人的尊严,形成了一个既自然又特殊的立场。虽则,从文化尊严的恢复到人的尊严的恢复是借助将柳宗元晚年所创造的文化神圣化、抽象化来实现的,但作者并没有对其展开细描和铺叙,这是出于对读者的考虑。因为,柳宗元晚年的文化业绩,读者多少有所了解,更重要的是,作者的真正用意是要恢复人的尊严,他看到了恢复人的尊严的命题对读者的刺激和诱惑,同时也正是恢复人的尊严使文章变得厚重起来。同样,夏坚勇也不谋而合,在《走进后院》中极写了饱受文字狱之苦的查慎行等人退隐后,在文化上作出了努力,和他人创建了乾嘉之学,作者是这样赞颂的:

> ……一个文人,总期望能有所建树,在青史上留下点什么。经过短暂

①② 余秋雨:《柳侯祠》,《文化苦旅》,东方出版中心 1992 年版,第 27 页,第 29 页。

的消沉以后，所谓的文化意识便悄悄地苏醒过来，这种文化意识植根于读书人冥顽不化的优越感：我们在精神上是最高贵的一群，总不能就这样无所事事地混日子吧。既然不敢从事敏感的经世致用之学，不敢吟诗著文，甚至不敢研究历史，不敢读书，那就只有远离现实的文网，钻进泥古、考据的象牙之塔，用死人的磷火来照亮活人的精神世界。起初，这只是一种无可奈何的个体性追求，但几代人的无可奈何渐次演化为一种历史的自觉，络绎不绝的个体性追求，终于汇聚成一个时代的整体性功业。于是，万马齐喑中崛起了一座奇峰秀挺的文化景观，这就是中国文化史上的乾嘉之学。①

这里，作者颂扬肯定的乾嘉学派的文化精神，似乎是柏林所称的"在什么样的限度以内，某一主体(一个人或一群人)，可以或应当被容许，做他所能做的事，或成为他所能成为的角色，而不受到别人的干涉"的"防卫的自由"，或称"消极自由"②。但对它的肯定，正是对文化人面临困境时所展示的"冥顽不化的优越感"和"精神上的高贵"的推崇。更深层次地看，面对极权主义者的文字狱的恐怖，文人仍然能以消极自由的方式来坚持他们的"冥顽不化的优越感"和"精神上的高贵"，这样的文化心理和意志毅力，正是一种文化的尊严。文化散文以恢复文化的尊严打开了恢复人的尊严的通道。

其次，作家们是在和极权主义的斗争中抒写恢复人的尊严的艰巨性、曲折性和残酷性的，这是九十年代文化散文的精华所在。夏坚勇的《东林悲风》是代表作。东林党人对人的尊严的捍卫就是在与魏忠贤奸党的激烈斗争中完成的。对立的双方非常鲜明，一方是至高无上的皇权，魏忠贤奸党以及为非作歹的一群小丑；另一方是东林党人，一群饱学之士、文化精英。他们的较量从抓经济问题入手，一直到奸党制造冤案，直至东林书院被毁。失败的一方是东林党人，他们被抓被打被杀，直至死后喉骨都被焚烧成灰，给魏忠贤手下的帮凶吞食。东林党人虽是失败者，但他们留下的文化信念之火，却并未熄灭，他们保持并捍卫了人的尊严，或抗辩痛骂，或自负，他们都倔强自信地宣告："纵然伐尽林间木，一片平荒也号林。"他们庄严的声音"已经汇入了整个民族精神的浩浩长河"。当然，作者在刻画东林党人捍卫自己尊严的同时，没有放过对他们在捍卫自己尊严中所显示出来的矛盾行为的批评。如东林党人被捕后，民

① 夏坚勇：《走进后院》，《湮没的辉煌》，东方出版中心 1997 年版，第 126 页。

② 柏林语，转引自高瑞全主编《中国近代社会思潮》，华东师范大学出版社 1996 年版，第 237 页。

众包围解救,他们都不愿和执行逮捕的缇骑走散。对此,作者发出了这样的评判:"他们是道德理想主义的献身者,又是在改革社会的实践上建树碌碌的失败者;他们是壮怀激烈的奇男子,又是愚忠循礼的士大夫;他们是饮誉天下的饱学之士,又是疏于权谋的政治稚童。在他们身上,呈现出一种相当复杂的历史和道德评判的二重奏。"是赞颂,是叹息,又是警示,使得东林党人的悲剧中蕴含的文化意义呈现出双向性,既有它的神圣性,又有它的疲软性,带着一点"哀其不幸,怒其不争"的味道。这是作者的一种启蒙策略,在现实中时而可见东林党人的身影,若能照照东林党人的镜子,也可避免东林党人的悲剧再重演。

另外,余秋雨的《苏东坡突围》,也是始终把苏东坡放在和他的对立面的斗争中抒写,刻画他一步步走向成熟,一步步冲破围困,尽管是被动和无奈,但最后终于完成了主宰自我命运的飞跃,写得有声有色。

九十年代文化散文从恢复文化的尊严到恢复人的尊严,都是凭借作者的主观意图来完成的,真正实现了"以文化自我为中心"。它表现在以下两点。

第一,文化散文的作家们在恢复文化的尊严和人的尊严中创造了真正的"以文化自我为中心"的自由空间。这一自由空间完全符合柏林所提出的标准:"我希望成为主体,而不是他人行为的对象。我希望成为主体,而不是他人意志的工具。我希望我的行为出于我自己的理性,有意识之目的,而不是出于外来的原因。"①有趣的是,九十年代文化散文主要代表作家们,如余秋雨、夏坚勇开拓创造的自由空间的激情却是来自文化,甚至于来自散文文体本身,而并非是政治的缘由。其实柏林在以上引文中所提出的自由也是非政治的。余秋雨和夏坚勇分别在他们的第一本散文集,也是他们的代表作——《文化苦旅》和《湮没的辉煌》的序言中,几乎都是以相似的语调来阐述他们投身文化散文创作的缘由,都以苏东坡的"老夫聊发少年狂"作为文章的开头,来形容他们当时创作文化散文的心态。在阐述缘由时,略有不同的是余秋雨是为了改变当时学术界的沉闷和单调,夏坚勇是为了扭转散文界存在的"与'小'联系在一起的:小玩意、小摆设、小悲欢、小家子气,等等,这些大抵属于休闲一族"的状况。他们把自己定位在有悟性的文化人的角色上,完全摆脱了政治人或近似政治人的角色,取得了"张扬个体灵魂和反思民族精神的全新领地"②。他们

---

① 柏林语,转引自高瑞全主编《中国近代社会思潮》,华东师范大学出版社 1996 年版,第 237 页。

② 夏坚勇:《〈湮没的辉煌〉自序》,《湮没的辉煌》,东方出版中心 1997 年版,第 2—3 页。

成了彻底的唯文化主义者,越彻底越少制约。他们有恃无恐,深厚的文化积累使他们取得了以文化自我为中心进行文化批判的特权。他们中的一些代表人物并不是职业的散文家,只是客串散文,在散文创作中没有什么顾虑和框框。同时散文又是一个无拘无束的自由文体。自由人终于和自由文体结合起来了,创建了“以文化自我为中心”的自由空间,他们终于“我是我”了,以自我的意志取材,以自我的意志褒贬,以自我的意志运笔。三十年代林语堂倡导的散文要“以自我为中心”,终于在文化散文作家们手中实现了。

第二,“以文化自我为中心”所持的立场是文化的立场,奉行的是文化尊严政策,追求的是个性自由。自由是他们散文的出发点,也是始终引领他们不断前行的终极指向。自由使文化散文作家呈现出“批判与我同在”的良好的状态,对古今中外的一切历史,他们都要重新审视。夏坚勇在《寂寞的小石湾》中,对史可法在抗清前后的心态的透视,让其丑陋的文化心理曝光,就足以证明他对历史的审视,是唯我的,是“以文化自我为中心”。

“以自我为中心”是一个相对的命题,绝对的“以自我为中心”是不存在的,是无法实现的。同样,“以文化自我为中心”事实上也是艰难的选择。“以自我为中心”又意味着对“他我”的一概排斥,三十年代鲁迅等左翼革命作家对“以自我为中心”的批判,实质上也是革命斗争的实际环境的需要,当时共产党领导的革命战争正动员广大群众把“自我”献身给革命事业,“以自我为中心”尽管是散文创作的一个口号,它所产生的消极影响也是不可否认的。从审美观念来说,“以自我为中心”是一个有缺陷的审美论题,但在市场经济飞速发展的今天,“以文化自我为中心”有利于文学的多元发展,应予鼓励。而散文的品位和格调之分,与“自我”主体密切相关。比较一下余秋雨和夏坚勇,同是在文化批判上,余秋雨对反文化的群丑的批判不遗余力、妙语连珠、火光四射,但他很少对历史上反文化现象所产生的根源批判,如极权主义者和专制者的种种罪行,就极少披露和鞭挞。而夏坚勇则完全不同,始终咬住极权主义者和专制者不放,敢于面对现实中的敏感问题,针锋相对地进行批判。因此,他们的散文在审美视角、品位和格调上都各不相同。正确评估文化散文还是应该依据日本厨川白村的标准:“惟其创作家有了竭力忠实地将客观的事象照样地再现出来的态度,这才从作家的无意识心理的底里,毫不勉强地、浑然地、不失本来地表现出他那自我和个性来。换句话,就是惟独如此,这才发生了生的苦闷,而自然而然地象征化了的‘心’,乃成为‘形’而出现。所描写的客观的事象这东西中,就包藏着作家的真生命。到这里,客观主义的极致,即与主观主义一致,理想主义的极致,也与现实主义合一,而真的生命的表现的创作于是成功。”①虽然文化散文作家们以文化批判实现了“以文化自我为中心”,但是由于“忠实地将客观的事象照样地再现出来的态度”有异,散文中“包藏着作家的真生命”的成分也有区别,因此所取得的成功也就不同。对一个具体的文化散文作家来说,他们的每篇散文优劣也不相同,如余秋雨的散文中,那些对反文化的群丑的鞭挞,以及对历经时代风雨考验的健全文化人格的歌颂的篇章就非常成功,如《苏东坡突围》、《道士塔》、《风雨天一阁》、《一个王朝的背影》和《柳侯祠》等;而夏坚勇的那些批判极权主义的作品,如《东林悲风》、《走进后院》等无疑是“真的生命”的杰作。

第二节 文化批判散文

一 余秋雨:在诉文化紊乱之“苦”中张扬“文化自我”

(一) 以诉文化紊乱之“苦”,探求文化人格之魂。

余秋雨(1946—),浙江余姚人。1968年毕业于上海戏剧学院戏剧文学系。上海戏剧学院教授,上海戏剧家协会副主席,中国作家协会会员。散文集有《文化苦旅》、《文明的碎片》、《山居笔记》以及《千年一叹》等,论著有《戏剧理论史稿》、《戏剧审美心理学》、《中国戏剧文化史》以及《艺术创造工程》等。《山居笔记》获鲁迅文学奖。最有影响的散文当推《文化苦旅》和《山居笔记》。

《文化苦旅》等是“一些无法统一风格、无法划定体裁的奇怪篇什”②。以《文化苦旅》来说,用文体来衡量,其中的大多数篇章当属游记。富有意味的是,二十世纪八十年代是中国的游记最黯淡的时期,充斥游记的大多是既“浅”又“俗”,类似导游指南的一些作品。余秋雨恰恰瞄准了游记,借助这种文体,精心铸造文化人格之魂,对散文进行了一次体式革命。它很少有敷衍文字,对独立文化人格的追求,使余秋雨的散文闪烁着特有的魅力。

余秋雨散文中所描述的游历地点,“总是古代文化和文人留下较深脚印的所在”,“并不完全是自然山水,是一种‘人文山水’”。他正是借助这种“自然山水”和“人文山水”重合的优势,把整个中华民族的大文化作为背景,以现实生活的体验为基础,谈古论今,随物赋形,尽情抒写他的文化情感。这种情感大

① (日)厨川白村:《苦闷的象征》,鲁迅译,人民文学出版社1988年版,第34页。
② 余秋雨:《〈文化苦旅〉自序》,《文化苦旅》,东方出版中心1992年版,第3页。

致可以分为两类，一类是批判或歌颂指向性明朗，情感比较单一，如《道士塔》中对王道士戕害敦煌文化的谴责，虽“苦”却没有犹豫、没有紊乱、没有矛盾。另一类含义多重，情感复杂，或是描写文化心理和文化人格的铸造之艰难和曲折，或是作者本人面对历史文化和现实时，由文化的错位引起的心理紊乱，所有这一切，酿造了余秋雨散文的“苦”。余秋雨散文中最优秀的篇章，如《风雨天一阁》、《寂寞天柱山》、《柳侯祠》、《苏东坡突围》等，正是那些倾诉文化紊乱之“苦”的散文。

余秋雨散文倾诉文化紊乱之“苦”，选择了一个恰当的时机，在八九十年代之交，由于所有制转换，市场经济发展，后现代主义降临，新知识分子中弥漫着文化保守主义思潮，放弃激进的批判，告别对终极价值、目标、信仰的追求。文化价值的衰落使一代知识分子陷入苦闷之中，正如陈寅恪在《王观堂先生挽词并序》中对王国维的死的评价，他认为王国维并不是死于政治斗争、人事纠纷，而是死于文化：“凡一种文化值衰落之时，为此文化所化之人，必感痛苦，其表现此文化之程量愈宏，则其所受之苦痛亦愈甚；迨既达极深之度，殆非出于自杀无以求一己之心安而义尽也。”①从余秋雨的经历和文化学养考察，他经历了五六十年代到“文革”的变故，又经历了“文革”的终结到改革开放的转折，同时他又生活在上海这样一个开放的城市之中，多重变化以及地域空间的影响使他形成了一整套独有的心理文化方式。这种心理文化方式的特征，一是敏感，文化神经嗅觉特别灵敏，他已感受到八九十年代之交的剧烈变化，更体察到现实生活中文化人的文化失落和茫然。在《柳侯祠》中他叹息：“什么也不怕，就怕文化人格的失落。中国，太寂寞。”这就是余秋雨文化敏感的显示。敏感、失落和寂寞，使他“特别想去的地方，总是古代文化和文人留下较深脚印的所在”。敏感、失落和寂寞，固然是一种苦，这种“苦”引起的是一时的文化心理紊乱，虽紊乱，但并不痛，更没有痛到“极深之度”。他还摆脱不了他自己在《上海人》中所描写的上海人的共性：“上海人”更多地顾及现实的可行性和接受的可能性，不愿意充当伤痕斑斑、求告无门的孤独英雄。但不管怎么说，毕竟是一种“苦”。二是求变，求突破，有先锋意识。要变，要突破，从何处入手，这就必须选准突破口。在这一点上，他有上海人的精明，采取了以守求变的策略。在他的散文中，闪着光彩的优秀篇章，恰恰都是颂扬“坚守”——坚守文化人格的作品，如《风雨天一阁》中对天一阁的创建者范钦的强健人格的推崇、痴迷进而到执著，颂扬天

① 见陈平原、王枫编《追忆王国维》，中国广播电视出版社 1997 年版，第 275 页。

一阁“以一种怪异的力度屹立着”；又如《柳侯祠》中对坚守文化人格的柳宗元的致敬等等。作为上海人来说，余秋雨这种坚守是一个反常，他在《上海人》中描写上海人在文化上“不会对已逝的生活现象迷恋到执著的地步”。但这一反常放到八九十年代的文化氛围中，正是一种先锋意识——人人从文化传统中撤退，而我坚守，乃成先锋。

事实上，文化心理紊乱之“苦”与求变、求突破综合起来，是一种综合的复杂的策略反应，但一涉及具体写作对象时，一旦进入状态，有时就不由得动真格抒真情。而真格真情恰恰牵涉到一个人类本原性的命题——对重铸文化人格之魂的探索。《柳侯祠》中屡次感叹柳宗元的被流放，竟然是如此地严肃：

> 朝廷像在给他（指柳宗元——引者注）做游戏，在大一统的版图上挪来移去。不能让你在一处滞留太久，以免对应着稳定的山水构建起独立的人格。多让你在长途上颠颠簸簸吧，让你记住：你不是你。①

从柳宗元被贬的历史事实中，竟挖掘出一个非常富有现代意识的“你不是你”的文化命题。因此，他对柳宗元到柳州后凭着自己的文化人格，营筑出一个可人的小天地这样作评：“是一个独特的形象，使无数文官或多或少地强化了文人意识，询问自己存在的意义。”这里给读者暗示的文化信息是明确的，文化人格之魂就是“我是我”。“我是什么？”这是余秋雨在文化苦旅中所关注的一个问题。这固然是自己面对现实中的失落和寂寞产生的一个心理反应，也和当时知识分子痛感“我不是我”有关，特别是八十年代末后现代主义文化思潮在中国滋生与发展，虽然它对主流中心话语的解构以及多元化情感的认同起到了一定作用，但也孕育了知识精英的新的精神危机，那就是知识精英的地位和作用遭到了大众的拒绝，在政治、经济和文化上退守到边缘位置。巴金在七十年代末的《随想录》中提出的“我是我”的命题，又重新摆到知识分子面前。敏感的余秋雨的文化苦旅正是把“我是什么”作为起点出发的。他企图找回健全的文化人格之魂，这种企图显然是和后现代主义相对抗的一种古典式的浪漫。应该说，余秋雨的文化苦旅在找回健全的文化人格之魂上是有成效的，其中有健全的文化人格之魂的楷模如苏东坡（《苏东坡突围》）、柳宗元（《柳侯祠》）等，也有物化了的文化人格之魂的榜样如天一阁（《风雨天一阁》）、白莲洞（《白莲洞》）等。不管这些楷模和榜样有没有经典意义，但作为余秋雨的“文化

---

① 余秋雨：《柳侯祠》，《文化苦旅》，东方出版中心 1992 年版，第 26 页。

苦旅”来说,应该说是成功的。

(二)张扬贬官文化,宣泄“突围”意识。

在余秋雨的文化苦旅中,始终有一个兴奋点,就是贬官文化。

从泛义上看,余秋雨的贬官文化涉及的面很广,包含的对象,有真正意义上的贬官,如范仲淹、柳宗元、苏东坡;有被贬的景,如天柱山,原被汉武帝封为南岳,后来隋文帝撤销其封号,把南岳封给衡山,从此变成寂寞的天柱山;推而广之还包括由盛转衰,现在寂寞的文化景观,如天一阁等等。总而言之,贬官文化中的对象处在寂寞、孤独、傲然独立的状态,是一种精神的抽象和暗示。

这一写作倾向,并不能在余秋雨的生活经历中找到答案,他的经历中似乎没有被“贬”的曲折。但作为敏感的文化人来说,在八九十年代之前,余秋雨切切实实痛感到知识精英在社会上遭到排斥和驱逐,已从中心跌落到边缘,而这一排斥、驱逐和跌落,并不来源于政治的专制和暴力,恰恰是在经济操纵下的商业性质的软性文化的嚣张所致。这种商业文化跃居强势且带有主导性,使整个知识精英界束手无策,一时无所作为的知识分子很快发现自己已经处于寂寞的孤立无援的边缘地带。相对来说,余秋雨是较为清醒的,他的文化苦旅应该说是一种抗争。正是如此,他才会对贬官文化如此敏感,如此投入。他把自己的命运和未来,主动地和贬官文化相连,一方面想通过它来寻找和重建自己的精神家园,另一方面想要以此作为自己最后的精神归宿。对这种寻找和重建,余秋雨赋予了一个非常神圣的名字:突围。

突围是二十世纪中国的一个热门话题,钱锺书在他的小说《围城》中第一次形象地表达了一个突围主题:一群知识分子生活在围城之中,但由于他们骨子里先天的丑陋性,他们永远无法走出围城。显然这一主题带有悲剧性,令人失望,但却是非常现实的。到了七十年代初,文化专制主义者在其控制的上海,通过舆论阵地,抛出了《走出彼得堡》。该文的寓意是明朗的,认为知识分子生活在彼得堡的围城之中,必须冲出这个围城。这场突围就是在举国上下,把知识分子统统赶出城市,到农村到边疆,突围变成了政治的暴力和精神的屠杀。而余秋雨的“突围”却是一场精神文化的“突围”。这一“突围”的模式在《苏东坡突围》中达到极致,它对文化精英所面临的矛盾进行过滤和二元切分,一方是文化人格,一方是官场人格。“围”的是官场,苏东坡的突围是一举走出官场,最后达到人的升华,强健的文化人格由此而创建。应该说,这一突围是文人富有古典浪漫色彩的自我解放。

事实上,我们不能从哲学命题上评价余秋雨的“突围”意识。对于文化人来说，突围应是一个相对的命题，而不是一个绝对的命题。《苏东坡突围》是散文，它的经典意义在于：一是深刻地揭示了苏东坡所面临的由丑陋文化筑起来的“围墙”：“酱缸文化”的跋扈，那些“检举揭发专业户”的横行，不受任何制约的所谓官场，起哄式的传扬转化为起哄式的贬损，汇聚起来，竟使一代精英走进了牢狱。文中发出了这样的绝唱：“小人牵着大师，大师牵着历史，小人顺手把绳索重重一抖，于是大师和历史都成了罪孽的化身。一部中国文化史，有很长时间一直捆押在被告席上，而法官和原告，大多是一群挤眉弄眼的小人。”这一反省是对几千年来中国文化大环境的一个扫荡，它有着永恒的警策意义。二是对苏东坡的解剖。面临这样的困境，苏东坡通过自身努力找回了一个真正的自我，而这一找回所转化的能量促使他的艺术才情获得了一次蒸馏和升华。对当今的文化人来说，是树立了一个坚挺的榜样，尽管这个榜样的力量是浪漫的，从某种意义上说，也是乌托邦式的，但对处在文化低迷、文化俗化的八九十年代之交的人们来说无疑是一帖兴奋剂：一方面它暗合了当下知识分子重新思索“我是我”的潮流，另一方面，它为对文学商品化和媚俗化的抵制提供了精神的力量和历史的楷模。

对知识分子来说，突围是非常现实的，而且有其反复性和无穷性，一次性完成和蜕变反是一种浪漫。从余秋雨本人来说，在苏东坡、柳宗元的文化突围中，他寄予了无限的希望。他是怀着宗教般的虔诚凭吊苏东坡、柳宗元的文化人格之魂的，并由此引发人们对围困知识精英的“酱缸文化”进行反思，以此来净化文化环境。但余秋雨的文化心理素质以及他所处的上海空间环境，使得他又时时陷入新的创作矛盾，产生新的心理危机。他能感受到知识分子群体的失落、寂寞和孤独，并为这种情绪歌吟，但另一方面他自已又不甘心失落、寂寞和孤独，对炒作、包装又显得格外留恋，这在《山居笔记》的“自序”中表现得非常明显，并且对外界的批评也显得神经脆弱。他号召知识分子突围，但他又不时陷入重围，而这个重围恰恰主要是他自已构筑的。他本身“突围”行动的不彻底，又恰恰反衬了《苏东坡突围》的现实意义——知识分子永远无法突围，突围只是乌托邦。我们阅读余秋雨的散文，会发现他的散文和他的人格陷入了一种无法自拔的尴尬，正如他在散文《上海人》中所描写的，“当你膜拜它的伟力，它会转过身去让你看一看疮痍斑斑的后墙”①。所以，在《文化苦旅》、《山居笔记》中，我们还能品尝到余氏的“苦”，但之后就渐渐退化，到了《千年一叹》，我们看到的就只有余氏自我陶醉的异域风情描写了。

---

① 余秋雨：《上海人》，《文化苦旅》，东方出版中心1992年版，第149页。

(三) 以边缘性的"弦外之音",抒写文化批判情怀。

余秋雨的文化苦旅散文,其情感基调是怀旧,但怀旧容易使活力衰退。余秋雨为了防止自己的文化苦旅散文霉变,不时地站出来,用"画外音"的方式,变他我为自我,直接指点,将注满激情的边缘性的"弦外之音",艺术地镶嵌到历史的人和事中,从而使整个散文活力四射,并以此抒写他的文化批判情怀。余秋雨散文中的边缘性的"弦外之音",是余秋雨散文的精华所在。

从余秋雨本人来说,他的话语资源主要来自"文革"和"改革开放"两个时期。这两个时期的资源有其对立性、排斥性,但也有承继性,余秋雨在文化苦旅散文创作中,凭借他的文化乌托邦理想,在叙事写人抒情中,将它们调和起来,用情化了的似政治似文学似文化的边缘性语言,或暗合——隐藏其中,或明说——直接倾泻,以"弦外之音"让古和今融通起来。例如《苏东坡突围》中写到苏东坡的"乌台冤案"的形成时,作者有这样一段概括叙述:

> 一群大大小小的文化官僚硬说苏东坡在很多诗中流露了对政府的不满和不敬,方法是对他诗中的词句和意象作上纲上线的推断和诠释,搞了半天连神宗皇帝也不太相信,在将信将疑之间几乎不得已地判了苏东坡的罪。①

这段的关键词是"对政府的不满"以及"上纲上线",这是"文革"中的流行话语。虽然这里是客观介绍苏东坡的"乌台诗歌"冤案形成过程,但余秋雨运用读者熟悉的"文革"中的流行话语,使作品顿时产生"弦外之音"的效应,一方面泯灭了"古""今"时空距离,让人们联想到"文革"中的上纲上线,冤案制造;另一方面读者又可通过自身对"文革"的体验,激活对苏东坡的"乌台冤案"的联想。既批判了"古"也暗讽了"今",加大了批判容量。又如《苏东坡突围》中写苏东坡面对官员的审问,是这样的场景:

> 温和柔雅如林间清风、深谷白云的大文豪面对这彻底的陌生的语言系统和行为系统,不可能作任何像样的辩驳,他一定变得非常笨拙,无法调动起码的言词,无法完成简单的逻辑。他在牢房里的应对,绝对比不过一个普通的盗贼。因此审问者们愤怒了也高兴了,原来这么个大名人竟是草包一个,你平日的滔滔文辞被狗吃掉了?看你这副熊样还能写诗作

① 余秋雨:《苏东坡突围》,《山居笔记》,内蒙古文化出版社 1998 年版,第 63 页。

词？纯粹是抄人家的吧！接着就是轮番扑打，诗人用纯银般的嗓子哀号着，哀号到嘶哑。

……终于，苏东坡经受不住了，经受不住日复一日、通宵达旦的连续逼供，他想闭闭眼、喘口气，唯一的办法就是承认。①

这里的关键词是："语言系统"、"行为系统"，以及"草包"、"逼供"等。前两个是改革开放时期流行的话语，后两个是"文革"时流行的话语，两者组合起来，再现了苏东坡被迫害的惨景。不过，读者只要有"文革"生活经验，会自然地联想到知识分子们被诬为"草包"、遭受逼供的情景。尽管这些话语似政治似文学似文化，但它们在作者的精心调弄下，拥有文化批判的能力，从而使整个描写的对象鲜活起来。不过，更多的是"明说"，余秋雨在他的文化苦旅散文中，时时按捺不住激动的心情，站出来慷慨陈词：

前年深秋，我回家乡游玩，被满山漂亮的书法惊呆。了解了张先生的身世后，我又一次上山在墓碑间徘徊。我想，这位半个多世纪前的逻辑救国论者，是用一种最潦倒、最别致的方式，让生命占据了一座小山。他平生未能用自己的学问征服过任何一个人，只能用一支毛笔，在中国传之千年的毛笔，把离开这个世界的人慰抚一番。可怜被他慰抚的人，既不懂逻辑，也不懂书法，于是，连墓碑上的书法，也无限寂寞。谁能反过来慰抚这种寂寞呢？只有那一排排灰褐色的酒坛。②

一个人蒙受了诬陷即便是死也死不出一个道理来，你找不到慷慨陈词的目标，你抓不住从容赴死的理由。你想做个义无反顾的英雄，不知怎么一来把你打扮成了小丑；你想做个坚贞不屈的烈士，闹来闹去却成了一个深深忏悔的俘虏。无法洗刷，无处辩解，更不知如何来提出自己的抗议，发表自己的宣言。③

以上是用"画外音"方式显示的"明说"，主要是一些带有结论性的抒情判断句。前一段是对一位落魄文人的感叹。这位文人是状元之后，是年在美国

---

①③ 余秋雨：《苏东坡突围》，《山居笔记》，内蒙古文化出版社 1998 年版，第 70 页，第 74 页。

② 余秋雨：《酒公墓》，《文化苦旅》，东方出版中心 1992 年版，第 213 页。

攻读逻辑，回国后遭乡匪劫走，历经磨难，潦倒颓废，一事无成。唯有一手好书法，为乡亲写墓碑，墓场的满山遍野布满了他的书法。对此，作者以抑扬对比的手法，对被扭曲了的“文人—文化—社会”三者的关系，作了总结性的抽象和概括，既有谴责，又有颂扬，还有悲叹，个体的命运被悄然地纳入文化的网络之中。后一段是对苏东坡在冤案中欲死不能的惨境的剖析，淋漓尽致地展现了精英以及他们所代表的文化面对戕害者时奇异的乏力以及魔术般的身份蜕变，把历史的追忆和现实的信息融和起来，加大文化批判的容量，为文章铸造了一种昂扬的基调，使得苦旅式的文化散文“苦”而不“馁”。

总体来看，余秋雨的文化苦旅散文的话语姿态和语境结构表明他仍然是个文化英雄。他的苦旅文化仍然是主流文化观察文化历史的一个分支，在对苏东坡、柳宗元的冤屈的态度上，他过分强调了客观文化环境（即“群小”的作用），这也是主流意识的自觉或不自觉的曲折显示。他如此熟练运用那些似政治似文学的边缘性的话语，是为了表达他的近似主流的文化立场。在九十年代学者散文中，他所代表的是一种偏离主流意识不远的文化立场，尽管偏离不大，但毕竟是一种偏离，这正是余秋雨散文的功绩所在。

二　夏坚勇：在文化批判中熔铸新的文化精神

（一）以“压抑”和“不平”建造“文化法庭”，实现批判的自觉。

夏坚勇（1950—　），江苏海安人。1976年毕业于江苏师范学院中文系。著有小说《吹皱一池春水》、《巴黎女士》等；散文集《湮没的辉煌》、《盛世风华》等。《湮没的辉煌》获首届鲁迅文学奖。他早期致力于小说剧本创作，之后，从小说和剧本创作方阵中游离出来，从事散文创作。这是出于一种自觉，即对文坛上充斥的小玩意、小悲欢、小家子气等的休闲散文的不满，“试图在自然、历史和人生的大坐标上寻找新的审美视点，也寻找张扬个体灵魂和反思民族精神的全新领地”①。他的散文创作的审美理想是“有黄钟大吕之响与惊涛裂岸之势”②，散文集《湮没的辉煌》实现了这一理想。

《湮没的辉煌》对文化历史充满了激情，这种激情来源于作者长期极度的压抑。他直率地宣告，他“也许是被压抑得太久了”③。压抑产生不平、产生冲动、产生力量。压抑有一个积累过程，这种积累和他本人的经历、遭遇似乎并不密切。他处“江湖之远”，和他的散文《寂寞的小石湾》中写的“小石湾”一样

①②③　夏坚勇：《〈湮没的辉煌〉自序》，《湮没的辉煌》，东方出版中心1997年版，第2—3页，第1页，第2页。

默默地生活着，从“文革”到如今，没有遭受过批判和迫害。他一直是一名普通文化工作者，没有什么权力是非的漩涡折磨他，但他有文化、有学养、有智慧，也有良心和胆魄，更重要的是他生活在现实之中。他审读历史、审读古今文化，虽则没有像鲁迅笔下的狂人那样，得出“吃人”的结论，但他发现了历史上的是是非非中有太多的不平，而这些不平又在现实生活中复活起来，使他成了处“江湖之远”的地位上的文化悲情的主角。历史和现实的互动激活了他张狂地臧否古今历史的欲望。《湮没的辉煌》就是在这种臧否历史的欲望驱使下建造的“文化法庭”。在这座“文化法庭”里，他时而担任法官，时而担任控方，时而担任辩方，时而成为一个具有自由发言人身份的听众。不管他担任什么角色，均是站在平民立场上，一切以历史以文化为据，呈现出批判的自觉。于是纷繁的历史恩怨，到了这座“文化法庭”里，民族英雄史可法成了《沉默的小石湾》里的被告，面对敌军压境，他“不是在督师行辕里谋划军事，也不是在堞楼城壕边布置战守，而是召集诸将，安排自己的后事。他希望有一个人在最后帮助他完成大节，也就是把他杀死”。“仗还没有打，自己就先想着怎么个死法，如何全节……如何完成自己最后的造型”。在法律面前人人平等，所以文章最后的判决也非常严厉。这一抗战，由于史可法“太珍惜忠臣烈士的光环，他那种对千秋名节纯理性的憧憬，在很大程度上影响了他对眼前刀兵之争的创造性谋划”，正是统帅的悲观情绪软化了守城十万大军的脊梁，导致抗战失败。但审判到此没有结束，因为在和扬州一江之隔的小小县城江阴，一个没有科举功名的小小典史阎应元带领六万义民，面对二十四万清兵，居然坚守了八十一天，并且让对方付出了七万五千人的代价，和史可法形成鲜明对比，成为中外战争上的奇迹。可是这位小小的典史却被无情地埋没在风干的青史之中，史可法死后封忠烈公，名垂青史；阎应元却黯淡无光，默默无闻，几乎为人们遗忘。这种死后哀荣的差异理所当然地由历史学家来承担责任，判决是无情的：历史学家从来就是一群浅薄而势利的观众，他们喜欢看热闹，他们的目光只盯着舞台上线条粗犷的动作，而对所有的潜台词不屑一顾。这是站在民间立场上的文化人对历史的宣判。

审判不是作者的终极目的，作者这样自述：“当我跋涉在残阳废垒、西风古道之间，与一页页风干的历史对话时，我同时也承载着一个巨大的心灵情节：抚摸着古老民族胴体上的伤痕，我常常颤栗不已，对文明的惋叹，对生命的珍爱，对自然山水中理性精神的探求汇聚成一种冷冽的忧患意识。”①这种忧患

① 夏坚勇：《〈湮没的辉煌〉自序》，《湮没的辉煌》，东方出版中心 1997 年版，第 3 页。

意识正是一种批判的自觉，它的人文精神贯串《湮没的辉煌》始终，即救赎意识。文集也透露了作者的雄心，他想通过它来重塑人文精神。文集中的《东林悲风》是作者重塑人文精神的最优秀的篇章。本来东林党冤案似乎已有历史定评，迫害东林党的魏忠贤等人早已钉在历史的耻辱柱上，似乎没有什么文章可做了。但作者的忧患意识，使得他的目光定格在东林党冤案的形成过程上，东林书院在"风声雨声读书声声声入耳，家事国事天下事事事关心"的训导里，聚集了整整一代文化精英，他们探求、呼喊、抗争，保持着彪炳千秋的气节，但是他们面对的是一个文盲加流氓无产者的魏忠贤。魏先是用重金收买人暗杀东林党人，不成，便搜集东林党人的经济问题，又无果；而后就动用专政工具，把东林党的"六君子"逮捕入狱，严刑拷打致死。更残忍的是，打手们用利刃将他们的喉骨剔削出来，烈火烧化，就美酒吞食。悲剧形成的过程，也就暗示了它的成因，是魏忠贤等人借助"至高无上的皇权"和"铁桶也似的专制模式"，胡作非为，才使得文盲战胜了精英——矛头直指专制的皇权。更深刻的是作者还把审判的目光指向东林党人，东林党人面对残酷的迫害，或是以自杀报皇恩；或是在被捕后，民众闻讯，数万人奋起援救之际，肩披杻锁东躲西藏，逃避援救，"唯恐和逮捕他的缇骑走散，也唯恐失去自己身上的锁链"；或是在自尽时留下遗嘱，要家人典当器物，给执行逮捕任务的缇骑作回京的路费等等。面对这些仁人君子，作者一方面扼腕痛惜，另一方面又无情地揭示悲剧主人公"既是壮怀激烈的奇男子，又是愚忠循礼的士大夫"的矛盾性格。

夏坚勇由此生发描述了他们精神活动的意义归宿，这一归宿是主体的空间，即把这群东林党人的文化品格以及他们生存的土地作一个总清理：东林党人以及他们生存的江南的市井巷闾，"这是一块商风大渐，市民阶层开始显露头角的舞台。但刚刚萌芽的商品经济又深埋在封建经济的土壤之中，市民阶层的脚跟也相当软弱，他们只能附和在别人之中，隐隐约约地喊出自己的声音。对着皇权喊一声反，他们大概是想都不敢想的。他们只能枕着一块忠义石碑，在秀色可餐的江南大地上悄然安息"。这一清理似乎无奈地揭示了市井江南的文化只能培养出软弱的东林党人的必然性，这一必然性的偏颇却引起了人们的心理反弹，拯救自我、拯救大地应该引以为鉴，传统文化品格的缺陷不能让我们新一代文化人来继承，从这古老的历史故事中透露出现代人的气息，"我是我"的倔强才是最英雄的自救，《湮没的辉煌》的活力也正是表现在这里。

（二）古今时空交叉，以现代意识熔铸新的文化品味。

文集有一个创作惯性，即古今时空交叉。这种交叉基本上是两大类型，一类是从今起笔，如《东林悲风》，从东林书院的现实景致起笔，渐渐拉开东林党悲剧的帷幕。另一类是从古起笔，如《小城故事》，一开始就把镜头对准冒辟疆，而后，在中间穿插才华横溢的同学A君，“文革”中因精神崩溃，吊死在水绘园对面的湖心亭，亦古亦今，纵横交错。通过古今时空交叉，集中表现两大母题，一是对皇权和文化专制主义的批判，如《东林悲风》、《泗州钩沉》等，二是对文化人格（或商业人格）和官场人格矛盾的解剖，如《百年孤独》、《小城故事》等。当然，有的篇章是两个母题并存，如《走进后院》等。不管用何种时空交叉，也不管表现什么母题，有一点是坚定不移的：“试图在自然、历史和人生的大坐标上寻找新的审美视点，也寻找张扬个体灵魂和反思民族精神的全新领地。”①新的审美视点正是以现代意识为标尺，重新审定历史，使得文集中的历史成为作者张扬个体灵魂的一个全新领地，并由此熔铸出新的文化品味。

在亲近审视历史中，作家们常常会变成一个贪婪的收藏家，而后用掉书袋的方法再把收藏品肆意挥霍。《湮没的辉煌》为了避免这种挥霍，在创作中始终以“我”为中心，由“我”主宰一切，用“我”的现代意识审视历史，并引进行动艺术手段，对历史进行艺术再创造。如《泗州钩沉》中对明王朝的大兴冤狱、诛杀功臣的极权专制主义的原因是这样描写的：

> 一个穷光蛋当了皇帝，首要的难题恐怕不是治国驭民，而是如何承受那种巨大的心理反差。这种反差甚至会整个地改铸他的人格走向，叱咤风云的伟丈夫变得怯懦宵小；阔大坦荡的胸怀塞进了猜忌、暴戾和险隘；谦和健朗的面孔浮上了贪婪自大的阴影。这是一种心理变态，从先前一无所有到什么都有了，一时反倒手足无措起来，巨大的既得利益令他眼花缭乱、心旌摇荡，却又唯恐受用不及，过期作废……②

从古到今，这样解释朱元璋的专制心态，作者是第一人。现代心理分析使得作者深入到朱元璋的内心深处，把其变态的心理作一曝光。所描写的事实是历史的，但解剖的手段是现代的，避免了简单化的毛病，正是这种现代意识使这本专写历史的文集的文化品味具有青春的现代的气息。

更艰难的是对一些永恒的母题，即文集中较多篇章所涉及的对文化人格（或商业人格）和官场人格的矛盾问题的剖析，这个问题直到今天仍在困扰和折磨着文化人。文集描绘和解剖了一批有这样矛盾人格的形象，有文化人格

---

① 夏坚勇：《〈湮没的辉煌〉自序》，《湮没的辉煌》，东方出版中心1997年版，第2—3页。

② 见《湮没的辉煌》，东方出版中心1997年版，第259页。

和官场人格矛盾冲突的文化人，如王念孙父子（《走进后院》）、冒辟疆（《小城故事》）；有商业人格和官场人格矛盾冲突的文化人，如盛宣怀（《百年孤独》）等。文化人格（或商业人格）和官场人格是既不能迁就也不能征服的永远难以解决的龃龉，和揭露批判极权主义、文化专制主义相比，作者在态度、立场乃至语调系统上，都是采取不同的方法来对待的。在批判极权主义、文化专制主义上，作者站在对立位置上，控诉和鞭挞都明朗而坚定。但对待那些人格矛盾的人物，作者却毫不犹豫地把自己融进去，以宽容和理解为主，有时显得缺乏定见，态度暧昧。这在《百年孤独》中表现得最为突出。盛宣怀以走实业的商人形象走上中国舞台，但他的人格悲剧却是双脚踩在官僚和实业的两条船上，“在官僚面前，他是精明练达的商人；在商人面前，他又是手握权柄的官场”，这就成了盛宣怀的理想模式。他之后的成功，事业最辉煌的时期，恰恰是在官场失意之时。支撑他的李鸿章失势，使得他的商业人格得到了最充分的张扬，创办了中国规模最大的煤铁钢联合企业、最大的纺织企业、中国第一家自办的电报局、中国第一家银行等等。但到1908年，他又卷进了政坛，被任命为邮传部右侍郎，后又晋升为邮传部尚书，跻身内阁，在喜忧参半中完成了向官场人格的倾斜。然而悲剧也正是从这里开始，辛亥革命发生了，盛宣怀被钉上了历史耻辱柱，他无法理解国人对他“卖国”的指责，最后只有怨愤和不平了。统观全文，和文集中那些以满怀极大愤怒批判专制极权的散文相比，作者在描述盛宣怀的人格忽而向商业、忽而向官场倾斜的过程时，克制、客观，态度也比较暧昧，时而欣赏时而惋惜时而同情，连同《百年孤独》的题目也是一种暧昧，没有鲜明的倾向显示。其他同类题材如以表现文化人格和官场人格摩擦的《走进后院》也处在暧昧的主宰下，这和余秋雨的《苏东坡突围》形成一个鲜明的对比：余秋雨坚决地认为，苏东坡正是从官场中突围，才完成了文化人格的升华和完美，余秋雨着眼的是苏东坡在两种人格冲突中的痛苦，对官场采取“斥”的态度，而夏坚勇则是更多地看到两种人格之间的另一层联结，这种联结使作者对官场人格采取“容”的态度。在《小城故事》中写冒辟疆晚年对官场心态的变化，从原来对清朝抱“不入试、不应召、不做官”的“三不主义”，变成热切希冀子孙能在仕途上有所作为。为孙子谋一顶乌纱帽，需要活动费，他不得不到处告贷。对此作者都不忍心发多少刻薄议论，因为他理解，在中国，“不当官，你纵然有盖世才华，满腹经纶，也不能像人家那样活得潇洒滋润”。在这一点上，恰恰又是当今市场经济中流行的一种现代价值趋向，作者对此虽然不一定百分之百地认同，但多少也有一点无奈的默认。用暧昧来处理“文化人格”、“商业人格”和“官场人格”的矛盾，体现了作者对文化品味的另一种现代解读。

（三）语言在冲动中放纵，具有释放压抑能量的狂欢性。

长期的孤独和压抑，使作者把散文作为释放能量的一个场所。为此，《湮没的辉煌》的语言充满了热度。作者在历史和现实之中，天马行空，穿梭往来，大幅度跳跃，但他的心始终留恋现实，谈古是为了讽今，因此在对历史叙事时，他担忧冗长的历史叙述会使文章情感冷却，变成考古学家的枯燥的学术论文，就频繁地用现实中一代人所熟悉的滚烫语言穿插其间，为整个叙述加温，提升情感的热度。如《东林悲风》中描述皇帝迫害东林党的始末，叙述到事情起因，东林党人周宗建上疏究论权阉魏忠贤“千人所指，一丁不识”时，作者劈头第一句就是“事情的起因似乎是关于外行能不能领导内行”。用这样一句在当代使多少知识分子蒙受灾难的胆战心惊的话引发叙述，一下子把历史和现实结合起来，情感跟着升温。接着写皇帝下决心镇压东林党人时，对皇帝的心态如此刻画：“可怕的倒是那些抱成一团的文化精英，你看他们振臂一呼，朝野倾动，呼朋引类，议论汹汹，这帮人究竟意欲何为？难道寡人的宫阙也成了他们恣肆纵横的书院不成？得，我且小试刀锋，镇一镇他们的气焰。就是刀下有几个冤鬼，大不了过些年再平反昭雪，给他们立个忠义碑得了。”巧妙地用专制主义者的内心独白方式，把他们肆意践踏文化、凌辱人权的恶毒品格曝光，语调的轻佻，更增加了悲剧的内涵。最后引用史料，叙述镇压东林党人的结果时，完全以今人熟悉的语言感叹说：“这样的处理似乎还比较文明（一个不杀，大部不抓），只是给你一点名誉和人身自由的损失。”语言使现实和历史的界线模糊，把历史和现实提到一起，更加增强了情感的沉重性。

在释放压抑的能量中，作者还能注意轻重缓急的节奏，并不是一味轰炸，用高八度的迷狂语言倾泻自己的情感。在总的语言处理原则上，大致是叙述事实，尽量克制，以平稳的语调加以展现；至多运用一些讽刺、反笔、调侃等手法，为史实增添一点诸如幽默等色彩。但到关键时刻，悲愤不能自制之际，作者就不顾一切，自我放纵，尽情释放，嬉笑怒骂，在狂欢中获得快感。当写到魏忠贤等居然把东林党人打死后，用利刀剔削喉骨，烈火烧化，煮酒吞食时，作者愤怒至极：“这是一群没有文化底蕴的政治流氓，一群挤眉弄眼、捏手掐脚的泼皮无赖，一群得志便猖狂，从报复中获取快感的刁奴恶棍。”一连串的排比，肆意发泄自己的冲动，达到一种谴责的狂欢。

得心应手的放纵自己的冲动，还表现在他善于变腔变调，以异己的虚拟化抒情语言，模仿被讽刺的对象，肆意抒情，这又是另一种释放压抑的方式，突出地表现在《走进后院》中，揭露清王朝文字狱中最令人毛骨悚然的《一柱楼诗集》案上。作者在叙述时完全站在异己的乾隆立场上，虚拟了一连串抒情语言。当乾隆要对《一柱楼诗集》开刀时，文中写道："作者是个举人，又恰恰发生在人文荟萃的江苏，拿来开刀，且杀他个桃红柳绿杏花春雨，给江南的才子们一点颜色看看。此案中又有官吏包庇的问题，这更合朕意，一并杀将过去，让封疆大吏们清醒清醒，看他们以后还敢空言塞责！"把人命当作儿戏的专制主义者，政治目的明确，故意制造冤案，用他人的脑袋强化他的极权。但是冤案制造还有难度，因为拥有《一柱楼诗集》的徐家是主动呈书在前，他人告发在后，根据乾隆查办禁书的谕旨，只要主动呈书到官，可免予追究。但到了乾隆那里，作者又虚拟了乾隆的抒情语言："鸟用！谁先谁后，那只是枝节问题，无须纠缠。乾隆问道：为什么早不自首晚不自首，在知道人家要告发时才去自首？可见是存心匿书不报。"于是，徐家自首无效。专制极权主义者的为所欲为的肆无忌惮的腔调，又为冤案的悲剧气氛加添了催化剂。事实总归是事实，《一柱楼诗集》毕竟是几首吟风弄月的情怀小唱，但这位穷凶极恶的乾隆内心独白是："屁话！吟风弄月中难道没有政治？且看这两句：'明朝期振翮，一举去清都。'这'明朝'就不消说了，自然是指朱明故国。(果真不消说吗?)至于'去清都'，乾隆又问道：为什么用'去'，而不用'上'清都、'到'清都呢？'去'就是除去，就是反清复明，用心何其险恶！"一桩历史上罕见的文字狱就这样出笼了。虚拟富有层次感，从意图到立案到定案，层层递进，把极权者的暴虐心理彻底曝光。虽则是虚拟，但作者很自信，因为有他的研究以及所掌握的史实作为后盾。这种以虚拟讽刺对象的独白进行抒情，可以使叙述手法多样化，避免单调，加强艺术效果，同时也可以使读者更清楚地了解古今制造文字狱冤案的专制极权主义者的恶毒心理和手法，用它来警示后人，避免悲剧重现。虚拟讽刺对象的抒情语言，目的是为了纵情，而纵情的目的是为了从历史回到现实，文集的魅力也就在于此。

和余秋雨散文相比，夏坚勇的散文更为大气，更富有理想，批判更为严厉，平民意识强烈，因而也更沉重些。但在才气上，在抒情艺术上，夏氏要比余氏稍差些。余秋雨的散文文化味浓，夏坚勇的散文政治味浓。

三　其他散文作家

(一) 李国文：以散文作为文人精神病的"治疗所"。

李国文(1930—　)，上海人。1949 年毕业于南京戏剧专科学校理论编剧专业。著有小说《花园街五号》、《第一杯苦酒》、《危楼纪事》、《没意思的故事》、《冬天里的春天》等。短篇小说《月食》、《危楼纪事》获全国优秀短篇小说奖，《冬天里的春天》获茅盾文学奖，《大雅村言》获鲁迅文学奖。1957 年因写小说

《改选》获罪，被划为“右派”。他自述：“九十年代以前，我写小说，很少写非小说作品；九十年代以后，主要写随笔、散文，而较少写小说。”①可见他也是“遁而作他体”的作家。对创作，他有深刻而独特的快乐体验：“如果说写作是一种快乐的话，那么写小说的快乐，是那种一砖一瓦，一钉一木盖房子的快乐，而写随笔、散文的快乐，类似那种立刻成像的照相机，让人马上知道你在想什么，你在讲什么，这种向读者直抒胸臆的短平快效果所带来的快乐，是通过形象来表达的小说所不能比拟的。”②正因为有这种“乐”，他的散文观念也洋溢着一个“乐”字：“如今的散文、随笔，或分不清是随笔还是散文的作品，或稍有讥刺，或提神醒脑，或意味隽永，或怡神养性，或乐中有教，或语重心长，或可令人茅塞顿开，会心一笑。看来，这类议题活泼、读来轻松的作品，不太伤脾胃，不太费心思，少一点八股，去一点教条，写的人，不必太拼命，读的人，也不至于太要命。”③概括起来，李国文的散文观是：写者“不必太拼命”，读者“不至于太要命”，在散文理论中，也算是自成一说。

李国文的散文属文化批判散文。他的散文大多是愤激之作，满处是“刺”，但刺的对象又不是固定的或特指的你我他，主要在于文学——文化环境和文人精神以及相关联的专制极权主义。二十世纪六十年代社会流行病是把个别领袖拟圣化，而今文坛上出现的各式各样的唱诗班，却是千方百计把各式各样人物(尤其是文人)的“自我”或“他人”拟圣化，形成一种多米诺骨牌效应，这一切恰恰发生在李国文身边的昔日的“同行”和今日的“同行”身上，身处这样的文化环境，失望、愤懑折磨着李国文，烦恼驱使他进入了散文领域。或许因为刺的是“同行”，故笔下留情，采取与人为善的态度，以“劝”为本，用他的话来说，是“稍有讥刺”、“不必太拼命”，当然，论及病状，不妨要严重一些，夸张一些。可贵的是，他不愿充当纯粹的“思想者”或“文化先锋”的角色，《缘份》中在展示历次政治运动中挨整的文人精神状态时，他毫不犹豫地把自己囊括进去：“老实说，谁不像煮熟了的虾米一样，腰弯如钩，尾夹似狗?”这种姿态，泯灭了他和读者的距离，增强了他和读者的亲密度。李国文的散文成为文人精神的“治疗所”。

李国文的散文总的意图是净化文学“一亩三分地”的环境，这与他的生活观念不一样。在《他为什么迷上了巴黎?》中他执拗地认为：“正常情况下，你周围全是精英分子，谅你不会是白痴，你周围全是一百一的混蛋，估计你也圣贤

---

①②③　李国文：《〈李国文散文〉自序》，《李国文散文》，浙江文艺出版社 2001 年版，第 5 页，第 5 页，第 1—2 页。

不了。所以,周围,很重要。看你的周围,便大致可以称出你的斤两。”语气绝对,结论也绝对:“周围是谁,你是谁,这是一个定律。”似一时冲动,但在其他散文篇章中论及环境与人的关系,依然是斩钉截铁地绝对,在《朱皇帝的残忍》中,说到人性时,他的结论仍是那样鲜明:“人处在一个大环境中,周围什么样,大致决定了这个人会是什么样。君子多则良性互动,善善相因;小人多则恶狗当道,恶性循环。历史证明,当人性恶膨胀泛滥到不可抑制的地步,全社会的恶行就汇聚成一股可怕的浊流,祸水所至,人心中的残忍、凶暴、恶毒、乖戾、变态、失常、狂悖、疯癫……诸端的恶,就会冲决而出。”几乎排除了特殊的“众人皆醉,唯我独醒”的个案,也否认了外因通过内因起作用的逻辑。散文不是哲学论文,正是在这些斩钉截铁的绝对结论中,我们窥测到作者净化文学环境的拳拳之心。

李国文是小说家,小说家的惯性是盯着“人”,以写“人”为本,客串到散文领域里,他也忘不了这一惯性。他的散文时刻不忘他的“人”。诚然,在这里“人”的主角大多是他的“同行”,因为他熟悉“同行”,正是为了这些“同行”,方涉足到散文中来。他的叙述常常是缓缓起笔,或是稳稳地以比兴的对象起笔,不露声色地说东道西,谈古论今;或是从某一史实某一人物落笔,从从容容地道来,但一旦涉及“同行”的“病”时,他不由得要偏离他的“不必太拼命”的信条,采取的是激情叙述:

> ……这不怪读者,而是应该责备那些不三不四的评论家、教授、报章杂志的主编之流,他们总是按捺不住一种近乎手淫的下流嗜好,有事没事地爱搞一些什么二十世纪经典,什么百年排行榜之类的游戏,误导读者,把一些猪下水、羊杂碎,当作满汉全席,推荐给一心想读些名著的年轻人,实在害人不浅。①

> ……树怕拔高,人不怕拔高;树拔高一寸,会死,人拔得天高,也是不会死的,哪怕花钱雇了一桌吹鼓手,围坐在那里天花乱坠,赞不绝口,被谀颂的那一位,只能生出晕晕乎乎的醉酒感,绝无生命危险。这也是文坛各式各样的唱诗班,至今弦歌不绝于耳的原因。②

---

① 李国文:《他为什么迷上巴黎》,《李国文散文》,浙江文艺出版社 2001 年版,第 86 页。

② 李国文:《读树与读人》,《李国文散文》,浙江文艺出版社 2001 年版,第 101 页。

……就以文学的造势为例，若是突然有一天，文坛上没有人起哄架秧子，没有人抬轿吹喇叭，没有人搞排行榜游戏，没有人嗜痂成癖专捧女作家的金莲，没有人算命打卦谁传世谁不朽谁大师谁小卒谁完蛋谁永恒，恐怕这一亩三分地里，也会冷清得让有些人五脊六兽而不安生的。①

或对比或排比，语势急而冲动，情绪烈而愤懑，塑造出情绪的漩涡，以此形成激荡的高音，恰似小说中的高潮。可以看出，李国文确实是以小说的高潮处理手法来主宰散文的情感脉络，用漩涡激荡的高音显示他的情感走向。这种漩涡，在语言处理上也和通常散文语言的处理有别，他是采取近乎虚构的语言，把要“刺”的对象类型化，而后采用情绪化的笔法，把读者导入某种情绪状态，强化效果，他的器官系列散文《舌头的功能》、《鼻子的功能》、《头发的功能》以及《屁股的功能》都显示了这一特色。

李国文对专制极权主义的愤懑是他的散文情感中的另一个重要区域，和别的学者不同，他对极权者的揭示偏重在极权者的血脉和出身上。在《难得潇洒》中，他认为“真正的贵族，和暴发户的贵族，和装扮出来的贵族，和尚未洗净腿上泥巴的贵族，是有着本质的区别的”。他认为朱元璋的残忍，是因为他“出身流氓无产者，来自不务正业的社会底层，在压迫下生长，对社会充满了仇恨”(《朱皇帝的残忍》)。正因为如此，朱元璋“也许是抱着这一种流氓精神行事的：不错，我曾经是王八蛋，但今天我做了皇帝，妈妈的，我就要把你们一个个都打成王八蛋”(《屁股的功能》)。结论是：“凡草根阶层出身的统治者，大至国君，小至里长，都会有一种天生的对于知识、文化、文明、科学的怀疑和拒绝的情绪。”(《屁股的功能》)和夏坚勇、邵燕祥、王小波等相比，李国文的批判不是偏重在极权主义制度上，而是重在个案的情感批判上，这显然有所偏颇，但在偏颇中表达了一种切肤之痛的真情。

值得指出的是，李国文不是个牢骚家，情虽愤懑，但目的在劝，正是在劝喻中显示了他的独特品味。如《“不娶少妇”》中对一些进入老年的文人的规劝：“任何人头顶上都不可能有万世辉煌的光圈，要敢于承认才力不逮，要给年轻人腾出位置，要退出舞台甘于寂寞，绝不能因为风光不再，总耷拉着一张脸，像鲁迅笔下的九斤老太，呼天抢地大喊一代不如一代。”苦口婆心，以理服人。尤其针对九十年代被污染的文学环境，提出文人与文人应该“文学接触”，在《他为什么迷上了巴黎?》中对“文学接触”这一理想作了如此描绘：“真正的文学接

① 李国文：《鼻子的功能》，《李国文散文》，浙江文艺出版社 2001 年版，第 126 页。

触，没有依附，没有臣属，更没有谄媚，也不存在打压，尤其没有‘顺我者昌，逆我者亡’的霸道和‘老虎屁股摸不得’的唯我独尊，唯我独革。”虽然用的是一连串的否定句，但却清晰地勾勒了他的纯净的人生理想，形成一种超凡脱俗的品位。

（二）张炜：拒绝“城市”，融入“野地”。

张炜（1956—　），山东栖霞人。《声音》、《一潭清水》获全国优秀短篇小说奖，《秋天的愤怒》获全国优秀中篇小说奖，《九月寓言》获全国优秀长篇小说奖，《古船》获人民文学出版社长篇小说奖；散文集有《忧愤的归途》、《激情的延续》等，代表作是《融入野地》。

张炜散文不像余秋雨、夏坚勇、李国文等那样凭借历史文化借古讽今，而是立足于现实，借助冥想来表达自己的文化观念和文化理想，是理想派作家。他的散文高举两面旗帜，一面是抵抗，或曰抵挡，或曰拒绝。抵抗什么，抵抗的对象是什么？堂·吉诃德还能把风车作为假想的敌人，与之搏斗，而张炜所抵抗的是“流行的荒谬”①，是“一片被肆意修饰过”的“城市”②，是“自己的堕落”，是“‘前不见古人、后不见来者’的孤寂和哀伤”③，这一切不可捉摸，虚无缥缈，但他实实在在地感受到“种种令人心寒的现象”，目睹了“知识分子的变节退却”④。“文学已经进入了普遍的操作和制作状态，一会儿筐满仓盈，就是不包含一滴血泪心汁，完全地专业化了。匠人成了榜样，连血气方刚的少年也有滋有味地咀嚼起酸腐。在这种状态下，精神必然枯萎，它的制品——垃圾——包装得再好也仍然只是垃圾”⑤。他“宁可一生泡在汗尘中，也要远离它们”⑥。正是这种抵抗和拒绝，促使他发出了这样激情的呼喊：“诗人为什么不愤怒？”⑦并力劝人们要学会“仇恨”，他深深地陷入了孤独之中。另一面旗帜是坚守，或曰融入。坚守的是“野地”，是“土地”，是“生活”，是“自尊”，是“一个简单、真实和落实”⑧。概括地说来，张炜散文中所表达的文化观念和文化理想是那样地强烈，它的关键词也是用一组尖锐对峙的水火不相容的词语组成：即“拒绝城市，融入野地”。

前一面旗帜是“抵抗”，后一面旗帜是“坚守”，合起来正是他的文化批判散

---

①⑤⑦　张炜：《诗人，你为什么不愤怒》，《激情的延续》，湖南文艺出版社 1996 年版，第 2 页，第 3 页，第 3 页。

②⑥⑧　张炜：《融入野地》，《忧愤的归途》，华艺出版社 1995 年版，第 19 页，第 29 页，第 19 页。

③　张炜：《忧愤的归途》，《忧愤的归途》，华艺出版社 1995 年版，第 18 页。

④　张炜：《冬月访谈》，《激情的延续》，湖南文艺出版社 1996 年版，第 31 页。

文的全部内涵。何谓“城市”？在张炜的散文中，“城市是一片被肆意修饰过的野地”①，是变质了的“野地”，也就不再是“野地”。“它耗费的人的激情本来就够多了，它即将使人枯竭”②。“恐惧它会遮蔽了‘现代之光’”③。在它里面，充斥了“逍遥的骗子、昏聩的学人，卖了良心的艺术家。这些人有时并非厌恶劳动，却无一例外地极度害怕贫困。他们注重自己的仪表，却没有内在的严整性，最善于尾随时风”④。说到底，“城市”是指九十年代初弥漫在城市里的后现代文化、恶俗文化等，而“野地”则是和“城市”相对应的“乡村”。在张炜的散文中，“野地”有很多同义词：“田野”、“大地”、“原野”等等，它和“劳动”相连，和“生命”相连，和“精神本原”相连。那是“可以漠视平凡，发现舞蹈的仙鹤”。其境界是：“我所投入的世界生机勃勃，这儿有永不停息的蜕变、消亡以及诞生。关于它们的讯息都覆于落叶之下，渗进了泥土。新生之物让第一束阳光照个通亮。这儿瞬息万变，光影交错，我只把心口收紧，让神思一点点溶解。喧哗四起，没有终结的躁动——这就是我的故地。我跟紧了故地的精灵，随它游遍每一道沟坎。我的歌唱时而荡在心底，时而随风飘动。精灵隐隐左右了合唱，或是合唱催生了精灵。”⑤这也指的是一种“文化”，但这种文化又不能简单地以“农业文化”来命名。它泛指洁净的、富有生机的中华民族文化。不过，它强调的是“生机”、“生命”，这和三十年代以沈从文为代表的京派散文家在“城市”和“乡村”的矛盾漩涡中扯起“乡下人”旗帜，用“农业文化”来消解“城市人”的道德观念有重合之处。但相比之下，张炜在“城市”和“乡村”的矛盾中，所处的立场要更文化一些，艺术一些，他拒绝的“城市”是一种特定的文化——“名利”的物化的代表。从他的整个散文来看，“拒绝城市”并不十分执拗，笔墨也比较简通、含糊，批判的对象也较为泛化，但“融入野地”却十分虔诚、投入、专注。他爱“野地”竟然“痴迷得不可救药，像入了玄门”⑥。在《田野的故事》中描写久旱的土地被雨水淋过后的气味：“那是烙铁淬火或是砂锅烧热了之后用水珠洒过时的那种气味，仿佛也同时伴着‘哧哧’声。”可谓刻骨铭心。在《田野的故事》中，他抒写在深秋的夜晚和田野共呼吸的情景，真是出神入化：

深秋的夜晚我们走到地里，走到望不到边的玉米林子里，心里很不平静。玉米叶像一把把大刀，齐齐地悬成一长溜。长叶儿上的脉络清

---

①④⑤⑥　张炜：《融入野地》，《忧愤的归途》，华艺出版社 1995 年版，第 19 页，第 29 页，第 27 页，第 24 页。

②③　张炜：《冬月访谈》，《激情的延续》，湖南文艺出版社 1996 年版，第 27 页，第 29 页。

清楚楚。玉米开始抽缨了，一股香甜气味弥漫了四周。玉米秸很粗，很结实，根须也很壮，有一大截鼓出地面。显然，它们被管理得很好，水肥充足，我常在夜晚蹲在玉米田垄里，久久不动。这里的空气吸饱了，它给人灵感，给人真正的激动。这才是一个人所能享受的最好的夜晚。我的脚下，小蚂蚱什么的在蹦；远处，各种小动物在叫唤，发出很细碎的声音。我仿佛真的听到了大地的呼吸，听到了一片无边的植物的喘息之声。①

"我"退回到"野地"里，和大自然融为一体，共呼吸，同命运，获得了灵感，汲取了精神，这是一种涅槃式的再生，也可以说，是作者在后现代文化和商业文化泛滥下的一种自我拯救。更深的用意，是他要把自己的成功的自我拯救作为一种健康的范式推荐给社会。作者十分乐观昂扬："我们新一代人，包括我们的下一代，都会有挽救自己的方法。我们都将依赖她：面临着的一片永远神秘又永远陌生的土地。"②一句话，只有野地才能拯救当今的文化。

但是作者不想把他在"野地"里寻找到的文化理想神圣虚无化，他要把"野地"推向"人间"。他运用的手法就是把文化理想和文化精神简单化地还原和抽象，抽象成"一个简单、真实和落实"，那就是"劳动"。他歌颂"劳动"，在他看来，一个真正的艺术家，"他是一个劳动者"③。他为自己立下誓言："永远不要离开劳动。"在此基础上，他又进一步推理，作为艺术家"一直不去脱离土地"，"用真诚的笔触去刻画自己的土地，写什么东西都是使用这样的一份情、一支笔，那么写出的事物就会改变。一切都渐渐出现在你的笔下，你开始写一个更广大的社会。可贵的是这样做的同时，你把土地与人联结起来了，你抓到了问题的核心，不自觉地将土地作为了一切问题、一切变故的根据"④。至此，张炜把他的文化理想简单地落实到一点：站在野地上，用自己的劳动，去描写土地。这种简单和落实蕴涵了他的人生观，他认为真正的艺术要求作者"首先拥有一颗伟大而崇高的、永不萎缩的心灵。在任何时代，人的洁净才是最重要的。人可以犯各种错误，但心灵应该是洁净的"，而保持"洁净的心灵"的最有效的方法就是坚持"劳动"，"不去脱离土地"。这正是针对九十年代初期中国的现实文化环境生发的。在张炜看来，九十年代初期，"恶俗文学的泛滥"，"中国正在

---

① 见《激情的延续》，湖南文艺出版社 1996 年版，第 142 页。

② 张炜：《冬月访谈》，《激情的延续》，湖南文艺出版社 1996 年版，第 27 页。

③④ 张炜：《你的树》，《忧愤的归途》，华艺出版社 1995 年版，第 31 页，第 39—40 页。

发生很重要的事情,出现了很多混乱陌生的东西。原有的话题不再令人感兴趣……表现是多方面的,主要一个是无言"①,"真正热爱艺术的人走入了一个艰难的岁月"②。在此时他张扬"劳动",显然也就暗示了"混乱陌生的东西"的滋生是因为脱离"劳动",因此他毅然选择了抗拒和拒绝,保持精神的洁净,但在方法和手段上,则和余秋雨、夏坚勇等截然不同。前者是到传统文化中寻找精神的支撑,而后者则采取精神突围的方法,冲出"城市",融入"野地",以"劳动"的方式守住那份洁净的精神家园。他获得了成功,在这洁净的精神家园里他是如此喜悦:"它是难言的,既抽象又具体清晰。它更多的是化为一个意象,无边地辐射着、照耀着,将我融化和分解。我在其中生长、向上、充实,四肢充满了力量,心中装满了勇气。"他的散文代表作《融入野地》正是在这种力量和勇气支配下完成的。他用散文向世界证明,他是"野地"的忠实"守护神"。

当然,我们也不可否认,张炜的拒绝"城市",融入"野地",是他面对"混乱陌生"的、被后现代文化环境笼罩的城市的一种本能的条件反射,即对城市的惶恐。这种反应有些夸张和过度,以拒绝"城市"、融入"野地"来坚守就是一个例证。他自己也知道:"当我投入一片茫茫原野时,就明白自己背向了某种令我心颤的、滚烫烫的东西。"③他也看到"城市"——在后现代文化泛滥的城市中还是有"某种令我心颤的、滚烫烫的东西"值得留恋,同时他的"现代工业文明是一种美,但它极易伤害更本质、更永恒的美"的结论也不免武断,但他还是选择了"拒绝",这不能不说是他对"今天"和"明天"的不安和惶恐。在这里又可看到他的一种坚守的自觉,他要抛弃这一切,"甘愿心疏志废、自我放逐","扔掉小欣喜,走入故地,在秋野禾下满面欢笑"④。我们虽钦佩他的豪迈,但也不得不指出他带有冥想式的浪漫幻想,因为拒绝"城市"本身就是理想主义者的一种虚空和幻想。

张炜散文以满腔热情抒写了"树"的意象,激情地表达了他的"树崇拜"理念。"树"是他融入"野地"的榜样。他认为:"人实际上不过是一棵会移动的树。"⑤他在"野地"上寻觅,"寻求的结果却使我化为一棵树"⑥。他最了解"树",他知道"树"的"最大愿望大概就是一生抓紧泥土"⑦。在他眼中,"树木,它们就是这样平常又是这样奇异。它给人无数的灵感,无数的想象,它既是我

---

①② 张炜:《精神的魅力》,《忧愤的归途》,华艺出版社 1995 年版,第 51 页,第 53 页。

③④⑤⑥⑦ 张炜:《融入野地》,《忧愤的归途》,华艺出版社 1995 年版,第 23 页,第 24 页,第 20 页,第 27 页,第 28 页。

们描述的对象,又是我们汲取力量的源头,它有生命,它与人类永远在一起相伴”①。他的结论非常斩钉截铁:“真正的艺术家本身就是那样的一棵树。”②“树”成了“艺术家”的化身,“树”也成了张炜心目中的上帝。

在现代散文家中有“树崇拜”情绪的当推汪曾祺。他在以香港为题材的散文中,透露了他面对香港危立的高楼和各种游乐设施,整天萦绕折磨他的是“北京的大树,中山公园、劳动人民文化宫、天坛的柏树,北海的白皮松”,直到回到北京,看到那些大树,才解除心理紊乱,感到安心。汪曾祺并不想用北京的“大树”对抗香港的繁荣,而是以眷恋农业文化作为对现实改革开放之补充,有一点“鱼和熊掌”都要的味道。但张炜是把“树”作为“不脱离大地”的“劳动”所培养的一种理想标本来推荐给读者的。“树”作为“城市”的对立物,矗立在“野地”上。虽然张炜并没有把“拒绝城市,融入野地”演绎成“都市文明”和“农业文化”的对立图景,但读者或多或少能在“树”上读到“农业文化”的新生。张炜大概也意识到了这一点,因此他在“树”的意象描写上,偏重在“动态”上,凸现它“滚烫的生命”、“抓紧泥土”的“生长”等,以“树”的“动态”来淡化它的“静态——农业文化”的象征。不过,“树”是张炜的希望的象征、精神的支柱。联系他的“精神的一度荒芜,总是意味着它将焕发出更大的魅力”③和“在这个时期,恰恰操守成了最重要的。唯在这个时期,不能苟且,也不能展览肮脏”④这些语句,我们就可在“树”的意象上解读到作者真实而丰富的内涵:拒绝“城市”,融入“野地”,最终的目的,是使自己成为一棵永远挺立在“野地”上的傲岸的“树”。

(三)周国平:守望永恒“精神”。

周国平(1945—),上海人。长期从事哲学研究。主要散文随笔集有《人与永恒》、《妞妞——一个父亲的札记》、《另一种存在》、《街头的自语》以及《经典的理由》等;另有著作《尼采:在世纪的转折点上》以及《尼采与形而上学》等。

周国平倾心哲学,并不是想把哲学作为圣坛,而是要把哲学引向非“我”化,形成一种人生状态。他对自己的哲学研究立下如此规矩:“我在哲学上的努力似乎有了一个明确的方向,就是要突破学院化、概念化状态,使哲学关心人生根本,把哲学和诗沟通起来。”⑤这和他的另一个追求遥相呼应:“(我)不再以知识为最高目标,而是更加珍视生活本身,珍视人生的体悟。”⑥这似乎表

①② 张炜:《你的树》,《忧愤的归途》,华艺出版社 1995 年版,第 36 页,第 31 页。

③④ 张炜:《精神的魅力》,《忧愤的归途》,华艺出版社 1995 年版,第 56 页,第 57 页。

⑤⑥ 周国平:《人与书之间》,《经典的理由》,广西师范大学出版社 2001 年版,第 3 页,第 4 页。

明了他要对哲学进行非圣化改造，以此实现哲学的大众化，或曰俗化。事实又并非如此，在他的散文中，常常使用概念“人”、“人生”，如“单纯的人也许傻，复杂的人才会蠢”(《不同的天赋》)；“在五光十色的现代世界中，让我们记住一个古老的真理：活得简单才能活得自由”(《闲适：享受生命本身》)；“人生，就是一趟长途旅行”(《没有目的的旅行》)等等。这些“人”或“人生”的概念显然是泛指，并不是特指那些挣扎在生活底线的“大众”或“俗人”，也不是特指那些呼风唤雨的“精英”或“贵族”们，而是指一种精神意义上的“人”。这就和他从事的哲学研究有关了，他认为：在希腊人的眼中，“哲学不是一门学问，而是一种以寻求智慧为目的的生存方式，质言之，乃是一种精神生活”①。周国平散文的终极目的，正是探讨“人”的生存方式和精神生活，他的“人”是“哲学人”、“精神人”、“抽象人”，作为这样的“人”的个体并不存在，但作为“精神”却无处不在：“万有皆逝，唯有精神永存。”②周国平的散文处处染上哲学味，这是他的特长，也是他的癖好，甚至是一种“病”。他在散文中精心地构筑一个“精神王国”，以“精神”展示魅力。虽则，他对“文化热”并不专注，但说到底，他的“精神王国”依然是文化在起支配作用。

这里的“精神”是一种抗衡，抗衡不仅仅是文化和文化的抗衡，哲学也被裹挟其中，增强了“精神”的抗衡力度。或许是周国平处在后现代的文化环境中，对瞬息万变的时代有一种不安，因此他注重的是人生中恒定的一面，不变的一面。这和他本人的哲学审美理想以及创作观有关。他认为，世界上最伟大的作品“必定表现了人类精神的某些永恒内涵，因而具有永恒的价值”③。这是他的哲学审美理想，为了实现这一理想，他选择了“立足于人生层面”的创作道路，因为“仅仅在政治层面上思考和写作的作家”会随着政治环境的变化而变化，而立足于人生层面的创作，“他们的使命不是捍卫或推翻某种教义，而是探究存在之谜。教义会过时，而存在之谜的谜底是不可能有朝一日被穷尽的”④，它可以表现“人类精神的某些永恒内涵”。但真正刺激他去表现永恒、表现精神的，恰恰是九十年代的现实文化环境中滋生的一些恶俗文化：或是“借调侃一切来取悦公众的表演”⑤，或是那些“讴歌并且证明着古老的温情，

---

① 周国平：《智慧的诞生》，《周国平散文》，浙江文艺出版社 1999 年版，第 158 页。

② 周国平：《人是要有一点精神的》，《周国平散文》，浙江文艺出版社 1999 年版，第 235 页。

③ 周国平：《读永恒的书》，《周国平散文》，浙江文艺出版社 1999 年版，第 347 页。

④⑤ 周国平：《探究存在之谜》，《另一种存在》，广西师范大学出版社 2001 年版，第 8 页，第 13 页。

给人以一种廉价的安慰……的文化快餐”①，或是“靠着传播媒介的起哄，平庸诗人发出摘冠诺贝尔的豪言，俗不可耐的小说跃居畅销书目的榜首，尚未开拍的电视剧先声夺人闹得天下沸沸扬扬”②等等。正是恶俗文化泛滥的反冲，促使他“立足于人生层面”，守望永恒的精神，以此进行一场人生精神的抵抗。

周国平守望的“精神”，并不是“文化”的同义词。相反，周国平对“文化热”的态度和王小波较相似，有些轻佻：“任何有价值的东西一旦成为时髦，就必然贬值。现在兴起所谓‘文化热’，对文化毫无兴趣的人也言必谈文化了。我的朋友叹道：‘就这一块清净地方，现在也呆不得了！’”“无论‘文化热’，还是‘文化低谷’，都与真正爱文化者无关，因为他所爱的文化是既不会成为一种时髦，也不会随市场行情低落的。”③周国平不愿意扛起“文化”的旗帜，他自信守卫的“精神”才是不灭的，有一点“精神至上”。但“精神”的抽象也会限制散文抒写的空间，为了弘扬他守望的“精神”，他时时“一分为二”，寻觅人生状态中的对立双方，并加以对照，以此拓展抒写的空间，如平庸者和优秀者，失败者和成功者，弱者和英雄，自卑者和自信者，一无所知者和无所不知者，风骚与魅力，嫉妒与宽容，有与无，轻与重，灵与肉，动与静，真与伪，逃避与寻找，爱与孤独等等，围绕“生命的意义、死亡、性与爱、自我、灵魂和超越”④等古老的哲学问题，从中抽象出生命的“精神”的多元而丰富的终极价值，希图解决“在现代商业化社会里，这些问题由于被遗忘而变得愈发尖锐，成为现代人精神生活中的普遍困惑”⑤。他的抽象是非政治化的，属于纯粹性的——纯哲学纯人生的，因为他企图把他守望的“精神”覆盖整个人生，并能在世界每个角落都引起回响。他的那些语录格式的带有格言性质的短章，如《街头的自语》、《风中纸屑》、《人性现象》、《不同的天赋》、《人品与智慧》、《伪善与恶德》、《艺术家》、《思想》等等格外受到读者的欢迎。这些短章是用“精神”把哲学和散文熔铸起来的艺术品，是一种新“论语”，但又不像《论语》那样说教，而是站在平等的“人”的位置上，把自己的人生感悟，用诗意般的语言，凝成一种晶体，放到读者面前，如：“强奸和诱奸——除此之外，公牛还能有什么别的法子得到母牛呢？洗脑子和砍脑袋——除此之外，强权还能有什么别的法子消灭异端呢？”“想到偷了我的自行车的那个人正在骑着我的车转悠，偷了我的钱包的那个人正在从

① 周国平：《小散文模式》，《另一种存在》，广西师范大学出版社 2001 年版，第 39 页。
② 周国平：《“沉默学”导言》，《街头的自语》，广西师范大学出版社 2001 年版，第 10 页。
③ 周国平：《读书与文化》，《经典的理由》，广西师范大学出版社 2001 年版，第 204 页。
④⑤ 周国平：《岁月自述》，《街头的自语》，广西师范大学出版社 2001 年版，第 125 页。

我的钱包里拿钱花,有时我会感觉到我与这些小偷之间有一种亲密的联系。”“当庸俗冒充崇高招摇过市时,崇高便羞于出门,它躲了起来”等等。因为它们是纯生命的体验,又是属于生命本质的永恒而普遍的奥秘,易和读者沟通,形成刺激,从而独具魅力。

从哲学上讲,“永恒”、“精神”皆是相对的命题,周国平似乎要把它绝对化。为了实现这些命题,他有意拒绝两个途径,一是向大众献媚,二是向权威献媚,并且彻底和政治划清界限。“永恒”、“精神”有时难免雷同,他的少数散文为此染上了杨朔的习气,要借助贴一些类似“膏药”的标签来表达自己的理念,如《五十自嘲》、《朋友》等。还有一些篇章,唠唠叨叨,说教味浓,成了道地的论文。他厌恶政治,但在他的散文中也会偶尔涉及政治,如《南游印象》中的《鸣禽谷》,从对鸟置身于被一张大网笼罩的山谷中的“自由自在”,发出“其实鸟的要求并不高,不过是笼子大一点罢了”、“世上的笼子都是人类造的”的感叹,不同凡响,显示了他的创作理念和实践的矛盾,或曰哲学和散文的矛盾。不过,周国平很理解散文的精神,他把“永恒”和“精神”定位在“人生的体悟”上,而且他本能地追求“精神”的多元化。在《南游印象》的《季节》中,他表达了对“春”“夏”“秋”“冬”四个季节都需要的多元的愿望:“我的生命中必须有季节的变化,它使我听得见岁月流动的节奏,我不能让我的生命无声无息地流失。”所以他写女儿的亲情散文的内涵格外丰盈。哲学成就了周国平,促使他左右逢源:在哲学家面前他是散文家,在散文家面前他又是一个哲学家。但从本色上讲,他是个道地的散文家。

第三节　民间思想随笔

一　王小波:在反讽中特立独行

(一) 明辨是非,思维至上。

王小波(1952—1997),北京人。中学毕业赴云南插队,当过工人、教师。1978 年考入中国人民大学,1984 年赴美国匹兹堡大学攻读硕士研究生,1988 年回国。先后在北京大学和中国人民大学任教。1992 年辞职专事写作,成为自由撰稿人。1997 年病逝。主要作品有小说《王二风流史》,时代三部曲《黄金时代》、《白银时代》和《青铜时代》;杂文随笔集《沉默的大多数》。

在文化散文作家群中,唯有王小波的经历有些特殊,他曾到美国匹兹堡大学攻读硕士研究生,亲身接受了欧风美雨的熏陶。这一熏陶使他得到了脱胎换骨的改造,标志是他的杂文随笔集《沉默的大多数》,宣布和“以前谈过的一切”决裂:“我正在出一本杂文集,名为《沉默的大多数》。大体意思是说:自从我辈成人以来,所见到的一切全是颠倒着的。在一个喧嚣的话语圈下面,始终有个沉默的大多数。既然精神原子弹在一颗又一颗地炸着,哪里有我们说话的份?但我辈现在开始说话,以前说过的一切和我们都无关系——总而言之,是个一刀两断的意思。千里之行始于足下,中国要有自由派,就从我辈开始。”①王小波从事文学创作的缘由,曾在《沉默的大多数》中作了反复的说明,他把自己的青少年的生活纳入到“沉默的大多数”中,如此描述:“我在沉默中过了很多年:插队,当工人,当大学生,后来又在大学里任过教。当教师的人保持沉默似不可能,但我教的是技术性的课程,在讲台上只讲技术性的话,下了课我就走人。照我看,不管干什么都可以保持沉默。当然,我还有一个终生爱好,就是写小说。但是写好了不拿去发表,同样也保持了沉默。”②值得注意的是这里的时间概念,不是仅指“文革”,而是一直延伸到“现在”,因为他所厌恶的“话语”,不仅有“文革”中的“积代会”上的“讲用”,还包括现今流行的“五讲”、“四美”、“三热爱”等。他公开声称,他“信不过话语圈”,那“是一座声名狼藉的疯人院”③,那些话语“好像是一池冷水,它使我一身一身起鸡皮疙瘩”④。为此他要“沉默”,因为要“珍视自己的清白”⑤。但到了八十年代,他终于不再“沉默”,开始了小说杂文创作。他如此描述自己的这一改变:“最近已经发生了改变,参加会议时也会发言,有时也写点稿。对这种改变我有种强烈的感受,有如丧失了童贞。这就意味着我违背了多年以来的积习,不再属于沉默的大多数了……我有的是另一种责任感。”⑥这个“责任感”就是要使自己的杂文随笔“篇篇都在明辨是非,而且都在打我自己的嘴”⑦,以及“拆自己的台”⑧。王小波是继七十年代末巴金用“自焚”进行“涅槃”的又一个“自焚”者。

在“打我自己的嘴”、“拆自己的台”上,他明辨的是非是:

其一,在评判是非标准上,坚持思维至上,理智第一。“自从我辈成人

---

① 李银河:《〈沉默的大多数〉前言》,见王小波《沉默的大多数》,中国青年出版社1997年版,第1页。

②③④⑥ 王小波:《沉默的大多数》,《沉默的大多数》,中国青年出版社1997年版,第15页,第15页,第9页,第17页。

⑤⑦ 王小波:《〈沉默的大多数〉序言》,《沉默的大多数》,中国青年出版社1997年版,第2页。

⑧ 王小波:《文化之争》,《沉默的大多数》,中国青年出版社1997年版,第90页。

以来,所见到的一切全是颠倒着的"①。他的思想杂文随笔正是从对是非善恶的评判标准的反思上开始的。他摒弃了原来的价值观,认为在他一生最善良的时刻,即插队当知青时,"当时我一心想要解放全人类,丝毫也没有想到自己。同时我也要承认,当时我愚蠢得很"②。反思的结果是"愚蠢是一种极大的痛苦;降低人类的智能,乃是一种最大的罪孽"③。因此,他所信奉的善恶判定标准是:"低智、偏执、思想贫乏是最大的邪恶。"④并推断出:"假设善恶是可以判断的,那么明辨是非的前提就是发展智力,增广知识。"⑤他坚持"理智是伦理的第一准则,理由是:它是一切知识分子的生命线"⑥。这样,在判断是非标准上,他已把"道德"放到次要位置上,所以他明确地宣告:"对于一位知识分子来说,成为思维的精英,比成为道德精英更为重要。"⑦

其二,把科学文化和道德区别开来,在文化散文作家群中,显得卓然独立。对八九十年代的三次"文化热",他不屑一顾,认为"人文精神的讨论"倡导操守,其结果是"文化就是这种子弟门庭,决不容痞子插足"⑧。他"希望别再热了"⑨。他主张评估知识分子的贡献时,要和道德分开,"(知识分子)真正的职责在于对科学和文化有所贡献;而这种贡献不是仅从道德上可以评判的,甚至可以说,它和道德根本就不搭界"⑩。他不理解:"为什么在中国,一说到文化,人们就往伦理道德方面去理解。我以为这是种历史的误会。"⑪他提出评价文化艺术的标准应该是"不依据现世的利害得失,只论其对不对(科学)、美不美(艺术)。此种标准我称为智慧的标准"⑫。为此,他以达尔文为例,达尔文在基督教社会里提出了进化论,就被人们斥为不道德,以此解除道德对自己的束缚力。

---

① 李银河:《〈沉默的大多数〉前言》,见王小波《沉默的大多数》,中国青年出版社 1997 年版,第 1 页。

②③④⑤⑦ 王小波:《思维的乐趣》,《沉默的大多数》,中国青年出版社 1997 年版,第 26 页,第 26 页,第 27 页,第 26 页,第 29 页。

⑥ 王小波:《知识分子的不幸》,《沉默的大多数》,中国青年出版社 1997 年版,第 43 页。

⑧⑨⑪ 王小波:《我看文化热》,《沉默的大多数》,中国青年出版社 1997 年版,第 85 页,第 87 页,第 86 页。

⑩ 王小波:《道德堕落与知识分子》,《沉默的大多数》,中国青年出版社 1997 年版,第 68 页。

⑫ 王小波:《跳出手掌心》,《沉默的大多数》,中国青年出版社 1997 年版,第 65 页。

其三,他的最终目的在于:拒绝"成为圣人的精神复制品"。王小波坚持以"思维"、"理智"评判是非,坚持把文化和道德区别开来,最终的目的是唤醒人们:"人类的思索,才真正是人类前途之所系。"①反对"建造关押自己的思想监狱"②。他为知识分子的理想境界提供了这样一个范本,"在一生一世之中,只要能跳出别人的手掌心就满意了"③。事实上,王小波的明辨是非、思维至上也就定格在这一点上,即:知识分子应该冲破思想牢笼。

王小波杂文随笔刻意追求明辨是非、思维至上,和十九世纪末二十世纪初的那些启蒙主义者所倡导的"开启民智"极为相似,他们的思维也大致相同,认为中国的问题根源是愚昧。至于如何明辨是非、思维至上,在途径上,王小波并没有具体的设想,但从他的散文中对哥白尼、牛顿等的赞扬,以及对人文学者所贬斥的重理轻文的倾向来考察,应该说是一种类似"科学救国"或"实业救国"的主张。不过,他对心目中的理想社会倒是实实在在地作了描绘:"人在社会的法理、公德约束下,自觉自愿地去生活;需要什么,就去争取什么;需要满足之后,就让大家都得会儿消停。这当然需要所有的人都有点文化修养,有点独立思考的能力,并且对自己的生活负起责任来,同时对别人的事少起点哄。"④这样的理想是一厢情愿的富有浪漫色彩的乌托邦,虽然文化散文的作家们在观念上有区别,但他们的理想境界都是相同的,都是富有浪漫色彩的乌托邦。

(二)特立独行,我行我素。

王小波的杂文随笔为自己铸造了这样一个形象:特立独行,我行我素,一个彻底的自由主义文化人。他的《一只特立独行的猪》中所抒写的与众不同的、"无视对生活的设置"、"特立独行"的猪,正是他的形象的化身与写照。

自由主义文化立场的形成,一方面是因为他青少年生活"全是颠倒着的",对以前(包括对传统文化)的信仰从怀疑到失望到"一刀两断";另一方面是受到了欧风美雨的影响。尽管与王小波有着同样的经历的学者也不少,但在坚持自由主义文化立场上如此彻底、如此不受制约的,实属少见,他是一个极端的代表。

---

①③　王小波:《跳出手掌心》,《沉默的大多数》,中国青年出版社 1997 年版,第 62 页,第 67 页。

②　王小波:《知识分子的不幸》,《沉默的大多数》,中国青年出版社 1997 年版,第 43 页。

④　王小波:《东西方快乐观区别之我见》,《沉默的大多数》,中国青年出版社 1997 年版,第 158 页。

王小波彻底地“非”:对待传统文化,他既非“孔”非“孟”,也非“程朱理学”。他认为孔子的见解“也就一般,没有什么特别让人佩服的地方。至于他特别强调的礼,我以为和‘文化革命’里搞的那些仪式差不多,什么早请示晚汇报,我都经历过,没什么大意思”①。对孟子,是“一点都不喜欢他,如果生在春秋,见了面也不和他握手”②。“程朱理学”或是“辞不达意”③,或是“多少有点失之于简单”④。因此,他得出结论,中华文化遗产的代表孔孟程朱,“拢共就是人际关系里那么一点事,再加上后来的阴阳五行”⑤。讽刺那些钻研孔孟程朱的人是嚼别人嚼过的口香糖,是“挟之以自重”⑥。对现实文化,他非“哲人王”,非“人文学者”,非“救世情结”,非“文化革命”。对“哲人王”,他认为“哲人王”可怕,“多半不是什么好东西”⑦。对“人文学者”,他不以为然,认为他们弄点学问,如大山临盆一样壮烈,天为之崩,地为之裂,日月无光,但“最后生下了一只耗子”⑧。对“中华文明将拯救世界”的“救世情结”,他斥之为“瞎浪漫”⑨,“是一种意淫”⑩。对“文化革命”,他更是无情鞭挞,讽刺“文化革命”中跳忠字舞是“抽风式的举动”,吃“忆苦饭”是“折腾人”等等。这种横扫一切的“非”表明了他和以前“一刀两断”的决心。

特立独行,奉行彻底的自由主义,在世界上,尤其在华夏土地上,根本是不可能的。他“非”这“非”那,但到底“是”是什么,就非常含糊和渺茫。从他的整个杂文随笔考察,他对罗素较为崇拜,有十余篇杂文随笔以罗素的观点作立论基石,或以罗素的言论作为经典论据。他所推崇的明辨是非、思维至上,又和罗素的教育文化观念上的自由教育、发展个人主义暗合,但又没有自觉地系统地宣传罗素的欲望,仅是暗合而已。“非”的明确,“是”的含糊,折射了王小波的信仰危机,他在杂文随笔中明确提出:“信仰是重要的,但要从属于理性。”⑪不要盲从不要轻信。但“非”了怎么办?《一只特立独行的猪》中的那只猪敢于“非”,它不满人类对它的设置,要像猫一样越过猪栏,跳上顶层游逛;它拒绝阉割,整天在外面寻找母猪;它能学汽笛叫,扰乱人们的劳动秩序等等,最后冲破

---

① 王小波:《我看国学》,《沉默的大多数》,中国青年出版社 1997 年版,第 103 页。

②③④⑤⑥ 王小波:《我看国学》,《沉默的大多数》,中国青年出版社 1997 年版,第 104 页,第 104 页,第 105 页,第 105 页,第 106 页。

⑦ 王小波:《理想国与哲人王》,《沉默的大多数》,中国青年出版社 1997 年版,第 119 页。

⑧ 王小波:《智慧与国学》,《沉默的大多数》,中国青年出版社 1997 年版,第 114 页。

⑨⑩ 王小波:《救世情结与白日梦》,《沉默的大多数》,中国青年出版社 1997 年版,第 123 页。

⑪ 王小波:《知识分子的不幸》,《沉默的大多数》,中国青年出版社 1997 年版,第 43 页。

了人们要宰杀它的包围圈,潇洒至极地逃跑了。“猪”在这里成了彻底自由主义者捏弄起来的一个浪漫符号。这显然是寓言。寓言的本身是美好的,但是这只猪冲出包围圈,能潇洒到何时?而且这种潇洒展示的未来也有些可怖,世界若被这些蔑视秩序的“猪”主宰,必定是一种无序的混乱。我们不能苛求作者在一篇短文中回答所有问题,但“特立独行”的疲软也正是在这里露出了它的真面目。

(三)以反讽实现自由自在的“非”。

王小波是自由撰稿人,又信仰自由主义,在杂文随笔创作中,也确实做到了无拘无束,自由自在。他对文体很敏感,“文体之于作者,就如性之于寻常人一样敏感”①。在散文创作上,他也有自己独特的看法,他批评苏晓康的报告文学“浮嚣而华丽,到现在还有人模仿……写多了,人会退化成文盲的”②。对一些女散文家的散文创作,他斥之为:“用撒娇打痴体写作。这种文体不用写多了,只消写上一句,作者就像个大头傻子……读完就后悔了。赶紧努力把这些傻话都忘掉,以免受到影响。”③他重视散文的节奏,提出散文要有筋骨,要有节奏:“散文也有节奏的快慢,或低沉压抑、沉痛无比,或如黄钟大吕,回肠荡气:这才是文字的筋骨所在。”④如此正正反反,从各种不同角度显示了他的散文观。

由于王小波的杂文随笔的主要目的是明辨是非,论辩批判成了他的首要任务,为此,他酷爱反讽,在行文中时常有意无意地穿插反讽。他认为:“任何一个文明都该容许反讽的存在,这是一种解毒剂,可以防止人把事情干到没滋没味的程度。”⑤反讽可以使他的明辨是非变得有滋有味,有声有色,增强形象魅力,防止论辩批判枯燥乏味。他对中国的文化之争总是要扯到道德上,“赌的是人品、爱国心、羞耻心”,十分不满,在批判了这种倾向后,接着穿插一个反讽,写二十世纪初爪哇土著人生来勇敢,不畏惧战争,但更重视清洁,在生死和清洁两个领域里,更看重后者。结果荷兰殖民军和他们作战时,就把屎橛子劈面掷去,使他们望风而逃。以此说明,作者和别人讨论文化问题,不怕反对意见,就怕道德非难。⑥言在此而意在彼,即兴谈说,不露声色,最后是非皆明。

①②③　王小波:《关于文体》,《沉默的大多数》,中国青年出版社 1997 年版,第 356 页,第 357 页,第 357—358 页。

④　王小波:《用一生来学习艺术》,《沉默的大多数》,中国青年出版社 1997 年版,第 320 页。

⑤　王小波:《文明与反讽》,《沉默的大多数》,中国青年出版社 1997 年版,第 368 页。

⑥　王小波:《论战与道德》,《沉默的大多数》,中国青年出版社 1997 年版,第 79 页。

诸如此类的例子时时可见,如《知识分子的不幸》中,写到一位工科学校校长津津乐道地向学生灌输“卧冰求鱼”的孝道,在“文革”中被学生剥光衣服,拖到冰上,要他表演“卧冰求鱼”,以此讽刺倡导“孝”的尴尬和不幸。《我看国学》中更是连珠炮式地运用反讽,讽刺孔子“有时候也鬼头鬼脑,那就是‘子见南子’那一回。出来以后就大呼小叫,一口咬定自己没‘犯色’”①。讽刺朱子“往井底下一看,就能看到一团森森的白气”②,证明朱子的思维逻辑失之于简单。更妙的是最后所用的寓言式的小故事:二战期间,一位美国将军和随从被堵在地窖里,因为随从人员咳嗽起来,将军给了随从一块口香糖让他嚼,以此压制咳嗽。但是随从嚼了一会儿又伸手要,理由是太没味。将军回答,没味道不奇怪,我已把它嚼了两个钟头了。讽刺人们对国学的盲从迷恋就像那位随从嚼他人已嚼过两个钟头的口香糖,真是情理并茂,魅力无穷。

在王小波的杂文随笔中,运用得最成功的当推浪漫反讽,《一只特立独行的猪》是浪漫反讽的代表作。这只猪蔑视人们对它的生活的种种设置,既是现实的描述,又具有虚构性;既是理性批判,又是形象创造;理智的诉求与感情的倾泻在浪漫中达到了统一。

王小波的杂文随笔太侧重是非辩证,理念的浓重和推理的严肃拆解了他艺术上的追求,使他的杂文随笔处在文学的边缘的边缘,有稍逊风骚的缺憾。

二、邵燕祥:睁眼看历史为的是睁眼看现实

(一) 永远地反法西斯。

邵燕祥(1933—),浙江萧山人。历任中央人民广播电台编辑、诗刊社编辑。1946年开始发表作品,先以诗歌创作为主,著有诗集《歌唱北京城》、《到远方去》、《给同志们》、《八月的营火》、《芦管》、《献给历史的情歌》、《含笑向七十年代告别》、《为青春作证》、《如花怒放》以及《岁月与酒》等。从八十年代开始转向杂文随笔创作,著有《蜜和刺》、《忧生百篇》、《绿灯小集》、《小蜂房随笔》、《捕捉那蝴蝶》、《无聊才写书》、《改写圣经》、《自己的酒杯》、《大题小做集》、《杂文作坊》、《真假荒诞》、《热话冷说集》、《超越痛苦》、《你笑的是你自己》、《明天比昨天长久》、《红尘小品》、《检阅天安门》、《旧时燕子》、《酸辣文章》、《忧郁的力量》、《一窗四季》、《诗与面包与自由》以及《非神化》等。其诗集和散文集多次获全国大奖。

---

①② 王小波:《我看国学》,《沉默的大多数》,中国青年出版社1997年版,第103页,第105页。

邵燕祥有一颗倔强的心，处处有刺，即使他的自我简介也是那样桀骜不驯。他在《一窗四季》这一随笔集的“作者简介”中写道：“邵燕祥，1933 年生于北京。1947 年参加革命。做过资料员、编辑、记者，写过诗、小品、杂文、剧本，给剧团拉幕、装台、追光、打杂，在农村种过稻田，管过果树，挖过河，拉过车，赶过圈，但是从没帮过厨，养过猪，喂过马，赶过车，怕我投毒杀人，伤害牲畜，破坏生产。”把自己被打入另册的境遇悲愤地托出。他的杂文没有幻想，从不作秀，脚踏实地，站在彻底的民间立场上，为民请命，成为民间的代言人。

邵燕祥的思想随笔主旋律非常明确：永远地反法西斯，反极权，反专制，反封建主义。1980 年 8 月 7 日发表的《论不宜巴望“好皇帝”》为他之后的思想随笔定下了主要方向：“不要皇帝，哪怕是‘好皇帝’，白给也不要。”①“什么时候也不要忘记我们是社会主义国家的人民，而不是封建时代的臣民。因此，我们不是要在‘好皇帝’和‘坏皇帝’之间作选择，我们是要在社会主义和封建主义之间，在民主与专制、科学与蒙昧之间，在历史唯物主义和历史唯心主义之间作选择。”②提醒人们切莫“忘记了今天的中国人民有权利也有能力掌握自己的命运，做自己国家的主人”③。他反极权反专制不是反一时或一时反，而是咬住不放，持之以恒。根据不完全资料统计，从 1981 年到 1995 年，邵燕祥年年都有反对极权和声讨专制主义的随笔代表作面世：

1981 年：《从两句唐诗说起》

1982 年：《关于史诗性作品问题》

1983 年：《“专案遗风”考》

1984 年：《“娘打儿子”论》

1985 年：《历史，是不能忘记的》

1986 年：《忽然想到“暂死”》

1987 年：《串胡同记》

1988 年：《中国还需要皇帝吗？》

1989 年：《为新权威主义补几条证据》

1990 年：《另一种鸽哨》

1991 年：《如果太平天国不失败》

1992 年：《罪与非罪》

1993 年：《希特勒焚书六十周年》

---

①②③　邵燕祥：《论不宜巴望“好皇帝”》，《邵燕祥文抄》（一），作家出版社 1997 年版，第 19 页，第 19 页，第 20 页。

1994 年:《想看莫索里尼日记》

1995 年:《反法西斯》

以上的随笔显示出,邵燕祥对极权对专制主义的批判是以坚韧的精神在打持久战。邵燕祥是极权专制主义的受害者,有刻骨铭心的体验,有切肤之痛,这种体验是激发他批判极权专制主义的持久动力和激情的源泉所在。在《另一种鸽哨》中,他对迫害的体验作了这样的描述:

> 天甫明,睡意朦胧,一阵鸽哨盘旋过窗前。
>
> 拨开窗帘,多云的天,初冬的雾,阴阴冷冷,愁愁惨惨。
>
> 鸽哨湿重,没有一丝亮音。鸽群一双双灰色翅膀,像我们"文革"时在专政队跑步的沉抑。
>
> 那是晨练,不是为练出矫健和活力,而是为练出死气的驯服。
>
> 鸽子,使人想起那一个个不见阳光的,兜着圈子跑步的绝望的早晨。①

他时刻不忘那些"绝望的早晨",不是锱铢于睚眦之怨,而是因为"昨天"中有"对我们每个人都十分宝贵的历史教训"②,那就是生活经历中的"绝望的早晨"提醒他,极权和专制主义若不彻底铲除,未来的"绝望的早晨"还会降临到像这样的无辜的人们身上。为了未来,他必须批判。诚然,过去的"绝望的早晨"能使他产生对极权和专制主义批判的动力,但要持久地批判就必须要有理念的自觉。对于邵燕祥来说,这种自觉体现在两个方面,一方面是"自我"的觉醒,这种觉醒的标志是"我是我":"我以为,我只代表我自已,而且,只有我代表我自已。自已的代表权,是没有人能替代的。"③"我只代表我自已,我只能说我自已的话。"④另一方面即"我"是清醒的"我",他意识到,一切真理和正义的斗争都要付出代价,但他选择了清醒,敢于清醒地面对各种疑难、麻烦以至艰险:"清醒地死胜于麻木地生,因为清醒,就不会发生历史曾有的'人头落地,连称好快刀'的可笑的悲剧了。"⑤这种清醒决定了他的行动,他宣告:"真理并不

① 见《一窗四季》,中国文联出版公司 1998 年版,第 90 页。

② 邵燕祥:《代自传》,《邵燕祥文抄》(三),作家出版社 1997 年版,第 23 页。

③④ 邵燕祥:《我代表我自己》,《邵燕祥文抄》(三),作家出版社 1997 年版,第 465 页,第 466 页。

⑤ 邵燕祥:《一个杂文作者的困惑》,《邵燕祥文抄》(三),作家出版社 1997 年版,第 320 页。

是一个宝器，一块笏板，一张招牌，只消牢牢抓在手中，抱在怀里，就算坚持它而万事大吉了。真理只存身于你不辞为之赴死的追求之中。”①所以，在二十世纪末他激情地发出呼喊：“反法西斯！反法西斯！永远地反法西斯！”②

与夏坚勇、王小波等相比，邵燕祥在反极权反专制上更加理性化。他一方面对中国大地上发生的种种“左”的灾难进行自责：“作为一九五七年以前入党的共产党员，我就没有一份应该承担的责任吗？”③另一方面更多地是进言，在他的反极权反专制的随笔中，时时呼喊“加强法治”，“显示法律应有的尊严和威力”。同时，他读史读经典，用古今中外的（如苏联的一些反面教训）大量实例，呼吁法治建设。拳拳之心，跃然纸上。

（二）睁眼“捉影”。

邵燕祥的思想随笔始终双眼圆睁，他睁眼看历史，喜读史，从他的随笔题目就可看出，如《读史一得》、《读史》、《夜读书录》、《夜读偶忆》等，至于以《读××××》为题目的更多。他之所以睁眼看历史是因为：“我不能忘记‘昨天’，不是锱铢于睚眦之怨，而是因为‘昨天’中有对我们每个人都十分宝贵的历史教训。”④“少数人篡改历史之所以容易，乃是多数人对历史容易忘记的缘故；而教人忘记历史的，也许正是为了篡改历史吧。”⑤这一点决定了他的思想随笔以谈史为主的文史小品居多。睁眼看历史是为要睁眼看现实，他是基于这样的认识：“历史是昨天的现实，现实是明天的历史，看一个人的过去，可知他的现在以至将来；那末看一个人的现在，也多少可以窥见其历史。一个人如此，一个社会也是如此。”“人体解剖，给类人猿以至古猿的研究提供了钥匙，此之谓也。”⑥他正视现实，注意的焦点是“时弊”，这和他的一些杂文观有关，他认为以鲁迅杂文为代表的杂文，是“以针砭时弊为特点，进行社会批评和文化批评但不那么正襟危坐的短论”⑦。他睁眼看的是：现实政治和社会生活中大量表层的消极现象，从官风腐败到教育滑坡，既是一般公众的热门话题，理所当然地也是杂文作者们议论和抨击的对象。

睁眼的最终结果是行动，要“有声”，这才是睁眼的最高境界，在这一点上，邵燕祥用诗一般的语言表达了他的决心：“生则有声，死则无声。”“也许有时候

---

①③④　邵燕祥：《代自传》，《邵燕祥文抄》（三），作家出版社 1997 年版，第 23 页。

②　邵燕祥：《反法西斯》，《邵燕祥文抄》（一），作家出版社 1997 年版，第 668 页。

⑤　邵燕祥：《闪念录》，《邵燕祥文抄》（三），作家出版社 1997 年版，第 323 页。

⑥　邵燕祥：《“读史可以使人明智”吗？》，《邵燕祥文抄》（一），作家出版社 1997 年版，第 410 页。

⑦　邵燕祥：《说杂文》，《邵燕祥文抄》（三），作家出版社 1997 年版，第 60 页。

'沉默是黄金',更多的时候,沉默也许是犯罪。""爱因斯坦说:'我对社会上那些我认为是非常恶劣的和不幸的情况公开发表了意见,对它们的沉默就会使我觉得是在犯'同谋罪。'"睁眼决定了邵燕祥杂文不敷衍,没有平衡意识,不说无关痛痒的文字,弹无虚发,有的放矢。邵燕祥的睁眼带给世人的是一个惊叹:"作为长期的'阶级斗争'的牺牲品,在今天可以幸免于斗争的时候,居然念念不忘'斗争'。"①

思想随笔毕竟是文学艺术品,对睁眼所捕获的"时弊"的针砭如何艺术化,这是一个至今都有待人们探索的问题。邵燕祥在实践中创造了"捉影"艺术,他喜欢从历史中寻找现实的"影子",或把现实的"影子"投放到历史的屏幕上,古今中外勾联,以此重叠合成"影子",进行评说,这就是邵燕祥的睁眼"捉影"艺术。

如《了的哲学》是从《红楼梦》的《好了歌》中,联想到现实中的"官了,还是私了"、"大事化小、小事化了"以及"不了了之"的"了"的"影子",以此,对庸俗的"了"的哲学进行批判。如《从"本州兵团"说起》是从邓贤《大国之魂》中写的那支以产业工人组织的"有文化、守纪律"的日本侵略军的"本州兵团"谈起,正是这支产业工人组织的师团,成为在中国无恶不作的魔鬼,由此批判现实中"阶级成分决定论"的脆弱。如《一首奇怪的儿歌》,从在朋友处听到小时的一首儿歌"监牢狱/监牢狱/把你送到监牢狱/做个好朋友"里,寻觅到现实中"一手把你送入囹圄,一手与你握手言欢"的影子,对世态中的丑陋进行鞭挞等等。

睁眼"捉影"形成了"史"—"今"—"我"的三重关系联结。对于邵燕祥来说,他的"史"是他思想的一座自由的空间,太多的磨难太多的阅历,使他具有异类的嗅觉,他的"史"不是"官史"、"正史",而是"民间史"。在时间上,和"今"相对的昨天的一切,只要能和他针砭的"影子"重叠合成起来,皆可成为他的"史",如:名家著作《红楼梦》、文章《了的哲学》,历史人物集团"本州兵团",历史记忆儿歌等等,都成了他重叠合成"影子"的"影子"。

重叠合成"影子"并不是简单的比附,而是生动的艺术创造:或进行由此及彼的联想;或抓住一点,反复渲染;或虚虚实实,关键处妙笔生花等等。不管运用什么艺术手段,邵燕祥都有一点非常执拗的地方,那就是"史"和"今"重叠合成"影子"的联结逻辑是放在"已有性"和"必然性"上,这是他的清醒所在,对于"可能性"和"未来性",邵燕祥虽然也很重视,但并不是他思想随笔的力量所在。正因为如此,他的某些随笔存在取材太具体、议论太拘泥的缺憾。但他决

① 林贤治:《90年代散文:世纪末的狂欢》,《文艺争鸣》2001年第2期。

不放空炮，也不危言耸听，是一个脚踏实地的思想者。

三、其他散文作家

（一）王蒙：兴之所至，随机触发。

王蒙（1934—　），祖籍河北南皮，生于北京。作品有长篇小说《青春万岁》、《活动变人形》等，中短篇小说集《深的湖》，散文集《德美两国纪行》、《王蒙报告文学集》、《红楼启示录》以及《王蒙选集》（4卷）等。他的散文随笔犀利机智，亦庄亦谐。其中，1991年出版的《红楼启示录》是九十年代民间思想随笔的重要收获。

《红楼启示录》堪称一部奇书，奇就奇在"活学活用"。王蒙才气逼人，学养深厚。起伏坎坷的生活经历，使他长期处于政治纷争的漩涡之中，并一度进入政治权力的中心。他对政治非常敏感，既有丰富的政治经验教训，又有极强的政治情结。他是一个学者、文人和政治家"三合一"的人物。因此，诠释《红楼梦》这部奇书，他是兴致勃勃，显得得心应手、游刃自如。在思维方式上，他和毛泽东评《红楼梦》极为相似，他把《红楼梦》作为话题，论今人今世的种种世俗相，这一切又都和政治相关联，文集中的小标题就显示了这一点，如：《文人与企业家的"联姻"》、《贾宝玉也是"窝里横"吗？》、《大观园的建设》、《她们为什么愿意当奴隶？》等等，显然是借题发挥，阐述他的一些政治见解。《红楼启示录》是他的一部政治宣言书。

《红楼启示录》内容大致分两类。一类是艺术鉴赏，如对史湘云醉卧花丛的激赏：

> 湘云痛饮后倒在山子后头青板石凳上睡着，四面芍药花飞了一身，手中扇子落到地上，半被落花埋起，一群蜂蝶闹嚷嚷围着她飞，又用鲛帕包了一包芍药花瓣做枕头……真是全大观园唯一的至纯至美的自然之子的形象！光明的青春之神的形象！自由与欢乐的形象！它成为《红楼梦》全书的一个明亮的光斑，令人羡赏，令人欣然。而这样一个美善光明的形象，既是由天真爽快的史湘云完成的，又是由大观园的山、石、花、蜂、蝶以及天光水色完成的。读了这一段，真像是一股清泉，清洗掉了贾珍的荒淫，贾蓉的下作，贾琏的龌龊，凤姐的恶毒，大观园的奴才们的各怀鬼胎、战云密布，也清洗掉了宝黛爱情中的无限忧愁悲苦，甚至你想不到《红楼梦》中竟有这等人物这等场面！这就比那种写悲就一悲到底，写讽就字字带刺，要执着就句句皱紧眉头，要深刻就行行绞尽脑汁的写法要高明、阔

大、自如得多！①

真是行家里手的真知灼见，同时也显示了王蒙的欣赏品位，文字美，情感美，是道地的美文。其他如对贾宝玉的“情”的评述，也都精妙绝伦。另一类是借题发挥，大多是从《红楼梦》中牵连出来的话题，而这种话题又都是富有政治性的批判话语，从政治出发，最后又回到政治上，熟门熟路，非常到位。如在《大观园的“窝里斗”》中对“斗”的各派力量的分析，可谓是明察秋毫、洞若观火。对探春分析时，作者认为“探春是独立大队，义正辞严，不站在凤姐一边也不站在邢夫人一边，不站在赵姨娘夏婆子一边，也不站在芳官柳家的一边，连凤姐也要避让她三分。这种独立性是她的政治资本，却也是她缺少政治实力的表现。她统治有‘术’却毕竟没有多少‘权’与‘力’”②。这种描述既富有政治想象力，又精当地从政治上把探春的“独立大队”的地位准确地揭示出来，尤其是对探春的统治之“术”与“权”、“力”不协调的分析显示了作者在政治上的内行和精明。其他如《她们为什么愿意当奴隶?》中对贾府丫环们“不奴隶，毋宁死”的心态的解读，《大观园的建设》中对大观园的“高度的封闭性、不可见不可缺不可交流性”的鉴赏，都是妙语连珠，句句中的。

事实上，《红楼启示录》是政治灵感激发的产物和结晶。它的最精彩最动人之处是在不经意之间，捎带一笔，以此和现实政治挂钩，激起人们的无穷联想。他把现实中太多的体验太多的感叹太多的无奈，糅进了作品里。从王蒙的人生经历和创作历程来看，五十年代开始，王蒙就以《组织部新来的年轻人》表明了他对政治的兴趣，此时仅仅是兴趣而已。之后，他在政治漩涡中长期挣扎，最终不得不沦为一个政治角色。八十年代，他一度进入权力中心，这更激发了他对政治的偏爱。他熟悉政治内幕也了解政治话语，对政治手段和目的更是了如指掌。他的创作灵感时时为政治所驾驭。尤其是当他遭遇变故，从权力中心退出，处在政治夹缝中的尴尬境地，既不能抒写他的政治抱负，又不能臧否时事的时候，《红楼梦》给了他安慰，赐予他发泄政治灵感的天地，于是在《红楼启示录》中，他见缝插针，只要有机会，就政治冲动一番。当然，这种政治冲动的原动力是批判，也正是这种批判，使得《红楼启示录》成为思想随笔中

① 王蒙：《贾宝玉的生日与史湘云的醉卧》，《红楼启示录》，生活·读书·新知三联书店(北京)1991年版，第180页。

② 王蒙：《大观园的“窝里斗”》，《红楼启示录》，生活·读书·新知三联书店(北京)1991年版，第172页。

的另一种文本。在《红楼启示录》中布满了一笔带过却又光彩夺目的政治议论,作者也由此获得了某种政治快感。如对王熙凤的弄权的解剖,他叹曰:“弄权不是掌权不是争权甚至谈不上什么直接显明的‘以权谋私’,而更多地是为艺术而艺术,用对权的得心应手的使用与发挥来愉悦自己。”①这是对古今弄权者的经典概括,也是对大大小小弄权者的真实面目的剥露。又如贾宝玉见到袭人亲戚的女孩可爱就想弄到自己家里来,袭人顶他:“难道连我的亲戚都是奴才命不成?”宝玉赶快解释:“我说住咱们家来,必定是奴才不成?说亲戚就使不得?”对此,王蒙又来了政治冲动,如此评曰:“越是老爷少爷,越是处于高枝高位,越容易廉价地表示出一种平等精神,放下架子,咱们都是一样的人嘛。”②虽然泛指“老爷少爷”,但看看今昔,读者都可依稀感受到生活中的高枝高位人“廉价地表示”的一种平等精神。再如对元妃省亲中,贾府上上下下用奢华向元妃致敬和表忠心,结果,“最终奢华的得益者是致敬者与表忠心者而不是被致敬者”③,并进一步评述:“致敬与表忠心是一杆大旗,大旗下面叫作各得其利,各得其所。”④ 把“致敬与表忠心”的双方都拖到手术台上,揭示热热闹闹的“致敬与表忠心”的政治情绪掩盖下的丑陋的污秽。所有这些见缝插针的评述,皆是一种政治概括、政治诉说,显示的也是一种政治真实。王蒙机智而有胆略,这些评述都是他的真诚的告白。因为他一度身居权力中心,有抱负,有理想,但不久又被排除出权力中心。政坛本来不是圣坛。失望、无奈,长久被压抑的能量何处宣泄?莫名的孤独又托付给谁?唯有“红楼”!《红楼启示录》实乃是对政坛告别的一份“从政交代”。对于王蒙来说,这是一种反常,他说了许多不属于他的“身份”应该说的话。从立场上来说,他又是某种意义上的“返回”,迅速“返回”到“民间”立场上,“返回”得如此迅速如此布衣,这就是真正的王蒙!

王蒙推崇散文的“兴之所至”,“即兴”是《红楼启示录》中常见的手法。“兴之所至”是散文的特权,它“实充分的说出小品文抒写时的自由与旁无顾忌的自我表现”⑤。在文中,王蒙时时触机即发,随手拈来,任意抒写,偶发的片段

---

① 王蒙:《王熙凤的弄权及其他》,《红楼启示录》,生活·读书·新知三联书店(北京)1991 年版,第 61 页。

② 王蒙:《贾宝玉的一厢情愿》,《红楼启示录》,生活·读书·新知三联书店(北京)1991 年版,第 73 页。

③④ 王蒙:《元妃不赞成奢华糜费》,《红楼启示录》,生活·读书·新知三联书店(北京)1991 年版,第 70—71 页。

⑤ 李素伯:《小品文研究》,新中国书局 1932 年版,第 4 页。

在“兴”中时断时续，光彩照人。当文中论述《红楼梦》中的爱情时，如此“兴”：“是的，在《红楼梦》里，爱情是一种病，是一种深入膏肓的疾患，药石难医，病灶难除，好可怜的人啊人！情便是痴，情便是误，情便是悲，情便是苦。只有槁木死灰式的李纨与天生心冷的惜春能免受这种苦楚。甚至于洁身自好秉性孤高的妙玉，情缘未断，改造得不彻底，最后依旧是‘风尘肮脏违心愿’。悲夫！”① 借题发挥的“兴”中，对人间“爱情迷宫”作了一番指点，半是劝喻半是感叹，作者以权威身份为读者打开了窥视爱情秘密的通道，也算是一番“醒世恒言”。当一涉及社会政治，作者“兴”更浓，甚至有些肆无忌惮。当他评述袭人教育宝玉“再不许毁僧谤道的了”时，即刻对“正统”和“偏座”的关系“兴”了一通：“既然僧道在封建社会也有一席地位，一席偏座，怎么可以大不敬呢？再说，僧道本来是对正统、对封建社会的主流派的一种叛逆，叛逆了半天却离不开封建的天封建的地，连大观园里也设尼姑庵，最后，叛逆也变成点缀，变成配菜了。当然，封建正统容忍这样的点缀有两个前提，一是正统的强大与自信，一是点缀的合作态度，这种态度的核心是偏座的绝无野心。这也就形成一个儒、道、释的和谐共处与平衡了。”②“兴”得已经近乎冷酷，把几千年的“儒、道、释的和谐共处与平衡”的游戏规则放到读者面前示众，昭示了优雅的“共处与平衡”风度之下掩盖着的永远倾斜的虚伪，读者只要稍稍抚今忆昔地思考一番，就可从中获得“心有灵犀一点通”的快感。王蒙推崇“兴”，并不是想借“兴”来虚构美学圣徒们的洞穴寓言，而是从容地实现某种文明批评和启蒙的庄严，当然这种批评和庄严或多或少和政治相连。以“兴”言志，以“兴”明道，在他的思想随笔中已发挥得近乎极致。读王蒙的思想随笔，自然会想到散文家周国平的一段话：“仅仅在政治层面上思考和写作的作家，其作品的动机和效果均系于那个高度政治化的环境，一旦政治淡化（自由正意味着政治淡化），他们的写作生命就结束了。他们的优势在于敢写不允许写的东西，既然什么都允许写，他们还有什么可写的呢？”③幸而现在的时代并不是“什么都允许写”，所以王蒙的思想随笔还有它继续存在的天地。

（二）陈四益：以寓言体“做一种世相的勾描”。

---

① 王蒙：《红楼梦里的爱情》，《红楼启示录》，生活·读书·新知三联书店（北京）1991年版，第23页。

② 王蒙：《僧道与正统》，《红楼启示录》，生活·读书·新知三联书店（北京）1991年版，第77页。

③ 周国平：《探究存在之谜》，《另一种存在》，广西师范大学出版社2001年版，第8页。

陈四益(1930—　),四川成都人。擅长用文言写寓言体式的思想随笔,代表作有《绘图双百喻》和《乱翻书》。对它的文类归属,众说纷纭:或曰杂文,或曰笑话,或曰寓言,或曰纪实文学等等。作者则定位为寓言。综合起来考察,他是运用寓言针砭时事,批判人生,篇篇承载着作者的思想,并在借题发挥中闪耀出锋芒,应属思想随笔,准确地说,是寓言体式的思想随笔。与众不同的是陈四益的大多数文章总是和丁聪、黄永玉等画家的画相配,珠联璧合,图文并茂,堪称一绝。

陈四益是重要刊物《瞭望》的副总编,对"官"的认识十分清醒,他认为"官位不等于本事,官威不等于智慧与威望"①,完全彻底地站在民间立场上,用平民的心态观察人间世态,"做一种世相的勾描"②,骨头外露。其观点不仅和官方有别,甚至也和一般文化人、学者和权威有别,最彻底地体现了民意,彻底到完全平民化,这也属一奇。

陈四益的思想随笔取材极广,有"横扫一切牛鬼蛇神"的气概。但他的创作心态是一种典型的小品心态,或曰自由心态。他如此描述他的创作过程:

> 我不是专门家,看书但凭兴致,乱翻的时候居多。翻着翻着,不免又东想西想,或是想到了身边的人和事,或是想到了一些学者的稀奇古怪的意见,或是偶有所得,于是就把想到的写下来,形成了这本书中长长短短的文字。一孔之见,一得之愚,亦如地摊上的一些零星杂物,或可于觅之者有用。如果其中的某些想法偶与学界权威相左,亦非有意标新,实不敢曲意苟同。③

"乱翻书"——"东想西想"——"偶有所得……写下来",这样的过程确实如二十世纪二十年代的"语丝社"的同仁们创作时的任意而谈,既放又纵。在取材上,涉及面有"上"有"下",有"大"有"小",没有什么可束缚他,他也不愿受什么束缚,但无形中却有一条约束着他:每篇文章必有所指,必有所刺。《绘图双百喻》中的《披鳞》中的敢批龙的逆鳞的李生是作者的自画像。虽则在构思时用的是速成法,借托一件事,三言两语,而后卒章显其"刺",但行文特点却是

① 陈四益:《〈鬼哭〉释》,《乱翻书》,学林出版社 1997 年版,第 141 页。

② 陈四益:《权势圈中——〈世说〉初谭》,《重读经典》,福建人民出版社 2001 年版,第 5 页。

③ 陈四益:《〈乱翻书〉后记》,《乱翻书》,学林出版社 1997 年版,第 373 页。

以平和的语言来包裹其“刺”，并不像《披鳞》中的李生持剑恶斗，而是柔中有刚，绵里藏针，从容中显示出“任意”的气派。《绘图双百喻》中的《药贤》写了一位郡守“好尧舜之行”，物色一位“代者”，郡中人推荐的超过了万人，他一概看不中，但到市场上看到一个如真人般大的木偶，“乃大喜过望，急拱手迎之曰：‘是真可以代我者也。’”在喜剧场面的逗笑中抖落匕首，把古今官场中人的真实灵魂曝光于世人面前。又如《德政》中那位何姓官吏，为了实现他的所谓教化德政，令合郡老幼皆学习《诗》，并要考《诗》，背诵《关雎》。卖浆者、屠夫和渔人等背诵不出，皆以笞打和枷号示众，而且三日一考，五日一试，不能背诵者都难逃重刑。文章最后叹曰：“德政亦有甚于猛虎者也。”从卖浆者到屠夫到渔人，款款道来，从容不迫。卒章随之显“刺”，却是惊世之音，正如王蒙所评述的“不急于喊叫与痛斥，不急于嚎啕或甩手榴弹，不想闹闹轰轰吹吹打打。他从从容容地编织了一个又一个的妙喻”①。这是陈四益的思想随笔之魅力所在。

另外，陈四益的作品中有一部分记人叙事的小品，也分外动人。如《乱翻书》中的《关于刘大杰先生》、《朱东润先生》、《记忆中的赵景琛先生》以及《漫话丁聪》等，都生动出格，灵气逼人，没有任何陈套。《记忆中的赵景琛先生》辛酸地写出了赵景琛“呼之为牛，应之为牛，情愿担承一切污秽与罪名，只求这场闹剧尽快落幕，以求解脱”的挣扎，末尾还忘不了露出思想的“刺”：“(一人为刚，万夫为柔)那种病态社会的病态心理，应当永远成为过去。这将是对先生最好的纪念，也是对一切在‘文革’中无端遭受侮辱、遭受欺凌的人的最好的慰藉。”《漫话丁聪》中，简单的一句“结识丁聪，是我的福气”，把他和丁聪两人心心相印的知音关系揭示出来。全文都是从细小处着笔，但把丁聪的赤诚本色勾画得栩栩如生。

(三) 潘旭澜：隔行论史，无情颠覆。

潘旭澜(1932—2006)，福建南安人。著有散文随笔集《艺术断想》、《咀嚼世味》、《小小的篝火》及《太平杂说》等。其中的抒情小品，情真意浓中蕴含着世事变幻的沧桑，如《老虎招魂》、《牙齿的故事》中都有言此及彼的丰富内涵，让读者自已去咀嚼。潘旭澜最有影响的是其思想随笔集《太平杂说》，它是一部颠覆之作。长期以来，太平天国作为农民起义得到太多赞颂，而《太平杂说》则认为“‘太平天国’确实是个迷魂阵”，作者“隔行论史”，敢于面对历史，以种种史实，对洪秀全定都南京的种种荒谬的反人性反文明的改革进行了深刻的批判，从而对洪秀全、杨秀清等人作出全新的评价，提出洪、杨所倡导的“拜上

---

① 王蒙：《〈绘图双百喻〉序》，《绘图双百喻》，湖南文艺出版社 1997 年版，第 2 页。

帝会”是“极端利己主义的政治性邪教”①。他们的造反，“是以中国社会的大动乱、大破坏、大倒退为代价的”。对洪秀全的贬抑文化、摧残文化进行了无情的揭露，对太平天国中一些才智超人之士如石达开、李秀成等的悲剧命运，也进行了深刻的剖析。文集可贵之处，在于其颠覆历史正是为了尊重历史，弦外之音是提醒人们切莫忘记太平天国的文化专制、愚民政策和蒙昧主义。书名名副其实，既“杂”又“说”。每篇不是洋洋大论，而是择取太平天国的“一嘴”、“一鼻”、“一毛”加以评述，任意而谈，句句中的，汇集起来，也足以与一部汪洋恣肆的太平天国史相媲美。

九十年代比较活跃的思想随笔作家还有摩罗、朱学勤、谢泳、刘小枫、许纪霖等。思想主导着他们的创作，他们的思维介于文学、政治和思想之间，运用的话语或近似政治话语，或是带文学色彩的政治话语，话外音都和思想沾边。他们的思想随笔重在观点解读和思想解读，追求的是思想效果和宣传效果，重“议”重“论”，但对散文文体欠尊重，文学性的损伤也就成了思想随笔的流行病。

① 潘旭澜：《其兴也勃》，《太平杂说》，百花文艺出版社 2000 年版，第 59 页。

第二十一章　西部散文

第一节　世纪末最后一个散文流派

一　西部散文的定位和精神特质

二十世纪九十年代是西部散文精神彰显的时代。

西部散文，顾名思义是以地域存在而命名。西部，是一个宽泛的地域概念，大陆境内，约定俗成；“西部”一词的神秘，更在于它内蕴的远离现代文明的一面的意味。西部散文则特指表现和反映中国西部生活的散文，犹如美国的以表现美国西部生活为主的西部电影一样；但西部散文又有它的模糊性、相对性和泛指性：中国地域辽阔，民族众多，文化交叉，僻远的“边缘”之“边”有它的模糊性，不能简单地把“西部”限制在西藏、新疆、青海、内蒙古或宁夏等地区内，作为文学的“西部”地域的外延要宽泛得多。从二十世纪散文史来看，沈从文的以描写湘西为主的《湘行散记》，以及贾平凹表现商州、太白山区的散文，都是典型的西部散文。西部散文又是一个相对的文学概念。

但是，西部散文又不仅仅是一种地域存在的命名，它更是一种文化、审美的，包容着精神取向和价值取向的命名。因此西部散文从文学上界定时又有它的苛刻性。在散文创作园地中，众多作家以西部地区为描写对象的各类游记和一些边缘地区的作家描写西部地区的散文，却不能冠之以“西部散文”的名号，如碧野的《天山景物记》就很难归入“西部散文”作品之中。事实上“西部散文”除了“地域”因素外，更有自己独具的一些精神特质。

西部散文极力彰显“自我”生命精神的优越感。生命精神的优越感是西部散文的必然内核，也是西部散文所要弘扬的边缘文化之魂。西部散文所张扬的这种生命精神是一种原始的自然生命力，与日月共生，与天地同存，是自然的恩赐，具有恒定性、不变性：“他以他祖先的姿势坐在那里”，“以牛羊为生命，以日月风雪为伴侣，与自然万物毗邻而居，成为大自然一个元素。”①在沿海和

---

① 马丽华：《藏北游历》，中国社会科学出版社 2002 年版，第 93—94 页。

中原地区被后现代思潮扫荡的时候,西部散文所展示的“自我”生命精神因其“超凡脱俗和纯净”①而傲然独立,西部散文家“以笔为旗”②,所标示的就是这样一种文化超越,而西部这种充满野性美的生命精神正是他们实现超越的有力支撑。他们笔下的人物虽处封闭之中,但并不是自我孤立。尽管这种“自我”生命精神内含着顽固守成、恒定简单的一面,但西部人在村庄和部族自然经济基础上的流动生存状态,使得他们的生命精神又天生具有动态优越感:“游牧者之游,移民者之移,流放者之流,行旅者之旅,其中都含着一个动字。”③他们“大都经历过与生存环境的多次剥离,既造成心灵撕裂性的痛苦,也锻打了对流变不居的各种生存环境的应变力,这使他们和中原传统土地文化区的静态生存观相区别,而和现代人在更大空间流动的人生呼应”④。流动坚韧的生命力使他们在自然中并不感到孤单,流动又成了生命兴奋剂,虽然他们的生命很简洁,但“简洁到只剩下快乐”⑤。就以西部散文中的老年妇女为例,马丽华所见到的,“盛装歌舞的老太婆神情傲然俨如皇后”⑥;周涛惊讶的是,那八十多岁的枯坐僵卧的哈萨克族老太太,居然像强有力的统帅那样,驾驭那匹“神经性恐水症”的马过河⑦;张承志顶礼膜拜的“额吉”(指蒙族老年妇女)“永远身怀着启示”,“像一盘旋转不已的古老车轮,她们像循年枯荣的营盘印迹,在她们酷似的人生周始中,骑手和摔跤手们一代代纵马奔来了”⑧。生命既充实又优越。这种生机无限的自然生命状态在西部散文家笔下充满了与工业文明相抗衡的强烈的隐喻意味,即使是西部的生物,也天地造化,独一无二。刘亮程的散文中,就把这种自然生命精神的优越自信物化到“驴”身上,他们的“驴”“不承认世界,它只相信驴圈”,“谁都不敢独自直面世界,但驴敢,驴的鸣叫是对世界的强烈警告”⑨,因此激发的情感是如此昂扬:“一旦鞭子握在别人手里,我会首先想到驴,宁肯爬着往前走绝不跪着求生存,把低贱卑微

---

①　周涛:《稀世之鸟》,《稀世之鸟》,解放军文艺出版社 1990 年版,第 109 页。

②　张承志:《〈以笔为旗〉代前言》,《以笔为旗》,中国社会科学出版社 1999 年版,第 1 页。

③④　萧云儒:《〈中国西部散文〉序言》,见史小溪主编《中国西部散文》,东方出版中心 1998 年版,第 2 页,第 3 页。

⑤　刘亮程:《与虫共眠》,《一个人的村庄》,新疆人民出版社 2001 年版,第 29 页。

⑥　马丽华:《西行阿里》,中国社会科学出版社 2002 年版,第 104 页。

⑦　周涛:《过河》,《稀世之鸟》,解放军文艺出版社 1990 年版,第 18 页。

⑧　张承志:《北方女人的印象》,《大陆与情感》,山东画报出版社 1998 年版,第 38—44 页。

⑨　刘亮程:《通驴性的人》,《一个人的村庄》,新疆人民出版社 2001 年版,第 18 页。

的一生活得一样潇洒、风流且亢奋，而且并不因此压低嗓门，低声下气。用激扬的鸣叫压过沸沸人声；必要时，更要学一点‘拉着不走打着后退’的倔犟劲。驴也好，人也好，永远都需要一种无畏的反抗精神。”①这是一种独特的文化心理视角——不折不扣的“驴崇拜”，和中心文化正统文化中把“驴”丑化成懦弱的一无所长的“黔之驴”形成鲜明的反差。西部不仅是他们生于斯长于斯的自然原乡，更是塑造他们文化人格的精神原乡；正是这种自足的生命精神形成了西部作者特有的主体文化立场，这是一种自我圆足而能抵拒外界纷扰的强韧主体。周涛就明确地声明：“我不喜欢什么‘地处边缘’啦，‘西部诗人’啦之类的说法，这里有一种抱怨或无奈，同时还有一种自我原谅和贬低。在圆的地球上，中心是自然形成的，而且中心也不是永恒的，正如边缘亦非生就的。有时仅仅只有一二十年的时间，一个地方崛起了，而这个地方的兴起就宣告了别处的落伍。”这就意味着他们对从自己的生命中滋长出来的西部精神的充分肯认和自信，这是西部散文最主要的生命特征。

西部散文自觉弘扬边缘文化的圣洁。九十年代西部散文的共同主题是弘扬边缘文化精神。边缘文化通常是指四大文化圈所交叉形成的文化磁场，即新疆文化圈、青藏文化圈、蒙宁文化圈以及陕甘文化圈。值得注意的是他们所张扬的边缘文化精神并不是作为中心文化、正统文化的附属品出现，相反，西部散文家对它怀着特别的敬意，有一种神圣的使命感。从中国文化史考察，“当中原的正统文化在精密的建构中趋于模式化，甚至僵化的时候，存在于边疆少数民族地区的边缘文化就对之发起新的挑战，注入一种为教条模式难以约束的原始活力和新鲜思维，使整个文明在新的历史台阶上实现新的重组和融合”②。人们把它称之为“边缘活力说”③。八十年代的中国开始变革，西方思潮和各种流派纷纷进入中国文坛，小说、诗歌等的变革，逐步转向个人化，充满活力，变化无穷，独独散文无动于衷，依然在杨朔等建造的所谓“诗化散文”中翻斤斗，处在模式化乃至僵化的创作状态之中。正是在这种情况下，和余秋雨等的文化散文遥相呼应，西部散文树起了弘扬边缘文化的旗帜，他们以一种清除、批判和破坏的姿态，表达对中心文化和正统文化的不满。张承志用这样愤怒的语言表达他的失望：“中国人现在最可怕的就是缺乏信仰，我不是要求每个人都信仰宗教，但人总要信一点什么，哪怕搞甲骨文的信仰甲骨文，搞语言实验的信仰语言实验，都要纯一点，不能什么都是假的，什么都像旧衣服一

① 刘亮程：《通驴性的人》，《一个人的村庄》，新疆人民出版社 2001 年版，第 17—18 页。

②③ 杨义：《“北方文学”的宏观价值与基本功能》，《南京师范大学学报》2002 年第 4 期。

样随时可以扔掉。现在的知识分子太脏了，甚至以清洁为可耻，以肮脏为光荣，以庸俗为时髦；'洁'这个字只有在公共厕所、垃圾站才能见到。然而在古代中国，它是关于一个人该怎样活着的重要观念。"①在张承志眼中，当下中国文化问题的核心是"不洁"，他弘扬边缘文化正是要扫除中国文化的"不洁"，这是再度确立自我意识的自觉。周涛扛着"解放散文"②的大旗闯入散文园地，一方面对散文进行全方位的清算，另一方面无情地对主流文化、中心文化进行清算，言辞空前激烈："文学界也就不再是诗人、作家、评论家的温床，而成为文学掮客、刀笔吏、文痞墨棍、活动家、泼皮牛二、文学商贩……的乐园。"③周涛作为西部散文领衔人物，他对边缘文化所处的地位，心理严重失衡。周涛非常明确地说："当今文化中心和热点不在这儿，不但不在，而且距离非常遥远。只因这点现象，我们就足够得出一个结论：所谓文化，也从来没有公平过，它始终喜欢在政治经济的墙院内徘徊而害怕远处的、底层的长天大野。"④从这里，我们可以体味到他们一再明示的西部生命精神的自足自立，也正是对不公正的文化处境的抗拒和自我维护。也就是说，西部散文家们对当今的中国文化现状的失衡的心理，使得他们不愿对中国的文化变迁、世俗化形态的形成以及消费性的"后现代文化"崛起作分析性的评估，也不愿把世纪末中国的文化生态放到具体语境下予以历史的解读，就以势不两立的态度开展正义的讨伐。他们亢奋得不能自已，他们不顾这些感性结论里的合理想象是否缺乏论据，就以高势位的主体性姿态，自信地展示边缘文化精神的高贵气质，对主流文化和正统文化进行反倾销。他们拒绝对中心文化和正统文化进行克隆和仿真，而是以站在文化的原生地上的主人自居，以抗衡中心文化和正统文化等强势文化。他们极力将边缘文化精神化、神化、圣化，因此最终把他们所描写的意象凝固成"神物"、"圣物"。如周涛笔下疾恶如仇和狼作殊死搏斗的"雄鹰"，宁死不愿成为人的俘虏的"红嘴鸦"；张承志散文中一再如浮雕般地呈现的菩萨般的"额吉"；马丽华崇拜礼赞的冈仁波钦山；刘亮程心中的"驴"……都是他们用来和强势文化抗衡的神物、圣物，他们本人因此成了"边缘文化的守门神"。概括起来，他们所悉心维护的优势边缘文化精神因其天赐的神性而独具"大"气度，荒

① 张承志：《诗人你为什么不愤怒》，《文艺报》1994 年 8 月 7 日。

② 周涛：《散文小议》，《周涛散文》(二)，东方出版中心 1998 年版，第 421 页。

③ 周涛：《散文和散文理论》，《周涛散文》(二)，东方出版中心 1998 年版，第 418—419 页。

④ 周涛：《西部与西部》，《山河判断》，学林出版社 2000 年版，第 6 页。

漠和辽阔是这种气度的天然背景,因而这种精神里里外外散发着旷野的气息,具有原始的刚性,有时它还有一种天赋的不可知的神秘性,包容着虚无感的不彻底性和不可捉摸性,是一种谜性情绪。为了张扬和捍卫这种边缘文化精神,西部散文作者喜欢有意无意、或明或暗地树立一些假想的文化精神敌人,正是通过和这些假想的文化精神敌人的对立,来捍卫民族文化的本性和根性。他们不是重建,而是创建文化个性与民族个性,立足的基点是他们认为九十年代中国的文化在现代主义和后现代主义侵袭下,已逐渐丧失了个性和民族性。而西部所独具的文化自信特征正是民族文化个性的充分表征,因此他们要自豪地把他们神化了的边缘文化变成中华文化的精神支柱中的组成部分,以此实现中华文化精神多元化。说到底,他们自信自我文化精神的强劲力量,不惧怕被中心文化或正统文化同化,而是顽强地以一种优越感坚持成为中心文化不可分割的独立"元"。这样,西部散文成了边缘文化和中心文化、正统文化冲突融合的舞台,也成了农业文明、游牧文明和工业文明冲突融合的战场。冲突滋生活力、气度和境界,九十年代流行的一些快餐散文、小市民散文在它面前立刻显示了颓败相。

西部散文显现了西部人的独特生活姿态、价值观和审美观。这种独特生活姿态、价值观、审美观和西部的独特生活环境——高山、白云和牛羊相关,他们的生活只求简单、忍耐、维持现状乃至认命,长年面对高山草原白云,和牛羊为伴,"游牧生活相对封闭,自成体系"①,到处无家却又到处是家。生命的很重要的表现方式是"孤独"、"沉默":"一个真正忍受过百年孤独的民族正默默无言。"他们"以牛羊为生命,以日月风雪为伴侣,与自然万物毗邻而居,成为大自然一个元素"②。"幻想与梦是藏民族真实生活中一个不能缺少的组成部分"③。生活恒定简单,却高贵、自尊,西部散文作家是这样解读"高贵"的:"什么是高贵,这概念应弄清楚。要纠正过来,高贵不是说你拥有了些什么,而是指你不屑于低下头颅去得到什么。十个饿得半死的人面对一盘食物,九个人扑过去撕抢,只有一个稳坐不动,这一个就是高贵,他不愿意丢失了人的尊严去像兽一样撕抢。"④因此西部散文作家在表现描写西部时,持的是仰视的立场,他们虔诚地把西部的高贵相勾勒出来,作为重建精神家园的参照系。周涛笔下的驾驭烈马的哈萨克族老太,巩乃斯的在暴雨中奔驰的马群;张承志文中

---

①②③ 马丽华:《藏北游历》,中国社会科学出版社 2002 年版,第 94 页,第 93—94 页,第 12 页。

④ 周涛:《我已经寻找过我自己》,《周涛散文》(二),东方出版中心 1998 年版,第 428 页。

的苦难象征“额吉”，庄重与严肃的“祭”；马丽华勾勒的藏族老太在过节时的皇后般的骄傲，以及藏族人的光荣的生存——“赛马”等等，无不高贵得令读者肃然起敬。更高明的是，西部散文作家不愿把高贵、自尊抽象化，更不想把高贵、自尊和情感对立起来，因为他们的终极目的是重建精神家园，脱离情感、排斥情感的精神家园或是如“文革”中的充满火药味的所谓“大批判”战场，或是如神话中的乌托邦，因此，他们醉心描写的西部人的简单恒定的生活中，处处燃烧着激情：“即使最无表情的每一根头发，都仿佛陷入最深切的某种情绪里。”①“越是偏远的未经现代文明熏染的地方，越富有人情味。”②张承志心中的偶像“额吉”，其生活的全部内容是向人间播种她们的爱。甚至西部的动物，也都为情所主宰，周涛的《呼救》中那只落难在阳台上的凄凉无助的幼小蓝背雀，以坚定的信赖向天空呼救，奇迹出现了，成群的蓝背雀出现了，为了关怀一只离散的同类，童话般地把幼小的蓝背雀救走了。被后现代主义侵袭的主流文化、中心文化所丧失的集体主义情爱，在西部散文中奇迹般地复活了。结论是，处处充满情爱的西部，“没见过有哪一个人讨厌自己的家乡的”③，整个“西部的存在仿佛就是为了让人感动的”④。生活姿态的独特也决定了价值和审美观的独特。西部散文崇尚的是本色、本质和本性，或曰原始性，他们公开排斥现有的道德评判和价值评判，马丽华断然认为：“我不主张对这个地方（指西藏——引者注）进行道德的评判和价值的评判，主要是不能够……因为并没有属于个人的价值观念可言。”⑤事实上，在价值观和审美观上，西部散文作家又是各不相同，呈现出多姿多彩的状态。大致可分为三类：一类是把主流文化、中心文化中的精华，借西部的人和景象复活再现，以周涛、张承志为代表，这是复活派，或曰移植派。他们认为世纪末的文学生态环境的污染是因为主流文化、中心文化的精华的丧失，因此他们把丧失的文化精华重新寻找回来，借助西部的人和景加以复活再现。周涛对红嘴鸦、朱鹮所展示的高贵气质的称许，以及对蓝背雀营救落难同类的集体主义的弘扬，对巩乃斯的群马奔腾的不可阻挡的气势的礼赞，都可使我们感受到在生活中已逐渐被遗忘的社会主义道德精神的再现。张承志的“清洁精神”更是一种古典的游侠精神的变异再生。第二类是要用西部的文化精神来改造主流文化、中心文化，以刘亮程为代表，这是改造派。改造派是土生土长在西部的“土著”。他们面临的困惑和三十年

---

①②④⑤ 马丽华：《藏北游历》，中国社会科学出版社 2002 年版，第 92 页，第 11 页，第 268 页，第 248 页。

③ 马丽华：《西行阿里》，中国社会科学出版社 2002 年版，第 103 页。

代的沈从文所面临的困惑几乎相似，简要地说是“乡”和“城”的矛盾。刘亮程对城市的态度几乎是敌视的：“多少伟大生命被人们当食物吞噬。人们用太多太珍贵的东西喂了肚子。浑厚无比的牛哞在他们的肠胃里翻个滚，变作了一个嗝或一个屁被排掉——工业城市对所有珍贵事物的处理方式无不类似于此。”①他重复使用着京派散文家所用过的战略战术，打出“乡下人”的旗号，不客气地要对主流文化、中心文化进行改造，目标集中到主流文化、中心文化的代表——都市文明身上，改造的决心是坚定的，措施是有力的，那就是：“这个城市正一天天长高，但我感到它是脆弱的、苍白的，我会在适当的时候给城市上点牛粪。我是个农民，只能用农民的方式做我能做到的，尽管无济于事。我也会在适当时候邀请我的朋友们到一堆牛粪上来坐坐，他们饱食了现代激素，而人类最本原的底肥是万不可少的。没这种底肥的人如同无本之木，是结不出硕大果实的。”他的价值观最终体现在“牛粪”上，“牛粪”作为一种代表了自然力的乡土文明的隐喻，被确立为人类文明的“底肥”，自在自然的文明的原生态在这里是作为匡正城市文化的脆弱和苍白的力量而被推崇的，在改造派看来，对主流文化中心文化的改造是如此简单明朗：一是“掺沙子”——上点“牛粪”；二是“请进来”——“到一堆牛粪上来坐坐”——回归自然，或许就可以获取生命的原动力。第三类是欣赏派，以马丽华等为代表。欣赏派对主流文化、中心文化没有深仇大恨，对被后现代主义侵袭的城市文化也没有切肤之痛，他们对西部文化经历了一个精神裂变。以马丽华为例，她原本是诗人，曾想当个学者，对各族文化进行研究，但经历了西藏文化的长期熏陶和洗礼，尤其在朝拜冈仁波钦神山之后，精神再次飞跃，放弃学者身份，回归到诗人中，以欣赏歌颂藏族文化为终身职业。诗人—学者—诗人的轮回，标志她彻底融入藏族文化。尽管她对藏族文化中有些东西持保留态度，尽管她本人无意如周涛、张承志那样要用边缘文化来抗衡主流文化和中心文化，但她被藏族文化同化成为“西藏高原的我”②，这本身就是一个事实，也显示了这种文化的力量。

正是从西部散文的精神背景中，我们可窥视到二十世纪九十年代西部散文崛起和繁荣的真正缘由。九十年代中国文化生态环境的变迁，消费性的通俗文化的泛滥是西部散文崛起的反作用力。改革开放以来，作家主体的复归和精神解放，价值多元化的认同，使西部散文作家获得了强有力的精神支撑，从而激发

---

① 刘亮程：《城市牛哞》，《一个人的村庄》，新疆人民出版社 2001 年版，第 304 页。

② 格勒：《〈西行阿里〉序》，见马丽华《西行阿里》，中国社会科学出版社 2002 年版，第 6 页。

了创作的激情。他们想用他们的高贵的清洁精神重建“精神家园”，在以此改变社会价值和道德多元并存的事实时，也表现出不无偏颇的激烈。尽管他们所弘扬的边缘文化没有建起一座人们向往的“精神家园”，但在当今多元并存的社会中却成了和中心文化、正统文化平起平坐的一“元”。对西部散文来说，这一事实的存在就是最大的成功。

二　西部散文的发展轮廓

二十世纪中国的西部散文，最早的实验者当推三十年代的沈从文，代表作是他的散文集《湘行散记》和《湘西》。

三十年代的沈从文，厌恶当时文学运动“离不了商业竞争和政治争夺”①，他乞求在“商业竞争”和“政治争夺”之外寻找新的精神，《湘行散记》和《湘西》显示了沈从文寻找的轨迹和结果。他以“乡下人”自居，把“城市中人”作为假想敌，排斥抗拒一般社会价值观，所持的立场非常异类：“我用不着你们名叫‘社会’所制定的那个东西，我讨厌一般标准，尤其是什么思想家为扭曲蠹蚀人性而定下的乡愿蠢事。”②《湘行散记》和《湘西》就是对这种异类立场的形象诠释。虽则这种异类立场是一种姿态，但以此立场描述的湘西以及湘西的人，却有一种“太认真”、“傻头傻脑”③的执拗劲，尤其是《湘行散记》和《湘西》中的“水手”与“妓女”，成了边缘文化的最早的象征，他们身上的原始性疯狂性成了与主流文化、中心文化的一种对抗，沈从文借助他们捍卫边缘文化。正由于如此，《湘行散记》和《湘西》成了二十世纪最早的西部散文的文本。

在此之后，长达半个世纪的散文政治化堵塞了西部散文发展的通道。直到八十年代中期，贾平凹的“商州”系列散文面世，才改变了这一局面，标志西部散文已经复苏。如果沈从文的“湘西”系列散文是刻意打出“乡下人”旗号，捍卫弘扬边缘文化，那么贾平凹的“商州”系列散文却是不经意为之，他并不想对“商州”系列散文立场化，更不想立场鲜明化。所以当贾平凹的“商州”系列散文受到人们追捧，他还为此产生抵触情绪。但事实上，贾平凹的不经意为之中，有一点是自觉的，他对八十年代初期文学依然在政治的轨道上滑行非常厌

---

① 沈从文：《从现实学习》，《沈从文文集》（第10卷），花城出版社1984年版，第309页。

② 沈从文：《水云》，《沈从文文集》（第10卷），花城出版社1984年版，第266页。

③ 沈从文：《习作选集代序》，《沈从文文集》（第5卷），四川人民出版社1983年版，第229页。

恶,他认为一个作家在作品中"总是要把你的目的显露出来,这是干了多么大的蠢事"!因为"目的就像一条绳索,捆住了读者想象的翅膀;当读者明白你的简单目的后,他们嗤之一笑,便无情地将你抛弃了"①。事实上,一篇散文不可能没有"目的",抛弃了这一"目的",弘扬的依然是另一个"目的",但贾平凹并不清楚他弘扬的"目的"是什么,而读者们却感受到"商州"系列散文的"目的",那就是与主流文化、中心文化相抗衡,这种抗衡就是要摆脱杨朔等用准政治思维抒发政治情绪的流行创作倾向的束缚,要把散文从写工农兵情绪的控制中解放出来。尽管"商州"系列散文中的主角,如《石头沟里一位退复军人》中的复员军人宁有生,《捕鱼捉鳖的人》中的丑陋的人,《一对恩爱夫妻》中的"丈夫"等,都是标准的农民,但他们的故事以及由此抒写的情感,和杨朔笔下的"老泰山"等农民相比,简直有天壤之别:宁有生在爱情上从窝囊到坚强,丑陋的人求爱的独特与执拗,恩爱夫妻中的"丈夫"给妻子毁容以保全爱情等等,表明他们是食人间烟火的农民。从"老泰山"这样的"神仙"农民到食人间烟火的农民,是天地巨变。尽管这些食人间烟火的农民身上流淌着的还不是纯种的西部人血液,他们处在西部与中原的交界地区,但他们的生命精神和生活态度已经背离中心文化,有些离经叛道,和西部精神有一种默契和暗合。之后,贾平凹倾心宣扬的"大散文",虽则不专指西部散文,但有一点是可以肯定的:西部散文应属于贾平凹所倡导的"大散文"中的一个成功范本。贾平凹在二十世纪中国散文史上,是西部散文的承上启下的一个重要作家。

当然,从八十年代中期开始,周涛也已经开始西部散文的创作,《巩乃斯的马》、《过河》等是第一批收获。它们的成功又反过来激发了周涛创作西部散文的激情。尤其是八十年代和九十年代交替之际,文化环境的变更、经济改革的深入、竞争意识的强化,刺激了周涛的阳刚强悍精神,他写下了一系列血脉旺盛的西部散文,并且有意识有目的地对主流文化和中心文化主宰下的散文界展开猛烈的批判,以领衔人的身份扛起"解放散文"的大旗,用他的散文实践为西部散文提供了一批范本,结集出版的有《稀世之鸟》、《周涛自选集》、《游牧长城》、《兀立荒原》、《周涛散文》(三卷本)等。与此同时,张承志"以笔为旗"加盟西部散文,他的《绿风土》、《清洁的精神》、《大陆与情感》、《一册山河》、《以笔为旗》等充实了西部散文文库。尽管张承志和周涛观点不同,创作策略套路也不同,但在张扬西部精神上却不谋而合,使得西部散文渐成气候,

① 贾平凹:《使短篇小说短起来》,《贾平凹散文大系》(第2卷),漓江出版社1993年版,第123页。

并大有燎原之势。接着马丽华、刘亮程、刘成章、杨闻宇等又先后以大量的介绍抒写西藏、新疆、陕北黄土高原的散文文本，和周涛、张承志等汇合起来，形成西部散文作家群体，在二十世纪中国散文史上，成为最后一个有影响的散文流派。

第二节　主要作家(一)

一　周涛:崇尚“人杰”,用“精神”重建“精神家园”

(一)“精神”至上,用“精神”重建“精神家园”。

周涛(1946—　),山西榆社人。1969年毕业于新疆大学中文系。历任乌鲁木齐军区文化部创作员、兰州军区政治部创作室副主任、新疆军区政治部创作室主任。著有诗集《八月的果园》、《牧人集》、《周涛自选集》、《野马群》等;长篇散文《游牧长城》,散文集《稀世之鸟》、《深夜倾听海》以及《周涛散文》等。

周涛是诗人,以诗闻名于文坛。从八十年代中期开始,转向散文创作,引起人们的瞩目。写于八十年代中期的一些篇章如《过河》、《巩乃斯的马》等已显示出他的不凡。他从诗转向散文之所以引起人们的注意,是因为人们看到他的转向里包含着一种“寻衅”或“挑衅”的味道。在文坛上,从诗转向散文创作的不乏其人,朱自清就是成功的代表,他们非常清醒地意识到,诗是青年人的专利品,当步入中年,诗情枯竭时,识时务者为俊杰,立刻转向,投入散文怀抱,并因此迎来了艺术的第二春。但是周涛不属于这种转向,他是以“革命者”的姿态,扛着“解放散文”的旗帜进入散文园地的,他对母亲河——黄河的评价也在一定程度上说明了他的创作转向:“(黄河)越是改道,越是泛滥,越证明它的生命活力依然充沛啊……这样一条古老的河流,至今没有枯竭,仅此一点就让人感动。”他匪气十足,公开挑衅,不断叫嚷,发表宣言,下定决心要把散文园地闹个天翻地覆。他对散文界提出猛烈批评:“在那个界里,散文是病态的”,并列数散文的八大病态:“病人养病鸟”、“正宗丈夫心理”、“沉默主义”、“心地狭隘有巫婆气”、“范文笔调”、“武大郎提倡短小”、“二郎神的脑门不长肉眼”、“九斤老太越生越小,南郭先生索性指挥”等,充满了批判激情,有横扫千军的气概。他把这些病态归纳到一点:“当代散文不是当代人的心灵”,没有能“用当代人的眼睛,当代人的思想,当代人的笔墨方式去表达今天的人们的意识形态”。他反复地阐明自己的散文观,认为“散文本质上属于全社会,属于一切需要使用文字表达的领域”,“散文首先是表达思想的工具,而不是描摹生活的画笔”。这一切构成了周涛的“解放散文”和“散文革命”的主要观点，但事实上，周涛“解放散文”还有更深层次的形而上的原因，即他对世纪末的中国文化环境的失望和不满：“我们生存在一个充满偏见与错觉的文学环境里，这是一个混乱的、缺少公正与准则的交易所，一个有效组织与权威作用出现的空白的地带，一个各种渠道与网络堵塞并失效的系统，一个令人沮丧的舞台”，“对文学来说，不仅仅是‘环境污染’，严重的问题是——家园丧失”。情况严重到如此地步，但随之也产生一个问题，在这一估价中至少他认为被“环境污染”的原先“家园”还是比较清净的。那么“家园丧失”中的“家园”是指哪一个时空段的“家园”？这牵涉到他所提出的另一个论断：“重建精神家园的最后的一次机会，就这样落在了散文和散文理论的脚前。”既是“重建家园”，那么这个“家园”的蓝本到底是“环境污染”前的“家园”，还是另有所指？周涛并没有在他的文章中回答过这个问题，因此他的“解放散文”和“重建精神家园”中存在着一个“家园”时空模糊问题。

这一时空模糊恰恰表明了周涛重建“精神家园”中的“家园”意识不愿让政治来主宰，而要把它情感化、精神化、文学化。本来人们有理由担心：周涛所倡导的清除“环境污染”、“重建家园”是否是八十年代的那场“清除精神污染”政治活动的翻版或延伸，再联系他对二十世纪三十年代鲁迅倡导的散文社会化的推崇，人们会产生这样的错觉：他是否要推动散文和政治联姻或变相联姻？周涛意识到了这一点，他郑重声明：“我所说的散文革命不是打土豪分田地，不是贬低谁另外捧起谁，也不是重新瓜分散文世界仅有的几顶小小的名家帽子。”他要借“家园”实现自己的文学理想，他要用他的散文向世人证实：他的“解放散文”是文学的活动，是文学的解放，是文学的革命；更重要的是他是个文学人，不是个政治人。他的“家园”的魅力来自于文学，他对此作了这样的描绘：“文学的魅力和它最重要的意义在于：它对个人兴趣以及由此产生的个人奋斗精神所给予的承认和实现的极大可能性，它的平等竞争原则和不囿于等级、门第、党派、圈子等等限制的广泛采纳性，它的由于本民族文化发展的要求而产生的对天才人物的热忱和推崇精神……”①浓缩一下，就是要张扬一种“精神”。重建“精神家园”，是重建“精神”。实质上，周涛是“精神至上”者，他认为：“什么是灵魂？答案：灵为智慧，魂即精神。”“所有能超越时间而被珍惜的事物，都是因智慧和精神而存在的。”②“精神”是永恒的。这种“精神”的含义是多元的，从

① 周涛：《散文和散文理论》，《周涛散文》（二），东方出版中心 1998 年版，第 418 页。

② 周涛：《历史与山河同在》，《山河判断》，学林出版社 2000 年版，第 18 页。

周涛的整个散文展示的“精神”来考察，似不能用“西部精神”来命名它，如他在《大树和我们的生活》中描述的“树崇拜”情感，《还是应该常去看望一下大地》中对“原始之尊”的土地的礼赞等等，都和中华民族的农业文化有某种默契和暗合。但是周涛散文标榜的“精神”总的文化倾向和特征是属于西部的，他明确告示：他“最容易接受的依然是高地上的文化”①。他对五台山的佛教文化，“缺乏认同的心理”②；他所皈依的高地文化的祖脉在西部黄土高原：“黄土高原正是我们肤色的发祥地，它是矗立在地球上的一座高地，一座充溢着举世闻名的、至今令人感到神秘的古老文化的圣地，也是我们永远为之骄傲的源头、自尊的基底，疼痛和奋发的动力源头。”高地文化是周涛的“精神家园”的坚强依托，或者说是“精神源”。周涛的散文是属于高地文化的，更明确地说，周涛的散文是属于西部高原的。

（二）“人杰”意识：崇尚高贵，维护尊严。

周涛散文自觉或不自觉地为“人杰”意识所主宰，既有一种大丈夫气概，又有一种流动的美感。

周涛赞美勇武，讴歌竞争，这是他散文中的“人杰”意识中的主导面。勇武、竞争，孕育于高地文化，又和游牧文化息息相关。游牧文化中的主角是“马”，周涛对“马”情有独钟，在周涛的散文中“马”是勇武和竞争的象征。他欣赏马的首领诞生的过程：“任何一匹马都可以争群，通过放逐、撕咬、拼斗，使最强的马成为公认的首领，为了保证这群马的品种不至于退化，就不能搞指定，也不能凭血缘关系接班。”以此揭示了社会生存的第一意识：竞争。力量、勇敢气概来自于竞争，他把“人杰”意识物化到“马”身上，所以在《巩乃斯的马》中波澜壮阔、万马奔腾的场面，显示的是何等宏阔的气势：

我见到了最壮阔的马群奔跑的场面。仿佛分散在所有山谷里的马都被赶到这儿来了，好家伙，被暴雨的长鞭抽打着，被低沉的怒雷恐吓着，被刺进大地倏忽消逝的闪电激奋着，马，这不肯安分的性灵从无数谷口、山坡涌出来，山洪奔泻似地在这原野上汇聚了，小群汇成大群，大群在运动中扩展，成为一片喧叫、纷乱、快速移动的集团冲锋！争先恐后，前呼后应，披头散发，淋漓尽致！有的疯狂地向前奔驰，像一队尖兵，要去踏住那闪电；有的来回奔跑，俨然像临危不惧、收拾残局的大将；小马跟着母

① 周涛：《干爽的高地》，《山河判断》，学林出版社 2000 年版，第 39 页。

② 周涛：《天山的额顶与皱褶》，《山河判断》，学林出版社 2000 年版，第 26 页。

马认真而紧张地跑，不再顽皮、撒欢，一下子变得老练了许多；牧人在不可收拾的潮水中被裹挟，大喊大叫，却毫无声响，喊声像一块小石片跌进奔腾喧嚣的大河。①

这一幅奔马图，奔放有力，排山倒海，惊心动魄，撼人肺腑，它让作者“终身受用不尽”。周涛之所以赞美它，并把它推向极致，因为这发生在巩乃斯草原上的奇景所张扬的气势，正是他的散文显示的“人杰”意识的专利品。

周涛笔下的“人杰”意识的气势虽“神”，具有“超我”性，如《过河》中的哈萨克族老太，《猛禽》中的鹰，身上都具有神性，依稀折射出已被人们逐渐遗忘的五十年代所颂扬的工农兵英雄精神，但他并不想把“人杰”意识英雄化、神化，恰恰相反，他把“人杰”意识时时融化到西部的山水人文景观中，使之平民化、凡人化。《哈拉沙尔随笔》中所写的师父马洪武就是“人杰”代表，“若是不细致观察注意，他像街面上行过的一个形象特殊、举止高贵的农民；但是和他一接触，就感到他身上有某种内在的魅力，有一种含而不露、分寸得当的权威感”，“这是一种对自身使命非常理解而笃信的人才有的庄严气派”。马洪武是社会中普通的一员，但却是“人杰”的一个楷模。诚然，作者也不愿让“人杰”泛化。他对“人杰”意识有两条重要的规范：一是尊严，二是高贵。《红嘴鸦及其结局》中的红嘴鸦被人类捕捉后，宁愿活活气死，“不肯归顺，不甘心当俘虏和宠物”，这就是维护尊严，红嘴鸦是鸟中的“人杰”。《稀世之鸟》中的珍禽朱鹮遗世独立，它们濒临灭绝，却还不防范，不肯保护自己，依然在人面前展示出鸟的修养，鸟的品质，鸟的超凡脱俗和纯净，它们在丑恶的包围中宁愿灭绝：“美的绝种是对强大世俗丑恶力量的抗议，也是留给这世间的唯一悲剧。它就是要让你永远无法弥补。”这就是高贵，朱鹮也是鸟中的“人杰”。《猛禽》中的鹰，发现狡猾的狼用阴谋咬死吞吃了小白狗，为了惩罚这条狼，鹰和它展开了殊死搏斗，直到死，依然用自己的铁爪凿在狼的身上，用生命捍卫了尊严和高贵，鹰也是鸟中的“人杰”。“尊严”和“高贵”所构成的“人杰”意识是对后现代主义解构经典、解构权威的反拨。为了不使这种反拨被人们误认为是唯我独尊的精神自恋的宣泄，作者又把这种“人杰”意识作了这样的情感解读：“高贵是大善。”它和善良并行，使得这种“人杰”意识犹如周涛笔下的天山草原上的白云那样飘逸和脱俗。

值得一提的是，周涛竭力把他颂扬的“人杰”意识生命化力量化，而一切高

① 见《稀世之鸟》，解放军文艺出版社 1990 年版，第 4 页。

贵的尊严应是最有活力最有生命，是无往而不胜的，因此，周涛的散文浑身上下散发着男子汉的阳刚气息，具有强悍性。有时，他笔下的"人杰"成了异化的"他者"形象，《猛禽》中的"鹰"是一例，《过河》中的哈萨克族老太太又是一例。这位垂暮之年的哈萨克族老太太，枯坐僵卧，连走路都要人搀扶，但当她骑上那匹患有"神经性恐水症"而死不肯过河的马时，这匹马"完全懂得骑在背上的是什么样的人，就如士兵遇上了强有力的统帅那样"，居然"踏踏地跃进河中"。周涛的审美意识就是把美、善和力统一起来，尊严、高贵、善良应该有力量，他的散文冲击波就是从力量中迸发出来的。

"人杰"意识的展示，表明周涛散文重视道德的感化，这和他的"散文本质上属于全社会"的观念分不开。这一观念的导向是要把散文引向社会化，用散文作为"表达思想的工具"。对于散文创作来说，这一观念有它的局限性，周涛也意识到了这一点，他承认："思辨是散文里的一种成分，过分了，会伤害艺术。"①在九十年代散文私人化创作已成为一种时尚的潮流中，这些带有异质的声音，很容易使人们联想到杨朔。确实，他的前期散文，包括一些名篇如《稀世之鸟》，隐约可看到杨朔散文的痕迹。但对周涛来说，幸运的是他的散文观念是矛盾的，主张散文社会化，主张散文成为"表达思想的工具"，仅是他的散文理念中的一极，事实上，他的散文理念中还有更重要的另一极：散文"是自由文，自由是散文的生命"，"真实地，轻松自如地表达自己，无拘无束，生动活泼，像自然界的各种生命那样，千姿百态却又各有各的生存方式和生存规律"②。这两极显然有着矛盾之处，前一极对于周涛来说，是一种责任一种使命，后一极恰恰是他的生命本我的呈现，或者说，他长期生活在游牧文化主宰下的西部，游牧意识的熏染，把他捶打成一个随意性强烈的男子汉，他是个十足的游牧者。这两极同时矛盾地呈现在周涛的散文理念中，这是一种真实，对于周涛来说，他的成功就是他能用西部精神把这矛盾的两极艺术地和谐地统一到他的散文之中，其表现就是他那些采用纵式叙事模式的，边走边记的长篇游记散文，这些作品大多非常成功，如《哈拉沙尔随笔》、《蠕动的屋脊》、《古木萨尔纪事》、《伊犁秋天的札记》等。在长途旅行中，他的自由生命得到了充分的释放，犹如牧民伴着白云，驰骋在草原上放牧，使他的生命热能获得充分的爆发。周涛的这些散文充溢着浓厚的游牧气味，而它要表达的"思想"又不时镶嵌其中，这样便是锦上添花，美上加美。这一成功，为我国游记创作提供了极为宝贵的

①② 周涛：《散文的前景：万类霜天竞自由》，《周涛散文》(三)，东方出版中心 1998 年版，第 40 页，第 389－390 页。

经验。

二 张承志:以笔为旗,崇拜“额吉”

(一) 以笔为旗。

张承志(1948—),回族,山东济南人。1968 年赴内蒙古插队。1975 年毕业于北京大学历史系考古专业,1981 年毕业于中国社会科学院研究生院,获历史硕士学位。著有小说集《老桥》、《北方的河》、《黄泥小屋》、《奔驰的美神》、《黑骏马》、《张承志集》等;长篇小说《金牧场》、《心灵史》等;散文集《绿风土》、《荒芜英雄路》、《清洁的精神》、《牧人笔记》、《冰山之父》、《鞍与笔》、《以笔为旗》、《一册山河》和《大陆与情感》等。

在张承志的血统和经历中,有两点非常重要:一是插队内蒙古,在草原上,他脱胎换骨:“从十九岁投身牧羊生活以来至今,我对这种感情的尊重已经成了我走南闯北的处世标准。”①这段经历,使他变成了边缘蒙古游牧文化的闯入者,或者说是掷入者,用他自己的话来说,“皈依了或者遵从了沉默的法则”,“爱得至深的同时也尝到了浓烈的苦味。不仅在双语的边界上,他们在分裂的立场上痛苦”②。这种情愫,把他铸造成一个具有浪漫气质的骑手。二是他信仰伊斯兰教,崇拜保卫内心世界而不惜殉命的回族气质。浓郁的宗教气味弥漫在他的散文中,他的散文是属于宗教的,从这层意义上考察,把他的散文归入西部散文有些勉强。总体来看,他的散文气质具有游牧男子的动感和力度。

面对九十年代的市场经济发展的中国,张承志心中有太多的不平。他自己如此描述:“我在路上行走已久。确实常与犹豫和怀疑相伴,只是没有回头。”③他所见到的现实是“底层穷窘,上流丰足,人在争逐利益,社区和村庄都有层层的黑幕”④。这一切破坏了他的“平衡的生命”⑤。他的散文创作时时处在失衡状态中,经济生活的无序,社会生活中的腐败,贫富差距扩大,人文精神的失落,伦理道德的滑坡等等,激发了他的散文的反叛激情。“反叛是双重的:不仅针对着强暴的体制,还针对着知识分子的群流”⑥。对一切的怀疑,孕育了他的散文进攻精神。他对市场经济发展给社会带来的变化强烈不满,对

---

① 张承志:《北马神伤》,《绿风土》,作家出版社 1989 年版,第 55 页。

② 张承志:《二十八年的额吉》,《大陆与情感》,山东画报出版社 1998 年版,第 5 页。

③④⑤⑥ 张承志:《在中国信仰》,《以笔为旗》,中国社会科学出版社 1999 年版,第 3 页,第 10 页,第 3 页,第 5 页。

今日草原出现的“泥坯定居点、塑料尼龙绳、铁筋车甚至拖拉机一起，闯入草原的”“陌生的新生活”①，表示严重不安。他认为：“牧人的心慢慢地陷入了紧张——自由被限定了，游牧被圈定在自家十里方圆的草场里，甚至是铁丝网里。”②对草原在市场经济中的变化的不安、怀疑和否定，表现得非常强烈。对于都市和内地的变化更是态度激烈，以势不两立的气势进行批判，集中表现在他的那篇近乎是宣言书的《清洁的精神》中。文中对当今中国形势的评估，几乎是一种绝望：“今天，好像只有在公共场所，比如在垃圾站或厕所等地方，才能看得见这个字了。”这样的姿态，这样的言语，这样的立场，很容易使人们联想到“文革”中的红卫兵的“横扫一切牛鬼蛇神”的呐喊。事实上，也确实如此，在这篇散文中对被他命名为“体制派”的敌人的轰击是如此激烈：

> 毫无疑问，今日中华的有些人正春风得意、稳扎稳打，对下如无尾恶狗般刁悍，对上如无势宦官般谦卑。无论昨天极左、今天极商、明天极右，都永远在正副部司局处科的广阔台阶上攀登的各级官迷以及他们的后备军——小小年纪未老先衰一本正经立志“从政”的小体制派，还有他们的另一翼、Partner、搭档——疯狂嘲笑理想、如蛆腐肉、高高举着印有无耻两个大字的奸商旗的、所谓海里的泥鳅蛤蜊们，是打死他们也不会相信这个故事的。③

这一激烈的态度是建筑在否定一切的形势估价上，正因为社会风靡时髦是“清洁可耻、肮脏光荣”，才会滋生出这些“体制派”的丑类。他把敌人用一个模糊的概念“体制派”加以命名，就使人会联想到除张承志以及他心目中崇高的“额吉”（蒙古语，指母亲）之外的所有人，只要身上有“不洁”的东西，都有可能被囊括其中。即使我们承认张承志对当今的社会估价以及对“体制派”的批判，读者尚有权提出这样的疑问：被污染的原本清洁的环境难道一无价值可言吗？这不能不说是一种反应过度。但张承志我行我素，“以笔为旗”，从九十年代开始，他选择了作为公众化的艺术形式的散文，为自己戴上一副人格面具，这副人格面具是清洁精神的捍卫者、发扬者，它和不洁的社会、和“体制派”要格斗到底。

---

①② 张承志：《一页翻过》，《大陆与情感》，山东画报出版社 1998 年版，第 74 页，第 79 页。

③ 见《清洁的精神》，安徽文艺出版社 2001 年版，第 325 页。

格斗需要精神的支撑,精神源在哪里?张承志的散文为读者描绘了他的格斗的精神源。这个精神源从地域上说,来自于“蒙古草原”和“伊斯兰山区”。在《不写伊犁》中,他写到自己在巴伐利亚的旅行是失败之旅,因为他离开了这个精神源:“我不能像在蒙古草原上一样同它的灵性直接交谈,也不能像在伊斯兰山区一样与它心感神交。”①这是从反面阐述。更多的是他直率地多次宣告:“我是一个被蒙古游牧文明改造了的人,这是一个力量的缘起。”②从精神榜样来看,一是来自于“额吉”,张承志终生把“额吉”视为导师,“哪怕时事逝去二十年仍然认定她是导师”③;二是来自于历史的游侠之士,如《清洁的精神》中颂扬的许由、曹沫、专诸、豫让、聂政、荆轲、高渐离,以及狼牙山五壮士等。对于读者来说,无论是“额吉”还是专诸、豫让等游侠之士,都相当遥远,形象有其含糊性,有些形象还带有血腥味。读者实在担忧,这些精神和形象能否支撑他对“不洁”的社会作持久的有效的批判。但张承志很自信,从八十年代末到现在,他确实一直坚持在批判,为捍卫他理想的“清洁精神”而奋斗。他的多数散文有进攻性,虽然他被孤单甚至绝望包裹着,但激情依旧,精神依旧。不过这一切都不能离开内蒙古和新疆,不能离开“额吉”和回族兄弟。因此,他的那些描写重返内蒙古、新疆的散文,充满活力充满希望充满信心。在《心上关山》中写的“我的命运誉毁就与他们系在了一起”,“我也不觉沾染了他们的风习……命可以弃,它不可弃。丑也罢,俊也罢,舍了它再难新欢,失了它生无滋味”④,这是最好的总结。因此他那些写重返新疆、内蒙古的游记散文如《达坂城的寒夜》、《弟弟们》、《心上关山》以及《背影》等都是出色的篇章。每当他离开了“窒息的北京”,来到新疆、内蒙古,来到回族兄弟们之间,他就得到了复活,他把内蒙古、新疆以及回族兄弟作为“舍了它再难新欢,失了它生无滋味”的“情人”,这些篇章正是他对“情人”剖露衷肠的倾诉,因此显得那样光彩夺目。

但是也不得不指出,他太专注太倾心于自己戴着人格面具所扮演的角色,“他的意识自我亦开始全然将自身视同于这种角色,那么,他的人格的其他构成部分就会被推置一旁,弃之不顾”⑤,并由此陷入迷恋自己所戴的人格面具的境地。他情绪高昂,但失之单调空泛;推崇教化,表明自己的责任感,精神可

---

① 张承志:《不写伊犁》,《绿风土》,作家出版社 1989 年版,第 16 页。

② 张承志:《二十八年的额吉》,《大陆与情感》,山东画报出版社 1998 年版,第 4 页。

③ 张承志:《汗乌拉》,《大陆与情感》,山东画报出版社 1998 年版,第 62 页。

④ 张承志:《心上关山》,《大陆与情感》,山东画报出版社 1998 年版,第 105 页。

⑤ (美)卡尔文·S. 霍尔、沃农·J. 诺德拜:《荣格心理学纲要》,黄河文艺出版社 1987 年版,第 40 页。

嘉,但逼人的进攻姿态,浓郁的“柴胡”味,又削弱了张承志散文的亲和力。

（二）“额吉”崇拜。

张承志有强烈的额吉情结。他自己这样论述:“在我为数不多的可怜作品中,母亲常常是我描写的一个主题。我甚至以为:对母性及其含量的理解程度是区别人的标识之一。”①本来,“母亲是一个文化栅栏里美丽的囚徒”。母爱是散文的天然的母题,但张承志笔下的额吉不同凡响,他的小说中出场的额吉,都是以圣母般的形象出现的,如《黑骏马》、《金牧场》等中的额吉就是如此。在散文中,更是无条件地赞颂额吉,额吉就是“神”,如《心火》、《二十八年的额吉》等文章就是典型的代表,宣泄了他的额吉崇拜的情结。

张承志爱额吉,总的一条是:“我家额吉是位饱经沧桑的女性,她一生对外界缄默着,我继承了她对这可怕世间的不信任。”②在张承志所有散文中,并没有具体描写额吉“对这可怕世间的不信任”,他只是原则地写一些粗线条的结论:“她(指额吉——引者注)如一棵草,是个自然的女人,前半生饱尝的都是家庭不幸,生存和养育的艰难;后半生承受的多是政治的胁迫,不过是没有太悲惨,厄运和幸运夹杂。”③至于额吉如何不幸,如何艰难,如何受政治的胁迫,张承志又保持沉默,“我不会把从她那儿获得的知识尤其是秘密,猴急地签名叫卖”。他着意要把额吉神秘化,神圣化。对于张承志来说,“额吉于我更是一种象征”④。与他在小说中敢于细致刻画额吉形象相比,面对真实的额吉,他却不敢放肆,不敢放开笔墨的手足,这一方面反映了他要把额吉神秘化,另一方面更显示了他对额吉的超乎寻常的崇拜。他把额吉作为“神”,在“神”面前,他只能沉默。更异乎寻常的是他要社会和他一致起来,而且非常专横,专横到他人对额吉也必须虔诚崇拜,倘若有一点杂念,都会遭到他的斥责,于是在北京发生了这样一幕:“在北海公园的树荫下,额吉和咯咯大笑的女儿玩耍。一个老外带着个翻译围着我们转悠。那翻译一脸给土著施恩的表情,过来问能不能让额吉和那欧洲老太太合影,我恶狠狠地说:NO!”⑤原因就是“施恩”,于是他就专横地替代额吉拒绝,尽管额吉没有授权,但他理直气壮,因为额吉是他一人独有的“神”,是一尊完美无瑕的超我的“神”。母爱成了张承志散文中牢不可破的神话,在异乎寻常的额吉崇拜中散发着浓浓的宗教味。

当然,有时他还会偶尔情不自禁地对额吉作一点细描,在《二十八年的额

---

①　张承志:《心火》,《绿风土》,作家出版社 1989 年版,第 243 页。

②③④⑤　张承志:《二十八年的额吉》,《大陆与情感》,山东画报出版社 1998 年版,第 5 页,第 6 页,第 12 页,第 15 页。

吉》中有这样一点细描：

> 其实，连真正的抱养也未曾有过。只是挨着冻羊粪燃起的炉火，睡前要由额吉掖紧皮被。只是那个苦恼人的年代，它一下子就把人扔进草海，扔到了这乔布格的营盘上。一切都在这个营盘上实现了：那毡片磨烂的我们的家，那种非常接近了家庭关系的加入和承认。①

这里真正细描的也就是这一句："只是挨着冻羊粪燃起的炉火，睡前要由额吉掖紧皮被。"但正是"额吉掖紧皮被"，使他和草原牧民形成了"那种非常接近了家庭关系的加入和承认"。对"文革"中的大多数"插队"知青来说，插队是该诅咒的日子，但额吉却使张承志"插队"甜蜜地蜕变为"插家"。他对"插队"的认知和一般流行知青文学描叙的观点截然不同，他认为："一个知识青年插队的往事，到头来是该珍惜还是诅咒，他的青春是失落了还是值得的，依我看只取决于他能否遇上一位母亲般的女性。"②他遇到了完美无瑕的神一般的额吉，因此他的插队是"该珍惜"的。这样，额吉崇拜的最终归宿是对"昨天"——他在"文革"中的插队生活的珍惜和肯定。

正是在对待"昨天"的态度上，张承志和其他的西部散文家区别开来了。周涛等皆是以颂扬今天的"西部"和中心文化主流文化抗衡，但张承志却是以肯定昨天的"西部"和今天的中心文化主流文化（其中也包括今天的"西部"）抗衡。这正是人们对张承志的西部散文家身份怀疑的一个重要的佐证。他的那篇《一页翻过》清楚表明了他对今天的"西部"的厌恶。《一页翻过》写于1998年，初收入《大陆与情感》，后在收进《一册山河》时又作了较多的修改。虽然作了修改，但两篇《一页翻过》传递的信息是一致的、强烈的，今日西部、今日草原在张承志的一连串对比中，形成了可怖的画面：游牧变成了定居，铁筋车取代了木轮子勒勒车，嘉陵、铃木，一辆辆摩托在嘟嘟穿梭，雇工非常普遍，政治秩序破坏，原被阶级划分理论打入底层的地主富牧子弟，现在又成了富裕户，当年的贫协主席又沦为贫困户，采矿队在破坏植被……结论是："随着一种强力的推动，在人对富足与舒适的追求之中，在对青草和对人的侵犯之中，机械人声轰鸣噪杂，历史在以旧换新。"③这正是从反面对"只是挨着冻羊粪燃起的炉

---

① 见《大陆与情感》，山东画报出版社1998年版，第17页。

② 张承志：《北方女人的印象》，《大陆与情感》，山东画报出版社1998年版，第38页。

③ 张承志：《一页翻过》，《一册山河》，作家出版社2001年版，第44页。

火,睡前要由额吉掖紧皮被”作了形象的注释。而“额吉于我更是一种象征”,也在张承志的今日西部草原和昔日西部草原对比中,揭示了明确的答案:额吉是张承志心中的“昨天”草原的象征。联系他的小说创作考察,他的额吉崇拜情结,随着历史发展在变化着,和他昔日小说中的额吉崇拜情结相比,今日的散文中的额吉崇拜情结明显是变味了,变味的刺激素是今日的市场经济。

额吉崇拜成了张承志对“昨天”知青插队历史肯定的冠冕堂皇的理由,其实,这一理由多少有点勉强。因为对这段历史是珍惜还是诅咒,在他看来,“取决于他能否遇上一位母亲般的女性”。这一推断既有偶然性又有武断性,即使某个知青遇上一位母亲般的女性,也很难改变“昨天”知青插队这段历史的性质。对于张承志的个案来说,他是幸运的,遇见了一位完美无缺的神一般的额吉,但是,要想以此肯定“昨天”的知青插队历史,并由此颂扬“昨天”的草原,排斥否定今日的草原,对抗中心文化、主流文化,实在令人难以接受。尤其他“遵守这个约束”,对额吉的真实生活和情感不愿展开细描,使得他的散文中的额吉崇拜情绪的调门是高昂的,但形象却是苍白的。还需要指出的是,他对今日草原的否定过度和他散文中反复渲染的重返草原的复活激情形成了矛盾和对立,这也就在一定程度上削弱了读者对他重返草原的激情的信任度。

张承志和周涛相比,他们在对待西部所持的立场上有所不同:张承志是昔日西部的融入者,周涛是今日西部的欣赏者;张承志偏执、过激,和昔日西部生命相依,周涛洒脱、奔放,与今日西部血肉相联;张承志散文情激理偏,周涛散文气盛势足。相同的是他们都属于浪漫气质的骑手,是在马背上喷发出来的篇章,因此他们的散文游牧味浓,崇尚勇武的剑侠精神,都是血脉旺盛的阳刚之作。

第三节 主要作家(二)

一 马丽华:以主位文化的立场显示西藏的文化变迁

(一)以主位文化的立场显示西藏的文化变迁。

马丽华(1953—),江苏邳县人。1976 年毕业于山东临沂师专中文系,并进西藏工作。历任《西藏文学》编辑、西藏文联专业作家、西藏作家协会副主席等职。著有散文集《藏北游历》、《西行阿里》、《灵魂像风》(三本合集为《走过西藏》)、《追你到高原》、《终极风景》、《西藏之游》、《苦难旅程》、《十年藏北》以及《西藏文化旅人》等；长篇报告文学《青藏苍茫——青藏高原科学考察五十年》等；专著《雪域文化与西藏文学》获全国第四届少数民族学研究优秀成果一等奖。代表作是《走过西藏》。

马丽华生长在齐鲁大地，但长期工作在西藏，接受了藏文化长久的熏染，最后成功地从"'齐鲁之邦的我'变成了'西藏高原的我'"①，为"可以在故乡人面前毫不自卑地称道自己为西藏人"②而感到自豪，并为藏人首肯。正是这一点，使她对西藏的描写和反映拥有了特权和专利。

这是一个结论，具体来说，马丽华是长于黄河之滨的汉人，她从小接受的是汉文化的教育，进西藏时她的身份又是援藏干部，对西藏宗教来说，她又是个无神论者，这种本质、本色和本性，随着时间的变迁和生活的熏染，奇迹般地脱胎换骨，融进了西藏的天地。《走过西藏》正是显示她脱胎换骨的变化，而这一变化最明显的是落实到她的文化立场的蜕变上。她能自觉地站在西藏文化的主位文化立场上来看西藏，反客为主，用自己的生命精神拥抱西藏文化精神，你中有我，我中有你，使得她的散文在众多描写西藏的作品中独放异彩，既不同于那些站在偏见立场上搜罗西藏离奇古怪的探险之作，也区别于那些泛泛而谈的游记，因为她和西藏的文化形成了共命运共生存共呼吸的生命链。她把自己"走过西藏"称之为精神之旅，是用自己的文化生命去拥抱寻觅西藏文化生命之旅，《走过西藏》跳动的灵魂是亦真亦幻的"无论做着什么或什么都不做，都一样的美好"的藏文化。以文化作为灵魂，从文化出发最后归宿到文化，也成了西部散文的一种时尚，这里也多少让我们窥视到，中国西部散文之所以在二十世纪九十年代崛起，或多或少也和八十年代末开始掀起的"文化热"有关。

《走过西藏》的着力点是显示西藏文化的嬗变，这是一个较为复杂的精神课题，显示这一课题既需要智慧也需要勇气，同时还有很多先天的因素。如性别，作为女性的马丽华，就限制了她对西藏文化比如密宗的探索。在《走过西藏》中，凡是涉及密宗的描写她都采取消极被动的态度，使密宗的描写在《走过西藏》中显得苍白而空洞。这也从另一个角度证明了马丽华的《走过西藏》创作的艰难。为能艺术地描绘西藏的文化变迁，马丽华抓住了两个支点：一是大写特写西藏文化的"本"、"源"，二是着力勾勒西藏文化嬗变的轨迹。描写这两个支点她有独特的优势：一是长期生活在西藏，

①② 格勒：《〈西行阿里〉序》，见马丽华《西行阿里》，中国社会科学出版社 2002 年版，第 6 页，第 4 页。

以西藏为家，对西藏文化的“本”、“源”不仅有理性的认识，还有深厚的感情生活作支撑；二是生得逢时，天赐良机，她的文化精神的嬗变恰恰和当今的西藏文化的剧烈变迁同步进行，形成一种相依为命的紧密型关系，认知与情感，两者已模糊到难分“你”“我”，“我”和“你”同时成为变化的世界的起点和终点，西藏文化成了马丽华散文中的“我”。

对于西藏文化来源的探索，马丽华是怀着崇拜的激情来进行的。她有句名言：“西藏的存在仿佛就是为了让人感动的。”①她对西藏文化所持的审美立场也是超然的：“我不主张对这个地方进行道德的评判和价值的评判，主要是不能够。”②探寻是富有诗意的，八十年代末，马丽华依稀是在一首赞美“西部”的诗的召唤下，踏上了藏北游历的旅程。诗曰：“那里的笑容比较持久，那里的握手比较有力，那是西部开始的地方。”在她心中，“‘西部’一词神秘而响亮，是一面旗帜，有一种意味”③。这种充满激情的模糊的诗句，表明她是以西藏文化的虔诚崇拜者开始她的精神之旅的。在长达十余年的探寻过程中，她无条件地被眼前的一切感动着：西藏牧民“即使最无表情的每一根头发，都仿佛陷入最深切的某种情绪里”④，令她赞叹；牧民们“左手握羊皮风袋，右手向炉内撒羊粪蛋儿”，“以他祖先的姿势坐在那里”的一成不变，使她惊愕；在禳灾祓难、敬神施鬼的隆重“金赛”仪式上，为了祈求平安，“灰蒙蒙的天幕下，一大片灰蒙蒙的人丛中，那一双双殷切期待的眼睛”⑤，令她震撼；尤其是面对那神圣永恒的冈仁波钦的神山，她被彻底地融化了。她全力以赴探寻的西藏文化的“来源”究竟是何物，诸如：“文化是一种生活方式，宗教也是一种生活方式。在西藏，宗教、文化密不可分，形成了西藏宗教文化这一生活方式。之所以千余年来此地未被异教、异民族渗透和同化，正说明了生存于高原的藏文化根深蒂固的坚固性。”⑥或是她把藏族考古工作者索朗旺堆的考证和疑问介绍给读者：“他倾向于：西藏的文明源于藏南，而远早于文明出现的西藏文化，是否应该起源于后藏及其以西？”⑦尽管这种探寻的结论显得勉强而疲软，而且她面对这一问题，越来越自觉地“回避结论，也回避议论”⑧。令人惊奇的是随着精神之旅的深入，她愈来愈把自己的理性因果探寻和研究的兴趣收藏起来，而是彻底敞开自我情感的大门，变得放浪起来。从其

---

①②③④⑤　马丽华：《藏北游历》，中国社会科学出版社 2002 年版，第 268 页，第 248 页，第 10－11 页，第 92 页，第 93 页。

⑥⑧　马丽华：《西行阿里》，中国社会科学出版社 2002 年版，第 196 页，第 169 页。

⑦　马丽华：《灵魂像风》，中国社会科学出版社 2002 年版，第 169 页。

文调来考察，马丽华并不是一个浪漫主义者，叙述描写不是她之所长。“亦真亦幻”的西藏在她的笔下显得过实，过于拘谨，但随着精神之旅的延伸，她愈来愈感到：自己无法承担对西藏文化“来源”研究的重任。她原本是个作家，以文学为职业，结果在北京大学学习期间，她为学者所倾倒，想改弦更张，立志弃文当学者，结果在精神之旅中的关键一站——朝拜冈仁波钦神山之后，她复归了，发出了“就凭这样子，我当什么学者呢！”①的声音。结论是：回归“文学”，回归“诗”。这并不标志她的西藏精神之旅的失败，恰恰证实她的成功，因为在西藏文化源头徘徊时，她立刻进入了“文学”状态。如她在阿里之行中冥冥中感到自己接近了西藏文化的某个源头，她是如此放浪、癫狂：

……黄昏时分我们沿噶尔藏布行驶，河岸右侧是棕褐色山脉，并不高峻，但看来坚硬如铁。岩石硕大，无土壤，无草木。一切可能附着其上的赘物尽皆被剥离和省略，留下一个赤裸裸的山梁。我久久眺望着它，直到它隐入暮色，久久体会着灵魂深处的倒海翻江。我酷爱这种寸草不生的棕色山梁，它使我想起诸如本色、本质、本性、本体、本原、本源、本义、本来面目等等带根本性质的词汇，感到悠远苍茫、博大精深。有过那样的刹那，我感到自己似乎在某一源头徘徊，将要触及而尚未触及，需要我以毕生来寻找来捕捉的东西，虽然我尚不知那东西的形状色彩，甚至有形无形。那东西若即若离。在那样的刹那，我感觉自己离顿悟似乎已经不远。

就为了半生所见所闻、所感想、所经历的，就为了这一次次的感动和震撼，就为了这突发的刹那感觉，一切都很值得。②

此刻，她仿佛如西藏的神灵附体的神巫。简言之，她所探寻的西藏文化之“源”藏在“刹那感觉”中，就在她的心中！“刹那感觉”在《走过西藏》中时时显露，虽“刹那”实“无限”，是一种意味、一种境界、一种精神！更重要的是一种认同：“爱的超越仅是一个标志。与此相适应的，是对于差不多一应身外之物的超越：工资，职称，地位，名利，享受(惟荣辱除外)。就有了一种新的眼光，当我洞悉了自然的变迁和社会的变迁。就有了一种博大之爱：当我把目光由一己转而投向人群。”③调门虽高，情感却真。她对世界的视角已有所调整：“这个世界不喜欢愁眉苦脸、不耐烦弱者，那么我从此不再去展示创伤，侈言苦难。”

---

①②③　马丽华：《西行阿里》，中国社会科学出版社 2002 年版，第 133 页，第 180—181 页，130 页。

“这个世界有多种境界,且让我一如既往地远物质、重精神,避喧嚣、多沉思,终生面向优良境界,并为世界作这一方面的代言人。”①“我”终于在西藏文化的熔炉中脱胎换骨,西藏文化最终物化了“我”,使“我”既“发现了我自己”②,又最终成就了“我”,纯净了“我”。“走过西藏”成了道道地地的精神之旅。西藏文化的“来源”终于寻觅到了,它就在“我”心中,它与“我”同在。《走过西藏》能获得社会的首肯,就在于作者和西藏文化的“融”,最终成了它的代言人。

于是,反客为主,马丽华能自觉地站在主位文化立场上考察西藏文化的嬗变。在这一点上,她相对要宽容一些,当然有时也会呈现心理紊乱,但她较为克制,至多发出几声无奈的叹息。典型的是她对以“黄君”为代表的在西藏生活贫寒的一批文人所持的态度。她欣赏这些文人“注重精神生活和自我体验”,但也叹息他们“缺乏竞争意识和应变能力”③,无奈地发出了这样的惊呼:“远离喧嚣的都市,我们以超凡脱俗的精神贵族自命,安贫乐道,知天达命,虔诚而惨淡地营造着我们的精神家园。可是当我们走出草原一看——不对了!‘洞中方七日,世上已千年’。你所领悟的有关精神美学的问题,在现实世界的坚壁前作烟云流散。”把西藏这块土地上的文人的变化心态展示了出来。在《走过西藏》中处处可见“变”,有些变化作者虽不以为然,但她还站在理解的角度上评价,不过早已下了结论,比如对狮镇的变化就是一例。狮镇既无历史,也无寺庙,农牧皆无,一切风光均属人造,似乎是从别处撕下来硬贴在一起的粘贴画,别扭,无根基,为旅游者厌恶,但作者所持的态度是:

……我不去说不喜欢它,这基于一个理解:狮镇的出现以及现有面貌,正是阿里身处急剧变革的时代,一切都还“来不及”的现身说法:来不及深思熟虑,来不及过渡植根,来不及协调融合,来不及从容不迫,以至于来不及取悦于人。

……狮泉河镇存在着已就是既成事实,作为某种象征已显现出作用和影响。它逐渐地就融入这片荒原,汲取并散发,为荒原增添了新的信息和元素。④

这是一种相依为命的理解,也是站在主位文化立场上对西藏文化变迁的展望。正如著名藏族学者格勒评价的那样,马丽华“功在开辟,第一次向

①④ 马丽华:《西行阿里》,中国社会科学出版社 2002 年版,第 149 页,第 174 页。
②③ 马丽华:《藏北游历》,中国社会科学出版社 2002 年版,第 134 页,第 134 页。

人们较为全面地传达了‘我们这一代人对于这一陌生地区的发现和认识’。毫无疑问，作者这一开掘之举是成功的”①。

（二）以稳定的传统叙事模式展示古老的西藏文化世界。

马丽华散文采用的是一种稳定的传统叙事模式：常态叙述，平稳展开，语调客观，冷静纡缓。作者运用这种叙事模式，并不是为使她抒情的情绪圆滑化，而是由多方面因素造成的。一是和她的文化干部身份有关，考察探索西藏文化是她的职责，她的散文带有“工作制”性质，不能过分先锋。二是她对九十年代中国西部之外的文化现状似乎兴趣不大，不像周涛、张承志那样，明显地要用西部文化精神去抗衡现代主义和后现代主义文化思潮对中原文化、正统文化的袭击。她到西藏工作的文化目的性不强，并不想有意识地用西藏文化去抵抗什么、改造什么，缺乏批判激情，虽然文中也时有激情，但她的激情常常来自于心灵净化和升腾，所以她在散文中脱出叙事模式的激情放浪之处常常是她自身的心灵激变之处，而不是针对西部之外的文化环境。三是性别也有一定的制约，她的稳定的传统叙事模式带有一种中年妇女话家常的味道。

这种稳定的传统叙事模式所采用的句式重因果、重介绍、重逻辑联系，运用的是求实求明的常态语言。如对寺院修复的叙述：“岂止材料、技术方面的困窘，其实在信仰佛教的地方，在中国大地上，已不复有佛教及佛教艺术最初传入、上升阶段时的活力，今人已不可能再去创造乐山大佛、云冈石窟、敦煌千佛洞之类千古绝作了。愿不愿是一回事，能不能则是其本质所在。不全是技巧问题，而是价值观念、精神追求、气魄、胸襟、风度方面的变异差别。”这样一个很深刻的论题被她用明白无误的语调，表述得一览无余。这种句式对散文的文学魅力来说，是一个削弱。为此，马丽华也意识到这一点，因此到一些关节点处，她就一改常态，语调变得跳动含蓄，如写她身临降神现场，描绘那被神附体的神巫尼玛曲珍的治病情景：

> 当有人小声招呼说，开始了！我们连忙打开电瓶灯，打开摄像机，冲进她家侧房。眼前的情景声势把我们吓了一跳：那女子（指被神附体的神巫尼玛曲珍——引者按）已被又大又厚的神袍包裹，黑色流苏自神帽前缘密密垂挂下来，只隐约可见尖尖的下巴。尤其令人心惊肉跳的是她的声音。一个坚定沉着低沉宏亮的声音简直不像发自一位女性的声带，宛如

① 格勒：《〈西行阿里〉序》，见马丽华《西行阿里》，中国社会科学出版社 2002 年版，第 2—3 页。

一部共鸣箱。她已不是尼玛曲珍，是伦布（指神——引者按）附体了——

巫：（冷笑）哈哈哈哈……想干什么！得到好处不知感恩，得不到时又要抱怨，怎能如此随心所欲！

尼玛曲珍之父（神谕解释者）垂首低声：我已禀报过，今天他们来拍电视，为向国外进行文化交流，没有恶意。他们保证过今后不会对我家造成危害的。对不起，请原谅。

巫：（勉强地）那好，就这样吧。（向众人）你们有事吗，不然我走了。

一女病人：（跪地）我的病总好不了……

……

女病人退下。巫再次注意到我们：拍电视的领导是藏族吗？

德珍走上前去致歉并解释。

巫：（明显地高兴，格外和蔼）没关系，没有严重妨碍的话，没关系！我们是护法神，去向不明，只要不给家里带来害处，就没关系！你们这是为政府工作嘛！我们跟汉人一起工作，要搞好团结。好了，下一个。

一康巴人求卦：……

……

巫：（发现了我们的向导）来，年纪大的那位过来。让那个白头发的人过来。（向向导献哈达）你上了年纪，头发白了，要好好干政府的工作。你要稳重。以后出了什么事，凡人不知道，我们护法神是知道的。所以要稳重。①

神巫在神附体的迷狂状态中，当一见到政府的汉族官员，顿时清醒异常，先是查询，后在迷狂治病中见缝插针，还能对官员逢迎和敷衍，大讲和汉人团结的民族政策。最后又巧妙地借对向导献殷勤表示对政府的尊重。这段精彩的对神巫癫狂中的清醒的描写，意味深长地勾画了神巫的亦神亦俗的“人”像，显现了当今西藏神文化的微妙变化和独特状态，为读者提供无限广阔的想象空间。这种精彩的“点”的描绘可以克服稳定传统叙事模式可能造成的单调和沉闷的缺憾。同时，作者还有意在关键处让感情失控，大幅度地跳跃，强姿态地升腾，一改无热度的常态语言叙述，用痴狂的神经质语言放纵地描写，构成炫眼的境界。这是西藏的大地成就了作者，用作者的话说，她在西藏处处可见那些亦真亦幻的“审美晕眩”，每当见到这样的“化境”作者

① 马丽华：《灵魂像风》，中国社会科学出版社 2002 年版，第 116—118 页。

就要“晕眩”，脱出常轨。如面对藏北文部的神山圣湖，作者自我体验膨胀到极致，失控了：

……在初夏那个月亮半明半暗之夜，寒森森的月光从天窗斜射进幽黑的牛毛帐篷里，当慈雍湖的惊涛骇浪拍打着耳鼓，全身心感受着大地深处有节奏的律动——那时候，我知道我已进入另一个空间。那是一个纯自然的空间，可以遥望明亮的日月之路，聆听太阳金链的金属声响，月亮处子的裙裾窸窣，大草原不胜其艰的叹息，小草们的喁喁细语。万物在交流，在合唱，人声以纯自然的方式加入了——在那个大地躁动之夜，一个中年男子的声音在远方凄凉地呼唤着，仿佛开天辟地时，人的第一声喊叫。①

面对文部乡的神山圣水，作者不能不“失控”，她抛弃了稳定传统的叙事套路，以非理性的亦真亦幻的想象，用联翩的炽热的语句向读者发出冲击，以此构筑了一个有声有色的美丽抽象式的魔幻仙境，丰富了散文的色彩和情调。这些“失控”文字，正是马丽华散文的精神所在。可惜的是这样的“失控”文字少了一点，因此马丽华散文的平实和沉闷的不足也就显得较为突出。

二 刘亮程：“我没有天堂，只有故土”

(一) 村庄：永远的生存和精神家园。

刘亮程(1962—)，新疆人。刘亮程的散文以写西部乡村的“村庄”闻名，代表作是《一个人的村庄》。他笔下的“村庄”确是他一人独有，他自我评价说：“我全部的学识就是我对一个村庄的见识。”②见识来之不易，是用心用生命用时间体验换来的：“真正认识一个村庄很不容易，你得长久地、一生一世地潜伏在一个村庄里，全神贯注留心它的一草一木一物一事。这样到你快老的时候，才能勉强知道最基本的一点点。”③他嘲笑那些到村庄里溜达一圈走掉的人，即使幸运，也“顶多能踩走一脚牛粪。除此他们能得到什么呢”④。他是如此自信他对村庄的了解。西部散文家有化腐朽为神奇的特异功能，刘亮程用他的出神入化的笔，把他的“村庄”加以艺术塑造，创作出“村庄”系列散文，放到

① 马丽华：《藏北游历》，中国社会科学出版社 2002 年版，第 42—43 页。

②③④ 刘亮程：《黄沙梁》，《一个人的村庄》，新疆人民出版社 2001 年版，第 97 页，第 98 页，第 98 页。

中心文化、主流文化面前,令读者为之一震。有人为此把他誉为“九十年代的最后一位散文家”①。“村庄”,成了刘亮程散文创作灵感的源泉,“重要的思想家总是说同一桩事情”②。刘亮程在散文界之重要,原因之一是他艺术地“总是说同一桩事情”——“村庄”,他的“村庄”成了文学界受人注意的一个现象。

刘亮程散文中的“村庄”,具有双重功能。一是他的生存基础,也是他的精神发源地。他的村庄的原型是他生于斯长于斯的家乡黄沙梁,犹如沈从文的湘西、贾平凹的商州一样。在西部散文家中,刘亮程是属于西部的纯粹土著,命运把他安排在西部荒凉沙漠中的一个叫黄沙梁的村庄上。它的环境可用荒凉来概括,“许多年,我爬在这个小窗口上,望着村后无垠的荒野和沙漠,感到自己是最后面的一个人”③。荒凉和简洁简单相连,他成长过程中,面对的一是黄沙梁这块土地,二是一群牲畜,三是村庄中的人。正是这些简单,形成了他的独特生活观:“生活在什么地方都是中心”④,“生命简洁到只剩下快乐”⑤。他的那套观念可称之为“乡村哲学”,或曰“乡村主义”,都是以“村庄”为出发点,从“村庄”中总结出来的,那是刻骨铭心的体验。因此面对黄沙梁这块土地上的一切,他都有无穷的欢乐,如对那些草那些花,“我一回头,身后的草全开花了。一大片。好像谁说了一个笑话,把一滩草惹笑了”⑥。对那村庄上的那片天空,“当我在远处,还看不到村庄,望不见家园的时候,便能一眼认出我们家屋顶上面的那片天空,它像一块补丁,一幅图画,不管别处的天空怎样风云变幻,它总是晴朗祥和地贴在高处,家安安稳稳坐落在下面;家园周围的这一窝子空气,多少年被我吸进呼出,也已经完全成了我自己的气息。带着我的气味和温度”⑦。对那些牲畜,尤其是他的驴子,更是亲密无间,“我们是一根缰绳两头的动物,说不上谁牵着谁。时常脚印跟蹄印像是一道的,最终却走不到一起。驴日日看着我忙忙碌碌做人;我天天目睹驴辛辛苦苦过驴的日子”⑧等等。但读者不能不被他的“简单”和“快乐”所迷惑。“村庄”中又处处暗藏玄机,“村庄”中的“驴”就

---

① 林贤治:《〈一个人的村庄〉代序》,见刘亮程《一个人的村庄》,新疆人民出版社2001年版,第1页。

② 海德格尔:《人,诗意地安居》,上海远东出版社1995年版,第30页。

③④ 刘亮程:《只有故土》,《一个人的村庄》,新疆人民出版社2001年版,第248页,第250页。

⑤ 刘亮程:《与虫共眠》,《一个人的村庄》,新疆人民出版社2001年版,第29页。

⑥ 刘亮程:《剩下的事情》,《一个人的村庄》,新疆人民出版社2001年版,第59页。

⑦ 刘亮程:《住多久才算是家》,《一个人的村庄》,新疆人民出版社2001年版,第83页。

⑧ 刘亮程:《通驴性的人》,《一个人的村庄》,新疆人民出版社2001年版,第13页。

是一个神物，作者把它神化，就是要对被中心文化、主流文化污秽了的“黔之驴”进行颠覆，“驴崇拜”是抗衡，我们切不可以什么“价值”来定位它，“把某物标明为‘价值’时，所评价之物的价值恰恰被剥夺了”①。刘亮程乐在村中、忧在村中，他和“村庄”血肉相连，心心相印，但他在忧乐中又感到孤独和荒凉。“人无法忍受人的荒芜”②。于是，他要“弄醒村里人”，乃至深夜跑到村边放火，想用大火来唤醒全村的人，但最后火熄灭了，荒芜还是荒芜，孤独还是孤独，“我不知道呆站了多久，直到后来，火终于熄灭了，夜色重又笼罩那片烧黑的荒野，村子还是静静的，没有一个人醒来，没有一条狗吠，没有一只鸡鸣叫”③。和其他西部散文家不同，刘亮程在孤独中隐约感受到明天的惶恐，“村庄”在这里又是一种象征，是封闭的象征。“放火”是一种救赎，他对今日的西部不如其他西部散文家那样自信，这是他的矛盾。类似这样的玄机出现，为“村庄”注满了“思”，“思”所思的是“在”，但它“在”，令读者感动。

刘亮程的“村庄”的另一个功能，是坚守和抗衡，这是“村庄”的双面刃功能。在他的散文中，似乎是有意无意地要强化“乡”和“城”的矛盾，把自己置身于“乡”和“城”的矛盾漩涡中。早在二十世纪三十年代，沈从文就被这样的漩涡煎熬着，现在刘亮程要步他的后尘，跌进这一漩涡中不能自拔。刘亮程以乡下人的眼光，仇视地面对城市：“这座城市的许多尺寸不是按乡下人的标准和习惯设计的。”④宣称“城市没一件属于我的东西”，“我只是这座城市的客人”，“我仅仅是流浪到城市的一个农民”⑤。他把“城”视作“是一片荒地”⑥，把“乡”作为自己的归宿，城里“即使所有的门对我关闭了，我还可以回家去，家门永远为我敞开着”⑦。这一对应是理性的，但更多的是情感的。在这一点上，他和其他西部散文家又显得不同，他的西部文化的代表是“村庄”，他所抗衡的不仅是主流文化、中心文化，还包括西部中的“城”，他把西部中的“城”也毫不犹豫地放进了主流文化、中心文化的布袋之中，姿态的角色更显眼了一些。其中有些篇章，如《荒芜家园》中写到置身于城市中的父亲被怀乡情结折磨，如此描述：“他现在给一个建筑工地看大门，他晚上睡不着觉，便找了一个晚上不睡觉的差

---

① 海德格尔：《人，诗意地安居》，上海远东出版社 1995 年版，第 31 页。

② 刘亮程：《荒芜家园》，《一个人的村庄》，新疆人民出版社 2001 年版，第 170 页。

③ 刘亮程：《天边大火》，《一个人的村庄》，新疆人民出版社 2001 年版，第 183 页。

④⑤ 刘亮程：《城市过客》，《一个人的村庄》，新疆人民出版社 2001 年版，第 289 页，第 289—290 页。

⑥ 刘亮程：《扛着铁锹进城》，《一个人的村庄》，新疆人民出版社 2001 年版，第 310 页。

⑦ 刘亮程：《没有钥匙的男人》，《一个人的村庄》，新疆人民出版社 2001 年版，第 293 页。

事。”“多少个夜里，父亲眼睁睁看着跟自己毫无关系的一个工地，那些横七竖八的钢筋、砖瓦和冷冰冰的水泥制品，全没有他当年看守自家麦田时的那种温馨感觉。”①只有自己被怀乡情结折磨着的人才能写出如此体贴入微的文字。

不过，刘亮程的“城”与“乡”的矛盾还在延伸，“城”与“乡”的矛盾的内涵在蜕变和拓展。这一蜕变和拓展集中表现在《人畜共居的村庄》、《城市牛哞》和《天边大火》等散文里。这些文中的许多语句的灼热和耀眼，使人一眼就可看到其中的内涵，如：

在人心中活着的，必是些巨蟒大禽。
在人身边活下来的，却只有这群温顺之物了。
人把它们叫牲口，不知道它们把人叫啥。②

我是从装满牛的车厢跳出来的那一个。
是冲断缰绳跑掉的那一个。
是挣脱屠刀昂着鲜红的血脖子远走他乡的那一个。③

我唯一的想法是弄醒村里人，我想冲出去大喊大叫，敲开每扇紧锁的门紧闭的窗户，喊醒每一个睡着的人，但我不敢出去。那种声音越来越清晰越来越近。我感到满世界只剩下我一个人。④

对这些话语的咀嚼，品来品去只有两个字：反叛，或曰抗争。颂扬的是敢于抗争的“巨蟒大禽”，“挣脱屠刀昂着鲜红的血脖子远走他乡的那一个”，以及要“弄醒村里人”的“我”。这一群像有其模糊性，与其把他们作为“城里人”的对立面来认定，更确切的还不如把他们作为思想者、斗士和先行者来对待，他们的对立面是“驯化者”。这样，刘亮程反复诉说的“城”与“乡”的矛盾性质，在这里就有了具有特色的形而上的升华。他的“村庄”在示威，刘亮程就是刘亮程，他和沈从文划清了界线，他的“村庄”绝不是沈从文的“湘西”的翻版和克隆。

高明的刘亮程把抗争、反叛包装埋藏在“城”与“乡”的矛盾中，这些愤激之声是在“城”与“乡”的矛盾中偶尔迸发出的火花，并没有多少深刻的动机作为它的后盾，因此，人们在刘亮程的散文中，对他的怀乡情致的感受是实在的，而

① 刘亮程：《荒芜家园》，《一个人的村庄》，新疆人民出版社 2001 年版，第 161 页。
②③④ 见《一个人的村庄》，新疆人民出版社 2001 年版，第 89 页，第 303 页，第 182 页。

那些抗争反叛之声多少淹没在结结实实的怀乡情致中,显得有些勉强和实在。不过,那“村庄”的存在,足以使主流文化、中心文化震悚,因为它要争,争什么?刘亮程是非常明确的:“我写作时从来没感到我是在西部。西部这个概念本身有点文化歧视味道。我在你的西边,你就叫我西部。一副文化中心霸权面目。”①他的“村庄”就是要充当文化中心,因为这是他的永远的生存家园和精神家园。

(二)“村庄”:诗意地安居的意象。

刘亮程是以诗歌创作踏上文坛的,但散文为他获得了声誉。海德格尔说:“诗的反面,不是散文。纯粹的散文从来就不是‘无诗意的’。它和诗篇一样充满诗意,因而也和诗一样罕见。”②刘亮程的散文充满诗意,所以它和诗一样罕见。

刘亮程具有诗人的气质:诗人的天职是“还乡”,思者在先的诗才有人倾倒。这些他都具备。他时时刻刻与“乡”同在,用他的话说:“我没有天堂,只有故土。”③他是思想者,自信是中心:“对一个生存的体验者和思考者来说,只有偏远落后的思想,没有偏远落后的生活。生活在什么地方都是中心。最前沿的生活肯定是最贴近我们肌肤心灵的生活,无论在何处。”④自信在中心,中心产生激情。刘亮程的“村庄”系列散文笼罩在激情之中,皆是“还乡”之作。

与其他散文家不同,刘亮程对现实闭上双眼,他整天不在行动,而是做“梦”,与马丽华笔下的亦真亦幻的西藏高原气氛不同,刘亮程散文的整个意境是梦境。这种梦境创造的最重要手段是把描写的“村庄”这一实景虚幻化,如作者反复表现展示的“黄沙梁”就是太极虚幻之境:“不知道这个村庄,真正多大……天麻麻亮人就出村劳动去了,人是一个一个走掉的,谁也不知道谁去了哪里,谁也不清楚谁在为哪件事消磨着一生中的一日。”⑤这里的早晨的“人很不真实,恍恍忽忽的,像人从梦幻中回来的一个个身影”。“他们真实得近乎虚无”⑥,“整个白天村庄像一个梦境,人都到地里去了,留下一座空城”⑦。但虚无的梦却是靠在中心前沿的真切体验编织起来,用他的话说,是“一生一世地

① 转引自赛妮亚编《村庄的事情》,见《乡村哲学的神话》,新疆人民出版社 2002 年版,第 156 页。

② 海德格尔:《人,诗意地安居》,上海远东出版社 1995 年版,第 75 页。

③④ 刘亮程:《只有故土》,《一个人的村庄》,新疆人民出版社 2001 年版,第 252 页,第 250 页。

⑤⑥⑦ 刘亮程:《黄沙梁》,《一个人的村庄》,新疆人民出版社 2001 年版,第 96 页,第 99 页,第 102 页。

潜伏在一个村庄里”①体验出来的，体验使“村庄”虚幻诗化成梦境，梦境又使“村庄”这个平凡的意象达到诗一般的不平凡化。

在创造梦境上，刘亮程另一个重要手段是寓言化。他巧妙地用互换角色的手法，把灵性赋予笔下的狗、驴、马、虫子以及花花草草，和这些本是同根生的“异类”亲密地接触，带着诗意去设身处地品察，使得“狗眼看人”、“驴耳听人”、“虫角触人”等一连串的动物行动语言擦出诗的火花，这又应验了海德格尔的一句名言：“纯粹地被说出的东西就是诗。”②如写狗：“人一睡着，村庄便成了狗的世界，喧嚣一天的人再无话可话，土地和人都乏了。此时狗语大作，狗的声音在夜空飘来荡去，将远远近近的村庄连在一起。那是人之外的另一种声音，飘远、神秘。莽原之上，明月之下，人们熟睡的躯体是听者，土墙和土墙的影子是听者，路是听者。年代久远的狗吠融入空气中，已经成寂静的一部分。”③飘远神秘的狗语声融入了寂静的村庄的夜，成了“村庄”的梦境的必不可少的亲密的一个“元”。又如写驴：“我找了一下午的驴回来，驴正站在院子里，那神情好像它等了我一下午。驴瞪了我一眼，我瞪了驴一眼。天猛然间黑了。夜色填满我和驴之间的无形距离，驴更加黑了。我转身进屋时，驴也回身进了驴圈。我奇怪我们竟没在这个时候走错。夜再黑，夜空是晴朗的。”粗看起来，“我”和“驴”在相互的“瞪”中对立着，但“瞪”又明白无误地显示了“我”和“驴”的平等、亲密，“我”和“驴”在夜色中诗意地安居着，浓浓的情致禁不住在夜色中荡漾出来。在荒芜的村庄里，孤独的作者自然地把驴、马、狗、虫子作为邻居，作为朋友，作为倾诉对象，亲密无间的私房话饱含着诗情画意。在对待“村庄”的态度上，刘亮程是持报恩的态度来描绘的，在他的心中，“村庄”就是“诗”，“村庄”对他的回报也必然是“诗”。

三　其他散文作家

(一) 杨闻宇：西部散文中的另类者。

杨闻宇(1943—　)，陕西西安人。著有散文集《灞桥烟柳》、《野旷天低树》、《白云短笺》、《江清月近人》、《日月行色》、《绝景》、《不肯过江东》、《大风起兮云飞扬》、《笑我多情》以及《风来浪也白头》等，报告文学《罗盛教》、《丙子双十二》、《不惑的人生》以及《圣地风景》等。

---

① 刘亮程：《黄沙梁》，《一个人的村庄》，新疆人民出版社 2001 年版，第 98 页。

② 海德格尔：《人，诗意地安居》，上海远东出版社 1995 年版，第 73 页。

③ 刘亮程：《狗这一辈子》，《一个人的村庄》，新疆人民出版社 2001 年版，第 5 页。

杨闻宇长期生活在地处东西部交汇的黄土高原上。虽则是个军人，但个人心理舒缓，和主流文化也没有激烈的摩擦。在婉约一脉遭到鄙视的西部散文家队列中，他却我行我素，偏重细腻阴柔。他是个例外，西部散文激荡的雄性、野性、强悍、豪迈都似乎和他沾不上边，作为西部散文的“叙述者”，他既不是征服者，也不是开拓者，而是一个参与者。虽然有时也要金刚怒目，如《且说小人》、《登陵忆》等，但总是尽量把语调降低，有一种儒雅君子风度。他的散文是十足的西北风，不过是西北风中的春风，它为西部散文装扮增添了另一色彩，使西部散文变得多姿多彩。

杨闻宇的散文从不虚拟故事。他喜欢怀旧，诚如阿克塞尔在《环球遍刮怀旧风》中所言：“怀旧是人类的天性。”但他满怀激情去怀旧，他的怀旧如怀春。在别人看来，骑车呀看戏呀红薯呀杨柳呀，都是些芝麻绿豆般的家常事，但他有本事用浓浓的情致包裹起来。他的许多篇章如《日月行色》、《夜戏》、《戏路》、《故乡板桥》、《薯忆》等皆以情取胜，温馨动人。他擅长细针密线地叙述，从不故弄玄虚，从不摆叙述迷魂阵，不慌不忙，如实道来。且看他描述一对恋人同骑一辆自行车，去赶集看戏：

> 闪过绿树，闪过井台，闪开了路人，就那么个小自行车，女儿家微微前倾，不由自主地靠贴得更紧，隔着薄薄衫儿，彼此感觉到暖暖的体温，感觉到“噗噗”的心跳，一问一答，二人悄声说话，在旋动的田野上，在温馨的气流里，这是外人谁也逮不住、怎么也听不真的另一类“私房话”。说到极深刻处，也是极难堪处，女的牙一咬，便忍不住在男儿大腿根猛个儿拧揪上一把（这是很顺手的），车头一歪，车身倏忽一晃，女的急忙一把搂紧了他的腰，活龙似的车儿又稳了。咀嚼方才那话，女的恨气难消，抽开一只手再拧……男儿两手占着，疼得扭腰、摆屁股、歪脑袋。左晃右晃，硬是还不得手；急了，扬言晚上要施行“报复”，女的一听，越发拧掐得狠，必要男儿服软、回话、连声告饶才了事。一旦服帖了，男儿又分明觉得有温柔的掌儿怜惜地摩挲烧辣辣的疼处。车儿缓了，稳稳的，女儿“格格格”笑，得意地笑。远近明媚，鸟鸣婉转——天晓得方才是咋么回事。①

这对恋人在赶集看戏路上，在近乎原始的交通工具自行车上，上演了一出近乎原始的激情戏。看起来，很家常，男女身贴身，心贴心，悄声说着“私房

① 杨闻宇：《戏路》，《风来浪也白头》，中国文联出版社2001年版，第235—236页。

话”。情到深处,却“打”起来了。“极深刻处”“极难堪处”的“私房话”,激起了爱的波澜,引爆了一场爱的武打戏:“极深刻处”是男的杰作,“极难堪处”是女的羞涩、兴奋、甜蜜、激动、害羞……交杂起来,于是,女的先出手,一“拧”再“拧”不断地“拧”,男的两手占着,只能“扭腰、摆屁股、歪脑袋”,但依然嘴硬,最后不得不告饶。似乎这场原始的爱情武打戏是以女赢男输告终,实质是双赢,是爱情的胜利,那条黄土高原的小路变成了道地的情路。作者要给当今众多的泡在咖啡厅或娱乐场所里厮混,以爱情作为游戏的爱情痞子们,作一点爱的示范。这种示范也是对自我本体存在进行印证与确认。作者确是写情的高手。当然这情也表现在他对自然和生活中的万事万物身上,他始终对生活抱着感恩的态度,描写自然和生活,于是到了他笔下一切皆有情。如写红薯在秋天的成熟:

> 秋深了,万物成熟于空中、地表,而红薯则是亢奋于泥土之中,胖大结实的块头硬是将沉重的黄土层拱起一个龟背,挤错开指头宽的长长的裂缝,土地大约被它挤疼了,疼得不自禁地咧开了嘴巴,薯儿那亮亮的红色,就从土缝里朝外窥视,透过地上半歪的绿髻儿窥视蓝天白云,窥视日月星辰,从湿润润的土层里睁开的是惊讶的、生疏的眸子,自地缝里嘘出了陌生的鲜活气息。①

红薯成了富有激情的个体生命。红薯成熟了,它的生命的亢奋、激昂引发了一连串的动作:从“拱起”,到“挤错开”,到“窥视”,到“睁开”,到“嘘出”,有一种不可阻挡的气势,折射出孕育这样富有激情的生命的黄土地的蓬勃生机。西部散文家共有的土地情结,在杨闻宇散文中也是那样光彩夺目。对土地以及红薯的生命力的温情脉脉的缅怀,也是作者在疲惫的现代生涯中的另一种精神还乡。

当然,杨闻宇有时在从容的叙述中也会耍一点花招,迷惑一下读者,让你钻入他的圈套。在《日月行色》中,写他和爱人“订婚”后的“定情”。文章一开始款款道来,“我”和爱人漫步在河滩上,夕阳衔山,晚烟萦树。在这美景中的美人是“秀婉窈窕的一尊倩影”,和谐甜美。就在这样的画面中,两人说起“私房话”时,顿起波澜,当爱人追问“我”为何爱她时,“我”颂扬爱人“聪明、灵性”,然后“我”用同样问题反问她时,波澜陡起,她先不愿回答,在逼问下她“恶毒”

---

① 杨闻宇:《薯忆》,《风来浪也白头》,中国文联出版社 2001 年版,第 241 页。

地答道:“你是个鳖熊!”对于这一“恶狠狠的、咬牙切齿的比喻”,招来了“我”的愤怒,乃至发出了“有话早说,回头还来得及。往后再后悔就迟啦”的最后通牒。但接着,随着她的轻轻的深深的一声叹息:“灵性人是鳖人的奴!”峰回路转,把爱人对自己的痴情淋漓尽致地凸现出来。

杨闻宇在散文创作中,有一个陋习,喜欢在结尾处来一番指点,有些指点平庸多余,败坏读者胃口。

(二)刘成章:豪情逼人,气韵充沛。

刘成章(1937—),陕西延安人。著有散文集《黄土情》、《刘成章散文选》、《纤丽的阳光》、《刘成章散文集》以及《羊想云彩》等。《羊想云彩》获鲁迅文学奖。

刘成章散文豪气逼人,有股西北男子汉味,他是一条道地的西北散文好汉。他的散文是从黄土高原中孕育出来的。他自述:“特别是当我感到文笔枯涩的时候,更加思念陕北。对于我,乞灵于生我养我的这片热土,是十分有效的。这回,我想重新听听陕北民歌,借以强健我的散文的筋骨。”①他的散文筋骨之强健,气韵之充沛,完全得力于黄土高原。他和黄土高原的关系既是母子关系,又是情人关系,因此黄土高原在他的眼里处处“出西施”,时时皆有情,如写土地的感情:

> 牛在走,犁在行,人扶着犁,紧紧地操劳在后面。不断翻起来的像波浪一样的黄土是疏松的,绵软的,柔细的,人的赤脚片子踩在上面,像轻微的电流通在身上,有一种妙不可言的感觉……这里的庄户人把妻子称做婆姨,也许只有婆姨的肌肤才能与之相比。好啦,现在赤脚片子触着的,是土地的温热细腻的缠绵情意。②

这里一切跟着感觉走,牛走犁行人操劳,这是物质世界;无形的世界里是感觉主宰着:人和土地,是“轻微的电流”刺激的“温热细腻的缠绵情意”;至此,作者依然不满足,再让感觉还魂到另一个物质外壳中——“只有婆姨的肌肤才能与之相比”,让这种感觉进入了一种极致的温馨境界。在这种境界里,作者

① 刘成章:《陕北民歌》,见史小溪主编《中国西部散文》,东方出版中心 1998 年版,第 201 页。

② 刘成章:《这边风景》,见贾平凹主编《美文十八家》,河北大学出版社 2001 年版,第 182 页。

对自我生命精神的优越感油然而生，他享受这种感觉的同时，仍忘不了要向城市文明发出挑战："想起城市，就想起那坚硬的路面，就想起那被尼龙袜子和皮鞋包裹着的脚，人和大自然几乎疏远得不知对方的存在。"①作者眼中的黄土高原是圣土，结结实实的感觉中充沛着自豪自信的激情。

刘成章在八十年代初期，以一篇《转九曲》作为向散文文坛的见面礼，尽管当时散文西北风还没有刮起，但《转九曲》却已向人们告示，西北黄土高原的散文将要向散文界进军了。它的开头，就是一种预示："踩着薄薄的积雪，我来到赵家满了。"在八十年代散文似在无"我"忘"我"灭"我"的语境中打转时，这位西北汉子就高喊着"我"登场，理直气壮，直冲霄汉，写到和群众一起转九曲的高潮处，充满了鲜亮："灯是亮的，眼睛是亮的，笑脸是亮的，身影是亮的，连刮的风也是亮的。一片片飘飞的雪花，携着光圈，就像一盏盏飘飞的小灯。我看见，我们这亮亮的行列中，有亮亮的老头，有亮亮的老婆，还有被亮亮的妈妈牵着手的亮亮的孩子。全村所有的人——上自八十九，下至刚会走，大概全来了，一个个亮亮地，喜眉笑眼，脚步儿轻轻，踩着鼓点，踩着雪花，踩着光亮，欢乐地游转。"尽管文章最后免不了还有点回忆对比的俗气，但踏着黄土高原在转九曲的人们的生命的鲜亮和青春，给散文界注射了活力。

刘成章在长期散文创作中形成了一种独特的抒情风格。他有西北男子汉的粗犷，善于大笔写意造势，排山倒海，急风骤雨，语调急促而奔放，制造抒情狂欢，如在《安塞腰鼓》中描述安塞腰鼓："一捶起来就发狠了，忘情了，没命了！百十个斜背响声的后生，如百十块被强震不断击起的石头，狂舞在你的面前。骤雨一样，是急促的鼓点；旋风一样，是飞扬的流苏；乱蛙一样，是蹦跳的脚步；火花一样，是闪烁的瞳仁；斗虎一样，是强健的风姿。黄土高原上，爆出一场多么壮阔、多么豪放、多么火烈的舞蹈哇——安塞腰鼓！"用一个又一个的动态比喻，以四字句六字句交叉又整齐的排列，节奏快速而短促，突出"狂舞"，以"气"主宰"势"，逼人地喷出，把壮阔的安塞腰鼓舞的场面烘托得十分火烈。刘成章对这种大场面的描写可称得上是得心应手。但他的感觉的另一面又特别精特别细特别柔，是感觉精雕细刻的妙手。他写麦子成熟："最金亮的是那从裹着麦粒的苞皮间直刺上方的麦芒，根根都像正在放电的金丝，电火花在它的光端闪耀。"（《看麦熟》）抓住麦子成熟中的力的聚焦——"直刺上方的麦芒"，用电火花闪耀作比，故意让读者产生一点不能抚摸亲近的距离，由此把麦芒的"刺"

---

①　刘成章：《这边风景》，见贾平凹主编《美文十八家》，河北大学出版社 2001 年版，第 182 页。

的力度，强烈印入读者心中，这种感觉正是作者在黄土高原和麦芒长期亲近抚摸的结果。与此相反，在《雪画》中写黄土高原的雪景："一只白蝴蝶，梦一般翩然飞来，落在我的多皱的掌心，荧荧地，闪着玉光，我欲问它：你从哪里来？你为什么如此美丽？你想向我倾诉些什么？但我还未来得及开口，它又梦一样神奇地消失了。"却极力以自己和雪花的亲近抚摸的柔的感觉，把它诗化、童话化，以此感染读者。文中的"谁家门里传出铜勺碰锅沿的声音，连那声音也变成了白的"，"遍地写着许多胖胖的白字"更是出神入化地假借通感、想象等手法，把"雪"的神韵展示出来。刘成章散文又刚又柔，刚柔并济，是散文中的奇男子。

（三）傅查新昌："玉米"的骄子。

傅查新昌（1960— ），锡泊族人，新疆乌鲁木齐人。著有报告文学集《甜蜜的家园》，小说集《父亲之死》、《人的故事》等。散文代表作是《玉米的使者》。

如果说，刘亮程的散文感情全部贡献给了"村庄"，那么傅查新昌的散文则自始至终代表"玉米"发言，他的"玉米"系列散文中，反复称自己是"玉米的骄子"（《玉米的问候》），是"玉米的使者"（《玉米的使者》），是"玉米的后代"（《流浪城市》），他的散文精神源头全部来自"玉米"，并要把"玉米"作为抵御主流文化的法宝。

傅查新昌散文也为"乡"和"城"的矛盾折磨着。他自述"一直到七岁，我没有看见过人群，没有见过自行车，没有见过汽车，没有说过一句汉语。我虽生活在一个只有两户人家组成的小村庄里，但我相信自己的特殊存在"①。"父亲播种了一辈子的玉米"②，因此他认为自己"是那片土地孕育的玉米，是广大的玉米的精英"③。他正是在这种独特的天地里成长，并由此形成了"玉米的思想"。这种"玉米的思想"实质是一种生活的感悟和体验，作者凭借它，加以发酵、扩充、膨胀，并由此凝成他散文中的和城市文化、主流文化抗衡的主导情绪——"玉米情绪"。和刘亮程相比，他们共同的是对城市文化、主流文化心怀不满，这种不满是一种以文学的冥想所形成的文学情绪，和刘亮程宣称"城市没一件属于我的东西"一样，傅查新昌认为城市陷入了空前纷乱的情态："粗鲁的城市，虚伪的城市，疾病四伏的城市，喜欢大惊小怪的城市，带着繁华而喧嚣

① 傅查新昌：《文学的精神》，周军成、黄毅、傅查新昌等著《地皮酒》，新疆人民出版社2002年版，第270页。

②③ 傅查新昌：《麦田的歌手》，周军成、黄毅、傅查新昌等著《地皮酒》，新疆人民出版社2002年版，第216页。

的面具，从繁荣走向虚伪。”①因此，他和城市格格不入，“为了歌唱广大的玉米，我决意在玉米地以外的城市流浪一百年”②。这种对立正是建筑在作者的丰富冥想基础上，如以“城”、“乡”中的妇女命运为例，傅查新昌描写的是这样一种尖锐对立的情景：“那些漂亮的城市女人，仿佛走在很阴的街道上，不知道阳地的情况。我知道城市女人，她们生活在一片混乱的街道、必需品的噪音之中……而在我们的巴库镇，自由的玉米的睡眠枕着我们的小镇，背着一大片灿烂的阳光，生儿育女。”③这种两极对立正是“玉米情绪”的内核。但他和刘亮程不同，刘亮程和城市文化抗衡的法宝十分坚挺和实在，刘亮程的“村庄”中的一切，驴呀狗呀马呀，包括牛粪呀，都被作者精心地用各种油彩擦抹得非常鲜亮，其光芒可以使主宰主流文化、城市文化的人们睁不开眼来。而傅查新昌凭借的仅有“玉米”而已，他挥舞着“玉米”，凭借冥想，反复咏唱，用他的生命来歌唱。他仅是一个执拗的浪漫歌手，手里缺少刘亮程所持有的各种法宝。他凭着他的生命体验，对“玉米”反复歌唱，对“满街流行的浅薄而粗鄙的大众文化”发动冲击，虽然至纯至真，但不免有些单调和虚空，有反应过度的缺陷。

---

①② 傅查新昌：《流浪城市》，周军成、黄毅、傅查新昌等著《地皮酒》，新疆人民出版社 2002 年版，第 233 页，第 234 页。

③ 傅查新昌：《玉米的思想》，周军成、黄毅、傅查新昌等著《地皮酒》，新疆人民出版社 2002 年版，第 239 页。

第二十二章　女性散文

第一节　活跃的女性散文潮

一　女性散文的变异和分流

眺望二十世纪女性散文，可以清晰地看到，在世纪初和世纪末曾先后涌动起两次女性散文潮。这种带有集体性的活跃也显示了散文和时代变化的紧密相依。从八十年代末到九十年代初，知识分子“精英集团”的瓦解与商品经济大潮的冲击，使得特别敏感的女性散文家们共同思考着一个问题：现实究竟发生了什么？在她们的特别丰盈的情感中注满了“为什么”，这些问号孕育了她们的散文创作激情，由此出现了一支壮观的女散文家队伍。这支队伍的主力军由三方面组成，一是一直坚持以散文创作为主的，如苏叶、王英琦、筱敏、斯妤、唐敏、梅洁和叶梦等，二是小说家客串，如张抗抗、毕淑敏、铁凝、王安忆、方方和蒋子丹等，三是新闻记者，如韩小蕙、黄爱东西等。

市场经济的活跃，改变着中国的一切，八十年代主宰散文的二元对立的思维模式逐渐为多元化所替代，大众文化市场形成，传统文学的审美趣味改变，群众性的多层次的审美趣味分化了主流文化的单一艺术标准，在大潮流的冲击下，女散文家队伍开始了变异和分流。

顺应市场经济的潮流，一批女散文家得风气之先，率先“玩”起散文来。她们先是竖起一个旗号，名之曰“小女人散文”。口号因“小女人”之“俗”变得异常响亮，甚至还有些刺激，它很快收到了市场效应，为人们所注目。“小女人散文”可以使人联想到多种含义，但有一条似乎比较明晰，那就是对“道”的疏远。人们愕然这一口号对庄重散文的戏弄，但又不得不佩服它对四十年代以来形成的“工农兵散文”的颠覆。这批散文家大多是职业的新闻记者，追逐新闻使她们疲倦，于是用“小女人散文”来放松神经。尤其是因她们手中有阵地，各种报刊的专栏都纷纷为她们开放。更令人惊骇的是这批“小女人”以“玩”的心态进行散文创作。“小女人散文”的代表人物之一黄爱东西“写文章，跟比她年长的写文章女人相比，最不同的是，她有一种玩的心态。既是玩，自然落笔就轻松就俏皮就放肆就不沉”①。这种“玩”不仅是对庄严的载道散文的创作观念的颠覆,也是对巴金等提出的散文“当遗嘱一样写”的瓦解,她们使人想起了八十年代的王朔的痞性小说对当时主宰文坛的政治小说的解构。虽然“小女人散文”匆匆地登上文坛,又匆匆地悄然退隐,而且她们的作品由于创作速度快,精品少,难以形成流派而被人遗忘,但不可否认,“小女人散文”作家们的“玩”的轻松心态和运用的笔法,也从一个角度给人们拓展了视野。她们是白领阶层,借助市场经济的推进力,极力把自己的心灵变化和社会天地变化吻合起来,与时俱进,天变地变人也变,在变中求生存,在变中获发展。不仅如此,她们还在变中求速,越快越好。黄爱东西在她的散文集《男女有别》的封底上标出的类似广告词“努力跑,赶快跑”,就是她们遵循的座右铭。散文则成了她们变的武器,于是就凭借“豆腐块”散文到各种报刊杂志上抢占地盘。黄爱东西、黄茵是她们的代表。这是散文继五十年代之后又一次和大众媒体的甜蜜的结合。她们写散文是为了找“乐”:“写散文在于我,确实是一种乐趣。”②各类报刊上的专栏就成了她们用散文找“乐”的娱乐场所。她们从昔日的海派散文中吸取精气,又从当下的香港那些带有商业气息的快餐散文中获得灵感,最先在香港的近邻广州以“小女人散文”的面目出现,后又变幻成都市言情散文等名目向内地延伸。具有丰富的商业症候的广州成为它们的发源地,是题中应有之义。这类生活化散文是海派散文的变种,它们在求变中生存是一致的,追求商业效益也是一致的,所不同的是:“小女人散文”缺少海派所追求的一种“安稳”的丽质。

也有一部分女散文家不愿意变,她们苦苦地坚守着,守望着灵魂,守望着精神,守望着净土,漠视社会的变。她们忧国忧民忧自己,为一种苦难意识所煎熬,煎熬的目的是拯救——拯救大地。精神是她们的靠山,她们无所畏惧。上帝似乎能宽恕她们,但她们对上帝却不宽恕,因为她们信奉:“爱什么必得不爱什么——上帝是自己。”(张抗抗语)有时她们简直自己折磨自己,她们到散文中既不是娱乐,也不是休息,而是呐喊。她们不爱红妆爱思想,没有闲情逸致吟风弄月,坚持用散文把历史一步一步向前推进。有时虽则力不从心,那一些呐喊甚至被时尚的声浪淹没,但她们我行我素。这批散文家以张抗抗、苏叶、筱敏和张洁等为代表。她们的散文可以名之曰社会派散文。这些散文家

① 石娃:《说说黄爱东西,说说〈花妖〉》,见黄爱东西《男女有别》,陕西旅游经济日报出版社 1997 年版,第 457 页。

② 张梅:《乐趣》,《木屐声声》,陕西旅游经济日报出版社 1997 年版,第 1 页。

在八十年代思想启蒙中已受到过精神洗礼,尤其在抒写自我情感上已获得了成熟的话语权。进入九十年代,在剧烈的变动时刻,她们企求的是恒定的精神,自觉地担当社会的角色,在情感与生命的旅程中又一次奔逃与回归。她们的散文不是与时俱进,而是有反时间性的品格,处处刻写着历史的皱纹,具有某种生命的沉重感。沉重来自何方?筱敏的剖白是一种答案:“在不适宜生长的气候和环境里,生长必须是一件坚执的事情。这也是一个理想主义者和一个唯美主义者所倾心的事情。”①这是她们生活体验的全部概括。苦难意识的内涵和根源也在于此,在“不宜生长的气候和环境”中坚执地“生长”,于是压抑永伴,时刻不安宁,张抗抗作了这样的自剖:“抗抗其名有较大容量,邪恶虚伪丑陋谄媚等等一律以抗之。由此名字而注定,这个女人同抗争抗击反抗抵抗有不解之缘,因而一生不得安宁。”②苏叶称她的散文是“有湘楚遗血,情绪升天入地不得安定”③。她们的不安宁决定她们选择散文作为抵抗和挣扎的文学实体,于是散文在她们的手中也变得不安宁,总要在这里或那里对“不宜生长的气候和环境”发出几声呐喊,这和小女人散文的作家们用找“乐”的心态创作,形成鲜明的对照。她们始终关心现实,无心像余秋雨那样回到历史中去寻找先驱者们的足音,她们以鲁迅为榜样,把散文作为“感应的神经,攻守的手足”。但在现实中又时时碰壁,现实的发展和她们的企盼永远有着距离,失望、无奈、孤独交杂起来,使她们时刻处在一种凭吊心态中。张抗抗的《牡丹的拒绝》、苏叶的《总是难忘》、筱敏的《成年礼》和张洁的《过不去的夏天》等让读者感受到她们凭吊的心声,她们凭吊革命的“革命”,凭吊已逝的岁月和理想,凭吊企盼的永驻、幸福的精神、乐园的遥远,凭吊着自我的一切……诚然,这种凭吊的精神指向,有时似乎显得朦胧:爱与恐惧,自由与限定,个人与专制,都在她们的凭吊中翻滚。张抗抗的《牡丹的拒绝》中的拒绝开放的“牡丹”,筱敏的《野马》中的“突破荆棘”的“野马”等等都成了她们凭吊的道具,但在这些道具的身上明白无误地镌刻着她们无法实现的理想,因此苦难终究无法摆脱。她们成了命运的苦行僧,她们不愿物化,“对于一个作家来说,物质的匮乏应该还是可以忍受的,而性灵的窒息、精神的苍白和空虚才是最可怕的”④。她们比那些寻找精神的文化散文作家们多了一层使命,抵抗,或曰抗争,她们又注

① 筱敏:《〈成年礼〉自序》,《成年礼》,太白文艺出版社 2001 年版,第 2 页。

② 张抗抗:《作者自白》,《命运对你说:不!》,知识出版社 1994 年版,第 2 页。

③ 苏叶:《秋花》,《苏叶散文自选集》,百花文艺出版社 1995 年版,第 36 页。

④ 王英琦:《远郊不寂寞》,《守望灵魂》,四川人民出版社 1996 年版,第 245 页。

定是孤独者。

除了上面两类散文家外，还有一部分女作家也被卷进散文的洪流，她们把散文作为“文化休息场所”。这些女作家中有一部分是小说家，她们被小说的结构情节所折磨，因此偷闲到散文中伸伸腰，松松关节，如铁凝、池莉、蒋子丹、范小青、毕淑敏、王安忆、方方等等。铁凝说“小说和诗，是可以使人的心灵不安的”，而“散文实在是对人类情感的一种安然的滋润”。她提出“散文需要自在”①。方方和铁凝的“自在说”相呼应，提出：“我作文章素来主张随意，尤其是散文，心到意到笔到。”“人们现在已经越来越广义地去理解和认识散文了，不再只是读到华丽的词字和句子才说那是散文。这正是散文越来越随意的结果。随意便展示出了个性，而个性的作品总是容易受人青睐的。这就不难理解写散文的人何故越来越多，读散文的人何故也越来越多。”②“自在说”、“随意说”固然揭示了散文创作的一部分规律，对散文的发展有一种推动，但也不可否认，这些主张对散文文体艺术的不够尊重，是一种伤害。这部分女作家的散文作品颇多，但佳作甚少。究其原因，她们的散文虽然“自在”和“随意”，但却凝聚不成一种艺术的“境”，人们左看她们右看她们，始终感到她们不是散文家，仅是小说家到散文园地来溜一溜罢了，把她们说成是散文的“票友”更为恰当。另有一部分是以写散文为主的女散文家，她们对散文文体有深刻的感受，以散文为立身之本，在创作实践中渐渐形成一些理念，如王英琦、斯妤、唐敏、叶梦、韩小蕙等。她们的散文关注着一些永恒的主题，如爱情、家庭、儿女等，用酸甜苦辣的情绪，编织起一篇篇美文，使人感受到其中情的丰满和沉重。她们宣称，她们的散文的“每个字都是用心换来的”③。她们有不平，也感到压抑，注视着人生，思考着人类的共同情感，让读者能享受到一种扣人心弦的震颤。她们的散文可以称之为情感散文，在女散文家中她们也以独特的姿态获得了人们的尊敬。

二　女性散文难裸心

二十世纪末女散文家们都紧绷着脸，严肃地面对生活。王朔宣称“我是流氓我怕谁”，可是女散文家连“痞性”的边都不愿沾。她们不兜圈子不耍花招，连调侃也不做。在中国，大概调侃是男人的专利，女散文家中难以产生女王

① 铁凝：《心灵的牧场》，《长街短梦》，东方出版中心 1996 年版，第 355—356 页。
② 方方：《随意表白》，《闲聊》，四川人民出版社 1995 年版，第 1 页。
③ 韩小蕙：《〈体验自卑〉自序》，《体验自卑》，东方出版中心 1997 年版，第 1 页。

朔。林语堂倡导的“幽默”,引不起她们的兴趣。这当然是一种美德,她们爱憎分明,钉是钉,铆是铆,决不含糊,尤其在小说中含糊不清的情感泛滥的时候,她们散文中的情感始终泾渭分明。她们的散文充满了历史的沧桑感,以一颗受伤的心抒情写感,没有浪漫,也不潇洒,自觉地“先天下之忧而忧”,迷恋“道”,要和“家主婆”划清界限,始终不愿把自己当女人看。综合考察她们的散文,我们会发现世纪末的女散文家们尽管存在着变异和分流,呈现出各种不同的风格和姿态,但她们却无形中遵循着一条共同的情感底线,不愿彻底裸露心,这也是中国二十世纪的女散文家的一个独特现象:女散文家难裸心。它和九十年代一部分年轻的前卫女小说家放肆地用肢体写作,在小说中大胆暴露自己,形成一个尖锐的对照。在写作进入多元化的时代中,这种现象不能不说是一种缺憾。

女散文家难裸心,是一个复杂的问题。有的是出于对散文文体的敬畏,散文是“自我”的小照,小说有虚构可以作为掩体,散文赤裸裸的,是穿泳装的文体,它无所依傍,裸心等于把自己赤裸在读者面前,读者完全可以把散文中的“我”和生活中的“我”等同起来,令人胆怯;有的是出乎性别考虑,男人可以大喊大叫“我是流氓我怕谁”,照样风流照样英雄,而女人却不同,苏青在四十年代仅仅说了一句“饮食男,女人之大欲存焉”,就令读者吃惊,把她列入另类,还有谁再敢冒风险呢?女散文家们都知道散文的威力,她们珍惜自己的羽毛,她们不是不愿把自己的情感本色裸露出来,而是出于一种女性羞涩的本能自卫;有的是迷恋“道”,无暇裸露自己,她们把整个感情献给了社会。在她们看,“纯粹的散文从来就不是‘无诗意的’。它和诗篇一样充满诗意,因而也和诗一样罕见”①。说到底她们不愿用杂色情感来破坏她们的诗一样的散文。

女散文家难裸心,提供了一个值得注意的现象,她们在实现自我化的写作道路上,自由还受到一定的限制。消极地守住情感的底线只能加重自我束缚。

女散文家要裸心,必须战胜女人自己。张抗抗充分认识到这一点:“女人真正的对手,女人永远的敌人,女性解放的道路上最顽固的障碍,是女人自己。”②女人自己阻碍了自己裸心。在女性散文潮中,无论是以精神书写姿态出现的,还是以情感书写姿态出现的,都力图把自己放在“教者”的位置上,她

① 海德格尔:《人,诗意地安居》,上海远东出版社 1995 年版,第 75 页。

② 张抗抗:《我的女性观》,《张抗抗散文》,解放军出版社 2001 年版,第 147 页。

们苛刻地要求自己，韩小蕙的声明富有代表性："女性文学应该承担女性解放的历史责任。女作家们尤其应该把'实现男女平等'写在自己作品的扉页上，并且日乎三省吾身。"①以"日乎三省吾身"的心态约束自己，这固然值得人们尊敬，但以这样的写作姿态来创作散文，有意无意地淘汰自己情感中的异质因子，甚至还会染上洁癖，难免要影响到裸心。二十世纪初，周作人从五四洪流中撤退，在心中的"流氓鬼"与"绅士鬼"的矛盾折磨中，和他在五四时期写的"满口柴胡"文章告别，坚持种"自己的园地"，实现了他的散文的蜕变。周作人蜕变的成功标志是敢于裸心，敢于使自己的散文自我化，真正以自我的立场和视角，把他对人生独特的体悟和发现，熔铸到散文中去。如他以少年时的一次单相思为题材，经过独特的艺术处理，抒写了那种至纯至味的无功利无目的的纯真痴情，成为爱情的绝唱，那就是他的《初恋》。女散文家们中的一些有影响的代表人物却义无反顾地坚持用生命创作散文，或曰："我真心崇拜用生命形成文字的人。"(苏叶)或曰："(我的散文)是用血写的。是用生命写的。每个字都是用心换来的。"(韩小蕙)等等，简言之：用生命写作散文。这一理念从表面上看，崇高巍峨，但细细研究，这一理念本身就是一个暧昧的词语，它的排斥和否定却可以变成无穷，这些排斥和否定恰恰就可能演变成对"自我"的无形的制约，从某种意义上说，这一理念的身上烙印着泛政治化思维的痕迹。女散文家要裸心，必须在创作观念上更新，必须自己解放自己。在这一点上，她们应该向文化散文家们学习，他们借助文化批判，砸碎了束缚自我的种种锁链，真正实现了"以文化自我为中心"，圆了林语堂在三十年代提出的"以自我为中心"的梦。令人深思的是大多数女散文家似乎对文化批判兴趣不大，这正反映了女散文家整体文化底气的不足，守住情感的底线正是文化底气不足的消极反应。

女性散文家要裸心，必须尊重散文文体。散文是艺术的，是艺术品。它本身对艺术有独特的要求，尽管现在作家们把他们创作的文本用乱贴标签的方式，命名为"散文"，引起"散文"概念的混乱，但在读者心中，散文精品的概念是非常明确的，一是要有情感品位，二是要有艺术性，而且这两条必须交融在一起。女散文家中有一部分，如苏叶、张抗抗等是能坚守这一点的，但多数女散文家误解"随意"、"自在"，如一些女散文家也喜欢写初恋，仅是把一些事如实排列出，既不能形成"境"，也缺乏"品"，和周作人的《初恋》境界相比，有天壤之别。在这一点上，苏叶曾深刻地指出："在眼前的散文创作中，似乎随意得太随

① 韩小蕙：《个人女性观》，《欢喜佛境界》，现代出版社1999年版，第93页。

便了。并不见得文笔熟络就是散文,正如并不见得有了桑叶和蚕匾就有了好丝。散文是需要真性情来结晶的。当然散文还是思想,是秉赋,是修养……可是在这里如果没有独到的感情体味,那文章也是死的。"①"裸心"是艺术,不是为"裸"而"裸",要有独到的感悟体味。对散文文体的不尊重,就只能结出这样的"果"。诚然,另有一些女散文家是以"嫁给散文"的拼命态度来写散文的,精神虽可嘉,但艺术不是靠拼命能解决的,拼命有时也要伤"体"。特别是有些知名度高的女作家,在散文潮中,一些刊物和报纸争相请她们写专栏,她们不知深浅,常常露脸,报酬高,有名有利,成为专栏作家,成为大众情人。结果是:这样的散文常常沾有流行色,写得快发表得快,人们读了也忘得快,形成习惯,弄不好就成了散文油子。陆文夫的"快乐的死亡"的警告应该值得她们记取。专栏文章在港台称为快餐文学,每天批量生产,据统计,香港的专栏文章每天要生产半部《红楼梦》。当然,对它也不能一刀切,许多著名的散文家也写专栏,但这些文章中大量的敷衍文字根本不是散文,有些女散文家还把这些专栏文字集中起来出专集,本来分散在各个报纸上,大家还不注意,现在集中起来,真有点惨不忍睹,大同小异描写一件小事,发一点议论,闲聊到无聊。要尊重散文文体,早在二十世纪初,周作人就为散文定义,一是要"记述的,是艺术性的",二是"须用自己的文句与思想",并把它称为美文,实质是一条,即艺术地用自己的文句记述自己的思想,或用自己的文句记述自己的思想的艺术品才能称为散文。专栏是新闻,可把新闻写成美文,也会把美文写成新闻。有些女散文家的散文集,和新闻集靠得很近,热衷于写这类文字,使作品和散文的距离越来越远。

第二节 社会派女性散文

一 张抗抗:对沉默的意象情有独钟

张抗抗(1950—),广东新会人。著有长篇小说《隐形伴侣》、《赤彤丹朱》及《情爱画廊》等;中篇小说《北极光》、《残忍》、《第四世界》以及《沙暴》等;作品集《张抗抗自选集》(5卷);散文集《橄榄》、《命运对你说:不!》、《女人的极地》、《沧浪之水》以及《张抗抗散文》等。《张抗抗散文》获鲁迅文学奖。

① 苏叶:《〈苏叶散文自选集〉自序》,《苏叶散文自选集》,百花文艺出版社 1995 年版,第1页。

张抗抗形容写作的女人“多是不幸的”，但“依然我行我素”①。她又因为自己名字叫“抗抗”，判定自己“同抗争抗击反抗抵抗有不解之缘，因而一生不得安宁”。她的散文确是不安宁，“抗争”成了解读张抗抗散文的最重要的关键词。她的散文中最为出色的就是她憋着一股劲，挟带着愤怒的雷电写就的一些篇章，如《地下森林断想》、《牡丹的拒绝》和《火山沉默》等。

张抗抗的目光有些特别，在那些憋着一股劲的抗争之作中，她所注视的意象都和“压迫”、“不平”、“沉默”等紧密相关。这是一种有意和倔强。她深知在抒情上争得自由权，必须找准抒情依着点，把意象物色好，在这第一步上，她就主动和“十七年”红色颂歌散文划清界限。《地下森林断想》是她开始踏上散文园地时献给读者的第一份见面礼。抒情的依着点是“长在这阴森森黑黝黝的幽深的峡谷”里的“地下森林”，瞬间爆发的感情是对地下森林的命运的一连串的诘问：“你从哪里飞来？你究竟遭受了什么不幸，以致使你沉入这黑暗的深渊，熬过了那么漫长的岁月？”正是这一诘问，才引出对“地下森林”的悲剧命运形成的过程的探讨，锋芒指向“地球”：“人们不知道地球为什么要发这么大脾气。或许仅仅是因为它喜欢运动。嗬，听苍郁的巨木在风暴中咔咔折断，见地心的‘热血’喷射上天，气势之宏伟壮观，连太阳都要肃然起敬。”情感继续延伸，乃至直接指向太阳：“都说阳光是公平的，在这里却不、不！它沉湎于高山大川平野对它的欢呼致意，却从来没有走到这深深的峡谷的底部来过。它吝啬地在崖口徘徊，装模作样地点头。它从没有留意过这陷落的大坑，而早已将它遗忘了。即使夏日的正午，偶有几束光线由于好奇而向谷底窥测，也是睥睨着眼睛，没有几丝暖意。”两个指向，诠释了“地下森林”和“地球”、“阳光”之间的因果关系，最终是显示了一种对立，作者的不平也正是在这对立中喷发，那是一种高昂的凝重：“大自然每一次剧烈的运动，总要破坏和毁灭一些什么，但也总有一些顽强的生命，不会屈服，绝不屈服啊！”在启蒙的八十年代这无疑是一声春雷。

在抗争散文中，张抗抗对沉默情有独钟，她所选择的意象，都生长着沉默的冷峻的共性。“地下森林”在“黑暗的深渊”中沉默着（《地下森林断想》），“牡丹”在“冷风嗖嗖”的阴雨四月中木然呆立，以拒绝开放的黯淡萧瑟的沉默，保持它的“卓尔不群之姿”（《牡丹的拒绝》），十四座火山组成“一个沉默的集体”，“在地表下将手紧紧握在一起”的“沉默的颤栗”……沉默是金，沉默是愤。怨之深怒之盛却又无法排遣，于是选择了沉默，“当我沉默着

① 张抗抗：《写作的女人》，《沧浪之水》，江苏文艺出版社 1998 年版，第 31 页。

的时候,我觉得充实”①。沉默的“地下森林”、“牡丹”、“火山”就是作者自身的替代和显现。

沉默的意象在张抗抗的散文中有着时间的差别。一类是面对历史,如《地下森林断想》中抒写的“地下森林”的沉默就是过去时,是面对一段沉痛历史的沉默的凝聚,这种沉默是历史的一页。“地下森林”是历史受害者,它们的沉默是对“地球”的喜欢运动的愤怒,是对“太阳”的“不公平”的愤怒。但是,在“地下森林”对“地球”、“阳光”的沉默抗衡中,最终胜利的是“地下森林”,历史的审判已作出结论。因此张抗抗抒写过去时的历史沉默意象时豪气冲天,有一种灼热的希望在喷发,有一种永恒的力量在激荡。在她的其他类似散文中,也同样如此,如《红树林思绪》中的“红树林”,面对浪涛和风景的袭击,却“每分钟都在繁衍壮大,生命比岩石更顽强更坚韧”。又如《火山沉默》中的沉默的火山,组成了“沉默的集体”,“在地表下将手紧紧握在一起,奔流的岩浆是心的通道”。这类散文沉默的意象是冷中有热,充满希望,充满活力。另一类是面对现实,是现在时,如《牡丹的拒绝》。文章抒写牡丹的沉默是发生在洛阳第九届牡丹花会上,因为“这一年的春却来得迟迟”,因为“这个春实在太冷,寒流接着寒流”,牡丹拒绝开放,拒绝“本该属于它的荣誉和赞颂”:“一丛丛半人高的牡丹植株之上,昂然挺起千头万头硕大饱满的牡丹花苞,个个形同仙桃,却是朱唇紧闭,皓齿轻咬,薄薄的花瓣层层相裹,透出一副傲慢的冷色,绝无开放的意思。”正是这种拒绝,彰显出牡丹的高贵,最后作者发出如此赞叹:牡丹“不苟且不俯就不妥协不媚俗,甘愿自己冷落自己。它遵循自己的花期自己的规律,它有权利为自己选择每年一度的盛大节日。它为什么不拒绝寒冷?!”在这些“不……”之类的硬语表达中,有对某种精神的凭吊,也有对高贵的敬仰,冷峻之中有些悲壮。

虽则张抗抗散文中的抗争意象有着时间差,但她的创作心态始终如一,保持着独立和自由,既能抗击现实的种种压力和引诱力,又不屈服于世俗利益。从八十年代开始,这种心态一以贯之。人只有在心灵自由的时候,才是真正的自己。她始终有个信条:人首先是人,然后才是中国人。作为女性,她又坚持“以思想悦己”②。她把散文作为“自说自话”的文体:“小说是为了讲给别人;而散文,是讲给自己。”③所以她选择散文,作为为自己抗争的朋友,在她的散

① 鲁迅:《〈野草〉题辞》,《鲁迅全集》第2卷,人民文学出版社1987版,第159页。

② 张抗抗:《以思想悦己》,《女人的极地》,(台湾)业强出版社1998年版,第77页。

③ 张抗抗:《散文自选集小序》,《沧浪之水》,江苏文艺出版社1998年版,第178页。

文中，流淌着的是她在小说中无法表达的真实的感情。在这些真实感情中，浓缩着对专制主义的愤怒，对权贵们的蔑视，对抗争的同志的敬仰。更值得称道的是这些真情实感能和意象和谐地统一起来，实属张抗抗散文中的珍品。

张抗抗散文中另外一大部分篇章是谈论女性的散文，如收进《女人的极地》集中的散文全部以女性为抒写对象。议论并不是张抗抗所长，但她能以平等态度，抓住世纪末女性所遇到的苦恼，有针对性地用话家常的方式和女性读者讨论，具有春风拂面的亲和力。这类散文比较引人注目的是两条，一条是坚持妇女先做"人"："妇女的解放首先取决于'人'的解放，取决于社会结构和意识形态的整体变革和进步。"①观点虽然不是她的发明，但她把它作为总纲，贯穿在她的谈论女性的散文中。"上帝是自己"②是她的宣言，使她的这类散文具有一种硬度。另一条，她的散文号召女性要敢于"以柔克刚"，要善于"以柔克刚"："柔者必韧，刚者，却脆而易折；女人的秘诀和奥妙恰恰在于柔韧。天长日久，终能水滴石穿，以柔克刚。"③她借散文向普天下女性传授"克"男法宝，这一条对妇女解放来说，虽则不是一条经典性的办法，但也许能化解千万个家庭的矛盾，有它的实际意义。归根到底，张抗抗的散文吸引女性读者，是因为它融入了自觉的女性意识，并以女性化的语言表述了女性的思索。

二　苏叶：纵情纵势，有强烈的"缺口"意识

苏叶（1949—　），湖南长沙人，南京电影制片厂编辑。著有散文集《总是难忘》、《苏叶散文自选集》等。

苏叶八十年代初以她的成名作《能不忆江南》登上散文文坛。这篇散文没有展览美景，以极为率真的态度如实地写了她在常熟所见到的一切。文章以平民的目光写了常熟平民的一切，展现了一个真实的常熟。她原来从事小说创作，《能不忆江南》改变了她的命运，从此坚持创作散文，连她本人也说不清楚，是她爱散文，还是散文爱她。

苏叶散文创作的发展轨迹有些怪。由于她原先从事小说创作，安排情节、勾勒人物是她的特长。她把这些特长带到散文里来了，八十年代前期和中期的散文都偏重在记事上，总是要在每篇散文中拧上一二个情节，作为情感的依着点，把散文当小说一样写，如《夜色清凉》、《方言的故事》、《元月三日夜》等。

---

① 张抗抗：《女人为什么不快乐》，《女人的极地》，（台湾）业强出版社 1998 年版，第 10 页。
② 张抗抗：《上帝是自己》，《女人的极地》，（台湾）业强出版社 1998 年版，第 52 页。
③ 张抗抗：《柔弱与柔韧》，《女人的极地》，（台湾）业强出版社 1998 年版，第 3 页。

1986年发表在《收获》上的《总是难忘》，是她散文创作的一个制高点，它标志了苏叶散文的成熟。在这篇散文中，她从遥远的历史——六十年代读中学写起，用分镜头叠合的方法，把许多画面自然地组合成壮阔的历史场景，画面上充满了笑声，写她所在女生班上课要笑，吃零食要笑，作弄老师要笑，演话剧要笑，一切都在笑，殊不料到最后，她猛然来了一个逆转：用几笔把那位"喝了笑婆婆的尿"的笑得最厉害的王悦雅的悲剧推出，因为王受到未婚夫的株连而被逼疯自杀，造成错位效果，使这篇散文变成一部喜怒哀乐、斑驳奇异的悲怆历史。她追忆这部历史，并不是要寻求心灵的安慰，而是要以历史作为镜子，把那沉重的历史脚步声"从过去一直捶响到未来"。本来她的散文完全可以按照这个套路发展下去，奇怪的是从八十年代后期开始，她却在散文中越来越不重视叙事了，散文越来越虚化，向重议重感的方向发展。她很关心现实，也很关心政治，她的散文愈来愈向杂文靠拢，顽强地固执地在每篇散文中表达她的理念。理念在折磨着她，乃至她一拿起笔，这些理念就要袭来，散文愈来愈辣，感情浓度愈来愈厚，每读她的一篇散文，都感到她写得如此艰难，用她自己的话说，"眼泪要浓得像强碱才肯落下"。这哪里是在写作？简直是折磨自己。她这样地不快活，世事天下事，桩桩件件刻在她的脑海里，要她闭起眼睛轻歌曼舞是绝对办不到的。这样，她的散文完成了两个转化，一是从情到理的转化，二是从实到虚的转化。但总的来说，她的散文硬度越来越大，娇媚越来越少，嘶哑声越来越多，这既是对散文"当诗一样写"的否定，也是对现代散文史上以鲁迅为代表的把散文当成"感应神经"这一传统的回归。

苏叶的散文血气方刚，很不安宁。她觉得人活着，"血管里的血就不该是绿的，要敢哭敢笑敢唱敢说"①。在女性散文中，她是一个异类，"为一句话死，可以因一句话生"②。她的散文有强烈的"缺口"意识："谁被生活狠狠地斩过，而又没有拿些肮脏变异的东西堵塞住那缺口，谁就有一种'过刀'之后的寂美。"③坎坷的经历使她伤痕累累：头十年在故乡，父亲退了职，家境渐衰落，母亲大病；第二个十年背井离乡，寄人篱下，挨饿吃不饱，上学因"文革"半途而废；第三个十年，"文革"深入，二十岁走上社会，开始养家，父亡，家里清贫如水；第四个十年，成了家，生了小孩，常常烦躁，过个两三年就闷得不行，循环往复。她怀着一颗受伤的心灵踏入散文园地，这种心态使她的散文染上一种不平的情绪。这种不平情绪，有的来自于生活的艰辛，如住房紧张、贫困等，有的

① 苏叶：《马得不在名利场》，《苏叶散文自选集》，百花文艺出版社1995年版，第131页。

②③ 苏叶：《受伤的芦苇》，《苏叶散文自选集》，百花文艺出版社1995年版，第33页。

来自于对专制主义的仇恨，“文革”的血腥和残酷深深烙印在她的青春岁月中。她的散文很“冲”，“城里的车马人事叫我心烦躁起来，我觉得连四堵墙壁都在和我争夺氧气”（《枫杨树，开黄花》）。她一切都看不顺眼，人与人之间的一些阴暗面她实在见多了，看厌了，心烦意乱：常熟那位狡猾、贪婪、冷酷的以偷香火来卖钱为生的老太婆（《能不忆江南》），体育场的马戏中“驯驼绅士”敲打不驯顺的骆驼（《夜色清凉》），原来母校中的一些朋友的不幸遭遇（《总是难忘》），道具似的老舍茶馆的虚假（《去老舍茶馆》）……一切的一切使她希望太多但最后失望又太多，她想安稳地过日子，但遇到的不如意的事又太多，她最怕伤害，但却又常常受到伤害，她的心电图有些紊乱。但这还不是感情的根本症结所在，真正的症结还在于她对专制主义的仇恨，社会变动中的种种刺激使她的散文血脉和社会更加紧密相连。“文革”中因写错一个字，几乎被逼至死的惊恐（《月照西窗》），同学在“文革”中被迫害发疯（《总是难忘》），沉船后对静静的海面沉痛凭吊“那些所有死在海上和将要死在海上的人们”（《沉船后静静的海面》），以及那只被车夫用铁链锁在车把上的名曰“飞不了”的美丽小鸟（《素笺》）和在驯驼人皮鞭下不得不下跪的骆驼（《夜色清凉》）等，都鲜明地刻印着：仇恨专制，渴望自由。这八个字就是苏叶散文的关键词，并由此孵化出一种批判力量。她不趋炎附势，左冲右突，虽则有些不自量力，有时甚至于只能“荷戟独彷徨”，但她坚持着，她的散文永远是锋芒毕露。

苏叶散文为孤独寂寞所笼罩，她渴望为人们所理解，她怕被人们误解，越是这样，她越难认识自己，乃至有时很难把握自己。这样又使她常常处在躁动不安的矛盾斗争之中。这场斗争，对于她来说十分痛苦。她能看清自己周围的一切，洞察世事，但她又无力改变这一切。这在《女人的天地》中表现得最为充分，她悲哀地诉说了自己“被一些无力招架的家务撕成了块块、丝丝、片片”，乃至常常找不到自己，但又不得不“驮着沉重的负荷，跋涉在粗粝的生活之路上”。她变成了一只睁眼的驴，既看到自己围着石磨转的狼狈脚步，又不愿离开石磨，依然在认真地转着。她走不出这块“女人的天地”，她永远不能解放。即使她是百万富翁，还会如此！这里有天性，也有惯性，还有一种说不出的本性，使她的散文又有一种“家主婆味”。正因为这种矛盾，使她的人格有时处于一种分裂状态，这在《马得不在名利场》中表现最为突出。她采访和描绘马得的过程，实质上就是一场争斗。她和马得完全是两种类型的人。淡名利、少欲望、心境平静似水的马得在和苏叶接触中，发现了苏叶“冲”，因此他俩常常在“采访”和“反采访”中交锋，她没有打败马得，马得也没有制服她。一方面她仰慕马得不在名利场，但另一方面又对自己的境遇不满。正是在这人格分裂中，使她的心变得如一团火,她永远不会像马得那样平静。因此她的心态实质上很躁动,用她自己的话来说,是属牛,老是要想野到山野里去。她的散文的情绪很不稳定,有时很亢奋,如《告别老屋》;有时很幽默,如《方言的故事》;有时又很烦躁,如《枫杨树,开黄花》、《夜色清凉》;有时还会扑朔迷离,叫人难以把握,如《牛首山的黄昏》。她是一个精神漂泊者,她一生追求的是“在精神上有自己的房宅”。这一追求终不能实现,所以散文中始终有一股怨怒的牛气。

这里特别要指出的是,正因为她那颗受伤的心破碎,她又特别渴望爱。作为一个青年女子来说,有不平,就有爱,而苏叶又是一个敢恨敢爱的人。作为一个女人,她的爱又特别地女人化。她需要爱来平衡自己。尽管这样的散文在她散文中不占显著地位,但却有特别的光彩,如《梦断潇湘》、《索溪的月亮》、《岳丁和艾扎》、《纸雁儿》等。这些散文中显示的爱,有的是已经失落了,如《梦断潇湘》、《索溪的月亮》,就是去寻找失落的爱,那里有她挚爱着的山山水水,也有她依恋着的纯净的乡情和玫瑰色的梦;有的是渗透在自己血液中的爱,如《纸雁儿》中的父爱;有的是使她激动得颤抖的朋友的爱,如《岳丁和艾扎》。总体来看,苏叶散文中的不平和爱的比例是失调的,失调产生冷峻,“不欺妄,不庸俗”①的信条,再加上冷峻的笔调,使得她的散文锋利如匕首。

苏叶敢爱敢恨,因此在散文中她纵情纵势,她反中庸反圆滑,我行我素,要非,就非这非那非此非彼跺着脚非,非他一个人仰马翻;要颂,就颂今颂古颂东颂西拍着手颂,颂他一个满堂彩。因此在抒情写意上,她常常出格地进行层层加码,冒险地让情感大大失衡,如《我想要什么》中抒写她的“我想要”的欲望——

我想要从医院里拿回家的不是一包错药!

我想要买回来的皮蛋不是一包土豆!

我想要糖里不加水,盐里不掺面!

我想要森林不失火,火车不翻车!

我想要想看的书别被人踩着,想唱的歌不被人堵着。

我想要河中有鱼,山上有树,园里有花!鸟儿在天上飞着,鹿儿在林中跑着!

我想要人们别在脸上对我笑,转背就给我捅刀子!

---

① 苏叶:《〈苏叶散文自选集〉自序》,《苏叶散文自选集》,百花文艺出版社 1995 年版,第 2 页。

这么一加码，豪爽淋漓，气势不凡！但也不免为之担心，文章的波澜掀得这么大这么高这么烈，小小的天地中如何收势？但她却举重若轻，接下去感情来一个陡然下跌，对以上的“我想要”进行佯装否定，借助这一升降，而后轻轻地用“我就只要一颗心吧——一颗会疼的，发亮的，不枯不烂的——心”，就把情感稳稳地收住了。

不过，她在散文的情感抒写上，更多的还是采取“乱谈”的方法来求放求纵求透。在构思上，她似乎仅是划一个大致圈圈，而后就随心所欲地在这圈子里释放她的感情。她采取不定点的不规则的没有约束的描述法，只要和常熟有关，不管是风俗还是人情，不管是历史还是现实，不管是顶天立地的大事还是芝麻绿豆般的小事，只要能表达情感的她就把它喷泻出来。她的散文千变万化，看上去无规矩无章法，但在乱谈中总能把握住内心的情绪，仿佛如射靶，对住靶心，来它一个万箭齐放。有时，她会把自己的散文掘成一条长长的江河，形成奔腾的气势，如《总是难忘》、《豆蔻年华》等；有时，她会把自己的散文筑成一个花坛，让情感的花朵斑杂地盛放在内，如《能不忆江南》、《吃的悲哀》、《写给自己》；有时，她会把自己的散文变成一棵树，树干只有一个，但上面开出的花却有千百朵，如《去老舍茶馆》、《沉船后静静的海面》等。这样，乱有中心，乱里有谱，使读者在乱中得到最大的满足。

三 筱敏：政治话题艺术化，艺术感觉政治化

筱敏(1955—)，广州人。1969 年初中肄业当工人，1983 年调入广东作协文学院工作。主要作品有诗集《米色花》等，散文集《喑哑群山》、《理想的荒凉》等，《成年礼》为其代表作。

在“革命”渐渐被人们遗忘的时代，筱敏却念念不忘“革命”，在她的相当数量的散文中，关键词只有一个：“革命”。念念不忘革命和她的经历紧密相关，她是“在那样一个不正常的时代长成的”①。“从覆满任何一面墙壁的大字报和大标语上继续学习识字和造句”②，最后终于发现，“这场以热情赞美巴黎公社的群众民主为开场锣鼓的革命，竟然以称颂秦始皇的集权专制进入尾声”③。在这样的年代里，她记忆很深的是：“我们是天生的叛逆者，我们要把这被颠倒的乾坤扭转。”④“文化大革命”教给她，“一个有责任感的青年应该开口说话”⑤，最后却“成了‘反革命’”⑥。她必须弄清她所“反”的“革命”究竟是

①②③④⑤⑥ 筱敏：《成年礼》，《成年礼》，太白文艺出版社 2001 年版，第 113 页，第 113 页，第 117 页，第 117 页，第 118 页，第 119 页。

个什么怪物。九十年代开始，她专注研究“革命”，从法国启蒙思想家把“革命”一词从“叛乱”中分离出来之时开始考证，详尽地解剖了近代英国、法国和美国的种种革命，也细致地研究了法西斯以及苏联极权主义专制的来龙去脉，最后在《法西斯摧毁了什么?》中集中表达了她的“革命”观：

自启蒙运动以来，所谓“革命”，所谓“现代性”，是沿两个分叉生长的：一个沿美国革命和法国革命奠定的精神原则，通往个人的权利和个人的自由；另一个沿纳粹主义和斯大林主义，通往集体的奴役……相似的形式和相似的激情，然而，法西斯要摧毁的正是法国大革命的理念。①

这一结论可称之为“革命分叉论”，它对我们长期所崇拜的“革命”不能不说是一个颠覆。如果对这一结论认同，我们以此来反思中国的“革命”，许多观念必须来一个翻天覆地的颠倒。如果以二者必居其一来推理，中国的革命在这两个分叉中属何一方，是任何人都无法回避的问题。

在颠覆“革命”观念上，筱敏显得十分彻底，集中表现在：一是对极权主义制度下的“群众”的批判；二是对语言暴力的清算。前者曾长期地困扰人们：“极权主义暴君成功地演出了一场宣传群众组织群众的活剧，整个演出过程，得到了群众热情而忠诚的配合，这样一个历史事实颇让人感觉困惑。”② 作者从希特勒极权主义统治时“人们手持火炬像洪水一样席卷而来，从大街小巷，成千上万的人们，举旗列队，唱着，叫着，向高台上的大独裁者欢呼着，如醉如狂”③的史实，提出“绝大多数德国人并不在乎他们的个人自由遭到剥夺，他们似乎并不感到专制制度的残忍”④。正是“这种群众的意志，渗入一切的生活细节，奴役着灵魂本身，从而成为多数人的专制和暴虐，将整个民族拖入罪恶的深渊”⑤。多年来，我们流行的“群众是真正的英雄”的观念在这里也一并被颠覆，也只有这样，才能把极权主义推行的“群众运动”的真正面目揭示出来，与此同时，筱敏也表达了对群众的失望。筱敏对语言暴力的清算，集中地揭露极权主义者“善于制造标语口号，制造革命术语和政治运动，制造没完没了的

①②筱敏：《法西斯摧毁了什么?》，《成年礼》，太白文艺出版社 2001 年版，第 63 页，第 62 页。

③④⑤ 筱敏：《群众汪洋》，《成年礼》，太白文艺出版社 2001 年版，第 39 页，第 38 页，第 41 页。

集会和狂欢”，并且还成功地进行“语言的置换”，其目的只有一个，“消灭个人的语言感觉，把一切放到集体、国家之中”①。筱敏把这种“语言的置换”称之为“语言的巫术”，正是通过对这种“语言的巫术”的揭露，强烈呼吁“表达的自由，是个人得以安身立命所必需的居所”，“保护自己生存的居所，这不是上帝的事情，是我们自己的事情”②。筱敏不空谈个性解放，也不笼统地提“尊重自我”，她没有丝毫幻想，她很现实，要和极权主义者斗争就是要争生存权和话语权，她的深刻也就在这里，她似乎是在总结历史，又似乎是提醒人们：

如果容忍一个巨大的电喇叭凌驾于人海之上，容忍旷世的寂静之上鼓噪一个权威的声音，那么，整整一个国家，一个民族会向哪里滑陷，这不需要想象，因为这是我们早已看见过的。③

温故而知新，回忆一下中国前前后后的历史，就会被她的沉重和敏锐所震惊。

如果把《风、火、道路和寓言》作为她借他国历史发表其“革命”的理念宣言的话，那么《记忆：1966—1976》则是她就中国本土的史实对其“革命”理念所作的形象回应。回应的指向非常明确，完全脱离主流框架和权势话语，站在民间立场上，对一些敏感话语，如“个人主义”、“自由主义”、“人道主义”、“人情论”等恢复个人感觉。这种恢复实际上就是对华夏大地“一切都是国家给的，思想自然也是”的反拨和抗衡。这种抗衡义无反顾，彻底到毫不含糊蔑视一切的地步，具有一种凛然的气概。

筱敏的“革命分叉论”说到底是对一种“革命”的坚守，对另一种“革命”的否定，是以“此革命”反“彼革命”。在二十世纪九十年代“文化热”的背景下，以余秋雨等为首的学者都纷纷通过散文把政治话题转兑成文化话题，筱敏却依然坚持话题政治化，不愿把政治话题文化化，这又是一种坚守。但她又不愿放弃文学，和九十年代文化散文相同的是，她也善于用文学来表达政治话题，这主要表现在两个方面。一方面是她善于把赤裸裸的政治话题艺术化，如描写人们置身在极权主义统治者的语言暴力中，失去语言感觉的过程时，她写道：

……希特勒成功地进行了语言的置换，而置换的规则是消灭个人的语言感觉，把一切放到集体、国家之中。譬如：

①②③　筱敏：《语言巫术》，《成年礼》，太白文艺出版社2001年版，第45页，第47页，第47页。

指称纳粹党的理想,就说成“国家的”、“民族的”、“德国人民”的理想;……

由是,纳粹的宣传部长可以列出这样的宣传用语:“你的祖国叫德国。爱她要胜过一切。”“德国的敌人也就是你的敌人。要对他们恨之入骨。”“要为德国而自豪。你当为这样一个祖国而自豪。”……

处于自然的飞行状态的个人思想自由,在这样一些巨型障碍物之下,是很容易折翼的。你甚至不知道子弹来自哪一个方向,你突然就扇不动翅子了。而且,就在你疼痛的那一瞬间,你发现你已堕入了另一个时空,在这里,所有的词语都是铮亮的,到处在反射着强光,你只觉得躁动,却不能再抚摸词语,无论古老的词语还是新鲜的词语,与你之间都隔着一道公共的栅栏,你失去了对语言的感觉。①

把人们置身在语言暴力环境中的抽象感觉,通过“折断翅膀”、“铮亮的反射强光的空间”、“公共栅栏的间隔”以及“不能抚摸语言”的可感描写,形象地加以展现。这是直接把政治话题文学感觉化。另一个方面是她善于托物寓意,用比兴的手法把政治话题艺术化,如《圣地》、《舞者》、《野马》等。《圣地》是写一个革命纪念馆,在1968年重写革命史的年月里被扩建和复制,结果推倒了“一大片灰扑扑的民居”,使得“新编革命史将把冗长纷乱的民居历史化为乌有了”,寓意深刻而鲜明:“革命”不能以牺牲“个人”为代价,“保护自己生存的居所,这不是上帝的事情,是我们自己的事情”。在《舞者》和《野马》中,作者的艺术手段更为纯熟,她以诗化的笔法,反复搽抹渲染作为“个人”和“自由神”象征的“舞者”、“野马”的意象。“舞者”似乎是“弱势”的代表,她对“自由”的渴欲如此执拗:“她举着,举着。手臂刺一样插入天空,犹疑着划过。天空就抽搐了一下,重重叠叠地抽搐了一下,慢慢流出一线鲜活的金红。”②“舞者”是孤独者,她“举着”双手的“舞”虽则没有雷霆万钧之势,但她对“自由”的坚持和争斗,“刺”得“天空”“重重叠叠地抽搐了一下”。雕塑了一尊充满舒张活力的“自由女神”。对那“叛逆的天使”——“野马”,作者更是以激昂的语调加以颂扬,写他对“成批印刷”出来的“个体”的厌恶,“任性地扬蹄长嘶”,写他“体内不断潮涨的野性”,最后写“野马”为“自由”抗争,献出了自己的一切:

① 筱敏:《语言巫术》,《成年礼》,太白文艺出版社2001年版,第45页。

② 筱敏:《舞者》,《成年礼》,太白文艺出版社2001年版,第424页。

当他突破蓟棘，忽然看见如星辰一样银白的海洋的时候，他的胸膛裂开了。一泓顽野的血迅速溢开来。那血浓得似乎有了硬度，恍惚中似碾平了一条道路。他慢慢地倒下，鬃毛纷乱地垂落，竟是如此柔软。在前额触到地面的那一刻，他不该回头一望。他看见蓟棘的幕墙重新弥合了，甚至没有一线缝隙可以标识他踏过的路。大海也在瞬息的银白之后消失，只余下他在这里。①

画面是如此悲壮，“野马”用鲜血“突破蓟棘”，迎来了“银白的海洋”的“自由”，为了“自由”他不屈地倒下了。但当他回头看，“蓟棘”又以百倍的疯狂扼杀了“自由”，“自由”在瞬息的获得之后又失去，“获得”恍如幻想，“蓟棘的幕墙”前只有倒下的“野马”悲哀地躺着。作者既是哀悼“自由”也是凭吊自己，暗示了这样的悲哀：所有为“个人”为“自由”的抗衡皆是无望的挣扎，倒下的“野马”就是这种无望的挣扎的必然归宿。为此我们也实在不忍心来责备筱敏：你的散文有些超负荷，思想承载太沉重。

第三节　抒情派女性散文

一　王英琦：从专注纯情展示到孤独倾诉

王英琦(1954—　)，安徽合肥人。安徽省文联文学院专业作家。著有散文集《热土》、《漫漫旅途上的独行客》、《英明地生活着》、《情到深处》以及《守望灵魂》等。

王英琦对散文一往情深。她如此表白：“自从十几年前，我以一个少女的全部激情和赤诚，神差鬼使地爱上散文后……我就明白，我这一辈子怕就要与寂寞为伍了。”“我已经下定决心要以‘写散文为已任’，已经决定终生‘嫁’给了散文。”②八十年代的《有一个小镇》以它的纯净的情，引起人们的注意。这篇散文剪辑了三个故事片段，特写了三个人物——徐大爷、二秃子和小梅，展现了动乱岁月中的人间真情。如写和二秃子的交往：二秃子是个孤儿，因为是个秃子，三十好几的人了，还孑然一身；他忠厚老实。当他要为“我”这个城市下

① 筱敏：《野马》，《成年礼》，太白文艺出版社 2001 年版，第 426 页。

② 王英琦：《面对寂寞的散文世界》，《情到深处》，上海文艺出版社 1989 年版，第 183—184 页。

放的大姑娘理发时,文中写道:

……(我)只得横下一条心,硬着头皮坐上二秃子家那张绝无仅有陈年旧月的理发椅。我把双眼闭得铁紧,大有要被送上断头台之势。

连我自己都不晓得是怎样强撑着捱过那段难捱的时刻的。我只觉得,二秃子手非常轻,还微微颤抖。当大表婶告诉我剪好了,叫我睁开眼时,我可见那可怜的癞痢头正擦着满头大汗呢……①

以"我"的感觉——只觉得二秃子的"手非常轻,还微微颤抖",和"我"的视线——见到二秃子"擦着满头大汗",把二秃子对"我"理发的郑重和专注的纯情细致地展示出来。在写人抒情上,王英琦颇有经验。如《昨天的故事》中描写毛泽东思想文艺宣传队中的矮子春生因为身材矮小,不能登台,后来终于让他登台演一个有几句可怜台词的富农分子,他欣喜若狂,登台后越演越油,越演气越壮,赖在台上如得了癫狂一样。当事后人们批评他的无组织无纪律时,他哭丧着脸说:"俺好不容易才捞次上台机会,想让大伙儿都能看到俺,所以……"文章就以这样一个"疯"的举动凸现了他迷恋表演的可爱又带有一点愚昧的真情。又如《情到深处》展示"我"和"大毛"的赤诚恋情,十分细腻动人。

从王英琦的前期散文来看,她的优势是写人抒情,但她之后对写人抒情逐渐失去兴趣,有意地开始她的战略转移,先是钟情游记,寄情山水,数量虽多,但佳作甚少。之后转向精神、灵魂和人性的思考。这种转向是和她的女性主体意识的觉醒紧密糅合在一起的,发表在 1987 年第 2 期的《散文》上的《那有形的和无形的》是她的散文转折的标志。在这篇散文中,她面对贞节牌坊,谴责以剿灭人情为最终目的的封建伦理道德,指出"中国妇女就这样逐渐地变成了无知无欲的工具,变成了只有妻性、母性,而没有个性、人性的活物",发出"自己定义自己,自己给自己作如是观,自己判断自己的价值。女人,也是大写的——'人'"的呼喊。女性的觉醒和人性的觉醒激活她的灵魂,自我战胜和自我超越又使她陷入了孤独,在《漫漫旅途上的独行客》中抒发了她的孤独:"一个人成天圈在家里,除了没完没了的案头工作而外,无复其他生趣。没有兄弟姐妹,没有亲朋密友,更没有知心情侣……这种生活经年久月,是足可以把一个活人憋疯的。"一连串"没有"的最终落脚点是"情

① 王英琦:《有一个小镇》,《热土》,重庆出版社 1982 年版,第 93 页。

困”，唯有“没有知心情侣”，才会迫使作家变成“漫漫旅途上的独行客”。为此她要寻找心理平衡，正如她在散文《漫漫旅途上的独行客》中所说：“人总是要找出许多办法来平衡自己。”八十年代末期开始，她的散文转向精神、灵魂和人性的思考，就是“平衡自己”的一种办法。

这种转向，无疑是“缘木求鱼”。从她的散文来看，八十年代后期到九十年代，大约分为两类，一类以理性的反省思辨为主，另一类是以感情的夹叙夹议为主。这两类散文事实上呈现出信仰与现实，理性与非理性的残酷二律悖反。从八十年代后期开始，她的散文不时诉说着自己的孤独，反复向人们宣告：自己陷于精神崩溃的边缘，因此她要守望灵魂，借助反省思辨散文超度自己的灵魂，借助康德和爱因斯坦寻觅人性的极限，构筑自己的精神乐园，因此，在她的反省思辨散文中有一种出世的形而上的精神在闪光。但也不可否认，文章有一种说教感的缺憾。她另一方面又为现实生活所困，入世很深，于是她还坚持着感情的散文创作。在这一点上她还是明智的，因为她清醒：“从本质上讲，人是被欲望和利益驱使着的动物。一个人，很难强大到对功利世界毫不动心，对社会流行价值毫不在乎。”①她的入世是骨子里的天性，她也意识到：“主啊，你既让我生得五官健全，又要我不目迷五色，这可着实有点残酷。”②因此她坦率地告诉读者，她采取了一种欠彻底的态度：“一个文人，只有在相对获得名利的时候，毅然抛弃名利，挣脱名缰利索的缧绁，才能在更高的层次上，获得主体人格的更大独立和自尊，才能创造出更具精神伟力和崇高情思的作品。”③这种欠彻底，是王英琦在信仰与现实二律悖反中寻找到的一个平衡支撑点。正是这个平衡支撑点，激发着她的创作活动，使她的思辨反省散文和感性的夹叙夹议散文处在良性的互动关系中，写于1991年的《看社戏》，和她初期的《有一个小镇》相比，明显可以感受到她的境界的提升。尽管如此，思辨反省不是王英琦之所长，对“孤独”的反复叨念，必须有深刻的内涵支撑，否则，总会让人觉得有些像“祥林嫂”重复“我真傻”的故事那样，令读者生厌。对一个入世者来说，拯救大地必须拯救自己，而拯救自己真难于上青天。

二　斯妤：和冥想相生相依

斯妤（1954—　），福建厦门人。原名詹少娴。1979年开始创作。著

---

①　王英琦：《求道者的悲歌》，《守望灵魂》，四川人民出版社1996年版，第82页。

②③　王英琦：《欲望的祭品》，《守望灵魂》，四川人民出版社1996年版，第199页，第199页。

有散文集《流放者》、《爱情神话》、《斑驳人生》、《给梦一把梯子》、《斯好散文精选》以及《两种生活》等，另有长篇小说《竖琴的影子》、《斯好文集》(4卷)等。

斯好是一个执著探索的散文家，她努力想使自己处在不断变化的状态中。八十年代初创作的《小窗日记》为她获得散文声誉。《小窗日记》是选择了"五月十九日"、"六月二十四日"和"八月三日"三个不同时空的窗外的"广袤清新的世界"加以状写，那是：重新排列组合的"滚滚的云河"，以及从绮丽的月丝渐渐丰腴成的"半轮明月"，和使大地一变而为活泼热烈的海洋的"暴雨"。这些不同画面排列交融的轴心情绪既纯净又昂扬，非常青春，歌颂了世界宇宙的永恒的创造。它虽则抒写的是广袤清新的世界，但凭借的是她的冥想和遐想。这和她的个性有关，她"最喜欢独自一人呆着"，"体质不大好，心脏也有一点问题，遇到天气不好，或者饮食上过寒过凉，常常会陷入一种茫然无措、忧郁低沉的状态，这种时候真是万念俱灰，一下子抵达最本质的悲哀与无奈"①。冥想时时伴随着她，她的散文创作的冲动以及情感的质地，常常和冥想相生相依。她的许多散文都属于冥想散文，这类散文能够充分发挥她的多愁善感的优势。但她的生活又相对封闭，对冥想又有点自我陶醉，因此这类散文有一种"气"弱单薄的缺憾。她意识到了这一点，随着年龄的增长，创作经验的积累，尤其是九十年代散文创作的私人化潮流影响，她的冥想也逐渐向内转。如果说，她的散文创作初期的冥想是打开心灵的窗户，向社会向宇宙拓展，那么从八十年代后期开始，她有意识地逐渐关闭心灵的窗户，借助她对生命的理解或"前理解"，思索人为什么"活着"，或曰"生命的意义"。这种转折以《冥想黄昏》、《心灵速写》为代表。"生命的意义"成了她转折后的冥想散文的主题或潜主题。《冥想黄昏》把自己封闭在"家"的小天地中，冥想的环境有些恐怖，"周围的静谧冷冷地、成倍地凸现出来"，"世界死了三次一般"，"大脑混混沌沌再度出现空白"……冥想的魔鬼出来了，思考的问题非常古老："我是谁？""为什么我是这一个而不是随便另一个？""我到这世上来做什么？我为什么到这世上来？"是人的生存的基本母题。这些问题的提出，包括"世界死了三次一般"的冥想环境，并不具有寓言意义，是人在成熟过程中遇到的一个必然的现实问题。这个问题的核心是生存危机，或曰"生本不乐"，千百年来多少作家用多种文学作品对此不懈地探求，答案是无穷的。作者为了避免和他人雷同，她剥离了自己的身份："我从所处的时代、社会、家庭中分离了出来，我不再是这一个或是别的什么人，也不再是二十世纪九十年代社会主义国家或资

① 斯好：《〈关于生活〉代自序》，《两种生活》，四川人民出版社 1995 年版，第1—3 页。

本主义国家的某个公民”①,以“一个广义的人,一个古老的人,一个永恒孤独的人”②来冥想,结果找到的答案是:“这轻飘、渺小、无谓与无助的生命无论如何踉跄跋涉,勉力撑持,却都是命定的短暂,命定的不由分说,命定要一步一步走向消亡走向毁灭!”③是必然的“逃脱不掉的生存危机”。读到这里读者都会不由得沮丧起来。幸而,此时作者冥想的翅膀开始转向,借助儿子的“咚咚咚”的敲门声,从“走进”人间之外的虚无缥缈的孤独冥想,又“步出”回到人间,最终的结论是“顺应自然”,皈依“博爱”,“当我再说到‘爱’,再抒写‘爱’的时候,它已不只是原来那一份天性,一份善良了,它将是一种自觉,一份明澈,一簇心灵自由之后的微笑”④。这一转折是一种善意,作者不愿让自己的生存危机去败坏读者的胃口,但事实上,前面的生存危机的冥想以及问题的提出是非常真诚和必然的,最后的转折和微笑却有些勉强。因此,斯妤的冥想散文想通过“生命的意义”的思索加大加深内涵,改变它的精神气质,这是否能成功,人们还将拭目以待,因为这些散文和“窗外”世界的隔离,虽则能使情绪私人化,但它缺乏对造成人类生存危机的必然原因,即生的贫困和精神贫困的揭示。因为作者没有受到生的贫困和精神的贫困的折磨,既没有痛切的感受,也没有理性思索的结晶,没有一种致命的因素包含在内,因此这种生存危机的过于重复的渲染,反而给读者一种“做”的感觉,对于斯妤散文的原有的“气”弱的毛病来说,无疑是雪上加霜。

斯妤在散文创作上的另一个探索,用她自己的话说是“经历了从审美到审丑的转折”⑤。这是她的自我鉴定,事实上并非如此。她所指的“审丑”的作品是那些写灰色小人物的篇章,如《歪嘴子》、《表舅母》等。这类作品用“审丑”来概括并不恰当,因为“审”的成分较少。准确地表达,这个“转折”应是从冥想到写实的转折。她的冥想散文,犹如坐在飞机里,在太空中遨游;那些写实的作品,是她着陆到大地,在人间游荡。这类作品其实是她的冥想散文的形象注释,为读者提供一些她对“活着”思考答案的人间标本。因此这两类散文时有交叉,交叉点是“命定”、人的无奈、命运的不可改变性,既有劝人为善的婆心,又有前世注定的宿命论色彩,有意无意地沾染上一些宗教味。总体来看,这类散文和它的主人公一样,具有一种灰色的基调。

①②③④ 斯妤:《冥想黄昏》,《两种生活》,四川人民出版社 1995 年版,第 130 页,第 130 页,第 131 页,第 133 页。

⑤ 斯妤:《〈斯妤散文精选〉自序》,《斯妤散文精选》,百花文艺出版社 1993 年版,第 2 页。

三 其他散文作家

唐敏(1954—),山东沂水人。原名齐红。著有散文集《青春缘》、《女孩子的花》和《纯净的落叶》等,长篇小说《诚》、《走向和平》、《圣殿》和《李清照》等。

唐敏宣称自己很“无情”:“我的性情中从不会深爱一样东西,不会有什么难舍难分,无论到哪儿,感觉都一样。总是到陌生的地方,总是和陌生人相处,怎么也体会不到被冷落、受委屈的难过。一个人不痛苦,大约也不会感到幸福吧,这大概是无情吧。”又说自己和社会的关系,“永远是个局外人。局外人不欠债,没有负担,没有牵挂,可以毫不留情,直言不讳,‘旁观者清’嘛”①。这些话语,明白无误地告诉人们,在她的生存空间和命运中存在着一个人类原始性的问题——“乡关何处?”或从另一个角度考察,似乎又有更深层次的寓言启示,她在寻找精神故乡,寻找“根”。“总是到陌生的地方,总是和陌生人相处”的“永远是个局外人”的身份,使她时刻扮演着“流浪者”的角色。但从她的散文考察,似乎和她的宣言有距离。她情感丰富,这是一种天性,也是上帝对她的恩赐,花木虫鱼在她的面前皆有情。且她有本领,能把丰富的情感变幻成一个个饱满的印象点,这些印象点在她的散文中星罗棋布,像一颗颗珍珠镶嵌在她的抒情传送单上,美不胜收。如母鸭被宰后,“它的肚子里有蛋籽,像一大串喷薄欲出的朝阳”(《困难时期中的伙伴》);如老虎的长鸣,“是孤独男子汉在呼唤永远不来的情人”(《虎》);如城市里楼房和水泥路面下的蛙鸣,“声音粗糙但响亮,使人联想到的是只老年的青蛙”(《从夏天到秋天》);如对天空的鹰的遐想,“在我们心里,鹰是空中的音乐”(《鹰》)等等。一个“无情”的局外人怎能有这样的感觉、这样的体验、这样的想象?但从唐敏散文风格来看,又确有“流浪者”的本色,放纵,无拘无束,不求矩不守法,纵情纵势,洒脱自由,在女性散文中也可称得上是一个放纵的代表。她的散文呈现出一种“流浪者”的矛盾品格。

“流浪者”的本色在唐敏散文中表现得最为生动的是富有流动性,这种流动性所形成的能量最后常常借助冲突加以释放。她的散文跟随着感觉走,有些随心所欲,但欲到心到感觉到,常常会有一些出人意料的惊喜令读者倾倒。她的写动物的那些篇章,如《困难时期中的伙伴》、《鹰》、《虎》等都是出色的篇章。《困难时期中的伙伴》中有一篇是写养兔的经历。文章徐徐起笔,水波不兴,写兔子的吃喝拉撒以及生活习性,都是一些不起眼的琐事,读者还以为作者在介绍“养兔经”呢。但到最后写到杀兔时,文章就开始扣人心弦了:

---

① 唐敏:《不留情》,《纯净的落叶》,四川人民出版社 1995 年版,第 226 页。

兔子刚刚扔进水中，就像箭一样反跳出来，滚烫的开水像大雨般飞溅。这兔子，被呛得半死又烫得半死，居然还会认得我。它以一种惨不忍睹的模样向我直奔而来，要从我的裤腿里钻上来。我也许是尖利地大喊大叫了吧。我的腿被烫得直跳起来。

兔子抬起头看我。它的眼膜已被烫得有点发白了。它就这样在我腿下滚来滚去。

"不要杀它，不要杀了嘛！"我大声大声在喊而且哭。

……

它在那种惨死的状况下，还深深地认定了我，向我奔来。它是多么真诚地相信了我平时对它的爱。我简直无法相信，我和兔子之间的爱，竟是如此微薄的徒劳！

这一杀兔场面称得上是惊心动魄，它以冲突的形式出现，形成强烈的情绪漩涡，以此引出的体验也是刻骨铭心。唐敏的散文永远处在流动中，她决不让情绪静止和凝固起来：《鹰》中的情绪高峰是放在解放军小战士为治班长病，不得不猎鹰的那一场冲突场景中；《虎》中的情绪漩涡是在"我"和"虎"的邂逅和对峙中。以冲突破坏和谐从而在动态中提升情绪品位，达到新的和谐。这种抒情写法固然是她的"流浪者"本色的显露，但也是她有意向小说借鉴手法的成功演示。当然，有时她也太迷恋这种演示，乃至有些过度，呈现出做作的痕迹，如《红百合》中为了展示红百合花在被斩根弃于垃圾堆后，仍不屈开放的令人胆颤心惊的奇迹，一而再、再而三地不厌其烦地写"我"对红百合花的虐杀，一次接着一次的虐杀，显得凝固而沉闷，"作"的尾巴也就不自觉地露了出来。

叶梦(1950—　)，湖南益阳人。本名熊梦云。著有散文集《小溪的梦》、《湘西寻梦》、《灵魂的劫数》、《月亮·女人》、《风里的女人》以及《遍地巫风》等。另有长篇小说《男孩丁丁》等。

八十年代初期，正当那些美景加美情的展览美景式的游记开始泛滥的时候，叶梦的游记《羞女山》却以独特的姿态赢得人们的尊重。《羞女山》所持的姿态大而言之是一种反抗，它所持的力量来源于女性意识的膨胀和觉醒。文前的卷首语如此写道："我固执地不相信那些关于羞女山的传说，那沉睡的卧美人——凝固了几十万年的山石，怎么只会是一个弱女子的形象呢？"一个巨大的问号，就显露了作者的挑衅的气概。羞女山传说中的羞女是个弱者，她是个美丽的村姑，受贪色的财主迫害，纵身跃入江中，化为石山。几千年来的中国社会就是封建男权社会，所有的传说也为男权所主宰。作者要颠覆这一历史："我不相信这后人杜撰的传说。"她要为被歪曲被践踏的女性恢复本来面目，"羞女"不是弱女子：

……她是那样安闲自若，姿态恣肆地躺着。哪像一个投江自尽的村姑？她那拥抱苍天，纵览宇宙的气魄与超凡脱俗的气质表明：她是一个狂放不羁、乐天知命的强者。①

"强者"、"羞女"的指示意义显然很明确，那是一种女权的力量的象征。但若把这一种象征纳入到当时"文革"刚刚结束不久的中国社会中考察，这一象征的召唤意义又是超出了性别的范畴。"狂放不羁"的"恣肆"在当时依然是一个沉重的话题，"羞女""养在深闺人未识"，而"羞男"也被千万条枷索羁绊着。所以最后的呐喊"你醒来吧，羞女！"的诠释，应是"醒来吧，中国人"！《羞女山》的成功在于它的启蒙姿态。

之后，叶梦专心致力于散文创作，九十年代是她的散文创作旺盛期。她的散文大致有两个兴奋点。第一个兴奋点是湖南的民风民俗，尤其喜欢写湖南山山水水的"巫"风。许多散文家亦都有这样的癖好，如沈从文的"湘西"系列散文和贾平凹的"商州"系列散文。所不同的是沈从文把"巫"风神化，贾平凹把"巫"风谜化，而叶梦却是把"巫"风人化，对读者有一定的认知作用。第二个兴奋点是生活在底层的小人物。如流浪汉满佬倌、接生婆曾喜娘、更夫何辟以及卖刷把的婆婆等。可贵的是叶梦状写这批小人物时，和写"巫"风相比采取了截然相反的姿态，是把他们神化。流浪汉满佬倌是一个被社会遗弃的人物，但在叶梦的笔下，他的"麻木的无可奈何的流浪者神秘的神情"却一直刻入她的心灵，"衍化成神一样的人物"，默想四十年后的结论是"满佬倌是对的"。而卖刷把的婆婆的一声吆喝"买刷把的啵——呃！"的"九曲回肠"，在叶梦看来，她与那些"乱哄哄你方唱罢我登场"的风云人物相比，是"轻而易举地实现了某种意义上的辉煌"。这是一种"通"的姿态，是和小人物心心相印的"通"，叶梦散文的可贵也在这里。

叶梦散文重"实"，虚神不足，缺乏变化。《羞女山》是她的散文一大亮点，但之后的散文艺术并没有多大发展，显得平平。

---

① 见《小溪的梦》，湖南少年儿童出版社 1986 年版，第 96 页。

第二十三章　其他类散文作家

第一节　人生诘难散文

一　以生命诘难展示生命的"意义"

人生诘难散文的代表作家是史铁生。

史铁生(1951—　),北京人。1969 年赴延安乡村插队务农,1972 年因双腿瘫痪回到北京,在北京街道工厂工作。1979 年开始创作。著有散文集《自言自语》、《我与地坛》以及《好运设计》等;长篇小说集《务虚笔记》,中短篇小说集《我的遥远的清平湾》、《礼拜日》、《命若琴弦》以及《原罪·宿命》等。《我的遥远的清平湾》、《奶奶的星星》分别获 1982 年、1983 年全国优秀短篇小说奖,《老屋小记》获首届鲁迅文学奖。

史铁生散文中有无数个问号,他的散文是用"为什么"铺设起来的。这些"为什么"是和他的残疾病躯有关,"活到最狂妄的年龄上忽地残废了双腿"①,但围绕"为什么"的思维却是正常的,非病态的。这种思维方式的出发点是唯物的:"假如世界上没有了苦难,世界还能够存在么?"②"要是没有了残疾,健全会否因其司空见惯而变得腻烦和乏味呢?"③结论是勉强的,但也实在无奈:"看来就只好接受苦难——人类的全部剧目需要它,存在的本身需要它。"④这还仅仅是结论的一半,而另一半是史铁生无法解决的"为什么"——即"谁去充任那些苦难的角色"⑤?因此这另一半就只能交给命运:"就命运而言,休论公道。"⑥以"认命"来作"为什么"的答案,史铁生又不甘心。从唯物出发归宿到"宿命",使得他的"为什么"难以圆满解决。于是他的散文中的"为什么"就会不断出现,形成了他的以人生诘难为特色的散文。史铁生对人生诘难十分执拗,又非常投入,采取的方式是以自问自答宣泄。他需要宣泄,残疾给他的生命带来了重压,和常人所受的生活重压相比,虽则它是非政治的非社会的,而

---

①②③④⑤⑥　史铁生:《我与地坛》,《中国当代作家选集丛书·史铁生》,人民文学出版社 1997 年版,第 332 页,第 345 页,第 345 页,第 346 页,第 346 页,第 346 页。

是生理的,但生理的重压所产生的“为什么”又常常和常人所受的重压有重合之处,如对人活着的“意义”的追问,正是搔到人生关节处。在历史上,尤其建国后,主流文化为人活着的意义提供了许多经典答案,史铁生对这些经典答案非常熟悉,他完全可以熟练地运用这些经典答案来回答这些“为什么”,但他拒绝了这些答案,让许多“为什么”悬置着,留下缺憾,因为他不愿敷衍读者。诚然,他也并非完全“认命”,对“宿命”论作了抗争和挑战,于是,他会发出这样激昂的呐喊:“但是太阳,它每时每刻都是夕阳也都是旭日。当它熄灭着走下山去收尽苍凉残照之际,正是它在另一面燃烧着爬上山巅布散烈烈朝晖之时。”①但他的基本立场是“就命运而言,休论公道”。“宿命”时时纠缠着他,所以他有些恍惚,对“自我”的角色乃至一切都怀疑其存在:“我说不好我想不想回去。我说不好是想还是不想,还是无所谓。我说不好我是像那个孩子,还是像那个老人,还是像一个热恋中的情人。”②在“抗命”和“宿命”上的不彻底,使得史铁生终日被矛盾漩涡折磨着。这是清醒者的痛苦,史铁生的散文正是被这样的痛苦包裹着,他正是要用自己的痛苦为读者提供一点启示。读者对它的青睐,正是由于为他的那份痛苦所震撼。

不过,史铁生的人生诘难真正可贵处,是对“意义”的询问。他因生理的缺陷而安静,因安静而清醒,白昼是喧嚣的天下,他属于黑暗,他在黑暗中执拗地探寻意义。在九十年代,后现代精神的冲击,正常的人们也不由得在为人活着的“意义”而苦恼。英雄没有了,权威消失了,理想泯灭了,“意义”何在?这时,史铁生作为一个残疾人,用他的生理的疾病来探讨“意义”,不管是有意还是无意,他的人生诘难以及对“意义”的询问,都卷进了社会的思潮中,成为众生共同的话题,具有一般的社会意义。

“意义”是虚空的,但一旦和史铁生的残疾联系起来,就变得非常现实和独特。残疾成了他的特权,因为千万年来流传下来的“意义”是为正常的“人”准备的,这样他以残疾“人”的身份,为“意义”取得了自由的发言权,因此对“意义”的追问成了他在抒写自我情感的自由上的捷径。他可以回避政治、道德、伦理等制约,纯粹地从残疾“人”对生命的刻骨铭心的体验出发,追求纯粹的“意义”,对生命的本原进行探索,史铁生散文的意义也就显得格外夺目。

对“意义”的探索和追问,迫使史铁生面对现实。他把出发点放在“接受”

①② 史铁生:《我与地坛》,《中国当代作家选集丛书·史铁生》,人民文学出版社1997年版,,第351页,第350页。

上:“接受限制。接受残缺。接受苦难。”①他依然回到唯物的立场上来,这时他又特别清醒。“接受”就是“意义”的一部分,那是一种生命的态度。《墙下短记》中的“墙”成了他的“意义”中的“接受”的物化物。世界、宇宙的一切的一切蕴含在“墙”中:“山和水都是墙,天和地都是墙,时间和空间都是墙,命运是无穷的限制,上帝的秘密是不尽的墙,上帝所有的很可能就是造墙的智慧。”②这里已开始转化,从“接受”“墙”到“接受”“限制”,生命的“意义”已接近了提升。显然,作者把“残疾”也纳入了“限制”之中。对“限制”的“接受”,使他走出了恍惚,感悟到“要求意义就是要求生命的重量”。此刻,他不禁严肃和神圣起来,一方面表达了对生命的“重量”的对立面“轻”的惶恐、害怕和否定,另一方面又虔诚地对生命的“重量”礼赞:“有一种重量,你愿意为之生也愿意为之死,愿意为之累,愿意在它的引力下耗尽性命。不是强言不悔,是清醒地从命。”

“清醒地从命”使史铁生面对“残疾”的“苦难”采取品尝的姿态。由于“残疾”的“苦难”终身陪伴着他,所以他对“苦难”特别敏感。《我与地坛》中对母亲、弱智女、长跑家的苦难,体验得格外认真和心心相印,如对母亲担忧残疾的儿子的苦难的描写:“儿子的不幸在母亲那儿总是要加倍的。”成为绝唱。对“苦难”的体验和敏感,是对虚无的一种否定。史铁生认为:“人太容易在实际中走失,驻足于路上的奇观美景而忘了原本是要去哪儿……”③但他在实际中不易走失,“残疾”的“苦难”使他不得不重新过问生命的意义。尽管他已“清醒地从命”,认识到“一是说生命本无意义,零嘛,本来什么都没有;二是说,可平白无故地生命它来了,不知是何用意?虚位以待,来向你要求意义。一个生命的诞生,便是一次对意义的要求”④。“本无意义”可以坦然地认命,“要求意义”又应该不认命。正是这样的矛盾这样的纠葛,编织了形而上的答案,使史铁生的散文永远无穷尽地诘难下去,在诘难中一次次发现自我,一次次发现生命的意义,但是发现的同时又有新的困惑在滋生,发现的本身又不断被否定拉向循环。《病隙随笔》把人生诘难推向了极致,但同时又有许多新的困惑等待着作者的诘难,史铁生散文的意义价值全部蕴含体现在人生诘难之中。

二　“地坛”:“灵魂”与“天地”融合的艺术圣坛

史铁生的人生诘难散文的起点是《好运设计》。它写于1990年,此刻的

---

①② 史铁生:《墙下短记》,《中国当代作家选集丛书·史铁生》,人民文学出版社1997年版,第390页,第387页。

③④ 史铁生:《想念地坛(代自序)》,《写作之夜》,春风文艺出版社2002年版,第9页。

史铁生,作为小说家来说,在文坛上已经享有盛誉。从人生来说,他是一个成功者、胜利者。也正是在这一时刻,他突然用散文的形式,借助《好运设计》,尖锐地提出一个人生命题:世上有没有"永远的胜利者"?他没有享受成功胜利的喜悦,相反,他作了如此独白:"我越来越相信,人生是苦海,是惩罚,是原罪。"①

这就牵涉到一个问题,诱发史铁生痴迷人生诘难的永恒动力是什么?从《好运设计》来看,对来世的所有设计方案的出发点,或是降生地的选择,或是门第的选择,或是家长的选择,或是身体的选择等等,都很实在,但又并不是生存危机,和物质的关系并不紧密。虽然实在,却又时时诘难,刻意把选择虚化,诸如发出"一时没有了痛苦的衬照便一时没有了幸福感"的喟叹,但要把它归入精神危机也很难。《好运设计》的终点是对"存在"的考问,即人无法战胜"死亡",即使"是个永远的胜利者,那么最终你会碰见什么呢?死亡。对了,你就要碰见它,无论如何我们没法使你不碰见它,不感到它的存在,不意识到它的威胁"。史铁生把"死亡"作为人生的"绝境"和"绝望"。这样的诘难,一方面导致"成功"和"胜利"的贬值,另一方面也可对自身的不幸,尤其是残疾引起的心理倾斜起到平衡作用。"成功"和"残疾"恰恰是史铁生痴迷人生诘难的原动力。值得庆幸的是,史铁生在人生诘难的出发点上就找到了一个答案:对"过程"的崇拜——"过程!对,生命的意义就在于你能创造这过程的美好与精彩,生命的价值就在于你能够镇静而又激动地欣赏这过程的美丽与悲壮"。在这里他或许是有意向鼓吹"过程"的"后现代"致敬,也或许偶然从"后现代"那里得到灵感,把它作为"好运设计"的最终答案。

但是这一答案并没有宣告史铁生人生诘难的终止,恰恰由于他对"过程"的崇拜,又使他永远处在人生诘难的"过程"中,关键是"成功"和"残疾"始终在折磨着他。所不同的是他的人生诘难散文以两种形态呈现,一种是以《好运设计》为代表,自问自答,自说自话,这类散文渐渐有些走火入魔,魅力渐减。如《病隙碎笔》几乎全是闲言碎语,动人的火花较少。另一种是依着形象诘难,以《我与地坛》为代表,这是二十世纪的散文经典之作。

《我与地坛》中的两个角色是:"我"与"地坛"。"我",是一个残疾人,面临的是"找不到工作,找不到出路,忽然间几乎什么都找不到了",是一个被社会遗弃的人。"地坛",是古园,是野地,是被人们遗忘废弃的荒园。史铁生的人生诘难永恒的主题是人应该如何从人生的"此岸"到达"彼岸"。于是

① 史铁生:《说死说活》,《对话练习》,时代文艺出版社2000年版,第86页。

"我"和"地坛"的关系就是一种"命":"仿佛这古园就是为了等我,而历尽沧桑在那儿等待了四百多年。""像是上帝的苦心安排。"正是在"地坛",一方面"我"阅尽人间的沧桑,一方面专心致志地思考"生"与"死"的人生难题。"地坛"成了"我"的生命的"彼岸",尽管这个"彼岸"是暂时的。因为"地坛"与"我"之间已形成了"天人合一"的某种妥协,达到了某种和谐,他们心心相印,即如作者所说的:"我已不在地坛,地坛在我。"①

"地坛在我",但"地坛"不是"我"专有。在文中,作者陆续引进一些人物:母亲,中年夫妇,"饮者"老头,弱智姑娘和她的哥哥,长跑家,"歌者"小伙子……把林林总总的人间沧桑统统融进了"地坛"。这些人物虽则性别不同,年龄不同,经历不同,个性不同,但有一点是相同的,他们都是被社会遗忘的不同程度的"废人",是一群弱势者。"废园"和"废人"的血缘联结点是"废"。但正是在"废人"身上,却又闪烁着一种共同的勃勃的永恒的精神:地坛"满园子都是草木竞相生长弄出的响动,片刻不息"的生机,母亲对"我"的痴爱,中年夫妇之间的一往情深,"饮者"的唯我卓尔不群的姿态,弱智姑娘的哥哥对妹妹的呵护,长跑家对荣誉的执拗,"歌者"对音乐的永不疲惫……所有这一切,在"我"对人生的诘难和思考中艺术地升华,废园不"废",废人不"废","废人"在"废园"中诗意地活动着。正是在作者的诗意霞光映照下,"地坛"成了"灵魂"和"天地"融合起来的艺术圣坛,在这圣坛里所有诘难的命题,如"差别"呀,"命运"的"公道"呀,"欲望"呀都自然地转化为这座圣坛的虚神和生命。虽则,从废园到废人,看似是弱势的结合,但在艺术的人生诘难中,既展现了弱势群体的生命的诗意,又显示了作者主体心态的能力,因此"地坛"成了神奇的地坛,每个季节都有其美丽的风景和色彩,它是二十世纪散文史上的艺术圣坛。

第二节　江南斜姿散文

一　车前子:以感觉显示"斜姿"

车前子(1963—　),苏州人。1982 年开始发表诗作,以写怪异的朦胧诗成为"新生代"诗的代表人物之一,著有诗集《纸梯》、《文化的旧作》等。九十年代起,转向散文随笔创作,激情饱满,成果丰硕,著有散文随笔集《明月前身》、

① 史铁生:《想念地坛(代自序)》,《写作之夜》,春风文艺出版社 2002 年版,第 12 页。

《手艺的黄昏》、《西来花选》、《偏看见》、《缺一块的拼贴画》、《云头花朵》和《江南话本》等。

车前子写散文,取的是斜姿。他曾这样评郁达夫:“郁达夫的写作,取的是斜姿。这斜,是‘竹外一枝斜更好’的斜。一星如月看多时,不觉鸡叫头遍。”① 实在是他的自身散文写作姿态的写照。

取斜姿写散文,车前子有恃无恐。一是他有“先锋性”和“实验性”诗歌的创作经验,他的不安分,他的怪异的感觉在他的怪异诗歌创作中得到了自由的发挥,并获得了人们的首肯,以此作底,车前子着实可以有资本到散文园地闯荡一番了。二是他土生土长,依傍江南文化。苏州地处江南,明清以降,江南才子群星璀璨、英才辈出,归有光、唐寅、祝枝山、沈复、袁枚、张岱、钱谦益、金圣叹一类的“才子型”文人,令车前子倾倒,用他的话说:“我的曾祖父是归有光和沈复一类。”不仅如此,这些“才子型”的文人生活方式也使他喜欢。“才子型”的生活和“才子型”的文化的互动,把车前子塑造成为江南文化树上“一枝斜”。车前子的散文是斜姿散文的代表。斜姿散文具有浓厚的江南文化底蕴,作家多秉承传统江南才子风流蕴藉、才华横溢的气质,为文多与历史、风物、兴玩品赏紧紧相连,有传统名士的雅致,也兼具传统中个性独异飞扬一脉文士的痴邪,往往于平和冲淡中见出深厚的文化素养和文人偏视。斜姿散文的代表作者除车前子外,还有俞明、叶兆言等。这批作者,包括年长的俞明,有一个共同点,他们都没有在“工农兵”代言人时代充当代言人的实践。因“斜姿”是从深厚的文化积淀和熏染中旁逸而出的个性,其“审美”和“为文”都是独异的,在“斜姿”的统一名目下,实是诸才子各各不同的性情文章。他们又都是江南“土著”。他们是混合型,有如《西游记》中的精怪,《水浒传》中的匹夫,《三国演义》中的谋士,《儒林外史》中的骚客,《金瓶梅》中的混客,还有些如《红楼梦》中的姐妹,以此汇合成一“斜”的群体,对散文原有的规则实现一些爆破。他们闯入散文,似乎是专搞破坏而来。他们实在是二十世纪九十年代的散文精怪。诚然,从总体上看,他们依然属于江南散文,是二十世纪江南散文的新生代。和七八十年代的江南散文家艾煊、忆明珠以及陆文夫等相比,异在对江南文化所持的姿态上,是以斜视、偏视江南文化显示出他们的独特姿态。

车前子的斜姿,是以感觉显斜(这里的感觉和诗中的意象相似,用“感觉”以示区别)。上帝给了他特别的感觉,他也就凭借特别的感觉劫持读者。虽则

① 车前子:《说郁达夫》,《云头花朵》,中国工人出版社2003年版,第51页。

当今的读者不会轻易被作家的感觉劫持，但车前子的感觉却令读者难以招架，他的感觉特别，有直觉、幻觉，也有肉感、质感，还有体验和趣味——“如果说我的散文中有一点文化趣味的话，那也是文化体验与文化趣味”①，混合起来，令人得到快感。当然，也有一点令人恐惧，因为他缺乏自控，感觉连绵，感觉轰炸，令人有种被感觉淹没的恐惧，但是带有恐惧的快感又特别诱人，因此读者也愿意被他甜蜜地劫持。《水墨》中写湖笔，湖笔是用吃桑叶的山羊的羊毫制成，于是在他的笔下，出现了这样一幅画面：

阳光照在了桑园里，像把一块绿玉凿碎，浓浓淡淡地撒了一地桑叶的影子。风吹过，影子叮当。几头山羊，喔，那边还有，该是十几头山羊，在桑树下抬长了头，吃着桑叶。蚕食如沙漏，而羊吃桑叶的声音，像是把书页掀来掀去。有头母羊饕餮。它的咀嚼声散裂着，一如撕扇。她是笔庄老板的千金吧。有位小姑娘横踱了出来，还抱着头羊羔，“吃，吃。”她把羊羔举到了桑树下。转眼，桑树上有了桑葚，那些山羊的胡须，都一下紫紫的了。②

湖笔贵在羊毫，羊毫从吃桑叶的羊身上提取，这本来是一道产品的说明，但到了车前子的笔下，则孵化出一连串的感觉：一地淡淡的碎玉似的桑叶影子——视觉；影子在风中叮当——视觉转变成听觉、移觉、通感；羊吃桑叶的声音，如书页掀来掀去——听觉，群体印象素描；一头母羊饕餮，声如撕扇——听觉，个体特写；桑葚下的山羊胡须，一下紫色——视觉，变色展示。连绵的感觉不断变幻着，令人有些招架不住，但确是一道精美的丰富感觉美食，满足的是读者。

车前子的感觉还以精致和地道著称。在这一点上，故乡的文化——江南文化滋润了他。他是江南文化的产儿。对江南文化的生存环境，他天生的喜欢，心领神会，因此他的感觉也特有“神”。如写喝莼菜汤：

屏息安神，调羹沉底，不动声色，小心翼翼。再吐故罢，复纳新后，往莼菜至上处把调羹轻浮，轻浮，轻浮，快欲问世出道时，更须养天地浩然正气在口腹。听得见宇宙浩荡，也听得见流言四伏……这就行了，于是纲举

① 《〈手艺的黄昏〉序》，见《手艺的黄昏》，上海文艺出版社 1998 年版，第 1 页。

② 见《明月前身》，作家出版社 1998 年版，第 7 页。

目张，大胆一提，旁若无人，所向披靡，满满地莼菜呀就被收拾到调羹里。调羹捕莼，焉知鸟嘴在后，浅浅急急捞捞舀舀，往往擦肩而过。因为莼菜腻滑、幻华，思之容易，吃时难矣。①

喝莼菜汤的过程用“捕莼”来统率，抓住了这个过程的纲。莼菜腻滑，食者“屏息安神”、“不动声色”，沉静中略带紧张，精神高度集中，认真专注，也映衬了莼菜的诱惑之大。调羹的三个“轻浮”的连续反复，写出食者捕莼之细致、周到和艰难的神韵。即使如此，莼菜还是常常“擦肩而过”，极写捕莼之难。这一连串感觉的精致，无可挑剔，贵在有“神”。有“神”则有韵，有韵则有灵，车前子散文灵气逼人。

车前子散文还以感觉从斜姿里对散文文体进行爆破和颠覆。他把写朦胧诗中积累的经验带到散文创作中来。他不断地凭借感觉制造断裂，形成阻隔，以此大幅度地跳跃，形成不规则的联结，使得他的斜姿散文带有怪异的精怪气。有些断裂几乎令读者无法忍受，他回忆自己儿时的理发时的情景，如此写道：

风大，乡村理发师说，他让我把椅子搬到屋檐底下。檐角张罗着蜘蛛网，一个赤身裸体的女子，在网中挣扎着。她的乳头鲜红，像刚从河里洗浴出来，皮肤，胸口，水淋淋的。直到乡村理发师走进屋檐，我才看到他的胳肢窝下夹着个白包袱，与扬州师傅的差不多。天下理发师的包袱都是差不多的。一个赤身裸体的女子，在蜘蛛网里散步——生命的可爱正在于它的危险，危险仿佛一根丝，慢慢地缠绕起雪白的身体。身体内，是死，也是可能。这身体挣扎着，但可能却安详地睡眠，梦幻，已梦见了薄薄的翅膀。翅膀是淡黄色的，淡得好像醒来后对梦幻的记忆。蜘蛛网绕着圈子，把身体小心翼翼地置放在圈子当中——他绕到椅子背后，乡村理发师现在的整张脸也能一片稻叶似的，在我的手指上卷来卷去。他拿出了剃刀。我等着咔嚓的声音。②

文章起笔是以叙事的话语开始，乡村理发师“让我把椅子搬到屋檐底下”，开始理发，但作者立刻让叙述中断，插入蜘蛛网中的蜘蛛如“赤身裸体的女子”

① 见《明月前身》，作家出版社 1998 年版，第 4 页。

② 车前子：《水落石出》，《云头花朵》，中国工人出版社 2003 年版，第 18 页。

的"水淋淋"的感觉描写，形成断裂。继而又进入理发师"胳肢窝下夹着个白包袱"的实写和叙事，但随之又立刻中断，描写"赤身裸体的女子""在蜘蛛网里散步"、"挣扎"的危险的感觉，而后再回到理发师"拿出了剃刀"的现实之中。整个描写是显示孩童对理发和理发师手中的剃刀感受到恐惧和危险的紧张心理，但却借助江南潮湿的屋檐角上蜘蛛网的想象感觉，制造危险恐惧的诡异的氛围，加重艺术效果，使车前子散文具有怪异气味。

车前子也意识到，仅凭感觉的联翩翻滚也难以使他的散文"斜姿"坚挺。因此，每当他的感觉汹涌爆发和喷射时，他又会冷静下来，严肃地不露声色地顺势把他的感觉和历史与现实粘上边，形成一种隐形的富有批判的精神和思想，蕴含其中，发出一种处在边缘的独立声音，以此显示他特有的斜姿。如写到李时珍在一个道观里采样时，见到一种从没见过的果子，想把它画下来，遭到道士痛打，说这果子是贡品，顺势拖出一笔："后来我上小学了，美术老师拿来一只蜡做的芒果，往桌一放，让我们课堂写生，说芒果就是贡品。"对"文革"期间人们对毛泽东送芒果一事盲目崇拜进行针砭(《凝神》)。又如写到王昭君的悲剧是遇到个宫廷御用批评家毛延寿，又顺着叙述的语调，带出一笔："倒霉的是毛延寿，皇帝的文艺政策变了，他只得被杀头：看来保守派不一定就能寿终正寝。"(《白下记》)嬉笑之间，火花迸出，枯笔淡墨，文意峭拔。可惜这类文字在车前子的散文中所占比重较少。

车前子散文中最为精彩的是他对古今中外书画欣赏的美文，他擅长宏观欣赏，如他对世界名画家的宏观论述，认为他们是这样画画的："塞尚像在'割'，凡高像在'挤'，高更像在'削'，毕加索像在'挖'，马蒂斯像在'剪'，克利像在'划'，达利像在'拼'，米罗像在'滚'，巴尔丢斯像在'舔'，德库宁像在'砸'，拉姆像在'劈'，培根像在'扯'，夏加尔像在'描'，马列维奇像在'装'，杜布菲像在'咬'，莫兰迪像在'擦'，蒙德里安像在'切'，波洛克像在'吐'……"(《动作》)。对这些世界顶级艺术大师绘画创作情景，用一个字来概括，难免牵强，车前子自己也认为"不一定准确"，但这一个字恰恰是他对世界艺术大师的画的感觉，这种感觉有的是心领神会的结晶，有的是内行的概括，但毕竟有些吃力不讨好，不过，车前子喜欢这样做。他很自信，评论毛泽东的书法是这样一连串的断语："我认为毛泽东是一个没下过大功夫临帖的人。""毛泽东书法，是现当代最具'时代感'的书法作品……仿佛中国的乡村一样透着股苍凉，他横绝纸幅的偏锋，让我怦然心动。他的一撇一勾，如刀似剑，能感到法家的锐利，毫无儒家的仁爱。毛泽东的书法，看来可以说是'法家'之书。""面对他的书法，像遭遇一支快速反应部队。"(《墨迹万岁》)既大胆又果断，与众不同。他自称他的读书是“偏看”,“常常把别人认为的好书看出坏来,坏书看出好来。这可以说是偏见”①。“偏见”是“斜姿”的别解,在他的散文中,对书画的“偏见”甚多,如他评述德尔沃的绘画是“怀念的诗歌,拒绝此时此刻”,“是一块缺失时针与秒针的手表,提醒时间的存在,但不在附近”(《围墙外的手》)。他提出:“杜尚的艺术观来自于他是一个干净爱好者”,“从根本上讲,他是承认历史、面对现实的,而不是虚无和逃逸,但这虚无和逃逸,已是针对自己的行为,是虚无的个体化,而不是虚无的历史化和现实化”。他的论书谈画的散文大多蕴含了真知灼见,虽“偏”,但实属拒绝复数性,非常个人化。

车前子崇尚平和冲淡,这是他的基本倾向,有时甚至刻意追求。如写北京赏雪:“去年北京下第一场雪时,我说应该庆贺一下,就与妻子喝绍酒。下雪天喝绍酒,印象里是古人的风雅事。我不喜绍酒,妻子能喝。到了深夜,想再风雅一把,就骑车去转转——那一刻,我才领略什么叫北京!大街上空无一人,雪已停了。风无雪可吹,闲着,正寂寞呢,猛见两活物,哪肯放过,就狂咬上来。风吹在脸上,一如割肉。我瘦,经不起割,忙逃回家去。妻子在后面慢慢地推着,十分从容,说:‘瑞雪兆丰年。’”(《风及其》)从用字看,虽有“狂咬”、“割肉”、“逃回”的刺激,但骨子里却是张岱的平淡和从容,似是从作者最喜欢的《湖心亭看雪》中脱胎而来。车前子喜淡墨,他对明清散文的淡墨之作如张岱散文极为推崇,同时,他又爱书画,对墨法颇有研究。总体看,这段北京赏雪是淡墨搽抹,但并不是一淡到底,先以稍大的墨点勾勒“我”这个江南佬在寂寞的风的“狂咬”之下逃遁,墨色偏浓带湿,而后再以习惯北京大雪的妻子的从容作结,从浓到淡,变化中求美。

车前子认为:“吴文化是个黄纸板糊出的迷宫。”②他受到吴文化的影响最深的是文字的轻盈、思想的奇险和人情的蕴藉,使自我极具个性化,正因为个性化才能有“斜姿”。更特别的是他的个性化表现在他善于发现美,上帝给了他一种天赋:一下子就能抓住一个女孩内心最深处的美德,推而广之对社会、对自然、对一切的一切,他都能从中发现美,他似乎是为发现美而降临到世界上,发现美对散文家来说是美德。再加上他出入于吴文化迷宫,对吴文化的精髓深知奥妙,形成了他独特的审美观、散文观,即皈依冲淡平和。他宣称:“一时的冲动是激情,一世的平静也是激情。”平静更有兴趣,这是“一世的激情”③。落实到

① 车前子:《〈偏看〉序》,《偏看》,北岳文艺出版社 2001 年版,第 1 页。
② 车前子:《吴文化 · 迷宫》,《明月前身》,作家出版社 1998 年版,第 226 页。
③ 车前子:《书信剪辑》,《手艺的黄昏》,作家出版社 1998 年版,第 238 页。

散文身上,他的概括是:"散文是一种平和的氛围。"①平和冲淡成了他的散文的基调、主调。如《腊月九忆》中写他的祖母:

三忆宋惠英,她是我祖母。看到别人用弹弓打鸟,她会说:"作孽,作孽!"看到别人用棍棒打猫,她会说:"作孽,作孽!"她打我的时候,也说:"作孽呀,作孽。"边打边说。最忆祖母把我往她膝盖上一放,打我屁股。除了屁股之外处皆不下手。她还常常指点我妈:"不能打头,会笨;不能打背,会咳。要打只能打屁股,那里肉厚,伤不了筋骨。"②

这里写祖母的事——打人,不平和。"她"打"我",弦绷得紧,嘴里却说"作孽","打"和"说"之间的不协调,使"打人"的弦一下子平和下来。不过,或许会怀疑祖母的虚伪,但紧接着,写祖母打我时,选择打的部位的严格,专打屁股,并以此指点"我妈",严格规定这个不能打,那个不能打,一下子把祖母的慈爱展示出来。以打人这样不平和的事都能展示出平和的氛围,还有什么可能不平和呢。平和,对车前子来说,是一种名士的气度。这一点,他确实和汪曾祺心心相印。汪曾祺凭借的是随遇而安的名士心态,使他的散文柔和似水;车前子是以他善于挖掘世间的美的本性,使他的散文成为人们栖息的迷宫。

车前子在《二十世纪,我的字母表》中评述海明威时,说:"我觉得海明威是一位被自己创造的风格所损害的作家。"认为海明威"过于自恋",他的简洁近乎洁癖。这是车前子的清醒和精明。这种清醒还表现在对滋润他的吴文化的态度上:"吴文化是个黄纸板糊出的迷宫。我们在里面跌打摔爬,想出来又不想出来。在其中的时候,闷得慌但又急功近利,于是想出来;出来了呢,又怕自己丧失或者说没有竞争能力。"③在迷宫中太久,为其迷又想离其迷,这种矛盾给车前子提供了创作冲动,他的文字的膨胀,氛围的平和,和吴文化迷宫血肉相依。他迷恋吴文化,有时比较清醒,提出自己要"注意文化立场,把握批判能力。走出迷宫,起看星斗"④。但吴文化对他的影响,事实上是刻骨铭心,或者说成了他的生命的一部分,因此,他对吴文化的津津乐道,乃至于过于自恋,也直接伤害着他的散文。他过于自恋自己的平和,过于自信自己的审美。在《南方的大路》中他写一个鞋匠杀人的经过和心态,如此描述:

---

① 车前子:《神圣场所》,《手艺的黄昏》,作家出版社 1998 年版,第 258 页。

② 见《手艺的黄昏》,作家出版社 1998 年版,第 180—181 页。

③④ 车前子:《吴文化·迷宫》,《明月前身》,作家出版社 1998 年版,第 226 页。

一九七一年三月十七日。我记住了这个日子,因为,是我九岁生日。一个摩登女郎去找他做鞋。鞋匠一阵发热,把她放倒在一大堆蜡钱、钉子、牛皮和刺鼻的气味上。她挣扎着,并发出喊叫。鞋匠顺手操过一把榔头(熟练地像敲一枚小鞋钉似的),往她太阳穴上一敲。

榔头一下就掉到了酱缸里去。

鞋匠摇摇晃晃地跑到街上。中午辉煌的阳光,使他眼睛昏花。太阳好像是绿的。绕着S城四四方方地溜了一大圈后,鞋匠又抬头看看太阳,太阳变白了。鞋匠开始心平气和,衣锦还乡似的回到了他的秘密鞋铺。

拉过椅子,坐下。

喝水。

喝水。

喝水完毕,就脱了她的鞋子,捏在手上,不屑地看了一眼,往墙角落一扔。托住丝袜的脚,为她量了量尺寸。尽管还粉红着(粉红的颜色透过透明的、白皙的丝袜照射了出来),但她脚早已经没有肉感了。在昏暗的灯光下,鞋匠做起了皮鞋。他决定用一张上等的牛皮。

他嘀咕着:"反正,我早就赔了。"①

或许车前子想从鞋匠杀摩登女郎的邪恶事件中挖掘出鞋匠身上的美——对做鞋艺术的执拗,但是,读者怎么也无法忍受这个杀人犯的残忍和作者的那种近乎麻木的平和。作者平和地描述榔头掉到酱缸里的感觉以及死者的粉红的脚等等,恰恰忘记了自己告诫自己的"注意文化立场,把握批判能力"。不过,对于车前子来说,关键并不是在不在"迷宫",如果能牢记他自己的告诫,他的平和、他的感觉就会永远富有勃勃生机。

二 俞明:以写"书毒头"显示"斜姿"

俞明(1928—),江苏昆山人。1959年毕业于中国人民大学哲学系。著有散文集《姑苏烟水集》、《尚书第旧梦》、《山水尘世间》和《故雨新知》等。

车前子以写感觉显"斜",俞明则以写人——准确地说是以写"书毒头"(书呆子)之类的人显"斜"。

俞明是一个闯进散文园地的不速之客。他长期担任行政工作,是一个受纪律约束的体制内的干部,但奇怪的是从八十年代后期开始,闯入散文园地,

① 见《明月前身》,作家出版社1998年版,第79—80页。

却是无拘无束，我行我素，既不讲求什么套套，也不去向什么模式靠拢，想说什么就写什么，想怎样写就怎样写，自由洒脱，其势不凡，几乎没有半点官腔官味，令人称奇。他的代表作《痴子》、《葛老先生》、《神凝寒窗二十载》以及《招手》等，都明白无误地向读者昭示了这位长期在体制内供职的干部从骨子里是个彻底的自由文化人，甚至可以说是天生的自由文化人。政工干部和自由文化人是一对矛盾，矛盾产生碰撞，碰撞激发灵感，灵感促使他投奔散文，因为他的文化底蕴、他的自由本性，只有在散文中才能得以彻底地释放，他的灼人的才华、躁动的灵魂，也只有在散文中才能得以自由地舒展和显示。他晚年投奔散文和他早年投奔革命一样的真诚。他身在体制内，对我们体制长期淤积起来的痼弊，尤其是专制的危害了如指掌；但是，他有深厚的江南文化底蕴和才华，有能力把这些痼弊形象地亮出来。最终目的是警示当今在位者，希望历史不再重现。对于俞明来说，这是他献给体制的最后的忠诚。虽则他势单力薄，但这一忠诚的魅力会产生它的历史效应的。

俞明散文善于写人，尤其是以写“痴头怪脑”的“书毒头”著称，如《痴子》中的朱季海，《葛老先生》中的葛毅卿，《神凝寒窗二十载》中的丘京辉等等。这些文化人，本身就是文化树上的“斜枝”。从表面上看，他们都是被社会遗忘了的小人物。其实，这些人物的文化身份着实不平凡：朱季海是章太炎的最得意的关门弟子、饱学之士；葛毅卿在二十世纪三十年代法国世界性的权威杂志《学报》上发表过文章，批驳当时瑞典斯德哥尔摩大学校长、著名语言学家高本汉的谬误，是著名的语言学家；丘京辉的数学论文在国际权威刊物上发表后，被数学家称为“丘氏性质”，称得上是年轻数学家等等。这些不平凡的人由于这样那样的不通处世哲学，面对强大的体制，或处处碰壁，或自我作茧，落魄人间，最终被社会遗忘。另有一些人物，典型如《招手》中的被最高的“按语”指为“反革命”正在向“苏州一同志”招手的许君琼，则是体制的直接受害者，从一个“单纯得像个孩子”，“恨不得有一个机会为党为人民献出自己”的革命青年，到由于最高的“按语”，被送进劳改农场，直到最后面对死神招手，自缢身亡。所有这一切，林林总总，刺激着俞明，他毫不犹豫地转换自己的角色，和这些笔下的人物心心相印，以欣赏同情的姿态，善待他们，即使对处处时时以卑贱姿态出现的葛毅卿，对他的畸形，对他的某些变态行为，虽则描写时有些尖刻，但也是以一种理解同情的态度来写的。他的锋芒指向历史，指向专制的制造者。尽管他笔下的人物，有的以“变”适应体制求生存，如葛毅卿；有的以“不变”求生存，如朱季海，但最后的结局却都是悲剧性的。根子在哪里？在《葛老先生》的最后，是这样一段撼人心魄的文字：

> 他（指葛毅卿——引者按）死在家里。那种年代，听到一个人死，特别是像他那样人的死是很平常的。大家知道这事是在劳动工地上，休息时，有人说："葛毅卿死了。"于是有人浩叹道："真是一个小丑！"但忽然有人说："有谁能说自己不也是一个小丑呢？"此言既出，如雷贯耳，如电撼心，工地上一片寂静。①

作者作为与葛毅卿同一代人的见证人，喊出了"有谁能说自己不也是一个小丑呢"，揭示的历史有些残酷，但又确实存在。一代人变成小丑，谁之过？这不禁使人联想到鲁迅的《我们现在怎样做父亲》中所说的："自己背着因袭的重担，肩住了黑暗的闸门，放他们到宽阔光明的地方去；此后幸福的度日，合理的做人。"②他正是担当起这样的"父亲"的责任，背着因袭的重担，用他的"斜姿"肩住专制主义铸造的"黑暗的闸门"，还朱季海、葛毅卿、许君琼们这些为体制所不容的"斜姿"的本来面目，目的只有一个，希望儿子们孙子们"幸福的度日，合理的做人"，再也不要变成小丑！

俞明在散文创作中，选择抒写的对象时形成了一种惯性。两类人在他心中容易兴起强刺激，能诱发创作的冲动：一类人是以朱季海、丘京辉为代表的"书毒头"；另一类人是命运坎坷，却对事业永远忠诚的被体制遗弃的革命者，如《门槛》中的李天俐。细细体察，这两类人有一个共同的聚光点，他们身上有一种永恒不变的精神，或曰，在坚守着一种形而上的品质。朱季海面对天变地变社会变，他就是不变："朱季海可算得上是一等学问家了，但就是缺少一门学问：处世学。"③丘京辉"对斗室以外世界的喧闹浑然不知，天底下再也没有比自由自在的思维更使他快乐的了"④。李天俐面对种种磨难，"几十年间她从未中止过她的歌，那是只属于她的，一首高亢而嘹亮的生活之歌"。这些人物坚守的精神可贵，是因为他们在体制多变的政策中遭遇到尴尬乃至迫害，在大多数人变成小丑的时候，他们坚守着，这种坚守具有一种不随波逐流的江南名士风骨。虽则他们为体制所不容，似乎在苟活着，但他们有一种超凡脱俗的"斜"的浪漫。投身革命几十年的俞明能对这种精神认同，实质是对我们建国后体制多变的政策的反省和否定，这种反省和否定，恰恰是对体制否定的对象的肯定。这似乎是一种倒退，有些悲凉和沉重，但对俞明来说，正是以这种返回显示他的人文关怀，实现他的人生的飞跃。

---

①③④　见《故雨新知》，福建人民出版社 2001 年版，第 14 页，第 182 页，第 25 页。

②　见《鲁迅全集》第 1 卷，人民文学出版社 1981 年版，第 140 页。

俞明善写人。特别对那些江南文化树上一枝斜的人物,他情有独钟,洒脱、老到、从容,却使人物神情毕肖,呼之欲出。如《葛老先生》中写葛毅卿参加教研组会议的情景:

> 教研组开会,他进来了,在门口一鞠躬,说:"各位早!"大家不睬他,各自谈笑说话,他踱着方步到自己位子上坐定,闭目养神,这姿态一直保持到会议结束。逢到非他表态不可的时候,他睁开小眼睛,很卑贱地说:"我没有意见,非常赞成,完全拥护。"或者说:"我很同意各位同仁的意见。"大家原也不指望他发表什么意见,只当他放屁。①

寥寥几笔,一个为体制逼迫得成功地阉割"自我"的标本凸现在读者眼前。俞明写人善于和时代粘连,把一个面对窒息的体制压迫的畸形人物的特征勾画出来:卑贱的鞠躬,闭目养神的姿态,总是附和他人意见的发言。这些极有冲击力的写意描写,机智地把一个以矮化自我求生存的文化人写得栩栩如生。俞明的散文是一部生动的小巷人物图。

俞明的散文极有味,能以少量的笔墨显示一种情致和氛围,因此他的一些抒情短章如《秋水花月夜》也写得情致绵绵。相比之下,在处理一些宏大题材上,如《尚书第旧梦》,就力不从心,略输文采。

三　叶兆言:以"玩"显示"斜姿"

叶兆言(1957—　),江苏南京人。1982年毕业于南京大学中文系。江苏作家协会专业创作员。1980年开始发表作品。著有《叶兆言文集》(七卷)、《中国当代作家选集丛书·叶兆言》卷,长篇小说《死水》、《花煞》、《一九三七年的爱情》、《别人的爱情》等,中篇小说集《艳歌》、《夜泊秦淮》、《枣树的故事》等,散文随笔集《流浪之夜》、《旧影秦淮》、《失去的老房子》、《叶兆言绝妙小品文》、《叶兆言散文》和《杂花生树》等。

在斜姿散文中,叶兆言又别具一格,以"玩"显示其独特的斜姿,在"玩"中对长期以来被体制文化诠释和论定的一些历史结论进行解构,重新解读。他"玩"得高明,"玩"得文化:有一点痞性,又有一点轻松,还有一点幽默,甚至还有点虚无,但在"玩"中求真,真得你无话可说,真得使历史和现实都有些难堪。他的散文随笔中最精华的是对文学史上林林总总的人物和事件的

---

① 见《故雨新知》,福建人民出版社2001年版,第10页。

解读,虽则所写的是昔日的风云人物和事件,但观点和体验均是后现代的,写于 2000 年的《闹着玩的文人》就是他这类散文随笔的代表作。

《闹着玩的文人》是对现代文学史上的文人纷争进行评说。长期以来,主流体制编撰的现代文学史把历次文人之间的纠葛和纷争,都要提升到路线斗争的高度上判定双方的是非和谬误,并把这些结论作为教材灌输给一代又一代人。叶兆言轻轻地用一个"玩"字,就把它彻底颠覆。在他看来,"对付文人的闹着玩,最好的办法就是别当真"①,并引用叶圣陶语,"别在这种邪门歪道(指文人纷争——引者按)上下功夫",认为"这些事情很无聊,不值得关注"②。提出:"文人不争就不是文人,但是一定要辨别是非,区分正邪,争出胜负,希望(伟丈夫)出来解决问题,结果就可能是坏事。"③这样的结论对于主流体制所推行的把文人闹着玩的双方判定"红"与"黑",并由此作出政治判决的治史方法,予以消解和颠覆,使流行的文学史研究者们处于尴尬地位。但想想这一个世纪的现代文学史的颠来倒去的史实,不得不正视作者的结论。作者以文人"玩"的心态把二十世纪文坛上的纷争作为"文人闹着玩"来写,并由此改写了历史,似乎有些不太郑重和庄严,但文中显露出来的二十世纪文坛上的恩恩怨怨,却是真山真水。文中夹杂的有些评述,如在叙述 1957 年的"探求者"冤案时,叹曰:"文人闹着玩最大悲剧莫过于此,只知道是错了,错在哪里,不知道,这里面竟然没有逻辑。"④准确地概括和显示了文坛冤案的辛酸、悲壮和沉重。

叶兆言散文血脉中流淌着江南文化的血液。从他的散文来说,依傍的是江南文化。当然,这种依傍呈一种暧昧状,从审美看,他"喜欢周作人,是真喜欢"⑤,还喜欢"丰子恺,我读过一些他在一九七二年时写的散文,这些散文极棒,是一个老人的绝唱"⑥。周作人、丰子恺都是江南文化树上挺拔的一枝。但叶兆言又不愿完全为江南文化所主宰,在他的表达文化观的重要随笔《江南文人》中,对江南文化的解剖和透视到了无情的地步。他虽则欣赏江南文化,但又深深感到江南文化的骨子里的"软弱",这篇随笔就是把它作为抒写的主题。文中提出"六朝虽然紧接着魏晋,在文风上看似一脉相承,然而骨子里其实就只有软弱两个字,史家所谓'气格卑弱'"⑦。反复地陈述,"江南文人如果

---

①②③④ 叶兆言:《闹着玩的文人》,《杂花生树》,人民文学出版社 2002 年版,第 84 页,第 86 页,第 96 页,第 97 页。

⑤⑥ 叶兆言:《流年碎影》,《叶兆言绝妙小品文》,时代文艺出版社 1999 年版,第 428 页。

⑦ 叶兆言:《江南文人》,《杂花生树》,人民文学出版社 2002 年版,第 206 页。

没有思想支撑,永远都是酒囊饭袋”①,以及对“江南文人身上固有的软骨病,这种软骨特征,不仅表现在抵抗无力,更表现在经不起读书做官的强烈诱惑”②的蔑视,这一切似乎表明他又要和江南文化划清界限。因此叶兆言和江南文化的关系有些尴尬:一方面他生于江南长于江南,是被江南文化泡大的,耳濡目染的是江南文化,江南文化是他的根,另一方面他生活在后现代泛滥的年代,解构权威、消解中心和他身上的江南名士气一拍即合。他的许多散文随笔确是“怀古”,但他对“怀古”很清醒,他不想作遗老遗少,他有句名言:“一个靠怀古而存在的城市是没有前途的。”③由“城”及“人”,理所当然也是如此。他对“怀古”有警惕,因为他不靠“怀古”而存在。他“怀古”,不是要皈依“古”,恰恰是要用新的思想审“古”,这新的思想是什么?泛泛而论,可以称之为“后现代”,确切地说是自由主义。他在《沉默的大多数》中诉说了他的心灵历程:

> 我喜欢王小波,暗自惭愧为什么没有在他活着的时候,就成为他的读者。我感谢那些在他死后爆炒他作品的人。炒不一定都是坏事,如果没有他们,王小波不仅白写了,而且是白死了。岁末年初,我一直在读王小波的《沉默的大多数》,心情久久不能平静,读着读着,就忍不住想流眼泪。有些文章实在太好,好得我都不知道应该怎么夸它。④

这段文字写于1998年1月2日,和他在1997年12月1日写的散文《流年碎影》中赞美周作人、丰子恺相比,这里的赞美到了极致。从赞美周作人、丰子恺到赞美王小波,对于叶兆言来说,都是一种真诚。不同程度的赞美,反映了叶兆言对江南文化爱恨交错的复杂立场。正由于如此,他认为王小波的“思想”,恰恰可以填补江南文化的缺陷。因此,他发出了“越来越多的文化人,获得了文化人的头衔,却失去了思想”和“文化正变得越来越不要脸”⑤的愤激之声。叶兆言散文随笔的“玩”的斜姿中闪现着王小波的影子,确切地说,尽管叶兆言散文风格多样,但呈现的形象却是鲜明的,是江南文化之树上孳生的自由主义一斜枝。

---

①② 叶兆言:《江南文人》,《杂花生树》,人民文学出版社2002年版,第214页,第217页。

③⑤ 叶兆言:《怀旧情结》,《叶兆言绝妙小品文》,时代文艺出版社1999年版,第240页,第427页。

④ 见《叶兆言绝妙小品文》,时代文艺出版社1999年版,第426页。

叶兆言的小说和散文随笔在手法上完全不同,一定程度上反映他对散文文体的畏惧,基本上采用非文学叙述话语来写作,他在小说中擅长的一些技巧,在散文随笔中几乎绝迹,形成了稍逊风骚的缺憾。

第三节 回忆散文

一 季羡林:以被污者和污他者双重身份再现历史的天空

抒写历史记忆的散文,在这一时期依然佳作不断涌现。季羡林的《牛棚杂忆》就是一个代表。

季羡林(1911—),山东清平人。1934 年清华大学毕业,到德国留学。1946 年回国,受聘北京大学东方语言文学系教授至今。主要著作有:散文集《天竺心影》、《朗润集》、《季羡林选集》、《季羡林散文集》、《万泉集》、《季羡林文集》、《季羡林散文全集》和《牛棚杂忆》等;另有《印度古代语言论集》、《中印文化关系史论文集》、《原始佛教的语言问题》、《季羡林学术论著自选集》和《佛教与中印文化交流》等;在台湾出版了《季羡林佛教文集》和《吐火罗语导论》;还有翻译作品《沙恭达罗》、《罗摩衍那》、《五卷书》、《优哩婆湿》(以上均译自梵文)、《安娜·西格斯短篇小说集》(译自德文)、《家庭中的泰戈尔》(译自英文)等。

《牛棚杂忆》出版于 1998 年。封面的广告词是:"这是一本用血换来的/和泪写成的文字/这是一代宗师留给后代的最佳礼品。"耐人寻味的是,"文革"浩劫正式结束于 1976 年,但《牛棚杂忆》却是 1992 年创作的。在"自序"中作者披露了缘由,他一直期待那些把人折磨致死的"造反派"能站出来把"自己折磨人的心理状态和折磨过程""表露一下写成一篇文章或一本书";期待那些亲身经历灾难的将军、高级知识分子、作家和演员的当事人,也动笔写一写或者口述让别人写,但盼了十二年,作者的期待却落了空:

> 可是,时间已经到了一九九二年。许多当年被迫害的人已经如深秋的树叶,渐趋凋零;因为这一批人年纪老的多,宇宙间生生死死的规律是无法抗御的。而我自己也已垂垂老矣。古人说:"俟河之清。"在我的人寿几何两个期待中,其中一个我无能为力,而对另一个,也就是对被迫害者的那一个,我却是大有可为的。我自己就是一个被迫害者嘛。我为什么竟傻到守株待兔专期待别人行动而自己却不肯动手呢?期待人不如期待

自己,还是让我自己来吧。这就是《牛棚杂忆》的产生经过。①

这种缘由清楚地表明了,作者写历史,却是在寻找历史不能重演的意义。杂忆昨天,是为了明天的美好;所以杂忆有一种信仰支撑:"在悲哀、孤独、恐惧之余,我还有一个牢固的信念。如果把这一场灾难的经过如实地写了出来,它将成为我们这个伟大民族的一面镜子。常在这一面镜子里照一照,会有无限的好处的。它会告诉我们,什么事情应当干,什么事情又不应当干,决没有任何坏处。"在这一点上,《牛棚杂忆》承接了巴金的《随想录》。巴金多次呼吁建立"文革博物馆",《牛棚杂忆》就是一座"文革博物馆"。

文集描绘的是"文革"的历史天空。这是一片污秽的天空。再现这片天空,"我"的位置和"我"的形象成了文集的聚焦所在。作者所持的姿态,是一种历史的姿态,因此,文集中的"我"是以被污者和污他者的双重身份出现,这是历史的真实写照。"文革"给世人留下的灾难之所以刻骨铭心,是因一代人被污。正是"我"的双重身份,可以让后人清晰地看到"文革"时社会的污和人性的污的过程,过程是最好的镜子。但对于作者来说,把"我"的位置定格在被污者和污他者的双重身份上,有一定的艰难,展示被人污,是一种反抗,似乎是顺理成章;要展示污他人,不仅是一种忏悔,更需要勇气,还要有一种精神,那就是焚我的涅槃的精神。巴金在《随想录》中,表明自己所持的写作姿态是:"我要履行自己的诺言,继续把《随想录》写下去,作为我这一代作家留给后人的遗嘱。"《牛棚杂忆》正是以"留给后人的遗嘱"的态度来写,它是《随想录》的同志。

《牛棚杂忆》的成功在于笔调。它抒写的是污秽的历史的天空,展示的是一代人的苦难,但却是用纯净的从容不迫的达观的态度来描绘,正如林语堂所说的"笑中带泪,泪中带笑"。不过,这种笔调是作者经过深刻反思,以一种君临天下的轻蔑的气势对"文革"的挞伐。态度决绝,没有任何调和余地。作者凭借他的智慧,把所有欲哭无泪的痛苦和惨烈的场景,不怒不骂,不吼不啸,通过他的笔,酿造出一种"泪中带笑"的幽默。如写他为了应付批斗会上的双手反剪的"喷气式"的酷刑,坚持每日在阳台上锻炼:

这样的经验,有过多次。自己觉得,并不保险。为了彻底解决,根本解决这个主要矛盾,我必须有点长久之计。我于是就想到锻炼双腿。我下定决心,每天站在阳台上锻炼。我低头弯腰,手不扶膝盖,完全是自觉

① 季羡林:《〈牛棚杂忆〉自序》,《牛棚杂忆》,中共中央党校出版社 2005 年版,第 6 页。

自愿地坐喷气式。我心里数着数,来计算时间,必至眼花流汗而后止。这样的体育锻炼是古今中外所未有。如果我不讲出来,决不会有人相信,他们一定认为这是海外奇谈……

站在阳台上,还有另外一个作用。我能从远处看到来我家押解我去批斗或审讯的红卫兵。我脾气急,干什么事都从来不晚到。对待批斗,我仍然如此。我希望批斗也能正点开始。至于何时结束,那就不是我的事了。①

真是旷古未有的“体育锻炼”。虽然每个字里蕴含着血泪,但作者通过从容不迫的叙述,以幽默的话语,自然地把富有历史意义的苦难,糅进了人们的日常生活中,历史意义转变成了生活意义,更深刻地揭示了污秽的“文革”中,苦难无所不在。那认真的“计算时间”,“必至眼花流汗而后止”,以及盼望“批斗也能正点开始”,真是欲哭无泪,伤心裂肺。平稳的话语,达到如此的效果,完全得力于笔调。而这种笔调的源头正是西方随笔中的个人笔调。

但是,文集在运用这种从容不迫的笔调时,为了打破单调,有时也穿插一些激烈的描写。如写自己被驱逐押送到太平庄的北大分校劳改,到达后,渴望喝水,文中如此写道:

……我从早晨到现在滴水没有入口,天气又热,又经过长途跋涉,渴得难以忍受。我木然地坐在床板上,心里想的只是水水水。

如果我眼前有一点水的话,不管是河水,湖水,还是海里的水,坑里的水,甚至臭沟里的水,我一定会埋头狂饮。我感觉到,人生最大的幸福就是能有水喝。我梦想,“时来运转风雷动”,我一旦被“解放”,首先要痛痛快快地喝一通水,如果能有一瓶冰镇啤酒,那就会赛过玉液琼浆了。

“水,水,水”,我心里想。

但是一滴水也看不到。

我忽然想到在大学念书时读过的英国浪漫诗人柯勒律治(Coleridge)的《古舟子咏》(Ancient mariner),其中有一行是:

Water, water, everywhere(水,水,到处都有)。

这里指的是海水。到处有水,却是咸的,根本没法子喝。我此时连咸水也看不到,我眼前只有一片干黄的尘土。同古舟子正相反,我是:

---

① 季羡林:《劳动的初级阶段》,《牛棚杂忆》,中共中央党校出版社 2005 年版,第 86 页。

Water，water，nowhere(水，水，无处有水)。

我坐在那里，患了思水狂。恍恍忽忽，不知呆了多久。①

就全文总的从容不迫的笔调来看，这里是一种变调，句式上也出格。心里想的"水"，是以"水"字的重复，并且前面不加标点，加强思水的切迫，节奏的强烈，显示不可忍受的煎熬的痛苦。接着，通过"如果"的假设，用"不管"、"还是"和"甚至"，引出不同的"水"，进一步强化思"水"的强烈效果，继而又用"水"字的三次重复，写出思水之狂，最后又用"一滴水也看不到"，"只有一片干黄的尘土"，使思水变成了绝望的悲哀，这种变调真实地写出患了"思水狂"的"狂"和"悲"。

文集不仅在语调上变，同时在情致抒写上也注意变。如在漫长的被迫害的生活中突然插入"快活半年"一节，其中写的是两件"乐事"，一件是"幸而还留在人民内部，从而保住了选举权"，站在"人民"中去投票选举人民代表的"欢喜欲狂"；另一件是混迹"人民"之中，白天到麦田背捆好的麦子，因为"背的捆数决不低于年轻的小伙子"，从而受到表扬，"心里美滋滋的"。"乐"得让人辛酸，细微地刻画了在荒唐的年月中情感的变形，同时增添了文集的色彩。又如在写饭厅里批斗时，饭厅的大木梁上突然掉下一串破鞋，以此嘲讽当时北大的那位学生领袖，形象地告诉读者，"文革"就是一场闹剧。

同时，文集在抒写污秽时，注意留出一些笔墨，写一点人间的温暖。如《大批斗》中，写到批判会结束，"周围一下子静下来，批斗的人走了，欣赏者也兴尽到什么地方去吃饭了。抬眼看到身旁还有两个人：一个是张学书，一个是王恩涌。宇宙间好像只剩下我们三个被批斗者。他俩比我年轻，身体也结实。是他们俩把我扶了起来，把我扶回了家。这种在苦难中相濡以沫的行动，我三生难忘"。使文集色彩斑斓，情致变化而又富有丰韵。

在抒写历史记忆的散文中，除了《牛棚杂忆》外，还有《八十述怀》等篇章较有影响。《八十述怀》的旨归在于文中描述八十经历后的归纳："我还是我，依然故我。"正由于"我还是我"，才有《八十述怀》，才有《牛棚杂忆》。短短的篇章，浓缩了一代知识分子的坎坷命运。

二　金克木：对"一瞥而过的人"进行艺术剪影

金克木(1912—2000)，安徽寿县人。幼年受塾师课蒙，读古文古诗。早年

① 季羡林：《太平庄》，《牛棚杂忆》，中共中央党校出版社 2005 年版，第 103 页。

受业于家乡中学,并任教于乡村学校。1933年开始在《现代》杂志发表诗歌。1935年任职于北京大学图书馆。1939年在湖南大学讲授法文,1941年赴印度,学印地语及梵文。随后,又学印度哲学、文学,并游历印度各地。1948年入北京大学任教,任北京大学东语系教授。著有《难忘的影子》、《天竺旧事》、《艺术科学丛谈》、《文化的解说》、《文化猜疑》、《金克木小品》和《金克木散文选集》等。

如果说,季羡林擅长抒写历史的天空,那么金克木则在抒写历史的影子上别具一格。四十年代,金克木曾赴印度游历和学习,这段漫长的岁月在金克木记忆中留下了难忘的印痕。《天竺旧事》是他抒写这一段历史记忆中的难忘的影子的代表作。他在《小引》中说:"我在老病中难以伏案工作,也往往回头看看走过的道路,路上出现了一些本来是一瞥而过的人。这些来去匆匆路遇的过客中有的连名字我也不知道或则记不起来,可是不知为什么他们的印象却鲜明地储存在记忆中而忽然再现,也想随手记下一点来,可是以不名忆不名按体例说实在够不上称回忆录,也说不上是随笔或笔记;那末就算是仿制品吧。"文集就是对"一瞥而过的人"进行艺术剪影。这种剪影,并没有像季羡林的《牛棚杂忆》那样,把人放到一种政治现实的环境中刻画,由此提炼历史意义和现实意义,而是有意无意地对现实环境的刻画和"意义"的提炼采取冷漠的态度,把抒写人物剥离出来,用凸影的办法,把人物影子化,艺术化。《不可接触者》中这样描写不可接触者:

> 忽然房门前出现了一个影子。接着,几乎是贴着门框进来一个人。他紧贴着墙,低着头,弯着腰,右手向上举到额际做出行礼的姿势,一直不放下来,左手拿着一块布样的东西紧靠臀部,仿佛是藏着什么宝物,生怕被我们看见。整个的人也是缩得小而又小,惟恐被发现似的,偷偷摸摸地钻进来了。他就像飞一般地飘忽而过,完全同墙上附着的一个暗淡的小影子一样,一瞥间就顺着墙一路转弯溜进了后面的厕所,厕所的门一开一关,影子不见了。①

"不可接触者"本是与世隔绝的群体,无法和他们交流,也无法深入地对他们观察。作者断然对人物采取平面化处理,把刹那间的感觉艺术化,凸现那位不可接触者的影子:贴着门框走,低头弯腰的姿势,右手向上行礼的定格,飞一

① 见《天竺旧事》,生活·读书·新知三联书店(北京)1986年版,第1—2页。

般的来去的飘忽等等。就这样,通过一瞥而过的一个影子的处理,把印度社会里的“不可接触者”艺术地推到读者面前。类似这类影子凸现的写法,在《天竺旧事》中比比皆是。如《地下工作者》写那些从事独立活动的地下工作者的活动,作者在上印地语课时,一位老师每次授课毕,总要“从口袋里掏出一卷纸(油印传单)”,交给作者,那是甘地入狱前的最后一次大会讲话,要他转交中国人民。每次授课毕,都会“不声不响掏出几张油印传单给我们”。直到入狱前,他叮嘱说:“下次我不来了,我要去入狱了。有另一位来教你们,他也会带点东西给你们的。”果然,接替他的人,每次授课前,也同样掏出几张纸给作者。而这些传单传递者,其实“不相信这些传单有什么用”,而且也不问传递的传单的处理情况,就是认真地近乎机械地去做,执著地做,接力赛似的一棒传一棒地做下去。宣示了印度人的“革命”的影子对“革命”的执拗。金克木在《天竺旧事》中对历史所持的态度,和季羡林对“文革”历史处理的姿态完全不同,他刻意要淡化历史的影子身上的政治意义,把它文化化,以此观照印度社会中的神秘的影子和文化现象。

在《天竺旧事》中,我们还可看到作者有意识地采用传统史家的笔法,刻画那些历史的影子。如《父与子》中写自己拜法喜老居士为师的过程,法喜老居士约作者第二天晚上七点钟去会晤,文中写道:

> 第二天晚间我去了。门敞开着。他盘腿坐在床上闭目养神,仿佛老僧入定。白须白发全剃光了,不过身上披的是白衣,不是出家人的染衣。
>
> 他听见我进门,睁开眼,回头望一望书架上的闹钟,七点过五分,说:“今晚不行了,明晚再来。七点钟。”
>
> 过一天,晚上七点我又去,他还是照样一望闹钟,提前了五分钟,他说:“今晚又不行了。明晚再来吧,还是七点钟。”
>
> 这回我才明白了。临走时把表和他的钟对准,第三次去时,先在门口张望一下那正对着门口的闹钟,才知道我们的钟表快慢不一样,他的钟还差两分。我站在门外等着,看见闹钟的长针转到十二点上,才进门,他仍然睁眼望一望钟,这回没有赶我走了。①

读了这段描写,人们自然会联想到《史记》和《汉书》中对张良的描写。张良拜师时的一而再、再而三的迟到,和作者拜师一而再、再而三地不准时如出

① 见《天竺旧事》,生活·读书·新知三联书店(北京)1986年版,第34—35页。

一辙。这种借鉴是一种直接套用。另外,含而不露,以一种幽默的春秋笔法,客观地写一点影子的活动,在文集中也时时可见。如《孟加拉香客》中写那位奉命到中国庙门口侦察的便衣侦探,只要见到一个"我"这样的中国人进庙,立刻就走,说:"先生,我来很久了,见到你我该走了。"因为,只要见到一个中国人,"算是工作有了成绩,可以领钱去了"。监视者与被监视者亲密如朋友一般,既写出了那位既忠于职守又虚与委蛇的不讲实效的便衣侦探的影子,又折射了印度人的官僚机构的办事作风。

除了那些写"影子"的篇章外,金克木还有许多短章写得非常出彩。他经历坎坷,阅尽人世间的是是非非,凭借他的智慧,通过他的笔墨,娓娓道来,话中有话,话外有音,语调平和,滋味无穷。《寂寞》就是这样的代表作,它以李白的"古来圣贤皆寂寞"开篇,款款地说,引经据典,结语却是如此:"奇怪的是,人既不甘寂寞,又要伤害伴侣。不吵嘴,不反目的夫妇能有几对?'相敬如宾'或者'夫唱妇随'可以相安无事,然而前者是套上玻璃罩子保持距离,后者是一个主宰另一个,一比零。一加一等于二,怎么二人就不能'亲密'成为一个整数'友'呢?难道人真是类似箭猪或刺猬吗?刺猬即使成为排队的兵马俑,也不能在伸出刺时互相依靠的。那怎么能不感到寂寞呢?相对无言的大概可以保持友谊。怪不得有人说:妙论是银子而沉默是金子。原来沉默不仅是寂寞的伴侣,却也是对付寂寞的办法。能用'呐喊'对付寂寞的恐怕只有鲁迅那样的人了。多出来几个鲁迅好不好?"读了这样的文字,谁能不掩卷沉思呢?

有影响的回忆散文代表作还有雷达的《王府大街64号》。"王府大街64号",是中国作协和全国文联的旧址、"文革"前文化精英聚集地所在。作者锁定这一特定空间,把镜头返回"文革",巧妙地以"我耳畔响起了怒吼声、咆哮声,然后,是什么东西重重地摔在地上轰的一声巨响"起笔,打开回忆之门,突出的是声响。在抒写"文革"暴虐事件中,先概写王府大街64号从文化精英聚集地点变成"大斗技场"。之后,再对点进行特写,选择的三个点,皆有代表意义:第一个是自杀者跳楼发出的"巨响";第二个是批斗中国文联副主席刘芝明时,造反者"抡起鞋底,照着头和脸左右开弓,嘭嘭嘭的拍击声";第三个是对田汉批斗,施暴者强迫他跪,他硬挺着脖子不跪,但后来,"只听见咚的一声,田汉终于自动跪下了"。就身份而言,描写的对象从普通人到当权者,到著名作家,代表了受害者的面之广;而声响的意义,明确地指向生命的价值被践踏。和季羡林的《牛棚杂忆》相比,相同的是都是抒写"文革"的历史,把昨天的历史作为"镜子"。但是他们的企图和立意却完全不同。季羡林是担心昨天的历史在今天重演;雷达是提醒人们,昨天的历史已经改头换面在今天重演了。雷达之所以在世纪末要读者听听"文革"中的撕心裂肺的声响,不仅是要对"文革"的暴行进行清算,更重要的是通过一连串的诘问,由历史回到现实:"'人对人'粗暴侵犯的时代消歇了,代之而起的总不会是个'人对物'狂热占有的时代吧?""我从眼下层出不穷的贪污犯看出,他们抢掠金钱的疯狂决不亚于'文革'中迫害他人、攫取权利的疯狂。我不禁为之怅然:昨天与今天之间真的已隔着鸿沟?昨天的人心与今天的人心真的已全然不同?外在的文明的进步真的可以代替内在的文化的进步?"一连串的反诘,把血肉被糟蹋的酷烈的昨天和人们对物的狂热占有欲的歌舞升平的今天衔接起来,以此铸造成一柄双刃剑,鞭笞昨天,警策今天,使得这篇散文沉重而坚挺,显示了一种智慧的西北汉子的刚强的个性。

九十年代开始,出现了影视明星、传媒主持人以及各类公众人物写回忆录的热潮,较早的有刘晓庆的《我的路》,赵忠祥的《岁月随想》等。他们的回忆录,有的是自己执笔,也有的雇用枪手写作。这类回忆录的泛滥,是市场运作的结果。由于这类回忆录的大多数作者所持的写作姿态,如鲁迅在《怎么写》中所说的那样,"模样装得真",把自己装扮成"完人"来写作,佳作较少。因为在历史面前,谁都没有"模样装得真",像个"完人"的特权,明星们也不能享受这个豁免权。

第二十四章　台湾散文

第一节　自由至上:散文的精神时尚

一　极端的意义:三毛、陈冠学的选择

台湾散文从二十世纪八十年代起,发生了剧烈的蜕变。有学者指出:"观察五十年代以降的台湾散文发展,八十、九十年代显然是变化最剧烈的阶段。"①这和大陆散文的发展呈现某种暗合。大陆散文从八十年代中期起,真正开始破除杨朔、刘白羽等创建的宏大抒情模式,走进抒情多元化的时代。而台湾也是在八十年代之后,政治民主化进程加速,社会日益开放,经济迅猛发展,带动了资讯传播事业的兴旺,促使散文开始不满足于六十年代时余光中、杨牧等倡导的诗化散文,开始多元化的拓展。

这仅是从文体本身的艺术蜕变而言,倘若深入散文作家内心精神的蜕变考察,八十年代中期这条分界线就会变得模糊起来。作为一种文学样式的发展变化,是多种因素交叉融汇而成的,但起决定作用的是文学创作的主体的精神蜕变,而且常常是文学创作主体的精神变化在先。从这点考察,台湾散文家精神的蜕变,应向前推移到七十年代,其标志是三毛投身到撒哈拉沙漠,陈冠学皈依田园山林。这些行动的直接成果是三毛出版了《撒哈拉的故事》,陈冠学用日记体创作了《田园之秋》。它们的面世,在台湾散文界显示了某种极端的意义。

七十年代的台湾,从社会环境而言,还相当沉重和凝固。当时三毛毅然投奔撒哈拉沙漠,陈冠学弃职返回山林,这种选择的本身,就是一种自由。自由即选择。在二十世纪,自由主义是一个被人反复解读而不厌的词语,曾经流行过古典自由主义、新自由主义、政治自由主义、自由至上主义等等,但对于三毛、陈冠学而言,这些自由主义流派似乎都很难和他们的选择对上号。因为他们的选

---

① 何寄澎:《当代台湾散文的蜕变:以八十、九十年代为焦点的考察》,《文化·认同·社会变迁:战后五十年台湾文学国际学术研讨会论文集》,第23页。

择，和政治无关，和经济也绝缘，仅是一种生存状态的选择，仅是一种心灵渴望的结果。因此这种选择在当时来看，是一种极端，是一种反常，是一种叛逆，是一种浪漫。从他们后来的散文创作实践看，这种选择是一种文学的选择，从这个意义而言，这种选择富有经典性。

富有意味的是，在六十年代到七十年代的大陆，也掀起了上山下乡的高潮，回归山林，回归乡村。尽管当时也出现了一些风云人物，但因为这种回归是政治轨道中的一个圈套，是一种政治行为，它的后果却是导致整个社会的破坏和倒退。

三毛和陈冠学的极端选择的终极目标是对自由的追求。他们的极端选择富有革命意义，其表现在，一是自由至上，是对精神的完全自由的追求。对他们来说，是破除一切束缚，突出的是表现在对“乡”的态度上。三毛在这一点上非常彻底。她对“乡”的解构和叛逆，简直是惊世骇俗。在台湾的散文家中，余光中、张晓风、王鼎钧等以大陆为“乡”，杨牧、阿盛等以台湾为乡，但三毛始终以“异乡人”自居，她的散文《白手成家》就是她作为“异乡人”的宣言书。她宣称：“我始终没有一个固定的地方，将我的心也留下来给我居住的城市。”①她没有“乡”，没有“根”。但矛盾的是，她只看了一遍美国的“国家地理杂志”中关于撒哈拉沙漠的介绍，令她自已都不能解释的是：“属于前世回忆似的乡愁，就莫名其妙，毫无保留地交给了那一片陌生的大地。”②她对“乡”的否定，对“根”的颠覆，可以令读者对她的笔下所描写的关于撒哈拉沙漠的无“根”的“乡愁”产生质疑，因为这种无“根”的“乡愁”是缺乏生命力的，正如她自已所说的是“前世回忆”似的一种神话。但事实是，这种神话就是现实，“因为我在这个世界上，向来不觉得是芸芸众生里的一分子，我常常要跑出一般人生活着的轨道，做出解释不出原因的事情来”③。因为撒哈拉沙漠是自由的象征，“自由自在的生活，在我的解释里，就是精神的文明”④。因此，当《撒哈拉的故事》等散文出版后，在海峡两岸产生巨大的影响，形成了“三毛热”。就艺术而言，偏重纪实的《撒哈拉的故事》并没有多少惊人的创造和发现，人们对她的散文的热爱是对三毛的选择和生存状态的认同、赞赏，魅力来自于她在散文中向人们传递的一种彻底的精神生活的信息：即“自由自在”。同样，陈冠学皈依山林，也并不是对“乡”的认同，他要用他的行动，证明人还有另一种生存的状态，还有另一种活法。他和三毛不同的是，他的选择是对尘世间经过彻底的检讨，感到

①②③④　三毛：《白手成家》，《三毛作品选》，海峡文艺出版社1986年版，第82页，第82页，第84页，第85页。

绝望后，以绝对的手段皈依山林，在大自然的怀抱中求得新生。自由的选择获得了硕果，“大自然毕竟是无限的富有，这里不啻是千万颗真珠！当然我最富有，这一切都是上天赠给诗人的，若我也算得上是诗人的话。其实，人间也只有像我这样置身在这晶莹的晨野里的人，才配称为诗人，你说是不是？总之，那催我出去的感应力，果然发于这一片灵秀，转了这么一圈，我的生活更加晶莹了”①。《田园之秋》的灵魂，正是精神的自由自在。三毛和陈冠学的极端选择的另一个革命意义，是对“自我”的彻底的认同和张扬。这一层的意义，他们并不是运用宣言和口号来显示的，而是以他们自身的行动和实践来彰显的。三毛在《两极对话——沈君和三毛》中就说：“我的文章是身教，不是言教。”一个行动有时要胜过一打口号。三毛置身于撒哈拉沙漠，陈冠学融入山林，他们的行动本身，一是摆脱束缚，义无反顾，在生存状态上彻底解脱社会的束缚，这种解脱的本身就意味着失去对社会的依赖，是一种牺牲，正是用这种牺牲来实现自我的独立，成为“自由人”；二是对自我的自信，凭借自己的双手和智慧，实现自我。尽管三毛和陈冠学的选择仅是一个阶段的过程，但这阶段性的过程所体现的生命价值指向，极为生动和美丽。由此产生的散文也就富有魅力，三毛描写的沙漠中的各类人物，陈冠学笔下的山林虫鸟，也都各有个性，神采逼人。

所以，三毛和陈冠学的极端选择，以及他们的散文对台湾的散文发展来说，一方面是终结，另一方面又是一种预示。终结和预示都聚焦在散文家的主体身上：散文家将摆脱束缚，卓然独立，以“自由人”的身份抒情写志。或许在当时，他们的选择，他们的行动，仅是凤毛麟角，在社会看来，还是一种异类，但他们预示的倾向却势不可挡：自由至上，将成为散文精神时尚。散文创作主体的身份将发生根本的改变，虽则他们从事的职业不同，他们的经历也各异，但他们都不同程度地自觉或不自觉地以自由人自居。自由人将成为散文家的一种主体形象，从这一层意义上考察，三毛、陈冠学是台湾承上启下的散文家。

二　在整合融汇中旗帜林立，流派纷呈

台湾从八十年代末期政府解严后，言论尺度大为开放，意识形态和政治观念对散文创作的制约越来越小，在散文中精神指向的多元鼓励散文创作流派的整合融汇，形成旗帜林立、流派纷呈、众声喧哗的局面。尽管有些旗帜并没有能坚持竖立下去，有些流派也没有能形成气候，但却促使散文的创作风格多

① 陈冠学：《田园之秋》，(台湾)草根出版事业有限公司 1994 年版，第 6 页。

样化。主要的有以下一些流派。

都市散文。代表作家有林燿德、简媜、林彧、林十三。这和六十年代以来，台湾已成为一个都市岛的生存环境紧密相关。据台湾有关方面公布的统计资料显示：八十年代台湾人口超过五万的市镇已增至六十余个，城市人口比例已达78.3%。而且城市人口的激增大多发生在少数一些大城市里，以台北、高雄、台中、台南、基隆、新竹、嘉义七城市计，其面积仅占全岛2.9%，人口却占总人口的31.4%，若以5万人口以上的市镇统计，只占台湾面积十分之一的地方，却居住了三分之二的人口。①都市散文的诞生顺应了这个潮流。倡导者是林燿德。他从八十年代开始，反复呼吁都市散文创作。学者和作家们从各个角度对都市散文作了解释。林燿德称："我将都市视为一个主题，而不是一个背景。换句话说，我在观念和创作双方面所呈现的都市，是一种精神产物，而不是一个物理的地点。八十年代我屡次提出都市文学的概念，这个概念不是建立在城乡二元化的粗糙思考之上，我的关切面是都会生活形态与人文世界的辩证性。"②散文理论家郑明娳则认为："都市散文并不是说以都市为题材就称为都市散文，正像前述乡土、山林散文一样，重要的是作者对都市、乡土、山林要有接受的态度，进一步地表现它们的精神。"③痖弦也强调："新都市散文所要捕捉的，应该是都市现象背后的精神，一种都市精神。"④不约而同地强调的是都市精神。从这些散文家的散文来看，他们所显现的都市精神是一种批判的结晶，在去中心、反权威的后现代都市中，有它的独特的风貌。这种精神，既不是散文家们从乡村到都市后产生胃部痉挛的呕吐物，也不是个人压抑的绝望的怒吼。虽则，在他们的散文中，不免还会有"我是我"的呼喊，但更重要的是他们对都市从物化的外形到内在的精神生存方式的失望。简媜对都市的物化外形的描绘具有代表性，在《口红咒》中写到都市的"新式公寓变成公共港口，各泊各的船只，各管各的航向"。亲情、真情在"各管各"中丧失殆尽。人们正是在"各管各"中异化，人与人的关系在扭曲，所以《口红咒》中的"她"只能以口红来搽抹自已的嘴唇，用红嘴对社会示威。而《宠物K》中的人与龟与孑孓的关系，蜕变成乌龟成为人的宠物，孑孓变成乌龟的宠物，"人"的位置到何

---

① 转引自李非：《论台湾的城市化及其与经济发展的关系》，《台湾研究室集训》1987年第4期。

② 林燿德：《钢铁蝴蝶》，(台湾)联合文学出版社1997年版，第290页。

③ 郑明娳：《一九八七年散文现象》，《当代文学气象》，(台湾)光复书局1988年版，第61页。

④ 转引自林燿德：《一座城市的身世》，(台湾)时报文化出版公司1987年版，第14页。

处去了？这些畸形的展示实质是表达人们对后现代都市的深深的失望，也是在八十年代"我是我"的个性解放后的更高层次精神索取的无望。更可悲的是都市散文找不到精神出路，他们入了二律背反的两难境地，既在生活上依赖都市却又对都市厌恶，他们又没有其他精神参照物来凭吊，显得迷茫。他们重在解构，林彧的《被版面剔除的人》、《窗旁的人》、《麻雀一般的人》等等，极力展示都市人在物质欲求的挤压下的空洞化，甚至连死去也没有一点新闻价值。林十三的散文也常借用一些都市中流行的事物，如"霓虹灯"、"高跟鞋"、"计程车"等，显现都市的恶之美，拆解都市神话。他们对都市的荒诞都非常敏感，享受不到安居的快感，其实，"真正的安居的困境在于凡人一再地追求安居的本质，在于他们必须事先学会安居。如果人的无家可归正在于此，那么，人为何仍旧不把他安居的真正困境当作困境来思考呢"①？正因为如此，都市散文作家们还没有进入更高的形而上的批判，他们所追求的都市精神还停留在形而下的意象的模糊屏幕上，虽然有它的革命意义，但最终没有形成气候。

乡土散文。以昔日的乡村为主要表现对象，浸透在散文中的是浓浓的思乡情绪，追忆的是逝去的美好理想。在乡土散文中，披上历史霞光的乡村中的"人"和"土"，具有灼热的光和烫人的热，有一种挣不脱化不掉的怀乡痴情。和都市散文不同，他们采取阳光的态度，以理解一切的赞美心情颂扬昔日的农村。这可以阿盛和黄春明为代表。在1977年发生的乡土文学论战之后登上文坛的阿盛，到了八十年代中期后依然眷恋着昔日的农村，无论是祖父给的"香火袋"(《契父上帝爷》)，还是父亲拔草的"噗、噗、噗"声(《火车与稻田》)，都散发着浓郁的温馨的乡土气息，令人心醉。他的乡土散文始终以"土地"和"人性"为轴心。但在"乡"和"城"的态度上比较灵活，这和他的经历有关。他的离"乡"入"市"是一种主动，是事业发展的标志，处在"市"中没有老一代怀乡主义者的压抑之苦。他有时视"乡"为历史文物，并以鉴赏文物的态度对待"乡"，"乡"的美被他夸张地挖掘到了极限。黄春明擅长小说，散文数量不多，但1989年出版的散文集《等待一朵花的名字》，却在散文园地压倒群芳。当然，他的散文用乡土散文来冠名，似乎还有些勉强，但《战士，干杯!》实属乡土散文中的奇葩。一个家族的四代男人，"除了当自己部族的勇士去抵御外敌，不是当了侵略者异族的士兵去为敌人打另外一个敌人，就是每一代——甚至于不到一代之间，又换了侵略者，当了别人的战士，去跟一个根本和他们无冤无仇的人，把他们当作不共戴天的敌人敌对起来"(《战士，干杯!》)。在深刻反映台

① 海德格尔:《人，诗意地安居》，上海远东出版社1995年版，第115页。

湾农民的历史的散文中,没有其他篇章可与之匹敌。乡土散文是“百年老店”,它只需要原汁原味的乡情,就可醉倒读者。从台湾乡土散文创作实践看,可以引申出这样一个结论:有了乡村,才能有真正优秀的散文。在八十年代台湾散文园地上,有着它们的独特地位。

田园散文。以陈冠学为代表,另有孟东篱、粟耘等。他们把田野山林视为真正的“家”,陈冠学的代表作《田园之秋》最后描述:“回家时上弦月已斜西,夜气颇为暖和,闻不到有此风的气息。遍地里草虫唧唧竞鸣着,依旧有几只萤火虫为我照路。这是我的故乡,我的田野,前面那幢静默安睡着的平屋,是我可爱的家。”这是田园散文作家的典型心绪。他们似乎也在自我放逐,这自我放逐的最高理想境界极为简单——以田园为家,这是一种生活状态的追求,也是一种精神的超越。田园散文纯朴洁净,虽独处山林原野之中,却无半点孤独寂寞之感,和都市散文形成尖锐的对峙。

怪异的新生代散文。求新求变是新生代的特权。每一时期都会冒出一些新生代。林燿德和简媜其实也可划入怪异的新生代散文圈内,但因为他们在都市散文上的特征明显,所以没有将他们放入。其实,在这一时期以新以怪以异著称,并积极进行实验的新生代散文家如钟怡雯、张蕙菁和唐捐等,或多或少是从林燿德和简媜的散文创作中产生灵感。这些新生代散文家的兴奋点是语言,追求怪、追求新、追求异,他们把神话、历史以及西方超现实主义的一些手法综合起来,科幻合一,企图创造散文新语言。如唐捐的《大规模的沉默》中如此描述:“剧烈的节奏,好像急拨着算盘,要解决一种困难。这声响跳跃鼓荡,在耳膜的弹簧床。可能是粗犷的铁器相互摩擦碰撞,可能是巨大的引擎消化燃料。有一种气息浓厚如沥青,铺在嗅觉的神经网路,我站在车厢接榫处。”以现代超感觉派的手法,从听觉到味觉,描写站在车厢接榫处的感受。这样的跳荡出奇的描写,还可让读者触摸到传统描写的一些影子,但事实上这些新生代散文中的新语言的怪异、诡奇,已让读者切实感受到文言传统的资源在流失。因此,读者又对这些新散文有一种隔膜的感觉,从而失去阅读兴趣,限制了新生代散文的影响。

值得注意的是八十年代中期后,台湾散文在整合和融汇上加快了步伐,散文家们已经变得毫无顾忌。他们崇尚文类跨越和文类嫁接。他们不断解构散文,尤其自觉地和次文类(如文化)交融。他们不怕散文常态的破坏,甚至也不害怕散文主体形象以及焦点的模糊。林燿德散文中融进科幻、寓言,简媜把散文变成散文与小说的混血儿,尤其是阿盛的整合和融汇更令人称奇,有论者如此评述:

……阿盛最堪注目,《引过急水溪》、《散文阿盛》、《五花十色相》等,莫不表现其乡土散文之特质——具浓厚史传及民间说书或通俗曲艺之况味,已为八十年代以降台湾散文出位做了最"庶民性"、最"谐谑性"的展现,故吴江波比为中国大陆之阿城,称其"刻镂着话本笔记和通俗演义的痕迹,并且不时有滑稽突梯的神来之笔",又盛赞其"善用民间俗语、相声、说书和讲笑话、打油诗等等表现手法……化俗为雅";终则索性名之为"阿盛体文学"。①

阿盛是在散文出位的实践中较为成功的代表,他以嫁接手法,把话本、通俗演义融进散文,尽管有些篇章嫁接痕迹深,但大多数篇章继承传统文脉,步伐稳健,为读者所接受。这些融汇整合还导致书写方式的转变,出现原住民书写、专业抒写和自然抒写等等。散文正是在这些变化中,拓展了发展空间,形成多元并存的局面。

三　强化消费功能,追求明星效应

从八十年代起,台湾由于经济起飞、资讯发达、商业繁荣,所以作家不能再像封闭的农业时代那样躲在象牙塔里低吟浅唱,自我陶醉,自我欣赏。从台湾大的生态文学环境来说,发生了重要变化:"八十年代,不但文学出版被当成纯粹的商品行销,作者个人的魅力也被出版社当成推销的'卖点'。即使是一位严肃的作家,出书必然会受到整个大环境的影响。就现象而言,八十年代台湾文学的消费性格已逐渐形成……"②这种消费性格如魔鬼一般,缠住作者、出版商乃至读者,使得散文作家不得不时时刻刻尊重消费,并把消费作为自己艺术创作的一个动力。

以"颠覆"姿态,借助批判建立明星魅力。八十年代起,台湾社会变化加剧,观念更新,急需一批"文化明星"、"文化英雄"作为代言人来推动社会的转型。正如龙应台所说:"八五年的台湾是一个在蒸汽锅里,被锅盖盖着,沸腾了四十年,汽没处发的时代。整个社会需要代言人,我适时出现,就被当成文化英雄。"③有

---

① 何寄澎:《当代台湾散文的蜕变:以八十、九十年代为焦点的考察》,《文化·认同·社会变迁:战后五十年台湾文学国际学术研讨会论文集》,第27页。

② 郑明娳:《台湾现代散文现象观测》,《现代散文现象论》,(台湾)大安出版社1992年版,第3页。

③ 戴小华:《一个冷冷的声音》,见龙应台《野火集——龙应台自选集》,上海文艺出版社1996年版,第279页。

些散文家借助批判，关注现实，以写一些针砭社会的时评、杂文为手段建立明星魅力，以柏杨、李敖和龙应台等为代表。他们以发偏论和妄论的“异数”自居。柏杨扯起的明星旗号是对中国几千年形成的“酱缸文化”的批判，隽永深刻，妙语如珠，几乎使海峡两岸家喻户晓，他因此成为杂文明星。李敖则以狂士自居，时时以尖锐的言辞，抨击一切，并充分利用传媒手段，不惜一切代价树立自己的明星权威。龙应台则以在 1984 年 11 月 20 日的“人间”副刊上发表的《中国人，你为什么不生气》一文，一鸣惊人，引起社会巨大反响，从此一发不可收。1985 年 3 月开辟“野火集”专栏，几年内突破一百版，建立“龙应台旋风”的明星品牌。他们的文章产生的是政治效应，并借政治效应把散文的消费性能发挥到了极致。散文成全了他们。之所以如此，是因为人们思想解禁后，在“我是我”的索取无望中，产生了精神饥渴，而这些散文明星们的散文恰恰成了疗救这种精神饥渴的一帖良药。但不可排除的“作秀”又使他们的散文艺术大大褪色，随着时间的推移，他们的散文身影也就越来越模糊。

瞄准某类读者群的消费需求，以特有的固定腔调建立个人明星魅力。这一类情况常常是通过出版商和散文家的共谋来实现的。从散文家来说，在创作中会有某一种优势，并由此形成特定的腔调。倘若这个优势和腔调为某类读者群欢迎，出版商和散文家就共同策划合谋，有意强化和凸现这种特定的腔调，在反复制造中建立明星魅力。林清玄笃信佛学，八十年代中期以来，就有意在散文创作中以佛学的某一教义为依托，抒情写意，为读者解惑释疑，招徕读者，把他的散文的香火味渲染得浓浓的，蜕变为一种特色腔调，从而在台湾“我最喜爱的作家”票选活动中名列第三。这种特色腔调，和他作为一个熟悉佛学的居士的优势形成的消费品格就特别有它的持久魅力。刘墉善于随时把自己的切身体验，写成浅白易解、直指人心的短章。由于他有新闻头脑，以合时宜、切主题、一事一议、一目了然却又能打动人心的散文，为读者，尤其是青年读者所欢迎，成为畅销书作家。尽管这些明星魅力不为学术研究者所重视，但他们所制造的气候在九十年代散文中不得不让人们刮目相看。

第二节　都市散文

一　林燿德：以诡谲神秘的画面显示都市的“强烈的荒凉”

林燿德(1962—1996)，福建同安人。台湾辅仁大学法律系毕业。著有散文集《一座城市的身世》、《迷宫零件》以及《钢铁蝴蝶》等；诗集《银碗盛雪》、《节庆感应》、《都市终端机》等；评论集《一九四九年以后》、《重组的星空》等。

从八十年代开始，林燿德就身体力行，倡导都市散文，并成为都市散文的代表。虽则他的倡导没有形成气候，但在台湾散文史上，确实具有转折和革命意义，成为一个散文时代的标志。

林燿德的都市散文具有“倒戈”意义。都市研究者们从各种不同角度进行论证，形成了一条共识：“都市”是现代社会问题的根源。林燿德的散文似乎有意无意地为这一条共识提供实证。二十世纪百年散文中的乡土散文作家们，在“都市”和“乡村”关系上，形成了二元对立的情感逻辑，弃“都市”恋“乡村”。这一切激怒不了林燿德，对他的散文不起作用，他不想对一些乡土散文作家的厌恶都市的散文进行反击，因为他没有像张爱玲等海派散文作家那样对“都市”十分眷恋。在对待“都市”的态度上，林燿德简直是和乡土散文作家站在同谋的立场上，他厌恶做机器的奴隶，厌恶精神的贫乏，厌恶商业文化……当然，这里的“都市”具有一种社会情境的象征。这种厌恶的归宿，并没有选择“乡村”，恰恰是选择“都市”的“过去”。他用诡谲神秘、跳跃破碎的画面，拼凑起一幅幅不和谐的今日都市的画面，蔑视传统散文崇尚的和谐美。在《月亮》中写的是“非常浪漫的中秋节”的“月亮”，中秋的“月亮”是传统中的团圆的象征，但在这里，“月亮”成了“都市”的代名词。在对“月亮”的想象情感抒写跳跃中，不断出现的是不和谐的残缺：躺下来的嫦娥，面对的可能是罹患了帕金森氏病症的吴刚，月饼一口口咬成残缺，月饼的“馅里包藏大肠杆菌、师傅的体臭或者毛发”①……“都市”已经病入膏肓。他把神话、历史糅进眼前的“都市”，用一种先锋的语言，为他的散文创造一种孤独苍凉的气氛。这种孤独苍凉时时与“我”同在，它们随时袭击着作者。“有一次演习，不知情的我走出交通管制的巷口，整条新生南路上杳无人车，一片死寂。阳光很大，路面变得异常宽敞，只有几只花猫拖着黑而短的影子懒散地横过，登时我感到一种强烈的荒凉”。这种“强烈的荒凉”辐射面很宽，包括科技文明发展下人们心态的荒凉，这种情绪弥漫在他的散文《迷宫零件》中。“强烈的荒凉”成了林燿德散文的情感基调。孤独在都市，都市皆孤独。连孩子们也不能放过，使孩子们成了“一群密封在罐头中的新鲜蝴蝶”，他们唯一的宝贝是“沾满湿碱的汗和黑垢”的冰冷的钥匙，因此都市儿童的“故乡必定剩下唯一的一种，那就是包围他们成长过程的都市系统。他们的故乡不再是一个‘地方’——一些固定的自然景观与原始建材的组合；而是一套‘系统’，一套由无数预设概念、随机变数和人工规格造形

① 林燿德：《月亮》，《都市抒怀》，中国友谊出版公司1996年版，第62页。

所架构的庞大精神网路。他们终将彻底游牧化，在冰冷的钢铁草原上”①。孤独荒凉无孔不入，时时都在。正是这种荒凉，诱使他时时怀念昔日的“都市”，怀念昔日都市饭店里“善解人意却又高深莫测的酒保”(《绿屋酒吧》)，怀念昔日“后院的桑”的“露水汤汤”，“贵气无限”(《树》)。这种怀念的情绪也非常复杂，有时是一时兴起，有时是有感而发，有时是一种理念的惯性延伸，但反过来的指向却相当明朗，是对当今的都市的变化的质疑和否定。归根结底，根还在价值观念蜕变上。林燿德曾对一般的“都市文学”的价值观念作过一番理论阐述，他认为：“在台湾新世代作家中，对于二元对立模式观点的质疑和颠覆有许多不遗余力的例子，他们质疑国家神话、质疑媒体所中介的资讯内容、质疑因袭苟且的文类模式，他们甚至意图颠覆语言本身。这正是‘八十年代台湾都市文学’的重要特征，我们可说：‘都市文学’是在旧价值体系崩溃下所形成的解构潮流。”②这种解构潮流和大陆的文学又有一种“暗合”，不过，时间上先后稍许有几年参差。林燿德的散文价值观解构的对象是“二元对立模式”，因此他的价值观的判断上，具有多元的对立模糊性。“都市”中的林林总总都可以在他的散文中时时发生令人惊讶的价值蜕变，因此，又具有不确定性。《宠物 K》中写的宠物 K 是只乌龟，人类饥渴的性灵益加需要宠物来弥补情绪上的失落。在文中，“我”和“K”是“宠”与“被宠”的关系，价值就在这种关系中确定了。但当“我”用“孑孓”来饲乌龟时，乌龟却不吃“剩下的两只孑孓”，并尝试着把这“两只孑孓”拥为自己的宠物。急剧的变化，精神的贫乏，勾勒出“人”与“物”的异化和畸形，提出一个非常严肃的问题：孑孓成为乌龟的宠物，乌龟是人的宠物，而人又是谁的宠物？“我”的迷失深深隐藏在这一异化和畸形的人与龟之间，“我”没有归宿感，透露出一种淡淡的苍凉。林燿德对价值的异化非常敏感，在他眼里，甚至都市的街道旁的“树”的身份已经不是树了，“充其量是种道具，或者符号”③。所有这种价值观已经过滤了“二元对立模式”中的党派、政治等情绪，“表现人类在广义的都市下的生活情态，表现现代人文明化、都市化以后的思考方式、行为模式；它的多元性、复杂性，以及多变性”④。正由于多元性、复杂性，以及多变性，不可避免地就带来它的不确定性和零乱性。

---

① 林燿德：《都市儿童》，《都市抒怀》，中国友谊出版公司 1996 年版，第 233 页。

② 林燿德：《八十年代台湾都市文学》，《重组的星空》，(台湾)业强出版社 1991 年版，第 214—215 页。

③ 林燿德：《树》，《都市抒怀》，中国友谊出版公司 1996 年版，第 251 页。

④ 林燿德：《一座城市的身世》，(台湾)时报文化出版公司 1987 年版，第 14 页。

也正是这种价值观，构筑了它和一部分读者之间的障碍，使得一部分读者难以和它心心相印，而挫伤了阅读的积极性。

林燿德是诗人，诗是他的天性。他的那些有意为之的都市散文，都会染上他的诗人气质。即使他的《迷宫零件》是写那些没有生命的洗衣机、果汁机、电视机、传真机以及终端机等物品，也会有意无意烙上一些诗的痕迹。对他来说，跳跃的想象、奇异的语言，都是他的优势。因此，为了渲染一种情绪，他会首先想到调动诗的一些创作手法，如《颜色》中如此描写傍晚的情景：

> 每天傍晚，坐在空荡荡的白色大圆桌前，窗外一无所有。海洋在看不见的远方，用思念牵系着，就可以像风筝一般，把海洋整块拉上了灿烂的天空。
>
> 你想，窗外放风筝的男孩是自闭的，好在自闭的人总是对自己温柔的，就像落地窗可以挡住风、挡住整座宇宙的流星。
>
> 爱情是丈量时间的尺度。那么，你的身上还布满着流星般的男人留下的指纹吗？①

这里静静的，作者借助想象把这些感觉场景搅动起来。傍晚枯坐，寂寞得一无所有。思念辽阔的海洋，整个天空变成了海洋，借助思念和宇宙混沌一片。但思念挡不住寂寞，即使在户外活跃着的男孩也紧闭着心灵的窗户，一切变得有些虚无，爱情的痕迹又在何方？这几个场景的片断的拼接，使情感跳动的幅度显得太大，作者也意识到这一点，前后用风筝、流星模糊联结，让这些情感支撑成一片诗意的天空。但是总体来看，林燿德为了探索，笔法过于西化，语言过于诡谲神秘，跳跃也有些破碎，这一些影响了读者的阅读兴趣。都市散文不能形成气候，和这些紧密相关。

二　简媜：凭借色彩意象抒情写意

简媜(1961—　)，女，台湾宜兰人。台湾大学中文系毕业。曾任《联合文学》主编。从大学时代起，开始从事散文创作。著有散文集《水问》、《只缘身在此山中》、《月娘照眠床》、《私房书》、《梦游书》、《下午茶》、《胭脂盆地》以及《女儿红》等。她是台湾九十年代都市散文代表作家。

简媜散文前后期变化很大，判若两人。前期的散文可以《水问》为代表。

---

① 见《都市抒怀》，中国友谊出版公司1996年版，第40页。

《水问》是青春独白，非常阳光，非常青春，非常灿烂。她在《花季之遗传》中描写的杜鹃花之盛，“那杜鹃发疯了，疯得很厉害”，正是她的《水问》的情感和心境的写照。《水问》荡漾青春的欢笑，生命的活力，此时的简媜真是“发疯了，疯得很厉害”。尽管在文集中，也有“夜深了，家的方向还没有找到”的伤感的感叹(《夜的独白》)，还有对殉情青年的凭吊——“人们的世界没有错，错的一定是星空，那种无法跋涉的寒冷，总让深情的人错足”(《情殇》)等等，但都遮不住那灿烂的阳光。伤感转瞬即消逝，寒冷立刻消失。即使在没有阳光的医院里，在展示了阴冷的痛苦和死亡后，最后留下的是虔诚的许愿：“把微笑还给曾经哭泣的人，把健康还给受苦的人，把生命还给热爱生命的人。”“让阳光，回到阳光不到的国度。”(《阳光不到的国度》)她抱着感恩的态度享受生活，感受青春：“那样的悬崖年少，毕竟也一步一步攀越了，这些都是生命的恩泽。许多个将夜未夜的晚上，自己散步着，升起了淡淡的、蓦然回首的暖意，心里是感恩的，不只是对人、对知识、对季节，更多的时候，是对那磅礴丰沛的生命之泉。”①感恩使作者的写作状态到了极佳的饱和点：“那些思想的精灵永无休止地冲撞我的脑门，它们向我要求更宽阔的天空，它们向往生之飞扬跋扈。我感受到脑海内的波涛已然汹涌，亦发现体内的喜悦即将爆破……为了记录生之困厄与死之纯洁不得不写。”“我乃鲲之大化而为鹏，抟扶摇而直上九万里不知有天，我的灵魂得到最曼妙的舒放，回到真正的喜怒哀乐里且食髓知味。”②青春的躁动，丰蕴的感觉，交织成的青春心电图昂扬、明朗、新鲜和向上，呈现的画面充满了暖意，处处皆美丽。尤其文集中那些歌颂力量的篇章，如《风裳》和《小红虫》可以称得上是“力拔山兮气盖世”。《风裳》是写“我”在生命遭受挫折，面临失去生命意志的困境时，眼前出现的“依偎在老叶的旁边”的“一片绿叶”，却召唤“我”的奋发：“生命那么艰难，人生孤独。没有人知道你、关怀你，没有人了解你、扶持你……但是，纵然你已声嘶力竭，倒在人世炎凉的尘土上，请你也要匍匐，匍匐去找生命的泉水。请你不要停止地寻找，找到天之涯，地之角，找到天黑，找到黎明，找到生命的尽头，找到所有的寻找不再可能。”尽管文章对“一片绿叶”的描绘用力少了些，但这种“寻找”却是一种青春力量的喷发。《小红虫》中对“小红虫”用加倍的力量渲染，极细腻地写“小红虫”对“黑色”的惧怕，进行铺垫；而后再写“我”用黑色原子笔，把“小红虫”周围渐渐用黑色涂黑，把它“囚”在中间的一个小空白区域内。此刻，奇迹出现了：

① 简媜：《如水合水》，《水问》，(台湾)洪范书店 1998 年版，第 2 页。

② 简媜：《月碑》，《水问》，(台湾)洪范书店 1998 年版，第 57 页。

……它静了下来，在仅存的空白里一动也不动，仿佛死去一般。我不禁纳闷起来，然而更让我惊讶的事发生了，我几乎不相信自己的眼睛。它竟然动了，不是在空白里转动，而是一步步慢慢地往黑暗走去，很笃定地，朝着一定的方向，很镇静地走，没有慌乱，没有焦虑，更没有畏惧，像一只走惯黑暗的虫。是什么力量让它把黑色透视成白色，让它那么肯定黑暗之后就是白色？它只不过是一只小小的虫子罢了，它怎么能够……它终于走出黑暗，我囚不住它，认输地把笔记簿让给它。①

最后的结论是"它已有资格去走遍一个地球"。"小红虫"显然在这里具有隐喻作用，"它"实质是整个《水问》中的"自我"的强有力写照。这个"自我"君临一切，什么都不在话下；他所向披靡，主宰一切。这种力的产生和作者前期散文中的青春思维，或曰阳光思维互为因果。因此，《水问》也显示了作者的自信，甚至有些自我陶醉、自我欣赏和自我眷恋。所以在《水问》中处处可见她留下的美好感应，写蝉："捉得住蝉，却捉不住蝉声"（《夏之绝句》）；对含羞草用"近乎是叩地下拜"对待"我"的造访，发出这样的呼喊："起来吧！我不是汉皇"（《花之三叠》）；见到白千层树的不断蜕皮，就写下这样的感应："仿佛要脱掉旧衣裳换新衣裳一般，拉拉扯扯个没完没了"（《白千层》）。妙语连珠，目不暇接，显示了作者有信心把握每个瞬间的感应的实力。令人惊讶的是，简媜在完成《水问》后仅一年时间，就开始她的散文的大幅度蜕变，犹如她的散文《白千层》中描写的白千层树。1986 年出版的《只缘身在此山中》就开始变腔变调。《只缘身在此山中》是以她在高雄佛光山寺院任职时所见所闻写成的。全集共分五辑："万里天"、"寻常饮水"、"行僧"、"无尽意"、"无缘缘"等，都和宗教有关，充满了香火味。尽管文集中有些篇章，如《解发夫妻》中细致地展示了"她"走向空门的心灵历程，但简媜毕竟是"凡尘中人，入世太深"，因此，和《水问》的青春独白的自然流露相比，《只缘身在此山中》是在评价他人，而且他人又不是"凡尘中人"，抒情写意显得勉强和苍白。但它却预示了简媜在散文创作上不断地探索的倔劲，她要像"小红虫"那样在散文领域中驰骋。她有蜕变的实力和自信，她不愿自己重复自己。1996 年出版的《胭脂盆地》和《女儿红》，使她的散文基本定格，成为台湾都市散文的代表作。

从九十年代开始，简媜散文已完全变调。如果把《水问》用关键词来概括，那是：青春、阳光、欢笑和热爱；但到了《女儿红》的关键词却是自杀、离异、孤

---

① 见《水问》，（台湾）洪范书店 1985 年版，第 95—96 页。

独、破碎和拒绝。简媜在《女儿红》的"序"中宣称：她写作《女儿红》的缘由是"构想写一本探勘女性内在世界的书，窥其情感奥秘，听其扎挣之声"①。"女儿红"是一种象征，一种隐喻，在"序"中她已作了告示："一个天生地养的女儿就这么随着锣鼓队伍走过旷野去领取她的未知；那罐酒饮尽了，表示从此她是无父无母、无兄无弟的孤独者，要一片天，得靠自己去挣。"②《女儿红》是从女性的角度写世界，这个世界有它的特指性，即都市，是写女性眼中的都市，写都市中的女性。在文集中所出场的女性，或是母亲，或是患社交恐惧症的自杀女，或是以自己作为自己的最后一任情人的失恋女……她们均在寂寞孤独中。她们面对这样的都市："高楼临窗，雾茫茫的大雨，城市壅塞着车辆与奔窜的行人，那么喧嚣，却也千古荒凉……一切都在漂浮，如枯木、草屑甚至是穿着花衬衫的尸身，摇摇荡荡，从她眼底流过。"③她们不为现实所容，与之格格不入，因此，她们最后选择：或是自我封闭，自我了断，如《哭泣的坛》中那位患社交恐惧症的少女；或是逃遁，从一个都市搬到另一个都市，以此抹掉过去的一切，如《在密室看海》中的"妈妈"；或是收藏一些无意义物品来凭吊过去的时光，如《拖鞋志》中那位一再失恋的女人，只能把前八任男友留下的发霉的拖鞋作为过去的纪念……这些都市女性的寂寞和孤独是冰冷的，没有希望和光明。残忍的是有些孤独者还有童年少年的温情回忆作为最后的安慰，但在《女儿红》中，连这样的安慰也丢失了。在《女鬼》中"我"所回忆的到小镇乡村土路的情景也是那样可怖：折腰的竹树仿佛是地狱内的冤鬼，布袋莲则像被弃的紫尸，一只只绿茸茸的野犬扑来嘴啮木屐……无可救药的孤独使这些女性既要面对残酷的都市现实，又堵塞了她们回忆的通道。她们已无路可走，文明的都市成了女性孤独者的坟墓。

这样，简媜的都市散文不可避免地涉及一个原生态的命题：人活着的意义。因此在《女儿红》中充满了生命的追问，作者呈现各种女性的意象反复表达的话语是"她活着，跟众人一起活着"（《女鬼》），"活在别人为你选定的路上保持缄默"（《哭泣的坛》）等等，实质是：人为什么活着。尽管简媜在《水问》中也提出过"为什么人要活下去？"（《夜的独白》）但那是青春期的一种好奇，《女儿红》中的人的"活着"的探索却已涉及人的生命的本质。尽管在《女儿红》中已提供的范本都是一些负面的否定的灰色形象，但它的深刻也正在于揭示了人类在创造物质财富的同时，精神却已陷入了异化的危机，这种危机如瘟疫一

①② 简媜：《红色的疼痛》，《女儿红》，（台湾）洪范书店1996年版，第7页。

③ 简媜：《女儿刀》，《女儿红》，（台湾）洪范书店1996年版，第138页。

般无法疗救。简媜笔下呈现的都市女性是人人皆孤独的荒凉景观。《女儿红》是为都市唱的一曲苍凉的挽歌。

简媜在散文中擅长勾画色彩意象,以此抒情写意。《口红咒》就是成功运用色彩意象的优秀篇章。一个伴着中风多年的老母亲的老姑娘在两兄弟家轮流住,但当老母亲病危时,老母亲和两个儿子谈判,希望儿子们"拨一些尾数给年逾四十出阁无望、服侍她多年的女儿",两个儿子最终决定"在顶楼加盖一间小套房给她"。当两个儿子把这一决定向老母亲汇报时,文中如此写在场的"她":

> 她一副事不关己,坐在床边帮母亲按摩背部,后来索性窝在自己床上看杂志。床头上的铃铛一阵乱响,一根线拉到母亲这边,以便半夜需要如厕时可以叫她,哥哥不小心碰到,她伸手捂住铃铛,房内恢复安静,兄弟俩又继续铺陈加盖套房的建材问题。她杂志也不看了,从枕头底下摸出小镜子,又从口袋掏了一支口红,慢慢旋出,好像从花房把蝴蝶诱出来般全心全意,擒着小镜以一种足以唤醒墓园的神情搽嘴唇,轻轻抿两下,又利用唇膏的侧锋勾出唇形,营造立体感;她似乎不甚满意,掏出另一支色调较深的口红,加强下唇色泽,看起来像天光拂掠远近山峦所造成的移影景象。桃红色口红带着春天的绮艳,衬着她那张苍白、枯槁的脸,分外明媚颤动,仿佛被浓雾封锁的遗址上挣出一株野桃花,不管天高地厚,喧闹地诉说它自己的欲望。
>
> 兄弟俩愣了,眼前这位套着睡衣,用橡皮筋束头发的老女人,怎么看都是上不了台面的外人。那张红嘴令他们焦躁起来……①

这是一场惊心动魄的较量,但画面的冲突却在无声中进行。"她"用唯一的特殊武器——口红,旁若无人地精心为自己装扮塑造出一个色彩鲜明、欲望强烈的"红嘴",表示"她"与这个世界格格不入的深刻的孤独以及对这个世界的蔑视,所以两兄弟面对"红嘴"要焦躁起来。在老母亲死后,"她"在丧礼中再次把自己的嘴"搽得跟妖精一样腥红",就用这张红嘴显示"她"的屹然卓立。直到"她"自杀后,在"她"的上了锁的梳妆台里,珍藏的唯一的遗产,就是那两百多支各种颜色、品牌的口红。而两个嫂嫂对"她"的死却很淡漠,关心的还是那两百支口红,"一一检视口红的身世"。"口红"和"红嘴"所勾画的色彩意象,强烈

① 见《女儿红》,(台湾)洪范书店 1996 年版,第 219—220 页。

地显示了“她”的彻底的无可救药的孤独，绝望的孤独，具有无限的张力。又如，《拖鞋志》中的八对“拖鞋”意象，展示了都市女性在爱情上的枯萎和粉身碎骨的狼狈境地；《小红虫》中的“小红虫”意象，它战胜黑色，勇往直前的气概，饱满地表达了作者的青春情绪。色彩意象的创造是简媜散文成功的一大奥秘。

第三节　乡土散文

一　阿盛：喜剧式的幽默，乡土散文的开拓者

阿盛（1950—　），祖籍福建，生于台湾新营乡村。七十年代末，他以散文《厕所里的故事》、《唱起唐山谣》等一举成名。虽则他成名于七十年代末，而且一些重要的散文代表作，如《火车与稻田》、《契父上帝爷》和《春秋麻黄》等都发表在八十年代中期，但他却是乡土文学新旧交替时代的新生代的领衔人。他的散文是台湾乡土散文嬗变的一种预示、先兆和标志。先后出版的散文集有《唱起唐山谣》、《两面鼓》、《行过急水溪》、《绿袖红尘》、《如歌的行板》、《春秋麻黄》、《吃饭族》、《满天星》、《春风不识字》、《阿盛讲义》、《心情两纪年》和《千杯千日酒》等。另有台湾历史题材小说《秀才楼五更鼓》等。

阿盛是在台湾乡土文学论战高潮中来到文坛上的。他的成名作《厕所里的故事》是从他家乡的厕所里掘到的第一桶金。文章写得嬉皮笑脸，漫不经心，从容自如地向读者描述了家乡厕所的变化，正是在变化中阅尽人间春色。在对待“乡”的态度上，阿盛是“乡”喜“乡”乐“乡”甜。正是在这一点上，他和琦君等老一代怀乡主义者划清了界限，因为他们的经历阅历不同。琦君等老一代怀乡主义者是为战乱所迫，无奈地离“乡”，成为无家可归无乡可依的流浪儿、孤儿，有失“乡”去“乡”的切肤之痛，“乡”成了他们的梦，所有这一切凝聚成挣不脱化不掉的乡愁，融进了他们的散文，形成一种沉重的残缺的美。而阿盛则不同，他年轻，充满活力，适应性强，为求学，“我来到没有稻田的台北，很快学会了看红绿灯行路”①。大学毕业，进入《中国时报》，所处的人文环境极其开放：“大学毕业进入《中国时报》，在《人间》副刊工作，这才更进一步大开眼界。主编高上秦的大开门大跨步作风，经常使我自叹学也学不到；同时，‘乡土文学论战’的炮声震得我茅塞启开不小。”② 这一切表明他离乡来到都市，很快

①② 阿盛：《放心下笔大是好》，《散文阿盛》，（台湾）希代书版有限公司 1986 年版，第 274 页，第 275 页。

就适应,“学会了看红绿灯行路”,形成一种海纳百川的兼容品格。在他身上没有战争的阴影,这种品格促使他不愿把“乡”和“城”对立起来,事实上,他也确实在“乡”和“城”的关系上左右逢源:“两眼看着台北人,我并没抛弃当年足踏的土地。”①所以他的散文中,常常变换视角,有时站在“乡”的立场上看“城”,有时又站在“城”的立场上看“乡”,有时兼而有之。他没有偏见,也不固执己见,但始终坚持的中心不变,即:土地和人性。因为他的童年和少年的“乡”的经历,使他和土地血肉相连,有着刻骨铭心的记忆。同时,昔日“乡”中的人与人之间的关系以及人性的纯朴,又幻化成一种永恒的美,在他的笔尖流淌,所以他描写“乡”的笔墨是温暖的、甜蜜的。虽则,有些散文中他也呈现出心理紊乱——在《火车与稻田》中,作为现代都市象征的“火车”,不断反复地对乡村发出“当当当”的轰鸣,对“乡”的人与人之间的关系,对“乡”的伦理道德标准进行解构,而且“火车”的不断轰鸣又无情地吞没土地——面对这一幅都市侵略乡村的画面,他出现了感情紊乱,文章结尾写到携着妻儿返乡,儿子拔草遭遇妻子的呵斥,认为这是肮脏,“我”近乎愤怒地瞪着妻子,但这种“瞪眼式”的紊乱仅是在认同“乡”的变革大前提下的一时紊乱。他的乡土散文的总的基调是“喜”和“乐”,挣脱了战乱的阴影,挣脱了对抗思维的枷锁,既阳光又轻松。中年的沉稳是乡土散文的常态,但阿盛的乡土散文却富有青春气息。

阿盛的乡土散文作为新生代的领衔人的另一个重要标志是以“变”写“乡”。他的理念是天变地变人变道变“乡”也变,在这一点上,他又和琦君等老一代怀乡主义者区分开来。琦君等老一代怀乡主义者将昔日的“乡”凝固起来,美化圣化,顶礼膜拜,在怀乡中寻找一些不变的精神作为寄托,而阿盛则是以“变”的视角来观察“乡”。他时时把“乡”置放进世界变化潮流中,固然这种视角有可能使他失去写作乡土文学的资格的危险,但他有恃无恐,因为他对“乡”有刻骨铭心的记忆和体验,他和“乡”中的人贴心,血肉相依,形成了以“乡”为中心的坚实的、不容置疑的、不可动摇的价值基础和审美基础,他不是一个反基础主义的后现代主义者。也正是这一点,使得他非常敏感,对“乡”的锱铢变化,都能引起强烈震动。他对“乡”的变化把握得非常准确,既能展示变化过程,又能很准确地透视变的层次。如《厕所里的故事》中,写到邻村有钱人为了争水肥,到他的“乡”投资建造厕所,并签合约,水肥归投资人。开始投资人对厕所里水肥不满,与“乡”发生矛盾,抱怨“乡”里人为什么不多拉一点。但

① 阿盛:《放心下笔大是好》,《散文阿盛》,(台湾)希代书版有限公司 1986 年版,第 274 页,第 275 页。

后来,政府配发的农肥增多,引起水肥跌价,投资人不愿再来拉水肥,承担清理厕所的义务,又与"乡"发生矛盾。"乡"是一日千里地变,如此注重描写"乡"的变化过程在老一代怀乡主义者的散文中实属少见。另外在《火车与稻田》中以长兄、二兄、三兄和"我"的不同离乡的背景,展现"乡"的变化的层次。总而言之,阿盛的乡土散文所信仰的哲学是:"变",是合理的。他以理解的目光注视着"变"。诚然,他也在"变"的描述中刻画"变"的复杂性。在《火车与稻田》中写到自己搭乘计程车(的士)去车站接母亲时,有这样一段描写:

计程车司机点燃一支烟,然后不停嘴地抱怨大城的交通,生活的紧迫,激烈的争逐,要是很有钱很有钱,他说,不住城市了,到乡间买块地,种地瓜都可以……①

在写"火车"为代表的现代都市文明冲击"乡"的主调中,插入了"乡"对生活在现代都市中的人的召唤。世界就是这样复杂:围城外的人想挤进围城,围城里的人又想冲出围城。在阿盛看来,一切的一切都是合理的。正是通过"变",彰显了阿盛心中的"乡"的丰蕴的内涵。

与之相关的,是阿盛开创了乡土散文的喜剧式的幽默笔调。这又和琦君等老一代怀乡主义者划清了界限。在乡愁乡怨主宰下,老一代怀乡主义者有一种天然"乡关何处"的沉重,离乡背井,和"乡"中断迫使他们对昔日的"乡"笑不起来乐不起来,甚至于他们的思乡之梦都是残缺的。经验无法传授,意识不能移植,阿盛对"乡"的态度却是开放而灵活。他留恋怀念昔日的"乡"的林林总总,但又能宽容地面对变化中的"乡"。正由于如此,他能在"乡"的变中求喜,喜中有乐,乐而发笑,形成了阿盛特有的乡土抒情笔调:幽默、诙谐,以一种密室中与良朋闲谈,推诚相与的姿态,吐露真情。他的乡土散文中,处处可见一种心境,一点佳意,一股幽情。

阿盛散文中喜用的幽默手段是在文中用浓笔抒写笑点,不断用夸张、延伸、对比等手法,围绕笑点,把文章做足,爆出笑料,使读者不断地会心地笑,不达到使读者发笑的目的誓不罢休。有时,笑点处在中心位置,如《厕所的故事》的笑点是"拉屎"。为了描写这个笑点,文中精心地设计了两个对比。一个对比是写都市人到乡村,见到乡村没有厕所,只能在门前水沟旁拉屎,怎么也拉不出屎的窘相,而后又写乡村人到城里在抽水马桶上拉不出屎的狼狈,尖锐对

① 见《散文阿盛》,(台湾)希代书版有限公司 1986 年版,第 132 页。

比，引爆了笑声，制造了幽默的效果。另一个对比，是邻村老板到村上投资建造厕所，签订的合同是水肥（指粪便——编者注）归老板。开始老板责怪村人拉屎拉得少，怀疑被人偷走，和村长吵。村长回击说："那东西又不能吃，谁要偷？"但过了一个月，政府配给的化肥增多，水肥跌价，老板不愿来载水肥，清理厕所。反过来，村长去找老板，要他履行合同，来运走水肥，清理厕所。老板反过来回答村长："要那么多干什么？又不能吃！"令人捧腹，忍俊不禁。阿盛的可贵之处是，他对笑点的制造和描写，并不是为笑而笑，笑过以后读者可以从中品尝出深刻的内涵。前一个对比生动地把都市文化和乡村文化的差异亮了出来，后一个对比是让读者感受经济发展变化的迅猛以及对乡村的影响。这是把笑点放在中心位置描写，更多的是阿盛把笑点放在叙事抒情的一些不显眼的环节，顺手捎带，冷不丁爆出一个笑点，让读者措手不及，读后不禁要捧腹大笑。如《人间浪子》中写浪子叔叔被最疼爱他的祖母责打的情景：

> ……祖母打他，他看着祖母小脚站不稳，还会帮忙扶着，一面挨打一面叫："阿娘要站好，阿娘要站好！"然后他脸色不改地躲到一旁去哼哼地自唱歌。①

被责打的浪子在接受责打的同时，还要考虑打他的母亲的安危，难得的一片真情在令人发笑的同时，也会产生一种甜甜的温馨气息。本是剑拔弩张的痛苦场景，被一个不经意安排的笑点，顿时化解成春风拂面、情意浓浓的画面。

阿盛在散文创作理念上，力主散文越位，提倡散文小说"同质化"。他认为："文学创作的体裁形式，约定俗成而已，形式不是决定作品好坏的标准，而且，文字之运用，各依其便，小说写得像散文，散文写得像小说，或者，诗写得像散文，散文写得像诗，都没什么不好——除非作品写得实在不好。"②对于散文小说"同质化"，他明确地表示支持："'同质化'并无不妥，我一直认为，文学是个天大地大的笼子，写作者都离不开它的笼罩，那么，游走在靠近散文这一边，游走在靠近小说那一边，或是来回游走在散文小说两边，都没什么不好，何必坚持划清界线？"③出格也无妨，只要能自成一格。表现在他的散文创作中，作

---

① 见《散文阿盛》，（台湾）希代书版有限公司 1986 年版，第 97 页。

② 阿盛：《放马文学天地间》，《散文阿盛》，（台湾）希代书版有限公司 1986 年版，第 265 页。

③ 阿盛：《胎生·卵生·蚕》，《散文阿盛》，（台湾）希代书版有限公司 1986 年版，第 254—255 页。

品中的“我”这一角色常常是虚拟的，或是“召唤女郎”(《绿袖红尘》)，或是“派出所服务员”(《捉贼巷房客自白录》)，或是“小孩”(《状元厝里的老兵与狗》)等等。“我”的虚拟是一种小说写法，为了使“我”充当一个全知全觉的叙事角色，有利于散文故事化、情节化。角色虚拟化，叙事的情节化，引发散文与小说同质化。有时，甚至把话本、通俗演义融进散文。作为阿盛来说，是对散文创作的变革进行一种尝试。其效果也不尽相同。有的较为成功，如《状元厝里的老兵与狗》，通过老兵与狗的生死相依的故事描写，展示了老兵的孤独和凄楚的生活，尤其细微刻画狗对老兵的关爱，最后用自尽的方式，表达它对老兵的忠诚。一个有血有肉有情的故事，彰显了人性中最美最神圣的美丽风景。从文体角度考察，小说和散文在文中获得了双赢。有的就顾此失彼，如《绿袖红尘》系列文章，虽则它关爱受压迫的妇女，对病态的社会进行批判和鞭挞，但文章报道味浓、散文味弱，效果就打了折扣。

二　黄春明：融入“乡土”的农民代言人

黄春明(1939—　)，台湾宜兰人。小说家。小说有《儿子的大玩偶》、《莎哟娜拉·再见》、《锣》、《小寡妇》等；散文集有《等待一朵花的名字》。其中《等待一朵花的名字》、《屋顶上的番茄树》、《战士，干杯！》都是他的优秀代表作。

以小说论，黄春明是台湾有影响的乡土作家。翻开他的小说，扑面而来的是一股浓郁的乡村土地的气息。他和乡村泥土有着天然的联系。他对乡村对泥土的直觉和反应，容易使人想到大陆的沈从文。他们都是那样熟悉热爱乡村，和生活在其中的人物心心相印。不同的是，沈从文是要用“乡”和都市对抗，黄春明对都市没有深仇大恨，他写“乡”是要求担一种责任，宣泄底层人民的愿望，振奋人们的心灵，是一种忠贞。这种“乡”情是一种永恒的情，在黄春明的心中，它永远不会成为过去式。他的小说散文是彻头彻尾的“土”，是永远的“土”，在这一点上，他和沈从文鲜明地区分开来了。

黄春明散文创作数量不多，1989 年出版了他的第一本散文集《等待一朵花的名字》，收录他从 1967 年到 1988 年的散文作品二十五篇。这本散文集中的散文分两类，一类以小说笔调写的，运用小说的悬念等笔法，抒情写志，如《战士，干杯！》、《等待一朵花的名字》和《愕然的瞬间》等；另一类是以诗一样笔法写的小夜曲，如《乡土组曲》中的《母亲的手》、《感伤的脚步走向黑暗》和《改掉吸奶嘴的习惯吧！》等。总体来看，这些散文的气味依然是乡村的，它们的根在乡村。“乡情”是它们的魂。

黄春明熟悉乡村，他自称：一旦望着天花板开始构思的时候，一个一个活生生地浮现在脑海的形象是“打赤膊的祖母,喜欢吃死鸡炒姜酒的姨婆,福兰社子弟班的鼓手红鼻狮仔……”(《屋顶上的番茄树》)。他就是这些乡村人物中的一分子,他和他们有着天然的联系,因为他能时时刻刻感受到他们的活力,而这些活力又反作用于他,不断赋予他新的生命的昂扬旋律。在《屋顶上的番茄树》中,他借祖父的名言:“想活下去的话,管他土有多少!”①这是一种认真,一种坚持,它没有丝毫苟且,因此又是一种神圣。它们标示的理念简单又简单,就是“活下去”。或许正是这种理念的感召,使得黄春明的散文充满阳光,旋律昂扬,是长在“屋顶上的”那棵不管有多少土,依然坚持挺立在那里的“番茄树”。

黄春明对乡土虽然一往情深,但对“乡土”的今昔变化却又显得克制,较为客观,情绪较为平静。他不像沈从文、刘亮程等要以“乡”抗衡“城市”,对待“乡”的一切变化用宽容的视角,使它合理化,这应该说,是他对“乡”的又一种情怀。在《往事只能回味》中,前半部分绘声绘色、极有风情地写了以前乡村“牵猪哥”——牵着公猪为母猪配种的人的林林总总,但到后半部分,笔墨一转,又勾画出今日的年轻人,开着小卡车,装载着各种不同品种的公猪,放着高音喇叭,到处兜售配种业务的场景,今昔不同的差异使作者产生的情绪是“我突然失声的笑起来”,“一股淡淡的时间的乡愁,偷偷的从心底升起”。这是近乎中性的情绪,对这一变化是欣赏,还是忧愁,还是无奈?应该说是一种兼而有之的中性的复杂情绪。从这一点上看,黄春明对“乡土”虽迷恋,但并不固执,虽然称不上与时俱进,但那种宽容的大度,使他的“乡情”没有丝毫霉味,变得清纯可口。

但是,黄春明的散文又是沉重的。他背负起台湾乡村农民的苦难。他的散文虽然也是大多展示历史的世界,但他的展示不是把“乡土”作为点缀品,而是融进“乡土”,以农民代言人的身份进行历史的反思,表达他的人文关怀。因此,他的散文充满了苦难意识。《战士,干杯!》就是其经典性的代表作。在《战士,干杯!》中,展示的是台湾山村一个山地人农民家庭的四代“仇人”,那是:

曾祖父——和平地汉人作战;
祖父——和日本人作战;
妈妈的原来丈夫——参加日军在南洋作战;
父亲——和共产党作战;
哥哥——和共产党作战。

---

① 黄春明:《屋顶上的番茄树》,《等待一朵花的名字》,(台湾)皇冠文化出版有限公司 1989 年版,第 42 页。

对于一个家庭来说，这是何等混乱的暴力结构。这“四代男人，除了当自己部族的勇士去抵御外敌，不是当了侵略者异族的士兵去为敌人打另外一个敌人，就是每一代——甚至于不到一代之间，又换了侵略者，当了别人的战士，去跟一个根本和他们无冤无仇的人，把他们当作不共戴天的敌人敌对起来”。这个乡村的少数民族山地人农民家庭没有自己固定的“敌人”，却代代要和并不属于他们的敌人作战，乃至于去为敌人打另外一个敌人，一代又一代献出自己亲属的生命。你能责怪他们的愚昧吗？不，因为他们无法主宰自己的命运。这种追问以及文章最后找到山地人农民所构成暴力结构的原罪所引发的悲哀痛哭，使这篇散文惊天动地，成为二十世纪散文史上富有经典意义的农民散文。

黄春明的散文很“土”，叙述“土”，人物“土”，文字“土”，叙述话语是地道农民式的，给人有一种文物感。特别是他不露声色地用冷面滑稽处理文字，形成一种幽默的轻松格调，令读者发出会心的微笑。比如在《相像》中，写到他的妻舅脸如“马脸”，相像到这样：“有一次，有一个人竟不知觉地喊他马先生问路。刹那间，那个问路的人也意识到某种错误，但是话已经脱口而出，四匹好马也追赶不及了。当时这位妻舅气坏了……”令人喷饭。当然黄春明的幽默又是和他的细致的观察、准确的描写融合在一起，因此又特别有味，如《往事只能回味》中写“牵猪哥”手中的那只“公猪”在行走时的情景：

> ……这头公猪最引人注目的是，两只后腿中间夹着硕大发亮的睾丸包；也只有对具有这么大规模的睾丸包的公猪，才配得上和我们称兄道弟，称它为“猪哥”。其实所有的猪哥的睾丸包，都长得十分跋扈，并不是两只后腿夹它，是它把两只后腿往两边挤开，害得后腿走起路来，还得往外一步一步赔小心，板眼一点也不许含糊。因而上面肥大的屁股，不能不大幅度左右款摆，特别显得动荡不安了。随后头的老人，如果不急事，就由猪哥慢慢晃，不然就挥动小鞭子抽它几下赶路。天热的时候，睾丸包累了猪哥，当他们路过水边，老人家还会舀几勺水浇浇它。这样的情景，久而久之，也和牛车一样，不知不觉中变成代表台湾乡下的活风景。①

作者以一种温馨的心态回忆描述昔日台湾乡村的“牵猪哥”牵着公猪行走的“活风景”，整个画面“活”得动人、可爱、和谐，插入“硕大发亮的睾丸包”的介

① 见《等待一朵花的名字》，（台湾）皇冠文化出版有限公司 1989 年版，第 25 页。

绍,又使“活风景”幽默、轻松、诙谐,形成一种挚友对谈、推诚相与的笔调。作者之所以能把“活风景”写得如此“活”,一方面是他对这“活风景”欣赏得细致入微,更重要的是要使这一“活风景”和现实中的年轻人开着小卡车,载着各种不同品牌的公猪,放着高音喇叭到处兜售配种业务的场景形成反差和对比。当然这一反差和对比中似乎扬抑的成分不多,只是滋味不同,是一种说不清道不明的复杂滋味。所以黄春明的散文虽“土”却有“味”,他是一个道地的乡土散文家,是一个够格的乡土散文家。

第四节 田园散文

一 纯粹的返乡和返乡后的纯粹

田园散文的主要代表作家是陈冠学。

陈冠学(1934—),台湾屏东人。台湾师范大学国文系毕业,曾任教师和编辑。七十年代初毅然弃职重归故乡田园。他曾精研中国古代思想,著有《论语新注》、《庄子新传》和《庄子新注》等。返乡后,出版的主要散文代表作是《田园之秋》。它用日记体形式,从9月1日写至11月30日,逐日记录所见所闻所感。从1983年开始,每年一册,分《初秋篇》、《仲秋篇》和《晚秋篇》出版,至1985年出齐。1994年台湾草根出版事业有限公司把这三册集纳起来,冠以《田园之秋》出版。其他的散文还有《父女对话》、《访草》和《蓝色的断想》等。

在人欲横流的时代,陈冠学的田园散文的出现,无疑是个神话。对于陈冠学为何弃职从农,离都返乡的前因后果,所见材料不多。从《田园之秋》中的不多表述来考察,既不是陶渊明的“不愿为五斗米折腰”,也不是“文革”中大陆知识分子受迫害去乡村的“五七”干校的放逐,更不是他个人生活中遇到挫折,为躲避什么回乡……他平静地返乡,自然又自然,成为一个真正的农民。田园将芜,胡不归?自食其力,日出而作,日入而息。一家六口,包括牛、狗、猫、两只鸡。虽也可称作自我放逐,但无怨无哀无怒无愁,也没有知识分子患的孤独寂寞通病,真正融于山水自然田园。这种融并不是无欲的修行,而是一种真正享受:享受大自然的恩赐。虽则,在《田园之秋》中也透露出对都市的厌恶:“依照理想标准……最好是一平方公里五人至十人,不能超过十人。只有在这个限度下,人才有真正的自由之可言,才有真正的尊严之可言,一旦超出这个限度,人的自由尊严都受到了折扣。听说一些所谓文明国家,实际密度达到一千五百人以上,那简直成了猪圈里的猪,厕所里的蛆，算不得是人了，真不知道那是文明呢？野蛮呢？实际上每个城镇，密度都超过此数，那是自我作贱。”①因拥挤而弃都市大概是陈冠学返乡的一个重要原因，但就这个原因而言，也较为中性，是老子的“小国寡民”的一种曲折闪现，并没有形成功利、倾向的问题。因此，陈冠学返乡的原因称得上是没有被胁迫的出于本性的纯粹，没有丝毫的失意，如此也就决定了他返乡后的生活起居和创作的纯粹。纯粹的返乡实现了返乡后的纯粹，正是凭借这种纯粹，打破了数千年来只有失意人能写绝妙田园诗文的神话，在二十世纪中国散文史上是空前绝后的。纯粹的返乡难，返乡后的纯粹更难，《田园之秋》的经典意义也就在于此。

田园散文和乡土散文有别。乡土散文作者生于乡村，就业于都市，在“乡”与“城”的对立观照中滋生了怀乡情绪，以“客”的眼光追溯颂扬肯定“乡”的昔日。而田园散文的作者虽则也生于乡村，就业于都市，但他们又返“乡”并扎根于“乡”，成为“乡”的主人——地道的农民，并以“主人”的姿态审视今日田园的一切，“跳出尘世，以隐逸心态面对大自然，笔下的山林田园被抽离出来，又被放大特写”②。不过，虽跳出尘世却又不避世，他们非常“入世”，但这个“世”是和城市相对的田园山林，它既是客观的——田园山林，又是精神主观的——“我竟是居住在无限的花园里，居住在图画中，我是多么富有，多么幸福啊”③！山林田园成了一种绝对的抽象。《田园之秋》中除了偶尔对暴风雨袭击田园表示恐怖以外，田园几乎成为完美的天堂。所以，作者的主人姿态是在享受这种绝对的完美中表示满足，“大自然毕竟是无限的富有，这里不啻是千万颗真珠！当然我最富有，这一切都是上天赠给诗人的”④。满足产生感恩，当牛为作者劳作，他都感激，“说是人类感激畜生，或有点儿不合常情，但是这是事实……虽是天注定，心存感激是应该的。若一切事情都认为当然，未免太没心肝了”⑤。“满足”和“感恩”是对一切为了占有的不厌足的欲望的拒绝，这就是《田园之秋》的纯粹的理念的两大支柱。作者对此发挥到了极致，如此描述：“农人的特征在于有个纯朴的心，因有一颗纯朴的心，才能日出而作，日入而息，凿井而饮，耕田而食，含哺而熙，鼓腹而游，而不奢求，不贪欲，过着无所不

---

①④⑤　陈冠学：《初秋篇》，《田园之秋》，（台湾）草根出版事业有限公司 1994 年版，第 31 页，第 6 页，第 19—20 页。

②　郑明娳：《一九八七年散文现象》，《当代文学气象》，（台湾）光复书局 1988 年版，第 61 页。

③　陈冠学：《仲秋篇》，《田园之秋》，（台湾）草根出版事业有限公司 1994 年版，第 121 页。

足，劳力而不劳心的安祥生活，而和田园打成一片。一旦失去了纯朴的心，则奢求贪欲，无所不用其极，便过着不厌足，劳力又劳心的不安祥生活，不止和田园不能打成一片，还成了田园的榨取者、奴役者，田园将不堪凌虐，逐渐死去。”①这是作者成为真正农民后的一种升华，也是天人合一的境界的最朴实的注释，是以纯粹的心享受到纯粹的乐。看以下几段文字：

……一定神，这才听见田野里传来土蜢的夜鸣。此刻是九点半，此物自黄昏六点起，足足振动了三个半钟头的薄翅，真有那份劲儿，可也真迷人！②

一早打开门，出去给牛放草，新奇地看见一只鹟楲鸟，停在牛涤上，见了向我敬礼；不细察就知道是雌的，果然腹下没有赤狐色。此鸟据往年的观察，差不多都在中秋节的时候到，且是雌的先到，雄的总要迟上十天八天。它们是很有礼貌的鸟，任何时候都可看到它们在向四周围鞠躬。母的全身灰色鳞羽，微带蓝色；公的腹下的显眼的赤狐色，头背粉蓝鳞羽。③

……（猫头鹰）的鸣声很特别，一声 gù——，大概要停八秒至十三秒，然后再一声 gù——。在寂静的夜里听来很有诗意。本来想出去给牛放夜草，去喂花狗，这一下却不敢出去了，一出去必定飞了。反正听见猫头鹰的鸣声，照例看书时放下书，洗涤时停了洗涤，躺着之时停了思维，一心只沉迷在它好声音所开出的深邃之境，乃是我的老习惯，赤牛哥和花狗只好委屈几分钟了。大约鸣了十来分钟，它走了，换到较远处去了。④

作者痴迷田园，魂系田园，在他看来，“物类与人类灵魂是同一的”，已和田园的生命血肉相连，体贴入微，融成一片。对土蜢振动薄翅夜鸣的“那份劲儿”礼赞，不细察就能对有礼貌的鹟楲鸟辨别雌雄，以及对猫头鹰的声调长短的描述，都体现了作者对田园一切的专注，以及绝对欣赏。这一切皆源于纯粹：纯粹的心、纯粹的体验和纯粹的享受。和二十世纪初周作人听苦雨的散文相比，

①②③④ 陈冠学：《初秋篇》，《田园之秋》，（台湾）草根出版事业有限公司 1994 年版，第 9 页，第 7 页，第 50 页，第 55 页。

陈冠学的田园散文特有的就是那一份难得的纯粹,他的散文没有苦涩之味,有的是“乐而忘归”,“无限宁静的柔和”,“彻上彻下、彻里彻外的明净”,“元气百倍”等等。世间难觅的“天人合一”,人与自然的和谐,使得大自然成了他的情人,他和大自然有说不完的私房话,《田园之秋》凭借纯粹奇迹般地实现了对精神家园的成功追求。

二　以宁静柔和文字创造“谐顺”的圣境

陈冠学的田园散文精心创造的境界,用他自己的话是“谐顺”:“在田园里,人和物毕竟是一气共流转,显现着和谐的步调,这和谐的步调不就叫做自然吗？这是一件生命的感觉,在自然里或田园里待过一段时日以后,这是一种极其亲切的感觉,何等的谐顺啊!”①“一气共流转”,不仅是以人为本,更重要的是以物为本。《田园之秋》的视角,是把虫、牛、狗、猫、菜等都视为亲密知己,以礼相待。这是“和”的基础,也是《田园之秋》中展现诗意地安居的基础。因此,文中一切景语皆情语,观山山有情,观虫虫有情,处处皆有情,《田园之秋》就是一本情语集。如写秋虫鸣:

回家时雨歇了,一路又踏着满地的虫鸣声。行到庭中,站立了一会儿,正要转身入内,忽听见土蜢的鸣声,像发条极松了一般的弱,可听出擦翅的每一片段单音。心里面不由受到一震,全身也受到一震,好久没听到这亲密的声音了。正待要多听一会儿,鸣声竭了,就像发条全松了一般,前后计算起来,似乎还不足十秒钟。又站了一会儿,等待第二声,竟就没有了。这是老友最后的道别,真真是向我说一声珍重再见,不免一阵悲思袭上心头,我向黑暗中挥一挥手……②

起首“踏着满地的虫鸣声”,把秋虫唧唧鸣叫的热烈声势渲染出来,以此作为背景。接着陡然转折,由热烈转寂静,由面到点,引出土蜢的鸣声。极写土蜢鸣声的弱,“像发条极松了一般”,但如此之弱,作者聆听却很认真专注,乃至“可听出擦翅的每一片段单音”,可见他对土蜢鸣叫的尊重。正是这种尊重引发出“告别”的联想,以及“向黑暗中挥一挥手”,这一切是如此郑重,没有丝毫的自作多情,把作者和土蜢的谐顺成功地勾画出来。整个画面,有动静对比,

①② 陈冠学:《初秋篇》,《田园之秋》,(台湾)草根出版事业有限公司1994年版,第4页,第129页。

点面交叉,诗意联想,动作展示,既和谐又使情致多姿多彩。

为了求“谐顺”,作者取材和文字描写都非常精细,源于自然归于自然,决不染上人为的洁癖。如写“冬雨”之美:

> 雨声之美,无如冬雨。冬雨细,打在屋瓦上几乎听不出声音,汇为檐滴,滴在阶石上,时而一声,最饶韵味。①

先以短长参差两句,显现冬雨细而悠长无声,而后紧接着连用四字或五字的整齐短句,突出强化“时而一声”的韵味,在变化中显示冬雨的变化美。自然的冬雨无声中“时而一声”,既是无声胜有声,又是有声更有韵,把冬雨之柔和描述了出来。

归根结底,作者把自己的生命融入了田园自然之中,和它们共呼吸共命运,以一颗赤子之心,写出了如诗如画的田园生活。

---

① 陈冠学:《初秋篇》,《田园之秋》,(台湾)草根出版事业有限公司1994年版,第39页。

第二十五章　香港散文

第一节　概　述

香港散文和大陆散文虽有联系,但又有它的独立性。以八十年代中期作为发展脉络的区分线较为勉强,事实上,从散文文体发展考察,香港的散文应该以二十世纪后半个世纪作为一时段较为妥当,但考虑到大陆散文整个发展脉络,还是以八十年代中期划分界限,不过在具体阐述时,有时要向前作些必要的延伸。

在这一时期内,香港散文较为引人注目的现象有两个:一是学者散文的兴盛,二是专栏散文的流行。

如果把学者散文作为香港散文的"雅"的倾向的代表,那么"俗"的倾向的代表则可以专栏散文为代表。诚然,这是相对而言,因为学者散文中的多数篇章也是发表在专栏散文园地内的,但它毕竟在专栏散文园地里占的比例较小,在专栏散文中大量的还是反映市民精神、显示市民兴趣、以市民为读者的短小通俗散文。在这一时期内,学者散文和专栏散文成了香港散文两大主力军。它们汇合起来,凸现了香港散文作为典型的都市散文的形象特征,并以此和大陆、台湾散文区分开来。

一　学者散文独领风骚

香港学者散文的发展和大陆散文的发展有着不可分割的血肉联系。

从二十年代开始,"语丝体"的散文以任意而谈,不看他人脸色,不为任何人摆布,讲私语,发私论,开创了中国学者散文的诚实的传统。到了抗日战争时期,钱鍾书的《写在人生边上》、梁实秋的《雅舍小品》和王了一的《龙虫并雕斋琐语》等的面世,显示了学者散文的成熟,已经创造了一整套任意而谈的艺术策略和话语。建国后,大陆的学者散文发展受挫,一度中断,但梁实秋的《雅舍小品》却在港台发行,产生广泛影响。七十年代后,学者散文借助香港的独特空间,开始兴盛。七十年代末八十年代初,大陆政治形势发生深刻变化,"文革"结束,思想解冻,大陆和香港的经济文化交流密切起来,为香港学者散文发展提供了广阔的空间。

香港学者散文的兴盛和发展,还同它所处的特殊环境和空间紧密相关。从宏观上看,香港是个自由港口,国家意识、党派意识和民族意识比较淡化,文学具有相对的独立性,可以对时政对社会进行近距离的文明批评,同时行政干预也较小,不必急功近利地受到政治的同化,导致学者的心态相对宽松,可以“以自我为中心”。而且香港的报刊多,发表的园地多,更为学者散文的发展提供了广阔的创作基地。倘若再从局部的具体的小环境看,如有影响的香港中文大学学者散文群所活动的空间更为特殊,香港中文大学的美丽无比的八仙岭、吐露港时时滋养这批学者作家,同时香港中文大学长期以弘扬中国文化为根本,招募和汇集了一批具有中西文化学养的学者散文家,成为香港学者散文的中坚,推动了香港学者散文的发展。所有这一切,也从一个侧面对大陆散文发展提供了一些有益的经验。

香港学者散文从作者面来考察,主要是由两部分学者构成。一部分以大学的教师为骨干,其中香港中文大学的学者散文作家群的成就最为突出,其代表人物可举先后任职于该校的余光中、梁锡华、小思、金耀基、陈之藩、邝健行、黄维樑、黄国彬、潘铭燊等为例,还有香港大学的张五常、梁秉钧等。另一部分是以报人学者为主,其代表人物当推董桥,其他成就显著的还有戴天等。从总体上考察,香港的学者散文亦依赖于报章。香港作为自由港,报刊林立,报章专栏、随感录式的时评应运而生。诚然,在六十年代以前尚未形成报纸专栏。“至六十年代后,由专人执笔的专栏才渐渐发展壮大,经七十年代不断开拓终于蔚为大观”,形成“裂土封疆”①的今日局面。一框一专栏的大局逐渐在副刊上固定,每个专栏就成了某作者每天笔耕的私家地。

报刊专栏虽则滋润孕育了香港的学者散文,不过,这种散兵游勇式的个体经营的专栏,毕竟很难形成气候。但到后来,情况发生了变化,著名的学者散文家余光中、梁锡华、思果等都先后任职于香港中文大学。他们纷纷出版了散文专集,形成了以散文独标一帜的中大学者群。他们中既有领风骚的作家如余光中、梁锡华等,又有风格各异、同气相求、同声相和的同志作为羽翼,如思果、黄国彬等。更值得一提的是还有积极在为倡导散文发展,进行脚踏实地的教学、研究和示范创作的学者散文家小思和黄维樑,使得香港中文大学有一种特殊的学者散文气候。这些学者散文作家,都具有中西文化的涵养,既熟识散文理论,又能创作(包括散文、小说、诗歌);既有学者风度,又有作家创作的过

① 姜山:《对八十年代香港报纸专栏的评价》,《香港文学》1990年8月。

硬本领。由于香港这个城市的身世暧昧，决定这批学者散文作家的情感特别丰厚和灵动。他们运用中文创作，思维习惯中国化，身上有着共同的中华民族的情绪，但他们的生活形态、意识形态又和同代大陆的学者散文作家不同，其取材、立意乃至表达的方法非常个人化、情趣化。香港中文大学的学者黄维樑先生编撰的中大学者散文选《吐露港春秋》，共辑录了二十位中大学者的散文，这是对香港中文大学学者散文群的正确理解和评价。因此，这个学者散文群落色彩缤纷，风格纷呈。

相比之下，报人学者散文要更个体化一些、散漫化一些。虽然报人学者写散文的较多，真正引人注目的却较少，董桥算是首屈一指、一花独放者，显得非常灿烂和耀眼。香港学者散文远功利，不重目的和倾向，是由香港特定的自由之港的地位以及殖民地的性质决定的。他们以一种超然的姿态对待党派、对待政治。在他们看来，"政治免不了权谋欺诈，翻云覆雨"，"近代的老百姓，吃的是政党的苦"①。这种笼统地不加分析地对政党和政治的排斥，反映了香港学者对党派政治缺乏了解和畏惧的心理，因此即使是功利最强的散文，到了香港散文家手中，也都是"写个人生活的……宛如日记那种讲衣、食、住、行以至自己家庭、儿女的文字……至于介绍娱乐界人物以及介绍饮食游宴的散文，也是蔚为风尚的"②。香港学者对政治和党派的畏惧，使得他们的散文不愿涉足社会，尤其是以抒情见长的散文，对社会热点的忽视和冷漠比比皆是。即使是一些人生人事和社会问题，他们也常常会把它"自我"化。学者刘创楚的散文《问题人生》典型地反映了这一点。在他看来，人生的问题可分"小"、"中"、"大"，"小"是指吃饭穿衣之类，"中"是指晋级加薪之类，"大"是指儿女太太的事情。"以自我为中心"，在他们看来是那样的自然。

诚然，以上的概括只是指出香港学者散文的一种倾向性现象，各个学者因人而异，情况都不相同。有些学者其实非常懂得政治、了解社会，他们对政治、对社会不发言则已，一发言常常一鸣惊人，如梁锡华，尤其是他也清醒地意识到上述倾向的存在，并对这种种倾向持保留态度，为此，他想从文化观点着眼，对上述倾向予以改正，提出："杂文应该很有发展的潜质。我们不一定要使它成为所谓投枪与匕首，但应该使它成为一点照亮幽暗的光明。"③董桥在《双城随笔》中也指出，"既然是文学，既然要写给人家看，总得有点责任感才说得过

---

① 黄维樑：《如果中国再有战争》，《突然·一朵莲花》，（香港）山边社 1983 年版，第 15 页。

②③ 梁锡华：《香港报章杂文的发展》，《祭坛佳里》，（香港）香江出版公司 1987 年版，第 48 页，第 52 页。

去，才交代得过去”。这些识见委实可贵，并体现在他们的散文创作中。

香港学者散文远功利、不重倾向的风尚形成，究其原因有三：一是受海峡两岸政治冲击和辐射，使得这些远功利、不重倾向的中性散文在自由之港拥有它的最忠实的读者；二是香港学者身上都有一种传统的“士”和西方的“绅士”混合的气质，这种混合使得他们对“自我”有一种莫名的自信和优越感，因此在散文中唯我至上，并能保持一种写“自我”的乐此不疲的韧的精神；三是梁实秋用《雅舍小品》避世态度在乱世中生存下来的成功，也是对香港学者散文远功利、不重倾向的一种实在的精神鼓励。

香港学者散文远功利、不重倾向，从创作来说，重视个人体验情趣的抒写，大部分作品均富有真情实感，也为我们从更多的侧面了解香港提供了可靠的反光镜。他们对社会对政治虽则采取回避的态度，但他们始终保持独立的姿态，坚持文明批判，任意而谈，不看他人脸色，不为任何人摆布，讲私话，发私论，继承了中国学者散文的诚实传统。

在这一时期活跃的有影响的学者散文作家有：董桥、余光中、梁锡华、小思、黄维樑等。

二 专栏散文兴盛

专栏散文是香港长期为人们所争议的文体。对它的称呼也五花八门：“专栏”、“专栏文章”、“框框杂文”、“专栏杂文”等等。从二十世纪五六十年代，香港报刊的专栏就已流行，专栏里的文章覆盖各类文体，小说、散文、杂感、散文、影评等，但散文中的杂文独占鳌头。在世纪末的近二十年里，专栏散文非常兴盛，有位作者在九十年代初对香港的专栏散文作了这样一个统计：“各报的散文专栏一般在三十个左右，而总数约五百个。”“以一年三百六十日计算，全年在报章发表的散文篇数，高达十八万篇，每篇平均五百字的话，全年的字数是九千万——一个惊人的数字。”①尽管九十年代初香港散文销路处于低潮，可是专栏散文始终拥有众多的读者，这说明专栏散文有稳定的读者群，专栏散文的兴盛和这一点是密切相关的。在香港有影响的专栏比比皆是，《快报》的“快活林”、“快人快语”、“快趣”、“快餐”，《东方日报》的“龙门阵”、“青春家庭”、“开心坊”，《星岛日报》的“星辰”、“星象”，《星岛晚报》的“星晚”、“港谭”，《新报》的“海天”，《大公报》的“大公园”，《香港时报》与《中投》的“笔阵”……皆是代表，另有一些政治性刊物或娱乐性周刊也都连载杂文，如《亚视周刊》有“精英集”，《大众电

① 阿浓：《香港散文的香港特色》，（香港）《明报》副刊 1990 年 11 月 20 日至 26 日。

视》有“大众情怀”等等。①

持民间立场，求共振效应，这是香港专栏散文的大多数作者的共同创作心态。香港是个自由之港，专栏是自由之港的独特文学产业。不管什么派别创办的刊物，他们都通晓在香港的立身之本，必须持民间立场，和市场心灵共振。尽管专栏散文作家们时时变换旗号，社会派、温情派、华丽派、怀旧派、主妇派、绅士派、绿色派、梦呓派、风骚派……令人眼花缭乱，但他们在对市民的态度上不敢怠慢，他们拒绝高蹈的姿态，以温馨的态度，使广大市民读者感受到脉脉暖意，犹如兄弟姐妹一般。他们的座右铭是“写专栏的人是亲切的邻人”②。亲切也拓展了专栏散文的取材范围，家长里短、宇宙之大、苍蝇之微、时事、环保、音乐、哲学均入专栏。当然，专栏散文也难免鱼龙混杂，在亲切中也显示出品位的高低，一批学者如梁锡华、小思、张五常、也斯、潘铭燊等在报刊中开设的专栏始终独具风采，成为专栏散文中的一大亮色。

精心寻觅卖点，与商品谋求艺术妥协。由于专栏开设在各报刊的副刊中，报刊为了生存，必须寻觅卖点，因此寻觅卖点也成了专栏散文的共同追求。专栏散文作家处在两难境地中，他们一方面在进行文学创作，力图使他们的散文具有艺术观赏性，成为艺术品；但报刊传播的商业效应，又迫使他们的作品要有卖点。在艺术品和商品的两难境地中，有些专栏散文作家以怪论吸引读者的视线，这是较为成熟的一招。上可推及六十年代的三苏怪论，开一代风气之先。三苏以日常琐事、人物趣闻、时政趋向等为题材，立论怪异、诙谐、幽默，几乎在香港家喻户晓。三苏怪论的源头还可上溯到三四十年代的北京宣永光的“妄谈”、“疯话”和以章衣萍为代表的一些海派散文作家的随笔怪论。受三苏怪论影响，在八十年代报刊上撰写怪论的代表人物当推哈公（许国）、王序，尽管社会对他们褒贬不一，但“怪”使他们的文章产生了商业效应。怪论独具品质的是敢言敢说，嬉笑怒骂皆成文章。同时他们贴近市民生活，和市民心心相印，不是空论废话，虽则在艺术上略输文采，和时论相混，但对市民胃口，有过瘾解渴的功能。还有一部分专栏散文家以扮演世俗相吸引读者，他们把自己的专栏装饰成文化休息场所，他们拒绝深奥晦涩，迎合市民阅读专栏的“找乐”的心理。他们的宣言书，是号召读者到专栏里“解闷”，“松弛神经”。在专栏

① 以上材料引自刘登翰主编的《香港文学史》，人民文学出版社 1999 年版，第 646—647 页。

② 也斯：《公众空间中的个人论说》，见卢玮銮编《不老的缪思》，（香港）天地图书有限公司 1993 年版，第 197 页。

中,处处显示着“闲”,变着法子“闲”,使专栏散文“闲”得丰富,“乐”得丰富。这种“闲”和“乐”主要表现在专栏散文取材的轻松,以低调的姿态,露出亲切的笑容,尽管有个别的作家如李碧华以尖锐笔调,求得反亲切的新鲜感,但绝大部分专栏散文是以“闲话家常”、“天南地北”、“信口开河”、“摆龙门阵”等方式,把专栏变成“日记”、“私记”,博取读者的信任。诚然,也有个别作者,如西西,我行我素,以美为唯一,她倾心于自己的美的心灵感应,并把它奉献给读者。她坚信,美是永恒,美能感动读者,她的散文是为自我欣赏而写的,是写给自己的,在香港的文化圈内,也属难得。

随着经济发展,专栏散文的专业性也愈来愈高。有影响的如邵国华写优皮经,舒琪写得影经,李英豪写养花经等等。这种专业性强的专栏散文针对性强,对广大读者的阅读热情是一个损害,且专业性易和文学性碰撞,因此这样的散文难以成为气候。

虽则对专栏散文褒贬不一,但它的存在是一个事实。尽管它是“即用即弃”的快餐,但它的普及、它的启蒙以及它所形成的广泛市民参与的“公众空间”的作用,是应该受到人们重视的。

第二节 学者散文

一 董桥:学、识、情的艺术合一

董桥(1942—),福建晋江人。1964 年毕业于台湾成功大学外国语文学系,1975 年入英国伦敦亚非学院研究马克思主义文学理论。长期担任香港《明报》主编,他的散文大都是在主编《明报月刊》时期撰写的“编者的话”。出版的散文集有:《双城随笔》(《这个那个集》)、《另外一种心情》、《在马克思的胡须丛中和胡须丛外》、《这一代的事》、《跟中国的梦赛跑》和《辩证法的黄昏》。北京三联书店出版的《乡愁的理念》、《这一代的事》,广东花城出版社出版的《跟中国的梦赛跑——董桥散文选》,文汇出版社出版的《文字是肉做的》和浙江文艺出版社出版的《董桥散文》是从上述六本书中遴选而成的。

董桥是个政治型学者,他关心政治,尤其关心大陆的政治,这和他从事的专业研究有关。他在政治上非常内行,运用政治俗语颇为娴熟。《马克思先生论香港 1997》就是一个代表,以马克思的语录表达他对 1997 年香港回归中国的一些理念,堪称“奇文”。在《温斯顿的异化?杨过的异化?》中借助乔治·奥威尔的话诠释中国大陆六十年代极权的危害:“极权国家最怪的一种现象,是当权派虽然控制思想路线,却不能定思想路线。他们炮制出自以为无可非议的教条,然后又天天修改教条;这样一来,没有任何人是安全的,包括那些寡头政治的执政者在内。”①借助他人话语,准确地把极权主义的本质揭示出来。董桥的散文本质上是政治的,在他的散文中处处可嗅到他的政治气息。他的散文是政治艺术论文,又是艺术政治美文,对他的散文当以政治论文读之。

但董桥的散文的政治是纯属书本上的,它没有经过实践的检验,也不需要通过实践来检验。他对学者和思想家有这样一个评估:“做学问的学者是经常思想的空想家,也是经常空想的思想家;不做学问的学者则连空想都不会,正如没有学问的政治家只会空想一样。”②这是他的自我写照。他的散文为他本人塑造的形象就是一个“经常思想的空想家”或曰“经常空想的思想家”。比如他在香港“九七”回归中国的一系列散文中表达的政治情绪,就有一点“经常思想的空想家”的味道,所以他的散文在“玩”政治,对此不必太当真。尽管如此,又不得不为他的真诚所感动,不得不注视他的“静观的固执”,他对接编《明报月刊》六周年的反思中,得到了这样的结论:“我和我主编的《明月》也有两个声音,一个是对文化之真诚与承诺,一个是站在政治边缘上的关怀的呼吁。”③这两个声音交织在他的散文之中,以民间的文化静观,制造出一股制衡的力量,逼人们思其所行,它的锋芒和威力也正在这里。

董桥对散文艺术理想的追求非常执拗。在台湾圆神出版社出版的《这一代的事》的“自序”中强烈地表达了他对散文艺术理想的追求:“散文须学、须识、须情,合之乃得 Alfred North Whitehead 所谓‘深远如哲学之天地,高华如艺术之境界’。年来追求此等造化,明知困难,竟不罢休,遂成‘这一代的事’。”④简言之,他要求散文“学”、“识”、“情”合一。论学,他学养丰富,博览群书,他的散文无论诠释时事还是论人说文,处处闪耀着智慧的光芒,在深厚的学养支撑下,既逍遥又无拘无束,形成一种哲学的天然之境。论识,他敢于独树一帜,他的散文观点不惊人誓不休,从不重复他人的话,更不去炒他人吃剩的冷饭,总是想尽办法显示出一些惊人的见解,以慰读者。论情,他有强烈的个性,他的散文对自己的观念、智慧、见解充满自信,行文潇洒,妙语连珠,情理并茂,势如破

---

① 董桥:《温斯顿的异化?杨过的异化?》,《这一代的事》,(台湾)圆神出版社 1986 年版,第 81 页。

② 董桥:《马克思博士到海边度假》,《这一代的事》,(台湾)圆神出版社 1986 年版,第 42 页。

③ 董桥:《静观的固执》,《跟中国的梦赛跑》,(台湾)圆神出版社 1987 年版,第 4 页。

④ 董桥:《〈这一代的事〉自序》,《这一代的事》,(台湾)圆神出版社 1986 年版,第 1 页。

竹。融合起来,形成了他的个性化的机智而奇特的抒情写意的话语,如论书法:

台静农的字是台静农,高雅周到,放浪而不失分寸,许多地方固执得可爱,却永远去不掉那几分寂寞的神态。这样的人和字,确是很深情的,不随随便便出去开书展是对的。他的字里有太多的心事,把心事满满挂在展览厅里毕竟有点唐突。台先生一定会说:"似可不必。"①

论人生:

中年是杂念越想越长、文章越写越短的年龄。②

论学问:

有专业而无学问,比如有围城而无城门,进出两难,也看不到城外是火还是水,围城里的安危祸福就更费思量了。③

这些观点,你可以不必赞同,但你不得不钦佩。这是董桥式的语言、董桥式的观点,机智过人又一片坦诚,令人耳目一新。说到底,这种自信正是董桥的人格的物化和体现,它既有信念又有学养的支撑,可以称得上文明批评的一种模范。散文是一种见人见心的主观性很强的文体,虽如此,很多写散文的总喜欢把"我"把"心"掩盖起来,扭扭捏捏,令人生厌。但董桥的散文就是董桥的人——一个赤裸裸的自我。

董桥是个文体家,他对散文的体式进行了有益的探索,如他用武侠小说来写散文,《薰香记》就是一例,借老人、碧眼海魔和老人的女儿来表现中英谈判香港的前途,不管它是否成功,也可称得上是一种出格的尝试,使得他的散文形成一种似政治、似学术、似论说、似小品的边缘性批评模式。同时,他对散文有许多见解,如:"散文须学、须识、须情,合之乃得 Alfred North Whitehead 所谓'深

① 董桥:《字缘》,《董桥散文》,浙江文艺出版社 1996 年版,第 429 页。

② 董桥:《中年是下午茶》,《乡愁的理念》,生活·读书·新知三联书店(北京)1991 年版,第 169 页。

③ 董桥:《如观火观水也》,《乡愁的理念》,生活·读书·新知三联书店(北京)1991 年版,第 41 页。

远如哲学之天地,高华如艺术之境界’。”这是很富有建设性的,自成一说。

二 梁锡华:“识”“文”俱备,气度非凡

梁锡华,出生年月不详,约在二十世纪三十年代前期。广东顺德人。英国伦敦大学哲学博士。曾先后在加拿大圣玛利大学、香港中文大学和香港岭南大学任教。著有散文集《梁锡华选集》、《明月与君同》、《四八集》、《有余篇》(甲、乙篇)、《我为山狂》和《八仙之恋》等。

就其人而言,梁氏颇怪。他不是一个严密的系统的思想家,尽管他很有思想;他也不是一个成熟的叱咤风云的政治家,尽管他很懂政治。他是一个怪儒。唯其如此,他成了散文家。他把个人的思想、见解、常识统统自由自在地熔铸到自由的散文中。虽则他什么都写,但写什么都好,夏志清教授誉为“真正的学者,也是当代少见的岭南才子”。梁锡华写得最好的是散文,他是港台“散文界最灿烂的一颗星”①。

梁锡华在散文创作上,有许多特有的优势。一是学识渊博。他学贯中西,既对国学有很深研究,曾在一代宗师陈寅恪身边当过助手,对词赋有很深研究,又长期受西方文化熏陶,先后在加拿大、英国攻读硕士、博士学位,并担任教学工作。因此能够吸收中西散文的精华,并运用到他的散文创作中。二是周游列国,见多识广。人世间周游列国者甚多,未必都能成为散文家,但对于一个才情出众的作家来说,周游列国对他肯定是锦上添花。三是耳聪目明,关心世事。他不愿把书房门关闭,而是时刻把自己置身于山野或世界漩涡之中,吸天地与人间的灵气,滋补自己。因此他的散文没有霉气、暮气。

梁锡华的散文创作很丰富。大致可分成这样三类:一类是游记小品,如《八仙之恋》中的乙辑“游踪与感想”的十篇,《我为山狂》中的一些篇章;第二类是杂文,包括杂感、闲话、随笔,这些均是他以人生众相、社会世态为话题的小品,可称之为社会小品,是梁氏散文中最应该值得人们重视的作品,受人们欢迎的如《漫语慢蜗牛》、《三思篇》中的系列小品,均属这一类;第三类是文史小品,对文坛上的种种现象及各类学术问题进行无情指点,如《祭坛佳里》、《四八集》、《已见集》中的一些篇章。他的社会小品堪称一绝,最为出彩。

梁锡华的社会小品皆入“品”,而且品位较高。社会小品一重“识”,二有“文”,“识”、“文”俱备,即为上品。对此,梁锡华有深切体验,他说:“有所感的

---

① 思果:《近代散文的开拓——论黄国彬、梁锡华的散文》,(台湾)《联合文学》1989年5卷第9期。

抒情,几乎任何人在生命春花的日子多少都经历过,然而有所悟之情而能抒能写的实属寥寥。”应该说,梁锡华正是这“寥寥”之中首屈一指的人。

梁锡华为他的社会小品采集材料,面广路宽。大至南极的环境——可称得上是宇宙之大,小至蜗牛、苍蝇之微,只要他有兴趣,都会被他采撷到小品中来,经他一番收拾,爆出一点你所意想不到的见识来。他的精力、他的敏感、他的悟性令人惊异。人们在南极挖洞勘探,他要管一管(《饶了它吧》);提倡保护动物的那些人的过火行为,他又要管一管(《是解放吗?》);对日本政府篡改教科书,他更是拍案而起,简直是非管不可(《东洋鬼胎》)。他精力无穷,对什么都感兴趣,对什么都要思索一番,这正显示了他的勃勃生机和生命力的旺盛。

什么都管,对什么都想说一通,这要冒一点风险:一是可能“浅”;二是可能“糊”。但梁氏的学识、阅历,以及他的高超的文字功夫,使他的社会小品不管写什么事,总要显示出一些令你非听不可,听了又非深思不可的识见来,但又决不用什么赫然的语言赫然的情感来虚张声势。读他的社会小品,读者绝不会失望——同意他观点的不失望;不同意他的观点的,也会低下头来深思一番,感到他能提出这个问题就了不起。因此,不管什么读者,都会从他的社会小品中获得一种满足。

梁锡华的思维流程很有一点绅士风度。常常是如饭后散步那样从容走笔,抓住一件事,款款起步,漫无目的、漫不经心地散起步来。如《漫语慢蜗牛》是以某夜在道旁发现一只五寸大的蜗牛起笔,接着就不紧不慢地耐着性子观察起蜗牛的饮食起居来,极写蜗牛相处之“和”。此时,他自己仿佛就是一只蜗牛。妙的是他一手写蜗牛,另一只手却还要写人,时时将蜗牛与人对照,搞不清他的目的是写蜗牛,还是写人。当他写蜗牛在前进道路上遇挫时,文中写道:

> 它们在前进的道上,即使遇阻遇挫,还是一分分、一寸寸地努力爬。此路不通则彼,彼路不通则此,哪里像我们人类中的一类,失败了就骂,就哭,就赌气,就怨天,就尤人,就寻死!人不如牛,我们难道还有什么可辩的?①

好一番“牛论”,原来是要说“人论”,结论是惊心动魄的——人不如牛。最后的感叹是至诚的,虽则有些迂腐——他认为“世人只要略效蜗牛”,就可万事

---

① 见《明月与君同》,(台湾)九歌出版社 1983 年版,第 156—157 页。

大吉了。事情并不如梁氏说的那么容易,但他的那颗至诚的心,却能赢得读者的信任。

还值得指出的,是梁锡华散文的骈赋习气很重,喜铺陈,喜张扬,喜用连珠的句式强化感情,有一种势不可挡的气概。如:

或夜、或昼、或昏、或晨,特别在暑日,八仙的周围和前后,会无视时间和空间而跃起万马千军。那飞、疾、寒、亮、尖、长、蛇窦、龟缩、吐银、掷白的一闪、再闪、多闪的电光像神灵的启示贯通幽明,照响轰轰洪雷,聚拢千秋上下的积忿,而无声有恨齐呼应的,是多少皱庞眉、鼓怨腮的沸腾墨云堆!①

这里,你摸一摸夏天,温中带凉;冬天,硬梆梆的冰雪冷。这里没有崇山峻岭,这里没有湖泊海洋,这里没有高楼大厦,这里没有直挺挺的超级公路,这里是匈牙利首都布达佩斯。②

读这样的语句,如同滑冰,滑溜溜的,过瘾。诚然,梁氏聪明,倘若全文都是如此,读者是忍受不了这种感情强度的,他只是在总体上的漫不经心的散步中,穿插一点这种快跑冲刺,目的是以这种强音符来形成一种节奏的参差,激起感情的浪花,从而使行文不至于平板和单调。

三　张五常:为知己倾诉

张五常(1935—　),生于香港。1959 年到美国洛杉矶加州大学经济系学习,师从现代产权经济学创始人阿尔奇安。1969 年任西雅图华盛顿大学教授。1982 年至今任香港大学经济金融学院教授。主要散文集有《卖橘者言》、《中国的前途》、《再论中国》、《经济解释》、《卷帘集》、《学术上的老人与海》、《凭阑集》和《随意集》等。

张五常宣称,他的散文"是写给深泉(舒巷城——引者注)看的,有意或无意地要向他'表演'一下"③。而且他说,"我认为下笔时有一个对象,是为文的

① 梁锡华:《八仙之恋(代序)——我见青山多妩媚》,《八仙之恋》,(香港)华汉文化事业公司 1985 年版,第 5 页。

② 梁锡华:《匈牙利种种》,《八仙之恋》,(香港)华汉文化事业公司 1985 年版,第 111 页。

③ 张五常:《〈南窗集〉序》,《学术上的老人与海》,社会科学文献出版社 2001 年版,第 3 页。

一个重要出发点”[①]。说到底，他的散文是为一个知音而作。这种出发点，和一般专栏文章的写作动机划清了界限，为知音而作，或把读者视为知音，没有刻意预谋，也不耍花腔，无拘无束，随意而作，有话要向知音倾吐就写，无话则停。他的散文和一般专栏散文相比，似乎少一些勉强和人为的痕迹，不仅“我自已随意”，“也尊重别人，随他们的己意”[②]，不俗不媚，有一种学者的风度。

张五常是著名的经济学家。他的许多抒写经济方面的小品，深受读者欢迎。其原因是他的经济小品能深入浅出，不玩弄概念游戏，不云里雾里地高谈阔论，而是抓住要害，点石成金，令读者茅塞顿开，豁然开朗。如对瑞典等国推行的社会福利主义利弊的评论，他在《社会福利主义中看不中用》中，仅仅千余字，抓住社会福利主义的要害“加税”，指出社会福利主义是推行“税愈高，国民的收入就愈高”，乃至一杯白开水，竟要美金四元。并用一个通俗易懂的比喻：“假如瑞典政府要在山间兴建一条毫无价值的公路，耗资一千万美元，在国民收入的统计上，当然是增加了一千万美元；这是因为政府认为该公路起码值此数字。但事实上公路一文不值，以市价而言国民收入并无增加，政府不过把公路的建造费用加进去罢了。”把社会福利主义的“好看，但不中用”的结论清清楚楚、明明白白地告诉了读者。在这一点上，和他的治学姿态和风格密切相关，他对当代一些青年学者懂深不懂浅的治学方法不以为然，提出了严肃批评，“故扮高深，没有人明白就算是有学问，可以说自已看到了皇帝的新衣。今天，这个解释对某些青年学者可能适用，但似乎不是多数。他们大多数不可能不知道，高深莫测的文章可以有学报发表，但不会有持久地被人重视的市场”[③]。学以致用，务实，面对实际，这样使得他的经济小品也能大众化。最为突出的是他在《改革要从治本做起》中论述中国目前为什么贪污普遍的原因时，仅仅用了一个形象的比喻：“如果你将一个美女赤裸裸地放在我的床上，要我不想入非非，难乎其难矣！”把“政府管制”比作“美人”，即让读者明白了“政府管制多箩箩”是中国贪污普遍的一个重要原因。这样地深入浅出，又这样地生动，把问题说得一清二楚，除了他的治学风格以外，还和他的文风有关。对

---

① 张五常：《〈南窗集〉序》，《学术上的老人与海》，社会科学文献出版社 2001 年版，第 4 页。

② 张五常：《〈随意集〉序》，《随意集》，社会科学文献出版社 2001 年版，第 2 页。

③ 张五常：《懂深不懂浅的学问》，《学术上的老人与海》，社会科学文献出版社 2001 年版，第 29 页。

于艺术对于文采，他有自己的独到见解。他在《文采何物?》中，以古今文学大师的经典文句为例，对“文采斐然”总结出这样一些特点：

> 其一，它们都并非艰深难明、引经据典之句，可说单纯之极。其二，它们没有做作，读来好像作者是随意写出来的（虽然作者可能想了几夜才那样写，但读者却感到是不渲不染的随意而自然之作）。其三，它们读来通畅，可以琅琅上口，而且声韵有抑扬顿挫之妙。①

概括起来是：单纯、随意和通畅，这是一种纯真的艺术观，它成了张五常的经济小品写作的座右铭。虽则，张五常声称，他的小品只为知音而作，但这一座右铭又促使它们获得了最广泛的读者。张五常把这一座右铭转化到散文中，最成功的是体现在一些写人的小品中，单纯、随意和通畅在他笔下的人物身上得到了最充分的发挥，代表作当推描写诺贝尔经济奖得主科斯的系列小品，即《我所知道的科斯》、《科斯的雨伞》和《瑞典观礼记》等。《我所知道的科斯》是概写科斯的成长经历。文章别出心裁地以洛杉矶加州大学的经济研究院一位教师在退休时拍卖旧书籍及学报开头，引出大家竞相争购一本初版的《法律与经济学报》杂志的故事，再引出这本杂志的主编戴维德，最后从戴维德牵出科斯，起伏跌宕，引人入胜。尤其科斯舌战群雄一节，扣人心弦。《科斯的雨伞》则特写科斯一件关于雨伞的事。科斯没有孩子，自己的退休消费早已有了安排，且又获了一百万美元的诺贝尔奖金，但对一把仅值几美元的陈旧不堪的雨伞，却舍不得扔掉，在美国找不到修雨伞的人，居然还特地带到伦敦去修理，把科斯罕见的、不近情理到了“无话可说”的节俭栩栩如生地凸现出来。《瑞典观礼记》则是抒写作者和科斯一起参加接受诺贝尔经济奖的大会的实况，通过一系列细节透视科斯的内心世界：一个细节是写科斯没有儿女，对作者的儿子特别钟爱，时时通信，寄书相赠；另一个细节是分别时，因为作者要赶时间，不能到科斯那里告别，结果科斯反而和受伤的太太一道到作者房间郑重告别。把科斯这位学者的重情重义的品德彰显了出来。

张五常认为，“文采与气质、遗传有关”②，“文采应该与生俱来的”③。他在回忆父亲时，曾说他父亲的文章“行文诚恳，清楚、畅通；文采斐然”④。同

---

①②③　张五常：《文采何物?》，《随意集》，社会科学文献出版社 2001 年版，第 92 页，第 89 页，第 93 页。

④　张五常：《我的父亲》，《凭阑集》，社会科学文献出版社 2001 年版，第 194 页。

时，在《我的女儿》一文中，又赞他的女儿的文章“文采斐然”①。似乎他的散文“文采斐然”是天生的。这种说法，是他对“文采斐然”的别一种文学的解读。但是，有一点他是说对了的，他的散文“文采斐然”和他的气质密切相关。他的散文明明白白显示出他的气质随意散漫，无拘无束，天马行空，独断独行，处处显示出自信，有一种学者的尊严和高贵。当然，有时也难免流俗，在《钓鱼乐》中极写自己当年在香港垂钓的丰功伟绩，并获得“鱼王”之称，最后拖出这样一段文字：

坐在小凳上卖鱼饵的是一个满头白发的老人，他望着前头，自言自语地对那几个少年顾客说：“你们见人家钓鱼，就不自量力去钓……有没有听过，当年筲箕湾那一带，有四大‘鱼王’，一个是冇辫，一个是黑鬼泉，一个是刘唐……”我见那老人不再说下去，就忍不住问道：“阿伯，那第四个是谁呀?”他不经意地应道：“那是高佬常。”然后他的目光转到我的脸上，停了一阵，大声叫道：“啊，你就是高佬常!”②

那种满足那种喜悦，跃然纸上。作者认为：“艺术之作必定是个人的一种阐释。”③张五常的散文正是说明了这一点，他就是一篇永远有魅力的散文。

四　其他散文作家

潘铭燊(1945—　)，广东中山人。美国芝加哥大学博士。1973年起执教于香港中文大学、香港城市大学。他精于目录、版本、修辞学，并致力于《红楼梦》研究。丰厚的学养滋润了他的散文。香港《星岛日报·星辰》著名的“三思篇”专栏，就是他和梁锡华、黄维樑共同执笔，被人戏称为香港散文“三剑客”。散文集有《断鸿篇》、《温哥华书简》、《人生边上补白》等。

潘铭燊作《人生边上补白》公开宣告师承钱锺书，开卷赫然写着：“献给我所景仰的钱锺书先生。”其取材、其内涵、其运笔皆和钱氏的《写在人生边上》一脉相承。从创作角度考度，这样的师承未必是好事，但由于潘氏的学养及智慧使得他在师承中富有创造，形成和钱氏不同的风格：钱氏血气方刚，自称是“痛快的一偏之见”；潘氏方正老成，文字中显露着深思的成熟。

① 张五常：《我的女儿》，《随意集》，社会科学文献出版社2001年版，第235页。

② 见《随意集》，社会科学文献出版社2001年版，第231页。

③ 张五常：《绘画与艺术》，《随意集》，社会科学文献出版社2001年版，第87页。

《人生边上补白》显示了潘氏的两难境地:他一方面极力推崇“宁静”,认为“越能认识并享受宁静,精神越能得到澡雪,情操越能得到提升”,但内心深处,却又躁动烦闷,感到“生本不乐”。全书三十三篇,竟有十六篇谈笑论幽默,几乎占文集一半。虽则潘氏没有实指不乐在何处,但他在《智者乐不如愚者乐》里却露出了一点端倪。在他看来,“人越聪明,越会反躬自问‘人生所为何事’。问得越多,越会发觉这个问题没有答案。在这种心理状态之下,人怎会活得快乐呢”？因此,“如果一个人还有点先天下之忧而忧的怀抱,对家国事、天下事稍为有点思考,那么他必不免愁怅悲戚”,感到“人生的确苦多乐少”。谈笑,是人间少笑;讲幽默,是世间匮乏幽默;论快乐,是天地之中太缺乐。一言以蔽之,《人生边上补白》是一本智者求乐之作。书中处处可见作者皱眉状。乐在何方？乐委实难求,治疗潘氏的两难矛盾心理实在没有灵丹妙药。正是这种两难矛盾心理的摩擦碰撞,才迫使潘氏皱眉思考,在宁静中滋生出许多感触来,于是促使他补白再补白。可以想见,这种两难心理不根治,还会有“二补白”、“三补白”。《人生边上补白》典型地反映了香港学者的压抑心理。这种压抑心理实乃是一种现代文明中的心理综合征。它既不是由于物质贫困所造成,也不是因为政治机器的挤压而产生,它是在“士”和“绅士”的不为他人所理解的内心深层的孤独苦恼上滋生的痉挛。这种痉挛是不可救药的,因为这是作者“还有点先天下之忧而忧的怀抱”的自觉所孕育出来的情理。正由于它的不可救药,因此才有它的生命力,才可能在“士”或“绅士”圈里怀着同样的压抑心理的同志那里获得忠实的知音。

《人生边上补白》和钱锺书的《写在人生边上》一样,精于运用比较学。如:

> 凭窗的爱情是高蹈的,倚门的爱情是乞求的;凭窗所以暗示,倚门则是明言;凭窗是寄意,倚门是卖俏(或卖笑)。①

> 不会笑的年轻人是老人精,只会笑的老年人是老天真。②

> 快乐时固然开怀,不快乐时也要怀开。经常地兴致勃勃,快乐就会成为戒不掉的习惯。③

---

① 潘铭燊:《窗和爱情》,《人生边上补白》,(香港)枫桥出版社 1992 年版,第 15 页。

② 潘铭燊:《谈笑风生》,《人生边上补白》,(香港)枫桥出版社 1992 年版,第 41 页。

③ 潘铭燊:《快乐十诀》,《人生边上补白》,(香港)枫桥出版社 1992 年版,第 29 页。

这种两两比较，可用少数的话语，把话题的内核干净利落地剥露。再加上这些比较来自生活，贴近生活，从生活中蒸馏出来，读者看了，感到格外亲切。这样虽则文集中对每一话题大多起笔骤、收笔骤，但由于成功地运用比较，避免了粗疏的缺陷，使它成为一本精致的独语集。

黄维樑(1947—)，广东澄海人。著有《中国诗学纵横论》、《中国文学纵横论》、《香港文学初探》等。黄维樑视他的散文作品为“副产品”：“我写长篇论文，研究文学上的某些问题，析论某位作家的创作，这些是我的主要产品。”①为此，他在态度上对自己的散文创作和学术研究进行了比较，有这样的不同：

> 撰作“主要产品”如攀登险峻的高山，必须有充分的准备，有齐全的装配，有克服万难的精神，当然攀山者更必须是个训练有素的爬山专家。挥写“副产品”时……功夫是轻省多了……有如在坦途上行走，甚至有如走在青草地上，且有鸟语花香，是一种享受。②

归纳起来，就是平和轻松。它是香港大部分学者写散文时的一种典型心绪。欣赏香港学者散文，对这种心绪要有一个正确认识，它是一种绅士风度的反映，它能够有效而客观地对人生、对社会进行近距离的文明批评，虽则在取材和表现上相当个人化、情绪化，但它能充分而坦率地发表真诚之见，使读者感受到一种家常的温馨，味偏甜。诚然，它也有一种目的不强的消遣性和在干预生活上的疲软性，这和大陆学者写散文的心绪形成了一个鲜明对比：相对地说，大陆学者创作散文时，心态失衡，情绪倾斜，重视社会效应，味偏辣。

黄维樑的散文取材杂而博，大致有这样三类：一类是写人叙事的生活小品，二类是写意识和文化反思的反思小品，三类是记游踪小品。不管哪一类，都显示了黄氏的平实柔和的风格，有一种忠厚长者的风范。

且不说他的一些温情脉脉的以人情世故为题材的小品，就是一些尖锐严酷的社会问题，到了他的笔下，也会在他柔和的思维机器的转动下，弹奏出平和的格调。如对大陆“文革”时“焚书”的针砭：

> 大陆“文革”时期，不知有多少书生变成牛鬼，多少书籍变成毒草。那

①② 黄维樑：《〈我的副产品〉自序》，《我的副产品》，(香港)明窗出版社 1988 年版，第 4 页，第 4—5 页。

是个书少的时代。据说文革时挨批不算严重的读书人,往往能设法读点书。书少,乃能重复阅读研究,浩劫之后,通一经或一子,成了专家,这样比一向蜻蜓点水式泛读略读的人,收获更大。祸兮福所倚,信焉!①

虽然这里不是以批"文革"为首要目的,但从"祸"中带出一点"福"来,也使这辈经历"文革"磨难的知识分子,从中可以品出这点"福"的酸楚苦味来。其余像尖锐批评谈文论艺没有标准的《百年世事不胜喜(悲)》,描写离乡背井,与家人不能团圆的菲佣愁苦的《莎莲要回乡》等等,都是以平稳的语气谈论辛酸激烈的话题。这种平实柔和的风格,使得他的散文既厚重又诚实可信。理所当然的不足就是平板。和梁锡华的散文相比,它缺乏一种机智幽默的谐趣。

香港学者散文群中,黄维樑在研究和推进香港散文创作中,做了大量的工作。他编选的香港中文大学学者写的散文集《吐露港春秋》,为检阅和弘扬香港中文大学学者散文创作经验作出了贡献。他的散文的观念活跃生动,对学者散文的论述,对流行散文"形散神不散"的质疑都值得我们重视。

小思(1939—　),广东番禺人。原名卢玮銮,笔名明月。散文集有《路上谈》、《彤云笺》、《日影行》、《承教小记》、《不迁》以及《今夜星光灿烂》、《人间清月》等。

小思的第一本散文是《丰子恺漫画选绎》。据她说,"那是1970年开始刊登在《中国学生周报》上"。画好、文好,画文相与更好。丰子恺的散文在中国现代散文史上堪称一绝。三十年代在中国散文文坛上,曾刮起一股祭祖风,一些颇有名望的散文家要人们以明末公安、竟陵派散文为榜样,写"性灵"散文来显示他们的骄傲,但偏偏不是散文家的漫画家丰子恺却写了一批够格的"性灵"散文。许是丰子恺的画和文的"性灵"感动了小思,小思下决心为丰子恺的漫画配文,感情极为投入,虽然不能说百分百地阐释了丰子恺的画,但小思和丰子恺是心有灵犀一点通。她在丰子恺的画上找到了感情的契合点。她在文中凝聚着一股浓重的宗教情绪,完全是丰子恺式的。请看《门前溪一发,我作五湖看》中的一段文字:

心境是自己的,可以狭窄得杀死自己,杀死别人,也可以宽广得容下

① 黄维樑:《享福的人受苦了——书斋·书灾·书债》,《我的副产品》,(香港)明窗出版社1988年版,第152页。

世界，容下宇宙。是忧是乐，由人自取。市尘蔽眼处，我心里依然有一片春天，喧声封耳地，我心里依然有半帘岑寂。狭如一发之溪，能作五湖看，则对现今世界，当作如是观，当作如是观。

这是她在写画写人写事，抑或写自已？她生在尘世中，又卓然超于尘世之上，她拥着整个宇宙。这本散文集写于七十年代，当时的大陆不定期处在疯狂之中，倘若那时的人都来读读这些文字，或许会安静下来，恢复理智，尽管文学不会有呼风唤雨的神奇本领。小思巧妙地借丰子恺的画把她的纯真情绪发挥得非常透彻，而感情纯，正是从事散文创作的必要条件。许多“翻斤斗”的散文家，他们手中藏着各式各样的膏药，看着政治气候，毫不费力地在自已散文中批发耀眼的膏药，把它贴在屁股上，尽管可能着实热闹一阵子，但事后还是到了应该去的地方。小思的散文则自有它的一分矜持，它屹立着，受到读者青睐，并一版再版，这在香港是不多见的。

从总体上看，小思散文属于学者型的知性散文。小思过早地皈依了道德理想主义，推崇“宁静”和“淡中见喜”的境界。她的散文以《丰子恺漫画选绎》始，也就成为题中应有之义了。因此她最初的一些散文篇章，如《梦见生公》、《门》等就有些玄乎。她对道德理想主义的皈依和对“淡中见喜”的推崇，无疑是显出了她心灵的净化和灵魂的升华，但对于创作来说，却也有潜在的危险，理念也可能将她带入狭小的阁楼中，折磨她，使她的创作染上迂腐气。可庆幸的是，理念对小思并没有构成威胁。她感情丰富，几乎进入她视线中为她情之所动的一切事物如“螳螂”、“小鸡”、“苔”等等，均能燃烧起来，灼灼烫人。她对于这些事物所寄托的情思，似乎到了难为人解的地步。《山中》、《孤雏》中的情感那样顶真、执著、善良，完全是一种童真情绪。她从内心为那只被人戏弄的螳螂难过(《山中》)；她关心实验室里经实验后被遗弃的孤雏的命运(《孤雏》)。她这一片冰心似的纯净，在多事的世界上，十分难得，如同一片绿洲。

小思散文格局并不铺张，她抒情流程常常是托物起兴，戛然而止，不愿放纵。既没有大波大浪，也不是浩瀚无边。若把酣畅也作为散文的一种审美尺度，她这种克制应是一种不足，但是她的高品位的情调又弥补了这一不足。如《中国的牛》，写的是这样的一次奇遇：

一群朋友郊游，我领头在狭窄的阡陌上走，怎料迎面来了几只耕牛，狭道容不下人和牛，终有一方要让路。它们还没有走近，我们已经预计斗不过畜牲，恐怕难免踩到稻田泥水里，弄得鞋袜又泥又水了。正在踟蹰的时候，带头的一只牛，在离我们不远的地方停下来，抬起头看看，稍迟疑一下，就自动走下田去，一队耕牛，跟住它全走离阡陌，从我们身边经过。①

一件令人动情的事，或许在他人手中，可以敷衍出一篇洋洋洒洒的"牛赋"来。小思却不这样做，她实实在在如她笔下的沉默的牛，最后写下了这样一段文字："默默地工作，平心静气，这就是中国的牛。"寥寥数笔，惜墨如金，但所凝成的情绪之沉实和丰富，够我们咀嚼了，满足的是读者。这是小思对读者的尊重，她愿意留下大片空白，让给读者去想象和补充。格局小，神思幽远，这就是小思的散文天地。

小思热爱香港。当1997年香港回归祖国之期即将来临时，有些人已迁往他方，做了"太空人"，而她发表了散文《不迁》，以明心志。这里有一块属于自己的天地，不管这块土地是肥是瘦，她都不在乎。"好歹是自己的土地，算是命中注定，就在这土上一生一世"。她仅仅是要求有一块属于她"自己的土地"。像这样善良的人，完全应该拥有一块属于她自己的土地。她应有美好的明天。

黄国彬(1946—　)，加拿大多伦多大学东亚学系博士，先后在香港中文大学、香港大学、加拿大约克大学任教。现在香港岭南大学任教，散文集有《琥珀光》、《华山夏水》、《三峡·蜀道·峨眉》等。

黄国彬和余光中一样，左右开弓，一只手写诗，一只手写散文。不过，他偏爱诗，单诗集就有《攀月桂的孩子》、《指环》、《地劫》、《息壤歌》、《翡冷翠的冬天》、《吐露港的日月》、《航向星宿海》等，从量上看，超出散文一倍之多。若把诗比作"女"，把散文比作"男"，他有些重"女"轻"男"。但轻虽轻，其"男"颇具特色，在香港学者散文中，可称得上一枝独秀。

黄国彬渴望自由，他的那颗心无拘无束。

他崇拜鹰，有"老鹰情结"。他的散文代表作《琥珀光》集中，竟有三篇是为鹰礼赞。许多现当代散文家如丽尼等，都为鹰折腰唱过赞歌。他们笔下的"鹰"，或多或少和政治倾向相关，是一种倾向的象征。而黄氏的"鹰"却有些特别，它是一尊无派别无倾向的自由之神。第一篇是《吐露港的老鹰》，写的是自然界中作为动物的"鹰"。第二篇《天鹰志》和第三篇《天鹰展》，却是写的人造的飞机——机械的"鹰"。动物也罢，机械也罢，在它们身上都牢牢系着他那颗自由的心。在《吐露港的老鹰》中，作者写到他再度认识老鹰就是因它的自由

① 见《今夜星光灿烂》，(台湾)汉艺色研文化事业有限公司1990年版，第72页。

翱翔击中了他——

……老鹰之上，是一去万里的晶蓝，无瑕，无边，而又无底。老鹰展开双翼，绕着水塔静静地打圈，然后斜斜地盘旋着，循一个无形的漩涡上升，缓缓地旋上去，愈旋愈高，愈高愈小，最后旋成了一个黑点，如一颗恒星在几千尺之上君临着下面的空旷和宁谧。①

这是他和老鹰神合所创造的境界。这一境界是通过意象——老鹰"旋"出来的：静静地旋出一个"几千尺之上君临着下面的空旷和宁谧"，旋出一个庄子式的"逍遥游"。读到此，人们不由得会联想到徐志摩的名作《想飞》中凭借云雀凌空入云的"飞出这圈子，飞出这圈子"的冥想所创造的自由圣境。它们确有异曲同工之妙，是自由之神孵育出来的孪生赤子。

正因为如此，他在《天鹰志》和《天鹰展》中礼赞机械的"鹰"——飞机时，也都把重心牢牢铆在"自由"的轴心上。他为"天鹰"歌颂，因为"天鹰"创造的自由使他雀跃。在《天鹰展》中写到著名飞行员奥斯卡·伯施的"纯得近乎透明的环回、蹁跹、斜掠、柔升、缓降"的高超飞行表演时，如痴如呆如醉，最后则情不自禁地"像一只只的银鸥，跃入了澄明的风里，悠然展翼，乘乐音向上，最后银白色的滑翔机在金光灿烂的蓝天回舞"，形成"人""鹰"共舞的自由境界。和"老鹰"、"天鹰"的联结除了"自由"还是"自由"。"自由"成了他的散文之魂。他对"自由"的渴望已经到了近乎宗教般的虔诚，有时几乎到了飘飘欲仙的地步。他在《中大六年》中写到自己上课时"灵魂出窍"的一刹那的情景：

……上课时，一只水禽长鸣着掠过吐露港的海面，我就会停下来倾听，到水禽去后，山海回归寂静，才把出了窍的魂魄从空阔碧澄的吐露港招回。②

这简直是神话般的"走神"。向往"自由"成了他的本能、惯性，他对此特别敏感。因此即使在紧张的上课时，他仍执拗地魂系水禽，因为水禽在自由之中。当然，从职业操守上看，这种"走神"是一种散漫，但他对水禽的自由的感受之纯真，人们也就能原谅他的疏忽。更何况刹那之后，他就自动招魂了呢。

黄国彬以自由的笔法不懈地抒写自由之魂，这和他长期生活的那块土地——

①② 见黄维樑编《吐露港春秋》，（香港）中文大学出版社 1993 年版，第 207—208 页。

自由之港香港有关。从这一点上考察,他的散文具有较为典型的港色港味。

自由的无拘无束的心,使黄国彬显得儿童般的纯真,有时似乎是不食人间烟火。他如孩童般的"坐在这条马路的栏杆旁,俯身把蒲公英吹落山谷,看白色的飞絮在谷中飘落"时(《中大六年》),读者会自然想到丰子恺的那些写孩童的散文。上帝把自由赐予人类,人类往往亲手把"自由"扼杀,"自由"的天敌乃是"自我"。要"自由"须"忘我"、"超我",此刻黄国彬该是忘掉了人间一切烦恼,才会如此专注地坐着,吹着,让自己的灵魂随着蒲公英在山谷中飘荡。

黄国彬熟谙世事,对世态众生了如指掌。《莎厘娜》是他刻画社会众生的又一名作。他对那些"长舌男"、"长舌妇"的搬弄是非进行了无情的抨击。只不过,他为人厚道,用的是一种绅士风度来进行了文明批评。正因为如此,使得他的散文内核显得丰蕴而厚实。

"自由"是黄国彬散文之魂。如他的游记集《华山夏水》、《三峡·蜀道·峨眉》也是以自由地徜徉在山水之中的"乐"作为主题来勾画的,尽管采用第三人称来写,显得有些别扭,但无拘无束的笔调,奇异的山水和有时险象丛生的跌宕之笔,都可使读者得到最大满足。

香港有影响的学者散文作家还有也斯、金耀基等。也斯是香港文坛多面手,小说、诗歌、散文、评论均有显著成绩,产量最丰的还是散文。他坚持纯文学的立场,和消费文化保持距离,寻找自救的出路。他对"定型"的忧虑(《在地下车库读诗》),对"复制"的拒绝(《书与街道》)等等,都表明了他在后现代主义泛滥中的坚持,他的散文被誉为香港"后现代"散文的范本。金耀基的《剑桥语丝》集中,对尊重学术尊严与自由研究风气的独立的"剑桥精神"的礼赞,使他俨然成为继徐志摩之后的另一个"剑桥迷"。他的游山玩水的文字,气势畅达,清丽动人,被董桥誉为"金体文"。

第三节 其他散文作家

一 李碧华:对情爱精神患者的精神按摩

李碧华,出生成长于香港。任职记者、电视编剧及舞剧策划。主要作品有散文集《橘子不要哭》、《真假美人汤》、《草书》、《鸦片粉图》、《还是情愿痛》和《红袍蝎子粉》等;长篇小说《霸王别姬》、《青蛇》、《胭脂扣》、《生死桥》、《潘金莲之前世今生》、《诱僧》、《秦俑》和《满洲国妖艳——川岛芳子》等;短篇小说集

《流星雨解毒片》和《樱桃青衣》等；另有长短句集《只是蝴蝶不愿意》。

李碧华的小说擅长描写有血腥味的爱情，被视为“名导演名演员功名膨胀的超级酵母”，从而获得“奇情才女”的美称。或许血腥味的爱情沉重而刺激，绷紧的心弦必须得到调节，为了和缓舒解自己的这种刺激与紧张的心理，她就闲荡到散文中来逛悠，以求心灵的平衡，散文成了她的闲荡逛悠之作。

总起来看，李碧华的散文大多是有感而作，属感性散文。有感而发，使她的散文避免了两大问题：一是不必预设理念，也不必虚拟感情；二是不必做作，不必装腔作势，更不必无话找话，可以自然一些。她的散文几乎是一部社会的百科全书，她看到的想到的感觉到的，都被她整理出来，没有什么比兴，也没有什么卒章显志，写得非常随意、生活化、情感化，具有典型的港派港味。她公开宣称，“什么时候心情最轻快：当钱包越来越沉重时。经常阅读的杂志：银行存折”，使人联想起海派散文家的“散文是商品”的口号，它就是香港的海派散文。她的散文的感觉是现炒现甩卖，这决定了它的明快与浅显，但有时深刻起来又让人震撼。从九十年代初期开始走红的李碧华散文的总体特征大概如此。

不过，与众不同的李碧华散文的出众之处，在于她的散文所扮演的女性角色的显眼。她本人是女性，了解女人是她的特权。对情爱又看得通透，她更了解男人。因此，她的散文中精彩的篇章大约有两类，一类是对男人的讨伐，如《最爱和次爱》刻画男人对“最爱”和“次爱”女人的态度：男人先宣称“要‘最爱’那个”；但当“最爱”跑了，男人立刻转变，“我会把‘次爱’变成‘最爱’”。到此，作者仍不依不饶，伶牙俐齿地剥下男人的外衣，如此写道：

> 统统是他的“次爱”——假如他最爱自己。
>
> 统统是他的“最爱”——当面对任何他想征服的女人，单对单，这两个字不难出口，又不需要本钱。
>
> 或者，在某一特定时空是“最爱”，过后沦为“次爱”，并非谁的错。
>
> 在没有选择的情况下，把“次爱”变成“最爱”是妥协。在有的选择的情况下，把“最爱”变成“次爱”是取舍。①

这样的剖析，信服到令男人无任何争辩的余地。这种讨伐，也表达了作者对男人的不信任，或者说对高度发达的商业敏感地带的香港男女情爱的不信任。这种讨伐和不信任，对于作者来说，是一种情感的精明和自信，她在一篇名

① 见《橘子不要哭》，花城出版社 2003 年版，第 4 页。

为《情场犹太人》的散文中,无情地讽刺犹太人精明、实际,把世情看得通透,因而不肯殉情。具有讽刺意味的是作者也恰恰成了这种“情感犹太人”,她,忘记了人世间的情爱是无法这样准确地刻画,你越刻画精确、越计算到位,恰恰是把情感双方商业化了,商业化了的情是一种异化的情。情爱是一种彻底的投入,可以想象一个女性对男人的情感算计得这样精确到位,她怎能去彻底地投入?她对情爱的精明反映了她在情爱立场上的敌人正是她自己。正如她自己所说:“什么都参透了,一到了设身切肤,就笨起来。可见多聪明睿智,逃过死劫,也逃不过情关。”①李碧华散文对男人的讨伐,实质上是充当了在情意立场上遭遇到挫折和困厄的女人们的喉舌。她的讨伐有时近乎刻薄,如《小眉小眼小器》对一些男人在做爱时,为了节约用性药的手忙脚乱的丑态的尽情嘲讽。诚然,从另一个角度看,李碧华散文也有一种渴望,渴望真情的出现。说起来,也有些可怜,在这高度发达的商业大都市里,真情的出现是如此艰难,它须等待“意外”,《感谢一场病》正是揭示了这样一个现象,“很多埋藏地下的男女关系曝光了,是因为一些‘意外’,除了人为撞破好事之外,多因伤、病、死。——到了非得表示真挚关怀时,再也不管旁人目光,也不介意任何想法了”②。人世间真挚关爱已经是那样稀罕,可是这稀罕的出现又必须借助绝望的“意外”,平平淡淡的话语中对真情的渴望,实在令人有点辛酸。

李碧华另一类精彩散文是以写情爱心理为主的小品。这种情爱心理小品也是以女人的视角写女人的感觉,并且偏重在诊断情爱心理的精神上的疾患。以她的散文集《真假美人汤》为例,这本散文集由十三个专辑组成,每个专辑的广告语如此:

第1专辑“最恐怖的也许不是妖”的广告语是:“永不识破的假,也就等于真了。”

第2专辑“两叠‘金缕衣’”的广告语是:“被绝望诱惑,失去理智,只如泥塑木雕,把美丽定格。”

第3专辑“‘妖艳狐狸精’大选”的广告语是:“爱情永远不能五五分赃,爱情永远不匀,一定四六,三七,二八,一九,甚至零比十,甚至十一比负一。”

第4专辑“给母亲的短柬”的广告语是:“寄出一张种子卡,迫你天天浇水时记得我。”

第5专辑“太极高山的皱裤子”的广告语是:“再多高人指点,爱上一个人,

① 李碧华:《只是蝴蝶不愿意》,花城出版社2003年版,第95页。

② 李碧华:《感谢一场病》,《橘子不要哭》,花城出版社2003年版,第29页。

仍是走投无路的。”

第6专辑“好使好用的金句”的广告语是：“对方的心早收回去，自己的心不肯回来，像秋天的蜻蜓留恋已逝的夏季。”

第7专辑“钞票变薄人聪明”的广告语是：“变心，说时迟那时快，一雨成秋。”

第8专辑“只是蝴蝶不愿意”的广告语是：“庄周爱上梦，只是蝴蝶不愿意。”

第9专辑“故人眉目”的广告语是：“钟情是几何，直线最短；思念为心算，曲线极长。”

第10专辑“巨人的心也柔弱”的广告语是：“饥不择食，情有可原。”

第11专辑“一个女工的自白”的广告语是：“失恋头痛，暗恋是偏头痛。”

第12专辑“分手拣个好日子”的广告语是：“你既无心，我便要用双倍的心来爱自己了。”

第13专辑“午夜的‘千层纸’”的广告语是：“明知将失去，仍忍不住窥探一下。”

这些广告语，都触动情爱心理中的敏感神经，也是当今社会上的各种情爱精神患者的主要症状。作者实在是个高明的情爱精神医生，她能有的放矢、对症下药，总的一条原则是：精神按摩，使情爱精神患者能够在精神按摩中幡然悔悟。这种精神按摩是一种柔功软功，是谆谆善诱，是因势利导。如《你既无心我便休》中劝已翻脸无情的一对：“‘你既无心我便休’是最好的无言结局。悲剧只因‘不休’，苦了自己，苦了别人。‘休’：终止一切。‘人’加‘木’，人能够木然相对，才是真正心静。”三言两语，对利害的分析入情入理，令人信服。写到最后，还要不失时机地鼓励：“小休，是干大事的准备。他既对你不好，为什么还委屈?”完全以朋友的姿态，站在当事者的立场上，动之以情，晓之以理。当然，她也不是一味地无原则地油嘴滑舌，她有度，而且这个度很有原则，如在《基本原则》中阐述“复仇基本原则”时，就这样写道：“大婆向二奶淋镪水毁容，二奶向其女儿淋镪水毁容，但罪魁祸首是包二奶的负心汉，全程袖手旁观置身事外。——女人们同性相残固然可怜，找错对象罪在有眼无珠。”在大婆和二奶处理负心汉的矛盾上所采取的相残手段，作者就非常严肃，不仅指出大婆和二奶的同性相残的可怜，更严肃指出她们的“有眼无珠”的荒谬。正因为作者有度的精神按摩，使得她的散文畅销，成为人们的情爱精神指南。

李碧华的散文是感性散文，自由自在，无拘无束，但在技巧上无甚特色。她之所以红火，是因为作者面向市民，在抒写策略上又合广大市民的胃口。她的散文集《橘子不要哭》中的第1专辑的广告语上说：“很不幸，女人喜欢的男人，总是有点火，有点邪，有点坏，有点不羁。——即使凶终隙末。”套用她的广告语，读者也很不幸，就是喜欢她的散文的“有点火，有点邪，有点坏，有点不羁”。

二　西西：凭借魔幻般的感觉的抒写获得“寻常的放荡”的快感

西西(1938—　)，广东中山人，生于上海。原名张彦。五十年代从内地随家人来香港定居。香港葛良洪教育学院毕业，曾任教职。从五十年代起开始写作，先后给许多家报刊写专栏，诗歌、小说、散文、书评等各类文体都写。六十年代还创作过电影剧本，并亲自执导过电影短片，是个文坛多面手。她长期从事编辑，后专事文学创作与研究，主要作品有散文集《花木兰》、《剪贴册》、《耳目书》、《旋转木马》和《拼图游戏》等；短篇小说集《春望》、《像我这样一个女子》、《胡子有脸》、《手卷》和《母鱼》等；中、长篇小说集《像是笨蛋》、《东城故事》、《我城》、《哨鹿》、《候鸟》、《美丽大厦》、《哀悼乳房》、《飞毡》等；小说散文集《交河》；诗集《石磬》等。

西西的感觉既细微又敏感。在她的散文创作初期，她的散文描写的感觉就令读者惊讶。发表在 1961 年 1 月 3 日《香港时报》上的《离岛》，写一个热恋中的女子去见自己的牧师恋人，当到达牧师的住处时，仆人告诉女子牧师不在，文中如此写女子：“她还是觉得眼睛很疲乏，她走向石级那边，升上去。他不在。喔，他这个忙人，他不在。他不在。那么他的很会笑的大嘴巴也不在。那么他的 18K 金质秀朗眼镜也不在。那么他的跳跳蹦蹦的样子也不在。她升上去，路很长。”自己意中人不在，沮丧使眼睛产生“疲乏”的感觉，但热恋的她对他产生的想象却是无限地扩张，爱屋及乌，联想的感觉是把他分解成“会笑的大嘴巴”、“18K 金质秀朗眼镜”和“跳跳蹦蹦的样子”的碎片。这些碎片中浸满了无限的柔情蜜意，却又掺和着淡淡的未遇的惆怅，这种写感觉的优势一直贯穿在她的整个散文创作中，到后期她的散文几乎完全被感觉所主宰。西西也有少数散文用纪实的写法写人叙事。但一旦纪实，她似乎完全被所写的人和事束缚住，写得沉闷而呆板，如写于 1995 年的长篇散文《上学记》，记述她在学校的学习生活，师生之间互动，完全失去了想象，枯燥而平淡。她的散文创作的精彩，是当她把视线超离现实，超离人间，让想象的翅膀充分展开时，那种魔幻般的感觉，对读者充满诱惑。因此在她的长篇散文中出现了这样有趣的现象，通篇的叙述描写，琐碎而让人生厌，如另一篇长篇散文《看猫》，但中间有一个部分，即第二部分，突然穿插进作者的感觉，作者超离人间，把自己“猫”化，“猫”化的“我”和“我”之间的关系在半魔幻中飞扬起来，出现的描写，是“猫儿跳到沙发上，用胡子触碰我的脸，对我说：喵。我摸摸它的头，说，乖”。“带猫去注射防疫针，在电梯里，计程车里，它不断惊恐地说：噢呜，噢呜。我说，乖，不怕不怕。在候诊室中，它一声不响，瞪着一只斑斓鹦鹉，站在一个大胡子肩上”。灵动地展示了人猫和谐的诗意的栖居。可见纪实不是西西散文所长。

西西的生活理念和审美观念有些特别。从生活理念来看，她认为生活是一种“拼图游戏”。她在散文《外面》中写道：“我是谁？我是谁？我到世界上来做什么？我为什么上学读书？为什么每晨醒来晚上睡眠？为什么每天做那些看来相同，其实不同，好像不同，原来相同的事情？这些问题，真难答。这些问题，是很深的一种谜语，是一些砌来砌去缺少了一大半碎片的拼图游戏。”①审美理想境界是：“每页展示不同色彩的风景，总有惊喜。”是一种“寻常的放荡”②。合起来，是在拼图游戏中，展示不同色彩的风景，以求寻常的放荡，获得一种惊喜。因此，说到底，她的散文创作是在玩感觉的拼图游戏。幸而她的感觉是超人的，是亦真亦幻的魔幻般的感觉。她接受了魔幻现实主义、卡尔维诺和博尔赫斯等后现代文学大师的影响。这种接受没有半点勉强，她似乎就是一个魔幻般的人。她生活在魔幻般的感觉中，她后期的散文创作，越来越向童话靠拢，把散文当童话写，越写越童话化。所以她的创作姿态和策略，是不理睬现实，也不理睬传统的写法手法，想的是把那些魔幻般的感觉扔出来，获得“寻常的放荡”的快感。这和她的小说创作风格是一致的，那些随意的发挥和戏谑式的虚化设计，使人感到她是带着儿童一般的游戏感觉在写散文，其话语也是带着童性的童话语言，如在《非马》中这样写：“我是马。我告诉你说，我是马。我说，请你相信我，我是马。但你不相信，你摇摇头。你说，我欺骗你，因为我有一条鳄鱼的尾巴，又有一个鳄鱼的外表。”这里对“马”与“非马”的叙述，“我”的三次肯定，你的否定，肯定与否定理由都是从外表来判定。肯定的重复、语气的坚决、肯定与否定理由的简单，都是一种童话表述。她后期的一些散文如《火柴前生》、《空中之城》等，就是散文式的童话，或曰童话式的散文。和李碧华不同，西西不大注意市民的需求，她在散文中追求唯美，她时时刻刻在发现美欣赏美，并把它贡献给读者。在她的散文中，美高于一切，她正是用个人发现的美使她的散文“自我”化，为此，有些不合市民大众读者的口味，也正是这一点，使她的散文在港味散文中独树一帜。

感觉至上，所产生的另一面，是缺乏一种精神。西西没有以坚挺而固定的理念支撑她的散文。她在《外面》中虽然对“我是谁”提出了这样一类的疑问：

---

① 西西：《外面》，《剪贴册》，（台湾）洪范书店 1998 年版，第 46 页。

② 西西：《寻常的放荡》，《拼图游戏》，（台湾）洪范书店 2001 年版，第 28 页。

“我是谁？我是谁？我到世界上来做什么？我为什么上学读书？为什么每晨醒来晚上睡眠？为什么每天做那些看来相同，其实不同，好像不同，原来相同的事情？这些问题，真难答。这些问题，是很深的一种谜语，是一些砌来砌去缺少了一大半碎片的拼图游戏。把头埋在一大堆哲学书本里很多时也显得没有什么用。这个人说，我思故我在；那个人说，骑驴去也。”①她的“我是谁”的问题，并不是因为“我不是谁”的痛苦和烦闷而引起的，是一种感觉的“拼图游戏”，因此，没有“我是谁”和“我不是谁”的对立，对生的思考和对精神层面的探索也就仅仅只能停留在感觉游戏的层面上。所以，她对“我是谁”的思考的结论是：“且到外面去，看一个其实也有很多花的野外，及一片也有很多飞鸟的蓝天。”从肯定方面来说，西西的散文总起来说，也确实是“有很多花的野外，及一片也有很多飞鸟的蓝天”②，但从另一方面来看，她从感觉到感觉，没有形而上的理念的提升，总是一种欠缺。

西西后期散文，基本上是以看图作文的形式呈现，或用图配文，或由图生文。这种写作形式的灵感，据西西称“大概也来自香港中学毕业的会考”，因为在会考中有看图叙述一项。这种方式，成功的是图文并茂，增强了阅读效果，但不利的是，对“图”的过分依赖，也毕竟是一种缺陷，对创作是一种制约。西西的散文对“图”的越来越依赖，应该说是她的散文退化的一种标志。

附论：澳门散文

澳门散文相对香港来说，显得冷落，虽则写作散文的人数还较多，但精品不多，流行通病是大多骤起骤落，戛然而止，不愿展开，狭窄局促；或是开门见山，直奔主题，不注意烘托，绿叶少；或者议论多，少理趣，乏幽默，说教味浓，成就突出者较少。引人注目的当推凌纯，从容潇洒，具有一股凛然的浩然之气，显示了作者深厚的学养。这样的散文作者毕竟是凤毛麟角，因此也就格外受人注意。

但在八九十年代，澳门有一批女散文家一直坚持散文创作，形成散文“美丽街”。她们是林中英、梦子、沈尚青等。她们颇为严肃，情感方正，硬是以本色感人，和散文形成一种相依为命的关系。她们的一声叹息、一滴眼泪、一个抨击、一句赞叹……都认真执著得可爱，情感纯净得连半点痞性都没有。可以说她们的散文沾有仙气。事实上，她们不是不会调侃，偶尔调侃，高级得要命。

①②　西西：《外面》，《剪贴册》，（台湾）洪范书店1998年版，第46页。

沈尚青的《男人究竟想女人怎样?》,幽默诙谐中洋溢着可爱的自信和乐观,十分难得。澳门的女散文家大多是憋着一股劲来写散文的,林中英是个代表。她的《人生大笑能几回》,从儿子看蔡志忠的漫画发出的咕咕笑声起笔,而后写自己羡慕儿子的笑声,也想这么笑笑,但自己翻来覆去地看,就是不笑。巨大的反差掀开了历史——笑的稀薄、笑的无奈、笑的艰难……笑的变迁几乎涵盖了人的半生,充满了沧桑感,最后对会心的笑的企求又让人温暖。无论从章法到内涵,它都是标准的美文。林中英的散文还透露了这样的信息:澳门的文化人都患上了"办公室恋爱病":她(他)们"心里却总是有点挣不开的东西,一个朦朦胧胧的影子恹恹地搁在那儿,影响着兴致,与大自然不能融和。海风吹来,嫌它弄乱了头发,它的腥咸把皮肤都吹得黏黏的;看见滑浪者在海面上飞翔,戏水者自由自在地游弋,同行者在水沟边围捕小鱼、捉拿寄居蟹,网球场上生龙活虎地对垒,竟是心如止水,波澜不兴"①。这个病似乎是流行病,澳门的文化女性多少都染上了这个病,她们感到有些莫名的压抑,甚至还有点孤独。比如谷雨的散文,和其他女性散文相比较为现实,她说:"治疗失恋最好的办法是去发展一场新的恋情,让一个甘为你赴汤蹈火的新人取代那个弃你而去者。"虽然如此洒脱,但仍避免不了那种孤独感:"我们孤独地来到世上,最后也只能孤独地离去。"②这大概也多少和这"办公室恋爱病"有关。

澳门女散文家还睁大眼睛,关心现实,关心时政。这一点比大陆的女散文家尤甚,似乎她们的参政意识比较强烈。如沈尚青在《美丽街》内选的大多是时事杂感、报刊言论,又如林中英、懿灵、西璐等都有一些散文是针对当下的人生社会现象发表评论。这大概和她们的职业以及发表的园地是报刊有关。不过杂感政论不是澳门女散文家所长。就以沈尚青为例,政论和抒情散文相比,她的抒情散文,特别是那一篇《夜巡的故事》,写得非常精彩。

澳门女散文家的散文中最令人感动的是那些闪耀着母爱的篇章。她们笔下的母爱既各各有别,绝对个人化,又皆至纯至美。晓筠《祝福》中的母亲"年近半百,居然返老还童,一手拿着本子,一手捏着剑诀,步态龙钟地跳跃着",引得学童在一旁嗤嗤发笑。自己的胖态招来他人的嗤笑,怎么说也不会令人愉悦,但是,这位母亲为有缘为孩子提供了最佳娱乐而自豪。另一种母爱更为特别,它不是一人一爱,是一家男女凝成的一份母爱——在同一幢楼中,更深人

① 林中英:《办公室恋爱病》,《人生大笑能几回》,(澳门)星光出版社 1994 年版,第 11 页。

② 谷雨:《太阳之西的孤独》,《美丽街》,(澳门)澳门日报出版社 2000 年版,第 231 页。

静，孩子啼哭，搅得人难以入睡，被搅者“我”的一家不仅丝毫不怨，反而叨念着啼哭的孩子的一家：

> ……外子说：“我不嫌孩子吵得我睡不着，只可怜他的父母。”是的，我们不嫌，只不过是隔着一层楼卧在床上听哭声而已，又用不着轮班背着孩子……①

正因为“我”的一家有母爱，才会心系孩子的父母，自觉地为他人分忧分愁。

“野”是澳门女散文家人格色彩中的又一大亮点。梦子、水月等人的散文都有点野。梦子喜欢妄想，厌恶循规蹈矩的刻板生活。她的散文取材天上地下，虚虚实实，并不是都很野，但是，她写得最好的是“常常拍动想象的翅膀这里飞那里飞，随意地偏离日常的生活轨迹”的那些妄想得带有一点野的散文，如《北斗星》、《十年》。尤其那篇《疯了的壮举》疯得要命野得要命，实在有点狂热：“一早起床赶车，车到广州是下午时分，晚上看演唱会至深夜，第二天一早又赶车返澳，下午跟着上班。”为的是一睹童安格、潘美辰的光彩。她也真投入，当童安格出场时，迷到如此地步：“整个人不觉地趴到舞台天桥上，专注地望着他那排白牙，那脸甜甜的笑容，时间仿佛就这样凝固了。”纯情到近乎痴，为他特疯特野所以也特真。水月的散文最情绪化，她敢爱也敢恨。读她的散文，很容易使人联想到《红楼梦》里的晴雯，是那样刚烈。《忘情书》里对负情人，她以忘情来回答，“彻彻底底地把你忘掉”。她的心不仅容不下对方，甚至“还容不下所有沉痛的回忆”，可谓决绝。这种带有三分浪漫的野，渲染出来的却是清纯的脱俗的真情。

为使散文情感个人化，澳门女散文家都有绝招。穆欣欣的绝招是三句不离“戏”。她研究戏，整天在戏剧里淘金，偶尔来到散文天地里也时刻不忘“戏”。她借戏谈天说地，以戏抒情，做到“戏”、“文”并茂，《伞》、《扇子》等就是这样的佳作。沙蒙的绝招是凭借现代派的手法，显现她的奇特的想象。尽管欣赏时给人带来障碍，她的散文中出现的那“鸟人”、那“木马”、那“圣猪”，似乎与现实有些隔膜，但细细品味，会使读者获得极大的满足。

---

① 沈尚青：《夜半啼声》，《美丽街》，（澳门）澳门日报出版社 2000 年版，第 55 页。

参考书目

(日)厨川白村:《苦闷的象征　出了象牙之塔》,鲁迅译,人民文学出版社 1988 年版。

(美)卡尔文·S. 霍尔:《荣格心理学纲要》,张月译,黄河文艺出版社 1987 年版。

(奥)弗洛伊德:《爱情心理学》,林克明译,作家出版社 1986 年版。

(德)马克思、恩格斯:《共产党宣言》,人民出版社 1952 年版。

(德)恩格斯:《反杜林论》,吴黎平译,生活·读书·新知三联书店(北京)1953 年版。

(德)黑格尔:《美学》,朱光潜译,人民文学出版社 1979 年版。

(德)尼采:《悲剧的诞生》,周国平译,北岳文艺出版社 2004 年版。

(德)尼采:《查拉斯图拉如是说》,尹溟译,文化艺术出版社 1987 年版。

(英)霭理士:《性心理学》,潘光旦译注,生活·读书·新知三联书店(北京)1987 年版。

(美)W. 考夫曼:《存在主义》,陈鼓应译,商务印书馆 1987 年版。

(美)夏志清:《中国现代小说史》,(台湾)友联出版社 1979 年版。

(德)海德格尔:《人,诗意地安居》,郜元宝译,上海远东出版社 1995 年版。

(德)爱克曼:《歌德谈话录》,朱光潜译,人民文学出版社 1978 年版。

曹　丕:《典论·论文》,中华书局 1985 年版。

刘　勰:《文心雕龙》,世界书局 1947 年版。

王国维:《人间词话》,上海古籍出版社 1998 年版。

姚　鼐:《古文辞类纂》,上海古籍出版社 1998 年版。

梁启超:《清代学术概论》,上海商务印书馆 1930 年版。

胡　适:《中国新文学大系·建设理论集》,上海良友图书公司 1935 年版。

周作人:《中国新文学大系·散文一集》,上海良友图书公司 1935 年版。

郁达夫:《中国新文学大系·散文二集》,上海良友图书公司 1935 年版。

毛泽东:《毛泽东选集》,人民出版社 1964 年版。

参 考 书 目

(日)厨川白村:《苦闷的象征　出了象牙之塔》,鲁迅译,人民文学出版社1988年版。

(美)卡尔文·S.霍尔:《荣格心理学纲要》,张月译,黄河文艺出版社1987年版。

(奥)弗洛伊德:《爱情心理学》,林克明译,作家出版社1986年版。

(德)马克思、恩格斯:《共产党宣言》,人民出版社1952年版。

(德)恩格斯:《反杜林论》,吴黎平译,生活·读书·新知三联书店(北京)1953年版。

(德)黑格尔:《美学》,朱光潜译,人民文学出版社1979年版。

(德)尼采:《悲剧的诞生》,周国平译,北岳文艺出版社2004年版。

(德)尼采:《查拉斯图拉如是说》,尹溟译,文化艺术出版社1987年版。

(英)霭理士:《性心理学》,潘光旦译注,生活·读书·新知三联书店(北京)1987年版。

(美)W.考夫曼:《存在主义》,陈鼓应译,商务印书馆1987年版。

(美)夏志清:《中国现代小说史》,(台湾)友联出版社1979年版。

(德)海德格尔:《人,诗意地安居》,郜元宝译,上海远东出版社1995年版。

(德)爱克曼:《歌德谈话录》,朱光潜译,人民文学出版社1978年版。

曹　丕:《典论·论文》,中华书局1985年版。

刘　勰:《文心雕龙》,世界书局1947年版。

王国维:《人间词话》,上海古籍出版社1998年版。

姚　鼐:《古文辞类纂》,上海古籍出版社1998年版。

梁启超:《清代学术概论》,上海商务印书馆1930年版。

胡　适:《中国新文学大系·建设理论集》,上海良友图书公司1935年版。

周作人:《中国新文学大系·散文一集》,上海良友图书公司1935年版。

郁达夫:《中国新文学大系·散文二集》,上海良友图书公司1935年版。

毛泽东:《毛泽东选集》,人民出版社1964年版。

静，孩子啼哭，搅得人难以入睡，被搅者“我”的一家不仅丝毫不怨，反而叨念着啼哭的孩子的一家：

> ……外子说：“我不嫌孩子吵得我睡不着，只可怜他的父母。”是的，我们不嫌，只不过是隔着一层楼卧在床上听哭声而已，又用不着轮班背着孩子……①

正因为“我”的一家有母爱，才会心系孩子的父母，自觉地为他人分忧分愁。

“野”是澳门女散文家人格色彩中的又一大亮点。梦子、水月等人的散文都有点野。梦子喜欢妄想，厌恶循规蹈矩的刻板生活。她的散文取材天上地下，虚虚实实，并不是都很野，但是，她写得最好的是“常常拍动想象的翅膀这里飞那里飞，随意地偏离日常的生活轨迹”的那些妄想得带有一点野的散文，如《北斗星》、《十年》。尤其那篇《疯了的壮举》疯得要命野得要命，实在有点狂热：“一早起床赶车，车到广州是下午时分，晚上看演唱会至深夜，第二天一早又赶车返澳，下午跟着上班。”为的是一睹童安格、潘美辰的光彩。她也真投入，当童安格出场时，迷到如此地步：“整个人不觉地趴到舞台天桥上，专注地望着他那排白牙，那脸甜甜的笑容，时间仿佛就这样凝固了。”纯情到近乎痴，为他特疯特野所以也特真。水月的散文最情绪化，她敢爱也敢恨。读她的散文，很容易使人联想到《红楼梦》里的晴雯，是那样刚烈。《忘情书》里对负情人，她以忘情来回答，“彻彻底底地把你忘掉”。她的心不仅容不下对方，甚至“还容不下所有沉痛的回忆”，可谓决绝。这种带有三分浪漫的野，渲染出来的却是清纯的脱俗的真情。

为使散文情感个人化，澳门女散文家都有绝招。穆欣欣的绝招是三句不离“戏”。她研究戏，整天在戏剧里淘金，偶尔来到散文天地里也时刻不忘“戏”。她借戏谈天说地，以戏抒情，做到“戏”、“文”并茂，《伞》、《扇子》等就是这样的佳作。沙蒙的绝招是凭借现代派的手法，显现她的奇特的想象。尽管欣赏时给人带来障碍，她的散文中出现的那“鸟人”、那“木马”、那“圣猪”，似乎与现实有些隔膜，但细细品味，会使读者获得极大的满足。

---

① 沈尚青：《夜半啼声》，《美丽街》，(澳门)澳门日报出版社 2000 年版，第 55 页。

周恩来:《周恩来选集》,人民出版社 1984 年版。

鲁　迅:《鲁迅全集》,人民文学出版社 1981 年版。

郑振铎:《晚清文选》,上海书店 1987 年影印版。

李泽厚:《中国近代思想史论》,人民出版社 1979 年版。

游国恩等:《中国文学史》,人民文学出版社 1963 年版。

王　瑶:《中国新文学史稿》,上海文艺出版社 1982 年版。

郭绍虞:《中国历代文论选》,上海古籍出版社 1979 年版。

朱东润:《中国历代文学作品选》,上海古籍出版社 1981 年版。

王锦泉:《中国现代文学专题史》,浙江文艺出版社 1986 年版。

司马长风:《中国新文学史》,(香港)昭明出版社 1980 年版。

刘登翰主编:《香港文学史》,人民文学出版社 1999 年版。

刘登翰主编:《台湾文学史》(上),海峡文艺出版社 1991 年版。

刘登翰主编:《台湾文学史》(下),海峡文艺出版社 1993 年版。

伍蠡甫等:《西方文论选》,上海文艺出版社 1963 年版。

杨　义:《中国现代小说史》,人民文学出版社 1986 年版。

贾植芳、曾华鹏、范伯群:《中国现代文学社团流派》,江苏教育出版社 1989 年版。

北京大学中文系中国现代文学教研室等编:《散文选》,上海教育出版社 1979 年版。

中国社会科学院文学研究所现代文学研究室编:《中国现代散文选》,人民文学出版社 1982 年版。

林呐、徐柏容、郑法清主编:《百花散文书系》,百花文艺出版社出版。

王实味等著:《野百合花》,花城出版社 1992 年版。

柯　灵:《中国现代文学序跋选(散文卷)》,海南人民出版社 1988 年版。

俞元桂等:《中国现代散文史》,山东文艺出版社 1988 年版。

佘树森编:《现代作家谈散文》,百花文艺出版社 1986 年版。

郑明娳:《现代散文纵横论》,(台湾)大安出版社 1986 年版。

郑明娳:《现代散文类型论》,(台湾)大安出版社 1987 年版。

郑明娳:《现代散文构成论》,(台湾)大安出版社 1989 年版。

郑明娳:《现代散文现象论》,(台湾)大安出版社 1992 年版。

卢玮銮编:《不老的缪思》,(香港)天地图书有限公司 1993 年版。

范培松 著

中国散文史

上

凤凰出版传媒集团
江苏教育出版社

梁启超像

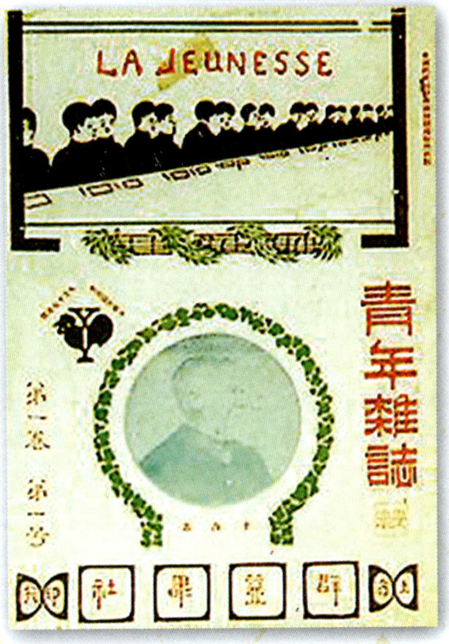

《新青年》和《青年杂志》书影

胡适像

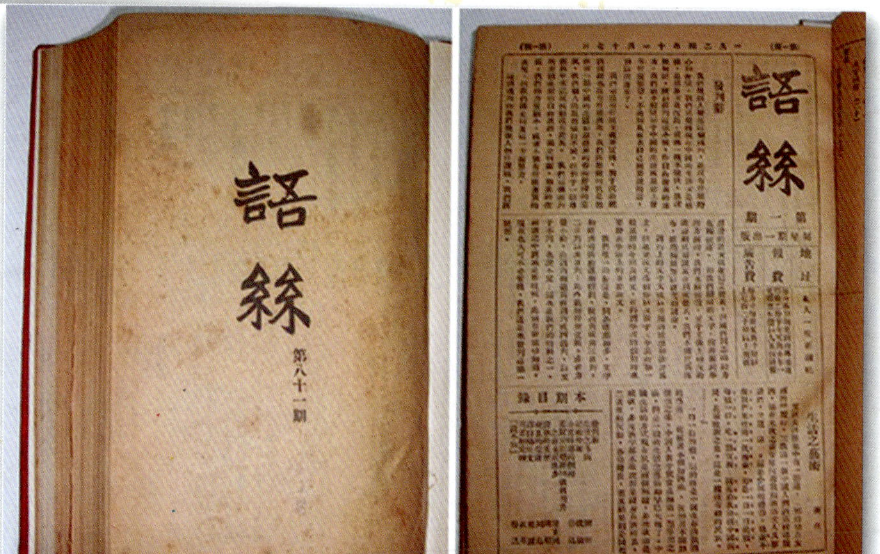

《语丝》书影

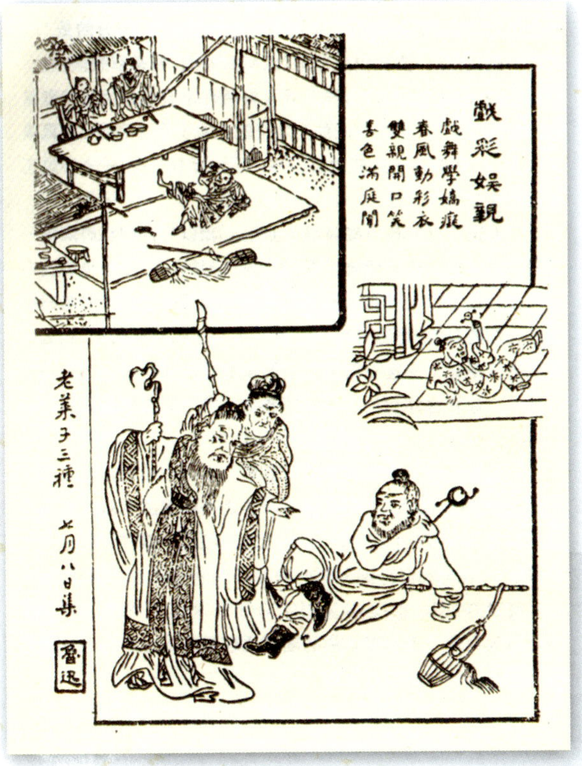

《朝花夕拾》插图

周作人1920年代小照

1929年冰心与母亲合影

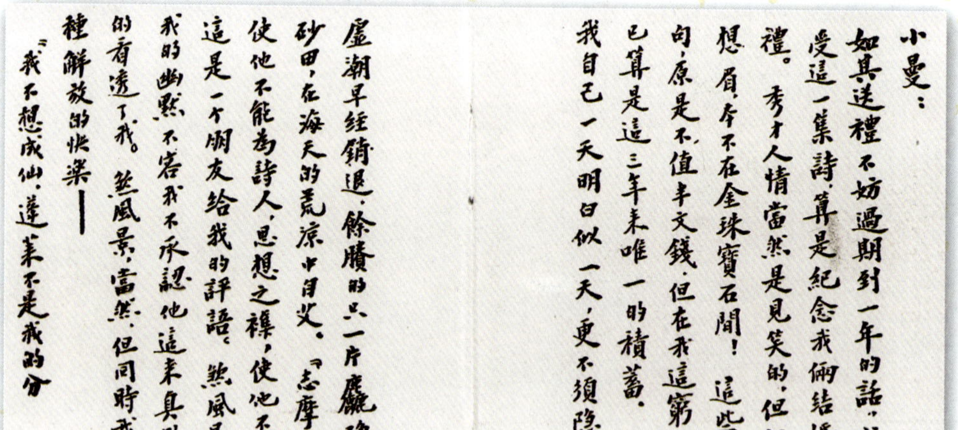

小曼：

如其送禮不妨過期到一年的話，小曼，請你收受這一集詩，算是紀念我倆結婚的一份小禮。秀才人情當然是見笑的，但好在你的思想，原不在金珠寶石間！這些不完全的詩句，原是不值半文錢，但在我這窮酸，說也臉紅，已算是這三年來唯一的積蓄。我不是詩人，我自己一天明白似一天，更不須隱諱；狂妄的虛潮早經銷退，餘剩的只一片粗確的不生產的砂田，在海天的荒涼中自艾。「志摩感情之浮，使他不能為詩人，思想之雜，使他不能為文人。」這是一个朋友給我的評語，煞風景，當然，但我的幽默不容我不承認他這來真的鞭入骨髓的看透了我。煞風景，當然，但同時我却感到一種解放的快樂——

"我不想成仙，蓬萊不是我的分

徐志摩手迹

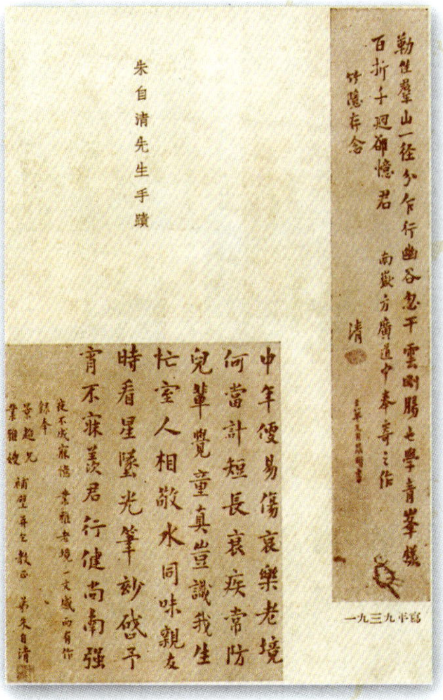

朱自清先生手蹟
勒住群山一徑分乍行幽谷忽干雲剛腸也學青峯樣
百折千迴卻憶君
竹隱存念
南嶽方廣道中奉寄之作
清
一九三九年寫
中年便易傷哀樂老境
何當計短長衰疾常防
兒輩覺童真豈識我生
忙室人相敬水同味親友
時看星墜光筆妙啓予
宵不寐羨君行健尚南强
弟朱自清

朱自清手迹

林语堂像

梁实秋和程季淑婚前唯一合照

钱锺书和杨绛

目　录

上　卷

第一编　异军突起(1918 年—20 年代末)

下　卷

第三编　消融聚合(40 年代中期—80 年代中期)

百年中国散文之命运(代序)

回眸百年,二十世纪中国散文的命运,变化起伏,激荡翻滚:二十世纪初,它以杂感的形式,挟带风雷在五四风雨中诞生,迅即蜕变,走向成熟,迎来灿烂的二十年代散文的成熟和繁荣。时代的骤变,三十年代的小品文的“匕首”、“投枪”和“小摆设”之争,促使散文分化,京派、海派和论语派散文纷纷亮相。长期的战争,共和国的建立,开创了近半个世纪的“工农兵”代言人时代,红色颂歌散文主宰了文坛。随着“文革”结束,改革开放,持久的文化热,营造了文化自觉环境,促使散文主体“自我”的觉醒。和而不同,世纪末的散文终于完成了从散文家的主体,到散文的抒写姿态、话语、策略以及文本形式的蜕变。

不过,变化是复杂的,散文始终和人的“性情”相联结,也可以说,散文就是作者的“性情”。追求“艺术性”的散文也始终追求“性情”的“自我”在“艺术性”中能自由地呈现。“性情”的艺术或艺术的“性情”时时向散文家提出一个问题:我是谁,谁是我?魂归何处?散文主体性的危机始终伴随着散文的历程,并成为百年散文创作的敏感区。和其他文体相比,散文在被阅读时,作家的“我”常常会被人们联想和窥视。太多的恩怨,太多的是非也就因此而生。过程的美丽也伴随着痛苦,但有一点是始终不移的:变化的指向充满了现代性想像。

回眸百年中国散文史,人们关注着这样一个问题:有一些什么因素在操纵和影响着它的命运?

一

“道”,可道,“道”,亦不可道。可道,是它在任何时刻任何环境中,意义指向非常明确,有特指性、确定性和明晰性。不可道,是“道”在变,因时代而变,因人而变,因社会而变,具有不确定性,尤其“道”和“个人”的关系是不可道。回眸百年散文,载“道”与离“道”却始终或明或暗地主宰和影响着散文的命运。

现代散文是在布道中诞生的。当十九世纪末梁启超推行变法时,看中了散文是他宣传“法”的最有效的一个载体。为此,他树起“文界革命”的大旗,并由此创造了“新文体”。梁氏形容他的“新文体”是“野狐”。在文坛上,这只“野狐”一时独领风骚,风靡全国。人们从这只“野狐”的身上,已清晰可见现代散文的胎儿的影子。但是,为布道的“新文体”最终在“道”的控制下,无法完成文体的脱胎换骨的革命。因为梁启超布的“道”是要布所变的延续封建王朝的“法”,虽则他的“文界革命”的理念,具有现代性的想像,遗憾的是“新文体”却不能成为现代散文的范式。

不过,“新文体”的影响是巨大的,胡适在《四十自述》中回忆 1904 年到 1910 年期间的生活时,这样说:“这时代是梁先生(指梁启超——引者注)的文章最有势力的时代,他虽不曾明白提倡种族革命,却在一班少年人的脑海里种下了不少革命种子。”《新青年》的创办,并开辟了“随感录”专栏,由此又直接引爆了杂感热,都和梁氏的“新文体”有着不可分割的关系。新旧转折关头,不定型的布道式的思想草稿,在杂感中得到生动的表现。现代散文正是在这充满布道的“随感录”中诞生了。现代散文凭借着“道”的原动力,终于异军突起。但是此“道”非梁启超变法的“道”。从此,“道”和现代散文结下了道不清、理也乱的暧昧复杂的缘。

现代散文之所以在“道”的催生下诞生,不能忽视二十世纪初的大的文化环境。文学革命的提出,五四运动的爆发,西方文化的涌入,形成了一场空前的思想解放运动。“科学”和“民主”的张扬,弘扬了人们的主体意识。在人文主义的启蒙中,现代散文家们一方面热衷于布道,热衷于启蒙;另一方面,正是这个“道”的启蒙,又促使散文家清醒,把自身作为“精神的个人”欣赏,唤醒了“自我”。“自我”的独立成为时尚。五四浪潮过后,觉醒的人们,尤其是在五四中搏击过的散文家,在二十年代初的落潮的时代出现了空前的迷茫。对社会的失望和自己理想的“新社会”的不可得,使得一部分散文家离“道”厌“道”,追求一种和“道”对立的独立。这里形成了一个怪圈:“道”使散文家的“自我”独立,独立的散文家的“自我”却又弃“道”。所以当五四运动的浪潮刚过,以周作人为代表的一部分散文家立刻踏上了对散文主体的“自我”独立的探索路程,起点就是周作人的《自己的园地》。

对于二十世纪百年散文发展来说,二十年代是一个最重要的蜕变时刻。周作人的《自己的园地》的意义,是理论的探索重于散文创作的实践。周作人在这本散文集中,向社会向读者宣示的只有两个字——“自己”,文集中处处写满了“自己”。他不惜在《自己的园地》旧序和《文艺上的宽容》中重复提出“文艺只是自己的表现”。在“序言”中公开说:“我只想表现凡庸的自己的一部分。”为了让读者了解他的探索,又特地以《自己的园地》为名写了一篇短文,郑重声明:在“自己的园地”中是“依了自己的心的倾向,去种蔷薇地丁”。这一连串的“自己”,当然不是抽象的“自己”,他曾用著名的“流氓鬼”和“绅士鬼”为自己画像。但这个“自己”实在是周作人以及一代散文家都说不清的“自己”,乃至“自己”成了百年散文命运发展的焦点。但是,有一点是明确的,“自己”是和社会相对的一种独立的“自我”符号,所以周作人又特别提出“艺术是独立的”。《自己的园地》是“自己”独立的宣言。周作人似乎预料到,他耕种“自己的园地”、要求“自己”的独立会引来公众和社会的责难,因此,又以《文艺上的宽容》为题,提出“宽容是文艺发达的必要的条件”,其潜台词是很清楚的,即要求社会宽容他去种“自己的园地”,去“依了自己的心的倾向,去种蔷薇地丁”。所有这一切,都表明周作人的“自己的园地”是针对“道”来的,他要避“道”、远“道”、离“道”。这在他之后的第二本散文集《雨天的书》的“自序二”中就证实了这一点。文中说:“查阅旧作,满口柴胡,殊少敦厚温和之气。”联系他在《自己的园地》中一再说,他的“自己的园地”“不限于某一种:种果蔬也罢,种药材也罢”,“社会不但需要果蔬药材,却也一样迫切的需要蔷薇与地丁”。虽则“柴胡”、“药材”都是一些比喻,但其指向非常明确:他认为五四的杂感充满了教化味,是“载道”之作;他要去种“蔷薇地丁”了。《初恋》、《乌篷船》和《故乡的野菜》等名篇,就是他在这一时期种出的“蔷薇地丁”。这些创作的成功,并形成了冲淡平和的散文流派,更坚定了他离“道”、远“道”的决心。1930 年他为《近代散文钞》写“序”时,以纲领性的文字对这一段时期的探索作了总结,明确地提出“古今文艺的变迁曾有两个大时期,一是集团的,一是个人的”。是“集团的‘文以载道’与个人的‘诗言志’两种口号成了敌对”,而“集团的”“文以载道”的文学,“在朝廷强盛,政教统一的时代”,“差不多总是一堆垃圾,读之昏昏欲睡”的东西,只有“言志”文学才是“近代文学的一个潮头”①。以“志”和“道”对立,用“志”离“道”、厌“道”、恶“道”,成了周作人有代表性的散文理念的灵魂。

周作人的散文理论探索,最终在“道”与“志”的对立上定格。作为文学理论,用“载道”和“言志”对文学进行区分,也是一种学术观点。但是在非此即彼的尖锐对立的时刻,周作人强化“言志”和“自我”对立的手法,就成为一种生活和政治态度的暧昧。令人惊讶的是力主文艺宽容的周作人,为何对“载道文学”如此排斥和拒绝?解读这一密码的钥匙是《自己的园地》中的那篇《文艺的统一》。在文中,他反对“文艺的统一”,因为“文艺的生命是自由而非平等”。

① 周作人:《〈近代散文钞〉序》,《知堂序跋》,岳麓书社 1987 年版,第 330 页。

他要“自由”,因为“道”要求“统一”。处处写满“自己”的背后赫然写的是“自由”。散文是自由心灵的艺术阐释,但心灵自由的人,不等于是自由主义者,而周作人把“志”与“道”对立起来,说明他要把“志”从“统一”的“道”中游离出来,追求超然的“志”。世界上能否有这样的“志”姑且不论,但他的这种追求,表明他要使自己成为一个自由主义者。

载“道”与离“道”的焦点已经明显地摆在人们的眼前了,那就是散文要不要表现“自我”?在残酷的对立的现实面前,没有艺术的“自我”,更没有自由的艺术“自我”。不过,二十年代的军阀混战也难以使中国统一成一个声音,鲁迅还能“朝花夕拾”,周作人也可以耕作他的“自己的园地”。散文的早熟也成为二十世纪文体史上的一个奇迹。

时代不允许散文离“道”。朱自清在 1931 年 3 月发表了他“最中意”的一篇文章:《论无话可说》。他认为这个时代“要的是‘代言人’,而且将一切说话的都看作‘代言人’,压根儿就无所谓自己的话”。载“道”与离“道”的冲突就不可避免了。三十年代发生在上海文坛上的小品文是“匕首”、“投枪”还是“小摆设”之争就不可避免了。本来,争论的双方——鲁迅与林语堂等散文家,写几篇文章,感应式地阐述一下自己的散文理念,是正常的事。他们意见相左,也是非常正常的事。文学和学术始终在争鸣中前进。但是,一些当事者以及后来的主流文化体制却把这场争论政治化,视为两大集团两大政党的斗争和对立,神化“匕首”、“投枪”的同时,把“小摆设”妖魔化,在很长一段时间里,用来作为比喻的“匕首”、“投枪”和“小摆设”等散文批评话语,却成了政治的象征。四十年代开始,散文成了“道”的“代言人”,这一情况,在共产党领导的延安地区表现得尤为突出。最艰难的莫过于已有一定的创作成就和书写风格的散文家,他们对新的书写对象的表达方式非常陌生,仍然按照原有的思维方式和惯性进行创作。于是,1942 年在延安发生了批判以王实味为代表的一批散文家的事件。毛泽东为此发表了《在延安文艺座谈会上的讲话》,巧妙而又明确地把战争对现实的要求,即散文家必须成为“工农兵”的“道”的代言人植入散文书写规范。散文的命运发生了重大的转折。随之,长达近半个世纪的散文的“工农兵”代言人时代开始了。虽然,载“道”与离“道”的冲突结果,并不如周作人所描述的那样,一方是“一堆垃圾”,一方是“一个潮头”。比如鲁迅,就是一个例外的个案,他在遵从“将令”中获得了自由,他的后半生的杂文创作,就成了他精神战斗的一个仪式。但是建国后红色颂歌散文的发展愈来愈变成模式的演绎。或许在延安时期,由于延安处在敌人四面围困之中,成为一个封闭的孤岛,在特定的环境中,战争对散文提出了载“道”的要求,这是一种历史的需要。但在建国后的相当长的时间里,依然延伸这种要求,散文完全蜕变成了只能写“工农兵”、颂“工农兵”的传“道”工具,散文的衰落也成了必然。

当然,在这近半个世纪的散文创作中,厌“道”、离“道”还时刻存在。在四十年代初,似乎是一种偶然,也可以说是一种必然,在中国散文文坛上,出现了几支学者之笔,他们是梁实秋、钱锺书和王了一。几乎是在同一时期,他们文思汹涌,用王了一的话是“不甘沉寂”,“尼姑思凡”。他们创作的散文,以坚挺的自由精神为支撑,和“描红式的标语和双簧式的口号”①决裂与对抗。他们把散文创作视为“有思想的人的星期日娱乐”,追求自由、自是和自适。在他们的散文中,真正以“自我”为中心,不看他人脸色,想说什么就说什么,拒绝“替圣贤立言”,以“人生边上”的“偏论”实现了“文化自我”的自由——梁实秋、王了一和钱锺书的学者散文成了他们的自由精神的一次狂欢。作为代表作,梁实秋的《雅舍小品》、王了一的《龙虫并雕斋琐语》和钱锺书的《写在人生边上》的发表,在战争环境下,也可以称得上是奇迹。

但是,从四十年代开始的近半个世纪,从整体上说,毕竟还是中国散文的“工农兵”代言人时代。四十年代中期开始流行的军旅散文是典型的传“道”散文,它的宗旨很明确,就是宣传我们必胜、敌人必败。建国后,散文的生产方式已逐步纳入共和国建立的新的文化体制轨道中。而散文的消费主体,也受到新的文化体制的指导。散文的作者和读者都处在这样或那样的“组织化”的状态之中。原来作为自由职业存在的作家已不复存在。所以“组织化”的作者与“组织化”的读者之间时常通过“组织”的相互作用对传“道”进行调节,从而形成了这一阶段的具有过程性特征的散文历史。盯着现实,以颂歌的形式对“道”现炒现卖,成了建国后近三十年来红色颂歌散文的基本范式。代表作是魏巍的《谁是最可爱的人》。这篇散文是“工农兵”代言人时代用散文的方式对全国上下的人民进行了一次“爱”的教育,使全国上下接受了一次对工农兵“爱”的洗礼。正是这篇散文,使人民接受了“他者”——中国人民志愿军。中国人民志愿军也由此获得了一个神圣的称号:“最可爱的人”。《谁是最可爱的人》居然能调动全国读者的情绪,并使一支武装部队获得一个新的称号,这不能不说是二十世纪散文史上用“爱”构筑起来的一个“神话”。从四十年代到八十年代初的近半个世纪,中国成为英雄鼎盛的时代,形成了特有的英雄文化。英雄成了“道”的化身,红色颂歌散文正是英雄文化的主力军。

---

① 王了一:《生活导报和我》,《龙虫并雕斋琐语》,中国社会科学出版社 1982 年版,第 5 页。

直到七十年代末，巴金站了出来，他的《随想录》以“审己”、“弑己”和“焚己”的方式，发出了“我是我”的呐喊，对“工农兵”代言人时代的散文进行颠覆。后来，“文化热”的兴起，使社会形成了文化自觉的环境，作家作为个体存在的价值愈来愈受到社会的重视。在恢复文化的尊严和人的尊严的过程中，崛起了以余秋雨为代表的文化散文。他们所持的立场是文化立场，奉行的是文化尊严政策，追求的是个性的自由。文化环境的改变，激活了散文家被长期封闭压抑的言说“自我”的欲望。自由是他们的散文的出发点，也是始终引领他们不断前行的终极指向。他们艺术地用文化视角、文化姿态和文化话语来进行散文创作，改变了“工农兵”代言人时代的载道的以说教性、依附性和阐释性为主要特征的单向型的模式，实现了以“文化自我为中心”的主体回归。市场经济的发展，自由职业写作者的出现，商品对散文的影响，散文文体的边缘化……诸种因素都促使散文家真正开始主宰自己的命运。和而不同，抒写多元化情致成为散文的潮流，由此迎来了二十世纪末的散文繁荣。

二

在这一百年中，散文的命运还始终围绕着“激进”与“中庸”的冲突进行。

现代散文的产生，是在五四的“打倒孔家店”的一种极端文化理念支配下产生的。五四的文化革命口号，在对待传统上，采取极端的彻底否定，集中表现在“桐城谬种”、“选学妖孽”等口号的提出。对孔子的否定，对传统农业文化的批判，使得五四时期的散文家在创作上采取激进的姿态，怀疑一切，否定一切。极端的文化理念决定了现代散文的萌芽——杂感的斗争的形象特征：倾向分明，鼓动性强，畅达犀利，张口见喉。

激进意味着斗争。彻底意味着不可调和。支配影响中国现代散文发展的主要理论资源是建立在激进的对抗、斗争的基础上的。鲁迅是代表。他的散文理论观念的核心就是反中庸。他执拗地要散文充当“匕首”和“投枪”，并且把闲适散文作为“匕首”和“投枪”式的散文的对立面，斥为“小摆设”，加以无情地拒绝。他的反中庸基于对中国社会的深刻失望乃至绝望。他的理论的旨归是要把散文一分为二：“匕首”、“投枪”和“小摆设”，而后把它们非此即彼地对立起来，并把“自我”放到这非此即彼的对立中。把散文视为“匕首”和“投枪”当然也是鲁迅的一种性情，但这一散文理念又和他的哲学政治理念完全一致，尤其到后期，鲁迅坚决反中庸，信仰一分为二，认为世界是非此即彼的对立。他的许多名言，如“从喷泉里出来的都是水，从血管里出来的都是血”，如“革命人作出东西来,才是革命文学",如"文学是战斗的"等等,都鲜明地表达了鲁迅的一分为二的哲学政治理念。他只承认世界一分为二和两极对立,坚决拒绝第三元、第三极,排斥中间情感,否认世界的多元和多极。最能形象说明他的这种文学精神理念的是他的这一段话:"人体有胖和瘦,在理论上,是该能有不胖不瘦的第三种人的,然而事实上却并没有,一加比较,非近于胖,就近于瘦。"①他只承认"血"和"水"、"胖"和"瘦"的对立,对非"血"非"水"、不"胖"不"瘦",坚决拒绝。这就决定了他的散文理念是以"分"为基石的对立和冲突,是以反中庸的痛打"落水狗"的精神达到批判的目的。他的《论费厄泼赖应该缓行》是反中庸的代表作。从另一层意义上说,鲁迅坚决拒绝"和",拒绝中间色和中间感情,拒绝中庸。直到逝世前,他依然在杂文《死》中宣称:对他的那些"怨敌","我也一个都不宽恕",可谓极端的彻底。所以,后人常用"偏至"描述他的杂文创作理念。鲁迅笔法以及他的全部散文都是反中庸的结晶。其实,鲁迅反中庸的最终目的是反专制,并以反中庸表明他反专制的决心,所以,正是反中庸显示了他的骨头和精神,赢得了人们的尊敬。——但也由此影响了散文的一代文风。

可以这样说,中国的杂文是在激进中产生,杂文家基本上以激进的姿态写作,他们对调和天然地反对。杂文也是在反中庸中发展和成熟,最后也因为反中庸而被反复扑灭,导致衰落。直到七十年代末开始,以巴金的《随想录》为标志,重新树起激进的旗帜,以把散文当作"遗嘱"写的精神,杂文才再度兴旺起来。

富有讽刺意味的是从延安开始,许多以鲁迅为榜样,运用鲁迅笔法进行散文创作的,最后都变成了敌人,变成了被用反中庸动员起来的群众痛打的"落水狗"。

虽然激进经常成为支配散文的一种主流意识,但是,中庸的幽灵却不断地在散文园地上徘徊。

当五四浪潮过后,现代散文家们在二十年代初的思想落潮的苦闷时期,开始对这种极端的文化精神理念进行反思。周作人反思自己五四时的杂感是"满口柴胡",也包含着他对极端的文化理念的反思。他不断地表示了对极端的厌恶,他认为"中国生活的方式现在只是两个极端,非禁欲即是纵欲,非连酒字都不准说即是浸身在酒槽里,二者互相反动,各益增长,而其结果则是同样

① 鲁迅:《又论"第三种人"》,《鲁迅全集》第4卷,人民文学出版社1981年版,第534页。

的污糟”。他在《谈龙集》和《谈虎集》中一再宣称自己是个中庸主义者。这一切似乎在诉说着他的生活理念和追求,实质确实是一种私人精神理想的重塑。在周作人看来,只有皈依中庸才能保证对自我的中心的真正确认。他把中庸解释为“新的自由与新的节制”,并且力图彻底皈依它,既视它为散文创作理念,又想把它演绎成生存状态和方式。他用“新的自由与新的节制”,选择“死”这一极端进行淡化和调和,认为“死是还了自然的债,与生产同样地严肃而平凡”。这固然有他唯物的一面,但他的这一观念,却是中庸在起调和作用的结果,其后果,必然潜伏着这样的危险,对“死”的本身价值得出这样的消极结论:“死本是无善恶的。”这一感悟尽管是把人生看透了,但,是与非、善与恶也在这看透中泯灭了界线。因此在《死之默想》中,经过对“死”的苦苦思索,其最后的归宿,是到“平凡的境地中,寻得些须的安闲悦乐,即是无上幸福”。结果,他在追忆描写自己初恋的情人时,听到情人死了,也可不必捶胸顿足,而是有一种“似乎很是安静,仿佛心里有一块大石头已经放下了”的解脱。而这种解脱之感本是周作人十四岁时的感受,但到了1922年,他在信奉“新的自由与新的节制”时才得到发掘。这也表明周作人心中本来就隐伏着中庸之道,只不过是没有适当的气候和土壤罢了。现在风暴过后,他再猛回头,才发现原来自己用中庸之道来进行生存,早有成功的实验了。这里也可窥测到周作人为什么要把《初恋》从《自己的园地》中抽出放到《雨天的书》中的良苦用心了。《雨天的书》和《泽泻集》成了周作人这位消极自由的精神闲士的“乐土”。不过,“乐土”难寻,用“流氓鬼”和“绅士鬼”的拉扯求中庸求冲淡,或许能获得一时的中庸式的平衡。但是,身处乱世,何以中庸?即使从三十年代开始,用他自嘲的话,“苟全性命于乱世是第一要紧”,闭户读书,专心抄书,几乎每年出版一本书斋小品,貌似痴迷花草虫鱼,但还是时时糅入忧愤抑郁。说到底,他的骨子里并不中庸。

在散文中,把中庸发挥到极致的当推林语堂。他在1928年9月13日为《剪拂集》作序时,详尽地阐述了当时的思想:“激烈理论是不便于任何政府的,在段祺瑞的‘革命政府’提倡激烈理论是好的,但是在这革命已经成功的时代,热心于革命事业的元老已不乏人,若再提倡激烈理论,岂不是又与另一个‘革命政府’以不便?这是革命前后时代理论上应有的不同。”又说“时代既无所用于激烈思想,激烈思想亦将随而消灭”,他要告别激烈。和“极端”一样,“激烈”也是中庸的反义词。最后他终于把中庸理想浓缩成这样的口号:“以自我为中心,以闲适为格调。”“闲适”是他信奉的中庸的代名词。其实,“以自我为中心,以闲适为格调”是追求的一种境界,与圆滑不同。以“自我”为中心,怎能闲适起来?以“自我”为中心,又怎能圆滑起来?主宰他人不可得,退求主宰“自我”;或以“自我”为中心,求得他人服从我。林语堂我行我素,他的散文宣传的只有一个字——“半”。他最崇拜的是李密庵的《半半歌》,他描写的至乐是“半醉”,他勾画的理想人物是属“一半有名,一半无名”,他认为世界上最卓越的玩世者当推“半玩世者”。他惟恐别人还不能感应这个“半”的真谛,又对此进行了具体诠释:一个半玩世者,应该“懒惰中带用功,在用功中偷懒;穷不至于穷到付不出房租,富而不至于富到可以完全不作工,或是可以称心如意地资助朋友。钢琴也会弹弹,可是不十分高明,只可弹给知己的朋友听听,而最大的用处还是给自己消遣;古玩也收藏一点,可是只够摆满屋里的壁炉架。书也读读,可是不很用功;学识颇广博,可是不成为任何专家;文章也写写,可是寄给报刊的稿件一半被录用一半被退回”。以处于两极之中的“半”,缔造“桃花源”式的中庸极乐世界,追求的是境界。富有意味的是,中庸是一种和谐的境界,它有原则、有度,林语堂用“以自我为中心”死守“半”,又把他的理想中的“半”的理念推向了极端,怎能中庸?可见在敌我对峙的年代里,中庸何其难。正是在这些理念的培育下,三十年代出现了论语派散文。与论语派血缘相近的海派散文更是奉行中庸主义。海派崇尚“圆通”,他们的哲学基础是“不彻底”或“欠彻底”。不大喜欢文学理论的海派散文的领衔人物张爱玲一反常态,在《自己的文章》中系统地阐明了自己的文学主张。她坚决拒绝了“极端”,“极端病态与极端觉悟的人究竟不多。时代是这么沉重,不那么容易就大彻大悟”。拒绝“极端”的同时,提出写“不彻底的人物”。虽则这一观点有弦外之音,是对当时的革命文学理论的非议,或者说是对主张你死我活的阶级斗争理论的责难。在“不彻底”或“欠彻底”里我们依然可以闻到中庸的气味。不过,这个“中庸”淡化了境界的追求,更多的染上了市民世俗的气味。

同时,梁实秋主张散文“美在适当”,这也是中庸之道促使梁实秋对适度的“自我确认”的美的欣赏,并开创了一代文风。尤其是世纪末汪曾祺提出散文是“文化休息场所”,以“随遇而安”进行创作以及休闲散文的兴起,都说明散文创作的理念不再为极端所主宰。“工农兵”代言人时代以“敌”“我”划分感情的界限被扬弃,对“中间色”、“中间情”的肯定,娱乐性的强化以及对读者审美趣味的尊重,都为求“和”的中庸重新开启了大门。

三

乡村与城市虽然是地域空间,但在百年中国散文史的发展中,它们也不断地操纵着散文的命运。乡村与城市的差距实质是文化差异，国外有论者认为，“城市的文化是开放的、现代的和世俗的，而乡村文化依然是封闭的、传统的、宗教的”。乡村与城市实质是两种文化对立的代表，它们的碰撞时时冲击散文的创作观念，而这种碰撞并不是可以用简单的“拒绝”与“坚守”来概括的，正是这种碰撞，使得散文也呈现出多姿多彩的面貌。

现代散文从某种意义上说，是在五四扫荡批判中国农业大文化中诞生的。五四新文化运动中，李大钊和陈独秀等彻底否定中国农业大文化所造成的“以安息为本位”、“以家族为本位”和“以感情为本位”的观念。这种否定应该说是一种思想文化的启蒙，不过，这种启蒙仅是一般意义层面上的启蒙。如果具体落实到对待“乡村”和“都市”上，二十世纪第一代散文家们并不是有意识地或要坚持“乡村”的视角，或要坚持“都市”的视角来进行创作。不管是都市出生的，还是乡村出生的，对于散文家来说，他们都有这样或那样的乡村记忆。就以周氏兄弟来说，他们虽然出生在都市，但都有浓厚的乡村情结。鲁迅笔下的“五猖会”和“闰土月夜刺獾”等描写，周作人对“乌篷船”和“野菜”的回忆，就是这种乡村情结的展现。他们展现乡村情结，都有明显的目的性：五猖会是鲁迅批判“父”辈文化的道具，乌篷船是周作人的精神“避难所”。不管是道具，还是“避难所”，都说明了一点：现代散文从诞生那天起，乡村和都市就或明或暗地开始影响着它的命运。不过，这种影响，并不是要自觉地通过散文坚持“乡村”记忆抒写，拒绝都市文化。

从二十年代末开始，情况发生了变化。在北京逐渐形成了一个松散的但有特色的散文作家群，即京派散文作家群。引人注目的是，该散文作家群中的一些主要散文家如沈从文、李广田、废名和芦焚等，都树起了“乡下人”的旗帜。他们虽然来到大都市，但由于迟到了一步，五四风暴已经过去了，没有经受批判农业大文化的启蒙和洗礼，对农业大文化缺少鉴别力，从而为“我”——“乡”——“城”的三角情结所困扰。李广田在《画廊集》题记中说：“（我）虽然在这座大城里住过几年了，我几乎还是像一个乡下人一样生活着，思想着。”这段话颇能代表他们的思想状态。这样，他们对都市中的人以及都市文化产生一种抗拒的心理。京派散文领衔人沈从文就公开说：“使我对于城市中人在狭窄腐懦的生活里产生的做人善恶观念，不能引起多少兴味，一到城市中来生活，弄得忧郁孤僻不像个正常‘人’的感情了。”他们是一支“乡军”，用“乡情”自慰自恋，又用“思乡”、“还乡”向“城市”和“城市中人”示威。“乡情”成了京派散文的“魂”。他们的乡村抒写是一种土著式的自觉，如沈从文甘愿冒着旅途艰险还乡，到历史对于它毫无意义的那块湘西土地上，寻找那些壮健的水手和洒脱的妓女,创作了散文集《湘行散记》。沈从文写湘西,既不是把湘西作为出发地,也不是作为归宿地,仅是灵魂的一种暂时的栖息地,由此对城市、或城市人的生存状态与欲望作出一种抗衡性的抒写。不过,这里的乡村书写呈现的是彻底崇尚形而下,所以这本散文集倾心地用纪实笔法描写了那些充满生命活力的水手和妓女。废名也用诗意笔法对他的“乡”诗化处理,赞美乡村。不过,他们虽然对都市文化拒斥,但又不完全认同传统文化,如在《湘行散记》中用欣赏的笔墨展现水手和妓女的一些言行作为,又带着叛逆的烙印。说到底,京派散文家面对当时国内两大集团的对抗的残酷现实,想以另一种价值标准予以回避。沈从文说得非常清楚:“我是个乡下人,走到任何一处照例都带了一把尺,一把秤,和普遍社会总是不合。一切来到我命运中的事事物物,我有我自己的尺寸和分量,来证实生命的价值和意义。我用不着你们名叫‘社会’为制定的那个东西,我讨厌一般标准。”以“乡下人”自居的真正目的是在这里,是对“社会”为制定的那个东西的拒斥,这个“东西”是什么,就是“道”,他们把“乡”抽象化,绝对化,以此避“道”,这大概是京派散文家的无奈和智慧所在。坚持以“乡下人”的姿态抒写乡村记忆,原来还有避“道”的苦衷在内。

与京派散文家相比,海派散文家不同,他们对“乡”和“都市”的矛盾并不敏感。他们对“都市”有天生的好感。海派散文作家梁得所一到香港,那“两层的电车,有烟囱的汽车,碧绿的海,虽久别重逢,却使我一见如故”。香港“仿佛是从前我们家里一个人”。他们对“乡”很淡漠,淡得如一缕青烟,如海派散文家钱歌川对故乡常州的记忆,淡得已到了“毫无关系”的地步,因为海派散文家已经成了都市的一分子,或者说是都市的一个细胞。他们在都市中如鱼得水,生活得非常滋润。张爱玲“喜欢听市声”,“是非得听见电车响才睡得着觉的”。她还喜欢在生火炉时扇出的滚滚的白烟中穿行,去闻闻那“布毛臭”。他们完全市民化,熔铸入他们散文中的灵魂是都市和市民意识。因此他们比较自觉地以都市的市民姿态抒写都市,写市民关心的生活,表达市民的浓浓的意识。因此在价值观念上,有些乱谱,只要是市民喜欢的,他们都会去颂扬或批判,在反映民意的同时,也不免沾染上市侩气世俗气。和京派相比,鲁迅说,京派近“官”,海派近“商”。我认为,还不如说,京派近“乡”,海派近“城”。不过,“乡”也罢,“城”也罢,都是一种避“道”的姿态,所以,他们在对待“道”的态度上是完全一致的。

当散文进入了“工农兵”代言人时代,“工农兵”崇拜使得散文家放弃了“乡”或“城”的姿态,因为如果再坚持以“乡”或“城”的姿态,容易使人们产生离经叛道的联想。直到八十年代中期开始,“乡”与“城”的对峙又突现出来。一方面有些散文家树起“小女人散文”旗号，恢复海派散文的传统，进行都市散文创作。另一方面，贾平凹、刘亮程等又亮出“乡下人”的招牌。贾平凹的《商州》系列散文、刘亮程的《一个人的村庄》等，是典型的以“乡”的姿态写的“农裔”散文。张炜借助散文高举两面旗子，一面是抵抗，用他的话说是抵抗“流行的荒谬”，是“一片被肆意修饰过”的“城市”①；另一面旗子是“融入”，“融入野地”。“野地”和“城市”的对立，从某种程度说，也是“乡村”与“都市”的对立的翻版。这些对峙，促使了散文的多元化发展。

二十世纪是散文的世纪；是杂感惊天动地地拉开了新世纪的序幕，又是轰轰烈烈的散文大爆炸，成为二十世纪末的作家们重塑灵魂的一次狂欢。散文家的命运逐渐为散文家的“自我”所主宰。和而不同，已成为不可阻挡的潮流。散文家们，包括所有作家们追求的以“文化自我”为中心的艺术理想一定会实现！

---

① 张炜：《融入野地》，《忧愤的归途》，华艺出版社 1995 年版，第 19 页。

绪　论

一　古代散文史的最后一页

二十世纪中国散文史，是伴随着五四新文化运动的兴起而拉开帷幕的。它的帷幕刚刚揭开，就立刻演出了一幕幕精彩、壮丽、生动的活剧，它的神韵在一个世纪之后依然放射出不绝如缕的光彩。被世界文化潮流推到时代面前的中国现代散文，它的第一次涌动便是对传统义无返顾的反叛，使我们传统的古代散文在长期僵化、板结中宣告退出历史舞台，从此，中国现代散文在裂变中得到了新生。“反叛”与“新生”是两种始终交融在一起的文化意向，导引着五四文化而文学的全部内在理路。

诚然，在中国现代散文史帷幕揭开前，散文正在传统的古典的窠臼中，写下最沉重的一页。

千百年来，我国的散文在逐渐发展过程中，一方面积累了丰富的经验，趋于成熟和完善；另一方面，也背上了许多包袱，形成许多绳索，捆住了自己的手脚。和“老大帝国”本身一样，在文体中，散文也成了一个“老大帝国”，它的顽固和森严，郁达夫曾经有一个深刻的描述：

> 从前的散文（指五四以前的散文——引者注）的心是如此，从前的散文的体也是一样。行文必崇尚古雅，模范须取诸六经；不是前人用过的字，用过的句，绝对不能任意造作，甚至于之乎者也等一个虚字，也要用得确有出典，呜呼嗟夫等一声浩叹，也须古人叹过才能启口。此外的起承转合，伏句提句结句等种种法规，更加可以不必说了，一行违反，就不成文……①

郁达夫在这里对“从前的散文”的批判固然有些简单化，没有对“从前的散

---

① 郁达夫：《〈中国新文学大系·散文二集〉导言》，见赵家璧主编《中国新文学大系》第7集，良友图书公司1935年版，第4页。

文”进行具体分析，笼而统之地一概排斥，但毕竟击中了要害。郁达夫接着又指出，从前的散文的内容，也大多是非礼勿听，非礼勿视，无非是一些尊君、卫道与孝亲之类的东西。这样一方面泯灭了散文作家的主体意识，另一方面也使散文文体僵化。尤其到了清朝，残酷的文字狱和封建专制主义，使清朝的散文在“助虐的武将的刀锋，帮闲的文臣的笔锋”①的联合诛杀剿灭下，变成了毫无生气的“小摆设”。桐城派散文的发展蜕变就是一个例证。桐城派散文与整个清王朝相始终，它的理论核心就是其主要代表人物方苞提出的“义法”。“义”即要尊崇宋儒的“义理”，且主要是封建纲常之理；“法”，是指散文形式上的作法。在所谓“法”上，他们有数不清的清规戒律，单就要求散文语言“雅洁”上，方苞就提出一大串禁忌：“古文中不可入语录中语、魏晋六朝人藻丽俳语、汉赋中板重字法、诗歌中隽语、南北史佻巧语。”②既严峻又苛刻。这一套理论，放到中国古代散文史的长河中考察，那是一大倒退。早在桐城派之前五百年的宋代散文家苏轼，就已主张为散文松绑，他提出散文应该“随物赋形”，即“如万斛泉源，不择地皆可出。在平地滔滔汩汩，虽一日千里无难，及其与山石曲折，随物赋形，而不可知也”③。而这些以自己的散文直接师承唐宋八大家自居的桐城派，却又人为地在“义法”的旗号下为散文加上了重重的枷锁。在这种“义法”下培育出来的散文，就如龚自珍《病梅馆记》中所描绘的“病梅”。如桐城派中首领之一姚鼐，他一生写了那么多散文，除掉几篇游记之外，大多空洞无物，没有实现他自己“言有物”的主张。连他们派内一向尊敬他的曾国藩，也觉得这个问题太明显了。他在谈到姚鼐的散文时，就毫不客气地说它“有序之言虽多，而有物之言则少”。在桐城派垄断和控制文坛的前后近两百年内，散文身上背的包袱越来越重，规矩也越来越多，终于形成了毫无生气的僵化期、板结期。

这是中国古代散文史的最后一页，也是最无光彩的一页。

“天下事，未有久而不变者也。”④这种状况，引起有识之士的不满和愤怒，许多启蒙主义先行者都为此进行了激烈的抗争。这种抗争，主要表现在两方面，一方面是对传统的散文予以极端的否定，这种极端否定上可追溯到太平天国。太平天国以洪秀全为代表，对孔孟诸子百家以来的传统散文进行了一次大

① 鲁迅：《小品文的危机》，《鲁迅全集》第4卷，人民文学出版社1981年版，第202页。

② 沈廷芳：《方望溪先生传》附“自记”，《隐拙斋文钞》卷四。

③ 苏轼：《自评文》，《苏轼文集》第66卷，中华书局1986年版，第2069页。

④ 王韬：《变法·中》，见郑振铎编《晚清文选》，上海书店1987年影印版，第401页。

扫荡。明确宣布“四书”、“五经”为“妖书邪说”,在《诏书盖玺颁行论》中明令:“凡一切孔孟诸子百家妖书邪说者尽行焚除,皆不准买卖藏读也,否则问罪也。”这一法令应该说极为严苛,影响深远。之后,一些启蒙主义者又陆续对传统八股散文进行宣战,这可以严复为代表,他在《救亡决论》中这样写道:

> 天下理之最明,而势所必主者,如今日中国不变法则必亡是已。然则变将何先?莫于废八股。夫八股非自能害国也,害在使天下无人才。①

严复在这篇著名的散文中,把“废八股”提到挽救中华民族的头等决策位置上,而且还历数了八股三害,“一害曰:锢智慧”,“二害曰:坏心术”,“三害曰:滋游手”,穷追猛打,毫不留情。另外,王韬也提出“凡一切文字词章,无不悉废”②,谭嗣同则更直截了当地宣称:“中外虎争,文无所用。”这里的“文字”、“文”显然包括传统散文。这些极端的言论,固然有偏颇和虚无主义的成分,但这正是文化先觉者以人生意义与价值为文化反省前提而含蕴的文化取向,对传统文化范型的批判包容着深远的文化重建的期待,即弃旧图新的努力。

另一方面,反对尊古师古,重视抒写个人情感。如太平天国的文化决策中,就对当时那种“专事浮文”的文风进行了批判,要求“文以纪实”,“言贵从心”。王韬尖锐地批判了桐城派的古文,提出“文章所贵在乎纪事述情,自抒胸臆,俾人人知其命意之所在而一如我怀之所欲吐,斯即佳文。至其工拙,抑末也”③。龚自珍在《五经大义始终论》中对散文的创作作了这样的发挥:“民饮食,则生其情矣,情则生其文矣。”这一切说明那些启蒙主义者,已经朦胧认识到散文创作主体的重要,他们想努力通过对情感的重视,恢复和强化散文的主体意识,让散文在王权的魔掌中解脱出来。但是,面对强大的王权,他们又无所作为,所谓“尊情”、“自抒胸臆”都是一句空话。王国维就比较清醒地看到这一点,他在著名的《人间词话》中谈到散文时,也只能痛苦地呻吟了这么一句话:“散文易学而难工。”④其蕴含的潜台词是丰富的,他看到了在他所处的时代里,散文要想写一点自己的情感,难于上青天!

---

① 见郑振铎编《晚清文选》,上海书店 1987 年影印版,第 670 页。

② 王韬:《上当路论时务书》,见郑振铎编《晚清文选》,上海书店 1987 年影印版,第 410 页。

③ 王韬:《〈弢园文录外编〉自序》,《弢园文录外编》,中华书局 1959 年版,第 1 页。

④ 王国维:《人间词话》(下),《王国维遗书》第 15 册,上海古籍书店 1983 年版,第 2 页。

散文要真正变革，还必须等待时机。周作人为这“时机”说过一句确切而精彩的话：现代散文的“兴盛必须在王纲解纽的时代”①。

“山雨欲来风满楼”，中国的王纲解纽时代就要来临了！

二　王纲解纽的时代

当二十世纪刚刚拉开帷幕，呈现在人们面前的景象是：中国封建帝制的弊端愈来愈明显，各种危机矛盾尖锐起来，最终导致了王权倾颓，帝制崩溃。

对此，十九世纪末的敏感的有识之士早就意识到了。具有叛逆意识的龚自珍，早就清楚地看到了清王朝为“日之将夕”，发出了“秋气不惊堂内燕，夕阳还恋路旁鸦”②的叹息。尽管有些人对清政府尚抱一息幻想，企图用戊戌变法等改良措施来挽救其灭亡命运，但是经历了鸦片战争、太平天国和中日甲午战争等一系列事变的打击后，到了二十世纪伊始，清政府已沉疴难挽、气奄一息了。千百年铸造起来的帝制终于难免坍塌之危。

——1903年，“革命马前卒”邹容发表了讨伐王权的檄文《革命军》，文中把爱新觉罗氏宣布为“公敌”，彻底揭露他“驱策我，屠杀我，奸淫我，笼络我，虐待我”的罪行，并热情呼唤革命：

> 我皇汉民族四万万男女同胞，老年、晚年、中年、壮年、少年、幼年，其革命，其以此革命为人人应有之义务，其以此革命为日日不可缺之饮食。尔毋自暴！尔毋自弃……掷尔头颅，暴尔肝脑，与尔之世仇满洲人，与尔之公敌爱新觉罗氏，相驰骋于枪林弹雨中，然后再扫荡干涉尔主权外来之恶魔，则尔历史之污点可洗，尔祖国之名誉飞扬，尔之独立旗已高标于云霄，尔之自由钟已哄哄于禹城，尔之独立厅已雄镇于中央，尔之纪念碑已高耸于高冈，尔之自由神已左手指天，右手指地，为尔而出现。嗟夫！天清地白，霹雳一声，惊数千年之睡狮而起舞，是在革命，是在独立……③

——1903年，民主革命先驱者陈天华，以通俗文字写下了著名的《猛回头》，对清王朝作了这样的批判：

---

① 周作人：《〈冰雪小品选〉序》，《看云集》，岳麓书社1988年版，第109页。

② 龚自珍：《逆旅题壁，次周伯恬原韵》，见孙钦善注《龚自珍诗文选》，人民文学出版社1991年版，第26页。

③ 见周永林编《邹容文集》，重庆出版社1983年版，第73—74页。

这中国，哪一点，我还有份；这朝廷，原是个，名存实亡。替洋人，做一个，守土官长，压制我，众汉人，拱手降洋。①

——1905 年，在日本东京，以孙中山为首的中国同盟会宣告成立，它旗帜鲜明地提出了“驱除鞑虏，恢复中华，建立民国，平均地权”的纲领。

——1906 年，以中国同盟会机关报《民报》为首的革命派报刊和保皇派创办的《新民丛报》展开了激烈的大论战。双方在国内外的二十多种报刊投入了论战，前后历时一年有余。经过论战，保皇派溃不成军，革命派势如破竹。1907 年 10 月，梁启超在日本东京召开政闻社成立大会，他刚登台演说，就被群众轰下台来，四百余人蜂拥而上，棉垫、草鞋一齐向台上飞去，梁启超狼狈逃窜。②

——1911 年，举世闻名的辛亥革命成功，帝制宣告灭亡。

——1915 年，袁世凯称帝，但前后八十三天，就在全国上下一片讨伐声中呜呼哀哉了。

真是王纲解纽的时代，真是大快人心的时代！

这里，特别要提到一件攸关散文命运的大事，即一直被封建皇帝视为“命根子”的封建科举制度，终于在 1905 年被迫宣布正式废除了。它的终结，堵塞了知识分子通往仕途的道路，习惯在这条路上走的一些知识分子顿时感到迷茫和手足无措，不得不另辟谋生之路，从四面八方涌向城市，产生了一批“飘泊者”、“零余者”、“孤独者”、“奋进者”……他们后来有的融进了现代散文作家的洪流；有的则进入了现代散文成为被描写的对象。更重要的，原来科举制度一直是根“指挥棒”，尽管八股文索然无味，是块又僵又臭的石头，但由于它又是一块进入仕途的敲门砖，因此许多知识分子只能硬着头皮去攻读它。现在科举制度取消了，宣布了八股文的末日，白话散文的希望也到来了。这一点，当时白话文学的倡导者胡适看得清清楚楚，他说：

……科举，——真是保存古文的绝妙方法。皇帝只消一个命令，定一种科举的标准，四方的人自然会开学堂，自然会把子弟送去读古书，做科举的文章。政府可以不费一个钱的学校经费，就可以使全国少年人的心思精力都归到这一条路上去。汉武帝到现在，足足的两千年，古体文的势

① 见《陈天华集》，湖南人民出版社 1982 年版，第 36 页。

② 见中国人民政治协商会议全国委员会文史资料研究会编《辛亥革命回忆录》(六)，中华书局 1963 年版，第 34 页。

力也就保存了足足的两千年，元朝把科举停了近八十年，白话的文学就蓬蓬勃勃的兴起来了；科举回来了，古文的势力也回来了。直到现在，科举废了十几年了，国语文学的运动方才起来。科举若不废止，国语的运动决不能这样容易胜利。①

胡适的断言是正确的：科举倒台了，白话文学（理所当然包括白话散文）也就兴旺起来了。因为科举倒台使八股文失去了依靠，也就失去了市场，再加上它本身愈来愈僵化，到二十世纪初已腐朽不堪，在科举废除的致命打击下，它别无他路，只能宣告死亡。这为现代散文的兴起清除了一块绊脚石。

王纲解纽带来的变化，有的是从客观上对现代散文的孕育产生全局和深远的影响：如几千年的皇帝专制和伦理观念对知识分子的主宰地位消解了，他们的文化霸权也消失了，千年不变的秩序打乱了，长期僵硬的道德、伦理和纲纪以及与之有关的一切模式都在受到质疑和批判，万马齐喑的局面终于被打破了；西方各种思潮、主义堂而皇之蜂拥而入，人们（尤其是觉醒了的一代青年知识分子）都在思索“人”的重大课题，自我选择、自我探索、自我奋斗、自我设计，成为一种时尚和主流；五花八门的真诚的、冒牌的、不成型的主义、学说、思潮和流派满天飞，这种热烈、混乱、不成系统的个体意识的强化和纷争导致了观念的变更，心灵的开放以及新思想、新观念、新情感、新道德等的产生。这些都为现代散文提供了最丰富的创作原料。有的从具体环节上对加速现代散文裂变产生影响，表现在以下三个方面：第一，正是王纲解纽、新旧交替的特殊环境，培育了一批像梁启超这样极为矛盾复杂的改良主义者，他们对古今中外的政治体制、法律、国家观念和学术思想作过比较、观察和思考，因此直取西方的“自由”、“平等”精神而遵“民权”、反传统，但当他们的所有救亡的努力不能产生更多的时效性时，无法超越的传统的力量重新牵扯住这些曾经的启蒙者，他们终于站到了时代精神的另一面，梁启超从呼吁国民“除心中之奴隶”到写《开明专制论》，体现了这批以憎恨传统、抨击传统始却终于走向维护王纲、拥护王权的改良主义者的不彻底性。他们一方面提出“文界革命”的口号，把对传统古代散文的否定和摒弃纳入他们所从事的矛盾的改良事业中；另一方面他们的改良事业也为散文注射了新的活力，从而为现代散文的诞生清除了障碍。但他们的矛盾事业和不彻底性又使他们无法（实质也是无力）完成现代散文的建树工作。事实上，任何文体的变革也决不能一蹴而就，需要一个渐变过程，

① 胡适：《白话文学史》，《胡适全集》第11卷，安徽教育出版社2003年版，第225页。

因此他们的改良歪打正着,反而使他们成为古代传统散文到五四现代散文的最佳导体。第二,由于王权倒塌,新制度尚未确立,在这主义纷呈的时刻,报刊应运而生,迎来了中国现代报刊史上的第一次高潮,从而加速了古代散文的改造,并为现代散文提供了最直接最广泛的实验园地,加速散文嬗变的进程。第三,在这新旧交替的自由时代,中西文化以飞快的速度进行最充分最激烈的融合,产生了许多学贯中西具有西方现代精神的知识精英,如周作人就承袭了尼采的精神,从而为五四现代散文准备了最精良的作家队伍。

总而言之:古代散文那块赖以生存的大地终于崩裂了。

三　梁启超的"新民体":现代散文的"过渡文体"

在孕育现代散文的躁动不安的岁月里,站出了一位勇士,积极倡导对古代散文进行改革,他就是梁启超。

梁启超(1873—1929),广东新会人,近代著名思想家、散文家。他一生大多处在政治漩涡之中。光绪二十一年(1895)3 月,中日和议成,梁启超随同康有为联合各省举人一千三百多人,上书清廷请求变法,领导京师和上海的强学会运动;和黄遵宪等在上海创办《时务报》,主张"废科举,兴学校,亦时时发民权论"。后又主讲长沙时务学堂,"又多言清代故实,胪举失政,盛倡革命"。戊戌变法失败,他流亡日本,依然坚持改良主义立场,宣传君主立宪。辛亥革命后,他回到中国仍然热衷于他的改良主义,积极从事政党活动。再加上他接触了西欧文化和科学,这一切都决定了高昂的政治热情一直在他心中燃烧。

这种政治热情原动力,驱使他要顽强地充分地宣传他的政治理想,表达他的主体意志。这样,古代传统的散文之"舟",就无法容纳他的热情和表达他的理想,他的心中萌动了"文界革命"。最早见于他的《夏威夷游记》,那是 1899 年 11 月,他从日本去夏威夷,舟中"日记"这样写道:

> 二十八日风复大作……余既戒为诗,乃日以读书消遣。读德富苏峰所著将来之日本,及国民丛书数种。德富氏为日本三大新闻主笔之一。其文雄放隽快,善以欧西文思入日本文,实为文界别开一生面者。余甚爱之。中国若有文界革命,当亦不可不起点于是也。①

之后,在《新民丛报》第一号的"绍介新书"中,他又再次张扬"文界革命"这

① 梁启超:《饮冰室合集》专集第 5 册,上海中华书局 1936 年版,第 191 页。

一口号：

> 夫文界之宣革命久矣，欧美日本诸国文体之变化，常与其文明程度成比例，况此等学理邃颐之书，非以流畅锐达之笔行之，安能以学僮受其益乎？

之后，梁启超创办的《新小说》第七号"附录"栏开始连载《小说丛话》，梁启超所撰写的第一条，是对"文界革命"的最详尽的解释，他是这样写的：

> 文学之进化有一大关键，即由古语之文学变为俗话之文学是也。各国文学史之开展，靡不循此轨道。中国先秦之文，殆皆用俗语。观公羊传、楚辞、墨子、庄子，其间各国方言错出者不少，可为佐证。故先秦文界之光明，数千年称最焉。寻常论者，多谓宋元以降，为中国文学退化时代。余曰：不然。夫六朝之文，靡靡不足道矣。即如唐代，韩柳诸贤，自谓起八代之衰，要其文能在文学史上有价值者几何？昌黎谓非三代两汉之书不敢观，余以为此即其受病之源也。自宋以后，实为祖国文学之大进化。何以故？俗语文学大发达故。①

综观以上言论，对梁启超的"文界革命"可以有这样三点认识：

（一）梁启超的"文界革命"是在西洋和日本外来文化影响下提出的。梁启超曾长期在国外考察，对西洋、日本等国外的政治、哲学、文学、艺术等均很熟悉。在《夏威夷游记》中，则直接点明，"文界革命"是在阅读日本德富苏峰所著将来之日本及国民丛书数种后所形成的体验结晶。

（二）梁启超是把文体之变革放到一个国家文明程度的位置上认识，因此他的"文界革命"是借散文文体的变革，为他变法服务，在"文界革命"的旗帜上更多地打上了政治的烙印。

（三）梁启超"文界革命"的最后落脚点是放到散文语言革命上，即要把"古语"改为"俗语"。在这一点上，梁态度鲜明，绝不含糊。

梁氏"文界革命"是对清末散文僵硬板结状态的第一声爆破。尽管"文界革命"的一些观点有许多地方失之偏颇，如对唐宋散文的一概否定，又如为了突出散文白话的重要，笼统地提出"文学之进化有一大关键，即由古语之文学变为俗语之文学是也"。但不管怎样，这一声爆破加剧了传统散文的裂变，是开启散文

---

① 见夏晓虹辑《〈饮冰室合集〉集外文》（上），北京大学出版社 2005 年版，第 148 页。

革新路向的起点。

在“文界革命”的口号指引下，梁启超在他先后主编的《时务报》、《清议报》、《新民丛报》等报刊上撰写了大量的议论政事、宣传西方学术文化的散文，并形成了独特风格。这种独特风格的散文，当时在国内风行一时，号称“新民体”，又称“新文体”或“报章体”。对这种“新民体”散文，梁启超有一个评价，他在《清代学术概论》中是这样概括的：“启超夙不喜桐城派古文。幼年为文，学晚汉魏晋，颇尚矜炼。至是自解放，务为平易畅达，时杂以俚语、韵语及外国语法，纵笔所至不检束。学者竞效之，号新文体。老辈则痛恨，诋为野狐。然其文条理明晰，笔锋常带情感，对于读者，别有一种魔力焉。”①

梁启超在这里概括了他“新民体”散文的特色：一是平易通俗；二是纵笔不拘“法”；三是感情浓烈。他的散文名篇《少年中国说》就是一篇“新民体”的代表作。开头是这样写的：

日本人之称我中国也，一则曰老大帝国，再则曰老大帝国。是语也，盖袭译欧西人之言也。呜呼！我中国其果老大矣乎？梁启超曰：恶，是何言，是何言，吾心目中有一少年中国在！

欲言国之老少，请先言人之老少。老年人常思既往，少年人常思将来。惟思既往也，故生留恋心；惟思将来也，故生希望心。惟留恋也，故保守；惟希望也，故进取。惟保守也，故永旧；惟进取也，故日新。惟思既往也，事事皆其所已经者，故惟知照例；惟思将来也，事事皆其所未经者，故常敢破格。老年人常多忧虑，少年人常好行乐。惟多忧也，故灰心；惟行乐也，故盛气。惟灰心也，故怯懦；惟盛气也，故豪壮。惟怯懦也，故苟且；惟豪壮也，故冒险。惟苟且也，故能灭世界；惟冒险也，故能造世界。老年人常厌事，少年人常喜事。惟厌事也，故常觉一切事无可为者；惟好事也，故常觉一切事无不可为者。老年人如夕照，少年人如朝阳；老年人如瘠牛，少年人如乳虎；老年人如僧，少年人如侠；老年人如字典，少年人如戏文；老年人如鸦片烟，少年人如泼兰地酒；老年人如别行星之陨石，少年人如大洋海之珊瑚岛；老年人如埃及沙漠之金字塔，少年人如西伯利亚之铁路；老年人如秋后之柳，少年人如春前之草；老年人如死海之潴为泽，少年人如长江之初发源。此老年与少年性格不同之大略也。梁启超曰：人固有之，国亦宜然。②

① 梁启超：《饮冰室合集》专集第9册，上海中华书局1936年版，第62页。

② 梁启超：《饮冰室合集》专集第2册，上海中华书局1936年版，第7—8页。

文章一开始即以决斗的姿态，把“靶”亮了出来，而后立刻针锋相对地摆出自己的观点。没有任何闲笔，骤起波澜，把一对尖锐的观点摆到读者面前。接着作者也不管起承转合，迅速从国之老少推到人之老少，把话题展开，不厌其烦地反复论述、作比和强调，在“老”与“少”上把文章做足。由于作者一口气把“老”和“少”区别得这么清楚，一路把问题讲得那么透彻，而且情绪又是那么激昂和愤烈，因此，尽管有些啰嗦和累赘，甚至还要跑野马，但读者还是能忍受。纵情、纵势、不拘成法、反复铺陈，形成一种宏大叙事和抒情的文体策略。之所以选择这种文体策略，是因为“新文体”的创建者——梁启超把自己定位在传道布道的社会角色上，他赋予“新文体”重任，要控制舆论，感化人心，扬善贬恶，开通民智，使之成为一种艺术的政论文。

根据梁启超“文界革命”的宣言，他本应在散文变革上更有作为，甚至有望完成白话散文的创建工作。但事实上，他的“新民体”虽然已从封建散文的桎梏中挣脱出来，内容也有现代气息，文字也通俗流畅，但未能变成真正的现代白话散文，仍属文言文范畴。其原因大体如下：

（一）梁启超是一个一直置身于政治漩涡的人。他写散文目的、意识都很鲜明，即宣传他的政治主张，为他的变法服务。这种功利主义，使他的散文必然自觉地成为实现他政治主张的工具。主宰他散文创作的是政治思维和政治感情，运用的话语是理念浓重的政治话语，它重在观点解读，追求的是政治效果。这一切对散文文体欠尊重，使他的散文重“议”重“论”，损伤了文学性。因此他的散文更多的是重在教化的政治宣传品，而不是纯文学，难以进入特定的现代散文园地之中。再加上他是一个复杂矛盾的人，一方面激烈反传统，另一方面又崇尚王权；在理智上接受西方文化，在感情上则是相对排斥；在感情上依恋自己的传统，在理智上则要与之决裂。这种矛盾决定了他所一直褒扬的“义”具有局限性和迫切性，必然影响了他散文的彻底的蜕变。

（二）梁启超从小所受到的训练和教学，都是用文言文写作，再加上他也处在浓重的文言散文包围之中，形成了他用文言文写作的巨大惯性和创作心理定势，要一时彻底改变过来，实在困难，正如他在《小说丛话》中所说：“自语言文字相去愈远，今欲为此，诚非易易，吾曾试验，吾最知之。”如他的一篇代表作《呵旁观者文》，一开始对“旁观者”画像：“旁观者如立于东岸观西岸之火灾，而望其红光以为乐。如立于此船观彼船之沉溺，而睹其凫浴以为欢。若是者，谓之阴险也不可，谓之狠毒也不可。此种人无以名之，名之曰无血性。嗟乎，血性者人类之所以生，世界之所以立也。无血性则是无人类无世界也。故旁观者，人类之蟊贼，世界之仇敌也。”所写的内容富有现代气息，通俗易懂，但整个句式是“之乎者也”，腔调也是文言散文的腔调，只能说是新式的文言散文。

（三）虽然梁氏的“新民体”散文“笔锋常带情感”，但这“情感”具有鲜明的倾向性和极强的排斥异己之能力，它不可避免地带有局限性：其一，这种“情感”是政治化了的感情，它和“理”浑然一体，具有强烈的批判意识和针对性，因此对一些非理性的感情具有天然的排斥性，限制了他的取材视野，就以上海中华书局出版的梁启超的《饮冰室合集》中的“新民说”章为例，其目录是：

第一节　叙论
第二节　论新民为今日中国第一急务
第三节　释新民之义
第四节　就优胜劣败之理以证新民之结果而论及取法之所宜
第五节　论公德
第六节　论国家思想
第七节　论进取冒险
第八节　论权利思想
第九节　论自由
第十节　论自治
第十一节　论进步
第十二节　论自尊
第十三节　论合群
第十四节　论生利分利
第十五节　论毅力
第十六节　论义务思想
第十七节　论尚武
第十八节　论私德
第十九节　论民气
第二十节　论政治能力①

计二十篇文章，清一色的是议政文，它以严密的逻辑推理来宣传他的政治主张和思想、观点。为了保持他思想和主张的严密性，它理所当然要拒绝非政治化的感性情绪。所以，像周作人在《初恋》中抒写的情爱和郁达夫在《还乡记》中流露的“性爱”都极难进入“新民体”散文。其二，这种感情重“义”重“道”，尽管

① 梁启超：《饮冰室合集》专集第3册，上海中华书局1936年版，第11—12页。

有许多文章是反传统的，但毕竟脱离实际，脱离群众，只把眼睛注视着皇上，诚如毛泽东在《强学会之成立与进行》一文中所说，康有为、梁启超所宣扬的“什么‘西学’‘新法’，相当于小孩的棍棒罢了”。“那时候的思想，是空虚的思想。我们试一取看那时候鼓吹变法的出版物，便可晓得。一味的‘耗矣哀哉’，刺激他人情感的作用，内面多是空空洞洞，很少踏着人生社会的实际说话。”因此无论从形式到内容，依然是半新半旧，还不能跻身现代白话散文的行列，充其量只能算是其雏形。在“五四”白话散文诞生之前，对传统散文有所突破和革新的也绝非梁氏一家，严复、林纾改良的桐城文和章炳麟的述学文，也具有现代白话散文的雏形特质。它们打破了八股文和桐城文一统天下的局面，正是从它们的身上，我们可以听到白话散文这一“胎儿”在母腹中躁动的声音。正是以梁启超为代表的散文革新者，用他们的创作实践，对古代散文进行了猛烈的破坏，为白话散文降临人世扫清了障碍，让人们看到了现代白话散文的曙光。

四 近代报刊兴起中的散文躁动

十九世纪末二十世纪初，我国报刊史上兴起了第一个热潮，迎来了我国报刊文体大变革时期。

本来，报刊和散文关系并不密切。我国尽管早就有了报刊，如现在保存在英国不列颠图书馆内的《敦煌邸报》，就是我国唐朝时的手抄邸报。但它在明代以前多系手写，只供少数藩阀缙绅阅览。后虽改为手印，然为数甚少，发行不普及，影响也不大。古代的散文家们也没有想到要借它来扩大影响，常常是通过刻文集，使之流传（策论之类的散文例外）。因此，古代散文从创作到流传，间隔时间长，作者既不注意也不能及时听到读者的反应，时效性较差。大多在朋友间传阅，或关起门来，孤芳自赏。长期以来，散文在“象牙塔”中打转，这也不能不说是个原因。

但当报刊发展起来时，散文的情况就产生了变化，从西欧小品文的发展就可看出。致力于介绍英国小品文的梁遇春在翻译了英国二十位作家的小品文之后，得出了这样的结论：“小品文同定期出版物几乎可说是相依为命的。虽然小品文的开山老祖 Montaigne 是一个人住在圆塔里，静静地写出无数对于人生微妙的观察，去消遣他的宦海余生，积成一厚册才拿来发表，但是小品文的发达是同定期出版物的盛行做正比例的。这自然是因为定期出版物篇幅有限，最宜于刊登短隽的小品文字，而小品文的冲淡闲逸也最合于定期出版物读者的口味，因为他们多半是看倦了长而无味的正经书，才来拿定期出版物松散一下。”①再看中国的散文发展也和报刊的兴起密切相关。

这里不妨考察一下十九世纪末、二十世纪初的报刊发展情况。

如前所说,在这帝制崩溃、学说纷呈的年代,报刊是不同党派和学术团体发表党派宗旨、学术主张和进行学说论争的重要阵地,更是借以扩大影响的有效途径。因此报刊如雨后春笋般应运而生,如:

1896 年 8 月 9 日,维新派在上海创办《时务报》。

1897 年 2 月 22 日,康有为在澳门创办《知新报》。

1897 年 10 月 26 日,严复在天津创办《国闻报》。

1900 年 1 月 25 日,兴中会的机关报《中国日报》在香港创刊。

1902 年 2 月 8 日,梁启超在日本创办《新民丛报》。

1903 年 8 月 7 日,章士钊主编的《国民日日报》在上海创刊。

1903 年 12 月 19 日,林白水在上海创刊《中国白话报》。

1904 年 3 月 11 日,商务印书馆在上海出版《东方杂志》。

1905 年 11 月 26 日,同盟会机关报《民报》在日本创刊。

1910 年 7 月,商务印书馆创办《小说月报》。

1911 年 8 月 24 日,《申报》副刊《自由谈》创刊。

1915 年 9 月 15 日,陈独秀于上海创办《新青年》。

……

近现代史上的第一个报刊高潮迅速形成了。

这一报刊高潮的兴起,很明显地呈现了这样两大特色。

(一) 重视舆论。各党派、各学说的代表人物创办报刊的目的都非常明确,即要把它作为自己政党、学说的论战工具,使之成为宣传自己的政治纲领和学说观点的阵地,并以自己的报刊形成政治思想的中心。这就决定了各报刊办报的宗旨非常政治化。维新派的代表人物唐才常在《〈湘报〉序》中就认为报纸可以“一举而破二千余年之积习,一人而兼百人千人之智力,不出户庭而得五洲大地之规模,不程时日而收延年惜阴之大效”。宣告创办《湘报》的目的是“使中国为极聪强极文明之国”。兴中会的机关报《民报》在发刊词中,就亮出了孙中山的“民族”、“民权”、“民生”的三民主义。1906 年发生的革命派和保皇党的论争也主要是通过报刊来进行的,双方在国内外的二十多种报刊投入论战。这就使得报刊极重视“评论”、“论说”、“言论”这

① 梁遇春:《〈小品文选〉序》,《梁遇春散文》,中国广播电视出版社 1993 年版,第 229—230 页。

样一些政治色彩较浓的散文,处处指点江山激扬文字。《湘报》每期都要有一两篇论说,刊登维新派的演讲稿、文告。《民报》的论说及评论的政论文约占该刊全部稿件的百分之七十二。闻名中外的《苏报》案的起因,也就是章士钊在1903年担任主编后,对《苏报》进行了大改革。改革的中心是"以单纯之议论,作时局之机关",①突出"学界风潮"栏,增设"舆论商榷"栏,仅从1903年6月1日到7月7日,就刊出论说四十余篇,因大大触动了清政府而被封闭。再从旧中国出版时间最长影响较大的大型综合性刊物《东方杂志》来说,创办时的栏目是:

图画	社论	谕者	时评	内务
军事	外交	教育	财政	实业
商务	小说丛谈			

政论占绝对优势,小说在《东方杂志》占的分量微乎其微。甚至即使像李伯元创办的《游戏报》之类的休闲性小报,也常常要刊登一些政论性强的杂论,针砭时弊。在当时,出现了论说成风的局面。正是这股"风"迅速导致了散文硬化,使有政治色彩的散文炙手可热。富有戏剧趣味的是小说却来了一个反方向逆转,出现了软化倾向,鸳鸯蝴蝶派小说在这当口里风行一时。因此很多报刊就出现了"软"、"硬"混合交杂的不协调局面。如《东方杂志》,在大块大块的政论后边,常常要拖一根软绵绵的小说"尾巴",或是侦探小说,或是言情小说,这种极不和谐的混合也是这个时代的特有产物。

(二)重视普及。这一时期的报刊都不同程度地想办法扩大自己的影响。有的革新版面,如章士钊在改革《苏报》时就是在文章、消息重要之处夹印大号字;有的改进新闻标题等等。但更多的还是注重文章本身的革新,努力使文章白话化、浅显化、通俗化,以便让自己的主张、观点、学说为民众所理解接受。这样,就有意无意地深化了白话文运动。尽管从晚清开始,或是受民主主义影响的一些封建士大夫,或是一些启蒙主义者,在积极倡导国语和白话上做了不少工作,但有的失败了,有的成效不大。原因固然是多方面的,如倡导者本身的弱点以及制度上的原因(科举制度的存在)等等,但最重要的原因是没有实验园地,没有形成一个特定的运用白话的氛围。这一点,倡导白话文运动的积极分子,理论家裘廷梁看到了,他提出:"欲民智大启,必自广兴学校始。不得

① 《苏报》1903年6月3日。

已而求次，必自阅报始，报安能人人而阅之，必自白话报始。"现在，报刊热潮兴起，几十种白话报刊创建，白话文运动深入开展了，这就为五四白话散文的诞生营造了最良好的氛围。

正是这两大特色，促使传统散文和新闻自然结缘，培育出了一种现代白话散文的雏形文体——时评。

时评，顾名思义，是对时势的评论。由于十九世纪末二十世纪初，政局似白云苍狗，变幻莫测，引起人们的关注。时评就在这种大动荡中应运而生。1874 年王韬在香港创办《循环日报》，1874 年到 1885 年，共发表时文八百九十篇。这类时评，抓住眼前的新闻、局势，进行快速评论，一般都较短小灵活精悍。如 1904 年《东方杂志》第九期的一则时评，是这样写的：

危哉辽西

自日俄战争以后，中国确指辽河以西，为中立界限。而俄人要求外务部曰：如战事警急，请划辽河以西，亦为战场。故今岁春初，俄人时率偏师，偶犯辽西中立地，及三月以后，俄人以辽阳为重镇，统一兵力，固守辽东。而日俄战场又大抵在浑河、太子河以东，去辽河尚远，故辽西之地得延旦夕之安。今辽阳已见陷矣，辽东俄军避日人之尾追，势必至拦入辽西之地，而日人之进军者，遂得以破坏中立责中国，及中国以此举责俄，则俄人且嚣嚣言曰：吾固言请划辽西为战地。嗟，我政府其奈之何？

这是一则标准的时评，它抓住东北日俄战事的局势发展，议论辽西的处境和形势，向人们敲响了"危哉辽西"的警钟。这样的时评，和现代杂文有相似的三个特点：一是"感应的神经"①，它是对人们关注的问题，作出倾向性反应，灵敏度强，反应迅速；二是亦叙亦评，灵活机动，取材广泛，凡是政治、军事、文化、商务、外交等，都可涉及。它在评论时，战线不拉开，常常单刀直入，以有棱有角地亮出自己的观点为终极目的，主体意识非常强烈；三是通俗易懂，注意迎合大众口味，语言洗练明快，一气呵成。因此它受到人们的热烈欢迎。《时报》主人狄楚青曾自豪地宣称："时评者，《时报》之评论也。"当时各报都开辟时评专栏，风靡一时。

时评的出现，也使我们看到了现代散文躁动裂变的一些轨迹：一，时评是散文和新闻结缘的报章小品，它的出现，加强了散文作者和社会、读者的联系，

---

① 鲁迅：《〈且介亭杂文〉序言》，《鲁迅全集》第 6 卷，人民文学出版社 1981 年版，第 3 页。

这样，它标志散文已开始向社会化迈进，使古代的传统的散文从狭窄的圈子中挣脱出来。二，时评取材的新闻性，决定了作者要不断用新意识、新思想、新观点去解释当前时刻变化的事件，因此又使散文向现代化的方向迈进了一步。三，时评主要面向社会上的广大民众，它的通俗易懂的要求又大大加速了散文白话化的进程。时评为现代散文的出现创造了一个公共话语空间和生态环境。无论从哪一方面来看，这些时评和后来陈独秀、鲁迅等写的杂感、杂文都十分相似。比如当时震动全国的一篇时评，即发表在1911年7月26日《大江报》上的一文，内容如下：

大乱者救中国之妙药也

·奇谈·

中国情势，事事皆现死机，处处皆成死境、膏肓之疾，已不可为。然犹上下醉梦，不知死期之将至。长日如年，昏沉虚度。软痈一朵，人人病夫。此时非有极大之震动，极烈之改革，唤醒四万万人之沉梦，亡国奴之官衔，行见人人欢戴而不自知耳。和平改革既为事理之所必无，次之则无规则之大乱，予人民以深创巨痛，使至于绝地，而顿易其亡国之观念，是亦无可奈何之希望。故大乱者，实今日救中国之妙药也。呜呼！爱国之志士乎，救国之健儿乎，和平已无可望矣！国危如是，男儿死耳！好自为之，毋令黄祖呼佞而已。

这样的时评，就是战斗的“阜利通”。它观点新奇，笔锋锋利，感情强烈，堪称佳作。报刊的兴起，促使散文和新闻结缘，现代白话散文(尤其是现代杂文)即将脱颖而出了。

历史为白话散文准备了最伟大的母亲——报刊。没有报刊的兴起，就绝没有五四现代散文的成功！五四时期的一些散文家是铭记这一点的，梁遇春说：“有了《晨报副刊》，有了《语丝》，才有周作人先生的小品文字，鲁迅先生的杂感。”①朱自清也记下了这一历史，他说：“最发达的，要算是小品散文。三四年来风起云涌的种种刊物，都有意或无意地发表了许多散文，近一年这种刊物更多。”②

从近代报刊中兴起的散文将怎样发展呢？有的是沿着时评的特色，继续

① 梁遇春：《〈小品文选〉序》，《梁遇春散文》，中国广播电视出版社1993年版，第230页。
② 朱自清：《〈背影〉序》，《朱自清全集》(1)，江苏教育出版社1988年版，第30页。

强化其战斗功能,密切它和时代的关系,以此发展成为一种新型的独立文体——杂文。另一种倾向,却是淡化和政治的关系,向闲适、冲淡的方向发展,从不同的方向迎来了五四现代散文的春天。

五　中西文化交汇中的散文躁动

文化之间的融合交流是一种正常的社会现象,中国又是一个文化消化力特别强的国家。二十世纪以前的中外文化融合交流常常能以惊人的力量,迅速地把外来文化消化。在中国历史上,就有两次大规模对外来文化的吸收。一次是东汉以后,印度的佛教传到中国来,后来就慢慢消融,渐渐被改造成中国的佛教;另一次是明末清初,西方基督传教士来华传播西方文化,主要是科学技术,但没有传开,只有在少数士大夫中产生了影响。

但是到了十九世纪末二十世纪初,在我国又出现了一次史无前例的中西文化的融合和交流。由于清政府长期闭关自守,固步自封,对外来文化一概排斥,而欧洲的资本主义却有了长足发展,为了争夺市场,他们不断用枪炮来叩击中国的大门。鸦片战争中无能的清政府军事上连续失败,以致丧权辱国,割地赔款。有志之士为了富国强兵,清醒地认识到,惟有向西方学习,方能振兴中华。正是在这种强弱对比严重失衡的情况下,产生了中西文化汇合的激流。其结果也诚然如马克思、恩格斯在《共产党宣言》中所预示的那样——"东方从属于西方"。

中国的航船驶入了十九世纪末二十世纪初的海洋里,王纲解纽,帝制崩溃,以儒学为中心的中国传统文化体系已经陈腐到不可改造的地步,更无力消化吸收外来文化。同时,西方资产阶级文化和中国传统文化也是不同质不同层次的文化,是"两股道上跑的车",两者无法同舟共济,更不可能融为一体。这就决定了这次中西文化的汇合交流更多的是以冲突形式进行的。其冲突的主要表现形式,毛泽东曾在《新民主主义论》中作了这样的概括:"在'五四'以前,中国文化战线上的斗争,是资产阶级的新文化和封建阶级的旧文化的斗争。在'五四'以前,学校与科举之争,科学与旧学之争,西学与中学之争,都带着这种性质。"但这次冲突的规模和范围在中外文化交流史上是罕见的,它渗透到哲学、社会科学、文化、艺术等各个领域。在这次冲突中,当时的知识分子分化成三种类型:第一种固守传统,对西方文化坚决排斥;第二种强调西化,强调移植,但却忽视了与中国传统文化的融合;第三种是主张中西融合,以现实为需要,吸收西方文化,改造传统文化。这第三种类型,应该说代表当时中西文化汇合的主潮,魏源、洪仁玕、严复、康有为、梁启超、章太炎、王国维、孙中山等就是杰出代表。尽管这次中西文化的冲突、融合存在着种种不足和问题,但它引起散文的躁动裂变之力却是巨大的。

(一)由于这一时期介绍西方文化并不是有组织有计划有系统地进行,而是许多启蒙主义者根据各自的体验、各自的理想和各自的需要通过竞争来进行的。尽管洋务运动派的仁人志士提出"中学为体,西学为用",但对于"体"为何物,却各执一端。相比之下,孙中山的理解要全面合理一些,他对西方文化并不那么盲从,而是要为建立他的三民主义服务。这种各有偏重的状态,从某种意义上看是一种探索、竞争和争鸣的状态。这种竞争,使各人对自已感兴趣的西方文化产生偏爱,有时甚至为了宣传和推广的需要,而不避使之极端化的偏执之嫌。这就决定了这一时期启蒙主义者中的散文家和他们各自介绍、传播、引进的西方文化的对象之间有一种特殊的坚强的感情纽带。如严复,他在这次中西文化汇合中是个先行者,他对西方资产阶级文化和经典就有些偏爱,如在《论世变之亟》中,他对中国文化和西方文化作了大量的比较——

中之人,好古而忽今,西之人,力今以胜古。中之人以一治一乱一盛一衰,为天行人事之自然;西之人以日进无疆,既盛不可复衰,既治不可复乱,为学术致化之极则。……中国最重三纲,而西人首明平等。中国亲亲,而西人尚贤。中国以孝治天下,而西人以公治天下。中国尊主,而西人隆民……①

显然,严复要提示给国人的是完全异质的西方思维向度和文化精神,他的对比,扬"西"贬"中",态度鲜明,他对中国的君主专制的抨击也因为这新世界观的导入而震撼了近代中国的思想界。在严复的其他散文中,也处处可见他以西方文化经典为武器来批判中国的封建文化,寻求改造中国文化的理想之境,如在《救亡决论》中,就直截了当地提出程朱之学"无实"、"徒多伪道";陆王之学"师心自用";其他考据、辞章"无用"等等。严复的这种极端感情在当时颇有代表性。正是这种对"中""西"文化爱恨分明的两极感情,促成后来五四运动中的散文家们对传统儒家文化的疏远和厌恶,并大大加速了他们的观念更新的步伐,为现代散文的诞生作了最充分的精神准备。

(二)这次中西文化的汇合以前所未有的深度和广度在各个领域展开,尤

① 见郑振铎编《晚清文选》,上海书店 1987 年影印版,第 668—669 页。

其是随着科学技术的进步，大批的西方著作都陆续介绍到我国，开始出现了翻译文学的繁荣。据中华书局1981年出版的《中华民国史》上说：1900年春，留日学生成立励志会；1900年下半年，会员杨廷栋、杨荫杭、雷奋等创办了《译书汇编》，这是留学生自办的第一份杂志，专门译载欧美政法名著，诸如卢梭的《民约论》、孟德斯鸠的《万法精义》、穆勒的《自由原论》等书，这些译著曾在留学生和国内学生中风行一时。对于长期闭关自守的中国来说，每翻译一本西方作品，就等于请进来一批忠诚的"传教士"。在这期间，产生了一位中外罕见的翻译家，即自己不识外文，居然能翻译百十种小说的林纾。他热诚介绍了美国、英国、法国、俄国、希腊、德国、日本、比利时、瑞士、挪威等国的小说作品，风靡全国，成为轰动一时的"林译小说"。据阿英的《晚清戏曲小说目》中的不完全统计，从1885年到1911年，仅外国小说的翻译就达六百多种。其他如话剧、电影、西洋音乐、舞蹈、油画、漫画、体育以及西方的建筑艺术等，也被介绍引进并广为流传。这一切都相互交杂，以立体交叉辐射的方式，对当时的知识分子产生影响。这种影响是不以文艺种类为界限的，就以小说为例，尽管在当时翻译的文体中，小说居多，散文较少，但这些小说所描写的内容，所运用的笔法以及创作主体的思维流程、创作观念等等绝不仅仅对小说家产生影响，其潜移默化的作用，可以说打乱和冲击了我国的传统文学(包括各种文体)的原有秩序和规则，尤其像狄更斯等人的创作观念、德富健次郎等人的叙事抒情的笔法，不仅对小说家，同时也对散文家具有极大的诱惑力。而且稍后像鲁迅、周作人等散文大家也都投身到翻译事业中，不仅从中吸取养料，也大大拓宽了五四中涌现出来的大批散文家的眼界，影响是深远的。我们只要从周作人的散文集《自己的园地》、《雨天的书》、《泽泻集》等后面附的"索引"来看，周作人阅读的许多外国文学作品，有很多就是这一时期翻译介绍过来的。

由于这一时期的翻译家大多国学功底深厚，对我国传统文学的弊端最了解，他们所从事的翻译事业常常能促使他们反思，这种反思的结晶和他们翻译的文学作品互为观照，既有理论，又有实体示例，对当时以及后来的知识分子的启迪很大，效果也很明显。比如林纾翻译了日本著名小说家德富健次郎的小说《不如归》后，曾写了一篇散文——《〈不如归〉序》，中间有一段文字就是这种反思的结晶，那是专门论述纪实笔法的，这样写道：

……今得是书(《不如归》——引者注)，则出日本名士之手笔。其言镇定二舰，当敌如铁山。松岛旗船，死者如积。大战竟日，而吾二舰卒获全，不毁于敌。此尚言其临敌而逃乎？吾国史家，好放言，既胜敌矣，则必极言敌之丑敝畏葸。而吾军之杀敌致果,凛若天人,用以为快,所云下马草露布者,吾又安知其露布中作何语耶?若文明之国则不然,以观战者多,防为所讥,措语不能不出于纪实。即纪实矣,则日本名士所云中国之二舰,如是能战,则非决然遁逃可知矣。①

在《不如归》中有一段是写甲午战争的,作者在写甲午战争时运用的纪实手法,大大触动了林纾。因为它和我国传统文学中的纪实手法形成了强烈的反差。他为德富氏敢于写中日甲午战争开始时中方的镇定二舰"如铁山",日本"死者如积"的彻底纪实精神所震惊,从而检讨了我国传统文学中的所谓"纪实"中的凡"胜敌矣,则必言极敌之丑敝畏葸",把胜方写成"凛若天人"的弊端。即使今天读了,尤其是对于已深味"文革"中"三突出"原则的人们来说,会感到林纾这一纪实观的可敬。林纾对我国传统文学中的不正纪实之风的批判,或许在当时还不能立竿见影,但到五四以后散文兴盛,出现了周作人这样的散文大家,人们才惊讶地发现,他散文中的纪实文风和德富氏的纪实文风,何其相似。他们的师承和渊源关系,是中西文化融合对现代散文作家产生影响和效应的反映。

(三) 在这次中西文化的汇合躁动中,我们应该特别注意这样一个史实:这次中西文化汇合交流中所产生的一些勇士,如康有为、梁启超、章太炎、孙中山等都是政治人物,有的还是职业革命家,他们首先是一个政治家,而后才是文学家、散文家。这一点决定了在这次中西文化融合中,非常强调学以致用,强调时效性和实用性,即希望用西方文化来批判中国文化,并指导他们所从事的各种不同类型的政治斗争。"中学为体,西学为用"的口号就集中反映了他们急功近利的愿望。用散文"开通民智"是启蒙维新主义者喊得最响的口号。以它"陶铸国魂"也是先行者们的良好愿望。这种时代急剧变化的激流孕育出来的特有功利主义,对文学的服务性要求很迫切、很强烈。梁启超之所以对各类文体要革命(即"诗界革命"、"文界革命"、"小说界革命"),应该说,就是这种迫切强烈心情的反映。这么一来,就必然产生了一些不良后果:一是他们对文学本身的特点、价值和规律重视不够,因此以上这些中西文化汇合交流中的勇士对文学作品的创作和理论都有所忽视,或者说是来不及思考,理解上有片面专断之处;二是夸大文学的功能,比如对小说的功能,梁启超在《论小说与群治之关系》中是这样鼓吹的:"欲新一国之民,不可不先新一国之小说。故欲新道德,必新小说;欲新宗教,必新小说;欲新政治,必新小说;欲新风俗,必新小说;

---

① 见郑振铎编《晚清文选》,上海书店 1987 年影印版,第 609 页。

欲新学艺,必新小说;乃至欲新人心,欲新人格,必新小说。"[1]还有的走得更远,说:"欲革新支那一切腐败之现象,盍开小说界之幕乎?扩张政法,必先扩张小说;欲提倡教育,必先提倡小说;欲振兴实业,必先振兴小说;欲组织军事,必先组织小说;欲改良风俗,必先改良小说。"[2]简直把小说当作医治一切痼疾的万能药。但尽管如此,这些勇士毕竟都不是单纯的文学家,急剧变化的时代和他们所肩负的政治任务也不允许他们坐下来,苦心构思小说,来达到他们的政治目的(在这批勇士中,似乎只有梁启超写了几篇小说,但也并没有完全达到他所鼓吹的那种革新一切的作用)。结果,被他们看中的以及他们常用的倒是灵活自由的散文,尤其是议论散文,或者具有散文性质的政论,因为它既可迅速直接表达自己的观点,也可不必苦心孤诣地构思,这就必然得到他们的青睐,成为他们常用的武器。同时为了更有效地"开通民智"、"陶铸国魂",让更多的民众了解他们的观点,他们在运用散文这一武器时,十分注重它的表达方式及其效果,自觉或不自觉地使散文通俗化、白话化(个别的如章太炎属于例外,他后期的深奥难懂的文章就影响了他政治思想的传播),以便能让民众读懂、掌握。正是这种常学常用过程,改变了传统古代散文的规矩,使原有的章法慢慢失去了活力。五四现代散文选择议论散文作为突破口,也就可以理解了。

附带说一句,二十世纪中国文学史上时常发生的把文学作为某种政治斗争的工具,在这里也可找到它的根源。这种现象,很难说它没有受传统的文以载道的影响,但不管怎样,现代散文正是在超负荷的情况下艰难地脱颖而出了。

从时间上看,现代散文崛起前的躁动期,也只不过在二十世纪初的十多年时间。从历史长河看,仅是一瞬间,但对于现代散文的诞生来说,它却是一个至关重要的时期。因为无论从哪一方面,现代散文和古代散文相比,都是一次脱胎换骨的彻底裂变。对于这一躁动期,可以作如下三点认识:

第一,在王纲解纽的这一时期里,政局动荡,军阀混战,国家腐败,民不聊生,尤其是中国资产阶级的软弱和妥协,辛亥革命的不彻底,袁世凯的窃国,以及后来一个个登场的所谓"总统",都成了历史上的匆匆过客。在这种混乱的局面中,文学出现了特殊的两极分化:一方面是小说软化,尤其是在辛亥革命后,各类媚俗的适合小市民口味的程式化、娱乐性的小说太泛滥,典型的如鸳鸯蝴蝶派小说的兴盛。对这一泛滥固然可以看作是传统才子佳人小说题材的

---

① 梁启超:《饮冰室合集》专集第4册,上海中华书局1936年版,第6页。

② 陶祐曾:《论小说之势力及其影响》,见陈平原等编《20世纪中国小说理论资料》第1卷,北京大学出版社1989年版,第228页。

平民化延伸，在写法上也更贴近人物内心，是传统才子佳人小说和西方爱情小说联姻的结果，但毕竟总的变化轨迹是趋于软化。另一方面就是散文的硬化。在各种政治漩涡中挣扎奋斗的政治家不得不拿起最能为他们政治斗争服务的散文，从而迫使散文和政治同化，成为政治家手中的宣传武器。这种同化就把散文推到了喧嚣的政治讲坛上，使散文和政治紧密相联，形成了“硬化”倾向。这种“硬化”倾向最后就孕育了现代散文的第一批新生儿——时评、杂感和杂文。

第二，在这一时期里，觉醒了的知识分子的热情主要倾注在政治事业上。这是一个慷慨悲歌的年代，也是一个真诚坦白的年代，谭嗣同、秋瑾视死如归，陈天华决心蹈海，黄花岗七十二烈士的鲜血……使这时代色彩鲜明、情绪激烈，“秋风秋雨愁煞人”是这一时期觉醒了的知识分子情绪的主旋律。因此不管什么派别或没有派别的知识分子，只要是在这一时期里产生了一定影响的人物，如康有为、梁启超、孙中山、章太炎、林纾等，他们的思想、观念、意识都在发生蜕变，只是蜕变的程度不同而已。这一切都决定了这一时期散文变化躁动的特点：即散文内在情感的蜕变和它形式的蜕变相比要活跃得多、生动得多。因此，这一时期的散文躁动裂变出现了这样的状态：散文在内容上和形式上出现了新旧混合，即新观念和旧形式的混合，或旧的表达和新的观念的混合。内容和形式相比，似乎形式变化要容易些，但在特定的时期和特定的条件下，形式变化有时更为艰难，甚至影响到内容的变化。尤其几千年来古代散文在形式上逐渐形成许多规矩和经验，使散文作者沾染上许多惯性，并代代相传，因此散文形式的转变更加艰难。散文蜕变面临的局面是，固然在所抒写的内容、情致上要继续革新，但更主要的工作是需要在形式上努力开拓，而这一工作更为复杂艰难。这时期的以救亡为己任的政治热情饱满的启蒙主义者们，志趣不在这上面，同样，之后的共产党人如陈独秀、李大钊也无意在此过多用力。真正有望完成这一蜕变任务的，将是五四中一批热心于散文事业的作家们。这是由散文的特殊性格所决定的。

第三，要正确对待启蒙主义者在散文上的功利观。这种功利观，在古代散文向现代散文的蜕变过程中，发挥了很多积极作用。一是有利于散文从“象牙塔”中走出，不再在“义法”和所谓“雅洁”的泥潭中挣扎，使散文面向广阔的社会，密切联系现实，有的放矢，针砭时事，增强散文的活力和朝气。二是由于启蒙主义者在功利思想指导下，经常运用散文这一武器来宣传他们的政治主张。在这种运用的过程中，他们慢慢发现了古代散文的不足与弊端，为散文自身在实践过程中不断革除痼疾积累了宝贵的经验，为五四散文的彻底现代化打下了坚实的基础。

上卷

第一编

异军突起

（1918年—20年代末）

第一章　五四散文整体观

第一节　“愤”:五四散文家的破坏心态

一　五四:散文的时代

从中国现代史的宏观角度来考察,五四时期有其特殊的重要历史地位。

先看社会现状。虽然辛亥革命的炮声把末代皇帝轰下了宝座,但是它事实上没有给国家带来多少改变。革命、复辟,天灾、人祸,内忧、外患,使国家处在深重灾难之中。以当时中国工人的收入和其他国家的工人的收入相比,日本比中国高 4.1 倍,美国比中国高 14.8 倍。而且还要受中外资本家各种罚款和盘剥。对这种现状,毛泽东在《民众大联合》中作了这样的形容:国家坏到了极处,人类苦到了极处,社会黑暗到了极处。也可以这样说,华夏大地上,到处是仇恨,到处是火种。

但历史毕竟进入了二十世纪,在中国延续两千多年的封建帝制被推翻了。王权的倒塌使人们感受到了前所未有的解放:权威死了! 特别是二十世纪初的几次留学高潮,西方文化大量涌入,《新青年》高举“科学”和“民主”大旗,弘扬了人的主体意识,激起了人们对传统的仇恨情绪,形成了一场空前的思想解放运动——五四运动,从而为现代散文意识的萌发和成熟提供了土壤。

考察五四这一时期还必须看到这样一个严峻的事实:当时的中国一方面是轰轰烈烈的思想解放运动,但另一方面社会的现状却面目依旧。激进者响亮地喊出了“打倒孔家店”的口号,但对于建设怎样的新文化,他们又是迷茫的,拿不出完整的方案。因此出现了李大钊在《新的！旧的!》中列出的许多新旧并存的尴尬可笑的矛盾现象:一方面是民国,一方面是清室;一方面有巡察,一方面还有更夫;一方面规定信仰自由,一方面又规定“以孔道为修身大本”;一方面禁止重婚,一方面又在纳妾……这些奇怪现象的出现,“全在新旧的性质相差太远,活动又相邻太近”,“新旧之间,纵的距离太远,横的距离太近;时间的性质差的太多,空间的接触逼的太紧。同时同地不容并有的人物、事实、思想、议论,走来走去,竟不能不走在一路来碰头,呈出两两配映、两两对立的奇观”。[①] 这种两两对立的奇观,诚如后人评述的是一种浪漫的混乱。

凡此种种,许多觉醒了的人们在这新旧交替的时代中,变得特别敏感和冲动,瞬间情绪特别丰富。在对旧的憎恶中,对新的企盼特别强烈,但是又看不到明确的方向,因此在新旧交替中情感也在不断地裂变、升腾、回荡,起伏大,落差大,有时还呈现出朦胧多变性。同时,五四运动的爆发,个性的解放,“自我”的复归,使这一时代的人们的表现欲特别强烈,孳生出大批的“思想草稿”式文章。瞬间情绪的丰富和表现欲的强烈,汇聚起来,散文的异军突起成了必然。从某种意义上说,五四成了中国现代文学史上一个特殊的时代——散文的时代。

五四散文的异军突起,体现着五四时代特定的文化精神的必然选择。其兴盛的原因是多方面的。

从宏观上考察,现代散文在五四时期的孕育、诞生和兴盛的进程,是和我国时代的新旧交替、转折的进程高度合拍、同步进行的。根据毛泽东的分析,中国的革命“必须分为两个步骤。第一步,改变这个殖民地、半殖民地、半封建的社会形态,使之变成一个独立的民主主义的社会”[②]。五四运动也正是为了实现这一步。它“所进行的文化革命则是彻底地反对封建文化的运动,自有中国历史以来,还没有过这样伟大而彻底的文化革命”[③]。五四的散文对古代散文的怀疑、否定正是在这“彻底的文化革命”的洪流中进行的。它们目标一致,方向一致。现代散文的第一个胎儿——杂感,也正是这洪流中的弄潮儿。而洪流高潮过后的知识分子情绪的低落,又孕育了一大批中性情绪的散文。尤其是散文本身的许多特长,如灵活机动(既不要缜密精致构思,也不必大块地严密论证)以及强烈的自我表现都适合五四这一动荡、变革的时期,正如鲁迅所说:“猛烈的攻击,只宜用散文,如‘杂感’之类。”[④]所以现代散文的兴盛是时代的需要和召唤。散文正是借时代的新旧转折的热情实行了脱胎换骨的改造,而革命也正以现代散文作为它掷向旧阵营的匕首和投枪。另外,五四时期尽管表面上一直有一个名义上的政府在统治全国,但由于政局变化频繁,使得中国实质上处于无政府状态,从而也在某种形式上放松了对舆论的钳制,给散

---

① 李大钊:《新的! 旧的!》,《李大钊文集》(上),人民出版社 1984 年版,第 538—539 页。

②③ 毛泽东:《新民主主义论》,《毛泽东选集》第 2 卷,人民出版社 1991 年版,第 666 页,第 700 页。

④ 鲁迅:《〈两地书〉三二》,《鲁迅全集》第 11 卷,人民文学出版社 1981 年版,第 97 页。

文家抒写“思想草稿”式的瞬间情绪带来了缝隙、创造了有利条件。而且随着启蒙主义者对“科学”和“民主”的张扬，使得当时的刊物如雨后春笋般创办起来，给散文准备了广阔的园地，这些都是现代散文兴盛的极为有利的条件。

其次，新旧转折的五四时代为现代散文准备了一支精良可靠的作家队伍。我们如果浏览一下五四有影响的散文家如李大钊、陈独秀、胡适、鲁迅、周作人、钱玄同、刘半农、蔡元培、瞿秋白、叶圣陶、冰心、郭沫若、郁达夫、朱自清、许地山、俞平伯、庐隐、王统照、林语堂、徐志摩等二十多位的履历表，就会发现，在新旧转折的时代，他们身上有许多惊人的相似之处。一是这二十位散文作家中，在五四前后有16位曾出国留学、考察，占百分之八十。它说明我国现代第一代散文家大多有机会直接接触国外五光十色的思想，并能亲身感受到异域文明的气息。与之相比，我们古代的散文家却从未离开过华夏大地。这一区别，决定了现代散文家现代开放型的情感、思维和心态。同时，也说明现代散文史上的第一代散文家大多精通外语，能够直接阅读外文书籍，国外散文的一些适合抒写现代情感的技法，如随笔的随意性、灵活性和不成型性都是他们破除古代陈腐森严的章法的驱动力。二是这二十位散文作家大多出生于十九世纪末或二十世纪初，即晚清新旧交替的转折关头。他们有的直接受到晚清一些启蒙主义者的熏陶，对旧阵营了如指掌，清楚应该如何“兴风作浪”。他们在五四风潮前后，又大都聚集到北京工作，如上面的二十位作家中就约有十五位在五四时期到北京工作过，占百分之七十五，使他们直接或间接地受到了五四的洗礼。第一代散文家大多身兼二任，既是政治家，又是散文家，如李大钊、陈独秀等，怀疑、憎恨和渴望使他们的创造欲和抒发情感的要求特别强烈，像鲁迅这种“一发而不可收”①的创造欲望就是生动代表。周作人在他的许多散文集的序言中也一而再，再而三地表明“只想说我自己要说的话”②，也是一种炽烈的抒发情感欲。三是由于他们处在新旧转折时代，这二十位作家中约有十二位是出身在父辈或祖辈具有较深厚的国学修养的“书香门第”，约占百分之六十，他们自幼受到国学熏陶，功底扎实，能较好地吸收古代散文的精华，并对散文的“套路”较为熟悉，同时对古代散文的弊端也很了解，并深受其害。因此这第一代散文家都是散文里手，在创作现代散文时能左右逢源，得心应手。再从散文的文体沿革来看，它也经历了诸如梁启超的“文界革命”之类的冲击，束缚它的绳索已到了将要被砍断还未断的时刻，五四的现代散文仅是在这一

① 鲁迅：《〈呐喊〉自序》，《鲁迅全集》第1卷，人民文学出版社1981年版，第419页。

② 周作人：《〈雨天的书〉自序二》，《知堂序跋》，岳麓书社1987年版，第12页。

基础上完成了最后的蜕变。

再次,大量中性杂色的愁怨情绪在五四这一时代里也必然能赢得广泛忠实的知音。在五四散文中,除了情绪高昂倾向鲜明的散文外,有一大批是抒写中性杂色的类似朱自清在《荷塘月色》中所流露的"淡淡的哀愁"或"纯净的情爱"之作。典型的如周作人、冰心和朱自清等一部分人的散文。反映这类情绪的散文有的是属于个人在五四风暴落潮后的惶惑、惆怅和失落;有的是属于个人处在纷乱不安时代中的迷惘和心理失调的窘态;有的是被命运之神摆弄得无法承受,感到生的压抑和心的脆弱,从而乞求他人或社会的温情和怜悯等等。这一些都是五四散文家主体上的"淡淡的哀愁"或"纯净的情爱"的内涵。这些内涵生得逢时,因为五四就是从彻底反传统的启蒙和救亡双重向度开始的,但高涨的理想并未如其所愿在这个迟滞的国度立刻迎来实现的辉煌,过于急切的心灵在现实的打击中迅即低沉,社会依然没有变化,这样就使整整一代人(包括知识分子)在这时代面前感受到惶惑、失落、压抑。而亟待全面改造的社会自身更没有能力为个人的出路提供机遇和选择的余地,所以"自我"意识的张扬和现实的压抑使大批易感的心灵变得特别脆弱。这样五四散文家的"淡淡的哀愁"或"纯净的情爱"既是社会的反映,又有最广泛的群众基础,所以周作人在"苦雨斋"喝苦茶,听苦雨;朱自清笔下衰颓的父亲的背影,都可打动一大批人的心。五四是散文时代,也蕴含着这个含义。

五四散文的异军突起除一些必然原因之外,还有一些特殊的偶然条件。

首先,五四是一个主义纷呈的时代,未定型的"思想草稿"式的瞬间情绪特别丰富多彩,需要灵活随便的散文这一形式作为它的媒介和语言寓所。

五四是历史新旧突转的敏感时期。在这种突转的时刻,旧思想、旧观念连同旧制度的崩溃使其钳制能力逐步失去。这种失控,大大激发了人们——尤其是知识青年的参与意识。原来《新青年》的前身——《青年杂志》出版后,"销售甚少,连赠送交换在内,期印一千份;至民国六年销数渐增,最高额达一万五六千份"①。这一激增,固然有《新青年》办得出色的原因,但也反映了人们对于新生活的关注和愿望。一方面,五四是一个突发的事件,一批觉醒了的知识分子在不断呐喊,传播新思想。另一方面,中国这块古老大地还处在贫困、落后和腐败的状态之中。因此这种极端的反差和不协调,促使一批批青年迅速觉醒,从而对现实和政治热切关注。李大钊与胡适之间发生的"问题与主义"之争在一定程度上是这种关注中出现的特定漩涡。尽管像胡适这样的学者打

① 见张静庐辑注《中国近代出版史料二编》,上海书店出版社 2004 年版,第 316 页。

出招牌对“主义”并不关心(事实上并不如此)，但当时的绝大多数知识分子都根据各自的独特经历和体验，在吸收和信仰各种“思想”、“主义”。如李大钊、陈独秀、瞿秋白等就诚笃地信仰马列主义，周氏兄弟都对尼采发生了兴趣，冰心皈依了“童心”，朱自清真诚地去信奉他的“中性人生观”——“刹那主义”，连标榜对“主义”不感兴趣的胡适也时时叨念着他的“实用主义”。信仰的多姿多彩使得当时的知识分子极为敏感。不管这些“主义”和“思潮”是“舶来品”、“土特产”，还是“土”、“洋”的结合，信仰它们的知识分子却是在中国这块土地上成长的，他们从小接受的是传统的旧思想、旧观念和旧道德，这一些虽则在五四时遭到了打击，但没有得到很好的清理和批判。新旧观念常在知识分子心中并存或冲突，使得当时知识分子对“主义”、“思想”的信仰和体验很不成型，很不稳定，甚至这一段时期信仰某种“思想”，过了几天又会迷上另一种“主义”。若要宣传和张扬这些不成型、不系统的信仰和体验，最佳的文体形式就必然是随便自如的散文。再者，这些知识分子选择自己信仰的“主义”和“思想”，常常是自己从正反的实践比较中形成的，这样就容易动感情，而且喜欢用他们信仰的“主义”与“思想”去指导自己的生活，每有成效，特别兴奋，这样瞬间体验和情绪就特别丰富，这就为散文提供了最精华的原料。如朱自清写于 1922 年 3 月的散文《匆匆》就是这种瞬间情绪的代表作。当看到“燕子去了”、“杨柳枯了”、“桃花谢了”时，作者意识到了这样一个严重问题——“我们的日子为什么一去不复返呢?”继而就反复感叹日子无声无息的流逝，对于这样一个司空见惯，人们习以为常的时间流逝问题表示严重的忧虑。朱自清这种惆怅过去，忧虑将来的情绪，正是他“刹那主义”的宗旨。他要人们去珍惜刹那时光，正视现实。当时写散文的许多人正是接触信奉某个“主义”，遇到一件什么事，偶有所获，便一吐为快，散文成了他们特有的喷发口。

其次，从读者接受角度看，五四新旧突变转折时期，也为现代散文准备了最广泛最忠实的读者群。

一种文体的兴旺与否很重要的一个标志是要看它拥有的读者面和读者对它的感情程度。五四新旧突变的转折，为散文赢得读者准备了三个有利条件：第一，原来的八股文和文言散文的读者面囿于高层次的知识分子，五四的文学革命运动，使得散文白话化，通俗化，自由化，一下子使散文的读者面迅速扩大，包括一些粗通文字的读者都可把散文作为挚友；第二，在五四前兴盛泛滥一时的鸳鸯蝴蝶派的软小说，由于它的弄虚作假和程式化，使得读者越来越倒胃口；第三，五四前后高涨一时的政治杂感也由于调高嗓尖，使人们的兴趣也越来越小，尤其在二十年代开始后的落潮，读者的欣赏热情也陡然低落。正是在这种契机下，不“硬”不“软”的随便自如的中性散文、抒情小品，就陡然增长了人们的欣赏热情，如鲁迅笔下的“百草园”、周作人的那一段“初恋”就特别为人们所钟爱。中性散文正是填补了五四高潮后的空白，随便自如的小品无形中拉近了和读者的距离，激发了他们的热情。但这些热情是靠不住的，当现代史的车轮逐步向前，残酷的血与火笼罩着全国的时候，中性散文在读者中的魅力和热情也就逐步消退了。所以，五四散文的兴盛是历史在五四时对散文的特别恩赐！

二 “愤”：五四散文家特定的时代心态

每个时代的作家都有他的特定心绪。五四散文家的心绪是一种什么样的形态呢？鲁迅曾作了这样的描述：

> 大革命之前，所有的文学，大抵是对于种种社会状态，觉得不平，觉得痛苦，就叫苦，鸣不平……但这些叫苦鸣不平的文学对于革命没有什么影响，因为叫苦鸣不平，并无力量，压迫你们的人仍然不理，……至于富有反抗性，蕴有力量的民族，因为叫苦没用，他便觉悟起来，由哀音而变为怒吼。怒吼的文学一出现，反抗就快到了；他们已经很愤怒，所以与革命爆发时代接近的文学每每带有愤怒之音；他要反抗，他要复仇。苏俄革命将起时，即有些这类的文学。①

鲁迅对大革命前夕作家的心绪的概括，实质上是集中到一个“愤”字上，“愤”反映了五四时期作家的心绪。

这是和当时的社会环境紧密相关的。蒋光慈在《现代中国社会与革命文学》中，谈到五四时期的社会情况，是这样描述的：“民不聊生，国无宁日，内有军阀之专横，外受列强的侵略，稍有一点知识而不愿做亡国奴的中国人，任何一个都要疾首痛心的。”五四运动本身，就是全国人民愤慨之情的总爆发。据五四运动参加者匡互生在《五四运动纪实》中回忆，当时青年们对袁世凯和日本签订的“二十一条”，连年不断的南北战争，和日本所订的损害中国主权的军事协定以及欧洲大战等大事，都强烈地感受到是“处在这样一种‘灾害并至’，‘险象环生’的境地当中，怎得不令栗栗恐惧？由恐惧而悲愤，由悲愤而发生革命思想”。乱世的不安、弱国的怨愤，笼罩着中国大地。在这样一个令人愤怒

---

① 鲁迅：《革命时代的文学》，《鲁迅全集》第3卷，人民文学出版社1981年版，第419页。

的时代，对社会特别敏感的散文家的感情就极易冲动。他们对社会的怨恨，是以一种覆盖面非常广的愤激之情呈现的，其主要表现形式是猛烈的喷泄和彻底的破坏。它标志着五四散文家的心灵已经初呈开放。

透视一下五四散文家的"愤"的心绪，归纳起来有这样三大类：

第一类是带有鲜明政治目的和倾向的"愤"，这以陈独秀、李大钊和瞿秋白为代表。他们在马克思主义的影响下，是以推翻旧社会、砸碎旧世界为目的。早在1904年，陈独秀借散曲牌名用白话写的一篇短文中就已鲜明地喷发了他这种强烈的愤慨之情：

醉东江　愤时俗也

眼见得几千年故国将亡，四万万同胞坐困。乐的是，自了汉；苦的是，有心人。好长江各国要瓜分，怎耐你保国休谈，惜钱如命。拍马屁，手段高，办公事，天良尽。怕不怕他们洋人逞洋势，恨只恨我们家鬼害家神。安排着洋兵到，干爹奉承，奴才本性。①

这是比较典型的代表他们情绪的一篇作品。他们时刻忧患的是"眼见得几千年故国将亡，四万万同胞坐困"。这种忧患意识，使他们的"愤"具有鲜明的政治目的和倾向，因此这种愤慨情绪立足全国这一大局，与国家和人民的命运连在一起，是革命的原动力。这里特别要提一提瞿秋白，他到苏联进行了细致考察，把苏联作为参照系观察中国，其愤激的情绪就特别有力，他在1923年写的散文《最低问题》中痛心疾首地写道：回国后看到的中国是"一狗彘食人的中国"！发出了"中国真正的平民的民主主义，假使不推倒世界列强的压迫，永无实现之日"的感叹。正因为这样，在这种"愤"支配下写作散文，常常要散文载"道"。尽管陈独秀在《文学革命论》中对"文以载道"进行了批判，但他自己在这段时间里写的杂感却不得不依然自觉载"道"，他的这种矛盾和他的"愤"的情绪的政治化有密切关系，在他们手中，现代散文自觉或不自觉地成了他们的战斗工具。

值得注意的是，一些早期的共产党人和革命者的过"左"的思想，也在这愤慨中有所显露。这典型地反映在恽代英、邓中夏、萧楚女和郭沫若等人身上。他们摧毁旧世界，厌恶旧文化的心情是可以理解的，他们盼望革命的巨掌立刻能把这罪恶的世界打个天翻地覆。但由于对新文化和新文学缺乏系统研究，

① 见《陈独秀诗存》，安徽教育出版社2003年版，第8页。

尤其对文学内在规律知之不多,并且以革命的功利对文学提出严峻的要求,这样他们的二十年代初期的许多通信和杂感,时呈偏激,有时甚至怀疑一切,排斥一切。他们把五四白话文运动和“革命文学”对立起来。郭沫若在《我们的文学新运动》中就彻底否定五四的白话文运动,认为它是“在破了的絮袄上虽打上了几个补丁,在污了的粉壁上虽然涂上了一层白垩,但是里面的内容依然还是败棉,依然还是粪土”。邓中夏的杂感《新诗人的棒喝》中对新诗极为厌恶,断定“凡是想作新诗人的多半都是懒惰和浮夸两个病症的表现”,并作诗嘲弄:“春花般的青年们哟!朝曦般的青年们哟!烈火般的青年们哟!新中华的改造只仗你们了,却不仗你们几首新诗。青年们,醒来哟!”对新诗一概否定。他们所提的“革命文学”是纯而又纯,因此对写“革命文学”的人的要求也很严格:“最要紧是先要一般青年能够做脚踏实地的革命家”,“第一件事是要投身于革命事业,培养你的革命的感情”①。要文学家都能像拜伦投身希腊革命那样参加革命。最后发展到把中学的英语、数学都列为“洋八股教育”,要予以废除。这些愤激情绪既反映了早期共产党人在文艺理论上的幼稚,也显示了他们在文艺政策上“左”的倾向。这是一种空想。因为当时的共产党还没有处于执政地位,这些理论还不能对当时的文学(包括散文)形成直接的行政干预,因此它们对新文学发展的作用也是有限的。虽然如此,其负面影响也不能忽视。

第二类是通过亲身经历,在中外比较的基础上形成因感情错位而郁结的愤懑,这可以胡适和郁达夫为代表。这些知识分子,对中外的国情都很了解,这种了解不是走马观花的印象和道听途说的粗知,而是他们长期生活和深入了解的理念结晶,中外的鲜明对比使他们心理失去平衡,产生怨愤情绪。这种愤怒无确定目标,也很不稳定。如胡适归国后写的《归国杂感》,几乎对回国后所看到的一切都不顺眼,戏院里的座位,戏台上的布景,不珍惜时间等,他都愤怒异常。他在《请大家来照照镜子》中有这样一段话:

> 人家早已在海上飞了,我们还在地上爬!人家从巴黎飞到北京,只需六十三点钟;我们从甘肃到北京,要走一百零四天(二千五百点钟)!
>
> 一个英国工人每年出十二个先令(六元),他的全家便可以每晚坐在家里听无线电传来的世界最美的音乐,歌唱,演说,每晚上只费银元一分七厘而已。而我们在上海遇着紧急事,要打一个四等电报到北京,每十个字须费银元一元八角!还保不住何时能送到!

---

① 恽代英:《文学与革命》,《恽代英文集》(上),人民出版社1984年版,第532—533页。

人家的砖匠上工,可以坐自己的摩托车去了;他的子女上学,可以有公共汽车接送了。我们杭州、苏州的大官上衙门还得用人作牛马!

何以有这个大区别呢?因为人家每人有三十个机械奴隶代他做工,帮他做工,而我们却得全靠赤手空拳,——我们的机械奴隶是一根扁担挑担子,四个轿夫换抬的轿子,三个车夫轮租的人力车!①

和陈独秀等相比,这里胡适的"愤"是局限在客观的中外差别比较上。他语气克制,最后也没有从根本上挖根,而是归结到工业不发达上;态度也较为客观,愤是愤,但却无可奈何,是一种平和的牢骚。至于郁达夫则在表现形式上要比胡适激烈些。他到了日本看到中国的落后,愤而孤独,虽然也可以说是愤世嫉俗,有时到了咬牙切齿的地步,但许多愤懑情绪是由生理上的"性变态"造成的,如看到一个中西混血儿的少女和一个西洋人谈话,他竟"恨不得拿出一把手枪来,把那同禽兽似的西洋人击杀了"②。这种"愤"从本质上和胡适的"愤"相似,非政治非阶级的因素较多。

第三类是抗争斗士式的"愤",以鲁迅、茅盾等为代表。这些散文作家的怒火来源于严酷的事实,来源于屠刀,来源于血与火。面对"三一八"惨案中的刘和珍的尸体,鲁迅是"出离愤怒了",他感到中国"大小无数的人肉的筵宴,即从有文明以来一直排到现在",因此要"扫荡这些食人者,掀掉这筵席,毁坏这厨房"③。有些散文家如朱自清、叶圣陶等虽性格平和,不太爱抗争,但在血淋淋的事实面前,也按捺不住,不禁怒发冲冠。他们的"愤"常常和一些震动中外的大血案紧密相关,如面对执政府的大屠杀,朱自清拍案而起,怒斥道:"我们国民有此无脸的政府,又何以自容于世界——这正是世界的耻辱呀!"而叶圣陶这位性格恬静的忠厚长者在"五卅"的急雨中,也发出了愤怒的呼喊:"微笑的魔影,漂亮的魔影,惶恐的魔影,我诅咒你们!你们灭绝!你们消亡!永远不存一丝儿痕迹于这块土地上!"④当时很多散文家如王统照、郑振铎等的"愤"也都包括在这一类内。

值得一提的,在五四的抗争斗士式的愤怒情绪中,也应把周作人、林语堂

---

① 见《胡适全集》第3卷,安徽教育出版社2003年版,第28—29页。

② 郁达夫:《归航》,《郁达夫全集》第3卷,浙江文艺出版社1992年版,第7页。

③ 鲁迅:《灯下漫笔》,《鲁迅全集》第1卷,人民文学出版社1981年版,第217页。

④ 叶圣陶:《五月三十一日急雨中》,《叶圣陶代表作》,黄河文艺出版社1987年版,第226页。

等囊括进去。他们也曾呼啸过,他们的散文曾“匪”气十足,喊出过“我们生于草莽,死于草莽,遥遥在野外莽原,为真理喝彩,祝真理万岁,于愿足矣”①。他们的猛烈攻击和批判,赢得了当时的人们的尊敬。

“愤”,作为五四散文家的特定心绪,影响了整个五四散文的全局,但从特殊的散文家的个体来说,还有两种例外型的心绪。

一是以冰心为代表的恋母情结。在五四散文家的愤激声浪外,冰心“爱”的呼唤显得特别亲切柔和。冰心不时地利用一切机会,向人们不厌其烦地夸说她的母亲。恋母的情结使她眼中的母亲变成了爱的天使,从而使她在小读者面前也变成了爱的布道者。冰心虔诚而天真地想用纯净的母爱和童心来感化改造污浊的世界,因此她的《寄小读者》展示的是一片纯净得一点儿灰尘也没有的天地。在这新旧转折动荡的年月里,人们烦躁、惊恐、不安和痛苦,骤然发现这片世外桃源式的纯净天地,感到兴奋和某种解脱。这块爱的纯净天地给五四散文园地增添了色彩。

和此相关的还有一批女性散文家的心态也有些特别。这些女性作家如庐隐、陈学昭、石评梅等的心态是怨而愁,愁而哀,眼泪多于呐喊,呻吟多于抗争,形成了一种至痛至哀的悲鸣。这种阴柔悲苦的情绪,也可以说是愤激巨浪中的一个支流。

二是以徐志摩、许地山等为代表,他们对现实很隔膜,对社会也是那样生疏。他们最熟悉自我,情致丰厚而精致。他们有时也有烦恼,但毕竟没有什么深刻的痛苦需要他们去怨伤;他们有时也愤激,但却没有什么对象可以使他们愤激。他们感情浮躁,思想繁杂,受西方唯美主义思想影响很深。他们的情绪也游离于五四愤激巨浪之外。

从当时的散文家的心态来说,最深刻的“愤”的焦点是集中在思想文化领域里对“万世师表”的孔子的权威的怀疑和否定上。

从当时的国情考察,我国几千年来都是以农业立国。在十八世纪和十九世纪上半叶,西欧在轰轰烈烈地进行工业革命时,中国正自足地过着闭关自守的封闭式生活。考察五四时期的思想和文化,不能离开中国的经济状态。农业经济使我国形成了特有的生态环境、传统习俗、生活方式和民族心理。李大钊在《由经济上解释中国近代思想变动的原因》中就较为深刻地分析了农业本位的民族特色。他总结出这样三条:一是常定住于一处,所以家庭繁衍,而成大家族制度——家庭主义;二是因聚族而居,易有妇女过庶的倾向,形成重男

① 林语堂:《祝土匪》,《林语堂散文选集》,百花文艺出版社 1987 年版,第 22 页。

轻女一夫多妻的风俗；三是富于自然，所以与自然调和，与同类调和。李大钊把这些特点概括成我国的农业本位民族的文明——静的文明。几千年来为各个封建王朝所信奉的“万世师表”的孔子的思想，正是建筑在这一经济基础上，它和这静的文明相适应。以孔子为代表的传统儒学强调朝向人的内面精神的修身养性之功，和向外时达成齐家治国平天下之用，因此它所宣扬的“忠”、“孝”、“节”、“义”以及三纲五常等伦理道德日渐乡愿化而成为维护旧秩序的工具，尤以其所提倡的要修身克己、牺牲个人的家国本位学说，易为最高统治者所接受。尽管在孔子之后，孔子不断地遭到非难和批判，但由于中国以农业为本的经济基础不变，孔子便成了历史舞台上代代受人敬供的圣人。

但是，鸦片战争之后，十九世纪七十年代，中国近代民族工业诞生了。尤其是辛亥革命给封建制度的冲击，在一定程度上刺激了民族资产阶级投资工业的热情。据严中平等编的《中国近代经济史统计资料选辑》一书中统计，中国的资本主义近代工业，1912 年至 1918 年七年间，建成厂矿四百七十多个，投资近一亿元，加上原有企业的扩建，新增资本在一亿三千万以上，七年相当于过去全部投资总额。

民族工业的发展，使中国以农业立国的基础动摇了。沉静的闭关自守的生活被打破了，孔子学说赖以生存的经济基础开始崩裂了。同时大批有识之士出洋考察，带来了西方的文明和强盛的信息。尤其我们的近邻日本，也正在发生新旧思想之激战，当时有“黎明会”一班人士，大力张扬民主主义，和一切顽固思想宣战。军阀、贵族、军国主义、资本主义，都是他们的仇敌，受到他们的攻击。这一切仿佛是一个最好的老师在教育着当时中国的有识之士，唤醒着我们一代青年人。辛亥革命的枪声，更擦亮了人们的眼睛，人们对封建帝制的愤恨和批判也引发出对帝制所尊奉的孔圣人的怀疑。曾经红极一时的戊戌改革主将康有为提出“以孔教为国教”的主张遭到人们唾弃，再后退几步提出“以孔子为修身大本”，也为人们所不齿。乃至袁世凯的“祭孔”丑剧，不但没有能延长他的称帝美梦，反而加速了他的倒台。人们对孔子的不满情绪已愈来愈烈。李大钊对这种不满情绪，作了这样形象的描绘：“几个尊孔的信徒，天天到曲阜去巡礼，天天戴上洪宪衣冠去祭孔，到处建筑些孔教堂，到处传布‘子曰’的福音，也断断不能抵住经济变动的势力来维持他那‘万世师表’、‘至圣先师’的威灵了。”①

① 李大钊：《由经济上解释中国近代思想变动的原因》，《李大钊文集》（下），人民出版社 1984 年版，第 184 页。

反孔的序幕是陈独秀在《一九一六年》中拉开的。《一九一六年》是陈独秀代表《新青年》写的近乎元旦祝辞之类的文章。他对1916年青年的思想动作提出了三条意见,其中第二条是“尊重个人独立自主之人格,勿为他人之附属品”。在阐发这一条时这样写道:

吾国自古相传之道德政治,胥反乎是。儒者三纲之说,为一切道德政治之大原:君为臣纲,则民于君为附属品,而无独立自主之人格矣;父为子纲,则子于父为附属品,而无独立自主之人格矣;夫为妻纲,则妻于夫为附属品,而无独立自主之人格矣。率天下之男女,为臣,为子,为妻,而不见有一独立自主之人者,三纲之说为之也。缘此而生金科玉律之道德名词,——曰忠,曰孝,曰节,——皆非推己及人之主人道德,而为以己属人之奴隶道德也。①

陈独秀已十分清楚地意识到孔子学说是思想解放中的最大障碍,要宣扬新思想,要高举“科学”和“民主”大旗,就必须推倒孔子。接着他又连续发表《宪法与孔教》、《孔子之道与现代生活》、《再说孔教问题》等,对孔子进行了集中的批判,成为批孔的主帅。同时《新青年》上还发表了李大钊、易白沙、胡适、鲁迅等人的批孔文章,四川的“只手打倒孔家店的老英雄”吴虞喊出了著名的“打倒孔家店”的口号。锋芒所向,集中批判孔子的一套旧礼教,大力倡导个性解放和女子解放。孔子成了新文化的敌人。对孔子的反叛正是当时五四这一代青年和知识分子的“愤”的最集中表现,它和现代散文发生了这样密切的关系:

首先,五四的批孔是有广泛群众参加的以运动形式出现的一场斗争。在历史上曾不断发生过反孔和批孔,如汉代的王充就激烈批判过孔子,但都是个别的知识分子的发难。而五四反孔是在鲜明的“打倒孔家店”的口号下展开的声势浩大的批判运动。由于五四所面临的对手——孔子思想在思想领域里统治数千年,十分顽强,因此必须加倍用力,造成浩大声势方行。所以在这加倍用力的过程中,现代散文(尤其是杂感)就脱颖而出,发挥了它的威力和特长:既可以造声势,造舆论,又有强烈的鼓动性和号召力。批孔给现代散文的诞生创造了良好的契机。

其次,五四的批孔和新思想的启蒙运动同步进行。五四时代实质上是一

① 见《独秀文存》,安徽人民出版社1987年版,第34—35页。

个民主启蒙的时代。鉴于当时的觉悟的知识分子对新思想也没有系统完整的见解,难于作全面的长篇的宏论,只能凭着他们对"科学"和"民主"的感知和悟性,对人们进行启蒙。这种启蒙有的是即兴式的,有的是片断式的,因此启蒙的最佳导体必然是现代散文这样的灵活随便的文体。现代散文中的杂感正是在这新旧转折的启蒙运动中,充当了五四先行者的思想载体。

再次,五四的批孔和个性解放紧密相连。上文所引的陈独秀在《一九一六年》中对儒家的三纲之说的批判,就明确地和尊重人之独立人格联系起来。这样就促使现代散文家们在批孔中运用散文实现主体意识的独立和苏醒,从而迎来了现代散文的兴盛。

正是在孔子的偶像被推倒的废墟中,现代散文崛起了!

三 五四散文家"愤"的心态的透视

由于中国社会经济结构的变化,孔子的儒家学说等旧礼教受到怀疑和否定,西方文化的冲击和苏俄十月社会主义革命炮声的轰鸣,使整个中国社会动荡起来了。"愤",正是散文家在这种动荡中动态情绪的集中反映。作为五四散文家的特定心绪的"愤",显示了他们对动态情绪的崇尚。

最早最系统最昂扬地张扬"愤"的是李大钊。他的崇"今"系列散文——《"今"》、《青春》、《新的!旧的!》、《今与古》等,把"愤"这一动态情绪从哲学的高度加以阐述,并予以肯定和合理化。在《青春》这篇散文中,李大钊提出"宇宙无尽,即青春无尽,即自我无尽"。"无尽"和"终极"是相对的;"终极"是静止的,而"无尽"是动态的。从"宇宙"的永远运动,引申到"青春"和"自我"也应该永远运动。对这种运动,作者解释道:是要"冲决过去历史之网罗,破坏陈腐学说之囹圄,勿令僵尸枯骨,束缚现在活泼泼地之我,进而纵现在青春之我,扑杀过去青春之我,促今日青春之我,禅让明日青春之我"。这种"纵我""促我"的动态观正是"愤"的最耀眼的闪光。李大钊在正面阐述的基础上,认为当时中国人民的愚昧和落后,始终和"静"有关,是"惰性太深,奴性太深"。他歌颂"创造",坚持认为历史是人创造的:"古时是古人创造的,今世是今人创造的。"要青年"进! 进! 进!"①。李大钊对动态情绪的崇尚,反映了五四初期的绝大部分知识分子的心态,他们已开始厌恶传统的中庸、和谐等观念,以"奋兴鼓舞的历史观,乐天努力的人生观"②来武装自己,破

① 李大钊:《新的! 旧的!》,《李大钊文集》(上),人民出版社 1984 年版,第 540 页。
② 李大钊:《时》,《李大钊文集》(下),人民出版社 1984 年版,第668 页。

坏旧社会,鼓吹各种新思想。与此同时,陈独秀的许多杂感如《人生真义》、《今日之教育方针》,大力鼓吹“生灭无常,新陈代谢”,把动态情绪作为人生真义来传播。毛泽东也在《新青年》上,化名“二十八画生”,借谈《体育之研究》①,用尖锐的笔法对当时风行神州的气功专著《因是子静坐法》进行批判,反对静坐,力主动功,认为“静坐之法,为朱陆之徒咸尊之”。他对动态情绪的态度可谓斩钉截铁:“愚拙之见,天地盖惟有动而已。”他的“指点江山,激扬文字,粪土当年万户侯”使愤激动态情绪因披上诗意霞光而熠熠闪光。所以当时的口号是那样激昂,散文杂感的气势也是那样畅达。

但在这股张扬愤激动态情绪的激流中,鲁迅却卓然独立。他不像李大钊那样热烈和乐观,在《〈呐喊〉自序》中他剖析了他叫喊于生人中,生人并无反应所带来的悲哀和寂寞。他也崇尚动态情绪,他的座右铭是“路漫漫其修远兮,吾将上下而求索”,“求索”就是运动。不同的是鲁迅始终让他的愤懑情绪包裹在冰冷的外壳之内,1924 年他写了散文诗《秋夜》,主要描写后园那两棵枣树,用“蒙太奇”的方式突现了枣树“默默地铁似的直刺着奇怪而高的天空”。那“直刺”是动态精神,但这种“直刺”的动态却凝固在“一株是枣树,还有一株也是枣树”的冰冷气氛中。鲁迅所崇尚的动态情绪是一种坚实的冷峻的愤恨,鲁迅给它一个名字叫“地火”,鲁迅曾这样形容它的气势:“地火在地下运行,奔突;熔岩一旦喷出,将烧尽一切野草,以及乔木,于是并且无可朽腐。”②

不管这种愤怒是“热”还是“冷”,实质上是动态情绪的两种表现形式。五四散文家对动态情绪的崇尚,从以下三个方面影响了现代散文。

第一方面,对“愤”的崇尚,使五四现代散文,尤其前期散文“匪”气十足。从本质上看,“愤”这一动态情绪具有破坏性。在这样的情绪下孕育成的现代散文的第一个胎儿——杂感的使命就是要荡涤一切污泥浊水,许多散文家在五四前期的散文都有“流氓性”,也和此有关。这样现代散文一踏上历史舞台,血液中就流动着抗争性,从而孕育了五四散文的主力军——“怨怒之音”中的抗争派散文。

第二方面,对“愤”的崇尚,使五四现代散文在“文”与“道”中陷入两难选择境地。“愤”是一种政治化或近似政治化的情绪,鲁迅认为“各种文学,都是应环境而产生的,推崇文艺的人,虽喜欢说文艺足以煽起风波来,但在事实上,却

---

① 《新青年》1917 年第 3 卷第 2 号。

② 鲁迅:《〈野草〉题辞》,《鲁迅全集》第 2 卷,人民文学出版社 1981 年版,第 159 页。

是政治先行,文艺后变"①。这愤激情绪以政治为主导,要求现代散文听从将令,能和政治贴近,作为载道文本。但"文学革命"的枪口又是一开始对准"文以载道",要使"文"和"道"的关系变得松散。这样,"愤"这一动态情绪就使散文家在"文"与"道"中为难尴尬,有时就只能顾此失彼:如五四前期的杂感在文学性上就"稍逊风骚"。而有一些人如周作人、林语堂则干脆在"文"与"道"中不时扮演"流氓"和"绅士"的双重角色,在创作散文时形成了"文"与"道"的矛盾心态。不过,周作人还是处理得比较好,时而"匪"气十足,时而静如处子,得心应手。他的兄长鲁迅在"文"与"道"的处理上更是老练自如,使这两者和谐地统一起来。时势造就了周氏兄弟,使他们成为领五四散文风骚的一代大师。

第三方面,对"愤"的崇尚,促使了现代散文在风气上发生了根本转变。前面所说的古代散文的陈腐僵硬的所谓"义"和"法",以及一切八股条条,都被这种愤激的情绪一扫而光。它净化了散文园地,一改清末散文颓败的文风,使散文虎虎有生气。它拓宽了散文家的眼界,使他们注视时代的风云;它给散文家撑腰壮胆,弘扬主体,促使散文直面人生而增强了活力。

由于五四时代瞬息万变和王纲解纽的无政府状态,决定了五四散文家的愤的外化形态和内心机制的多姿多彩。

从宏观历史来考察,五四前期散文家的愤激情绪呈现的外化形态是"露"和"纵",表现在散文中,是采取一种直抒喷泄的方式来显示的,如南陈(独秀)北李(大钊)、吴虞、钱玄同等人的杂感,茅盾、郭沫若、郁达夫、瞿秋白、周作人、林语堂等人的散文,都有这样的倾向。到了五四中期和后期,由于五四情绪的落潮,愤懑的情绪开始降调、淡化向内转,在历史惯性冲动力的驱使下,有的朝冲淡发展,如周作人、俞平伯、钟敬文等,有的虽在一些突发事件面前(如五卅惨案)依然如火山爆发,但总的来看有所降调,或是指桑骂槐,或是触景抒情,或是把愤懑情绪深深地淡淡地糅进自己散文的字里行间,显得克制和深沉。从总体上看,五四散文家的愤激情绪所呈现的心态是以马鞍形的轨迹起伏变化的。

当然,在指出这两种倾向的同时,还应该看到有一些例外,其代表人物可推鲁迅和胡适,他们代表了两种不同的特殊散文家。尽管鲁迅和胡适都没有参加任何政党,也都没有进入双方各自倾向的政府任职,但他们的愤激情绪所

---

① 鲁迅:《现今的新文学的概观》,《鲁迅全集》第 4 卷,人民文学出版社 1981 年版,第 134 页。

呈现的方式和心态截然不同。鲁迅始终对旧世界旧思想旧文化怀着深仇大恨,绝无媚骨,决不妥协,以冷峻的韧性和抗争精神,自觉地背起历史的沉重的十字架,和敌人奋战,成了一名战士。而胡适在五四中,虽则对旧文化旧思想是否定的,但态度始终比较克制、温和,是和风细雨式的批判。他尽管对时局也常有不满,但又和当局始终处于若即若离的状态,再加上他信仰的实验主义,使他染上一种敬畏国家政权的庸俗之气,最终使他成为一个自由主义的学者。

从五四散文家的整个队伍来看,他们是一批受过西学熏陶的非科举文人型的知识分子,他们追求独立人格,愤激情绪方向目标比较一致,在“民主”与“科学”的口号中形成了浩大的声讨旧文化的巨浪。这样旋律高昂,态度鲜明,气氛炽烈,成效显著,有一种摧枯拉朽的声势。但之后由于血与火的形势的发展,阶级矛盾的日趋尖锐,马列主义在中国的广泛传播,中国共产党的成立等,都促使和加速了散文家的分化以及重新组合,如李大钊和胡适的“问题与主义”之争,各种文学团体如“创造社”、“文学研究会”等的纷纷成立,使得原来的愤激巨浪出现了分流、降调、变调等混乱的局面。有的继续抗争,有的退隐,有的落荒,有的入仕,林林总总,五花八门,从而孕育了五四散文的千姿百态,为它呈现出“极一时之盛”的春天景象,创造了十分有利的条件。

这里特别要注意,一部分散文家从二十年代初期(即五四中期)愤激情绪的心态开始变化,他们可以“创造社”的郭沫若、郁达夫等为代表。当二十年代初期,许多五四前期的批判旧思想旧文化的先锋开始情绪滑坡降调时,他们却以清算的姿态,把原来的愤激情绪推向极端。郭沫若在《创造社的回顾》中指出,创造社成立的目的中有一点非常突出,是要“对于本阵营的清算的态度”。因此他们不仅对旧文学旧思想旧文化“愤”,而且对五四前提出的文学革命也是全盘否定,愤激异常。成仿吾的《新文学之使命》就代表了他们的这一情绪,他认为“新文学运动,自从爆发以来,即是一个国语的运动”,“有点换汤不换药便满足了的样子”;就形式而论,“不过加了一些乱用的标点,与由之乎者也者变成了底吗啊”;就内容论,“不过加了一些极端抽象的语言如生之花,爱之海之类,其实表现的能力早愈趋而愈弱了”。因此,他断定:“我们的新文学,不幸于他的第一步就踏入了迷途了。”这是愤激情绪走向狂热的典型论调。这种极端愤激情绪是对他们所从事的文学事业产生的不切合实际的空想。例如郭沫若就对文学的功能予以极大夸张:“(文学)它是唤醒社会的警钟,它是招返迷羊的圣箓,它是澄清河浊的阿胶,它是鼓舞革命的醍醐,它的大用，说不尽，说不尽。”①在郭沫若眼中，文学可以包打天下，因此他要文艺成为革命的前驱。这样，首当其冲要承担这一重任的必是散文。他们想让文学和革命的关系密切起来，使文学在革命中能起积极作用，但所造成的后果，是在五四前期启蒙主义者们厌恶的“文以载道”，又重新成为现代散文的包袱，所以三十年代、四十年代乃至当代散文中的标语口号式的倾向在此埋下了根子。

把五四散文家的“愤”的心态和古代散文家的“愤”的心态加以比较，从纵向上看，古代也有许多散文家有过同样的“愤”的心态，如汉代散文家司马迁受宫刑，发愤作《史记》，成一家之言；魏晋南北朝的散文家嵇康，“非汤武而薄周孔”，愤激异常，专与古人作对。他们的“愤”的心态和五四散文家的“愤”的心态相比，有这样一些差异：

首先，历史上各个朝代的一些散文家的“愤”是个体意识的反映，而五四散文家“愤”的心态是群体意识的反映。这就决定了历史上不同朝代的一些散文家的“愤”，仅是对后代个别散文家的散文发生影响，而五四散文家的“愤”，作为群体意识的反映，则是对当时中国散文乃至整个文坛发生深刻影响。这样，就使五四散文的风气和光彩处在它的影响之下，深深地打上了“愤”的烙印。

其次，历史上各个朝代的一些散文家的“愤”常常和个人特殊遭遇或一些特定原因有关。像司马迁就是因为替降将辩护而获罪，受宫刑才怨愤，而五四散文家的“愤”却是因为社会的急剧变动中形成的一种时代情绪。因此历史上各个朝代的一些散文家的“愤”，常常针对某个具体统治者，仅仅是和个别的人或集团发生这样或那样的对抗。而五四散文家的“愤”则是面对整个社会，乃至几千年来的封建社会，其内涵要深沉和广泛得多。同时也因此造就了整整一代散文家，并且为他们的散文创作提供了取之不尽、用之不竭的丰厚的原料，从而使现代散文具有不同程度的阶级意识。它们在社会上要争的地位是成为阶级的一翼，“所要的是全般，不是一角的地位”②。

再次，由于历史上各朝代的一些散文家的“愤”常常和个人特殊的原因有关，他们的怨愤大多囿于个人范围，虽则像司马迁的“肠一日而九回”的怨愤极其动人心魄，但对当时的社会和政治的影响却是有限的。而五四散文家的

① 郭沫若：《论国内的评坛及我对于创作上的态度》，《郭沫若全集》第15卷，人民文学出版社1990年版，第229页。

② 鲁迅：《“硬译”与“文学的阶级性”》，《鲁迅全集》第4卷，人民文学出版社1981年版，第208页。

"愤"则因"启蒙"与"救亡"的担当而和社会紧密交融在一起，没有多少隐私成分，有许多愤激之音乃是工人学生等实际革命运动的直接回声。这样，五四散文家（不管参加政党与否）的"愤"和政治之间，必然产生直接的双向联系，使得五四散文成为当时主流文化的一个重要组成部分。

第二节　五四散文鸟瞰："极一时之盛"

一　现代散文意识的觉醒和特征

现代散文和古代传统散文的关系既复杂又微妙。从整体上看，它们在意识观念上是对立、排斥的，但又确实存在着千丝万缕的深刻联系。若从五四散文家的个体来考察，因为当时西方各种五光十色的思潮，如人道主义、启蒙主义、浪漫主义等蜂拥而来；叔本华、尼采、柏格森等也都闯了进来，这样各人根据自己的体验去拥抱各所心仪的对象和主义。所以五四散文家对当时散文的源流看法也不一致。朱自清就认为"现代散文所受的直接的影响，还是外国的影响"①，而周作人则认为现代散文与明代的有些相像。这种现象的发生，一是外国的思想文化对五四散文家的影响是无定点的辐射影响，二是我国的古代散文历史渊深，在各个不同朝代的散文作者的创造下，各种风格各种思想的优秀散文的积淀很多，它们有形无形地制约着五四散文作家，在五四散文中可以或多或少地找到它们的影子，因此会有这样的分歧。同时，还必须清楚地看到现代散文和古代散文以及传统文化之间还存在着这样的深层关系：尽管当时中国在意识形态领域里，新文化新思想在向传统文化、传统思想发动猛烈攻击，并取得了成效，但传统文化和传统思想在中国社会生活的各个领域里，仍占绝对优势。散文本身又是一种直接抒情写志的文学作品，它面对传统文化占优势的中国社会生活，在选人取景择事上不能不受到制约，而这种制约又反过来影响五四散文家的意识。所以从五四散文家的个体意识来说，他们的散文有时会半新半旧，或表新实旧，或与其他种种新旧混合交杂。比如在许地山身上就可看到这一点。他的散文《补破衣的老人》写了一位屋檐下专为他人补衣服的老妇人，这本来是一个表现底层人民痛苦的材料，但作者在特写这位老妇人一天到晚辛勤为他人补衣服，而自己衣衫褴褛却不能补一补后，却由老妇人用筐里的零剪绸缎，麻头布尾为他人补衣服，联想到自己当教师的父亲经常把他手册

① 朱自清：《〈背影〉序》，《朱自清全集》(1)，江苏教育出版社 1988 年版，第 31 页。

中的零剪文件资料翻来翻去。这种联想和体验，是头重脚轻的倒置，反映出传统文化在他身上的回归，也映照出他对老妇人生活和情感的隔膜。这种倒置是新旧交替时代的特定产物。鲁迅的《〈野草〉题辞》中的首句"当我沉默着的时候，我觉得充实；我将开口，同时感到空虚"就表达了这种观点，他们想用新的思想、新的观点、新的视角来观察生活，创立新的艺术框架结构，但在几千年为封建传统文化钳制着的中国大地上"开口"呐喊，又会感到空虚和艰难。

不过，在五四文学革命的冲击下，在"科学"和"民主"口号的激励下，现代散文借助这一冲力，还是胜利地完成了蜕变。它和古代散文有着本质的区别，捷克的汉学家雅罗斯拉夫·普实克在研究了五四文学后，得出了这样一个结论："中国新文学一词，不仅仅是一个时间概念，旧中国的文学与第一次世界大战后兴起的文学之间有着天壤之别，所以，人们很难相信这两种文学是同出于一个民族的。"①对于现代散文来说，这段论述是非常贴切的。

概括起来，现代散文意识的特征主要表现在以下三个方面：

（一）求真意识。

散文切近现实大致有两种方法，一种是用史家笔法，真实地显示客观形象；另一种是直抒胸臆，敞开自己的心扉，真实地把"自我"内心体验加以呈现。在这一方面，古代散文曾积累了很宝贵的遗产。司马迁《史记》的"其文直，其事核，不虚美，不隐恶"的实录意识就是这种宝贵遗产中的精华。这种实录意识虽然在各个不同朝代都有散文家为此努力奋斗过，但是并没有能发扬光大，形成主流。尤其是到了清朝，"文字狱"的屠刀放在散文家的脖子上，他们朝不保夕，过着惴惴不安的日子，还怎能为"求真"去折腰？这样，五四新文化运动，矛头理所当然地要直指虚妄的文风。反虚妄就成了当时的政治、文学大气候。《新青年》宣言中就指出理想的新时代和新社会的第一条就是要"诚实的"，要发誓消灭那"虚伪的"现象。胡适的"文学革命"大旗上也非常鲜明地写着"不作无病呻吟"，而鲁迅则是更透彻地对整个文学史进行了反思，结果是集中到了这一点上：

中国人向来因为不敢正视人生，只好瞒和骗，由此也生出瞒和骗的文艺来，由这文艺，更令中国人更深地陷入瞒和骗的大泽中，甚而至于已经自己不觉得。世界日日改变，我们的作家取下假面，真诚地，深入地，大胆

---

① （捷克）雅罗斯拉夫·普实克：《〈中国现代文学研究〉引言》，《普实克中国现代文学论文集》，湖南文艺出版社 1987 年版，第 40 页。

地看取人生并且写出他的血和肉来的时候早到了;早就应该有一片崭新的文场,早就应该有几个凶猛的闯将!①

鲁迅在这里对以往的旧文学作了简要概括,称之为“瞒和骗的文艺”,这也包括古代传统散文在内。这里概括的重点还仅仅是侧重在对旧文学反映客观社会生活上,并没有涉及到如何真实地显示“自我”情感的问题。因此他大力倡导“求真”,提出要和“瞒和骗的文艺”决裂的落脚点是放在“真诚地,深入地,大胆地看取人生并且写出他的血和肉”。其重点是要校正新文学家(包括散文家)的视角,能够正视人生,真实地反映人生。鲁迅在这里所表达的求真意识,应该说是《史记》的“其文直,其事核,不虚美,不隐恶”的实录意识的复归和彰显。

但是,仅仅过了两年,鲁迅在散文的求真意识上就产生了质的飞跃,他在1927年10月发表了《怎么写》一文,集中力量阐明散文的“真”的问题。这篇杂文是现代散文理论建设史上的一块重要里程碑,这块里程碑上刻的大字只有一个——“真”! 鲁迅正是在《论睁了眼看》中论述了文学显示客观社会生活应该真实的基础上,进一步集中力量提出和解决了散文应该如何真实地昭示“自我”情感这一问题。他毫不留情地解剖和批判了古代和近代的一些在抒写“自我”情感上掺假的虚妄散文之作,被他批判的有《板桥家书》、《越缦堂日记》等,鲁迅认为他们“装腔”,并由此提出了散文的一个重要审美命题:即散文“幻灭之来,多不在假中见真,而在真中见假”。他认为:散文中的“日记体,书简体,写起来也许便当得多罢,但也极容易起幻灭之感;而一起则大抵很厉害,因为它起先模样装得真”。为此,他提出了现代散文的一个新的创作课题——“忘破绽”,即“散文的体裁,其实是大可以随便的,有破绽也不妨。做作的写信和日记,恐怕也还不免有破绽,而一有破绽,便破灭到不可收拾了。与其防破绽,不如忘破绽”②。鲁迅完善了他全新的散文真实观。

在鲁迅探索完善他的散文真实观的同时,许多散文家也在致力于研究和倡导散文的求真意识。当时国内的主要文学社团之一的“创造社”,在郁达夫执笔的《创刊词》中大声疾呼:“我们的真情不死,或者将来也可以拾聚许多和我们一样的直率的人。”郁达夫本人也确实用他惊世骇俗的率真散文实现了他

① 鲁迅:《论睁了眼看》,《鲁迅全集》第1卷,人民文学出版社1981年版,第240—241页。

② 鲁迅:《怎么写》,《鲁迅全集》第4卷,人民文学出版社1981年版,第25页。

的诺言。当时被鲁迅爱谑地称之为“一撮毛哥哥”的散文家川岛，在总结自己散文创作经验时，就集中到“真”上：“……所说的却总是真话，于是做成之后就大胆的给《晨报副刊》记者寄去……”①尤其是当时在评论鉴赏散文上，作家们也都不约而同地用“真”来作为一把尺子，这样就大大地丰富了现代散文的求真意识的内核。

需要强调的是五四散文家，除个别以外，从总体上看对中国社会底层缺乏深入了解和细致研究，有的虽有关注的热情，但毕竟是以局外人来观察的。鲁迅在《一件小事》中以人力车夫为镜子进行的自我忏悔，也仅是局限在一件事的偶然冲动之上，他本人对人力车夫的生活和精神世界也是缺乏了解的，因此这种忏悔还是局外人的一种简单的推测。结合这一史实，就可看到，五四的散文收获固然表现在真实地再现当时的客观现实生活上，但毕竟五四散文的大量作品，还是侧重在抒写“自我”内心体验上。这样考察五四散文时，一是要能充分地注意到五四散文家在倡导真实地昭示“自我”上对散文“求真”意识的拓展以及它在整个中国散文史上的地位：既使现代散文和古代散文划清了界限，又为后代的散文史开了一代风气。同时，也应该看到，在现当代散文史上，有些散文家在显示客观现实生活上和真实抒写“自我”内心体验上不一致，有矛盾。因此切莫简单化，一刀切，应该统一起来综合考察，这样才能使其作品在散文史上得到它应该得到的位置。

（二）自主意识。

《新青年》高举“科学”和“民主”的大旗，有一个重要目的，就是要青年自己解放自己。当时的“文学革命”主将陈独秀、李大钊等反复宣传自主意识，力图借助青年激发出来的对旧传统旧文化旧道德的愤激情绪，引导他们重新认识自我，肯定自我。他们采取四面出击的方法，正正反反，多方论证，启发青年。如陈独秀，或是从正面向青年提出“自主”要求，在《敬告青年》中他把“新青年”的第一条标准就定在“自主的而非奴隶的”上；或是从反面批孔子的三纲五常，指出它是戕害青年的奴隶道德，要青年“勿盲目耳食，随声附和，试揩尔目，用尔脑，细察孔子之道”②；或是借题发挥，如借助谈论人生真义大力宣传个人的意志和快乐是应该尊重的等等。《新青年》的主将们所张扬的“自主”意识得到长期受封建伦理道德压抑的人们尤其是青年人的欢迎。正是在这股春风下，

---

① 川岛：《〈月夜〉跋》，《川岛选集》，人民文学出版社 1984 年版，第 27 页。

② 陈独秀：《孔子之道与现代生活》，《陈独秀文章选编》（上），生活·读书·新知三联书店（北京）1984 年版，第 156—157 页。

五四散文家对散文的革命也从这里找到最佳突破口。第一个提出这一问题的是刘半农，他在《我之文学改良观》中首次提出散文改革必须“破除迷信”。对于怎样破除迷信，他明确地说：“尝谓吾辈做事，当处处不忘有一个我。”尽管他对此的解释还是侧重在推翻“作文之死格式”，不要在章法上因循守旧，但他“不忘我”的提法却很生动，既反对“不顾自己”一味学古人，也反对“不顾自己”一味学今人，“万不宜以至灵活之一物，受此至无谓之死格式之束缚”，主张“心灵所至，尽可随意发挥”。无论从哪一方面来看，刘半农把自主意识引进现代散文，功莫大焉。

接着，钱玄同在借为胡适的《尝试集》作序的机会，批判古代的一些散文家，矛头直指“装模作样”、“满纸堆垛词藻，毫无真实的情感”的恶劣“文妖”，提出“做文章是直写自己脑筋里的思想”。虽则言辞偏激，有些地方还强词夺理，但他的“直写自己脑筋里的思想”，也是现代散文的自主意识的一声强烈呼唤。而诗人郭沫若在他的杂感《我们的文学新运动》中则是用诗一般的语言来弘扬那自主意识：“我们要自己种棉，自己开花，自己结絮。我们要自己做太阳，自己发光，自己爆出新鲜的星球。”郁达夫在后来三十年代总结五四散文时，他就归结到这样一点上：“五四运动的最大的成功，第一要算‘个人’的发见。”①现代散文是心灵自由的艺术，“个人”的发见，直接孕育产生了现代散文。

更可贵的是，五四散文家在张扬自主意识中又十分重视自我审视，他们把自我审视和自主意识作为现代散文个性意识的两个重要内容。这应该归功于当时的启蒙主义者。李大钊、陈独秀在宣传新思想和新文化中，一面鼓吹要解放青年思想和个性，另一方面又非常重视青年思想和个性的素质，即改造青年的精神。这是十九世纪末和二十世纪初康有为、梁启超、章太炎、孙中山等先行者的“开通民智”、“铸造国魂”的思想的自然延伸。李大钊对此讲得比较透彻，他提出：

> 我们主张以人道主义改造人类精神，同时以社会主义改造经济组织。不改造经济组织，单求改造人类精神，必致没有效果。不改造人类精神，单求改造经济组织，也怕不能成功。我们主张物心两面的改造，灵肉一致的改造。②

---

① 郁达夫：《〈中国新文学大系·散文二集〉导言》，见赵家璧主编《中国新文学大系》第7集，良友图书公司1936年版，第5页。

② 李大钊：《我的马克思主义观》，《李大钊文集》(下)，人民出版社1984年版，第68页。

“物心两面的改造,灵肉一致的改造”,正是五四散文家自我审视的理论根据。这一论点的可贵在于:作为中国早期马克思主义者的李大钊,是面对整个中国人民来谈论灵肉一致的改造问题,也就是把作家、知识分子的灵肉一致的改造和整个国民的灵肉一致的改造结合在一起来论述,而不是把作家、知识分子作为被改造对象一方,国民中的无产阶级又作为另一方,是改造知识分子的对象。这种论述本身,也反映了李大钊本人作为知识分子所独有的一种自觉审视自我的品格。这一认识,也是其他一些早期马克思主义者的共识。陈独秀的话简要明了:“欲图根本之救亡,所需乎国民性质行为之改善。”①他的观念和李大钊一致,这样在他们的散文(杂感)中也就常常具有自我审视意识,在抨击时弊中察己,从而实现自我品格的完善。

因此,愤“国”愤“民”也愤“自我”,常常陷入灵与肉的矛盾之中。他们的自我审视是严肃自觉的。朱自清面对执政府的枪弹,他在《执政府大屠杀记》中,一方面真诚地赞美青年学生的英勇,但另一方面,也把自己的“真不中用”的狼狈状如实向世人托出,以自责自我的“惭愧”。诚然,自我审视最认真最严肃也最有代表性的当推鲁迅。他的“我知道我自己,我解剖自己并不比解剖别人留情面”②,“我的确时时解剖别人,然而更多的是更无情地解剖我自己”③,已成为众所周知的名言。他在《一件小事》中自觉地把自己和人力车夫来比照,显示自己灵魂上的阴影。在《风筝》中对儿时虐杀弟弟创造力的虔诚忏悔都是解剖自己的结晶。而郁达夫散文中的惊人袒露也使他获得了“中国的卢梭”的称号。

值得注意的问题是,由于中国长期为孔子思想所主宰,因此五四散文家的自主意识,可以说是从零的起点上开始。这样就出现了五四散文家的自主意识的弘扬又常常和人道主义的启蒙结合在一起,这特别表现在周作人的关于“人”的文学的系列杂感中。他在《人的文学》中,阐述文学的人道主义时,大讲欧洲文艺复兴时对“人”的发现,目的是要阐明文学的“人本位”思想,提倡“用这人道主义为本”。他在《平民文学》中又具体地阐述文学应该写普通人的真挚的情感。这一内在联系,说明了五四散文家张扬自主意识更多的是到欧洲文艺复兴肯定“人”和解放“人”中寻找理论根据。但自主意识毕竟来到了华夏大地上,从此它就一直成为中国文坛上的一个敏感问题。中国的社会是政治

① 陈独秀:《我之爱国主义》,《陈独秀文章选编》(上),生活·读书·新知三联书店(北京)1984年版,第132页。

② 鲁迅:《答有恒先生》,《鲁迅全集》第3卷,人民文学出版社1981年版,第457页。

③ 鲁迅:《写在〈坟〉后面》,《鲁迅全集》第1卷,人民文学出版社1981年版,第284页。

社会,中国的人物是政治人物,中国的文学也离不开政治。即使像陶渊明式的“采菊东篱下,悠然见南山”的极为朴素的自主意识,也是对政治的一种反叛。尤其在五四之后的纷乱多变的现代风云里,政治经常想要和文学、当然也包括散文携起手来。一旦到革命高涨时,人们就要怀疑自主意识的来历和身份。因此到五四后期,革命空前高涨的形势下,一些革命思想强烈的志士就对自主意识、个性意识进行了批评。最典型的是郭沫若,他在1926年3月2日写的《文艺家的觉悟》中对个性发动了猛烈的抨击:“在现代的社会没有什么个性,没有什么自由好讲,讲什么个性,讲什么自由的人,可以说就是在替第三阶级说话。”本来,散文中的个性,现实生活中的个性和政治上的个人主义或“第三阶级”均是不同哲学命题,但这么一来,刚刚觉醒的个性意识、自主意识又要受到围剿,迫使散文在短暂的几年中转了一个否定之否定的怪圈又回到了原地。郭沫若等在这一问题上的倒退,也说明了散文作家在个性张扬的同时又受到了怀疑,五四现代散文意识在自主意识上仅仅是觉醒而已,远远谈不到解放。

(三)参与意识。

中国古代散文参与意识历来比较强烈,一部中国古代散文史就是一部参与历史的历史。春秋战国,诸子蜂起,他们到处游说,用散文去找各国的诸侯,陈述政见,也是用散文宣传他们的主张。之后,在古代散文史上具有里程碑意义的唐宋古文运动,提出“文以载道”,也就是要散文参与政治。这个运动的领袖之一柳宗元被贬到边远之地,念念不忘的依然是国事。他的《封建论》公开向当政者陈述政见,而他的《永州八记》又是从另一角度来反映自己不能参与政事的凄楚心情。“文以载道”就是传“道”布“道”,代圣贤立言。所以清嘉庆帝为一千卷《全唐文》写的序文中,把“文以载道”的含义阐发得非常清楚:“天地大文日月山川万古昭著者也。人受天地之中以生,经世载道,立言牖民。观乎人文以化成天下。文之时义大矣哉!”这是人们对散文作用所寄予的希望。

但是现代散文的参与意识却不是古代散文参与意识的延伸和继续。五四文学革命一开始就把矛头指向“文以载道”,就是表明现代散文对古代散文参与意识否定和拒绝的决心。这种否定和拒绝是以恢复散文的文学本位观念为宗旨来进行的。当时向“文以载道”首先发难的是胡适,他在《文学改良刍议》中提出的文学改良的八项主张,第一项是“言之有物”,他解释说:“吾国近世文学之大病,在于言之无物。……吾所谓‘物’非古人所谓‘文以载道’之说也。吾所谓‘物’,约有二事:(一)情感……(二)思想……”最后他又归结到欲救“言之无物”

之弊,“宜以质救之。质者何?情与思二者而已”①。联系上下文,胡适在此否定“文以载道”,显然是否定“道”之“质”和“内核”,他想要在“质”和“内核”上为现代散文建造新的脊梁,使现代散文能脱胎换骨,在文学上有它的地位。

与之相呼应的是陈独秀,他在《文学革命论》中批判韩愈,指出其两大错误,其中一大错误是:“误于‘文以载道’之谬见。文学本非为载道而设,而自昌黎以讫曾国藩所谓载道之文,不过抄袭孔、孟以来极肤浅极空泛之门面语而已。余尝谓唐宋八家文之所谓‘文以载道’,直与八股家之所谓‘代圣贤立言’,同一鼻孔出气。”②陈独秀已深深触及到散文的地位及其特性这一要害问题。“文学本非为载道而设”,散文不是“道”的附属品,作为一个早期共产党人,能够如此清楚地认识到散文的作用(尽管他没有加以发挥并一直想让散文和政治携起手来),初步提出了散文的文学本位观念问题,应该承认,这是一个天才发现。

而茅盾又在此基础上进一步强化散文的文学本位观念。他对“文以载道”的否定是因为“它的弊病尤在把真实的文学弃去,而把含有重义的非纯文学当作文学作品”,这样就“把文学的界说放大,将非文学的都当作文学,那么非但把真正的文学埋没了,还使人不懂文学的真义”③。茅盾这番话的实质就是借反对“文以载道”制止文学作品概念的膨胀,要把非文学作品从文学作品中清除出去,强化了散文的文学本位观念。

五四现代散文家的思路是富有艺术性的,也是很机智的。他们为了有效地强化散文的参与意识,竟从恢复散文的真正的文学地位切入,让它能够真正独立,摆脱古代散文作为“道”之附庸的软弱地位,从而使它能够充满生机活力,积极地参与社会,干预生活。奇怪的是,古代散文硬把散文作为“载道”工具,把“文”和“道”生硬地捆绑在一起,结果越来越僵硬凝固。现在把这种捆绑的绳索砍断了,散文取得了独立的地位,反而更灵活、自由,更有效地参与社会,给现代散文增添了生机。周作人在《〈杂拌儿〉跋》里有一段话,可以说明这一点:“以前的人以为文是‘以载道’的东西,但此外另有一种文章却是可以写了来消遣的;现在则又把它统一了,去写或读都可以说本于消遣,但同时也就是传了道了,或是闻了道。”④他代表了当时绝大多数散文家对散文参与意识

① 见《胡适全集》第1卷,安徽教育出版社2003年版,第5页。

② 陈独秀:《文学革命论》,《陈独秀文章选编》(上),生活·读书·新知三联书店(北京)1984年版,第173页。

③ 茅盾:《什么是文学》,《茅盾全集》第18卷,人民文学出版社1989年版,第383页。

④ 周作人:《〈杂拌儿〉跋》,《知堂序跋》,岳麓书社1987年版,第314页。

的见解和认识，从而促使了散文的多元化拓展。

在现代散文的参与意识上，应该特别重视李大钊、陈独秀和瞿秋白三位共产党人的观点。五四期间，他们先后都从苏联接受了马克思主义，因此他们对散文的参与意识的认识，也必然要以当时苏联布尔什维克的文学和革命关系的学说，尤其是列宁对文学和革命的经典论述（事实上，列宁已发表了很多文章如《党的组织和党的出版物》）作为参照系。他们三人都认真研究了苏联的文学史，瞿秋白又实地到苏联进行考察。瞿秋白曾明确地宣称："在中国这样黑暗悲惨的社会里，人人都想在生活的现状里开辟一条新道路，听着俄国旧社会崩裂的声浪，真是空谷足音，不由得不动心。因此大家都要来讨论研究俄国。于是俄国文学就成了中国文学家的目标。"①当时他们在苏联影响下，都不约而同地提出了文学"为社会"这一观点。李大钊写于十月革命后不久的遗稿《俄罗斯文学与革命》在总结俄罗斯文学的特质时，第一条就是"为社会的彩色之浓厚"。在另一篇文章《什么是新文学》中更明确地提出文学应"是为社会写实的文学"。瞿秋白等发起创办的《新社会》在1919年8月11日的"发刊词"中也强调他们的言论方针是"想尽力于社会改造的事业"，瞿秋白直截了当地把他的《赤都心史》称之为"试摹的'社会的画稿'"②，茅盾也不约而同地在《什么是文学》中，提出"新文学的作品，大多是社会的"。这一些论点汇集起来，也就构筑了我国早期共产党人散文"为社会"的参与意识。之后，到三四十年代，散文与社会，与政治斗争关系的见解，也都是在此基础上逐渐发展丰富起来的。

二　五四散文发展大略

（一）五四散文发展阶段性：从"一哄而起"到"色彩斑斓"。

五四散文的发展大致可分为两个阶段：第一阶段从五四运动前夕到二十年代初期，第二阶段则从二十年代初期到末期为止。

第一阶段是现代散文诞生期，也是对古代散文的猛烈否定期和破坏期。由于怀疑、否定旧文化、旧道德和旧传统的激情在全国高涨，使现代散文的诞生呈现出一哄而起的景观，其突出表现就是以《新青年》为核心的"杂感热"。

---

① 瞿秋白：《〈俄罗斯名家短篇小说集〉序》，《瞿秋白文集》第2卷，人民文学出版社1986年版，第248页。

② 瞿秋白：《〈赤都心史〉序》，《瞿秋白文集》第1卷，人民文学出版社1985年版，第114页。

这一时期的杂感注重批判,主题是反对旧文化、旧道德和旧传统。这一主题使许多散文家的感情循环反复地呈现一种亢奋的状态。这种杂感热,是现代散文刚刚诞生时一种“粪土当年万户侯”的少年式的纯真和狂热。它充分地显示了现代散文处在童年和少年时期的一些特点。

首先从思维上看,这时期的散文思维在正反两极中垂直进行。他们总是“盯”着一件具体的事情进行言论,其结论也总喜欢非此即彼,别无它极。他们缺少妥协,也缺少宽容。就从他们杂感的题目来说,如《军人与官僚》、《光明与黑暗》、《谁的罪恶》、《倒军阀》(以上是陈独秀的部分杂感题目),《人与禽兽》、《新的！旧的!》、《宰猪场式的政治》、《是谁夺了我们的光明》(以上是李大钊的部分杂感题目)等,就可感受到他们的思维特点:憎爱鲜明,简单质朴,尖锐泼辣,感情强烈。这种思维方式反映了五四散文家中有一部分人企图运用阶级分析方法来解剖中国的社会和政治问题,并以此唤醒民众、改造社会,不足的是还不熟练和精通,并且深深地打上了形式主义和简单化的烙印。

其次,这时期的散文喜下断语。

每篇杂感几乎都有一个惊人的断语,这些断语常少分析,比如李大钊的《光明与黑暗》:

> 听说北京有位美术家,每日早晨,登城眺望,到了晌午以后,就闭户不出了。人问他什么缘故,他说早晨看见的,不是担菜进城的劳动者,便是携书入校的小学生。就是那推粪的工人,也有一种清白的趣味,可以掩住那粪溺的污秽。因为他们的活动,都是人的活动。他们的生活,都是人的生活。他们大概都是生产者,都能靠着工作发挥人生之美。到了午间,那些不生产只消费的恶魔们,强盗们,一个个都出现了。你驾着呜呜的汽车,他带着凶赳赳的侍卫,就把人世界变成鬼世界了。这也是光明与黑暗两界的区分。①

这篇杂感富有代表性。作者借美术家之口,不加任何分析,立刻抛出了一个断语:早晨的北京是光明世界,下午的北京是黑暗世界。显然这个结论是武断的,从思维的方式到下断语的认真,确是带有少年的稚气。这种下断语的写作方式是“一哄而起”的热情高涨的快速反应,也是当时散文家急躁性情的外化表现。林语堂曾说到这些当时留洋归来的散文家,“其初回国时大都皆带一

① 李大钊:《光明与黑暗》,《李大钊文集》(上),人民出版社 1984 年版,第 655 页。

点洋鬼子急躁性"①。这可以说是一种矫枉过正的政治需要,也可以把它看成是一种政治斗争的策略。事实上当时许多断语,如吴虞的"打倒孔家店",钱玄同的"选学妖孽","桐城谬种"等很快就转化为宣传鼓动口号,推动了当时的新文化运动。

再次,这时期的散文有一种少年的情绪崇拜。

当时一些散文家喜作少年语,不约而同地对少年、青年进行歌颂。如李大钊的颂"今"系列杂感,就是对青春少年歌颂的优秀篇章,他还专门写了一篇《"少年中国"的"少年运动"》,对"少年中国"的"少年好友"提出了"二十世纪的少年"的要求和标准,要少年们"把眼光放远些,不要受腐败家庭的束缚,不要受狭隘爱国心的拘牵"。几乎在李大钊写这篇杂感的同时,鲁迅也写了一篇杂感《"与幼者"》,对少年进行歌颂。他借日本文学家有岛武郎的嘴喊出了这样动情的呼唤:"走罢! 勇猛着! 幼者啊!"要人们去爱"一切幼者"。

总之,现代散文一开始的童年和少年阶段,富有活力,情绪激昂,思维单向,情感明朗,目标集中,具有少年的稚气和简单的弱点。

第二阶段是从二十年代初期到末期,这是现代散文的成熟期。这一时期的散文可以概括为个性鲜明,感情深化,风格多样,色彩斑斓。

二十年代开始,散文家在这一时期的心灵变化出现了多元化的复杂趋势。以周作人等为代表的一些散文家在五四前后激奋狂热过,但是到了二十年代,心情逐渐变冷,改用"欠激烈"的态度谈些"欠激烈"的事物。冰心远涉重洋,一心写童心散文,为儿童撒下了一片母爱;朱自清则在热烈的政治热情和秦淮灯影之间复杂地回旋;连始终处在抗争漩涡中的鲁迅也感到"目前是这么离奇,心里是这么芜杂","屡次忆起儿时在故乡所吃的蔬果:菱角,罗汉豆,茭白,香瓜",经受着"思乡的蛊惑"去写他的《朝花夕拾》。再加上当时国内的文学大形势,如文学研究会,创造社,语丝社等社团林立,散文家不知归属何处,于是出现了变调纷呈的局面。

正是在这变调纷呈的局面中,"语丝体"散文出现了,它标志着现代散文的成熟。

1924 年,鲁迅、钱玄同、林语堂、孙伏园、川岛等发起组织了语丝社,提倡现代散文创作,以此展开散文社会批评。以发表散文为主的《语丝》也在 1924 年 11 月创刊,到 1930 年 3 月 10 日终刊为止,历时五年零四个月,共

① 林语堂:《论性急为中国人所恶》,《林语堂散文集》,百花文艺出版社 1987 年版,第 5 页。

出版了二百六十期。由于《语丝》上的散文渐渐形成独特的风格,时人称为“语丝体”。从1925年第52期上发表孙伏园的《〈语丝〉的文体》开始,语丝社同仁对“语丝体”展开了讨论,讨论的代表作有周作人的《答伏园论“〈语丝〉的文体”》,林语堂的《论〈语丝〉的文体》和鲁迅的《我和〈语丝〉的始终》等。语丝体散文的“大胆与诚意”,“发表自己所要说的话”,以及“任意而谈,无所顾忌”等品格,标志散文不仅说“自己”的话,而且能“任意而谈,无所顾忌”地艺术地说“自己”的话。散文作为一种“体”已经成熟了,从“随感录”诞生到二十年代中期“语丝体”的出现,前后仅七八年时间,散文就趋向成熟,在文学门类中,它是属于早熟的。

散文的成熟也表现在散文家的个性发展上,五四运动虽力主弘扬个性,但从散文来考察,在破坏和否定旧文化、旧传统的硝烟中,实质上各个散文家的个性尚未真正显示,它为大风暴所遮掩。二十年代后的心理变化,则是风暴过后个性的真正复苏和显示。这种个性由怨怒转变到苦闷,既有对现实的不满,又有看不到曙光的脆弱,也有对新的希望的渴求。这种复杂的内涵有利于散文摆脱五四前期的少年稚气而趋于成熟。因此更确切地说,五四散文家的个性是在二十年代才自如地在散文中得到表现。当时或后来编辑出版的一些在二十年代写的散文专集,如周作人的《自己的园地》、《雨天的书》、《泽泻集》,鲁迅的《朝花夕拾》,冰心的《寄小读者》等,都是突出代表。

散文的成熟还表现在散文风格的多样化。由于散文家的心理多元发展,也促使他们根据自己的个性特点去创造各自的抒情风格。应该承认,五四运动的风暴裹挟了一批散文家,把他们卷进了滚滚的洪流。这种裹挟,使这批散文家的散文印上了鲜明的时代光彩,但也在一定程度上制约了一些散文家的自身风格的确立,这种制约可以说是现代文学史上出现的一道难题,即“道”和“文”的矛盾。五四风暴过后,许多散文家陷入了苦闷和压抑之中,他们对中国政治和社会的隔膜又迫使他们淡化政治热情,和时代拉开了距离。这样,使得一批散文家能有较为充分的时间,来融和开掘他们的知、情、意,充分显示他们的个性,发展和完善他们的风格。朱自清在1928年评价二十年代中期的散文就证实了这一点:

> 就散文论散文,这三四年的发展,确是绚烂极了:有种种的样式,种种的流派,表现着,批评着,解释着人生的各面,迁流曼衍,日新月异;有中国名士风,有外国绅士风,有隐士,有叛徒,在思想上是如此。或描写,或讽刺,或委曲,或缜密,或劲健,或绮丽,或洗炼,或流动,或含蓄,在表现上是

如此。①

从以上意义来说，在二十年代中期，散文的文体蜕变才真正实现。“道”和“文”的关系确乎微妙和复杂：现代散文借五四运动的布道推动来到了人世间，但当它疏远风暴，却由此获得了自由，完成了自身的蜕变，迎来了散文的“极一时之盛”，呈现出色彩斑斓的繁荣景象。

（二）五四散文的主潮：怨怒之音。

1918年到1927年，中国现代史正处在新旧交替时期。在这十年中，血案频起，军阀混战，全国人民处在乱世动荡之中。茅盾在《社会背景与创作》中这样分析乱世的文学：“正因为是乱世，所以文学的色调要成了怨以怒；……在乱世的文学作品而能怨以怒的，正是极合理的事，正证明当时的文学家能够尽他的职务。”“怨怒之音”成了这十年散文的主潮。

1. 从发展轨迹来看，五四时期的怨怒散文是时强时弱，时起时伏，时现时隐，不过，从总体上考察，它一以贯之，成为这十年散文发展的轴心。

五四时期的怨怒散文向上可追溯到十九世纪末梁启超的“新民体”。它的不安分和躁动，为五四时期的怨怒散文作出了榜样。在五四运动前夕，鼓吹“文学革命”的以陈独秀、胡适、李大钊、钱玄同、鲁迅等为代表的主将们，率先用议论散文——杂感为武器，对旧文化、旧礼教、旧传统发动了猛烈的攻击。虽然，这些主将在发动“文学革命”前并没有进行充分的思想上和组织上的准备，是匆忙披挂上阵，但由于当时的知识分子结成了同盟，他们目标一致，情绪强烈，以《新青年》为阵地，高举“民主”、“科学”大旗，在决堤式的倾泻中，掀起了杂感热。这是五四现代散文中的怨怒的第一个强音符。到了二十年代之后，五四退潮了，全国陷入了思想苦闷期，怨怒之音相对地减弱，处于一种隐伏状态。只是随着一些突发的血案，怨怒之音才又激发出亢奋的怒吼。如“三一八”惨案发生后，全国立刻掀起了声讨执政府的怒潮，出现了以写“三一八”惨案为中心的系列怨怒散文：《记念刘和珍君》（鲁迅），《淡淡的血痕中》（鲁迅），《执政府大屠杀记》（朱自清），《悼刘和珍杨德群烈士》（林语堂），《关于三月十八日的死者》（岂明），《致死伤的同胞》（圣陶），《谁是凶手》（W生），《春之中国》（西谛），《生命的火焰》（徐蔚南）等就是其中的代表作，情烈势猛，形成了一个愤怒的浪潮。再从以写怨怒散文为主的散文作家的个体来考察，他们在弹奏怨怒之音时，也是时强时弱，时起时伏，时现时隐。如鲁迅，他用杂感在五四

① 朱自清：《〈背影〉序》，《朱自清全集》(1)，江苏教育出版社1988年版，第33页。

新文化运动中勇猛地呐喊,但到了二十年代中期,他离开了北京这一政治漩涡中心,情绪也曾一度松弛下来,去“带露折花”,却不能够,于是写下了《朝花夕拾》。

但不管怎样,从总体上看,怨怒散文在五四时期的十年中是一以贯之的,它和现实关系密切,以唤醒民众为目的,是现代散文的脊梁。

2. 从作者队伍来看,五四时期怨怒散文的作者队伍极不稳定,时聚时散,时合时分,不断分化,不断重新组合。

五四怨怒散文发端于《新青年》,其标志可以说是《新青年》在 1918 年 4 月第 4 卷第 4 版推出的“随感录”。这时的怨怒散文作者有陈独秀、李大钊、胡适、钱玄同、鲁迅、刘半农、吴虞等,他们用杂感来轰击旧文化旧思想旧礼教的沉重大门,并向全国人民传播新思想、新文化,影响深远,起到了冲锋陷阵和指挥领导的双重作用,这是“聚”的阶段。到了二十年代初期,怨怒散文作者队伍分化了,五四所结成的统一战线崩裂了。诚如鲁迅所说“革命时代总要有许多文艺家萎黄,有许多文艺家向新的山崩地塌般的大波冲进去,乃仍被吞没,或者受伤。被吞没的消灭了;受伤的生活着,开拓着自己的生活,唱着苦痛和愉悦之歌”①,这些变化使怨怒散文作者队伍处在“散”的阶段。但“散”中又有“聚”,从二十年代初期起,一些志同道合的作家又陆续建立了一些文学社团,写怨怒散文为主的一些作者分别加入到他们所信仰的社团中,从而导致怨怒散文从五四初期的单一的以一事一议为主的重议论的杂感蜕变到多姿多彩的小品上,如“文学研究会”的茅盾等偏重于客观地揭示社会生活,使他们的怨怒散文明显地烙上了“为人生”的印记;“创造社”的郭沫若、郁达夫等的怨怒就偏重向内转,注重抒发个人主观上的苦闷,因为他们信奉“文艺是苦闷的象征”,“由个人的苦闷可以反射出社会的苦闷来,可以反射出全人类的苦闷来”②。而“语丝社”同仁则是“任意而谈,无所顾忌,要催促新的产生,对于有害于新的旧物,则竭力加以排击”③,形成具有特色的语丝文体。到了二十年代中期,由于反动势力的压制,各种社团也就被迫解散,怨怒散文的作者也就被迫各奔前程了。

怨怒散文作者队伍的不稳定性还表现在许多散文作家在特定时期特定场

---

① 鲁迅:《马上日记之二》,《鲁迅全集》第 3 卷,人民文学出版社 1981 年版,第 343 页。

② 郭沫若:《论国内的评坛及我对于创作上的态度》,《郭沫若全集》第 15 卷,人民文学出版社 1990 年版,第 227 页。

③ 鲁迅:《我和〈语丝〉的始终》,《鲁迅全集》第 4 卷,人民文学出版社 1981 年版,第 167 页。

合也写过一些怨怒散文,如周作人、林语堂、朱自清、叶圣陶等,从总体上考察,不应该把他们列入五四怨怒散文作家之列,但却不应该把他们在五四时期写的一些怨怒散文排斥在五四怨怒散文之外。

值得注意的是,鲁迅在这十年中,始终以不屈不挠的姿态卓然独立,和旧势力奋勇作战。他绝无妥协,从不气馁,以敏锐的目光时刻注视着各个时期的形形色色的敌人,并用他的散文,剥下了敌人的伪装,弹奏出“怨怒之音”散文中的强音——抗争散文,并终于成为抗争散文的主帅和领袖。

3. 从表现内容来看,五四时期的怨怒散文实现了从怨恨到抗争的大转变。

怨怒散文在五四的初期和中期,大抵是以“鸣不平”为主。这种“鸣不平”包含了这样三种内涵:

一是忧患意识。五四初期,一些从十月革命炮声中接受了马列主义的共产主义知识分子如李大钊、陈独秀等对中国社会极端不满,怀着彻底改造的目的而“鸣不平”,另一些是从外国接受了西方资本主义文明熏陶的洋学者如胡适等,从西方文明和东方愚昧的反差中产生了对国内种种的“不平”。因此五四初期的杂感,大抵是这两种“不平”结合的产物,他们的杂感是以“鸣不平”来抒发他们的强烈的忧患意识,从而唤醒民众。

二是伤感色彩。这是一部分散文家由于自我的不幸遭遇而造成的痛苦痉挛,也是二十年代社会动荡不安的产物。许多觉醒了的知识分子面对残酷的现实而又找不到出路,陷入苦闷之中。这些苦闷,有的以生理上的变态表现出来,如郁达夫以“零余者”为描写意象的系列散文,展示了苦涩的性变态和性苦闷的情绪。有的从爱情上显示出来,这主要表现在以庐隐、石评梅等为代表的一些女作家的散文里。这些觉醒了的女子经过新旧转折气氛的熏陶,跨向新生活的步伐特别敏捷。她们又正值青春年华,远离故土,成为飘泊者。命运的悲苦促使她们深深地为伤感所困扰,其结果就是凭借“爱情”主题进行宣泄。这一事实本身就具有开创意义,在古代散文中,女作家少,爱情亦很少表现。她们悲苦的挣扎和从心灵上唱出的哀歌极大地丰富了怨怒散文的情致,成为“怨怒之音”中的动人音符。

三是名士遗风。五四散文家中有百分之九十五是南方人。南方是明清文化中心,明末公安竟陵的名士派遗风在当时一部分散文家的心上留下了很深的烙印。尤其是后来逐渐成为冲淡派散文中主将的一些散文作家如周作人、林语堂等,他们的怨怒情绪就多少受到名士遗风的浸染,最后变成绅士也就是题中应有之义了。

以上三种内涵构成了五四初期和中期怨怒散文的内涵。到了五四后期，怨怒散文的内涵就从“鸣不平”向抗争转化，抗争意识逐渐加强，他们以鲁迅为代表。鲁迅坚持认为“文学是战斗的”①。他在1927年写的《革命时代的文学》中，就清醒地感到，“叫苦鸣不平的文学对于革命没有什么影响，因为叫苦鸣不平，并无力量，压迫你们的人仍然不理”，应该“由哀音而变为怒吼”②。他的《热风》、《坟》、《华盖集》和《华盖集续编》等就是这种抗争的怒吼的代表作。

(三) 五四散文的分流和变异。

1. 标志“个人的文学”的冲淡散文和怨怒散文分道扬镳。

现代散文是“思想革命”和“文学革命”的产物，当五四运动的风暴骤起时，在现代散文的河流中只见怨怒散文在奔腾和流淌，但当风暴过后，现代散文立刻出现了分流。其分流的焦点就在对社会和对个人的态度上。标榜文学应是“个人的文学”的周作人举起了冲淡的旗帜，冲淡散文成为现代散文的一条巨大的支流。

周作人在五四运动中，受到五四潮流的裹挟，“说着流氓似的土匪似的话”。但实质上他的唯我意识一直在膨胀。在五四运动时，他正热恋着日本的武者小路实笃的“新村主义”，又是写文章又是实地到日本考察，对“新村主义”推崇备至。他之所以对“新村主义”顶礼膜拜，因为它“一方面尽了对于人类的义务，一方面也尽各人对于个人自己的义务；赞美协力，又赞美个性”③。如果他这时思想观念上的唯我意识还是用“利他”来装扮，在文学观念上则完全自觉地宣传“个人的文学”。虽然那时他在文学的实践上还没有开辟出“自己的园地”，因为他的唯我意识能在五四弘扬个性解放中得到部分的满足和陶醉。但在理论上，他却已经开始宣传他的“个人的文学”的主张。1918年12月7日，他发表了《人的文学》，鲜明地提出，他主张文学中表现的人道主义，“仍是一种个人主义的人间本位主义”，“是从个人做起”。到了1920年，他又发表了《新文学的要求》，继续重复他的“人的文学也应该是人间本位主义的”，而且他把文学发展的历史简单归结为“古代的人类的文学，变为阶级的文学；后来阶级的范围逐渐脱去，于是归结到个人的文学，也就是现代的人类的文学了”。“古代的个人消纳在族类的里面，个人的简单的欲求都是同类所共具的，所以便将族类代表了个人。现代的个人虽然原也是族类的一个，但他的进步的欲

① 鲁迅：《叶紫作〈丰收〉序》，《鲁迅全集》第6卷，人民文学出版社1981年版，第220页。

② 鲁迅：《革命时代的文学》，《鲁迅全集》第3卷，人民文学出版社1981年版，第419页。

③ 周作人：《日本的新村》，《新青年》第6卷第3号。

求,常常超越族类之先,所以便由他代表了族类了"。同时他又力主宽容,倡导中庸的生活艺术,为他的"个人的文学"争地盘。这一切促使他在创作实践上"只是自己的表现"①,淡化怨怒情绪,使心境平和起来,逐步和现实拉开距离,放下了号角,弹起了幽咽的古琴,把自我发挥到了极致,连续出版了《雨天的书》、《自己的园地》、《泽泻集》,开辟了"独抒性灵,不拘格套"的散文创作道路。他在这些散文中把怨怒一再淡化,乃至写最伤感最悲哀的事,也会用极淡的笔墨来勾画。如前所述的《初恋》是抒写他在十四岁时遇到一个少女的初恋之情。初恋是神圣、朦胧、赤诚和认真的,可结局是悲惨的,他们分别了一个月,姑娘却患了霍乱死了。此事若经他人来写,听到自己恋人死了,大抵是悔恨、怨伤,痛苦不堪,但在周作人笔下,写到自己听到姑娘的死讯后,却淡淡地说:

我那时也很觉得不快,想象伊的悲惨的死相,但同时却又似乎很是安静,仿佛心里有一块大石头已经放下了。②

笔墨既轻又淡,自己初恋的对象死了,仅是"不快",而且"安静",居然还有一种解脱之感——"一块大石头已经放下了"。一件刻骨铭心的痛事用这样的笔墨来淡化,不能不说是一种奇迹。它蕴含着动人心魄的情致:原来这大半年作者的心上一直压着"一块大石头",即对"她"眷恋的无奈。解脱不正是反衬自己刻刻在思念恋人的浓烈情致吗?周作人正是靠如此化至浓为至淡赢得了读者。他把散文小品的航船成功地引向了冲淡的河流,并以他为主帅发展成为冲淡散文。在这田园中辛勤耕耘的有钟敬文、俞平伯等。

怨怒散文和冲淡散文的分流固然由它们各自主帅的不同政见所致,但在这里把它们写入现代散文史,并不是把它们作为政治派别来论功过是非的,而是作为散文的类别来考察的。从散文的类别来把他们比较,它们是古代散文不同流派的新的继续和发展。作为抗争和冲淡散文的两位领袖,周氏兄弟在总结论述他们各自的散文时,都不约而同地到古代散文中去找他们的"宗"和"源"。他们的"宗"和"源"很相近,都推崇古代散文中的唐末和明末的小品。所不同的是鲁迅研究了唐末和明末的小品,认为唐末小品"几乎全部是抗争和愤激之谈",明末小品也"有不平,有讽刺,有攻击,有破坏",得出了"小品文的

① 周作人:《〈自己的园地〉旧序》,《知堂序跋》,岳麓书社 1987 年版,第 2 页。
② 周作人:《初恋》,《雨天的书》,岳麓书社 1987 年版,第 39 页。

生存，也只仗着挣扎和战斗的”①结论，因此他认为五四散文（当然也包括他的散文在内）的成功应归功于“挣扎和战斗”，从而始终恪守这一原则，并形成了他的抗争散文。而周作人则是对古代散文，尤其是明末公安竟陵派散文中的田园冲淡风格顶礼膜拜，他认为抒写性灵的“公安竟陵一路的文是新文学的文章，现今的新散文实在还沿着这个统系”②。他推崇的是明代公安派“无视古文的正统，以抒情的态度作一切的文章”③。他从明清名士派那里觅到了知音，在他眼中，“明清有些名士派的文章”，和现代散文小品，也就是他本人的散文小品的情趣几乎是一致的。正是这样，形成了他的散文的冲淡特色。从文学流派来考察，他们尽管在现代历史舞台上产生的作用各不相同，有时甚至在政治生活中扮演了对立的角色，但在散文的殿堂里，他们是各有其长，同放光彩，并都受到人们的喜爱。周作人在《草木虫鱼》“小引”中曾说：“文学好像是一个香炉，他的两旁边还有一对蜡烛台。”抗争和冲淡散文正是散文这只“香炉”两边的“一对蜡烛台”。

2. 散文的趋美变异，导致清纯散文、儒雅散文和唯美散文另立门庭。

五四时期散文的趋美变异是二十世纪中国散文史上最成功的一次分流。这次变异在五四初期杂感热稍稍降温时就开始滋长和形成。究其根源是政治观念、情感内容、道德规范等的变异，最终导致散文文体嬗变的成功。

由于散文文体的不稳定性和富有弹性，由于二十年代初期社会的剧变，现代散文的趋美变异呈现出多向和纷乱的状态。诚如柯灵所描绘的：“散文这一大河中的支流分派，因缘时会，或逐浪而奋飞，或因势而变风，或谢时而芜秽，互为消长，也成了不可避免的现象。”④在趋美变异所形成的各种类型的散文中，其抒发的情绪大多是属于“自己的”，它多姿多彩，真实感人，最终导致了散文的成熟。

五四散文的趋美变异是从以下两个方面进行的：

一是散文家兴趣转移，散文题材空前拓展。五四运动的张扬自我的春风促使现代散文家的思想空前活跃。在五四运动的高潮中，人们的注意力集中在政治和社会改造等热点上，作为议论散文的杂感热的兴起，也顺应这一历史

---

① 鲁迅：《小品文的危机》，《鲁迅全集》第4卷，人民文学出版社1981年版，第575—576页。

② 周作人：《〈近代散文抄〉新序》，《知堂序跋》，岳麓书社1987年版，第332页。

③ 周作人：《〈杂拌儿〉跋》，《知堂序跋》，岳麓书社1987年版，第314页。

④ 柯灵：《〈台湾散文选〉序》，《文心雕虫》，百花文艺出版社1990版，第96—97页。

发展的潮流。但当五四运动的高潮过后,人们(尤其是作为知识分子的现代散文作家)的神经松弛下来了。我们从鲁迅描绘当时学生的变化就可见到当时人们精神的改变,鲁迅说:“记得革命以前,社会上自然还不如现在似的憎恶学生,学生也没有目下一般驯顺,单是态度,就显得桀傲,在人丛中一望可知。现在却差远了,大抵长袍大袖,温文尔雅,正如一个古之读书人。我也就在一个大学的讲堂上提起过,临末还说:其实,现在的学生是驯良的,或者竟可以说是太驯良了。”①对政治和社会改造等热点的淡漠,导致了散文家的兴趣的大转移。如冰心把爱转移到孩子身上,认为除了宇宙,最可爱的只有孩子。有的则寄情于山水,沉溺到他们的理想王国中,如徐志摩。有的则皈依各色各样的思想和主义,如许地山终日为“生本不乐”所困扰,朱自清为刹那主义所折服等等。这种兴趣转移,促使现代散文从写单一的热门政治题材转向写多彩的平凡生活,为散文趋美变异提供了最坚实的思想基础和物质基础。

二是散文体制解体,散文抒情自由化。五四运动中掀起的杂感热,轰开了森严壁垒的散文大门,导致了散文体制的解体。这一解体,为散文的趋美变异提供了良好的契机,使得散文在解体中从容地实现了散漫化、随意化,并促成散文抒情自由化,从而为散文趋美变异找到了适宜的外在物化形式。这一变化之迅速和猛烈,连倡导杂感的一些个别主将都缺乏精神准备,如胡适一方面虽承认当时散文的发展“可彻底打破那‘美文不能用白话’的迷信了”②,但另一方面他又把散文的解体和抒情自由化斥之为“顺笔写去,信口开河”③。散文体制的解体,抒情的自由化已成为散文发展的必由之路。许多原来写新诗的,如朱自清、冰心等也正是从这个变化中选择自由随便的散文,作为自已创作的最后归宿。他们也正是借助这种转变成功地实现了散文的趋美变异。冰心创造了清纯的书信式的“冰心体”,朱自清以亦刚亦柔的情致变换着他的抒情套路,经过欧风美雨沐浴过的徐志摩,更是得心应手地用他绮丽铺陈的手法,无拘无束地抒发他的情致。这些成功的实践,加速了古代散文的僵硬体制的瓦解进程,使现代散文完成了文体的嬗变,而真正成为一种文学样式高踞于文学殿堂之上。

---

① 鲁迅:《〈华盖集〉后记》,《华盖集》,人民文学出版社 1973 年版,第 138 页。

② 胡适:《五十年来中国之文学》,《胡适全集》第 2 卷,安徽教育出版社 2003 年版,第 343 页。

③ 梁遇春:《醉中梦话(二)》,《春醪集》,上海书店 1983 年据北新书局 1930 年版影印,第 178 页。

现代散文的趋美变异，大致形成了以下三大类别。

第一类是冰心的以传播“爱”为最高宗旨的清纯散文。冰心借助温柔思维用温柔的“爱”把她的散文和五四初期的杂感划清了界线。她采用的形式则是“最自由，最不思索”①的通讯体，即“冰心体”。在旧思想、旧道德、旧传统被彻底否定的过渡时期中，她用柔和纯净的爱作一盏灯，照亮了青少年的心，从而使她创立的清纯的“冰心体”散文，成为“一个过渡期的，适合于从封建思想中刚刚地挣脱出来的青年读者的形式”②。冰心传播的“爱”却大大丰富和革新了现代散文的情绪内核，她所创造的自由的“冰心体”也为现代散文的文体建设作出了榜样。

第二类是以朱自清为代表的一些积极探索人生的现实主义散文作家（包括叶圣陶等）推出的儒雅散文。这些作家始终注视着人生，时刻为人生的变化所牵动，情感较为复杂易变，受时局发展的影响大。同时，他们又是“吊在官僚和平民之间”（朱自清语）的阶层，在时代变化中感受极深，情绪特别丰厚，从而形成亦刚亦柔，刚柔并济的儒雅散文。这些散文家都是学问家、教师，他们的散文无论从句法章法到文体都力求规范，可以作为人们习文的楷模。他们接近平民，从生活小事中取材，符合平常人的生活口味，因此也就特别为人们所欢迎。在中国现代革命的特定环境下，当周作人的冲淡散文一再被革命者批判摒弃的时候，儒雅散文就格外受人们欢迎，因此在现代散文史上也就别具风采。

第三类是以徐志摩为代表的唯美散文。

在现代散文趋美变异中，唯美散文是“西风”（尤其是英法散文）吹进中国散文园地开出的一朵艳丽的奇葩。

尽管外国的散文很早就对中国散文产生影响，但直到二十世纪二十年代，徐志摩来到英法甘愿成为英法散文的传播者，西方散文才大规模地对中国散文产生影响。

徐志摩是个理想主义者，又是一个英雄崇拜者和追求精神自由的浪漫主义者。他于1918年留学美国，后又转到英国，直至1922年学成回国。欧风美雨的沐浴，使他在精神上忠实于西方的绅士文明。他蔑视中国古代散文遗留

---

① 冰心：《〈寄小读者〉四版自序》，《冰心文集》第3卷，上海文艺出版社1984年版，第81页。

② 阿英：《〈谢冰心小品〉序》，见柯灵主编《中国现代文学序跋丛书》（散文卷）上卷，海南人民出版社1988年版，第769页。

下来的种种法规。为了追求他的纯感觉和向往的美,他把英法散文中的笔法假借过来,创作了一系列唯美散文,成为现代散文园地里的可爱的叛逆者。再加上当时其他的英法散文的崇拜者(如梁遇春)也积极介绍和引进英法散文,并不断地进行实践,写出了一批成功的散文小品。尽管这些散文都有一股"洋"味,但是它们在现代散文的趋美变异中却牢牢地扎根在中国大地上,从而丰富了中国现代散文的色彩,促进了中国现代散文的成熟。

以上趋美变异仅是一些大的类型列举,当时有影响的散文家还有一些,却难以归入上面的类型,如苏雪林、凌叔华等。苏雪林1925年从法国回来后,在苏州东吴大学、上海沪江大学等校任教。1928年出版了散文小说集《绿天》,收入了《绿天》、《收获》和《我们的秋天》等六篇散文小说。这是作者早期的抒情散文代表作,是作者的"结婚的纪念"。文集中主要是抒写男女之情,如《鸽儿的通信》细腻地展示婚后夫妇爱慕思念之情,浓而不烈,含而不露,充满人情的温暖和人性的芬芳。另有一些是绘景和抒情结合之作,《绿天》写新婚不久,和丈夫在S城觅到一处"地上的乐园"作住所,那里绿阴蔽日,花草丛生,流水潺潺,动物戏耍,是一个典型的世外桃源。最后的"让我们暂时作个和和平平的好梦"的感叹表达了当时知识分子在苦难的现实面前的一种枯涩的心情。《我们的秋天》中的"收获",以记忆中一次在异邦收获葡萄的欢快情形和在祖国尝到连续不断的"破灭"的痛苦对比,深沉地映现了怅然的心境。诚如阿英评价:"潜藏着一种生命的疲乏。"凌叔华从1924年起就在《晨报》副刊和增刊上发表散文小说。冰心爱海,凌叔华爱山。她对山特别有感觉。发表于《现代评论》1928年第8卷第193、194期的《登富士山》是二十年代游记中的优秀篇章。作者在文中以行踪为线索,从各个不同角度和侧面描绘日本富士山的美丽景色。作者是个画家,对色彩非常敏感,全文充分利用这一优势,来展现富士山之美,如写富士山的朝霞胜景时,这样写道:"吃饭时坐在松林的板凳上,正看东面层层的群山,含着凌晨的烟雾,露出染墨施黛静寂的颜色,忽然群山上一抹猩红色红光,渐渐散起来成一片橙黄,一片金黄的云霞,天上的紫云远远的散开,渐渐与天中的青灰云混合。"作者抓住色彩的变化:染墨施黛——抹猩红色——片橙黄——片金黄,尽现阳光主宰天空之美。在文中,又时时穿插对景色的感应的抒写,以加强读者对景色的感染。结尾写离开富士山时,途中买一盒便饭,见到了包裹纸上面印着拙劣笔画的富士山,断然地"一手便把这张纸搓了",这一逆转更有力地把作者对富士山之美的感应"搓"进了读者的心坎之中。

第二章　现代散文的萌芽:杂感

第一节　杂感热

《新青年》是怨怒和抗争的产物。陈独秀执笔的发刊词《敬告青年》就火药味十足,富有破坏性。他对青年说的“六义”:“自主的而非奴隶的”,“进步的而非保守的”,“进取的而非退隐的”,“世界的而非锁国的”,“实利的而非虚文的”,“科学的而非想象的”,都是以尖锐对立的形式出现的。《新青年》敢于破坏敢于否定,是中国青年心中的革命火种和前进动力,它是中国现代杂文的摇篮。

《新青年》创刊于 1915 年 9 月。社会正处在剧烈的变动之中。王权倒塌,辛亥革命成功,但不久又失败,军阀混战,“二十一条”卖国条约的签订,袁世凯的称帝……一幕幕地在历史的舞台上变幻着。

深刻的变动还表现在人们的心灵上,一场无形的意识形态的变革正在艰难地孕育着,躁动着。这一变动上可追溯到梁启超,在十九世纪末,这只叛逆的“野狐”就用他响亮的口号和独特的“新民体”,在思想文化阵地上吹起了解放的号角。虽然由于他倡导的变法失败,退出了历史舞台,但是他的革新意识却影响了后来者——尤其是青年知识分子。胡适在《四十自述》中回忆他在 1904 年到 1910 年期间在上海读书的情景时说:“这时代是梁先生(指梁启超——编者注)的文章最有势力的时代,他虽不曾明白提倡种族革命,却在一班少年人的脑海里种下了不少革命种子。”特别是面对王权倒塌后封建制度的废墟,受过世界文化影响的一些激进的民主主义者,产生了强烈的迷茫感、挫折感和失落感,导致了心理紊乱。旧权威的失落,更激发了他们对旧权威的憎恶以及对新权威的渴望。同时正在成长的民族资本主义和风云瞬息变幻的政局,给批判封建旧文化和旧思想,宣传弘扬新文化、新思想,提供了良好契机。这一时代成为一个人人都可以选择新价值的独特时代,正是在这种情况下,《新青年》应运而生。

《新青年》在 1915 年创刊时名为《青年杂志》,后改为《新青年》。1922 年休刊,中间几经变动,直到 1926 年停刊,前后共存在十年左右。

《新青年》以刊登理论为主，在栏目设计上，它和二十世纪初期创办的一些刊物如《东方杂志》似乎区别不大，重议论和评说，而且大块文章多。但由于刊物主持人思想活跃，有丰富的办报经验，他们不断革新版面，如第2卷第1号推出“读者论坛”，并郑重发表公告，宣布开辟这个专栏的目的是“容纳社外文字。不问其‘主张’‘体裁’是否与本志相合，但其所论确有研究之价值者，即皆一体登载，以便读者诸君自由发表意见”。之后，又连续推出“随感录”、“什么话”等专栏，使刊物充满生机和活力，很受青年人欢迎，很快成为青年注目的中心。

(一) 张扬“自我”。

《新青年》的突出主题，就是要借“德先生”和“赛先生”来解放人们的思想，净化人们的灵魂。为此，《新青年》果断地从张扬“自我”入手，以此为突破口，复苏人们的灵魂，这在它的前期表现得尤为突出。

在《新青年》“创刊号”上，陈独秀发表了纲领性文章——《敬告青年》，实质上就是阐明《新青年》的办刊宗旨。在文中明确提出：新青年的第一标准是“自主的而非奴隶的”。阐述这一标准时，文中是这样写的：

> 解放云者，脱离夫奴隶之羁绊，以完其自主自由之人格之谓也。我有手足，自谋温饱；我有口舌，自陈好恶；我有心思，自崇所信；绝不认他人越俎，亦不应主我而奴他人：盖自认为独立自主之人格以上，一切操行，一切权利，一切信仰，唯有听命各自固有之智能，断无盲从隶从隶属他人之理。①

陈独秀举起的解放大旗上，明确无误地写着“我”字。要尊重人权，首先要尊重“自我”；要解放民众，首先要解放“自我”；要肯定人的价值，首先必须肯定“自我”。这一段话，也为《新青年》定下了基调，就是要培养造就具有彻底的“独立自主人格”的新青年。这种人格尽管还带有十八世纪欧洲启蒙主义的色彩，但对于几千年来被封建帝王统治的中国大地来说，无疑是一声春雷。接着陈独秀又连续介绍法兰西的文明史，讲文明史不是他的本意，其真正目的是要通过讲文明史来宣传“人权”。在“创刊号”上的一些重要文章，如高一涵的《共和国家与青年之自觉》、汪叔潜的《新旧问题》等，无不突出了“自我”这一主题。《新青年》在之后的各期中始终围绕张扬“自我”来组织文章。如第1卷第2号上，李亦民写的《人生唯一之目的》，干脆把人生的唯一目的简化成

---

① 陈独秀：《敬告青年》，《陈独秀选集》，天津人民出版社1990年版，第11—12页。

两个字——“为我”。又如第1卷第5号(1916年正月号)上陈独秀的《一九一六年》,重申新青年应该具有“尊重个人为独立自主之人格,勿为他人之附属品”。而另一篇文章,即易白沙的《我》写得更是触目惊心:

……天下士夫,各丧其我。虽有起居,木偶之踊跃耳,有司其机栝者在;虽有语言,留音器之发声耳,有司其謦欬者存。魂魄离散,芜秽愁苦,日暮途穷,倜然无所归宿,今之所述,类当招魂。

这是几千年来封建伦理道德禁锢下逆反心理的一个激烈反应。话虽有些刻薄,却逼真地画出了那些失“魂”的“天下士夫”的鬼相:如“木偶”、如“留音器”。作者提出要“招魂”,并在文中最后猛烈呼喊:“救国必先有自我”,其价值不亚于鲁迅在《狂人日记》中提出的“救救孩子!”对“自我”的肯定,就是对人的价值的肯定,也是对专制制度最彻底的反叛。这种“招魂”近似启蒙,启发了文学家发现和肯定“人”的价值,促使他们思索应该如何强化文学主体意识,同时,他们对文学的本体也有了新的认识。对此,周作人最为敏感,他率先在《新青年》第5卷第6号上发表了《人的文学》,明确地提出新文学应是“人的文学”,这一口号就是《新青年》张扬“自我”的结晶。尽管文中对“人”还主要是从人性的角度加以阐发,以人的道德为本来论述,但这对“失魂”的封建主义旧文学来说,是一次深刻的批判。周作人的散文之所以在五四新文学中成为散文中的一座高峰,恐怕也和他能较早地认识“自我”,认识“人”的价值密切相关。

散文是作者主体意识直接显示的一种主观性很强的文体,现代散文应是具有现代意识的“人”写出来的。《新青年》张扬“自我”的结果,必然是为现代散文的诞生造就了一批具有独立人格的作者,尤其是青年作者。因为青年对“自我”失落最为敏感,对此也最为痛苦,反应也最为强烈。事实证明,之后在《新青年》上刊出的“随感录”里的大部分作者如陈独秀、李大钊、鲁迅、高一涵、胡适、刘半农、钱玄同、周作人等,大多是血气方刚、思想敏锐、充满活力的中青年。“自我”的复归和强化,使他们要重估一切价值,要对中华帝国流行几千年的价值准则进行全面挑战,要用散文这一形式(当然也包括其他文学样式)把旧世界颠倒过来。这些主将们都成了蔑视权威和历史的“狂人”,他们从历史中看出了它“吃人”的本质。因此,杂感也就特别多。“德先生”和“赛先生”又使他们的杂感和历史上诸如唐末、明末的那些发牢骚的不平小品有所区别。确切地说,《新青年》“随感录”中的杂感,是在古已有之的小品老树上长出的嫩枝,是在张扬“自我”的土壤中哺育出来的新芽。这株新芽,是具有“独立自主人格”的新青年创造的。

(二) 文学革命。

《新青年》在现代文学史上还做了一件壮举,即发动了五四文学革命。

就在陈独秀筹办《新青年》的同时,几位青年学生正在遥远的美洲就中国的“文学革命”进行着一场激烈的论争。当时在美国留学的有胡适、任叔永、梅觐庄、杨杏佛、唐擘黄等,他们常常辩论中国文学问题。历史为他们准备得很充分,在这班人马中,有激进的,有温和的,也有守旧的,戏就唱起来了,主角是胡适。胡适去美国时,身上就没有多少“皇权至上综合症”。一到美国,接触了世界文化,“有了参考比较的资料,尤其是欧洲近代国家的国语文学次第产生的历史,使我们明了我们自己的国语文学的历史,使我们放胆主张建立我们自己的文学革命”①。他处在中西文化冲突的漩涡中,时刻感受到吸收西方进步的思想文化的必要性,他的态度渐趋激烈,在美国和同学论争中对“文学革命”的思考也越来越深入。开始他的视点还仅仅局限在对诗的文体的写作思考上,提出“要须作诗如作文”②。其后,发展到要求对整个古文革命,“正式承认中国今日需要的文学革命是用白话替代古文的革命,是用活的工具替代死的工具的革命”③,“这个长期讨论的结果,使我自己把许多散漫的思想汇集起来,成为一个系统”④——“文学革命”的系统方案终于产生了,即《文学改良刍议》中所列的八件事:

一曰,须言之有物。

二曰,不摹仿古人。

三曰,须讲求文法。

四曰,不作无病之呻吟。

五曰,务去滥调套语。

六曰,不用典。

七曰,不讲对仗。

八曰,不避俗字俗语。

至此,“文学革命”的大旗正式亮出。

---

① 胡适:《〈中国新文学大系·建设理论集〉导言》,《胡适全集》第12卷,安徽教育出版社2003年版,第277页。

②③④ 胡适:《逼上梁山》,《胡适全集》第18卷,安徽教育出版社2003年版,第105页,第109页,第127页。

从胡适思考的过程来看,他为"文学革命"铺设的轨道并不是纯粹的文体形式的革命。首先,从动机上看,他是立足文学,面向"最大多数人"。在《〈中国新文学大系·建设理论集〉导言》中,他痛切地看到了中国文学史的最大的弊端:

> 在古代社会中,最大多数人是和文字没交涉的。做文章的人,高的只求绝少数的"知音"的欣赏,低的只求能"中试官"的口味。所以他们心目中从来没有"最大多数人"的观念。①

这透露了他"文学革命"的宗旨,即要把文学从"象牙塔"中解放出来。就在这篇《导言》中,他还总结了走在他前面的严复、林纾、梁启超、章太炎等人的教训,由于他们"还不肯抛弃那种完全为绝少数人赏玩的文学工具,都还妄想用那种久已僵死的文字来做一个新时代达意表情说理的工具",焉有不败之理?因此,他的"文学革命",是想为宣传新思想和新精神创造一种"新工具",因而,他的"文学革命"的动机和目的,富有政治色彩。再者,具体八条纲领也不局限在形式上,第一条、第二条、第四条、第五条等都讲的是"质"的变革,虽然是笼统的,但却是生动的、革新的。特别是后四条,重在语言革命,实质是争取话语权力,打破统治阶级的话语垄断,为广大知识分子争取自由言说和表达思想的权利。

但是胡适的"文学革命"及其八条主张的历史价值和地位,并不仅仅表现在它的政治上,因为"文学革命"毕竟是文学的革命,而不是武装斗争和其他革命,它在一定程度上应该以学术研究和讨论的形式来进行,是其他革命代替不了的。梁启超的"文界革命"之所以没有能结出现代散文的果实,是因为虽然他的"新民体"主体意识很强,但他忽略了文学的本体研究和革新,导致他倾心的"法"限制束缚了他。他的"新民体"被他的"法"逼进了教育议论的死胡同,因而进不了现代文学的大门。现在,文学的变革进程到了这样一个关头:科举废除了,满清灭亡了,世界文化的大量输入,科学与民主的广泛宣传,与之不适应的文学必然要从"象牙塔"中走出,为大多数人掌握。这时,需要这样一些对中国文学的本体具有深入研究的人,以便能从理论上为文学的这一变革作充分透彻的、理论的说明和论证;他们又要有很高的文学修养,特别是有白话文学的写作实践,能够以自己的作品来证明新的文学的

---

① 见《胡适全集》第12卷,安徽教育出版社2003年版,第262页。

生命力；同时，思想又比较解放，不能守旧。这样的人，至少应该是个学者，而胡适正具备了上述条件。胡适对中国文学进行了长期的深入研究，成果颇丰。他少年时代在上海求学时，在白话报《竞业旬报》上发表过大量的白话文章，进行了白话文的训练，后又出洋留学，大量接触世界文化，促使他更深刻地对中国文学进行反思。因此他提出"文学革命"的八条主张。这八条主张与其说是革命的宣言，还不如说是学术研究的结晶，它有爆炸力、生命力和号召力。

胡适是懂得策略的，他把《文学改良刍议》寄给了陈独秀。其原因一是陈是他的同乡、朋友；二是陈在安徽创办过白话报，对白话文学有感情；三是陈手中有《新青年》这块阵地。而陈看中胡适的口号和主张，则是从政治上考虑的。他以革命家的智慧，看到了胡适的"文学革命"的价值；反过来，他又以战略家的气魄，对胡适的八条主张加以改造和升华，态度也就更加严肃起来。在他的《文学革命论》中提出了这样的著名论断：

> 文学革命之气运，酝酿已非一日，其首举义旗之急先锋，则为吾友胡适。余甘冒全国学究之敌，高张"文学革命军"大旗，以为吾友之声援。旗上大书特书吾革命军三大主义：曰，推倒雕琢的阿谀的贵族文学，建设平易的抒情的国民文学；曰，推倒陈腐的铺张的古典文学，建设新鲜的立诚的写实文学；曰，推倒迂晦的艰涩的山林文学，建设明了的通俗的社会文学。①

把陈提出的三大主义和胡适的八条主张相比较，他们得出的这些结论的研究方法(尤其是对文学史的研究)是很相似的，但陈棋高一着，他主张的"国民文学"、"写实文学"、"社会文学"，要比胡适笼统的白话文学明确得多、深刻得多。尤其是在这篇著名论文中对韩愈的"师古"和"文以载道"的批判，对之后的现代文学，特别是现代散文将发生直接和深远的影响。

胡适和陈独秀终于把现代文学的帷幕拉开了。为此胡适很自豪，他说："白话文的局面，若没有'胡适之陈独秀一班人'，至少也得迟出现二三十年。这是我们可以自信的。"②

---

① 见《独秀文存》，安徽人民出版社 1987 年版，第 95—96 页。

② 胡适：《〈中国新文学大系·建设理论集〉导言》，《胡适全集》第 12 卷，安徽教育出版社 2003 年版，第 279 页。

不过,中国的事并不那么容易。尽管胡适、陈独秀,还有钱玄同等在大声呐喊,热烈倡导“文学革命”,可是中国这一座“铁屋子”中的人却依然在昏睡之中。为引起大众的注意,扩大“文学革命”的影响,1918年,刘半农和钱玄同唱起了双簧——钱玄同化名王敬轩,把所有攻击新文学的谬论加以集中归纳,用通信的形式在《新青年》上刊出,而后,刘半农写了著名的《奉答王敬轩先生》一文,痛加驳斥。这么一来,舆论大哗,引起了人们的注意。“文学革命”于是得以深入展开了。

“文学革命”的展开,直接得益和见效最快的是散文。尤其是当鲁迅和周作人兄弟等人,把“文学革命”向“思想革命”的深处开掘时,就直接地促使了现代散文意识的觉醒。他俩不约而同地提出,光有“文学革命”还不行,周作人断言:“如白话通行,而荒谬思想未去,仍然未可乐观。”“中国人如不真是‘洗心革面’的改悔,将旧有的荒谬思想弃去,无论用古文或白话文,都说不出好东西来。”①而鲁迅更斩钉截铁地把离开“思想革命”去专谈文体革命,说成是一种“跪着革命”②,于人类进步裨益甚少。这一深入,一方面给“文学革命”注入了营养,先行者、急进者以及其他形形色色的同路人思想都空前活跃,增强了改造中国的责任心,杂感丛生,掀起了短论热,对于现代散文的诞生无疑是一帖催化剂。另一方面,人们正是在“文学革命”的深入中发现了现代散文的魅力,周作人在1921年发表的《美文》,是现代文学史上较早的富有建设性的纲领性文章。在《美文》中,作者以外国文学中的散文为参照系,对散文这一文体进行了初步界定,即“记述的,是艺术性的,又称作美文,这里边又可以分出叙事与抒情,但也很多两者夹杂的”。他要“治新文学”的人也去试试这一文体。并且为“美文”提出了两条标准:一是“真实简明便好”;二是“须用自己的文句与思想”③。这一切都宣告了现代散文的生命已经诞生了。

(三)杂感热。

《新青年》在1918年4月出版的第4卷第4版中,首次开辟了“随感录”专栏,刊登了陈独秀、陶孟和、刘半农三人的七则“随感录”,其中陈独秀三则,刘半农一则,陶孟和三则。从此,《新青年》就巩固了“随感录”这一阵地,先后刊登了133则随感。《新青年》的“随感录”,起初只有序号,并无标题,从第6卷第5号第56则《来了》起,才开始序号、标题并用。撰写“随感录”最活跃的当

① 周作人:《思想革命》,《谈虎集》,岳麓书社1989年版,第7页。

② 《新青年》第5卷第5号“通讯”栏。

③ 周作人:《美文》,《谈虎集》,岳麓书社1989年版,第28页。

推陈独秀,他共写了五十八则,几乎占到一半。鲁迅在《新青年》上发表的“附感”,从第5卷第3号的《附感录二十五》起,到第6卷第6号的《随感录六十六生命的路》止,共二十七则。

《新青年》开辟“随感录”这一举动,立刻在国内引起了连锁反应,许多刊物竞相效法,如《每周评论》、《新生活》、《新社会》等相继增设了“随感录”专栏。陈独秀、李大钊、胡适、周作人、钱玄同、刘半农、高一涵、吴虞、鲁迅、瞿秋白等都是有影响的杂感作者。同时,有许多近似“随感录”的短论文体,如“杂评”、“随想”、“乱谈”、“随谈”等也不断涌现。这些杂感汇合起来,形成一股强劲的杂感风,吹开了现代散文的序幕。

《新青年》成为现代散文的摇篮,其原因是:

1. 以《新青年》为代表的新思想的传播,为现代杂感的诞生准备了最充分的养料。因为它的宗旨很明确,就是要宣传“德先生”和“赛先生”。陈独秀在《〈新青年〉罪案之答辩书》一文中说:

> 我们现在认定只有这两位先生(指“德先生”和“赛先生”),可以救治中国政治上道德上学术上思想上一切的黑暗。若因为拥护这两位先生,一切政府的压迫,社会的攻击笑骂,就是断头流血,都不推辞。①

《新青年》的“新”也就新在这里。为了突出和强化“德先生”和“赛先生”这两个主题,《新青年》大力引进西方和俄国的各种思想,除出了一期马克思主义专号外,还介绍了王尔德、赫胥黎、叔本华、尼采、海勃·斯宾塞、巴枯宁、奥斯汀、杜威、马尔萨斯、罗素、莫泊桑、安徒生、易卜生、托尔斯泰、高尔基等文学大师的作品和思想。这些拓宽了千百年来被封建思想禁锢的人们的视野,对于这形形色色丰富的精神食粮,他们快速加以吸收。其中不少转化成为有益的养料,变成杂感。思想的解放,尤其是西方文明以及强大的物质力量和乐观信念,都给当时一些激进的知识分子以极大的鼓舞。鲁迅在1922年12月3日写的《〈呐喊〉自序》中曾描述了《新青年》的编辑金心异(即钱玄同)向他约稿的自信心情。这种心情亦感染了鲁迅,鲁迅之所以要站出来呐喊,就是“因为那时的主将是不主张消极的”,“聊以慰藉那在寂寞里奔驰的猛士,使他不惮于前驱”。开阔的视野,丰富的现代新思想的养料和昂扬向上的自信心,促使杂感从头到脚都是新的。

---

① 见《独秀文存》,安徽人民出版社1987年版,第243页。

2. 杂感是借助“挣扎和战斗”(鲁迅语)的冲力诞生的。与其说是杂感选择了时代,还不如说时代选择了杂感。鲁迅在《小品文的危机》中对古已有之的杂文的生存作了考证:

而小品文的生存,也只仗着挣扎和战斗的。晋朝的清言,早和它的朝代一同消歇了。唐末诗风衰落,而小品放了光辉。但罗隐的《谗书》,几乎全部是抗争和愤激之谈;皮日休和陆龟蒙自以为隐士,别人也称之为隐士,而看他们在《皮子文薮》和《笠泽丛书》中的小品文,并没有忘记天下,正是一塌胡涂的泥塘里的光彩和锋铓。明末的小品虽然比较的颓放,却并非全是吟风弄月,其中有不平,有讽刺,有攻击,有破坏……①

杂感不是清言,它总是在挣扎和战斗中显出光彩和锋芒。五四前后,正是新与旧激烈搏斗的时代,而《新青年》正处在搏斗的前沿阵地。这种搏斗,既要和封建旧思想、旧文化针锋相对地论战,也要正面阐述自己的信仰和观点,最有效最灵活最管用的莫过于短小精悍的杂感。因为它最不讲究“规矩”,也最无“法”,“猛烈的攻击,只宜用散文,如‘杂感’之类”。它可以随时随地随感而发,既不需要缜密精致构思,又不必大块地严密论证,是一种思想草稿,正适合五四前后这一动荡变革时期。杂感在《新青年》这一新旧搏斗的战场上发挥了它的最大效应,同时它也在搏斗中得到了成长,从某种意义上说,杂感确是新旧战场上的战地黄花。

3. 《新青年》办得生动活泼,富有现代气息。《新青年》的创办者、领导者陈独秀在安徽有过创办白话报的实践经验,所以《新青年》提倡白话写作,又采用新式标点,这就为杂感的脱颖而出创造了一个良好的运用白话的批评空间。

《新青年》的杂感使现代杂文基本成型,现代杂文的品格可从它身上初见端倪。这种品格主要表现在以下三个方面:

第一,批判意识强烈。

杂感是逆向思维的结晶,作者都是“反对党”,是为了战斗拿起这一武器的。它们目标明确,锋芒毕露,浑身带“刺”,有鲜明的问题意识和抗争精神。就以《新青年》1918 年第 4 卷第 4 号首次推出的七则随感来说,每则都有“刺”的对象。陈独秀的三则,一则是攻“国粹论”,另一则是围绕国会议员的作用,和世人相争,还有一则是反击上海某报对北大开设元曲课程的攻击;陶孟和三

① 见《鲁迅全集》第 4 卷,人民文学出版社 1981 年版,第 575—576 页。

则,一则批“升官图”游戏,另一则是对“留学生”一词的质疑,第三则是对边疆“官”“匪”之患的抨击;刘半农的一则全力以赴为那种“全盛时代之督军”类型的人物画像,剥下他们的伪装,还这些人的不学无术、腹中空空、专事招摇撞骗之“活怪”的本来面目。这一专栏基本上显示了现代杂文的“批判”的性格,奠定了它的批判基调。由于它的锋芒和棱角极具煽情力,使它在唤醒民众上有强烈的号召力和鼓动力。当然,也应该看到,这种批判性格有时也不免过火和偏激,如有些杂感就把中医、旧戏、打拳、军式体操,甚至连汉文都斥之为坏东西,一概要求打倒,不免偏颇。对此,胡适曾作了解释,认为这些过激之词,有时是故意说的,他在《新思潮之意义》中说:“我们走了一百里路,大多数人也许勉强走三四十里。我们若先讲调和,只走五十里路,他们就一步不走了。”这种解释也有一定道理,或许就叫矫枉过正吧,但这种过火偏激毕竟有其负面效应,重破坏而少创建,在之后的漫长历史长河中,尤其在文化专制控制文坛的时候,那种排斥一切、否定一切的恶劣文风,都可在这里找到它的源泉。

第二,视野开阔,注重时效。

由于杂感肩负着破坏旧世界的重任,所以它对旧思想、旧文化的火力攻击辐射面拉得极为宽广,几乎渗透到各个领域。杂感批判无禁区。如鲁迅在1918年写的杂感,中间就涉及家庭教育、批判国粹、提倡科学,改造国民性……几乎把属于旧思想、旧文化的对象统统列入批判之列。这就为五四抒情散文的取材视野作出了榜样。古代传统散文向现代散文的蜕变,首先是在取材视野的拓宽上取得了决定性的进展,《新青年》的杂感是这一进展的重要标志。

值得注意的是,《新青年》杂感的开辟是为了强化《新青年》的新闻性,所以杂感的取材都面向现实发生的事件。杂感的这一新闻品格使它和二十世纪初兴起的时评有极为相似之处。尤其陈独秀和李大钊的许多杂感都紧跟形势,如1916年秋,保皇党康有为上书黎元洪,主张定孔教为“国教”,列入“宪法”,他们就立即反应,猛攻复古;他们还及时地对国内一些不合潮流的大事予以抨击,充分显示了杂感的直接渊源和时评紧密有关。这又可证明,现代散文的诞生和报刊的兴起是有直接关系的。

第三,犀利畅达。

大概是新思想、新文化的虎虎活力,促使《新青年》的大部分杂感率直、明朗、气势磅礴、犀利畅达。这种气势和梁启超的“新文体”的文体策略一脉相承,是一种宏大叙事和抒情。杂感的主要作者如陈独秀、李大钊、胡适、刘半农、钱玄同等人的文风都有一种横扫千军的气势:“即颇汪洋,而少含蓄,使读者览之了然,无所疑惑,故于表白意见,反为相宜,效力亦复很大。”①这也是现实决定的,在新旧交战的革命中,婉约含蓄是没有战斗力的。

当时开辟“随感录”专栏的刊物还有《每周评论》、《新社会》、《国民日报》等,其中影响最大的当推《每周评论》。

《每周评论》也是陈独秀、李大钊等人创办的。它从 1918 年 12 月 22 日创刊,至 1919 年 8 月 31 日停刊,共刊登了二百五十余篇杂感。从总体上看,《每周评论》和《新青年》的杂感相比,区别不大,依然是短小灵活,棱角分明,针砭时事,宣传新思想,批判旧思想。突出的变化是它更注重时效性,更贴近生活。由于它出版周期短,因此它的反应更灵敏,对生活的报道更为快捷,这样就使它和生活、政治的联系更加紧密。

第二节　陈独秀　李大钊

陈独秀和李大钊在五四前后,曾配合默契,一同在《新青年》、《每周评论》等刊物上发表了一批“随感录”。由于他们是职业的政治家、革命家,在新旧转折的十字路口,神经显得特别敏感,杂感特别多,也特别灼热和尖锐。仅在 1918 年和 1919 年两年中,据不完全统计,他们共写了两百篇左右的杂感,成为全国青年注目的中心,时人尊称他们为“南陈北李”。

他们的杂感,少则百余字,多则千余字,犹如短促的鼓点。这类杂感都是针对眼前社会生活而发,所以又是社会散文、政治散文。如陈独秀在《每周评论》第 1 号上发表的《两团政治》:

两团政治

中国人,上自大总统,下至挑粪桶,没有人不怕督军团,这是人人都知道的了;但是外交团比督军团还要利害。列位看看,前几天督军团在北京何等威风!只因为外交团小小的一个劝告,都吓得各鸟兽散。什么国会的弹劾,什么总统的命令,有这样利害吗?这就叫做“中国之两团政治!”

又如《新生活》第 8 期上刊出的李大钊的《面包运动》:

① 鲁迅:《〈两地书〉一二》,《鲁迅全集》第 11 卷,人民文学出版社 1981 年版,第 47 页。

面包运动

什么爱国咧，什么共和咧，什么改良咧，什么社会改造咧，口头上的话你们只管去说，吾侪小民，只是吃饭要紧。

这两则杂感都是用通俗的语言来议论现实生活中的人和事，尤其是当时的一些热门话题、政题。因此，杂感实质上是政治影响散文的结果。从文学本位的角度考察，杂感是边缘性文体，还不能算是一种独立的文体。但它富有政治气息，在当时的社会生活中起到了很大的宣传鼓动作用，打破了万马齐喑的局面，鼓舞了热血沸腾的民族赤子前仆后继，用自己的热血去推动那古老而又沉重的历史石磨。

一　陈独秀：以杂感“站在社会的基础上造成新的政治”

陈独秀(1880—1942)，安徽怀宁县人。自幼丧父。家中有一个严厉的祖父和一个慈爱能干的母亲，使他生活在一个“冷”“热”两极组合的家庭之中。他是在祖父的毒打和母亲的眼泪中长大的。据他在《实庵自传》中回忆，他挨祖父的毒打，主要的原因是对八股文章的厌恶。祖父的毒打，更使他从小对八股文和科举制度产生仇恨。尤其他在科举考试中，写了一篇牛头不对马嘴的八股文，居然蒙住宗师，荣获第一名。之后，他又亲身参加了南京的江南乡试，耳闻目睹了当时那些考生的怪状，这一切，都促使他和封建旧制度势不两立，积极投身到革命的漩涡之中。

陈独秀在《实庵自传》中称自己的“一生差不多是消耗在政治生涯中”①。他政治热情高昂，写作杂感的目的就是“要站在社会的基础上造成新的政治”。他带着政治的眼光，严厉地审视人世间的一切，因此，他的杂感政治味很浓。他的《新青年》杂志社的同事对此都不以为然，但他我行我素，从大处着眼，从国家大事和全局出发，把人们的目光引到政治上来，写出一篇又一篇政治化了的杂感。譬如《每周评论》第14号发表他的七篇“随感录”，即《你护的什么法?》、《和平的根本障碍》、《中国的李完用宋秉畯是谁》、《希望各国干涉》、《莫做傀儡》、《何人的命令?》、《停止纳税》，或是从国家体制、战局时势上立论，或是痛斥奸佞，怒批卖国贼，都是以大的政治题目做小文章。这就决定了它的新闻味又特别浓。在这混乱的年月里，人人关心时局的变化，这样大题小做的杂

① 陈独秀：《实庵自传》，《陈独秀文章选编》(下)，生活·读书·新知(北京)三联书店1984年版，第552页。

感,也就特别为人们所注目。

陈独秀不仅有政治热情,还有一个唯物的头脑。这就决定了他对旧世界的病毒看得特别清楚,揭发暴露比较深刻。如偶像是统治者用以吓唬人的一大法宝,即使历代形形色色的造反者、农民起义领袖,都不敢把锋芒指向它。可是,陈独秀的著名杂感《偶像破坏论》却一开始就向偶像猛烈攻击,列数它的十大罪状:“一声不做,二目无光,三餐不吃,四肢无力,五官不全,六亲无靠,七窍不通,八面威风,九(音同久)坐不动,十(音同实)是无用。”①如此丝毫不留情面地揭发,不仅会引起统治者的仇恨,还会遭到千万个偶像信徒的责难。陈独秀却义无返顾,把锋芒直指宗教、玉皇大帝、上帝、君主、节孝坊……乃至国家等偶像,都要把它们砸碎、推倒。在他的推倒偶像的呐喊声中,我们似乎也可听到尼采的“上帝死了”的声音。陈独秀这种横扫一切的气概,虽然得力于当时的反传统、反权威的大气候,但最主要的还是因为他嫉恶如仇的品格和坚定的唯物论信仰的支持。

陈独秀的杂感,其“破”能势如奔马,排山倒海,有一往无前的气概;但其“立”常常浮泛空洞,有一股书呆子气。主要原因是他对破了旧世界后要建设一个怎样的新世界,还很迷茫,如他的杂感《新青年》,主要是阐述新旧青年的区别,当说到新青年的第一标准时,这样写道:“青年之精神界欲求此除旧布新之大革命,第一当明人生归宿问题。人生数十寒暑耳,乐天者荡,厌世者偷,惟知于此可贵之数十寒暑中,量力以求成相当之人物为归宿者得之。准此以行,则不得不内图个性之发展,外图贡献于其群。岁不我与,时不再来,计功之期,屈指可俟。一切未来之责任,毕生之光荣,又皆于此数十寒暑中之青年时代十数寒暑间植其大本。前瞻古人,后念来者,此身将为何如人,自不应仅以做官求荣为归宿也。”论题很大,要青年“除旧布新”,但内核却依然是“岁不我与,时不再来”的陈腔,显得气度不足,空洞苍白。

陈独秀的杂感很有气势,在这一点上,显然他是受了梁启超的“新民体”影响。可以说在文气上,陈和梁是一脉相承的,甚至他们的文章在章法和格局上也很相似。如他的杂感《敬告青年》中的第一段对青年颂扬:

……青年如初春,如朝日,如百卉之萌动,如利刃之新发于硎,人生最可宝贵之时期也。青年之于社会,犹新鲜活泼细胞之在人身。新陈代谢,陈腐朽败者无时不在天然淘汰之途,与新鲜活泼者以空间之位置及时间

① 陈独秀:《偶像破坏论》,《陈独秀选集》,天津人民出版社 1990 年 6 月版,第 68 页。

之生命。人身遵新陈代谢之道则健康,陈腐朽败之细胞充塞人身则人身死,社会遵新陈代谢之道则隆盛,陈腐朽败之分子充塞社会则社会亡。①

句式铺陈展开以及“新”“陈”对比的手法运用和梁启超的文章如出一辙。所不同的是陈独秀比较克制,线条较粗,常常是骤起骤落,这和他的性格相关。他性格急躁,在他的《实庵自传》中也承认,有人曾批评他“性格暴躁”,这样使他的杂感短小精悍,不像梁启超那样铺陈泛滥,但也带来了缺点——缺少条分缕析和严密的论证。

陈独秀的杂感和梁启超的“新民体”相比,还有一个重要的突破,就是他能成功地运用白话来写作。早在1904年,陈独秀就在安徽创办了《安徽通俗话报》,完全用白话写作。如他的《论安徽的矿务》、《恶俗篇》、《国语教育》、《说国家》等文章,都是漂亮地道的白话文。这些成功的实践,使他的杂感吸收了许多民众易懂的俗语和口头语,如《两团政治》一则杂感中的首句是这样写的:“中国人,上自大总统,下至挑粪桶”就非常口语化:“挑粪桶”代表一般劳苦大众,形象可感;而且“上自大总统,下至挑粪桶”既对仗又押韵,易读易懂。接下去,“列位看看,前几天督军团在北京何等威风!”非常口语化,犹如和人们拉家常。陈独秀的杂感,使白话在散文阵地上立稳了脚跟,这一成功实践,无疑有“启下”作用,对五四的白话散文的兴起作出了榜样和表率。

二　李大钊:热烈地“与社会生活相呼应”

李大钊(1889—1927),河北乐亭县人。他在分析俄国文学和革命的关系时,指出了俄国文学的特殊地位。他说:(俄国)“自觉之青年,相率趋于文学以代政治事业,而即以政治之竞争寓于文学的潮流激荡之中,文学之在俄国遂居特殊之地位而与社会生活相呼应。”②这也是他文学活动最好的自我总结。他是我国最早的马克思主义者,革命的先驱,职业的政治家,也是一个“自觉之青年”,他“趋于文学”,关心文学,也完全是为他的主义和事业服务,把他的文学事业自觉地作为他的革命活动的一部分。他的杂感,统统都是热烈地“与社会生活相呼应”。

和陈独秀的杂感相比,李大钊的杂感更注重实际。李大钊出生在冀东平

---

① 见《独秀文存》,安徽人民出版社1987年版,第3页。

② 李大钊:《俄罗斯文学与革命》,《李大钊文集》(上),人民出版社1984年版,第581—582页。

原,了解农民疾苦,对现实有真切的感受。对社会的了解,李大钊要比陈独秀深刻得多。他的杂感,有很大部分都是为底层人民呼吁,有一种强烈的平民意识。所议论的话题也是平民所关心的,诸如面包、自杀、薪金等日常生活话题,而且也能以人们常见的一些事物作比。因此,他的杂感要比陈独秀的杂感亲切得多,实在得多,书生气也少得多。在他的杂感中,也常常议论和提倡人道主义,但他的人道主义是典型的中国农民式的,内涵是提倡中国传统式的济贫、兼爱,所以他在杂感《黄昏时候的哭声》中听到乞丐的呼号特别心酸,发出"一家饱暖千家哭"的动人呐喊。他的杂感所关心的对象,辐射面也很宽,凡是贫困者、弱者,如乞丐、贫民、旧中国的华工、苦闷的青年乃至被裁的士兵等,他都要用自己的杂感送上温暖,有四海贫者皆兄弟的博爱意识。为达到此目的,他用他的杂感反复宣传改造人心,提倡道德革命。在杂感《精神解放》中他提出"我们的解放运动第一声,就是'精神解放'"。在《我的马克思主义观》和《阶级竞争与互助》中又反复提出要"物心两面的改造,灵肉一致的改造"。李大钊以他的杂感作为精神解放的武器,同时他又用杂感向人们表明他是一个神圣的精神战士。

李大钊是青年运动的领袖。他的大量杂感都很注重反映青年的情绪,富有青春气息和活力,这非常鲜明地表现在他对"今"的崇拜和礼赞上。为此,他曾热情洋溢地写下了颂"今"的系列杂感:《青春》、《"今"》、《今与古(其一)》、《今与古(其二)》、《新的! 旧的!》、《现在与将来》、《时》等,其中有的篇章,如《"今"》等都是脍炙人口的名篇。他的颂"今"系列杂感只有一个生命——青春的生命,至今还在强烈搏动着。惜"时"重"今",在当时是一个沉重的话题。对"今"和"古"的态度,恰恰是当时的政治神经敏感区。尤其在辛亥革命后,民主和共和没有深入人心,也没有在华夏土地上扎根,张勋的那根辫子给中华土地带来了阴森的辫影。许多"复古派"都喜欢夸耀古代的伟大来反对今天的民主和科学。因此,李大钊要抓住"今"和"古"的话题,再三把"今"、"古"加以对比,在强烈的对比反差中颂"今",这就是鼓励"造反",鼓励革命。

李大钊吟颂的"今"内涵很不确定。一开始,他在《"今"》中,明确把"今"指为"现在",这是针对"复古派"说的。因为"热心复古的人,开口闭口都是说'现在'的境象若何黑暗"。但是仅仅过了一个月,在他的另一篇杂感《新的! 旧的!》中,他又对"今"作了重要的补充说明。因为他看到了"现在"的中国社会里有一连串的新旧严重对立,在文中他列举了一些:如巡警和更夫,民国和清室,信仰自由和孔道修身,禁止重婚和纳妾旧俗等。这种矛盾生活和"矛盾现象",迫使他修正了"今"概念,他认为"现在"有"新""旧"并存,而且现在社会的癌变症结正是被这重重迭迭的“新”“旧”矛盾阻塞着，“人生的径路，若是为重重迭迭的矛盾现象所塞，怎能急起直追，逐宇宙的文化前进呢”？社会要前进，就必须“创造一种新生活”。因此他把颂“今”修正为鼓吹张扬现行的新思想、新风尚。这是李大钊的颂“今”的一大发展，也是他用唯物史观来解剖社会的成功实例。之后，他又根据他的观察和实践，不断丰富“今”的观念和内涵，譬如在《今与古(其一)》中，他又提出“历史是人创造的。古时是古人创造的，今世是今人创造的”。“创造”又成了“今”的支柱。因此李大钊所颂的“今”，是一个较为宽泛开放而富有活力的概念。

李大钊颂“今”是一种战斗，是以世界文化为参照系，表明他与旧时代决裂的决心，唱给那些好“古”复“古”人听的；但更重要的还是唱给青年听的，它是号召书。他之所以为“今”写下这一系列篇章，极化颂“今”情绪，真正的目的是把改造旧中国的希望寄托在广大青年身上，因此，几乎他的每一篇颂“今”论“时”的杂感，都以激昂的情绪召唤青年奋进！他的《新的！旧的！》中明确提出：“新青年打起精神，于政治、社会、文学、思想种种方面开辟一条新径路，创造一种新生活”，“打破矛盾生活，脱去二重负担，这全是我们新青年的责任。”他以极大的愤慨斥责那些杀戮青年的刽子手，坚信这些青年牺牲的血，都是培植革命自由花的肥料。他反复颂“今”惜“时”，为的就是要青年能有“一个奋兴鼓舞的历史观，乐天努力的人生观”。他相信青年，他寄希望于青年，他也看到了要打破这万马齐喑的黑暗中国，也只有靠青年。他把青年视为“今”的代表。或许从以后的中国革命道路和方式来考察，这些呼喊似乎还嫌笼统和简单，但应该看到，这些系列杂感在五四运动前后面世，它既起到了舆论的发动、催化作用，又为五四运动的深入起到了指导作用。

三 陈独秀、李大钊杂感比较

陈独秀和李大钊两人有许多相似之处。从经历上看，他们都生活在新旧转折的十字路口上。他们的身世也有许多巧合，都自幼丧父，由垂老的祖父抚养。他们在二十世纪初都先后到过日本。在五四前夕，两人又同时到北京大学任职，陈独秀于 1917 年在北京大学担任文科学长，李大钊在 1918 年被北京大学聘为该校图书馆主任。他们配合默契，同时创办《新青年》、《每周评论》等刊物。他们志趣相同，都是职业的政治家、宣传家和革命家，两人的一生，都是消耗在政治生涯中。他们信仰相同，都虔诚地信仰马克思主义，热情宣传无产阶级革命，提倡新文化。这决定他们写作杂感的动机也相同，都是想用杂感作为旗帜，统一他们的步伐；用杂感作为他们的号角，积极参与无产阶级革命活动。这一切决定了他们的杂感有许多惊人的相似之处。

(一) 同是攻击型。

他们都是旧世界的破坏者。他们的杂感都是从灼热的胸膛中喷发出来的,是射向旧世界和罪恶的社会的子弹。主题都是反封建、反复古、反愚昧,宣传“德先生”和“赛先生”。基调都是高昂的、热烈的,富有鼓动性且激发冲力,没有丝毫妥协和商讨的余地。用胡适评论陈独秀杂感的话就是,“必不容反对者有讨论之余地”①。笔调都极为严厉。在他们的杂感中,立论常常是以严肃的“是什么”的判断句,或“不是什么”的否定句,或是势不可挡的质问句形式出现的。这样使他们的杂感情绪激烈,处处以攻击的姿态出现。

攻击性不仅表现在他们杂感的破坏性上,而且还表现在他们敢于赞扬被罪恶的世界认为洪水猛兽的革命者。李大钊的《庶民的胜利》、《新纪元》就是传诵一时的光辉篇章。

或许正因为他们的杂感的攻击性和基调的高昂激扬,因此,严肃有余,情致不足,使人可敬,但不可亲。鲁迅曾在《忆刘半农君》中把陈独秀和刘半农的杂感作了比较。比较的结果是佩服陈独秀,亲近刘半农,大概就是这个意思。

(二) 同是政治的结晶。

他们的杂感,涉及种种社会、人生问题之“杂”和由此衍发的不尽相同之“感”,都是从政治中孵化出来的。他们的眼光是政治的,他们毫不含糊地用政治来感应世界,因此,凡是进入他们杂感的万事万物,统统都是政治的结晶。比如在李大钊眼中的一堵废墙,就不再是一个具体的事物,而是变成了抽象的政治符号——

最危险的东西

我常和友人在北京市里步行,每过那颓废墙下,很觉可怕。怕它倒了,把行路的人活活压死。请问世间最危险的东西,到底是新的还是旧的?

一堵废墙,变成一道政治课题——世间最危险的东西是什么?他们就是这样,寻找一切机会,利用一切事物,捕捉战机,来完成他们的崇高使命。他们的杂感,不管是一声叹息,还是一个疑问,也不管是他们的一滴血,还是一声

① 胡适:《五十年来中国之文学》,《胡适全集》第2卷,安徽教育出版社2003年版,第332页。

泪,都和政治有关。这是一种自觉,其原因是:“我们改造社会是要在实际上把他的弊病一点一滴、一桩一件、一层一层渐渐地消灭去。”①

(三) 同样灵活短小。

他们大多数是生活中的随时感叹,三言两语,寥寥几笔,侧重点放在亮出观点上,比较注意观点的尖锐、鲜明和通俗,而并不是着眼在论证和说理上。这是在时代的转折关头特有的文体,可以起到惊世骇俗的作用,犹如一道闪电,虽然短促,却可在瞬间照亮大地。从形式上看,这也是对八股文和传统散文的一个反动,既没有规矩,也没有什么章法。如李大钊在《每周评论》第30号上发表的一篇杂感是这样写的:

是谁夺了我们的光明?

有一位爱读本报的人,来信说:“我们对于世界的新生活,都是瞎子。亏了贵报的‘只眼’,常常给我们点光明。我们实在感谢。现在好久不见‘只眼’了。是谁夺了我们的光明?”

一封读者来信,一个疑问,就构成了一篇文章。如果要严格地挑剔,似乎还不成文,但它就是不成文的“文”,没有规矩的“规矩”,没有法的“法”。

南陈北李的杂感的不同点是,陈之“感”多偏重于一些重大的政治时事热门话题,而李的眼睛更多地向“下”关注着人们的日常生活,较多地从一些平凡的物事去挖掘。相比之下,李氏杂感更富于人情味,而陈氏杂感则显得书生气要重一些。

第三节 胡适 刘半农

一 胡适:温文尔雅,白话杂感的倡导者和实践者

胡适(1891—1962),安徽绩溪县人。胡适少年时久居安徽,安徽是中国白话文运动的根据地,他处在白话文的氛围中,少时读了许多白话小说,“在不知不觉之中得了不少的白话散文的训练”②,具有坚实的白话根

① 陈独秀:《主义与努力》,《陈独秀选集》,天津人民出版社1990年版,第130页。

② 胡适:《四十自述》,《胡适全集》第18卷,安徽教育出版社2003年版,第33页,第108页。

底,对白话文有较为深厚的感情。其后,胡适于1910年留学美国。这对他来说也是一个翻天覆地的变化。一是从中国到美国,中西方两种不同社会的对比所形成的反差,给胡适的心理造成巨大倾斜,因此他性格中的反叛的火花(如少年对神的怀疑)在这反差中得到最生动的迸发;二是促使他接受了赫胥黎的怀疑哲学和杜威的实验主义,这样使这性格中的反叛火花得到理性的指导和实验。胡适最早对杜威的实用主义表明态度,是1915年5月9日的他的"日记"。在"日记"中写道:"此事(指赴某小城青年会讲演中日交涉事——编者注)可证今世'实效主义'(即实用主义)之持论未尝无可取者,其言曰:'天下无有通常之真理,但有特别之真理耳。凡思想无他,皆所以解决某某问题而已……思想所以处境,随境地而易,不能预悬一通常泛论,而求在在适用也。'"①恰恰在胡适到美国后的头五年,即1915年前后,是胡适思想最生动最光彩的时期。就在这则"日记"之后一年不到,他的反思就有了结晶,在1916年2—3月就提出了"历史上的'文学革命'全是文学工具的革命"②。与此同时,他身体力行,以他的标准的白话杂感的实践——不管这杂感多么浅薄和幼稚——来作为文学革命运动的见面礼,为现代散文提供了难能可贵的标本。比如他从美国回来后,满身洋味,西方社会的这一巨大参照系,促使他对国内什么都看不惯,在这样的心态下写的《归国杂感》,颇具特色,尽管有些观点缺乏深度,但给人们正确认识社会提供了一些借鉴。之后,在三十年代写的《四十自述》,更为人们勾画了一个多重性格的"自我",在记传散文中也是难得的篇章。虽然他对现代散文文体建设建树很小,但其功绩无论从哪一方面来考察,都可以说是不朽的。

胡适的杂感较多的是一些政论。总的色彩温文尔雅,这和他的气质有关。他曾在几篇自传中,写到他的温和性格形成受母亲影响最大。他的母亲"最大的禀赋就是容忍"。由于他的母亲在家中地位是继母,且青年丧夫,所以常常无端受气,但她"气量大,性子好","最仁慈,最温和,从来没有一句伤人感情的话"。胡适"受了她的极大极深的影响"③。之后,他远渡重洋,留学美国,又深受赫胥黎和杜威的影响。他曾对这两个人给自己的影响作了这样的剖白:

　　我的思想受两个人的影响最大:一个是赫胥黎,一个是杜威先生。赫

①　胡适:《留学日记》,《胡适全集》第28卷,安徽教育出版社2003年版,第121页。

②③　胡适:《四十自述》,《胡适全集》第18卷,安徽教育出版社2003年版,第33页,第108页,第39页。

胥黎教我怎样怀疑，教我不信任一切没有充分证据的东西。杜威先生教我怎样思想，教我处处顾到当前的问题，教我把一切学说思想都看作待证的假设，教我处处顾到思想的结果。①

这些影响，使他的所作所为完全按照实用主义的信条，他在《多研究些问题，少谈些主义》中就给自己的行为作了这样小心翼翼的约束：

凡是有价值的思想，都是从这个那个具体的问题下手的。先研究了问题的种种方面的种种事实，看看究竟病在何处，这是思想的第一步功夫。然后根据于一生的经验学问，提出种种解决的方法，提出种种医病的丹方，这是思想的第二步功夫。然后用一生的经验学问，加上想像的能力，推想每一种假定的解决法，该有什么样的效果，推想这种效果是否真能解决眼前这个困难问题。推想的结果，拣定一种假定的解决，认为我的主张，这是思想的第三步功夫。凡是有价值的主张，都是先经过这三步功夫来的。②

胡适针对浮躁的现实而提出的踏实勤谨的学风可从中略窥一斑，或许，这种小心翼翼的三步求证，近似于把社会问题放到实验室里来进行实验一般，是一种天真；但胡适相信“大胆假设”给他的立论带来活力，而不惮其烦的反复而琐碎的“小心求证”是治学的必要过程，重实证、勤求材料、从容而温和地引导人到新的思想上，是胡适一生信守的原则。他曾在五十年代的一封信里，重谈这种“勤、谨、和、缓”的治学方法③，“勤”和“谨”都是不苟且的谨慎探索的精神，“和”是心平气和、平心静气的虚心体察，“缓”是从容不迫的态度。胡适的从容温和同样贯穿于他的文学主张和实践，他提出“文学有三个要件：第一要明白清楚，第二要有力能动人，第三要美”。“美就是‘懂得性’（明白）与‘逼人性’（有力）二者加起来自然发生的结果”④。胡适所追求的简单、明白、有力，在他的杂感中充分体现着。

① 胡适：《介绍我自己的思想》，《胡适全集》第 4 卷，安徽教育出版社 2003 年版，第 658 页。

② 见《胡适全集》第 1 卷，安徽教育出版社 2003 年版，第 328 页。

③ 陈之藩：《第三信——纪念适之先生之三》，《剑河倒影》，浙江人民出版社 2000 年版，第 119 页。

④ 胡适：《什么是文学》，《胡适全集》第 1 卷，安徽教育出版社 2003 年版，第 206 页。

但也应该看到,胡适固有的温和中庸的气质,糅进西方的实验主义,使他的杂感常常缺乏宏观的把握气度,陷入就事论事的平庸,给人以一种"忍"的感受。如他的杂感《新生活》,劈头提出一个严肃的重大社会问题:"那样的生活可以叫做新生活呢?"这本来是一个当时很使人感兴趣的"热点",但他的回答是:

我想来想去,只有一句话,新生活就是有意思的生活。

……凡是自己说得出"为什么这样做"的事,都可以说是有意思的生活。①

这样的结论既含糊又令人捉摸不透。他的"新生活"观仅仅是赫胥黎的"拿证据来"的翻版。不分清是与非,善与恶,美与丑,只要能说得出"为什么"就属"新生活",这说明胡适对生活见解的幼稚和糊涂。再看他的另一篇影响较大的写于1919年的杂感《差不多先生传》,他为我们勾勒了这样一个"差不多先生"的脸谱:

(差不多先生)常常说:"凡事只要差不多,就好了。何必太精明呢?"

他小的时候,他妈叫他去买红糖,他买了白糖回来。他妈骂他,他摇摇头说:"红糖白糖不是差不多吗?"

他在学堂的时候,先生问他:"直隶省的西边是哪一省?"他说是陕西。先生说:"错了。是山西,不是陕西。"他说:"陕西同山西,不是差不多吗?"

后来他在一个钱铺里做伙计;他也会写,也会算,只是总不会精细。十字常常写成千字,千字常常写成十字。掌柜的生气了,常常骂他,他只是笑嘻嘻地赔小心道:"千字比十字只多一小撇,不是差不多吗?"

有一天,他为了一件要紧的事,要搭火车到上海去。他从从容容地走到火车站,迟了两分钟,火车已开走了。他白瞪着眼,望着远远的火车上的煤烟,摇摇头道:"只好明天再走了。今天走同明天走,也还差不多。可是火车公司未免太认真了。八点三十分开,同八点三十二分开,不是差不多吗?"他一面说,一面慢慢地走回家,心里总不明白为什么火车不肯等他两分钟。

有一天,他忽然得了急病,赶快叫家人去请东街的汪医生。那家人急急忙忙地跑去,一时寻不着东街的汪大夫,却把西街的牛医王大夫请来

① 见《胡适全集》第1卷,安徽教育出版社2003年版,第688—689页。

了。差不多先生病在床上，知道寻错了人；但病急了，身上痛苦，心里焦急，等不得了，心里想道："好在王大夫同汪大夫也差不多，让他试试看吧。"于是这位牛医王大夫走进床前，用医牛的法子给差不多先生治病。不上一点钟，差不多先生就一命呜呼了。

差不多先生差不多要死的时候，一口气断断续续地说道："活人同死人也差……差……不多，……凡事只要……差……差……不多……就……好了，……何……何……必……太……太认真呢?"他说完了这句格言，方才绝气了。①

这个"差不多"是一个遇事看得穿，"知足常乐"的化身。他身上充满了泥土味，是中国广袤大地上特有的土特产，他没有一点浪漫气息。在这位先生看来，什么都差不多，都可将就，都可敷衍，委曲求全，消极无为，是一个至死不悟的人。国民的劣根性是胡适文化批判的起点，透过国民性的把握，鞭笞民族文化的弱质，是他始终不曾懈怠的。不过，胡适对"差不多先生"的审视实际上也包含一丝他自己或许并未意识到的"自我"写照，要寻找胡适的"差不多"的脾气，并不困难。就拿他的婚姻来说，也算是一个人的头等大事了，但胡适在1915年5月19日从美国给母亲的信中这样写道：

今之少年，往往提倡自由婚姻之说，有时竟破坏已订之婚姻，致家庭之中龃龉不睦。有时其影响所及，害及数家。此儿所大不取。自由结婚，固有好处，亦有坏处，正如吾国婚制由父母媒妁而定，亦有好处，有坏处也。②

在胡适看来，自由结婚有好处，也有坏处；媒妁而定亦有好处有坏处，差不多。这既是一种中庸之道，又有实用主义的味道。因此，"差不多先生"多少也是胡适"自我"影子的写照，尽管这种写照是无意的被动的。难怪在这篇杂感中作者始终不温不火，甚至批判中还带有幽默。因此，胡适的"忍"、"中庸"和杜威的实用主义融合，使他的杂感缺乏浪漫和理想色彩，没有宏达的气度，比较多地盯着具体的事和人，缺少飞扬的灵气。这也影响到他的其他一些散文的创作，如他的《庐山游记》把一些琐碎事罗列起来，读起来味同嚼蜡，令人

① 见《胡适全集》第10卷，安徽教育出版社2003年版，第549—550页。

② 见《胡适全集》第23卷，安徽教育出版社2003年版，第82页。

失望。

可以这么说,胡适取得现代散文史的席位,不在于他实际上匮缺的艺术创造性,他的神采来自他在民族文化价值重建中不可或缺的作用,他对白话文学的提倡和推动之功也是不可抹杀的,他在《五十年来中国之文学》中对白话散文的评价虽寥寥数语,却鼓舞和引导了散文的发展:

> 第三,白话散文很进步了。长篇议论文的进步,那是显而易见的,可以不论。这几年来,散文方面最可注意的发展乃是周作人等提倡的"小品散文"。这一类的小品,用平淡的谈话,包藏着深刻的意味;有时很像笨拙,其实却是滑稽。这一类作品的成功,就可彻底打破那"美文不能用白话"的迷信了。①

胡适将新思想引进国门的急切与他对新文学发展中每一点成就的喜悦相得益彰,前者是作为哲学家的胡适对文化启蒙的自觉,后者则是一位殷切期望背负了几千年历史的中国文学尽快"开辟一条新的道路"②的文学家的热忱。这也是胡适追求的具有独立自由人格的"人"的光彩。

二　刘半农:慷慨激昂,犀利畅达

刘半农(1891—1934),江苏江阴县人。在五四运动文坛上,他也是名噪一时的一个散文家。人们提到他,就会想起他和钱玄同演出的一场轰动一时的"双簧戏",即1918年3月,在《新青年》第4卷第3号上,以《文学革命之反响》为总题,由钱玄同化名王敬轩致信《新青年》,而刘半农则撰《奉答王敬轩先生》,对复古派、守旧派进行了系统猛烈的抨击,酣畅淋漓,推动了文学革命的进程,因而名垂文学史册。

刘半农,名复,初字半侬,后改半农。当过教师、士兵、编辑。他从十八九岁开始就舞文弄墨,主要写小说,滑稽小说居多,亦兼翻译,同时还写诗。但他对杂感很倾心,一直坚持耕耘于杂感园地,收获颇丰。1934年6月,他启程去绥远、内蒙一带考察方言、民俗,离京前夕,为自己即将出版的第一本散文集,挥毫写下了"半农杂文"四个字,交学生商鸿逵后,匆匆登车西向。不幸的是,

---

① 见《胡适全集》第2卷,安徽教育出版社2003年版,第343页。

② 胡适:《中国文学的过去与来路》,《胡适全集》第12卷,安徽教育出版社2003年版,第226页。

他在考察途中骤然染病,返京三天,与世长辞,未能看到自己的书稿出版。之后,他的学生商鸿逵又续编了《半农杂文二集》。

刘半农是个学者,他长期从事小说、诗、散文和语言研究。1917 年夏,他受蔡元培之邀,任国立北京大学预科教员,在北大文科研究所担任诗、小说、文典编纂法、词典编纂法的教学工作。在诗、小说、散文和语言研究上颇有建树。这一气质决定了刘半农在五四潮流中对"文学革命"的热情,多半是从自己的学术研究、直觉体验和生活感受上激发出来的,并不是从恪守的某种政治信仰中孕育出来的,用他自己的话说:他是"'半路出家',脑筋中已受了许多旧文学的毒","在一九一七年以前,心中何尝不想做古文家"①。他加入"文学革命"虽然也有时代的因素,但更重要的是他学术研究的结果。他最早亮出自己的观点,表态支持"文学革命"的宣言书——1917 年 5 月 1 日《新青年》第 3 卷第 3 号上发表的《我之文学改良观》,是以学术论文形式出现的。它和胡适的《文学改良刍议》、陈独秀的《文学革命论》相比,学术味重。文中对文学的界说,各类文体的改良以及形式上的改革,都是他学术研究的结晶。因此,他是以一个学者的身份卷入这场革命的。这一气质和身份,决定了他在"文学革命"中起到了他的特殊作用。鲁迅就赞誉他"打了几次大仗。譬如罢,答王敬轩的双镄信,'她'字和'牠'字的创造,这都是的。这两件,现在看起来,自然是琐屑得很,但那是十多年前,单是提倡新式标点,就会有一大群人'若丧考妣',恨不得'食肉寝皮'的时候,所以的确是'大仗'"②。评价考察刘半农的杂感在文学史上的地位,切莫忘记他的学者身份和气质。

刘半农的学者气质,决定了他对政治的生疏。鲁迅批评他"颇近于草率,勇敢也有失之无谋的地方"③。他不是个政治家,却做了很多政治文章。他有影响的几篇杂感,如《奉答王敬轩先生》、《随感录·七》、《"作揖主义"》等,都是从政治上提出问题。尽管他对政治陌生,又缺乏韬略,但从他切身体验之中激发出来的政治热情常常是既真诚纯净又热得烫手,呈现出绚丽的色彩。最能反映他的这一特色的就是他的名作《"作揖主义"》。这篇杂感是来自这样的感应:"我们对于我们的主张,在实行一方面,尚未能有相当的成效,自己想想,颇觉惭愧。不料一般社会的神经过敏,竟把我们看得像洪水猛兽一般。既是如此,我们感激之余,何妨自贬身价,处于'匪'的地位:却把一般社会的身价抬

① 刘半农:《刘半农致钱玄同》,见徐瑞岳编《刘半农文选》,人民文学出版社 1986 年版,第 26 页。

②③ 鲁迅:《忆刘半农君》,《鲁迅全集》第 6 卷,人民文学出版社 1973 年版,第 71 页。

高——这是一般社会心目中之所谓高——请他处于'官'的地位？自此以后，你做你的官,我做我的匪。"①正是这一感应,使他获得了极佳的切入口,从而引出了一大段精彩文字,即对"弯腰曲背"的前清遗老,"古颜道貌"的孔教会长,"衣裳楚楚"的京官老爷,满口"梅郎"、"老谭"的评剧家,"阴气逼人"的玄学鬼,"复古狂"王敬轩等拱手作揖:"老先生说的话,很对很对。领教了,再会罢。"达到展览这些群丑的目的。很显然,展览鞭笞群丑的可憎面目的确是他固有的目的,但所谓对他们作揖,不予理睬,乃是一种偶然的感应(他的《奉答王敬轩先生》就是理睬,而且是认真理睬),他仅仅是想借这种偶然的感应,凭着"一时意兴之所至"②,来做一通骂"鬼"文章。尽管这一时的偶然的政治体验是透明的,里面有些什么东西一目了然,但却不可否认,它是最生动的政治。这是刘半农杂感中最为光彩的篇章。

刘半农对散文的改革有很多精彩见解。尤其是他的"文学革命"宣言书《我之文学改良观》中把"破除迷信"作为散文改革的首要任务,提出"非将古人作文之死格式推翻,新文学决不能脱离老文学之窠臼","吾辈心灵所至,尽可随意发挥",以及写散文应如"对面谈天","我是怎样一个人,在文章里就还他是怎样一个人,所谓'以手写口',所谓'心手相应',实在是做文章的第一个条件"③,都是难能可贵的。他的杂感,不管是慷慨激昂的《奉答王敬轩先生》,还是犀利畅达的《"作揖主义"》,都实践了他的理论,确是随意发挥之作,自然洒脱,使人感到可亲。尤其是刘半农又有较为丰富的幽默滑稽小说的创作体验,使他的杂感无论从形象勾勒还是语言运用上,都有一股幽默味,这就更缩短了他和读者的距离,具有现代气息和亲和力。因此,刘半农的杂感在散文解放和蜕变上,亦是具有开拓意义的。

第四节　钱玄同　吴　虞

一　钱玄同:高昂奋发,语多偏激

钱玄同(1887—1939),浙江吴兴县人。他在现代散文史上的地位很特殊,

---

①　刘半农:《"作揖主义"》,见徐瑞岳编《刘半农文选》,人民文学出版社 1986 年版,第 92—93 页。

②③　刘半农:《〈半农杂文〉自序》,见徐瑞岳编《刘半农文选》,人民文学出版社 1986 年版,第 289 页,第 293 页。

是旧的散文的彻底破坏者和否定者。他因曾把国粹派旧文人斥之为“桐城谬种”、“选学妖孽”而名噪一时。他的杂感不多,大多发表在《新青年》杂志上,有十五则“随感录”,还有一些书信,但个性独特,旗帜鲜明,态度激昂,无丝毫调和气味。只要看看他的杂感题目,如《斥顽固的国粹派》、《斥复古国粹派的谬论》、《斥士大夫为封建统治帮凶》等,就可看到他写杂感时的心态:愤怒异常,大有你死我活血战到底的气概。因而当时人们都公认他的杂感“偏激”。在他死后,周作人在悼念他的文章《最后的十七日》中,就客观地指出他的杂感“似乎颇是偏激”。

钱玄同本身就是旧礼教旧文化的受害者。他的家庭信奉旧礼教,他在五岁时有一次因偷看孔尚任的《桃花扇》而被打,眉心留下一块伤痕。他的婚姻也是封建包办式的。因此他常引用谭嗣同的“少遭纲伦之厄”而自况。这就从小铸成了对旧文化旧礼教的仇恨个性。再加上他有严重神经衰弱症,易怒,易激动,易走向极端。

他对旧文学,包括古散文极端愤恨。对桐城派的散文他坚决否定,斥之为“高等八股”、“变形之八股”(《寄陈独秀》)。这种否定使他喜欢把问题推到极点,用词也就必然武断、自信,如胡适在《文学改良刍议》中提出的八条中有一条是“不用典”,而钱玄同在杂感《论应用文之亟宜改良》中却对这一条加以发挥,改成“绝对不用典”。“绝对”两字加上,显示了钱玄同的杂感的个性。又如他对桐城派的散文不满又推及对其他优秀古典文学作品的不满,最典型的是他在《答胡适》一文中竟说:“就是《红楼》、《水浒》,也非青年所宜读;吾见青年读了《红楼》、《水浒》,不知其一为实写腐败之家族,一为实写凶暴之政府,而乃自命为宝玉武松,因此专务狎邪以为情,专务‘拆梢’以为勇者甚多。”这种打倒一切、砸烂一切的勇武精神,虽则在新旧文学的激烈争斗中很有必要,尤其在当时昏睡的中国,需要这样的极端、偏激的霹雳,但从另一层意义上来考察,也说明钱玄同这种极端的狂热是因为缺少理智和策略,呈现出一种书卷气。

钱玄同的杂感在抒写情感的策略上,有一个独特的惯性:即喜欢借“有人说”,以对话引题、入题,在文中也常常穿插对话,包括他的书信、政论和为他人作序,也都是这样,以此构成他的思维定势。如他的《随感录》:

有一位中国派的医生说:“外国医生动辄讲微生虫。其实那里有什么微生虫呢?就算有微生虫也不要紧。这微生虫我们既看不见,想必比虾子鱼子还要小。我们天天吃虾子鱼子还吃不死,难道吃了比他小的什么微生虫,倒会死吗?”我想这位医生的话讲得还不好。我代他再来说一句:

“那么大的牛,吃了还不会死,难道这么小的微生虫吃了倒还死吗?”——闲话少讲。那位医生自己爱拿微生虫当虾子鱼子吃,我们原可不必去管他。独是中国这样的医生,恐怕着实不少。病人受了他的教训,去放量吃那些小的虾子鱼子,吃死的人大概也就不少。我想中国人给“青天老爷”和“丘八太爷”弄死了还不够,还有这班“功同良相”的“大夫”来帮忙,也未免太可怜了。但是“大夫”医死了人,人家不但死而无怨,还要敬送“仁心仁术”,“三折之良”,“卢扁再世”的招牌给他,也未免太奇怪了。①

这里,一开始就摘引一位庸医的高论,继而又加以巧妙引申,使之谬误初现,而后尽情嘲弄,无拘无束,自由自在,痛快淋漓。既不需要多加理论,也不要再加发挥,最后轻轻一笔,把恶果端出,这位庸医的高论即不攻自破,真正达到了“随感”的目的。钱玄同这种思维惯性是他的一种战术。因为他处在文学新旧交替的争斗之中,他也写过不少文言散文,从小“四书”“五经”也读了不少,身上也有不少框框和条条。从文言散文向白话散文的嬗变,不仅是一个语言的转变,其中更重要的是还需破除文言散文森严僵硬的章法。用对话的形式提出问题,摆出问题,或是以对话来抒发感触,可以顿时使文章随便起来、散漫起来、自由起来,从而把原有的章法打乱,这样有利于散文从旧的窠臼中解放出来。钱玄同这一思维惯性既是他自我解放的手段,同时也可对当时散文的解放起到促进的作用。

钱玄同的杂感总的基调高昂激奋,这样的基调是难以持之以恒的。在五四落潮后,他的高音也就消失,一头埋到音韵学研究中去了。但毫无疑问,这一时期钱玄同的杂感,尽管调子偏激,却是他的人生道路上最辉煌的一页。

二　吴虞:非孔非儒,气势凛然

吴虞(1872—1942),四川新繁县人。时称为“蜀中名宿”。在五四杂感作者队伍中,吴虞的年龄较大,已过中年,但火气大,调子高。他的杂感和钱玄同、刘半农的杂感基调相似,语调激愤,组成了五四杂感的高昂旋律。

吴虞的性格是被他的父亲磨砺起来的。他出生在一个地主家庭中,早年曾受过系统的封建教育。在戊戌维新运动的影响下,他转而学习西方资产阶级的社会政治学说,后又到日本留学,接触了卢梭、孟德斯鸠、斯宾塞尔、远藤

① 钱玄同:《随感录五一》,见姜振昌编《启蒙与反叛——“新青年”派杂文选》,文化艺术出版社 1996 年版,第 105—106 页。

隆吉等人的著作,中西文化的比较,在他心中形成情感的冲突,开始产生非孔非儒的思想。之后,在辛亥革命前一年,吴虞因不满其父的丑恶行为而与之发生冲突,结果与父打官司。在道义上他赢了,但却遭到了社会谬论的谴责,被人认为是非礼非法的忤逆行为。当时任四川教育总会会长的徐炯,竟运用他的权力,对他进行声讨。最后竟通过决议,将他逐出教育界。这一事实,促使他和家庭决裂。他宣告父亲是个"魔鬼"。辛亥革命前夕,吴虞因写文章"反对儒教及家属制度",清政府下令要逮捕他,后逃到乡下才幸免于难。五四时期,他高举打倒"孔家店"的旗帜,积极批孔,批判封建旧礼教、旧道德,当时被人们誉为"四川只手打倒孔家店的老英雄"。

这些经历,促使吴虞在五四时期的杂感有一个直接面对面与之作战的对象——父亲。他写于1910年10月的散文《家庭苦趣》就是历数父之过。文中并没有什么过激之词,仅是述说了父亲的一些恶行,但却轰动成都的上流社会,吴虞也因此受到指责和批判。这一事实从反面教育了吴虞,更激起了他的强烈的"审父"意识。中国的封建伦理道德中的"孝",特别为人们所钟爱,也最迷惑人。吴虞牢牢抓住"孝",作为突破口。他的反封建也就最现实地从他的"家"反起,把封建宗法制度、家族制度和封建专制制度三位当作一体来反,这是吴虞杂感独特的批判视角。他在1919年12月发表的杂感《说孝》就是他的代表作。他一眼看透了"孝"的本质:"孝悌的人,必然恭顺,犯上必少。""他们敬孝,所以教忠,也就是教一般人恭恭顺顺的听他们一干在上的人愚弄,不要犯上作乱,把中国弄成一个'制造顺民的大工厂'。孝字的大作用,便是如此?"这种批判,很多出自他的直接体验,所以有一股真切的感情在内,形成一种凛然的气势。

吴虞的杂感重观点的提出,他喊出的口号有鼓动性。如1919年8月他刊登在《新青年》第6卷第6号上的《吃人与孔教》中,最后就发出了这样的呐喊:"吃人的就是讲礼教的,讲礼教的就是吃人的。"锋利之极。诚然,在论证上他还缺乏艺术,如上面的观点,提供的论据似有一些牵强之意。在这种特殊的新旧搏斗的年代里,人们需要的是鼓舞人心的口号,是发人深省的呐喊,因此论证上的欠缺并没有削弱和影响他杂感的威力。

胡适、刘半农、钱玄同和吴虞等的杂感,反映了五四时期一部分知识分子和学者的心态。虽则他们各自都有不同的生活道路,虽则他们都是从旧营垒中走出来的,但他们对新思潮、新文化、新意识的渴望和虔诚却是一致的。他们同时想到了杂感这一爆破筒式的武器,正是用它在破坏旧文学和旧礼教的爆破声中结成了盟友。尽管他们没有宏远的政治目标,也没有坚定的政治信仰(相比之下,胡适要好些,他已被实用主义从头到脚武装起来了),还缺乏政治斗争的韬略,这就决定了他们的杂感中难免会有不同程度的书生气,但是,不管怎样,他们的血是热的,感应是真诚的,是捧着自己的心来参与这场风暴的,因而在现代散文史的舞台上,留下的声音也是属于他们"自己"的。他们用杂感证实了他们的"自我"价值,实现了他们的"自我"价值;同时也用杂感塑造了他们的"自我"形象——尽管这些形象不尽善尽美,却是真实可信的。

第五节　杂感的成因及影响

一　杂感是愤激的产物

现代散文的第一个胎儿——杂感诞生了。或许是封建帝国太森严了,因此,杂感一来到人间,就不同凡响,大喊大叫,东拼西杀,啼鸣的调子是高昂的,形成了现代散文史上的第一个"高音区",打破了中国的万马齐喑的局面。

杂感在中国现代散文史上起着重要的继往开来的作用。

杂感作者的队伍是复杂的。大致有两类:一类是职业的政治家、革命家,如李大钊、陈独秀;另一类是文化人,如胡适、钱玄同、刘半农等。基本的队伍是知识分子,他们的"合"是必然的,因为他们都痛恨旧文学、旧道德、旧礼教,因此都用杂感各自发出自己的声音,尽管他们的调子各有差异,音量也各不相同,但正是这样组成的大合唱才有气势,才成气候！当然,他们将来的"分"也是必然的,因为他们的目标,他们的道路各不相同。他们仅是暂时的联合。但不管怎样,他们写作杂感都是带有庄严的"圣战"与"布道"的性质。他们都是一批具有自觉意识的文化人。他们面对沉重的历史和多灾多难的中华民族,情绪热烈而急躁(也有个别的例外,如鲁迅)。他们都充满信心,有坚强的自信力。在宣传"德先生"和"赛先生"的大旗下,尽管他们的杂感有的政治味宣传味浓一点,文学性差一点,但他们都是以杂感"亮相",表明自己是一个提倡新文化的精神战士。他们是值得后人敬仰的。

五四杂感有口号化倾向,它重视亮出观点,因为这是需要观点的时代。它的基调是一致的——愤激。杂感是愤激的产物。这种愤激来源于杂感家的这样的心理:把新旧文化视为水火不容,不共戴天。因此他们要想用搞爆破的方法来炸开旧文学的突破口,以此达到彻底砸烂旧文化的目的。他们骂旧道德旧礼教为"吃人的礼教",提出要"打倒孔家店"的口号;对于传统散文也一概打翻在地,把它们斥为“桐城谬种”、“选学妖孽”,要斩尽杀绝。这种气概和胆量,无疑应该赢得后人的尊敬。但相比之下,他们在新道德新文学的建设上就缺乏作为。这种骂倒一切、砸烂一切的战术和方法,固然是在进行神圣的战斗,在张扬“民主”和“科学”的过程中,曾产生了积极的效应。但也不可否认,它也反映了我们的先驱一登上现代文学的舞台就有重破轻立、或只破不立的倾向。这将影响到下一代或几代人,历史将要为此付出代价。它也说明了,现代散文的第一个胎儿,就是它和政治联姻的结晶,它固然是一种最有效最理想的宣传文学(事实上它也确实催化和激发了五四运动),但也预示着,现代散文极易为政治同化,它也确实为之后的散文被政治同化作出了榜样。

二　杂感是专制主义者的天敌

杂感从文体的渊源上,远可追溯到诸如孔子的《论语》这样的语录文学。另外历史上的禅门语录,理学语录也都盛极一时。在中国,由于群众文化水平低下,像孔子的《论语》易读易懂也易记易讲,是极有效的宣传工具。在五四前后,陈独秀、李大钊等都看到了中国人民的愚昧现状。陈独秀在他的一篇杂感《韩世昌》中,以鼎鼎大名的昆曲名角韩世昌一字不识,来提示“吾国人识字者之少,万国国民中,实罕其俦”和“目不识丁之行政长官盈天下”的现状。因此为宣传和鼓动之需要,他们创造了这种近似《论语》的语录体杂感,借助通俗的语言,用高昂的调子,把观点鲜明地亮出来。历史已证明,杂感对破坏旧世界是有一种特异效应的。

杂感也是散文和新闻结缘的结晶。在急剧转折的年头,时局刻刻发生激烈的变化。五四杂感作者们的急于改变中国现状的心情,迫使他们的目光时刻追踪时势的新变化,灵活地运用杂感武器,以求和时代同步。因此杂感又是五四时期的仁人志士们匆忙锻造拿上阵来的,既没有周密精心设计,也没有反复试验。因此它既没有标准的文体特征,也没有划一的格式,不讲究秩序,难免粗疏和简陋,有些立论也未必妥当。但不管怎样,它比那些无病呻吟、软弱无力的文字不知要高明多少。而且,它在五四散文作家的手中,渐渐发展成熟,在文体上也走向完善,许多优点如寓庄于谐,粗线条勾勒形象等等也都显示出来了。最后终于造就出了一代杂感大师——鲁迅。杂感也从此决定了它的命运:它的强烈批判性决定了它是专制主义者的天敌。

杂感是对古代传统散文矫枉过正的文体。它对古代传统散文的“义”和“质”来了一个彻底的破坏。它的宣传效应和鼓动功能,一直得到人们的青睐,建国以后流行的“按语”、“语录”,应该说,都是这种杂感的延伸和继续。

第三章　五四散文主潮:怨怒之音(上)

第一节　鲁　迅

一　置身于重围之中的抗争破坏心态

历史早已确立了鲁迅在现代散文史上的地位,他是耸立在现代散文园地上的一座巍巍山峰。不管后人对这座山峰怎样描摹和评论,作为历史上的真实的鲁迅始终是一位脚踏实地在荆棘中前进的斗士。鲁迅清醒地看到,历史为他创造的"直接碰到的、既定的、从过去承继下来的条件",乃是一个霉变、腐烂、死亡的社会,他从不逃避,绝无幻想,把自己的一生自觉置身于敌人重围之中,用自己的热血去厮杀和抗争,并以此谋求政治和散文艺术的契合。正由于他没有丝毫媚骨,没有任何怯弱,因此在中国现代散文史上,只有他能超越"自我",在敌人重围之中,却能享受政治和艺术的自由,从而使他的散文实现了政治和艺术的统一,在中国现代散文史上,堪称一大奇迹。

鲁迅(1881—1936),浙江绍兴人。原名周树人,字豫才,出生于一个逐渐败落的士大夫家庭。"鲁迅"是他 1918 年为《新青年》撰写《狂人日记》时始用的笔名。他的笔名还有戛剑生、树人、自树、索子、令飞、飞行、黄棘、唐俟、何家干、孺子牛、越山、且介等一百九十余个。

鲁迅的祖父周介孚,前清进士,在京作过翰林编修,由于科场行贿下狱,导致家道中落。之后他的父亲又长期患病,为医治父病,只能变卖家产,使他从小就出入于当铺,饱尝了世态炎凉。

他童年就读于绍兴故乡私塾。1898 年考入南京水师学堂学习,次年又改入江南陆师学堂附设的铁路矿务学堂。在那里,他经历了戊戌变法维新思潮的熏陶,又初步接触了西方一些先进思想,信仰达尔文的进化论。新与旧的冲突引起了他的思想的裂变和躁动。他在《〈朝花夕拾〉琐记》中曾这样描述他初看到赫胥黎的《天演论》的心情:

哦! 原来世界上竟还有一个赫胥黎坐在书房里那么想,而且想得那么新鲜？一口气读下去，“物竞”“天择”也出来了，苏格拉第，柏拉图也出来了，斯多噶也出来了。①

真是巧合，胡适思想受两个人影响最大，其中一个也是赫胥黎。“天演论”教会了鲁迅怀疑世界。新的思想如潮水般地涌进中国，拓宽了鲁迅的眼界，他从“百草园”走到了“三味书屋”，继而走向了世界。1903 年 3 月，鲁迅赴日留学，先在东京弘文学院学日语。此时他激情满怀，有他的自题诗为证：“灵台无计逃神矢，风雨如磐黯故园；寄意寒星荃不察，我以我血荐轩辕。”1904 年到日本仙台医学专门学校学医，后又弃医从文。在日本期间，由于母亲的催促，于 1906 年 6 月回国和朱安结婚。鲁迅虽顺从了母亲的意愿，但对这门亲事始终很不满意。

1909 年 6 月，鲁迅回国，先在杭州的浙江两级师范学堂任教。1912 年 2 月，应南京临时政府教育总长蔡元培之邀，到南京教育部任职，后又随教育部迁北京。在北京最初几年，颇为苦闷，以抄录和校辑古书(辑录《谢承后汉书》八卷，纂辑《唐宋传奇集》，校录《嵇康集》等)排遣。后应钱玄同之约，开始为《新青年》撰稿。发表了《狂人日记》、《药》、《故乡》等小说，同时为《新青年》写杂感，开始了他的散文创作历程。在五四时期，他的散文诗集有《野草》，散文集有《朝花夕拾》，杂文集有《热风》、《坟》、《华盖集》、《华盖集续编》等。

1926 年，鲁迅因支持学生运动，在“三一八”惨案后，被列入段祺瑞执政府的通缉名单，他被迫南下，先后在厦门大学和中山大学任教。1927 年，他目睹了 4 月 15 日广州政变，因营救遇难学生无效，愤而辞职。年底到上海，和许广平同居，从此在沪定居，一直到逝世。

(一) 鲁迅前期的受挫经历。

从鲁迅前期的经历来看，有一点非常突出，即：他时时受挫。他在后来的诗中用了一个很生动的比喻，那就是“运交华盖”。他的受挫，大致表现在以下四个方面：

一是家庭受挫。由于祖父下狱，父亲生病，他的家庭败落，他少年时代起就备尝人间艰辛。在《〈呐喊〉自序》中他曾这样描绘过自己的家庭：“我有四年多，曾经常常，——几乎是每天，出入于质铺和药店里，年纪可是忘却了，总之是药店的柜台正和我一样高，质铺的是比我高一倍，我从一倍高的柜台外送上衣服或首饰去，在侮蔑里接了钱，再从一样高的柜台上给我久病的父亲去买

① 见《鲁迅全集》第 2 卷，人民文学出版社 1981 年版，第 296 页。

药。"这是笼罩在他心上的第一个阴影。之后到北京,兄弟又反目,使他在家庭生活上又再度受挫。

二是理想受挫。他青年时满怀激情,留学日本,想通过学医救国。但一次看电影时,亲眼目睹许多留学生在电影上出现中国人被日兵所杀的镜头时,还在鼓掌,而受到强烈刺激。从此弃医从文,完全改变了自己的理想。再有辛亥革命的失败,都使他的满腔热情冷却了下来。

三是婚姻受挫。1906 年,他从日本回国,遵照母亲意愿,被迫和朱安结婚。他曾对朋友说:"这是母亲给我的一件礼物,我只能好好地供养它,爱情是我所不知道的。"①婚后四天,就回东京,以后实际上一直过着独身生活。

四是政治受挫。这一点他自己曾作过概述,说:"见过辛亥革命,见过二次革命,见过袁世凯称帝,张勋复辟,看来看去,就看得怀疑起来,于是失望,颓唐得很了。"②五四之后,他又目睹了一系列的政治大变动和血案,如"三一八"惨案、"五卅"惨案。在"三一八"惨案后,鲁迅"只觉得所住的并非人间。四十多个青年的血,洋溢在我的周围,使我艰于呼吸视听,哪里还能有什么言语?"③他后来因支持学生被免职,并遭通缉。1927 年在广东,又亲眼目睹许多优秀青年被杀,更是愤然。尤其是他还要遭受到同一阵营里诸如太阳社、创造社对他的攻击,使他更为苦闷而孤独。

(二) 鲁迅前期的破坏心态。

挫折使鲁迅在前期的心态始终处于压抑状态之中。这种压抑使鲁迅的心绪很不稳定,既消沉又苦闷。在五四前几年,他"如置身毫无边际的荒原,无可措手的了,这是怎样的悲哀呵,我于是以我所感到者为寂寞","这寂寞又一天一天的长大起来,如大毒蛇,缠住了我的灵魂了"④。他离群孤居,躲在 S 会馆里抄古碑,成了一个远离社会的孤独者。和陈独秀、李大钊等相比,鲁迅很少理想和浪漫色彩,他冷眼透视世界,把世界看透了。他感到自己置身于敌人"重围"之中。

但是,鲁迅在"重围"之中,终于站起来了。这固然应该感谢当时的诸如陈独秀、李大钊、钱玄同等的召唤,但生的压抑反过来又促使他认清必须在抗争中才能生存。时刻不忘敌人,始终面对敌人,他写散文的目的也是为了

---

① 转引自王得后《〈两地书〉研究》,天津人民出版社 1982 年版,第 275 页。

② 鲁迅:《〈自选集〉自序》,《鲁迅全集》第 4 卷,人民文学出版社 1981 年版,第 455 页。

③ 鲁迅:《记念刘和珍君》,《鲁迅全集》第 3 卷,人民文学出版社 1981 年版,第 273 页。

④ 鲁迅:《〈呐喊〉自序》,《鲁迅全集》第 1 卷,人民文学出版社 1981 年版,第 417 页。

和敌人作战:“记得当时的《新青年》是正在四面受敌之中,我所对付的不过一小部分。”①甚至连他的“戒酒,吃鱼肝油”,也是为了敌人,要在敌人的“好世界上多留一些缺陷”②。正因为他清醒地看到自己周围布满荆棘,因此他特别敏感,经常保持高度警惕,尤其是长期的“重围”压抑,使他特别重视“防被欺”。“自称盗贼的无须防,得其反倒是好人;自称正人君子的必须防,得其反则是盗贼”③。他怀着强烈的抗争意识创作杂文,敌人那里稍有动向,他就立刻作出反应。尽管有时怀疑一切,但他的怀疑大多证明是必要的。这就使他具备了创作杂文必须具备的敏捷“感应的神经”。

挫折还使鲁迅的前期心态具有破坏性。鲁迅处在新旧转折时代,腐朽的东西固然不肯退出历史舞台,仍戴上种种面具,召唤亡灵,继续顽抗,而已死的传统,仍像恶魔般地纠缠着人们的灵魂。这一切所浇铸成的“铁屋子”,在鲁迅看来必须破坏。鲁迅的破坏心态最强烈的表示就是要报复,他明确地宣告:

> 不知道我的性质特别坏,还是脱不出往昔的环境的影响之故,我总觉得复仇是不足为奇的,虽然也并不想诬无抵抗主义者为无人格。但有时也想:报复,谁来裁判,怎能公平呢?便又立刻自答:自己裁判,自己执行;既没有上帝来主持,人便不妨以目偿头,也不妨以头偿目。有时也觉得宽恕是美德,但立刻也疑心这话是怯汉所发明,因为他没有报复的勇气;或者倒是卑怯的坏人所创造,因为他贻害于人而怕人来报复,便骗以宽恕的美名。④

鲁迅在这里把他的报复意识发挥得十分透彻。他把“宽恕”作为“怯汉所发明”、“坏人所创造”,加以坚决排斥。在他看来,所谓宽恕的宗教式的爱是弃强就弱的奴隶道德和人类自怯的表现。因此他前期的散文和杂文中所宣扬的报复意识是一种反抗意识和性恶意识。这最集中的表现就是他的仇猫情绪。鲁迅的仇猫情绪的形成是有一个过程的。他在《狗·猫·鼠》中详细地展示了这一过程。起初是在童年时听到祖母讲的“老虎学生”的民间传说后,感到猫身上有股妖气。透过这股妖气,他看到了猫的狡诈和虚伪,这股情绪还是朦胧

① 鲁迅:《〈热风〉题记》,《鲁迅全集》第1卷,人民文学出版社1981年版,第291页。
② 鲁迅:《〈坟〉题记》,《鲁迅全集》第1卷,人民文学出版社1981年版,第4页。
③ 鲁迅:《小杂感》,《鲁迅全集》第3卷,人民文学出版社1981年版,第531页。
④ 鲁迅:《〈坟〉杂忆》,《鲁迅全集》第1卷,人民文学出版社1981年版,第223页。

的不定型的,没有掺进什么政治和社会色彩。但当后来涉嫌到一只可恶的大黑猫偷吃了他饲养的可爱的小隐鼠,残害了邻居三太太饲养的一对天真活泼的小兔,原先蕴藏在意识深层的厌恶感迅速升华,形成仇猫情绪。鲁迅对自己的仇猫情绪概括为三条理由:一是猫的“性情就和别的猛兽不同”,有“慢慢地折磨弱者的坏脾气”;二是“有这么一副媚态”;三是“配合时候的嗥叫,手续竟有这么繁重”。当然,爆发点还是长妈妈告诉他的可爱的隐鼠被猫吃掉了而造成的,因为鲁迅感到,“当我失掉了所爱的,心中有着空虚时,我要充填以报仇的恶念”,并把复仇付之行动,对猫采取追赶、袭击、石打等韬略。仇猫情绪非常集中地折射了鲁迅的复仇心态。

鲁迅的复仇心态,显然是在恶势力的“重围”之中的一种心理倾斜。他的复仇情绪和行为是为了谋求新的心理平衡。这种复仇情绪,固然是受了近代西方哲学的影响的结果,但也是一种我国的农业社会的传统农民意识在鲁迅身上的浸染。尽管鲁迅生长在中小城市里,但他和农民,诸如闰土、长妈妈等有着千丝万缕的联系,使他耳濡目染上许多农民意识。他对百草园的眷恋,对祥林嫂等农民的同情以及复仇情绪都或多或少是农民意识浸染的结果。再则,他“专与袭来的苦痛捣乱,将无赖手段当作胜利,硬唱凯歌,算是乐趣”(1925年3月11日给许广平的信)的造反精神以及主张痛打“落水狗”和对敌人打击讲究时效性等等,都应该说是千百年来的农民造反精神在他身上的映照。而这一切使鲁迅的破坏心态释放出无穷的能量,从而为鲁迅的散文和杂文创作提供了取之不竭、用之不尽的源泉,这也使他斗志长存,永不疲劳,始终保持高昂的战斗热情和创造热情。

长期的挫折使鲁迅心态失衡。他的散文和杂文最少平衡意识,更少富贵升平气,有强烈的攻击性。他总想对于根深蒂固的所谓旧文明施行袭击,令其动摇。他蔑视那些“公正”、“中立”的把戏,决不调和,并以此为豪。他认为那些搞“公正”的人“竟没有一个如我,敢自说是戴着假面和承认‘党同伐异’的,他们说到底总必以‘公正’或‘中立’自居。因此,我又觉得我或者并不渺小。现在拚命要蔑视我和骂倒我的人们的眼前,终于黑的恶鬼似的站着‘鲁迅’这两个字者,恐怕就为此”①。他最厌恶奴才,曾经持续不断地对奴性意识进行激烈的批判。在《灯下漫笔》中,鲁迅概括了当时中国人的通病:“我们极容易变成奴隶,而且变了之后,还万分喜欢。”深刻地分析了这种奴隶病的劣根性,引起人们警惕。在《聪明人和傻子和奴才》中,更是用形象的笔法,把奴才放到

① 鲁迅:《〈两地书〉九三》,《鲁迅全集》第11卷,人民文学出版社1981年版,第241页。

人生舞台上示众。鲁迅的破坏情绪既彻底又坚决,绝无改良色彩,一刻不停地把那些丑恶的事实血淋淋地撕给人们看。他的《论"费厄泼赖"应该缓行》是前期杂文中的代表作,痛打"落水狗"也成了他后半生的行动宣言书。由于鲁迅所处的时代正是新旧转折时代,革命的条件已经成熟,革命的巨人已从未来的地平线上走来,这种攻击心态对革命就特别宝贵,它释放的能量特别巨大,显示的光亮特别耀眼。不过,这种彻底性,有时也易使他走入片面性的胡同。尤其是他的毫不留情和敏捷反应更容易出偏差。如 1919 年 2 月 15 日发表在《新青年》上的《随感录四十七》:鲁迅因为看到了半寸方的一块象牙上刻了一篇行书《兰亭序》,就对这种具有审美价值的微雕艺术,立刻发起猛攻,把它比作是"农民送来了一粒粉,用显微镜照了,竟是一碗饭"。这种讽刺,不免过分。其他诸如对梅兰芳和中医的揶揄,也不无偏激。

鲁迅主张的破坏不是"寇盗式"和"奴才式"的消极破坏,这又使他的抗争破坏意识超越了千百年来的农民意识。在 1925 年 2 月 6 日,他在《再论雷峰塔的倒掉》中,就清算了那种"寇盗式"的破坏和"奴才式"的破坏,认为这两种破坏的结果"只能留下一片瓦砾,与建设无关"。他的破坏虽具有"掀掉这筵席,毁坏这厨房"的彻底性,但他的立足点却是始终把中国放在世界民族之林的地位,也就是担忧中国未来的命运。他在 1918 年 11 月 15 日的《新青年》上刊登的《随感录三十六》中就明确地说出了这种担忧:

> 但是想在现今的世界上,协同生长,挣一地位,即须有相当的进步的智识,道德,品格,思想,才能够站得住脚:这事极须劳力费心。而"国粹"多的国民,尤为劳力费心,因为他的"粹"太多。粹太多,便太特别。太特别,便难与种种人协同生长,挣得地位。

最后的结论是:

> 于是乎中国人失了世界,却暂时仍要在这世界上住!——这便是我的大恐惧。①

这是先行者们的强烈的忧患意识。这种忧患意识反过来又拓展了鲁迅的视野,使他的胸怀博大起来。他对外来文化的理智和宽容,他的"拿来主义"正

---

① 见《鲁迅全集》第 1 卷,人民文学出版社 1981 年版,第 307 页。

是他这种忧患意识的必然折射。另一方面他又寄希望于青年,对青年表示极大的关注和爱护,坚决反对“在嫩苗的地上驰马”①。尽管他在怎样建设新的中国上还不可能有系统的纲领和完整的蓝图,但这种积极的充满忧患意识的破坏心态,具有极强的自信力和再生力,因而也就特别生动而富有光彩,这也是鲁迅杂文的永久魅力所在。

鲁迅还是个持久破坏论者。他深知破坏旧世界的艰巨以及道路的修远,因此他主张要讲究策略。他重视“壕堑战”,即如“欧战”那样:“战士伏在壕中,有时吸烟,也唱歌,打纸牌,喝酒,也在壕内开美术展览会,但有时忽向敌人开他几枪。中国多暗箭,挺身而出的勇士容易丧命,这种战法是必要的罢。”②这既是置身于“重围”之中的生存反应,同时也是置身于“重围”之中的特殊斗争策略。之后他又发展总结为韧的战斗,这都和当时的政治斗争的总形势、总方针相合拍。反过来,这些斗争策略艺术又极大地丰富了鲁迅杂文的内涵。鲁迅的杂文为什么后来为中国共产党所赞扬,并为后人所景仰,重要的原因也就是鲁迅的杂文确实是一部阶级斗争的百科全书,在以往或今后的历史进程中,人们都或多或少地可从中找到启示,从而使它在历史上留下了不灭的影子。

归纳起来,对鲁迅的散文和杂文在中国现代散文史上的地位,应从以下两个方面进行宏观的把握:

1. 应从“民族魂”这一总主题的批判精神来认识鲁迅的散文和杂文。

鲁迅的散文和杂文跳动着的心脏只有一个——“民族魂”。这是鲁迅在新旧世纪转折关头,用自己的实际行动所铸造出来的。他的骨头最硬,他没有丝毫退让,他极少幻想。在他的散文和杂文中,很少发现企望值、理想值。他以独特的人格,在他的散文和杂文天地里解剖人生、改造人生,开辟出一个崭新的天地。只有从“民族魂”这一总主题的批判精神出发,才可能理解他在散文和杂文中为什么始终不懈地攻击这样多的人和这样多的事,才可能谅解他在某些方面的偏激和言辞的过火,才可能认识他散文和杂文所提倡的韧的战斗精神、“壕堑战”的战斗策略以及痛打“落水狗”的战斗决心的价值和意义。如此,才能真正洞察他的散文和杂文在中国现代散文史上的地位:鲁迅是作为民族英雄而永垂青史的。

2. 应把鲁迅的精神和鲁迅的笔法统一起来考察鲁迅的散文和杂文。

---

① 鲁迅:《未有天才之前》,《鲁迅全集》第1卷,人民文学出版社1981年版,第168页。

② 鲁迅:《〈两地书〉二》,《鲁迅全集》第11卷,人民文学出版社1981年版,第16页。

从四十年代起，在评价鲁迅的散文杂文上就开始出现了这样的倾向：一方面对鲁迅的散文杂文的战斗精神加以高度肯定和颂扬，但另一方面，又对鲁迅的笔法加以否定。“在给革命文艺家以充分民主自由，仅仅不给反革命分子以民主自由的陕甘宁边区和敌后的各抗日根据地，杂文形式就不应该简单地和鲁迅的一样”，因此否定了“还是杂文时代”的口号。尤其是延安整风期间对王实味的杂文的批判，更加深了人们对“鲁迅笔法”的畏惧。但是，要真正正确地评价鲁迅的散文和杂文，必须坚持把鲁迅的精神和鲁迅笔法作为一个整体来考察：离开鲁迅笔法，鲁迅的精神就无从体现；同样，如果离开鲁迅精神，那么鲁迅笔法也没有意义。只有坚持将两者统一起来考察其散文杂文，才能真正认清鲁迅的散文杂文在中国现代散文史上的地位、作用和影响。

二　用硬笔抒写的柔文：《两地书》

《两地书》收入鲁迅和许广平在二十年代的一百三十五封通信。其中鲁迅致许广平的六十八封；许广平致鲁迅的六十七封。《两地书》是 1932 年 8 月以后着手选编的，《序言》写于 12 月 16 日。鲁迅偏爱《两地书》，当这部书稿经许广平抄录付排以后，自己又用宣纸工工整整地抄写了一部，作为纪念，可见他对此书的珍视。

尽管鲁迅在 1927 年的《怎么写》中提出，“散文作品中最便当的体裁，是日记体，其次是书简体”。但到后来，他又改变了看法，明确把书信划到文学作品之外。他在《孔另境编〈当代文人尺牍钞〉序》中，认为日记或书信是非文学作品。仅隔一周，他又写了《杂谈小品文》，文章一开始就对当时的一种现象，即“自从‘小品文’这一名目流行以来，看看书店广告，连信札，论文，都排在小品文里了”表示不满，认为“这自然只是生意经，不足为据”。鲁迅固然是有感而发，针对当时社会上用“情书一束”之类装扮成小品来招徕读者的现象予以批评，但也不免绝对，因为自古以来，很多书信就是优美的小品。从文本意义上考察，《两地书》的抒情味较淡，杂感味较浓，因此把《两地书》作为鲁迅前期散文的一个组成部分进行研究更为恰当。

(一) 鲁迅的复杂恋爱观。

鲁迅和许广平的恋爱既特殊又复杂。本来一个人既有爱他人又有被他人爱的权利，但鲁迅面对许广平，却不能爱、不敢爱。因为他们之间，站着一个母亲送给鲁迅的礼物，即他爱的障碍——朱安。因此直到他们相互通了一百余封信后，经历了漫长的爱的拉锯后，鲁迅才理直气壮地向许广平宣告：

……我蔑视他们了。我先前偶一想到爱,总立刻自己惭愧,怕不配,因而也不敢爱某一个人,但看清了他们言行思想的内幕,便使我自信我决不是必须自己贬抑到那样的人了,我可以爱了!①

爱得是如此艰难!这固然有历史的阴影在作祟,还有当时所处的大环境的险恶。他们之间的爱,几乎是在咬紧牙关中挣扎过来的。再加上鲁迅和许广平恋爱期间正是鲁迅经历许多变故,思想最不稳定,处在急剧裂变的时期。因此,尽管《两地书》的内容"不外乎学校风潮,本身情况,饭菜好坏,天气阴晴","并无革命气息"②,但全书富有硬度,充满政治气味,这集中表现在鲁迅的复杂恋爱观上。

由于鲁迅爱得艰难,他的恋爱观也变得丰富多彩,既矛盾又富有变化和摇摆,处处可以看到他的两极心理。在《〈两地书〉二四》中,他曾对当时的矛盾心理作了这样的剖析和概括:"我的意见原也一时不容易了然,因为其中本含有许多矛盾,教我自己说,或者是人道主义与个人主义这两种思想的消长起伏罢。所以我忽而爱人,忽而憎人;做事的时候,有时确为别人,有时却为自己玩玩,有时则竟因为希望生命从速消磨,所以故意拼命的做。"这种在"爱"与"憎"的两极上的变化,正反映了鲁迅的矛盾、复杂心理。

从总体看,鲁迅和许广平的"爱"的纽带恰恰是用他们的共同的"憎"来编织成的。他们共同"憎"这个万恶的社会,在他们的眼中,当时的中国就是一只"漆黑的染缸"③,甚至连他们具体的敌人也是完全一致的,即如章士钊、杨荫榆等人。共同的敌人自然地把他们逼到同一战壕里,《两地书》开首几篇的侧重点就是讨论和章士钊、杨荫榆等人斗争的战略战术,他们最初的"爱"的火花竟是在憎恶中迸发的。

正是在"憎"上,他们找到了共同语言。他们两人恋情的逐步深化也是在"憎"的情绪逐步激化中完成的。这种"憎"并不囿于具体对一两个和自己有直接利害冲突的对象上。随着当时政治形势的动荡和激化,鲁迅"憎"的视角不断扩大,对象不断增多,这集中表现在对当时青年的不满和愤怒上。《两地书》中处处迸发出对当时青年愤怒的火花。他再三地揭示当时一些青年之丑恶行

---

① 鲁迅:《〈两地书〉一一二》,《鲁迅全集》第11卷,人民文学出版社1981年版,第275页。

② 鲁迅:《〈两地书〉序言》,《鲁迅全集》第11卷,人民文学出版社1981年版,第5页。

③ 鲁迅:《〈两地书〉二〇》,《鲁迅全集》第11卷,人民文学出版社1981年版,第71页。

径,“有些青年之于我,见可利用则尽情利用,倘觉不能利用了,便想一棒打杀,所以很有些悲愤之言”①。“我很遇见了些文学青年,由经验的结果,觉他们之于我,大抵是可以使役时便竭力使役,可以诘责时便竭力诘责,可以攻击时自然是竭力攻击”②。鲁迅看透了这些青年的目的,他们对鲁迅“先前日日吮血,一看见不能再吮了,便想一棒打杀,还将肉作罐头卖以获利”③。他对青年感到绝望,下了这样的断语,“还未遇着真有几分为社会的,他们多是挂新招牌的利己主义者。而他们竟自以为比我新一二十年,我真觉得他们无自知之明”,并“决定不再徘徨,拳来拳对,刀来刀当”④。

以上“憎”的目标还相对固定,在《两地书》中,还常常可以看到一种没有固定目标的不稳定的更为仇恨的情绪,这种情绪是针对当时整个社会和整个国民性而来的。如在《〈两地书〉二二》中对“群众”的批判,认为“牺牲为群众祈福,祀了神道之后,群众就分了他的肉,散胙”⑤,以至于对群众的游行示威的蔑视。他感到世态炎凉,“我先前何尝不出于自愿,在生活的路上,将血一滴一滴地滴过去,以饲别人,虽自觉渐渐瘦弱,也以为快活。而现在呢,人们笑我瘦弱了,连饮过我的血的人,也来嘲笑我的瘦弱了”。他感到这个社会,人与人的关系就是“利用”⑥等等。鲁迅在《两地书》中“憎”的目标的不稳定性和情绪的激化起伏,反映了他在这一时期的迷茫、颓唐、孤独乃至绝望的心理状态,他在《两地书》中也时时透露,自己会“莫名其妙的悲哀”⑦。这种情绪在后一时期他写的散文诗集《野草》中也有所流露和显示。

综上所述,“憎”是鲁迅《两地书》中的复杂恋爱观的基础,对我们今天研究《两地书》有重要意义。把鲁迅的《两地书》中的“憎”的情绪放到现代散文史的长河里来考察,有两点结论十分清楚:

1.《两地书》处在鲁迅五四时期的杂感到后期杂文之间的中间地带,《两地书》中“憎”的情绪正是鲁迅在五四前后写的杂感中抗争愤激情绪的延伸和激化,它说明,鲁迅将沿着五四杂感所开辟的抗争道路坚定地走下去。正是

---

① 鲁迅:《〈两地书〉九三》,《鲁迅全集》第11卷,人民文学出版社1981年版,第240—241页。

② 鲁迅:《〈两地书〉六九》,《鲁迅全集》第11卷,人民文学出版社1981年版,第191页。

③④ 鲁迅:《〈两地书〉七九》,《鲁迅全集》第11卷,人民文学出版社1981年版,第212页。

⑤ 鲁迅:《〈两地书〉二二》,《鲁迅全集》第11卷,人民文学出版社1981年版,第75页。

⑥ 鲁迅:《〈两地书〉七三》,《鲁迅全集》第11卷,人民文学出版社1981年版,第200页。

⑦ 鲁迅:《〈两地书〉八三》,《鲁迅全集》第11卷,人民文学出版社1981年版,第222页。

《两地书》中的“憎”，把鲁迅前期杂文和后期杂文贯通了。

2. 这种“憎”的情绪，既是鲁迅和许广平爱情乐章中的强音符，也是整个时代情绪的反映。尤其是《两地书》对污浊社会和敌人的刻骨仇恨也是鲁迅整个杂文中“民族魂”的一个不可分割的部分。因此《两地书》中的主题和鲁迅整个杂文的主题是完全一致的。

“憎”是一种动态情绪。在鲁迅处处受挫的失望心态下，这种“憎”的情绪极不稳定，并容易走向极端，尤其是鲁迅早期受过赫胥黎的《天演论》的影响，时刻以怀疑一切的眼光判断是非。《两地书》是给恋人的情书，但情书的色彩很斑斓：有的是对战友的爱护，如《两地书》中一开始，鲁迅多次反复地向许广平传授壕堑战的经验和韧的咬住不放的战斗精神，到后来这就转变为整个无产阶级和人民群众的宝贵的阶级斗争经验；有的是人生经验的总结，如鲁迅一再提醒许广平不要轻信，不要乱帮助人，这种“防被欺”也成了整个社会的共同财富。尤其是鲁迅的“憎”的情绪推向极端还滋生了这样一个副产品——即对个人主义的崇拜。鲁迅在《〈两地书〉九五》中明确宣告，“我近来的渐渐倾向个人主义，就是为此；常常想到像先前那样以为‘自所甘愿，即非牺牲’的人，也就是为此；常常劝别人要一并顾及自己，也就是为此”。这并不是什么反语，而是一种真实情绪的流露。事实上，在《两地书》中他们之间的爱情也确实富有个人主义色彩，从“憎”的方面来看，鲁迅所憎恨的一些人，固然是阶级斗争的反映，但更多的也是因为这一些人损害了鲁迅的“我”的利益。这样，鲁迅当时的抗争也就打上了个人主义的烙印，如他消极怠工，“至于工作，我不至于拼命，我实在比先前懈得多了，时常闲着玩，不做事”①。在其他信中也时常说要“玩”，甚至有时几乎要讲“宁我负人，毋人负我”②，不肯再帮助人，而且把这一套也灌输给许广平。这种利己主义、个人主义，既是鲁迅在思想急剧裂变中的一个副产品，也是颓唐中不能用立竿见影的抗争办法（如武装斗争之类）时的一个有效的抗争，而它又丰富和增添了《两地书》的色彩和味道，产生了永久的魅力。

（二）随便的“赤条条上场”。

鲁迅对书信的写作和鉴赏有过深刻的论述。概括起来，他的观点是，书信要随便真实。他认为，“写信固然比较的随便，然而做作惯了的，仍不免带些惯性，别人以为他这回是赤条条的上场了罢，他其实还是穿着肉色紧身小衫裤，

---

① 鲁迅：《〈两地书〉五八》，《鲁迅全集》第11卷，人民文学出版社1981年版，第164页。

② 鲁迅：《〈两地书〉七三》，《鲁迅全集》第11卷，人民文学出版社1981年版，第198页。

甚至于用了平常决不应用的奶罩。话虽如此,比起峨冠博带的时候来,这一回可究竟较近于真实”①。这和鲁迅的写散文“大可以随便的”的创作观完全是一致的。从这一观点出发,他认为人们鉴赏书信主要是“远之,在钩稽文坛的故实,近之,在探索作者的生平”。“要知道这人(指书信作者——引者注)的全般,就是从不经意处,看出这人——社会的一分子的真实”②。总之,不管是写书信也罢,读书信也罢,鲁迅都主张要随便真实。《两地书》也正是这种随便真实的创作思想的成功实践。

固然,从《两地书》来看,并不是一开始就随便起来的,尤其是开始的十几封。因为他们是初次相交,尽管是师生,但双方的心尚未沟通,都比较严肃,小心翼翼地讨论问题——而且是政治化的严肃问题。相比之下,许广平比鲁迅要随便自如些,鲁迅反倒拘谨,说教成分多。可能是年龄、地位、性别的关系吧。这一点鲁迅也是意识到的,他在 1934 年 12 月 6 日致萧军、萧红信中就说:“《两地书》其实并不像所谓‘情书’,一者因为我们通信之初,实在并没有什么关于后来的预料的;二则年龄,境遇,都已倾向了沉静方向,所以决不会显出什么热烈。”但后来两人的恋情愈来愈炽烈,这表现在以下两个方面:

1. 个性顽强显示。衡量一封书信是否随便真实,重要的一条应该是不管他“写的是什么,这个人总还是这个人”③,在《两地书》中就显示了鲁迅的“一有所憎,即刻不可耐,坐立不安”④的个性,到处可见他的抗争和决不妥协的品格。在《两地书》中鲁迅给许广平的第一封信中论述到走“人生”的长途如何度两大难关时,就鲜明地显示了他的个性,他遇见老虎,“我就爬上树去,等它饿得走去了再下来,倘它竟不走,我就自己饿死在树上,而且先用带子缚住,连死尸也决不给它吃。但倘若没有树呢?那么,没有法子,只好请它吃了,但也不妨先咬它一口”,真是至死不渝。另外,信中随时对一些他所厌恶的人和事的抗争,也都表现了他的个性。

2. 平凡中的率真。鲁迅在《〈两地书〉序》中自我评价《两地书》的特色是“他的平凡”,而平凡中的率真确是很难的。鲁迅就尖锐地批评了当时一些极“左”观念,似乎“作家一旦向左,则旧作也即升天,连他孩子时代的啼哭也合于革命文学之概”。因此他就声明《两地书》“其中并无革命气息”⑤。也就是说,

---

①②③ 鲁迅:《孔另境编〈当代文人尺牍钞〉序》,《鲁迅全集》第 6 卷,人民文学出版社 1981 年版,第 414—415 页,第 414 页,第 414 页。

④ 鲁迅:《〈两地书〉七七》,《鲁迅全集》第 11 卷,人民文学出版社 1981 年版,第 208 页。

⑤ 鲁迅:《〈两地书〉序言》,《鲁迅全集》第 11 卷,人民文学出版社 1981 年版,第 5 页。

他在《两地书》中写的是平凡的事、讲的是平凡的话、抒发的是平凡的感情,这种一致性真是最可贵的随便和率真。如《两地书》中谈到一些生活琐事,包括他在厦门大学小便的近乎泼皮的动作都和盘托出,尽管由于当时形势的险恶,在"较为紧要的地方","故意写得含糊些",但整个《两地书》都亲切自如,不掩饰,不做作,达到了随便真实的境界。

还应指出,由于当时文坛上充斥了《情书一束》之类庸俗的东西,《两地书》的出版是对这种庸俗文风的一个有力的遏制,为之后的书信写作树立了一个良好的榜样。

三 怀旧美文:《朝花夕拾》

(一) 纪实视野:超越物质的精神视野和文化视野。

《朝花夕拾》是鲁迅写于1926年的叙事回忆之作,计十篇。前五篇作于北京,后五篇作于厦门,原载于《莽原》半月刊的专栏《旧事重提》上,1927年结集时改成《朝花夕拾》。

鲁迅作《朝花夕拾》时已45岁,虽不算老,但他历尽风雨,看透世态炎凉,不禁回视起童年和少年时的经历,所以,《朝花夕拾》是怀旧之作。

鲁迅在1926年突然把目光投向故乡和童年,有其历史原因:

从现实大形势看,国内政治比较压抑。1926年前后,屡屡发生血案,"五卅"惨案、"三一八"惨案等,血与火的现实使鲁迅彻底失望。由于他同情"三一八"惨案中的学生而遭到通缉,被迫去厦门任教,结果是"生活也实在无聊"①,"周围多是语言无味的人物,不足与语,令我觉得无聊。他们倘肯让我独自躲在房里看书,倒也罢了,偏又常常寻上门来,给我小刺戟"②,情绪极坏。他在这一时期的外倾态势屡遭打击,内心严重失衡,这样深藏的内倾意识中的体验和印象就自然冒了出来。鲁迅在《〈朝花夕拾〉小引》中曾这样来描述他当时的心态:"我有一时,曾经屡次忆起儿时在故乡所吃的蔬果:菱角,罗汉豆,茭白,香瓜。凡这些,都是极其鲜美可口的;都曾是使我思乡的蛊惑。"《朝花夕拾》中的思乡情绪的复燃和升腾,既是鲁迅在现实挫折面前的一种情绪上的补偿,也是自我防御性心理的一种自动调节。

同时,还应该看到鲁迅在1926年的前几年中,在北京一直处在现实斗争漩涡之中,神经紧张,思想长期集中在政治热点上。之后,一旦离开北京,远离

---

① 鲁迅:《〈两地书〉五三》,《鲁迅全集》第11卷,人民文学出版社1981年版,第149页。

② 鲁迅:《〈两地书〉五四》,《鲁迅全集》第11卷,人民文学出版社1981年版,第152页。

现实斗争漩涡，思想松弛下来，才有余暇来思乡怀旧。所以《朝花夕拾》中的部分篇章又是鲁迅作战之余的小憩中采撷来的花朵。从鲁迅的整个文学创作史来看，《朝花夕拾》是一支富有抒情味的小插曲，用鲁迅的话说是“带露折花”，“色香自然要好得多”①。

《朝花夕拾》的题材较杂，但大多数取材于昔日的一些经历，有他儿时家中所熟悉的一些动物，如狗、猫、鼠之类；有他小时的一些读物，如《山海经》、《二十四孝图》等；有他家乡的一些风土人情，如庙会、地方戏等；有他昔日的师友和其他交往的人，如藤野先生、范爱农、长妈妈、父亲、陈莲河医生等等。鲁迅把这些材料摄取到他的《朝花夕拾》里来，并非是复制他童年时的乐趣和印象，而是企图通过对童年时的体验再认识，寻觅对人生价值的新肯定。从心理学角度考察，人到中年以后，也往往要去重新确认新的价值，即人的精神价值。因此，《朝花夕拾》的纪实视野是始终立在超越物质的基点上，这是追求新的价值的一种精神视野和文化视野。这种视野植根于广阔的文化反思的土壤上，它具有强烈的“审父”意识：如《二十四孝图》中对“老莱娱亲”和“郭巨埋儿”的严厉批判，《从百草园到三味书屋》中对枯燥的“三味书屋”中的僵硬乏味的学习生活的否定，《父亲的病》中对庸医的鞭笞等等。尽管面对不同的否定对象，鲁迅采用不同分寸的批判方式，如对“三味书屋”中的这位读起书来把头“拗过去，拗过去”的先生是善意地批判，而对《二十四孝图》中的老莱子和郭巨的批判就毫不留情，但统起来看，这些否定均是五四新文化运动的延伸和余波。

鲁迅在严厉审视父辈文化的同时，非常重视父与子两代人的“代沟”现象。他很不理解父辈们为什么要把“老莱娱亲”和“郭巨埋儿”作为“孝”的楷模，发出“‘孝’有如此之难，对于先前痴心妄想，想做孝子的计划，完全绝望了”的感叹。他在《五猖会》中凸现了这个现象。当“我”儿时急着要去参加罕逢的五猖会盛事时，半路上杀出“父亲”，偏偏要“我”去背《鉴略》，直到背出才放行。这幅画面和《从百草园到三味书屋》中的那位先生高声读书，学生纷纷开小差的景观相映成趣。作者注意到这两代人的心理隔膜和情绪差距，也就意识到旧文化和旧传统的因袭负担的沉重。其实鲁迅早就注意到这一问题，1918 年 9 月 15 日他发表在《新青年》上的“随感录二十五”，就提出“父亲”有两种，一种是只会生，不会教的“孩子之父”，而在他看来，“中国所多的是孩子之父”。这里《五猖会》中的“父亲”看来就是一个“孩子之父”。为解决这一“代沟”，鲁迅作出了努力。在《阿长与〈山海经〉》中引进了长妈妈这个参照系。长妈妈目不

① 鲁迅：《〈朝花夕拾〉小引》，《鲁迅全集》第 2 卷，人民文学出版社 1981 年版，第 229 页。

识丁,却善解儿童心理,当"我"朝思暮想《山海经》时,她却"告假回家"四五天,终于觅来了《山海经》,使"我"喜欢得"震悚起来",长妈妈和"我"居然是这样"心有灵犀一点通",他们融到了一个天地之中。长妈妈的这种爱是一种质朴的出于原始本能的爱。联系到《从百草园到三味书屋》中的那个极不显眼的"百草园"却是"我"儿时的真正乐园的描写来看,鲁迅是想把人性的复归(天性)和回返自然作为消灭两代人之间的鸿沟的一帖良药来供人们参考。其实,这帖良药鲁迅早就告诉过人们,他在 1919 年 10 月写的《我们现在怎样做父亲》中,就用"进化论"的观点,主张"将这天性的爱,更加扩张,更加醇化;用无我的爱,自己牺牲于后代新人"。《朝花夕拾》不过是借助形象把它图示出来。这一帖良药虽则给《朝花夕拾》带来了新的张力,但它的效果毕竟是有限的。从这一层意义上看,鲁迅对父辈的文化是陷入了深深的失望,《朝花夕拾》的主导面是把旧文化的面纱撕给人们看,让人们了解到它的不可救药性。

1926 年,在鲁迅的思想发展史上,是极为关键的一年,他对进化论已从仰慕到抛弃。对于中国的问题的解决方法,他的思想已经历过许多裂变,逐步认识到中国的社会里的"大小无数的人肉的筵宴,即从有文明以来一直排到现在,人们就在这会场中吃人,被吃,以凶人的愚妄的欢呼,将悲惨的弱者的呼号遮掩,更不消说女人和小儿"。他主张解决的办法,必须"扫荡这些食人者,掀掉这筵席,毁坏这厨房"①。可见,鲁迅的思想日趋成熟。因此,《朝花夕拾》是他从文化这一层面上严肃深刻反思的结晶。这种反思促使他在人格上进一步完善,成了他思想上彻底飞跃的助动力。"扫荡这些食人者,掀掉这筵席,毁坏这厨房"并不仅仅是针对社会政治制度,无疑也包括对那吃人的旧文化的扫荡。在《朝花夕拾》中,作者在"返老还童"中成了一个"觉醒的父亲",他实质上作出了"解放幼者"的业绩,即"自己背着因袭的重担,肩住了黑暗的闸门,放他们到宽阔光明的地方去;此后幸福的度日,合理的做人"②。《朝花夕拾》的真正"返老还童"的深远意义也正是在这里。

(二) 纪实心态:对童真情绪的崇拜和礼赞。

《朝花夕拾》的十篇散文,循环回荡着作者的童真情绪。这些童真情绪在大人眼中无法解释,但在儿童眼中却很自然,它是人固有的本性。在《狗·猫·鼠》中作者写了自己十岁左右时的仇猫情绪,这缘由很简单,就是因为猫"吃了我

① 鲁迅:《灯下漫笔》,《鲁迅全集》第 1 卷,人民文学出版社 1981 年版,第 217 页。

② 鲁迅:《我们现在怎样做父亲》,《鲁迅全集》第 1 卷,人民文学出版社 1981 年版,第 140 页。

饲养着的可爱的小小的隐鼠”,结果也就产生出报仇的欲望,以至于凡是遇见猫,“最先不过是追赶,袭击;后来却愈加巧妙了,能飞石击中它们的头,或诱入空屋里面,打得它垂头丧气”。这种同情弱者,仇恨强者的心理以及那既认真又带有可笑的报仇方法,都似乎极易阐述清楚,但又实在难以剖析明白。在作者来说,这些都是无师自通,大概就叫做天性吧。鲁迅承认天性,他在《谩骂》中就说:“儿童的行为,出于天性。”所以,《二十四孝图》中“我”看到“郭巨埋儿”后的惶恐,《从百草园到三味书屋》中对百草园的礼赞和对三味书屋的厌恶,《琐记》中对衍太太的复杂心态等等,都是儿童心灵上的天然生动的奥秘。鲁迅把这些奥秘牢牢地保存着,执拗地思念着。这种保存本身就是鲁迅具有儿童天性的最生动体现。《朝花夕拾》仅是鲁迅的儿童天性的再现罢了。

不过,鲁迅这种童真情绪的复归是艰难的。鲁迅当时的处境极为艰险和危难。当一个人能在社会上发生作用,就必然会招来敌人;起的作用越大,敌人会愈多。鲁迅从五四开始,在社会上影响愈来愈大,敌人也愈来愈多。他一直在作战,左冲右突,不媚俗,不迎合。敌人骂他,不理解的朋友也在骂他,这一切,迫使他在流离和苦闷中去追忆童年,捡拾美好的记忆,并由此去寻觅和认可新的价值。因此,在《朝花夕拾》中的许多篇章,如《狗·猫·鼠》、《二十四孝图》、《琐记》等就不时要直接站出来,或嬉笑怒骂,或正面攻击,或捎带一笔,和他人作战。鲁迅的厄境和强烈的愤懑情绪,给童真情绪的描写带来了不利的一面,它时常要惊醒他回忆童年的美梦。这种惊醒固然是刺敌需要,而且基本上是采用捎带一笔的战术来进行的,但还是影响到童真情趣的展示,如《狗·猫·鼠》、《二十四孝图》、《琐记》等被愤懑情绪干涉多了一点,童情童趣就大为逊色;相比之下,《从百草园到三味书屋》、《阿长与〈山海经〉》、《五猖会》等文中愤懑情绪比较克制,童情童趣就更自然动人。

(三) 纪实笔法:全方位的散点透视。

童真情绪使《朝花夕拾》的纪实视角灵活多变。在每一篇散文中,作者从不专心致志地把视角拘泥于某一点的狭窄地盘上,而是采取全方位的散点透视,以达到准确地最大限度地展示童真情绪的最高目的。这种纪实视角可以称之为童年视角。

本来,童真情绪是一种充满活力的含有无穷滋味的美好情绪。儿童视野中的一切,包括应该赞美的、应该仇恨的、应该怀疑的等等,都有他们的独特判断方式和独特结论,这些方式和结论不管是以什么形式(明晰的,还是模糊的)出现,都常常是至善至真至诚。基于这种认识,鲁迅的视角以童真情绪为基点,以它的变动来构筑视角变动的轨迹。如《五猖会》是写作者在儿时所罕逢的一件盛事——到东关看五猖会。文章从遥远的历史起笔,侃侃而谈“赛会”的盛况,以“曲径通幽”的笔法,引入本文的主要事件,即到东关看五猖会。这时作者的视点极灵活敏捷地在“我”和“父亲”身上来回跳动。先是透视“我”在出发前的雀跃心情,而后又跳到“父亲”那一边,写“父亲”勒令“我”背《鉴略》,一定要背出,方可走;再又回到“我”身上,写背书的艰难和痛苦;之后再集中到“我”和“父亲”身上,背书终于成功,似乎可以高兴地上路了,可是结尾却是——

> ……开船以后,水路中的风景,盒子里的点心,以及到了东关的五猖会的热闹,对于我似乎都没有什么大意思。
>
> 直到现在,别的完全忘却,不留一点痕迹了,只有背诵《鉴略》这一段,却还分明如昨日事。
>
> 我至今一想起,还诧异我的父亲何以要在那时候叫我来背书。①

本来,对于“我”来说,观“五猖会”是朝思暮想的乐事,现在彻底被“父亲”搅坏了。尽管视点集中到“我”一人身上,但作者却还是让它来了一个正反急剧散点浮动:先是从反面否定的角度,写风景、点心,乃至“五猖会”,全都对于“我”失去了意思;而后再从正面斩钉截铁地写背书的刻骨铭心,永远难忘。这种正反散点浮动均是从童真情绪上孳生出来的根蔓。而最巧妙的还是最后一句话,用“我至今一想起,还诧异我的父亲何以要在那时候叫我来背书”,让全文所展示的童真情绪留下空白,待读者去咀嚼和思考,使文章闪烁着一种模糊美。这种模糊美是纯真的童年视角导演出来的,它有对“我”和“父亲”的准确的散点透视为坚实依据:即“我”之出发前的雀跃和受戕害之后的愤懑的心理反差以及“父亲”要“我”背书的那种武断和“我”的苦闷情绪造成的错位,都给读者的思索指示了方向,从而增强了文章的童真情绪的内涵和分量。

童真情趣的至善至真至诚,也决定了《朝花夕拾》在记人叙事上的率真,具有一种纯情的童稚气的不确定性和复杂性。在对人物性格的展示上特别鲜明地表现了这一点。这种儿童式的立体性的视角使得作者获得了选材的极大自由权。如《阿长与〈山海经〉》中的长妈妈刚出场时并不令人喜爱,外形是“黄胖而矮”,尤其是“喜欢切切察察”,而且那“竖起第二个手指,在空中上下摇动”的小动作,很像阴谋家。再加上她睡觉时伸开两脚两手,在床中间摆的那个“大”字,更把“我”搞得苦不堪言。另外她的许多清规戒律,如元旦时要我说“阿妈,

---

①　鲁迅:《五猖会》,《鲁迅全集》第2卷,人民文学出版社1981年版,第264页。

恭喜”,并吃一点福橘以及对长毛传说的散播等等。或许在大人看来,这一切都无关紧要,而且也不能从政治或阶级上来赋于她什么色彩,但却在“我”的童年脑海里深深烙下印迹,有的还有切肤之痛,如那个“大”字形的睡觉姿势,作者就把它捧出来,勾勒了在孩童心目中的活的长妈妈形象。当然这个形象并不是一个大杂烩,“我”的倾向是鲜明的,最后她为了满足“我”的要求,告假回去,精心地为“我”寻觅到《山海经》,这对孩童心理的尊重,赢得了“我”的尊重,长妈妈是一个富有多重性格的圆形人物。

童年视角的全方位散点透视,使得《朝花夕拾》充分发挥了作者在杂文中创造的勾勒形象的艺术。“我的杂文,所写的常是一鼻,一嘴,一毛,但合起来,已几乎是或一形象的全体”①。作者注重勾勒形象的轮廓,即在那些能反映童趣的材料上,重笔勾画,凸显印象,如《琐记》中的衍太太,勾勒凸现她的形象时,有这样一个小镜头:

> 我已经十多岁了,和几个孩子比赛打旋子,看谁旋得多。她就从旁计着数,说道:“好,八十二个了!再旋一个,八十三!好,八十四……”但正在旋着的阿祥,忽然跌倒了,阿祥的婶母也恰恰走进来。她便接着说道,“你看,不是跌了么?不听我的话。我叫你不要旋,不要旋……”②

一个细节,栩栩如生地显示了衍太太的两面派形象。笔墨少,效果好。至于《藤野先生》中的“脖子扭几扭”的留学生,《范爱农》中的“眼睛白多黑少”,都会深深烙在人们的脑海里,印到人们身上。正因为“一鼻、一嘴、一毛”的凸现,才能使作者真正放开手脚去散点透视,实现他提出的散文“大可以随便”的写作主张,使《朝花夕拾》的大多篇章洒脱而富有气势。这种纪实风对之后的散文产生了深远的影响,如丰子恺的许多回忆童年之作中就可看到鲁迅的纪实手法的影子。

四 散文小说合流的奇观:《呐喊》与《彷徨》

鲁迅自称“我是散文式的人”③,但他的小说颇有成就,《呐喊》、《彷徨》是他的代表作。不过,《呐喊》、《彷徨》中间有很多篇章与其说是小说,不如说是

---

① 鲁迅:《〈准风月谈〉后记》,《鲁迅全集》第5卷,人民文学出版社1981年版,第382页。

② 见《鲁迅全集》第2卷,人民文学出版社1981年版,第291—292页。

③ 鲁迅:《致山本初枝》,《鲁迅全集》第13卷,人民文学出版社1981年版,第612页。

散文,可以把它们当作散文来读。事实上,这两本小说集若用正宗小说观念来衡量,合"小说"之名者少,多数既是小说,又是散文,这就是中国现代文学史上出现的散文小说合流的奇观。

(一) 揭出病苦,疗救人生,促使鲁迅的小说和散文结缘。

鲁迅写小说的宗旨是:"不过想利用他(指小说——引者注)的力量,来改良社会。"为此,他解释道:

> 说到"为什么"做小说罢,我仍抱着十多年前的"启蒙主义",以为必须是"为人生",而且要改良这人生。我深恶先前的称小说为"闲书",而且将"为艺术的艺术",看作不过是"消闲"的新式的别号。所以我的取材,多采自病态社会的不幸的人们中,意思是在揭出病苦,引起疗救的注意。①

这里,鲁迅对自己写小说的动机论述得直率而肯定,他要强烈地显示自己鲜明的倾向性和明确的目的性,这就必然导致他的小说要突破那些脱离生活的旧小说格局,打破原有的清规戒律,向可以直接抒情写志的散文靠拢,从而与"闲书"划清界限,以此直接宣泄自己的情绪和倾向。如《呐喊》中的《头发的故事》和《风波》都是写于1920年10月的同类题材作品,但在写法上却有明显的不同。《风波》是通过一系列生动、形象的情节来展示主题,是含蓄深沉的小说写法;而《头发的故事》则几乎通篇都是N先生的叙述和议论,用散文直抒胸臆的手法,直接显露了作品的倾向,既无情节冲突,也没有对人物作充分的描绘,是完全散文化了的。之所以这样,是因为双十节带给人们的失望如同骨鲠在喉,使鲁迅再也按捺不住,终于喷发而出。在这种急切显露倾向的激情驱使下,他写成了散文化的小说。在《呐喊》、《彷徨》中不乏这样的作品。有的是出于"扫荡这些食人者,掀掉这筵席,毁坏这厨房"的义愤而促使他用散文化的笔法来写人生,如《狂人日记》;有的是因为"砭锢弊常取类型"②的需要,促使他用散文化的笔触来描绘社会,如《示众》、《肥皂》;有的是随感而发,坦率地解剖自己的灵魂,所以用散文笔调来表达自己的思想情绪,如《一件小事》等等。不管怎样,为了直接表现自己的思想观点及其情绪,他把散文抒情言志的直接性、显示倾向的鲜明性的优势借用过来,从而在文体上形成了小说和散文的

① 鲁迅:《我怎么做起小说来》,《鲁迅全集》第4卷,人民文学出版社1981年版,第512页。

② 鲁迅:《〈伪自由书〉前记》,《鲁迅全集》第5卷,人民文学出版社1981年版,第4页。

模糊。

（二）不信“小说作法”，不信一切“招牌”，形成了鲁迅小说散文模糊的“格式的特别”。

鲁迅不信“小说作法”，用他自己的话说就是：“能写什么，就写什么。”①因此他的小说不循成“法”，不拘一“格”，突破了旧小说的固有格局，而与“大可以随便的”②散文创作结缘，形成了“格式的特别”③的小说和散文的模糊。

在《彷徨》中有四篇小说，都给那些假道学画了像，即《祝福》中的鲁四老爷，《肥皂》中的四铭，《高老夫子》中的高尔础，《离婚》中的七大人。其中的《祝福》是以标准的小说写法，把鲁四老爷这个封建卫道士和祥林嫂的命运交杂起来，刻画他的凶残本性。而后三篇则完全变换了技法：《肥皂》中对四铭的刻画用了漫画式的散文速写法，仅用一个镜头：大街上流氓侮辱女丐时说：“你不要看得这货色脏。你只要去买两块肥皂来，咯支咯支遍身洗一洗，好得很哩！”这话使四铭身不由己地去买了一块香皂，准备“咯支咯支”，从而揭示了这位高唱“忠孝大节”的假道学者的肮脏灵魂；《高老夫子》则是用大起大落的剪影对比的散文笔法，剥掉了高尔础提倡整理国故和满纸“国民义务”的外衣，还了他不学无术的本来面目；在《离婚》中，七大人虽与小说的整个故事情节有关，但却是用夸张的散文特写手法去凸现七大人性格的，通过对“屁塞”和“来……兮”的详尽描写，把他的淫威写得入木三分。后三篇小说对那些假道学嘴脸的成功描写，全得力于鲁迅所取的散文笔法，并将之与在人物关系和情节发展中显示人物性格的小说笔法有机地交融在一起，达到了刻画深切、技巧圆熟的地步。

这种模糊融合，就小说与散文的关系来说，是一种正常现象。从文体来说，小说的产生和发展，离不开散文。它们之间虽有一定的界限，但又有内在的亲缘关系，因此出现小说和散文的模糊，是毫不奇怪的。鲁迅认为，小说和散文的区别主要是材料的整齐与否。他在总结《野草》和《彷徨》的写作经验时说：“有了小感触，就写些短文，夸大点说，就是散文诗，以后印成一本，谓之《野草》。得到较整齐的材料，则还是做短篇小说。”④因此，他在创作小说时，常以

① 鲁迅：《关于小说题材的通信》，《鲁迅全集》第4卷，人民文学出版社1981年版，第369页。

② 鲁迅：《怎么写》，《鲁迅全集》第4卷，人民文学出版社1981年版，第24页。

③ 鲁迅：《〈中国新文学大系·小说二集〉序》，《鲁迅全集》第6卷，人民文学出版社1981年版，第238页。

④ 鲁迅：《〈自选集〉自序》，《鲁迅全集》第4卷，人民文学出版社1981年版，第456页。

散文的笔法去写人写事,去宣泄自己的倾向,而且取得了独树一帜的艺术成就。

(三) 在小说和散文合流的模糊中的美学追求。

鲁迅的小说和散文合流,导致了鲁迅小说美文化,它们显示的艺术特色主要表现在以下三方面:

一是单刀直入。小说讲求背景的展示,情节的交代。鲁迅对此进行了革命,他将传统民族文化的特点,如旧戏没有背景,剪纸没有陪衬,大胆借用到小说中来,以"避行文的唠叨,只要觉得够将意思传给别人了"①就行。这种直来直去的散文化写法,使得他的有些小说有开门见山的特点。如《幸福的家庭》一开始就拉开不幸福的幕布,《一件小事》一下子闪电般把事情的来龙去脉放到读者眼前,《离婚》的开场,爱姑和她的丈夫就已到了剑拔弩张的地步,等等。这些小说,省去了很多写背景的笔墨,没有什么冗杂的陪衬。

这种"单刀直入"写作法固然可以避免行文唠叨,但也会带来一个问题:它限制了矛盾展开的天地,使矛盾发展速战速决,处理不好会影响人物的刻画。鲁迅为了避免这一问题,坚持做到了"选材要严,开掘要深"②,从而保证了作品内涵的丰富、笔致的深沉,避免了"浮浅"和"直露"。所以鲁迅的小说尽管是枝叶较少的"树",但这些"树"却像他在《秋夜》中描写的那棵"落尽叶子,单剩干子"铁叉似的直刺着天空的枣树一样苍劲有力。这种"单刀直入"的干预生活、和生活贴近的特性,决定了它有天然的旺盛的生命力。

二是情节淡化。鲁迅小说不喜欢展示情节,更不用复合法组织情节,这就决定了他的小说结构的单一化和明朗化,有的干脆没有情节,完全散文化,如《社戏》、《鸭的喜剧》、《故乡》等。即使一些比较注重情节描写的小说,如《药》、《阿Q正传》、《祝福》等,也比较淡化。鲁迅的小说和散文的模糊,主要表现在它的情节淡化上。

小说的优势就在于它可以充分展示情节。鲁迅恰恰在这一点上加以改造,把散文抒情言志的技巧,嫁接到小说中来,使他的小说情绪化、美文化,以此来调动读者的情绪,弥补情节淡化带来的不足。比如《孔乙己》中描写孔乙己出场的情景:

---

① 鲁迅:《我怎么做起小说来》,《鲁迅全集》第4卷,人民文学出版社1981年版,第512页。

② 鲁迅:《关于小说题材的通信》,《鲁迅全集》第4卷,人民文学出版社1981年版,第368页。

孔乙已一到店,所有喝酒的人便都看着他笑,有的叫道,“孔乙已,你脸上又添上新伤疤了!”他不回答,对柜里说,“温两碗酒,要一碟茴香豆。”便排出九文大钱。他们又故意高声嚷道,“你一定又偷了人家的东西了!”孔乙己睁大眼睛说,“你怎么这样凭空污人清白……”“什么清白?我前天亲眼见你偷了何家的书,吊着打。”孔乙己便涨红了脸,额上的青筋条条绽出,争辩道,“窃书不算偷……窃书!……读书人的事,能算偷么?”接连便是难懂的话,什么“君子固穷”,什么“者乎”之类,引得众人都哄笑起来;店内外充满了快活的空气。

咸亨酒店中的人们对孔乙已的懒,对他的穷,对他的偷窃行为,对他的寒酸,对他的一切,公开嘲弄,并从中取乐,人们对他是那样的漠然和冷酷!作者让孔乙已在这样的环境中出场,虽然它和激烈的矛盾冲突相比较,缺乏直感上的刺激,但这种情绪对读者的心灵能产生一种巨大的无形的穿透力,这种穿透力足以和情节对读者的感染力相媲美。像这种情绪的抒写的典型例子,在鲁迅小说中比比皆是,如《风波》中对七斤剪掉辫子后得知皇上又坐龙廷时,笼罩在七斤全家的恐怖情绪的抒写;再如《故乡》中对闰土小时候在月夜西瓜地里捕捉猹的美好情绪的抒写;更为突出的是《示众》中通篇对看客们无聊情绪的抒写。这些各具特色的情绪描写,使鲁迅的小说获得了永恒的魅力。

三是注重写“一鼻、一嘴、一毛”,鲁迅的小说除了如《阿Q正传》、《祝福》等少数篇章外,通常不写人物形象的全体,而是另辟蹊径,把散文中速写人物的方法引进小说,创造了用极省俭的笔墨传达人物精神的技巧:如《故乡》中有着“高颧骨,薄嘴唇”和像圆规似的双脚的杨二嫂;《风波》里的爱唠叨“一代不如一代”的九斤老太太;《药》里浑身黑色的康大叔……均是借助省俭的散文化的写“一鼻、一嘴、一毛”的写人法,把他(她)的形象深深烙在读者的心坎上。

鲁迅小说中的许多人物,尽管形象刻画时不够细腻完整,但因为有传神生动的白描,因此这些人物形象照样栩栩如生;人们以这“一鼻、一嘴、一毛”为窗户,能窥探到人物心灵的秘密。

社会的进步,导致各类文体的分工愈来愈细,愈来愈明;但各类文体随着时代的发展,也各自不同程度地在突破自己的疆域界限,不断地自我否定,互相借鉴,彼此交融,这也是一种进步。所以,鲁迅的小说散文的合流,正是在中国现代散文史上开创了这种进步。这一开创得到了许多作家的响应,如郁达夫、沈从文也都为小说散文的合流推波助澜,作出了他们应有的贡献。

五　鲁迅前期杂文在杂文文学化工程中的贡献

五四前后涌现的“随感录”以及形成的杂感热,从文体意义上考察,还不是一种独立的文体。尽管它是现代散文的第一声啼鸣,但它还仅是一种近似杂文的文体。它们仍然鲜明地烙印着梁启超“新民体”的印记。这批杂感和梁启超的“新民体”一脉相承,它们都崇尚抗争,都是在时代转折时期紧密联系时代风云的一种工具性的文体。基调的高昂和过分的灼热在特定的时代和环境中,都能起到感化人召唤人的作用,但它们过分的与政治热恋以及急功近利,也影响了它们自身对文学的追求,准确地说,它们是新闻文体样式。因此,杂感还有待于在实践中丰富、发展和定型,即文学化。这一任务,就天然地落到鲁迅身上。

杂感的文学化是一项艰巨的工程。同是靠写杂感起家的周氏兄弟——鲁迅和周作人,都很关心这一工程,并且都以自己的情感和体验来理解、认识和实践这一工程。他们各检讨了五四初期他们的杂感创作经验,确定了他们各自杂感文学化进程的航向。1925 年 11 月 13 日,周作人对他在五四初期的杂感进行了认真反思,他说:

> 本来师爷与钱店官同是绍兴出产的坏东西,民国以来已逐渐减少,但是他那法家的苛刻的态度,并不限于职业,却弥漫及于乡间,仿佛成为一种潮流,清朝的章实斋、李越缦即是这派的代表,他们都有一种喜骂人的脾气。我从小知道“病从口入祸从口出”的古训,后来又想溷迹于绅士淑女之林,更努力学为周慎,无如旧性难移,燕尾之服终不能掩羊脚,检阅旧作,满口柴胡,殊少敦厚温和之气;呜呼,我其终为“师爷派”矣乎?①

这一反思的结论很沉重,他把自己在五四时创作的杂感称之为“满口柴胡”,归结为是“师爷派”。这样,就导致周作人从二十年代起,坚决拨转自己杂感之舟的航向,向“平淡自然的境地”②驶去。转向是有效的,周作人最终建立起了一种独特的散文小品流派——冲淡派。这种散文小品是用强化抒情手段对杂感加以改造的结果,它为现代散文抒情小品奠定了第一块里程碑。

而鲁迅却是从另一角度来思索的。他也看到了自己在五四初期写的杂感的不足。这不足主要是:

---

①② 周作人:《〈雨天的书〉自序二》,《雨天的书》,岳麓书社 1987 年版,第 3 页。

> 我在《新青年》的《随感录》中做些短评，还在这前一年，因为所评论的多是小问题，所以无可道，原因也大都忘却了。但就现在的文字看起来，除几条泛论之外，有的是对于扶乩，静坐，打拳而发的；有的是对于所谓“保存国粹”而发的；有的是对于那时旧官僚的以经验自豪而发的；有的是对于上海《时报》的讽刺画而发的。①

鲁迅认为他在五四初期写的杂感的不足是评论的目标太小，太单一，缺乏概括的广度和深度。但对他的杂感的挣扎和战斗，他终不悔，坚持认为：“我以为凡对于时弊的攻击，文字须与时弊同时灭亡，因为这正如白血轮之酿成疮疖一般，倘非自身也被排除，则当它的生命的存留中，也即证明着病菌尚在。”②他坚定不移地认为，杂感的生存依赖挣扎和战斗，所以他依然要战斗下去。具有戏剧意味的是，鲁迅在对自己五四初期杂感进行反思，说上面这番话的时间是 1925 年 11 月 3 日，即比周作人说前面那番话早十天，也可以这样说，这两位散文巨子几乎是在同一时刻思考着散文发展走向的问题，但结论是相反的，因此也才会孕育出多姿多彩的五四散文艺术世界。这是中国现代散文史的幸运。

但是，鲁迅面对的创作形势是严峻的。二十年代初期，知识分子的情绪由于国内大形势的急剧变化正在无可奈何地滑坡。人们对高昂灼热的杂感已经没有了当初的热情。继续在五四初期的鼓点式杂感的创作轨道上原地踏步，显然已不能适应新的形势，倘若“要使所谓正人君子也者之流多不舒服几天”③，就必须改造和强化杂感的文学色彩。如果打开鲁迅前期的杂文集《坟》、《热风》、《华盖集》、《华盖集续编》等，我们就明显地可以看到鲁迅的杂文在强化文学色彩方向上前进的轨迹。

鲁迅前期杂文在强化文学色彩上的转折点是 1921 年。1921 年，鲁迅的杂文写得较少，收进《热风》的仅两篇，即《智识即罪恶》和《事实胜于雄辩》。从文学本位上考察，这两篇杂文标志鲁迅在强化杂感的文学色彩上迈出了关键的一步，它把议论感发的文字自然镶嵌到形象之中，使议、感、理自然地融为一体。《智识即罪恶》是驳斥当时北京大学哲学系学生朱谦之所宣扬的“智识即罪恶”这一虚无哲学的观点，作者假借荒诞手法，写自己有罪到了阴间，但结果

①② 鲁迅：《〈热风〉题记》，《鲁迅全集》第 1 卷，人民文学出版社 1981 年版，第 291 页，第 292 页。

③ 鲁迅：《写在〈坟〉后面》，《鲁迅全集》第 1 卷，人民文学出版社 1981 年版，第 284 页。

还是无罪还阳,对"智识即罪恶"的观点予以反讽。《事实胜于雄辩》仅是写了一件事,即"我"在买鞋子时和一个"胖伙计"的对话。"我"有一双鞋子破了,想照原样买一双,特地把旧鞋拿到店里,"胖伙计"拿出另一式样的鞋并坚持说这鞋的式样和旧鞋的式样是一样的。在鲁迅的显微镜下,"胖伙计"的拙劣的瞒和骗的手法显了原形。在这两篇杂文中,《智识即罪恶》中"我"到阴间后又还阳间的过程是一种近似情节的勾勒,而《事实胜于雄辩》中的"胖伙计",也是一个大致和形象相似的轮廓。这是鲁迅对杂感进行形象化的改造的收获。这两篇杂文完全可以当微型小说来读,但它们又确是杂文。它说明鲁迅在创作杂文时,已开始从原来杂感的重议重感型向重形象型进行蜕变,这是杂文创作史上的一个重大发展。

1921 年成为鲁迅杂文创作史上的转变分界线基于下列原因:

首先,联系鲁迅的其他文学创作活动考察,从 1918 年 4 月发表第一篇小说《狂人日记》算起,到 1921 年鲁迅已成功地创作了《阿 Q 正传》、《风波》等九篇小说,在国内产生了较大影响。这些成功实践,不仅使他从原来写杂感盯着具体问题的单向思维流程,转移到用形象来概括和反映生活的立体辐射思维流程;同时还使他在塑造形象、勾勒形象上取得了第一手经验。小说创作的成功,增强了他对强化杂文的文学色彩的信心。1921 年的这两篇杂文是鲁迅把小说的形象嫁接到杂文中来的一个有意识的尝试。另外,鲁迅在 1921 年之前又进行了大量的翻译工作,这使他有机会借鉴外国小品的形象化的一些手法,如芬兰作家亚勒吉阿小品的"有一种优美的讥讽的诙谐,用了深沉的微笑盖在物事上,而在这光中,自然能理会出悲惨来"①的经验,都成为丰厚的营养,滋润了鲁迅杂文中的形象。

其次,二十年代初期,国内知识分子情绪大滑坡,社会对议和论的兴趣逐渐丧失。面对这一大环境,鲁迅采用小说的形式,坚持呐喊,"慰藉那在寂寞里奔驰的猛士"②取得了成效,也促使他要强化杂文的文学色彩,来改善杂文的说理艺术,达到呐喊的最佳效果。

之后,鲁迅愈来愈重视杂文的文学色彩。他明确地要人们重视他在 1925

---

① 鲁迅:《〈父亲在亚美利加〉译者附记》,《鲁迅全集》第 10 卷,人民文学出版社 1981 年版,第 175 页。

② 鲁迅:《〈呐喊〉自序》,《鲁迅全集》第 1 卷,人民文学出版社 1981 年版,第 419 页。

年写的《论"费厄泼赖"应该缓行》,要人们"不妨一看",这固然是他"见了我的同辈和比我年幼的青年们的血而写的"①,但还有一个原因,应该是它成功地概括和勾勒了"虽然是狗,又很像猫,折中,公允,调和,平正之状可掬,悠悠然摆出别个无不偏激,惟独自己得了'中庸之道'似的脸来"的"叭儿狗",鲁迅对这一形象很偏爱,之后多次提到它,并几次总结这一形象成功的经验。它说明鲁迅自觉地企图通过勾勒形象这一途径来强化杂文的文学色彩,以实现杂文文学化。鲁迅到《华盖集》和《华盖集续编》已基本上完成了杂文的文学化工程,牢固地奠定了杂文在文学殿堂中的独立地位。他在《华盖集》的"题记"中,把《华盖集》中的杂文和他自己以往的杂文作了一个这样的比较:

> 在一年的尽头的深夜中,整理了这一年所写的杂感,竟比收在《热风》里的整四年所写的还要多。意见大部分还是那样,而态度却没那么质直了,措辞也时常弯弯曲曲,议论又往往执滞在几件小事情上……②

这里鲁迅说明了《华盖集》在技巧上和他以往杂文的不同主要表现在三方面,一是"没那么质直",即不是那样重议重感的直接议论了,而是转移到借助其他一些手法,尤其是如勾勒形象等文学手法来议论了;二是措辞的"弯弯曲曲",注意含蓄,增强文学色彩;三是议论"执滞在几件小事情上",也就是他的杂文议论更多的是基于具体事象的生动衍发,增强了杂文的形象可感性。这些区别集中到一点上,就是《华盖集》已经真正实现了杂文文学化,从鲁迅杂文创作发展来看,他已经成功地实现了杂文从重议论感发到重形象勾勒的战略转移。尽管鲁迅在《华盖集》之前的许多杂文,如《论"费厄泼赖"应该缓行》已经在杂文文学化上取得了很成功的经验,但真正标志鲁迅杂文创作成熟的还应该是《华盖集》和《华盖集续编》。鲁迅前期杂文文学化工程中的主要贡献是:

(一) 常取类型。

鲁迅在总结自己杂文创作经验时,提出了杂文勾勒形象的一个很重要的方法:论时事不留面子,砭锢弊常取类型。③

从一般文艺理论的观点来说,类型和典型相比较,似乎要逊色一些,因为

---

① 鲁迅:《写在〈坟〉后面》,《鲁迅全集》第1卷,人民文学出版社1981年版,第283页。

② 见《鲁迅全集》第3卷,人民文学出版社1981年版,第3页。

③ 鲁迅:《〈伪自由书〉前记》,《鲁迅全集》第5卷,人民文学出版社1981年版,第4页。

人们常把典型化不足的人物形象贬之为类型化。但从杂文这一特殊文体来说,如果要用小说等文学作品中塑造典型形象的要求来勾勒形象,也势必要碰壁,因为杂文的狭小格局和直接议论、抗争效应不允许作者去精雕细刻地塑造形象。因此它对形象的要求不像小说、戏剧等文学作品那样严格、完整。鲁迅借用“类型”来作为杂文文学形象的概念说明,非常准确。

鲁迅对“常取类型”曾作过多次阐述,概括起来,是这样三种特点:

1. 把有共同相似本质和特点的人和事进行艺术概括。他说:“盖写类型者,于坏处,恰如病理学上的图,假如是疮疽,则这图便是一切某疮某疽的标本,或和某甲的疮有些相像,或和某乙的疽有点相同。”①这种概括和艺术典型的塑造是有相通之处,但它侧重在同类概括,而且比较注重理性上的抽象。《华盖集续编》中的《一点比喻》中有这样一节描写:

> 这里的山羊我只见过一回,确是走在一群胡羊的前面,脖子上还挂着一个小铃铎,作为智识阶级的徽章。通常,领的赶的却多是牧人,胡羊们便成了一长串,挨挨挤挤,浩浩荡荡,凝着柔顺有余的眼色,跟定他匆匆地竞奔它们的前程。②

这里勾勒的挂着小铃铎的率领柔顺的绵羊们进屠场的“山羊”,就是现实生活中那些御用文人帮忙帮闲的概括。鲁迅正是看到了形形色色的御用文人相似的用心和功能:即毒化人民,使人民安于现状,任凭统治者宰割。由于“山羊”的功能和御用文人功能相似,因此这只“山羊”也就很成功地充当了那些御用文人的标本,变成了艺术类型的概括。

2. 传神写意。鲁迅在小说创作中注重传神写意,他在《我怎么做起小说来》中提出的“画眼睛”就是传神写意的一个成功总结。在杂文的勾勒形象中,他又自然地把他在小说创作中的传神写意作为一条行之有效的经验引进,在《且介亭杂文二集》中的《五论“文人相轻”——明术》中他对杂文中勾勒形象的传神写意作了这样的阐述:

> ……不细画须眉,并不写上名字,不过寥寥几笔,而神情毕肖,只要见

① 鲁迅:《〈伪自由书〉前记》,《鲁迅全集》第5卷,人民文学出版社1981年版,第4页。

② 见《鲁迅全集》第3卷,人民文学出版社1981年版,第217页。

> 过被画者的人，一看就知道这是谁；夸张了这人的特长——不论优点或弱点，却更知道这是谁。①

这就是说，传神写意的最佳效果应该是“神情毕肖”，而主要方法是“进行夸张”。鲁迅在他的杂文中，对此运用得轻松自如。《华盖集》中的《夏三虫》中对蚊子有这样一节描写：

> 跳蚤的来吮血，虽然可恶，而一声不响地就是一口，何等直截爽快。蚊子便不然了，一针叮进皮肤，自然还可以算得有点彻底的，但当未叮之前，要哼哼地发一篇大议论，却使人觉得讨厌。如果所哼的是在说明人血应该给它充饥的理由，那可更觉其讨厌，幸而我不懂。②

鲁迅抓住蚊子在叮人之前要嗡嗡叫一通这一特点进行夸张：“当未叮之前，要哼哼地发一篇大议论”，加以突现，从而使得现实生活中那些作恶者在作恶之前还欺世盗名制造舆论的丑态神情毕肖地呈现在读者面前。由于抓住了对象的“神”，所以写意的笔墨经济，效果甚佳。

3. 画轮廓。鲁迅在杂文中勾画类型，非常重视笔墨经济，因为要充分考虑到杂文格局的狭小。所以他一再提出要力避唠叨，主张画类型的轮廓。在这方面，他也创造了许多方法，如捕捉类型的“一鼻一嘴一毛”等“点”来勾画，不必注重“面”的铺叙，《夏三虫》中描画蚊子就突出它叮人前的嗡嗡叫，这样，不求全，不求细，既灵活又形象。又如勾画脸谱，用特写镜头进行展现，这种描写要相对细微一些。《论“费厄泼赖”应该缓行》中对叭儿狗的刻画就属特写勾画。还有可以概要介绍等等。这些方法，都犹如画漫画一样，粗笔勾勒，轮廓跃然纸上。

（二）议论诗化。

杂文文学化的最大障碍是如何使议论形象化、文学化或诗化。鲁迅在杂文创作中，为了把杂文文学化，在引进文学形象勾勒的同时，也对杂文的议论进行脱胎换骨的改造，使杂文从议论的一套拘谨规则中解放出来，成为战斗的“诗”。他为我们提供了这样两条经验：

1. 把议论布置在形象的轮廓中。他的杂文常常从总体上看，可以形成一

① 见《鲁迅全集》第6卷，人民文学出版社1981年版，第382页。

② 见《鲁迅全集》第3卷，人民文学出版社1981年版，第40页。

幅形象画面,把议论自然地溶解在这形象画面之中。最具代表性的就是《战士和苍蝇》,文章是这样写的:

> Schopenhauer 说过这样的话:要估定人的伟大,则精神上的大和体格上的大,那法则完全相反。后者距离愈远即愈小,前者却见得愈大。
>
> 正因为近则愈小,而且愈看见缺点和创伤,所以他就和我们一样,不是神道,不是妖怪,不是异兽。他仍然是人,不过如此。但也惟其如此,所以他是伟大的人。
>
> 战士战死了的时候,苍蝇们所首先发见的是他的缺点和伤痕,嘬着,营营地叫着,以为得意,以为比死了的战士更英雄。但是战士已经死了,不再来挥去他们。于是乎苍蝇们即更其营营地叫,自以为倒是不朽的声音,因为它们的完全,远在战士之上。
>
> 的确的,谁也没有发见过苍蝇们的缺点和创伤。
>
> 然而,有缺点的战士终竟是战士,完美的苍蝇也终竟不过是苍蝇。
>
> 去罢,苍蝇们!虽然生着翅子,还能营营,总不会超过战士的。你们这些虫豸们!①

文章以叔本华的名言作为引子,勾勒了战士战死、苍蝇营营的一幅立体画面,并把它作为文章的主轴,最后以诗一般的议论作结。整个文章展现在读者面前的完全是一幅战士悲壮倒下的画面,最后三段的关键议论之笔,即“的确的,谁也没有发见过苍蝇们的缺点和创伤……”,就成了这幅画面的题签。这样议论成了整个形象画面的有机组成部分。

2. 议论粘着形象。借助形象,粘着形象进行议论,是从局部上改造议论,这种方法较为主动、灵活。在《而已集》的《文学与出汗》中,为了驳倒“永久不变的人性”这样一个较为深奥的理论问题,便借助“出汗”这一形象事例进行议论,又如《华盖集》中的《这个和那个》中用“孩子学步”的形象事例对文坛扼杀青年的行为进行了有力抨击。

应该特别指出的,鲁迅的杂文在议论时不管是从总体上把议论布置在形象的轮廓中,还是在局部上粘着形象议论,都处处显得主动、灵活,在思维上也非常活跃和跳荡,它已脱出了一般议论文的所谓论点、论据和论证规则的束缚,因此鲁迅杂文中的议论随着文学化得到了彻底的解放和自由。如《华盖

① 见《鲁迅全集》第3卷,人民文学出版社1981年版,第38页。

集》中的《杂感》中有一则杂感写到：

> 死于敌手的锋刃，不足悲苦；死于不知何来的暗器，却是悲苦。但最悲苦的是死于慈母或爱人误进的毒药，战友乱发的流弹，病菌的并无恶意的侵入，不是我自己制定的死刑。①

这则杂感在这组《杂感》中仅是一则，它和前后的其他杂感联系不大，实质上是上不着天下不靠地，呈一个完整的独立小篇章存在于这篇《杂感》之中。如果按议论文的一般规则来要求它，它似乎是残缺的，因为它只是提出一个论点，缺少论据和论证。但由于它粘着具体形象事例，是对生活的形象概括，这种文学化就奇迹般地把它变成了一个完整的形象的晶体，是文学化的议论，诗一般的议论。

至此，可以正确估价鲁迅的前期杂文在文本意义上的价值和地位了。如果说，五四时兴起的杂感还是在重议论的圈子里打转，很难跻身于文学的殿堂，那么，正是鲁迅在不断的实践和抗争中丰富、发展了它，尤其是把小说等文学样式中的塑造典型的经验加以改造，使杂感脱胎换骨，不仅具有舆论号召力而且富有艺术感染力。这是一项巨大的工程，完成这一项工程的人必须具备抗争的硬骨头，丰富的创作经验，思想家、哲学家的头脑。鲁迅正是具备了这些品质的人，以他的胆略和智慧以及成功的实践，终于成了这一项工程的领袖。为什么在鲁迅的身后，杂文创作形成了空白？虽然有多方面的原因，但是有一条是肯定的，即后人没有看到或充分认识鲁迅杂文在文本意义上的价值，尤其是没有注意到鲁迅使杂文文学化的功绩，而是有意无意地削弱了杂文的文学性，又使它往杂感的方向发展而失去了读者。这一历史教训应该引起反思并值得记取。

第二节　茅盾　瞿秋白

一　茅盾：从“大题小做”到流亡期间的自我书写

(一) 力主散文“成为新时代工具”。

茅盾十分重视散文的社会功能，这和他的政治、社会、生活的经历以及职

---

① 见《鲁迅全集》第3卷，人民文学出版社1981年版，第48—49页。

业有关。

茅盾(1896—1981)，浙江省桐乡县乌镇人。1913 年他考取北京大学预科第一类。1916 年暑期毕业，由于家庭经济困难，无力继续升学，经亲戚介绍报考上海商务印书馆编译所。进所后，先在英文部，后在国文部，又曾参加《学生杂志》的编辑工作。1920 年 10 月，茅盾由李汉俊介绍加入中国共产主义小组，1921 年 7 月中国共产党正式成立时，茅盾也就正式成为中共党员。之后，茅盾在商务印书馆任《小说月报》主编，并任直属中央的联络员。1920 年 11 月，茅盾与叶圣陶、周作人、朱希祖、郑振铎、王统照等人发起成立了"文学研究会"。到 1925 年，茅盾的主要热情放在政治和社会活动上。他和恽代英奉中共中央之命在上海组织了国民党左派的上海市党部。1925 年底，赴广州出席第二次全国代表大会，并担任国民政府宣传部秘书。1926 年茅盾到武汉，先任中央军事政治学校武汉分校的政治教官，后任汉口《民国日报》主编。1927 年 7 月，武汉国民党政府主席汪精卫叛变，茅盾回到上海。由于蒋介石通缉，1928 年夏东渡日本，直到 1930 年 4 月返回上海。早期的茅盾是一个政治活动家、职业革命家。评价他的散文，不能离开他的政治身份和革命经历。

从总体上看，茅盾早期的文学观念可用"文学研究会"的宗旨——"为人生"来概括。"文学研究会"宣言中的"将文艺当作高兴时的游戏或失意时的消遣的时候，现在已经过去了"是他的文学观的基石。"文学研究会"成员中，茅盾最注重文学的社会功能，这一思想在他二十年代写的《文学与人生》、《什么是文学》、《大转变时期何时来的呢?》和《社会背景与创作》等系列论文中，进行过系统的阐述。他在《大转变时期何时来的呢?》一文中强烈提出，"我们希望文学能够担当唤醒民众而给他们希望的力量的重大责任"；在《什么是文学》中认为中国旧有的文学观念只有两种：一是文以载道，二是游戏态度。接着对这两种观念都进行了批判。对"文以载道"的批判，他用几笔轻轻带过，认为这种观念的"弊病尤在把真实的文学弃去，而把含有重义的非纯文学当作文学作品"，因此在茅盾看来，"文以载道"问题，主要是"把文学的界说放大"了。接着就集中火力批判把文学认为"游戏态度"这一观念。态度坚决，语调严峻，并提到政治高度来论述，认为持这种观念是把文学搞成"吟风弄月"、"醉美"和"颓废"，必须坚决排斥。① 在转折关头，革命巨子正要借星星之火在全国燎原之

① 茅盾：《什么是文学》，《茅盾全集》第 18 卷，人民文学出版社 1989 年版，第 382—391 页。

际，茅盾顺应革命的潮流，提倡积极的新文艺，排斥消极颓废的旧文艺，这是他对革命的忠诚。

茅盾在对革命忠诚的同时，文学观念显得相对褊狭。首先，他把旧的文学观念仅仅归纳为“文以载道”和“游戏态度”两个对立的极端，这是一种简单得近乎武断的概括。这种概括并不准确，尤其所谓文学的“游戏态度”这一观念不很确切、十分含糊。更何况这两种观念是学术问题，可以作为不同流派进行讨论。但他坚决排斥，尤其是对文学的“游戏态度”的彻底否定，就失之偏颇。倘若因为当时现实的需要，要提倡积极的“为人生”的新文学，排斥和否定消极颓废的旧文学，进行这样的论述情有可原。但茅盾这一时期的文学主张本身也潜伏了这样的倾向：即五四时期的许多启蒙主义者在张扬民主与科学的过程中，严厉批判的“文以载道”，会在他的文学观念中以另一种形式或口号悄悄地复活，尤其在现代散文中。因为散文是抒情写意，直接表露情怀的文学样式。革命总是偏爱散文，因为它见效快，反应迅速，所以总会从政治需要出发，要求散文承载制造舆论、宣传道义的重任。茅盾非常重视这一点。1934 年他写的专论散文之作《关于小品文》，就完整、系统地提出散文必须是新时代的工具。他这样说：

> 我们以为应该提倡小品文，积极批评小品文，使得小品文发展到光明灿烂的大路。我们应该创造新的小品文，使得小品文摆脱名士气味，成为新时代的工具。我们应该把“五四”时代开始的“随感录”“杂感”一类的文章作为新小品文的基础，继续发展下去。①

这里涉及这样两大问题，一是散文应该“成为新时代的工具”；二是对散文史的总结，认为只有沿着“随感录”、“杂感”才能发展到“光明灿烂的大路”上。这虽可以作为一种学术观点存在，但从整个文学史来看，这一观点比较拘谨和偏执。因此，在这样的拘谨和偏执的散文观念下，茅盾的散文与小说的艺术水准之间就不可避免地要出现大幅度的落差了。

(二) 注重实体的实用写法。

茅盾是从散文开始他的创作生涯的。

早在五四时期，他在《学灯》、《觉悟》、《小说月报》等报刊上发表了为数众多的杂感、随感录。这些杂感、随感录也大多是以当时热门的话题叙事抒怀。

---

① 见《茅盾全集》第 20 卷，人民文学出版社 1990 年版，第 107 页。

在他二十年代的创作中,散文并不是他所长,数量也不多。在这一时期较能显示他散文创作特色的,当推他在日本所作的一系列速写小品。尽管这些速写小品是在1927年后写的,但从内在联系看,把它归在茅盾早期散文之内较为妥当。

茅盾的散文创作一开始就形成了一个习惯,他比较注重瞄准实体进行实写,让自己的情感牢牢地固定在一个实体上。这种写法,虽然还不能把它视作是把散文当小说来写的一个流派,但对于茅盾来说,他之所以形成这样的惯性,有其必然性。首先从他的政治倾向和文学观念来看,这种瞄准实体进行实写有利于和现实沟通,实现其文学为人生的主张;其次,从他的创作发展来看,茅盾志在小说,注重实体进行实写,一方面使他在写人叙事的素描勾勒等基本功的训练上得到充分的实践,从而为他的小说创作进行了充分的准备和实验,如1925年写的《五月三十日的下午》、《街角的一幕》等几篇散文即是。另一方面,后来他的小说创作成功的经验,反过来增强了他在散文创作中进行实写的信心,如在日本写的几篇散文小品即是。他把这种写法,从理论上加以概括,称之为"大题小做",因此他的散文创作一开始就比较注重牵扯时代风云的大题目。为了适应"大题小做",他喜欢粗笔勾勒一个实体,这个实体有的是直接从时代风云中摘取的一幕,如《五月三十日的下午》、《"暴风雨"》等;有的是虚构的一个粗线条的近似情节的轮廓,而后对有代表的一些倾向情绪进行剖析和昭示,如《街角的一幕》、《严霜下的梦》等。这使他的散文紧跟时代步伐,具有强烈的针对性、实用性。用郁达夫的话说,茅盾的散文是"行文每不忘社会","使文章和实生活发生关系",在呼唤革命到来的年代,这样的散文家是"多一个好一个"①。

"大题小做"促使茅盾前期散文主题严肃。这种严肃主题在茅盾前期散文中处于至高无上的地位,它主宰一切、统率一切,并渗透散文的各个环节,如把比喻、象征和想象政治化而深深打上政治烙印。《复活土拨鼠》中的土拨鼠,就是一群"住惯了冷冰冰的地方的年轻人"的化身。《五月三十日的下午》中的"我"恍惚的梦幻间,出现的是侵略者屠夫们的屠刀和华人的鲜血。至于《街角的一幕》中对"逆来顺受"的批判,也是一种时代情绪的浓缩和透视。严肃的主题促成茅盾早期散文在情感抒发上走向明朗和单一,同时显示比较鲜明的倾向性,从而具有较强的宣传意识,使散文变得炽热而有鼓动性、号召力。这样

---

① 郁达夫:《〈中国新文学大系·散文二集〉导言》,见赵家璧主编《中国新文学大系》第7集,良友图书公司1935年版,第18—19页。

做，使得他的散文有些超负荷，尤其在抒写情感上显得力不从心，“抒情练句，妙语谈玄，不是他的所长”①。和同时期写的小说，如《幻灭》、《动摇》、《蚀》相比，无论从哪一个角度看都要逊色许多。

（三）在愁雾中挣扎：逃亡日本期间的系列小品。

不过，茅盾是明智的。就在他完成《幻灭》、《动摇》、《蚀》等小说后，由于政治变故，逃亡到日本后，他的散文创作出现了转向和突变。

这显然和他的政治变故有关。

茅盾出生在一个败落的缙绅人家，早年丧父，国事家事的不如意使他倾向革命，对政治发生了浓厚的兴趣。在第一次国内革命高潮中，他的政治才能得到了最充分的发挥。1927 年，大革命火焰的熄灭，使他被迫远遁日本，从政治的热点来到异域他乡，本来政治敏感的他在这由热到冷的滑坡中产生了苦闷情绪。正是这苦闷，酿出了滋味极为丰富的系列小品，它们就是《卖豆腐的哨子》、《雾》、《虹》、《红叶》、《樱花》、《邻一》、《邻二》、《叩门》、《速写一》、《速写二》等。

引人注目的是这批小品在题材上和现实拉开了距离，比较偏重于自我内省。从范围和分量上来看，题材也在缩小。这种转向和突变，固然是抒写情感的需要，但也应该看到是远离祖国、远离革命的生活所致。

前途在何方，出路在哪里的苦闷、寂寞、伤感像蛇一样缠绕着他。他百无聊赖，原来到时代政治中去采撷风云写作散文的兴趣陡然消退，他开始注意起身旁的琐事。因此，在他的笔下出现了这样的描写：

沿浴池的水面，伸出五个人头。②

品评个中的滋味，人们会很自然地联想到鲁迅《秋夜》中一开头的描写：“在我的花园，可以看见墙外有两株树，一株是枣树，还有一株也是枣树。”笔墨的冷峻，使人打颤。这两位文坛巨子先后在差不多的年代里用同样冷的笔墨来浇愁，苦闷都在困扰着他们。在《速写一》、《速写二》中，茅盾一反常态，主观自我的感觉几乎凝固了。他简直是极认真极无聊地用放大镜来细细看浴池内的一切：蚩蚩飞迸细水的水龙头，用肥皂盒浇自己胸脯的小女孩，颇有心事的

① 郁达夫：《〈中国新文学大系·散文二集〉导言》，见赵家璧主编《中国新文学大系》第 7 集，良友图书公司 1935 年版，第 18 页。

② 茅盾：《速写一》，《茅盾全集》第 11 卷，人民文学出版社 1986 年版，第 70 页。

中年汉子,几乎入睡的三角脸青年……一切的一切他都不放过。这是一种放松的没有倾向没有目的的细描,甚至于是一种神经极端松弛的下意识的或无意识的随意刻画,从而向读者捧出了一幅客观的画面。在这画面上处处可见作者眼中的愁。一位热血沸腾的青年,本有许多轰轰烈烈的事等着他,但是他现在无事可做,只能懒洋洋地躺在浴池内无聊地数人头,观察浴客的各种状态,无奈地用这种方式来排遣时间,字里行间满是落寞与愁闷。如果说这两幅速写画面中是不露声色地显示愁,那么,《邻一》、《邻二》这两幅速写画面,则通过对左邻右舍愁闷的孩子和女人的勾勒,相当浓重地显示愁:

> 每天早上,我们这位芳邻扫好了自己门前的一段地——有时也带便替我们扫,就坐在窗前的木板上,惘然望着池里的绿水。也曾经和我们招呼过,可是言语不通,彼此只能笑笑而已。这僻静的门前路便连过路人也几乎没有。在十时左右,卖豆腐的哨子又远远地吹来的时候,我们偶然探头到窗外去望,总见她还是悄悄地坐在那里。①

这就是作者那位芳邻——一个孤独寂寞的少妇。寂寞永远是无声的,由此可以联想到作者,即那位寂寞地注视着这位寂寞少妇的寂寞者。大概是惺惺惜惺惺,寂寞怜寂寞吧。这位寂寞少妇尚有作者知,而作者的寂寞何人知?作者写少妇的寂寞,也是在凭吊自我的寂寞。所以不管作者是下意识或无意识地刻画,还是有意识地用寂寞少妇来自怜,总而言之,这是作者在特定的愁闷环境中的一个无可奈何的自我调谐。

在日本时的散文的暂时转向,使得茅盾在散文的抒情写意上有了长足的进步。他不再迷恋和依附实体了,能够准确地对自我情绪予以概括和显示,这突出地表现在《雾》中。在这篇散文中,作者一反常态,没有把他的抒情意象——"雾"加以政治化,而是客观地揭示"雾遮没了正对着后窗的一带山峰"的特征,在对雾的客观描写中,却自然地流露出了自己的真情:

> 现在那照例的晨雾把什么都遮没了;就是稍远的电线杆也躲得毫无影踪。
>
> 渐渐地太阳光从浓雾中钻出来了。那也是可怜的太阳呢!光是那样的淡弱。随后它也躲开,让白茫茫的浓雾吞噬了一切,包围了大地。

---

① 茅盾:《邻一》,《茅盾全集》第11卷,人民文学出版社1986年版,第78页。

我诅咒这抹煞一切的雾!

我自然也讨厌寒风和冰雪。但和雾比较起来,我是宁愿后者呵!寒风和冰雪的天气能够杀人,但也刺激人们活动起来奋斗。雾,雾呀,只使你苦闷,使你颓唐阑珊,像陷在烂泥淖中,满心想挣扎,可是无从着力呢!①

作者从对自然界雾的描绘,最后不露痕迹地把愁闷情绪托了出来。从晨雾吞噬一切的描写到作者在愁闷中的挣扎和颓唐的宣泄,连接得天衣无缝,没有丝毫的做作和拔高,因此,雾的描绘是准确的,而愁的喷发也是真实的。

二 瞿秋白:把散文当通讯一样写的开拓者

在中国现代散文史上,瞿秋白的《饿乡纪程》和《赤都心史》应该受到重视。

要对瞿秋白的《饿乡纪程》和《赤都心史》进行正确评价,必须引进一个参照系——冰心的《寄小读者》。瞿秋白和冰心有很多相似之处:他们都是同一代的热血青年,都是在北京经历五四的洗礼,都在差不多的时间离开祖国(瞿秋白是1920年10月,冰心是1923年7月),都是抱病远行,而且患的病都是肺病。可是结果却截然不同:他们走的方向不同,瞿秋白向北赴苏俄,冰心西向去美国;他们出走的目的也不同,瞿秋白是带着强烈的政治目的赴赤色苏俄考察,寻求改造中国的蓝图,是一次政治旅行;冰心是怀着赤子之心去求学,到西方去寻求人性之爱,并不断地把纯净的爱播送回家,这是一次爱的旅行。最后的结局是瞿秋白用他的阶级论写下了《饿乡纪程》和《赤都心史》,开拓了无产阶级文学的红色地带,成了中国无产阶级文学的创始人;而冰心用她的母爱乳汁写下了《寄小读者》,开辟了一条绿色的中间地带,成为中国童心散文的创始人。尽管结果不同,但他们都为各自的事业增添了颇有价值的份额。

瞿秋白(1899—1935),江苏常州人,出生在一个破落的"士"的家庭里。在《赤都心史》中,他曾这样写到自己的家庭:

我的家庭,就是士的阶级,他也自然和大家均摊可怜的命运而绝对的破产了。

我的母亲为穷所驱,出此宇宙。只有她的慈爱,永远留在我心灵

① 见《茅盾全集》第11卷,人民文学出版社1986年版,第63—64页。

中——是她给我的唯一遗产。父亲一生经过万千痛苦,而今因"不合时宜"在外省当一小学教员,亦不能和自己的子女团聚。兄弟姐妹呢,有的在南,有的在北,劳燕分飞,寄人篱下——我又只身来此"饿乡"。这就是我的家庭。①

在这风雨飘摇四分五裂的家庭中成长起来的瞿秋白,对社会的压抑和腐败的体验特别敏感和深刻,急切盼望社会能发生彻底的改变。1917 年他到北京俄文专修馆学习。正值五四运动爆发,他以惊人的毅力克服病痛折磨,投入了五四运动的洪流,亲身感受到克鲁泡特金的那句名言"一次暴动胜于数千万册书报"的威力。他又和郑振铎等人一起创办了《新社会》、《人道》杂志,其宗旨就是"尽力于社会改造事业"。瞿秋白谈到那时的思想曾说:"我和菊农、振铎、济之等同志组织《新社会》旬刊,于是我的思想第一次与社会生活接触。而且学生运动中所受的一番社会的教训,使我更明白'社会'的意义。社会主义的讨论,常常引起我们无限的兴味。然而究竟如俄国十九世纪四十年代的青年思想似的,模糊影响,隔着纱窗看晓雾,社会主义流派,社会主义意见都是纷乱、不十分清晰的。正如久壅的水闸,一旦开放,旁流杂出,虽是喷沫鸣溅,究不曾自定出流的方向。其时一般的社会思想大半都是如此。"②他的出身、经历以及在北京所受到的马列主义熏陶,使他对社会主义发生了浓厚的兴趣。他在《多余的话》中曾回忆说:五四不久,"李大钊、张崧年他们发起马克思主义研究会(或是'俄罗斯研究会'罢?),我也因为读了俄文的倍倍尔的《妇女和社会》的某几段,对于社会——尤其是社会主义最终理想发生了好奇心和研究兴趣,所以也加入了。这时候大概是 1919 年底 1920 年初"。1920 年底,他以北京《晨报》记者的身份去苏俄采访,写下了《饿乡纪程》和《赤都心史》。1922 年在莫斯科加入中国共产党。在党的第三次至第六次全国代表大会上,都被选为中央委员。1931 年到 1933 年之间,他在上海和鲁迅一起领导了中国左翼作家联盟反对国民党反动派文化"围剿"的斗争。1934 年红军主力长征时,他留在江西根据地,1935 年不幸被捕,在福建长汀遇难。

《饿乡纪程》写于 1920 年,1921 年 10 月完稿,1922 年 9 月出版时改为《新俄国游记》。《赤都心史》是瞿秋白在莫斯科一年中的采访杂记,写于 1921 年

① 见《瞿秋白文集》第 1 卷,人民文学出版社 1985 年版,第 210 页。

② 瞿秋白:《五四前后中国社会思想的变动》,《瞿秋白文集》第 1 卷,人民文学出版社 1985 年版,第 26 页。

2月16日,脱稿于1922年3月24日。

《饿乡纪程》主要写作者从北京出发到俄国的所见所闻和真切体验;《赤都心史》则集中笔墨写苏俄的社会生活以及作者的参观游记、读书心得和思想感受。作者采取了散点式的宏观集纳手法,随时灵活穿插,把时空打乱,加强了报道的密度,拓宽了报道面。同时,在这两本散文集中,作者自我主体意识又十分活跃,不仅把"我"的所见所闻和盘托出,而且不时站出来感叹评点,显示倾向。"我"的活跃,不仅增强了散文的亲切味,也博得了读者的信任,泯灭了和读者的距离。十月革命的炮声给中国送来了马列主义,而瞿秋白又用他的两本散文集为中国人民了解马列主义送来了一幅最真实动人的画卷。尽管这些画面还比较粗糙,但它们毕竟在中国革命史上产生了特殊的影响和作用。从五四抗争派散文家的群体考察,瞿秋白的散文抗争方式有些特殊,用他自己的这两本散文集中的话说,他是"向着红光里去",追求"一线的光明",把那"阴沉沉、黑魆魆的天地间"照亮。他在"向着红光里去"和寻找"一线的光明"的过程中显示了他的批判抗争的基调。他的五四前后的杂感和从苏俄回来后的一些散文都表明了这一点。

不过,这两本散文集的独特贡献还表现在对中国现代散文的文体建设和发展上,具体有以下四方面:

(一)它们是散文当通讯一样写的成功尝试。

从整体上看,这两本散文集中的各节体裁上灵活多变化,不定型。《饿乡纪程》前六节,是用叙述和议论对自己人生经历作回顾和解剖,并对自己思想演变进行总结和勾画,偏重于理念议论,可以看到五四时杂感的影子。其他各节的表现形式有诗,有日记的叙写,有随感式的摘记等。而《赤都心史》虽在文学色彩上比《饿乡纪程》进一步强化了,但表现形式更多样,有杂记、散文诗、特写、读书心得、参观游记等。这样众多的纷繁形式集于一体,使这两本散文集有些四不像:既像报告,又似游记,还可看作通讯。正是这种四不像,给中国现代散文送来一个信号,传统散文已在更有朝气有活力地蜕变。这种蜕变的原动力是时效。因为无论是报告,游记,还是通讯,都非常强调时效性。满怀救亡情绪的革命者,更是以新思想、新社会气象的及时传达为己任,瞿秋白这两本散文集完整地体现了革命者兼文学家的写作方式,鲜明的政治取向所必要的最突出的时效性,使它们的报告味和通讯味浓烈起来。这两本散文集表明,现代散文已开始出现把散文当通讯一样写的倾向;瞿秋白也是中国现代散文史上把散文当通讯一样写的首创人之一。这两本散文集受到人们的欢迎,说明了现代散文的报章化和通讯化,在当时社会发展的特殊境遇中有着奇异的生命力和光明前途,并将对日后产生深远影响。中国现代散文史的发展也很快证实了这一点,在三四十年代许多战地记者如刘白羽、华山等写的军旅散文,建国后的一些散文通讯中,都可发现这两本散文集的遗传因素。

(二)在它们身上可以看到中国报告文学的萌芽。

从国际报告文学发展史考察,较早有影响的报告文学,一般是以记游的形式出现,比如基希的《秘密的中国》、《在澳大利亚登陆》,约翰·里德的《震撼世界的十天》等都是报告和记游融合的代表。瞿秋白的这两本散文集,是中国文坛上较早出现的报告和记游结合的代表作。作者一方面忠实地把苏俄在革命后的现状以及变化概括地用理念解剖,把它报告给国内;同时又不断地穿插一些形象的特写镜头,如列宁演说的剪影、对高山疗养院里庆祝新年场景的细描等,使现场感和氛围都很浓烈,让读者产生身临其境的效果。尽管在这两本散文集中报告和记游的融合还较为粗糙,尤其不时穿插一些意义不大的景物描写,显得很不协调,但总的来看,它们已显示了报告文学和记游融合的潜力,因此,在这两本散文集身上,又可看到中国报告文学的萌芽和曙光。

(三)倾向分明却又忠于生活的纪实笔法。

在中国现代散文史上,政治倾向和忠于生活的矛盾始终是摆在散文家面前的一大难题。瞿秋白的这两本散文集在中国现代散文史上作了这样有益的探索:既倾向分明又忠于生活。作者带着寻求"一线光明"的明确目的踏上了"饿乡"的行程,他对生活是忠实的,不回避苏维埃政权建立后的困难和饥饿境况,敢于正面报告一些阴暗面(如官僚主义等),这表明了作者心灵的开放和思维的解放。但他在倾向上又是爱憎分明,他坚信苏维埃政权顽强的生命力,他在它身上看到了我们的明天和希望。因此,他在描写时常常是情不自禁地为苏维埃歌唱。如在《赤都心史》中"赤色十月"这一节,作者以崇敬的心情写列宁,整个小节仅用五百余字,以列宁的一个特写为主:列宁在旧时的奇纳摩工场演说的情景。既不写列宁演说的音容笑貌、姿态动作,也不写工人怎样热爱列宁的具体情况,却着重写了会场的声响:一是开始时,当列宁登上讲台,"几分钟间,好像是奇愕不胜,寂然一响,后来突然万岁声,鼓掌声,震天动地";二是演说末了,"鼓掌声,万岁声,国际歌乐声,工厂的墙壁,都显得狭隘似的——伟大的能力正生长"。在着重写声响的同时,中间再插一笔写工人的目光是"万箭一心,都注射到列宁身上"。作者用欢呼声和掌声,从侧面暗示列宁讲话句句说在人们的心坎上,也暗示了群众对列宁的爱到了如痴如狂的地步。这样的效果,显然和作者对列宁如痴如狂的爱是分不开的。这种倾向与忠于生活的和谐统一,为三十年代和四十年代的一些军旅散文提供了借鉴的范本。

(四)自我参与和开放的思维体系。

瞿秋白赴苏俄前,他所生活的中国是古老的封闭城堡。这个城堡制约着散文家,使传统散文在思维上封闭和作者自我主体萎缩。瞿秋白从中国到苏俄,在文化结构上要经历三个层次的落差:封建主义—资本主义—社会主义。倘若背着沉重的文化包袱去苏俄,很可能要被这包袱压扁压垮。可贵的是瞿秋白带着开放的心态踏上了去“饿乡”的行程,用他自己的话说,“这篇中所写,原为著者思想之经过;具体而论,是记‘自中国至俄国’之路程,抽象而论,是记著者‘自非饿乡至饿乡’之心程”。这一过程的顺利实现固然和他本人在北京受马列主义熏陶有关,但也不应忽视这样的外因,社会主义的苏俄尽管在当时困难重重,但它有活力。因此,瞿秋白所受的制约和束缚较少,可以最大限度地把自己所见到的人和事真实地写出来,而自己又可毫无保留地不时站出来议论感叹评点。值得注意的是这种议论感叹评点是在思想感情和文化结构转变的基础上迸发出来的。如在《赤都心史》中“离别”一节中写了女役和博士同欢的景象后,就发出这样的感叹——

> ……赤俄革命后的社会生活,更进一层,混以前相异的社会为一,女役,——在中国不过“老妈子”罢了!——和医学博士携手同歌呢。那里想得到中国家庭外的社会生活,只是麻雀牌的桌子,烧酒壶的壶底呢?——家庭内的亲切高尚优美的生活,娱乐,也就少见得很。①

从等级森严和封建伦理束缚下的中国来到苏俄,能赞扬女役和博士同欢的景象,这本身就表明他对中国封建主义文化的否定,表明他心灵的开放。尤其在《赤都心史》的“清田村之残梦”中,写到苏维埃教育中男女平等,可以男女同学,连苏俄的一些人士都看不惯予以抨击,瞿秋白却毫不犹豫地对此予以高度赞扬。在《赤都心史》“家书”、“我”、“生存”、“中国之‘多余的人’”等篇章中,他敢于亮出自我思想中的矛盾,予以深刻解剖,表明了他的坦荡胸怀和极强的自信力。这两本散文集中的开放心灵和自我参与对中国现代散文发展的影响极为深远,在中国之后的一些报告文学和散文中,也可以看到这种瞿氏遗风的

① 见《瞿秋白文集》第1卷,人民文学出版社1985年版,第224页。

复归和发展。

第三节　郭沫若　王统照　川岛

一　郭沫若:从主情到主智的蜕变

(一) 郭沫若前期散文概述。

郭沫若在阐述文学是革命的前驱时,曾有过这样一段论述:“我们人类的气质(Temperament)是各有不同的,从来的学者大别分为四种:一种是胆汁质(Choleric),一种是神经质(Melan Cholic),一种是多血质(Sanguinic),一种是粘液质(Phlegmatic)。神经质的人感受性很锐敏,而他的情绪的动摇是很强烈而且能持久的。这样的人多半倾向于文艺。因为他情绪的动摇强而且持久,所以他只能适于感情的活动而且是静的活动。因为他的感受性锐敏,所以一个社会快要临到变革的时候,在别种气质的人尚未十分感受到压迫阶级的凌虐,而他已感受到十二分,经他一呼唤出来,那别种气质的人也就不能不断起响应了。文学能为革命的前驱的,我想怕就在这儿。文学家并不是能够转移社会的天生的异材,文学家只是神经过敏的一种特殊的人物罢了。”①尽管这段论述以及推断出的结论还可推敲,但对于“文学家只是神经过敏的一种特殊人物”,可以视作他自身气质和实践的总结。郭沫若是个诗人、历史剧作家,他敏锐的神经使他在新旧转折的关键时候感受特别深,因此他用《女神》呼唤出一个新诗时代。但他的这种神经质对散文创作也有非常密切的影响,决定了他的散文抒情喜欢采用直抒胸臆的方式。神经质的气质对他的散文创作并不完全都是积极因素,有时反而要影响他的散文创作,变得直露而缺乏内在风韵。在文学观念上,虽然他认为文学无目的性,但他作为一个积极投身革命事业的革命者,热切希望文学能成为革命的号角。他在1926年前后写了《创造社的回顾》、《文艺家的觉悟》和《革命与文学》,一方面他从阶级对立的观点出发,正确地考察文学的阶级性,指出文学有“革命的文学”和“反革命的文学”,呼吁革命人写革命文学,但另一方面他又武断地认为“真正的文学是只有革命文学的一种”,并以此推断出:“真正的文学永远是革命的前驱,而革命的时期中总会有一个文学的黄金时

---

① 郭沫若:《革命与文学》,《郭沫若全集》文学编第16卷,人民文学出版社1989年版,第37—38页。

代出现。”①这种机械绝对的论述使他的文学观点也染上了“情绪的动摇”的神经质，显得有些僵硬，这也一定程度上影响了他的散文创作。因此，他的散文成就平平，低于新诗和历史剧。

郭沫若(1892—1978)，四川乐山人。出身于一个地主兼商人家庭。原名郭开贞，他笔名甚多，通常的有麦克昂、杜衎、易坎人、鼎堂、高汝鸿等。

郭沫若从小受到严格的旧学的熏陶和训练，在家塾和中学期间就诵读四书五经和古代诗词，尤其喜爱《庄子》、《楚辞》等浪漫气息浓重的作品。1913年底他离开祖国到日本留学，结识了郁达夫等人。在日本期间，从1919年9月11日起在《时事新报·学灯》上不断发表新诗，引起强烈反响。这些新诗后来于1921年8月结集成《女神》出版，成为我国新诗的奠基人。

1921年4月，郭沫若回国，同成仿吾、田汉、郁达夫、何畏、张资平等人创建了创造社。在他的努力下，《创造社丛书》和《创造季刊》相继问世，在文坛上产生了深刻影响。

之后，他再度赴日，就读于福冈九州大学，其间，创作了散文《今津纪游》。1923年3月回国后，郭沫若全力从事新文学运动，散文《月蚀》就是这一期间的作品。1924年4月，他又到日本，在日本写下了两个系列散文小品：《山中杂记》和《路畔的蔷薇》。11月回国，积极参加社会实验活动。1926年3月赴广州，7月投笔从戎，参加北伐。1927年，郭沫若发表了著名的散文《请看今日之蒋介石》，对蒋进行声讨。后因遭通缉，于1928年流亡日本，开始了漫长的流亡生活。

郭沫若从二十年代开始，陆续创作一些散文，分别收在《橄榄》、《水平线下》、《山中杂记及其他》、《今津纪游》等。从怨怒抗争这一主体情绪来考察，他的散文的情绪发展经历了这样三个阶段：

第一阶段是以1922年到1923年写的《今津纪游》、《月蚀》为代表。这时的散文偏重纪游写实。《今津纪游》是怀着“凭吊蒙古人‘马蹄到处无青草’的战地”的心情去浏览今津的，采取夹叙夹议的手法，实写了游今津的情绪。《月蚀》则是写携家在黄浦江边游玩的感触。两篇散文虽没有高昂的抗争旋律，但处处触景生情，不满现实之情溢于言表。

第二阶段是以1924年的《山中杂记》和《小品六章》为代表。这些篇章情调比较囿于个人的圈子，基调平稳，处于低谷期，有些地方还有升平气，他在

① 郭沫若：《革命与文学》，《郭沫若全集》文学编第16卷，人民文学出版社1989年版，第37页。

《〈小品六章〉短序》中说,“我在日本时生活虽是赤贫,但时有牧歌的情绪袭来,慰我孤寂的心地,这几章小品便是随时随处把这样的情绪记录下来的东西”。

第三阶段是以1927年写的《请看今日之蒋介石》为代表。这是他的抗争情绪的总爆发。由于他曾在蒋介石身边工作过,身处国民党心脏部位,因此这种爆发在当时产生了深刻的影响。

概括起来,郭沫若前期散文的怨怒抗争情绪是呈“U”型发展的,这既是他前期情绪不稳定的真实轨迹,也是他的散文创作才能的多重显示。

(二)从主情到主智的转变。

据郭沫若自述:“年轻的时候是诗的时代,头脑还没有客观化;而到了三十左右,外来的刺激日多,却逼得逐渐客观化、散文化了。”①郭沫若自身的创作实践印证了这一论述,他的著名诗作《女神》出版于1921年,是在三十岁以前;而他的较有影响的散文《今津纪游》却是写于1922年,正巧是他自述的“散文化”年龄——三十岁。《女神》是他火山般的激情的总释放,正是在这种爆发的释放之后,他又回到了现实,《今津纪游》以及后面的《月蚀》是标志他在经历上、创作上从“诗歌时代”到“散文时代”的转折,也是从重主观的虚写到盯住现实的实写的转折。这样导致《今津纪游》和《月蚀》在情绪上比《女神》要冷峻得多,呈现出另一种客观的色彩。郭沫若始终认为文学上的浪漫主义和现实主义很难分别,一个作家可以以浪漫主义为主,但有时也会呈现出现实主义。《女神》是公认的浪漫主义诗作,而《今津纪游》和《月蚀》则是现实主义的作品。前者主情,后者主智,这既是郭沫若的创造天才的立体呈现,也是他在创作上的一种自我调节。不过,对于郭沫若来说,主情的浪漫主义是他的天性的本能流露,显得驾轻就熟、得心应手。但主智却不大习惯:有时较为拘谨,如《今津纪游》;有时不免手忙脚乱,穿插过多,思绪频繁中断,时空经常更换,显得散乱,如《月蚀》;但它又歪打正着,恰恰符合散文自由随便的品格,因此博得了读者的青睐。不过,郭沫若毕竟是对主情熟谙,因此在散文创作中,还时时呈现浪漫主义的天性,在《山中杂记》和《小品六章》身上就披上了浪漫的色彩。它们是《女神》情韵的回归,所不同的仅是牧歌色彩浓烈一些罢了。

不过,对于郭沫若来说,进入而立之年后,他的诗歌时代是结束了,但散文时代却始终未能开创,原因是多方面的,其中一个主要原因是1924年以后,我国的国民革命运动正在酝酿,国共第一次合作的浪潮,促使了全国革命气氛的高涨。这一大环境使郭沫若的兴趣又发生了转移,他停止了《查拉图司屈拉》

---

① 郭沫若:《郭沫若诗作谈》,《质文》1936年第2卷第2期。

的翻译,和尼采告别。在文学观念上受到革命的熏陶,呈现出亢奋和偏激,这一切都影响到他的散文时代的开创。尽管他的《请看今日之蒋介石》曾引起强烈反响,但这主要还是政治因素产生的政治效应,从散文文体角度看,却并无多少突破和发展。

二 王统照的冥想散文

王统照的散文创作受时代裹挟的痕迹特别明显。他的前后期散文是在"天"与"地"的两极中跳荡,起伏大,转折鲜明。他的散文创作起步于二十年代初期。五四运动的高潮过后,王统照陷入了矛盾苦闷之中。一方面,他沉溺于用他主观创造出来的虚幻的梦境中:"两性也,美也,最高精神之爱也,交相融而交相成,于以开灿烂美妙之爱的花,以达于超越现实世界真美之境地,将于是乎求之。"①但严酷的现实又时时使他感到,人来到世上,"就是跌到网里来了",只能痛苦地呼喊:"我现在也已跌了一交,究竟是跌到哪个网里去了?"②这种矛盾苦闷迫使他只能用冥想来发泄。所有的烦闷、叹息、惆怅、诅咒等经过他的冥想的催化,使他的散文犹如一堆被点燃的湿柴,释放的烟雾弥漫在天空中,把读者紧紧地包裹起来,构成了一个冥想的虚幻境界,其情绪飘忽不定而又斑杂多彩,代表作就是《片云集》。三十年代后,国内血与火的现实又把他从幻境里拖到现实中来。他一改前期散文中的冥想惯性,采取了实打实的报告纪实手法来创作散文,诚如他个人所述"抒发个人印感,而取直接叙述方法"③,从"天空"来到"地"上,风格发生了根本变化,这可以《青纱帐》和《北国之春》为代表。更有趣的是他的散文创作的这种变化居然和他的小说创作的变化同步进行,完全吻合。他前期的小说如《春雨之夜》、《一叶》等富有主观色彩,凭借空幻的"美"与"爱"的人生理想,去"提高人类的思想调节人类的感情"④,其风格与《片云集》相似。三十年代之后,当王统照在散文集《北国之春》中从冥想转变到采用纪实手法来抒写情感时,他的小说创作也已成功地实现了从理想主义到现实主义的转变,其代表作《山雨》的面世与散文

---

① 瞿世英:《〈春雨之夜〉序》,冯光廉、刘增人编《王统照研究资料》,宁夏人民出版社1983年版,第173页。

② 王统照:《片云四则》,《王统照文集》第5卷,山东人民出版社1982年版,第212页。

③ 王统照:《〈青纱帐〉自序》,《王统照文集》第5卷,山东人民出版社1982年版,第285页。

④ 王统照:《对于诗坛批评者的我见》,《王统照文集》第6卷,山东人民出版社1982年版,第377页。

集《北国之春》的面世仅相隔半年。根据王统照一生散文创作的变化脉络,我们再来考察他的前期散文:尽管它和徐志摩的散文同是现代散文诞生初期的冥想散文,而且他们之间私人交往亦深,据王统照自己回忆,他十分欣赏徐志摩“那篇吊曼殊斐儿的文笔凄艳”,对徐志摩为人也很喜欢,“即使在一旁听他(徐志摩)与别人谈天也令人感到非常活泼生动”①。但从王统照的散文的内涵色彩以及盯着现实的发展趋向来考察,他的散文是属于鲁迅抗争散文的羽翼,却不是徐志摩唯美散文的伙伴。

王统照(1897—1957),山东诸城县人,出身于一个地主家庭。他化名王恂如,曾用笔名剑先、剑、鉴先、健先、容庐等。1913 年,他进入济南山东省立第一中学读书,即开始文学创作,以写小说步入文坛。1918 年考进北京中国大学英国文学系。由于五四运动的洗礼,他思想极为活跃,和沈雁冰、郑振铎、叶圣陶等共同发起成立了文学研究会,积极编辑和创办刊物。1922 年夏,他从中国大学毕业后,即任该校教授兼出版部主任。1922 年 6 月主编北京《晨报》副刊《文学旬刊》。1925 年 8 月与友人创办《自由周刊》等。这时他开始创作散文,织出朵朵“片云”,希望“片云或许有一个晶莹的雨点,落到田畦中,可以润湿一撮的沙土”②,这朵朵“片云”,最后就汇集成散文集《片云集》。

《片云集》是五四运动浪潮过后的低谷中的吟唱。这就决定了这些散文的情绪极不稳定,他的《阴雨的夏日之晨》充分展示了这种极不稳定的情绪。在一个轻爽的大雨后的夏日之晨,作者心上的琴弦是十二分地谐和,但冥想却是这样热烈汹涌:在这偶然得到的一时的安静中,他要“暂时不为了争斗,牺牲,名誉,恋爱,悲愤而燃起生命的火焰”,“将一切的一切,全行收敛,全行平息”,去思索探求人生。其探索的结果是那样的灰暗,“前途么?只是横亘着不可数计的黑线,上面带着时明时灭的斑点,没有明丽的火炬,也没有暴烈的飓风。后顾么?过去的道途全为赤色的热尘盖住,一个一个的从来的足印深深地陷入,留下不可消灭的印痕”。这样的灰暗的思索,使作者感到“一切的‘到头都尽’”,“只剩下了过后的依恋怅惘”。冥想的活跃,思绪的紊乱,使得这篇散文在情绪上向虚弱倾斜。不过,作者毕竟受过五四风暴的洗礼,正是在这倾斜的时刻,突然精神又奋发起来,冥想爆出了火花,“我们的血潮,终不能静止在我们的心渊;我们的欲念,终不能如芥子之纳于须弥;我们的自由的反抗的种子,终不能使之不萌芽,滋生,一时的朦胧,一时的淡漠,更不能上寻‘帝乡’,永远

① 王统照:《悼志摩》,《王统照文集》第 5 卷,山东人民出版社 1982 年版,第 271 页。

② 王统照:《片云四则》,《王统照文集》第 5 卷,山东人民出版社 1982 年版,第 209 页。

地逃却人间的网罟”。热烈畅想宇宙中震雷作响时的壮烈情景，从而奏出了这样的强音：“平静是一时的慰安，奋动是人生的永趣”，“激动的奋越的生命之火焰却在隐秘中时时燃着。”①因此，这篇散文又可以说是对五四时的抗争生活的复习，从而表达对未来要拼搏的愿望。它典型地反映了王统照在五四时期时而亢奋、时而脆弱，时而明亮、时而灰暗，时而燃烧、时而消沉的不稳定情绪，这种不稳定情绪贯穿《片云集》始终。这是一种神经衰弱的表现，比较浮泛而虚空，诚如他在《〈霜痕〉自序》中所说，“记得那时（指 1923 年前后）的思路渐渐地变更，也多少搀入了一点辛涩的味道，不过不是一致的。常常感到沉重的生活的威迫，将虚空的蕲求打破了不少，在文字方面，也不全是轻清的叹息与虚渺的惆怅了。这一点是我自已觉得出的”。

王统照的冥想散文一方面把自己沉浸在冥想之中，但另一方面，又注视着现实，他没有完全离开地球，尽管他时时神游于冥渺之境，但又不时要“着陆”，睁眼看看现实。因此，面对一对盲目少年夫妇，他塞去一把铜子。当五卅反帝爱国怒潮掀起时，他又激奋地写下了《“血梯”》和《烈风雷雨》。由于他亲身感受了北京街头反帝爱国的沸腾景象，因此《“血梯”》中的冥想是那样坚挺有力，全文都是用强音符谱写出来的：

> 总是无价值的，……但我们须要挣扎！
>
> 总是达不到和平之门的，……但我们要造此血梯！
>
> 人终是要忼厉，要奋发，要造此奇怪的梯的！②

从中可以看到作者在“着陆”时坚强有力的步伐。同样在《烈风雷雨》中，也用浪漫的手法，借助冥想的魔力，要求“将此混沌的世界来重行踏反，重行熔化，重行陶铸”③，为五卅的志士们大唱赞歌。从这些篇章中，可以大致窥视到王统照在散文创作上的前进方向，他将为洪流所吸引，成为脚踏实地奋斗的中国脊梁的盟友。

王统照前期的冥想散文和徐志摩的冥想散文一样，主要师承梁启超的“新民体”，无论从情从势，或从句式章法，都可寻觅到“新民体”的遗传因子。《阴

---

① 王统照：《阴雨的夏日之晨》，《王统照文集》第 5 卷，山东人民出版社 1982 年版，第 224 页。

② 王统照：《“血梯”》，《王统照文集》第 5 卷，山东人民出版社 1982 年版，第 240 页。

③ 王统照：《烈风雷雨》，《王统照文集》第 4 卷，山东人民出版社 1982 年版，第 189 页。

雨的夏日之晨》中描写少年人的思想行为,这样写道:

少年人的思想行为固然是要反抗的,冲击的,如上战场的武士,如履危寻幽的探险者,如森林中初生的雏鹿,如在天表翱翔的鹰雕。①

梁启超的《少年中国说》中正巧也有一段写少年人的思想行为,它是和老年人的思想行为对立起来写的:

……老年人如夕照,少年人如朝阳。老年人如瘠牛,少年人如乳虎。老年人如僧,少年人如侠。老年人如字典,少年人如戏文。老年人如鸦片烟,少年人如波兰地酒。老年人如别行星之陨石,少年人如大洋海之珊瑚岛。

倘若把上述文章中的写老年人的文字删除,其汹涌的气势,排比的句式,奇特的比喻,何其相似!从中可以窥测到他们之间的一些渊源关系。但是,由于梁启超迷"法",他的"新民体"是为传"法"服务的,因此抒情写感都是面对整个国家变"法"的大事,而王统照的散文却主要是表达个人的冥想所感,因此其势远不如梁启超的"新民体"恢弘。同时由于王统照不信"性本善",他认为"'人性本恶,其善者伪也'的话,并非苛论"②。因此,他没有徐志摩那样的心境,去从容欣赏捕捉美,故而他的冥想散文又不像徐志摩的冥想散文那样艳丽。不过,王统照用冥想来展示自已的苦闷和复杂的心绪,这给后来的许多散文家树立了楷模,如三十年代的何其芳的散文小品,不能不说是受到他的影响。

三　川岛:纯净的爱和激烈的抗争

川岛在现代散文诞生期的作用非常特殊,他一方面向现代散文捧出了一本温馨甜美的《月夜》,这是他"热爱时期蒸发出来的升华"③;另一方面,他又"从'情人的怀抱里',暂时抗出一只手来"(鲁迅题诗),硬邦邦地甩出了许多手榴弹,"对

① 见《王统照文集》第5卷,山东人民出版社1982年版,第221页。

② 王统照:《"血梯"》,《王统照文集》第5卷,山东人民出版社1982年版,第240页。

③ 郁达夫:《〈中国新文学大系·散文二集〉导言》,见赵家璧主编《中国新文学大系》第7集,良友图书公司1935年版,第17页。

黑暗势力跳踉叫骂一场”，写了许多小杂感。一软一硬，在现代散文的初创时期，留下了坚实的脚印。

川岛(1901—1981)，浙江绍兴人，名廷廉，字矛尘。川岛是他1922年后发表文章时用的笔名。他出身在一个自由职业家庭中，祖父是秀才，父亲曾当过教员、记者、幕客。川岛从1915年5月起，随亲友到太原第一中学就读，同年9月，入山西大学预科。1916年2月，进入山西大学哲学系。1919年10月，转入北京大学哲学系。他虽则“没有赶上火烧赵家楼”，但“诸凡耳所闻，目所见，一切都是新鲜、异样，心里感到舒畅……就像一个满身被绳索捆紧了的、一向被关在铁屋子里感到窒息的人，乍松了绑，释放出来，到了一个充满阳光，充满新鲜空气的大花园里，嫩风拂过，遍体感到轻快”①。他积极投身到新文化运动中，并被北京学生联合会选为到南方各省、市宣传抗日救国、联合上海“罢市”的代表。这时他结识了北京女子高等师范学院当时任北京女学界联合分会主席的孙斐君。之后，由于学生活动的联系，逐渐发展为恋爱关系。1920年秋，川岛因选修鲁迅先生的《中国小说史》课，与鲁迅先生结识。又因听李大钊先生的《唯物史观》和《现代政治》，结识了李大钊先生。1922年6月，毕业留校任校长办公室西文秘书，兼哲学系助教。这年8月17日在《晨报副刊》上发表了第一篇杂感《撒旦的行径》。同年12月2日发表了散文《月夜》，之后陆续发表《刹那间的起伏》、《乐园中的一日》等，这是他和孙斐君热恋的见证和结晶。1924年4月28日，他与孙斐君结婚，婚后三个月，即由北京北大新潮出版社出版了他的散文集《月夜》。

1924年11月17日，川岛与鲁迅、周作人、钱玄同、刘半农、俞平伯、孙伏园、李小峰等联合创办了《语丝》周刊。他和孙伏园、李小峰等一起承担了《语丝》的编务，甚至还要亲自出去兜售刊物。从1924年11月《语丝》创办起，到1926年10月离开北京为止，这两年是川岛散文创作生涯中的第二个创作黄金期。这一时期，由于和章士钊为代表的“甲寅派”，陈源为代表的“现代评论派”的论战，激发了他的旺盛的创作活力，写下了许多杂感，成为《语丝》的主力和骨干。

1926年秋，川岛离京南下，“便几乎和文字生涯告别了”②。他的散文创作生涯短暂，仅仅在二十年代的初期和中期的四五年间，迸出了耀眼的火花。

川岛以写爱情散文成名。他贡献给散文园地的第一朵鲜花是《月夜》，这

① 川岛：《“五四”杂记》，《川岛选集》，人民文学出版社1984年版，第117页。

② 孙斐君：《〈川岛选集〉后记》，《川岛选集》，人民文学出版社1984年版，第130页。

既是他初涉文坛的试笔和处女作，也是他的代表作。它跳荡地表现了从初恋到热恋的情爱。这种情爱深深烙上了五四进步青年思想刚刚苏醒的烙印，是一种初呈开放的现代型的情爱：它既开放又含蓄，既放纵又深沉，既自由又有一点"封建"式的原始。这些矛盾造成了这种情爱的外部形态和内在意蕴的错位。从外部形态看，对话是那样单调，或是单调地询问："冷不？乏吗？"，或是"不要紧"，"你，你——你呀"，"我不难过"之类简短的对答；动作也很是简单原始，均是常见的"并着肩"、"温柔的手已经贴在我的肩上"之类，最多不过是在天寒时，"我就假装手冷，那时伊就来握我的手，或者把我的手放在（其实是我伸进去的）伊袖筒里，有时还用颊来温"，仅此而已，但它的感染力却十分强。如当"伊"生病了，"我"不能看护"伊"，"'我累伊害病又累伊加病'，伊都不认，并且不许我烦闷；为要安慰病人的心，自然我只好去逍遥了。但是伊呢，反在病中陪我洒泪"，把双方在爱的煎熬之下的复杂矛盾心态细微地展示了出来，有一种丰厚的情韵和内在的逼人力量。这种外部形态和内在意蕴的错位，虽是男女双方初恋时心理的一种反应，但也是现代型的情爱借助解放潮流脱胎而出的一种不习惯的本能的反应。这两种反应糅合起来，使他们的情爱纯真无瑕，已经到了一种傻乎乎的可爱的地步，"傻川岛"名副其实。同样，他的另一篇写恋情的《桥上》也具有一种"傻"的魅力。这是回忆少年时代的一段没有结出果实的朦朦胧胧的恋情。文中这样写道：

> 我们时常在桥上相遇，见了面彼此都带笑，笑的时候伊的脸上有两个酒涡。却是好笑，见面不一会我便捧了那颤动的心讪讪地离远伊了，虽是落了桥还回头来偷看，但往往是四目相遇，那我就该很快的跑进姑母家去；在门斗里站一会等脸上不大热时再出来，如果伊还在桥上，那么我——我那时真难为情。伊又该眼睛盯住了我抿着嘴笑了。①

这一对少男少女，情窦初开。彼此的心都在相互吸引着，但又是朦朦胧胧，不知如何表达，因此只能用傻笑来表达，在傻笑中少男少女的心碰撞了，结果就发生了偷看、四目相遇、脸上发热、难为情等一连串的动作，读起来灼热撩人。川岛在写软性恋情散文上，可称为高手。之所以如此，因为他在现实生活中，正是一个爱情的忠诚者。

更值得称颂的是，川岛还有另一种的"傻"。在二十年代初期，由于五四运

① 见《川岛选集》，人民文学出版社 1984 年版，第 69 页。

动的风暴已过，全国出现了思想苦闷期，很多散文家染上了情绪滑坡的综合症，有的皈依“名士”，有的精神濒临崩溃，有的消极退却。但川岛却依然精神抖擞，成为一个“捣乱小孩”①。1922年8月17日，他在《晨报副刊》上放了第一枪，发表了杂感《撒旦的行径》，有力地抨击了北洋军阀钳制自由，破坏学生运动，解散自由集会，实行信件检查等罪行。不久，又发表了杂感《自第十一个双十节以后》，表现了对黑暗现实的强烈不满，也针砭了国民性中的弊病。之后，在1924年《语丝》创办后，他又在鲁迅等的直接影响下，以《语丝》为阵地，坚决站在鲁迅一边，奋勇抗争。《欠缺点缀的中国人》尖锐地讽刺了当时美国驻华公使的所谓“国际共管”中国的谬论，揭示了帝国主义打着“正义”与人道的旗号、实则进行侵略的罪恶本质。《人的叫卖》实录了1920年娘子关前连姑娘带驴只卖八块钱的凄惨叫卖声。《爱国》则讽刺了那些沽名钓誉、不学无术的叶公好龙式的爱国者，他们想出人头地，做群众领袖，但一见到群众场面就“腿也觉得比平日的软，心总是跳”。其余，如《狗尾巴》、《吠声》、《反周事件答问》、《西滢的“吃嘴巴”》、《再论西滢的“吃嘴巴”》、《关于一千元》等则是面对面地和章士钊、陈西滢等短兵相接。正是在短兵相接中又使人看到了川岛对政治感情的另一种忠诚。

川岛的杂感虽然不成系统，却具有典型的五四杂感遗风。尽管是零星的枪声，但对于鲁迅的抗争散文来说，却是真正起到了助威的作用。

① 鲁迅：《我和〈语丝〉的始终》，《鲁迅全集》第4卷，人民文学出版社1981年版，第168页。

第四章　五四散文主潮:怨怒之音(下)

第四节　飘泊者的哀怨悲歌

一　飘泊者的审美理想

从五四到五卅前后的十年,这是一个需要精神寄托的时代。许多脆弱的灵魂失却了挺拔的脊梁。在五四的风暴过后,知识分子面临着新的抉择:有的人则勇敢地面向残酷的现实,继续为掀翻千年吃人筵席果断地举起了投枪;有的则瑟瑟发抖,一头沉到故纸堆中;而更多的人则如冰心在《烦闷》中所描述的那样:"不能升天,不甘落地,悬在天上人间的中段","孤寂凄凉的在这虚伪痛苦的世界中翻转。"由于社会的变动,大批知识分子从农村涌进城市,或出洋留学,离乡背井和内心的孤寂凄凉交融起来,愁上添愁,从而铸造了一批悲苦的灵魂,使得现代散文园地里出现了一批飘泊者的哀怨悲歌式的伤感散文。它虽没有抗争者的散文声调那样高昂,但却是挣扎在苦难的人间地狱中的悲怆的呐喊,绝望与激愤的混合重唱,因而别具一格,楚楚动人。这批伤感散文可以郁达夫、庐隐、石评梅和陈学昭等为代表。

这些飘泊者,并不是不名一文、家破人亡的穷困流浪者,而是离乡背井、远离故土的知识分子,是精神的飘泊者。他们或曾留学过异邦,如郁达夫;或曾远离故乡,身在异地,如庐隐、石评梅。诚如瞿秋白所说:"五四到五卅之间中国城市里迅速的积聚着各种'薄海民'(Bohemian)——小资产阶级的流浪人的知识青年。"①他们从各地汇集到大中城市里,为谋生,为理想,为爱情而奋斗挣扎,但生活常常把他们遗忘。生活逼得他们游戏于人间,但最后又被人间所游戏。这样,他们紧锁双眉,以酒浇愁,实际上是剪不断,理还乱,愁上加愁,只能借助散文来发泄。其结果是,这批"飘泊者"的散文

---

① 何凝:《〈鲁迅杂感选〉序言》,见柯灵主编《中国现代文学序跋丛书·散文卷》,海南人民出版社 1988 年版,第 517 页。

在二十年代散文园地上空凝聚成一片久久不散的愁云。

这里特别要重视的是为命运折磨，又始终为愁云笼罩着的庐隐、石评梅这样的女散文家。她们是我国现代史上最早觉醒的一批妇女。她们有其幸运的一面，在这新旧转折关头，二十世纪初大办西学的潮流使她们有机会和男子一样获得了受教育的权利，和全国亿万妇女相比，她们是令人羡慕的凤毛麟角。五四时“民主”和“科学”的口号唤醒了她们的心灵。但面对黑沉沉的现实，她们又分外地痛苦。尽管在我国最早觉醒的妇女中，出现了如向警予这样的女革命家，坚定地踏上了为祖国解放事业奋斗的道路；也出现了如冰心那样的爱的布道者，终日憧憬着建立一个爱的极乐世界。但多数还是像庐隐、石评梅那样始终挣扎在悲苦的命运中。传统女性的柔弱和多愁善感的气质，使她们落入这样的境地：“这绵绵不尽的哀愁，在我们有生之日，无论如何，是不能扫尽抛开的呵！”①她们以满含悲苦的情绪直面现实人生，并由此加入现代散文作家的行列。她们的散文由于愁绪浓重，情意真切，而且大都是写给自己真诚的朋友的，因此无拘无束，随便自如，这对破除古代传统散文僵硬的章法，促进现代散文成熟都起到了很好的作用。中国现代散文史的丰碑上应该刻上她们的名字，这些名字代表了一个独特时代里女性的悲苦命运。

综合地考察，五四时期，从这些悲苦的灵魂中所孵化出来的散文，具有这样两个共同属性：

(一) 崇尚极端。

厨川白村在《苦闷的象征》中说：“在内心燃烧着似的欲望，被压抑作用这一个监督所阻止，由此发生的冲突和纠葛，就成为人间苦。”这批“飘泊者”，生命力无限，爱的激情无限，但伴随着他们的阻碍力也是无限，压抑制约力也是无限。他们的生活就成了永久的搏战，难分胜负的苦战。他们和现实、和社会格格不入，内心感到压抑。“压抑”这魔鬼始终把他们紧紧缠住。庐隐“身在客中，常有抑郁无欢之色”②；郁达夫连“自家也说不出所以然来。我不晓得为什么我会这样的苦闷，这样的无聊”③；石评梅对自己的压抑描述更形象，说她的眼泪若“真凝成一粒一粒珍珠”，可为他人缀成一条围巾④。在这样的压抑中，

---

① 庐隐：《愁情一缕付征鸿》，《庐隐选集》，百花文艺出版社 1983 年版，第 164 页。

② 苏雪林：《关于庐隐的回忆》，《苏雪林散文选集》，百花文艺出版社 1988 年版，第 172 页。

③ 郁达夫：《一封信》，《郁达夫全集》第 3 卷，浙江文艺出版社 1992 年版，第 44 页。

④ 石评梅：《墓畔哀歌》，《石评梅散文选集》，百花文艺出版社 1992 年版，第 175 页。

他们的内心却又都燃烧着火一般的欲望。这一矛盾使他们把散文创作当作一种从自我压抑困境中解放出来的手段。因此,支配他们散文创作的,是从生命的根底里发动出来的个性的力。这种力就是极端,它诅咒一切,厌恶一切。郁达夫可以"跑到房里来把我所最爱的东西,故意毁成炭烬"①,以此忘却苦闷。郁达夫有时苦闷到极点,甚至恨不得丢一个炸弹,与世界同归于尽。庐隐看到的都是人类的浅薄和自私,她在百劫之余,愤恨极了,在她的眼中,宇宙就是一个深不见底的大缺陷,只企求地球湮灭。石评梅是"我愿燃烧我的肉身化成灰烬,我愿放浪我的热情怒涛汹涌"②。这样,他们的散文就形成了共同的审美理想:蔑视中庸,厌恶和谐,不愿克制,也不受适度和秩序的束缚。他们抒写的情绪是毫不犹豫地向悲苦倾斜。有时也不顾读者阅读兴趣,让悲哀的情绪肆意倾泻。这种情绪,尽管倾向和色彩不鲜明,但对社会来说是一种破坏力、离心力,它是一种诅咒和挽歌。尽管旧的社会旧的制度旧的势力是骂不倒的,但这种诅咒怨气冲天,足可以给社会罩上一些恼人的阴影,从而加速它的倒塌和垮台。

(二)以悲为美。

我国古代散文长期以来有着"以悲为美"的传统。司马迁的《报任少卿书》、李密的《陈情表》、韩愈的《祭十二郎文》等,都曾拨动了千千万万读者的心弦。这批"飘泊者",由于他们本身就是现实生活中悲剧的主人公,因此,他们以自已悲苦的灵魂,对"悲"顶礼膜拜。石评梅公开宣称:"我是崇拜悲剧的。"③庐隐则在《寄燕北故人》中向人们深刻地描绘了"悲"的至高无上的境界:

> 悲哀才是一种美妙的快感,因为悲哀的纤维,是特别的精细。它无论是触于怎样温柔的玫瑰花朵上,也能明切的感觉到。比起那近于欲的快乐的享受,真是要耐人寻味多了。并且只有悲哀,能与超乎一切的神灵接近。当你用怜悯而伤感的泪眼,去认识神灵的所在,比较你用浮夸的享乐的欲眼时,要高明得多,悲哀诚然是伟大的!

这种发自肺腑的对悲哀的赞美和推崇,决不是为悲哀所困的一种阿 Q 式

---

① 郁达夫:《一封信》,《郁达夫全集》第 3 卷,浙江文艺出版社 1992 年版,第 46 页。

② 石评梅:《墓畔哀歌》,《石评梅散文选集》,百花文艺出版社 1992 年版,第 175 页。

③ 石评梅:《再读〈兰生弟的日记〉》,《石评梅选集》,山西人民出版社 1983 年版,第 406 页。

的自我嘲解和陶醉,而是她认识到在这悲哀的世界中,她的悲哀是不可医治的根本的烦怨。因此,以悲为美是他们的一种自我超越。这种超越促使他们在创作散文时,敢于面对悲哀、表现悲哀。悲哀成了他们散文的永恒主题。

二 为“孤独症”所困扰:怀疑一切,也怀疑自我

这批“飘泊者”都患有“孤独症”。他们都为无穷限的无聊和苦闷所困。郁达夫自诩为“零余者”,庐隐号称“海滨故人”,石评梅常常用“失群的孤雁”形容自己。孑然独立,孤芳自赏。当然,这些形象也很脆弱和缺乏活力。

但是,他们的神经却异常敏感,有些神经质。石评梅就说:“无论大小事只要触着我,常使我全身震撼!”①用庐隐的话说,她的“悲哀的纤维,是特别的精细”②。他们身披历史的灰尘,处在新旧转折的时代漩涡中,必须在现实的命运中挣扎。他们怜己惜己,却又不能主宰“自我”,往往要失控,会产生许多矛盾的不可理解的“孤独症”所特有的古怪的病态,如郁达夫所描述的,当自己“受了最大的侮辱的时候”,反而“老要使我作会心的微笑”③。五四时期对“自我”的呼唤,到了这批“飘泊者”的散文中,就变成一种实在的自我价值的探求。而命运之神又常常把他们挤出生活的轨道,使他们一筹莫展。他们只能顽固地在肯定自我和怀疑自我中轮回,但又常常陷在怀疑自我的深坑中不能自拔,从而产生迷惘和厌世。郁达夫用“零余者”作为散文中的抒情意象就是这种情绪的表露。庐隐也时常会有“自己也觉得似乎多余”④的感叹。甚至有时还会呈现出变态,如郁达夫在散文中表现的性幻觉、性错觉。有时面对一些美景他们也常常会伤感悲哀。由于孤独者的放浪和桀骜,他们心中的王国是自我主宰一切,而且没有明确的目的性、倾向性,因此,他们又常常在主观的幻想中,使自我升值。庐隐在《百年后》中就袒露了这种幻想,她在文中写道:“我曾想象我是‘英雄’的气概,手里拿着明晃晃的雌雄剑,独自站在喜马拉雅的高峰上,傲然的下视人寰,仿佛说:我是为一切的不平,而牺牲我自己的,我是为一切的罪恶,而挥舞我的双剑的呵!”但现实和命运毕竟是残酷的,等待他们的只是厄运和挣扎。因此这批“飘泊者”的“孤独症”的根源,既是为现实所困,也是为自我所困。诚如庐隐所说,这批“飘泊者”的“灵魂永永不曾解放过”⑤。

---

① 石评梅:《梦呓》,《石评梅散文选集》,百花文艺出版社 1992 年版,第 173 页。

②⑤ 庐隐:《寄燕北故人》,《庐隐选集》,百花文艺出版社 1983 年版,第 190 页,第 189 页。

③ 郁达夫:《小春天气》,《郁达夫全集》第 3 卷,浙江文艺出版社 1992 年版,第 67 页。

④ 庐隐:《愁情一缕付征鸿》,《庐隐选集》,百花文艺出版社 1983 年版,第 164 页。

"孤独症"促使郁达夫、庐隐和石评梅等沉溺在"自我"的王国中,对"自我"的厚爱,决定了他们的散文重视描述和"自我"相关的人事,重视抒写自我的情感。可以说,散文向内转而执拗表现自我的倾向,大大加速和推进了现代散文的生活化、通俗化和感情化的进程。现代散文从梁启超"新民体"的政治化方塔中走出来,这批"飘泊者"起到了一定的推动作用。

第五节　郁达夫

一　开放心态和性错觉:《还乡记》

郁达夫凭借他彻底开放的心态,在这一时期创作了许多伤感散文。在他的伤感散文中,时时涉及性爱,他正是以他的性爱散文,在中国现代散文史上独树一帜,获得了重要地位。

郁达夫(1896—1945),浙江富阳人,创造社的主要作家之一。他出生在一个破落的书香世家。三岁丧父,陪伴他的是"守了数十年寡的祖母,也已将人生看穿了,自我有记忆以来,总只看见她在动着那张没有牙齿的扁嘴念佛念经"①。畸形的时代,寂寞的生活,使郁达夫性格孤僻、内向。

郁达夫早年留学日本,这一时期的生活对他的散文创作有重要影响:一方面中国的国际地位日益低落,使身在异邦的他强烈感受到民族歧视的寒冷气氛,浓烈的民族情绪和爱国意识主宰了他的心灵,这一切和他的孤独、内向的性格交织起来,使他成为一个神经过敏的异乡"零余者"。但另一方面,他又受到了西方和日本的许多思潮和意识的影响,他在《雪夜》中曾说,当时,"伊孛生的问题剧,爱伦凯的恋爱与结婚,自然主义派文人的丑恶暴露论,富于刺激性的社会主义两性观,凡这些问题,一时竟如潮水似的杀到了东京,而我这一个灵魂洁白,生性孤傲,感情脆弱,主意不坚的异乡游子,便成了这洪潮上的泡沫,两重三重地受到了推挤,涡旋,淹没与消沉"②。他最崇拜当时在日本很有影响的情趣写实主义作家佐藤春夫。郁达夫曾写道:"在日本现代的小说家中,我所最崇拜的是佐藤春夫。……我每想学到他的地步,但是终于画虎不成。"③郁达夫的崇拜是真诚的,他被佐藤氏代表作《田园的忧郁》中分析人生

① 郁达夫:《悲剧的出生》,《郁达夫全集》第4卷,浙江文艺出版社1992年版,第322页。
② 郁达夫:《雪夜》,《郁达夫全集》第4卷,浙江文艺出版社1992年版,第371页。
③ 转引自曾华鹏、范伯群:《郁达夫评传》,百花文艺出版社1983年版,第34页。

无法忍受的单调和疲倦时所表现的奇妙的世纪末的美给震撼了。而佐藤氏善于解析孤独、无聊和忧郁，以及成功地暴露和表现自我意识、自我感觉的开放心灵、创作态度和写作技巧，更使郁达夫如痴如醉。这一切拓展了他的创作视野，使他从中获得了情绪喷泄契机和最佳突破口。他的小说《沉沦》面世并引起轰动，被人称誉为"惊世骇俗"之作。

《沉沦》的成功，对郁达夫的散文创作发生了深刻的影响，尤其是《沉沦》的开放心态和暴露自我内心体验，都可以不加改造地直接移植和借鉴到散文中，因此效果也就十分显著。在《沉沦》面世后不到两年，郁达夫就创作了散文《还乡记》。这篇散文是郁达夫小说《沉沦》的余波，也是我国现代散文史上性爱散文的首创。

《还乡记》写于 1923 年 8 月 12 日，刊登在 1923 年 8 月 14 日的《中华新报·创造日》第二十一期上。它是作者从上海到富春江回乡途中所见所闻的纪实之作。上海到富春江之间不长的距离，却被孤独情绪塞得满满的。这种孤独情绪的一种表现形式是直觉，即直接感受，诸如看到杭州清清冷冷的街，在旅馆里为隔壁妓女嫖客的浪言浪语而愤懑，看到西湖边青年男女的肆无忌惮顿生诅咒……由于这些都是一个孤独者在旅途中的感受，所以它的主旋律是沉闷和压抑的。孤独情绪在这篇散文中的另一种表现形式是以幻觉出现的，这种幻觉虽和作者的孤独直接感受有关，但更多的是作者内心深层潜意识的流露。由于这些幻觉的内容都和"性"有关，所以这种幻觉是性错觉、性幻想。尤其是郁达夫的神经过敏和生动丰富的想象力，又大大地丰富了他的性错觉和性幻想内涵。在《还乡记》中，这种性错觉、性幻想占据了很重要的地位。在他还乡之始，到上海火车站乘火车进入入口处时，他——

> 好像是看见了我认识的一位美妙的女郎来送我回家的样子。刚走到门口，果真见了几个穿时样的白衣裙的女子，正从人力车下来。其中有一个十七八岁的，戴白色运动软帽的女学生，手里提了三个很重的小皮箧，走近了我的身边，我竟不知不觉伸出了一只手去，想为她代拿一个皮箧，好减轻她一点负担，但她站住了脚，放开了黑晶晶的两只大眼反很诧异的对我看了一眼。①

对这种性错觉，他虽立即以"我的想象力太强"，并甘愿受这姑娘的小手

① 见《郁达夫全集》第 1 卷，浙江文艺出版社 1992 年版，第 273 页。

"批我一颊"来自责、忏悔,但在旅途中,他还是不断地出现性错觉和性幻觉。如站在车台上看到一对农民夫妇挈着一个小孩,就大发感慨,断定他们"夫唱妇随"何等幸福。又如见到三辆人力车载着三个很纯朴的女学生,他又奇特地产生了幻想,对人力车夫发出了这样的诅咒:

你们这些可怜的走兽,可怜你们平时也和我一样,不能和那些年轻的女性接触。这也难怪你们的,难怪你们这样的乱冲,这样的兴高采烈的。这几个女性的身体岂不是载在你们的车上的么?她们的白嫩的肉体上岂不是有一种电气会传到你们的身上来的么?虽则原因不同,动机卑微,但是你们的汗岂不是为了这几个女性的肉体而流的么?啊啊,我若有气力,也愿跟了你们去典一乘车来,专拉这样的如花少女。我更愿意拚死的驰驱,消尽我的精力。我更愿意不受她们的金钱酬报。①

这种幻想既主观又粗暴,带有极强的神经质,是一种荒唐的变形情绪。但由于孤独情绪主宰了这位孤独的回乡者,在空虚的旅途生活中无事可做,也就只能靠幻想来充实自己的生活,发泄自我情绪。因此,这也是一种真诚。在这篇散文中,性错觉的高潮是出现了性变态,即幻想闯进民宅,偷闻女人的鞋。这种荒唐和变态,对这位性错乱者来说,又是一种不正常的正常。

如果以二十年代末为分界线,郁达夫在二十年代所创作的伤感散文以性爱散文为主。《还乡记》为这一时期的性爱散文奠定了基调,即:郁闷、感伤、沉重、苦涩。这是从一种虚空的心弦里弹奏出来的变调。难能可贵的是,郁达夫以前人从未有过的彻底坦白、彻底裸露、彻底解放的姿态在散文中描写性爱,这使得他的前期性爱散文成为传统散文的一个叛逆。郁达夫是勇敢者,他的解放散文的宣言就是"一样的是人体的一部分,为什么肚脐以下,尾闾骨周围的一圈,就要隐藏抹杀,勿谈勿写呢"②?他的前期性爱散文实现了这一宣言。如在《归航》中,他就敢于袒露自己和其他女人的关系,毫无顾忌地亮出自己想逛妓院的念头。《还乡后记》中,在旅店里独自"把我所欲爱的女人,一个一个想了出来";《南行杂记》中插进了和妓女银弟的恋情回忆……到二十年代末和

① 郁达夫:《还乡记》,《郁达夫全集》第1卷,浙江文艺出版社1992年版,第291—292页。

② 郁达夫:《〈中国新文学大系·散文二集〉导言》,见赵家璧主编《中国新文学大系》第7集,良友图书公司1935年版,第8页。

三十年代，郁达夫的散文创作开始转向，无论是他的游记还是怀人小品、杂谈，基调都变得飘逸、闲适和轻快起来。

郁达夫以《还乡记》为代表的前期性爱散文是对封闭僵硬的传统散文思维模式的彻底反叛。固有的传统散文对人生痛苦和发泄苦闷的思维方式，通常是以托物言志和隐喻的迷离曲折的方式表现的。这种缓和矛盾的方式大多不显示对抗和离弃，而具有柔滑性和逃避性。生与死，血与火，常常到了传统散文思维模式中转几圈以后，会变得平和起来。而郁达夫以极端式、爆炸式、赤裸裸的神经质式，把自己的畸形心理、激烈的情感来一个彻底坦白、彻底裸露、彻底解放，从而把传统散文的和谐优雅撕得粉碎，形成了对传统散文的强烈冲击。从这一层意义来考察，郁达夫早期性爱散文是五四社会转型期失范和无序的一个试步和代表。诚如郭沫若在《论郁达夫》中所指出的："他那大胆的自我暴露，对于深藏在千年万年的背甲里面的士大夫的虚伪，完全是一种暴风雨式的闪击，把一些假道学、假才子们震惊得至于狂怒了。为什么？就因为有这样露骨的直率，使他们感受着作假的困难。"①这种大胆和彻底，也可以说是五四个性解放的一种极端代表。因此，随着历史的推进，血与火的加剧，救亡的兴起，革命文学渐居主导，这种以一己内在世界的彰显为全部旨归的文学表达方式也就消失了。在中国二十世纪散文史上，他的完全个人化的书写虽则开创了一个新起点，但却由于没有跟随者而也只能成为一个孤点，郁达夫命中注定是散文史上空前绝后的孤独者。

我们还应该看到，郁达夫早期性爱散文对女权的尊重，这特别表现在他散文中的妓女形象上。如在《南行杂记》中描写和妓女银弟的恩爱交往，诚挚而纯洁。因此他的彻底坦白中又昭示了他关于女权的人格意识。

诚然，郁达夫早期性爱散文中的性错觉、性幻想的本质和内涵是虚弱的，缺乏生气的，是一种软性的自卑。一定程度上是作者在当时中国国际地位落后的大悲哀中的消极情绪的反应。在表现上，郁达夫也有为暴露而暴露的做作的局限，有些性幻想，如在《还乡记》中对农民夫妇携带一个孩子的幻想就和全文不甚协调。但不管怎样，他的彻底性、开放性、极端性，是对传统散文的各种羁绊的冲决，也是对现代散文的一种建树。在僵硬的古代传统散文面前，需要这样的彻底，正如鲁迅在《无声的中国》中说的那样，若房子太暗要为其开窗，就得提出拆掉屋顶才能办成。郁达夫的散文彻底坦白、彻底裸露、彻底解放的极端的价值也正是在这里。所以，他也实在可以获得这样一个称号——

① 见《郭沫若全集》第20卷，人民文学出版社1992年版，第317页。

“中国的卢梭”。

二　孤独意象:“零余者”、“零余者”系列散文

郁达夫的前期性爱散文所孕育的一个胎儿,就是引人注目的“零余者”。它是郁达夫前期性爱散文中所醉心描述的第一意象。郁达夫前期散文中的沉闷、感伤、沉重、苦涩的基调,正是为“零余者”情感世界的充分展示创造了最浓重的氛围。为了全方位地展示“零余者”的情感世界,郁达夫前期性爱散文基本上是围绕着这一意象展开的,形成了以“零余者”为中心的系列散文。除《还乡记》以外,还有《还乡后记》、《零余者》、《一封信》、《立秋之夜》、《北国的微音》、《小春天气》、《给一位文学青年的公开状》、《一个人在途上》、《灯蛾埋葬之夜》等。这些散文中所展示的“零余者”意象都是以“我”出现的。这“我”固然是郁达夫的“自我缩影”,但也是和郁达夫同时代知识分子中的飘泊沉浮类似“零余者”之类的孤独者意识和情绪的聚焦。因此,尽管这个系列的散文是怜“我”、哀“我”的呻吟和呐喊,是个人的内心独白,但它却如霹雳,引起了一代人的共鸣。

(一)“零余者”的情感世界:孤独。

“零余者”的轴心情绪是孤独。孤独是一种笼罩朦胧面纱的饱含多重色彩的混浊情绪。“零余者”在不同氛围不同场合中,常常为孤独所困扰,而又无法摆脱它的束缚。这种孤独情绪集中表现在以下三个方面:

1. 贫富不均的愤懑。这在《零余者》中提示得较为充分。困扰“零余者”并引起它孤独的最直接的原因就是这两个大大的问号:“不过令人愁闷的贫苦,何以与我这样的有缘?使人生快乐的富裕,何以总与我绝对的不来接近?”①这成为他孤独情绪的总根源,由此引发出诸如生活的无趣以及对自我价值的怀疑等等。又如在《给一位文学青年的公开状》中,“零余者”为一个文学青年谋生所策划的两个下策(一是当兵,二是偷窃)的调侃,也是对贫富不均有力的控诉。这种控诉本来完全可以进一步深化,把它和当时社会贫富不均以及对下层人民痛苦生活的揭示糅合起来,但是郁达夫没有这样做,他始终只把这种控诉立足在“自我”身上,因此他在贫富不均的愤懑情绪上所产生的孤独既和现实生活格格不入,也反映了对下层人民生活的冷漠,使这种孤独的价值打了折扣。这种冷漠,和作家个性密切相关,在他“自传”一章《孤独者》中写到,他“在宿舍里,在课堂上,都和同班的老生们,仿佛是两个国家的国民”②。

---

①　见《郁达夫全集》第3卷,浙江文艺出版社1992年版,第34页。

②　见《郁达夫全集》第4卷,浙江文艺出版社1992年版,第350页。

这种个性只能使他冷漠地独立于世。但尽管这样,对贫富不均的愤懑是一种饱含社会和政治色彩的社会情绪。

2. 对"自我"的怀疑。孤独者的典型表现是浓重的怀疑意识。对贫富不均的不满是对社会的怀疑;对"自我"价值、作用和地位的怀疑是疑己。这种情绪在《零余者》中展示得比较充分。文中怀疑"我"对社会无用:"第一……我这样生在这里,世界和世界上的人类,也不能受一点益处;反之,我死了,世界社会,也没有一些儿损害……第二,且说中国吧!对于这样混乱的中国,我竟不能制造一个炸弹,杀死一个坏人。中国生我养我,有什么用处呢?"由此他还论及对于家庭也"完全是一个无用的人"①。这些怀疑尽管幼稚,却时时笼罩在"零余者"的心头。卢梭说:"一个孤独者,他在运思的时候,自然会更多地想到自己。"乃至最后成为一个解不开的情绪疙瘩,所以作者在他的这些散文中要多次向人们提出这一怀疑。

3. 生的厌绝。从总体上看,"零余者"的孤独是一种软性的躁动,是一种迷茫的不可知的烦恼。从当时政治大气候来看,由于二十年代"中国向何处去"和"自己的前途在哪里"等问题在折磨着当时的知识分子,尤其是像郁达夫这样接触了西方和日本文化的民主思想较为浓烈的知识分子的心灵。前途未卜、人生困惑、寻觅艰难、压抑苦闷,从而使心灵失去平衡。再从具体的像郁达夫这样的人来说,生活坎坷,历尽辛酸苦辣,这一切和政治大气候融合起来,就会自然地酿化成为一种对生的厌绝情绪。这集中表现在《灯蛾埋葬之夜》中,作者以"灯蛾"为抒情意象,一只扑灯的蛾死了,居然会引起"我"的强烈震动,不仅对灯蛾"默看了一分钟",还要隆重地、如黛玉葬花般地在天井里为灯蛾举行安葬仪式。这些反常,正是作者把自己同灯蛾等同起来,是一种近乎麻木的孤独,犹如死了一般。乃至连手表"是在几日前头开过的记忆也想不起来了",对生已经毫无乐趣可言。再如《小春天气》中也是集中展示了那极端无味的生活,文中写了"我"在十月小阳春中的孤寂反常的心态:

仰起头来看看青天,空气澄清得怖人;各处散射在那里的阳光,又好像要对我说一句什么可怕的话,但是因为爱我怜我的缘故,不敢马上说出来的样子。脚底下铺着扫不尽的落叶,忽而索落索落的响了一声,待我低下头来,向发出声音来的地方望去,又看不出什么动静来了,这大约是我们庭后的那一颗槐树,又摆脱了一叶负担了吧。正是午前十点钟的光景,

① 见《郁达夫全集》第3卷,浙江文艺出版社1992年版,第39—40页。

> 家里的人,都出去了,我因为孤零丁一个人在屋里坐不住,所以才踱到院子里来的,然而在院子里站了一忽,也觉得没有什么意思,昨晚来的那一点小小的忧郁,仍复笼罩在我的心上。①

这里的情绪可用两个字来概括,即"无味"。虽则没有无味到如林黛玉葬花那样去葬落叶,但站在落叶中的忧郁却是标准的黛玉葬花式的孤独无味。这种孤独无味情绪使"零余者"的一切所见所闻变色变调:十月小阳春的美景居然"怖人",和暖的阳光似乎要说"可怕的话",唯一做的事,是低头听落叶之声。因此在这美景中仅"站了一忽",就觉得"没有什么意思"。美景和愁闷的反差,更是显示了对生的郁闷和绝望。我们在他"零余者"的系列散文中,常常可以看到这位"零余者"想"死"、想"骂人"、想"坐牢"等消极念头,甚至在《春愁》中,居然希望大地震,和自然同归于尽。

(二) 对"零余者"的孤独的透视:矛盾两极端。

孤独在世界上是常常被人误解的一个字,而在郁达夫所处的二十世纪二十年代,当时知识分子中无病呻吟,以孤独为时髦者也不乏其人。其实,一颗浅薄无知的灵魂,并没有多少精神价值可以要人们去理解,因此也不会有真正的孤独,只有当一个人有思想、有追求、有目的,却又不为世人社会理解的时候,才能产生孤独。孤独是一种深沉的悲剧意识。从这一层意义上考察,"零余者"是作为一个悲剧人物进入郁达夫性爱散文的。

要对这位悲剧人物的孤独情绪内核进行透视,我们应该为此找一个参照系——卢梭。郁达夫对卢梭极为崇拜,他在《卢梭的思想和他的创作》中曾经给卢梭作了这样的概括:"他的性格里充满着矛盾的两极端,因此他的一生,就不得不为这矛盾所苦扰。"接着文中又从多方面解剖卢梭的"矛盾的两极端":既热爱人类,又厌弃人类;思路有时不清,但退到书斋静静地思考,议论会比任何人透辟;他自卑,又自大等等。卢梭在其孤独天地中,时常被这些矛盾煎熬着。而郁达夫笔下的"零余者"也一直在矛盾的漩涡中挣扎。这些矛盾有:

一是灵与肉的冲突。

在这点上,可把"零余者"和郁达夫小说中的主人公比较起来考察。《沉沦》中这位病态的青年的心理,也是当时同代人的苦闷,即在性的要求上灵与肉的冲突。这种冲突激流始终在郁达夫胸中激荡,因此,也就理所当然地冲进他的散文园地。在"零余者"身上,也处处可以看到性的躁动引起他的灵与肉

---

① 见《郁达夫全集》第3卷,浙江文艺出版社1992年版,第68—69页。

的冲突。在《还乡记》中,则表现得更为强烈和透彻。他越是在旅途上孤独、苦闷,性就愈要出来作祟,最后只能用性幻想来解决。这种没有解决的解决,又反过来导致“零余者”的灵与肉的更激烈的冲突,并且就是这样在“零余者”身上恶性循环着。

灵与肉的矛盾也落在对“生”的思考上。卢梭到了晚年,常常叹息“我来到世上走了一遭,可我究竟干了些什么呢”?这个心态也遗传到“零余者”身上。“零余者”常常被自己对社会、对家庭到底有什么作用的问题折磨着。“零余者”曾反复思考这两个问题,却得不到答案,最后,“剩下来的就是无穷限的无聊和无穷限的苦闷”①,只能靠破坏自己心爱的东西来发泄。这也表现了他对生的消极、迷茫和矛盾。

二是软与硬的冲突。

孤独情绪是一种与他人很少发生直接联系的“自我”内心表现,受外界的制约较少。所以情绪的软硬起伏变化很大。有时极“硬”:如在《归航》中见到一个西洋人和一个杂种的少女在一起,居然“恨不得拿出一把枪来,把那同禽兽似的西洋人击杀了”。又如在《还乡记》中看到人力车夫拉着少女跑过,“却用了憎恶的眼睛,狠狠地对那些威胁我的人力车夫看了几眼”,并进行恶毒咒骂。再如在《一封信》中为了消灭内心苦闷,采用把自己最心爱的东西故意毁成灰烬的手法,也是一种极端的疯狂。但更多的时候却又很“软”:如在《小春天气》中过分夸张渲染自己的衰老和怜悯灯蛾的死,就显得很虚弱。又如“零余者”常常自伤,在《还乡后记》中自己设想在秋风凉冷中伴送棺木孤舟,而后又再独自伤感,眼泪滂沱。更多的还有属于空想、幻想。在《还乡记》中他也承认:“我的空想也未免太不自量了。”尤其在性的要求上,常常借助空想,以求得精神的满足。而“零余者”也确实容易满足。他在《还乡记》中曾有这样一串妙语:“人生是现在一刻的连续,现在能够满足,不就好了么?一刻之后的事情,又何必去想它。”②这也是一种阿Q式的软弱表现。因此他有时又很自卑,不敢骂人,更不敢骂敌人。

总之,“零余者”的孤独情绪正是作者在二十年代中国这一特定的环境中寻求自我的独特反应,它是一种不定形的情绪,具有多变性、易变性、迷乱性,有时又是以无意识的突发形式出现的。因此它又有一定的虚无性和不可知性。

---

① 郁达夫:《一封信》,《郁达夫全集》第3卷,浙江文艺出版社1992年版,第44页。

② 见《郁达夫全集》第1卷,浙江文艺出版社1992年版,第278页。

另外，“零余者”是作者的自画像，在创作思想上郁达夫特别强调“文学作品，都是作家的自叙传”①。因此，考察“零余者”的孤独情绪，必须把作者的气质和个性纳入视野。作者自己承认，从小就有这种莫名的愁思，在自传散文《我的梦，我的青春》中写道：“我一个人立在半山的大石上，近看看有一层阳炎在颤动着的绿野桑田，远看看天和水以及淡淡的青山，渐听得阿千的唱戏声音幽下去远下去了，心里就莫名其妙的起了一种渴望与愁思。”②这种个性和气质到后来一直没有多大的改变，所以在《小春天气》中，天气越是好，却越是觉得没有意思。同时，再从郁达夫的知识结构来看，他所接受的东西也极为丰富、矛盾。他曾对自己在日本所读的书作了这样的描述：

> 和西洋文学的接触开始了，以后就急转直下，从杜儿葛纳夫到托尔斯泰，从托尔斯泰到独思托以夫斯基、高尔基、契诃夫。更从俄国作家，转到德国各作家的作品上去，后来甚至于弄得把学校的功课丢开，专在旅馆里读当时流行的所谓软文学作品。③

据他统计，“在高等学校住了四年，共计所读的俄德英日法的小说，总有一千部内外”，这么多外来的东西，冲进了郁达夫的胸怀，混杂在一起，相互影响，虽然不成系统，却时时在特定的环境下，这个“思潮”那个“主义”就会冒出来，促使作者在“零余者”身上作法。因此，“零余者”的孤独情绪是一种缺乏坚定信仰的混合物。这是一种病态的矛盾情绪，也是一种信仰危机。把它放到特定的二十年代来考察，这是一种知识分子的通病，也是一种觉醒和解放的启蒙表现。从本质上看，对于旧社会、旧观念、旧道德来说，它又是一种破坏力。

（三）郁达夫散文和郭沫若散文比较。

郁达夫和郭沫若都是创造社的重要成员，他们的散文创作有许多相似之处，若把郁达夫的《还乡记》、《还乡后记》和郭沫若的《今津纪游》加以比较，他们的思维流程和抒情走向有许多相似之处。如他们在旅游中都遇到了女掌柜，两人的散文分别写道：

---

①　郁达夫：《五六年来创作生活的回顾》，《郁达夫全集》第 5 卷，浙江文艺出版社 1992 年版，第 340 页。

②　见《郁达夫全集》第 4 卷，浙江文艺出版社 1992 年版，第 328 页。

③　郁达夫：《五六年来创作生活的回顾》，《郁达夫全集》第 5 卷，浙江文艺出版社 1992 年版，第 338 页。

坐店的是一位不满二十岁的女子,B君——又是B君,B君哟!你恕我不客气,滥引你的雅言了!你说:“只要是处女,便是美人。”不消说这位坐店的也是美人了。我又向她买了十钱的饼干,她称的分两,分外足实呢!我说:十钱的饼干真是不少!她微微地向着我笑。①

我吃完了饭,付了她(指店主人——编者按)二角银角子,把找回来的八九个铜子,也送给了她,她却摇着头说:

“客人,你是赶船的么?船上要用钱的地方多得很哩,这几个铜子你收着用吧!”

我以为她怪我吝啬,只给她几个铜子的小账,所以又摸了两角银角子出来给她。她却睁大了眼睛对我说:

“咿咿!这算什么?这算什么?”

她硬是不肯受,我才知道了她的真意,所以说:“但是无论如何。我总要给你几个小账的。”

她又推了一回,才收了三个铜子说:

“小账已经有了。”

啊啊,我自回中国以来,遇见的都是些卑污贪暴的野心狼子,我万万想不到在浇薄的杭州城外,有这样的一个真诚的妇人的。妇人呀妇人,你的坍败的屋椽,你的凋零的店铺,大约就是你的真诚的结果,社会对你的报酬?啊啊,我真恨我没有黄金十万,为你建造一家华丽的大酒楼。②

又如在旅游途中都写到对女性的憧想,两人的散文分别写道:

我正站立起来,打算要走,突然前面垂岩下腾出一种欢呼,使我大吃一惊。上来的是两位工人。他们从我身旁擦身过时,我的心脏还兀兀地在跳。我又起了一种好奇心,决意从那两位工人登上的来路走下山去。路极险隘,攀援树枝而下,路尽处,才又折到来时所过的神社面前,两个工人已经在那儿休息着了。此次怕他们也不免吃了一惊罢?一人向我乞火,我把火柴给了他。啊,这两个工人,假使是两位处子的时候呀,这不是

① 郭沫若:《今津纪游》,《郭沫若全集》文学编第12卷,人民文学出版社1992年版,第319页。

② 郁达夫:《还乡后记》,《郁达夫全集》第1卷,浙江文艺出版社1992年版,第305—306页。

段绝好的佳话吗？就好像卢梭在安奴西山中与雅丽、恪拉芬里德两少女邂逅相遇，就好像郑交甫在江干遇着江妃，那岂不是不枉了我今日的此行了吗？……①

在车站上踏来踏去的走了几遍，站上的行人，渐渐的多起来了。男的女的，行者送者，面上都堆着满贮希望的形容，在那里左旋右转。但是我——单只是我一个人——也无朋友亲戚来送我的行，更无爱人女弟，来作我的伴，只在脆弱的心中，无端的充满了万千的哀感；

"论才论貌，在中国的二万万男子中间，我也不一定说是最下流的人，何以我会变成这样的孤苦的呢！我前世犯了什么罪来？我生在什么星的底下的？我难道真没有享受快乐的资格的么？我不能信，我怎么也不能信。"

这样的一想，我就跑上车站的旁边入口处去，好像是看见了我认识的一位美妙的女郎来送我回家的样子。刚走到门口，果真见了几个穿时样的白衣裙的女子，正从人力车下来。其中有一个十七八岁的，戴白色运动软帽的女学生，手里提了三个很重的小皮箧，走近了我的身边，我竟不知不觉的伸出了一只手去……②

以上两则，何其相似：都遇见了一位善良的女店主，都在途中产生了对女性的憧想。它们证实了这两位创造社的主将在创作散文时思维流程和抒情走向上是惊人的一致。这种在纪游中，用女性或憧想女性来填充内容，虽是一种简单的方法，但也应该承认这是创造社的创造式的浪漫，在当时也是一种时髦和惯性。这种浪漫和时髦对传统散文的规矩来说是一种破除，甚至也可以说是一种解放和贡献。相比之下，郭沫若的解放较为爽直明快，郁达夫的较为苦涩沉闷。

第六节　庐隐　石评梅　陈学昭

一　庐隐:洒向人间都是怨

庐隐(1899—1934)，福建闽侯人。原名黄英，一个被命运和社会遗弃的悲

① 郭沫若:《今津纪游》,《郭沫若全集》第12卷,人民文学出版社1992年版,第317页。

② 郁达夫:《还乡记》,《郁达夫全集》第1卷,浙江文艺出版社1992年版,第272—273页。

哀者。庐隐是其成名作《海滨故人》的笔名。她降生的那天正是外祖母去世的日子,故为迷信的母亲所不喜欢,认为她是个灾星。六岁,父死,寡母带领全家投靠舅父。十三岁时,她瞒着家人,考取了北京女子师范学校预科。中学毕业后,先后在北京、安徽安庆、河南开封等地中小学任教。之后于 1919 年秋天,以旁听生的资格,考入了北京国立女子高等师范专科学校,插入了国文部的第一届。由于五四运动的影响,女高师与社会运动发生了密切的关系,"庐隐'务外'的天性这时候好像得了正当的发展,每日看见她忙出忙进,预备什么会的章程,什么演讲的草稿,坐下来用功的时候很少"①。这种联系与活动,既密切了她和社会的关系,也更增强了她的忧患意识,为她的小说和散文创作准备了丰厚的原料。

庐隐是以小说创作步入文坛的。她在五四运动之后先写了一篇自传体的小说《隐娘小传》,后又写一短篇小说《一个著作家》,内容是控诉封建包办婚姻的罪恶。1921 年,她加入了文学研究会,成为文学研究会的第一批会员。

1922 年 8 月,庐隐从女高师毕业,先后在安徽宣城、北京师大附中等处担任中学教师。1923 年,与北京大学毕业生郭梦良结婚。由于郭已有妻室,庐隐又是与原来的未婚夫解除了婚约的,因此决定了庐隐与郭梦良结合的凶险,给她的婚姻带来了阴影。但他们真诚相爱,力排众议,终于结合。婚后他们也享受了短暂的幸福,生下了一个女儿。但是好景不长,仅仅两年,郭就不幸患病魂归西天。这个变故对她打击沉重,使她成了一个感情和理智极不调和的人。她诅咒造物主太无情,"整天喝酒,酒量又并不大;喝醉了大哭一场,然后一面流着泪,一面拿起笔来在纸上发泄她的痛苦,写满了一张两张,她又把它撕成粉碎"②。她把和郭的悲欢最后统统融注在她这一时期的散文中。怨怒之音成为她散文中的主旋律。

随后,她又分别在上海、北京任教,并从事小说散文创作,先后出版了散文短篇小说集《海滨故人》、《曼丽》、《灵海潮汐》和长篇小说《归雁》。

庐隐在北京师大附中教书期间,由于一个偶然机会,结识了清华大学西洋文学系的学生李唯建。李唯建比她小近十岁。他们经过反复思想斗争后,终于在 1930 年 8 月东渡日本,旅行结婚。1930 年底他们回国,定居上海,庐隐完成了散文短篇小说集《东京小品》、《玫瑰的刺》以及长篇小说《女儿的心》和《火焰》。1934 年 5 月 13 日,庐隐因难产匆匆离开人世,年仅三十六岁。

---

① 苏雪林:《关于庐隐的回忆》,《庐隐选集》,百花文艺出版社 1983 年版,第 471 页。

② 谢冰莹:《黄庐隐》,《庐隐选集》,百花文艺出版社 1983 年版,第 478—479 页。

庐隐在国难家愁面前，和悲哀为伍，在深不见底的大缺陷的宇宙中艰难地挣扎，得到的是残酷的幻灭，因此不时喷出怨怒之火，她的灵魂是悲苦的。悲苦的庐隐在坎坷的人生道路上用散文弹奏了一曲又一曲的悲苦之音，尤其是她在二十年代写的散文，掷向人间都是怨。她的散文嫁给了眼泪，搜集的都是悲伤。她用怨怒的心情观察世界，使宇宙也罩上了悲苦的阴影。她常常以凄风冷雨、白杨荒地作为抒情的固定意象。即使遇到了美景，也常常会因为被悲和愁搞得错位而怨怒冲天，如她著名的散文《月下的回忆》就是一个典例。开篇兴致勃勃，写乘晚凉登上大连南山，犹如"乘了云梯，到了清虚上界，下望诸星，吐豪光万千丈的情景"，可谓美如仙境；但紧接着笔墨陡转，把她三日前看到的污浊的充满着大连的丑陋景象拉到这美景旁，陈列了日本人在大连的奴化教育，用吗啡麻醉人民的罪行以及小巷中的暗娼等丑恶事实，和眼前的美景形成对照，造成不协调，抒写自己那种被"有形有迹的世界折磨"，"连累得我的灵魂受苦恼"的强烈悲哀之情。她的悲哀很多和她个人的遭遇紧密相连，如失去母爱、婚姻纠葛、丈夫早逝等等，因此她二十年代的散文主题自始至终没有大的实质性的变化，洒向人间都是怨，一悲到底，是典型的乱世中的悲音。

庐隐是小说、散文两栖作家，她的几本散文小说合集，即《海滨故人》、《曼丽》、《灵海潮汐》中有许多篇章既像小说，又似散文。因此庐隐的许多散文是当小说写的。她喜欢在散文中如小说那样，用一个人物和一个故事——即近似小说情节那样的故事作底，而后抒情写感。如《西窗风雨》中，作者正是在"一阵风，一阵雨，不住敲打着西窗"的凄苦环境中，扔给读者一个血淋淋的故事，年仅六岁的孤儿寿儿被卖给人家为奴，最后被折磨死。抒写了刻骨的悲哀。又如《血泊中的英雄》中，依然是以一个青年学生为流氓所残杀的悲惨故事为蓝本，捧出作者赤诚的同情之心，抒写了父母失子的悲哀。再如《秋风秋雨愁煞人》是根据女英雄秋瑾壮烈就义的画面，寄托作者对女英雄的崇敬的情感。这些散文之所以动人，更多的还是得力于那血淋淋的故事。这既是庐隐在散文创作中充分发挥她的熟悉小说创作的优势，也可以说是她的小说创作的惯性在散文创作中的自然闪回。不过，散文终究不能靠情节和故事取胜，因此这些散文虽然动人，但在情绪的展示上，由于过分依赖故事情节，结果提供给读者赏鉴的天地反而比较狭小，显得捉襟见肘。事实上，庐隐散文中最为精彩的篇章，倒是她丢弃了故事情节这根拐杖的一些直抒胸臆的篇章，如《月下的回忆》、《雷峰塔下》等，其中"五寄"尤为浓烈动人，光彩夺目。

"五寄"是《愁情一缕付征鸿》、《寄燕北故人》、《寄梅窠旧主人》、《寄天涯一孤鸿》和《灵海潮汐致梅姐》的总称，它们都是庐隐寄给好友石评梅的。石评梅也写了《露沙》、《给庐隐》和《寄海滨故人》作复唱和。惺惺惜惺惺，石评梅称庐隐的“五寄”使她“得到了人间所谓的同情，这同情是极其圣洁纯真，并不是有所希冀有所猎获才施与的同情”①。她们的通信也在一定程度上反映了二十年代知识女性的苦闷情绪，是散文中的珍品。

“五寄”都是为一个特定的对象——石评梅而作。石评梅对于庐隐来说，既是同学，又是知音、挚友，她们的经历有许多相似之处（尤其是丧夫），是悲哀和愁绪的同志，她们的两颗心在悲戚中融为一体了。为此，石评梅称她们的结识是“上帝的安排”。这就决定了“五寄”写作态势的自然，它是心和心的撞击、爆发，从而使“五寄”在胎孕中就发育良好，具有坦诚的天性。尤其是这两位女性对悲哀极为敏感，并又都能充分理解，从而使庐隐可以在“五寄”中畅达地无拘无束地抒情写感。

庐隐是上帝的弃儿。她又正巧生在新旧交替的转折年代里。她接受了新思想，但旧思想旧势力仍然笼罩着全社会。她凭着她的勇气和个性进行了抗争，如违母命解除婚约，和一个使君有妇的青年结婚。但命运又捉弄了她，结婚不到两年，又使她丧失丈夫。她的独断独行和极强的自信在这样的社会中必然是处处受挫。这就是她的悲愁的来源。“五寄”正是以这种悲愁情绪为主轴而展开。不过，庐隐很是机智，她善于用她自己特有的精细的“悲哀的纤维”，编织成许多不同色彩的庐隐式的独特悲愁情绪：有心绪空空落落的愁闷，有使泪泉干枯的悲痛，有不可医治的烦怨，有忆旧悼亡的哀愁，有终日独立于沉寂中的绵绵之恨，还有触景而生的莫名的愁，真如“五寄”中所说的是“动人无限愁如织”。由于她的悲哀的纤维特别精细，因此她能准确地把握时空中刹那变化的情绪，使她的悲愁情绪个性化。如《寄燕北故人》中有这样一段描写：

我所住的房子，正对着一片旷野，窗前高列着几棵大树，枝叶繁茂，宿鸟成阵，时时鼓舌如簧，娇啭不绝。我课余无事，每每开窗静听，在它们的快乐声中，常常告诉我，它们是自由的……有时竟觉得，它们在嘲笑我太不自由了。因为我灵魂永永不曾解放过，我不能离开现实而体察神的隐秘。无论作什么事情，都只能宛转因人，这不是太怯弱了吗？②

本来，枝叶繁茂，宿鸟成阵，自由争鸣，娇啭不绝，是美景佳色，但庐隐的悲

① 石评梅：《给庐隐》，《石评梅散文选集》，百花文艺出版社 1992 年版，第 49 页。
② 见《庐隐选集》，百花文艺出版社 1983 年版，第 189 页。

哀纤维却来一个彻底逆转,呈现出内心的"灵魂永永不曾解放过"的悲苦世界。这种逆转虽然有些反常,但作为一位被悲愁压得透不过气来的人(尤其是女性),她不管看到什么景都会罩上愁氛。或许有的人会忘却一时,强装欢颜,但庐隐她那敢爱敢恨的个性以及精细的悲哀纤维,使她无条件地为悲愁所支配。因此,眼前的一些客观美景也就必然要被庐隐顽强地拉入她悲哀的情绪世界,逆转成了必然。

"五寄"中的悲哀愁绪和庐隐的经历挫折有关,带有极大的偶然性和特殊性。庐隐也注意到了这一点,她在自传里坦率地说:"哪晓得母亲死后一年多,郭君也一病不起。这仿佛在那尚未结痂的疮痛上,又刺了一刀。这时节我对于人生才真的了解了悲哀,所以在这个时期我的作品上,是渲染着更深的感伤——这是由伤感的哲学为基础,而加上事实的伤感所组成的更深的伤感。"①她很想摆脱自我,超越自我,尤其想摆脱命运。在《寄燕北故人》中,她引进一个事例,即她阻止一群小孩到她家捡枯枝树叶,并进行反省:"这只图自己的安适,再不为那些不幸的人们回顾,这是多么卑鄙的灵魂?"从而引出这样的结论:"我发见了人类的丑恶,所以现在除了不幸的人外,我没有朋友。"她是努力想跳出自我圈子,把自己的悲哀愁绪转化升华为一种社会意识和情绪。这种努力在她的其他散文如《西窗风雨》、《血泊中的英雄》和《秋风秋雨愁煞人》中也可以感觉得到。她之所以为寿儿夭折悲戚(见《西窗风雨》),为被流氓砍死的志玄招魂(见《血泊中的英雄》),为女英雄秋瑾礼赞(见《秋风秋雨愁煞人》),都是想使她的悲哀愁绪成为一种时代音符。但这种努力对她来说,由于先天的不足,尤其是她不能从根源上来考察以上的一些血淋淋的悲剧,因此,她只能把这些血淋淋的悲剧也降格到个人的悲哀愁绪水平线上,这样就很难去深层地开掘它的悲剧意义,同时也很难找到出路。她很像自己散文《风欺雪虐》中写的梅痕,既"不愿意无声无色,受运命的宰割",但又"不见得就找到新的境地","愁煎的心怀,竟没有地方安排",因此庐隐在"五寄"中所显示的悲哀愁绪充其量只能说是一种本能的抗争意识。是一种哀音,而不是怒吼。她依然为命运所主宰,在以自我为中心的圆圈内愁闷地打转,它也是二十年代知识分子患的一种时代病。这种悲哀愁绪和抗争虽然一墙之隔,但它却很难转化。它的力度和闪光更多的是得力于庐隐的气质和悲哀愁绪的内涵。庐隐的散文中有"但愿地球湮灭"的愿望,展示了宇宙中"深不见底的大缺陷",对于当时的社会有一定的破坏力,因而,在历史的天平上,庐隐散文中的悲愁情绪有其自

---

①　庐隐:《庐隐自传》,《庐隐散文》,中国广播电视出版社 1993 年版,第 509 页。

身重量,但是她的悲怨大多缘于个人缠绵而感伤的爱恨情愁,在本质上又是软弱的。

品评庐隐的散文,会很自然地想到当时的另一位女散文家冰心。她们同是福建人,同是文学研究会会员,同以问题小说步入文坛,同是小说散文两栖作家,并在五四齐名。她们前期的散文都有女性的敏感,思维的纤维都很精细。但她们手中的散文之笛吹奏出的音符截然不同:冰心是翩翩的天使,她怀着一颗纯净童心去感应世界,整天憧憬在她爱的乐园中,描绘的是天堂式的纯净世界,她的散文洒向人间都是爱。而庐隐却是个"魔鬼",她以一颗绝望破碎的心观察世界,在人类中见到的都是丑恶,描绘的是充满仇恨怨怒的地狱,她的散文掷向人间都是怨。两种不同的情调,不仅呈现出两个不同的女性情感世界,更透露出社会转型期女性的不同人生际遇。

她们在展示情感上都有各自的策略。冰心善于抄近路,喜欢写情感变化的结晶,而庐隐却善于写情感变化的过程。因此冰心的散文简捷明快纯净,她能把感情都浓缩为晶体,如天上的一颗颗星斗;庐隐却细腻味涩丰厚,她喜欢把感情连绵不断地反复呈现,犹如天上的银河;冰心善于抓主观体验,并能把它简约捧出;庐隐善于展示客观过程,并能准确重复显示;冰心以"纯"取胜,庐隐以"厚"见长。从总体上看,在情绪的显露方式上冰心略胜庐隐;但在情绪内涵的丰厚上,庐隐又略胜冰心。

二 石评梅:倾心书写生命中的"深的缺陷"

石评梅的多数散文是其悲剧人生的写照。她的肩头上,一头压着专一纯净重如泰山的爱,另一头却是压着沉重的荆棘。她在短暂的人生里,始终与悲哀、愁怨、烦闷和伤感纠缠着。悲愁之苦也成全了她,为她酿出了一篇篇充满苦涩之味的散文。

石评梅(1902—1928),山西平定人。乳名心珠,学名汝璧。因酷爱梅花的高洁坚贞,发表作品时笔名常用石评梅。除此之外,还有平梅女士、波微、漱雪、冰华、心珠、林娜、梦黛等。

她一生不断遇到磨难和悲愁。在《噩梦中的扮演》中,她曾经这样描述她的苦难:"我流浪在人世间,曾度过几个沉醉的时代,有时我沉醉于恋爱,恋爱死亡之后,我又沉醉于酸泪的回忆,回忆疲倦后,我又沉醉于毒酒,毒酒清醒后,我又走进了金迷沉醉五光十色的滑稽舞台。"把这段抽象的概括化成具体的画面,一是恋爱的纠葛:第一次和一名叫吴天放的青年恋爱,但最终她发现吴并不是自己的理想爱人,幻梦破灭。后来她与中国共产党早期领导人高君宇产生了感情,但高君宇家有妻室,石又宁愿牺牲自己的幸福,控制感情,拒绝了高君宇的爱。但高后来积劳成疾,不幸早逝,使石评梅痛苦万分。她常在君宇墓前徘徊,用自己的心和另一个世界的高君宇对话,遗恨万分。二是政治和社会现实对她的打击:如震惊中外的"五卅"惨案;1926 年"三一八"惨案中她的朋友刘和珍遇难,另一位朋友陆品清受伤;还有 1927 年的"四一二"大屠杀等等,都给她强烈的刺激。这一切决定了她的生活方式,只能和庐隐等一样,狂饮醇醴,酸泪滂沱,愁情绵绵,艰难挣扎。她活得太累了。

1928 年 9 月 18 日,石评梅因患急性脑膜炎,病逝于北京,年仅二十七岁。朋友们根据她的遗愿,将她安葬在高君宇墓旁,从此这对恋人终于在陶然亭长伴了。

在悲苦的磨难中,她的灵魂一直在躁动着。在浑浊的世界里,她是如此的倔强:"只有我醒着。"①因此无论是面对失恋和恋人早逝,还是面对政治现实的腥风血雨,她都立即反应,写下了一篇篇含泪的散文。如 1925 年高君宇病逝,她写了《微醉之后》、《父亲的绳衣》表达对高君宇的无穷的哀思。"五卅"惨案发生后,她又在《妇女周刊》第二十九期上发表了《本刊编辑部特别启事》,声讨帝国主义野蛮暴行。1926 年"三一八"惨案后,又以《血尸》、《痛哭和珍》等血泪文字祭奠烈士,对执政府进行了强烈谴责。尽管她年华短暂,但留下了许多珍贵散文。在她死后,她的朋友为她辑录并出版了两本散文集《涛语》和《偶然草》。

石评梅在散文创作观念上皈依了厨川白村。在她的《再读〈兰生弟的日记〉》中,对厨川白村提出的艺术应该是将纯真无杂的生命之火红焰焰地燃烧着自己,就照本来面目投给世间,将自己赤裸忠诚的心整个地表现出来的主张顶礼膜拜。她借助《兰生弟的日记》,阐发了厨川白村的"缺陷之美",表达了她"崇拜悲剧"的美学观念,认为"大文学家大艺术家的成就,是源于他生命中有深的缺陷"。她认为"只有缺陷才能构成理想中圆满的希望,只有缺陷才能感到人生旅途中追求有兴味"。她的整个散文合起来就是一部悲剧,展示的是人生旅途上形形色色的缺陷。

《涛语》是失群孤雁的哀泣。她长期飘泊在外,不幸成为情场逃囚。这些遭遇集中到她身上,几乎将她压垮。她的"太脆弱了,太聪明了,太顾忌了,太徘徊了"的气质,使她在痛苦的漩涡中不能自拔,"不知何处是我的归处"②。

① 石评梅:《寄山中的玉薇》,《石评梅散文选集》,百花文艺出版社 1992 年版,第 56 页。
② 石评梅:《给庐隐》,《石评梅散文选集》,百花文艺出版社 1992 年版,第 51—52 页。

太多的愁怨,使她蔑视散文必须"美在适度",一有机会,一拿起笔,就如倾盆大雨般倾泻悲愁。如《母亲》,她就罗列了许多事实,不加克制地翻来覆去地抒写对母亲的眷恋,几乎不为读者考虑。这种感情泛滥,使读者感到疲劳。但由于她是忘情地倾泻和发泄,因此又显示出一种可爱的真诚。

《涛语》中有许多篇章,是写给某个特定的明确对象的信札,这种明确性和冰心《寄小读者》针对的对象的不确定相比,就有一个很大的优势。即这些特定对象大多是知己朋友,可以使思维流程比较随便,进行谈心式的剖露衷肠,避免拿腔拿调,也可不搭架子,有利于抒写真情实感,如《露沙》、《梅隐》、《婧君》、《小玲》、《给庐隐》等。而且这些知己朋友有的是和石评梅同属于天涯沦落人,相似的命运,更容易引起作者灵魂的颤动,诚如她在散文《婧君》中所写的"我哭你同时也是笑我自己"。另外,《涛语》中还有相当多的篇章,是为她所深深爱着的恋人高君宇所作。因此写给特定的对象和为特定的对象所作,都有利于捧出她真诚的感情并使感情个性化。如在《我只合独葬荒丘》中,写她在高君宇墓旁徘徊、自伤:

我们一切都像预言,自己布下凄凉的景,自己去投入排演。如今天辛算完了这一生,只剩我这飘泊的生命,尚在扎挣颠沛之中,将来的结束,自然是连天辛都不如的悲惨……①

我用手指在雪罩了的石桌上写了"我来了"三个字,我向墓再凝视一度,遂决然地离开这里。②

面对长卧地下的恋人,只能用这样的心声去慰藉另一个世界的灵魂,只能用手指写字的无声动作表达自己的心声,凄诚之心,跃然纸上。由于《涛语》是在知己面前倾诉,或是在恋人面前反复剖露衷肠,因此使得文字有些啰嗦,感情也太浓稠。尤其《涛语》多哀和泪,写法上又少变化,不免就有单调、压抑和沉重的弊病。《偶然草》虽然依旧没有欢笑,表现的还是缺陷,但和《涛语》明显不同的是视野拓宽了,作者力图从悲哀的象牙塔中走出,诅咒那整个黑暗的社会。因此在《偶然草》中,她要让读者看一看被军阀蹂躏的少女裸尸(《战壕》),还要让读者听一听在青天白日旗下被那些国民党新贵们鞭笞殴打的农民的呻吟声(《社戏》),同时又让那个原来"呼号奔波""革命"的"女界伟人"到阳光下

①② 见《石评梅散文选集》,百花文艺出版社1992年版,第131页,第133页。

来曝光(《偶然来临的贵妇人》)。倘若再把她当时写的披露女师大事件的《女师大惨剧的经过》和为“三一八”惨案烈士鸣冤的《血尸》、《痛哭和珍》结合起来读,我们就会发现她在1925年后写的散文,明显地从个人的悲哀圈中跳了出来,把目光注视到社会世态百相上,将触角透视到社会深层,以此增强情感的内蕴。尤其是在《偶然草》中有一部分散文,集中力量注意勾画那些阴阳真假两面人的脸谱,对她(他)们进行辛辣的批判。如在《卸装之夜》中的王亚琼,对进步性一面喊打倒,一面又暗送秋波;又如《梦呓》中的那个把革命者视为醉汉愚傻人的聪明人;再如《偶然来临的贵妇人》中的那位“女界伟人”等等。《偶然草》对这些人的注意和透视,反映了作者感情随着形势的变化,已有一种朦胧的阶级意识在心中萌发,并力图用这种朦胧的阶级意识来剥下这些阴阳人的面具。因此《偶然草》和《涛语》相比,哀怨的情绪减弱了,抗争的力量明显地增强了。《偶然草》中已很少有闺房气了。

随着作者观察生活的深化,在散文表现手法上,《偶然草》也发生了明显的变化。在《涛语》中作者抒情策略变化不大,通常采用边叙述边抒情直线型前进的常规写法,这当然和这本集子中多是信札有关。在《偶然草》中,作者抒情方式明显增多了,有的是边叙述边抒情,有的是借助一件动情事,还有的是用逆转的方法使情感形成跌宕的漩涡等等,同时还采用寄寓、讽刺、反衬、对比等技巧,使散文的情感丰满起来。如《社戏》开始极写去看社戏的喜悦之情:微雨初晴的旭日,扎着鲜艳头绳的姑娘,欢快的人群,热闹的舞台。但正当读者随着作者,在这农村社戏的乐园里乐陶陶地倘佯时,谁知作者笔墨陡转,推出那些北伐成功,前线归来的武装同志殴打手无寸铁的农家母子的血淋淋画面,形成情绪极大的反差,揭露了国民党背叛革命、作威作福的罪行。更妙的是作者在这正反鲜明对比的反差之后,笔墨尚不带住,而是不露声色地轻轻拖出这样一笔——

在山坡上,回头还能看见戏台上临风招展的青天白日满地红。我轻轻舒放了一口气。才觉得我是生活在这样幸福的环境里。①

那么自然地用反语结结实实地埋下了一根刺。驾轻就熟,没有丝毫勉强,但它却像一盏探照灯,把全文照得通亮。它既改变了作者原来在《涛语》中采取直线上升的抒情方式,改用“∧”的曲线型抒情方式,使情感波澜起伏,跌宕

① 石评梅:《社戏》,《石评梅散文选集》,百花文艺出版社1992年版,第157页。

有致;同时又余波荡漾,韵味无穷。《偶然草》标志了石评梅的散文在向成熟方向发展。可惜她的生命戛然而止,为散文园地留下了深深的遗憾。

三 陈学昭:在苦闷和迷惘中挣扎的实录

陈学昭(1906—1991),浙江省宁海县人。1920年,陈学昭高小毕业,先进通州女子师范,后又插班到上海爱国女学文科二年级读书。1923年夏天,由同班同学陈竹影介绍,加入了“浅草社”。这年冬天,她在《时报》上看到一则征文广告,题目是《我所希望的新妇女》,就以“学昭”为笔名,写了一篇稿子寄去,被录取为第二名。从此,陈学昭结识了《时报》主编戈公振先生,走上了文学创作的道路。在二十年代,她的主要散文集有《倦旅》、《寸草心》、《烟雾伴侣》、《忆巴黎》以及《如梦》等。

陈学昭早期的散文很不稳定。有时她想学周作人,在《忆巴黎》中有一篇也叫《初恋》,写的是她在通州女子师范读书时对一位名叫S先生的老师的隐秘恋情。后来S先生死了。当她得知S先生死讯后,有这样一段心理剖析:

> ……我也觉得有一种莫名其妙的无可言说的悲怆,可是,很奇怪,我的心头却好像有一种无可言喻的轻快了!好比是决了一件事,好比是脱出了罪囚的自由人了!哦!我的心是自由了!虽然我不愁小兄再会来取笑我,而我的心却确实是宽舒而自由了!

这种剖析,显然是模仿周作人《初恋》最后的描写:“我那时也很觉得不快,想象她的悲惨的死相,但同时却又似乎很是安静,仿佛心里有一块大石头已经放下了。”这种模仿,仅是把周作人的“初恋”的结晶体加一点水稀释罢了,使人有一种蛇足之感。而且从创作的特色来看,陈学昭注重写实,难以归到周作人一类作家中去。如从写实来考察,其风格又可以说和瞿秋白相仿。陈学昭和瞿秋白在1924年就相识,并在创作上得到瞿的指导,她早期的几本主要散文代表作,如《倦旅》、《如梦》以及《欧行通信》等,和瞿秋白的《饿乡纪程》、《赤都心史》一样,报告味、通讯味都很强,但又缺乏鲜明的政治倾向和深刻的社会内容,因此又很难和瞿秋白等为伍。就情感基调而言,陈学昭的二十年代的散文主要是为“现代的中国女子,要起来做一个人”①这一主题困扰着,时刻表现出

① 陈学昭:《“现代女子苦闷”的尾声》,《海天寸心》,浙江人民出版社1981年版,第113页。

"一种寂寥与愁郁的情绪,一种无言可说的怅怅的情绪"①,这确是和郁达夫、庐隐、石评梅等的散文在联合地弹奏出一种哀音。因此可以认定:她是郁达夫、庐隐等的"同志"。

陈学昭和其他"浅草社"的成员一样,在二十年代时,是二十岁左右的青年学生,敏感、犹豫而彷徨。她刚刚涉足社会,尽管受到五四洗礼,但对社会的见解还比较朦胧。理想与现实的矛盾煎熬着她,但她又看不到出路,只能在苦闷和迷惘中挣扎。《倦旅》就是这种挣扎形象的再现。作者借用第三人称,假托一名叫"逸樵"的青年教师,描述其离乡背井到安徽屯溪某校任教的感受。由于逸樵在这篇散文中是以"失橹的孤舟"式的流浪者的形象出现,因此这篇文章的主旋律就非常沉重——哀怨而凄苦。逸樵在学校里的一举一动,不管是和同事交往,还是独处,都强烈地感到"孤零零在异乡里",做着幽意无情的飘泊梦。从表现二十年代青年的苦闷、挣扎来看,《倦旅》是达到了目的。但由于作者太注重写实,视角狭小,同时对苦闷又着意反复地实打实地渲染,反而使文章的情感有些过度。再加上用的是第三人称,写的却是自我,又使文章有些别扭,影响了效果。她的另一些有影响的散文,如《如梦》也有类似的缺憾。

但不管怎样,陈学昭是在认真地对待人生,脚踏实地地探索和追求着。在《倦旅》中她也写到,当她感到"什么都是那样的飘忽,'左右不是'"时,曾产生过难道是"把人生看得太认真了"的疑问。但她否定了这个疑问,认为"一个人总不至于单单为了生活罢?……总该有一种精神的寄托,与适当的娱乐"。因此,她尽管为自己的飘泊所悲泣,尽管又为人与人之间的冷漠而颓然——"理解仅是片时的,隔膜却是永远的!呀!永远人间的隔膜!"但她这一叶孤舟,仍然不顾一切,在克服这重重的障碍中探索着前进。她的哀音尽管不高昂,但她的血是热的,具有一种积极的活力,因此时常又会迸发出这样动人的呼喊:"失路的小孩子呀!自己的前途,在你自己的善为呢!""一个人的成就努力,究竟不是外界所能援助的;惟有自强不息!"②所以她的散文虽是当时一部分青年的精神苦闷的真实记录,但决不会让人们在这苦闷面前沮丧而失去前进的勇气。

陈学昭的《倦旅》、《如梦》等散文是在中国现代散文史上较早地用第三人称来写自我情绪的一种尝试。这一尝试弊多利少:明明是写的自我,却要时时

① 陈学昭:《印象》,《海天寸心》,浙江人民出版社 1981 年版,第 141 页。
② 陈学昭:《倦旅》,《海天寸心》,浙江人民出版社 1981 年版,第 38—39 页。

假托他人，别扭不自然为一弊；由于站在第三者立场上叙述，对于人物内心的细微奥妙复杂的感受很难展开，影响到情致的丰满为二弊；再者，文笔太注重写实，但因为是散文，又必须时时照顾到情感的抒发，不能过分地对"实"的事件描写，结果既影响到"实"的事件的描写，又妨碍了"虚"的情感的抒发，有些两头落空，为三弊。唯一有利的是灵活自如，比较自由。从陈学昭本人来说，她的用第一人称抒写自我情绪的如《寸草心》、《山是青的云是白的》等文，是要大大地胜过用第三人称抒写自我情绪的《倦旅》和《如梦》。不过，陈学昭的尝试是有益的，后来很多散文家，如沈从文就吸取了这个教训，虽用第三人称，却不以"自我"为直接表现对象，获得了成功，如《湘行散记》即或多或少包含了陈学昭尝试的经验教训在内。

第五章 五四散文的分流

第一节 冲淡：落潮中被召回的名士情趣

一 烦闷和迷茫的时代，名士情趣的召回

五四运动是继辛亥革命后的又一次震动中国的汹涌浪潮。它对于中国现代散文史上第一代散文家来说是一个强烈的刺激，使他们的神经处于一种亢奋的状态。他们崇尚极端，赞扬破坏，用杂感释放出他们在这股浪潮中激发出的能量，向旧思想旧道德旧礼教进行猛烈进攻。他们倾向鲜明，尽管要散文在这汹涌的浪潮中承受超负荷的"道"，但它在和旧思想旧道德旧礼教乃至旧的思维模式的决裂中得到空前的解放，犹如刚从地平线上喷薄而出的旭日，呈现出巨大的活力而获得新生！

但是，浪潮过后，中国向何处去的问题却很现实地摆在人们面前。这个问题吸引着又困扰着大批知识分子的心，这包括在五四浪潮中站在浪尖上的第一代散文家。由于五四风暴的洗礼，觉醒的人们，尤其是激进青年更忍受不了当时社会的黑暗和沉闷，急切地寻找着自己理想的"新社会"，盼望能迅速地见到新曙光。因此，在五四过后的不到半年时间里，许多刊物如《新生活》、《曙光》、《新社会》、《人道》、《平民教育》、《解放与改造》等如雨后春笋般地涌现出来，其宗旨不约而同地在谋求风暴后的出路：

> 中国旧社会的黑暗是到了极点了！他的应该改造是大家知道的了。但是我们应该向那一方面改造？改造的目的是什么？我们应该怎样改造？改造的方法和态度是怎样的呢？①

> 我们处在中国现代的社会里头，觉着四围的种种困境、层层空气，没有一样不是黑暗恶浊悲观厌烦，如同掉在九幽十八地狱里似的。若

① 《新社会》1919年8月11日。

果常常如此不加改革，那么还成一种人类的社会吗？所以我们不安于现在的生活，想着另创一种新生活；不满于现在的社会，想着另创一种新社会。①

本报的宗旨是，希望四万万国民睡到五更半夜，摸一摸心，想一想，打算一打算：在这欧战告终皇帝将绝种的新世界新潮流中，何以谋个人的生活、社会的生活、国家的生活？②

刊物虽不同，但他们用相似的语言，按照相同的思维逻辑，提出的是同一个议题，即对现实不满，对新社会、新生活的渴望。这已成为五四之后的一批激进青年的心理倾向。当时尽管十月革命胜利了，但北洋军阀的执政府仍牢牢控制着政权，实行严密封锁，马克思主义还不能广泛传播到中国。而其他形形色色的思想，诸如基尔特社会主义（英国行会主义），杜威实验主义，日本的武者小路实笃的新村主义等等，却都打着社会主义旗号，蜂拥进入了中国。面对这众多的"社会主义"，当时的青年如"隔着纱窗看晓雾，社会主义流派，社会主义意义都是纷乱、不十分清晰的"③。黑沉沉的社会和迷茫的前景，使得二十年代初期，中国的青年思想，犹如瞿秋白在《饿乡纪程》中所描述的那样，"像俄国新思想运动中的烦闷时代似的，'烦闷究竟是什么？不知道'"。出现了烦闷和迷茫的时代，也就是通常所称的落潮时代。

正是在这落潮时刻，一直游荡在我国古代散文天地里的名士情趣乘机叩开了中国现代散文的大门。

"名士"的"士"是中国古代知识分子的泛称，它作为一个特定的文化阶层在中国存在已经有两千多年了。尽管存在于每一个特定的历史层面上的"士"旨趣各异，精神面貌也不尽相同，诸如先秦的"游士"、魏晋南北朝的"隐士"、隋唐的"佛士"、宋代的"儒士"等都有他们自已独特的风范。但是，如果你站在历史山巅之上透过时代的风云眺望，就可以从陶渊明到袁宏道、袁中道、张岱、李渔等人身上，捕捉到林林总总的名士所标榜的那种情趣，其实有一些共同的精神内核：即独抒性灵，弘扬个性，拥抱自我，冲淡闲适。这一切又往往使名士情

① 《曙光》1919年11月1日。

② 《新生活》1919年8月24日。

③ 瞿秋白：《饿乡纪程》，《瞿秋白文集》第1卷，人民文学出版社1985年版，第26页。

趣和现实拉开距离,呈现出平和自然、洒脱飘逸、闲适恬淡的特性来。而且其中还蕴含着更为知识分子所欣赏的反抗精神。周作人就认为:明清有些名士派的文章,"如明人所表示的对于礼法的反动则又很有现代的气息了"①。"明朝的名士的文艺诚然是多有隐遁的色彩,但根本却是反抗的"②。在周作人眼里,名士情趣既和儒家的"中庸"、"和"的哲学思想一致,又有"隐士"与"叛逆"的双重性格,既可逃避现实,又可卓然独立。因此,二十年代初,五四落潮的时刻,在散文园地里,名士情趣独占鳌头。

但是,这次名士情趣的被召回现代散文园地,决不是历史简单的重复,而是在现代散文家的改造之下,尤其是在外国散文——随笔影响下,显示出一种新风采。这就有必要回顾一下这个过程。

如前所述,当历史刚刚翻过二十年代,周作人就发表了《美文》,为中国现代散文营建了第一座里程碑。这篇《美文》写得很巧妙,刚刚从五四战场上退下来的周作人,突然要求散文作家面向外国文学的"一种所谓论文",即"美文",他列出了爱迭生、阑姆、欧文、霍桑、高尔斯威西、吉欣、契斯透顿这些散文好手的名单,要现代散文家以他们为榜样"去试试"。文中,周作人只字不提我国古代散文中的名士情趣,而是大谈外国文学中的"美文",要现代散文家以他们为参照系来创作美文,这反映了"现代散文所受的直接的影响,还是外国的影响"③的事实(尽管这一点周作人并不承认)。尤其是周作人看到了外国文学中这批美文好手写的随笔,那种如和好友闲话家常的形式是现代散文较为理想的形式,因此,他想借助这种形式来发展现代散文。但他在《美文》的最后又特别叮咛了一句:"我们可以看了外国的模式做去,但是须用自己的文句与思想,不可去模仿他们。"这是至关重要的一句,尽管他没有展开地论述"自己的文句与思想"到底蕴含什么内容,但很明显,他已经意识到散文中要有"自己的文句与思想",这是现代散文的先声。

不久,这"自己的文句与思想"的谜就揭开了。周作人就不断地要人们向明清名士学习。1926 年 11 月 5 日,他在《〈陶庵梦忆〉序》中明确地说:"我读明清有些名士派的文章,觉得与现代文的情趣几乎一致。"1928 年 5 月 16 日,

---

① 周作人:《〈陶庵梦忆〉序》,《周作人散文》第 2 集,中国广播电视出版社 1992 年版,第 267 页。

② 周作人:《〈燕知草〉跋》,《周作人散文》第 2 集,中国广播电视出版社 1992 年版,第 127 页。

③ 朱自清:《〈背影〉序》,《朱自清全集》(1),江苏教育出版社 1988 年版,第 31 页。

他在《〈杂拌儿〉题记》中又再次提出:"现代的文学——现在只就散文说——与明代的有些相像。"认为"现代的散文好像是一条湮没在沙土下的河水,多少年后又在下流被掘了出来;这是一条古河,却又是新的"。"自己的文句与思想"的内涵在这里落实了,即落实到名士情趣上。为了强调现代散文必须以明清名士情趣为楷模,甚至不惜采用极端手法,断然否定现代散文和外国散文的渊源关系:"我常这样想,现代的散文在新文学中受外国的影响最少。"①忘记了他在二十年代初的《美文》中发出的要散文家拜外国文学为师的呼声。这引起了当时的另一位散文家朱自清的异议,在《〈背影〉序》中,他就毫不客气地和周作人来了一个针锋相对:

> 我们看,周先生(指周作人——引者注)自己的书,如《泽泻集》等,里面的文章,无论从思想说,从表现说,岂是那些名士派的文章里找得出的?——至多"情趣"有一些相似罢了。我宁可说,他所受的"外国的影响"比中国的多。

朱自清的论述,是符合中国现代散文现状的,因为中国现代散文是在中西文化的会合影响下孕育而成的。现代散文召回了名士情趣和外国散文,尤其是与英法随笔生动自如的笔法相融合,就显得更为自由和生动,它已超越了历史上名士情趣本身。周作人实在没有必要否认外国文学的影响。他大概也看到了自己的偏颇,在朱自清和他辩论的文章发表后四个月,于 1928 年 11 月 22 日借为俞平伯的散文集《燕知草》作序之机,修正了自己的论点,说:"中国新散文的源流我看是公安派与英国的小品文两者所合成。"②人们应该体谅他的一番良苦用心,他之所以要否定外国文学影响,目的只不过是坚决表达他召回名士情趣的决心罢了。

在现代散文园地上,并不是周作人单枪匹马地为召回名士情趣在孤军奋战,他有一批同气相求,同声相和的同志。如林语堂就为"近来识得袁中郎"而"喜从中来乱狂呼"(《四十自叙传》),钟敬文读了明十六家名士文集,也不禁"飘飘然欲仙",名士情趣就在这批散文家的千呼万唤之下堂而皇之地进入现代散文园地了。以周作人为首的冲淡散文终于和五四初期兴起的怨怒散文分道扬镳了。五四散文分流了!

---

① 周作人:《〈陶庵梦忆〉序》,《知堂序跋》,岳麓书社 1987 年版,第 327 页。

② 周作人:《〈燕知草〉序》,《知堂序跋》,岳麓书社 1987 年版,第 318 页。

这样，五四风暴中所形成的形式松散的散文统一群体开始崩裂了，呈现出各奔前程的景象。有的兴趣向故纸堆转移，如曾经激烈反传统的胡适，着手创办《国学季刊》，提倡"整理国故"，冀望于传统文化价值的再寻有利于新文明的重建；有的远遁，如刘半农，到法国专攻他的汉语语言和声韵，为获取文学博士而奋斗；有的在反思、总结和探索，准备继续实行"壕堑战"，如鲁迅，仍然交替运用小说和杂文在呐喊，在抗争，准备和旧势力周旋到底；还有的在向外探求，进行政治旅行，如瞿秋白，北上苏俄，调查研究，用散文宣传他的观感，以便把苏俄的生活模式介绍给我国人民；而以周作人为代表的散文家，则从五四浪潮的顶峰上跌落下来，回到自己的园地中，梳洗着被风暴淋湿的羽毛，淡化情绪，调节心理，用名士情趣武装起来，半闭着眼睛，咀嚼苦涩的人生，执着地在中庸的微波荡漾的境界里，培育冲淡的散文之花。这种崩裂促使了散文的多元化发展。

不过，在这烦闷迷茫的时代里，几乎所有的散文作家都有脱出常轨的时候。因此对他们的散文很难用红、黄、蓝等单色作一简单界定。鲁迅一直在奋勇前进，但在某种特定情况下也会淡化情绪，种"野草"，进行"朝花夕拾"的工作；反之，如周作人，在某种特定现实情况下(尤其是突发事件如"三一八"、"五卅"血案)，也会一反冲淡常态，"匪"气十足地蹦出一些愤激的话来，这以《谈虎集》为代表。

二　皈依冲淡：坚持"文学以个人自己为本位"

在漫长的中国封建社会里，当文人面对理想与现实的矛盾时，常常会追求闲适、冲淡、性灵，标榜名士情趣，以求得自我解脱，它似乎是摆脱苦闷和痛苦的灵丹妙药。因此，魏晋南北朝的陶渊明"采菊东篱下，悠然见南山"的境界和明末的性灵小品，几乎令所有文人神往和倾倒。这种境界和现实拉开了距离，它既可以掩盖作家心灵上的软弱，因为无需再去抗争和拼搏了；又可以使作家能够陶醉于自我力量中，因为在这冲淡的自我王国中，毕竟还是由他主宰一切。因此这种中性情绪，几乎能为许多知识分子本能地接受。瞿秋白曾描述五四前夕他在中学读书时许多中学生在理想和现实的痛苦摩擦中对性灵的崇尚：

> 所以当我受欧化的中学教育时候，正值江南文学思想破产的机会。所谓"欧化"——死的科学教育——敌不过现实的政治恶象的激刺，流动的文学思潮的堕落。我江苏第五中学的同学，扬州任氏兄弟及宜兴吴炳

文都和我处同样的环境……大家还以“性灵”相尚，友谊的结合无形之中得一种旁面的训育。①

这也从一个侧面反映了冲淡、闲适和性灵的威力，尽管这种威力难以和革命的风暴相匹敌。一旦革命的风暴，如五四浪潮席卷全国时，人们在亢奋中就暂把它遗忘。但是当风暴过后，尤其在二十年代初这烦闷的时代里，它又立刻冒了出来。而深得此法的周作人坚信，唯有冲淡闲适的名士情趣才能使他解脱，便开始专心致志地从“自己的园地”跋涉，一步步地皈依冲淡闲适，而不知其返，终于成为冲淡散文的主帅。

从当时的现实来看，在二十年代初的落潮中，许多散文作家都在感受着人生难以排遣的烦恼。其中有些散文作家的烦恼有特定的原因和比较确定的内涵：如郁达夫正为一种青春的性爱所烦恼；庐隐、石评梅等被婚恋和妇女命运的哀愁煎熬着。对于周作人来说，他已过而立之年，经历众多世事沧桑。他的烦恼和苦闷虽然也和特定的对象和事件有关（如爱女之死，以及许多突发的血案的触动），但最重要的是由整个时代造成的。他在评论和介绍法国的波德莱尔（Baudelaire）时，对这种烦恼和苦闷作了一个说明：“现代人的悲哀，便是这猛烈的求生意志与现在的不如意的生活的挣扎。”②这很大程度上是从他内心的体验出发对波德莱尔的理解。在《自己的园地·沉沦》中评介郁达夫的《沉沦》时，又再次强化了这种苦闷：“生的意志与现实之矛盾，是这一切苦闷的基本。”因此，周作人的烦恼和苦闷在目标上有其不确定性，在内涵上就更为深沉和广泛。周作人写于 1945 年的题为《五四与三一八》的回忆文中，写到当时的思想演变：“我真觉得奇怪，为什么世间对于三一八的事件后来总是那么冷淡或是健忘，这事虽然出在北京一隅，但其意义却是极其重大的，因为正如五四是代表了知识阶级对于北京政府进攻的成功，三一八乃是代表北京政府对于知识阶级以及人民的反攻开始，而这反攻却比当初进攻更为猛烈，持久，它的影响说起来真是更仆难尽……在三一八那年之前，学生与教授在社会上似乎保有一种权利和地位，虽然政府讨厌他们，但不敢轻易动手……及至三一八那时，执政府卫队公然对了学生群众开排枪，这情形就不同了。对知识阶级的恐怖时代可以说就此开始了。到了第二年里，北大的教授就有两个人遭了毒手，

① 瞿秋白：《饿乡纪程》，《瞿秋白文集》第 1 卷，人民文学出版社 1985 年版，第 23—24 页。

② 周作人：《三个文学家的纪念》，《谈龙集》，岳麓书社 1989 年版，第 15 页。

这就是李守常与高仁山。"①周作人对二十年代初的现实的这种认识,代表了当时很大一部分知识分子的观点。以周作人为代表的一大部分知识分子本来就是身披历史灰尘,被裹挟到五四洪流中去,他们的头脑里浮现过许多"思想"和"主义",如周作人有一段时间曾对日本武者小路实笃的新村主义发生浓厚兴趣,但一切的一切都破灭了,导致他在五四落潮中思想上的危险的空白,形成了深刻的孤独和信仰危机。1923 年 7 月,周作人在《〈自己的园地〉旧序》中就感叹说:"我已明知我过去的蔷薇色的梦都是虚幻。"不久,在 1924 年元旦,他更具体地阐述了他的信仰危机:

> 我当初和钱玄同先生一样,最早是尊王攘夷的思想,在拳民起义的那时听说乡间的一个"洋鬼子"被"破脚骨"打落铜盆帽,甚为快意,写入日记。后来读了《新民丛报》《民报》《革命年》《新广东》之类,一变而为排满(以及复古),坚持民族主义者计有十年之久,到了民国元年这才软化。五四时代我正梦想着世界主义,讲过许多迂远的话,去年春间收小范围,修改为亚洲主义,及清室废号迁宫以后,遗老遗少以及日英帝国的浪人兴风作浪,诡计阴谋至今未已,我于是又悟出自己之迂腐……②

满腔的理想和多彩的主义,最后化为"迂腐"两字。这里虽不排斥周作人以此自嘲的成分,但它是周作人对自己在五四风潮期间呐喊抗争的真实否定。尤其此话讲在 1924 年元旦,对于周作人来说,1924 年是他皈依冲淡的关键一年。理想与现实矛盾的煎熬,迫使他不再"迂腐"了,他开始怀疑自己以往的杂感的作用,他深感"教训之无用",认为他以往文字的收获,仅是"产出一点瘦小的萝卜和苦的菜,麻糊敷衍过去了",他此刻"省悟自己原来是个'游民',肩上只抗着一把锄头,除了农忙时打点杂以外,实在没有什么工作可做"③。有趣的是,他的兄长鲁迅到三十年代,曾应日本友人要求,在《彷徨》上题过与周作人上面的话的含义相似的诗:"寂寞新文苑,平安旧战场。两间余一卒,荷戟独彷徨。"相比之下,境界却截然不同,周作人是扛着锄头的"游民"闲人,感到无事可做,非常倦怠,因此他才会有时间有逸趣看苍蝇搓手搓脚了,并有滋味地

① 见《知堂乙酉文编》,河北教育出版社 2002 年版,第 104 页。

②③ 周作人:《元旦试笔》,《雨天的书》,岳麓书社 1987 年版,第 121 页,第 120 页。

去寻觅昔日失落在乌篷船里的梦,以此获取心理的平衡。而鲁迅身上肩着的是“戟”,他在彷徨中仍不懈地寻找战机,要把戟投出去,是一名时刻不忘为实现理想奋斗的战士。

对现实的认识的变化,也促使知识分子对文学观念重新认识。以周作人为例,他从二十年代开始,系统地对五四风暴中的文学观念进行了反思。思考得最多的就是文学的本质与效应问题。他是从以下三个方面来思考的:

第一,坚持文本观念,主张文学是独立的。在《自己的园地》中,他以一个不偏不倚的公正人姿态,对“为人生的艺术”和“为艺术的艺术”各打五十大板,其目的就是要提出:“艺术是独立的。”其核心就是“现在的思想文艺界上也正有一种普遍的约束,一定的新的人生观与文体,要是因袭不去,便将成为新道学与新古文的流派”。他所希望的便是文学必须“摆脱了一切的束缚,任性地歌唱,无论人家文章怎样的庄严,思想怎样的乐观,怎样的讲爱国报恩,但是我要做风流轻妙,或讽刺谴责的文字,也是我的自由,而且无论说的是隐逸或是反抗,只要是遗传环境所融合而成的我的真的心搏,只要不是成见的执着主张派别等意见而有意造成的,也便都有发表的权利与价值”①。这种文学独立意识,强化了散文的文体观念,促使周作人在落潮时刻,另辟蹊径,为散文减轻负荷,正大光明地去写风流轻妙的文章。

第二,坚持“文学以个人自己为本位”。他认为“文学是情绪的作品,而著者所能最迫切的感到者又只有自己的情绪,那么文学以个人自己为本位,正是当然的事”。因此,“文艺的生命是自由而非平等”。“个人所感到的愉快或苦闷,只要是纯真切迫的,便是普遍的感情,即使超越群众的一时的感受以外,也终不损其为普遍”②。这样为散文“松绑”,摆脱时代的负荷,求得自由地抒发个人性灵,为皈依冲淡找到了理论根据。

第三,坚持文艺的效应应是多元化的。他用形象的比喻提出他自己的散文园地的范围很宽,“并不限定于某一种:种果蔬也罢,种药材也罢,——种蔷薇地丁也罢,只要本了他个人的自觉,在他认定的不论大小的地面上,用了力量去耕种,便都是尽了他的天职了”。在他看来,“社会不但需要果蔬药材,却也一样迫切的需要蔷薇与地丁”③。他坚决否定文艺的单一功能,不相信某一

---

① 周作人:《地方与文艺》,《谈龙集》,岳麓书社 1989 年版,第 11 页。

② 周作人:《文艺的统一》,《自己的园地》,岳麓书社 1987 年版,第 25—26 页。

③ 周作人:《自己的园地》,《自己的园地》,岳麓书社 1987 年版,第 5—6 页。

时代的某一倾向可以做文艺上永久的模范,认为:“以前的人以为文是‘以载道’的东西,但此外另有一种文章却是可以写了来消遣的;现在则又把它统一了,去写或读可以说本于消遣,但同时也就是传了道了,或是闻了道。”①这样从创作和欣赏的角度上,提出了文学的多元化效应,从而使他摆脱某一时代的某一倾向,皈依冲淡而感到心安理得。

诚然,也不可否认,皈依冲淡是当时一部分知识分子对生活方式和姿态的重新选择与确认。周作人对此似乎是否认的。他说:“人世的快乐自然是很可贪恋的,但这似乎只在青年男女才深切的感到,像我们将近‘不惑’的人,尝过了凡人的苦乐。此外别无想做皇帝的野心,也就不觉得还有舍不得的快乐。我现在的快乐只是想在闲时喝一杯清茶,看点新书(虽然近来因为政府替我们储蓄,手头只有买茶的钱)。无论他是讲虫鸟的歌唱,或是记贤哲的思想,古今的刻绘,都足以使我感到人生的欣幸。”②但这种生活恰是一种精神的近乎宗教式的欲求。这种欲求和物质享乐欲求相比,是一种特殊的享乐欲求,这特殊性可以用他自己的话来概括,就是“我们还只好在这被容许的时光中,就这平凡的境地中,寻得些须的安闲悦乐,即是无上的幸福”③。因此是一种不敢屈不敢伸的苦中作乐,苦中求乐,苦中得乐。这种欲求促使周作人随遇而安,见到任何事物都可以变幻出一些安闲悦乐来,他可以一口一口地啜着苦茶,看着院子里花条虾蟆戏水,直至最后专心致志地细数草木虫鱼,泛谈鬼神道佛,这是一种士大夫的闲适情趣。这种享乐心理也是有其神经麻痹的一面,即有它的软弱性。他默认命运的支配,“现在才知道了:在悲哀中挣扎着正是自然之路,这是与一切生物共同的路,不过我们意识着罢了”,并且要不顾现实,去当他的“最大的乐天家,因为再没有什么悲观和失望了”④。所以这种享乐也可以说是以一种闭着或半闭着眼睛的退却求得平静安宁的适者生存方式。这种退却既有保存自我的存在,也有保重自我的身体的双重含义,总之是以自我为中心。在这同一时期,他的兄长鲁迅也在退却,也在思考保存自我的存在和保重自我身体,但内涵和形式却截然不同。鲁迅认为保存自我存在的最好方式就是要注意策略,因此,他在和许广平的《两地书》中多次提到要实行“壕堑战”,意在保存自己,以利将来再战。在保重自我身体上,鲁迅的态度是“我的戒酒,吃鱼肝油,以望延长我的生命,倒不尽是为了我的爱人,大大半乃是为了

---

① 周作人:《〈杂拌儿〉跋》,《永日集》,岳麓书社 1988 年版,第 75 页。

②③ 周作人:《死之默想》,《雨天的书》,岳麓书社 1987 年版,第 16 页,第 17 页。

④ 周作人:《寻路的人》,《谈虎集》,岳麓书社 1989 年版,第 231 页。

我的敌人,——给他们说得体面一点,就是敌人罢——要在他的好世界上多留一些缺陷”①。这是一种积极的退却。兄弟俩在对待保存自我存在和保重自我身体上的态度之不同非常清楚。正是这样不同的态度,决定了他们的散文小品在这风沙扑面、虎狼成群的时代里向不同的两极发展,一是离“道”弃“道”,听雨喝茶,抒写苦涩冲淡之文,另一个则是在火焰中遵命,自觉地创作了大量的“匕首”和“投枪”式的杂文。

第二节 周作人的冲淡散文

一 “小品之王”的悲喜剧

周作人是个悲剧人物。但是,当他被五四洪流卷上历史舞台时,却是以喜剧人物的角色登场的。他是历史的宠儿,靠翻译起家,不久又以他的“满口柴胡”(周作人语)的杂感博得了满堂彩,赢得了一顶顶诸如思想家、文艺理论家、文艺批评家等等的桂冠。当历史翻到二十世纪二十年代,他将近不惑之年。从心理学来看,中年对于一个人的生命来说,是第三时期,人生道路往往在这一时期会发生转变。为获得社会中的一席地位投入所必要的兴趣和能量,后来其目标实现,于是便从这兴趣中退出。价值的丧失产生了人格的真空,先前对于他极为重要的东西不再显得重要了。周作人在这一时期也产生了这样的变化。他检阅旧作,对五四时他的抗争杂感产生了厌倦,认为“缺少敦厚温和之气”,开始转向“极慕平淡自然的境地”,努力进行散文冲淡化的工程,致力于小品创作。他左右逢源,被人们称作“小品之王”,成为冲淡散文的首领。他喝苦茶,听苦雨,文思绵绵。之后又专心致志地数花鸟虫鱼。他想超脱尘世间,以消极退却来追求自由,获得尼采所说的超人境界。但他并未得到真正的自由,到了抗日战争中,终于附逆下水。历史不能饶恕他,他得到了应有的惩罚。从此,周作人的名字在文坛上消失了,在教科书里,他的作用也仅是作为绑在历史的耻辱柱上的罪人,以示后人不要重蹈覆辙。这就是历史!不因为他是个什么“家”,什么“王”,就可以免掉受绑于历史耻辱柱的惩罚!但历史又是公正的,也决不因为他最后被绑上历史耻辱柱而把他以前的在散文发展史上的功绩抹去。因而到了七十年代末、八十年代初,当人们读腻了诸如从六十年代以来兴旺一时的“景一人一理”这种公式化的散文,突然回头,看到了这位在苦

① 鲁迅:《〈坟〉题记》,《鲁迅全集》第1卷,人民文学出版社1981年版,第4页。

雨斋里喝苦茶的“小品之王”的小品时，才感到小品的风采和滋味依然那样诱人，文坛上又卷起了一股“周作人热”。

周作人(1885—1967)，浙江绍兴人。字起孟、启明、岂明，号知堂，笔名开明、难明、萍女士、碧罗、独应、仲密、不抄、天歙、顽石、子严等。

1901 年 8 月，他考入南京江南水师学堂管轮班，五年后毕业。1906 年赴日本留学，先与鲁迅同住日本东京，学习日语，并从事翻译，创办杂志。1907 年进法政大学的特别预科学习，后来改习土木工程，于 1911 年毕业于立教大学，精通日语与希腊文。留日时与日本女子羽太信子同居，1911 年秋两人一起回国结婚。回国后先后担任杭州省教育司视学和浙江省第五中学英文教员。

1917 年他赴北京，先在北京大学附设的国史编纂处任编纂员，主管日本文；当年秋天又任北京大学文科教授。1921 年，“文学研究会”成立，周作人是发起者之一，并起草了“宣言”。1922 年，他又兼任燕京大学现代文学组主任。1937 年抗日战争爆发后，周作人没有离京南迁。1939 年元旦，他在家遇刺，因枪弹打中腹部的衣纽扣而幸免于死。不久，他附逆下水，先后担任伪北京大学图书馆馆长、文学院院长、伪华北政协委员会的教育署督办和汪精卫政权的国府委员等职。1945 年 8 月，日本投降，周作人因汉奸罪被判处有期徒刑 10 年。1949 年周作人被保释出狱，晚年在北京专事翻译。1967 年病逝于北京。

周作人在文学上的贡献是多方面的，翻译、文学理论、新诗、散文等等都有所建树，但最突出的贡献还是在散文上。他的散文创作从粗线条上来分，可以分为前后两个时期，即以 1928 年为分界线。早期和中期散文集有《自己的园地》、《雨天的书》、《泽泻集》、《谈龙集》、《谈虎集》，后期散文集主要有《永日集》、《看云集》等。

二　皈依冲淡的艰难历程

(一)《自己的园地》：力主宽容，皈依冲淡的第一步。

《自己的园地》原系 1923 年编成，内含《自己的园地》十八篇，《绿洲》十五篇，杂文二十篇。1927 年周作人又重新编订，留存《自己的园地》及《绿洲》这两部分，将杂文完全除去，加上《茶话》二十三篇，共计五十六篇。周作人将这本散文小品集定名为“自己的园地”，含义十分清楚，他的这一块散文天地是他精心耕种的“自留地”，在这块天地里，他是自由的，可以尽情地宣泄他的个性，说他自己要说的话，抒他自己要抒的情。

在《自己的园地》开首的两篇小品《自己的园地》和《文艺上的宽容》里，他公布了耕种这块“自留地”的方针:宽容。这一方针既生动灵活而又有原则和限度。其积极意义表现在两方面,一是他明确地用“宽容”为新文学张目。他为“宽容”的概念作了这样的界定:“所谓宽容乃是说已成势力对于新兴流派的态度,正如壮年人的听任青年的活动。”①因此他敢于肯定郁达夫的当时被人指责为不道德的小说《沉沦》,认为这篇小说“所描写是青年现代的苦闷”,是“一件艺术的作品”。他又坚决地对被那些假道学们大惊小怪的汪静之的情诗《蕙的风》进行颂扬,称之为“诗坛解放的一种呼声”。他还大胆地介绍蔼里斯的性学说,认为他“能贯通艺术与科学两者而融和之,所以理解一切,没有偏倚之弊”,对他的性心理学进行了正确的宣传。这些都可看到周作人的宽容的生动的力量和积极的效果。另一方面,他的宽容又表现在“文艺”与“道”的关系上,想用宽容来努力促成文艺独立。他在《自己的园地》中宣称“自己的园地是文艺”,他认为“宽容是文艺发达的必要条件”,他不相信“某一时代的某一倾向可以做文艺上永久的模范”②,他想用宽容来推断出“艺术是独立的”。

但是,周作人在《自己的园地》里,也想借助宽容从五四文学革命的两极圈子中跳出来,寻找第三极、第四极。因此,伴随宽容出现的便是调和。这样,他又有意无意地力图想摆脱宽容的限度和原则,想在“为人生的艺术”和“为艺术的艺术”的两极中寻找一个第三极,他既对“为人生的艺术”略有意见,又对“为艺术的艺术”并不满意,最后他找到的第三极是文艺,“原来是人性的,所以既不必使他隔离人生,又不必使他服侍人生,只任他成为浑然的人生的艺术便好了”。在《贵族的与平民的》一文中,他怀疑“以为平民的最好,贵族的是全坏的”的结论。他想通过对这两极进行调和来寻找第三极,说平民的文学和贵族的文学“只是对于人生的两样态度,是人类共通的,并不专属于某一阶级,虽然他的分布最初与经济状况有关”,这么一调和出现的周氏的第三极文学是“以平民的精神为基调,再加以贵族的洗礼,这才能够造成真正的人的文学”。尽管有点别扭,但足以证明周作人对调和的迷恋。这种调和的发展,就促使周作人向无原则无限度的中庸迈进,宽容和中庸实在是一墙之隔。因为调和的最终结果必然是向三极、四极……乃至多极发展。这明显地表现在《自己的园地》中对文艺的探讨上,除掉以上这些“极”之外,他还从生理角度上探讨,如《诗的效用》中就提出“诗的创造是一种非意识的冲动,几乎是生理上的需要,仿佛是性欲一般”。多极必然是无极,因此《自己的园地》是周作人挣脱两极锁

---

① 周作人:《文艺上的宽容》,《自己的园地》,岳麓书社 1987 年版,第 10 页。

② 周作人:《贵族的与平民的》,《自己的园地》,岳麓书社 1987 年版,第 16 页。

链的第一步，也是皈依冲淡、仰慕自然、走向多极的关键一步。

（二）《雨天的书》、《泽泻集》：极慕平淡自然，对冲淡的尝试和成功。

《自己的园地》基本上是一本书斋小品集，重在议论和写感，大多是结合阅读某一作品，用随笔方式写的。其中偶有几篇偏重抒写情感的，如《爆竹》、《菱角》、《疟鬼》也都是书斋味很浓，仅是在读书过程中偶尔带出几笔情感。严格地说，《自己的园地》是周作人皈依冲淡的宣言书，偏重在理性上。标志他真正步入冲淡境地，进行抒情小品文创作实践并取得成功的，当推《雨天的书》和《泽泻集》。

《雨天的书》收了周作人二十年代初期写的五十篇小品，耐人寻味的是周作人特意把在《自己的园地》中的《初恋》等五篇具有冲淡特色的抒情小品抽出，编入《雨天的书》。用意很清楚，就是强化他在“自序”中所说的理想：“我近来作文极慕平淡自然的境地。”而《泽泻集》则是他在1927年前的散文自选集，选的也是比较中意的作品。引人注目的是《雨天的书》中的几篇影响大的、具有冲淡特色的抒情小品如《苍蝇》、《苦雨》、《故乡的野菜》、《北京的茶食》等，又都收进了《泽泻集》。所有这些都证明，《雨天的书》和《泽泻集》是周作人已得冲淡之“道”，步入平淡自然的境地的标志。

在这两本散文集中，周作人已决心对五四的旧作进行反省。他在《〈雨天的书〉自序二》中描述了自己这一决心，亮出了“极慕平淡自然的境地”的旗帜。他虽知要到达这个境地的困难，即他的气质、境地都和冲淡有悖，但他的决心还是下定了，“我只希望，祈祷，我的心境不要再粗糙下去，荒芜下去，这就是我的大愿望”①。在这两本散文集中，周作人取得了如下两大成就：

1.《雨天的书》、《泽泻集》成功地实现了写作兴趣的转移。

这两本散文集的取材，和他以往的杂感相比，已开始从政治论争中的热点和现实生活中人们关注的新旧搏斗的大事，转向写身边的景、物、事以及回忆往昔的陈年老账，仅有极少数篇章涉及政治现实的大事，表现了他对现实和政治兴趣的消退。周作人的这一兴趣战略转移，是想从题材上保证他不再写“满口柴胡”的文章，从而能顺利地步入他所仰慕的“平淡自然的境地”。这一战略转移，也是《自己的园地》中他所力主的“宽容”的必然，即在“写什么”上再也不受“道”的约束，而让其他各种题材堂而皇之地步入散文小品的殿堂。在这乱世纷争的年代里，周作人用他的小品阐述了他的特定的生活方式，这种生活方式和其兄长鲁迅的生活方式迥然不同。尽管在五四落潮后，鲁迅也沉默了彷

① 周作人：《〈雨天的书〉自序二》，《雨天的书》，岳麓书社1987年版，第3页。

徨了,也到往昔的生活中去“带露折花”,但是,鲁迅在沉默中保持愤怒,周作人在沉默中保持冷静;鲁迅为与“前驱者取同一的步调的,我于是删削些黑暗,装点些欢容,使作品比较的显出若干亮色”①。周作人却选择了原本是他的“偶然的避难所”的“田园诗的境界”作为他永远栖息的场所,决心到其中听苦雨、喝苦茶,品尝人生的苦涩,做苦雨斋里的主人。这种特有的生活方式,使他的自我在冲淡的境地中得到了自由的膨胀。这是一种远离现实的消极自由,他可以随便谈天说地,也可自由地讲生道死。他可以对现实不承担任何责任,也可以大大地减轻生活对他的压力,从而得到解脱。固有的目的在他的心中已经消失,因此这两本散文集在取材上具有无目的性。为此,他可以在“雨声”、“鸟声”中听出许多“意表之外”的东西来,他还可以在“苍蝇”和“破脚骨”这样的令人讨厌的物和人身上,发现一些幽微来。尽管在写作每一篇具体的散文小品时,他是有感而发,但从总体上看,却没有明确的宗旨和功利性,这是写作兴趣转移,也是疏远“道”的必然结果。这种兴趣转移以及和“道”的疏远,固然是对他在五四风潮中呼喊和抗争的文字的怀疑和否定,但也不能不说这是对乱世纷争无可奈何的一种适应生存方式。这种适应生存方式就是借助无目的性,在谈天说地中保持对现实的“沉默”。在《雨天的书·沉默》中,他非常自我欣赏这种“沉默”,认为好处很多,一可省力,二可省事。尽管他在文中为自己的这种“沉默”辩护,说“沉默”不是玩世不恭,但不可否认,这种沉默是软弱的,其结果,将是渐渐的衰萎,周作人后来的散文小品的创作实践发展也证明了这一点。

2.《雨天的书》、《泽泻集》成功地实现了心理平衡。

《自己的园地》力主宽容,这是周作人进行调和的至关重要的第一步。但这时的宽容,还是有原则、有限度的,在新与旧的斗争上,照旧表现出一种寸步不让的精神,如《情诗》和《沉沦》等都是软中带硬,毫不含糊。到了《雨天的书》和《泽泻集》中,他在主观与客观、个人与现实的冲突中已找到了最佳调谐者。这个调谐者,就是他在《雨天的书》中的《生活之艺术》中所宣称的——“一种新的自由与节制”。

周作人认为:“中国生活的方式现在只是两个极端,非禁欲即是纵欲,非连酒字都不准说即是浸身在酒槽里,二者互相反动,各益增长,而其结果则是同样的污糟。”②这一调和的最后产物,是非“极端”,就是躲在苦雨斋里喝苦茶、

---

① 鲁迅:《〈自选集〉自序》,《南腔北调集》,人民文学出版社 1981 年版,第 455—456 页。

② 周作人:《生活之艺术》,《雨天的书》,岳麓书社 1987 年版,第 87 页。

听苦雨,品味苦涩的人生,以冲淡的生活方式生存着的既无火气又少有冲动、心理平衡的苦雨翁。这位苦雨翁,恶势力不攻击他,因为他没有破坏力;新势力也不仇恨他,因为他并不是恶势力的帮凶;他有忠实的读者群,因为在乱世中他可以为人们解脱一点烦恼,得到某种心理安慰;而且他的生命力特别强,感悟特别多,从某种意义上说,他也成了"超人",不过,这位"超人"不是尼采精神之子。支撑这位苦雨翁的精神支柱,尽管他自己给了一个很好的名称,谓之曰"新的自由与新的节制",骨子里却是非常古老的中庸之道。

在这两本散文集中,处处可见这位苦雨翁用中庸之道来调和极端的那种冲淡生存方式。《雨天的书》首先选择了"死",作为他用中庸之道来调和极端的实验。"死"是至哀至痛至悲,是一种极端情绪。《雨天的书》中有许多篇小品是写"死",《死之默想》、《唁辞》是对"死"直接发议论,而《若子的病》、《若子的死》、《初恋》则是写自己最亲爱的人——爱女和恋人——的死,这是用形象实例来对他的生死观进行阐释。周作人用"新的自由与新的节制",对"死"这一极端作了这样的淡化,认为"死是还了自然的债,与生产同样地严肃而平凡"。这固然有他唯物的一面,但他的这一观念,却是中庸在调和起作用的结果,其后果,必然潜伏着这样的危险,对"死"的本身价值得出这样的消极结论:"死本是无善恶的。"这一感悟尽管是把人生看透了,但,是与非、善与恶也在这看透中泯灭了界线。因此在《死之默想》中,经过对"死"的苦苦思索,其最后的归宿,是到"平凡的境地中,寻得些须的安闲悦乐,即是无上幸福"。结果,他在追忆描写自己初恋的情人时,听到情人死了,也可不必捶胸顿足,而是有一种"似乎很是安静,仿佛心里有一块大石头已经放下了"的解脱。而这种解脱之感本是周作人十四岁时的感受,但到了 1922 年,他在信奉"新的自由与新的节制"时才得到发掘。这也表明周作人心中本来就隐伏着中庸之道,只不过是没有适当的气候和土壤罢了。现在风暴过后,他再猛回头,才发现原来自己用中庸之道来进行生存,早有成功的实验了。这里也可窥测到周作人为什么要把《初恋》从《自己的园地》中抽出放到《雨天的书》中的良苦用心了。现在,连"死"都可以成功地用中庸之道进行调谐,那么其他一些本来就有诗味情味的景、物和人,就完全可以任他得心应手地摆弄了。《乌篷船》中的那只乌篷船如此令人神往,《故乡的野菜》里的野菜颇有风雅,也就理所当然了。《雨天的书》和《泽泻集》成了周作人这位自由的精神闲士的"乐土"。

当然,在《雨天的书》和《泽泻集》中,周作人也不是时时平衡,处处平衡。尤其在"三一八"惨案后,他收进《泽泻集》中写的关于这一惨案的系列小品《死法》、《关于三月十八日的死者》、《新中国的女子》和《碰伤》等,由于惨案的刺激,也显得“心思纷乱”。他用这样的挽联“赤化赤化,有些学界名流和新闻记者还在那里诬陷/白死白死,所谓革命政府与帝国主义更是一样东西”表达他的愤怒。但即使如此,他还是不让自己的愤怒趋向极端,以破坏他的冲淡“乐土”。他尽量让愤怒在冷静的包裹中变得克制,而酿出一种苦涩味,决不随意倾泻和喷发。当他在《关于三月十八日的死者》中写到面对烈士尸体即将被“封棺”的时候,写道:

当封棺的时候,在女同学出声哭泣之中,我陡然觉得空气非常沉重,使大家呼吸有点困难,我见职教员中有须发斑白的人此时也有老泪要流下来,虽然他的下颌骨乱动地想忍住他也不可能了。①

这里出现了反差:“封棺”是动人肺腑,令人心碎的场面,但镜头却对准了最不易动感情的“须发斑白”者的用“下颌骨乱动”进行极力克制的动作。这一反差,既能表现当时场面情感之烈,抒写对烈士的哀悼和同情,又使愤怒呈现出一种冷静的适度和无声的悲哀,从而能和《雨天的书》、《泽泻集》所显示的冲淡境地达到大致的和谐。

(三)《谈龙集》、《谈虎集》——冲淡心理的紊乱,两个“鬼”的“双头政治”。

周作人追求和仰慕的冲淡境地,给他带来了创作的活力和青春,《雨天的书》和《泽泻集》标志着他追求和仰慕冲淡境地的成功,使他的创作才华在另一番天地里得到较充分的发挥。照理,他完全可以在这境地里进一步施展他的才华,但他在继《雨天的书》和《泽泻集》之后,于 1927 年出版的《谈龙集》和《谈虎集》却又一反冲淡的笔调,不断火辣辣地谈“龙”(文艺)谈“虎”(现实生活),出现了冲淡心理的紊乱。这一紊乱正是周作人给现代散文史留下的一个“谜”。

《谈龙集》收入的是关涉文艺的四十四篇杂感小品,《谈虎集》收入的是针砭现实的一百三十二篇杂感小品。这两本散文集时间跨度较长,最早的是 1919 年所作,如《谈虎集》中的《祖先崇拜》、《思想革命》、《前门遇马队记》等,最迟的作于 1927 年,其间长达十年。从总体风格上看,这两本散文集并不冲淡,除少部分作品外,很少有中庸气。如《谈虎集》中的《古书可读否的问题》劈头连用了两个“绝对”:“我以为古书绝对的可读,只要读的人是‘通’的。我以为古书绝对的不可读,倘若是强迫的令读。”文章结尾又来了一个斩钉截铁的“绝对”:“在这时候,我主张,大家正应该绝对地反对读古书了。”三个“绝对”,

① 见《泽泻集》,岳麓书社 1987 年版,第 58 页。

怒目圆睁，棱角分明，哪有一点中庸味？又如《谈虎集》中的《重来》对旧礼教的抨击，提出“结婚纯是当事人的事情，此外一切闲人都不配插嘴”。喊出“人间最大的诅咒是肖子顺孙四个字。现代的中国正被压在这个诅咒之下”的激烈口号。其他许多篇文章，对军阀暴行，国民党清党乱杀无辜，禁书专制，乃至对妇女、儿童、教育、礼教等的议论都充满了火药味。更奇怪的是，他在这两本散文集中的许多怒目圆睁的散文和《雨天的书》、《泽泻集》中的冲淡名篇产生于同一时候，如：

《初恋》(1922 年 9 月)——《可怜悯者》(1922 年 10 月)

前后相差一个月。《初恋》是以冲淡的笔墨写他在第一次恋爱时的复杂情致，而《可怜悯者》却是用犀利猛烈的笔调，诅咒和剥下伪文明与伪道德的狼皮。

又如：

《娱园》(1923 年 3 月)——《别号的用处》(1924 年 5 月)

前后相差两个月。《娱园》是回忆作者在娱园时对一位女性的隐秘的情意，富有感伤怀旧气息。而在同一时期写的《别号的用处》则是对他人诬他是“政府的走狗”的强烈回击。

再如周作人冲淡风格的代表作《喝茶》和上面举到的《古书可读否的问题》相差仅四个月。前者以轻盈的笔墨，沉醉在“可抵十年的尘梦”的喝茶之中。而后者却对某报一条新闻，提出要废去伦理、心理、博物、英语等科目，改读四书五经，发出了猛烈抨击。

以上说明二十年代的周作人在中庸主义上还没有修成正果，尽管在《雨天的书》中他找到了“生活之艺术”，要在“禁欲与纵欲”之间调和，但他毕竟六根未净，还不是一个完全的中庸主义者。虽然他在《谈龙集》和《谈虎集》的个别篇章中，还一再宣称自己是个中庸主义者。之所以如此，关键是他心中有“两个鬼”在搞“双头政治”。他也似乎是在回答人们的疑问，在《谈虎集》中他插入一篇《两个鬼》，具体地阐述了自己心理紊乱的轨迹。他先说自己心中有两个“鬼”，一是“绅士鬼”，二是“流氓鬼”，这两个“鬼”指挥着他的一切言行。接下去他就具体勾画了这两个“鬼”在他心中的活动：

这是一种双头政治，而两个执政还是意见不甚协和的，我却像一个钟摆在这中间摇着。有时候流氓占了优势，我便跟了他去彷徨，什么大街小巷的一切隐密无不知悉，酗酒，斗殴，辱骂，都不是做不来的，我简直可以成为一个精神上的“破脚骨”。但是在我将真正撒野，如流氓之“开天堂”

等的时候，绅士大抵就出来高叫“带住，着即带住！”说也奇怪，流氓平时不怕绅士，到得他将要撒野，一听绅士的吆喝，不知怎的立刻一溜烟地走了。可是他并不走远，只在弄头弄尾探望，他看绅士领了我走，学习对淑女们的谈吐与仪容，渐渐地由说漂亮话而进于摆臭架子，于是他又赶出来大骂道，“Nohk oh dausangtzr keh niarngsaeh, fiaulctong tserntseuzeh doodzang kaeh moavaeh toang yuachu!”（案，此流氓文大半有音无字。故今用拼音，文句也不能直译，大意是说：“你这混帐东西，不要臭美，肉麻当作有趣。”）这一下之子，棋又全盘翻过来了。而流氓专政即此渐渐地开始。①

这一紊乱，正是当时一部分觉悟了的知识分子在复杂而又斗争极为尖锐的现实面前一种典型的矛盾心绪。在五四风潮的冲击下，周作人取得了一定的话语权，兴奋的神经无法一下子平静下来，他虽然心灵疲惫，渴望冲淡宁静的生活，正如他在《谈龙集》的《寻路的人》中所描述的那样，希望——跳出人生圈子，充当一个与世无关的评论者，“只想缓缓的走着，看沿路景色，听人家谈论，尽量的享受这些应得的苦和乐”，成为“最大的乐天家，因为再没有什么悲观和失望了”。他有时也做到了这一点，得到了暂时的片刻的宁静，可以为“绅士鬼”所左右，缓缓地去咀嚼以往的恋情，有滋有味地品尝苦茶，静听苦雨，以中庸为足。因此出现了《初恋》、《喝茶》、《苦雨》、《乌篷船》等一批冷而涩的抒情小品。但他毕竟生活在中国大地上，五四风潮中兴奋了的神经还时时促使他去打开窗户，看看外面的风云世事，又不免要指手画脚、嬉笑怒骂起来，此时他又为“流氓鬼”所主宰，亢奋起来，写出许多热的文字来，汇集起来就成了《谈龙集》、《谈虎集》。是“兼济天下”，还是“独善其身”？两个“鬼”的纠缠，使他心有千千结。不过，这两个“鬼”的争斗，从周作人在《两个鬼》中的描述看还是势均力敌，但从骨子里，他已经开始讨厌“流氓鬼”了。这种厌恶情绪实际上在1925年编的《雨天的书》中就已经非常强烈地表达了，他在《雨天的书》的《教训之无用》中明确表达了宣传新思想，“有如枕边摸索好梦，不免近于痴人”；同时在《生活之艺术》中对“极端”所表示的厌恶，这都表明了他的气质是属于名士之列，决然要和“流氓鬼”告别不可。《谈龙集》和《谈虎集》只不过是一种心理紊乱罢了，或者说是“流氓鬼”在周作人身上的回光返照。正因为是回光返照，所以基调就特别高昂热烈。但周作人要皈依冲淡的决心是谁也不能改

① 周作人：《两个鬼》，《谈虎集》，岳麓书社1989年版，第232—233页。

变了。

作一比较,《雨天的书》和《泽泻集》以抒情见长,《谈龙集》和《谈虎集》以哲理为胜,但抒情的风采掩盖了他的哲理光芒。诚如阿英所说:"他的前期的诸姿态,遂为他小品文的盛名所掩。"周作人正是在"绅士鬼"和"流氓鬼"的争斗中,成了冲淡散文的领袖。

三　《雨天的书》、《泽泻集》:清冷而苦涩的艺术天地

在周作人的前期散文中,《雨天的书》和《泽泻集》描绘了一个清冷而苦涩的艺术天地。这是周作人贡献给中国现代散文史的第一批成熟的"美文"硕果。

(一)《雨天的书》、《泽泻集》的审美理想——"度"。

《雨天的书》、《泽泻集》写于二十年代,这正是周作人奉行"双头政治","由信仰而归于怀疑"的时候。信仰的危机导致他思想的空白,"我的心里确是空澌澌的,好像是旧殿里的那把椅子,——不过这也是很清爽的事。我若能找到一个'单纯的信仰',或者一个固执的偏见,我就有了主意,自然可以满足而且快活了;但是有偏见的想除掉固不容易,没有时要去找来却也有点为难。大约我之无所知也不是今日始的,不过以前自以为知罢了;现在忽然觉悟过来,正是好事,殊可无须寻求补救的方法,因为露出的马脚才是真脚,自知无所知却是我的第一个的真知也"①。这里虽则有反讽和自嘲之意,但他的"忽然觉悟过来"里却真实地蕴含了他对昔日战斗热情的否定,以及看不到前途的苦闷。这种"觉悟"以及他的结论"自知无所知",是一种精神崩溃的先兆,也是将要看破红尘的一种冷漠。其表现形式是思想混乱。1921 年 6 月 5 日,他这样写道:"我近来的思想动摇与混乱,可谓已至其极了,托尔斯泰的无我爱与尼采的超人,共产主义与善种学,耶佛孔老的教训与科学的例证,我都一样的喜欢尊重,却又不能调和统一起来,造成一条可以行的大路。"②很奇怪,这种思想混乱对周作人的创作情绪不仅没有起腐蚀和破坏作用,反而促使他的小品创作走向成熟。其奥妙就在于:其一,周作人虽然"忽然觉悟过来",但他又并没有真正"觉悟",他在《雨天的书》和《泽泻集》中一再宣称自己奉行"双头政治",心中被两个"鬼"折磨,喜新厌旧,足以说明他六根未净,还没有"自知无所知",要他两耳不闻窗外事地闭目养神是不可能的,但他又不能圆睁双目,只能半开半

---

①　周作人:《一年的长进》,《雨天的书》,岳麓书社 1987 年版,第 118—119 页。

②　周作人:《山中杂信》,《雨天的书》,岳麓书社 1987 年版,第 126—127 页。

闭,静听着外面的苦雨,咀嚼人生的涩味,和社会保持似断似连的状态。而且五四风暴所形成的思想驱动力还迫使他时时故态重萌。在1927年写的《〈泽泻集〉序》中,他还热切地“希望在我的趣味之文里也还有叛徒活着”,这就决定了他这一时期创作的活力犹存。其二,这种思想混乱又对周作人形成一种强烈的反作用力,激发了他内心深层的本能的原始感情(包括本能、激情、欲望和要求),并使它们得到了释放的机会,促使他陶醉于过去的回忆,同时再糅进淡淡的悲哀、宿命的嗟怨,为他《雨天的书》、《泽泻集》中所构成的艺术天地,准备了多姿多彩的情绪内核。这样,在中国现代散文史的二十年代这一页上,就出现了两大奇观:鲁迅是在和现实斗争的紧密拥抱中获得了创作自由,而周作人却在远离现实斗争的“觉悟”中获得了自由的艺术天地,截然不同的两种风格迎来了百花齐放的春天。

但是,周作人要把自己“觉悟”所引起的思想混乱以及由此激发的多姿多彩的情绪调谐成艺术天地,是一件十分艰巨的事。这种感情意蕴丰厚、色彩斑斓,不受政治理念的约束,要把它集纳起来,必须找到一个制约和梳理它的法宝。最后,周作人终于找到了这个法宝,那就是“度”。

对于“度”,周作人没有明确的解释。他在《上海气》一文中是从反面来阐述“度”的:

> 我终于是一个中庸主义的人:我很喜欢闲话,但是不喜欢上海气的闲话,因为那多是过了度的,也就是俗恶的了。①

这里他把“度”和中庸主义等同起来,“过了度”就不是中庸主义,就是“俗恶”。它没有对“度”的内涵进行具体诠释,真正要理解“度”的内涵还必须到他《雨天的书》中的《生活之艺术》中去寻找。在这篇文章中他提出了“新的自由与新的节制”,这就是“度”所包含的两个方面的内容:一是自由,二是节制。这样“度”具有朴素的辩证色彩。对这辩证色彩,他又多次进行阐述,在他的《谈〈谈谈《诗经》〉》中,为了警世后人,他引用了英国民间故事中的一句名言,“要大胆,要大胆,但不可太大胆”,这就是用文学语言来描述他那生动而可爱的“度”! 他还以“度”为自己定下了这样一条文训:“不可太有绅士气,也不可太有流氓气。”②“太”和“度”相对,适度、适中,就成了他的“新的自由和新的节

① 见《谈龙集》,岳麓书社1989年版,第90页。

② 周作人:《条阵四项》,《谈虎集》,上海书店1987年影印版,第180页。

制”的内涵,也成为这两本散文集的审美理想。

“自由”使周作人的“度”富有张力,因此,在抒写情致时,他并不是机械地以对社会有用与否作为标准。他在《雨天的书》中的《北京的茶食》中曾说道:“我们于日用必需的东西以外,必须还有一点无用的游戏与享乐,生活才觉得有意思。我们看夕阳,看秋河,看花,听雨,闻香,喝不求解渴的酒,吃不求饱的点心,都是生活上必要的——虽然是无用的装点,而且是越精炼越好。”这也可以从一个侧面来理解周作人在《雨天的书》和《泽泻集》中所描绘的艺术天地。“自由”驱使他的“度”把“无用的游戏与享乐”囊括进他的艺术天地,同时,写起来又无拘无束,绘情绘色。他的名篇《喝茶》在写到二三人得半日之闲共饮茶,可抵十年的尘梦之后,就大写“茶食”:从中国的茶食变成了“满汉饽饽”到日本的点心,又考证到日本的“羊羹”是出自唐朝的“羊肝饼”,再又讲到江南茶馆中的“干丝”等等,非常铺陈,使得阅读他的散文犹如喝酒,酣畅淋漓。“度”的自由保证了周作人的散文情绪的开放,并能够畅达地抒情写意。但畅达虽畅达,有时却不着边际,不愿去切时弊要害,因此,他的“度”又有保全自我的一面。

“度”的另一面——“节制”在周作人的散文中又起了很重要的调谐作用。这种“节制”并不是使冷变成不冷,使热变成不热,从而把散文的情致调节为不冷不热的温吞水。这里的“节制”是一种美的调谐。这种调谐有双重任务,其一是忍耐,防止感情趋向紧张和极端,使之近乎人情,顺乎自然,合乎道理,具有一种缓冲作用,使散文的情绪抒写适可而止,有一种适度美。如《娱园》写到他对一位表姐的情意,这样描写道:

> 忘记了是那一年,不过总是庚子以前的事罢。那时舅父的独子娶亲(神安他们的魂魄,因此夫妇不久都去世了),中表都聚在一处,凡男的十四人,女的七人。其中有一个人和我是同年同月生的,我称她为姐,她也称我为兄。我本是一只“丑小鸭”,没有一个人注意的,所以我隐密的怀抱着对于她的情意,当然只是单面的,而且我知道她自小许给人家了,不容再有非分之想,但总感着固执的牵引,此刻想起来,倒似乎颇有中古诗人(Troubadour)的馀风了。当时我们住在留鹤盦里,她们住在楼上。白天里她们不在房里的时候,我们几个较为年少的人便“乘虚内犯”,走上楼去掠夺东西吃。有一次大家在楼上跳闹,我仿佛无意似的拿起她的一件雪青纺绸衫穿了跳舞起来,她的一个兄弟也一同闹着,不曾看出什么破绽来,是我很得意的一件事。①

① 见《雨天的书》,岳麓书社 1987 年版,第 41—42 页。

这里,“我”对“表姐”的隐密情意是通过穿起她的一件雪青纺绸衫跳舞这件得意的事来着意表现的,虽然是着意表现,但笔墨却十分吝啬,仅仅是漫不经心地交代了一笔,而且很客观,即“仿佛无意似的拿起她的一件雪青纺绸衫穿了跳舞起来”,点到为止。但又很着意,关键是用了“仿佛无意似的”六个字,明明是有意,却偏偏装出“仿佛无意似的”,这就泄露了天机——即心中对她的隐密情意。“度”使周作人立即把笔墨带住,不去铺陈他当时穿雪青纺绸衫跳舞的癫狂,也不细描他内心的神魂颠倒。这么一带住,留下的都是甜甜蜜蜜的空白,满足的是读者,足够他们去遐想和咀嚼了。

“度”的调谐的另一大任务是转换。即不让感情单向发展,它不断让情绪转换角度、层面,使得情绪变成一种多重奏的悦耳的轻音乐。如《鸟声》的最后一节:

现在,就北京来说,这几样鸣声都没有,所有的还只有麻雀和啄木鸟。老鸹,乡间称为乌老鸦,在北京是每天可以听到的,但是一点风雅气也没有,而且是通年噪聒,不知道他是那一季的鸟。麻雀和啄木鸟虽然唱不出好的歌来,在那琐碎和干枯之中到底还含一些春气:唉唉,听那不讨人欢喜的乌老鸦叫也已够了,且让我们欢迎这些鸣春的小鸟,倾听他们的谈笑罢。

“啾唽,啾唽!”

“嘎嘎!”①

周作人对老鸹很不满,通年噪聒,一点风雅气也没有。但他适时地戛然而止,若以他的学识和脾气,他完全可以引经据典,古今中外地把老鸹羞辱一番,但他不这样做,因为他很清楚,如果再发挥下去,他自己也会变成一只“噪聒”、“一点风雅气也没有”的乌老鸦,因此“度”立刻出来拨转笔墨,转到麻雀和啄木鸟身上,尽管这些鸟也唱不出好的歌,它们毕竟和老鸹不同,多少“还含一些春气”。写完它们,又不再饶舌,立刻再转方向,用那些鸣春的小鸟的谈笑结尾,使画面陡添春色,充满了百鸟争鸣的丰富情致。

“度”当然不是万能的,尤其是《雨天的书》、《泽泻集》的写作时期,正是周作人实行“双头政治”的时候。因此“度”对“流氓鬼”、“绅士鬼”的制约有时也会失控。《故乡的野菜》中对荠菜的描述就有些絮叨啰嗦,这大概是迁就了“绅

① 见《雨天的书》,岳麓书社 1987 年版,第 10 页。

士鬼”;而《北京的茶食》中最后的愤怒呼喊:“可怜现在的中国生活,却是极端地干燥粗鄙,别的不说,我在北京彷徨了十年,终未尝吃到好点心”,又失之偏颇,“流氓鬼”在此又占了上风。

(二)《雨天的书》、《泽泻集》的审美情趣——“冷”。

二十年代初,五四风暴的落潮,使得风暴所形成的对于现代散文作家的裹挟力骤然消失。周作人缺乏继续追逐浪潮的勇气,更不能以新的抗争去达到新的心理平衡,他采取的态度是远离浪潮,远离人群,孤独地审视自我体验,到“自己的园地”中去避难。这时,他的心态诚如他在《〈雨天的书〉自序一》中所描绘的——“气闷”和“阴沉”,在这篇仅仅两百余字的短文中,他为了突出自己当时的心态,重复地使用了“气闷”和“阴沉”这四个字,再概括一些,就是一个字——“冷”。“冷”是《雨天的书》和《泽泻集》所显示的审美情趣。

“冷”的审美情绪是周作人情与知的矛盾无法调和的产物。他的《雨天的书》等散文小品中的“冷”并不是一种和“热”水火不相容的单一的“冷”,也不是对于各种“热”的否定。他在创作《雨天的书》等散文小品时,自己就明确宣称处在“思想动摇与混乱”中,既是“动摇与混乱”,就不是一味地否定“热”。虽则他对许多思想和主义产生怀疑和动摇,但他并没有明确宣称要抛弃哪一种思想去信奉另一种思想,他只是“将这各种思想,凌乱地堆在头里,真是乡间的杂货衣料店了”①。即使他在津津乐道地吟咏日本小林一茶的俳句“不要打哪!那苍蝇搓他的手,搓他的脚呢”,感到它“很以为美”,但他仍为情与知、热与冷的矛盾所煎熬:“我的心底里有一种矛盾,一面承认苍蝇是与我同具生命的众生之一,但一面又总当他是脚上带着许多有害的细菌,在头上面爬的痒痒的,一种可恶的小虫,心想除灭他。这个情与知的冲突,实在是无法调和。”②正是这种情与知、热与冷的矛盾的不可调和,才使得周作人的散文形成一种独特的“冷”趣,这种“冷”趣具有“冷”“热”双重品格:既有“冷”的淡,又有“热”的涩;既有“冷”的从容不迫的闲情逸趣,又有“热”的对时事纷乱紧皱双眉无可奈何的躁动感应;既有“冷”的无火气,又有“热”的老辣味。因此,就审美情趣本身而言,这种“冷”趣是一种“冷”“热”交杂的复合产物。所以,周作人听“雨”、喝“茶”、谈“酒”、说“鸟”、讲“苍蝇”、介绍“野菜”等才能赢得读者,产生悠远的生命力。

由于周作人的“冷”“热”相煎的不可调和,所以周作人的《雨天的书》、《泽泻集》中的“冷”的审美情绪是通过压抑来实现的。换言之,是压抑把“冷”、

①② 周作人:《山中杂信》,《雨天的书》,岳麓书社 1987 年版,第 127 页,第 129 页。

"热"的煎熬和情知的矛盾化成一种"冷"趣。这种压抑能把严肃的和火气十足的话题变得随便闲适起来,但其骨子却透出一种冷峻的犀利,它实质是一种扭曲心灵的反映。这可以从《泽泻集》中有关军阀屠杀学生和民众的系列小品——《死法》、《关于三月十八日的死者》、《新中国的女子》、《碰伤》等文中表现出来。就题材来说,这些都足以使人怒发冲冠,但周作人却尽量压抑着,对于"三一八"惨案中死去的女性,周作人平静地写道:"我只见用衾包裹好了的两个人,只馀脸上用一层薄纱蒙着,隐约可以望见面貌,似乎都很安闲而庄严地沉睡着。刘女士是我这大半年来从宗帽胡同时代起所教的学生,所以很是面善,杨女士我是不认识的,但我见了她们两位并排睡着。"①避开血肉的惨象,以克制的笔墨放到死者安卧的静态特写上,形成凝固的冷峻,昭示了死者的无辜和命运的惨烈。又如《碰伤》中,列举军阀和统治者的暴行,用了这样一段话:"三四年前,浦口下关间渡客一只小轮,碰在停泊江心的中国军舰的头上,立刻沉没,据说旅客一个都不失少(大约上船的时候曾经点名报数,有账可查的)。过了一年后,一只招商局的轮船,又在长江中碰在当时国务总理所坐的军舰的头上,随即沉没,死了若干没有价值的人。"②把愤怒的控诉压抑糅合成漫不经心的叙述,军阀和最高统治者的横冲直撞、飞扬跋扈所造成的暴行,顷刻变成了水波不兴的平静画面。但平静下面有漩涡,作者巧妙地把制造惨案的罪魁祸首和被害者的位置加以倒错交换,再掺进一些反语,以此形成漩涡,强烈地控诉了军阀和最高统治者的罪行。对于这样一些血肉横飞的惨象,周作人都能用压抑来"败火",使得情理冲突调和起来,那么其他诸如听苦雨、喝苦茶之类的平和题材则更加驾轻就熟了。在《苦雨》中,写完北京近日的大雨后,有这样一段文字:

有许多耳朵皮嫩的人,很恶喧嚣,如麻雀蛤蟆或蝉的叫声,凡足以妨碍他们的甜睡者,无一不痛恶而深绝之,大有欲灭此而午睡之意。我觉得大可以不必如此,随便听听都是很有趣味的,不但是这些久成诗料的东西,一切鸣声其实都可以听。蛤蟆在水田里群叫,深夜静听,往往变成一种金属音,很是特别,又有时仿佛是狗叫,古人常称蛤蟆为吠,大约也是从实验而来。我们院子里的蛤蟆现在只见花条的一种,它的叫声更不漂亮,只是格格格这个叫法,可以说是革音,平常自一声至三声,

① 周作人:《关于三月十八日的死者》,《泽泻集》,岳麓书社 1987 年版,第 58 页。
② 见《泽泻集》,岳麓书社 1987 年版,第 66 页。

不会更多，唯在下雨的早晨，听它一口气叫上十二三声，可见它是实在喜欢极了。①

周作人在此是以“耳朵皮老”者出现的。他耐得住性子，而且是真正地进入了听蛤蟆声的角色。他能够分辨出水田里群叫的蛤蟆声是“一种金属音”，院子里的蛤蟆声“是革音”，而且这种“革音”，“平常自一声至三声，不会更多”，“唯在下雨的早晨，听它一口气叫上十二三声”，不迷焉能如此？这种着迷既是顺其自然适乎环境随遇而安的心理反映，同时也是一种压抑内心烦恼、百无聊赖以至到一些无聊的事中去寻觅趣味，以此排遣苦雨给他的“气闷”，是不得已的“心定自然凉”。虽则这种压抑是有意为之，但他入了迷，就“忘我”、“忘情”了，尽管是苦中作乐，但他确实是有滋有味地品尝其美，并乐而忘返了。可想而知，蛤蟆声能使他如此陶醉，这更反衬他心头烦恼之重和压抑之深了，乃至已近乎无聊和麻木。

压抑不仅在周作人《雨天的书》、《泽泻集》中起着“败火”的作用，它还有磨掉倾向的棱角的功能，使得散文在无倾向无目的中冷却。他把眼睛朝后，到历史中去寻找记忆，以求安慰；他又把眼睛朝天，茫然地对一些能引起他兴趣的东西进行透视，他独独不愿和现实拥抱。似乎世间的颠来倒去的事，他都经历过，无甚稀奇，因此他写人叙事抒情，尽量淡化倾向和目的，以求中性化。在《怀旧之二》中有这样一段文字：

头班在饭厅的坐位都有一定，每桌至多不过六人，都是同班至好或是低级里附和他们的小友，从容谈笑的吃着，不必抢夺吞咽。阶级低的学生便不能这样的舒服，他们一听吃饭的号声，便须直奔向饭厅里去，在非头班所占据的桌上见到一个空位，赶紧坐下，这一餐的饭才算安稳到手了。在这大众奔窜之中，头班却比平常更从容的，张开两只臂膊，像螃蟹似的，在雁木形的过廊中央，大摇大摆的踱方步。走在他后面的人，不敢僭越，只能也跟着他踱，到得饭厅，急忙的各处乱钻，好像是晚上寻不着窠的鸡，好容易找到位置，一碗雪里蕻上面的几片肥肉也早已不见，只好吃一顿素饭罢了。②

① 见《雨天的书》，岳麓书社 1987 年版，第 7—8 页。
② 见《雨天的书》，岳麓书社 1987 年版，第 32—33 页。

令人厌恶的森严等级在这一描写中变成了一个使人喷饭捧腹的中性场面。张开两臂像螃蟹似的头班，与各处乱钻似寻不着窠的鸡的低阶级学生在这里并没有形成尖锐的冲突，却蜕化成一场有趣的游戏。周作人的心灵被压抑扭曲，他不仅可以到蛤蟆声中去寻求欢乐，而且还会到记忆中去苦中作乐。是与非，义与理，好与坏，善与恶以及目的倾向，在他看来已不是第一位的了，最重要的是能否从中体会到欢乐和寻求到安慰。因此，说到底，压抑是为了满足周作人的享乐心理。不管士大夫把自己的名士趣味装扮得如何清高，他们身上始终打着“享乐”两个字。周作人就是时刻想寻乐，他也会作乐，一杯清茶，都可抵十年梦，自得其乐，更会在苦中寻乐。因此，他的散文小品的“冷”实在是一种隐蔽的享乐的心理反映，尽管它付出了沉重的代价——压抑。

压抑虽则也满足了周作人的享乐心理，但毕竟这种乐的滋味是不好受的，它有一种涩味。这种涩味是一种淡淡的莫名的苦味，它在“冷”中起着一种弹性和活跃的作用，使“冷”成为一种“活性炭”，不至于四平八稳不偏不倚，避免了僵硬和凝固。如：

> 大雨接连下了两天，天气也就颇冷了。般若堂里住着几个和尚们，买了许多香椿干，摊在芦席上晾着，这两天的雨不但使他不能干燥，反使他更加潮湿。每从玻璃窗望去，看见廊下摊着湿漉漉的深绿的香椿干，总觉对于这班和尚们心里很是抱歉似的，——虽然下雨并不是我的缘故。①

后两句，似乎周作人搭错了神经，竟无端地站出来为他人受过，其实是准确地昭示了他面对自然和世态变化的力不从心，无可奈何的苦涩心态。正是由于这种涩味说不清，所以他用了一件与已毫不搭界的事(即天连续下雨)并为之感到抱歉这样一种特殊的说不清的感受加以呈现。这种苦涩使得在周作人冷涩的散文天地中能孕育着一种经得起读者咀嚼的沉重而清淡的滋味。

从横向上看，活跃在二十年代散文园地上的诸如郁达夫、庐隐等的散文中也有苦涩味。他们的涩和周作人的涩的相同点是：都不满于现实，都感到孤独，都找不到出路，都无可奈何力不从心。不同点是：前者偏重在哀怨，后者偏重在自乐；前者无“度”，崇尚极端，后者遵“度”，崇尚中庸；前者拥抱现实，怒气冲天，后者远离现实，冲淡平和。

---

① 周作人：《山中杂信》，《雨天的书》，岳麓书社 1987 年版，第 126 页。

四 三大转变

若纵向考察中国现代散文史,则可看到,五四运动前后的《新青年》所倡导的杂感,借助思想革命的冲力,以议论散文作为突破口,对古代传统散文实行了强攻,使之成为现代散文的先声;而周作人则淡化散文的政治意识,以抒情小品作为自己的实践园地,用冲淡的情致来充实和改造散文(包括古代传统散文和杂感),创建了"美文",巩固了现代散文的阵地,奠定了现代散文作为一种文学的文体的基石。如果把《新青年》所倡导的杂感作为对古代传统散文的极端的否定,那么周作人的散文则是否定之后的否定;前者是破坏,后者是建设。现代散文正是在这破坏和建设中赢得了自己的独立地位,周作人在其中作出了特殊的贡献。

周作人散文成功地实现了三个转变。

(一) 实现散文情绪从极化到淡化的转变。

由于现代散文的孕育更多地是借助于思想革命,因此现代散文的情致从它诞生之日起,就较多地受到时代风云的影响,尤其在现实斗争十分尖锐复杂的五四运动中,它更不能离开政治斗争的约束,因而现代散文从它的童年时代起,情绪常常呈现出一种极端化的形态,有一种单调的童稚气。周作人正是在这一时刻,皈依冲淡,用情绪淡化的方式,抒写丰韵的情致,为现代散文的文体成熟以及多样化的发展提供了一个生动的范本。

周作人为皈依冲淡付出了沉重的代价,主要表现在三方面:一是要改变信仰,对自己曾虔诚信仰过的各种思想进行忏悔,并与之告别;二是要改变气质,和自己的本性作斗争。用他的话说,他是"褊急的脾气的人",是"浙东人的气质",这种气质也实在和冲淡水火不容;三是和现实妥协,当时他处的时代,"实在难望能够从容镇静地做出平和冲淡的文字来"。这三个方面的改变对于一个作家来说,都是很困难的。从散文创作来看,周作人的散文皈依冲淡似乎只是一种风格的转变,但情绪淡化的实质是要淡化宣传意识、政治意识和目的倾向意识。对于周作人来说,这是一个彻底的改变,即人生观的大改变。周作人把它称为"避难"。他在《〈燕知草〉跋》中作了这样的描述:"手拿不动竹竿的文人只好避难到艺术世界里去,这原是无足怪。我常想,文学即是不革命,能革命就不必需要文学及其他种种艺术或宗教,因为他已有了他的世界了。"从他在五四风暴中写的"浮躁凌厉"的杂感到这里的"文学即是不革命",这是一百八十度的大转弯。他就用这样的代价换得了情绪淡化。这一转变也是文学史上常见的"情"、"理"两极对立运动在周作人散文创作上的一大反映。

周作人的散文的情绪淡化特色：

1. 无目的的随机弹性思维。

二十年代初，周作人开始反对单一地用社会学的角度来衡量文艺的效应问题，他曾在许多文章中反复阐述这一点。他认为，"文艺的问题固然是可以用社会学的眼光去研究，但不能以此作为唯一的定论"，提出"文学是个人的"，从而推出这样一个结论："个人将所感受的表现出来，即是达到了目的，有了他的效用。"①这种"个人感受即目的"的观点，到另一篇文章中就更上升到"文学以个人自己为本位"的观念上，是直接建立在反对用统一的社会效力来判定作品优劣上的。他认为文学不应该统一，"凭了社会或人类之名，建立社会文学的正宗，无形中厉行一种统一"②。这样，他就为散文作者自己解放自己，让散文作家去写自己的情绪。这是对单一文艺倾向的否定，也是对千百年来"文以载道"的直接否定，促使散文观念进行革新。目的倾向的淡化必然引起创作思维的变更，因此，周作人抛弃了原有的为目的倾向鲜明服务的单向因果思维，开始创造性地运用无目的的随机弹性思维进行散文创作。《初恋》正是运用这种无目的的随机弹性思维所创作的经典之作。文章抒写的是作者在少年时代和一位少女之间的初恋。当时作者寄寓在杭州，隔壁一位姚姓少女常到作者处玩。文中这样写他们的第一次见面："我不曾和她谈过一句话，也不曾仔细地看过她的面貌与姿态。大约我在那时已经很是近视，但是还有一层缘故，虽然非意识的对于她很是感到亲近，一面却似乎为她的光辉所掩，开不起眼来去端详她了。"尚未弄清楚对方的底细，也未端详对方是否漂亮(后来回想起来，仿佛是尖面庞，乌眼睛，瘦小身材)，就盲目地糊里糊涂地爱上了对方。这种无目的无功利，正是极写了这一爱的纯粹纯真纯净。正因为它的纯，所以爱得投入爱得认真爱得执拗，乃至"每逢她抱着猫来看我写字，我便不自觉的振作起来，用了平常所无的努力去映写，感着一种无所希求的迷蒙的喜乐。并不问她是否爱我，或者也还不知道自己是爱着她，总之对于她的存在感到亲近喜悦"。乃至最后立下誓愿，若对方遭难，"我必定去救她出来"。把这看上去似乎不在恋爱的爱推到了极致。最后却又陡转弯，获悉对方患病死了，文中仅用了一句："我那时也很觉得不快，想象她的悲惨的死相，但同时却又似乎很是安静，仿佛心里有一块大石头已经放下了。"把那种无奈解脱中包含的无穷的思念充分地展示出来。它标志着周作人成功地在散文创作中淡化了

① 周作人：《诗的效用》，《自己的园地》，人民文学出版社 1988 年版，第 17 页。

② 周作人：《文艺的统一》，《自己的园地》，人民文学出版社 1988 年版，第 23 页。

目的和倾向。

这种思维的特点是生动灵活,有一种随机的温柔和丰厚的内蕴。由于这种思维没有固定的轴心和支点,也没有明确的目的和倾向,因此它富于变化而伸缩自如。如《怀旧之二》似乎专心致志地回忆他少年时代在江南水师学堂时学生等级森严的情景,但当开头几段写完这种情景后,突然又把笔墨转到后山的一只大狼上。从单一的目的和倾向来说,等级森严的学校生活和后山的大狼似乎难以统一,把它们并列放在一篇散文中确实有些不可思议。但作者提笔怀想江南水师学堂的情景时,这两件事确是他所能最切迫感到的情绪,“个人感受即目的”,这样写比单一表现江南水师学堂的等级森严要多一些色彩和滋味。同时这种思维使散文在题材上大大拓宽了,只要是个人感受,什么都可写,什么都能写出丰厚的滋味来。

2. 漫不经心地运笔。

周作人似乎把人世看穿、看透了,人世间的大痛大悲大喜大怒,经过他的头脑过滤,会在一种漫不经心的运笔中,转化成闲适平和的情致。《若子的死》是这样记述他的爱女若子之死的:

> 十六日若子自学校归,晚呕吐腹痛,自知是盲肠,而医生误诊为胃病,次日复诊始认为盲肠炎,十八日送往德国医院割治,已并发腹膜炎,遂以不起。用手术后痛苦少已,而热度不减,十九日午后益觉烦躁,至晚忽啼曰“我要死了”,继以昏呓,注射樟脑油,旋清醒如常,迭呼兄姊弟妹名,悉为招来,唯兄丰一留学东京不得相见,其友人亦有至者,若子一一招呼,唯痛恨医生不置,常以两腕力抱母颈低语曰:“姆妈,我不要死。”然而终于死了。吁! 可伤已。①

这本是撕人心肺的至亲至痛,然而周作人已跳出父女的圈子,如一个医生般漫不经心地向他人介绍若子死的经过。他是有意识地在把情绪淡化,这固然有他的“死是还了自然的债”②的彻悟在指导,但更重要的是他凭借漫不经心的运笔艺术,巧妙地把至痛至悲的情绪化成冲淡的情致。如若子抱母的一声低语,就把留恋人世的情绪不露声色地糅进字里行间,供读者慢慢咀嚼,从而更加余味无穷。

周作人这种漫不经心的运笔,是直接师承日本文学、尤其是日本诗人小林

---

① 见《雨天的书》,岳麓书社 1987 年版,第 25 页。

② 周作人:《唁辞》,《雨天的书》,岳麓书社 1987 年版,第 18 页。

一茶的。周作人对小林一茶推崇备至,多次写文章予以赞扬。小林一茶记述他的女儿聪之死的《俺的春天》和周作人的《若子的死》之间有紧密联系。小林一茶在《俺的春天》中有这样一段写他的女儿之死:

她遂于六月二十一日与蕣华同谢此世。母亲抱着死儿的脸荷荷的大哭,这也是难怪的了。到了此刻,虽然明知逝水不归,落花不再返枝,但无论怎样达观,终于难以断念的,正是这恩爱的羁绊。①

周作人的《若子的死》中也有类似这样的一段叙写:

我自己是早已过了不惑的人,我的妻是世奉禅宗之教者,也当可减少甚深的迷妄,但是睹物思人,人情所难免,况临终时神志清明,一切言动,历在心头,偶一念及,如触肿疡,有时深觉不可思议,如此景情,不堪回首,诚不知当时之何以能担负过去也。②

这两段文字如出一辙,从笔调到情致到内涵都很相似。这种运笔的特色,是淡化激烈情绪,避免用激烈的言辞铺陈张扬,在表达方法上采取介于描写和叙述之间的似描写似叙述的方法,克制而又自然地把情绪抒写出来,形成一种微波荡漾的艺术佳境。

诚然,情绪的淡化也限制了周作人散文的读者面,它没有大波大浪,缺乏紧张性,在节奏上也较为弛缓松散,一定程度上挫伤了读者的阅读积极性。

(二) 实现了散文的结构从封闭式到散漫化的转变。

在二十年代,周氏兄弟都为散文结构从封闭式到散漫化的转变作出了努力。鲁迅在《怎么写》中提出写散文"是大可以随便的,有破绽也不妨"。鲁迅身体力行,在他自己的散文小品,如《朝花夕拾》中,也努力想做到结构散漫化,并取得了成效。但真正做到"随便写"、"忘破绽"的当推周作人。

在对散文结构的变革上,周作人有他的优势,即阅历丰富,博览群书,精通几国文字,涉猎中外文学,对人种学、社会学、现代心理学、文艺学、性学以及中国的老庄哲学都有研究或介绍,这就为他在创作散文小品时能够信马由缰、挥洒自如提供了深厚的思想、知识、技巧和感情基础。

---

① 转引自周作人:《啃辞》,《雨天的书》,岳麓书社 1987 年版,第 19 页。

② 见《雨天的书》,岳麓书社 1987 年版,第 25 页。

周作人无视古代散文的起承转合以及晚清桐城派所倡导的“义理”，而坚决地以个人情绪为本，该怎样起笔就怎样起笔。他影响较大的小品如《乌篷船》、《苦雨》都是用书信方式写的，既没有铺垫，也没有着意的渲染，更没有人为的安排，首尾可以不呼应，卒章不显志，就是把在乌篷船上的体验和听雨的感受写完即止，随物赋形，当行即行，当止即止。因此，很难从他的散文中抽象或概括出某种思维定势和结构模式，这是一种典型的开放式的散漫化结构。

周作人这种开放型的散漫化结构蔑视上下承连和左右衔接的传统写作模式，反对单向的围绕某一理念或倾向旋转。他缘情而发，随机应变，不愿使材料之间的联系过紧，而是常常冷不丁地不断“爆”出这一材料或那一材料，使各个材料之间出现一些缝隙，形成似断非断、似连非连的松动关节。这样可以使散文的情绪不至于呆板地囿在某一窠臼中形成僵硬的紧张，而是能够在有限的天地中孕育出生动的活力。如《苦雨》主要是写“北京近日多雨”的感受，但一忽儿是联想“长安道”，一忽儿又回忆“乌篷船”上的雨声，一忽儿又冒出二十年前在东浦吊先父的保姆，归途遇暴风雨的险景，一忽儿又细细陈述北京雨景……左右逢源，自由驰骋，勾勒了一个富有弹性的苦雨境界，令人沉迷。

（三）实现了散文语言从雅致到絮语的转变。

周作人散文擅长用絮语式的语言写作，这和他的散文的情绪淡化，结构散漫化是完全一致的。

在炼字造句上周作人也比较自由，他说：“我们平日写文章，本来没有一定写法，未必定规要返古，也不见得非学外国不可，总之只是有话要说，话又要说得好，目的如此，方法由各人自己去想，其结果或近欧化，或似古文，故不足异，亦自无妨。”①“有话要说”和“话又要说得好”是他的散文语言的原则。由于他既注重有感而发，有话要说，同时又能准确地把这些“感”和“话”说好，使得他的散文情绪虽苦涩但语言却很通俗。比如，《乌篷船》中有这样一段描写：

小船则真是一叶扁舟，你坐在船底席上，篷顶离你的头有两三寸，你的两手可以搁在左右的舷上，还把手都露出在外边。在这种船里仿佛是在水面上坐，靠近田岸去时泥土便和你的眼鼻接近，而且遇着风浪，或是

---

①　周作人：《春在堂杂文》，《周作人文类编》第3卷，湖南文艺出版社1998年版，第456—457页。

坐得少不小心，就会船底朝天，发生危险，但是也颇有趣味，是水乡的一种特色。①

这里既没有华丽的词句，也没有刻意的雕琢，只是准确逼真地写出了人在小船中的真切体验，可感性强，又通俗明了，使读者犹如亲身坐于乌篷船中。

周作人散文语言的语调是一种娓娓絮语，它犹如拉家常，既亲切又通俗，适合表现一种冲淡闲适的家常情趣和氛围。如《故乡的野菜》中写道：

日前我的妻往西单市场买菜回来，说起有荠菜在那里卖着，我便想起浙东的事来。荠菜是浙东人常吃的野菜，乡间不必说，就是城里只要有后园的人家都可以随时采食，妇女小儿各拿一把剪刀一只"苗篮"，蹲在地上搜寻，是一种有趣味的游戏的工作。那时小孩们唱道，"荠菜马兰头，姊姊嫁在后门头。"后来马兰头有乡人拿来进城售卖了，但荠菜还是一种野菜，须得自家去采……②

谈的是家庭琐事，用的语调也是拉家常的絮语。这种语调本身充满情趣，似乎和读者贴着耳朵在掏心里话，无形中拉近了作者和读者的距离。由于是絮语，感情柔和，因此在表现情感上可以忽东忽西，忽古忽今，弹性足，回旋余地多，颇有蒙田、培根的随笔遗风。

周作人正是凭借了他散文冲淡化的成功实践，卓有成效地把散文从象牙之塔的窠臼中解脱出来。他的散文的冲淡闲适的情致，开拓了散文创作的视角，使现代散文从抨击时弊的杂感演变成抒写内心情绪的美文，强化了散文以个人为本位的观念，对散文文体建设作出了贡献。同时，与冲淡闲适的情致相一致的散文结构的散漫化，语言絮语化，都是对古代传统散文的一种强有力的冲击和革新，因此情致的淡化、结构的散漫化和语言的絮语化汇合起来，从形式到内容上，促使散文进行了一次解放。现代散文的创始人以周作人为代表，这是中国现代散文的史实。

但周作人的散文生不逢时，它虽以丰富的色彩装扮了五四散文园地，但它有意无意地对时代尤其是对革命和政治的淡漠，使它为先驱者和左翼作家所

① 见《泽泻集》，岳麓书社 1987 年版，第 26 页。

② 见《雨天的书》，岳麓书社 1987 年版，第 43 页。

诟病。周作人散文的无目的性以及他在理论上对文学倾向性的非议,虽是一家之言,也不为时代所容。应该看到,从二十年代开始,国内阶级斗争日益尖锐,尤其是二十年代末之后,随着共产党领导的武装斗争日益展开,在如火如荼的血与火斗争面前,在阶级斗争这根标尺面前,周作人的散文则更显得软弱与苍白,因此就更不能为人们所欣赏,这也是历史的必然。

尽管当时也有作家在散文创作上转向,淡化情绪,如茅盾躲到日本浴池中无聊地数着浮在浴池水面上的人头,可是人们却原谅他,因为茅盾是偶然为之,周作人是执意为之,最重要的是周作人附逆下水变节,人们就可以理直气壮地把他散文上的转向和他的变节联系起来,进而否定他在散文上的努力和成就。这样,周作人处于十分尴尬的地位:一方面,他在现代散文史上第一个摘到了"小品之王"的桂冠;但另一方面,他又成了一个为人们所遗弃的精神之囚。

周作人的散文在中国现代散文史上的影响也很奇特。当他的抒情小品,尤其是《雨天的书》、《泽泻集》的出版,在国内轰动一时,他的许多崇拜者都是用极端的字眼、极化的感情(这是周作人最反对的)来颂扬他。钟敬文说:周作人的小品文"文体是幽隽淡远的,情思是明妙深刻的,在这类创作家中,他不但在现在是第一个,就过去两三千年的才士群里,似乎尚找不到相当的配侣呢"①。冯文炳则说:"中国现代的散文,从开始以迄现在,据好些人的闲谈,知堂先生是最能耐读的了。"②尽管这些话有些过头,但却真实地反映了当时周作人小品的影响。许多作家也争相仿效,但刻意为之反而不行,因此即使是一些学得较好的,如钟敬文、冯文炳、俞平伯,与周作人相比还差一截。后来有些作家如沈从文、朱光潜等,虽则也从周作人那里吸收到一些灵气,但终不敢完全向周作人靠拢,未能使冲淡散文形成风气,主宰散文园地。只有梁实秋、林语堂等甘愿和周作人"同流",林语堂在三十年代提出"以自我为中心,以闲适为格调"和周作人呼应,梁实秋也用诸如"雅舍小品"之类的小品来延续着周作人冲淡小品的香火。现实是严峻的,到了三十年代后期和四十年代,抗战成为当务之急,逼得散文对政治和时代进行妥协、迁就,愈来愈向倾向鲜明的新闻通讯靠拢,冲淡散文渐渐销声匿迹。后来周作人完全为中庸主义所俘虏,而冲淡的情致和清谈又只有一墙之隔,他便蜕变成为一个唠唠叨叨的清谈客,导致

---

① 钟敬文:《试谈小品文》,《钟敬文生平·思想及著作》,河北教育出版社 1991 年版,第 464 页。

② 冯文炳:《知堂先生》,《周作人研究资料》(上),天津人民出版社 1986 年版,第 332 页。

形象思维疲软和萎缩,借用他的自嘲的话,只能当“文抄公”,使得他的小品书斋味愈来愈浓,再也写不出诸如《乌篷船》这样的精美小品。同时又由于政治上失节附逆,也必然株连他所倡导的冲淡散文。他曾经把现代散文比作“一条湮没在沙土下的河水,多少年后又在下流被掘了出来”①。但遗憾得很,好不容易被他挖掘出来的一条冲淡散文的“河水”,偶尔在散文园地上露了几年峥嵘,又被湮没到沙土下了。对于中国现代散文史的发展来说,这当然是一种缺憾,但对于中国现代革命史来说,则又是大幸和胜利。因为不可想象,面对日本帝国主义和国民党的炮火,如果人们都像周作人那样安卧着、耐心地倾听着苦雨声中的蛤蟆鸣叫,去分辨“蛤蟆在水田里群叫”和院子里的蛤蟆鸣叫的不同,那中国将会是怎样一幅情景!

第三节 俞平伯 钟敬文

一 俞平伯:最有“文学意味”的冲淡和单纯

俞平伯在《〈梦游〉跋》中写到一件事,他的散文小品《梦游》“脱稿以后,不署姓名,叫朋友们去猜。他们说大约是明人作伪,至迟亦在清初……这三个朋友中,有两位实是我的老师”。言辞之间,表明了他以自己的文和明人文相混为喜。事实上,他也着意以明人小品为师,使他的散文有着一股脱俗的名士气。

俞平伯(1900—1990),原籍浙江德清县,生于苏州,原名铭衡、字平伯,号屈斋、白萍、长环、茸芷等。1919 年毕业于北京大学文科。五四时期,他先致力于诗歌创作,1922 年出版了第一本诗集《冬夜》,之后又出版了诗作《西还》,并和朱自清、郑振铎、叶圣陶等人创办了《诗》月刊。同时他还从事小说、杂文和散文小品的创作,以散文小品成就最高。他在二十年代曾出版了散文小品《剑鞘》(和叶绍钧合著)、《杂拌儿》(一名《梅什儿》)、《燕知草》。在三十年代又出版了《杂拌儿之二》、《古槐梦遇》、《燕郊集》等。

俞平伯散文小品中写得出色的是写景抒情文,如《湖楼小撷》、《芝田留梦记》、《陶然亭的雪》、《桨声灯影里的秦淮河》等。他的散文创作从 1922 年的《东游杂志》开始,到三十年代中期为止约十年,共经历了三个阶段。从 1922 年到 1927 年为第一阶段,喜浓艳,对抒写的感情常常反复渲染,用强化的形式

---

① 周作人:《〈杂拌儿〉跋》,《知堂序跋》,岳麓书社 1987 年版,第 314—315 页。

加以呈现。如《清河坊》中写自己对杭州的依恋:“我所亟亟要显示的是淡淡如水的一味依恋,一种茫茫无羁泊的依恋,一种在夕阳光里,街灯影傍的依恋。这种微婉而入骨三分的感触,实是无数的前尘前梦酝酿成的,没有一桩特殊事情可指点,也不是一朝一夕之功。”为了显示对杭州的“依恋”,连用多个比喻,还不够味,最后又来一个强调剖析,用笔浓重。这种特性既是他刚从诗歌创作转向散文创作一种不适应的反应,也是他书卷气的必然流露。不过,写得情趣盎然。前面列举的他的一些较有影响的散文之作,都在这一时期。1927 年到 1930 年为第二阶段。在抒情写景上有意无意地努力趋向淡化,境界渐渐定型在冲淡幽深上。他虽然也仰慕明人名士情趣,崇尚的却是名士情趣中的消沉冷漠。1928 年 2 月 28 日写的《〈燕知草〉自序》中就说:“昔之以梦犹真者,今且以真作梦,是非孰辨之耶?惟昔日之我与今日之我不同也,既如此其甚则寥寥数十寒暑,我之所以为我者亦微矣,又岂不可怪也哉。”散文中活力渐退,但仍有佳作,如《出卖信纸》、《打橘子》等。到三十年代,他的散文愈来愈乏力,形象思维趋向疲软,激情在萎缩,以杂感随笔为主,如《杂拌儿之二》,散文小品创作生命也就逐渐终结。需要指出的是,俞平伯散文的不同阶段的浓艳和冲淡之分,是以他自己作品的比较而言,就总体来说,他的散文还是以冲淡为主。他的十年创作生涯,正是周作人散文创作生涯的缩影,只不过,俞平伯匆匆地用十年时间走完了,而周作人却用了三倍或四倍的时间。把俞平伯散文和周作人散文相比:文比周艳,质比周薄。在对待现实的态度上:周是明避暗入,俞是明避暗离。俞文虽超脱但缺乏刚性,很难和朱自清、叶圣陶同流,而实质应属周作人开掘的冲淡这条“古河”中的一支。但周作人却又不承认,他认为俞文应单独列为一派,“我平常称平伯为近来的一派新散文的代表”,理由是他的散文为“最有文学意味的一种”①,跟周作人身体力行所倡导的“雅致的俗语文”不同。其实,他们骨子里的情趣却是一致的,都是以明末小品中的名士情趣为他们散文的灵魂。只是具体显示名士情趣时,他们各具个性。如他们同是写于 1924 年的,又同是写的“听雨”,味道就不同。周作人在《苦雨》中写道:

前天十足下了一夜的雨,使我夜里不知醒了几遍。北京除了偶然有人高兴放几个爆仗以外,夜里总还安静,那样哗喇哗喇的雨声在我的耳朵已经不很听惯,所以时常被它惊醒,就是睡着也仿佛觉得耳边粘着面条似

① 周作人:《〈燕知草〉跋》,《知堂序跋》,岳麓书社 1987 年版,第 317 页。

的东西,睡的很不痛快。①

而俞平伯在《芝田留梦记》中听江南寒雨却又是另一种滋味:

江南的寒雨说有特具的丰神,如您久住江南的必将许我为知言。它的好处,一言蔽之,是能彻心彻骨的洗涤您。不但使你感着冷,且使它的冷从你骨髓里透泄出来。所剩下几微的烦冤热痛都一丝一缕地蒸腾尽了,惟有一味是清,二味是冷,与你同在……

我宁耐着心情,不厌百回读似的细听江南的雨,尤其是洒落在枯叶上的寒雨,尤其是在夜分或平旦乍醒的时光,听那雨声的间歇和突发。②

他们相比,虽则周听的是北方热雨,俞听的是江南寒雨,但感受相同:一清二冷。不过,周作人清冷中有苦涩,是从苦闷(无法摆脱的苦闷)中酿出来的,是一种从里到外的知觉;俞平伯清冷而单纯,是从外界感触上萌发出来的,是一种从外到里的直觉。

再如同是写"恋",周作人在《初恋》的结尾,知道自己初恋的情人死了,是这样写的:

我那时也很觉得不快,想象她的悲惨的死相,但同时却又似乎很是安静,仿佛心里有一块大石头已经放下了。③

而俞平伯的《芝田留梦记》,写的是和七八年前的情人重逢情景。结尾是写自己夜晚归来,一人独卧的情景:

无厌无疲的夜雨在窗外枯桐的枝叶上又潇潇了。高楼的枕上有人乍反侧着,重衾薄如一张纸。④

周文是以静制动,貌淡实浓;俞文是以动显动,貌烈情纯。前者是写内在

① 见《泽泻集》,岳麓书社 1987 年版,第 29 页。

②④ 见《俞平伯散文选集》,上海文艺出版社 1983 年版,第 53 页,第 57 页。

③ 见《雨天的书》,岳麓书社 1987 年版,第 39 页。

的感情结晶，后者是写外部感官的触觉。从抒情效果看，照周作人的观点，抒情散文“必须有涩味与简单味，这才耐读”①。但俞文就缺少涩味，剩下的是“简单味”，换言之，俞的散文情感比较单调，这是他的缺憾。造成这个缺憾的原因，还是因为俞平伯一心一意仰慕和追求的名士情趣在作祟。这种名士情趣毕竟已经过时，历史已翻到二十世纪的二十年代了，俞平伯再要去皈依名士情趣，而这种皈依又是照搬照抄，依样画葫芦，那就不得不要时时装出乡绅的样子了。相比之下，周作人皈依名士情趣，是以此作为摆脱苦恼，适应现实的一种生活方式，同时他心中又不时被两个“鬼”折磨着，因此，还能有其活力。而俞平伯心中并没有多少苦恼和伤感，他的心境平静，他是以名士情趣来证实自己是非同一般，超出芸芸众生之上。因此，他散文中的情致虽则也是倾向淡化，但目的性不强，是上不着天下不靠地，有些轻飘飘的，用周作人的话说是“平伯年纪尚青，《燕知草》的分量也较少耳”②。突出地表现在《稚翠和她情人的故事》里。这篇散文是写两只小鸟，一只叫“稚翠”，一只叫“知恋”。“稚翠”死了，文中写为她埋葬，并写祭文纪念她；尤其后来写到把“知恋”放生，文章接着大写祝词，洋洋洒洒，不厌其烦地肆意铺陈，这种闲适就会令人生厌。再如《桨声灯影里的秦淮河》中也有这种偏重享乐的闲适心理。这种闲适在现代散文史上的负面价值就很大。与此相关，还刻意雕琢，特别在开始创作散文头几年更为明显，他过分痴迷于名士情趣，失去了同志，结果是如黄裳在《〈俞平伯散文〉小引》中所说：“他的作品不多，同伴也少，后继者寥寥，未能形成一种流派。”不过，倘若他把名士情趣忘却，把眼光投到人间，他既有捕捉美的能力，又能准确而动人地加以表现。如《打橘子》中有这样生动的情景描写：

> 我们拿着细竹竿去打橘子，仰着头在绿荫里希里霍六一阵，扑秃扑秃的已有两三个下来了。红的，黄的，红黄的，青的，一半青一半黄的，大的，小的，微圆的，甚扁的，带叶儿的，带把儿的，什么不带的，一跌就破的，跌而不破的，全都有，全都有，好的时候分来吃，不好的时候抢来吃，再不然夺来吃。抢，抢自地下，夺，夺自手中，故吃橘而夺，夺斯下矣。③

色彩缤纷，情趣盎然，朴素自然，拙中见秀，呈现出勃勃的生机。又如《西

①② 周作人：《〈燕知草〉跋》，《知堂序跋》第2集，岳麓书社1987年版，第317页，第318页。

③ 见《俞平伯散文选集》，上海文艺出版社1983年版，第109—110页。

泠桥上卖甘蔗》里对一位手执野桃花和甘蔗的小女孩的素描，犹如一幅灵秀的水墨画。这些描写，往往是他对名士情趣临时挣脱的结果。

俞平伯善写景，周作人曾把他的写景散文与张岱的《文秕》相媲美。他能以景显示出一种独特的境界，从而呈现出别致的风采。如《陶然亭的雪》中的雪景描写：

> 我们手都插在衣袋里，悄对着那排向北的窗。窗外有几方妙绝的素雪装成的册页。累累的坟，弯弯的路，枝枝丫丫的树，高高低低的屋顶，都秃着白头，耸着白肩膀，危立在卷雪的北风之中。上边不见一只鸟儿展着翅，下边不见一条虫儿蠢然的动，不用提路上的行人，更不用提马足车尘了。惟有背后已热的瓶笙吱吱的响……①

这一北国银色世界是从三个层次展开的。一个"悄"字总领，点出静的氛围。继而实写大自然中的万物以"白头"、"白肩膀"在朔风中"危立"，静物动写，显示清和冷。接着以不见生物、动物和人物的虚写，强化这片银色世界的清和冷。三个层次展开完毕，再用"惟有背后已热的瓶笙吱吱的响"一句进行反冲，更衬托出这一银色世界的宁静和肃穆。这一雪景的勾画显然是模仿张岱的《湖心亭看雪》，但相比之下，俞平伯有其独特的功力。张岱是置身于景中，他是在"一芥"的"余舟"中和雪景相抱，人在景中，有利于情景交融；而俞平伯是双手插在衣袋里，"悄对着"景，人在景外，这样来写景，必然增加困难。但他能在景外，靠他的观察和感应，把握其景的特色，成功地写出了这一雪景的个性，不比张岱的《湖心亭看雪》逊色。这说明了俞平伯文字功力之深，他也正是凭借了深厚的文字功力，在中国现代散文史上争得了一席之位。

二　钟敬文的景物小品

钟敬文毫不含糊地把自己的散文放进了周作人的"自己的园地"。他在《〈荔枝小品〉题记》中直率地说："我的文章，很与周作人先生的相像，几位朋友都是这么说过。"又说："是的，我承认，我喜欢读周先生的文章，并且，我所写的，确也有些和他相像。"直言不讳他师承周作人的虔诚心情。周作人的散文小品是他心中的偶像，在《试谈小品》中他说："周作人的文体是幽隽淡远的，情思是明妙深刻的，在这类创作家中，他不但在现在是第一个，就过去两三千年

---

① 见《俞平伯散文选集》，上海文艺出版社 1983 年版，第 21 页。

的才士群里，似乎尚找不到相当的配侣呢。”这种折服，反映了他对周作人散文的倾慕赞赏，也可说是惺惺惜惺惺，他们是名士情趣这根藤上的两个葫芦。

钟敬文(1903—2002)，广东海丰人。笔名静闻、金粟等。他从二十年代中期开始散文创作，稍后于周作人。他的主要散文作品都写在二十年代，共出版了三本散文集：《荔枝小品》、《西湖漫拾》、《湖上散记》。之后，他就离开散文园地，潜心研究民间文学，到民间文学天地中去耕耘了。

钟敬文的散文创作生命很短暂，从《荔枝小品》到《湖上散记》前后四五年左右。他一开始散文创作，从第一本《荔枝小品》起就定型，之后在创作风格上几乎没有多大发展和变化，很难勾画出一个起伏变化的轨迹来。究其原因，因为钟敬文是学者型的散文家，有扎实的文学功底和准确表现情绪的能力，尤其有过写诗的成功实践，因此，一开始散文创作就比较成熟(这种成熟，诚然也在其他学者型的散文家如朱自清、俞平伯等身上有所反映)。另外也由于钟敬文在这几年中的情绪比较稳定。尽管在二十年代中后期，时局动荡，血案迭起，但由于他崇尚冲淡情趣，“几年来虽然在复杂的时代的环境与学说之下，经过了多方的刺激感染，不能再像那时的简单，——只作山林隐逸之思——然一部分消极的独善的野居的梦想，总不时的在我脑中浮闪着”，是“已无豪气超人上，只有疏狂爱浪游。水际林梢闲驻影，人间便觉懒回头”①，没有什么大起大落的情绪变化。尽管如《荔枝小品》中的《临海的旅店上》、《送王独清君》、《潜初去后》等等，不乏酸楚激越之语，但情绪起落不大，对他的散文创作直接影响甚小，使他的散文平稳地发展，没有什么转折和突变的躁动。

钟敬文的散文大多是写景文，《西湖漫拾》和《湖上散记》中的许多篇幅是写西湖的景。在对待景色上，他非常质朴。他在《海滨》中曾说道：

> ……无论是深山小邱，只要有点幽静秀美，我就不免要为它留连我的步履与情思了。无论是沧海溪涧，只要有机会去欣赏低回，我是决不肯轻易放过的。有时，只小小的一方古池，池面点缀着暗绿的藻荇；在幽谧中，时有青蛙从丛草中跳入水里的声音。如果在月夜，岸边两三株老树的影子，浓黑地倒写在地面。这样，这样简单的景致，就已够我萦心玩味了。②

① 钟敬文：《怀林和靖》，转引自《钟敬文生平、思想及著作》，河北教育出版社 1991 年版，第 35 页。

② 见《钟敬文散文》，中国广播电视出版社 1993 年版，第 27 页。

这种对景的平民化的低标准要求，给他的写景小品带来了一个良好的优势，不至于去人为地捡拾美景和为美景铺陈去绞尽脑汁。他能够见景即赏，赏而后乐，乐而后作。因此，几片“残荷”，淅淅“雨声”的家常景色都能使他如醉如痴。而这些家常景色又反过来保证他的散文能够保持冲淡平和的特色。

钟敬文崇尚静趣，和周作人极为相似。他能在“岑寂清凉的景色中，深深地，深深地感受到一种幽渺古旷的情趣”。这种静趣，在他的许多写景小品，如《残荷》、《雨讯》、《泛月》中都有显示。但是，钟敬文没有像周作人那样从五四的风暴到二十年代初落潮的反差的亲身体验。因此，在显示静趣中很容易导致笔墨太轻。他本人也意识到了这一点，为了克服这一弱点，他逐渐形成了这样的思维定势，即在写景抒情中交替采取穿插和掺和的手法，从量到质上来丰富情感的含蕴。

钟敬文的穿插常用的方法是在写景抒情的过程中频繁地引经据典。他学识丰富，在写作过程中，兴之所至，随手拈来，灵活运用，加大容量。如《西湖的雪景》中就引用了《陶庵梦忆》、王渔洋的《雪中登山》、柳宗元的《江雪》等等，又如《雨讯》中也穿插了苏东坡、龚定庵等古人的诗名。这种穿插可以打破写景抒情的单调，但也使他的散文染上了书卷气、学究味。但不时穿插，不时中断，会破坏读者的欣赏口味，尤其是现代的读者。而且有些篇章(如《重阳节游灵隐》等)也因为底气不足，只能靠穿插来壮声色。

钟敬文在穿插的同时，还喜欢掺和，即常常把人世间苦涩的经历和故事搅和到笔下的景和情中，从质的方面增加情致的苦涩味。如《重阳节游灵隐》写两次游灵隐的所见所闻，写到第二次游灵隐乘兴登石级往韬光庵去时，骤然添了一笔，两个月前接友人来信，得知一位朋友窜居乱山中，生死不明，怆然于心；又如《买红墨水之行》写在西子湖上泛舟的热闹景象，但中间又忽然掺进女友蓬的艰难身世的描述，为热闹景象泼了一盆冷水；再如《到烟霞洞去》在极写雨后的山气氤氲，妩媚多姿的山景后，又猛然糅入一个名叫“云”的志士的牺牲的介绍。这种掺和到《湖上散记》实质上已经形成钟敬文写景抒情的一种策略。这一策略是钟敬文在这动荡不安的血腥年代里欣赏景物时一种心神不定的映照。但他冲淡平和的个性又以不刺激为度，因此即使像《到烟霞洞去》中掺进了“云”志士牺牲这样血淋淋的描述，还是不影响他欣赏山水的兴致。他在听到女友叙述了“云”之死后，发了一通不着边际的宏论，又和女友有滋有味地去赏景了。对于作者来说，这种掺和既是有良心的表示，但也是在这种年代里一种尴尬的生存状态的显示。虽则苦涩夹在美景中，有些不伦不类，还是应该予以理解和肯定。

相比之下，钟敬文的怀人之作更为清丽脱俗、别致动人。他的《旧事一零》构思新颖。文中采取大幅度的对比法，先描写听到要请爱罗先珂君来时的喜悦，为爱罗先珂精心准备寓所，为他的工作进行设计安排，热情备至。最后却来一个急转弯，爱罗先珂未能来，热烈希望变成冰凉结局。情感真挚，有声有色。再如《张妈》细腻地展示了女佣张妈的善良、憨厚和她的经历的悲苦，尤其是中间细写了张妈因为主人一只鸡的丢失要被扣除一个月工资的凄楚以及对鸡的失而复得的欣喜都栩栩如生。相比之下，钟氏的怀人之作感情真挚笃实，虽无穿插与掺和，却有令人激动的涟漪，更加耐读。

第六章　五四散文的趋美变异

第一节　冰心的清纯散文

一　个性解放潮流中“爱”的布道者

在二十年代动荡乱世里，中国现代散文的园地里，竟然出现了一片充满纯爱的绿洲——冰心的《寄小读者》。

爱，一个诱人的字眼。人人渴求爱，人人呼唤爱，没有爱就没有世界。在十四世纪到十六世纪，西欧掀起了文艺复兴运动，这正是爱神导演的一场有声色的革命，其最终结果是以爱为核心的人道主义得到了普及。人道主义灌溉了西欧的文艺，使之出现了一度繁荣。可是处在遥远东方的中国这个古老帝国，仍然被三纲五常、伦理道德种种枷锁套在头上，使爱变形、泯灭。

正是五四运动高高举起了民主和科学两面大旗，个性解放的潮流势不可挡，“爱”的呼声也在这潮流中高涨起来。此时此刻的中国，“爱”的精灵是从两方面来影响文坛的。一方面以陈独秀、李大钊、瞿秋白、鲁迅等为代表，他们竭力主张要爱劳苦大众，关心他们的生存，因此，他们的爱是以摧毁旧世界为前提的。这种“爱”孕育出来的是一种烈性炸药，是对几千年来封建帝国扼杀爱的反抗的必然结果。另一方面就以冰心为代表，她引进了西方文艺复兴中的爱的人道主义，并且注射进母爱、童心和自然，使它成为一种中国式的纯爱。冰心是明智的，她深知要在中国布“爱”的“道”，必须从儿童做起，因此，她全力以赴，用她至诚超然的童心和母爱，写出了一篇篇通讯式的散文，哺育儿童，对五四的散文进行了成功的柔美变异。在动荡破碎的中华大地上，居然也被她开辟了一块小小的绿洲。尽管这块绿洲和当时的中国是那样的不协调，是那样的柔弱渺小，但由于它布满了不食人间烟火似的仙情神韵，使得人们在呛人的硝烟弥漫的血与火中骤然看到这块绿洲时感到沁人心脾，其影响奇特而深远。诚如沈从文概括的，“冰心女士的作品，以一种奇迹的模样出现，生着翅膀，飞到各个青年男女的心上去，成为无数欢乐的恩物，冰心女士的名字，也成为无人不知的名字了”。①

冰心(1900—1999),原籍福建长乐县,原名谢婉莹。她这样描写她的诞生:“我呱呱坠地,就坠在帝国主义所造成的创痕斑驳的中国大地上!我是一九〇〇年生的,这是八国联军进逼北京的一年,中国人民的生命和财产,遭到了空前的浩劫。”②苦难的中国对冰心的成长和创作都发生了深刻的影响,如她后来投身于五四运动,而且用她自己的话说是五四运动“这道电光后的一声惊雷,却把我‘震’上了写作的道路”③。

冰心是从宣传的需要开始写作生涯的,这也是五四洪流裹挟的结果。她当时作为学生自治会的文书,北京女学界联合会宣传股的股员,必须经常写作宣传文字,“联合会还叫我们将宣传的文字,除了会刊外,再找报纸去发表。我找到《晨报副刊》,因为我的表兄刘放园先生,是《晨报》的编辑。那时我才正式用白话试作,用的是我的学名谢婉莹,发表的是职务内应作的宣传的文字”④。这种文字显然具有强烈的倾向性、目的性。冰心的最早的散文是北京《晨报》1919 年 8 月 25 日发表的《二十一日听审的感想》。这是一篇新闻色彩十分浓烈的散文。文中如实叙写了法庭斗争,对北洋军阀的法庭与其指使的“原告”串演的双簧戏进行了无情的揭露,并借普通妇女张妈的嘴,显示了文章的倾向,对北洋军阀迫害学生的暴行表示了极大的愤慨。五四时的冰心是一个热血沸腾的青年。

五四以后,在她写宣传文章的基础上,以“问题小说”步入文坛,这当然又是社会逼出来的。冰心在《从“五四”到“四五”》中回顾道:“这奔腾澎湃的划时代的中国青年爱国运动,文化革新运动,这个强烈的时代思潮,把我卷出了狭小的家庭和教会学校的门槛,使我由模糊而慢慢地看出了在我周围的半封建半殖民地的中国社会里的种种问题!这里面有血,有泪,有凌辱和呻吟,有压迫和呼喊……我只想把我所看到听到的种种问题,用小说的形式写了出来。”《一个忧郁的青年》、《斯人独憔悴》、《秋风秋雨愁煞人》、《去国》等就是在这时写成的,并受到文坛瞩目。正因为如此,在 1921 年,她得以成为文学研究会的

---

① 沈从文:《论冰心的创作》,见范伯群编《冰心研究资料》,北京出版社 1984 年版,第 196 页。

② 冰心:《最痛快的一件事》,《冰心文集》第 4 卷,上海文艺出版社 1986 年版,第 233 页。

③ 冰心:《从“五四”到“四五”》,《冰心文集》第 4 卷,上海文艺出版社 1986 年版,第 458 页。

④ 冰心:《〈冰心全集〉自序》,《冰心文集》第 5 卷,上海文艺出版社 1990 年版,第 160—161 页。

重要成员之一。

正是在这个时刻,冰心的创作开始转向。1921 年 1 月在文学研究会主办的革新后的《小说月报》第 12 卷第 1 期上发表的散文《笑》是一个标志。和她一开始写的宣传散文《二十一日听审的感想》截然相反,文中隐去了强烈的倾向性和目的性,开始了爱的播种。《笑》是通过写“爱”,表达作者“母爱”的情致。作者在文中更换了三幅画面:一是雨后月夜中的“抱着花儿,扬着翅儿,向着我微微的笑”的安琪儿;二是古道旁的“抱着花儿,赤着脚儿,向着我微微的笑”的小孩子;三是雨中乡间茅舍里的“倚着门儿,抱着花儿,向着我微微的笑”的老妇人,以此巧妙地“融化在爱的调和里”,构成一幅和谐的画面。尽管作者表现的情致只有一个——颂扬“母爱”,但她让画面一再更换:一是环境变:雨后月夜—古道旁—茅舍里;二是人物变:安琪儿—小孩子—老妇人,在变换中出现不同画面,打破单调,抒写了“爱”的丰富情致。散文《笑》的出现,从文体上看,是冰心的创作重心从小说向散文转变的标志;在手法上,也可以看到冰心从“问题小说”注重写实向布“爱”抒情虚化的转变。这一转变,诚如茅盾解释二十年代初的青年思想落潮时所说的,人们都在思考着“‘人生究竟是什么’?支配人生的,是‘爱’呢,还是‘憎’?在当时一般青年的心里,正是一个极大的问题”①。冰心选择了用“爱”来拯救人生,普度众生,《笑》已经显示了她想成为“爱”的布道者了。尽管对这一选择,她也产生过怀疑和矛盾。因为在荆棘满地血流成河的华夏大地上布“爱”,要想构筑“爱”的乐园,毕竟是一种“天国式”的幻想。所以她“闭着眼儿想着,低着头儿写着,自己证实,自己怀疑,开了眼儿,抬起头儿,幻象便走了!乐园在哪里?天国在哪里?依旧是社会污浊,人生烦闷”②!但是,她的决心下定了,她以“我不入地狱,谁入地狱”,“不丧掉生命的,不能得着生命”的勇气和决心,来布“爱”了。

1923 年夏,冰心在燕京大学毕业,并以优异成绩获得了“裴托裴”(Pni-TanPni)名誉学位,还接受了美国威尔斯女子大学的奖学金,赴美留学。对于冰心来说这是一个重大转折:骤然离开苦难深重的祖国,独自飘洋过海,原来压抑着的童心和恋母情绪骤然如火山般地爆发。冰心在布“爱”上找到了赴美这个最佳的契机。在赴美留学期间,她完成了《寄小读者》(共二十九篇通讯,有八篇写于国内,其余的二十一篇写于赴美的船上和美国,这些通讯先单篇陆

① 茅盾:《〈中国新文学大系·小说一集〉导言》,《茅盾全集》第 20 卷,人民文学出版社 1990 年版,第 475 页。

② 冰心:《问答词》,《冰心文集》第 3 卷,上海文艺出版社 1984 年版,第 10 页。

续在《晨报副刊》的“儿童世界”栏内刊出，到1926年才归总出了单行本)，同时还写了《往事(一)》、《往事(二)》、《山中杂记》等。影响最大的还是《寄小读者》，据不完全统计，到1935年已发行二十一版，平均每五个月发行一版，创儿童文学的畅销书的记录。从而也完成了冰心作为“爱”的布道者的形象塑造。

冰心成为“爱”的布道者，和她在青少年时期所处的生活氛围以及她的内在气质紧密相关。

第一，从气质上讲。她从小生活在海边，自由自在，有一个“极温柔，极安静”的母亲，还有一个一直和海打交道，“喜欢种花养狗”的父亲。因此她从小养成一种恬淡、返乎自然的习惯，在任何环境里都能自足，知足。她“尊敬生命，宝贵生命”，“对于人类没有怨恨”，“觉得许多缺憾是可以改进的，只要人们有决心，肯努力”。以上这些回忆和自我鉴定，都是冰心在四十年代《我的童年(一)》中写下的。所有这些回忆，给冰心的气质下了这样一个断语：冰心“没有怨恨”，在她的胸中充满了“爱”。在五四的洪流中，她仇恨过，她发怒过，因为外界的生活巨浪一时冲开了她的心闸。但当洪流过后，她心中的“仇恨”立刻被“爱”过滤掉，而让“爱”来充实她的心田。她对自己性格“没有怨恨”非常欣赏，曾经对一位访问者说：“我不爱暴露社会的罪恶，我的意思是这社会上的罪恶已够了，又何必再让青年人尽看那些罪恶呢？人就怕那不健全心理的养成，认识了一种坏处，便样样皆然，以致没有一点真诚了。”①正因为如此，她散文中的人，无论是母亲还是小孩，都是那样纯。

冰心的气质还有一点，她永远长不大，“只觉得自己的‘小’”。在《我的童年(一)》中，她曾这样描述她在小时面对大海的情景：

> 我常常一个人走到山上海边去。那是极其熟识的环境，一草一石，一沙一沫，我都有无限的亲切。我常常独步在沙岸上，看潮来的时候，仿佛天地都飘浮了起来！潮退的时候，仿佛海岸和我都被吸卷了去！童稚的心，对着这亲切的“伟大”，常常感到怔忡。黄昏时，休息的军号吹起，四山回响，声音凄壮而悠长，那熟识的调子，也使我莫名其妙的要下泪，我不觉得自己的“闷”，只觉得自己的“小”。②

① 子冈：《冰心女士访问记》，见范伯群编《冰心研究资料》，北京出版社1984年版，第106页。

② 见《冰心文集》第3卷，上海文艺出版社1984年版，第368—369页。

这是冰心面对自然的亲切感受:只觉得自己的“小”。这是她与众不同的特有气质,她的《寄小读者》布“爱”的主要内容——母爱、童心和自然之所以能成功地交融成一体,离不开“觉得自己的‘小’”。推崇母爱,对母爱能有如此真切的感受,必须自己是母亲裤腰带上的小宝贝,才会对母爱津津乐道,感情笃深。而童心,更不是一般人能具有的,必须自己永远能和儿童一样保持纯真的心,也离不开“小”。她在《寄小读者》首篇中也明确地宣布:“我从前也曾是一个小孩子,现在还有时仍是一个小孩子。”她就是要在这“小”上保留自己的一点天真,从而取得对小读者布“爱”的合格证。

第二,从冰心所处的氛围来看。她从小在安静的母亲和喜欢与海打交道的父亲的熏陶下,造就了恬淡的、“没有怨恨”的气质。虽然五四洪流的激荡使她产生了心理紊乱,气质开始出现了暂时的改变,写出了一些问题小说,但是“爱”的意识仍牢牢守着她心灵的大门,尤其是母亲的极温柔的神圣形象仍然至高无上地占据在她稚洁的心坎上。因此,五四落潮后她离乡背井、抱病远行,与母亲突然分开,在这种氛围中,她觉得弱小,心理失去平衡,使她的内在童稚气质又得到了还原,从而把她铸造成为一个更坚定执著的“爱”的布道者。

二 《寄小读者》的恋母情结

(一) 至高无上的“上帝”:母亲。

冰心是一个被恋母情结主宰的人,“被强烈的恋母情综主宰心灵的人对于其母亲所说的一切、所感受到的一切皆具有一种神经质的敏感”①。在《寄小读者》中,我们可以感受到,母亲时时和她同在,母亲成了她心中至高无上的上帝。她在《寄小读者》四版自序中就这样说:“这书中的对象,是我挚爱恩慈的母亲。她是最初也是最后我所恋慕的一个人。我提笔的时候,总有她的颦眉或笑脸涌现在我的眼前。”这样,冰心变得异常敏感,几乎利用一切机会,向小读者描摹她母亲的形象。如在《通讯七》中,要回答爱海,还是爱湖这一问题时,便立刻把母亲引进来,说:“海好像我的母亲,湖是我的朋友。我和海亲近在童年,和湖亲近在现在。”母亲是万能的,她一参与,问题也就迎刃而解了。当然世上很多美好事物,只要是冰心推崇的,她都会想到母亲,如看到天上的月亮,她又坚持认为,这“静美的月亮,自然是母亲了”②。又如在另一篇散文

---

① (美)卡尔文 · S.霍尔等:《荣格心理学纲要》,黄河文艺出版社 1987 年版,第 29—30 页。

② 冰心:《通讯十三》,《冰心文集》第 3 卷,上海文艺出版社 1984 年版,第 126 页。

《往事(一)》中,当冰心看到雨中的荷叶护住红莲时,又自然地想到荷叶就是母亲。这种朝思暮想,使得母亲的形象和她寸步不离,无论在美国,还是往返旅行的途中,母亲都时时闯入她的梦中,成为梦的主角。因此母亲把她垄断了,主宰了,她成了母亲的一部分,失去了独立的人格,诚如她自己概括的:"因着母亲,使我承认了世间一切其他的爱,又冷淡了世间一切其他的爱。"①她的一切属于母亲,使她变成了一个永远系在她母亲裤腰带上的小宝贝,而且她的恋母情结是无师自通,几乎是一种天然的禀性。

《寄小读者》表现母爱最精彩的还是集中抒写她和母亲之间深情的几篇。《通讯十》是其中最优美的篇章,开头这样写道:

亲爱的小朋友

我常喜欢挨坐在母亲的旁边,挽住她的衣袖,央求她述说我幼年的事。

母亲凝想地,含笑地,低低地说:

"不过有三个月罢了,偏已是这般多病。听见端药杯的人的脚步声,已知道惊怕啼哭,许多人围在床前,乞怜的眼光,不望着别人,只向着我,似乎已经从人群里认识了你的母亲!"

这时眼泪已湿了我们两个人的眼角!

"你的弥月到了,穿着舅母送的水红绸子的衣服,戴着青缎沿边的大红帽子,抱出到厅堂前。因着你丰满红润的面庞,使我在姊妹妯娌群中,起了骄傲。

"只有七个月,我们都在海舟上,我抱你站在阑旁。海波声中,你已会呼唤'妈妈'和'姊姊'。"

对于这件事,父亲和母亲还不时的起争论。父亲说世上没有七个月会说话的孩子。母亲坚执说是的。在我们家庭历史中,这事至今是件疑案。

"浓睡之中猛然听得丐妇求乞的声音,以为母亲已被她们带去了。冷汗被面的惊坐起来,脸和唇都青了,呜咽不能成声。我从后屋连忙进来,珍重的揽住。经过了无数的解释和安慰。自此后,便是睡着,我也不敢轻易的离开你的床前。"

这一节,我仿佛记得,我听时写时都重新起了呜咽!

---

① 冰心:《通讯十二》,《冰心文集》第3卷,上海文艺出版社1984年版,第122页。

“有一次你病得重极了。地上铺着席子，我抱着你在上面膝行。正是暑月，你父亲又不在家。你断断续续说的几句话，都不是三岁的孩子所能够说的……”①

这段文字写的是母女俩谈家常，既有些平淡，而且有几处地方还不合逻辑，近乎荒唐。比如，三个月的婴儿能知道担惊受怕，荒唐之一；三个月的婴儿能从众人中辨认出母亲，荒唐之二；七个月的幼童能喊妈妈和姐姐，荒唐之三；还有熟睡的孩子怕妈被乞妇带去等等，都带有一点荒唐。但尽管荒唐不合情理，使人难以置信，因为这是母亲说的，母亲对冰心“痴”，所以她最了解冰心的一言一行，她坚持冰心有超人的智慧，三个月就知道担惊受怕和辨认妈妈。同时也正因为冰心对母亲“痴”，才会信母亲的“痴”，并能写出如此荒唐痴情的文字。又如《通信九》中写到她在美国的病时，由于她患的病是母亲遗传给她的，是母亲和她血肉连结，因此会写出“我爱母亲，也并爱了我的病”的千古绝唱。一把痴情泪，满纸荒唐言，于荒唐中现真情。这种痴情在《寄小读者》中常常可见。

（二）纯净如水的童真心灵。

母爱和童心是恋母情结感应的两极。只有纯净的童心才能真正感应到母爱，而母爱只有面对纯净的童心才能发生效应。《寄小读者》在礼赞母爱的同时又赤裸裸地显示了这样一颗纯净的童真心灵。它的纯净表现在以下两个方面：

第一，它是儿童原始天性的反映，是道地的儿童秘密。冰心在《通讯六》中对她的童心作了这样的抽象概括：

大人的思想，竟是极高深奥妙的，不是我们所能以测度的。不知道为什么，他们的是非，往往和我们的颠倒。往往我们所以为刺心刻骨的，他们却雍容谈笑的不理；我们所以为是渺小无关的，他们却以为是惊天动地的事功……总而言之，他们的事，我们不敢管，也不会管。我们的事，他们竟是不屑管。所以我们大可畅胆的谈谈笑笑，不必怕他们笑话。②

这个概括揭示了冰心那颗童心的真正奥妙：《寄小读者》不是去写大人“惊天动地”的事；而是专写孩童们“刺心刻骨”的事，恰恰这些又是大人们不

①② 见《冰心文集》第3卷，上海文艺出版社1984年版，第108—109页，第93页。

屑管的有童趣的事。由于这种选择和倾斜符合儿童天性，尽管写的都是“针尖大的事”，却正合儿童的胃口。因此冰心在《寄小读者》中对折足的蟋蟀流泪，对弱鼠忏悔，对明月的乡愁等等都能打动千万小读者的心灵。而且从《寄小读者》的整个框架和思维流程来看，也都完全是儿童思维。在《通讯十二》中，冰心说：“病中不必装大人，自然不妨重做小孩！”将“一切思想也照着极小孩子的径路奔放发展”，从而保证冰心身上的儿童天性能得到最充分的发挥。

第二，它是在童心来复时的一刹那的倾心流露。冰心在写《寄小读者》时，已是青年。青年写童心的文章，从时空上来说是一种倒退；但从文学创作上来说，却是一种超越。在倒退和超越的矛盾上，处理稍有不慎，就会如《二十四孝图》中的老莱子娱亲那样装疯卖傻式装小的矫情。冰心在解决这个矛盾时，常常是在童心来复时下笔。从《寄小读者》整个氛围来说，抱病远行、置身异乡、疾病折磨、旅途劳顿，促使她变得异常的“小”，童心常常处于萌发的最佳状态。而冰心又善于抓住童心来复这一契机抒情写感。如《通讯十一》写她患病住院过圣诞节时，突然看到护士拿来一大堆五光十色的玩具和书时，“一刹那顷童心来复”，立刻抒写恋母情结；又如在《通讯十五》中当看到一个可爱的小女孩M的天真烂漫，又触发了童心，立刻打开心灵的闸门让情绪汩汩奔流。天性的原始的童真情绪，选择在童心来复的时刻倾泻，就使童真心灵的本性得到了最自然的展示。

（三）超然尘世的自然乐园。

冰心把自然视为第二生命，无条件的礼赞和崇拜自然，建立了一个纯洁诗意的自然乐园。

这种自然乐园首先建立在感情的直觉上。从理性上看，冰心不愿充当哲学家，因此她始终对自然，对造物者用一种童性的不可知的模糊观念来认识。在《通讯十二》中，她对青山雪霁的清冷意态，就是用含糊的语句来描述的，“造物者的意旨，何等的深沉呵！”在集中表明冰心对自然看法的《通讯十四》中，她更直接提出人们对造化无能为力，“只能将自己当作第三者，旁立静听着造化的安排”。而且重复她小时候见海的感受，即“我想天地何其大，人类何其小”。这种童性的模糊，也是冰心没有怨恨的气质对自然的良好感应的结晶。因此在《寄小读者》中，她所抒写的自然注重感情的童性直觉描写，尽量用爱的感应来写自然，使她笔下的自然不仅能成为她母爱和童心的氛围，同时也成为她和小读者沟通、布道的桥梁。这样，《寄小读者》中出现的自然，都是冰心布道的最佳场所。她说：“满天的星宿，那是我的一切亲爱的人。这样便同时爱了星星，也爱了许多姊妹朋友。”[①]在《通讯十五》中描写她在黎明即醒，晓星微光，万松淡雾中，抓住时机向小朋友宣讲人生的欢乐与滑稽，病患与别离，悲哀与庄严。在《通讯十六》中，写到和女伴乘雪橇出游，双马飞驰在青山下，她又立刻不失时机地对“真”议论一番。因此，冰心的终极目的是利用童性不可知的模糊观念来再现自然，目的也就是为其布爱之道构筑一个天然的讲坛。

由于用童性的不可知的模糊观念来再现自然，使得自然成为超然尘世的乐园，遍布充满爱的生命。在《通讯七》中，她对海的赞美就是代表，在她眼中，“海是深阔无际，不着一字，她的爱是神秘而伟大的”。她让天上的星星人格化，也是受爱驱使。冰心之所以要把自然写成超然尘世的乐园，最根本的还是她的自然观，即在《通讯十四》中她所说的，自然是她的第二生命。她布爱之道，主要精力是集中在感化小读者的灵魂，要他们充满爱，要他们爱人，同时不要忽视自然，必须爱自然，学会和自然诗意地共处。这样才能真正达到她所企求的彻底的爱，即“我只愿这一心一念，永住生存，尽我在世的光阴，来讴歌颂扬这神圣无边的爱”[②]！简而言之，冰心所写的超然尘世的自然乐园，就是为了播种她那“神圣无边的爱”。

冰心用母爱和童心构筑的爱的世界是美丽纯洁的，它没有受到尘世的污染和毒化，曾为千万儿童所向往。这种爱，不仅如沈从文先生所说，是“离去情欲的爱，一种母性的怜悯，一种儿童的纯洁”[③]，而且还和任何倾向、主义脱钩，使其成为一种超然的道德的抽象，理想的范本。它对净化儿童（也包括大人）的灵魂，提倡人们互助同情，进行“爱”的启蒙和复苏是有其积极作用的。

扩大而言，冰心在宣传颂扬恋母情结上，还有更深的寓意。她凭着她童心的天真和感悟，认为弘扬母爱，才能真正达到人类“个个自由，个个平等”。在《通讯十二》中，她对这一思想进行了充分发挥：

> 这封信不是专为介绍我母亲的自身，我要提醒的是“母亲”这两个字。谁无父母，谁非人子？母亲的爱，都是一般；而你们天真中的经验，却千百倍的清晰浓挚于我！母亲的爱，竟不能使我在人前有丝毫的得意和骄傲，

① 冰心：《通讯十三》，《冰心文集》第3卷，上海文艺出版社1984年版，第126页。

② 冰心：《通讯十二》，《冰心文集》第3卷，上海文艺出版社1984年版，第121页。

③ 沈从文：《论冰心的创作》，见范伯群编《冰心研究资料》，北京出版社1984年版，第196页。

因为普天下没有一个没有母亲的孩子。小朋友,谁道上天生人有厚薄?无贫富,无贵贱,造物者都预备一个母亲来爱他。又试问鸿蒙初辟时,又哪里有贫富贵贱,这些人造的制度阶级?遂令当时人类在母亲的爱光之下,个个自由,个个平等!①

这是美妙而又天真的理想。在这里我们可以窥测到冰心内心的秘密。她如痴如醉地弘扬和宣传对母亲的痴爱,原来她有这样一个痴念,要借母爱之光,来调整人与人的关系,并引导人们到达"个个自由,个个平等"的理想境界。

尽管这是一种童性天真和幻想,但她的执着,她的善良,她的纯净,值得人们向她致敬!

但以母爱来拯救世界毕竟是一种天真的想法,尤其是五四洪流中个性的复苏和解放,以及对忠孝节义的冲击,也影响到人们对"母爱"的信仰。人们在欣赏她的天真时,也不得不要提出这样的质疑:"母爱"真的如此神奇吗?冰心在二十年代初人们思想落潮之际,对母爱予以弘扬,一定程度上是对五四个性解放中对"孝"的冲击予以调节,受到人们的赏识,但它毕竟是脆弱和空幻的海市蜃楼,尤其是要想通过弘扬母爱,来播送"万全之爱",更是一种"乌托邦"。因此,当历史车轮在革命巨人推动下,稍稍向前滚动一下,母爱的"乌托邦"就只能作为一种历史想象为人们欣赏了。

三　冰心体

冰心怀着一颗纯真的童心,为了播种"万全之爱",吸收了古今中外的文学养料,独创了一种新型的散文文体——"冰心体",对现代散文的文体建设作出了贡献。

"冰心体"主要是指冰心的散文,是泛指冰心的散文总体,她的前期散文《寄小读者》、《往事(二)》和《山中杂记》等是"冰心体"的代表作。

冰心对于"冰心体"有过间接的说明,她在小说《遗书》中曾借作品中的人物宛因之口,发挥了她对文体的主张,也即对"冰心体"作了如下的阐述:

文体方面我主张"白话文言化","中文西文化",这"化"字大有奥妙,不能道出的,只看作者如何运用罢了!我想如现在的作家能无形中融会古文和西文,拿来应用于新文学,必能为今日中国的文学界,放一异彩。

① 见《冰心文集》第3卷,上海文艺出版社1984年版,第121页。

然而有的人却不能融化运用，只互相的鼓吹些偏畸的理论，徒然引起许多无谓的反动力，消磨有用的创作的光阴于评驳辩难之中，令人痛惜！真正的作家，他不和人辩论，只注意他自己的创作！①

这番独白，虽然仅局限在语言文字的运用上，还不能完全解释"冰心体"的特点，但它较大程度地体现了冰心在散文文体建设上努力探索的轨迹：即"白话文言化"，"中文西文化"，融会白话、文言，中文、西文的长处于一体，就得在"化"字上下工夫。但在如何认识"化"这个至关重要的问题上，她却又留给人们一个悬念："这'化'字大有奥妙，不能道出的，只看作者如何运用罢了！"使得后人评论"冰心体"各以自己的理解和体验来阐释，变得众说纷纭，莫衷一是。

从二十世纪中国散文史来考察"冰心体"，它是冰心的个性的创造和结晶。

（一）"冰心体"的特征。

1. "冰心体"是"爱"的果实，它的内涵：味甜而性柔。

冰心的散文以爱为核心：爱母亲，爱世界，爱自然，文章的基调是爱的呓语，温柔的呼唤。由于爱的垄断和主宰，又使冰心的散文在情感上具有强烈的排他性，凡是于爱有害的情感因子都不能进入她的审美视野，这样使冰心散文的情感变得既纯又净，呈现出一种软性的温柔，这是"冰心体"的实质和特色。

因此，从本质上讲，"冰心体"是一个净化了的王国，在这个王国中，爱一统天下，容不得其他闲杂的感情。《寄小读者》的首篇，她就宣告要保住儿童的天真来和小朋友对话。接着在第二篇，从反面作文章，以没有能保住一只弱鼠而深深忏悔，宣扬爱护弱者，以赢得小读者的信任。以后各篇中，都巧妙地把她童年生活、旅途见闻和留学生涯中的爱的闪光点挑选出来，分布到各篇通讯中，这样就使《寄小读者》变成了一串串爱的甜果，到处弥漫爱的浓郁气味。

为了使这个爱的净化王国丰富多彩，冰心最大限度地利用通讯体这一形式的特性，在时空上不断变换，尽管选择的题材都打上了"爱"的烙印，但由于角度变换，使"爱"的色彩也经常处于变幻之中。同是写母爱，《通讯十》是写的具有痴味的爱，而《通讯九》是借患病作文章，呈现的是"我爱母亲，也并爱了我的病"的变形的爱。在《通讯十二》中，又再变换叙述角度，摘录母亲来信，让母亲直接表白爱。这样，尽量不断变换透视角度，而不至于使爱的表白单调发腻。

由于净化，也使冰心的散文具有母性的温柔。她努力使自己的散文成为摇篮式的温柔乡，只有这样，才能吸引千百万的小读者。这种温柔渗透到冰心

① 见《冰心文集》第1卷，上海文艺出版社1982年版，第141页。

散文的各个部分中，除上面所提到的情绪的甜味，题材的净化外，它还突出地表现在节奏的舒缓上：没有大起大落，也不是骤张骤弛，永远是微波荡漾，用她自己的话说，“我心如水，处处相平”①。即使像《通讯十》中表现母亲痴味的极端的爱，也尽量避免大起大落，破坏温柔的个性。如《通讯三》中有这样一段文字：

> 慢慢的火车出了站，一边城墙，一边杨柳，从我眼前飞过。我心沉沉如死，倒觉得廓然，便拿起国语文学史来看，刚翻到“卿云烂兮”一段，忽然看见书页上的空白处写着几个大字：“别忘了小小。”我的心忽然一酸，连忙抛了书，走到对面的椅子上坐下——这是冰季的笔迹呵！小弟弟，如何还困弄我于别离之后？②

起笔是清风徐来，水波不兴，缓缓介绍旅途风景，平和地轻拢慢捻。但接下去写到拿起国语文学史来看时，情绪开始出现转折，出现高潮。按一般的处理规律，应该是紧锣密鼓，电闪雷鸣，但冰心十分克制，依然采用较为平和的叙述语言：“忽然看见书页上的空白处写着几个大字：‘别忘了小小’。”让浓烈的滋味在淡淡的笔墨中深藏着；而且果断地收住，只是轻轻地扔下一句——“小弟弟，如何还困弄我于别离之后？”让读者和她一起去咀嚼。因此这一段文字就在整个温柔的情致笼罩下，显示出一种软性的爱。整个《寄小读者》的基调平稳而柔和，呈现出一种特有的母性的爱的情致，它是悠扬舒缓的“轻音乐”。

由于“冰心体”味甜性柔，使她的散文具有童真的清纯。诚如她在《寄小读者》首篇中宣告的那样，她写《寄小读者》，“决不敢以成人烦杂之心，来写这通讯”。因此，冰心的散文和周作人的散文虽然同是清淡闲适，但周作人的散文是一位历尽沧桑看透人生的中年男子酸甜苦辣的结晶，它淡而涩；冰心的散文则是一位少经世事稚嫩纯洁的少女对人生真善美的礼赞，它淡而纯。冰心用她的散文把自我塑造成“爱”的天使。她的内心世界似乎并没有受到尘世的污染，她也努力使她笔下的散文世界避免尘世的污染。可是冰心所拥有的纯净的世界，和当时她所处的社会是那样格格不入，但它毕竟是属于冰心自己的。茅盾说：“在所有‘五四’时期的作家中，只有冰心女士最最属于她自己。她的

① 冰心：《通讯十七》，《冰心文集》第 3 卷，上海文艺出版社 1984 年版，第 142 页。

② 见《冰心文集》第 3 卷，上海文艺出版社 1984 年版，第 87 页。

作品中,不反映社会,却反映了她自己。她把自己反映得再清楚也没有。在这一点上,我们觉得她的散文的价值比小说高。"[①]茅盾说"冰心女士最最属于她自己",仅对了一半,因为"她反映了她自己",也就是部分地反映了社会,她自己就生活在社会中。正因为冰心"最最属于她自己","反映了她自己",坚持爱的播种,才写下了一篇篇爱的抒情散文,为人们建造温暖的精神家园。

2. "冰心体"注重时效性,它和新闻结缘,是把散文当通讯一样写的成功尝试。

冰心对《寄小读者》有过这样的自我总结:"一九二三年秋天,我到美国去。这时我的注意力,不在小说,而在通讯。因为我觉得用通讯体裁来写文字,有个对象,情感比较容易着实。同时通讯也最自由,可以在一段文字中,说许多零碎的有趣的事。结果,在美三年中,写成了二十九封寄小读者的信。我原来是想用小孩子口气,说天真话的,不想越写越不像!这是个不能避免的失败。但是我三年中的国外的经历,和病中的感想,却因此能很自由地速记了下来,我觉得欢喜。"[②]这段话显示了"冰心体"和新闻结缘的真相,她之所以采用通讯体裁写,一是因为可以直接面对对象,"情感比较容易着实";二是因为自由,可以"说许多零碎的有趣的事";三是能速记经历和感想。这三条为"冰心体"插上了翅膀,飞到了小读者的心上。诚然,现代传播工具,如《晨报》也为"冰心体"的实践提供了最初的园地。

冰心在把散文和新闻通讯结缘时,对小读者尤为尊重。她在把新闻通讯引进散文中时,充分考虑到了读者对象:"有个对象,情感比较容易着实。"这个"对象",就是小读者;情感,也应为小读者着想,它包括要照顾小读者的阅读心理、习惯情趣、审美特点和年龄因素等等。她为此作出了艰苦的努力,在《山中杂记》中就透露了她这种努力:有时她利用自己的病,"病中不必装大人,自然不妨重做小孩子"[③],有时,她尽量避免"如同生人,大人先生等等,正襟危坐的谈起来……偶有机会,我仍想释放我自己"[④],使自己保持童真心态。心中有儿童,心态永远童化,能为儿童着想,写儿童喜欢看的事,讲儿童喜欢听的话,抒写儿童特有的情绪,这样它对儿童才真正有魔力。"冰心体"的成功给中国

---

① 茅盾:《冰心论》,《茅盾全集》第20卷,人民文学出版社1990年版,第165页。

② 冰心:《〈冰心全集〉自序》,《冰心文集》第5卷,上海文艺出版社1990年版,第163页。

③ 冰心:《埋存与发掘》,《冰心文集》第3卷,上海文艺出版社1984年版,第184页。

④ 冰心:《鸟兽不可与同群》,《冰心文集》第3卷,上海文艺出版社1984年版,第193—194页。

现代散文揭示了这样一个重要课题,必须直接面对读者,自我封闭孤芳自赏没有出路。

"冰心体"在和新闻结缘上也呈现了各种姿态。如《寄小读者》是彻底通讯化了的,完全把散文当通讯一样写,注重以时间发展的顺序来联结各篇,尽管中间有些篇章是回忆童年时代的情况,但她做到了条理清晰。《山中杂记》则较为自由,不拘泥于时间,以在沙穰养病为基点,尽量让想象自由驰骋。《往事(二)》中通讯色彩要淡一些,一方面在时间上常常先后颠倒,另一方面十分重视内心体验的抒发,常有内心独白。但不管怎么变来变去,冰心始终直接面对小读者,自由地和小读者说天真话,速记自己的感想,最大限度地发挥它的新闻效应,把小读者牢牢粘住。

3. "冰心体"的抒情流程:单向和直射。

为了面向小读者,播种纯净的"爱",冰心尽量使抒情呈单向的直射型进行。它表现在两方面,一方面是使每一篇通讯的抒情支撑点尽量单一。在《寄小读者》中,有的是围绕一件事展开抒情的,如《通讯二》是以童年时未能保护一只弱鼠这件事展开的;有的是以一个虚的问题为中心展开,如《通讯六》就是以"大人思想"和"儿童秘密"为中心抒发情怀;有的是以景为支点展开,如《通讯十四》、《通讯十五》等,都是以病房前的景物作为感应点进行抒情的等等,努力使每篇通讯中表达的情绪,能准确地归结到一两个支撑点上,使抒情流程朝单向发展。同时,冰心又借助通讯体的新闻色彩,尽量使情绪能借助即兴式的直射喷发型来表达。如《通讯十二》在集中辑录了母亲来信中的语句后,立刻抒发了这样的情怀:

> 为此我透彻地觉悟,我死心塌地的肯定了我们居住的世界是极乐的。"母亲的爱"打千百转身,在世上幻出人和人,人和万物种种一切的互助和同情。这如火如荼的爱力,使这疲缓的人世,一步一步的移向光明!……①

这里对母爱的礼赞是一种喷发式的直射和爆发,尽管它有直露和单一的不足,但它感情明朗,能够如她在《通讯六》中所写的那样,可以"坦然公然"地在儿童面前泄漏自己的内心秘密,再加上她那颗难得的童心,又能让喷发式的直射和爆发反过来更促使她抒发的感情童化、纯化,具有一种稚气真诚之美。

---

① 见《冰心文集》第3卷,上海文艺出版社1984年版,第121页。

冰心散文抒情的单向和直射还可以打破传统散文的封闭型抒情模式。由于抒情的单向和直射，使冰心的散文犹如顽皮的孩童，见什么说什么，无拘无束，天真烂漫。因此，她的散文在结构上呈现出一种单纯的散漫，有时还出现一种无中心的漫写，如《通讯三》中就以自己在火车上随着车轮的滚动，向小读者介绍沿途之景，仿佛带着孩童散步一般。冰心后来谈论散文写作时，曾引用泰戈尔的话，把散文比作沼泽，"冰心体"也犹如沼泽，无边无际，很少拘束。她在情绪处理上，不人为地构筑围墙把情绪圈困起来。这样，"冰心体"又是散文解放的结晶。

4. "冰心体"的物化形式：母爱情致笼罩下的童化神韵。

阿英曾对"冰心体"的物化形式作了总体印象描述，他认为："冰心的文字，是语体的，但她的语体文，是建筑在旧文字的础石上，不在口语上。对于旧文学没有素养的人，写不出'冰心体'的文章。具体点讲，就是到了'冰心体'的文学产生，是表示了中国新文学的一种新倾向的存在——以旧文字作为根基的语体文派。"①冰心对旧文学有很高的修养。她七岁就开始囫囵吞枣地阅读《三国志》，以后大量地阅读了传奇故事，诸如七字一韵的故事《再生缘》和《天雨花》。她还常跟随父亲到戏园里看戏，老师又常常叫她背诗句，再大一点还涉猎《说部丛书》，林琴南翻译的小说使她倾倒。同时她对元曲也发生过兴趣，毕业论文就以元曲为研究对象。这一切日积月累，给她提供了丰富营养。但这些营养要转变为创作成果，还得要善于消化和吸收。白话和文言、中文和西文均各有所长也各有所短。如何把各自的长处自然地融在一起，这并不是简单地炼字造句所能办到的。它必须依靠内在的"气韵"来融化。我国旧文学的灵气和精华就集中在"气韵"二字上。阿英认为的"冰心体""是建筑在旧文字的础石上"，就是旧文学中所谓的"气韵"。从孟夫子提倡的"气"到王国维的"造境"，都万变不离其宗——"气韵"。"文章以气韵为主，气的不足，虽有辞藻，要非佳作也"②。冰心采撷了旧文学的灵气，以自己的童心气质和爱的天性，对旧文学的"气韵"进行独特感化，从而自成一家。在"冰心体"的代表作《寄小读者》、《往事(二)》、《山中杂记》等篇章中都显示了在母爱的特定情致笼罩下的一种温柔的童化神韵。这种神韵渗透在写人叙事和绘景上，并成为冰心的控制点，使得"冰心体"成为儿童向往的美好天地。《寄小读者》是在《晨

① 阿英：《谢冰心》，《阿英文集》，生活·读书·新知三联书店（北京）1981年版，第122页。

② 陈善：《文章以气韵为主》，《扪虱新话上集》（一），商务印书馆1939年版，第1页。

报》"儿童世界"专栏里连载的,它能吸引住千千万万儿童,既不是靠曲折的情节,也不是靠介绍美国的花花世界,而仅是靠那一股浓烈纯真的童韵,把儿童的心牵住了。而这童韵又很奇特,既不依赖对仗,又不必精心押韵,只是在母爱情致的牵引下随意流淌,畅达坦然地表达儿童情绪。如《通讯十》中有这样一段文字:

> 有一次,幼小的我,忽然走到母亲面前,仰着脸问说:"妈妈,你到底为什么爱我?"母亲放下针线,用她的面颊,抵住我的前额,温柔地,不迟疑地说:"不为什么,——只因你是我的女儿!"①

这次母女对话,就是凭借母亲对"我"的爱是"不为什么"的这样一个特定的情致编织而成的。作者严格筛选,仅让"我"仰着脸的一个动作以及一句问话和母亲抵着前额的一个动作以及一句答话,形成了母女心心相印情意绵绵的境界,弥漫着一种特有的爱的童韵。它虽则是把散文当通讯写,但它却又不是通讯,而是真正的散文小品。

冰心的散文在写景时,更注重气韵,而且运用自如,得心应手。如《通讯二十九》中有这样一段描写:

> ……万山沉寂,因着这奇丽的天末的变幻,似乎太空有声!如波涌,如鸟鸣,如风啸,我似乎听到了那夕阳下落的声音。这时我骤然间觉得弱小的心灵被这伟大的印象,升举到高空,又倏然间被压落在海底!我觉出了造化的庄严,一身之幼稚,病后的我,在这四周艳射的景象中,竟伏于纤草之上,呜咽不止!②

这是病后幼稚的冰心独特的骤然升举和骤然压落的心灵感应,气韵流动情致横生。

总之,物化形式的独特的童化神韵,使得"冰心体"和其他作家的散文划清了界限,呈现出鲜明的个性。

(二)"冰心体"的历史贡献及其局限。

"冰心体"曾在中国现代散文史上闪耀一时,它为二十世纪中国散文作出

---

① 见《冰心文集》第3卷,上海文艺出版社1984年版,第111—112页。

② 见《冰心文集》第3卷,上海文艺出版社1984年版,第199页。

了贡献。

1. “冰心体”倡导“万全之爱”，使母爱升值，在爱的启蒙中显示了它的风采。

“冰心体”的最大功能是播种“爱”。尽管它所弘扬的“万全之爱”是欧洲文艺复兴时的过时口号，但由于它虔诚地怀着一颗童心，着力对母爱进行讴歌，这一独特的角度使人感到耳目一新，从而在五四新思潮中赢得了声誉。虽然在古代散文中，如归有光的《项脊轩志》也让母爱进入过散文殿堂，但它毕竟比较克制、含蓄和冷静，而“冰心体”却是以前人未有的勇气，对母爱讴歌，乃至神化，成为“神圣无边的爱”。这种夸张式的升值，尽管带有虚幻的成分，但它毕竟可以相应地使女权和人权升值，这就必然使得“冰心体”吹奏的母爱轻音乐，融进五四潮流的大合唱。而且从“冰心体”内涵的两大支柱（母爱和童心）来看，它也为散文的题材另辟了蹊径，拓展了散文家的视野。因为“冰心体”所展示的天地，是多么的自然和生动，它促使散文从选材到表现手法上进入了多元化的阶段。因此，“冰心体”在当时现实中的效应和深远的影响，是大大超过它所弘扬的爱的本身的。

2. “冰心体”使散文在通俗化、白话化的进程中迈出了关键的一步。

中国古代散文一直被封闭在象牙之塔中，为打破这种封闭，五四后的现代散文作家进行了多方面的努力。“冰心体”采取了独特的方式，巧妙地借助童心角度，迅速就把散文解放了出来。童化的最终结果，促进了现代散文的通俗化、白话化和现代化。

同时，“冰心体”散文和新闻结缘，采用通讯体的方式发表，这既证实了现代散文是现代传播工具发展的结论，另一方面也证明了现代散文和其他文体的结缘能增强活力和效能。在这一方面“冰心体”的贡献显然在鲁迅和周作人的创作实践之上。同时，“冰心体”的实践还提醒现代散文作家，散文创作必须直接面对读者，孤芳自赏的散文在“冰心体”的冲击下，其价值也大大逊色了。

但是“冰心体”也有一定的局限性。

第一，它缺乏刚性，主要表现在纯净的爱有强烈的排他性，这给选材带来了很多限制。许多酸甜苦辣、五味俱全的材料很难进入“冰心体”的领域，这样必然影响它展示生活的广度和深度。同时，“冰心体”所抒写的纯净的“万全之爱”，不仅排斥一切情爱，连男女爱情也不和它沾边。因此，这种爱尽管是圣洁的，但它多少是一种道德和理念的抽象，必然含有某种苍白和单调。这反映了冰心对现实的隔膜。还应该看到，这种道德和理念的抽象，也给“冰心体”所展示的爱带来了某些模糊。这种模糊放到当时大环境中考察,尤其是在五四洪流对旧道德、旧礼教的激烈冲击之后,不能不说是一种回流,因为它恰恰成了五四冲击的旧道德、旧礼教中的一个重要内容"孝"的美好变形物,尽管这种变形物是冰心的不自觉的创造。

第二,从读者欣赏角度看,"冰心体"无疑能对心灵起到净化作用。但由于"冰心体"的内涵和物化形式的限制,它的读者面是有限的,诚如茅盾所说:冰心的散文"指名是给小朋友的《寄小读者》和《山中杂记》,实在是要'少年老成'的小孩子或者'犹有童心'的'大孩子'方才读去有味儿。在这里,我们又觉得冰心女士又以她的小范围的标准去衡量一般的小孩子"①。再加上她所展示的情致的单一和纯净,抒情方式的单一和直射,又要失去一部分读者。它可以在五四洪流激荡后的落潮中给人以一时的慰藉,却难以永葆青春,因此,从五十年代到七十年代冰心还想继续《寄小读者》的事业,创作"再寄"、"三寄",但它的魅力已衰退,很难再激起小读者旺盛的阅读欲望。

第二节 朱自清等的儒雅散文

一、成功而艰难的转向

朱自清(1898—1948),江苏东海人。原名自华,号实秋。祖父、父亲都是小官吏,从小耳濡目染,接受了士大夫家庭的传统教育。1916 年考入北京大学预科学习,1917 年有感于家庭经济情况不好,为了不随俗而合污,改名自清。

他在 1922 年发表的诗歌《光明》中高唱着:"风雨沈沈的夜里,前面一片荒郊。走尽荒郊,便是人们底道。呀!黑暗里歧路万千,叫我怎样走好?上帝!快给我些光明罢,让我好向前跑!上帝慌着说:'光明?我没处给你找!你要光明,你自己去造!"初涉文坛的他年轻气盛,又处在血与火的新旧转折的十字路口,于是有许多激情要喷发,他选择了新诗,作为他向文坛的见面礼。

他的新诗有一定的影响。1922 年,25 岁的他从暑假开始写作长诗《毁灭》,历时四月,于 12 月 9 日写定。在写这首长诗前,他曾经对长诗发表过这样一个看法:"有时旁薄郁积,在心里盘旋回荡,久而后出;这种情感必极其层层迭迭,曲折顿挫之致。短诗固万不能表现它,用寻常的诗形,也难写来如意。

① 茅盾:《冰心论》,《茅盾全集》第 20 卷,人民文学出版社 1990 年版,第 163 页。

这里必有繁音复节，才可尽态极妍，畅所欲发；于是长诗就可贵了。”①《毁灭》就是他的情绪的“旁薄郁积，在心里盘旋回荡，久而后出”，是朱自清诗作中的佳作。他呼喊：“从此我不再仰眼看青天，不再低头看白水，只谨慎着我双双的脚步；我要一步步踏在土泥上，打上深深的脚印！”这引起了当时青年强烈的共鸣，产生了较大的影响。

令人惊奇的是，朱自清在诗坛上发出了一声长长的呼啸后，竟戛然而止，毅然退出诗坛，转向散文创作。速度之快，决心之大，实属罕见。诗人转向散文创作，并且文名盖过诗名，成为二十世纪中国散文史上的一个独特的景观。

朱自清的创作之所以转向，据朱自清的一些友人回忆介绍，朱自清是一个平和淡泊的人，孙伏园在《悼佩弦》中回忆说：“佩弦有一个和平中正的性格，他从来不用猛烈刺激的言词，也从来没有感情冲动的语调。虽然那时我们都在二十左右的年龄。他的这种性格近乎少年老成，但有它在，对于事业的成功有实际的裨益，对于分歧的意见有调解的作用，甚至他一生的学问事业也奠基在这种性格。”他在转向的前夕，1922 年 11 月 7 日给俞平伯的信中，自己也这样宣称，“在行为上主张一种日常生活的中和主义”。这种中和主义和新诗有一种天然的隔膜，对诗情的滋长和爆发都有消极影响。因此他年轻时写诗，一是误入诗门，二是也有赶时髦的因素，正如叶圣陶所说，只不过是因为“年轻，兴趣广泛，容易受新事物的吸引”所致。朱自清自己也非常清楚这一点，他在总结这一转向时，认为当时是“近几年诗情枯竭，搁笔已久。前年一个朋友看了我偶然写下的《战争》，说我不能做抒情诗，只能做史诗；这其实就是说我不能做诗。我自己也有些觉得如此，便越发懒怠起来”②。“诗情枯竭”是确实的，因为他的气质所孕育的诗情本来就有限，所以他的转向实在是“识时务者为俊杰”。

同时，他所信奉的刹那主义也导致他的情绪调整。在他从诗向散文转向的前夕，正是他的“刹那主义”成熟的时刻。1922 年，他在和俞平伯的通信中，曾详细阐述了他的刹那主义：

> ……我深感时日匆匆底可惜，自觉从前的错误与失败，全在只知远处、大处，却忽略了近处、小处，时时只是做预备的工夫，时时却不曾作正经的工夫，不免令人有不足之感！……所以我第一要使生活底各个过程

① 朱自清：《短诗与长诗》，《朱自清全集》(4)，江苏教育出版社 1988 年版，第 56 页。

② 朱自清：《〈背影〉序》，《朱自清全集》(1)，江苏教育出版社 1988 年版，第 33 页。

都有它独立之意义和价值。——每一刹那都有每一刹那的意义和价值！每一刹那在持续的时间里，有它相当之位置；它与过去、将来固有多少的牵连。但这些牵连是绵延无尽的！……我们只须"鸟瞰"地认明每一刹那自己的地位，极力求这一刹那里充分的发展，便是有趣味的事，便是安定的生活。①

在1923年他给俞平伯的信中，继续阐述他的刹那主义主张。说他的刹那主义是"不必哲学地去问他的意义与价值"，只是"要活得舒服些"，"随顺我生活里每段落情意底猝发的要求，求个每段落的满足"，"实在即是平凡主义"②。

总而言之，朱自清信奉刹那主义，使他从原来"只知远处，大处"，追求理想，转到眼睛向下，看着"近处，小处"，注重务实。这一情绪转折，他深深糅进了《毁灭》。在这首诗中，他就感到，"但我在迷迷恋恋里，虽然混过了多少时刻，只不让步的是我的现在，他不容你不理他！"所以他要发誓："还原了一个平平常常的我！从此我不再仰眼看青天，不再低头看白水，只谨慎着我双双的脚步；我要一步步踏在土泥上，打上深深的脚印！"③这一誓言是朱自清这时思想转变的最形象注解，即要"青天"、"白水"这些远处、大处落到"土泥"、"脚印"的近处、小处上。这种转折和当时青年在五四风暴后的落潮转向是一致的。它对于朱自清的创作情绪来说，是一次调整，因此，他从诗歌转向散文也就势在必然了。

朱自清从诗转向散文给后人诸多的启示。尽管朱自清在五四时的诗歌创作上已有成就，但他一旦认清自己的气质后，就毅然和诗决裂，这不能不说是一个果断的行动。因为凭他的文字功底、聪明才智和写诗经验，足以使他能在诗坛上混迹一辈子，但他义无反顾地转向散文，从而使他的创作天才得到了最充分最彻底的发挥。这一转向正反映了他创作的清醒和理智。

朱自清是二十世纪中国散文史上一个成功转向的典型，然而这一转向极为艰难。对此，他在1928年7月31日写的《〈背影〉序》中有详尽的阐述，他说：

二十五岁以前，喜欢写诗……短篇小说是写过两篇。现在翻出来看，

---

①②　朱自清：《我们的七月》，《中国现代文学史参考资料》，上海书店1982年影印版，第197—198页，第199—200页。

③　朱自清：《毁灭》，《朱自清全集》(5)，江苏教育出版社1988年版，第79—89页。

《笑的历史》只是庸俗主义的东西,材料的拥挤,像一个大肚皮的掌柜;《别》的用字造句,那样扭扭捏捏的,像半身不遂的病人,读着真怪不好受的。我觉得小说非常地难写;不用说长篇,就是短篇,那种经济的,严密的结构,我一辈子也学不来!我不知道怎样处置我的材料,使它们各得其所。至于戏剧,我更是始终不敢染指。我所写的大抵还是散文多。①

转向散文的艰难过程反映了朱自清不断探索和倔强追求的精神,也让我们看到一个作家要认识"自我"创作才能的艰难。

二十年代是朱自清散文创作的黄金时代。1924 年他出版了诗与散文集《踪迹》,1928 年出版了散文集《背影》。他的许多代表作如《荷塘月色》、《温州的踪迹》、《背影》等均写在这一时期。尽管他的散文创作稍晚于鲁迅和周作人,但他取得的成功和影响却有其突出的地方。

朱自清初涉散文园地时,散文已在周作人的"美文"导引下,冲破了八股的羁缚,出现了一批新苗。朱自清一进入这个园地,就如鱼得水。他既有很好的白话文字功底,又有抒写情感(即前期诗歌创作)的经验积累。尽管他在二十年代初期写的《歌声》、《匆匆》这类散文的情感还有浮泛之弊,但已显露了他自由抒写情感的才能和漂亮扎实的文字功底。

现代散文对古代散文的反叛,首先表现在蔑视古代散文的种种做法,彻底破除古代散文的清规戒律上。这种反叛固然有具体做法上的变更和破坏,但更重要的是创作思维的转变和革新。处在新旧交替的漩涡中的朱自清,接受了新的意识和思维方式,在他的一些以记事为主的散文中,他毫不犹豫地注入批判的意识。如《生命的价格——七毛钱》中对人价值的呐喊;《航船中的文明》中对扼杀现代文明的封建意识的鞭笞,尤其是对妇女命运的关注;《白种人——上帝的骄子!》中对外来强权的憎恶;《执政府大屠杀记》中对血腥暴力统治的批判……使他的散文内蕴丰厚,并散发出独特的活力。当然,在他的散文情感上也可看到新旧思想矛盾所形成的纽结,又可处处看到当时流行的软性纯情路线,从《荷塘月色》、《背影》、《儿女》等中都可看到农业经济所哺育出来的一种为常人所津津乐道的田园和家庭气氛的闪回。这些新旧思想融合的火花,确实有"真挚清幽"的风采。同时,由于刹那主义的支配,使他对生活的感受和领悟到的"独得的秘密"有一种中年人的味道。他的散文心态平和,节奏从容,具有温文尔雅的气度。

---

① 见《朱自清全集》(1),江苏教育出版社 1988 年版,第 33 页。

朱自清创作思维的活跃和开放，使他改变和革新了传统散文的抒情规则。这种革新主要表现在朱自清的抒情散文上。传统抒情散文一般有固定的抒情支撑点，恒定的情绪抒发走向，而朱自清的抒情散文则大多采用一种开放的姿态，既没有固定的抒情支撑点，也没有定型的抒情流程，呈现出一种多向性、随意性，使他的散文在思维方式上，在抒情法则上绝少雷同。在《白种人——上帝的骄子！》中，他徐徐兴波，先极写"一个养着乌黑的西发的刘君"的"幽静和真诚"，而后和粗俗、凶恶的小西洋人的脸进行对比，造成错位和反差，以此抒写强烈的民族情绪。《桨声灯影里的秦淮河》虽是以游览的顺序来写，从船到水到水中景，但文中却奇峰突起，以与歌妓"难解的纠纷"和自己在歌妓面前的惶恐心理形成情绪漩涡，呈示出另一番幻影天地。《荷塘月色》则是写独自在月色下徘徊、遐思，这就更冒险，因为一人独自冥想——静，荷塘月色——静，静一静一静，就可能使画面和情致僵硬而窒息。但朱自清一开始就以"心里颇不宁静"定音，用静中寓动、动中有静的抒情笔调，充分展现了这片作者独享的荷香月色的天地。朱自清有时在抒情上甚至采用极为出格的手法来写，如《背影》，写的是一个臃肿衰颓的老人的背影，既没有妙龄女郎的倩影的魅力，也没有壮实青年背影的健壮美。就是这些出格，写出了感人至深的《背影》。他的散文，每一篇从头到脚都是新的。正是这样，朱自清用他的儒雅散文对传统散文进行柔美变异，从而巩固了现代散文的阵地。朱自清以漂亮和缜密的散文证实了这样一点："对于旧文学的示威，在表示旧文学之自以为特长者，白话文学也并非做不到。"①

二　亦刚亦柔、温文尔雅的多重情致

朱自清对自我情况曾有一个简单明了的概括。他说："我的颜色永远是灰的。我的职业是三个教书；我的朋友永远是那么几个，我的女人永远是那么一个。"②也就是说，他的社会经历简单，个人生活简单，家庭的情况也简单。但这一连串的简单独独造就了一个复杂的具有多重性格的朱自清，他对自己矛盾的复杂性格作过这样的描述："人性许真是二元的，我是这样地矛盾；我的心像钟摆似的来去。"③

朱自清一生主要从事的是教师职业。教师在社会生活中要为人师表。他

---

① 鲁迅：《小品文的危机》，《鲁迅全集》第4卷，人民文学出版社1981年版，第576页。
② 朱自清：《论无话可说》，《朱自清全集》(1)，江苏教育出版社1988年版，第160页。
③ 朱自清：《儿女》，《朱自清全集》(1)，江苏教育出版社1988年版，第84页。

首先不是作为一个活生生的自由自在的人出现,而是作为一个人们想象中的"圣人"出现的。"圣人"应具有传统的爱憎观、情操观、民族观、道德观;应具有浓重的社会责任感和荣誉感。在学生面前,应有自我的克制力,并要有自觉不自觉地掩盖固有弱点的能力;同时,他还要受教师群体的制约,并强调不断地自我约束,提升人格境界。这些都使朱自清的性格渐渐传统化、楷模化,他的传统主导性格也正是在这后天的职业和环境中慢慢形成的。

当然,他的传统主导性格也和他的家庭有关。他的祖父、父亲都是小官吏,封建士大夫的血液在他的血管中流动。他从小受到的教育,又都是封建士大夫的教育。尤其是他的家庭破败原因之一是父亲讨姨太太。朱自清为此要求自己并告诫弟弟,除妻子外,不要亲近其他女性,更不可娶妾。这些都为他传统主导性格的形成浇铸了坚实的基础。

朱自清的传统主导性格使得他的散文情致亦刚亦柔,从刚的一面来看:他热爱中华民族,有强烈的浓重的民族情绪,把祖国利益看得高于一切。这种民族情绪不亚于岳飞的"精忠报国",有时似乎已到了神经过敏的地步。如《白种人——上帝的骄子!》这篇散文的民族情绪的爆发点,是作者在一次乘电车中,由于凝视一个白种人的孩子——小西洋人,结果引起小西洋人的反感。当小西洋人下车时,突然走近作者面前,"将脸尽力地伸过来了,两只蓝眼睛大大睁着,那好看的睫毛已看不见了;两颊的红也已褪了不少了。和平、秀美可爱的脸一变而为粗俗、凶恶、老气横秋的脸了"。对于小西洋人的这一变化的缘由,如果平心静气地来研究,可能是多方面的,或许是误会,也可以说是一个"谜",因为毕竟小西洋人没有讲任何话。但对于朱自清来说,他就无法忍受,怒气冲天,毫不犹豫地坚决地从民族情绪上来考察这一变化,并把它推向极端。他从小西洋人的眼睛里,得出了小西洋人要说的话:"咄!黄种人,黄种的支那人,你——你看吧!你配看我?"并对此发动了猛烈的攻击,发出了这样的呼啸:

> 这是袭击,也是侮蔑,大大的侮蔑!我因了自尊,一面感着空虚,一面却又感着愤怒;于是有了迫切的国家之念。我要诅咒这小小的人![1]

感情毫不调和,也决无回转的余地。这种凛然的呼啸,对于当时反帝浪潮高涨的中国来说,无疑是一个刚性的强音符,而为人们所喜爱。这是朱自清式

① 朱自清:《白种人——上帝的骄子!》,《朱自清全集》(1),江苏教育出版社1988年版,第45页。

的呼啸，如果换成周作人，或许面对这一小西洋人的突袭，会引出完全不同的一篇文字来。这种情绪发展到最后使朱自清晚年即使身患重病也不吃美国救济粮成为必然。对暴力的厌恶也是一种传统性格的反映。作者天然的对残暴行为厌恶，不仅在感情上抵制，在行动上也加入了。如在《旅行杂记》中对齐督军、韩省长的讥讽。《执政府大屠杀记》更是以自已所见所闻，对执政府血淋淋的罪行进行了有力的抨击。这些都显示了朱自清散文的刚性情致。

朱自清散文的情致虽刚又柔，在对家庭的态度上，他柔情绵绵。他是一个模范父亲，尊父母爱妻女，家庭意识浓烈。他礼赞以父子轴心为主体的家庭乐土。这在《给亡妇》中可以得到鲜明的印证。亡妇，是他的爱妻武仲谦。从这篇散文中可以看出，武仲谦是一个目不识丁，只知围着锅台转，心中只有朱自清和孩子的女人。这样的女人，就是用五四当时的标准和观念来衡量，也有其不足。事实上，他的这一婚姻也是其母亲一手包办的，但朱自清和她相敬如宾，她死后还是深深眷恋。因为他知道武仲谦始终"第一惦记的是你几个孩子，第二便轮着我。孩子和我平分你的世界"①。正是如此，朱自清也回报了一片至深至纯的痴情，悠悠绵绵，可谓绝唱。这种夫妻间的恩爱之情固然不容怀疑，但它的最坚实的基础还是因为武仲谦圆满地为朱自清构筑了父子轴心，在她心中第一是孩子，第二是朱自清，至诚爱子至诚爱夫，使朱自清的家庭父子关系至善至美，因此也才能使武仲谦在他的心中也至善至美。当然，最能显示他的至诚至善的传统柔情的当推《背影》。

《背影》截取的是在南京时，父亲送作者去北京求学的一个片段场景。父亲原"因为事忙，本已说定不送我"，并"再三嘱咐茶房，甚是仔细"，但"终于不放心，怕茶房不妥帖，颇踌躇了一会"，最终决定"还是自己去"，表明了父亲这次送子上京求学的郑重和认真。爱的一个要求就是：认真。继而在送作者途中又发生了两件事：一是父亲为送行李向脚夫给小费时的讨价还价，二是在车上为作者拣座位，"嘱咐茶房好好照应我"。而作者却是以讥讽和不屑的神态对待父亲：前一件事认为父亲"说话不大漂亮"，后一件事暗笑父亲的"迂"。但父亲全然不顾儿子的态度，照样认真细微地做着这一切，清楚地表明了父亲对儿子的爱的彻底！到最后，为了保证作者在旅途中舒适些，虚弱臃肿的父亲，冒着危险，不顾体弱，走下月台，穿过铁道，去买橘子。此时，父爱终于感动了作者这个"上帝"，多次流泪了。从表面看，似乎这一父爱是多余的（作者已去北京两三次），是脆弱的（父亲肥胖的身子艰难地翻越月台），但彰显的内涵却

① 朱自清：《给亡妇》，《朱自清全集》(1)，江苏教育出版社 1988 年版，第 163 页。

是认真的，彻底的，无私的，而且是自信又坚挺，因为父亲执着地认为，只有他的这一切关爱，才能保证儿子顺利到京。《背影》因而成为二十世纪中国散文史上的经典名篇。

朱自清的散文中的柔情还波及到社会，即对弱者的同情。他可怜弱者，为弱者的命运叹息。这种叹息虽然包含了五四时期的个性解放、人的价值被肯定的一面，但更多的还是一种支持弱者、保护弱者的同情心理的反映。《温州的踪迹》中的《生命的价格——七毛钱》是朱自清对弱者命运最动情的一声叹息。一个小姑娘，被她的哥哥用七毛钱卖给了他人。朱自清对这位小姑娘的未来，设想了许多可怖的命运，最后他的叹息已成了悲怆的呼号："这是谁之罪呢？这是谁之责呢？"朱自清当时虽然并不是阶级论者，不能清醒地看到严重的阶级对立，但仅是这种对弱小的同情心也足以成为阶级论者可靠的同盟军了。

这些传统主导性格中哺育出来的刚柔并济的情致，使得朱自清的散文有一种儒雅气度，从而熠熠发光，引得无数读者为之共鸣。

但是，我们也必须看到，"柔"仅是朱自清从传统主导性格里所哺育出来的外倾态势，"如果外倾态势是意识自我中的压倒一切或者居于优势的态度，那么，无意识将会通过发展内倾被压抑的态势来进行补偿"①。朱自清的前期散文中也可以发现他性格和情致的另一些内倾的被压抑的"元"。而这些"元"在平时都处于一种压抑潜隐的静止状态，但一有时机，它们就会喷薄而出进行补偿。

这种"补偿"有其萌发的时代因素。朱自清所处的时代是五四个性解放的时代，这个解放所形成的强大冲击波冲击着知识分子的心灵，使朱自清也成为这个"大时代中一名小卒"②，这个大背景是外因。从内因来说，由于大量西方文化的输入，朱自清也接受了它们的影响。他在1928年写的《〈背影〉序》中分析当时的白话散文时，说："现代散文所受的直接影响，还是外国的影响。"大时代潮流的裹挟，西方文化的渗透，使朱自清的性格的大树上长出了一些别样色彩的枝干和叶子来，这些又反过来丰富了他散文的情致和色彩，这正是朱自清散文独具魅力之处。

这别样色彩的枝干和叶子中最醒目动人的就是一种似有似无的模糊的"意恋"情致。

---

① (美)卡尔文·S.霍尔等：《荣格心理学纲要》，黄河文艺出版社1987年版，第51页。

② 朱自清：《〈背影〉序》，《朱自清全集》(1)，江苏教育出版社1988年版，第33页。

“意恋”是一个人(尤在青年阶段)在成长发展过程中,本能的性意识受到钳制和压抑所造成的,它实质上是一种精神压抑。这种压抑是“自我”有意识的克制,也是一种自我防卫活动。这种压抑的结果,或许还不能影响他的家庭或夫妻生活,在他的现实生活表现中也找不到明显的端倪。但这种精神上的阻抑在平时可能以潜意识的形式深藏在内心深处,一有时机,它就可以别的形式表现出来。二十年代的朱自清正值青年,处在个性解放的热流之中,他的心灵也在渴求解放,这当然也包括情爱。1926 年他在散文《阿河》中,写了一个名叫阿河的已婚少妇。文中抒写对阿河的恋情,不亚于徐志摩的《爱眉小札》。他这样写道:

> 第二天早上看见她(指阿河)往厨房里走时,我发现我的眼光老跟着她的影子!她的影子真好。她那几步路走得又敏捷,又匀称,又苗条,正如一只可爱的小猫。她的两手各提着一只水壶,又令我想到在一条细细的索儿上抖擞精神走着的女子。这全由于她的腰:她的腰真太软了,用白水的话说,真是软到使我如吃苏州的牛皮糖一样。不止她的腰,我的日记里说得好:“她有一套和云霞比美,水月争灵的曲线,织成大大的一张迷惑的网!”而那两颊的曲线,尤其甜蜜可人。她两颊是白中透着微红,润泽如玉。她的皮肤,嫩得可以掐出水来;我的日记里说,“我很想去掐她一下呀!”她的眼像一双小燕子,老是在滟滟的春水上打着圈儿。她的笑最使我记住,像一朵花漂浮在我的脑海里。我不是说过,她的小圆脸像正开的桃花么?那么,她微笑的时候,便是盛开的时候了:花房里充满了蜜,真如要流出来的样子。她的发不甚厚,但黑而有光,柔软而滑,如纯丝一般。只可惜我不会闻着一些儿香。唉!从前我在窗前看她好多次,所得的真太少了;若不是昨晚一见,——虽只几分钟——我真太对不起这样一个人儿了。①

这里的朱自清不再严肃拘谨,并有些出格,流露的是一种“意恋”情绪。在传统的束缚下,尤其是自己家庭破败原因直接和女人有关,因此他小心翼翼地把这种“意恋”情绪封闭在自我天地之中,成为他心中的另一个“元”。

朱自清在散文中非常喜欢用美女来形容景物,而且这种形容的格局、句式乃至所用的词也大同小异。如:

---

① 见《朱自清全集》(1),江苏教育出版社 1988 年版,第 53 页。

叶子出水很高，像亭亭的舞女的裙。层层的叶子中间，零星地点缀着些白花，有袅娜地开着的，有羞涩地打着朵儿的；正如一粒粒的明珠，又如碧天里的星星，又如刚出浴的美人。①

（水）她松松的皱缬着，像少妇拖着的裙幅；她轻轻的摆弄，像跳动的初恋的处女的心。②

月的纯洁，柔软与平和，如一张睡美人的脸。……枝欹斜而腾挪，少女的一只臂膊。③

（紫藤花）真像凝妆的少妇，像两颊又像双臂。④

电灯的光射到水上，蜿蜒曲折，闪闪不息，正如跳着舞的仙女的臂膊。⑤

山的容光，被云雾遮了一半，仿佛淡妆的姑娘。⑥

以上从不同散文中摘录的写景句子，十分相似：一是句式大致相同，都是"像……"、"如……"类的句型，都是比喻；二是都用美女来作比，而且不外乎是用美女的"臂膊"、"脸"、"裙幅"作比。这种惊人的相似是作者在现实中对美女的"臂膊"、"脸"、"裙幅"这类的物象有特殊感情，它被压抑在内心深层的潜意识之中，通过这些景物描写流溢出来。作者已经形成某种联想定势，一见到"水"、"月"、"绿叶"等，就会本能地条件反射，形成幻觉，使这些东西立刻变幻成美女的"臂膊"、"脸"、"裙幅"来，这种幻景和"意恋"也是一种若有若无的联结。

以上这些还仅是从旁观者视点上的幻觉展示的，一旦写到作者和这些被

---

① 朱自清：《荷塘月色》，《朱自清全集》(1)，江苏教育出版社 1988 年版，第 70—71 页。

② 朱自清：《绿》，《朱自清全集》(1)，江苏教育出版社 1988 年版，第 18 页。

③ 朱自清：《"月朦胧，鸟朦胧，帘卷海棠红"》，《朱自清全集》(1)，江苏教育出版社 1988 年版，第 16 页。

④ 朱自清：《一封信》，《朱自清全集》(1)，江苏教育出版社 1988 年版，第 75 页。

⑤ 朱自清：《桨声灯影里的秦淮河》，《朱自清全集》(1)，江苏教育出版社 1988 年版，第 15 页。

⑥ 朱自清：《春晖的一月》，《朱自清全集》(4)，江苏教育出版社 1988 年版，第 121 页。

他“美女化”了的景物心灵的交往时，如同胶着缠绵的热恋，《绿》中对“绿”的描写就是典例：

> 我舍不得你；我怎舍得你呢？我用手拍着你，抚摩着你，如一个十二三岁的小姑娘。我又掬你入口，便是吻着她了。我送你一个名字，我从此叫你“女儿绿”，好么？①

这里的痴恋似乎有宝玉情结的色彩在内，把“水”比作女人。因为是借景发泄，朱自清也就无所顾忌地把压抑着的浓烈情感赤裸裸地暴露出来，浓烈到不免让人产生厌烦发腻的情绪。当然更多的地方，作者的尺寸还是掌握得好的，如《桨声灯影里的秦淮河》中最后写自己坐在船上，行走在水上，犹如睡在“跳舞着的仙女的臂膊”里等等描写都还是恰到好处的。

朱自清借“美女化”了的景物表现“意恋”情绪，常常需要这样两个外因：

一是独处的时候。

《荷塘月色》中就写道：“这一片天地好像是我的；我也像超出了平常的自己，到了另一个世界里。”② 在平时，在学生面前，在同事面前，在家人面前，朱自清有一些人格面具，但今天在荷塘前的月色下，只有他独自一人，他就不自觉地卸下了人格面具，觉得自己“是个自由的人。白天里一定要做的事，一定要说的话，现在都可不理”③。这一句是打开《荷塘月色》的大门的钥匙，它清楚地表明，在这个时候，作者成了个自由人，我是“我”了。这时压抑在内心的意识就萌动复苏起来，使他产生了这样的幻觉：满塘的荷叶都变成了美女，而且以前被贮藏在内心深处的尚且是诗词里的“采莲女”居然也一个个浮现到他的眼前，并且为没有看到这些采莲女而深深遗憾。《荷塘月色》是朱自清的“意恋”所创造出来的一个女性世界，因此理所当然地只能由朱自清一人享用这无边的温柔静谧的荷香月色。不过，总有一点“淡淡的哀愁”，因为月色下的女性世界毕竟是一种幻觉，作者既为在这月色中做“自由人”而兴奋，这可想而不可及的境界又使他平添了一些苦闷，因此酿出了这“淡淡的哀愁”的一杯涩酒。这种独处时产生的对女性世界的幻觉在《一封信》中也可得到印证。

二是面对“月色”、“绿水”、“花朵”、“春色”时。

压抑在内心深层处于潜意识状态的情绪复苏需要外界的刺激，往往是被

---

①②③　见《朱自清全集》(1)，江苏教育出版社 1988 年版，第 19 页，第 70 页。

“月色”、“绿水”、“花朵”、“春色”等景物刺激诱发而复苏的。这种复苏，有时以借题发挥的形式予以呈现，如《一封信》中，这样写道：

那时学生都上课去了，只剩我一人。暖和的晴日，鲜艳的花色，嗡嗡的蜜蜂，酝酿着一庭的春意。我自己如浮在茫茫的春之海里，不知怎么是好！那花真好看：苍老虬劲的枝干，这么粗这么粗的枝干，宛转腾挪而上；谁知她的纤指会那样嫩，那样艳丽呢？那花真好看：一缕缕垂垂的细丝，将她们悬在那皴裂的臂上，临风婀娜，真像嘻嘻哈哈的小姑娘，真像凝妆的少妇，像两颊又像双臂，像胭脂又像粉……那丰姿更是撩人；云哟，霞哟，仙女哟！我离开台州以后，永远没见过那样好的紫藤花，我真惦记她，我真妒羡你们！①

这是把紫藤花当成美女，倾泻自己的冲动和欲望了，这种近乎阿Q式精神胜利法的发泄使得他最后莫名其妙地去妒羡那些常能看到这些花的人们。而这一切，都是由于满园盎然的春意和诱人的春色使得作者的情绪进行了大胆的转移和投射。

“意恋”还使朱自清在女性面前不能坦坦荡荡，有时甚至不能自制，这集中表现在《桨声灯影里的秦淮河》中。他在和友人放游秦淮河时，想象着秦淮河的水是六朝金粉所凝，黯淡的水光里有梦的眼睛，而河上歌妓的歌声使他快意，苦涩脆弱的心得到了润泽。他在未游秦淮河时，曾到茶坊中去寻觅歌妓，由于没有找到，而“无端的怅怅”，这也可以说是他独处时性意识复苏的体现。但当他真的遇到了歌妓，并且歌妓要求上他的船进行演奏时，他经历了“张皇”—“踌躇不安”—“窘”—“慌”—“不好意思”—“拒绝”—“如释重负”等一系列心理过程。经历了这样一个艰难的阶段后，照理他是一个胜利者，因为他拒绝了歌妓的诱惑，成就了道德的完满，完全可以庆祝胜利了。但他觉得怅然若失，因为“意恋”这个“元”这时在他心里又积极活动起来了：

……这是我觉得很怅怅的。至于我自己，更有一种不足之感。我这时被四面的歌声诱惑了，降服了；但是远远的，远远的歌声总仿佛隔着重衣搔痒似的，越搔越搔不着痒处。……我的思力能拆穿道德律的西洋镜，

① 见《朱自清全集》(1)，江苏教育出版社1988年版，第75页。

而我的情感却终于被它压服着。我于是有所顾忌了，尤其是在众目昭彰的时候。①

“道德律的西洋镜”威力无穷，终于在“众目昭彰”之下把那非分的情感压服了。但是这种压服所取得的胜利委实可怜，胜利后却“颇为慌乱”，“在心里留下了幻灭的情思”，所以朱自清称它是“灰色的拒绝”，有“暗昧的道德意味”。

“意恋”作为朱自清散文刚柔情致中柔的一个组成部分，显示了一种个性。他虽然躁动，但仍含蓄而克制，时时用传统的主导性格来制约，是一种温柔的微波荡漾，因此“意恋”为他散文亦刚亦柔的情致和儒雅的气度更增添了光彩。而同时代的散文家如郁达夫也有“意恋”，其表现形式则往往较为狂躁、极端，甚至有破坏性。②

三　朱自清的儒雅散文盟友：叶圣陶

叶圣陶在五四时期，注意力主要放在小说创作上，对散文并不重视，因此散文数量不多，仅和俞平伯合出过一本《剑鞘集》(1924 年)，同时刊印了一本纯粹是小品的集子《脚步集》(1931 年)。但其中的思乡小品《没有秋虫的地方》、《藕与莼菜》以及后来三十年代写的《骑马》、《假山》，却耀眼夺目，是散文中的精品。

叶圣陶(1894—1988)，江苏苏州人。原名叶绍钧，笔名谌匋、桂山等。他散文的气质风格和朱自清相似。他们是一对挚友：都出生在城市平民家庭；都当过中学、大学教师，有时甚至在同一所学校任教；在创作实践上，开始涉足文坛时他们都对诗有浓厚兴趣；他们都是文学研究会会员，对文艺的主张和观点也都相近；甚至他们的性格也接近，平和稳重。这就决定了他们散文的气质和风格也同属一类，是亦刚亦柔的儒雅散文。

叶圣陶的散文偶或有“刚”的一面。面对屠刀枪炮和毒蛇猛兽，不顾一切，对恶势力竭力诅咒，毫不畏惧。他的《五月卅一日急雨中》是蹚着同胞的鲜血写就的，这篇散文呈爆炸型，既没有前奏，也不用曲笔，喷薄而出，字字如枪弹，句句似利刃，呼喊、咒骂、揭露、控诉，长久以来燃烧着读者的心。《诗人》是用

① 见《朱自清全集》(1)，江苏教育出版社 1988 年版，第 13 页。

② 关于朱自清散文的“意恋”情结，发表在《名作欣赏》1992 年第 2 期上的余光中的《论朱自清的散文》有详尽论述。

对话形式,抒发对黑暗社会的愤激之情。《愤愤》则是用杂感的手法,表达自己的愤懑情感,等等。但这并不是叶圣陶的本色,诚如朱自清说,叶圣陶"是个极和易的人,轻易看不见他的怒色"①。他并不是集刚柔于一身的人,这是社会和环境所致,但一旦他愤怒的喊叫,则是他发自心田的一种"至诚"的恨,是不调和的恨,因此也就特别有力,社会效应也就非常强烈。

叶圣陶的性格中的本色是"柔",它是一种传统的文雅气度。他的柔情常常荡漾在家庭和亲朋好友之中,多有佳作。如《伊和他》、《"双双的脚步"》、《将离》、《记佩弦来沪》、《两法师》等。但柔情最浓的还是他的思乡小品,如《没有秋虫的地方》、《藕与莼菜》等,真是情思绵绵,尽得风流。

奇怪的是,《没有秋虫的地方》、《藕与莼菜》写作时间很相近,《没有秋虫的地方》写于 1923 年 8 月 31 日,《藕与莼菜》写于 1923 年 9 月 7 日,相隔仅一星期。在五四近十年的时间里,为什么叶圣陶独独在这一时刻思乡呢?而且他在《藕与莼菜》中又特别注明他"向来不恋故乡",怎么在这一时刻又会有这样深浓的情绪呢?由此看出,这种思乡是叶圣陶情绪的一时失衡或者是偶然失控。他并不是像周作人那样,遇到了猛烈的求生意志与现实的不如意之间的矛盾,从而有无可摆脱的烦恼。他平和的随遇而安的性格决定了他的心态是平衡的。这在《藕与莼菜》中他也作了交代,他的思乡是"同朋友喝酒,嚼着薄片的雪藕,忽然怀念起故乡来了",是睹物(薄片的雪藕)思乡,情绪的一时冲动而已。而《没有秋虫的地方》虽有一些涩味,也仅停留在逃避都市生活的淡漠无味上。虽则也可把这种思乡情绪纳入当时大背景——五四之后知识分子的落潮中考察,但更主要的是他对个人乏味生活(尤其是枯燥的呆板的都市生活)的躁动和本能的抵触,而实质上他也并不想抛弃这种都市生活。所以,叶圣陶思乡小品的情绪比较客观,功利性小,没有一定的目的和倾向,情绪要单调一些,如阿英所说:"叶绍钧则是以哲学家的头脑,宁静的心,在对一切的自然现象,人生事物,刻苦的探索人生的究竟。"②

和叶圣陶的其他一些散文(尤其是重议重感的散文)相比,他的思乡小品写得十分用心,乃是精心制作。《没有秋虫的地方》以"阶前看不到一茎绿草,

---

① 朱自清:《我所见的叶圣陶》,《朱自清全集》(1),江苏教育出版社 1988 年版,第 156 页。

② 阿英:《叶绍钧》,《阿英文集》,生活·读书·新知三联书店(北京)1981 年版,第 125 页。

窗外望不见一只蝴蝶，谁说是鹁鸽箱里的生活，鹁鸽未必这样枯燥无味呢”起笔，托出“枯燥无味”的生活。但写完这现状，却突然冒出这样的记忆：“凄凄切切的秋虫又要响起来了”，可谓奇特之至。生活的“枯燥无味”按常规本应该用理想和事业、血与火的斗争、青春的拼搏之类来解决，但作者奇就奇在想到那“凄凄切切的秋虫”，须知，这“凄凄切切的秋虫”又能有多少味呢？但作者面对“阶前看不见一茎绿草，窗外望不见一只蝴蝶”的枯燥生活，觉得能听到“凄凄切切的秋虫”鸣叫这种本来不是多少有味的事，却已是一种最大的乐趣和享受了，这更反衬了他的内心的荒芜无味。到此，他还不把笔墨刹住，继而极写周围的音响之多、之杂、之大，就是“听不到一丝的秋虫的声息”，原来这是“不容留秋虫的地方！秋虫所不屑留的地方！”想听秋虫声而不能听到，原来是这个环境无味到“秋虫所不屑留”。这一跌宕，强化了他的思乡情绪，把无味推到极致，靠的是他的精巧的构思，一旋再旋，无味的情绪浓重地旋出来了。在把读者心粘住的基础上，再峰回路转，把读者引向那鄙野的乡间，去听那“众妙毕集，各抒灵趣”的秋虫的人间绝响，这样两两对比，大起大落，使情感互相碰撞，产生火花，从而抒发了他的悠悠情思，表达对那淡漠乏味的生活的厌恶，并对那个令人郁闷、窒息的社会环境进行了抨击，最后点睛地写道：在那不能飞、又不能跳的井底似的生活面前，“想到‘井底’与‘铅色’，觉得象征的意味丰富极了”。整个文章一气呵成，浑然一体，像一座精致的苏州园林，曲径通幽，巧中见秀，可与苏轼的《前赤壁赋》相媲美。另一篇《藕与莼菜》则从喝酒起笔，漫不经心，轻松自然。而后款款而谈，想起藕，又想起莼菜，每想起一样东西，又自然地把眼前所见的和以往的家乡的相比，以此抒发思乡之情。文中虽然也有对比、起伏，但不是大起大落，而是微波荡漾；也没有峰回路转，而是单纯明朗。在平实中见功夫，表现了游子对故乡的拳拳之心。它像乡间小路，于拙中见秀，这是他的另一种的精心。再联系他在三十年代写的两篇思乡之作来考察：《骑马》中对幼时骑马乐趣的描绘，布局适宜，并采取掘井的方法，层层深化，情趣的层次感、现场感都很强烈；《假山》更为别致，通篇对故乡的假山非议，可是字里行间，都让人们感受到他对自然、对纯真的向往之情。这些思乡小品，集中体现了叶圣陶散文的儒雅风格。相比之下，他的其他一些散文，包括对时局抨击的社会小品，虽然社会效应强烈，文句也很规范，但在散文的文体上缺乏建树，比较一般化。

第三节　徐志摩等的唯美散文

一　美是徐志摩的生命和财产

在五四时期的散文园地上,徐志摩的唯美散文以它特有的绅士味对散文进行了成功的趋美变异。

第一代散文家中留学过的不乏其人,但要写出具有"洋"味的唯美散文并不是件容易的事。首先,他们出生在华夏土地上,生于斯长于斯,从小耳濡目染的是国文的熏陶,这种潜移默化所形成的思维定势和习作规范,要改变极为困难。其次从中国的读者来说,也有他的固有的欣赏习惯和爱好,作者对此也不得不慎重考虑。再次,从当时的国内外大背景来说,帝国主义列强对中国虎视眈眈,他们各自扶植霸占一方的军阀,欲达到把中国沦为殖民地的目的,这就激起了人们的反帝情绪。这一情绪自然地也包含了对"洋"的排斥。因此,"洋"味十足的文章,也很可能会引起人们的联想和厌恶。即使像周作人这样的散文大家,早在二十年代初,就已发现了英法散文的美,并大声疾呼,要人们以英法的"美文"为楷模来写"美文",但也仅是停留在一般号召上。事实上,他本人的散文仍然是标准的中国味和中国腔。而且,后来他还在理论上一再地否认英法散文对中国散文的影响。因此,在第一代散文家中,像徐志摩这样虔诚地尊崇唯美主义,写出一批唯美散文,也就显得格外的醒目了。

对于徐志摩来说,他的经历和气质为他成为用唯美主义创作唯美散文的始作俑者提供了许多有利条件。

徐志摩(1896—1931),浙江海宁县人。名章垿,字槱森,1918 年去美国留学后改志摩,笔名计有南、海谷、谷、鹤、云中鹤、仙鹤、大兵、删我、心手、黄狗等。

徐志摩出生在富商家庭,父亲是当时的商会会长,经营较大的工商业。在中学毕业后,徐志摩先入上海浸信会学院学习,后转入天津北洋大学法科的预科学习。之后,因北洋大学法科并入北京大学,徐志摩随同转入北京大学法科,在北京,由人介绍拜梁启超为师。他深得梁氏器重,直接受这位"新民体"创始人的指点和栽培,梁启超在徐志摩的散文创作道路上是一个至关重要的人物。梁启超的"新民体"本来就带有一定的"洋"味,如它的肆意铺陈,它的反复旋转的抒情,后来都为徐志摩活学活用;再者徐志摩是一个信仰感情的"情种",梁启超竭力倡导的"笔下常带感情",也很合徐志摩的意愿。因此,从散文师承方面来考察,梁启超的“新民体”的真正传人应是徐志摩。只不过徐志摩对“新民体”进行了脱胎换骨的改造,使它更具有绅士气质罢了。

1918年,徐志摩赴美留学,获哥伦比亚大学硕士学位。1920年又转到英国,入伦敦大学政治经济学院攻读博士学位,同时与陈源、英国作家威尔斯等相识,对文学发生了兴趣,开始新诗创作。在《吸烟与文化》中,徐志摩对自己在美国和英国的留学生活作了这样的总结:“在美国有整两年,在英国也算是整两年。在美国我忙的是上课,听讲,写考卷,龈橡皮糖,看电影,赌咒;在康桥我忙的是散步,划船,骑自行车,抽烟,闲谈,吃五点钟茶牛油烤饼,看闲书。如其我到美国的时候是一个含糊的草包,我离开自由神的时候也还是那原封没有动;但如其我在美国时候不曾通窍,我在康桥的日子,至少自己明白了原先只是一肚子颟顸。这分别不能算小。”他对英国贵族的精神文明和西方的民主政治推崇备至,他的灵魂受到了自由精神的洗礼。尤其是在英国康桥(现通译为剑桥)这块有灵性、有生命的土地上,他成了自由的“情种”,诗兴大发,创作了二十多首诗。同时,这段时期的生活也为他的散文创作准备了大量丰富的矿石。

1922年10月,徐志摩回国,积极从事文化创作活动,他诗歌创作和散文创作齐头并进。1923年,他和胡适、陈西滢等发起成立了“新月社”,并成为“新月社”的骨干。1924年,泰戈尔访华,他担任翻译,并陪同到济南、南京、上海、杭州、太原等地讲演。同年,与陆小曼相识,不久,两人即开始热恋。1925年到1926年,是徐志摩散文创作的最重要的时期,许多优秀篇章,如《想飞》、《我所知道的康桥》、《伤双栝老人》、《巴黎的鳞爪》、《自剖》等都创作在这一时期。同时,他先后到苏联、法国、英国、意大利等国漫游,并创作了《欧游漫录》等散文。也正是在这一时期的散文创作,显示了他的“绅士”个性,而成为一个成熟的散文家。

1927年“四一二”事变以后,徐志摩的要实现资产阶级共和国的梦想破灭,他的诗作开始糅进了伤感情绪,散文创作也成为强弩之末了。1930年前后,徐志摩的思想和创作都发生了危机,再加上个人生活的不愉快,虽还有散文问世,但已属于余波荡漾,再没有什么佳作出现。1931年,因飞机失事,遇难身亡,年仅三十五岁。

勾勒了徐志摩的短短一生,可以归结出他的三点气质:

一是积极入世但又信仰模糊。徐志摩在《天目山笔记》中这样剖析过自己:“我们承受西洋人生观洗礼的,容易把做人看太积极,入世的要求太猛烈,太不肯退让,把住这热虎虎的一个身子一个心放进生活的轧床去,不叫他留存半点汁水回去;非到山穷水尽的时候,决不肯认输,退后,收下旗帜。”这是在中国王权倒塌声中,徐志摩从西方的文明馨风中发现了人的价值,要做一个有自己性灵的人,这样的人不再是祭坛上的供品。这种人生观的洗礼,使徐志摩产生无穷的热情。他对生活的关注和热情,使他源源不断地从生活中发掘到它的美。不过他信仰模糊,他“从不曾有过信仰”①。他盲目崇拜名人和英雄,只要是名人和英雄,他都祭奠。到欧洲漫游时,简直患上了“上坟癖”,似乎是“专做清明来的”②。从莫斯科上契诃夫、克鲁泡特金的坟起,一直到德国、法国等地,只要是名人和英雄,不管什么色彩,也不论什么主义牌号,统统虔诚地鞠躬。他公开提出“只要他能替我们移去压住我们灵性的一块昏沉,能给我们一种新的自我的意识,能启发我们潜伏的天才与力量,来做真的创造的工作,建设真的人的生活与活的文化——不论是谁,我们说,我们都拜倒。列宁、基督、洛克佛拉、甘地;耶稣教、拜金主义、悟善社、共产党、三民主义;——什么都行”③。也就是只要能实现他的乌托邦式的抽象的“真的人的生活与活的文化”,不管是谁,他都服从。他反对暴力,蔑视阶级论者,他并不懂政治,但他又要装出对政治十分内行。这一切使他的积极入世缺少根基和方向,如风筝那样飘忽不定,正如他常说的,“我不知道风/是在哪一个方向吹——”。反过来这种没有深刻的固定的信仰也使他脱离了一些固定的倾向,从而为唯美主义所俘虏。积极入世使得他的散文和周作人的冲淡散文划清了界限,信仰模糊又使他的散文和鲁迅的有鲜明倾向和深刻目的抗争散文划清了界限。他的散文出路只有一条,就是陶醉于从英法那里学来的唯美主义所为他营造的彩色梦境之中。

二是充满理想但又是一个个人主义者。他凭借自己丰富的冥想力,整天沉溺在他的理想王国中。他用幻想搏斗的胜利来求得自我心灵的满足和安慰,在《“迎上前去”》和《想飞》中,都描绘了这种幻想。但当这种幻想破灭之后,他又只能自伤与自慰。因此理想主义使他对美有一种执着的顽强的感应,尽管这种感应有时虚幻缥缈,但他仍孜孜不倦地去感应。尽管有时理想欺骗了他,他也不愿让自己的理想萎缩,所以理想成了他对美感应的温床。

---

① 徐志摩:《血》,《徐志摩文集》(丁集),商务印书馆 1983 年版,第 108 页。

② 徐志摩:《契诃夫的墓园》,《徐志摩文集》(丁集),商务印书馆 1983 年版,第 94 页。

③ 徐志摩:《列宁忌日——谈革命》,《徐志摩文集》(乙集),商务印书馆 1983 年版,第 219—220 页。

另一方面，他又是一个个人主义者。他自己曾说："我是一个不可教训的个人主义者。这并不高深，这只是说我只知道个人，只认得清个人，只信得过个人。我信德谟克拉西的意义只是普遍的个人主义；在各个人自觉的意识与自觉的努力中涵有真纯的德谟克拉西的精神。"①这里的个人主义固然可以从人生观来解释，但徐志摩在这里的自我鉴定更应该看成是他的一种生活的艺术。他的"只知道个人，只认得清个人，只信得过个人"，应该说，就是他在另一篇文章《"话"》中所强调的——"自身体验去"。他在对客观世界的美的感受上是绝对的"自私"，只相信他个人。对于这种个人主义式的感受外界的美，他在《翡冷翠山居闲话》中有这样形象的描绘：

只有你单身奔赴大自然的怀抱时，像一个裸体的小孩扑入他母亲的怀抱时，你才知道灵魂的愉快是怎样的，单是活着的快乐是怎样的，单就呼吸单就走道单就张眼看耸耳听的幸福是怎样的。因此你得严格的为己，极端的自私，只许你，体魄与性灵，与自然同在一个脉搏里跳动，同在一个音波里起伏，同在一个神奇的宇宙里自得。我们浑朴的天真是像含羞草似的娇柔，一经同伴的抵触，他就卷了起来，但在澄静的日光下，和风中，他的姿态是自然的，他的生活是无阻碍的。②

这种独特的"极端的自私"的感受，使徐志摩能真正领悟到唯美主义的真谛，从而创造出一篇篇唯美的"绅士"味散文。

三是信仰感情却又崇拜自然。徐志摩一再宣称自己是个感性的人。他说："我是一个信仰感情的人，也许我自己天生就是一个感情性的人。"③在《自愿的充军》中他又说："我是个感情的人。"他这一气质使得他的冥想能力特别丰富，感觉特别敏锐。尤其对美特别灵敏，诚然也容易极化感情，走上极端，所以在《我所知道的康桥》中，他斩钉截铁地说，康桥的一条河"我敢说是全世界最秀丽的一条河水"。这种极化感情也是他信仰唯美主义的必然结果，因为他把美视作他的生命和财产。

徐志摩在信仰感情的同时，又崇拜自然。他在许多散文中都展示了他向

① 徐志摩：《列宁忌日——谈革命》，《徐志摩文集》（乙集），商务印书馆 1983 年版，第 226 页。

② 见《徐志摩文集》（丁集），商务印书馆 1983 年版，第 127—128 页。

③ 徐志摩：《落叶》，《徐志摩文集》（乙集），商务印书馆 1983 年版，第 100 页。

往和自然的自由融合。他在大自然中感受到了无穷的美,而后他又用这个美来描绘大自然。分不清是大自然赐给了他美,还是他用美来装扮大自然?他是大自然的儿子。因此,他把"游历本身看做目的",这样,他的散文中的自然,常常既是徐志摩的最最个人主义式的人化了的"自然",但又是最最客观的美化了的"自然"本身。

这三个气质,决定了徐志摩的散文创作皈依了唯美主义。尽管在当时有一批如徐志摩那样的知识分子,先是沐浴了欧美风雨,回国以后又面临着令人窒息的半殖民地半封建社会的反差,但只有徐志摩如此痴迷于唯美主义,去写浓艳的"绅士"散文,为五四散文园地又增添一些别样的色彩。

徐志摩的主要散文集有三本:《落叶》(1926,北新书局),共收七篇文章;《巴黎的鳞爪》(1928,新月书店),共收散文十篇;《自剖》(1928,新月书店),分三辑,共收散文二十四篇。他死后,其夫人陆小曼将徐给她的十一封信及其一部分日记,再加进她自己的一部分日记,编为《爱眉小札》发表。赵家璧将他的散文《秋》(在上海暨南大学所作的演讲)出了单行本。后来,陆小曼又将徐志摩的全部著作编成《徐志摩文集》,交商务印书馆出版。他的散文和他的诗歌相比较,所抒写的情致和表现技巧都是一致的,但由于他的散文创作,尤其是一些散文代表作集中在1925年到1926年之间,这一集中的特性,使得他的散文尽管有诸如《自剖》、《再剖》这样的抒写苦闷心理之作,但总的来看,他的散文情绪浓烈,铺陈艳丽,汹涌性的基调前后变化不大。而他的诗歌创作则不同,若以《猛虎集》为界,前期呈汹涌性,后期则伤感低沉了,变化分明,起伏很大。同时,由于徐志摩的散文创作生命很短暂,集中在1925年和1926年之间,因而那是一个突发的汹涌性的喷发。他和朱自清不同:朱自清一开始也是以诗歌创作涉足文坛,但他是感到诗情枯竭才转向散文创作,并从此专心致力于散文创作;而徐志摩却是在诗歌创作的最旺盛的时刻,把另一些激情喷发到散文的园地上,形成诗歌和散文两股喷泉,成为诗歌与散文并重的两栖作家。

二　《巴黎的鳞爪》和《自剖》:唯美散文的生动标本

徐志摩第一本散文集是《落叶》,从文体意义上考察,它还不能称作是散文集,实质上是一本论文讲演集。议论不是他所长,议题重在政治,而政治他又不在行,因此这本散文集没有什么特色。这本散文集中的《落叶》是在北京师范大学的讲演稿,文章抓住俄国公使馆挂旗时那大使的严肃目光和日本人大地震后发奋图强的毅力这两件事,批判了青年中的悲观主义,鼓励人们努力向上,虽然有一定的意义,但泛泛而谈,缺乏针对性。《"话"》中抽象地谈论"养成与保持一个活泼无碍的心灵境地”，大力宣扬他的保持心灵的自由的生活艺术，也是无的放矢，显得软弱与无力。《列宁忌日——谈革命》中由于他对苏俄革命的隔膜和政见上的幼稚，几乎是在奢谈革命，他离开阶级斗争却要人们从“穿衣服说话做文章娶亲一类事情”上去革命，最后归结到俄国革命“是人类史上最惨酷苦痛的一件事实”。其余各篇如《守旧与“玩”旧》中对守旧派的批判，《政治生活与王家之阿嫂》中对英国资产阶级政治的颂扬等，虽然也有一定的进步意义，但是由于他没有经过深刻的思考，最终仅是停留在感情的一点肤浅浮泛的褒贬上。因此，《落叶》是徐志摩散文创作的前奏和准备。

《巴黎的鳞爪》和《自剖》的面世，标志徐志摩散文创作的成熟。它们借助唯美主义的表现手法，显示了一种绅士风度，是现代散文史上的唯美散文的生动标本。

唯美主义者们认为美是一种想象。徐志摩在这两本散文集中，有许多优秀篇章，都是借助冥想捕捉刹那间的美感享受，以此创造美，创造一个艺术王国，并从中享受最大的精神自由。如《北戴河海滨的幻想》写独自坐在海边冥想，抒写不可言传的和谐。在这一小品中，他借助冥想展示了青年趋向反叛的冲动景象，又抒写理想破灭的黑暗的空虚。不足的是理念重书斋味浓。而冥想最为成功的当推《想飞》。它从云雀的鸣叫直上高空，联想到庄子《逍遥游》里的“背负苍天，而莫之夭阏者”的大鹏翱翔的雄姿，再又穿插儿时的“饿老鹰”的没挂恋似的在空中飞翔等等，最后发出了“飞出这圈子，飞出这圈子”的喊叫！其中对云雀鸣叫的描写，完全是借助冥想，运用唯美主义的表现技巧，创造出一幅美的画面：

> 我们吃了中饭出来到海边去。勖丽丽的叫响从我们的脚底下匀匀的往上颤，齐着腰，到了肩高，过了头顶，高入了云。啊，你能不能把一种急震的乐音想象成一阵光明的细雨，从蓝天里冲着这平铺着青绿的地面不住的下？不，那雨点都是跳舞的小脚，安琪儿的……它们赞美的是青天。瞧着，这飞得多高，有豆子大，有芝麻大，黑刺刺的一屑，直顶着无底的天顶细细的摇，——这全看不见了，影子都没了！但这光明的细雨还是不住的下着……①

这里是从“勖丽丽的叫响从我们的脚底下匀匀的往上颤”的听觉的实的内

① 见《徐志摩文集》(乙集)，商务印书馆1983年版，第12页。

心感受和体验起笔，也可以说是用冥想创造的美的第一阶段——纯感觉阶段。但当“高入了云”，作者的冥想立刻转入第二阶段，从美的纯感觉转到美的通感上，把云雀的啼鸣想象成“光明的细雨”，展示了听觉和视觉互通以后的美。接着，冥想所创造的美又跃入了超感觉阶段：那“光明的细雨”都是“跳舞的小脚，安琪儿的”。最后综合以上感觉，创造了一个美的第四个阶段，理想的“飞”的境地：“飞得多高，有豆子大，有芝麻大，黑刺刺的一屑，直顶着无底的天顶细细的摇，——这全看不见了，影子都没了！但这光明的细雨还是不住的下着……”美的想象变幻成美的境界，它是徐志摩所追求的借助想象捕捉刹那间的美感享受最成功的实验。

徐志摩一再向人们宣扬他的生活的艺术。在《“话”》中他提出“要使生命成为自觉的生活，不是机械的生存”，“培养与保持心灵的自由”。他还直接在《“就使打破了头，也还要保持我灵魂的自由”》中呼喊出“就使打破了头，也还要保持灵魂自由”。在《青年运动》中他又一再地鼓吹“为这新的洁净的灵魂与肉体造一个新的洁净的生活——我们要求一个‘完全的再生’”，并对农民生活的原始性朴素性进行赞扬，其目的就是要人们恢复“原来活泼自然的心灵”。这一切最终在他看来就是要“养成与保持一个活泼无碍的心灵境地”。这个“境地”的造就，在徐志摩看来，固然要借助中国传统的哲学，尤其是老庄哲学的魔力，但他更主要的还是把目光瞄准国外，特别是英国。在他看来，德国人太蠢，法国人太淫，南欧人太乱，美国人太陋……比较像样的，只有英国。“英国人是相忘乎政治的。英国人是‘自由’的，但不是激烈的；是保守的，但不是顽固的”①。因此，他的“活泼无碍的心灵境地”实质上是一种“洋”货，他所追求的是一种翩翩自由的资产阶级的绅士精神。他的名作《翡冷翠山居闲话》和《我所知道的康桥》就是他试图以“活泼无碍的心灵境地”去感受美的样板。这种感受忘却功利，忘却目的，以发掘和欣赏“美”作为高于一切的享受，把游玩作为超脱一切利害关系的纯粹自由活动。如《翡冷翠山居闲话》开宗明义地说他在翡冷翠山居闲逛是“去赴一个美的宴会”，追求“肉体与灵魂行动一致”的享受，要极端的自私地去感受自然美，使得在青草上坐起仰卧，在静僻的道上狂舞以及信口歌唱等都成为“美的宴会”上的一道道“名菜”，细腻地写了在翡冷翠山居时超脱、闲适的心情。再如《我所知道的康桥》中他又竭力赞美“单独”欣赏康桥之美，重点是通过对康桥河的描写，发掘康桥的灵性，其中有对河

① 徐志摩：《政治生活与王家三阿嫂》，《徐志摩文集》(乙集)，商务印书馆 1983 年版，第 207 页。

里少女划舟的倩影的赞美,也有自我和自然亲近的陶醉的抒写,还有野游的种种乐趣的展示等等,无论是翡冷翠山居也好,还是康桥也好,归结起来,是这些自然胜景的美主宰了作者一切,美使得他在翡冷翠山居的闲逛和在康桥独处中保持了"活泼无碍的心灵境地",而"活泼无碍的心灵境地"又使他从自然中源源不断地获得了美感享受。在这里美高于一切,主宰一切。这种欣赏活动显然是一种贵族绅士式的"洋"派欣赏。把它和徐志摩同代的散文家如周作人对"苦雨"的欣赏以及古代的散文家如柳宗元对永州山水的欣赏相比较,就可发现,那是完全不同的欣赏方式。周作人、柳宗元追求融进自然,他们是在自然中发现"我",显示"我",表现"我";而徐志摩则是重在欣赏自然,他是想从自然中发现美,显示美,表现美。归根结底,徐志摩还是想从自然中发掘美,而后在美中创造一个西方绅士式的自由天地,他是以"美"为核心,从中寻获心灵的满足。这个自由天地在他看来,可以"医治我们当前生活的枯窘,只要'不完全遗忘自然',一张轻淡的药方我们的病象就有缓和的希望 。在青草里打几个滚,到海水里洗几次浴,到高处去看几次朝霞与晚照——你肩背上的负担就会轻松了去的"①。但在当时被血与火的现实压抑得透不过气来的人们眼中,这是闭着眼睛开出的一张不合国情的药方,我们在欣赏他精心呈现的"美"的同时,更多地看到的其实是其中的苍白与无力。

以"活泼无碍的心灵境地"所感受的美,还得有相应的框架结构和笔调来显示它。徐志摩有较好的国文基础,他深知章法井然,结构严密的中国古代散文和他那颗"洋"化了的活泼的心水火不相容。因此,他不得不向英法散文求援。

首先,他看中了英法散文的软体动物般的骨架。他曾经在《这是风刮的》中这样描述他对曼殊斐儿的文章的倾倒:"曼殊斐儿文笔的可爱,就在轻妙——和风一般的轻妙,不是大风像今天似的,是远处林子里吹来的微喟,蛱蝶似的掠过我们的鬓发,撩动我们的轻衣,又落在初蕊的丁香林中小憩,绕了几个弯,不提防的又在烂漫的迎春花堆里飞了出来,又到我们口角边惹刺一下,翘着尾巴歇在屋檐上的喜鹊'怯'的一声叫了,风儿它已经没了影踪。不,它去是去了,它的余痕还在着,许永远会留着:丁香花上的微颤,你心弦上的微颤。"②这是他对英法散文精髓的心神领会。这种精髓没有明显的形状和规范,既从容又洒脱,有时还可胡闹,冗长一点也允许,可以让他那颗活泼的心自

① 徐志摩:《我所知道的康桥》,《徐志摩文集》(丁集),商务印书馆 1983 年版,第 144 页。

② 见《徐志摩文集》(甲集),商务印书馆 1983 年版,第 279—280 页。

由跳动。如《自剖》,先写自己原来“好动”,继而又写现在性情改变,而后寻找改变原因,分别从处境、时局、生活中去找,似乎都有些关系,但又都不是真正原因,直到最后借一个朋友的口,发表一篇冗长讲话,远兜远转,最后才讲明,是因为作者自己“设想一个虚无的境界来谎骗你自己”,“还不如及早认清自己的深浅,不要把不必要的负担,就上支撑不住的肩背”。全文没有固定的轴心情绪和坚挺的脊梁,因此不必精心地围绕某个中心旋转,通篇仿佛是自言自语,情绪舒展的进程步伐也是慢吞吞的,忽东忽西,忽左忽右,从容不迫,随意挥洒,犹如一个软体动物。其余如《再剖》也是如此。使得徐志摩的个性得以充分的展示。

其次,再从笔调来看,徐志摩感情过富,又喜欢把感情推向极端。为此需要汪洋恣肆的浓艳笔调。徐志摩国文功底好,能写骈文,因此对于骈文中的艳丽笔调很熟悉,同时他又受到梁启超的指点,梁氏“新民体”中的铺陈又为他所掌握;再加上受到西洋文学和艺术的浓艳色彩的熏陶。色彩浓艳,本身就是西方文化环境的特征。徐志摩对巴黎的现代美术,特别是原始主义、野兽派等画派推崇备至,声称受到这些画派的著名画家塞尚、马蒂斯及毕加索的“启迪性的影响”。在英国语言中,对色彩的敏感性远远甚于汉语,这是西方文化对生命的本能和个性的注重。这一切都慢慢地影响着徐志摩。欧化的句调,华丽的辞藻,使他如虎添翼。所以他的散文浓艳得不同凡响,使人震悚。如在《“浓得化不开”(星加坡)》中通过主人公写一个黑非洲女人的外貌:

> 廉枫(文中的主人公——引者注)最初感觉到的是一球大红,像是火焰;其次是一片乌黑,墨晶似的浓,可又花须似的轻柔;再次是一流蜜,金漾漾的一泻;再次是朱古律 chocolate,饱和着奶油最可口的朱古律。①

这里,作者用浓艳的笔,对黑非洲女人的红的插花,黑的发,蜜色的挂肩,朱古律色的肌肤加以描绘,调谐成一股蓬勃的色彩波流,使他的散文具有浓艳的个性。

徐志摩是一位敢于把古今中外的散文艺术融为一体的勇敢实验者。他的散文,无论是如《自剖》、《再剖》等抒写苦闷矛盾的心绪,还是如《想飞》、《北戴河海滨的幻想》等展示冥想的境地,他都能得心应手地密集地运用排比、夸张、反复、铺陈,并杂以欧化的语句,把情致渲染得无比醇浓,犹如卷起的冲天巨

---

① 见北京大学等编《散文选》,上海教育出版社 1976 年版,第 572 页。

澜。甚至在写游山玩水似的闲适,轻快的心情,他也会把这种原本恬淡的感情浓化、极化,如《翡冷翠山居闲话》中写独自漫游的闲适乐趣:

你一个人漫游的时候,你就会在青草里坐地仰卧,甚至有时打滚,因为草的和暖的颜色自然地唤起你童稚的活泼;在静僻的道上你就会不自主的狂舞,看着你自己的身影幻出种种诡异的变相,因为道旁树木的阴影在他们迂徐的婆娑里暗示你舞蹈的快乐;你也会得信口的歌唱,偶尔记起断片的音调,与你自己随口的小曲,因为树林中的莺燕告诉你春光是应得赞美的……①

反复旋转、对仗渲染以及欧化语言的融合,铺陈了独游的乐趣。这种本是闲适的清淡的情趣却披上了浓妆,虽则有些怪诞,但它的特有的洋腔洋调却在当时文坛上给人耳目一新之感而独树一帜。诚然,这种浓妆有时也不免过分,常常会浓得化不开,叫人眼花缭乱。如《"浓得化不开"(星加坡)》中有一段描写:

快,快,芭蕉的巨灵掌,椰子树的旗头,橡皮树的白鼓眼,棕榈树的毛大腿,合欢树的红花痢,无花果树的要饭腔,蹲着脖子,弯着臂膊……快,快:马来人的花棚,中国人家的瓷灯,西洋人家的牛奶瓶,回子的回子帽,一脸的黑花,活像一只煨灶的猫……②

这些意象的罗列,仿佛开了一个杂铺,既乱又杂,浓得化不开,令人眼花缭乱。

三　徐志摩散文和梁启超、周作人散文比较

徐志摩的散文虽则洋腔洋调,是一种"洋"味的散文,但其源头却还在中国,应该说它是喝梁启超的"新民体"的"奶"长大的。如把徐志摩的散文和梁启超的"新民体"作一比较,很显然,梁启超的"新民体"在以下两方面对徐志摩的散文创作进行了启蒙:

一是笔锋常带感情。这是梁启超发动文界革命的法宝。他创建的"新民

---

① 见《徐志摩文集》(丁集),商务印书馆 1983 年版,第 128 页。

② 见北京大学等编《散文选》,上海教育出版社 1976 年版,第 571 页。

体”的魔力也在此。这一法宝对于感情丰富的徐志摩来说，是如鱼得水。因此徐志摩的散文往往劈头就是感情山洪暴发，而后一泻千里，其气势是和“新民体”一脉相承的。二是纵情纵势，反复铺陈。梁启超 的“新民体”是“纵笔所至不检索”，不拘章法，骤起波澜，反复铺陈，反复强调，不把浓烈情感显示出来决不罢休。徐志摩的散文完全按照梁氏的“新民体”的作法，如出一辙。如梁启超的《呵旁观者文》中对于旁观者中的“浑沌派”这类人的描述：

此派者，可谓之无脑筋之动物也。彼等不知有所谓世界，不知有所谓国，不知何者为可忧，不知何者为可惧。质而论之，即不知人世间有应做之事也。饥而食，饱而游，困而睡，觉而起。户以内即其小天地，争一钱可以陨其命。彼等既不知有事，何所谓办与不办。既不知有国，何所谓亡与不亡。比之游鱼居将沸之鼎，犹误为水暖之春江。巢燕处半火之堂，犹疑之为照屋之出日。……①

再看徐志摩在《鬼话》中诉述“我”崇拜自然，“生平教育之校择者，都从眷爱自然得来”时的描写：

我眼中有夏星与秋月；我感情有山岭之雄厚，仿佛大川之潮澜；我思想似山涧之清，似海之阔，似雷电之迅，似枝头好鸟之妙舌；我肢体似雏鹿，似春草，似春云；我想像似电似金似火，有天堂之瑰丽，有地狱之诡幻，有春日之和，有秋花之艳；我爱情如蜜，如蚕丝之不绝，如瀑，如常青之松柏，如石之坚，如月之秘……我以为自然界种种事物，不论其细如涧石，皙如花，黑如炭，明如秋月，皆孕有甚深之意义，皆含有不可理解之神秘，皆为至美之象征……②

两相比较，其势其法相似。梁氏为了对浑沌派这一类旁观者抨击，一开始就用四个“不知”的排比句式，来描写他们的“无脑筋”，再杂以“饥而食，饱而游，困而睡，觉而起”的严格对仗，进一步显示这些只知饥食的浑沌派的无所作为。徐氏也是这样，为了标榜自己崇拜自然，就用“我……”这句式一以贯之，以排比句式，从眼到感情到肢体到想象到爱情，抒写我的眷爱自然。不仅如此，在整个

① 见郑振铎编《晚清文选》，上海书店 1987 年版，第 466 页。
② 见《徐志摩文集》(乙集)，商务印书馆 1983 年版，第 279 页。

排比中，再蕴含排比，如写到思想时，又一连串地用四个“似……”的句式予以相比，强化感情。而后再穿插“皙如花、黑如炭”之类的对仗，深化“我”对自然之崇拜。因此，梁氏和徐氏的散文都讲究气势，讲究感情，喜用排比对仗连珠之类的铺陈，感情抒发以求畅求酣为目的，不达淋漓尽致决不罢休，都具有一泻千里不可遏止的气势，其所抒写的情致也都呈浓烈状。徐氏是梁氏的忠实弟子。但由于他们信仰不同，梁氏信“法”，他的“新民体”的势也罢，情也罢都是为传播他的“法”服务，因此一起笔就见功利，显示倾向，有鲜明的目的。而徐氏则推崇英国的资产阶级政治，对他们所标榜的“相忘乎政治”的所谓“自由”而倾倒，因此他的气势和感情相对来说，功利要淡化一些，纯一些，显示出一种自由自在的绅士式的翩翩风度。这样有时就会导致玩情式的做文章，在文字上做游戏，诸如用“我不够狂，不够妄”、“我要那深，我要那静”等句式来掩盖自己气力不足的缺憾。这样看来，徐氏散文又是梁氏“新民体”的异化物。说得确切些，徐氏散文是“新民体”和唯美主义暗合的结晶。

徐志摩和周作人的散文有其相似点，如他们都仰慕闲适情致，都想在自然中求得自由。但不论是人生情趣还是艺术向度上，他们都显示出完全不同的风格，其深刻的差异表现在以下两个方面：

一是生活的艺术情趣不同。他们都有自己认同的一套生活之艺术。周作人讲究“度”，面对现实，以自我克制为本，绝少冲动，无所作为，力保中庸主义，讲究“新的自由与新的节制”。徐志摩信仰“自动”，“不承认现实的一切”，提倡自我张扬，热情奔放，极想作为，“要求一个‘完全的再生’”①，以求得一个“活泼无碍的心灵境界”②。因此，简言之，周作人是面对现实，参悟人生，苦中求乐；徐志摩是不顾现实，理想地生活着，潇洒作乐。

二是抒写情趣的方法不同。周作人皈依冲淡，采取降调的写法，既淡化功利又把苦涩味搞得浓浓的，不喜铺陈张扬，想把他的散文构成一个清冷而苦涩的艺术天地。徐志摩偏爱浓艳，采取升调的写法，喜铺陈张扬，以把感情推向极端为目的，把散文变成一个艳丽多彩的艺术世界。

四　其他散文作家

(一) 梁遇春："懒洋洋"的絮语散文的实验者。

梁遇春和徐志摩对英法散文都顶礼膜拜，他们对英法散文的韬略都进行了

---

① 徐志摩：《青年运动》，《徐志摩文集》(乙集)，商务印书馆 1983 年版，第 195 页。
② 徐志摩：《“话”》，《徐志摩文集》(乙集)，商务印书馆 1983 年版，第 122 页。

认真研究并能得心应手地运用,因此他们的散文都有一股"洋"味;更巧的是,他们的散文创作生涯都很短暂,都是从二十年代中期开始,到三十年代初由于他们的早逝而中断。诚然,他们的脾气和个性并不相同。徐志摩是个见英雄就叩头的英雄崇拜者,梁遇春却是见英雄就摇头,他在《Giles Lytton Strachey(1880—1932)》中认为,"崇拜英雄是傻子干的事情"①;徐志摩是生活在理想王国里,具有绅士式的浪漫气质,而梁遇春却是在他眼前的泪与笑的现实中徘徊,具有平民式的现实精神。在散文风格上,徐志摩是放纵而浓艳,梁遇春是放纵而清淡。但这一些并不妨碍他们攀附在同一根西洋散文的藤上。

梁遇春(1906—1932),福建福州人。别名驭聪,又名秋心。1906 年出生在一个知识分子家庭,1924 年进北京大学英文系深造,1928 年秋毕业后曾到上海暨南大学任教,翌年返回北京大学图书馆工作,1932 年因染急性猩红热,猝然病逝。

梁遇春在大学读书期间,就开始热心从事对英国文学尤其是英国散文小品的介绍和翻译工作。他译注的英国《小品文选》和《英国诗歌选》曾经风靡一时,成为广大中学生所喜爱的课外读物。他从 1926 年开始创作散文,陆续发表在《语丝》、《奔流》、《骆驼草》、《现代文学》及《新月》等刊物上。后汇集成为两本专集,一本是他生前出版的《春醪集》,另一本是他死后,朋友收集他的遗作结集出版的《泪与笑》。

梁遇春深得英国散文小品的个中奥妙。他编撰的英国《小品文选》,所精选的小品文实质侧重在随笔上,是一种议论短文。这种议论短文,主要是阐述个人观点,不注重社会效应。如 Ralph Johnson 在 1665 年给随笔下的定义:"有关随便什么德行与邪恶,或其他的普遍现象的短论。"从梁遇春散文小品的选题看,如《春醪集》中的《人死观》、《文学与人生》、《谈流浪汉》、《滑稽与愁闷》、《"还我头来"及其他》等,《泪与笑》中的《泪与笑》、《天真与经验》、《善言》等,都是着眼于个人的修养和品德,用他的智慧与心得来启迪人们。其中有些题目,还是借用英国散文家写过的题目。因此,他的散文小品都是一种英国小品式的随便的自由谈话。如果要对梁遇春的散文小品下个总的断语,那是一种有感染力的谈话,或叫含泪的谈话,有魅力的谈话。其特点是取态随和,措辞平凡,偏重理性,从容自如,具有正宗洋味。所以,郁达夫称他是中国的 Elia,英国学者卜立德称他是中国的 Hazlitt。不管怎样,他是英法散文在中国的传播者和成功的实践者。

① 见《中华散文珍藏本·梁遇春卷》,人民文学出版社 2001 年版,第 196 页。

梁遇春的散文具有异端精神，他的散文创作思维完全是一种怀疑的逆向型思维。他信奉笛卡尔哲学，“我怀疑，所以我存在”，而排斥“我肯定，所以我存在”。这种逆向思维给他的整个散文注入了勃勃的活力，在他的散文中处处游荡着怀疑的幽灵。如《论知识贩卖所的伙计》中对一些知识分子知识的怀疑，《“还我头来”及其他》中对思想权威的怀疑，《讲演》中对课堂教育的怀疑……这些怀疑是对流行的通常被人赞扬的人和事的否定和批判。另外他的怀疑还表现在反过来对流行的通常被人否定的人和事的肯定和褒扬，如《谈“流浪汉”》中对流浪的礼赞，《“春朝”一刻值千金》中对睡懒觉、早晨迟起优越性的剖析，《无情的多情和多情的无情》中对妓女的歌颂等也都是作者独具魅力的一家之言。这些怀疑是作者真诚温暖的人生观的显示，对读者来说有一种不可抗拒的诱惑力。怀疑赋予梁遇春以活力。他目无权威，议论抒情极为放肆，想说什么就说什么，想怎么说就怎么说，在放肆中实现了真诚。其中可以《“还我头来”及其他》为代表。这篇文章以关羽兵败麦城，死后高喊“还我头来”为引子，接着描述当时社会上大学生都没有思想和头脑，只能“大同小异”，“全同无异”地鹦鹉学舌，“满口只会说别人懂(?)自己不懂的话”，失了自己的“头”的怪异现象。接着再把笔锋直指当时“无往而不用其权威来做他的文力统一”的“思想界的权威者”，如梁启超、胡适等，把他们“文力统一”的一些行为斥之为“杀人刽子手的行为”，鲜明地亮出自己的观点：“还我头来。”虽然文章最后牵扯到什么游玩上，把调门降下来，但它写于 1927 年 7 月 6 日的白色恐怖的腥风血雨中，这种呼喊无疑是对当时思想专制的反叛，也是对五四思想解放的继承，因而也就能闪耀其光彩。一言以蔽之，他对权威的蔑视和怀疑，使他取得了“信口胡言”的独特发言权，因而使得他的散文英气勃勃，锋芒毕露。

梁遇春的散文具有点石成金之术，这是他师法英国兰姆(即伊利亚(Elia))的结果。兰姆是梁遇春心中的偶像，他曾在《查理斯·兰姆评传》中详细地向中国读者介绍了兰姆散文的“点泥成金的艺术”，文中这样写道：

> 兰姆真有点泥成金的艺术，无论生活怎样压着他，心情多么烦恼，他总能够随便找些东西来，用他精细微妙灵敏多感的心灵去抽出有趣味的点来，他嗤嗤地笑了。①

作为兰姆的嫡系传人，梁遇春得其真髓而能运用自如。他活得并不轻松，

① 见《春醪集》，人民文学出版社 1986 年版，第 43 页。

虽然烦恼没有兰姆多,但他生活的世界“是给猫狗平分了。现实的黑暗和灵魂的堕落霸占了一切”①,这也够使他郁闷了。他凭着毅力和悟性,尤其是从兰姆那里找到了坚强的精神寄托,即像兰姆那样,相信天天在面前经过的事情,只要费心去吟味一下,总可想出很有意思的东西来。因此在散文选材上,梁遇春避新趋旧,专门以一些家常题材,靠他的灵敏去阐发出一些发人深思的光点来。看起来似乎这是一种写作艺术的运用,但实质上却是为一种人生观所操纵,这种人生观比较阳光。在《查理斯·兰姆评传》中说,他既不是呆人说梦的理想主义者,也不是躲避人生的胆怯主义者和只见丑恶的厌世主义者,而是“真真地跑到生活里面,把一切事都用宽大通达的眼光来细细咀嚼一番,好的自然赞美,缺陷里头也要去找出美点出来;或者用了法来解释,使这缺陷不令人讨厌”。这种人生观所赋与梁遇春的点石成金术运用得最为成功的当推《救火夫》。

梁遇春散文有“火”的情结。他颂“火”的散文有三篇:《观火》、《Kissing the Fire》(吻火)和《救火夫》。“火”使他想入非非,甚至想入拜火教。这是他对生命之“火”的渴望和礼赞。《救火夫》写的是印在作者心坎上的一个历史记忆——三年前一个夏天他目睹的救火队灭火抢险的情景。这个情景极为壮烈:警钟鸣叫,救火夫的脚步和水龙的轮子一起飞动,救火的呐喊声和隆隆的水龙声交杂一片,使“我的心却充满了惊异,愁闷的心境顿然化为晴朗,真可说拨云雾而见天日了”。到这里,点石成金还只不过刚刚开始,他仅仅把三年前救火夫的一个壮举作为一个火种。接下去,他就用劲地把炉火烧得通红,开始炼石:先审己,联系自己,亮出自己的“麻木相”:“甚至于不能得自己同情的苦痛”,“躲在帘子后面呜咽”,是一种“残废的人们”;再揪出一位“愤世的朋友”,把这位朋友贬斥救火夫的冷酷言论拿出来曝光,继续使救火夫的壮举升华;最后把救火夫的壮举放到整个社会这一屏幕上,点石成金完成了,原来是这样一块耀眼夺目的“金”:

> 我们都是上帝所派定的救火夫,因为凡是生到人世来都具有救人的责任,我们现在时时刻刻听着不断的警钟,有时还看见人们呐喊着望前奔,然而我们有的正忙于挣钱积钱,想做面团团,心硬硬,人蠢蠢的富家翁,有的正阴谋权位,有的正搂着女人欢娱,有的正缘着河岸,自鸣清高地在那儿伤春悲秋,都是失职的救火夫。有些神经灵敏的人听到警钟,也都

① 梁遇春:《猫狗》,《泪与笑》,人民文学出版社1986年版,第173页。

还觉得难过,可是又顾惜着自己的皮肤,只好拿些棉花塞在耳里,闭起门来,过象牙塔里的生活。若使我们城里的救火夫这样懒惰,拿公事来做儿戏,那么我们会多么愤激地辱骂他们,可是我们这个大规模的失职却几乎变成当然的事情了。天下事总是如是莫测其高深的,宇宙总是这么颠倒地安排着,难怪波斯诗人喊起"打倒这糊涂世界"的口号。①

无条件地只顾用救火援救人类的救火夫偏偏就生活在这糊涂的世界里,正是他们的尽责,使人看到了大批人的失责,这种尽责和失责的颠倒让人们看清了这世界是如此的糊涂。至此,三年前救火夫的救火这一具体记忆的"石"终于锻炼成一块要"打倒这糊涂世界"的"金",而这块"金"里所蕴含的丰富内涵也就足以让读者不断咀嚼和尽情联想了。

梁遇春的散文观也很出格,概括起来,可以说是一种"懒洋洋"的散文观。他在《醉中梦话(一)》针对胡适提出的"做文章是要用力气的",来了一个针锋相对:

一个作家抓着头发,皱着眉头,费九牛二虎之力作出来东西,有时倒卖力气不讨好,反不如随随便便懒惰汉的文章之淡妆粗衣那么动人。所以有好多信札日记,写时不大用心,而后世看来倒另有一种风韵。②

他很自信,认为信手拈来都成妙谛的文字是不用力气的。在梁遇春看来,信手拈来,不用力气,任何"架子"也就搭不起来,这样就可随心所欲地表达自己的情绪。因此他的"懒洋洋"的散文观其实就是惩治"架子"的。他对"架子"恨之入骨,他的《一个"心力克"的微笑》就是讨伐"架子"的檄文,他认为这社会里,"有人排架子,有人排有架子的架子,有人又排不屑计较架子有无的架子,有人排天真的架子,有人排既已世故了,何妨自认为世故的坦白架子,许多架子合在一起,就把人生这个大虚空筑成八层楼台了","架子"使人矫揉造作,矫揉造作就要费力气,因为它必须经常世故地费力去装出微笑。因此,在他看来,"一篇文章改了几十遍,力气是花到家了,音调也铿锵可听,却带了矫揉造作的痕迹,反不如因为没钱逼着非写文章不可的 oldsmith 的自然的美了"③。

① 梁遇春:《猫狗》,《泪与笑》,人民文学出版社 1986 年版,第 161 页。
② 见《春醪集》,人民文学出版社 1986 年版,第 19 页。
③ 梁遇春:《醉中梦话(一)》,《春醪集》,人民文学出版社 1986 年版,第 20 页。

归根到底，他的“懒洋洋”散文观是对做作和矫情的反拨，是对真诚和自然的肯定。这一散文观和鲁迅的“与其防破绽，不如忘破绽”(《怎么写》)有异曲同工之妙。他的散文《谈流浪汉》是他“懒洋洋”的散文观最直接的实验。文章一开始先从流浪汉的定义起笔——

……(流浪汉)既没有一定的职业，有时或者也干些流氓的勾当。但是他们整天随遇而安，倒也无忧无虑，他们过惯了放松的生活，所以就是手边有些钱，也是胡里胡涂地用光，对人们当然是很慷慨的。他们没有身家之虑，做事也就痛痛快快，并不像富人那种畏首畏尾，瞻前顾后。酒是大杯地喝下去，话是随便地顺口开河，有时也胡诌些有趣味的谎语。他们万事不关怀，天天笑呵呵，规矩的人们背后说他们没有责任心。他们与世无忤，既不会桌上排着一斗黄豆，一斗黑豆，打算盘似的整天数自己的好心思和坏心思，也不会皱着眉头，弄出连环巧计来陷害人们。他们的行为是胡涂的，他们的心肠是好的。他们是大个顽皮小孩，可是也带了小孩的天真。他们脑里存了不少奇奇怪怪的幻想，满脸春风，老是笑迷迷的，一些机心也没有……①

这个定义也是懒洋洋的，既不严肃，也不周密，但却真实地对流浪汉作了一番透视。接下去又引经据典对流浪汉进行颂扬，而后再穿插流浪汉和“君子”的比较，妙语连珠，气势奔腾，痛快淋漓地把流浪汉捧上了天。但在这颂扬声中，我们却明显地看到作者在流浪汉身上寄寓了深深的文学情思，原来“因为流浪汉敢做敢说，不晓得掩饰求媚，委曲求全，所以他的话真挚动人”，这“流浪汉”在这里就成为梁遇春心目中“文学艺术”的化身，他希望文章能像“流浪汉”，天才是个“流浪汉”，要那些“想写些有生气的文章的大学生不死滞在文科讲堂里，走出来当一当流浪汉罢”，去“返于自然”。所以《谈流浪汉》是从梁遇春“懒洋洋”的散文观的母体里孕育出来的胎儿，而“流浪汉”又是他心目中的理想标本，他们身上同样鲜明的印记就是“返于自然”。

因此，“流浪汉”是对梁遇春散文最确切的评价！梁遇春正是在二十世纪闯进散文园地的一个“流浪汉”，他的生机盎然的散文正实现了他的诺言——

我们也希望能够过个有趣味的一生，不像现在这样天天同不好不坏，

① 见《春醪集》，人民文学出版社1986年版，第86—87页。

不进不退的先生们敷衍。①

(二) 许地山:生本不乐,冥想独特。

许地山以《空山灵雨》奠定了他在二十世纪中国散文史上的独特地位。

要对许地山的散文进行归类确实是件难事。虽然他以“生本不乐”作为其散文的主导情绪,但他那浓厚的神秘虚无色彩又很难使他挤入怨怒抗争散文家之列;他的散文冥想奇特,富有浪漫色彩,则又使他和名士派散文划清了界限;尽管在情绪的明净和“爱”的礼赞上,许地山的散文和冰心散文有许多相通之点,但许地山散文的驳杂矛盾和消极失望的心态,又很难使他们互称同志。他实在是一个卓然独立的怪异者。但就他散文的整体风格而言,借助丰富的联想,抒发浓烈的情感,用冥想来捕捉刹那间的体验,这种浪漫风格则可以把他勉强称为徐志摩的伙伴。所谓勉强,是说他们虽整体风格相似,但许地山的散文犹如他的人那样,穿着自行设计的一种棉布大衫,是蓄着山羊式短须的“许真人”,没有徐志摩那种洋腔洋调的绅士风度。

许地山(1892—1941),福建漳州人。原名赞堃,笔名落花生。他的父亲在台湾做官。当台湾被日本占领时,全家舍弃台湾资产,搬迁回国,因而落魄潦倒。他有一位很有才华的舅父,是个和尚,使他自幼接近佛教,对他的散文创作起了很直接的影响。他曾经在南洋教过书,后又到北平燕京大学读书。1920 年,他和郑振铎、叶圣陶等发起文学研究会,并开始短篇小说创作。他的短篇小说《命命鸟》在《小说月报》上刊登后,引起人们的注意。同时,从 1922 年 4 月的《小说月报》(第 13 卷第 4 期)上开始连载他前期散文的代表作《空山灵雨》,到当年的第 8 期为止,读者反映强烈。1924 年,他到英国留学,和老舍结为挚友。1927 年回国,在燕京大学担任教授,专心于编《大藏经索引》和《中国道教史》。1935 年到香港大学任教,担任中文学院教授,直到 1941 年他逝世为止。

《空山灵雨》计四十四篇。内容庞杂,大多是追忆印象,有对人生的思考,有对爱的礼赞,有对社会的抨击,有儿女情长的细描。但轴心情绪是他在“弁言”中宣称的——“生本不乐”。这种“不乐”,不仅是他个人受到现实直接煎熬的回响,也是他在自己坎坷经历中滚爬时,用他所受的佛教影响来观察生活的一种感悟。这样,“生本不乐”便是一种宗教的抽象,所以使《空山灵雨》所抒写的情绪打上了神秘的烙印,变得扑朔迷离,纷纭杂沓。它虽然使许地山的散文能给读

① 梁遇春:《谈“流浪汉”》,《春醪集》,人民文学出版社 1986 年版,第 100 页。

者耳目一新之感,但也增加了人们对他理解的难度。

《空山灵雨》中神秘的宗教色彩主要表现在以下三方面:

一是"生本不乐",即生的压抑的痛苦。在其《弁言》中,他对"不乐"的内涵作了一个概括:"自入世以来,屡遭变难,四方流离,未尝宽怀就枕。"这种概括,既包含了作者的坎坷经历的痛苦,也涵盖了如《万物之母》中的那位被乱兵杀死了儿子的寡妇,《补破衣的老妇人》中为他人辛勤劳作的"衣服的外科医生"——孤苦老妇人等的命运。但他的"生本不乐"与同期散文作家,如郁达夫、庐隐、石评梅等相比,所不同的是这种"不乐"为一层神秘的宗教迷雾所包裹。如《鬼赞》就弥漫了这种宗教迷雾,它通过对一群鬼的赞颂,道出了"福"是"那曾用过视官、而今不能辨明暗的",是"那曾用过听官、而今不能辨声音的",是"那曾用过嗅官、而今不能辨香味的",是"那曾用过味官、而今不能辨苦甘的",是"那曾用过触官、而今不能辨粗细、冷暖的"。一言以蔽之,"髑髅"最该赞美,"我们要赞美我们的髑髅"。从而推断出这样一条佛法:"弃绝一切感官的有福了!"这就是在整个《空山灵雨》中作者所布的道和讲授的佛法,即"无生是有福",它和"生本不乐"是佛家思想上所孳生出来的一对并蒂莲。透过这层宗教迷雾,我们就可理解作者在《暗途》中,为什么要精心地写一个名叫吾威的人,在黑暗中要走漫长的山路,却拒绝他的朋友借灯笼给他。吾威这样来阐述他的理由:

> 满山都没有光,若是我提着灯走,也不过是照得三两步远;且要累得满山的昆虫都不安。若凑巧遇见长蛇也冲着火光走来,可又怎办呢?再说,这一点的光可以把那照不着的地方越显得危险,越能使我害怕。在半途中,灯一熄灭,那就更不好办了。不如我空着手走,初时虽觉得有些妨碍,不多一会,什么都可以在幽暗中辨别一点。①

和《鬼赞》相对照,应该说这是作者为那些"生本不乐"的人们开出的一帖药方,这帖药方名叫"闭目塞听"。它显然是一种阿 Q 式的解决办法,但在当时乱世年月,也真实地反映了一部分知识分子面对现实束手无策的消极心态。

二是精神至上,精神主宰一切。《空山灵雨》崇拜"唯意志论"。这在《花香雾气中的梦》中表现最为明显。这篇散文的情绪的支点是妻子叙述的一个梦。这个梦极为特别,写妻子梦见一个美丽女郎挽着一篮珠子向各树的花叶上头

① 见《许地山散文选集》,百花文艺出版社 1992 年版,第 37 页。

乱撒。奇怪的是,那些珠子粘在花叶上就变成了五彩的露珠。妻子忍不住便问女郎是怎么一回事?女郎这样回答:“东西还是一样,没有变化,因为你的心思前后不同,所以觉得变了。你认为珠子,是在我撒手之前,因为你想我这篮子决不能盛得露水。你认为露珠时,在我撒手之后,因为你想那些花叶不能留住珠子。”作者就用这样一个虚无飘缈的梦来演绎佛法,宣传精神至上,精神可以改变和决定物质。其目的也是为了极化他“佛法”的法力。在《愿》中,作者又借助妻女的嘴,作了这样的夸张描述:“我愿你作无边宝华盖,能普荫一切世间诸有情;愿你为如意净明珠,能普照一切世间诸有情;愿你为降魔金刚杵,能破坏一切世间诸障碍;愿你为多宝盂兰盆,能盛百味,滋养一切世间诸饥渴者;愿你有六手,十二手,百手,千万手,无量数那由他如意手,能成全一切世间等等美善事。”这一切固然是作者面对丑恶现实,想迫切改变现实的善良愿望,但这样的愿望也只能说是从精神至上演绎出来的一种脆弱的浪漫。由于精神至上本身是唯心的,因此这种脆弱的浪漫除掉能自我安慰之外,其力量和功效实在微乎其微。

三是轮回不尽。在散文诗《七宝池上的乡思》中,通过描写弥陀和迦陵,对一个刚死去的少妇进行佛法的宣讲,鼓吹“有情不尽,轮回不尽;轮回不尽,济度不尽;济度不尽,乐土乃能显现不尽”这种生死相续升沉不定的思想,显然也是由佛教演化而成的。

《空山灵雨》中最具光彩的是一些恋情之作。为人们所传诵的《春的林野》写一班少男少女,在春光的沐浴下的戏闹。一个名叫邕邕的女孩子走来了,许多男孩怂恿一名叫阿桐的男孩去和邕邕开玩笑,以邕邕能否用手推一下阿桐作为胜利与否的标志。阿桐果然走到邕邕面前,用手盘在邕邕的脖子上,并要邕邕做他的妻子,结果邕邕用手推了阿桐,阿桐终于胜利了。整个画面明朗欢乐,把这些乡村孩子带有野味的纯情显现了出来。再如《荼蘼》中写一位名叫松姑娘的少女,得到了一个男子随手采摘赠予的荼蘼,误认为这个男子对她有意,害起了相思病。作者有层次地写她从对这枝荼蘼的怜爱到对送荼蘼的人的思恋,把她的单相思描写得丝丝入扣。再如《别话》中,写和垂危的爱妻的告别,至纯至爱,回肠荡气,可与朱自清的《给亡妇》媲美。这些恋情之作是《空山灵雨》中的珍品。

《空山灵雨》又是作者的“随感随记”,中间有很多篇章都有哲理的光芒。《落花生》就是脍炙人口的篇章,作者借父亲之口,对花生发了一通议论,要人们去做“有用的人,不要做伟大、体面的人”。又如《蛇》中通过人和蛇的狭路相逢,最后双方逃遁,说明世上的事“要两方互相惯怕,才有和平”。不管这些哲理的倾向如何,它都是艺术地从一些平凡的事物中显示出一些不平凡的体验,并经得起时间的考验,至今仍让人反复咀嚼。

《空山灵雨》喜用对话,许多篇章几乎全是用对话来展开和布局的,这是现代散文诞生初期的一种尝试。钱玄同在五四初期的杂感创作中也曾作过这样的尝试,但运用对话最为成功的当推许地山的《落花生》。文章是写园中花生收获了,妈妈用花生做了几样食品,晚上大家聚在园里品尝时,对话开始了:

……爹爹说:"你们爱吃花生么?"

我们都争着答应:"爱!"

"谁能把花生的好处说出来?"

姐姐说:"花生的气味很美。"

哥哥说:"花生可以制油。"

我说:"无论何等人都可以用贱价买它来吃;都喜欢吃它。这就是它的好处。"

爹爹说:"花生的用处固然很多;但有一样是很可贵的。这小小的豆不像那好看的苹果、桃子、石榴,把它们的果实悬在枝上,鲜红嫩绿的颜色,令人一望而发生羡慕的心。它只把果子埋在地底,等到成熟,才容人把它挖出来。你们偶然看见一棵花生瑟缩地长在地上,不能立刻辨出它有没有果实,非得等到你接触它才能知道。"

我们都说:"是的。"母亲也点点头。爹爹接下去说:"所以你们要像花生,因为它是有用的,不是伟大、好看的东西。"我说:"那么,人要做有用的人,不要做伟大、体面的人了。"爹爹说:"这是我对于你们的希望。"①

花生的品格完全依赖对话来展示,也极有层次:姐姐、哥哥和我所述说的花生的好处,是从一个侧面肯定花生的品格,但没有能真正揭示花生的品格,因此三人对话综合起来,就形成一种多层次和多侧面的衬托和铺垫。在此基础上借爹爹棋高一着的指点,再用苹果、桃子、石榴和花生的比较作为衬托,真正把花生的独特的品格托出了:即"只把果子埋在地底,等到成熟,才容人把它挖出来";"它是有用的,不是伟大、好看的东西"。笔墨省俭,情绪甚富,跌宕有致,波澜起伏。许地山就是凭借对话,有效地破除了传统散文的"法",省去许多起承转合之笔墨,在抒情写志中取得了主动权,这和同时代的冰心、瞿秋白

① 见《许地山散文选集》,百花文艺出版社 1992 年版,第 94—95 页。

以及稍后的朱光潜等用通讯体、书简体来抒情写志有异曲同工之妙，起到了开拓作用。当然，就许地山个人而言，他这样钟爱对话，还有另一个目的，即对话有利于他直接充分地宣讲他所信仰的佛法，如《七宝池上的乡思》通篇犹如一篇经文。许地山对佛法的迷恋以及对对话的偏爱，又使他的散文缺乏变化而显得单调和软弱。

《空山灵雨》想象奇特瑰丽，可以与徐志摩的散文相媲美。但他的冥想是表达和显示刹那间的"悟"，徐志摩表达和显示的是刹那间的"美"。因此在冥想中，许地山较为克制，其思维的方式呈圆型，以能够圆满显示"悟"为理想境界和终极目的。而徐志摩的散文冥想却比较放荡，反复搽抹，笔调浓艳，思维呈散发型。因此，如用女子来比喻他们的散文，许地山的散文是内秀的少女，徐志摩的散文却是一位艳丽的少妇。

第二编

裂变分化

（20年代末—40年代中期）

第七章　散文的蜕变和杂文的兴盛

第一节　散文观念的两极蜕变和冲突

一　阶级意识的“幽灵”闯入文学殿堂

(一) 文学在阶级对立中艰难挣扎。

当现代文学史翻到1927年的春天，硝烟与鲜血的现实，迫使它产生了剧烈的蜕变，从而不得不坚决而又痛苦地展示它新的一页。这一页又再一次证明：我国现代文学的发展对政治的依赖。五四运动的思想革命风暴揭开了现代文学的帷幕，1927年之后的一系列政治事变，使现代文学舞台频频更换它的主人和作品。中国现代文学开始了更艰难的跋涉和蜕变。

它的艰难性在于随着国内阶级斗争的激化以及苏联十月革命的成功，阶级意识在文学殿堂中的地位被强化。文学家们原来在五四风暴中发现文学是“人的文学”，现在面临着屠刀和鲜血的检验，产生了困惑和动摇，文学的发展也就随之复杂起来。

在五四运动中，文学家们提出了“人的文学”。十九世纪末二十世纪初的许多先哲，都努力想去认识“人”。梁启超在推行他的“法”中，就发现真正的障碍还是在“人”身上。在《论正统》中，他对“正统”发动了猛烈攻击：

> 中国史家之谬，未有过于言正统者也。言正统者，以为天下不可一日无君也，于是乎有统；又以为天无二日，民无二王也，于是乎有正统。统之云者，殆谓天所立而民所宗也。正之云者，殆谓一为真而余为伪也。千余年来，陋儒龂龂于此事，攘臂张目，笔斗舌战，支离蔓衍，不可穷诘。一言蔽之曰，自为奴隶根性所束缚，而复以煽后人之奴隶根性而已。①

---

① 见吴嘉勋、李华兴编《梁启超选集》，上海人民出版社1984年版，第288页。

他对“正统”和“奴隶根性”的批判，显然，是想解放“人”。不管梁启超所批判的“正统”和“奴隶根性”所指的具体内涵是什么，呼唤“人”的解放是一种值得赞许的努力。但是他的先天局限使他没有真正发现“人”。直到五四运动将“人”作为宣扬民主和科学的根本时，文学家们开始注意“人”。周作人第一个提出了新文学是“人的文学”的主张。不管这个“人”是怎样的“人”，它已经预示，作家们已决心和为圣贤立言的旧文学决裂，“人”在觉醒。当时的散文家走在最前列，他们要在散文园地中写“人”，尤其要写“自我”，开垦“自己的园地”。所以周作人把自己的第一本散文集定名为《自己的园地》。现代散文正是在众多散文家“自己的园地”上汇集起来，形成了“极一时之盛”的春天。

但是，1927 年“四一二”政变，以及随后左联作家李伟森、柔石、胡也频、冯铿、殷夫等被杀害，严厉的出版法，书店被封闭等等，使得现代作家苦心经营的“自己的园地”面临被摧残和蹂躏的厄运。国民党和共产党的两大营垒的尖锐对峙，使得这个时代变成了“代言人”时代。二十年代颇有影响的语丝社曾以“语丝体”散文闻名全国，“语丝”同仁们曾自豪地说：“办一个小小周刊，不用别人的钱，不说别人的话。”但到 1927 年后，它也只能发出痛苦的呻吟：“本刊因在北京出版有困难，以后委托上海北新书局发行”，“语丝定户清册业被封锁”，“一四一以后，一五四以前各期语丝，亦一时难以取出。”①再加上在残酷的阶级斗争面前，语丝社成员的观点渐出现分歧，最后挣扎到 1930 年 3 月 10 日，只能偃旗息鼓了。仅仅在 1930 年春天就发生了这样一些事实：

1 月 1 日创刊的由鲁迅、冯雪峰编辑的《萌芽周刊》出至第 5 期被查封，第 6 期改名《新地月刊》，又被查禁。

1 月 10 日创刊的由蒋光慈、钱杏邨编辑的《拓荒者》出至第 4、5 期合刊被查禁，第 6 期改名《海燕》又被查封。

2 月 22 日，洪深在上海大光明戏院抗议放映含有辱华内容的美国影片，被拘捕。

3 月 19 日，国民党浙江省党部呈请国民党中央通缉“堕落文人”鲁迅和郁达夫等人。

4 月 28 日，艺术剧社被上海特别市公安局无理查封。

对此，鲁迅则更是用最简洁的语言说，“几条杂感，就可以送命的”②。国民党的文化专制主义和血的事实又不得不促使文学家来重新认识“人”了。

---

① 《启事二》，《语丝》第 4 卷第 1 期。

② 鲁迅：《答有恒先生》，《鲁迅全集》第 3 卷，人民文学出版社 1981 年版，第 457 页。

（二）阶级意识的"幽灵"闯入文学殿堂。

正是在这样的关键时刻，1928年，一批年轻的共产党员，如蒋光慈、钱杏邨、孟超等，成立了太阳社，率先站出来倡导革命文学也就是无产阶级文学。与此同时，1928年创造社加入了新回国的冯乃超、李初梨、朱镜我、彭康等人，和太阳社并肩作战，态度鲜明地把阶级意识纳入了文学，文学中的"人"的观念，在阶级意识的冲击下，开始了动摇和激烈的蜕变。

阶级意识是以一种咄咄逼人、大义凛然的姿态闯入文学领域的。这些年轻的共产党员提出的革命文学就是"以被压迫的群众做出发点的文学"，"是具有反抗一切旧势力的精神"的文学，"是反个人主义的文学"，是指导人们"认识现代的生活"，"指示出一条改造社会的新路径"的文学。①李初梨明确提出无产阶级的意识问题，认为无产阶级的文学，应是"以无产阶级的阶级意识，产生出来的一种斗争的文学"。为了使他们倡导的无产阶级文学成为百分之百的阶级文学的标本，他们对五四新文学运动也以清算的态度加以否定。李初梨在《怎样地建设革命文学》中对五四中被视作是思想解放的口号"文学是自我的表现"进行了猛烈抨击，斥之为是"观念论的幽灵，个人主义者的呓说"，要文学肩负起宣传功能："一切的文学，都是宣传。普遍地，而且不可逃避的是宣传；有时无意识地，然而常时故意地是宣传。"有的则明确提出："我们的艺术，更不得不是阶级斗争的一种武器了。"②这种高昂的带有狂热的批判和对文学的超负荷的苛求固然是和当时共产党中央对斗争形势、革命的性质、任务等估计和分析不切实际以及大革命失败后的复仇心理有关，但这一定程度上反映了阶级意识能极大地刺激年轻的从事文学的革命者的神经。由于它的偏激、狭隘、幼稚以及脱离实际，导致他们在行动上排斥一切、打倒一切，及至把矛头指向鲁迅、茅盾、郁达夫等，以此显示革命性。阶级意识刚进入文学时的声势和姿态使得某些观念比较平和的文学家望而生畏。因此，在1927年至1930年的三四年之中，文坛上就出现了这样的不正常局面，一方面是一部分人在大喊大叫，另一方面许多作家本来对阶级意识有一种本能的抵拒，他们既对国民党厌恶，同时对那些提倡阶级斗争的青年人的大喊大叫也很厌恶，从而消极彷徨无所作为，使得整个文坛陷入一种可怕的平静。叶圣陶在1927年7月10

① 蒋光慈：《关于革命文学》，《蒋光慈文集》第4卷，上海文艺出版社1988年版，第173页。

② 《时代美术社的宣言》，《中国新文学大系(1927—1937)》第19集，上海文艺出版社1989年版，第178页。

日写的发表在《小说月报》第18卷第7号上的一篇短文《最后一页》中写道："现在这时代究竟是个什么时代，有胡适先生与几位外国朋友各表意见，尚无定论，但总之是个不寻常的时代，当无疑义……因此在这里向作者们要求：提起你们的笔来写这个不寻常的时代里的生活！"这是最能代表当时作家们的心态的。他们连当时这个时代是个"什么时代"都还弄不清，那么"来写这个不寻常的时代里的生活"的呐喊又会有多大的号召力呢？

但阶级意识的幽灵随着阶级斗争的发展，进入现代文学的殿堂是势在必然了。正是在这样的非常时刻，鲁迅在残酷的阶级斗争面前，卓然独立，坚定地肩负起使命。一方面，在他指导下，成立了左翼作家联盟，把左翼作家最广泛地团结起来；另一方面，他又运用杂文，站在阶级斗争最前沿，冲锋陷阵，在斗争中把文学推到阶级斗争的漩涡中。他与梁实秋围绕"人性"问题进行了激烈的论争，并对文学的阶级性作了详尽的阐述。归纳起来，他的观点有这样四个方面：

1. 强调作家的"自己"是"本阶级的一分子"。

鲁迅明确地亮出"文学有阶级性"这一口号，他认为"在阶级社会中，文学家虽自以为'自由'，自以为超了阶级，而无意识底地，也终受本阶级的阶级意识所支配，那些创作，并非别阶级的文化罢了"①。他深刻地解剖创作的主体——作家这一"自己"："不问那一阶级的作家，都有一个'自己'，这'自己'，就都是他本阶级的一分子，忠实于他自己的艺术的人，也就是忠实于他本阶级的作者，在资产阶级如此，在无产阶级也如此。"②他还在《喝茶》和《文学和出汗》中具体列举了诸如"秋思"、"出汗"等通俗的实例，无可辩驳地说明世界上没有抽象的永久不变的人性，提出："文学不借人，也无以表示'性'，一用人，而且还在阶级社会里，即断不能免掉所属的阶级性，无需加以'束缚'，实乃出于必然。"③

2. 文学是"感应的神经"和"攻守的手足"。

鲁迅注重文学的战斗功能，他把自己的文学命名为"遵命文学"，但他"所遵奉的，是那时革命的前驱者的命令"④。并且为他的杂文规定了这样的任务，

---

① 鲁迅：《"硬译"与"文学的阶级性"》，《鲁迅全集》第4卷，人民文学出版社1981年版，第205—206页。

② 鲁迅：《又论"第三种人"》，《鲁迅全集》第4卷，人民文学出版社1981年版，第532页。

③ 鲁迅：《"硬译"与"文学的阶级性"》，《鲁迅全集》第4卷，人民文学出版社1981年版，第204页。

④ 鲁迅：《〈自选集〉自序》，《鲁迅全集》第4卷，人民文学出版社1981年版，第456页。

"是在对于有害的事物，立刻给以反响或抗争，是感应的神经，是攻守的手足"①。因此，他极为重视文学的宣传功能，认为"一切文艺，是宣传，只要你一给人看。即使个人主义的作品，一写出，就有宣传的可能，除非你不作文，不开口。那么，用于革命，作为工具的一种，自然也可以的"②。正因为如此，他在具体创作实践上，十分重视论争："战斗的作者应该注重于'论争'。"③

3. 作家应该"深切地感受着革命的脉搏的"。

鲁迅反对空头文学家，他在《死》中告诫人们，"万不可去做空头文学家或美术家"。他认为"宝贵的文字，是用生命的一部分，或全部换来的东西，非身经战斗的战士，不能写出"④。对那些翻筋斗的脱离实际斗争的小资产阶级文学家表示了极大的蔑视："当环境较好的时候，作者就在革命这一只船上踏得重一点，分明是革命者，待到革命一被压迫，则在文学的船上踏得重一点，他变了不过是文学家了。"这些作家在"写着革命文学的时候，也最容易将革命写歪"⑤。他主张要到"旋涡的中心"去，认为"不在旋涡的中心，所感觉到的总不免肤泛，写出来也不会好的"⑥。归根结底，他提出，"革命文学家，至少是必须和革命共同着生命，或深切地感受着革命的脉搏的"⑦。

4. 革命文学是"革命人"做出的"东西"。

在人和文学关系上鲁迅非常重视"人"的革命性。他认为："根本问题是在作者可是一个'革命人'，倘是的，则无论写的是什么事件，用的是什么材料，即都是'革命文学'。从喷泉里出来的都是水，从血管里出来的都是血。"⑧他非常明确地要把做"革命人"放在首位："为革命起见，要有'革命人'，'革命文学'倒无须急急，革命人做出东西来，才是革命文学。"⑨如此，他又尖锐地提出了作者"自我"解剖的问题，他反复地论述这个问题，提出"革命者决不怕批判自己"⑩，

---

① 鲁迅：《〈且介亭杂文〉序言》，《鲁迅全集》第6卷，人民文学出版社1981年版，第3页。

② 鲁迅：《文艺与革命》，《鲁迅全集》第4卷，人民文学出版社1981年版，第84页。

③ 鲁迅：《辱骂和恐吓决不是战斗》，《鲁迅全集》第4卷，人民文学出版社1981年版，第453页。

④ 鲁迅：《〈溃灭〉第二部一至三章译者附记》，《鲁迅全集》第10卷，人民文学出版社1981年版，第335页。

⑤⑦ 鲁迅：《上海文艺之一瞥》，《鲁迅全集》第4卷，人民文学出版社1981年版，第298—299页，第300页。

⑥ 鲁迅：《〈书简〉致姚克》，《鲁迅全集》第12卷，人民文学出版社1981年版，第256页。

⑧ 鲁迅：《革命文学》，《鲁迅全集》第3卷，人民文学出版社1981年版，第544页。

⑨ 鲁迅：《革命时代的文学》，《鲁迅全集》第3卷，人民文学出版社1981年版，第418页。

⑩ 鲁迅：《"醉眼"中的朦胧》，《鲁迅全集》第4卷，人民文学出版社1981年版，第62页。

并且以自己为实例,又说:“我知道我自己,我解剖自己并不比解剖别人留情面。”①“我的确时时解剖别人,然而更多的是更无情面地解剖我自己。”②

这些观念基本上在之后漫长的时间内,成为主流文化体制中的散文创作指南。阶级意识的幽灵闯进了文学殿堂。它预示着,现代散文发展到了新的转折时期。革命使它面临着要为革命斗争服务这一新课题。这个转折将是痛苦的纷杂的,它将在动荡中不断裂变不断分化。它将欢迎一些作家登上舞台,但是它又将冷落在舞台的另一些作家,它还要把一些作家赶下历史舞台。更深层次的变化是阶级意识进入了散文领域,促使了散文的话语的变化,诸如“资本家的乏走狗”之类的词语的运用和流行,使得散文话语逐渐开始形成阶级化语境,从而导致散文的分化。

二　散文观念的蜕变及其冲突

(一) 散文观念的两极蜕变。

在五四运动和二十年代初这一段时间里,由于现代散文还在摇篮之中,现代散文作家的注意力还主要集中于为它在文学殿堂中争一席之地,也就是为散文求生存而奋斗。一些散文家虽然在创作之余,凭着自己的一点感悟,对散文进行了一些理论探讨,但也显得粗浅和不成体系,因此,在散文观念上并未见到多大的摩擦和龃龉。对散文论述影响最大的当推周作人,他的一篇《美文》用“美文”对散文定位,尽管“美文”是一个比较抽象模糊的概念,却获得人们的首肯,顺利地把现代散文引入了文学殿堂。

但从二十年代中期开始,散文发展出现了多元化的倾向,实践的发展也促进了散文观念的多元化,引人注目的依然是周作人。他一方面接连推出《自己的园地》、《雨天的书》和《泽泻集》,显示了旺盛的散文创作生命力。同时,他又树起了“艺术是独立的”③这一旗帜,反省自己的散文创作,专心致志地探索酝酿他的散文观念和理论体系。值得注意的是他对散文观念和理论体系的探索是和他逐步推崇中庸式的宽容的生活艺术和哲学同步进行的。他把他的散文创作的成功归功于他所信仰的生活艺术和哲学,因此,他又反过来,虔诚地用他的生活艺术和哲学对散文创作进行总结和升华,树起散文“言志”的大旗,把散文之舟推进到表现“自我”的河流中去。这样,到了国共分裂,国内阶级斗争已尖锐

---

① 鲁迅:《答有恒先生》,《鲁迅全集》第 3 卷,人民文学出版社 1981 年版,第 457 页。

② 鲁迅:《写在〈坟〉后面》,《鲁迅全集》第 1 卷,人民文学出版社 1981 年版,第 284 页。

③ 周作人:《自己的园地》,《自己的园地》,岳麓书社 1987 年版,第6 页。

到你死我活的时刻,周作人的散文观念和他的作品就和现实形成了强烈的反差,摩擦也就开始了。周作人首先成为一些年轻的共产党人的靶子,1928 年,他受到了蒋光慈、钱杏邨的批判。周作人在遭到批判后,更是偏执地把他的散文观念推向极端,进而提出"闭户读书",专写"花草虫鱼"。同时,还出现了和他同声相应的散文家,如林语堂倡导"幽默",并运用诸如《论语》、《人间世》和《宇宙风》等阵地来传播他们的观念,使得他们的散文观念渐趋成熟和定型,在文坛上形成了一种气候,这就是所谓的"论语派"。而另一方面,以鲁迅为代表的左翼作家也结成了联盟,他们正在积极把阶级论引进散文观念中,并且寄希望于散文,希望散文能够成为和敌人作战的一种武器。因为在文学体裁中,散文有小说戏剧等文学样式所没有的快速、直接显示自己观点和灵活多变等长处。鲁迅等把散文的武器作用发挥到了极点,并获得了成功。毛泽东在《新民主主义论》中论述到 1927 年至 1937 年这段历史时曾这样表彰鲁迅:"其中最奇怪的,是共产党在国民党统治区域内的一切文化机关中处于毫无抵抗力的地位,为什么文化'围剿'也一败涂地了?这还不可以深长思之么?而共产主义者的鲁迅,却正在这一'围剿'中成了中国文化革命的伟人。"这种成功,更激发了他们对周作人、林语堂等的散文观念的反感和不容忍,促使他们在和周作人、林语堂等人的对立中,把散文观念推向另一极,即散文作为"斗争一翼"。由于阶级论的引入以及激烈残酷的斗争实践,鲁迅等也逐渐丰富和完善了他们的散文观念。他们也积极利用一些刊物,如《太白》、《新语林》、《杂文》等为阵地和论语派对峙。这就形成了三十年代一方面散文创作的繁荣,另一方面是作为两极散文观念的尖锐对立和冲突。双方冲突的分歧主要表现在以下三个方面:

1. 关于散文的审美追求。

论语派提出散文"以自我为中心,以闲适为格调"①,追求"凡方寸中一种心境,一点佳意,一股牢骚,一把幽情,皆可听其由笔端流露出来"的审美理想②。这种审美追求的哲学基础还是周作人奠定的,即:"文学即是不革命,能革命就不必需要文学及其他种种艺术或宗教。因为他正有了他的世界了;接着吻的嘴不再要唱歌,这理由正是一致。"③他们推崇散文抒写"自我"。为了

---

① 林语堂:《发刊〈人间世〉意见书》,《林语堂文集》第 10 卷,作家出版社 1998 年版,第 403 页。

② 林语堂:《叙〈人间世〉及小品文笔调》,《林语堂文集》第 10 卷,作家出版社 1998 年版,第 173 页。

③ 周作人:《〈燕知草〉跋》,《永日集》,岳麓书社 1988 年版,第 79 页。

使散文能达到以“自我”为中心，他们在散文的情致上，力主抒写“性灵”：“‘性灵’二字，不仅为近代散文之命脉，抑且足矫目前文人空疏浮泛雷同木陋之弊”，认为“性灵无涯”；在散文的作法上，倡导“不为格套所拘，不为章法所役”①；在散文的取材上，他们批评左翼作家“开口主义，闭口立场，令人坐卧不安，举措皆非”②。认为“宇宙之大，苍蝇之微，皆可取材”③。所有这一切，构成论语派的以“自我”为中心的名士气散文审美理想追求。以鲁迅为代表的左翼作家的散文审美追求却和论语派针锋相对，他们认为在这风沙扑面，虎狼成群的时刻，需要的是“匕首和投枪，要锋利而切实，用不着什么雅”。他们认为论语派所追求的散文，是“特别提倡那和旧文章相合之点，雍容，漂亮，缜密，就是要它成为‘小摆设’，供雅人的摩挲，并且想青年摩挲了这‘小摆设’，由粗暴而变为风雅了”④。他们积极要使散文和时代紧密起来，“我们应该创造新的小品文，使得小品文摆脱名士气味，成为新时代的工具”⑤。散文的最终出路，“必须是匕首，是投枪，能和读者一同杀出一条生存的血路的东西”⑥。要使散文“从狭小的‘性灵’里面，跨向广大的‘社会’来了，它所描写的已不仅是个人的性灵，反之，它已更多的描写了各种社会的面目和核心，科学小品的兴起，更表现了它广大的功用”⑦。总而言之，他们以“挣扎和战斗”作为散文的最高审美追求。

2. 关于现代散文源泉的探寻。

双方为了宣传他们的审美追求，都不约而同地从现代散文源泉中去寻觅根据。林语堂提出，他们所倡导的闲适散文，“须寻出中国祖宗来，此文体才会生根，虽然挨骂，亦不足介意”⑧。对此，周作人作了很多工作，他认为现代散文是明人小品这条“古河”重新被“挖掘了出来”，把明公安竟陵派的小品奉为他们的学习楷模。林语堂比周作人灵活些，他认为除掉公安竟陵派之外，还有

---

① 林语堂：《论文》，《林语堂文集》第10卷，作家出版社1998年版，第208—211页。

② 林语堂：《说〈宇宙风〉》，《林语堂文集》第10卷，作家出版社1998年版，第410页。

③ 林语堂：《发刊〈人间世〉意见书》，《林语堂文集》第10卷，作家出版社1998年版，第404页。

④⑥ 鲁迅：《小品文的危机》，《鲁迅全集》第4卷，人民文学出版社1981年版，第576页，第576—577页。

⑤ 茅盾：《关于小品文》，《茅盾全集》第20卷，人民文学出版社1990年版，第107页。

⑦ 南父：《“小品文”》，见佘树森编《现代作家谈散文》，百花文艺出版社1986年版，第187页。

⑧ 林语堂：《小品文之遗绪》，《林语堂文集》第10卷，作家出版社1998年版，第179页。

许多闲适笔调的文章，他在《小品文之遗绪》中搜罗了一批这样的散文，作为他们的散文审美追求的根据。对此，鲁迅等左翼作家又是看法相反，他们认为现代散文“原是萌芽于‘文学革命’以至‘思想革命’的”，也就是说是“仗着挣扎和战斗”①而产生的。针对林语堂和周作人对明清性灵派散文的推崇，鲁迅指出：明清性灵派散文，“虽说抒写性灵，其实后来仍落了窠臼，不过是‘赋得性灵’，照例写出那么一套来”②。以此否定论语派的“祖宗”和源泉。

3. 关于散文的审美趣味。

论语派提出散文“开卷有益，掩卷有味”③，大力倡导“幽默”和“文调”。另有一些散文家如梁实秋提出：“散文的美，美在适当。”把左翼作家的抗争散文斥之为：“常常的沦于粗陋之一途，无论写的是什么样的题目，类皆出之以嬉笑怒骂，引车卖浆之流的语气，和乡妇骂街的口吻，都成为散文的正则。像这样恣肆的文字，里面有的是感情，但是文调，没有！”④周作人则借赞美蒲松龄的两句诗：“姑妄言之姑听之，豆棚瓜架雨如丝”，表达了这样的审美效应：“我很喜欢这种态度，这是一种文学的心情，不汲汲于功利，但也不是对于人事完全冷淡，只是适中地冷静处之罢了。”⑤一言以蔽之，追求一种闲适的趣味。这一切又都为左翼作家所不满。鲁迅认为论语派这些审美趣味，是“靠着低诉和微吟，将粗犷的人心，磨得渐渐的平滑”，是把散文变成“小摆设”，讽刺说，“这种小品，上海虽正在盛行，茶话酒谈，遍满小报的摊子上，但其实是正如烟花女子，已经不能在弄堂里拉扯她的生意，只好涂脂抹粉，在夜里躄到马路上来了”⑥，是“从血泊里寻出闲适来”⑦。左翼作家针对论语派的闲适，提出“做小品文，却要从大处入手”，即使“写苍蝇之微，但那不是孤立的苍蝇，那是存在于宇宙的体系中而和整个体系相联系的苍蝇”⑧。要求散文具有“社会风格”。总

---

①⑥　鲁迅：《小品文的危机》，《鲁迅全集》第 4 卷，人民文学出版社 1981 年版，第 575 页，第 576 页。

②　鲁迅：《杂谈小品文》，《鲁迅全集》第 6 卷，人民文学出版社 1981 年版，第 417 页。

③　林语堂：《发刊〈人间世〉意见书》，《林语堂文集》第 10 卷，作家出版社 1998 年版，第 404 页。

④　梁实秋：《论散文》，见佘树森编《现代作家谈散文》，百花文艺出版社 1986 年版，第 42 页。

⑤　周作人：《〈聊斋鼓词六种〉序》，《永日集》，岳麓书社 1988 年版，第 80 页。

⑦　鲁迅：《病后杂谈》，《鲁迅全集》第 6 卷，人民文学出版社 1981 年版，第 170 页。

⑧　徐懋庸：《大处入手》，《徐懋庸杂文集》，生活·读书·新知三联书店（北京）1983 年版，第 211 页。

而言之,以鲁迅为代表的左翼作家十分强调散文审美趣味的社会性。虽然他们并不排斥散文给人愉悦的趣味,但“它给人的愉快和休息是休养,是劳作和战斗之前的准备”①。

本来散文观念的蜕变是发展中的一种正常现象,冲突也是难免的,这是文学之争。但因为当时的时代是风沙扑面、虎狼成群,散文多元化的追求显然不合时宜,成了一种奢侈。尤其到后来,卢沟桥的炮火,更把这些闲适散文家们的美梦击得粉碎,他们也就销声匿迹了。但从散文文体的发展来考察,论语派的散文观念有它独特的贡献。在建设时期的和平环境里,人们就会自然地怀念它。作为中国现代散文史的史实来客观评论,郁达夫当时所持的态度更为客观和公正:

> 至于清谈的小品文,幽默的小品文,原是以前的小品文的正宗,若专做这类的小品文,而不去另外开拓新的途径,怕结果又要变成硬化,机械化,此路是不通的。但是小品文存在一天,这一种小品文也决不会消灭。清谈,闲适,与幽默,何尝也不可以追随时代而进步呢?②

历史证实了郁达夫的预言。

(二)散文审美感知对象的专注现象。

散文观念的两极蜕变,对当时散文创作产生了激烈的反响,导致在中国现代散文史发展到三十年代,出现了散文家的审美感知对象的专注现象。

如果从国内政治大环境来考察,散文的第一个十年和第二个十年有其相同的一面,前十年是新旧交替,后十年是国共分裂,中国都是处在动荡不安的剧变之中。但是与第一个散文十年相比,在第二个散文十年中,散文家的审美感知的整体性却发生了奇异的变化。在第一个散文十年中,虽则散文家都有“自己的园地”,但他们审美感知对象和范围并不固定,处于不稳定和不确定的状态,但是当第二个散文十年拉开帷幕之后,散文作家的审美感知在对象和范围上出现了专注现象,即有稳定的感知对象和确定的范围。诚然,这种专注现象打上了鲜明的倾向烙印。

散文审美感知对象的专注主要表现为两大类:一类是以周作人、林语堂等为代表,周作人“闭户读书”,专注于“草木虫鱼”;林语堂在夹缝中痴情于“幽

① 鲁迅:《小品文的危机》,《鲁迅全集》第4卷,人民文学出版社1981年版,第577页。
② 郁达夫:《小品文杂感》,《郁达夫全集》第6卷,浙江文艺出版社1992年版,第175页。

默”。周作人从二十年代初就开始表现出对人生和文学的懈怠情绪，他所开垦的散文的“自己的园地”，已经出现了他审美感知对象专注的端倪。他从急流中退出来，喝着苦茶，听着苦雨，从容地梳理他的羽毛，用他的生活的艺术求得心理平衡。但是由于他心中的两个“鬼”——“绅士鬼”和“流氓鬼”的捣乱，还时常要搅得他失衡，使得他的审美感知对象不能专注起来。但到了二十年代末，“四一二”政变以及“革命文学”旗帜下一些作家对他的批判，使得他的悲观情绪愈加浓重起来。这样他对审美感知对象的选择出现了这样鲜明的趋向：离开人间，疏远社会。他为这种趋向形成作了周密准备。他先造舆论，要把“文学”与“革命”的关系切断，从而为他的审美感知对象的变化制造理论根据。仅仅在1928年年底的一两个月里，他借为他人作品作序之机，三番五次斩钉截铁地亮出“文学本来是不革命”①的旗帜。这固然是对当时的“革命文学”倡导者对他批评的反击，但也是为他审美感知对象的转移和专注到他所感兴趣的范围里寻找冠冕堂皇的理由。在这种理论支配下，紧接着，他又为自己的审美感知对象的转移找到了相应的途径——“闭户读书”：“‘此刻现在’……我看，苟全性命于乱世是第一要紧，所以最好从头就不烦闷……我想了一天才算想到了一个方法，这就是‘闭户读书’。”并且具体设计了“闭户读书”的方案：“翻开故纸，与活人对照，死书就变成活书，可以得道，可以养生。”②无奈的自嘲，表明他虚悬一个极境而自己正陷入一个绝境不能自拔。在《草木虫鱼小引》中他重申“文学无用论”，宣称他已完成了审美感知对象的选择工程，在这“不必说到政治大事上去，即使偶然谈谈儿童或妇女身上的事情，也难保不被看出反动的痕迹，其次是落伍的证据来，得到古人所谓笔祸”的“无一可言”的现实里，他已择定“草木虫鱼”作为他固有的散文审美感知专注对象了。

林语堂在审美感知对象上的蜕变和周作人相仿。1923年，林语堂留学归来，虽在《晨报副镌》上发表《征译散文并提倡“幽默”》、《幽默杂话》等倡导幽默，但那时的他豪情满怀，其审美感知对象放在政治和现实中发生的一些变故上，发表了《祝土匪》等散文，褒扬革命青年，讨伐“中庸”，为真理喝彩，热点始终在政治和社会上。但到了1927年之后，他的这种热情陡然减弱，他称自己“是如枯木似的，一点的蓬勃的气象也没有”，呈现一种“麻木与顽硬”的状态。在这种消极情绪支配下，他对以往的散文进行了消极反省，把以往的关注现实

---

① 周作人：《〈大黑狼的故事〉序》，《永日集》，岳麓书社1988年版，第83页。

② 周作人：《闭户读书论》，《永日集》，岳麓书社1988年版，第112页。

和政治的散文贬成是“不合时宜的隔日黄花”①。诚然,他还不像周作人那样遁世。他内心是这样矛盾,用他自己的话说,是“由草泽而逃入大荒中,大荒过后,是怎样个这山水景物,无从知道”,他不甘心遁世,“遁世实在太清高了,其文逸,其诗仙,含有不吃人间烟火意味,而我尚未能”②。这种心态迫使他从政治和现实中收回目光,又重操他在二十年代初期想倡导的幽默旧业。因此,他痴情于幽默是在国共两大阵营对垒的夹缝中的一种无法解脱的矛盾心态的解脱。诚如阿英在《林语堂小品序》中所分析的:

……这些作家,打硬仗既没有这样的勇敢,实行逃避又心所不甘,讽刺未免露骨,说无意思的笑话会感到无聊。其结果,就走向了“幽默”一途。此种文学的流行,也可说是“不得已而为之”。③

虽然林语堂和周作人的审美感知专注的对象不同,但他们疏远现实,在逃避“自我”中固守“自我”、深埋“自我”,并以此结为同盟者。因此,他们最后联合起来,以《论语》、《人间世》、《宇宙风》等为阵地,和左翼作家激烈抗衡,也就势在必然了。这种专注现象使他们的散文在闲适冲淡上走向了极致。除此之外,还有诸如郁达夫痴迷山水,也应属于这种散文审美专注现象。

另一类是以鲁迅为代表,他们执着抗争,热烈地以杂文关注着政治风云。在二十年代,鲁迅还“带露折花”,写下《朝花夕拾》这样的色彩丰富的纯情散文。但从二十年代后期开始,鲁迅执着抗争,义无反顾地以杂文为武器,时刻关注着政治风云。他后期的创作,除少数诗篇以外,清一色地是社会杂文和政治杂感。在《〈而已集〉题辞》中他说:

这半年我又看见了许多血和许多泪,
然而我只有杂感而已。
泪揩了,血消了;
屠伯们逍遥复逍遥,

① 林语堂:《〈剪拂集〉序》,《林语堂文集》第10卷,作家出版社1998年版,第368—369页。

② 林语堂:《〈大荒集〉序》,《林语堂文集》第10卷,作家出版社1998年版,第385页。

③ 见柯灵主编《中国现代文学序跋丛书·散文卷》(上),海南人民出版社1988年版,第798页。

用钢刀的，用软刀的，

然而我只有"杂感"而已。①

他自觉地遵奉"革命的前驱者的命令"②，用杂感进行抗争。因为他意识到，"现在是多么切迫的时候，作者的任务，是在对于有害的事物，立刻给以反响或抗争，是感应的神经，是攻守的手足。潜心于他的鸿篇巨制，为未来的文化设想，固然是很好的，但为现在抗争，却也正是为现在和未来的战斗的作者，因为失掉了现在，也就没有了未来"③。因此，进入他杂文中的题材都和政治风云紧密相关，以便"给寂寞者以呐喊"④。使得他的杂文成了职业革命的政治宣言书，发挥了它特有的政治功能和效应。

散文审美感知对象的专注现象，反映了散文作家在阶级斗争尖锐残酷的三十年代中的审美心理结构的变化。这说明了散文作家在激烈变化的现实面前，有较强的自我生存、自我调节和自我转化的能力，他们都想在散文中顽强地保存自我，尽管采取的方式，有的是积极跟上时代前进的步伐，在抗争中显示自我；有的是以回避遁世的方式，在深埋自我中保存自我。但不管怎样，他们都为我们提供了散文抒写"自我"的经验。这也显示了现代散文作家在驾驭技巧上的成熟，从而导致了三十年代的散文呈现出千姿百态的景观。

散文审美感知对象的专注，从某种意义上说，给散文发展带来了一些不利因素（如极易落入单一化、模式化的泥坑），但由于散文审美感知专注对象的对立和冲突，起到了极有效的调节和互补作用。鲁迅以及左联散文家的剑拔弩张的抗争，使得他们的散文具有公开的鲜明的目的性，由于和现实的贴近，显得生气勃勃、活力非凡。而周作人、林语堂对他们关注对象的厚爱，虽无目的实有目的，虽无定向实有定向，尽管有一种疲软之态，却也从一个方面呈现了自己的风采。这一类散文虽则遭到了以鲁迅为代表的左翼散文家的无情批判和排斥，但它们却也自信地生长着。这种对立和互补，使得散文摆脱了时代要求它能起到"代言人"作用的尴尬境地，和其他文体（尤其是小说）相比，也较少地染上了当时文坛上公式化、简单化或其他形式主义的时代病。这又从一个方面为我们当代散文发展提供了一面历史的镜子：应该容忍散文审美感知对象的对立和冲突，对它们的互

① 见《鲁迅全集》第 3 卷，人民文学出版社 1981 年版，第 407 页。

② 鲁迅：《〈自选集〉自序》，《鲁迅全集》第 4 卷，人民文学出版社 1981 年版，第 456 页。

③ 鲁迅：《〈且介亭杂文〉序言》，《鲁迅全集》第 6 卷，人民文学出版社 1981 年版，第 3 页。

④ 鲁迅：《〈伪自由书〉前记》，《鲁迅全集》第 5 卷，人民文学出版社 1981 年版，第 4 页。

补作用不可忽视,否则,又会影响散文的正常发展。

在散文观念的两极蜕变和对立冲突的时刻,令人惊讶的是北京以《大公报》文艺周刊为阵地,形成了一个散文中心,其代表人物可推沈从文、萧乾、何其芳、李广田等,他们并没有卷到散文观念的对立和冲突之中,却是另辟蹊径,孜孜不倦地追求散文艺术的完美,创作和贡献了一批独特的散文佳作,形成了京派散文作家群,在三十年代散文园地里显得格外醒目和灿烂。代表佳作有:沈从文《湘行散记》,何其芳《画梦录》,萧乾《小树叶》,李广田《银狐集》和《画廊集》,等等。

第二节 散文的俗化及其收获

一 散文俗化伴随着散文体式的裂变而展开

(一) 散文俗化的背景和原因。

散文的观念的蜕变,冲击着散文的体式,引起了散文体式的裂变,它促使了散文俗化的展开和成功。

散文俗化在三十年代出现和展开,并不是偶然的,它有深刻的背景和原因:

1. 经历了五四时期的衍变,在创作上已积累了丰富的经验,文体上已逐步趋向稳定和成熟。尤其是以周作人为代表的散文家在散文题材上的拓展和语言上的絮语化,都给散文俗化提供了有益的经验。

2. 国际上,尤其是苏联特写的兴旺和成功,也给我国的散文俗化树立了榜样。

3. 左翼作家对文学大众化和通俗化的积极倡导和实践。如蒋光慈、冯乃超等左翼作家在 1930 年 3 月 1 日和 3 月 29 日曾先后两次以文艺大众化和通俗化为主题,召开了座谈会,目的是要使文艺“成为大众的文艺”(蒋光慈语)。这两次座谈会,就文艺大众化的内容、语言以及达到大众化通俗化的途径进行了探讨。左联为此郑重通过决议,号召“全体联盟员到工厂到农村到战线到社会的地下层中去”①,把文学“从少数特权者的手中解放出来,真正成为大众的所有”②。在三十年代中期,许多左翼作家和刊物还进而提出“大众语”的问

①② 《无产阶级文学运动新的情势及我们的任务》,《中国新文学大系(1927—1937)》第 19 集,上海文艺出版社 1989 年版,第 97 页,第 98 页。

题。同时，又相继成立了许多社团组织，如"普罗诗社"、"无产阶级文艺俱乐部"，其宗旨就是："我们觉得中国的无产阶级，教育程度极低，普遍的情形是读书看报都要求极浅显明白的文字，我们目前起就要努力创造合乎他们程度的文艺，供他们迫切的需要。"③散文俗化可以增强散文的鼓动性和宣传效应，从而强化它的服务功能。

(二) 散文俗化的成就。

三十年代散文俗化是伴随着散文体式的裂变展开的，主要成就在于：

1. 散文和新闻结缘，促使纪实散文的崛起。有许多新闻记者以极大热情投入纪实散文写作之中，形成了一批有特色的纪实散文作家，如邹韬奋、范长江等；另有一批投身在社会活动漩涡中的勇敢实践者，也在各种实践的刺激中，激发创作纪实散文的欲望，进行纪实散文创作，如谢冰莹、方志敏、夏衍等。以此形成了纪实散文热。

2. 科学进入散文园地，并成功地结出了科学小品这一硕果。这应归功于当时的一些刊物的倡导，如《太白》等都以非凡的热情，培养了一批科学小品作家，如贾祖璋、周建人等，基本上每期都要刊登科学小品，有力地借助散文进行了科学普及工作。

这两种散文新品种的出现，标志了三十年代散文俗化取得了丰收。

二　散文和新闻结缘：纪实散文的崛起

(一) 崛起的过程。

大致经历了四个阶段。

第一阶段：二十年代，初露峥嵘。

现代散文始终与新闻联系密切，其形式之一的杂感就借助了报纸杂志这一新闻媒介手段，鲜明地打上了新闻印记。第一代散文家对新闻也都有特殊的感情，瞿秋白的《饿乡纪程》和《赤都心史》，冰心的《寄小读者》等都是以新闻通讯的形式进行快速报告的。只是他们(尤其是冰心的《寄小读者》)较为侧重于抒写自我内心情感和体验，还没有被人们视为纪实散文。但他们创作的成功已经引起了散文家的注意，并从中受到鼓舞，看到了散文和新闻结缘的内在潜力。因此有许多散文家也不禁偶尔为之，如《礼拜六》刊物上就有偏重纪实的关于灾民、丝厂工人生活的散文发表。同时，遇到一些突发事件，散

③　《"无产阶级文艺俱乐部"底发起》，《中国新文学大系(1927—1937)》第 19 集，上海文艺出版社 1989 年版，第 181 页。

文家也会不由自主地让散文和新闻结缘,如1926年的"三一八"惨案发生后,周作人的《关于三月十八日的死者》,朱自清的《执政府大屠杀记》等就是这种结缘的代表作。虽是偶尔为之,尚未形成气候,但它们初露峥嵘,那强烈的批判意识和纪实的笔法,已经给人们留下了深刻的印象。特别值得一提的是,在二十年代末被卷进北伐漩涡的谢冰莹成了一位名副其实的女兵,她用亲身经历写成纪实散文《从军日记》,轰动文坛,成为纪实散文的开拓之作。

第二阶段:三十年代初,工农兵文艺通讯热。

三十年代初,情况又发生了变化。一是国际上的无产阶级文学中兴起了报告文学热,捷克著名的报告文学作家基希来到中国实地考察,创作了《秘密的中国》等报告文学。他的成功实践,"在轻快的笑谈间夹着逼人的严肃的风格,他渊博的知识和强烈的正义感,不负他的盛名,使他成为中国新起的报告文学者的良好的模范"①。此时苏联也掀起了特写热,这股热浪催动着中国作家的心,增强了他们促使散文和新闻结缘的信心。二是国内民族矛盾和阶级斗争日益激化,如"九一八"事变和"一·二八"事变的爆发。为了适应新的斗争形势,"左联"自觉地组织"工农兵通讯运动",使得文艺大众化运动有所突破。散文俗化正是借助这股文艺大众化的潮流加速了和新闻联姻的进程,围绕重大事变,一哄而起,形成纪实散文的一种——工农兵文艺通讯。如"一·二八"上海抗战时,大量工农兵的文艺通讯涌向报刊。《文学导报》、《文艺新闻》、《北斗》、《文学月报》、《大晚报》、《大美晚报》等副刊,都相继发表了大量的文艺通讯。之后,1934年,陈望道主编的《太白》对速写的倡导和扶持,以及茅盾在1936年主编的《中国的一日》,也都是这股工农兵文艺通讯热的延伸和余波。

第三阶段:三十年代中期,纪实散文的兴旺。

三十年代中期是纪实散文的收获的季节。纪实散文经过长期衍变,趋向成熟。这一时期,涌现了很多优秀的纪实散文,代表作有邹韬奋的《萍踪寄语》、《萍踪忆语》;范长江的《中国的西北角》、《塞上行》;方志敏的《狱中纪实》等。纪实散文的个性渐渐定型,主要有这样三个特色:一是强烈的新闻性、时效性。它是时代风雨表,社会上发生的事件会立刻从它身上显示出来。因此,围绕一些大事件会呈现出一哄而起的景观,如上海各报以"一·二八"战事为热点写的文艺通讯。二是强烈的批判意识。纪实散文以批判为原动力,和丑

① 周立波:《〈秘密的中国〉译后附记》,《秘密的中国》,群众出版社1981年版,第198页。

恶的现实决不妥协，用批判对现实生活进行硬性干预。如《上海事变与报告文学》中很多篇章都是揭露日寇的暴行，茅盾主编的《中国的一日》、方志敏的《狱中纪实》都用很多事实揭露了国民党的黑暗统治。当然批判现实也必然要歌颂新世界，这种歌颂是另一种形式的批判。三是重在纪实。纪实散文重视现场实录，有较为强烈的现实感。它少幻想，也不喜欢进行不着边际的缥缈模糊的描摹。这种纪实的属性，又促使它更喜欢用游记的形式出现，只不过它更换和革新了游记的内核，注射进批判的原动力。如前述邹韬奋、范长江的作品，均以游记为主。因此三十年代的纪实散文发展事实证明了这样一点：我国散文的俗化过程，最初是以新闻和游记开始的。同时邹韬奋、范长江都是新闻记者，这也昭示了一个历史事实，我国新闻记者在推动和促进散文俗化的过程中，其历史功绩是不可磨灭的。

第四阶段：三十年代中期之后，转向和蜕变。

纪实散文是一种富有活力的文体，它在成熟的同时，又迅速开始蜕变。三十年代中期之后，纪实散文逐步向三个方向发展：一是强化文学色彩，向艺术报告发展，形成报告文学，这可以夏衍的《包身工》和宋之的的《一九三六年春在太原》为标志；二是更强调新闻性、普及性，形成军旅散文，以刘白羽、华山、黄钢等的散文为代表；三是吸取我国民众所喜欢的传记文学的特长，形成以传主为纪实轴心的传记散文，以丁玲、沙汀等的传记散文为代表。

（二）纪实散文作家综录。

1. 谢冰莹的《从军日记》。

谢冰莹(1906—2000)，湖南新化县人。原名谢鸣冈，又名谢彬，字风宝，笔名冰莹、冰莹女士、小兵等。她是散文俗化的先行者，其《从军日记》是我国纪实散文史上首批成功实践的作品之一。

在中国现代散文史上，谢冰莹和二十年代初期就闻名全国的谢冰心，是现代女散文家中值得注意的两个代表作家。她们分别主宰了两个时代，谢冰心出现在第一个十年和二十年代转换的时刻，她用清纯的“冰心体”为现代散文精心营造了一块平静的绿洲；谢冰莹出现在二十年代和三十年代转换的时刻，她用粗野的日记体为现代散文的俗化卷起了一股强烈的旋风。令人惊奇的是两人的散文都采用日记式的书信体来写，她们的成功，证明了日记式的书信体在我国现代散文发展中有着它的独特地位。

谢冰莹得天独厚地有一段戎马生涯，这是她的创作优势。1926 年，她为革命洪流所裹挟，再加上二哥的鼓励，为了逃避包办婚姻，毅然来到武汉，进入两湖书院的中央军事政治学校第六期女生部，与两百多名女生一起接受严格的军事政治训练。她曾在《我的回忆》中说道:“当时别的都不能打动我的心,只有献身革命和解决婚约,是我的两大目标。”1927 年,她随军北上,在战火纷飞的生活中,她随时把亲眼目睹的一切见闻忠实地记录下来,写成《从军日记》,在孙伏园主编的《中央日报》副刊上连载,轰动一时。林语堂对它的轰动情景曾作了这样的描述:“大概在汉口办事而看那时《中央日报》副刊的读者,都曾赏识过冰莹这几封通信,都曾讨论过‘冰莹是谁’的问题,说也奇怪,连某主席也要向副刊记者询问到冰莹的真性别。这大概是在革命战争时期,‘硬冲前去’的同志对于战地的写实文字,实特别注意而欢迎。更奇异的,我曾译其中一篇为英文,登英文《中央日报》,过了两月,居然也有美国某报主笔函请英文《中央日报》多登这种文字。这真有点像《少女日记》的不翼而飞了。我因此想这也许是冰莹文章的‘骨气’。总而言之,这几篇文章的确有过这种影响。”①法国大作家罗曼·罗兰曾致函慰励,后来又有英、法、俄、日等译本面世,可谓风行一时。

《从军日记》写得“野”,首先从创作思维来看,它完全脱出常规,是一种“野性思维”。战场特定的写作环境和氛围,使得作者不能精心营构,因此,其思维流程,“总是想到那里就写到那里,起初并没有计划我这篇东西应该要怎样写怎样写,写完之后也并不看它或者修改一个什么字。我只是有了话就写,毫不顾虑毫不思考的一直往下写,写完了就丢了,就什么都不管了”②。这是一种野头野脑、肆无忌惮、毫无系统的彻底开放型的思维。但可贵的是它虽野却是至性至情,是一种真欢乐、真悲伤:“这些东西是我到感觉得非写不可的时候才写的,这些东西是我赤裸裸写出给我和我朋友看的。”③

其次从取材来看也非常“野”。它是破天荒的女兵的日记。中国的文学领域中女兵题材一直匮乏,木兰从军是一个难以考证的被人们理想化了的浪漫故事,穆桂英挂帅之类也是很难落到实处的一个历史传说。但这里的《从军日记》确是货真价实的一位女兵的日记,人们看惯了婀娜的三寸金莲的女子,突然看到一个蓬头垢面的女兵通过她手中的笔,把她在军队里的种种生活真实地展示在读者面前:这个女子可以和男人在一起做她想做的事,可以参与审判土豪,可以放肆地笑,可以粗鲁地骂粗话,这一切,使陌生的读者产生惊异感和

---

① 林语堂:《冰莹〈从军日记〉序》,《林语堂文集》第 10 卷,作家出版社 1998 年版,第 420 页。

②③ 谢冰莹:《〈从军日记〉写在后面》,《从军日记》,光明书局 1933 年版,第 54—55 页,第 55 页。

新鲜感。《从军日记》的影响之大也正是在这里，它使人们实实在在地感受到妇女和男子的真正平等，它是我国的第一本用散文来宣扬女权的宣言书。

《从军日记》可当历史来阅读。它从一个侧面还原了北伐战争中的一些生动景象。中国现代纪实散文一登上散文园地就显示了它历史真实的优越性。这种历史真实是通过对一个女子眼中的革命时代和革命时代中的人们眼中的一个女子进行交叉描绘来展示的。无论是她眼中的世界，还是世界眼中的她，其真实性都是惊人的。如作者写到革命时代的革命权威，这样写道：

> 我们一到这里，就有从前在这里的同志们告诉我们许多消息。苏同志说前天枪毙了一个在 YS 那里做事的汪副官，所有民众去看的都拍掌说杀得好，真杀得好。当他未枪决以前，我军捉拿他的说，你是一个官长，本来舍不得杀你（故意说的），你又说你是好人，我们更不能杀，但是现在你到街上去走一遭，假使民众都说你是好人，那么就放了你。他刚出门，见了他的民众，无论男女老少都说他是伤害我们的，应该杀了他。①

这是在中国现代散文中对我国农村革命权威的最早的描述。这种纪实描写的本身就是一种革命，告诉人们：散文体式的裂变是伴随着时代的裂变而展开的，这又再一次说明散文发展对政治的依赖。不过《从军日记》的真实是彻底的，它对革命的描绘是立体的、多面的，它没有任何粉饰，在《从军日记》里《一个可喜又好笑的故事》中，又写了革命不足的一面，某一个乡村审判土豪，最后表决决定是否要枪毙这个土豪时，大家都举了手，直到把土豪枪毙了，群众还不知道自已举手表决是为什么，真实地写了农民脑筋简单，思想幼稚。作者写这一些是想对这种现象寻根刨源，找出解决办法，即提出“领导者更要特别注意指挥与宣传”。又如文中处处以社会和人们作为镜子来透视作者自我，反映作者在当了女兵，享受女权后的喜悦，这都是一些宝贵的历史资料，留给后人享受和咀嚼。

《从军日记》还为中国现代散文的语言俗化作出了榜样。整个《从军日记》的语言简单明快，充分的口语化，具有顽皮性、粗野性和无拘无束的天真性。好像是放足的女人，有一种天生美。如写到对反动军队的仇恨和蔑视，这样写道：“有了无数万的民众拥护我们，帮助我们，YS 他们不愁不能把来煮得吃

① 谢冰莹：《说不尽的话留待下次再写》，《谢冰莹作品选》，湖南人民出版社 1985 年版，第 17 页。

了。哈哈!"既贴切又通俗,很有感染力。

尽管《从军日记》写于戎马倥偬之中,显得匆忙而粗糙,但它全新的纪实内容和手法,使它当之无愧地成为我国现代俗化散文的开山之作。

谢冰莹之后一直坚持散文创作五十余年,共出书六十多部,其中影响较大的有《一个女兵的自传》(后改为《女兵自传》)、《离婚》等。她晚年皈依佛教,成了佛门忠实信徒。

2. 邹韬奋的《萍踪寄语》、《萍踪忆语》。

邹韬奋(1895—1944),江西余江人。原名邹恩润,记者、散文家。他以主编《生活》周刊而闻名全国。他为《生活》周刊撰写的《本刊与民众》中提出,《生活》周刊"于文字方面,本刊力避'佶屈聱牙'的贵族式文字,采用'明显畅快'的平民式的文字",坚持"本刊替民众里面最苦的部分,对于社会的呼吁"。使《生活》周刊在他主编之后发行量激增到十五万以上,成为人们喜爱的通俗化的刊物之一。他是散文俗化的积极倡导者、先行者,也是散文俗化的最自觉最有效的实践者。他的纪实散文《萍踪寄语》、《萍踪忆语》就是三十年代散文俗化的重要收获,在国内产生了深远的社会影响。

《萍踪寄语》、《萍踪忆语》是邹韬奋在 1933 年到 1935 年的两年中周游意大利、法国、英国、德国、苏联和美国等国写成的纪实散文。《萍踪寄语》分初集、二集和三集。初集共四十四篇,写从上海起程途经新加坡、科伦坡、苏伊士运河的印象,纪实的重点是放在写英国和法国的社会问题和新闻事业上。二集重点写德国法西斯的种种罪行,计十二篇 。三集主要是全面报导在苏联的所见所闻,共六十六篇。《萍踪忆语》共三十七篇,侧重透视美国社会,涉及政治、经济、社会、文化诸方面。《萍踪寄语》、《萍踪忆语》为当时人们认识世界提供了一个明亮的窗口。

这两本散文集纪实重点放在国外的世界描绘上,它们是借国外世界的"彼"来干预国内现实的"我"。邹韬奋在《萍踪寄语》初集的《弁言》中就明确地提出,"这些'寄语'虽然是'拉杂写来'的零篇短简,但是记者在观察研究它的时候,在持笔叙述的时候,心目中却常常涌现着两个问题:第一是世界大势怎样?第二是中华民族的出路怎样?中国是世界的一部分,我们要研究中华民族的出路怎样,不得不注意中国所在的这个世界的大趋势怎样,这两方面显然是有很密切的关系"①。这种"由彼及我",借外面的射线来辐射透视我国内部情况的独特干预生活的方式,使得它和一般的游记划清了界限。与之相

① 见《韬奋文集》第 2 卷,生活·读书·新知三联书店(北京)1956 年版,第 4 页。

比，和邹韬奋先后差不多时间出国的朱自清（1931 年 8 月）在游历欧洲回国后写的《欧游杂记》就不是纪实散文，却是游记。因为他的宗旨和邹韬奋截然不同："书中各篇以记述景物为主，极少说到自己的地方。这是有意避免的：一则自己外行，何必放言高论；二则这个时代，'身边琐事'说来到底无谓。但这么着又怕干枯板滞——只好由它去吧。"①这种"避"的态度和邹的"入"的态度形成了一个鲜明的对比，因此掩盖自我，让笔墨在景色中徜徉的《欧游杂记》也就无力来承担散文俗化的重任了。

邹韬奋这两本散文集的创作心态呈开放型。他游历的国家众多，政治色彩斑杂。他力图从纪实的角度出发，能够客观正确地对中国民众介绍。在介绍中，有强烈的自我参与意识。如在《萍踪寄语》初集的《纸上自由》中，他一方面客观地报道英国和法国的"纸上自由"和"嘴巴上的自由"，可以对政府自由地批评指摘，但他在报导这种自由的同时，又马上剥开它的表面，让人们看到它的骨子里的另一方面——"在行动上，这资本主义的社会制度好像铜墙铁壁似的，却不许你越雷池一步"，尖锐地揭露这种"纸上自由"的虚伪性。在其他许多篇章中还用不少事实揭露资本主义社会的腐朽和丑恶。很显然，他报道英法美等资本主义国家的情况，是不希望我国步他们的后尘。而在《萍踪寄语》三集中，他一反这种态度，真诚地歌颂苏联的今天，字里行间处处洋溢着激情。这一激情的爆发，显露了他要把苏联作为参照系引进我国、希望苏联的今天就是我们的明天的企图。这种积极参与、明确显志的文风，也就成为我国纪实散文的一种传统，直到今天，仍为人们所采用。

3. 范长江的《中国的西北角》、《塞上行》。

范长江（1909—1970），四川省内江县人。原名范希天，记者、散文家。1927 年初，入吴玉章创办的中法大学重庆分校学习。后到武汉，参加二十军学生营，编入贺龙为军长的二十军三师教导团，并参加了南昌起义。1931 年"九一八"事变后，范长江在南京中央政治学校学习。1932 年转入北京大学哲学系学习，组织北大学生慰问团，到长城各口慰劳抗日军队。1935 年 7 月，范长江鉴于当时国民党政府的新闻封锁和歪曲报道，使得当时很多大事，诸如红军二万五千里长征等鲜为人知，便征得《大公报》同意，以该报旅行记者的身份，赴中国的西南、西北地区考察旅行一年。1936 年，又在内蒙古、陕西一带实地考察，采访当时内蒙战场，了解《西安事变》，并到达延安，写下了纪实散文《中国的西北角》和《塞上行》，在国内外产生了深远影响。其作品还有《旅行通

① 朱自清：《〈欧游杂记〉序》，《朱自清全集》(1)，江苏教育出版社 1988 年版，第 290 页。

讯》、《西线风云》等。范长江一直从事新闻工作，曾历任新华社总编辑、《解放日报》社社长、新闻总署副署长、《人民日报》社社长等职。

《中国的西北角》和《塞上行》均是记游实录之作。它们不仅真实公开地报道了中国工农红军进行的震惊中外的二万五千里长征和陕北延安抗日根据地及“西安事变”的真相，更重要的是和邹韬奋的纪实散文汇合起来，为我国的纪实散文奠定了一种纯朴踏实的健康基调，产生了良好的影响。

这两本纪实散文集在构思上以游踪为线索，把每到一地所见所闻加以辑录，而后再穿插历史、掌故、风俗、人情等，犹如日记。文章用大量的事实揭露了西北和西南地区民不聊生的惨景，对中国工农红军的长征以及百灵庙国民党抗击日本帝国主义的斗争进行了如实报道。和瞿秋白的《饿乡纪程》、《赤都心史》相比，更重纪实，相反，对自我内心的体验和情感的抒写并不十分重视，而是尽量让倾向和目的在实录中透示出来。在语言上力求通俗易懂，为大众所接受，以此扩大影响。由于作者徒步采访，历尽艰辛，为文中记载的材料付出了沉重的代价，这种参与使得散文现场气氛浓重，从而泯灭了作者和读者的距离，增强了真实感，把遮盖中国西北角和塞外的迷雾拨开，让人们看到其中的真实情景。这样的作品可以当历史来读。同时，文章为了加强宣传效应，又不时穿插历史掌故，尤其用一些风俗人情来装扮，更使这些散文增添了魅力。如《策马望酒泉》中勾勒的一幅画面：

> 双井子之西，和东面是一样的荒凉，风更大，幸而记者全身藏人装束，除脸部外尚不感十分厉害的寒气。走了三十里左右，路旁有一小方型单间的土屋，屋门口站立着一位非常健壮美丽的少妇，她用手挡着眼前的大风，伸长脖子，似乎向荒草滩中探视什么的样子。一会儿，草滩那面一匹雄骏的白马，载着一个壮年男子，如箭似的奔来。他们两人很快乐的进了土屋，留了白马看门。不知道传说的薛仁贵回窑，是不是如此光景？①

静态的倚门望夫归的美丽少妇和动态的裹着寒风骑着骏马飞奔回家的壮年男子，交融成一幅暖暖的图画，使寒风凛冽荒凉辽阔的西北草原陡添活力。这种别具一格的富有地方特色的风俗描绘使得散文的朴实笔法中充满了情致，具有独特的审美价值。

这两本纪实散文专集的朴实笔法，为三十年代末和四十年代兴起的军旅

① 见《中国的西北角》，新华出版社 1980 年版，第 134—135 页。

散文作出了榜样。就文体演变来看，把范长江的纪实散文称之为是我国军旅散文的前驱，也是恰当的。

4. 方志敏的《狱中纪实》。

方志敏(1900—1935)，江西弋阳县人。出生于一个农民家庭，1922年加入社会主义青年团，1923年加入中国共产党。他历任江西省农民协会秘书长、闽浙皖赣苏维埃政府主席、红十军政治委员、中央工农民主政府执行委员。1934年，率领红十军北上抗日，1935年1月与国民党军队作战时被俘，在狱中写了《可爱的中国》、《狱中纪实》等散文，1935年8月6日在南昌遇难。

《可爱的中国》是一篇气贯山河的抒情佳作。它是面对整个中国已经破碎了的山河抒情。这种以理念为基础的抒情在抒情散文创作方法上很冒险，因为它极易由于空泛而导致真情的缺失或使所抒之情流于一般化。但方志敏由于身陷囹圄，百感丛生，面对死亡的威胁，他迫切感到要向可爱的祖国来剖析和展示自己的那颗忠贞的心灵。他完全是把这篇抒情散文当作遗嘱来写。因此情感浓烈，那“朋友们，兄弟们，赶快起来，救救母亲呀”的呼喊声感召了千百万热血青年，奔向正义的解放事业。《可爱的中国》是中国的《海燕》，它作为号角永垂中国现代散文史册。

方志敏在狱中的另一本遗著《狱中纪实》，由《死》、《给某夫妇的信》、《狱中纪实》、《〈赣东北苏维埃创立的历史〉序言》、《记胡海、娄梦侠、谢名仁三同志的死》、《我们临死以前的话》等六篇散文组成。它是中国的“绞刑架下的报告”。由于它是作者在身陷囹圄的环境中写成的，因此这本散文集的中心题旨离不开“死”。第一篇散文《死》的纪实焦点就是“死”。虽然投降可得以苟且偷生，但作者为了信仰，毫不犹豫地选择了死，甚至连作梦也是高呼口号，慷慨赴死。其余各篇，作者也都毫不含糊地要用“死”来证明自己的信仰是如钢铁一般坚硬。作者最后也确是用慷慨就义的壮烈行动和崇高的气节来证实了《狱中纪实》的字字句句的真实可靠。《狱中纪实》是一本难得的关于生死观的好教材。

《狱中纪实》还可以说是一部血淋淋的国民党监狱史。作者利用入狱这一机会，对国民党监狱中的组织系统、卫生条件、看守横行不法以及滥杀无辜等作了极为细致的报告和剖析。有些描写真可以说是惨不忍睹，如写到监狱中犯人惨死的情景：

……入狱时，都肥胖胖的，雄生生的，不要几天就病倒了，不要几天就倒床不能起来了，再不要几天就死掉了！幸而不死，一样变成骷髅般的东西，颠颠倒倒，不能移步。在三等号中，这骷髅般的人，举目皆是，浮来漂去,苦极无告!尤其是那些病者垂死之时,呼父号母,呼兄号弟,辗转哀叫,惨不忍闻!尿屎都屙在身上和栊板上,自己就在尿屎中,爬着,滚着,抓着,摸着。没有医生医治,也没有一点水喝,就让他哀叫一二天,断气才算。①

作者就用这种细腻的笔墨,将最隐蔽最黑暗的国民党监狱曝光。这种控诉,更有力地激发了人们对国民党的憎恨,尤其是作者亲眼所见,亲耳所闻,其效果就更为强烈。

方志敏的《狱中纪实》在语言上为散文俗化作了许多有益探索:一是喜用对话,如《死》基本上是用对话结构的,犹如向读者面对面讲述他在狱中所见所闻。对话内容通俗明了,更易为读者理解和接受,受大众欢迎。二是语言简洁,常常用对偶句,或是由固定字数的整齐句式排列而成,读起来有节奏韵律感,增强了读者的阅读兴趣。

5. 夏衍的《包身工》。

夏衍(1900—1995),浙江杭州人。原名沈端先。中国左翼作家联盟的组织者之一。他擅长剧本创作,但因在1936年创作的《包身工》,使他载入了中国现代散文史册。

《包身工》是真正的艺术的报告,形象的报告。它调动了各种艺术手段,通过精心的艺术构思,巧妙集纳,以生动、丰富、形象的艺术语言,让人们在艺术享受中听取他的报告。全文着力描绘包身工的形象和所处的环境,展示了包身工一天的生活和种种遭遇。尤其是作者还具体地写了一位包身工——“芦柴棒”,让她前后露了三次脸,一次是烧火,一次是生病,一次是在抄身的时刻,使读者看到了一个被资本家榨尽血和汗的奴隶的形象。因此,最后的结论:“在东洋厂的每一个锭子上面,都附托着一个中国奴隶的冤魂!”是那样震撼人心。《包身工》身兼两任,既是纪实散文又是报告文学,它标志报告文学将和中国现代散文分道扬镳,从此另立门庭。报告文学将以它的勃勃生命力活跃在华夏大地上了!

抗日战争爆发后,夏衍继续创作了大量的杂感、随笔和散文,是四十年代桂林“野草”杂文作家群中重要成员之一。

三 散文与科学联姻:科学小品热的兴起

(一)《太白》:我国科学小品的摇篮。

① 见《狱中纪实》,工人出版社1957年版,第48—49页。

在三十年代的散文俗化过程中,科学小品也应运而生,风靡一时。

五四运动树起的两面大旗,一是民主,二是科学。但是由于当时中国军阀混战,天灾人祸,民不聊生,在五四运动以后的很长一段时间里,科学普及始终收效甚微。到了三十年代,一些有识之士指出,"在中国,科学与大众向来是寡缘的,这不仅因为物质的设备之不足,也由于科学文之过于道貌岸然,又冷又硬,遂使大众望而却步了"①。"中国今日一般科学知识的贫乏是一个很严重的事实"②,连"穿三件衬衫暖还是穿一件三倍那样厚的衬衫暖"这类极普通的常识问题,有许多中学生甚至大学生都回答不出来。腐草化萤,雀入大水为蛤,金鱼是蚕子变的等等无稽之谈,仍被人们视为经典,广为流传。如有一位署名为"君朋"的人在《申报·春秋》的"儿童周刊"栏里,专门发表了《蚕子变金鱼》一文,向儿童郑重传授如何把蚕子变成金鱼的方法,愚弄儿童。所有这一切都促使当时一些科学家和文学家联合起来,以散文为蓝本,把科学嫁接进来,推出科学小品这一新品种,为普及科学而努力。

首先亮出科学小品旗号的是陈望道主编的《太白》杂志。1934 年 9 月 20 日《太白》创刊,在创刊号上,就开辟了科学小品专栏。《太白》从创刊到 1935 年 9 月 5 日终刊为止,共出版了二卷二十四期,每期都设科学小品专栏,从未中断。在二十四期中,共推出六十六篇科学小品,还发表了两篇理论研究文章,对它及时总结、扶持和指导。对科学小品的支持,《太白》持之以恒,不遗余力,从而培养了一批有影响的科学小品作家,如贾祖璋、周建人、刘薰宇、顾均正等,《太白》成了我国科学小品的摇篮。

科学小品的兴旺并不是偶然的。自二十世纪初到二三十年代,外国的凡尔纳的科幻小说、法布尔的《昆虫记》、怀德的《塞耳彭自然史》、汤木生的《动物生活的秘密》以及尹林的科普作品陆续翻译介绍到我国。这些作品尤其是法布尔的《昆虫记》在我国受到人们的热烈欢迎,它的诗与科学相结合的笔调,开拓了我国科学家和文学家的视野。因此,在二十年代,实质上已经有人在作科学小品的尝试工作,如周建人、贾祖璋、刘薰宇、顾均正、索非、祝枕江等,只不过没有明确地把他们的作品看成是科学小品。这里特别要提一提周作人,他本来最有可能成为科学小品作家,他既有丰富的社会科学和自然科学知识,又擅长和精通散文的技巧,完全可以独领科学小品的风骚。但他心不在焉,尽管

① 徐懋庸:《谈科学小品》,《徐懋庸杂文集》,生活·读书·新知三联书店(北京)1983 年版,第 342 页。

② 华道一:《科学小品与大众教育》,《太白》第 1 卷第 11 期。

他已走到科学小品房间门口，写了一些花草虫鱼的文章，和科学小品很相似，但他不愿进入科学小品之门。他一心想用“花草虫鱼”来调谐和展示他的冲淡境界，他不愿意充当向读者介绍花草虫鱼的讲解员。因此，他拱手把科学小品作家的桂冠让给他那位同样迷恋花草虫鱼却热心为普及科学而辛勤创作的兄弟周建人。

科学小品一问世，个性就较鲜明，这说明它的倡导者和作者在科学小品的认识上较为一致。由于他们都把科学小品放在教育大众、普及科学知识上，他们要科学小品“分担一点教科书的责任，而求比教科书更大的效力”，使之成为“相当于教科书的一课的小品”①。因此，科学小品区别其他散文的个性就是要用艺术的表达手段来写科学的题材。它的题材是固定的，应在科学的圈子里。在表现上，必须用浅近的语言和生动的技巧，非常重视趣味性，以引发读者对科学的兴趣，从而达到传授科学知识的目的。诚如当时的评论者所概括的“在轻松和趣味的谈话中，不知不觉地输给他们点点滴滴的真理，提高他们的知识水准”。因此，科学小品的最崇高的目的，“只在使一般读者能懂得，决不是为荣耀我们自己的学术。浅近平凡不足为科学小品病，因为科学小品所需要的正是浅显易解”②。这也确是三十年代散文俗化进程所努力奋斗的最终目的。科学小品作家不负众望，也确实使他们的作品浅显易解，诸如包括对“昨天在那里”这种极为抽象的问题也能使人通俗明白地了解，为散文俗化作出了贡献。

三十年代中期兴盛的科学小品，大体可分为两类：一类是社会科学小品。作者主要是“读书生活”社的一些社会科学工作者和开明书店系统的教育工作者。这类科学小品或是负着新的思想启蒙和马克思主义普及教育的重任，以艾思奇的《哲学讲话》和柳湜的《街头讲话》为代表，其他较有影响的还有徐懋庸的《街头文谈》等；或是向读者普及人文科学知识，尤其是文化历史知识，一些作家还尝试用通俗生动的笔调来介绍评论文学作品，其中颇有影响的是朱光潜的《给青年的十二封信》、阿英的《小品文谈》和李健吾的《咀华集》，另外还有夏丏尊、叶圣陶的《文心》，丰子恺的《艺术趣味》等。另一类是自然科学小品，主要是运用艺术形式介绍生物、物理、地理、天文、数学、医学、化学等，其作者以一批科学和科普工作者为主。在《太白》上刊登的科学小品大多是这方面的小品，后曾结集以《越想越糊涂》为名出版，内收顾均正、周建人、贾祖璋、刘薰宇、朝水、沙玄、艾思奇 、柳湜、叔麟、华道一、柳大经和陆新球等十二家的四

①② 华道一：《科学小品与大众教育》，《太白》第1卷第11期。

十篇作品。《读书生活》上的科学小品结集以《我们的抗敌英雄》为名出版，辑录了高士其、周建人和艾思奇等人的三十二篇作品。自然科学小品逐渐兴旺，并成为科学小品的主要品种，其主要作家有周建人、贾祖璋、顾均正和董纯才等。

（二）主要科学小品作家和作品。

1. 朱光潜的《给青年的十二封信》。

朱光潜(1897—1986)，笔名孟实，北京大学教授，美学家。他出生于安徽桐城乡下一个破落的地主家庭。父亲是个乡村私塾教师。到十五岁才入“洋学堂”(高小)，只待半年，就升入桐城中学。由于该中学是桐城派古文家吴汝纶创办，特重桐城派古文，所以他从此就放弃时文，专攻古文。1916 年毕业后，在家乡当小学教员。之后，考取香港大学学教育。毕业后，先后到吴淞中国公学、浙江上虞白马湖春晖中学任教。1925 年夏，他到英、法留学长达八年，回国后到北京大学任教授。他的成名作就是《给青年的十二封信》。

《给青年的十二封信》是朱光潜在英国留学时为开明书店的刊物《一般》和《中学生》写的，先是单篇在这两个刊物上发表，后于 1929 年由上海开明书店出版，成为畅销书。夏丏尊赞扬道：“《一般》的目的，原思以一般人为对象，从实际生活出发来介绍些学术思想。数年以来，同人都曾依了这目标分头努力。可是如今看来，最好的收获第一要算这十二封信。”①

《给青年的十二封信》包括《谈读书》、《谈动》、《谈静》、《谈中学生与社会运动》、《谈十字街头》、《谈多元宇宙》、《谈升学与选课》、《谈作文》、《谈情与理》、《谈摆脱》、《谈在露浮尔宫所得的一个感想》和《谈人生与我》等十二篇文章，另有“附录”《无言之美》、《悼夏孟刚》两篇，夏丏尊的《序》一篇和作者的“代跋”《“再说一句话”》一篇。

朱光潜对散文有其独特见解，他认为，“散文是尽量流露的，愈发挥尽致，愈见其妙”②。在《给青年的十二封信》中，他根据这个原则，每一篇围绕一个主题，尽情流露，尽情发挥。当然，这种流露和发挥，不哗众取宠，不作秀造势，而是把青年视作朋友，在平等基础上随意谈心，把自己对人生的体验和盘托出，“我所要说的话，都是由体验我自已的生活，先感到(Feel)而后想到(Think)的，换句话说，我的理都是由我的情产生出来的，我的思想是从心出发而后再经过脑加以

① 夏丏尊：《〈给青年的十二封信〉序》，见《朱光潜全集》第 1 卷，安徽教育出版社 1987 年版，第 77 页。

② 朱光潜：《无言之美》，《朱光潜全集》第 1 卷，安徽教育出版社 1987 年版，第 70 页。

整理的"①。正如夏丏尊在"序"中所指出的,"无论在哪一封信上,字里行间,都可看出这忠告来"。这种和青年读者"忠告"式的真诚对话,使得朱光潜的《给青年的十二封信》,首先赢得了青年读者的信任,从而受到人们尤其是青年的欢迎。

《给青年的十二封信》涉及内容广泛驳杂,美学、文学、社交、情操、道德、人生等均有议论,是一部人生百科全书。朱光潜并不是万能的上帝,就内容来看,十二封信良莠不一。凡是涉及到他所熟悉的或研究的领域,如美学,就写得出彩,如《谈动》、《谈静》、《谈在露浮尔宫所得的一个感想》等,得心应手,游刃有余,显现出智慧的光芒,因而文章也写得从容、飘逸而潇洒。凡是涉及到政治的,似乎就显得笨拙幼稚,乃至谬误。如《谈十字街头》中对"人"的定义——"人是一种贱动物",几乎令人不能容忍。其中对民众的态度也有些贵族老爷心理:"民众通常都是肤浅顽劣的。"再如《谈多元宇宙》中把"美"和"善"、"恶"割裂开来也值得商榷。另外,个别篇章如《谈作文》、《谈升学与选课》也属老生常谈。但不管怎样,这些信没有令人讨厌的八股味,也没有让人乏味的说教腔,尽管它们所提供的答案也不是标准答案,但他却是诚心诚意地对折磨着青年的一些问题力图提出自已的看法,以帮助解脱烦恼,或许有力所不逮之处,但人们能从字里行间看到作者坦示的诚意,也就不对他求全责备了。

从这十二封信中还可以看到当时推动散文俗化的散文家的一条很重要的创作原则:合读者的胃口,并把它渗透到散文创作的各个环节之中。首先在选题上,这十二封信所选的题材:升学、恋爱、情与理等,均是青年时刻遇到的烦恼。如《谈摆脱》的议题:"世间有许多人站在歧路上只徘徊顾虑,既不肯有所舍,便不能有所取。世间也有许多人既走上这一条路,又念念不忘那一条路。结果也不免差误时光。"这种议题,搔到了青年的痒处,对青年来说,具有极大的诱惑力。其次在说理上,作者也别具一格,虽则他有渊博的学识,但他不卖弄,也不把它搞得玄而又玄,而是针对青年的胃口,以"诚"为上,言之成理,使其"出格"之时又能自圆其说。如《谈升学与选课》中谈到"做学问"与"生活"的关系时,他并不是要青年一天到晚钻在书本中,而是提出这样的观点:"做学问,做事业,在人生中都只能算是第二桩事。人生第一桩事是生活。我所谓'生活'是'享受',是'领略',是'培养生机'。假如为学问为事业而忘却生活,

---

① 朱光潜:《"再说一句话"》,《朱光潜全集》第1卷,安徽教育出版社1987年版,第81页。

那种学问事业在人生中便失其真正意义与价值。”这种议论博得了青年认同。再次在写作上，他也尽量多穿插实例，并且注意以情动人，使理融到情中，化成甜美的诗意。如《谈动》中的最后一段：

> 朋友，闲愁最苦！愁来愁去，人生还是那么样一个人生，世界也还是那么样一个世界。假如把自己看得伟大，你对于烦恼，当有“不屑”的看待；假如把自己看得渺小，你对于烦恼当有“不值得”的看待；我劝你多打网球，多弹钢琴，多栽花木，多搬砖弄瓦。假如你不喜欢这些玩艺儿，你就谈谈笑笑，跑跑跳跳，也是好的。就在此祝你
>
> 谈谈笑笑，
>
> 跑跑跳跳！①

这段鼓动，为人们长期传诵。在当时血与火的现实面前，也许这种“跑跑跳跳”只能使人暂时忘却烦恼，但它毕竟能使你一展笑颜啊！

2. 阿英的《小品文谈》和李健吾的《咀华集》。

阿英的《小品文谈》和李健吾的《咀华集》，均是力图用生动的小品笔调，对作家和文学作品进行通俗的介绍。这是文学评论普及化和通俗化的一种尝试。他们和周作人的书斋小品有所不同。周作人是自我为中心，他读古今中外的“书”是为塑造自我服务，所以古今中外的“书”进入他的思想天地，最后都会魔术般地变成他的这棵思想大树上的一个丫枝；阿英和李健吾却是尽心尽力为他人作嫁衣裳，借自己的生动的笔触，把所介绍的作家的一个个的“我”显现出来，勾勒出来，交给读者，因此，他们的这些读书小品在从事一种为他人服务的普及工作。诚然，他们也在这种普及工作中显示了自我。简言之，周作人是把他人化作自我，借他人创造自我；阿英和李健吾是把自我献给他人，以创造他人来实现自我，并在中国现代散文史上寻找到了他们的位置。

阿英(1900—1977)，安徽芜湖人。又名钱杏邨。1926 年参加中国共产党，是太阳社创始人之一。1933 年，阿英对周作人、俞平伯、朱自清等十三位散文作家的散文进行了系统研究，写了系列读书小品《小品文谈》十四篇。收在《夜航集》中予以出版。这是中国现代散文史上第一次对现代散文作家进行大检阅。在《小品文谈》中，阿英对十三个散文作家的脸谱一一进行了勾画。这种勾画线条虽粗，却也能兼及前因后果，给读者一个大致轮廓。如在《谢冰

① 见《朱光潜全集》第 1 卷，安徽教育出版社 1987 年版，第 13 页。

心》中对冰心的勾画：

她的倾向是反封建的，但在她的观念形态中，依然有封建意识的残余。这情形，正是在新文化运动初期，青年中普遍的情形。在旧的理解完全被否定，新的认识又还未能确立的过渡期中，青年对于许多问题是彷徨无定的，是烦闷着的。冰心作品所表现的，正是这种情形，她抓住了读者的心，无疑的，在她的作品中，也还有基督教思想的血液存在，这些血液，是流贯在她的爱的哲学之中。①

这里，阿英注重对冰心的“神”的刻画。他用科学的方法，分析出冰心灵魂里有着矛盾的二重性。她生活在新旧思变的时代里，虽是时代的宠儿，但却为“反封建”和“封建意识的残余”矛盾着，而且“还有基督教思想”。正是这种矛盾的混合使得她的散文成为当时青年的情绪的代表，因而为青年所爱戴。这种由文及人及社会再及文的全方位的勾画，虽然没有展开，也没有具体用散文作品来佐证，但因为它是阿英对冰心散文对当时整个社会观察的结晶，人们也就没有理由不予信任。正是这种粗线条的勾画描述，被阿英用来作为推动文学评论俗化的一个重要手段。就以冰心来说，读过冰心散文的或没有读过冰心散文的人，均可以从阿英的粗线条描述中获得大致了解，普及俗化的目的也就达到了。

阿英在推动文学评论的俗化过程中，还常用比较法。如他在《朱自清》中把朱自清和俞平伯作了这样的比较：

他（指俞平伯：引者注）和朱自清一样的知道必须执着“现在”，但他却不自主的，想把自己带回往昔，这倾向是一天比一天来得强。这两位作家，一个是带着伤感的眼看着“现在”，一个则是眼睛虽依旧向着“现代”，而他的双双的脚印，却想向回兜转。两个人都希望“现代”能加上“光明”，然都缺乏着自己创造的力。这是他们非常共同的地方，这情形，在他们的思想根底上，可说是一致的。②

这么一比较，把朱自清和俞平伯同是“执着‘现代’”的，却“一个是带着伤

①② 见《阿英文集》，生活·读书·新知三联书店（北京）1981年版，第121页，第119—120页。

感的眼看着‘现在’”,另一个却是“双双的脚印,却想向回兜转”的“异”显示出来并加以区别。区别就是对作家个性的揭示。这样,人们也就能清楚地去认识当时以“俞”、“朱”并称的两人的散文了。这种比较在整个《小品文谈》中比比皆是,如在《周作人》中对周作人和俞平伯的比较:“周作人的倾向,只是说明奋斗的无力;俞平伯的倾向,则是根本不要有斗。”言简意赅,句句中的,通俗地把现代散文作家介绍给了读者。

散文小品的理论批评一直比较薄弱,阿英选择它来作为文学评论的普及工作,就更有现实意义了。同时阿英在《小品文谈》中对现代散文作家归类考察,综合研究,这也是一种非常科学的研究方法,为后人作出了榜样。正因为它的科学,所以《小品文谈》的普及和俗化才有其生命力。

李健吾(1906—1982),山西运城人。笔名刘西渭。他对美特别敏感,欣赏美是他的优势。无论对文学艺术还是对自然的美,他都能生动感应。感应的结果是,三十年代初期,创作了游记专集《意大利游简》;三十年代中期,以刘西渭为笔名出版了用小品写的欣赏评论文艺作品的专集《咀华集》。

《咀华集》评了十位作家,大多是京派作家,如沈从文、何其芳、李广田、林徽因等,京派作家的代表人物均在其中。李健吾和他所评论的作家均有交往,知人论文又是他的长处。在开篇评巴金的《爱情三部曲》一文中,他一开始对文学批评发表了长长的一段议论,可把它当作李健吾推进文学批评的俗化的宣言来谈。他提出,“在了解一部作品以前,在从一部作品体会一个作家以前,他先得认识自己”。他认为批评文学作品的困难在于“人与人之间的层层隔膜”。因此,对于批评家来说,“不在自己具有术语水准一类的零碎,而在具有一个富丽的人性的存在”。他反对在批评时“滥用抽象的字句”①,这也可以说是李健吾俗化文学批评的响亮口号。他通过对批评家波德莱尔和布吕纳介的比较,提出要“根据人生”来欣赏文学作品,而这篇《爱情三部曲》就是他的“根据人生”批评文学作品的最初实验。如文中有一段对巴金和废名的比较,这样写道:

……人生应当有废名先生那样的隐士,更应当有巴金先生那样的战士。一个把哲理给我们,一个把青春给我们。二者全在人性之中,一方是物极必反的冷,一方是物极必反的热,然而同样合于人性。临到批评这两位作家的时节,我们首先理应自行缴械,把辞句,文法,艺术,文学等等武装解除,然后赤手空拳,照准他们的态度迎了上去。②

①② 刘西渭:《爱情三部曲》,《咀华集》,花城出版社1984年版,第2—4页,第4—5页。

这里李健吾先生在对我们进行他的“根据人生”批评文学法的示范操作。是说文还是说人？可以说是既说文又说人，文是人作，说文必说人，说人才能真正说文，这样就能品出文的真正滋味来。如他评沈从文的《边城》，这样说：“沈从文先生描写少女思春，最是天真烂漫。我们不妨参看他往年一篇《三三》的短篇小说。他好像生来具有一个少女的灵魂，观察的不是别人，而是自己。这种内心现象的描写是沈从文先生的另一个特征。”①这里，李健吾是放弃了一些抽象的文学概念，赤手空拳跟着沈从文进入了“边城”，因此才攫住了沈从文的少女般的灵魂。他是真正品尝到了美的滋味。

《咀华集》更可贵的是它本身又是一次生动的小品艺术的再创造。它没有一点夫子味，笔墨越轨，能够把评和议化为优美的文字，从而成为精致的艺术小品。如在评曹禺《雷雨》时，中间有一部分是评鲁大海的，写得如此动人：

> ……我还得加给作者一个罪状，就是鲁大海写来有些不近人情。往好处想，这是一个血性男子；然而往坏处看，这是一个没有精神生活的存在……我说他不近人情，例如在尾声，从姑乙和老翁的对话，我们晓得他十年了，没有回来看看他生身的母亲。无论怎样一个大义灭亲的社会主义者，也绝不应该灭到无辜的母亲身上。也许有人说，他憎恶这一群上流人，不料自己便是上流人“种”，所以便迁怒在那可怜的母亲身上了。我承认这话有道理；但是我更承认，他是一个缺乏思想的莽男子。“他是一个初出犊儿不怕虎”，可惜是叫同行的代表卖了自己还不知道。他并不可爱。可爱的人要天真。而且更要紧的是，要有弱点。他天真到了赤裸的地步；他却没有弱点。我说错了，他有弱点——老天爷！他有弱点！他追到周府（第四幕），要打死周萍，但是就在周萍闭目等死的时候，他不唯不打了，反而连枪送过去：“我知道我的妈。我妹妹是她的命，只要你能够多叫四凤好好地活着，我只好不提什么了。”鲁大海也懂人情，他让了步！方才我说他不近人情，如今我一笔勾销。②

鲜活地勾画出了鲁大海。这个鲁大海是从曹禺的《雷雨》里走出来的，但是经过李健吾的咀嚼的再创造，却深深地打上了李健吾的印记，是“李”记鲁大海。李健吾正是通过这种生动的艺术再创造，推进了读书评论的俗化蜕变。

---

① 刘西渭：《边城》，《咀华集》，花城出版社 1984 年版，第 57 页。

② 刘西渭：《雷雨》，《咀华集》，花城出版社 1984 年版，第 92—93 页。

遗憾的是《咀华集》所评的作者面狭窄了一点，有时又太离开具体作品进行抽象的创造。因此，尽管李健吾一再强调他要避免"抽象的字句"，但最后他还是没有能躲避掉"抽象"的威胁。

阿英的《小品文谈》和李健吾的《咀华集》相比，同是线条粗粗，同是重形象勾画，同是以勾画作家作品的"神"为目的，但前者要通俗些，后者要生动些。他们所创造的这类读书小品就逐步变成一种基本体型流传开来。如后来闻一多的诗评，黄裳、黄秋耘的文艺随笔，多属这种读书小品。

3. 贾祖璋的《生物素描》。

贾祖璋(1901—1988)，浙江海宁人。他于1915年秋天考入浙江省立第一师范学校，在五四浪潮席卷下，他阅读了大量的生物方面的中外书籍。1924年春，考进上海商务印书馆印刷厂所属的模型标本部，从事生物标本制作。他仿佛进入了生物世界，开始研究生物学，尤其对鸟类学产生了痴迷的兴趣。他受美国科普作家密勒氏的《鸟类初步》、《鸟类入门》的启迪，开始创作和编译科普小品。于1931年出版了《鸟与文学》，这是我国早期科学小品的代表作。1934年《太白》创刊后，他应邀成为该刊的科学小品专栏作家。这些小品后均收进《生物素描》，使他成为一个有影响的科学小品作家。

《生物素描》于1936年由开明书店出版。它共辑录二十一篇优美的科学小品，描写对象均是与人的关系较为密切的一些常见生物，如龟、萤火虫、金鱼、啄木鸟、鲫鱼等。人们对这些生物熟悉，习以为常，但经过贾祖璋的描述，却都能显示出一些动人的色彩，具有一种不平常的艺术新鲜感、陌生感，从而把读者牢牢粘住。如《啄木鸟》中的啄木鸟，并不是珍奇的禽兽，对它的形状、特征以及它和人类的关系，一般的人也许都可以说出个大概来，但是贾祖璋笔下的啄木鸟，却独有灵趣。如写到它的捕食法时，文中写道：

> 它捕食的方法，先止住树干上，用嘴敲击树干，析析作声，侦察树干内有没有害虫潜伏着；犹如内科医生诊察病人的时候，用手指敲击患部，听取声音，辨认病状。这时候它假如听见某部分有低浊的声音，知道内部潜伏着害虫，就用嘴啄破树皮，向木材上啄起一个洞，通到害虫蛰居的隧道内，然后把舌头伸进去，钩取肥嫩鲜美的害虫，做它的食料。有时钩不到虫，随即到树干的反面去敲击几下，大概它以为虫已逃到背面，这样可以使虫重复走到前面来，给它捕住。①

① 见《生物素描》，开明书店1936年版，第121—122页。

劈头一个贴切生动的比喻,再加上正反前后进击的捕食动作的细描和特写,把啄木鸟人格化,使读者大开眼界,产生惊异之感。《生物素描》就有这种本领,能使平常的生物显示出一些不平常的东西来。

《生物素描》始终坚持了一条很重要的创作原则:即所有小品必须具有科学性,在这一点上绝不含糊。其中有的小品是直接针对谬说写的,如《金鱼》,一开始就把一位名叫君朋写的宣扬蚕子变金鱼的文章《蚕子变金鱼》全文引录,并以此为靶,以无可辩驳的事实阐明金鱼是鲫鱼变的。在《萤火虫》中也批驳了腐草化萤的传统说法。有的小品是严格根据一些科学文献或科学家的著作写的,如《蚯蚓》中对蚯蚓的死亡是根据达尔文的报告写的,《啄木鸟》中对我国啄木鸟的分布就是根据一些历史文献写的。使得《生物素描》有案可查,力求准确,在科学性上十分过硬,经得起检验。从而能起到拨乱反正,破除迷信,普及科学的作用。

《生物素描》非常重"趣"。这也是散文俗化的一条宝贵经验。贾祖璋深知普及科学,要使小品能为大众欢迎,没有诱人的趣味是难以达到这一目的的。《生物素描》处处有趣。其奥妙是抓住生物的各自个性或有特色的一些东西,把它放大,进行科学的夸张,艺术的强调,以此引爆趣味。如《萤火虫》中对田野上的忽明忽暗的萤火虫的描述,《龟》中对龟的优闲的勾勒,都饶有趣味。尤其是《螽斯》中对雌雄螽斯的恋情,更写得妙趣横生:

> 螽斯的鸣叫开始于八月。它不像同类的别种鸣虫如纺织娘等在夜里鸣叫;太阳光愈明亮,它叫得愈起劲;太阳给云遮住,鸣声就停止;如云消日出,则又开始鸣叫了。它的鸣叫是雄虫招呼雌虫的恋歌;但这时候的雌虫不但是哑子,而且好像是聋子,对于雄虫的恋歌,始终表示充耳不闻的样子;就是有二、三羽雄虫或多数雄虫同时鸣叫,雌虫也不发生甚么反应的。她只晓得注意于食物,可以营养身体。到了九月初,身体已经成长,卵巢成熟,于是她不再是一个天真烂漫的女孩,而是一位憧憬恋爱生活的少女了。与雄虫相遇,用触须相互触碰,有如人类的握手,互相表示倾慕;然后雄虫用口舐拭雌虫的脚,做出一种献媚的态度。这时候雄虫的鸣声愈加高朗而急促,是一种兴奋的表现。但在这兴奋的当儿,已伏着悲哀的结果:它们交尾以后,雄虫给雌虫打在地下,现着困惫无力的状态;它的精囊,已经给雌虫夺去,附着产卵管的基部,渐渐深入阴道,使卵子受精。雌虫高举后肢和产卵管,表示胜利和强健。再进一步,只需它自己喜欢,就把雄虫从尾部以至头部,统统吃到肚里,以

营养它受精的卵子。①

细腻地展示螽斯的雌雄虫的交配经过，并把它们交配的特征进行人格化的艺术强调，读了令人喷饭。倘若有些生物，如鲫鱼，实在没有什么特征可以显示趣味，作者也另有高招，以穿插相关的有趣味的材料来弥补，如《鲫鱼》中就巧妙地穿插垂钓之乐，给文章加色添趣，使其质文并茂，增强了效果。

4. 周建人《花鸟虫鱼》。

周建人(1888—1984)，浙江绍兴人。笔名克士。幼时受鲁迅影响，热爱植物学，靠自学走上科学道路。1921 年到上海商务印书馆任编辑，为《新青年》、《晨报副刊》、《语丝》、《东方杂志》、《妇女杂志》、《自然》等刊物撰写科普文章。《太白》创刊后，他也成为该刊的科学小品专栏作家，1936 年他出版的科学小品《花鸟虫鱼》，在当时也产生了较大影响。

周建人的《花鸟虫鱼》和贾祖璋的《生物素描》有很多相同之处。一是都取材于身边熟悉的动物和植物；二是都重视科学性，只是周建人介绍科学知识似要比贾祖璋更内行些。如他们都有一篇写金鱼的科学小品，题目也相同，名《金鱼》，但周建人介绍金鱼形状的演变比贾祖璋更翔实有据；三是都通俗易懂。这些是他们的共同特长。当然，相比之下，周建人的《花鸟虫鱼》还有一些他的独特优势，集中表现在以下两个方面：

一是能出色地进行群体素描。周建人的科学小品不仅有个体介绍，还能注重群体素描，而且相比之下，他的群体素描的小品比个体素描的小品更为出色。如《桂花树和树上的生物》、《延藤的植物三种》就是代表。周建人以科学家的眼光，围绕桂花树，把桂花树以及树上的生机勃勃的生物王国展示给读者。尤其是物物之间，如蚁与蝉，螳螂与雀之间的相互依存，相互搏斗写得栩栩如生。这种整体素描极大地拓展了科学小品的天地。

二是喜欢针砭现实。周建人的科学小品吸取了当时杂文的创作经验，有时喜欢顺势从自然王国走向社会，针砭一番，让他笔下的自然王国染上一点人间的烟火味。如《讲狗》中对狗的奴性和媚性的议论："狗的性质如果单单存留在狗身上，那倒还没有什么要紧，如果被人学去，事情将更糟糕。狗性质一经跑进人体，他不但学会了摇头摆尾，而且他会把无论什么都很爽气地卖掉或送掉。"精妙绝伦，令人叫绝。诚然，也有一些针砭不佳，如《醒的卧着》是述说失眠的，但写到最后，突然冒出阮玲玉的自杀，实在有些牛头不对马嘴，牵强附

① 见《生物素描》，开明书店 1936 年版，第 87—89 页。

会,不免有蛇足之感。

总体来看,无论是社会的科学小品,还是自然科学小品,它们都昭示了一些共同的历史经验,可归纳如下:一是知识性,它是把科学的题材由文学来表现,“是以科学为骨肉而使其具文学的形态的一种文章”①。因此,人文社科的以及自然历史的多向知识是它首先要传送给读者的内容。二是选材上重趣味性,由于它肩负着普及科学重任,因此在选科学的题材时尽量面向大众,注意合大众的口味,选择大众感兴趣的东西来写,并千方百计地显示出一些诱人的趣味,吸引大众来阅读,这也使其选材具有一定的社会性;三是语言上力求通俗易懂,为大众理解接受。这也正是三十年代散文俗化成功所留给中国现代散文史的宝贵财富。

第三节　杂文的兴盛

一　杂文兴盛的缘由

(一) 杂文再度兴盛。

三十年代,再次形成瞩目的杂文热。

在五四风暴中形成的杂感热,到了二十年代后,余热犹存。1924 年 11 月创刊的《语丝》和 1924 年 12 月创刊的《现代评论》就是这种余热的反应。这些反应都想改变五四杂感热和“道”太亲近的形象,因此,不管是《语丝》所倡导的“语丝的文体”,还是《现代评论》推出的“闲话”,都公开标榜要和“道”保持一定的距离。《语丝》的创办者宣称:“语丝的文体”是“我们的目的只在让我们可以随便说话。我们的意见不同,文章也各自不同,所同者只是要不管三七二十一地乱说”②。《现代评论》公开宣告“本刊的精神是独立的,不主附和”③。但实质上一遇到实际问题,如“五卅”运动、女师大风波、“三一八”惨案,其政治倾向就自然地显示出来。尽管有的是旗帜鲜明,有的是扭扭捏捏;或者有时是公开论战,有时是含沙射影。从总的倾向看,二十年代的杂文发展是向思想论争的方向上发展的,尽管像鲁迅等杂文家在苦心孤诣地完

---

① 徐懋庸:《谈科学小品》,《徐懋庸杂文集》,生活·读书·新知三联书店(北京)1983 年版,第 342 页。

② 周作人:《答伏园论“语丝的文体”》,《语丝》1925 年第 54 期。

③ 《现代评论》编辑部:《本刊启事》,《现代评论》1924 年创刊号。

成杂文的文学化工程，但其目的还是为了使杂文更生动更艺术地成为思想论争的武器。

到了三十年代，《语丝》和《现代评论》都迁往上海。上海在全国的位置很特殊，既不是国民党的政治中心，也不是共产党的政治中心。国民党刚从“四一二”政变中夺取政权，国内尚不安定。尤其是共产党在井冈山地区坚持武装斗争，国民党忙于用武力围剿革命根据地，还不能集中精力来对付上海的思想文化界。同时，在思想文化界国民党还没有培养出他们的人才，形成主流文化体制，有效地控制思想文化阵地，这就使得上海能形成杂文论战交锋的气候和条件，促使杂文空前活跃起来，上海变成了杂文热的中心。当时写杂文的人极多，据统计，仅在 1932 年 12 月到 1933 年 2 月的《申报·自由谈》上发表杂文的作者就近百人。许多刊物如《太白》，每一期都把杂文安排在头版头条的显著位置上。大小报刊几乎无一例外地刊登杂文。杂文所议的话题常常能把众人的目光吸引过来，成为热门话题，如“苍蝇之微”和“宇宙之大”的论争。许多擅长多种文体的作家，如鲁迅在小说创作上很有成就，此时就专心地从事杂文创作。还有一些青年作家如徐懋庸、唐弢等就是凭借杂文创作而一举成名的。乃至有些报馆和出版商竟把杂文作为生财之道，鲁迅曾写到当时大家抢着要把杂文作为招牌的情景：

> 自从“小品文”这一个名目流行以来，看看书店广告，连信札，论文，都排在小品文里了，这自然只是生意经，不足为据。①

可见当时杂文为人们所青睐。1933 年和 1934 年被命名为“小品年”。它这种非凡的兴旺，甚至也招来了其他文体作家的嫉妒：“在过去两年的文坛上，小说、诗歌、戏剧之类异常沉寂，有些人就归罪于小品文，因为相反地，小品文是很发达的。”②

三十年代的杂文的威势委实可观。一是杂文园地多，有许多刊物或是专门刊登杂文，或是以刊登杂文为主，如徐懋庸主编的《新语林》，杜宣、李力生主编的《杂文》，林语堂主编的《论语》、《人间世》和《宇宙风》等。二是作者队伍浩荡，老、中、青都有，原来不写杂文的一些作家，在这一时期都有杂文面世。三

---

①　鲁迅：《杂谈小品文》，《鲁迅全集》第 6 卷，人民文学出版社 1981 年版，第 417 页。

②　唐弢：《小品文拉杂谈》，《唐弢文集》第 1 卷，社会科学文献出版社 1995 年版，第 155 页。

是论争方式呈多样化。有时是群体厮杀,如"苍蝇之微"和"宇宙之大"的论争,"幽默"的辩论等;有时是小规模的冲突和面对面的个体肉搏战,呈乱步状,那是一种百花齐放的壮观。其中成就较为突出的有鲁迅、周作人、林语堂、徐懋庸、唐弢、巴人和聂绀弩等。独领风骚的是鲁迅。从1927年后,他创作和出版了《而已集》等十本杂文专集,平均每年要出版一本杂文专集。

这就是中国现代散文史上的第二次杂文热。

三十年代的杂文热和五四时的杂感热相比较,它们都和"道"结伴而行,政治效应显著;都重论争,重批判,重破坏。但是它们也有明显的不同,主要表现在以下三个方面:

1. 五四杂感热是"感"的热烈,三十年代的杂文热是"体"的纷呈。

五四杂感热是杂文刚诞生时的啼鸣,它是新思想启蒙运动中的迫不及待的"感"的热烈。因此大多是感想式的,相对地比较粗糙、幼稚,乃至不成型。而三十年代的杂文热则是杂文作为一种成熟的体式,千姿百态地呈现在文坛上,它在思想论争中显示了成熟和完善。

2. 五四杂感热是骤起骤落,三十年代的杂文热是高潮迭起。

五四杂感热是骤起骤落,万炮齐鸣,向旧思想进攻,在五四前后短短几年中形成一种火山爆发的景观。三十年代的杂文热,情况较为复杂,它不断地以某个热点为中心形成高潮,出现高潮迭起的壮观。所以五四杂感热是"峰",三十年代的杂文热是"岭"。

3. 五四杂感热是一边倒,三十年代杂文热是壁垒分明。

五四杂感热是一边倒,尽管后来刘半农与钱玄同唱双簧,想激起论战,但仍然是一种风一边刮的局面。而三十年代杂文热则是壁垒分明的论战,很显然,这种论战是国共尖锐对立的政治斗争的折射。因此,三十年代杂文热比五四杂感热的影响更为广泛、激烈、深入,因而也更为彻底。

三十年代杂文热标志了杂文的成熟,它在批判中产生了社会影响。从某种意义上说,杂文永远是批判的文体。它和政治紧密相依,一定程度上可以把它称之为政治文学,这样它就要受到政治的牵制。政治的变化直接决定它的命运。杂文在之后相当长的一段时期里,面对主流文化体制的控制,显得无所作为,就证实了这一点。因此,在中国散文史上就出现了这样的现象:杂文的成熟也同时导致了它的衰落。

考察三十年代杂文热时,还需注意以下两点:

1. 三十年代杂文热是个总体现象,并不是特指某个人,某群人或某个派别,而是指整个杂文园地的兴盛现象。事物总是相互对立、相互依存,排斥某一方抹煞某一方，杂文热就热不起来。

2. 三十年代杂文热还为散文史提供了这样一个有趣现象：即散文的分化现象。一是俗化、大众化，即以大众为读者，如纪实散文、科学小品的兴旺；另一则是杂文艺术化，不管是鲁迅的隐晦曲折，还是周作人、林语堂的闲适幽默，均是侧重以知识分子为读者。这种种分化现象都能生根开花，结出丰硕成果。它再一次证明了一种文体的发展决不能蔑视读者的需要，只要有各种不同的读者层存在，散文就没有理由在单一狭窄的羊肠小道上爬行。提倡多样化，散文发展才有出路。

(二) 杂文再度兴盛的缘由。

1. 政治气候所形成的良好契机。

契机的形成得力于三种政治气候：一是国际的大环境，即"红色三十年"，无产阶级革命运动风起云涌；二是国内阶级矛盾激化，国共尖锐对立；三是民族矛盾尖锐化，如"九一八"事变，"一·二八"战争爆发等，这些气候交融起来，一下子又把国民关注政治的神经调动起来，国民政治热情的亢奋，使杂文热的形成有了良好的氛围，并为之准备了大量的作者和读者。

2. 名家倡导。

鲁迅、周作人、林语堂等名家对杂文特别钟爱，"语丝"派、"论语"派、"现代评论"派等著名派别和刊物也都大力对杂文予以倡导和支持。鲁迅曾多次对那些蔑视杂文的人进行有力回击，对于那些讥讽他为"杂感家"的人以牙还牙，正义凛然地就以"杂感家"自居。同时又专心致志地创作杂文，以实际行动支持，这无疑是为杂文热助威。另外客观上刊登杂文园地也多，这就使得杂文的生长得到了切实的保证。

3. 易使见效。

杂文本身有易使见效的优势。在虎狼当道的险恶环境中，杂文既容易锻造，又可以灵活使用，哪里需要就可在哪里出现，什么时候需要它就可在什么时候用它。见效快，反应迅速。诚如鲁迅所说："我还更乐观于杂文的开展，日见其斑斓。第一是使中国的著作界热闹、活泼；第二是使不是东西之流缩头；第三是使所谓'为艺术而艺术'的作品，在相形之下，立刻显出不死不活相。"①这种易使见效还反映在当时有些作家如徐懋庸、唐弢等均借助杂文成名。这对青年来说，杂文也具有一定的诱惑力。

---

① 鲁迅：《徐懋庸作〈打杂集〉序》，《鲁迅全集》第6卷，人民文学出版社1981年版，第293页。

二 鲁迅后期杂文的政治锋芒及影响

(一) 鲁迅后期杂文是他的政治成熟的必然。

从文本观念考察,鲁迅在二十年代已基本完成了杂文的文学化工程,其标志可推《华盖集》和《华盖集续编》;但从思想观念上考察,二十年代末的鲁迅,迅速地走向成熟,他踏着烈士的鲜血,呼啸着前进,成为一个坚定忠诚的共产主义战士。后期杂文是他政治成熟的必然。

鲁迅后期杂文主要有《而已集》(1928,北新)、《三闲集》(1932,北新)、《二心集》(1932,合众)、《伪自由书》(1933,北新)、《准风月谈》(1934,兴中)、《花边文学》(1936,联华)以及《且介亭杂文》、《且介亭杂文二集》、《且介亭杂文末编》(1937,三闲)等,总体来看,这些杂文集是"注重于'论事'",鲁迅并为自己的杂文规定了这样一个境界:"'喜笑怒骂,皆成文章',使敌人因此受伤或致死,而自己并无卑劣的行为,观众也不以为污秽,这才是战斗的作者的本领。"①能达到这样一个境界,并非是仅靠纯技巧能实现的,关键还是决定于作者对信仰的忠诚和思想修养的成熟程度。鲁迅之后的文学史发展证实了这一点,许多挥舞棍棒乱骂滥砍之辈最终都现出了原形:其臀部上鲜明地烙印着伪劣的标记。

鲁迅后期杂文记载了他思想发展的历程。1928 年出版的《而已集》和 1932 年出版的《三闲集》较为明显地刻画着他的思想转变的痕迹。这种转变表现在他对以往的反省,并集中在两个问题上:一是对进化论的摒弃。"四一二"政变的血腥事实,使他"目睹了同是青年,而分成两大阵营,或则投书告密,或则助官捕人的事实!我的思路因此轰毁,后来便时常用了怀疑的眼光去看青年,不再无条件的敬畏了"②。他昔日崇拜的进化论的妄灭,使他痛切地感到,"现在倘再发那些四平八稳的'救救孩子'似的议论,连我自己听去,也觉得空空洞洞了"③。二是对文学的功能和作用的重新估价。他已清醒地认识到,"中国现在的社会情状,止有实地的革命战争,一首诗吓不走孙传芳,一炮就把孙传芳轰走了",所以他"倒愿意听听大炮的声音,仿佛觉得大炮的声音或者比文学的声音要好听得多似的"④。他认为,"推崇文艺的人,虽喜欢说文艺足以

① 鲁迅:《辱骂和恐吓决不是战斗》,《鲁迅全集》第 4 卷,人民文学出版社 1981 年版,第 453 页。

② 鲁迅:《〈三闲集〉序言》,《鲁迅全集》第 4 卷,人民文学出版社 1981 年版,第 5 页。

③ 鲁迅:《答有恒先生》,《鲁迅全集》第 3 卷,人民文学出版社 1981 年版,第 456 页。

④ 鲁迅:《革命时代的文学》,《鲁迅全集》第 3 卷,人民文学出版社 1981 年版,第 423 页。

煽起风波来，但在事实上，却是政治先行，文艺后变。倘以为文艺可以改变环境，那是'唯心'之谈"①。这种重新认识和估计，并不是宣告他要和文学告别，而是表明他的兴趣的转移，即他的目标是要从事政治思想论争。他写杂文是为了实现他的政治主张。在 1927 年 9 月他发表的著名讲演《魏晋风度及文章与药及酒之关系》中，他特别剖析了曹植的文学观，即"文章小道，不足论的"，这和鲁迅当时的文学观相类似。鲁迅认为曹植对这一观点是违心的，原因之一是"子建（曹植）活动的目标在于政治方面，政治方面不甚得志，遂说文章是无用了"。这与其说是讲曹植，更确切地说是自我剖白。在残酷的政治面前，他看到了政治的跋扈，但他并不消极，残酷的政治反而给了他反作用力，他要"小道"文学对政治施加最大的影响。事实上，他后期杂文对政治的影响也发挥到了极点，以至使得整个社会都变得生动起来。

鲁迅既要和形形色色敌人作战，又要和同一阵营里的许多内部的同志进行论争。他时刻处于备战状态，以便随时出击。从现代评论派到创造社的同仁到梁实秋的新月派文人到戴望舒的"第三种人"等等的对他的责难，他都只能用杂文进行回击和论争。杂文没有使鲁迅失望，因为杂文本身是一种思想和政治论争的文体。他的有些回击和论争难免有不妥当之处，但是他绝无幻想，也少浪漫，从不翻筋斗，没有丝毫妥协，义无反顾，脚踏实地，始终如一地向着一个目标前进，显示出他的政治成熟。他的整个杂文的魂就是一个——民族魂。他用杂文战斗到最后一刻，那一篇如同遗嘱的杂文《死》显示了他在生命垂危时对敌人的不屈不挠：

> 我的怨敌可谓多矣，倘有新式的人问起我来，怎么回答呢？我想了一想，决定的是：让他们怨恨去，我也一个都不宽恕。②

他带着对敌人的刻骨仇恨和势不两立的决心告别了人世。他不需要忏悔。他充满了对自己为之奋斗事业的自信和自豪。他是个强者，因此，他和他的杂文也就成了无产阶级形象的化身，他是不朽的。

（二）鲁迅后期杂文的政治锋芒。

1. 鲁迅后期杂文的哲学基础：反中庸，非调和。

---

① 鲁迅：《现今的新文学的概观》，《鲁迅全集》第 4 卷，人民文学出版社 1981 年版，第 134 页。

② 见《鲁迅全集》第 6 卷，人民文学出版社 1981 年版，第 612 页。

这一哲学基础的奠定,鲁迅是经历了一个过程的。这个过程是从反宽容开始的。有趣的是他的兄弟周作人最后皈依中庸恰恰却是从宽容开始的。还是在二十年代中期,鲁迅发表了《论“费厄泼赖”应该缓行》,反对宽容,对敌人力主“以眼还眼以牙还牙”。文中特别对“叭儿狗”进行了猛烈的抨击。在鲁迅的杂文中,叭儿狗就是中庸的别名,因此这篇杂文是对中庸批判的宣言书。1927 年后,鲁迅摒弃了进化论,接受了阶级论后,就更自觉地反中庸。他认为中国社会改革的艰难的症结就在于中庸,他在《无声的中国》中说:

> 中国人的性情是总喜欢调和、折中的。譬如你说,这屋子太暗,须在这里开一个窗,大家一定不允许的。但如果你主张拆掉屋顶,他们就会来调和,愿意开窗了。没有更激烈的主张,他们总连平和的改革也不肯行。①

这一观点是他对整个中国的历史和文化的彻底认识。这种认识使他通过纷纭复杂的社会现象,看到“中庸”是万恶之源。因此他对中庸之源上孳生出来的一切现象,都予以坚决的自觉的排斥,如他对把革命和文艺作为两只船的翻筋斗革命者的批判(见《上海文艺之一瞥》),又如他对抽象的人性论的批判(见《文学和出汗》),再如他对“第三种人”所鼓吹的理论的否定(见《论“第三种人”》)等等。他对中庸的调和的排斥,使他真诚地信仰阶级论和唯物史观,并以此为武器,和形形色色的中庸式理论进行论争。他用对立统一的辩证唯物主义史观来观察世界,他只承认阶级对立的两极,否认第三极,排斥中间地带。阿 Q 想用“阿 Q 精神”来充当寻求出路的第三极,就遭到鲁迅最猛烈的批判。《阿 Q 正传》也就是讨伐中庸之道的檄文。他在《又论“第三种人”》中明确地说:

> 所谓“第三种人”,原意只是说:站在甲乙对立或相斗之外的人。但在实际上,是不能有的。人体有胖和瘦,在理论上,是该能有不胖不瘦的第三种人的,然而事实上却并没有,一加比较,非近于胖,就近于瘦。②

这一段表述得十分清楚,他只承认两极,在他看来,非此即彼的阶级严重对立的社会,没有亦此亦彼的第三极,这是彻底的阶级论者。这说明鲁迅没有

①② 见《鲁迅全集》第 4 卷,人民文学出版社 1981 年版,第 13—14 页,第 534 页。

丝毫妥协，也没有半点媚骨，归结到一点，他没有阶级利益或特殊的私利。因此，在他的杂文中时时处处反中庸，如：

从喷泉里出来的都是水，从血管里出来的都是血。①

生在有阶级的社会里而要做超阶级的作家，生在战斗的时代而要离开战斗而独立，生在现在而要做给与将来的作品，这样的人，实在也是一个心造的幻影，在现实世界上是没有的。要做这样的人，恰如用自己的手拔着头发，要离开地球一样，他离不开，焦躁着，然而并非因为有人摇了摇头，使他不敢拔了的缘故。②

叭儿狗往往比它的主人更严厉。③

鲁迅排斥第三极，反中庸，非调和，但又时刻警惕和极端划清界限，这又证明他是一个真正的唯物主义者。他对旧社会的改造主张"拿来主义"，"要或使用，或存用，或毁灭"④，反对极端地一味破坏。在文学批评上他又严厉斥责了"骂杀与捧杀"⑤的极端批评法。尤其是在他生命最后几年，他对极端进行了深刻的剖析。在《透底》中他说：

凡事彻底是好的，而"透底"就不见得高明。因为连续的向左转，结果碰见了向右转的朋友，那时候彼此点头会意，脸上会要辣辣的。⑥

他一眼就看透了那些"透底"式的极"左"分子的最后结局，是和"右"的朋友"彼此点头会意"。轻轻的一句话，把极端分子的外衣就剥下来了。因此，他会敏锐地从狄克向《八月的乡村》的模糊指责中，抓住这个极端分子企图扼杀《八月的乡村》的黑手，予以有力回击。反中庸和非极端，鲁迅杂文没有世故味和圆滑腔。

---

① 鲁迅：《革命文学》，《鲁迅全集》第3卷，人民文学出版社1981年版，第544页。
② 鲁迅：《论"第三种人"》，《鲁迅全集》第4卷，人民文学出版社1981年版，第440页。
③ 鲁迅：《小杂感》，《鲁迅全集》第3卷，人民文学出版社1981年版，第532页。
④ 鲁迅：《拿来主义》，《鲁迅全集》第6卷，人民文学出版社1981年版，第40页。
⑤ 鲁迅：《骂杀与捧杀》，《鲁迅全集》第5卷，人民文学出版社1981年版，第585页。
⑥ 见《鲁迅全集》第5卷，人民文学出版社1981年版，第103页。

2. 鲁迅后期杂文的思维特色:富有政治倾向性的进攻型思维。

鲁迅后期杂文的思维方式,无论从起点形式,到过程形式和终止形式,都形成了一种稳定的规律:常常是现实生活中的某一个人或某一件事,引爆他的创作动机,而后根据他的政治嗅觉和敏感的神经,把他贮藏在大脑中的以往的事或各类信息勾连起来,从一定的政治倾向出发,进行艺术处理,完成杂文创作。这是一种进攻型的政治倾向思维。如现实生活中的媚态的猫,得了"中庸之道"的叭儿狗,挂着铃铛的羊,吸人之血前还要发一通议论的蚊子,专叮倒下战士伤口的苍蝇,还有"洋场恶少"、"革命小贩"、"乏走狗"等,都被鲁迅活活抓住,而后进行古今中外的勾连,写出一篇篇杂文,发挥了它的政治效应。然而,鲁迅根据一定的政治倾向进行艺术处理时,他的思维方式又灵活多变,如在材料安排上,有的是从古到今,有的是从今到古,有的是忽古忽今;在写法上,有的是先叙后议,有的是叙叙议议,有的是只叙不议等等,使他的杂文常常变换拳路和韬略。如因国民党当局禁止北平大学生逃难一事,鲁迅共写了四篇杂文:《伪自由书》中的《逃的辩护》和《崇实》;《南腔北调》中的《论"赴难"和"逃难"》和《学生和玉佛》等,就用了四种不同拳法。第一篇是《逃的辩护》,开头笼统地摆了一件事,"晦气落在学生头上了,进也挨骂,退也挨骂"。因为"九一八"事变,学生为了抗日,到南京请愿,却被国民党残酷镇压,使文章形成一种倾向学生的悲壮情绪。而后再写现在北平危险,学生被迫逃难,却又遭骂。很显然,文章侧重在"情"上,没有正面对北平大学生该不该逃难进行剖析,因为大学生该不该逃难,实在是一种棘手的难以说得清的政治题目,所以鲁迅避开正面说理,采用以情动人的保守进攻战术,使理孕在情中,以情感显示政治倾向。过了几天,鲁迅又写了《论"赴难"和"逃难"》。这次他抓住了周木斋责骂北平大学生"即使不能赴难,最低最低的限度也应不逃难"的一个论点来写。鲁迅变换拳法,采取和周木斋肉搏格斗的办法,针锋相对地亮出自已的观点:"倘不能赴难,就应该逃难。"而后就列举历史和现实中反动政府对大学生的残酷镇压,予以驳斥:手无寸铁的学生被军警都打死打伤,而军警却抵不住敌人的枪炮,怎么叫学生赴难?而后又说明"不逃难"也不行,因为赤手空拳,骂贼而死,于大局无妨;再加上平日的教育是牛羊式的教育,因而大学生还是"走"为上计。全文以驳难为主,主动出击,在否定中显示政治倾向。这篇杂文写成后两天,鲁迅又看到了国民党在北平迁移古物的报道,他立刻认为战机来了,写了《崇实》,把这则报道和不准大学生逃难联系起来考察,采取咄咄逼人的进攻。因为古物值钱,大学生不值钱,文章仅用一个简单对比,一下子就把国民党不准大学生逃难的用心揭示出来,在对比中显示了政治倾向。时隔半月,鲁迅又在《申报》上见到一则专电:故宫将起运团城白玉佛。再次触动鲁迅的神经,虽然他感到关于国民党不准大学生逃难的理由已经讲清楚了,要说的话也讲完了,但有战机就不能放弃,立刻把这一专电摘引,而后又摘引另一则专电,教育部电告北平各大学不准提前放假,对学生逃考要严加查实等等。而后作诗一首,指出关键是白玉佛值钱,大学生不值钱,还是一个"钱"字,干净利落地用事实显示政治倾向。这种灵活多变的思维方式又一次证明了鲁迅的政治成熟。

归纳起来,鲁迅后期杂文的富有政治倾向性的进攻型思维有这样一些个性:

(1) 反应快,效率高,可以连续作战,可以穷追猛打,使杂文真正成为"是感应的神经,是攻守的手足"①。

(2) 绝少平衡意识,具有政治倾斜性,尤其在话语上,也富有鲜明的政治倾向和色彩。他的杂文是一边倒,显示出政治的坚定性、革命的原则性和策略的灵活性。

(3) 思维过程中的所有的方式和一切的变化均是为了进攻,进攻是他至高无上的目的,他没有幻想,就是靠了进攻获得了自由。这种思维最没有惰性,富有活力,有咄咄逼人的不可阻挡的气势。

鲁迅的进攻型的政治倾向思维是三十年代的特定的历史产物,时势造就了他。因此,也可以说,这是时代对鲁迅的特别恩赐。

3. 鲁迅后期杂文的斗争风格:崇尚实战。

鲁迅后期杂文崇尚实战,主张动真格儿的,大多是面对面的格斗和肉搏,有一种刺刀见红的精神。在1927年之后,鲁迅曾在《革命文学》、《在钟楼上》、《现今的新文学概观》、《对于左翼作家联盟的意见》等杂文中多次提到俄国的叶遂宁和梭波里的自杀,以此告诫作家要面对实际,要注重实战。他认为"关在房子里,最容易高谈彻底的主义,然而也最容易'右倾'"②。他对凡是打上门来的,或背后射过来的暗箭,砍过来的刀枪,统统予以回击,使自己的杂文成为无产阶级事业的一翼。他在实战中,还总结出许多经验,如"论时事不留面子,砭锢弊常取类型"③,以及"注重实力"和"韧"④等。

---

① 鲁迅:《〈且介亭杂文〉序言》,《鲁迅全集》第6卷,人民文学出版社1981年版,第3页。

② 鲁迅:《对于左翼作家联盟的意见》,《鲁迅全集》第4卷,人民文学出版社1981年版,第233页。

③ 鲁迅:《〈伪自由书〉前记》,《鲁迅全集》第5卷,人民文学出版社1981年版,第4页。

④ 鲁迅:《对于左翼作家联盟的意见》,《鲁迅全集》第4卷,人民文学出版社1981年版,第237页。

鲁迅崇尚实战是出于他对自己所处的险恶环境的清醒认识,他时刻意识到他处在“官民的明明暗暗,软软硬硬的围剿‘杂文’的笔和刀下”①。他也明白他不在革命的漩涡中心,又无法出外考察,因此他能做的工作以及他的优势就是“只能暴露旧社会的坏处”②。所以他盯着旧社会的坏处,不管是汹涌而来或成群结队来的,还是从背后射来的冷箭暗箭,只要在他的“雷达”上显现,他都立刻作出反应。因此他的崇尚实战使得他的杂文具有庄严的使命感:“现在是多么切迫的时候,作者的任务,是在对于有害的事物,立刻给以反响或抗争。”③

鲁迅杂文非常注重政治效应。他的杂文所取的目标都很务实,即使他的杂文中所常用的一些手法,诸如讽刺,他都主张“写实”,“非写实决不能成为所谓‘讽刺’”④。他从不放空炮,有时一炮不行,就来连连出击。如对梁实秋的人性论的批判,对陈西滢为代表的现代评论派和苏汶、杜衡等代表的“第三种人”等的批判,都是放的排炮、连珠炮,务求达到杀伤的效果。与这种务实精神相一致的是在态度上最不讲情面,“如果已经开始笔战了,为什么要留情面?留情面是中国文人最大的毛病。他以为自己笔下留情,将来失败了,敌人也会留情面。殊不知那时他是决不留情面的。做几句不痛不痒的文章,还是不做好”⑤。他不留任何余地,他是一只没有驯化的狼,他让自己的杂文带些“兽性”,咬住敌人就决不松口,他的杂文的政治锋芒也正是这样“咬”出来的。

鲁迅后期的杂文崇尚实战,决定了其基调是批判和否定的。这种批判和否定是基于他对历史的总结:“对于旧社会和旧势力的斗争,必须坚决,持久不断,而且注重实力。旧社会的根柢原是非常坚固的,新运动非有更大的力不能动摇它什么。并且旧社会还有它使新势力妥协的好办法,但它自己是决不妥协的。在中国也有过许多新的运动了,却每次都是新的敌不过旧的,那原因大抵是在新的一面没有坚决的广大的目的,要求很少,容易满足。”⑥因此,他善于反做文章,把社会上发生的事颠倒过来看,以此破坏旧的势力和旧的一切该破坏的秩序,他的杂文是破坏的记录。

---

①③ 鲁迅:《〈且介亭杂文〉序言》,《鲁迅全集》第 6 卷,人民文学出版社 1981 年版,第 3—4 页,第 3 页。

② 鲁迅:《答国际文学社问》,《鲁迅全集》第 6 卷,人民文学出版社 1981 年版,第 18 页。

④ 鲁迅:《论讽刺》,《鲁迅全集》第 6 卷,人民文学出版社 1981 年版,第 278 页。

⑤ 鲁迅:《致萧军、萧红》,《鲁迅书信集》(下卷),人民文学出版社 1976 年版,第 716 页。

⑥ 鲁迅:《对于左翼作家联盟的意见》,《鲁迅全集》第 4 卷,人民文学出版社 1981 年版,第 235 页。

破坏和批判使得鲁迅的后期杂文的目的性很明确,这是一种载道型文章。在五四时期的文坛上,关于文学该不该"载道"曾发生过争论,鲁迅对此似乎并不感兴趣。他也写过一篇小品《喝茶》,虽然并不是和专门喝苦茶的周作人作对,但他在这篇小品中,对周作人这样的具有细腻感觉的人提出了忠告:"感觉的细腻和锐敏,较之麻木,那当然算是进步的,然而以有助于生命的进化为限。如果不相干,甚而至于有碍,那就是进化中的病态,不久就要收梢。"①这一切不幸被鲁迅言中,周作人及其他不想"载道"的小品不久就"收梢"了。不过,鲁迅的杂文虽然给许多作家带来了憧憬:似乎政治和文学是可以和谐地统一在一起的。其实,这仅是一种幻觉,历史将无情地证实这一点。

鲁迅后期杂文崇尚实战完全出于自觉。他不屈服于任何意志。这种自觉既有和旧社会的对立——他把自己置身于新的营垒中;也有和权力的分庭抗礼——他远离各种权力的中心。他是一个"自由者"。这既决定他关心政治但又没有任何私欲,他的杂文既没有铜臭味,又没有受到权力欲的污染,因此鲁迅对自己的杂文也是充满自信。他总结了古今中外的文坛,认为文坛上的文学"只有配存在者终于存在"②。他的杂文在文坛上的地位就是:配存在者终于存在。

(三)鲁迅杂文的影响。

鲁迅杂文的影响是综合的,多元的。他生活在最黑暗的年代里,他一生都是在战斗中度过的。特殊的年代和特殊的经历使得他的杂文对散文史的影响也非常奇特。

1. 鲁迅把杂文发展推向了高峰但又留下了一片空白。

鲁迅用他的智慧和胆略所写的杂文,把五四中诞生的现代杂文推向了高峰,无论从哪方面看,它都独领风骚。人们惊异于他的智慧和胆略,但也为他的智慧和胆略所困扰。因为政治和文学的和谐统一无异于是一个"哥德巴赫猜想"式的难题,而鲁迅做到了,这是一个奇迹。但这一奇迹对于今后的散文乃至文学史的发展究竟怎样,亦难以预料。毛泽东看到了这一点,所以他《在延安文艺座谈会上的讲话》中提醒文艺工作者:

> 鲁迅处在黑暗势力统治下面,没有言论自由,所以用冷嘲热讽的杂文

---

① 鲁迅:《喝茶》,《鲁迅全集》第5卷,人民文学出版社1981年版,第314页。

② 鲁迅:《"中国文坛的悲哀"》,《鲁迅全集》第5卷,人民文学出版社1981年版,第247页。

形式作战，鲁迅是完全正确的。我们也需要尖锐地嘲笑法西斯主义、中国的反动派和一切危害人民的事物，但在给革命文艺家以充分民主自由、仅仅不给反革命分子以民主自由的陕甘宁边区和敌后的各抗日根据地，杂文形式就不应该简单地和鲁迅的一样。我们可以大声疾呼，而不要隐晦曲折，使人民大众不易看懂。如果不是对于人民的敌人，而是对人民自己，那么，“杂文时代”的鲁迅，也不曾嘲笑和攻击革命人民和革命政党，杂文的写法也和对于敌人的完全两样。①

毛泽东凭着他的灵敏的政治嗅觉，已经预见到鲁迅的杂文之影响的复杂性，所以他这番话重在区别：一是在根据地，“杂文形式就不应该简单地和鲁迅的一样”；二是对人民，“杂文的写法也和对于敌人的完全两样”。然而，恰恰是鲁迅的杂文在对待根据地和人民以及人民的政党应该怎样描写没有实践经验可提供。因此毛泽东这一提醒，虽然表达方法不同，但所强调的内涵是一个：即要正确地历史地对待鲁迅。毛泽东要的鲁迅是“不曾嘲笑和攻击革命人民和革命政党”的鲁迅。但是人们对毛泽东的这一提醒并没有引起足够的重视，因此在之后的散文史的发展就时常出现这样的难堪局面：一方面是政治家对鲁迅的杂文虔诚地脱帽鞠躬，另一方面却是文学家以鲁迅为榜样去写杂文常要受到不公正的待遇。从他之后，杂文处在缓慢发展乃至几乎停顿不前的状态中。鲁迅把杂文发展推向了高峰，开辟了一条坎坷的道路，这对后继者具有无比的诱惑力，但很少有人能通过这条坎坷的路登上鲁迅的高峰。

2. 开创了散文务实的新时代。

鲁迅一生面向实际，脚踏实地地努力奋斗。这种务实的精神和当时周作人、林语堂等人倡导的性灵散文形成了一个鲜明的对照，历史选择了他，人民拥戴他。以他的杂文务实风格为主体的现实主义创作方法也就理所当然地成为中国现代散文史的主流了。

鲁迅杂文的务实对中国现代散文的影响可以从以下两方面来看：

(1) 硬性干预生活。

鲁迅的杂文对生活的硬性干预，极大地刺激了当时的文坛，1933 年和 1934 年被称为“小品年”，写杂文成风，名之曰“鲁迅风”，培养和造就了一批杂家，如徐懋庸、唐弢等就是凭借杂文创作而一举成名的。三十年代和四十年代的许多作家，都从鲁迅杂文硬性干预生活中获得了精神力量，用各种形式的散

① 见《毛泽东选集》第 3 卷，人民出版社 1966 年版，第 829 页。

文和小品,揭露和批判国民党反动政府。建国之后,有些杂文家也以鲁迅为榜样,借助杂文干预生活。

(2) 紧密反映现实,自觉地成为"感应的神经,攻守的手足"。

鲁迅的杂文和民众共呼吸,它作为感应的神经,攻守的手足,这在急风暴雨的战争年代尤需提倡和发扬,因此鲁迅的杂文催开了后来战争中的战地黄花。其后一些军旅散文、报告文学、纪实散文都和革命同步前进,力求做到紧密反映现实,这和鲁迅的杂文的影响是分不开的。因此,鲁迅的杂文促进了中国现代散文通讯化的到来。在鲁迅之后,漫长的散文通讯化的时代就接踵而至了!

(四) 鲁迅的杂文创作理论奠定了现代散文理论的基石。

鲁迅的杂文创作理论是和他的杂文同时并存的,虽则很多观念均是属于感悟性的,而并不是通过学术性的文章来阐发的。但由于他的创作的成功和思想的深邃,使得他的杂文创作理论特别丰厚,它包含多方面内容:如人的阶级性问题,勾画类型的问题,功能效应的问题,目的和倾向性问题,和现实关系问题,表现手法和技巧的问题,语言的问题等等。这些理论几乎全部为中国共产党所接受。毛泽东《在延安文艺座谈会上的讲话》中所阐发的有关理论问题,如人的阶级性问题,也是采纳和借鉴了鲁迅的杂文创作理论。这些理论对中国现代散文的创作所发生的影响和作用是深远的。

但是,诚如毛泽东在评价鲁迅的杂文所指出的:根据地的"杂文形式就不应该简单地和鲁迅的一样",以及对人民,"杂文的写法也和对于敌人的完全两样"。他的杂文创作理论也是他毕生和敌人斗争的总结,因此,对于建设时期散文创作的理论也就"不应该简单地和鲁迅的一样"。但事实上,建国之后,尤其是"文化大革命"中的把文学当成阶级斗争的工具的一些人们也常常借鲁迅来压阵,把鲁迅请出来作为钟馗,以此封住人们的口。这并不是鲁迅的过错,为此应该承担责任的是那些在鲁迅面前可笑地滑稽地翻着筋斗的打着各种革命旗号的人们!

三　其他杂文作家

(一) 徐懋庸:具有抗争意识的"石子"式杂文。

徐懋庸在三十年代杂文丛林中非常活跃。他的杂文具有山民的反抗性格,其风格受鲁迅影响很深。因此,他的杂文和鲁迅杂文相似到可以以假乱真的地步。有一次,《申报》副刊《自由谈》编辑黎烈文请客,在场有鲁迅、林语堂、徐懋庸等人。席间,林语堂问鲁迅,徐懋庸是不是他新用的笔名,鲁迅手指徐懋庸,笑着说:“这回你可没有猜对,徐懋庸的正身就在这里。”

徐懋庸(1910—1977),浙江上虞县人。原名徐茂荣。出生于一个贫苦的手工业工人家庭。从小随父奔波于山区,贩卖和修理纱筛。1926年投身于第一次大革命,在上虞县国民党宣传部任干事,编辑《南针报》。“四一二”政变后,亡命上海。近二十年的家乡生活,使他悟出了这样的道理,“最强大的批判力量还是实际生活,是阶级斗争”。而家乡的山里穷苦人的反抗性也铸造了他身上的“某些山民的性格”。到上海后,他考入免费的“国立劳动大学中学部”半工半读,读了大量的社会科学和文艺方面的书籍。1933年春,陪同妻子到乡间分娩,闲极中翻开《申报》副刊《自由谈》,受触动写的杂文《见得多》被刊登。这一偶然创作实践使他开始了杂文丛林中的战斗生涯。1934年加入“左联”。在三十年代他出版了杂文集《打杂集》,收杂文五十四篇;《不惊人集》,收杂文五十篇。1938年到达延安,历任抗日军政大学教员、晋冀鲁豫边区文联主任、《华北文化》主编、热河省文联主任、冀察热辽联合大学校长、第四野战军南下工作团第三分团政治委员等职,杂文创作基本中断。建国之后,他又历任中南军政委员会委员、武汉大学党委书记、中南文化部和教育部副部长、中国科学院哲学研究所研究员等职。五十年代他的杂文创作热情一度复苏,创作了一些杂文,并因此获罪,直到“四人帮”被粉碎后才平反。

徐懋庸的杂文具有强烈的大众意识和山民般的抗争意识。他藐视英雄,坚决反对崇拜英雄。他不理解,“为什么在人类中间,我们反要崇拜英雄呢”?他认为:“英雄特多的种族,一定是最弱最惰的种族,因为弱,故稍强者即形特异,因为惰,故将一切责任诿诸少数人。”①他不相信命运,不相信预言,不相信救世主,不相信八字,认为一切要靠大众,要靠自己。这种性格为他之后的生涯埋下了悲剧的命运。他把他的杂文创作和大众生活紧密联系起来,其目的,也就是把他的杂文创作自觉地纳入到当时的阶级斗争轨道中去。所以他的杂文重在务实,其抗争情绪既硬又韧,用他自己的话说,“我的动手写作,常常也因为感到寂寞,我的寂寞,是明明知道在威严而高大的墙外就有着新的生活和新的自然而不得见、不得近的寂寞。因此我要打毁这墙,然而我没有巨大的撞槌,我只能对着我的面前的墙咚咚地掷些石子,使它起一些麻点而已”②。所以

---

① 徐懋庸:《英雄崇拜》,《徐懋庸杂文集》,生活·读书·新知三联书店(北京)1983年版,第252页。

② 徐懋庸:《〈打杂集〉作者自记》,《徐懋庸杂文集》,生活·读书·新知三联书店(北京)1983年版,第130页。

把他的杂文比作“石子”非常恰当，既硬又实，不过基调却很昂扬，有一种呼呼向上的进取精神，生命力十分旺盛。它突出的表现是，徐懋庸在杂文中一而再、再而三地严厉地批判那些消极的向大众泼冷水的“冷水文学”，如《不惊人集》中的《冷水文学》和《打杂集》中的《桥头三阿爹们的言论》等，都是成功的讨伐“冷水文学”的檄文。他绝不容忍任何消极的情绪。《桥头三阿爹们的言论》可以说是徐懋庸杂文中的代表作，它为现代散文史成功地勾勒了一个“泼冷水者”的形象——“桥头三阿爹”。

“桥头三阿爹”是乡间有资格的老前辈，他们主宰着乡间的言论机关。对青年人，他们常常翘起胡子冷冷地训诫：“你比我多吃过几缸腌菜么？”他们以常有理的老资格教训家自居，真理似乎永远在他们手里，且看他们的立论：

例如一个嫁人近十年尚未举一雄的少奶奶忽然肚子扩大而兴高采烈地烧香谢神了，那么三阿爹们就要这样骂：“你丈夫年余不回家，你的肚子高也许是久受你婆婆‘不会生儿子’的辱骂而得的膨胀病呢，还不如省下香烛钱去请医生诊诊为愈。”要是那个少妇果真是生的膨胀病呢，三阿爹的这种冷水，倒是泼得于她有益的。但是实际上，三阿爹并不是妇科医生，又不曾亲加诊察，少妇的肚子大是由于怀孕或由于膨胀，其实他也是不大清楚的，不清楚而竟说她是膨胀病，已是不负责任。要是那少妇实际上是怀孕，而听了三阿爹的话，竟去请医生当作膨胀病医，那末笑话更大了。不但此也，三阿爹的话一传开，会使别的腹大的少妇们也都要疑惑不决，妇女界从此多事了。

又如一人只会打自己的黄脸婆，显得很怯弱，然而一旦奋发了，立志要抵抗强邻。这时倘有人鼓励他，他也许真个会渐渐地勇敢起来的。但是三阿爹们见了这情形，却说“你还是在家里打打黄脸婆罢！”一句话就挫了那人的勇气，使那人从此永远不能振作了。

以上三例可见桥头三阿爹们的言论之一斑。这种言论，是泼冷水，也确实是杀人不见血的软刀子，因为它使人神经过敏，使人主张无定，使人勇气消失。我小时听了三阿爹们的言论，至今还除不尽精神上的黑暗的种子。我的亲族中有一位三阿爹，看我小时不爱务农爱读书也要泼冷水，说未必会中状元。看我的族兄不爱读书爱务农，他也要泼冷水，说是没出息。我问他怎么好呢？他就说你们这种人想什么“好”！因此我到现在还不敢想“好”。①

这就是“桥头三阿爹”的可怕立论法。世上不管什么事，不管什么话，到他们的嘴里都可有破绽，都可被他们变幻出一些可怕的言论，既巧妙又霸道，可以在哼哼哈哈中把人的脊梁柱折断而丝毫不露痕迹，这一形象固然是徐懋庸为了影射批判当时的论语派小品家们，但它的普遍意义，却正是从反面反映了当时无产阶级文学的执着的昂扬的精神以及充实的自信力。因此，徐懋庸的杂文始终处在前沿阵地上。虽则他的杂文在技巧上并没有多大的发展，但其总体的意识和精神却是新的。

徐懋庸的杂文重感兴，他说，杂文“往往漫兴地只看到极微的一点，即用警句写了出来”②。由于他生活充实，所以虽然是小处感兴，却“有和写大作品一样的思想体系、知识的基础、技术的程度……着眼在大处的”③。再加上他的语言和说理力求通俗化，使得他的杂文实实在在，不飘不浮，能发挥较强的效应。

徐懋庸三十年代专心致志于杂文创作，偶尔也写一两篇纪实小品，如《打杂集》中的《故乡一人》。它夹在杂文中间，似金鸡独立，颇具特色。文中描写了一个古怪的乞丐双吉公公，这是一个被乡绅夺走家产沦为乞丐的人。他的兄弟却变成了乡绅的走狗，但他却傲然独立，常为劳苦大众抱不平，但最后在1927年“四一二”政变后，倒在乡绅的走狗——他的兄弟的枪口下。很显然，他是被徐懋庸作为反抗旧社会的一块理想的闪光“石子”来歌颂的——“他不像别的乞丐似的身躯伛偻，他的胸背是挺直的。他也没有讨饭家伙，手里只有一根打狗棒。当他缓缓地在溪边走时，你还可以想象他是一个行吟的屈原”。歌颂中依然保持着他杂文的务实风格，没有矫揉溢美之词。因此可以这样说，双吉公公的形象就是徐懋庸的“石子”杂文最动人的化身。

(二) 唐弢：血气方刚，节奏快速。

唐弢(1913—1992)，浙江镇海人。原名端毅，后由一个和尚易名为弢，意思希望他将长枪藏在林子里，把大弓放进口袋里，什么武器也不用。但他的写

---

① 徐懋庸:《桥头三阿爹们的言论》,《徐懋庸杂文集》,生活·读书·新知三联书店(北京)1983年版,第157—158页。

② 徐懋庸:《小说与随笔》,《徐懋庸选集》第1卷,四川人民出版社1983年版,第113页。

③ 徐懋庸:《大处入手》,《徐懋庸杂文集》,生活·读书·新知三联书店(北京)1983年版,第211页。

作生涯恰恰相反,他始终把杂文作为长枪、大弓拿在手里,刻刻战斗着。这大概是那位和尚所没能预料到的。

唐弢于1933年正式向《申报》的《自由谈》投稿,和文字结缘。值得注意的是他踏上散文创作道路是从写思乡开始。据他在《我与杂文》中回忆:"那年一月三日,日军攻入山海关,华北岌岌可危,工人运动开始向救亡运动转移,我有较多的时间看抗日书报。偏偏上海又是兼旬的雨,淅淅沥沥,下个不停。我不喜欢都市。经常出现在我脑膜里的是:平原,小河,碧树,远山,我生着怀乡病,懊恼当初不留在乡间,像我母亲期待的那样当一个农民。我把这种感情曲折地写进文字,投给《申报》副刊《自由谈》,先后有:《故乡的雨》、《海》、《人死观》、《堕民》、《怀乡病》等,一个月内,写了六篇。"①这是中国现代散文史上值得注意的一个现象。由于中国长期是农业国家,以农为本,以家为本,乡土观念作为一种传统的观念牢牢制约着中国现代散文作家,除了极个别的被西方思想彻底改造过的散文家如林语堂之外,绝大多数的现代散文家患有思乡病,也因此都向社会贡献过思乡佳作,如周作人、鲁迅、冰心、叶圣陶、沈从文和李广田等。唐弢初涉文坛的思乡系列小品颇有特色。《故乡的雨》重点是描绘一次少时在故乡夜间看完社戏坐船回家途中遇雨的情景。全文突出听雨:把船擦茅草的沙沙声、雨打乌篷的悠扬疾徐声和同伴们土著的歌谣声交杂起来成为一首雨的交响乐章,令人神往。《堕民》是写家乡的堕民阶级的手艺和生活。《怀乡病》是以农村和都市作比,抒写对都市生活的厌恶,等等。这些散文的笔调和风格显然是向周作人学习的,是认真模仿周作人之作。无论从取材到抒情走向到情调都可看到他在踏着周作人的脚印前进,如他的《故乡的雨》中的抒情的核心段落是:

> 不知哪一年春天,我和两个同伴,摇着小船到十里外一个镇上看社戏,完场已是午夜,归途遇雨,船在河塘中缓缓前进,灯火暗到辨不出人面,船身擦着河岸新生的茅草,发出沙沙的声音;雨打乌篷,悠扬疾徐,如听音乐,如闻节拍。和着同伴们土著的歌谣,"河桥风雨夜推篷",真使人神往。②

---

① 唐弢:《我与杂文——〈唐弢杂文集〉代序》,《唐弢文集》第5卷,社会科学文献出版社1995年版,第126页。

② 见《唐弢文集》第3卷,社会科学文献出版社1995年版,第249—250页。

而在周作人的《苦雨》之中,也有这样一段描写:

……卧在乌篷船里,静听打篷的雨声,加上欸乃的橹声以及“靠塘来,靠下去”的呼声,却是一种梦似的诗境。①

把它们相比,抒情的力点、格局、走向、情调,乃至把重点放在听雨上都是何其相似。再加上两篇散文均是把“家乡”和“都市”对照来写的,构思也如出一辙。只是周作人情感苦涩,唐弢情感疏朗的区别而已。不过,唐弢很快就转向杂文创作,并以鲁迅为榜样,努力创作,终于使他的杂文获得了“似鲁迅”的评价。所以确切地说,唐弢的散文创作是经历了似周作人到似鲁迅的转变,尽管时间是短暂的。

唐弢的杂文以似鲁迅获得殊荣。他的《推背集》中的《好现象》、《青年的需要》、《新脸谱》、《著作生活与“奴隶”》等杂文发表后,曾被一些文人误认为是鲁迅所作而遭到围攻。这就更促使唐弢刻意模仿鲁迅的文笔写杂文,如《推背集》中的《略论英雄》、《从江湖到洋场》、《宫刑及其它》和《拍卖文明》等,其相似的程度可达到以假乱真的地步。他是鲁迅的私淑弟子和真正的传人。

唐弢的杂文血气方刚,以一种初生牛犊的敢于冲杀的泼辣笔调,对于各种有害的事物进行猛烈扫荡。所以只要在他的“雷达屏幕”上出现他所追踪的目标,不管是像希特勒、日本帝国主义、国民党这样的庞然大物,还是芸芸众生的国民性的一些污点,他都要发射一些炮弹,轰击一番。如他的《拍卖文明》、《宫刑及其它》就是矛头直指希特勒、日本帝国主义和国民党的,而《“天讨”》则是对封建旧文化的清算,《看到想到》则是针砭中庸思想和糊涂哲学等等。唐弢的杂文正是以这种广泛的轰击产生了强烈的政治效应。

与这种敢于冲杀相适应,唐弢的杂文形成了一种骤起骤落、干净利索的快节奏风格。这可以《从江湖到洋场》为代表。这篇杂文劈头一句是“江湖是隐士豪客的出处”,干净利索。但继而却立刻一百八十度陡转弯,写社会上的遗老遗少假隐士豪客却不去江湖,偏当闹市寓公,洋场阔少。写完这些,作者却又漫不经心地猛然甩出一笔作结:“然而谁敢说这些不是隐士!”点出这些假隐士的霸道和嚣张。而后再又把那些脱离江湖、遁迹洋场的豪客们在洋场的种种劣迹拿出来示众。最后轻轻地点出一句话:“这里好像要安适得多,江湖大概是冷落了吧!”幽默犀利,却又意味无穷。在几百字内迅速地完成多重突转,

① 见《雨天的书》,岳麓书社1987年版,第5页。

是一种道地的急促型节奏。

强烈的政治效应,使得唐弢的杂文受到国民党当局的压制。他的第一本杂文集《推背集》在 1935 年 5 月就编好,交与出版社,由于国民党当局的扣压,直到 1936 年才由上海天马书店出版。他在三十年代还出版了另一本杂文集《海天集》(1936,上海新钟书店)。

唐弢的杂文创作生涯很长,后来在孤岛时期又创作了不少杂文,收在《投影集》(1940,上海文化生活出版社)、《劳薪辑》(1941,福建永安改进出版社)、《识小录》(1947,上海出版公司)、《短长书》(1947,上海南国出版社)等作品集中。他的杂文虽以"似鲁迅"获得殊荣,但也造成了由于"似鲁迅"而失去自己对杂文的个性追求的缺憾。虽则可以在他和鲁迅的杂文之间找出多少条不同之处,但他的刻意模仿却使他始终未能发挥创造性去摆脱鲁迅的影子,这一点也应作为教训载入史册,以警后代。

第八章　京派散文

第一节　文化选择及其审美心理特征

一　京派散文形成始末

从二十年代开始，在北京逐渐形成了一个松散的但却很有特色的作家群。沈从文对此曾作过如此描述：

> 在争夺口号名词是非得失过程中，南方以上海为中心，已得到了个“杂文高于一切”的成就……然而在北方，在所谓死沉沉的大城里，却慢慢生长了一群有实力有生气的作家。曹禺、芦焚、卞之琳、萧乾、林徽音、李健吾、何其芳、李广田……是在这个时期中陆续为人所熟习的，而熟习的不仅是姓名，却熟习他们用个谦虚态度产生的优秀作品！……这个发展虽若缓慢而呆笨，影响之深远却到目前尚有作用，一般人也可看出的。提及这个扶育工作时，《大公报》对文学副刊的理想，朱光潜、闻一多、郑振铎、叶公超、朱自清诸先生主持大学文学系的态度，巴金，章靳以主持大型刊物的态度，共同作成的贡献是不可忘的。①

对这“一群有实力有生气的作家”，时人称之为“京派作家”。这一称呼的确切认定始于何时，实难考证。它和1933年沈从文、苏汶、鲁迅进行的那场著名的“京派与海派”之争，应该说似乎有一定关系，因为这场论争使“京派”与“海派”的提法在社会上产生了影响。尽管这些作家没有像“文学研究会”、“创造社”等文学团体的作家那样，以一种明确的组织形式和机构来集合，也没有向人们明确宣告他们的宗旨，但他们确是形成了自己独立的倾向、潮流和影响。这一切用“京派”来概括虽则并不十分准确和科学，但也确乎难以找到一

---

①　沈从文：《从现实学习》，《沈从文文集》第10卷，花城出版社、生活·读书·新知三联书店(香港)1984年版，第311—312页。

个比它更为确切的名称来，它是一种约定俗成的群众创造的结晶。

作为京派作家的事实领衔人的沈从文，对京派散文作家的上述描述显示了这样四个重要史实：第一，京派散文的发生和形成经历了一个"缓慢而呆笨"的"慢慢生长"的漫长过程，上要追溯到二十年代末，下可延伸到三十年代中后期。第二，从地域上看，京派散文作家活动中心在"北方"的"大城里"，以北平为中心。由于在1927年"四一二"政变后，政治中心从北平移到南京，文化中心也南移"以上海为中心"。这时北平反而处在政治文化斗争的漩涡之外，显得"死沉沉"的相对平静，客观上为京派散文作家个性的发挥创造了有利条件。第三，京派散文作家是由"一群有实力有生气的作家"组成，代表人物有沈从文、何其芳、李广田、芦焚、废名、萧乾等，他们是中国现代散文作家的第二代、新生代，都是二三十岁的虎虎有生气的"牛犊"。第四，他们受到高校学者和各种风格的有成就的作家的扶持，既受到多方面的文学的浸染和熏陶，又得到了切实的指导，因此，京派散文的发展是顺利的。

京派散文作家以北京大学和燕京大学等师生为主体。开始，他们的散文先后在这些学校创办的《骆驼草》、《文学月刊》、《学文月刊》、《水星》等刊物上发表。1933年，沈从文开始主编《大公报》的《文艺副刊》，使它成为京派散文的重要阵地。1935年9月，京派散文家萧乾也加入这一副刊的编辑事务，一直延续到抗战前夕，使这个副刊始终成为京派散文的活动中心。尤其是1937年5月，由沈从文和萧乾主持了《大公报》文艺评奖活动，检阅了京派散文的艺术成就，京派散文的重要作家何其芳一举夺魁——他的《画梦录》获得了这次散文奖。当时其他的一些京派散文家也都纷纷有散文专集出版，尤其是沈从文于1934年冬重返阔别十一年的故乡，写出了著名的散文《湘行散记》，轰动全国。《画梦录》的获奖和《湘行散记》的成功标志京派散文为人们喜爱。三十年代中期是京派散文的鼎盛时期，也可以说是中国现代散文在早熟之后的又一次活力的喷发。从二十年代末期发展到三十年代中期，京派散文逐渐形成了一支可观的作家队伍，并有专门的阵地，还有影响大的散文专集面世。在中国现代散文史上，京派散文有着重要的一席之地。

京派散文发展到三十年代后期，随着抗日战争的爆发，一些作家奔赴延安，一些作家流亡到内地而终结。

概括起来，京派散文的形成原因有这样三个：

1. 从地域上看，在二十年代末到三十年代初中期，北平相对平静，有利于散文作家创作个性的发挥。

1927年"四一二"政变后，政治中心从北平南移。同时，中国文学的重心也逐渐随之南移到上海，尤其对散文发展作出重要贡献的一些刊物和社团都开始南移。如《语丝》在1927年10月24日被张作霖查封后，从第156期起就南移到上海由北新书局出版；又如《现代评论》在北平创刊，后也移至上海；再如新月社于1923年在北平成立，1926年解散，后由于北伐战争取得了胜利和其他各种原因，新月社的一些主要散文家都纷纷南下，来到上海，开设了“新月书店”，出版《新月》月刊等等。从二十年代末到三十年代初，上海自然地成为全国的文学中心。尤其是后来“左联”成立，上海成为激烈的国共文化斗争的战场。这时北平反而处在文化斗争的漩涡之外，显得相对平静，客观上为京派散文作家个性的发挥创造提供了空间。

2. 从作者队伍看，京派散文作家是中国现代散文作家的第二代，富有创造意识。

京派散文家是中国现代散文作家的第二代，是新的一代，他们的出生年谱是：沈从文——1902年，何其芳——1912年，废名——1901年，李广田——1906年，芦焚——1910年等，都是二三十岁的虎虎有生气的“牛犊”。历史又赋予了他们一个有利条件，因为中国现代散文的发源地在北平，经过五四运动和二十年代的发展，现代散文已逐步走向成熟，这就给这批作家提供了宝贵的经验教训，为他们的创作昭示了方向。同时，他们年轻，少包袱，而各人经历又不同，还有友军如诗人、小说家、评论家的配合，可以相互影响，相互滋润，取长补短，各显所能。

3. 从园地来看，当时北平刊物林立，为京派散文作家提供了广阔的实践园地。

北平在五四的影响之下，刊物如雨后春笋，如当时校园里流行的《骆驼草》、《水星》等刊物，尤其1933年沈从文主持，后在1935年萧乾接管和主持编辑事务的《大公报·文艺副刊》有力地扶持了京派散文的创作，保证了京派散文的顺利成长。同时，《大公报》还采取了设“文艺奖”的措施，以此推动京派散文的发展，扩大了它的影响。

二　文化选择

（一）城乡对峙：“我”—“乡”—“城”的三角情结。

当京派散文家们陆续从各个乡村进入都市的时候，他们统统迟到了一步，席卷北平的五四风暴已经过去了。他们少上了一课，即当时的思想先驱者为了弘扬科学和民主精神，对农业大文化进行了猛烈的抨击。如李大钊在《由经济上解释中国近代思想变动的原因》中明确指出：“中国以农业立国”，“所以大家族制度在中国特别发达"，"一切政治、法度、伦理、道德、学术、思想、风俗、习惯，都建筑在大家族制度上作他的表层构造。"陈独秀也抨击中国农业大文化所造成的"以安息为本位"，"以家族为本位"，"以感情为本位"。这种抨击，实质上把旧文化和农业大文化笼统地等同起来，因为五四革命的风暴来得这样迅猛，还不可能对这两者进行细致鉴别。但毕竟是一种思想启蒙。京派散文家由于缺少了启蒙的洗礼，因此对农业大文化相对地来说缺少了鉴别力，这就对他们在散文创作中迷恋农业大文化产生了影响。

京派散文家离乡背井来到大都市，或谋生，或求学。冷漠的城市鄙视他们，严酷的环境给他们造成了无形的压抑：有的是被城市的严酷的事实碾碎了一个又一个梦——如沈从文，芦焚等；有的是在城市中显得格格不入，为孤独所裹，如何其芳、李广田等，他们遇到了困惑。这种困惑，和二十年代初的周作人等第一代散文家在思想落潮中的苦闷有所不同，周作人等人的苦闷是属理性的，他们在五四风暴中信仰各种主义却又屡遭失败，在本质上是信仰危机；而沈从文等京派散文家在这时所遇到的苦闷却是属情感型的，他们没有信仰过什么主义什么思想，这是一种感情危机，是实实在在地在现实中碰壁——更明确点说是在城市中感到压抑、孤独和愤懑。因此他们的感情危机是无目标的、盲目的——在他们看来，造成他们的压抑、孤独和愤懑的罪魁祸首，不是军阀、帝国主义或资本家们。他们厌恶党派、厌恶政治乃至厌恶一切"标准"。但他们又有一个实实在在的模糊目标，即是他们对"城市"和"城市中人"的不满，形成了一种城乡对峙的情结。粗看起来，这一"人"和"城"的对立的命题似乎含混、幼稚乃至荒唐得叫人难以理解，但事实上却浓重地主宰着京派散文家的精神王国。李广田对此说得含蓄，他说"（我）虽然在这大城里过几年了。我几乎还是像一个乡下人一样生活着，思想着"。沈从文就不同了，他在自传中回忆到自己在家乡的怀化镇的经历时，就这样地写道：

> 我在那地方（指怀化镇——引者注）约一年零四个月，大致眼看杀过七百人。一些人在什么情形下被拷打，在什么状态下被把头砍下，我可以说全部懂透了。又看到许多所谓人类做出的蠢事，简直无从说起。这一分经验在我心上有了一个分量，使我活下来永远不能同城市中人爱憎感觉一致了。从那里以及其他一些地方，我看了些平常人不看过的蠢事，听了些平常人不听过的喊声，且嗅了些平常人不嗅过的气味，使我对于城市中人在狭窄庸懦的生活里产生的作人善恶观念，不能引起多少兴味，一到

城市中来生活，弄得忧郁孤僻不像个正常“人”的感情了。①

这简直是对“城市中人”的宣战书。他毫不含糊地表明了他与“城市中人”的势不两立——“永远不能同城市中人爱憎感觉一致”；也公开显示了他对“城市中人”的蔑视，在他看来，“城市中人”的善恶观念是在“狭窄庸懦的生活里产生的”；最后的结论近乎刻毒了，“城市中人”都忧郁孤僻不像个正常“人”。沈从文的这种厌恶“城市中人”的情绪可以称得上是京派散文家的典型心绪。即使按照沈氏观点，“城市中人”的主要问题是“忧郁孤僻”，也不至于要对立到如此地步，但由于这是“乡村文化”和“城市文化”的对立，也可以说是京派散文家对都市化的人们的异化的蔑视，因此显得不可调和。正是如此，促使他们不由自主地对于五四冲击的农业大文化产生了不同程度的眷恋，对童年少年乃至青年时期所熟悉的农业大文化表示温存。这种温存眷恋是对情感危机的补偿，因此是盲目的，他们既不想从农业大文化中寻找出路，也不想把农业大文化强加给现实，他们仅是想把这些眷恋作为对“城市中人”和“城市文化”进行对抗的一种手段。他们有恃无恐。因为他们的童年、少年是在乡村度过的，他们熟悉的是农业大文化，农民的对己对人对事对自然的所想所作所为都似梦幻般地烙在他们心中。他们可以得心应手地运用，最早用“乡情”对抗“城市文化”进行探索的就是沈从文，他用小说的形式，写了一系列的回忆童年的乡镇生活的作品，如《往事》、《玫瑰与九妹》和《夜温》等，取得了经验，获得了暂时的心灵的平衡。这一成功，更促使他公开亮出了“乡下人”的招牌，以“乡下人”自居并自豪。他的京派散文的同志也不甘示弱，芦焚在《〈黄花苔〉序》的短短的不到一千字的序言中，竟然两次一字不差地以“我是乡下来的人”重复。而有着农民般朴实的李广田更是直率地说“我是一个乡下人，我爱乡间，并爱住在乡间的人们”。他们的招牌上赤裸地写着一个“乡”字，他们是一支“乡军”。他们用“乡情”自慰自恋。他们又用“思乡”、“还乡”向“城市”和“城市中人”示威。乡情成了京派散文的“魂”。

（二）对农业大文化的滞重的背负的心理紊乱：迷恋与否定。

在二十年代末，京派散文作家都遇到了困惑。他们并不像海派文人那样乐观，相反在都市生活中感到压抑和孤独。这种压抑和孤独，使他们厌恶党派和政治，处处和现实显得格格不入。他们产生了心理紊乱。这种紊乱使他们

① 沈从文：《从文自传》，《沈从文文集》第9卷，花城出版社、生活·读书·新知三联书店(香港)1984年版，第162页。

不由自主地对于五四冲击的农业大文化产生了不同程度的眷恋。这种眷恋并没有多少政治目的，他们仅是想把这种眷恋作为对孤独和压抑的一种排遣和宣泄，也可以说是寻找一种刺激和安慰。因此沈从文甘愿冒着旅途艰险，到历史对于他毫无意义的那块湘西土地上，寻找那些壮健的水手和洒脱的妓女，以抵御现代的文明。何其芳尽管把自己密封在幻想的小天地里，但也不时把昔日农村的一些事拿来编织成彩色的梦。废名、李广田则更津津乐道他们那遥远的童年生活的乡村一块小天地，似乎那里的一切都是值得留恋的。他们在"乡"那里感受到一种新鲜，这种新鲜包括颜色、声音、气味，乃至一切。值得注意的是京派散文作家所迷恋的那块土地恰恰都是远离北京的闭塞的内地：湘西、四川、湖北等，这或许是一种巧合，但也说明他们对现代文明的疑虑。当然，京派散文家的这种文化选择并不是无条件的，如对农业大文化注重的伦理道德关系、价值取向以及秩序崇拜又取否定态度，以一种形而下的姿态表示他们的保留，沈从文的《湘行散记》就是一个典型的代表。他们之所以选择农业大文化，是把它作为和现代文明的对立面来选择的，而不是五四的反动。这也反映了他们迷恋传统又否定传统价值的一种紊乱的复杂矛盾心理。

但京派散文家真正在思乡还乡中落到"乡"的实处时，情况顿时变得扑朔迷离起来。这里可把沈从文和芦焚作一比较，这两位同是"乡下人"，他们同在三十年代中期先后回到阔别多年的故乡。他们还乡目的不同：沈是有意为之，他被现代都市生活压抑得透不过气来，是作为窒息于现代城市里的"病人"来湘西治疗，所以在 1934 年冬，如着了魔般地迷上了阔别十一年之久的故乡——湘西，历时三个多星期，所见所闻的实录辑成散文集《湘行散记》，作为他对乡村见解的宣言书；而芦焚在这期间也数次回家，一次是 1932 年 7 月，因父亲病故，回到故乡，直到 1933 年夏才回北平，另一次是 1935 年春天，"一住就是将近半载，原因这里也说不清。总之，是倒了一点霉"①。还乡是被动为之，他的几篇表现还乡情思的散文力作大多与之有关。他们两人同时还乡，最后的结晶和感受竟有天壤之别。芦焚以他的散文名篇《失乐园》定调，一锤定音为"失乐"。他注视着乡村的"今"与"昔"之"异"，正如他在《失乐园》中所说"中国人，尤其是晚近的中国人，拈住'今非昔比'之类做题目，唠叨起来，文章是很多的……我也是中国人，多多少少也免不了沾染这毛病。怎样就有了这毛病，又自何时起，自己也委实糊涂；有些讲不出。假使你一定要问，我只说从失了乐园"。他为今之现时的种种所困扰，显得非常敏感，也较为理智，形成一

① 芦焚：《〈里门拾记〉序》，《师陀全集》第 1 卷，河南大学出版社 2004 年版，第 95 页。

种“今非昔比”的感叹。他的抒写故乡的散文正是在“失乐园”的基调下,暴露今之乡村之坏,如一对夫妻是那样麻木地进行血淋淋的厮打。又如祖代相传有一手好技艺的老铁匠,最后被逼迫得家破人亡,只能和小孙儿在寂寞中苦苦地挣扎。他在为苦难的乡村唱挽歌。但沈从文恰恰相反,他的目光是牢牢地注视着乡村的“今”“昔”的“同”上。整部《湘行散记》完全沉在“得乐园”的梦一般的境界中。他目光所及的湘西,“昔”与“今”“同”,历史奈何不得他的故乡,也改变不了他的故乡:“百年前或百年后皆仿佛同目前一样。”尤其是湘西人,也和历史无关,“这些人根本上又似乎与历史毫无关系。从他们应付生存的方法与排泄感情的娱乐上看来,竟好像今古相同,不分彼此”。因此,他遇到的水手都充满了原始的野性的生命力,他眼中的妓女也个个有情有义,他回乡拣回了生命的活力。沈从文和芦焚同是还乡最后的结晶却造成了“得乐园”和“失乐园”的反差。虽有反差,但骨子里却是一样。可以把他们笔下的人物作一比较。《老抓传》是芦焚的散文中较为出色的篇章。文中的老抓是一个长工,其性格和沈从文笔下的含有魔性生命力的湘西人性格相似,“岁月没有衰老这个人,驯服这个人,他工作,他走路,脚手全同青年人一样轻便……”,又说他有“一身的邪精力,充满着野性的锋芒,好像连时光也怕他,不惹他,只好偷偷躲开从身边溜过”,是“一个魔鬼的化身,旷野上的老狼”。最后因为爱情纠葛,流落他乡,但闯荡一番回故里后,他成了“一位客人”,只能“爱着狗和猫”。戴上生活给他的“镣铐”,默默地和狗猫为伍成了一只驯化的“羊”。这一处理恰恰和沈从文对湘西人的描写颠了个倒,芦焚看到的是故乡农村人的生命力衰落的“变”,沈从文感受到的却是故乡农村人的生命力的永远旺盛的“不变”。“变”与“不变”中都显示着他们对农业文化的一种坚持与拒绝的紊乱复杂的心态。不过,俩人确有异曲同工之妙,芦焚是以自己是个健康的清醒人的面孔出现,他要把老抓这样的人作为病例的标本,借此来刺激城市中怀有同样病的人的神经,使他们恢复生命力;沈从文把自己和城市中人作为病态的人对待,要想借湘西人的健康的生命力来医治,他们的妙趣是相似的:借乡情乡人呼唤富有生命力的人的出现。这样京派散文作家笔下的乡情乡人实质上成了他们礼赞的农业大文化的抽象范本乃至理想。正如此,这种乡情对读者来说,也就显得特别具有诱惑力。

由于京派散文对农业大文化的选择,决定了他们的情感封闭和执拗,有时兴奋得又近于神经质,这在沈从文的散文中表现得更为突出,他对残酷的迷恋实在令读者吃惊。虽然在散文题材选择和情感抒发上京派散文有开辟新天地之功,但相对来说,它又较缺乏兼收并蓄的气魄,显得有些保守和偏执。

(三)文化思乡:对"纯朴型范"的寻觅。

京派散文作家所顶礼膜拜流连忘返的乡情究竟是一种什么样式的情?据沈从文说,"我实在是个乡下人……乡下人照例有根深蒂固永远是乡巴佬的性情,爱憎和哀乐自有它独特的式样,与城市中人截然不同!他保守,顽固,爱土地,也不缺少机警却不甚懂诡诈。他对一切事照例十分认真,似乎太认真了,这认真处某一时就不免成为'傻头傻脑'"①。沈从文所信奉的一个含糊的不定型的概念——"乡巴佬的性情",更增加了解读京派散文作家的乡情的难度。除了李广田的散文中的乡情实实在在地表现了对土地的依恋和对农民的真切同情外,其余的那些京派散文家所抒写的乡情都令人难以解读。他们不管是精神还乡还是现实还乡,其描写的"乡"所造成的艺术效果是相同的。他们所抒写的"乡",对于读者来说,似乎是一个"神话"。所不同的是,废名笔下的"乡",是通过他的"诗"处理,使他的"乡"成为"神话"般的艺术品,如天上的月亮,可以令读者"哑然不动"地神往,可望而不可及;而沈从文笔下的"乡",则是通过他在时空上的历史"古"处理(犹如现在一些文物商制造仿青铜器般的处理),使他的"乡"成为"神话"中的远古的蛮荒时期的部落,其中的人们都呈现了十分淳朴的原始相,如殴斗杀人似家常便饭,妓女的放荡,水手的粗野等等,在读者眼里,似乎它也成了个不知汉魏的"桃花源",和陶渊明的"桃花源"有所不同的是,那里的人们,原始生命力实在是旺盛,旺盛到有点血腥味。这样,沈从文笔下的"乡"把古时态和现时态凝成一体,也让人可望而不可及。这些不同形态的"乡",都是一种文化的抽象和符号。他们思乡是一种精神的文化思乡。由于京派散文家标榜的"乡下人"皆是感情至上主义者,信奉的是"绝对的皈依,从皈依中见到神"这样的"绝对",再加上他们的"傻头傻脑"的"认真",就把他们醉心的乡情勾兑成他们精神王国中的"神话"和"乌托邦"。而这个"神话"和"乌托邦"可望而不可入,充其量也只能被他们用来作为凭吊的一种文化精神的寄托罢了。

不过,京派散文家通过对"乡"的膜拜,进行文化思乡还有更深的目的。沈从文给读者描绘的"乡"——湘西风光,或多或少具有一种想为这多灾多难的中国开出一张改良的药方的苦心。他在《湘行散记》的《辰河小船上的水手》中一语泄露了"天机":"这个民族,在一堆长长日子里,为内战,毒物,饥馑,水灾,如何向堕落与灭亡之路走去,一切人生活习惯,又如何在巨大压力下失去它原

① 沈从文:《〈从文小说习作选〉代序》,《沈从文文集》第11卷,花城出版社、生活·读书·新知三联书店(香港)1984年版,第43页。

来的纯朴型范，形成一种难以设想的模式。”而且更进一步地在《虎雏再遇记》中描写了他的一个亲自实验的失败过程，从反面成为他要用“纯朴型范”改造社会的实证：一个名叫“祖送”的湘西小乡下人，在他十四岁时，沈从文把他弄到上海，放在身边，教他读书，用最文明的方法来造就他，但事实证明，这一实验是荒唐的，一切美好的设想都是徒劳的。最后这位小乡下人在上海打坏了一个人就失踪了，返回了湘西，恢复了本性。沈从文认为：“这人一定要这样发展才像个人。”所以，京派散文家们多多少少想从文化还乡中寻觅“纯朴型范”，他们笔下的“乡”与“城”，或多或少的对应着美与恶，真与伪的两个对立的世界。遗憾的是他们忘记了社会的“巨大压力”，因此，即使像沈从文到湘西找到了所谓的“纯朴型范”，它又能解决什么社会实际问题呢？

三　审美心理结构

(一) 重情感，轻效应，以倾向的模糊，对理性迂回排斥。

京派散文推崇情感，推崇自我。在这一点上，沈从文用极简单的语言把这个观点表达得最为透彻，他说：“生命中还有比理性更具势力的‘情感’。”①他身体力行，凡是他情感能容纳的人和事统统可以进入他的散文。何其芳更是偏执，他看到的人间尽是不合理，乃至“几乎要写一本书来证明其他动物都比人类有一种合理的生活”，因而他只相信自己的情感，整天迷恋着他自我情感变幻出来的色彩世界。“生活在自己的白日梦里。我沉醉，留连于一个不存在的世界”，整天“我重复着我自己的语言”②。李广田、萧乾在情感上相对要克制些，但他们都把自己的情感粘附在笔下的人和事上。所以李广田怕读者不理解他的情感，在《〈银狐集〉题记》中他要反复声称：“尽管这些文字中没有一个‘我’字存在，然而我不能不承认我永在里边。”“这些文章中依然有我的悲哀，我的快乐，或者说这里边就藏着一个整个的‘我’。”

本来，散文重情感是题中应有之义，但京派散文作家却把情感和理性对立起来，这就是他们的心理结构的特殊所在。沈从文在崇尚“情感”的同时，就把它和“社会”、“社会价值”、“道德”、“伦理”等相对立，他要把“情感”作为对抗“社会”、“社会价值”、“道德”以及“伦理”的一个有力武器。他称自己“就是个不想明白道理却永远为现象所倾心的人。我看一切，却并不把那个社会价值

① 沈从文：《水云》，《沈从文文集》第 10 卷，花城出版社、生活 · 读书 · 新知三联书店(香港)1984 年版，第 267 页。

② 何其芳：《街》，《何其芳文集》第 2 卷，人民文学出版社 1982 年版，第 82 页。

掺加进去,估定我的爱憎","在静止中,在我印象里,我都能抓定它的最美丽与最调和的风度;但我的爱好显然却不能同一般目的相结合"。他把"现象"与"价值"、"情感"与"目的"对立起来的目的是拒绝、排斥"价值"和"目的",并"对于一切成例与观念皆十分怀疑",因为他很自信,尽管他是个"不想明白道理却永远为现象所倾心的人",但他"都能抓住它的最美丽与最调和的风度"。这里还仅说到问题的一半,在《水云》中他又说:

> 我是个乡下人,走到任何一处照例都带了一把尺,一把秤,和普遍社会总是不合。一切来到我命运中的事事物物,我有我自己的尺寸和分量,来证实生命的价值和意义。我用不着你们名叫"社会"为制定的那个东西,我讨厌一般标准。①

原来他并不是一概排斥"价值",否定"价值",他只是"讨厌一般标准",他有他"自己的尺寸和分量",他有他的"价值和意义"。如果再追问一句,他的"价值和意义"是什么呢?他是这样回答的:"生命中还有比理性更具势力的'情感'。"这样思维又返回到原来的"情感"起点上,他的"价值"就是"情感",就是前面所说的倾心"现象"。两元融成一元——"情感"即"目的","现象"即"价值","感应"即"意义"。说到底,京派散文家的审美心理均是由"我"出发,由"我"主宰,导致最后,是"我"即"目的","我"即"价值"。

因此,京派散文作家用他们的"情感"对社会内涵和历史内涵归纳时,就时常和"社会"、"社会价值"、"道德"、"伦理"等相悖逆,这显然是一种反叛和破坏。但他们又拒绝使这种反叛和破坏升华到理性,不让情感形成确定的倾向,相反又要摆出超然的姿态来使情感处于一种模糊的状态之中,对理性实行迂回排斥,这不能不说是一种软弱。再结合当时国内外大形势来考察,这种模糊应该说是对国共尖锐对立的政治斗争的一种聪明的疏远,因此京派散文作家的心理结构又有农民式的世故和狡猾在作祟,具有一定的圆滑性。他们比周作人用鼓吹"文学以个人自己为本位"来摆脱倾向的束缚还要高明。他们正是借助这种独特的心理结构滋生出来的情感,在国共文化斗争的两极之外,创造出一个既非"闲适"也非"斗争"的另一个天地,尽管这个天地是模糊的,但对于作者和部分读者来说,仍然是一种寄托和安慰。

---

① 沈从文:《水云》,《沈从文文集》第10卷,花城出版社、生活·读书·新知三联书店(香港)1984年版,第266页。

(二)思维方式:崇尚“极端”。

京派散文作家的审美心理结构决定了他们的思维方式奇特,既极端开放又极端封闭,不管开放还是封闭,都受极端的主宰。他们可以不理睬一般社会道德标准,由作者凭借自己的体验去显示目的,这不能不说是一种开放。因此当一位老水手已经七十七了,“眉毛那么长,鼻子那么大,胡子那么多”,还在当临时纤工,为了一分一厘钱,不厌其烦地讨价还价,当拉完纤拿到报酬后,认真地一五一十地数着。在一般社会标准里可把这位大鼻子判入类似老葛朗台的“吝啬鬼”行列中,但沈从文却是这样的赞颂:“人快到八十了,对于生存还那么努力执着。”再如在《一个多情水手与一个多情妇人》中写老烟鬼的老婆天天放肆地和外来人调情,一般社会标准完全可以把她称之为“潘金莲第二”,但沈从文却揭示了这样的价值:“老烟鬼用名分缚着了她的身体,然而那颗心却无从拘束……夭夭那颗心,将如何为这偶然而来的人跳跃!”简直开放到了随心所欲、强词夺理的地步。从这种处理可以看出,沈从文关注的不是人物的命运,而是超然地关注人物的生命力。何其芳也是以极端的自我营造那诗意的梦。他们不论人物功过是非,一味地追求人物的原始相,为了手段忘却了目的,但由于他是极端的真诚的感应,不得不使读者和他们的心一起跳动。原因就是沈从文的“我”“傻头傻脑”的“认真”。他们意识到自己的审美心理中的“我”的张狂,因此对“我”特严,沈从文为此作如下两条限制:一是为自己也为他的京派同仁制订的散文创作的戒律是“千万不要冷嘲”,二是他重视对美的表现。他的经历充满血和泪,他在“六年中我眼看在脚边杀了上万无辜平民”。因此若要他写“血和泪吗?这很容易办到,但我不能给你们这个”,“神圣伟大的悲哀不一定有一摊血一把泪,一个聪明的作家写人类痛苦是用微笑来表现的”。前一条是自觉,后一条是严肃,因此尽管情感和目的相混,尽管是极端开放,但产生的作品却都美得魔力无穷。

但是,这种审美在情的盲目主宰下,也就必然会有它的封闭性和狭隘性。这表现在一是对现实的“丑”的拒绝,有时拒绝到视而不见。据汪曾祺在《沈从文先生在西南联大》中的回忆,曾有这样一件事:

> 沈先生读过的书,往往在书后写两行题记。有的是记一个日期,那天天气如何,也有时发一点感慨。有一本书的后面写道:“某月某日,见一大胖女人从桥上过,心中十分难过。”①

---

① 见《葡萄月令》,吉林摄影出版社 1999 年版,第 90 页。

这是极端例子，在沈从文看来，一个大胖女人从桥上过，决不能容忍，应该是美丽的少女的倩影从桥上过，才能构成一个理想的美的境界。为此，在散文中他决不赤裸裸地显示血和泪的丑。二是对现实的隔膜，自动地把“自我”封闭起来。其代表是京派散文作家中的另一个主将何其芳，他和沈从文不同，他“过了太长久的寂寞的生活，在家庭里我是一个无人注意的孩子；在学校里我没有朋友，在我‘几乎绝望地期待着爱情’之后我得到的是不幸”。由于在县里初级中学读书时看到人与人的倾轧，使他那颗稚嫩的心很早就对人形成这样一个见解：“这由人类组成的社会实在是一个阴暗的，污秽的，悲惨的地狱”，使他终日“生活在自己的白日梦里”，整天“流连于一个不存在的世界”。他极端到不仅排斥城市的人乃至于排斥一切人，这是一种“性本恶”阴魂在作祟，这种排斥，使何其芳的“我”成了至高无上的权威，其他京派散文家还有一个“乡”可以炫耀，而何其芳却连“乡”都没有，只剩下“我”了。他为孤独所包裹，何其芳的“我”就是“乡”，就是情感，就是“一切”。

四　艺术成就

（一）在形态体式上，确立和强化了散文的抒情体制，并发展了多种散文体式。

中国现代散文在五四风暴中脱颖而出，特定的革命风暴对现代散文的鼓动和宣传功能的要求，使得现代散文家中的第一代开拓者对散文的文体意识显得相当的淡漠。二十年代，在知识分子的思想滑坡的影响下，散文经历了分流和趋美变异的动荡，周作人以“美文”对散文进行界定并受到人们的拥戴，但由于散文文体本身的体制的不确定性和松散性，导致一些散文家对它的体式建设的忽视。即使像周作人这样能写出较多优秀美文篇章的散文大家，也由于思想蜕变，形象思维萎缩，其散文愈向论文的方向靠拢。在散文创作方面显示了卓越成就的朱自清、徐志摩等，虽然对散文文体有足够的认识，但奇怪的是也常常把一些重议重感甚至是标准的议论文章夹在抒情的散文中结集出版，如徐志摩的《落叶》、朱自清的《你我》等，这都反映了他们对散文文体建设的轻率。正是在这种情况下，京派散文家用他们的散文创作自觉地有意识地为散文文体建设作出卓有成效的努力。他们在文体建设上的努力是全方位的。沈从文一方面破坏小说的功能，把小说散文化，但同时他又把小说中写人叙事的经验借鉴到散文中来，把小说和散文融合，进行把散文当小说一样写的探索和实践，使得他的《湘行散记》似小说但骨子里却是真正的散文，用他的话说就是，要“用屠格涅夫写《猎人日记》方法，糅游记散文和小说故事而为一，使人事凸浮于西南特有明朗天时地理背景中”①。何其芳一登上散文园地,就摆出捍卫散文文体的架势,他利用自己是个诗人的有利条件,大胆向诗伸手,把诗的抒情手段嫁接到散文园地中来,目的很明确,他要“为抒情的散文找出一个新的方向”②。他们为散文抒情体制营构了一种新的体制——“境”。沈从文认为:“更重要的,也许还是培养手与心那个‘境’。一个比较清虚寥廓,具有反照反省能够消化现象与意象的境。”③这是一个纲领,何其芳对此心领神会,他规定自己抒情的原则就是沈从文的“境”的具体体现:“以很少的文字制造出一种情调。”④在中国现代散文家中,他们是最早地把“境”引入散文,并进行了成功的实践。沈从文和何其芳是当之无愧的现代散文的文体家。从整个京派散文家来看,对散文的文体意识都较为强烈。如萧乾在编选自己的第一本创作集《小树叶》时,他就清楚地把抒情味较浓的美文标为“散文”,计七篇,即《叹息的船》、《小树叶》、《路人》、《我与文学》、《过路人》、《题一个人的照像》、《古城》;而把通讯报告称为“游踪”,即《流民图》、《平绥线上》等。其实“游踪”这类文章和散文是一家,也属散文,它们之间的差别并不大,但萧乾却严肃地从文体上把它们区别开来,这也反映了京派散文家在散文文体上的认真。他们正是在散文体式上捍卫和发展了现代散文,为现代散文开辟了一个新时代。

(二)京派散文作家在实践中,以坚强的个性形成了多姿多彩的风格,促使三十年代形成了现代散文风格纷呈的壮丽局面。

京派散文作家的队伍是复杂的,但基本队伍和中坚力量都是从农村来的。他们虽不像海派文人那样兼收并蓄,但他们重个体本位意识,有一种形而下的物质性的自我主体意识。所以他们不愿屈服和师从二十年代形成的各种现代散文流派。沈从文说,“对于一切成例与观念皆十分怀疑”⑤,显示出一种农民的固执。他们巧妙地避开二十年代如鲁迅、周作人、朱自清、冰心、徐志摩、郁达夫等人所创造的各种散文范本,以各自的优势去创造新的散文风格。沈从

---

① 沈从文:《〈新废邮存底〉二十三》,《沈从文文集》第12卷,花城出版社、生活·读书·新知三联书店(香港)1984年版,第67页。

②④ 何其芳:《我和散文(代序)》,《何其芳全集》第1卷,河北人民出版社2000年版,第241页。

③ 沈从文:《从徐志摩作品学习“抒情”》,《沈从文文集》第11卷,花城出版社、生活·读书·新知三联书店(香港)1984年版,第217页。

⑤ 沈从文:《我读一本小书同时又读一本大书》,《沈从文文集》第9卷,花城出版社、生活·读书·新知三联书店(香港)1984年版,第110页。

文带着都市的压抑重返湘西，以都市和乡村文化的落差在他身上激发起的狂热的情感，以开放的姿态，用强盗那样大胆的手笔，打破散文的小楼一统的局面，归返原始，归返自然，使他的散文的情感以一种独特的流动美而卓然屹立。何其芳是把自己的情感天地封闭起来，制造成一种虚空的精致的艺术境界，诱惑人们去探幽。废名则又采取另一种封闭艺术，他把心中过去的故乡小天地，以实化虚，分割成一个个朦胧的艺术宫殿，令人神往。李广田和萧乾虽则均是重写实，但前者温良敦厚，整日沉浸在回忆之中；而后者目光炯炯，始终注视着新鲜的现实。这些不同风格的形成是二十年代散文分流的趋美变异后意外的收获，它再次昭示现代散文作为一种独立的文体已经相当成熟了。

京派散文是在特定的历史环境和区域里形成的，虽然带有一定的偶然性，但在中国现代散文史上的影响却是不可估量的。这种影响，突出表现在在散文文体的发展史中具有承上启下的作用。从总体上看，京派散文的三种散文创作实践给人们留下了深刻的印象：一是沈从文把散文当小说一样写，在散文中勾勒出一些情节和形象；二是何其芳、废名把散文当诗一样写，在散文中创造出一种诗的艺术境界；三是萧乾把散文当通讯一样写，追踪新鲜的现实，用美文加以展现。他们有的跨越两个散文时代，如何其芳，既是把散文当诗一样写的开拓者，后来又转变成把散文当通讯一样写的勇敢实践者。有的则为把散文当通讯一样写的先行者，如萧乾。现代散文文体发展基本上按照这三种模式发展下来。倘若再联系当代散文来考察，我们更可以看到京派散文影响之深远。当人们在建国之后，发现把散文当通讯一样写的潮流仍在滚滚向前而使人感到单调和沉闷，杨朔在六十年代提出把散文当诗一样写的口号，以此来扭转遏止这股潮流，改变散文创作的现状。杨朔虽然没有胆量把何其芳的三十年代散文创作拿出来作为他的口号的范本，但不可否认他是汲取了何其芳的把散文当诗一样写的成功经验，可惜他缺乏勇气，以致这一扭转显得软弱无力。直到二十世纪八十年代，贾平凹等站出来，从沈从文的散文里吸取了智慧和力量，成功地描写了商州这块富有魔性的土地，赢得了人们的喝彩。历史证明，京派散文的生命力仍将悠悠地延续下去。

不可否认，京派散文的负面影响也是那样强烈。由于京派散文中所写的“乡村”是作为“城市”的对立面，他们把“乡村”作为“过去”、把“城市”作为“现在”互为对照，再加上他们尤其是沈从文所赞美的“生命力”，都是一些模糊笼统的概念，因此，作者虽然并不是有意地要把这些概念来和“阶级”、“阶级斗争”相对立，但由于他们对倾向、政治、党派的厌恶和回避，这些概念反而更会使人产生具有某种倾向的政治联想，它们不过是一种保守的逃避现实的美丽盾牌而已。不管沈从文笔下的生命力是如何强健,也不管何其芳、废名所制造的境界是如何优美,都经不起日寇铁蹄的践踏,所以,当华北这块土地不能平静地放下一张课桌时,人们都纷纷拿起枪杆子去创造生命力时,京派散文也就不得不偃旗息鼓了。

第二节 沈从文

一 "水手"和"妓女":"魔性"生命力的象征

沈从文(1902—1988),湖南凤凰人。他的生活充满了神秘魔性色彩,幼时喜逃学,常被学校和家长处罚。痛苦的责罚在沈从文身上却产生了意想不到的效果:"我一面被处罚跪在房中的一隅,一面便记着各种事情,想象恰如生了一对翅膀,凭经验飞到各样动人事物上去,按照天气寒暖,想到河中的鳜鱼被钓起离水以后拨剌的情形,想到天上飞满风筝的情形,想到空山中歌呼的黄鹂,想到树木上累累的果实。由于最容易神往到种种屋外东西上去,反而常把处罚的痛苦忘掉,处罚的时间忘掉,直到被唤起以后为止,我就从不曾在被处罚中感觉过小小冤屈。那不是冤屈。我应感谢那种处罚,使我无法同自然接近时,给我一个练习想象的机会。"①真是不可思议的蛮性。之后,他在高小毕业后(1917 年)就进了土著部队,辗转于湘、川、黔边境和沅水流域,混迹于水手、流氓、妓女、土匪、矿工、士兵之间,耳濡目染,给沈从文的性格中注射进强烈的"野"和"蛮"的"魔性"。再加上他幼时的生活始终和水相连,"我幼小时较美丽的生活,大部分都同水不能分离。我的学校可以说是在水边的。我认识美,学会思索,水对我有极大的关系……我的心总得为一种新鲜声音,新鲜颜色,新鲜气味而跳"②。因此,他的感情流动而不凝固,他"不安于当前事务,却倾心于现世光色,对于一切成例与观念皆十分怀疑,却常常为人生远景而凝眸"③。之后,他于 1921 年来到北京,当时北京刚刚受到五四风暴的洗礼,他本想升学读书,未能如愿,于是学习写作,终于使得他在文学创作上获得成功,小说《边城》引起文坛瞩目。自 1929 年起先后任教中国公学、武汉大学和青岛大学。1934 年冬,他冒着旅途艰险,回到阔别十一年之久的故乡。这次返乡费时三个多星期,所见所闻的实录,计十三篇,结集成《湘行散记》,由上海商务

①②③ 沈从文:《我读一本小书同时又读一本大书》,《沈从文文集》第 9 卷,花城出版社、生活·读书·新知三联书店(香港)1984 年版,第 111—112 页,第 109 页,第 110 页。

印书馆于1936年出版。1938年，作者取道湘西去云南时，又在沅陵住了四个月，采用报告式的写法，倾向鲜明，把他对湘西的考察和见闻写成八篇散文，以《湘西》为名，由长沙文史丛书编辑部于1939年出版。这两本散文集用异乎寻常的"强盗一样好大胆"的手笔，描述了湘西这块魔性土地上的那种富有"魔性"的生命力，使读者目瞪口呆，被人们誉为三十年代最好的散文作品，是中国现代散文史上最早出现的西部散文。

（一）醉心描写的"魔性"生命力的意象："水手"和"妓女"。

沈从文三十年代两次重返故乡，固然也想再到故乡奇异山水中捡拾一些童年和青少年时代遗留下的梦，但更重要的是为了去翻阅人事组成的历史，寻觅他所熟悉的一些人物。所以在《湘行散记》和《湘西》中写了一批人物：水手、妓女、矿工、士兵、土匪等。沈从文对这些人物进行描写时，都突出了这些人的非凡的生命力。这种生命力的顽强、执拗、蓬勃，有时几乎到了不可思议的地步。如在《虎雏再遇记》中写一个豹子一般的乡下人在他八岁时，就用石头从高处砸坏了一个比他大过五岁的敌人；在他十八岁时，就亲身放翻了六个敌人。又如在《一个戴水獭皮帽子的朋友》中写一个戴水獭皮帽子的朋友，"当他二十五岁左右时，大约就有四十个女人净白的胸膛被他亲近过"。再如在《五个军官与一个煤矿工人》中写一个造反的矿工被五个军官用计捕获，身受重伤，最后从容地跳入深井，壮烈而死。还有一个名叫向大成的矿工，其家庭连遭变故，只剩下母女两人时，母亲仍在满怀希望地设想着未来："孩子今年十二岁，再过四年，就可挣钱了。命虽苦，还有一点希望……"①这些凡夫俗子身上所散发的生命力可以说是一种神秘的"魔性"生命力，它坚不可摧，无处不在。

但是，从《湘行散记》和《湘西》两本散文集来看，这种神秘的"魔性"生命力最强烈最集中的表现还是在水手和妓女身上。在《湘行散记》中以写水手和妓女为主的篇章竟占一半以上，其中一些有影响的名篇如《桃源与沅州》、《一九三四年一月十八》、《一个多情水手与一个多情妇人》、《箱子岩》、《虎雏再遇记》等中均活跃着水手和妓女。水手和妓女是沈从文醉心描写的意象，他们是湘西这块魔性土地上滋生出来的"魔性"生命力的象征。

这些水手和妓女，沈从文对他们有一个总体评价，那就是："有人称他为豪杰，也有人叫他做坏蛋。但不妨事，把两种性格两个人格拼合拢来，这人才真

① 沈从文：《辰溪的煤》，《沈从文文集》第9卷，花城出版社、生活·读书·新知三联书店(香港)1984年版，第385页。

是一个活鲜鲜的人!”①他们是一群很难用这样和那样标准进行分割和论证的人,在他们身上共有的特征就是股活鲜鲜的旺盛的“魔性”生命力。

(二)“魔性”生命力的特征。

1. 欲望和喜怒哀乐的神圣。

水手和妓女都有强烈的生命欲望,一位老水手已经七十七了,“眉毛那么长,鼻子那么大,胡子那么多”,还在当临时纤工,为了一分一厘钱,不厌其烦地讨价还价。当拉完纤拿到报酬后,认真地一五一十地数着,对生存是那么努力执着(《一九三四年一月十八日》)。一个美丽的小妇人夭夭嫁给了老烟鬼,但是“老烟鬼用名分缚着了她的身体,然而那颗心却无从拘束……夭夭那颗心,将如何为这偶然而来的人跳跃”②!他们有着一股奇特的支配自己命运的力量,从而去享他们应有的哀乐。因此他们的所作所为具有一种野性的神圣,不能用钱或什么道德价值来评价。他们活得洒脱,水手们今天可以和妓女卿卿我我地做爱;明天可以赤裸着全身向激流中跳去,投进死亡的怀抱,死得壮烈,一切平常又平常。而妓女们也都是那样有情有义,“遇不相熟的主顾,做生意时得先交钱,再关门撒野,人既相熟后,钱便在可有可无之间了”。而且和水手“感情好的,互相咬着嘴唇咬着颈脖发了誓,约好了‘分手后各人不许胡闹’”③。妓女们和水手之间的恋情在沈从文的笔下变得如诗如画:“(那水手)一定却记忆着吊脚楼妇人的一切,心中感觉十分温暖。每一个日子的过去,便使他与那妇人接近一点点。十天完了,过年了,那吊脚楼上,照例门楣上全贴了红喜钱,被捉的雄鸡啊呵呵呵的叫着。雄鸡宰杀后,把它向门角落抛去,只听到翅膀扑地的声音。锅中蒸了一笼糯米,热气腾腾的倒入大石臼中,两人就开始在一个石臼里捣将起来。一切事都是两个人共力合作,一切工作中都掺合有笑谑与善意的诅骂。于是当真过年了。又是叮咛与眼泪,在一分长长的日子里有所期待,留在船上另一个放声的辱骂催促着,方下了船,又是核桃与栗子,干鲤鱼与……”④妓女与水手的欲望和生活,在这里既成为作者对一种生命原始活力的认识的抽象,又是作者对两性自然形态的一种倾心和追求。这是一种真正的生命力的自由,既不为爱欲所迷惑,又不为污秽所沾染。湘西

---

① 沈从文:《一个戴水獭皮帽子的朋友》,《沈从文文集》第 9 卷,花城出版社、生活·读书·新知三联书店(香港)1984 年版,第 229 页。

②④ 沈从文:《一个多情水手与一个多情妇人》,《沈从文文集》第 9 卷,花城出版社、生活·读书·新知三联书店(香港)1984 年版,第 268 页,第 264 页。

③ 沈从文:《白河流域几个码头》,《沈从文文集》第 9 卷,花城出版社、生活·读书·新知三联书店(香港)1984 年版,第 370 页。

成了任情任性的水天地，生命都得到尊重和善待，水手和妓女又成了作者对生命的某一种理想的象征。

2. 不可改变的原始性、固有性和顽强性。

这些水手和妓女的生命力似乎是天赐的、固有的。他们活得洒脱，时间、空间、地域以及一切人为的外因都难以改变他们，因此，又带有一定的封闭性。作者在《湘行散记》和《湘西》中多处感叹十多年来湘西几乎没有什么改变："百年前或百年后皆仿佛同目前一样。"①"这些人根本上又似乎与历史毫无关系。从他们应付生存的方法与排泄感情的娱乐看上来，竟好像今古相同，不分彼此。"②这种历史古老、代代相传遗留下来的生命力极为旺盛，不可动摇。一个当了三十七年的水手年复一年地"把经验与气力每天作八分钱出卖，来到这水上飘泊。直到把气力用尽，躺在空船中死去"③，古怪得叫人不可思议。前文提到，沈从文曾经想以一个名叫"祖送"的湘西小乡下人作为实验，来精心改造培养他，使他改变那种"魔性"生命力，但最后失败了。在《虎雏再遇记》中，他详细记述了这一实验失败过程，虽然是"失败"，但字里行间却洋溢着对祖送的本性以及恢复祖送本性的这块神圣土地的胜利的赞叹。作者惊呼："这人一定要这样发展才像个人。"在沈从文眼中，正是缺乏祖送这种固有的生命力，城市中人才"弄得忧郁孤僻不像个正常'人'"。正因为这种生命力的原始性、固有性和顽强性，使得它浓浓地罩上了一种近乎宗教的神秘色彩。作者在《箱子岩》中写了一位跛脚什长就是要渲染湘西人这种"魔性"生命力的神秘色彩。跛脚什长是一位渔家之子，他在当兵时被打碎了一只腿，在医院里要照规矩为他截肢，但硬是被同乡抢回，用所谓"辰州符"敷水药治疗，竟奇迹般地治好了。

3. 野蛮性、残酷性和盲动性。

由于湘西人的这种生命力缺乏深刻的信仰，也没有健全严密的组织，因而处于流寇式的无政府无纪律状态。他们好斗，"用单刀、扁担在大街上决斗本不算回事"④。一位游侠者与人决斗，"杀人后下河边去洗手时，从从容容如毫

---

①　沈从文：《一九三四年一月十八日》，《沈从文文集》第9卷，花城出版社、生活·读书·新知三联书店(香港)1984年版，第254页。

②　沈从文：《箱子岩》，《沈从文文集》第9卷，花城出版社、生活·读书·新知三联书店(香港)1984年版，第281页。

③　沈从文：《辰河小船上的水手》，《沈从文文集》第9卷，花城出版社、生活·读书·新知三联书店(香港)1984年版，第274页。

④　沈从文：《我读一本小书同时又读一本大书》，《沈从文文集》第9卷，花城出版社、生活·读书·新知三联书店(香港)1984年版，第119页。

不在意”①。他们有破坏性和盲动性，有时甚至滥杀无辜，如《凤凰》中就写到一个村庄私设公堂，审讯一个女子，并立即判处死刑予以斩首，“真是美丽与残忍”相混合。这些弱点又决定了湘西人虽有“魔性”的生命力，但最后的命运却又常常是悲剧结束，正如《五个军官与一个煤矿工人》中记述的那位反叛的煤矿工人最后只能投井自杀，别无他路。至于这些妓女更惨，最后“直到病倒了，毫无希望可言了，就叫毛伙用门板抬到那类住在空船中孤独过日子的老妇人身边去，尽她咽最后那一口气”②。生命力之强和命运之惨形成鲜明反差。

二　抒写姿态与策略

（一）以“感应”主宰“目的”。

沈从文直率地宣告，他“就是个不想明白道理却永远为现象所倾心的人。我看一切，却并不把那个社会价值搀加进去，估定我的爱憎”。因此，他考察万事万物，是“考查它在我官觉上使我愉快不愉快的分量”③。这种倾心现象，排斥价值，强调感官知觉的审美观既有它忠实的客观性，但也不免有盲目的主观蛮横性，因此，它是二元的：既是客观第一，又是感应主宰一切。

沈从文同时认为，他“永远是个艺术家的感情，却绝不是所谓道德君子的感情”。他要把自己的感应超然化，模糊化。他“在静止中，在我印象里，我都能抓定它的最美丽与最调和的风度，但我的爱好显然却不能同一般目的相合”④。他只相信自己的感应，但又不愿把自己的感应纳入到某种目的和倾向的轨道中，使得这无目的无固定性的审美观具有一定的散漫性和野性，促使自己把视点放在社会里人与人的关系所产生的各种无固定性的流动的美上。因此，尽管他阔别故乡十一年，但一旦他重新踏上湘西这块魔性土地，他就能无拘无束地感应，逍遥自在，左右逢源，如鱼得水。既获得了丰富的创作源泉，又激发了创作欲望，其最终的感应结果——如水手、妓女等感应体也就成为一种极富有表现力的多色多味的混沌晶体，充当了沈从文的散文中最佳的表现对象。

（二）对“残酷”的迷恋。

---

① 沈从文：《凤凰》，《沈从文文集》第9卷，花城出版社、生活·读书·新知三联书店（香港）1984年版，第412页。

② 沈从文：《桃源与沅州》，《沈从文文集》第9卷，花城出版社、生活·读书·新知三联书店（香港）1984年版，第236页。

③④ 沈从文：《女难》，《沈从文文集》第9卷，花城出版社、生活·读书·新知三联书店（香港）1984年版，第179页。

沈从文散文处处可见"残酷"的描写，诸如军人滥杀无辜，土人的决斗残杀，妓女的苦难挣扎，女子在性爱上所受压制的严酷，草菅人命的种种残忍陋习，以及蛊婆、女巫和落洞女子的歇斯底里等等。这些"残酷"的描写的出现，从沈从文来说，是期望能揭示在特定时空里的人类生存本相，唤起人们对那个"充满原始神秘的恐怖，交织野蛮与优美"①的充满魔性的湘西土地的注视。尽管三十年代在散文园地里就散文的题材发生了关于"宇宙之大"和"苍蝇之微"的争论，而沈从文却用写"残酷"来对这一场争论作了一个脱出常规但又不得不叫人信服的发言。这种既非"宇宙之大"亦非"苍蝇之微"的"残酷"出现在散文园地上，使得当时的散文家和散文读者都感到一种惶恐和刺激。这对传统散文的艺术趣味是一种挑战，尤其对于那种温柔敦厚的中和情绪来说，更无疑地是一种反叛。

沈从文所迷恋的"残酷"，给中国现代散文史留下了一片模糊。从他本人来说，对湘西有一种近乎宗教的感情。他审度湘西的万事万物，有他一把专门的尺子："我需要的就是绝对的皈依，从皈依中见到神。我是个乡下人，走到任何一处照例都带了一把尺，一把秤，和普通社会总是不合。一切来到我命运中的事事物物，我有我自己的尺寸和分量，来证实生命的价值和意义。我用不着你们名叫'社会'为制定的那个东西，我讨厌一般标准。尤其是什么思想家为扭曲蠹蚀人性而定下的乡愿蠢事，这种思想算是什么？不过是少年时男女欲望受压抑，中年时权势欲望受打击，老年时体力活动受限制，因之用这个来弥补自己并向人间复仇的人病态的表示罢了。这种人从来就是不健康的，哪能够希望有个健康人生观。"②因此，沈从文散文中对"残酷"的抒写，在很大程度上，是出于他"乡下人"对"压抑"的憎恶来写的，"残酷"和"压抑"的对立，使得"残酷"反而处处显示出健康的美。如《凤凰》中写的女子被残害致死的事。一个是一位旅长太太为旅长所误会，最后旅长下令马弁把她枪决，这位含冤太太仅要求"让马弁把枪口按在心子上"打，因为这样可以一枪打死，好让血往腔子里流。另一个是一位女子在私设公堂上被处死时，"引颈受戮，不求饶也不狡辩"，"头放在神桌前，眉目下垂如熟睡"。另外还有一些落洞女歇斯底里地和神相恋，消耗其如花的生命，最终残酷地死去等等。这些描写，显然排斥一般道德伦理

① 沈从文：《〈湘西〉引子》，《沈从文文集》第 9 卷，花城出版社、生活·读书·新知三联书店（香港）1984 年版，第 337 页。

② 沈从文：《水云》，《沈从文文集》第 10 卷，花城出版社、生活·读书·新知三联书店（香港）1984 年版，第 266 页。

是非，而事实上，一般道德伦理是非在沈从文看来也无关紧要，紧要的是这些"残酷"可以包治现实中的"压抑"。这正是沈从文的强盗一般的大胆。因此，沈从文抒写的"残酷"也就给读者带来了一种令人费解和困惑，虽则能给读者看到这块魔性土地上的人们的不幸，但这种不幸又常常要被一种莫名其妙的东西所掩盖和迷惑，其原因就是沈从文带着"乡下人"的执拗，在津津有味地玩赏和展示这些残酷，要人们去感受那种所谓"魔性"生命力的驱动，对于读者来说，沈从文未免太残忍了一些。

（三）"强盗一样好大胆"的笔法。

出于对狂热的尊重，有时笔墨虽不免有些肮脏，但不做作，不掺假，使得"魔性"生命力内秀外野，具有非凡的魅力。

沈从文善于从人的欢乐和悲哀中，发现一些在他看来是新鲜和有希望的东西。因此，他对人的狂热的情绪始终怀着敬重和惊奇来对待。这样，在描述湘西"魔性"生命力的活力和蓬勃生机的时候，尽管有时大胆地运用一些肮脏笔墨，具有山村的野气，但由于虔诚的敬重和惊奇，不做作，不掺假，反而收到出奇的效果。如《一个多情水手与一个多情妇人》写到那个被一个五十多岁的老烟鬼占着的妓女夭夭那颗对偶然而来的人跳跃着的心：

忽然河街上有个老年人嘶声的喊人：

"夭夭小婊子，小婊子婆，卖×的，你是怎么的，夹着那两片小×，一眏眼又跑到哪里去了！你来！……"

小妇人听门外街口有人叫她，把小嘴收敛做出一个爱娇的姿势，带着不高兴的神气自言自语说："叫骡子又叫了。你就叫吧。夭夭小婊子偷人去了！投河吊颈去了！"咬着下唇很有情致的盯了我一眼，拉开门，放进了一阵寒风，人却冲出去，消失到黑暗中不见了。①

粗野但又是针锋相对的对白，再加上大胆泼辣地"咬着下唇很有情致的盯了我一眼"的挑逗动作，笔墨未免有些肮脏，但却突显出小妇人夭夭敢于向人生表白她的生活欲望，也敢于向人生索取她应得的一份欢乐。这欲望和欢乐虽则没有丝毫遮盖，但它却坦率到叫人敬重，赤裸到使人严肃，并能使人们强烈地感受到夭夭这颗无拘无束的心的跳动及其生命力的旺盛，内秀而外野，具

① 见《沈从文文集》第9卷，花城出版社、生活·读书·新知三联书店（香港）1984年版，第267—268页。

有一股逼人的力度。

归纳起来,《湘行散记》和《湘西》中的"强盗一样好大胆"的手笔的运用,是沈从文本人身上的原有的野性的复燃,也是对都市和现代文明压抑的一种挣脱。因而,这种手笔,对沈从文来说,既是本已有之,也是刻意为之。

三　"魔性"生命力抒写面面观

(一)"魔性"生命力抒写缘由。

1. 在社会剧烈变动中,寻找失去的"纯朴型范"和"魔性"生命力,以求心灵的慰藉。

作者在二十世纪三十年代的政治风云中,感到压抑和无能为力,尤其是目睹国内的现状,"这个民族,在这一堆长长日子里,为内战,毒物,饥馑,水灾,如何向堕落与灭亡大路走去。一切人生活习惯,又如何在巨大压力下失去了它原来的纯朴型范,形成一种难以设想的模式"①! 这种心灵的失衡导致他冒着风险,不避艰难,重返故乡,来寻找失去的"纯朴型范"和那"魔性"生命力。在《凤凰》中他一再对游侠者田三怒和他的助手的游侠精神加以弘扬就是一个例证。他正想用这些古风来调谐自已的神经,平衡他的心灵,这种对"乡"的近乎文物保护的爱切,企求用散文构筑一个自然原始文化生态保护区,以此来给这多灾多难的民族提供一个精神休息的场所。

2. 都市生活的压抑,使得人们神经衰弱,显得苍白和虚弱,因此想从"魔性"生命力中获取某些营养。

这两本散文集无形地把被都市生活折磨的人和水手妓女相比照来写,在《一个多情水手与一个多情妇人》中,作者就把自己这"一张为都市所折磨而成的脸"和"夭夭"那颗充满生机活力的心两两对照,互为印证。在《桃源与沅州》中就直接站出来呼喊:"水手们的生活,比起'风雅人'来似乎也洒脱多了。"正因为他自已从湘西到都市,为都市的压抑气氛所折磨,所以迫切想回到这原始的土地上来"回炉"。这虽然是一种乡情,但亦是一种带有倾向的理念情绪。尽管都市生活和原始土地上的生活都是一种模糊的抽象概念,这种比照也缺乏严格科学性,但放在三十年代这样的具体环境中来考察,无论是对作者本人还是读者,都具有很强的诱惑。

3. 寻根。探索和挖掘古老文化,尤其是楚文化,以此弥补和丰富中华民

① 沈从文:《辰河小船上的水手》,《沈从文全集》第 9 卷,花城人民出版社、生活·读书·新知三联书店(香港)1984 年版,第 277 页。

族的文化。

沈从文散文中多次提到，湘西这块土地滋养和诞生了如屈原这样的伟大人物。在他看来，“历史上‘楚’人的幻想情绪，必然孕育在这种环境中，方能滋长成为动人的诗歌。想保存它，同样需要这种环境”①。因此，他的散文创作也想从一个方面来揭示古老的文化，尤其是他重新挖掘湘西土地上的魔性生命力，以此来恢复和弘扬中国古老文化，振奋民族的神经和增强民族的自信心，所以，从根本上讲，他的创作动机和欲望也是一种质朴的神圣。

从总体上看，沈从文对湘西这块魔性土地的感情错综复杂，极其混乱。一方面，他对湘西“这些不辜负自然的人，与自然妥协，对历史毫无担负，活在这无人知道的地方”，而安于现状，表示惊讶和欣赏，不愿惊动他们；但另一方面，他又希望能有一种什么方法，使这些人能放弃这种生活态度，能感觉到对“明天”的“惶恐”；一方面，他对历史不能改变湘西这块土地，一切仍然同从前一样而高兴，但另一方面，他对这千年不变无可记载的历史又有一种无言的哀戚。他处在这种“变”与“不变”的复杂的混沌状态中。这些情绪真是剪不断、理还乱。最典型的这种复杂创作动机就集中表现在前面提到的那位跛脚什长上。这位跛脚什长当兵时被共产党打断了腿，根据现代文明的医学诊治，这条腿应该锯掉，但最后居然用土法的“辰州符”，敷些水药竟治好了。他伤好后，回家乡用伤兵名义作点特别生意，吃喝玩乐，比乡下人身份高一层。虽则，作者对这个拥有溃烂乡村居民灵魂的人物的印象异常恶劣，但仍不免寄托一种幻想：生硬性痈疽的人，照旧式治疗方法，可用一星一点毒药敷上，尽它溃烂，到溃烂净尽时，再用药物使新的肌肉生长，人也就恢复健康了。尽管这是一种近乎乌托邦的幻想，但对于沈从文这样一个特定的人物在这样特定的时代，也就只能如此幻想了。因为他所能做的就是让人们来看看湘西这块魔性土地上的旺盛生命力，并以此来和现代文明进行抗衡。尽管这是一种幻想，这种抗衡也产生不了多少积极效果，但却有严肃的纯朴，这也正是沈从文散文的出众之处。

（二）“魔性”生命力抒写的价值体系。

1. 沈从文散文崇尚感应，以“我”的感应和体验为绝对权威，这是一种以抒写自我体验为主的创作思想体系，再加上他又大胆涉及性爱，这一切都说明沈从文的散文吸收和继承了郁达夫前期的性爱散文的遗传因子；但沈从文又迷信现象，对现象绝对信赖，这又使得他的散文和郁达夫的性爱散文划清了界限。

---

① 沈从文：《沅陵的人》，《沈从文文集》第 9 卷，花城出版社、生活·读书·新知三联书店（香港）1984 年版，第 363 页。

2. 沈从文的散文排斥价值,厌恶目的,因此它的血管里又流动着周作人的散文血液;但它的魔性又常常使它失“度”,这又使得他和周作人的散文区别开来。

3. 沈从文散文注重人与人之间的流动的美,对动态美的肯定以及对被压在社会底层的大众的昂扬生命力的颂扬,这应该说是五四个性解放和人的价值肯定的再次歌颂,这使得他的散文和二十年代的抗争散文有其相似之处;但它的无目的,排斥价值,又使得它不愿和抗争散文为伍。

总体来看,沈从文散文是二十年代各种类别散文的综合杂交和反应,他博采各家之长,因此它的出现,在中国现代散文史上的一个阶段一个过程(即二十年代到三十年代)内,具有终极意义:即它的出现,既是一座高峰,但由于不久抗日战争解放战争到来,它又理所当然地为战争所冷落,被埋入地底,直到当代如贾平凹等的出现才把它重新发掘出来延续下去。

最后需特别指出,沈从文是以小说家身份跨进散文园地的,他不仅以特有的小说创作惯性来创作散文,而且有意识地在散文体式上着意革新。他宣称,他创作散文尝试用“屠格涅夫写《猎人日记》方法,糅游记散文和小说故事而为一,使人事凸浮于西南特有明朗天时地理背景中”。他在以游记为形式的大前提下,让“我”来翻阅湘西这一部人事历史,在翻阅中,不露声色地发挥他对其他文体的专长。有时,像小说那样,让一个人物自始至终贯穿到底,但又不让这个人物为情节所束缚,如《一个戴水獭皮帽子的朋友》基本上勾勒了这个戴水獭皮帽子的朋友一生,使得这种散文成为一种准小说、亚小说;而有时,他又大段大段地用考察到的材料,不加修饰地连缀起来,进行主观性很强的报道,这类散文又近乎速写、报告文学,这突出表现在《湘西》中,如《凤凰》、《苗民问题》等,沈从文对散文体式的大胆革新,既反映了中国现代散文家的成熟,也反映了中国现代散文的发展已进入一个新阶段——体式裂变的阶段。

第三节　何其芳

一　艺术转型:从精致的独语到大众化的纪实

(一) 走出孤独的天地。

何其芳(1912—1977),四川万县人。他出生在一个封建地主家庭中。1929年秋,他初中毕业后,考入了上海中国公学预科,迷上了新诗,并沉醉于当时流行的“豆腐干体”诗歌的创作中,也有一些诗篇发表。不久,他考上了清华大学外文系,后入北京大学哲学系学习。这时期他完全把自己封闭起来,“只和三个弄文学的同学有一点儿往还:卞之琳 、李广田和朱企霞”,“过着一种可怕的寂寞的生活”①。正是在这种寂寞和孤独的折磨下,他从大学二年级到四年级完成了散文集《画梦录》的创作。这是何其芳文学创作史上的一块重要碑石。它与曹禺的《日出》、芦焚的《谷》一起,获得了1936年《大公报》文艺奖金。文艺奖金评选委员会的评价是:“在过去,混杂于幽默小品中间,散文一向给我们的印象是顺手拈来的即景文章而已。在市场上虽曾走过红运,在文学部门中,却常为人轻视。《画梦录》是一种独立的艺术创作,有它超达深渊的静趣。”引起社会的注目。1935年夏,何其芳大学毕业,到天津南开中学任教,后又转到山东省立莱阳乡村师范学校任教。这时他逐渐从封闭的自我天地中走出,找到了“精神上的新大陆”②。他的《画梦录》从孤独式的独语开始转向对人间不幸的诉说,而《还乡杂记》则是这一转向的成果。

抗战爆发,何其芳于1937年9月回到家乡万县,先后在四川省立万县师范学校、成都成属联中任教。1938年8月14日,何其芳与沙汀、卞之琳一起,到达延安,在鲁迅艺术学院任教。1938年11月参加了中国共产党,他的思想发生了深刻的变化。他孤独的“自我”,在延安的集体气氛中消失了。他的散文创作的手法、情调和风格顺应革命的潮流,发生了根本的变化。散文集《星火集》和《星火集续编》,就是他这一根本变化的收获。他曾担任过《新华日报》社副社长等职。中华人民共和国成立后,历任全国作协理事和书记处书记,中国科学院学部委员,中国科学院文学研究所所长,《文学评论》主编等。

(二) 艺术转型的轨迹。

何其芳散文创作的蜕变轨迹,明显地勾勒出三个时期。

第一时期:《画梦录》——精致的独语

三十年代初,何其芳在北京大学学习。这时,他为孤独寂寞所困扰,陷在迷幻的自我天地里。《画梦录》就是在“大学二年级到四年级中间所写的东西的一部分”③。当时他“遗弃了人群而又感到被人群所遗弃的悲哀”④。《画梦录》共辑录了包括《扇上风云》在内的十七篇散文。头五篇是温柔而又压抑的独语。《墓》写了一对青年男女的极平凡的爱情故事:一位名叫柳铃的小牧女生前寂寞而快乐,死后静静地安眠在山峦之间的小溪旁,她的情人孤独地在墓旁徘徊哀思,通篇突出男主人公被遗弃在人世间的憔悴、孤寂。《秋海棠》是以

①②③④ 何其芳:《给艾青先生的一封信》,《何其芳全集》第6卷,河北人民出版社2000年版,第472—473页,第477页,第472页,第472页。

一位寂寞的思妇为抒情意象,展示她在夜色中的莫名的哀愁和孤独。这两篇散文并没有脱出我国古代的传统的诸如《诗经》、《古诗十九首》里那种以男女恋情或游子思妇作为意象的窠臼,显然那位独留在人世间的男主人公和在夜色中枯坐的思妇是作者自我的写照,显得拘谨而局促。《雨前》则奇峰突起,写得洒脱,它把作者枯竭的心田和盼望着雨的降临的焦躁渴望写得淋漓尽致。它显示了作者在抒写情绪尤其是主观情绪上的特有的艺术才华。《黄昏》是写他自己青春期的哀乐得失,《独语》则细细品味孤寂。这一系列散文总体来看,如《独语》中所说,"黑色的门紧闭着:一个永远期待的灵魂死在门内,一个永远找寻的灵魂死在门外。每一个灵魂是一个世界,没有窗户。而可爱的灵魂都是倔强的独语者"。后十一篇则是悲哀的独语:如《哀歌》以旧家庭一个姑姑的闺阁生活和婚姻悲剧,穿插了中世纪欧洲那些古老的传说,把中外旧式少妇的哀怨拧成沉甸甸的哀怨情绪,重重地压到读者身上。《弦》又以乡下算命老人手中的一张颤动三弦,制造了一种神秘的扑朔迷离的忧伤情绪。《画梦录》前后总体来看,是精致的独语。作者虽则为孤独寂寞所困扰,但又执着地欣赏眷恋孤独寂寞,为孤独寂寞而沉醉,因为他心中除掉孤独寂寞就一无所有。虽然孤独寂寞是一种脆弱虚幻的情绪,但作者整天就凭借孤独寂寞的抚慰来获得心理的平衡。因此孤独寂寞激发了他的创作欲。整个《画梦录》所显示的内涵是多元的,怨愁恨忧,酸甜苦辣都有。它错综复杂,神秘莫测,形成了一个对于读者有诱惑力但却又难以进入的天地。正是这样,在三十年代的散文观念的两极蜕变和对立的夹缝中,《画梦录》用精致的独语开辟了一个散文当诗一样写的新园地。

第二时期:《还乡杂记》——转变期

这一时期是三十年代中期到抗日战争爆发。据作者在《给艾青先生的一封信》中回忆:

> 一九三六年,我到山东半岛上的一个乡村师范里去教书,在那里我才找到我的"精神上的新大陆",我才非常清楚地肯定地有了这样一个结论:
>
> ……
>
> 第一步:我感到人间充满了不幸。
>
> 第二步:我断定人的不幸多半是人的手造成的。
>
> 第三步:我相信能够用人的手去把这些不幸毁掉。①

① 见《何其芳全集》第6卷,河北人民出版社2000年版,第477页。

他在努力想从个人的自我封闭中挣脱出来。他先后两次还乡，客观上促使他对社会实际有了进一步的了解。他开始注视人间的不幸。正是在这种情况下，1936年，他写了八篇还乡杂记，并结集以《还乡杂记》为名出版。这本散文集记录了他回乡所见所闻，再糅进童年和少年生活的回忆。如《街》主要回忆初中时的生活，《私塾师》是叙写作者昔日在私塾时的几位先生。总起来看，作者在认真地观察和注视他人的不幸与疾苦了，尽管他的视线还仅是局限在"乡"上，但对于一个原来整天只看自己、顾影自怜，只把话说给自己听的自我封闭的孤独者来说，这是一个转折。诚然，仅仅是转折而已，因为从总体上看，这《还乡杂记》的主角——"我"，依然是一个无依无靠的孤独者，"还乡"的"我"所见到的一切，都和孤独粘在一起。所以《还乡杂记》写的除"我"所见到的"乡"里的落后、愚昧、贫穷、保守以外，念念不忘的依然是孤独、寂寞和凄凉，我们从《还乡杂记》中的一些篇章的结尾，就可看到作者这种执拗：

两扇大木门关得十分严密。我起初轻轻地敲着门环。随后用手重拍，随后大声叫喊。然后侧耳倾听。里面是黑夜一样寂静。我想一个学校不会没有门房。我想也许有一个旁门，但问侧边的人家，都说没有。

于是，像击碎我所有的沉重的思想似的，我尽量使力地用拳头捶打着门，并且尽量大声地叫喊起来。

我摸出口袋里的夜明表：八点钟。①

然而我在我自己的思想里迟疑：如果有一座建筑在死尸上的乐园我是不是愿意进去？带血的手所建筑起来的是不是乐园？而不带血的手又能否建筑成任何一个东西？

黄昏来了，我觉得地球上没有一点声音。②

那些寂寞，悠长，有着苍白色的平静的昔日。

我已永远丧失了它们，但那倒似乎是一片静止的水，可以照见我憔悴的颜色。③

---

① 何其芳：《街》，《何其芳文集》第2卷，人民文学出版社1982年版，第83页。

② 何其芳：《乡下》，《何其芳文集》第2卷，人民文学出版社1982年版，第98页。

③ 何其芳：《我们的城堡》，《何其芳文集》第2卷，人民文学出版社1982年版，第106页。

孤独成为一种惯性，使作者在凄凉的乡土上时时发作。因此每当写完对乡土的见闻之后，作者又不由自主地要和孤独亲热一下，这样也就必然使他不能专心致志地去观察社会，从而影响了他的视野和深度。可喜的是，他毕竟是在转变了，用他自己的话说："因为现在我不只是关心着自己。"①这种转变从艺术创作的角度来看，他已在逐步地转向了：一是他不再细致地去时刻揣摸自己的感情，要从写熟悉的"我"，转向写陌生的社会的"他"了，也就是他自己总结的，"我的情感粗起来了"②。二是从原来熟悉的描写主观迷幻般的孤独情绪的套路转到去对人间的不幸进行纪实的陌生的手法上了。对于何其芳来说，这是一种艺术转型，也是一种艺术妥协和迁就。这种艺术转型，对于他来说，是一种思想和心灵的解放，尽管他还没有真正尝到这种解放的喜悦，但他已感受到这种解放给他带来了青春的活力，他决心走下去。

第三时期：《星火集》、《星火集续编》——大众化的纪实期

这一时期的时间跨度长，它是指何其芳到达延安后的漫长岁月。《星火集》和《星火集续编》为这一时期的代表作。《星火集》辑录了何其芳在四十年代写的四十二篇文章。这两本散文集是何其芳后期散文的代表作。它们比较杂，有专论杂谈，如《论本位文化》、《"自由太多"屋丛话》等，这是何其芳在革命熔炉中的一些亲身体会；有纪实报告，如《某县见闻》、《一个太原的小学生》、《回忆延安》等，这类文章大多是揭露日寇的暴行，报告抗日军民的一些事迹；有传记散文，如《记王震将军》、《记贺龙将军》等，这些是以某个人物为传主，偏重纪实。因此这两本散文集显示了何其芳散文创作风格的转变，偏重到大众化的纪实上。

在这一时期内，何其芳已不再是个无依无靠的孤独者。在集体熔炉里，何其芳"喜出望外"，"当我和人群接触时我却很快地，很自然地投入到他们中间去，仿佛投入我所渴望的温暖的怀抱"③。他开始厌弃精致的独语，把《画梦录》称为娱悦自己的"玩具"，"可怜的一本书"。这些反省以及他在脱离孤独后所激发出来的热情，使得他虔诚地专心致志地注视客观生活中的一切，并用纪实和报告的手法来加以表现。因此，这些散文中的感情质地可以说是起了脱胎换骨的变化，其中有些篇章所显示的感情是异乎寻常的纯净，如《回忆延安》写道：

①②　何其芳：《〈还乡杂记〉代序》，《何其芳文集》第2卷，人民文学出版社1982年版，第130页。

③　何其芳：《给艾青先生的一封信》，《何其芳全集》第6卷，河北人民出版社2000年版，第476页。

我的邻居有一个男孩子叫里宾，大约六七岁大，平常顽皮得很。有一次午饭，因公家的菜不大好，我自己加炒了一碗鸡蛋。正在窑沿门口吃着的时候，里宾跑来了，他指着我大声说：

"何其芳羞不羞啊，跟老百姓一样吃得好！"

过了几天，他妈妈给他蒸肉包子吃。他一边拿着包子吃，一边跑到我窑洞里来玩。我就用他的话来逗他一下：

"里宾羞不羞啊，跟老百姓一样吃得好！"

他却满不在乎地回答我：

"我是小孩子嘛！"

在他小小的脑袋里有着何等明确的思想呵！我们应该比老百姓吃得坏些，而小孩子却又应该比大人吃得好些。从小孩子的思想，也反映出来了延安的活的现实。①

它和《画梦录》形成鲜明的反差！显示了作者已和延安的"人"打成了一片，并已融进了"延安的活的现实"。但由于客观的环境和他的工作的负荷，这些散文大多是匆匆的报告和急就章，相对来说，比较粗糙。

归纳起来，何其芳的散文创作蜕变可以概括为三个时期：精致的独语期、转变期和大众化纪实期；两个时代：从散文当诗一样写的时代转到散文当通讯一样写的时代；总的来说是完成了一次艺术转型，也可以说是艺术妥协。他的创作道路在中国现代散文史上是具有典型意义的，可以说大多数横跨新旧峡谷两个时代的现代散文家就是这样走过来的，因此，认真总结何其芳的艺术转型是有其现实意义的。

（三）何其芳的艺术转型对中国现代散文史的启示。

1. 反映了知识分子顺应历史潮流，对美好的"明天"的执着追求。

何其芳散文的艺术转型不是孤立抽象的一种纯艺术变化，它是何其芳作为一个活生生的"人"在两种不同制度的社会中实践的必然结果，艺术转型的根本是他情感的转变。从本质上看，何其芳的艺术转型是顺应历史潮流，对美好"明天"的执着的追求，它是神圣的。或许有人可以进行这样那样的假设：何其芳若不进行艺术转型，可以写出这样那样的伟大作品。但历史却是这样回答这种假设：按照这种假设的结果，何其芳的前途只有一个，他必须以永远封闭在孤独的天地中作为这种假设的代价，这若不是对历史的轻薄，便是对人的

① 见《何其芳文集》第2卷，人民文学出版社1982年版，第277页。

价值的蔑视。

2. 精致的独语和大众化的纪实是两种不同的艺术风格,各有千秋。

精致的独语和大众化的纪实从艺术风格上讲,是属于两种不同的风格,即“阳春白雪”和“下里巴人”;从读者群来看,它们也是面对不同的读者。尤其是何其芳后期的散文,是在特定时期(抗日战争、解放战争时期),特定地点(革命根据地),面对特定的读者(广大劳苦大众)写的,当时大众化通俗化放到了首要的位置,何其芳的艺术转型反映了他从孤独的天地中走出之后对劳苦大众的感情转变。因此,不能离开历史来评价何其芳散文的艺术转型。所以我们既反对褒前抑后,也反对褒后抑前。它们各有千秋,均有建树。

当然,这样评价并非要掩盖何其芳后期散文的问题,何其芳在后期散文的大众化纪实中,确实存在不少问题,诚如他自己所说,繁忙的工作之余,“那时我文章写得过多,过快,酝酿和加工的工夫都很不够”。“还有一个原因,就是由于更多地写了一些议论文章和做了一些别的工作,我的头脑就习惯于逻辑的思考,形象的感觉逐渐衰退了”①。问题的存在并不等于说就要全盘否定。何其芳散文创作变化是属于艺术转型,而不是艺术倒退。

二 《画梦录》:开辟散文当诗一样写的新时代

(一)《画梦录》的灵魂:孤独。

人在孤独时,常常会发出奇异的语言。《画梦录》是何其芳在孤独时发出的奇异语言,它跳动着的那颗心始终是孤独的。

1.《画梦录》的孤独是青年人的躁动被压抑的变形情绪,是一种无望的渴望。

《画梦录》中多数散文比较沉闷。从作者写作时间来看,这本散文集写于从少年到青年的转型期,这是一个感情敏感、丰富而又躁动不安的时期。但何其芳在这一时期却是“过了太长久的寂寞的生活。在家庭里我是一个无人注意的孩子;在学校里我没有朋友;在我‘几乎绝望地期待着爱情’之后我得到的是不幸”②。难以忍受的寂寞一直伴随着他,这就使得他的青春躁动长久被压抑着。《雨前》就是这种压抑的形象化的写照。“被尘土埋掩得有憔悴色”的柳

① 何其芳:《关于写作的通信》,《何其芳文集》第6卷,人民文学出版社1982年版,第131页。

② 何其芳:《给艾青先生的一封信》,《何其芳全集》第6卷,河北人民出版社2000年版,第476页。

条需要雨点来洗涤,“干裂的大地和树根”盼望着大雨来滋润,“白色的鸭”,愤怒的“鹰隼”都在盼望着雨的降临。这一切都显示了作者被孤独压抑得透不过气来,心灵干涸,抒写了一种强烈的渴望。这种渴望虽则在文中有明确的对象——“雨”的到来,却似乎又是一种虚幻的无目的无对象的连作者也说不清的追求,或许是对社会的不满,或许是对爱的渴望,或许是盼望自己处境的改变,或许是这些兼而有之又什么都不是。明确是美,不明确也是美。不过有一点是可以肯定的,即要改变他的孤独。但遗憾的是他的孤独根深蒂固,怎么也无法摆脱——“然而雨还是没有来”。

2.《画梦录》的孤独是出于“人本恶”的观念,是一种对人一概排斥的自我封闭。

《画梦录》的孤独是作者自我孤独的发泄和排遣,具有强烈的排他性。由于他童年和少年时期的一些特殊经历,如他在万县初级中学时,看到的人与人的倾轧使他那颗稚嫩的心很早就对人形成这样一个见解:“这由人类组成的社会实在是一个阴暗的,污秽的,悲惨的地狱。”使他终日“生活在书上的故事里”,“生活在自己的白日梦里”,整天“留连于一个不存在世界”①。这种自我封闭使得“我”的意志成为至高无上的权威,因此,在“我”眼中的一切,如《墓》中的一对恋人,《秋海棠》中的寂寞的思妇,《黄昏》中的马蹄声等等,都得成为“我”孤独王国中的驯服公民。这样,《画梦录》的主观色彩浓烈、飘忽、神秘,再加上唯美主义和现代派的影响,有时想象还比较离奇粗暴。如“马蹄声,孤独又忧郁地自远至近,洒落在沉默的街上如白色的小花朵”②。读者很难从“马蹄声”和“白色的小花朵”中找到可以比喻的一致属性,不免会感到困惑。事实上,作者精心地通过黄昏凄凉的客观环境来抒写内心的孤寂,这样“白色的小花朵”和作者通过“马蹄声”所暗示的孤独环境有机地处在一个对称结构之中,在整篇文章中,作者强调的是暮色中街上的荒凉、“我”的伤感,结合这些再来看“白色的小花朵”的比喻就能理解了。在这一点上,他和郁达夫的孤独划清了界限:郁达夫的孤独的彻底性、开放性和极端性把传统散文的柔和撕得粉碎,他所追求的是彻底的裸露;而何其芳的《画梦录》更强调的是一种情感的逻辑世界,他把他的孤独精致地布置在他创造的散文天地中,使这一散文天地笼罩着浓厚的迷幻色彩。但这却是一种精致的柔和,是完全的自我封闭,从本质上讲,是一种个人主义。

---

① 何其芳:《街》,《何其芳文集》第2卷,人民文学出版社1982年版,第82页。

② 何其芳:《黄昏》,《何其芳文集》第2卷,人民文学出版社1982年版,第11页。

3.《画梦录》中的孤独是一种心灵的创伤,无形的痛苦。

《画梦录》中的孤独是一种心灵的创伤,无言的苦恼,深刻的忧郁。它既不想让人了解,却又急盼人家来了解它。正如《货郎》中写的那样,那个很少有人来的孤独的严闭两扇大门的庭院,每当有一个陌生的货郎来,都想亲热地挽留吃一顿饭。其孤独的滋味之难熬和窒息,可想而知。和人民大众所受的痛苦相比,它们有相同的一面,都是一种痛苦,但也有隔膜的一面,这在《伐木》中表现得最为明显,作者不愿去展示伐木工人的悲惨境遇,却把伐木工人囿于原始森林中单调的工作当作"单调的游戏"的抽象,以此作为作者孤独的一种意象,这是一种不可原谅的隔膜。但这种孤独是一种无言的清醒,尽管还不明确这种孤独所造成的根源以及如何改变它,但在阶级斗争激烈的年代里,这种孤独是能转化的,何其芳后来的经历也证实了这一点。

(二)精致的独语:开辟了散文当诗一样写的新时代。

早在五四时期,周作人就确立了散文为美文的格调,许多散文家为散文成为美文进行了努力奋斗和艰苦的实践。正是在这基础上,何其芳用《画梦录》"为抒情的散文找出一个新的方向。我企图以很少的文字制造出一种情调:有时叙述着一个可以引起许多想象的小故事,有时是一阵伴着深思的情感的波动"①。其成果是:《画梦录》篇篇皆有境。中国现代散文自觉地重视造境从何其芳的《画梦录》开始,它开创了散文当诗一样写的新时代。

《画梦录》善造境。它造境有两种情况,一种是寓情于景,情景和谐,如《雨前》、《黄昏》、《丁令威》;另一种是对一些人和事的实写造境,如《货郎》、《弦》、《哀歌》、《伐木》等。这两种实践,尤其是后一种实践,其意义常为人们所忽视,何其芳的《画梦录》之所以能开创散文当诗一样写的新时代,真正的标志恰恰是后一种实践。

以《货郎》为例。文章劈头一句"鼓在货郎手里响了起来",接着写一个名叫林小货的货郎到一座静寂的半掩大门的大宅前兜售货物,大宅的老女仆接待林小货,进行了寻常的对话,最后宅主人挽留林小货吃晚饭,林小货谢绝,文章结尾是:"他又举起手里的鼓……摇得绷绷绷的响起来。"读完它,不由得为这座半掩大门的大宅的孤独所震撼:可怜的孤独的大宅,只有货郎的鼓声给它带来一点活气。宅主虽则拥有富足的田产,但和仆人过着寂寞的日子,因此一个相识的货郎来,他们就要当成珍贵的客人来迎接,挽留吃饭。但也无法挽

① 何其芳:《我和散文(代序)》,《何其芳全集》第1卷,河北人民出版社2000年版,第241页。

留，鼓声又远去了，留下的依然是孤寂，大宅、女仆、货郎完全融合起来，形成一个独特的境界，你怎么想象这座大宅的孤寂都并不过分。这就是《画梦录》对中国现代散文史的独特的贡献：在散文中，不管是实写，还是虚写，皆可通过作者精心调协，达到景情和谐，主观客观契合，形成具有柔和的整体结构美的境界，这是了不起的成功。后来在六十年代，杨朔为了扭转散文当通讯一样写的倾向，提出散文当诗一样写，从中国现代散文发展史来说，是有功绩的，但他把散文当诗一样写，概括成景—人—理的模式结构，和何其芳的《画梦录》相比就大大逊色了。

第四节　其他京派散文作家

一　废名：物我合一，处处有境

废名（1901—1967），湖北黄梅城关人。原名冯文炳，字蕴仲。1922 年他考入北京大学预科，两年后进入本科英文系。1927 年张作霖入京，他离开北大一年多，后又返校就读英文系。1929 年毕业，留校任北大国文系讲师，直到 1937 年卢沟桥事变后才离开。

废名在北大求学时就开始文学创作，他的主要文学作品也都是在北大求学和工作时创作的。

废名不是一个道地的散文家，他以散文家得名是周作人、李健吾等人把他评出来的。因为提起废名，大家都只知道他的《竹林的故事》、《桃园》、《枣》、《桥》等小说集，但实际上把这些小说集各单篇捡出来看，篇篇皆是散文佳构。周作人、李健吾正是从这个意义上来判定他是散文家。这既说明了中国现代散文发展和小说有着难舍难分的紧密联系，同时也反映了中国现代散文的成熟，尽管作者明确地在它身上贴上了“小说”的标签，但人们还能一眼认出它的散文真面目。废名是京派散文作家中的重要的一员，一些京派散文家如沈从文都公开承认受过他的影响。

废名的散文擅长写儿时景和故乡情。他在描写儿时景和故乡情时，专心致志，不顾一切。如《桥》中的《芭茅》写小巷的冷寂：

> 这一群孩子走进芭茅巷，虽然人多，心头倒有点冷然，不过没有说出口，只各人笑闹突然停住了，眼光也彼此一瞥，因为他们的说话，笑，以及跑跳的声音，仿佛有谁替他们限定着，留在巷子里尽有余音，正同头上的

一道青天一样，深深的牵引人的心灵，说狭窄吗，可是到今天才觉得天是青的似的。同时芭茅也真绿，城墙上长的苔，丛丛的不知名的紫红花，也都在那里哑着不动……①

这样的文字，很能使读者心醉地“哑着不动”。废名采取了双重封闭的措施，一是在地理上把小巷封闭起来写，二是在时间上把历史的小巷和现实隔开。这样的全封闭，虽可能产生天地狭小顾影自怜的后遗症，但他有把握能使这笔下的人和事物构成一个物我合一的境界，其美已近乎是一种诗的幻觉，这是废名散文的雅化结果。像这种描写在废名的散文里俯拾皆是。废名散文影响之大，这是一个重要原因。当然这也给他带来一个局限——晦涩。据报载，河北某女校在学生中民意测验，最难读懂的散文中废名的作品列为第一。

废名能如此专心致志地在散文中构造幻觉般的美境，究其源是他对传统的皈依。他在许多文章中，如《〈泪与笑〉序》、《三竿两竿》中，极为推崇六朝文，认为“中国文章，以六朝人文章最不可及”。他的散文创作有意识地在技术上以六朝文为师。但从审美感觉来说，他却是现代的，虽很难肯定地判断他师承西方哪一个现代派，但他能把各种局部暂时的时空构筑成一种随机的境界。如《桥》中的《碑》写到名叫小林的孩子和和尚离开放马场时这样描绘：

他（指小林——引者注）走在和尚前，和尚的道袍好比一阵云，遮得放马场一步一步的小，渐渐整个的摆在后面。②

本来是一件两人实打实的行走之事，但在这里巧妙地凭借一个孩童的心理意念和感觉，艺术地净化成一个童真世界。它虽是一种美的抽象，但却能让读者迷恋。不过，奇怪的是，废名的散文从局部考察，能时时形成境界，但从一篇散文整体来看，其“境”的效果却常要打折扣。

废名从三十年代中期，即林语堂创办《人间世》后，常在《人间世》等杂志上发表《谈论语》一类散文，如大为周作人推崇的《孔门之文》、《如切如磋》、《陈元》、《陶渊明爱树》、《三竿两竿》等就是代表。这类散文也均是书斋小品，闲适清淡，和他以往的散文相比，却是今不如昔了。

---

①② 见《废名散文选集》，百花文艺出版社 1990 年版，第 28—29 页，第 37 页。

二　李广田:“乡下气”浓烈的农家散文

李广田(1906—1968),山东邹平人。号洗岑,曾用笔名黎地、曦晨等。自幼家贫。1931年考入北京大学外语系。在北京大学读书时,是他散文创作的黄金时期。当时他结识了卞之琳、何其芳。据卞之琳回忆:“每天清晨,我注意到在我们前边的有小树夹道的狭长庭院里,常有一位红脸的穿大褂的同学,一边消消停停的踱步,一边念念有词的读英文或日文书。经人指出,我才知道这就是李广田。同时,在‘红楼’前面当时叫汉花园的那段马路南边,常有一个戴着深度近视眼镜,一边走一边抬头看云,旁若无人的白脸矮个儿同学,后来认识,原来这就是何其芳。”①后来,卞之琳、李广田和何其芳三人的诗作结集成一本,以《汉园集》为名,由商务印书馆出版,时人称他们为“汉园三诗人”。李广田散文集《画廊集》和《银狐集》就是在北京大学读书时完成的。

李广田的散文有一种特有的农民意识,是现代散文中难得的农家散文。他在第一本文集《画廊集》的“题记”中曾这样写道:“我是一个乡下人,我爱乡间,并爱住在乡间的人们。就是现在,虽然在这座大城里住过几年了,我几乎还是像一个乡下人一样生活着,思想着,假如我所写的东西是尚未能脱除那点乡下气,那也许就是当然的事体吧。”这种“乡下气”在中国现代散文殿堂里实属少见,尽管有一些现代散文家如鲁迅、叶圣陶等都写过乡下的人和事,但他们都没有像李广田那样站在农民的立场上,用农家的意识来描写乡下。李广田散文的农民意识具体表现在以下一些方面:

(一) 对土地的依恋。

土地是农民之本,也是农民情之所依。在李广田散文中,滋长着一股浓厚的土地意识。《记问渠君》中写到“我”和问渠君的首次相会,是在学校操场北面的塘与菜圃边,问渠君对“我”说,在这里,青菜和肥料的气息——这在秋的晚间更有着特别的气味——使他记起他的家乡的气息来了。作者之所以对问渠君的这种深深眷恋土地的情怀刻骨铭心并介绍给读者,一方面说明他本人和问渠君在土地感情上的心心相印,同时也是要对这种土地意识进行弘扬。最直接的表达他对故乡的土地的感情,还是《桃园杂记》中的笔墨:

(桃园)最好的时候大概还是春天吧,遍野红花,又恰好有绿柳相衬,

---

① 卞之琳:《〈李广田散文选〉序》,见《李广田散文选》,云南人民出版社1980年版,第1—2页。

早晚烟霞中，罩一片锦绣画图，一些用低矮土屋所组成的小村庄，这时候是恰如其分地显得好看了。到得夏天，有的桃实已届成熟，走在桃园路边，也许于茂密的秀长桃叶间，看见有刚刚点了一滴红唇的桃子，桃的香气，是无论走在什么地方都可以闻到的，尤其当早夜，或雨后。①

作者借桃园写出故乡土地之秀丽、丰厚和无私，并以此强化对土地的迷恋。另一篇专写故乡土地的则是《山水》，它写得“活”：先用反笔，尽写山水之乡如何不好，而后再转向平原上，写平原之子对山水的渴望，并写先祖们如何开河引水，但到最后，笔墨又陡转，点出农民对土地特有的感情：

……我跟随着老祖父到我们的村西——这村子就是这平原上第一个村子，我那老祖父像在梦里似的，指点着深深埋在土里而只露出了顶尖的一块黑色岩石，说道：“这就是老祖宗的山头。”又走到村南村北，见两块稍稍低下的地方，就指点给我说道：“这就是老祖宗的海子。”②

不管怎么说，尽管在“梦想着远方的高山，长水，与大海”，但老一辈祖宗留下的土地还是应该守住的。这块大地是值得留恋的，不过这篇散文中的家乡的“土地”多少有点精神化、形而上，表达了作者希望家乡的土地能够“变”的愿望。也正由于如此，李广田也注意到了当时农民们的离土倾向，不过，对此他感情十分复杂。在《投荒者》中，那位哥哥敢于远离故土，投身到大西北垦荒，这实在是个壮举。农民毕竟不是土地动物。但最后结局却很悲惨，他回来接嫂嫂去大西北时却客死他乡。这种描述半是歌颂半是哀怨，半是肯定半是否定。归根结底，这是作者对家乡土地的说不清的复杂情绪的曲折反映。

(二) 农民的寂寞。

能看到和表现农民所受的外在的生活的压迫和痛苦，并能透视和显示农民内心的寂寞和孤独的精神痛苦，才称得上是写农民的高手。李广田就是这样的能者，他在散文中成功地表现了农民的寂寞，《悲哀的玩具》和《过失》就是例证。《悲哀的玩具》是写作者儿时的一件事：祖母获得一只小麻雀，赠送给“我”，放在小竹筐里，作为玩具。“我”高兴地携了竹筐在院里走来走去，母亲也庆贺“我”有了好玩物。但老是那么阴沉、那么严峻、从来没有过笑脸的父亲归来，知道这件事后，却厉声呵斥：“拿过来！”话犹未了，小竹筐已被父亲攫去

①② 见《李广田代表作》，黄河文艺出版社 1987 年版，第 25—26 页，第 73—74 页。

了,忽地一声,小竹筐已经飞上了屋顶。我哭,母亲无奈,祖母也只能低声地骂父亲。对于这样一场冲突的描写,我们能自然地联想到鲁迅的《风筝》,那是写“我”发现弟弟偷偷在做风筝后,“我”就把弟弟的风筝粗暴地毁了。但相似的冲突描写,立意却大相径庭,鲁迅的《风筝》是通过这一冲突的描写,显示“我”对弟弟那颗童心的不理解与戕害,进行忏悔。而李广田却完全站在父亲的立场上,表示对农民孤寂的同情,在文章的结尾写道:

> 在当时,确是恨着父亲的,现在却是不然:反觉得他是可悯的。正当我想起:一个头发已经斑白的农夫,还是在披星戴月地忙碌,为饥寒所逼迫,为风日所摧损,前面也只剩着短短的岁月了,便不由地悲伤起来。而且,他生自土中,长自土中,从年少就用了他的污汗去灌溉那些砂土,想从那些砂土里去取得一家老幼之所需,父亲有着那样的脾气,也是无足怪的了。听说,现在他更衰老了些,而且也时常念想到他久客他乡的儿子。①

这是一种至诚的理解！一个整天被生活重担压得直不起腰来、在艰难中挣扎着的农夫,形成了他阴沉严峻的脸,也造成了他那莫名地借小事发火的怪脾气,表面上看是一种无端而极端的发泄,根子里却是因被生活折磨所形成的农民式的深刻的孤独。李广田是真正的农民的儿子,他理解农民。同样在《过失》中,作者又再次写了他和父亲的一次冲突,即他从舅父那里得到一棵月季花,移植在庭院里,又遭到父亲的粗暴干涉,被父亲连根拔起掷掉了。尽管母亲为父亲的行为进行了辩护:“父亲老了,又这么辛苦,所以才生了孩子的气呢。”结果作者仍然进行了报复,毁掉了父亲在庭院中的一棵心爱的树。作者在此回忆童年这件事,并不是谴责父亲的粗暴,而正是为自己的报复而忏悔,他“直到现在,只要想起这件事,也还觉得是自己的一件过失”。这是作者在创作散文时,把自己的立场返回到父亲——农民这一边,再来透视自我的当时这种报复——即是由于对父亲的孤寂的不理解所造成的,发出真诚的忏悔,从而显示了对身为农民的父辈的内心的孤独的理解和关怀,这种立场返回,正说明李广田和农民心心相印。之所以能如此,是因为李广田当时自己也很孤独,他在《自己的事情》一文中回忆当时的创作时说:“诗的内容是空虚的哀伤,散文的内容多是故乡童年的回忆或身边的琐事。对于这些东西,当然不满足,但确乎仿佛有了自己的小天地,因此也就忘了外面的大天地,当时关在书房里品咂自己的感情和文字时,

---

① 李广田:《悲哀的玩具》,《李广田代表作》,黄河文艺出版社 1987 年版,第 24 页。

外面的暴风雨却正在进行着。”正因为如此，他才能返回到农民立场上，表示对父辈农民的孤寂的理解：同时借助这些回忆来构筑自己的小天地，排遣自己的孤独。在表现农民孤独上李广田露了“底”：他写农民的孤寂，是因为自己正在孤寂之中。

（三）农民式的稳定的心理结构。

李广田虽是知识分子，但他天生一种农民的心理，而这种心理结构相对比较稳定。正是这种稳定心理结构，促使李广田在漫长的散文创作道路上，前后相比，在思维方式、情感抒发走向和艺术技巧运用上都变化不大，具有相对稳定性。如他前期的主要的三本散文集《画廊集》、《银狐集》和《雀蓑记》就无多大变化，这和他的文友何其芳的散文前后剧烈变化形成了一个鲜明的对照。这种稳定心理结构表现在他思维时有农民式的务实求稳的风格，是一种实打实的思维。他的思维起点往往从某个实体（或人或事）出发，最后归宿也很实在，如《投荒者》、《花鸟舅爷》、《银狐》、《山之子》等篇，都像一个农民在讲述他们屋前屋后的事，渗透着鲜活的农民哲学。相比之下，他在抒写一些虚空的主观情绪时，就比较笨拙，如《荷叶伞》和《马蹄记》就写得急促而轻飘，要逊色一些。

三　萧乾：以状写新鲜的现实著称

萧乾（1910—1999），北京人，原名萧秉乾。自幼家贫，父母双亡，由堂姐抚养成人。1929 年入燕京大学读书，后又转入辅仁大学英文系就读，之后再转入燕京大学新闻系，直到 1935 年毕业。在京派散文家中，以状写新鲜的现实著称。

对萧乾的散文创作道路发生影响的主要有三人。头两个是沈从文和巴金。1930 年萧乾由于为《中国简报》撰写介绍中国新文艺的文字结识了沈从文。在沈从文的支持和鼓动下，萧开始了小说创作的尝试。据他自己回忆：“一九三三年到三四年，我每个月保证要写三篇小说。三篇小说中，有的我自己选，有的由沈从文选登一篇，其他的就撕掉。每个月我一般能拿到近二十块钱，这样我吃饭住宿就可以统统解决了。我大学三年级是靠写小说工读的。”①这个过程，使他在写作的基本功方面受到充分训练，为他后来的散文创作打下了坚实基础。1933 年底萧乾又结识了在北京编《文学季刊》的巴金。巴金奋斗的业绩以及现实主义创作的思想，使萧乾更增加了创作的勇气，并坚

① 萧乾：《访问记》，《萧乾选集》第 2 卷，四川人民出版社 1984 年版，第 570 页。

定了走注视现实的创作道路。第三个人就是斯诺。1933年萧乾转燕京大学英文系,选修斯诺开设的“特写——旅行通讯”等课程。在斯诺的熏陶下,他选定了自己的生活道路:“接触人生最广泛的”“新闻事业”,“特别看中了跑江湖的旅行记者生涯。”①他之后的散文创作道路也就是这么走过来的。

萧乾的散文创作始于1934年,当时他还在燕京大学读书,利用一个在平绥铁路列车上当货运员的朋友提供的便利,连续两个暑假免费搭车往返于北京与包头之间,根据所见所闻,写了第一篇散文《平绥琐记》。1935年从燕京大学毕业,他进入了《大公报》工作,专门从事“人生采访”,发表了很多散文。他早期的一些散文都陆续收在他的创作集《小树叶》、《落日》、《灰烬》和《见闻》等中。

值得一提的是萧乾从1935年燕京大学毕业后,就进入《大公报》报社工作,负责《文艺》以及《国闻周报》的文艺栏的编辑工作。他主持了1936年的“《大公报》文艺奖”的评选工作,何其芳的《画梦录》获得了这次文艺奖的散文奖。因此,萧乾在京派散文作家中有其特殊的地位和作用,不仅因他的散文创作丰富了京派散文艺术,同时他又为京派散文作家提供了可靠的实践基地,是京派散文作家的有力扶持者。

萧乾以后一直坚持散文创作,又先后出版了《珍珠米》、《南德的暮秋》、《人生采访》、《土地回家》等。建国后曾任中国作协理事、北京市政协委员等职。

萧乾的记者和编辑的身份,决定了他散文的坚实的个性。他非常清醒地认识到,“浪漫尽管是人的根性,这毕竟是个现实的时代”,“文学在这时代里纵不能有所贡献,却切不可在这民族生死关头来帮着泄气”。因此,他鞭策自己:“应暂时放下许多古代文艺者应享的好梦,脚踏实地去面对生活。”②他的第一批散文如《平绥琐记》、《流民图》就显得十分坚实,都是萧乾实地调查访问的结果。他为写《平绥琐记》不仅实地到平绥去调查,而且发了这样的誓言:“绝不用西北的大地名回去骗人。如果我要说什么,也止于说所见到的,不引用惊人的数字,不诗化丑的现实。”③所以《平绥琐记》能让读者透过风沙弥漫的塞北景色,真实地看到一个病态的社会。作者尽了最大努力,把触角伸到塞北的一些城市的各个角落,对煤矿、农业、商业、吸毒、娼妓等都作了报道,虽则不免粗疏,但毕竟把一个轮廓深深地勾画出来。它是采取纵写的办法,像一条

① 萧乾:《〈人生采访〉前记》,《萧乾选集》第4卷,四川人民出版社1984年版,第153页。
② 萧乾:《坚实文字》,《萧乾选集》第4卷,四川人民出版社1984年版,第59页。
③ 萧乾:《平绥道上》,《萧乾散文》下卷,中国广播电视出版社1997年版,第4页。

水流丰富的长河横亘在我们面前。而《流民图》则是采用特写的办法，把鲁西灾民的流亡的景象，如一个湖泊那样展现在我们面前，尤其是“济宁车站之素描”写得非常惨烈，使人难忘。当时萧乾和画家赵望云同时被《大公报》派去水灾现场进行实地采访，一个写，一个画。当文章和速写图在《大公报》上登出，反响强烈，赈灾捐款猛增。画笔和稿纸竟能创造出赈款，这就坚定了萧乾的创作方向，正如他在《未带地图的旅人》中说的：“文字也好，绘画也好，都是可以拿来为现实生活服务的。”这种贴近现实、向着现实的创作态度，使得萧乾的散文一直富有健康向上的朝气。萧乾在之后漫长的散文创作道路上始终保持着这种坚实的个性，如《湘黔道上》、《血肉筑成的滇缅路》等就是成功的例证。

在散文观念上，萧乾始终认为：“散文和特写还是应当有所区别：前者艺术性较高，着眼于创造一个完整的意境或形象，后者却比散文更贴近现实，因为它往往是新闻报导的副产品。”①换言之，他把“艺术性”和“贴近现实”相对立，这样就把散文中的特写从“艺术性较高”的队伍中开除了。实践却完全和他的观念背道而驰。他的第一本创作集《小树叶》中所标明为散文的有七篇：《叹息的船》是写了一个简单的类比，《小树叶》、《路人》飘飘然像一片小树叶，《我与文学》是一篇议论文字，只有《过路人》、《题一个人的照像》、《古城》写得较为有特色。而题为“游踪”即特写的六篇文章《流民图》、《平绥道上》等反而富有生气，在艺术上也很感人。因此萧乾的散文创作实践反而校正了他的散文观念。这正是萧乾对中国现代散文史的贡献：散文中的特写完全可以艺术化。

萧乾的特写诱人之处是善于“把‘血与肉’客观化”，他认为，“好的文章不是情绪的反应，它本身须是一种刺激”②。在《未带地图的旅人》中，他述说了对特写的美学追求。他严格遵守从斯诺那里学到的一条至理名言：冗赘散漫是文章的大敌，写东西非讲求点文字经济学不可。尽量克制自已，抑制好发议论的冲动，也不使用“画外音”。这些努力都是为了达到“血与肉”客观化，形成“刺激”。这种“刺激”的内涵是指多方面，也可以说是萧乾的一种特定的审美观念。萧乾写于 1937 年 5 月的《雁荡行》就是一篇富有“刺激”的美文。

《雁荡行》是写山画水的，对于美景的特写本来很容易流于一般化，尤其是当时他写这篇特写还肩负着一个任务，因为上海的《申报》、《新闻报》和《大公报》竞争激烈，《大公报》为翻新出奇，发表旅行通讯就是一项重要措施。萧乾在《雁荡行》中最充分地发挥了他的“刺激”本领，如写他在瀑布旁

① 萧乾：《未带地图的旅人》，《萧乾选集》第 3 卷，四川人民出版社 1984 年版，第 397 页。
② 萧乾：《客观化些》，《萧乾选集》第 4 卷，四川人民出版社 1984 年版，第 60 页。

吃午饭的情景:

一顿饭,两眼都直直望着门外悬在崖壁上的“银河”。我吃得很香,很饱,但却想不起都吃些什么了;只记得很白,很长,滑下得很快。①

萧乾把“吃瀑布”的刺激交给了读者。这个刺激的形成借助了三个因素:一是视觉:两眼直直望,望得出了神;二是消化感觉的紊乱:不知道吃什么,却吃得很香很饱;三是记忆,如烙印一般,很白,很长,滑下得很快。其效果是,读者也会被他刺激得如吃了瀑布。这在《雁荡行》中是个小刺激。还有中刺激,如在采石斛观看一个山民在高达万丈的两座高峰间系着的一条绳子上玩命地表演,形成这位山民在高空“做得越是安闲豪迈,旁观者的痛苦也越加深重”的刺激。还有大刺激,即在游览开始,遇见一位坐在花轿里望着远山丛林呆呆出神的将去夫家成亲的俊俏新娘,形成悬念,把读者心吊住。到最后又自然地写到这位新娘的成亲场面,托出那位只有十四五岁的呆板的有着一对残疾的斜眼的新郎,形成强烈的刺激,最后文章居然以“瑰丽的山水,晦暗的人间”作结,使文章陡然转弯,妙味无穷。

四 芦焚的“失乐园”散文

(一) 抒写乡村的基调——“失乐园”。

芦焚(1910—1988),河南杞县花寨人。即师陀,原名王长简。三十年代步入文坛。1929 年秋高中毕业后,他假托考大学,来到北平,开始从事文学创作。他的第一部小说《谷》于 1937 年 5 月获《大公报》文艺奖金,从此他开始为文坛注目。1937 年,良友图书公司出版了他的第一本散文集《黄花苔》,开始了他的散文创作的黄金时期,连续出版了《江湖集》和《看人集》,三年三大步,在写人记事抒情上显示了他的散文创作个性,使他成为一个有特色的散文作家。到四十年代初,他又出版了散文集《上海手札》。类似纪实散文,在描述旧上海小市民的种种言行及其灵魂上,虽则有一定的历史价值,但从总体上看,视野较为狭窄,缺乏深刻体验,前面几篇的笔墨也不克制,有敷衍文字之嫌,在散文创作风格上没有多少发展。1949 年之后,芦焚虽然又出版了《保加利亚行记》、《山川·历史·人物》,但也属于余波荡漾,建树不多。

芦焚三十年代创作的散文篇章有很多是写故乡农村的。他虽则和沈从

---

① 见《萧乾选集》第 3 卷,四川人民出版社 1984 年版,第 77 页。

文、李广田一样，来自农村，也自称“是从乡下来的人”，但在对待乡村的情感上，要比沈从文、李广田复杂得多。他曾经对这种复杂情感作了这样的概括：“我不喜欢我的家乡，可是怀念着那广大的原野。”①这种复杂情感使他置身乡村原野上时，有一种“失乐园”的感觉，“失乐园”成了他抒写乡村散文的基调。他处处感受到的是故乡农村的“今”与“昔”之“异”，看到的是今天乡村的溃烂：一对夫妻麻木地血淋淋地殴打，周围的看客们是那样津津有味地欣赏着(《这世界》)；汽车在家乡的“青春的天下”的乡路上奔驰着，但遭到的却是一连串的窝火的事(《乡路》)；一个世代相传的有一手好技艺的老铁匠，最后家破人亡，只能在死亡线上挣扎着(《铁匠》)等等，他回故乡“开始深深的感到时光的流逝和生命的寂寞”②。形成了一种固定的“今非昔比”的创作心态。这种心态和沈从文对待乡村的心态形成了一个鲜明的对照。沈从文回故乡，强烈感受到的是“今”、“昔”之同，在他看来，历史奈何不了他的故乡，也改变不了他的故乡，因此在《湘行散记》中处处发出“今”、“昔”之同的强烈感叹：“百年前或百年后皆仿佛同目前一样。”“今”、“昔”之同，使得沈从文整天陶醉在一种原始生命力的昂扬之中。这种不同的心态，反映了芦焚和沈从文对待乡村态度之异：前者较多的是理智的参与，后者较多的是感情的参与；因而，前者要现实一些，后者要浪漫一些。

（二）“布景点”式的思维。

正因为芦焚怀着“我不喜欢我的家乡，可是怀念着那广大的原野”的复杂情绪来描写故乡农村，促使他的散文思维呈现出这样的特色：在抒写家乡的种种“不喜欢”的事实后，常常会出其不意地把眼前的或贮藏在头脑里的昔日的“美景”片断展出，形成一种“布景点”式的思维，这在他写故乡农村的主要的几篇散文，如《乡路》、《失乐园》、《铁匠》、《旧事》、《行脚人》等中都可清晰地看到他的“布景点”思维轨迹。典型的当推《乡路》，作者在写自己回故乡的旅途上所遇到的麻烦和不快之后，突然地推出这样一幅美景：

> 白杨，翠柳，村落，丰饶的原，向后滑行。绿的，绿的，绿的浩瀚的海。抖的一闪，是火一般的桃，烟雾似的棠梨，鹅黄的菜田……滑行着。一个颠摆，娇滴滴的荫影罩下来……斑驳陆离的布片，孕着风，拂拂的倏跳。村娘绞着手，在笑语。笑声在绿色里激荡……丁咚！桶卸下井中去了。

---

① 芦焚：《老抓传》，《芦焚散文选集》，江苏人民出版社 1981 年版，第 68 页。

② 芦焚：《铁匠》，《芦焚散文选集》，江苏人民出版社 1981 年版，第 115 页。

鸡娴雅的叫,从路中吃惊的隐进麦田。猪仔摆弄着耳朵,蹒跚的走向池塘。车摇摆着,这些都一抖消失了。接着又是白杨,翠柳,村落,丰饶的原……①

这幅景点虽则是冷不丁地推出,但却十分精心。先是以“白杨”“翠柳”等绿色的点,形成“绿的浩瀚的海”——面,作为这一景点的基本景。而后作者利用在车上的特点,穿插进斑杂的其他色彩,以及人与家畜的种种动态的描写,使画面动静相间,形成一种具有立体美的氛围。不可思议的是,在这美的景点出现之前,文中所写的全是作者在旅途中遇到的窝火的事:坐的汽车撞在桥上,车轮落水,司机鼓眼辱骂等等,简直是到了地狱一般。但到文章末了,作者还是向家乡妥协了,他心软了,他的怒气降温了,乃至一扫而光,几乎是一百八十度的转弯,心甘情愿地布下这美丽的景色,让读者跟着他忘却那种种不愉快的事。芦焚是善良的,他要读者忘却他所见到的种种“不喜欢”的现实,而能把家乡的美景烙在心上。这仅是一种愿望而已,读者虽则神往芦焚布下的美丽的景点,但只要一想到作者在文中所写的种种烦恼的现实,就会感到这美丽的景点离开现实的遥远,甚至还会觉得它是否是一种乌托邦而怀疑它的存在。

芦焚散文中的“布景点”式的思维固然和他对故乡农村的复杂情绪有关,同时也和他的小说创作实践紧密关联。芦焚是小说家,运用“布景点”,营造立体式的氛围是其所长。这样他可以利用“布景点”艺术,在散文中有意和他抒写的情致形成强烈反差,以此给他的散文情致加色加味。如《旧事》中回忆的是家乡处决犯人之事,以此抒写家乡人的感情的麻木。奇怪的是芦焚也不放过这一机会,在写他和一些朋友走十六七里路去看处决犯人,当赶上了囚车后,出人意外地又布下了这样一个景点:

这时高梁和谷已经吐穗,绿豆和红薯一望无际的装饰了旷野。在死样的静寂中,蝉不住的“沙——沙——”叫着,假如这所“出”的是“雅人”,在这遥遥的最后的旅途上,还大有余裕欣赏一下平芜远村吧。②

这里,连芦焚自己也说不清楚,为什么要在砍死囚脑袋的血淋淋事实前,要抽出笔来描绘这么美的景色?芦焚散文的魅力正在这里,倘若他一路的为家乡唱赞歌,或一路的指着家乡骂个没完,可能他的散文就完全是另一种样子

①② 见《芦焚散文选集》,江苏人民出版社 1981 年版,第 35—36 页,第 106 页。

了。正是现在这种又爱又恨、爱恨交加的复杂情绪,导致了景致的反差,而能表现这种反差的,恰恰正是这种“布景点”的思维,其中因果关系实属于此。一切归于自然,并非矫揉造作。

芦焚三十年代创作的散文中除了写故乡农村的一些篇章之外,其余较多的是人物小品了。他关注被压在社会底层的那些小人物的命运。他的人物小品有三类,一类是侧重写一些小人物在死亡线上挣扎的凄惨情景,如《江湖集》中的《程耀先》,《黄花苔》中的《劳生之舟》等。第二类是揭示人生百态众生相,尤其喜欢勾画出众生的一些“阿 Q 相”,诸如麻木无知、愚昧落后等,这以《黄花苔》中的《这世界》为代表。第三类是借助勾画人物显示历史风云的变幻,这可以《老抓传》为代表。这一类散文是芦焚的人物小品中最为动人的篇章。老抓是个长工,他原来是“一个魔鬼的化身,旷野上的老狼”,有“一身的邪精力,充溢着野性的锋芒”。最后因为爱情纠葛,流落他乡,但闯荡一番回归故里后,他成了“一位客人”,只能“爱着狗和猫”,戴上生活给他的“镣铐”,默默地和狗猫为伍,成了一只驯化的“羊”。芦焚正是通过老抓从“狼”蜕变成“羊”的典型个案,呼唤着健康的富有生命力的人的出现,尽管这种“人”是一个很模糊抽象的概念,但它蕴含的稳定的审美价值却是无可置疑的。

第九章　论语派散文

第一节　文化心理、理论资源和抒写策略

一　论语派散文家的文化心理：告别“激烈”，皈依“闲适”

在二十年代崛起的以表现自我为崇高目的的一部分散文家，面对国共分裂和严重内战的紧张气氛，显得不知所措。政治对立的区域对他们来说，是一个难以跨越的雷区。鲁迅说：“因为革命以来，言论的路很窄小，不是过激，便是反动。”[①]这就使得一批善于表现自我的散文家手足无措，他们既不愿（至少目前还不愿）过激，也不想反动，随着形势翻筋斗或脚踏两只船也不是他们所长。他们酷爱自我，留恋着那块自我的温馨小天地。为了保全这块自我天地，他们不得不自我节制，调整自我，来适应这一现实，尽管在腥风血雨的严酷的阶级斗争面前，他们也知道自我节制的软弱无力，明知不为还坚持有为。论语派的领衔人物林语堂的思想状态最有典型性，他在 1928 年 9 月 13 日为《剪拂集》作序时，详尽地阐述了当时的思想：“激烈理论是不便于任何政府的，在段祺瑞政府的‘革命政府’提倡激烈理论是好的，但是在这革命已经成功时代，热心于革命事业的元老已不乏人，若再提倡激烈理论，岂不是又与另一个‘革命政府’以不便？这是革命前后时代理论上应有的不同。”又说“时代既无所用于激烈思想，激烈思想亦将随而消灭”，经历数年“如枯木似的，一点蓬勃的气象也没有”，只有“太平人的寂寞与悲哀”的“沉寂”、“麻木与顽硬”[②]。分析其心理，不能完全按其言论的面值来评估。他在时局变动中，想节制“自我”，和“激烈”告别，是真实的；“沉寂”、“麻木与顽硬”却是一种牢骚，对思想、言论的表面的消极正隐藏着一种异乎寻常的积极。他到上海后，又是创办《论语》，《人间

---

① 鲁迅：《现今的新文学的概观》，《鲁迅全集》第 4 卷，人民文学出版社 1981 年版，第 133 页。

② 林语堂：《〈剪拂集〉序》，《林语堂名著全集》第 13 卷，东北师范大学出版社 1994 年版，第 3—4 页。

世》等刊物，又是提口号，又是树旗帜，何“沉寂”之有？正因为他的不“沉寂”和不“麻木与顽硬”，在他坚持和努力下，三十年代的上海文坛上逐渐形成了一支有特色的散文流派队伍，他们以《论语》、《人间世》和《宇宙风》为阵地，由林语堂领衔，主要成员有陶亢德、徐讦、章克标、邵洵美、全增嘏以及老向等，由于审美趋向相似，生活理念和风格一致，并以《论语》为阵地，人们把他们的散文称之为论语派散文。它的出现亦非偶然，从内在的气质考察，是语丝派散文的延续，在他们的“以自我为中心”的理论口号身上，多少烙着语丝社遵循的“不拿别人的钱，不说他人的话”，“任意而谈，无所顾忌”的印痕。林语堂在他的《林语堂自传》里，不止一次回忆《语丝》与《现代评论》的论战：“那里真是一个知识界发表意见的中心，是知识界活动的园地，那一场大战令我欢欣。”强烈地传递了他的语丝情结。论语派的几个主要刊物之所以短期内能在上海打开局面，也和他们充分利用语丝社的资源有关。不过，变异也是显然的，它的理论口号的另一半，“以闲适为格调”就是变腔变调的结晶。

告别“激烈”，本来可以从心理趋向和文化行为等方面予以理解或认同。但告别“激烈”引起的必然连锁反应是淡化批判，钝化批判，或告别批判。而当时的时代，又是国共尖锐对峙的时代，非此即彼的你死我活的对抗，检验着所有的人们，尤其是在检验着当时的一切思想和言论。特别是阶级斗争学说的宣传，使得所有人们的言行要接受“阶级性”的检验。林语堂正是在这一时刻告别“激烈”，并在这种心理驱使下，从事他的文化活动。在《论语》创刊时，他在《答青年论幽默译名》中阐述他的办刊方针，是以“提倡幽默为目标，而杂以谐谑”。在《又与陶亢德书》中，他又提出散文“在人生途上小憩谈天，意本闲适，小品文盛行，则幽默自然出现”，并竭尽全力倡导“幽默”，最后在“性灵”上定格，并浓缩提炼成口号：“以自我为中心，以闲适为格调。”在文坛上亮相。

但时代却需要“激烈”。林语堂告别“激烈”的一系列言行和所创办的各种刊物，放在当时这个时代来看，怎么也无法和政治联系起来，应该说是一种淡化政治的文化行为。生活需要政治，需要批判，但生活也需要文化，需要闲适。尽管林语堂的“幽默”、“性灵”是那样脆弱和不合时宜，在国共双方对峙的年月里，他主张的“闲适”、“幽默”、“性灵”等，没有公开站到国民党一边，也没有发表和政治有关的言论，但还是不可避免地和倡导“斗争”、“激烈”的左翼文学相对峙。在这个时代里，放弃批判必然被批判。这就发生了关于小品文之争。鲁迅总结教训时说：“残酷的事实尽有，最好莫如不闻，这才可以保全性灵。”①

① 鲁迅：《病后杂谈》，《鲁迅全集》第6卷，人民文学出版社1981年版，第167页。

鲁迅还在《杂谈小品文》中风趣地说道:清朝性灵派“到得现在,却刚刚相宜”,“有国时是高人,没国时还不失为逸士”,当年提倡性灵者,不过是在做“高人兼逸士梦”。鲁迅还连续发表《小品文的危机》、《小品文的生机》等文,指出“生存的小品文,必须是匕首,是投枪,能和读者一同杀出一条生存的血路的东西”,批评林语堂等提倡的散文是“小摆设”。茅盾明确指出所谓“性灵”,就是纯粹的“自由意志”,这种主观超然的“性灵”,“被几根无形的环境的线在那里牵弄”,终究“不过是清客身份”,认为倡导“闲适”是把小品文“弄成了畸形”。这就是三十年代的小品文之争。

告别“激烈”的同时,林语堂公开皈依“闲适”,这也成为论语派散文家的共同的文化心理。这种心理的最集中的表现,是如林语堂的概括,他们的散文要达到“会心的微笑”,“微笑为上乘”。对于这个“微笑”,论语派散文家各有创造,林语堂是“不会怒,只会笑”,“常于笑中带泪,泪中带笑”;邵洵美是最悲伤时的“破涕一笑”;徐讦是“窘极时候一个笑容”等等,尽管也有个别论语派散文家,如全增嘏在《〈论语〉万年》中提出异议:“《论语》目的只是在说‘真话’,而不在说‘笑话’。”但在“闲适”中求“笑”,是他们的文化心理的外在表现,并把这种文化心理通过艺术创作,在散文中创造“闲适”的境界。正因为如此,他们的散文小品取材也敢于犯“上”,如林语堂发表在1933年11月1日的《论语》第28期上的《得体文章》,居然是批评国民党三中全会宣言的文章“就是太不好”,这似乎是非常“激烈”的政治批判文章,但一读下去,才知道作者是“纯粹站在文学上的立场,批评此篇宣言的文章”,是因为它“拟得很得体,面面周到”,可以“用之于四中,五中全会亦无不可”等等,大概国民党政要读到此,也会发出“会心的微笑”,连这样的犯“上”的题材,都能闲适化,可见论语派散文家告别“激烈”之彻底,“闲适”之虔诚。

林语堂的自我节制的文化心理的形成是经历了一个痛苦的蜕变的过程。在二十年代,他年少气盛,刚从国外归来,因此“匪”气十足,壮怀激烈,注意政治时局,时常要搅和到社会纠葛中。后来,尤其到二十年代末三十年代初,他进入了而立之年,用他的话来说,“到了二十五、三十年纪,人人学乖了,就少发议论,少发感慨”①,变得爱惜自我起来。他对自我实行节制,采取了三条措施:一是“钻牛角尖”。他称自己的散文“颇有走入牛角尖之势,真是微乎其微,去经世文章远矣”。“这牛角尖是我自己的世界,未必有人要来统制,遂亦安之”。发

① 林语堂:《谈言论自由》,《林语堂文集》第9卷,作家出版社1998年版,第247页。

誓:“欲据牛角尖负隅以终身。”①二是宣传“幽默”。他感到周围的世界太紧张,唯有“幽默”能帮助他。他想借助“幽默”使自己保持“一种从容不迫的达观态度”,另一方面,又想借助“幽默”作为润滑剂,来调谐社会,“易其紧张为和缓”,达到软化社会的目的。从这一层意义上考察,他还想有所作为。他不像周作人“闭户读书”到文艺中避难,他还是把门窗稍许打开了一点。尽管他寄希望的“幽默”是那样脆弱,但他却信心十足。②三是冷静旁观。他要使自己成为“一位冷静超远的旁观者”。他的冷静旁观是他把中西哲学融为一体的产物。由于他在国外长期留学,受到西方文化的影响,尤其是“西洋自然活泼的人生观”深深烙在他身上。同时又糅进中国传统的中庸哲学,使得他到达了“饲鹅种菊,观云赏月,心地轻松,然后自我观之,世事如浮云,收回东北固好,奉送四省亦无妨”③的无差别境界。林语堂自我节制的效果似乎要比周作人好一些,因此在他的散文中也就品尝不到周作人散文的苦涩味。

其实,在这国共对立的时代里,持回避矛盾,告别激烈的心态的不仅是论语派散文作家,其他还有许多散文家,也是持这种态度。代表作家有朱自清、冰心等。国共斗争的尖锐和残酷,也使得朱自清、冰心等陷入了尴尬的境地。他们对阶级斗争是那样陌生和怯懦。因此,他们对现实恐惧症的治疗就显得比较笨拙和被动。朱自清在1929年2月7日写的《那里走》中就详细剖析了在“四一二”事变之后的苦闷心态:“我在 petty Bourgeoisie(小资产阶级——引者注)里活了三十年,我的情调、嗜好、思想、伦理,与行为的方式,在在都是 petty Bourgeoisie 的:我彻头彻尾,沦肌浃髓是 petty Bourgeoisie 的。离开了 petty Bourgeoisie,我没有血与肉。我也知道有些年岁比我大的人,本来也在 petty Bourgeoisie 里的,竟一变到 Proletariar(无产阶级——引者注)去了。但我想也许是天才,而我不是的;也许是投机,而我也不能的。”他感到,“只有参加革命或反革命”,才能解决这惶惶然,但恰恰他“既不能参加革命或反革命”,因此,他就找到了一条不是办法的办法:“在歧路之前,我只有彷徨了。”对这“彷徨”他也作了解释,就是“找一件事,钻了进去,消磨了这一生。我终于在国学里找着了一个题目,开始像小儿的学步。这正是往‘死路’上走;但我乐意这么走,也就没有法子。不过我又是个乐意弄弄笔头的人……我还得要写些,写我自己的阶级,我自己的过、现、未三时代……胡适之先生在《我的歧路》里说,

---

① 林语堂:《〈行素集〉序》,《林语堂文集》第10卷,作家出版社1998年版,第399页。
② 林语堂:《论幽默》,《林语堂文集》第9卷,作家出版社1998年版,第60—68页。
③ 林语堂:《国文讲话》,《我的话(下)》,上海书店1987年影印版,第64页。

‘哲学是我的职业，文学是我的娱乐’，我想套着他的调子说，‘国学是我的职业，文学是我的娱乐。’这便是现在我走着的路”。但之后现实的发展，使得他的“彷徨”的精神疗法都无法继续下去。因此，仅仅三年，他就被挤到“无话可说”的角落里。1931年3月，他发表了“最中意”的一篇文章《论无话可说》，其中称自己变成了“一张枯叶，一张烂纸，在这个大时代里”。他认为他所处的时代是“要的是‘代言人’，而且将一切说话的都看作‘代言人’，压根儿就无所谓自己的话”。因此，他只能逃避，“现在是，比散文还要‘散’得无话可说”。当然，他还是说了话的，还是坚持散文创作的，三十年代创作的书斋小品《你我》和《欧游杂记》、《伦敦杂记》就是在这种逃避的情绪支配下完成的。他在《〈欧游杂记〉序》中明确地说：“书中各篇以记述景物为主，极少说到自己的地方。这是有意避免的：一则自己外行，何必放言高论；二则这个时代，身边琐事说来到底无谓。”也就是在这本散文集中，他有意回避自我，没有把自我放进去。后在《〈伦敦杂记〉序》中又重复这一心态：“写这些篇杂记时，我还是抱着写《欧游杂记》的态度，就是避免‘我’的出现。‘身边琐事’还是没有，浪漫的异域感也还是没有。”①在这种彷徨逃避的心态下朱自清能坚持散文创作固然可敬，但彷徨逃避毕竟是创作中的一种消极因素。因此，总体来看，在三十年代朱自清的散文创作和二十年代相比是一种退步，显得被动而无光彩。同样是游记，《欧游杂记》和《伦敦杂记》同《荷塘月色》、《温州踪迹》相比，就较逊色。和朱自清心态相似的是冰心。不过，冰心心境更糟。1929年她在诗《我曾》中，倾吐自己的心情：“我曾梦游天国，醒来一片片山河破碎；觉悟后的落空啊，叫我如何不怨望？”充满了凄凉和感伤。一个月后，在《往事》集的“以诗代序”中，更茫然地叹道：“我是一个盲者，看不见生命的道途。”由于她一而再、再而三所虔诚宣扬的“爱”的哲学在阶级对立中幻灭，眼看她精心培育的那一小块可怜的爱的“绿洲”为沙漠所吞噬，她几乎绝望。所以在《〈冰心全集〉自序》中说：“一九二六年，回国后直至一九二九年，简直没有写出一个字。”逃避到噤口沉默的地步，显得消极被动，无所作为。和论语派散文家不同的是，他们没有皈依“闲适”。

二　论语派散文的理论资源：“幽默”与“性灵”

林语堂对散文理论批评一直有浓厚的兴趣。早在二十年代中期，就开始倡

---

① 朱自清：《〈伦敦杂记〉自序》，《欧游杂记》，生活·读书·新知三联书店（北京）1983年版，第113页。

导幽默文学,在《晨报副刊》上发表过《征译散文并提倡幽默》等文章,主张:"幽默愈幽愈默而妙。"由于响应者寡 ,并未掀起波澜,形成气候。但在创办《论语》后,不断地作文,系统地宣传幽默。他把幽默定为"人生之一部分",是"一种从容不迫达观态度",是属于"超脱派"。本来,"幽默"是林语堂从西方文论中引进的一个文论概念,但读他对"幽默"阐释的文字,"从容不迫"也好,"超脱"也好,使人自然地联想到是一种政治态度,因为这一解释显然把"幽默"概念社会化了。在三十年代的上海文坛,有人善于从政治上谈文学,有人善于从文学上谈政治,林语堂宣传幽默当属后者。

把"从容不迫"、"超脱"和他的告别"激烈"联系起来,林语堂似乎企图改变自己在文坛上的公众形象。在二十年代的文化论战中,他的姿态是那样鲜明,为此,要从有姿态改变成无姿态,用政治式的宣告或独白的方式显然不宜,正是"幽默"成全了他,使他不露声色地实行从有姿态到无姿态转变,幽默的旨归是无姿态,或曰非政治化,事实上,无姿态就是姿态。什么姿态?国共政治文化对立的双方其实都很清楚。

"幽默"的倡导不合时宜,林语堂也感到用"幽默"这根理论支柱支撑局面,有些勉强。正是在这种情况下,论语派的实际精神领袖周作人出场了,为论语派散文铸造了另一根主要理论支柱:"性灵"。

1932 年 9 月 16 日,林语堂在上海创刊了《论语》半月刊。接着,1934 年 4 月,林语堂和陶亢德一起在上海又创刊了《人间世》半月刊。《人间世》创刊号非同寻常地揭开封面就刊登了一幅十六英寸放大的周作人半身照片,并配以用黑边框起来的周作人手迹,即所谓《知堂五十自寿诗》。同时,林语堂把周作人的五十自寿诗抄给相熟的文化名流,再索取和诗,一起刊登。林语堂还亲自执笔,发表《周作人诗读法》,对人们痛恨的"清谈亡国"进行辩护,他说:"后之论史者,每谓清谈亡国,不啻为逆阉洗刷,陋矣,且亦冤矣。夫饮酒猖狂,或沉寂无闻,亦不过洁身自好耳。今世癞鳖,欲使洁身自好者负亡国之罪,若然则'今日乌合,明日鸟散,今日倒戈,明日凭轼,今日为君子,明日为小人。今日为小人,明日复为君子'之辈可无罪。孔子圣人尚有乘桴浮于海之叹,今世癞鳖一股头巾气几欲驾圣人而上之矣。"为《人间世》造势,为周作人造势。把周作人奉为精神领袖,重要原因是论语派散文需要理论支柱,而周作人多年来倡导的"性灵",正可以成为论语派的理论支柱。不仅如此,林语堂还想借助"性灵"让论语派散文认祖归宗。

从二十年代中期起,周作人就开始为中国现代散文(确切地说为他所倡导的冲淡散文小品)认祖归宗。1926 年 5 月,他在给俞平伯的一封信中提出:

我常常说现今的散文小品并非五四以后的新出产品，实在是“古已有之”，不过现今重新发达起来罢了。由板桥冬心溯而上之这班明朝文人再上连东坡山谷等，似可编出一本文选，也即为散文小品的源流材料……①

这还仅是一个粗略的设想。尽管范围还比较模糊，从清上溯到宋，但他的视点已很清楚，即已注意到“这班明朝文人”。仅仅过了半年，在 1926 年 11 月，他在重刊《陶庵梦忆》序中，对于现代散文小品的祖宗应是谁就初步明确了，他说：

我们读明清有些名士派的文章，觉得与现代文的情趣几乎一致，思想上固然难免有若干距离，但如明人所表示的对于礼法的反动则又很有现代的气息了。②

与半年前相比，他的观点已经成型了。他认为，现代散文的祖宗和源头就是明清名士派的文章。并且说得斩钉截铁，认为现代散文和明清名士派文章的“情趣几乎一致”。这就为现代散文的溯源工作定下了基调。之后，周作人对现代散文的溯源工作抓得很紧，几乎每隔一段时间，就要把这话题提出来议论一番。如 1928 年 5 月的《〈杂拌儿〉跋》，1928 年 11 月的《〈燕知草〉跋》，1932 年 11 月的《〈杂拌儿〉序》以及 1935 年 8 月 24 日作的《〈中国新文学大系〉导言》等，都不厌其烦地对现代散文的源流进行论证和考据。尤其是 1932 年夏，他赴北京辅仁大学讲课，后由邓恭三整理成《中国新文学的源流》予以出版，并在该书后附沈启无选辑的《近代散文钞目录》，同时他自己又亲自选编了一册《明人小品集》，配套成龙，大造声势。虽则前后表达有所不同，但观点是一致的，即现代散文的祖宗是明代的公安派和竟陵派的散文。从文本意义上考察，周作人运用了这样的三段论推理：首先他认为“古今文艺的变迁曾有两个大时期，一是集团的，一是个人的”。于集团的是“文以载道”，于个人的是“言志”。“小品文则又在个人的文学之尖端，是言志的散文”。而言志的散文兴盛必须在王纲解纽的时代。现在他所处的二三十年代的“中国情形又似乎正是明季的样子”③，因此推出了这样的结论：“现在的文学——现在只就散文

①② 周作人：《〈中国新文学大系·散文一集〉导言》，《知堂序跋》，岳麓书社 1987 年版，第 94 页。

③ 周作人：《〈燕知草〉跋》，《知堂序跋》，岳麓书社 1987 年版，第 318 页。

说——与明代的有些相像。”①周作人再从文学思想和观念考察，认为明代的公安派和竟陵派的文学主张和五四新文学的发起人的主张相似。他说：“他们（指公安派和竟陵派——引者注）的主张很简单，可以说和胡适之先生的主张差不多……假如从现代新文学的主张要减去他所受到的西洋影响，科学哲学以及文学各方面的，那便是公安派的思想和主张了。”②

周作人的这一认祖归宗工作开始似乎没有引起人们的注意。虽则附和是有的，但并不热烈，而且有的还持有异议，如朱自清在 1928 年 7 月 31 日写的《论现代中国的小品散文》一文中，虽则也认为，“明朝那些名士派的文章，在旧来的散文学里，确是最与现代散文相近的”。但他认为：“现代散文所受的直接的影响，还是外国的影响。”因此，周作人在较长一段时间里，还是自唱自演。但到三十年代，尤其是主持《论语》、《人间世》、《宇宙风》的林语堂清楚认识到，他们所倡导的小品“须寻出中国祖宗来，此文体才会生根，虽然挨骂，亦不足介意”③时，形势就立刻起了变化。林语堂一反他做小品短文的习惯，居然写了长篇论文《论文》，分上下两篇予以发表，宣传并深化周作人的现代散文源流的观点。从总体上看，林语堂的思路观点是和周作人一致的，即明代的公安、竟陵派散文是现代散文的祖宗。但林语堂认同这一观点，却另有他的打算，他看中的是公安、竟陵派所力主的“性灵”这一主张。因此当他读到沈启无编的《近代散文钞》后，竟一气读完，他在《论文》中是这样来描写自己的心情的：

> 我们在这集中，于清新可喜的游记外，发现了最丰富、最精彩的文学理论，最能见到文学创作的中心问题。又证之以西方表现派文评，真如异曲同工，不觉惊喜。大凡此派主性灵，就是西方歌德以下近代文学普通立场；性灵派之排斥学古，正也如西方浪漫文学之反对新古典主义；性灵派以个人性灵为立场，也如一切近代文学之个人主义。其中如三袁弟兄之排斥仿古文辞，与胡适之文学革命所言，正如出一辙。这真不能不使我们佩服了。④

---

① 周作人：《〈杂拌儿〉跋》，《知堂序跋》，岳麓书社 1987 年版，第 314 页。

② 周作人：《〈中国新文学大系·散文一集〉导言》，《知堂序跋》，岳麓书社 1987 年版，第 98 页。

③ 林语堂：《小品文之遗绪》，《林语堂文集》第 10 卷，作家出版社 1998 年版，第 179 页。

④ 见《林语堂文集》第 10 卷，作家出版社 1998 年版，第 201 页。

林语堂完全被“性灵”迷住了，“性灵”成了他心中的上帝，而且用他在国外带来的“牛油”来装扮它。它的认祖归宗更明确：“性灵派文学，是抓住近代散文的命脉，而足以启近代散文的源流。”而且他认为“性灵”可以主宰一切，“性灵二字，不仅为近代散文之命脉，抑且足矫目前文人空疏浮泛、雷同木陋之弊。吾知此二字将启现代散文之绪，得之则生，不得则死”①。他采取极端的办法，把“性灵”推崇为判别散文生死存亡的生命线。当然他的目的还是要为他的“幽默”服务，在《论文》的末了他终于露出了底：“故提倡幽默，必先提倡解脱性灵，盖欲由性灵之解脱，由道理之参透，而求得幽默也。”这些理论十分矛盾，周作人、林语堂一方面推崇公安派、竟陵派的“无视古文的正统”，但另一方面，他们又盲目地无条件地师法公安派、竟陵派，论语派散文正是在这样的理论指导下，逐渐成为有特色的散文流派。

从“幽默”到“性灵”，林语堂自已作了一个很好的概括，那就是：“两脚踏中西文化，一心评宇宙文章。”

三 论语派散文的抒写策略

（一）思维模式：迁就保守型。

论语派散文在创作思维上属保守型。由于作者对中庸主义的崇尚，使得他们的人生观、处世态度与认知事物的方式常常是以迁就、妥协的“避”为主。他们希望和向往一种常态的有秩序的生活，害怕冲突和紧张。周作人专注于花鸟虫鱼是由“彼”避“此”的迁就，林语堂想用幽默化紧张为和缓，是以“彼”化“此”的迁就，等等。不管怎样，他们都想用中庸来维持原有的秩序、纪律，是一种返本的思维方式，并以此达到保存“自我”的目的。其深层动机，乃是为了既可“明哲保身”又能追求享乐，林语堂的《生活的艺术》堪称代表。因此，说到底，论语派散文所表现的情感是个人的。

（二）题材选择：力求永恒。

在选择散文的题材上，他们力求永恒，以此促使散文非政治化，而达到闲适的目的。主要表现在两个方面：一是注重选择中性材料，反对散文题材的目的性。他们想以写无目的的材料来向社会告示他们对目的，尤其是政治目的的不感兴趣。发生在三十年代的“苍蝇之微”和“宇宙之大”的争论，他们力主写“苍蝇之微”也就是要以这种无目的的材料使散文脱离政治目的这一轨道。周作人痴情花草虫鱼，林语堂挖掘幽默笑料，就是想借助这些中性材料使得他

---

① 林语堂：《论文》，《林语堂文集》第10卷，作家出版社1998年版，第206—207页。

们的散文既闲适又能求得永恒。二是注重选择和现实似连非连的材料。这一点他们是总结了中国历史上的聪明的士大夫对现实的经验的，正如鲁迅所说，历史上的名士们对现实，“一，是对于世事要‘浮光掠影’，随时忘却，不甚了然，仿佛有些关心，却又并不恳切；二，是对于现实要‘蔽聪塞明’，麻木冷静，不受感触，先由努力，后成自然”①。当时，周作人极欣赏蒲松龄的两句诗：“姑妄言之姑听之，豆棚瓜架雨如丝。”说，“我很喜欢这种态度，这是一种文学的心情，不汲汲于功利，但也不是对于人事完全冷淡，只是适中地冷静处之罢了”②。这正是论语派散文家对现实态度的一种描述，这种态度可用“姑妄”两字概括。周作人在《介绍政治工作》中对标语、口号和广告十分反感，原因之一就是使他“失去了姑妄观之的忍耐性了”。他们对现实的态度就是姑妄观之，姑妄言之，姑妄听之，最后创作也是姑妄写之。这是一种不负责任的但却又是冠冕堂皇的态度。因此他们虽则是读书抄书写鸟写鱼讲笑话装幽默，都还有一丝热气，并不是与世隔绝的，是一种温吞水的闲适。

（三）叙述视角：冷静旁观。

论语派散文的作者们站在国共尖锐对峙中，不愿旗帜鲜明地站到某阶级中间去。因此，他们既没有胜利，也没有失败；既没有喜悦，也没有悲壮；一切都可容忍，一切都可存在。他们只相信自已，但内心又充满着失去依靠的空荡感、迷茫感。他们似乎对世事看透了，一切都看得很清楚，但世事在他们心中又是一本糊涂账。但不管怎样，他们抱定宗旨，要游离于这个社会之外，成为一名看客。因此他们写散文，非常冷静旁观，冷到了一种近乎“玩”的地步。周作人曾在《看云集》的《中年》一文中说：“以后便可应用经验与理性去观察人情与物理，即使在市街战斗或示威运动的队伍里少了一个人，实在也有益无损，因为后起的青年自然会去补充，而别一队伍里也就多了一个人，有如退伍兵去研究动物学，反正于参谋本部的作战计划并无什么妨碍的。”之后，在《夜读抄》的《希腊神话一》中借摘引希腊哈里孙的一段话，再次表达了他对看客的生活的向往：“这是真的，你被轻轻地挤下了戏台，但那时你却可以在前排得到一个很好的坐位去做看客，而且假如你已经好好地演过了你的戏，那么你也就很愿意坐下来看看了。一切生活都变成没有以前那么紧张，却更柔软更温暖了。你可以得到种种舒服的，身体上的小小自由，你可以打着瞌睡听干燥的讲演，倦了可以早点去睡觉。”形象地描述了论语派散文家的这种懒洋洋的看客心

① 鲁迅：《病后杂谈》，《鲁迅全集》第6卷，人民文学出版社1981年版，第170页。

② 周作人：《〈聊斋鼓词六种〉序》，《永日集》，岳麓书社1988年版，第80页。

理。他们留恋牛角尖的小天地。他们闲适地玩自我那点小感觉,小情绪,玩得缠绵、萎靡、自然、空灵,甚至把自己那颗沉湎于孤芳自赏的拳头大的心脏夸大到包容宇宙万物的程度,在玩中达到了忘我的地步。只有当他人来干涉和批评他们时,影响他们"看戏"时,他们才会一反常态,暂时丢开闲适,而气势汹汹地和人作战,但这仅仅是一时冲动而已,马上又会平静下来,"看戏",玩散文。

(四) 以"闲"为乐,以"闲"为趣,以"闲"为美。

论语派散文家公开亮出"以闲适为格调",追求闲趣。因此,他们把散文创作当作是一种欣赏人生、品味人生的手段,而不担当处理人生问题的种种额外的责任,以此消弭文学与现实人生的距离以及由此而致的对抗。他们能将人生实际的遭遇和所发生的种种现象,都转化为欣赏咀嚼的对象,以滋养无限的情致,但最终还是为了享乐于人生。他们熟谙人生,但却疏离人生,以出世法为入世法,但又同时以入世法为出世法,是一种不加入现实的圆滑、世故的老人哲学。其结果,就是无限地有滋有味地或躲在发霉的书斋里品味寻乐,或是站在阳台上沐浴着懒洋洋的阳光反复地赏花草虫鱼。这也是一种清醒的麻木。他们以"闲"为乐,以"闲"为趣。以"闲"为美,是他们的最高艺术理想。

四　合乎文道,却不合历史潮流

总体来看,论语派散文家在激烈斗争的社会漩涡中,事不关己,高高挂起,以名士的风度,清谈闲谈空谈,虽则,从散文文体发展来看,他们是夺到了一个制高点,但在矛盾尖锐化的三十年代,千万张普通的嘴巴呼喊的是斗争、再斗争,必然要胜过一张或几张精致的嘴巴。散文闲适风气的形成,除了给当时一些消极避世者增加一点消磨时间的材料,给他们的脆弱神经进行一点有限的安慰外,其余的作用就很难肯定,这就是它的历史地位。

但是,作为一种文学流派,论语派散文能形成气候,产生较大的影响,有这样一些历史经验应当予以重视:

(一) 论语派散文合乎文道,却不合历史潮流。

在三十年代的激烈斗争面前,作为散文应该引吭高歌,投身到火热的斗争中去,但散文作为一种文学体裁的发展又有其自身的内在规律。论语派散文家们重视抒写内心的体验,这是符合散文本身创作规律的。而这残酷的斗争恰恰又为他们准备了一批特殊的读者群——即和论语派散文家们有共同气质和身份的一批人,因此论语派散文能有一定的市场和固定的读者群,一部分论语派散文家如徐讦、章克标等最后成为海派散文家也证明了这一点。但是论语派散文家所抒写的内心体验不合乎历史潮流,文学的发展和历史的发展并不是永远地在一条道上同时奔驰。因此，历史的潮流最终要起来遏制论语派散文风气的蔓延，所以当抗日的烽火燃遍祖国大地时，论语派散文也就逐渐销声匿迹了。

（二）论语派散文崇尚真情实感，有其稳定的审美价值。

也应该看到，论语派散文家们之所以从激烈的漩涡中逃避出来，固然有其消极遁世的一面，但他们所熟悉的还是自我，他们毕竟是在写一个真实的自我，尽管这个自我在激烈的斗争面前，有其形象欠佳的一面，但他们的散文是三十年代一部分知识分子心态的真实再现的镜子，因此也就有了它的历史生命力和稳定的审美价值。

（三）论语派散文以其特有的风格，在丰富散文的表现手法和实现散文的多样化中有一定的作用。

显然，论语派散文和鲁迅的匕首投枪散文相对立。这种对立是文学的，但在特定的三十年代上海环境中，它却成了不可调和的政治对立。其实，这两种散文都可以其不同的风格而存在。作为文学来说，论语派散文既丰富了散文的表现手法，同时也为三十年代散文园地增添了色彩，从繁荣散文园地来看，它是有功绩的。

第二节　林语堂

一　从讨伐“中庸”到皈依“中庸”的逆转

林语堂(1895—1976)，福建龙溪坂仔村人。原名林玉堂。父亲是基督教牧师。他的家庭诚如他自己所说的是“亲情似海的基督教家庭”。他幼年入教会办的一所小学学习，之后中学、大学都是在教会办的学校中就读。1919 年去美国哈佛大学留学，后由于学费不足，离美赴法勤工俭学，后又去德国学习语言学。1923 年获博士学位后归国，在北京大学教授英语。1924 年，参加了鲁迅支持的语丝社，成为《语丝》周刊的撰稿人。1924 年任北京女子师范大学教务长兼英文系教授。1936 年 8 月，他举家迁到美国任教和写作。1954 年任新加坡南洋大学校长。1966 年回台湾。1976 年 3 月 26 日病逝于台湾。一生著述甚丰，先后出版了《剪拂集》、《大荒集》、《我的话》、《吾国与吾民》、《生活的艺术》、《爱和讽刺》和《枕戈待旦》等散文集。

他是一个复杂而丰富的人物，但他的散文创作的变化轨迹却很鲜明，可以概括为：从讨伐“中庸”到皈依“中庸”的逆转。

由于他少年时期受过宗教人道主义、和平主义的熏陶,进大学后又受西洋文化的熏陶,同时在留学期间,又经历了欧风美雨的沐浴,耳濡目染资本主义社会的民主和自由,因此,他回国后,一旦置身于窒息的政治局面中,反差特别强烈,直觉和本能驱使他要站起来抗争和呼喊。《剪拂集》就是这种直觉和本能反应的结果。《剪拂集》的核心情绪是讨伐"中庸"。其首篇《祝土匪》"匪"气十足,吹起了讨伐中庸的号角,为那些"土匪傻子"式的思想造反战士鼓掌喝彩,高喊:"我们生于草莽,死于草莽,遥遥在野外莽原,为真理喝彩,祝真理万岁,于愿足矣。"《论性急为中国人所恶》中把"性急"和中庸对立,宏扬"性急",批判中庸,他认为"中庸哲学即中国人惰性之结晶,中庸即无主义之别名,所谓乐天知命亦无异不愿奋斗之通称"。其他各篇,如《回京杂感》中对"名流"的针砭,《"读书救国"谬论一束》中对"勿谈政治"的痛斥,《论语丝文体》中对"公论"的否定等都是对中庸主义的批判。有一种刚从国外归来的"洋鬼子之急躁性",有些"不识时务"①,这是一时冲动、一时感兴和一时义愤之作,它并没有多少思想深度,但文笔痛快淋漓,具有正义感。正因为是一时冲动,缺乏深刻的信仰,因此在这本集子中又会偶然出现既要反中庸,又要提倡"对于失败者不应再施攻击"的"费厄泼赖"②的小混乱。经过鲁迅等批评,他又立刻改正。总体来看,《剪拂集》虽厌恶中庸主义,但在骨子里对中庸主义并无深仇大恨。虽然当时的北洋军阀对他切齿痛恨,下令通缉,但对《剪拂集》中所表示的政治观点和倾向却不能太认真,它只能算是林语堂的一本一时感兴的散文处女作。

1926 年 5 月,林语堂受到北洋军阀政府通缉,离京到厦门大学文学系任主任。1927 年,他到武汉,在武汉国民政府外交部任秘书。他"做了四个月,弃政治而去,因为他说,他'体会出来他自己是个草食动物,而不是肉食动物,自己善于治己,而不善于治人'"③。于 1927 年 9 月到上海,决心以写作为业。之后五六年所写的散文均收在 1934 年出版的散文集《大荒集》中。《大荒集》最显著的特点是:"无《剪拂集》之坦白了。"④虽然,在这本散文集中,他对章士钊的批判激情,仍不减当年,如《学风与教育》;对中庸主义有时还会温和地批判,如《机器与精神》等,但明显看出,他已在不动声色地把双脚慢慢地旋转了:

---

① 林语堂:《论性急为中国人所恶》,《林语堂文集》第 9 卷,作家出版社 1998 年版,第 167 页。

② 林语堂:《论〈语丝〉文体》,《林语堂文集》第 10 卷,作家出版社 1998 年版,第 217 页。

③ 林语堂:《一团矛盾》,《林语堂文集》第 8 卷,作家出版社 1998 年版,第 328 页。

④ 林语堂:《〈大荒集〉序》,《林语堂文集》第 10 卷,作家出版社 1998 年版,第 387 页。

他不再对社会和时局的热点发言了，而是对读书感起兴趣来，并且俨然以导师自居，指导青年人读起书来，《读书的艺术》、《论读书》和《读书阶级的吃饭问题》等就是他在《大荒集》中宣传的读书经。尽管这本集中的《子见南子》引起一场笔墨官司，但从整个《大荒集》来看，却是一个"杂拼盘"。为什么要搞这样一个"杂拼盘"，就是因为他不想"坦白"了。不想"坦白"什么？毫无疑问是政治倾向，因此，只能东拼西凑。如果说《剪拂集》是他一时感兴之作，《大荒集》倒是他经过周密计划之作。因此对这本散文集的倾向应该认真一些。它说明：林语堂懂政治，他的政治神经灵敏，他想在国共的你死我活的斗争中来保存自己。也许他不善于搞政治，但他懂政治。

1932年9月，他创办《论语》半月刊。这时，他的旋转幅度加大了。他力主"幽默"和"性灵"，和中庸主义握手言欢，重叙友情。1934年至1935年，他又接连创办了《人间世》和《宇宙风》两种杂志，倡导"以自我为中心，以闲适为格调"的小品文。这时期，他的散文创作大多收进了散文集《我的话》。尽管他的这些主张和实践受到以鲁迅为代表的左翼作家的批判，但他自得其乐，我行我素。《我的话》分上下两册，分别取名为《行素集》和《披荆集》，就反映了他坚持自己的主张的决心。《我的话》是林语堂散文的代表作。这是他完成了从讨伐"中庸"到皈依"中庸"的逆转，躺在中庸主义的温暖怀抱中孕育出来的。首篇《论幽默》是他的文学观念的总纲，系统地阐述了他所钟爱和倡导的"幽默"。文集中大多数散文都是他用"幽默"种出来的"样板田"，是供读者观摩的。虽则，其中有些篇章，如《论政治病》、《阿芳》、《有不为斋解》、《怎样写再启》、《夏娃的苹果》、《吃糍粑有感》等有些幽默味，但我们也看到其中有些篇章并无多少幽默味，有些篇章的幽默味如《杂说》中的苏东坡吃鼻涕和用唾液漱口就使人无法忍受。这一方面说明，在当时血与火的残酷的时代里实在难以"幽默"，也说明林语堂对"幽默"的力不从心。但他自得其乐，在《方巾气研究》中他写道：

> 我看见女儿见两只臭虫在床板上争辩，甲骂乙"你是臭虫！"乙也回骂甲"你是臭虫！"我却躲在旁边胡卢大笑。①

这也从一个侧面上映照了他从"幽默"中觅来的乐。但这种乐是无根的乐，它的效力实在有限。因此在他心爱的《论语》创办周年时，不免"秋风萧杀，

---

① 见《林语堂文集》第9卷，作家出版社1998年版，第77页。

令人悲恻”,发出“半月论语治天下,天下不治可奈何”的哀叹。

1936年8月他到美国任教和写作,用英文写作了散文集《吾国与吾民》。这一散文集是重在暴露中国传统文化的劣根性,被人推崇为“是历来有关中国的著作中最忠实、最钜丽、最完备、最重要的成绩”①,在国际文坛上颇有影响。1937年他又用英文写作了《生活的艺术》。这一散文集一方面继续宣传他的“幽默”,另一方面是总结他在中庸主义指导下的中庸生活和艺术。简而言之,他总结和宏扬的生活艺术是“半玩世”,生活的最高典型是“中庸生活”。它曾被美国“每月之书”俱乐部选为月份最好的书,畅销达十一个月之久,在美国发行了四十版以上。

二 幽默:表现自我的护身符

“幽默”是林语堂从国外翻译过来的。林语堂在《论幽默》中集中系统地论述了“幽默”,概括起来有三点:第一,“幽默”是“一种人生观”,“是一种从容不迫达观态度”;第二,“幽默”的品格“是温厚的”,“最富于情感”;第三,“幽默”的功能是“易其紧张为和缓”,“无论那一国的文化,生活,文学,思想,是用得着近情的幽默的滋润的”。这些论述还比较客观、克制和科学。诚然,在宣传强调“幽默”的必要性时,也不免过火,他对生活中没有“幽默”的后果就写得太恐怖:“没有幽默滋润的国民,其文化必日趋虚伪,生活必日趋欺诈,思想必日趋迂腐,文学必日趋干枯,而人的心灵必日趋顽固”,虽恐怖尚还可以理解。愈到后来,他对幽默的介绍愈来愈加码,内涵和外延也愈来愈任意扩大。尤其是当他读到周作人推崇性灵,“把现代散文溯源于明末之公安竟陵派,而将郑板桥、李笠翁、金圣叹、金农、袁枚诸人归入一派系,认为现代散文之祖宗,不觉大喜”②。这样他就把“性灵”、“中庸”和“幽默”串到一起,将“幽默”神化。这种神化在《生活的艺术》中达到了顶点。他天真地认为只有幽默才能拯救世界:“派遣五六个世界上最优秀的幽默家,去参加一个国际会议,给予他们全权代表的权力,那么世界便有救了。”③甚至于“幽默”可以消灭战争,方法很简单,“只稍在每次上午及下午的开会议程中,拨出十分钟的辰光来放映米老鼠影片,令全体外交家必须参加,那么任何战争依旧是可以避免的”④。至此,“幽

① 赛珍珠:《〈吾国与吾民〉序》,见《林语堂文集》第8卷,作家出版社1998年版,第7页。

② 林语堂:《新旧文学》,《林语堂文集》第10卷,作家出版社1998年版,第246页。

③④ 林语堂:《论幽默感》,《林语堂文集》第7卷,作家出版社1998年版,第80页,第82页。

默”已变成林语堂颈项里的一块通灵宝玉,简直是佛法无边了。而这块通灵宝玉对于林语堂也真灵验:用在自我身上,可以安神,消除一切烦恼,正如他在《增订伊索寓言》中改编的龟兔赛跑寓言中所描绘的那只兔子那样,一方面随兴所跑,一方面还可乘机游玩,既取胜又娱乐:“凡事须求性情所近,始有成就”;用在对外,可以御敌。林语堂可以在幽默的庇护下堂而皇之和左翼作家搞政治战,但这时的政治战却又失去幽默风度,把提倡救亡的文学称之为“在潜意识上中道学之毒甚深,动辄任何小事,必以‘救国’‘亡国’挂在头上”,“这不是桐城妖孽还在作祟是什么?”①总之,林语堂和幽默变成“他”似“它”,难舍难分,或简直是合二而一了。

林语堂如此推崇幽默,原因只有一个:他要把幽默作为表现自我的护身符,以此成功地表现自我。林语堂的散文也确实在这方面取得了一些成功,主要表现在以下三方面:

(一) 一定程度上实现了“我要有能做我自己的自由”。

林语堂在《言志篇》中宣布了自己的散文审美理想:“我要有能做我自己的自由,和敢做我自己的胆量。”这种理想在三十年代近乎是乌托邦,但林语堂还是借助幽默,最大限度地拓宽散文选材的视野,把与“我”有关的,或“我”能感应到的事物,统统写进散文,“做我自己的”。他在《国文讲话》中说他的散文虽然是“评论是非,辩而不争,察而不激,不左不右,毋适,毋必,似战似和,亦晴亦雨,左派读之虽悲壮,右派读之亦温和”。他散文中最可贵的是他自己的声音,而其中的幽默实质上也成了他表现自我,艰难挣扎的手段。

(二) 吞吐从容自如,抒情流程具有不规则的灵活性。

林语堂借助幽默,使它成为散文抒情流程上的松动环节,从而形成一个富有弹性的天地。在《谈言论自由》中,从“人与兽之不同”起笔,而后用双关语写道:“老虎吃人,只会狂吼为乐。却不会说‘我吃你,是因为你危害民国’。”“假定狐狸要强迫农民种鸦片,也必不会正勒种鸦片捐之名为‘懒捐’。”然后又把萧伯纳的话“唯一有价值的自由,是受压迫者喊痛之自由,及改造压迫环境之自由”加以点化,发出自己所要说的声音:“我们须明白,百姓自由,官便不自由,官自由,百姓便不自由。百姓言论可以自由,官们便不能自由封闭报馆,百姓生命可以自由,官们便不能自由逮捕扣留人民。所以民的自由与官的自由成正面的冲突。”“中国向来没有人权的保障。”“因为不得人权保障,法律不能卫人,所以人人不得不守口如瓶以自卫。”文章左转右弯,既放纵,又从容,显得

① 林语堂:《方巾气研究》,《林语堂文集》第9卷,作家出版社1998年版,第73—74页。

神采飞扬。

(三) 寓庄于谐，独具闲趣。

林语堂提倡幽默就是要“非轻松自然不可”，因此，他的散文从选材到语言到表达都力求有趣。无论是平凡的琐小的题材，如他写仆人阿芳的机灵可爱，写他接待客人的烦恼；还是一些重大的政治题材，如写达官贵人的政治手段，写对军阀鱼肉百姓的控诉等，只要到他的幽默机器里转几下，就会带着一种轻松活泼的趣味，呈现在读者面前。这种“趣”有松弛人们神经的作用，也可称之为“闲趣”。在林语堂看来，“文学是有闲者之产品”①，这种闲趣也是他有意追求的，虽则合乎文道，却不合历史潮流，因为在三十年代，文学面临的是血的现实，现实要的不是趣。因此，这种闲趣多少又沾染上迂腐气和酸霉气。

三 林语堂散文的影响

林语堂尽管为了保全自我的目的倡导幽默，但实践却使他从另一个方面为现代散文创作开辟了一条蹊径。他的幽默散文既可以满足读者对散文多样化欣赏的要求，又可丰富散文的色彩。它使二十年代周作人倡导的冲淡闲适的散文在挣扎中能延续着微弱的香火，又对当时鲁迅等在使用的匕首式的杂文，在中国现代散文史上起到了互补作用。尽管它不合当时的潮流，尽管它所信奉的哲学没有多少实践意义，但它和商业文化、消费文化接轨，在它们的身上已经涌动着现代性的潜流，直接孕育了海派散文。它们像一颗星那样悬挂在那里，当人们需要它时，依然能从那颗星那里看到亮光，受到启迪，得到鼓舞。

林语堂本人是中西文化的交融产物，因此他的散文也可以说是中西文化交融的结晶。它既有西方的自然活泼的人生观，又有中庸和性灵的灵魂。这样他的散文似中似西，是具有中西文化特点的文化散文。和周作人等的散文相比，他的散文具有更多的西洋性；和徐志摩等的散文相比，他的散文具有更多的中国性。林语堂散文在中西文化的交融上起到了媒介作用。虽则他想用他的文化散文来调协当时紧张的时代气氛和软化社会的目的并未能实现，但它所提供的认识价值却有恒定性，起到一定的教科书作用。

---

① 林语堂：《婚嫁与女子职业》，《我的话》(上)，上海书店 1987 年影印版，第 120 页。

第三节　其他论语派作家

一　徐讦:努力“幽默”,从容达观

徐讦(1908—1980),浙江慈溪人。本名伯讦,笔名东方既白,徐于,任子楚等等。自小父母分居,五岁即被送往学校住读。1927 年考入北京大学哲学系。1931 年毕业后进入心理学系修业两年。大学期间即有小说、散文、诗歌、戏剧问世。1933 年至 1936 年在上海编辑《人间世》半月刊,主编《天地人》半月刊。1936 年赴法国巴黎大学研究哲学。1938 年回到孤岛上海,卖文为生,并主编《读物》月刊、《作风》杂志,与人合办《人间世》半月刊。1942 年辗转至重庆,任职于中央银行,并兼重庆国立中央大学师范学院国文系教师。1944 年赴美任《扫荡报》驻美特派员,1946 年回到上海。1950 年到香港,先后创办并主编《热风》、《幽默》、《论语》、《笔端》、《七艺》等期刊,曾任拓荒出版社主任,并先后任教于香港珠海学院、新加坡南洋大学、香港中文大学。1970 年任香港浸会书院中文系主任,1977 年兼任浸会书院文学院院长,1980 年病逝。

徐讦是论语派散文的中坚支柱,力主“幽默”。他在《论幽默》中说:“欧阳修的许多美妙的小词是多么自卑地自己将它看轻,以为文章一不载道就是下流了。幽默文章,在中国的过去,要在偏僻无名的地方去找,根本就是这种压抑而成的变态。而因为这种变态缘故,幽默对于中国的社会毫无影响,于是社会就只为尘土所封,连呼吸都感到沉重,世界越来越狭,脑筋与眼光也都陷于极小的洞里打旋转,聪慧的境界再也不会降临。”他把“幽默”放到对传统文化反思的背景中来考察,一方面表示对“道”的拒绝,另一方面也包含着对“自我”的肯定和张扬,和林语堂的观点相辅相成。这两个方面综合起来,他是以达观从容的态度面对现实,面对人生,要用“幽默”来舒缓和稀释“压抑”。正因为他对“幽默”的信仰的执着,所以他变着戏法,用他的全部智慧,在他的散文中认真制造“幽默”,努力实现论语派散文的主张。但他制造的幽默实在有些勉强。刊登在 1934 年第 33 期《论语》上的《女性史》就是一个代表,文章拟未来派剧,分四幕,写一个“美丽的女性”面对“壮而有力的男子”、“矮小的富有的老男子”、“肥胖的资本家”和“同做工的工友”四种不同类型男子所持的态度,虽然也可让读者发出一点笑,但这个笑实在是勉强挤出来的。又如刊登在 1933 年第 27 期《论语》上的《论看女人》里描述如何看女人,文中虽然也夹了一些笑料,但怎么也引不起读者的“幽默”感。所以他的散文是从容有余,“幽默”不足,而且有一些“无厘头”味,所以把他的散文完全可以归入海派散文之列。

徐讦去香港后也创作了大量散文,风格变化不大,只是知识哲学味浓了一些,如《魔鬼的神话》,玄妙的哲理里还染有一点宿命论的倾向。

二 章克标:以欠激烈的姿态显示分明的棱角

章克标(1900—2007),浙江海宁人。笔名岂凡、邓小闲。早年毕业于日本东京高等师范学校理科一部,回国后曾在上海立达学园、暨南大学任教。并主编《一般》、《时代》杂志,1927 年与滕圆、方光焘等创办《狮吼》杂志,崇尚新奇,有唯美主义倾向。1927 年至 1937 年先后在开明书店、金屋书店、时代图书公司任编辑,其间曾与邵洵美编辑出版文艺旬刊《时日谈》和综合性周刊《人言》。1933 年出版小品文集《文坛登龙术》。建国后,曾在上海童联书店、新华书店上海发行所和上海印刷学校工作。1957 年返乡。后任浙江省文史馆研究员。主要作品有散文集《文坛登龙术》、《风凉话》等;长篇小说《银蛇》、《一个人的结婚》等;短篇小说集《蜃楼》等;论著《文学入门》;译著《夏目漱石集》、《日本戏曲集》、《现代日本小说集》(一、二)。

相比较,章克标在论语派散文中棱角较为分明,时时用一些反语、讽刺,以欠激烈的姿态,抒发压在心中的一点不平之气。如《蛀虫与中国》写了一系列关于蛀虫的文字后,最后引出这样的感叹:“除了我们和蛀虫有缘分之外,没有方法可以说明的,而我们所以和蛀虫有缘分,就因为我们真像那些蛀虫,我们多数的中国人,还是崇拜羡慕那些不劳而食拨肥而噬的蛀虫式的人。我想,倘要中国复兴,第一应先去蛀虫,而把崇拜羡慕的观念改变过。”忧国忧民的意识跃然于纸上。其他如《退一步哲学》中对“中国人最贪安逸”的批判,《遗忘》中对患有“遗忘”症的中国人的麻木的讽刺等等,都说明章克标关注现实,因此,在论语派散文中,他的散文较有活力,也富有刚性。

三 老舍的幽默小品

林语堂倡导幽默,但事实上并没有获得多大收获,他自己也没有拿出模范的幽默力作,倒是老舍(1899—1966)在 1934 年出版了《老舍幽默诗文集》,真诚附和,认认真真写了一些幽默小品,使林语堂得到不少安慰。

老舍的幽默小品取材琐屑,诸如家庭的日常生活,交友轶事,社会上的趣闻等等,但由于他是小说家,艺术概括、集中和夸张是他所长,他正是发挥了这一优势,能魔术般地从这些琐屑的常见的平凡的人和事中,酿出阵阵的幽默笑声来。正因为如此,他的许多幽默小品,如《买彩票》、《一天》、《讨论》等均可当微型小说来读。

老舍的幽默小品的写作心态平和、宽厚,即使如《讨论》中对那位准备当汉奸的财政厅长的幽默,也是如拳击手那样先戴上皮套,再击出一拳,当然这一击是有力量的。老舍的大多数幽默小品均和现实有些疏远,是说一些家常话,以此博得读者一笑,调谐人们的神经,这和林语堂倡导幽默的主观愿望完全一致。老舍曾在幽默小品《相片》中说到家中能备有两本相片本子的好处:“遇上两位话不投缘,而屡有冲突起来的危险的客人,相片本子——顶好是有两本——真是无价之宝。一看两位的眼神不对,你应当很自然的一人递给一本。他们正在,比如说,为袁世凯是否伟大而要瞪眼的时候,你把大少爷生在福州,和二小姐已经定婚的照片翻开,指示给他们。他们一个看福州生的胖小子,一个看将要成为新娘子的二小姐,自然思想换了地方,一个问你一套话,而袁世凯或者不成为问题了。”老舍是力求想把他的幽默小品变成“相片本子”,让人们的思想能换个地方,注意力能够转移,不去为诸如袁世凯是否伟大这样的政治问题而瞪眼。因此,他的幽默小品是一种带笑的书斋小品。老舍的用意是善良的,但也不免太书生气,在这腥风血雨的时刻,也许他的幽默小品能够使人们的注意力一时得到转移,但又怎能使人永远摆脱和忘却眼前的政治问题呢?

第十章 表现自我 艰难的挣扎

第一节 丰子恺的性灵小品

一 散文创作历程俯视

丰子恺(1898—1975),浙江崇德县人。原名丰润,后改名为丰仁,笔名TK(英语名缩写字头)。1919年1月毕业于浙江省立第一师范学校,并出任专科师范学校的教师。1921年春赴日本学习。冬,返国,仍任教于专科师范学校。1925年,应郑振铎之约,在《文学周报》上发表漫画,并开始散文创作。1926年受聘任上海复旦中学和澄衷中学两校的教师,迁居江湾永义里。同年8月,丰子恺的老师弘一法师(李叔同)云游上海,宿丰子恺家。丰请弘一法师为他的住所题名。弘一法师叫他在小方纸上写了平日喜欢而可以相搭配的字,团成球,撒在释迦牟尼画像前的供桌上,抓两次阄都是"缘"字,遂命名为"缘缘堂",这也就是他在1930年由上海开明书店出版的第一本散文集《缘缘堂随笔》书名的由来。

1927年,他皈依佛门,从师弘一法师,法名"婴行"。直至1930年母亲病故,回故乡,服丧后遂蓄须。

1933年,他亲自设计的石门湾"缘缘堂"落成。他居此专心从事创作。1937年由于日本侵略者的轰炸,他被迫离开"缘缘堂"。1938年1月,"缘缘堂"被毁。丰子恺写了《还我缘缘堂》、《告缘缘堂在天之灵》、《辞缘缘堂》等散文,借以抒发怀念之情。之后,他逃难到桂林、遵义、重庆等地,任教作画,时有散文佳作发表。建国后,历任中国美术家协会常务理事,上海美协主席等职。"文革"中受到迫害,于1975年9月15日病逝于上海。

丰子恺是一个多才多艺的艺术型人才。他擅长漫画,精通书法、音乐,尤爱散文创作。他从二十年代中期就开始从事散文创作,直到晚年,历经半个世纪,收获甚丰。曾先后出版了《缘缘堂随笔》、《子恺小品集》、《丰子恺创作选》、《缘缘堂再笔》等十多种散文集,其中又以《缘缘堂随笔》、《缘缘堂再笔》等最为著名。

俯视他的漫长的散文创作历程,大致可以划分为三个时期。第一个时期是从二十年代中期到1938年缘缘堂被毁。这一时期的散文以“率真”、“童心”和“稚趣”形成他的个性，主旋律是“静”，诚如他在缘缘堂里挂的对联写的那样：“草草杯盘供语笑，昏昏灯火话平生”，闲谈平生，娓娓不倦，是典型的性灵散文。第二个时期是从1938年到1966年“文革”开始为止。这一时期的散文色彩丰富，呈现出斑杂的景色，既有闲谈平生的作品，也有《口中剿匪记》这一类金刚怒目式的作品，动静相杂，刚柔并济。第三个时期是“文革”时期。虽则这一时期的散文数量不多，但这些作品在坚持他的创作个性的基础上，变得老辣冷峻，处处皆有弦外余音。

二　《缘缘堂随笔》、《缘缘堂再笔》：现代的《菜根谭》

(一)《缘缘堂随笔》、《缘缘堂再笔》的美感世界：克制人欲，保存天理。

丰子恺在《艺术必须建国》中宣称：“艺术能使人自然地克制人欲，保存天理。”他把艺术看作“是情愿做的道德”。这种美学观，使得他的散文要摆脱俗情，超入圣境。在《缘缘堂随笔》和《缘缘堂再笔》中，他一再宣扬了不宜介入生活的飘然态度。《缘缘堂再笔》中的《实行的悲哀》就是最典型的一篇，文中以学生在星期六的乐胜过星期日的乐和远看西湖风景反比在西湖风景中美来宣传“预想往往比实行快乐”，“风景只宜远看，不宜身入其中。现在回想，世事都同风景一样。世事之乐不在于实行而在于希望，犹似风景之美不在其中而在其外”。在《缘缘堂再笔》的《钱江看潮记》中更形象地用自己身在钱江所看到的潮水的失望来印证风景的不可身入，这种躲避人生的美感世界，使得他能平静地躲在缘缘堂内，超脱地平和地观赏咀嚼他所见到的一切，不管这一切值不值得观赏咀嚼，从而使得他的散文有一股难得的飘然的呆气。如在《缘缘堂随笔》的《大帐簿》中能为一个微不足道的不倒翁的失落而悲哀，居然忙着要为燃烧着的纸上写的几个字而道别，还要为丢弃随手折的一根树枝而郑重地话别……这种呆和傻完全可以和《红楼梦》中的黛玉葬花媲美。又如在《缘缘堂再笔》的《手指》中滔滔不绝地逐一把手指说得美不胜收。正是这种去人欲，存天理的艺术观，使得他的纯真的心灵能够让性灵主宰，放出异样的光彩。这种光彩应该说是一种古风的复现，它师承明人小品《菜根谭》，是典型的“返祖”。丰子恺的散文就是现代的《菜根谭》。所以它理所当然地要受到当时共产党人的批评，柔石就说丰子恺“态度的那么飘然”，“几乎疑心他是古人，还以为林逋姜白石不能够用白话来做文章了”①。但丰子恺又毕竟生活在烟火的人间，因

① 柔石：《丰子恺君底飘然的态度》，《萌芽》第1卷第4期。

此,他的耳根并不清静,尤其是他的率真的个性,又逼得他的眼睛睁得大大的来透视社会的众生相。他在《缘缘堂随笔》的《肉腿》中写到自己在运河中旅行,看到"两岸数千百个踏水的人,尽量地使用两腿的力量,在那里同太阳争夺这一片水"。在这一场人和自然的抗争中,他毫不犹豫地赞美农民"抗争而活是光荣的,抗争而死也是甘心的",并且把这种抗争和醉生梦死的人的生活进行尖锐对照,发出这样的感叹:"舞场里,银幕上的肉腿忙着活动的时候,正是运河岸上的肉腿忙着活动的时候。"他又在名篇《吃瓜子》中对吃瓜子的形形色色的圣手的高超技艺进行细描后,又不禁对这种闲适生活方式进行了批评:"将来此道发展起来,恐怕是全中国也可消灭在'格、呸'、'的、的'的声音中呢。"这些对生活的介入尽管没有带上什么教化的色彩,显得潇洒,但它毕竟也是一种"入"。所以他的克制人欲,保存天理,还没有到达摆脱俗情,超入圣境的地步,充其量说,达到了一种似入非入的半人半圣的境界。

(二)《缘缘堂随笔》、《缘缘堂再笔》的两大情感支柱:宗教崇拜和童心崇拜。

丰子恺笃信佛教。他的散文充满了一种神秘主义色彩。他的呆和傻常使他想入非非,想入非非又会使他堕入佛教的迷茫中。他曾用其所长——漫画,画了一本《护生画集》,进行佛教的普及宣传工作。这一点可能和他的老师弘一法师对他的教育密切相关。他的散文弥漫了佛堂里的香火气。其中一类散文是劝人为善,诸如不杀生,不作恶,不相侵犯。对此,他有一个解释,他宣传不杀生,是"乃为爱护自己的心,使勿养成残忍";"爱物并非爱惜物的本身,乃是爱人的一种基本练习"①。这类散文既是爱的基本练习的产物,也是他借用散文手段对佛教的教义进行形象宣传。其中有的是正面宣传,如《清晨》中细致地写蚂蚁搬物,其目的就是要大家爱护蚂蚁的生命。《放生》中也用一套不着边际的理论劝勉舟子放生;有的是通过忏悔,如《忆儿时》通过小时几件虐杀生灵的事来宣传不杀生等等。这些散文除个别篇章如《忆儿时》之外,大多属于抽象的说教。另一类则宣扬一种"大人"——即佛法的力量无边。这贯穿在他的散文创作的始终。早在 1925 年写的《渐》,一方面感叹宇宙"渐变"的伟力,同时又提出"能胜任百年的或千古的寿命的人",那就是"大人格"、"大人生"。这种"大人格"、"大人生"就是"收缩无限的时间并空间于方寸的心中"的佛法。作者对"大人格"、"大人生"的企盼,也是出于他对世界的一种不可知的神秘主义的解释,这在《两个"?"》中表现最为强烈。由于作者对"空间"和"时

① 丰子恺:《佛无灵》,《缘缘堂随笔集》,浙江文艺出版社 1983 年版,第 216—217 页。

间”的思索终不能解决,形成两个“?”,因此,只有佛法才能帮他解决。这种“大人生”一直主宰着他的心灵。到了1936年,他在《大人》中抒写的那“大人”的威力更为具体和形象了。他作了这样的描绘:

> 世界自有少数超越自然力的人,不待自然改良其支配,自能看到人生宇宙的真相。他们的寿命不一定比别人长,也许比别人更短,但能与无始无终相抗衡。他们的身躯不一定比别人大,也许比别人小,但能与天地宇宙相比肩。他们的知识不一定比别人多,也许比别人更少,然而世事的根源无所不知。他们的物力不一定比别人丰富,也许比别人更贫,然而物欲不能迷他的性。这样的人可称为“大人”。因为他自能于无形中将身心放大,而以浩劫为须臾,以天地为室庐,其住世就同乘火车,搭轮船一样。①

这“大人”就是始终主宰他身心的佛法。他主观用意是想借“大人”来解决“自然”与“人”的比例支配的不良,但这“大人”毕竟是虚构的,难以叫人心悦诚服。他大概也意识到这一点,到最后也不得不虚晃一枪:“只因其大无形,俗众不得而见。故虽有大人,往往为俗众所非笑。但这也不足怪。像老子云:‘下士闻道大笑之,不笑不足以为道。’”掩盖其虚幻。丰子恺的宗教崇拜使得他的散文在情感上也变得复杂起来,对“变”的赞叹是合理的,但在“变”的面前的被动、消极以及虚拟“大人”等等则又是和他的飘然的不介入生活一致的。他虽则清楚地看到世上的“变”的永恒绝对,但他又无法利用“变”去改造世界。宗教崇拜是他对丑恶的成人社会的厌恶和回避,厌恶是应该的,回避则是不当的。或许,丰子恺正想借助“大人格”,鼓励自已出淤泥而不染。

当然,还得指出,丰子恺对佛法的解释也随着时代的变化而不断赋予新意。尤其在缘缘堂被毁后,他曾写了系列散文《还我缘缘堂》、《告缘缘堂在天之灵》、《佛无灵》、《辞缘缘堂》,把“不做亡国奴”、“抗敌救国”的新义注入佛法中,使得他的佛法具有浓重的爱国色彩。尤其是对“抗战期中,靠念佛而得平安逃者”的针砭,更可见丰子恺为人的纯正和丰氏佛法的无私虔诚。

丰子恺又有一颗难得的童心,这是他创作性灵散文的成功的天赋条件。对于这颗童心,他在《我的漫画》中曾作了这样的描述:

---

① 见《丰子恺文集·文学卷》(一),浙江文艺出版社、浙江教育出版社1992年版,第595页。

> 我向来憧憬于儿童生活，尤其是那时，我初尝世味，看见了当时社会里的虚伪骄矜之状，觉得成人大都已失本性，只有儿童天真烂漫，人格完整，这才是真正的“人”。于是变成了儿童崇拜者，在随笔中、漫画中，处处赞扬儿童。现在回忆当时的意识，这正是从反面诅咒成人社会的恶劣。这些画我今日看时，一腔热血，还能沸腾起来，忘记了老之将至。①

据此，把丰子恺的童心和冰心的童心相比较，他们在弘扬纯净的“爱”和对儿童天性的肯定上是基本一致的，但他们也有显著的不同，最根本的是冰心的童心是母本位，其轴心情绪是恋母情结，它的感应的两极是“母爱”和“童心”的紧密相连；而丰子恺的童心则是儿童本位——人本性，其轴心情绪是赤子之真，它的感应的两极则是童真和成人社会的虚假的尖锐对立。正因为如此，在《缘缘堂随笔》和《缘缘堂再笔》中，作者把儿童的赤子之真作为一种理想的人格来展示，并努力写出这种赤子之真的“彻底”，丰子恺散文之“性灵”也表现于此。为了避免这种“彻底”的单调，作者尽量使得这种赤子之真能呈现出多面相，这在《缘缘堂随笔》的《给我的孩子们》中表现得最为充分：既写了这种赤子之真的活泼自然，率真热情，如孩子和“我”到车站去，“多多益善地要买香蕉，满满地擒了两手回来，回到门口时你已经熟睡在我的肩上，手里的香蕉不知落在哪里去了”；又写了这种赤子之真的敢爱敢恨，热烈真切，如孩子失手打落了心爱的东西，“号哭的悲哀，比大人们的破产，失恋，broken heart，丧考妣，全军覆没的悲哀都要真切”；还写了他们的创造欲和表现欲的旺盛，诸如“要皮球停在壁上，要拉住火车的尾巴，要月亮出来，要天停止下雨”等等。这是借助这种赤子之真的“彻底”，使得《缘缘堂随笔》和《缘缘堂再笔》充满了生动的稚趣。这种稚趣和童心相互映衬，相互交辉，赋予了丰子恺性灵散文以勃勃生命力。诚然，由于这种赤子之真的理想化和极化，作者在表现时，有时是返“童”化“童”，如《给我的孩子们》、《忆儿时》等，写得尤为成功；有时不免要装“小”扮“小”，如《华瞻的日记》就有些不自然。同时，作者的目光的狭窄以及赤子之真的模糊抽象，也就不免有些虚幻；在三十年代的血与火的现实中，对此津津乐道，也就多少带有一种玩世的态度，这正是它的历史局限性。

（三）丰子恺抒写情感的常见态势：犯中见避。

丰子恺散文喜用的抒情态势是犯中见避，让某种相似情感出现多次重复，一般是三次，以此形成反差，同中见异，或异中见同，来抒写自己的情感。如

① 见《缘缘堂随笔集》，浙江文艺出版社 1983 年版，第 311 页。

《缘缘堂随笔》的《忆儿时》中用吃蚕蛹、吃蟹和钓鱼三件事来表达自己对虐杀生灵的忏悔。又如《缘缘堂随笔》的《陋巷》写三次到陋巷中拜访马一浮先生的相似经历，前两次做傀儡，无所获，第三次却是为马先生所指点，豁然开朗，而忏悔前两次的不幸。再如《缘缘堂随笔》的《车厢社会》中写乘火车的三个不同时期，即初乘—老乘—惯乘，透视自己的心情变迁和车厢的纷呈社会等等。这种抒情态势的运用，一方面是丰子恺对小说的传统手法的吸收和继承，另一方面也是顺应散文读者的鉴赏习惯，为宣传普及佛法服务。所以虽则佛法奥妙无穷，深不可测，但由于他的传统的犯中见避的抒情态势和童真语言的运用，使得他的散文能赢得最广泛的读者。

第二节　周作人、陈源等的书斋小品

三十年代散文园地上流行一种应时的小品——书斋小品。

书斋小品共有的特点是有书斋味，即心平气和地远离现实埋头于书斋中读书和坐而论道。书斋小品包括这样三类：一是序跋，另一类是读书笔记，还有一类是人生杂谈，但着眼于纯体验的清谈。这些小品的兴奋点常常在“书”上，但核心却是“我”，以“我”的喜怒哀乐为创作的视点。它无视社会上的变化以及社会上的需要，真正以“自我”为中心。书斋小品对作者主体要求很高：一是作者要博览群书，肚里能装下古今中外的可观的书，是个“书袋子”；二是要能坐得住，能够在乱世危局中，泰山崩于前而色不变，始终心平气和；三是具有较高的鉴赏水平。书斋小品是一种中、老年文体。主要作家有周作人、陈西滢、夏丏尊、刘半农等。

一　周作人的书斋小品

周作人这一时期的散文创作热情较高。结集出版的有《永日集》、《周作人散文抄》、《看云集》、《苦茶随笔》、《风雨谈》、《夜读抄》、《苦竹杂记》、《瓜豆集》等，几乎每年能向人们贡献出一本散文集。其中《永日集》和《夜读抄》写得最为成功。

在二十年代，周作人内心一直还在被两个“鬼”——绅士鬼和流氓鬼纠缠着，折磨着，在自己的园地里还有些焦躁不安。到了三十年代，他完全抛弃了犹豫不决，开始进行自我麻醉的精神疗法。1928 年 11 月，他发表了《闭户读书论》，终于找到了一面可以在人们面前永远挥舞的旗帜——“闭户读书”，觉得这是逃避现实的好办法。他供认不讳：“假如激烈一点的人，且不要说动，单是乱叫乱嚷起来，想出出一口鸟气，那就容易有共党朋友的嫌疑，说不定会同逃兵之流一起去正了法。”“忍耐着不说呢，恐怕也要变成忧郁病，倘若生在上海，迟早总跳进黄浦江里去。”半是牢骚，半是无奈，最后，他的良策就是：“我想了一天才算想到了一个方法，这就是‘闭户读书’。”①

闭户读书何其难！关起门来读书，虽有乐趣，但毕竟心里还不清净，而且周作人比谁都清楚，他完全了解外面的世界是一个什么样的世界：“中国近来讲主义与问题的人都不免太浪漫一点，他们做着粉红色的梦，硬不肯承认说帐子外有黑暗。”②仅用“闭户读书”来自我节制还不行，还必须解决那颗心的问题。因此，他的自我节制就非常彻底，彻底到把那颗心麻醉起来。他在二十年代末写的三大礼赞《娼女礼赞》、《哑巴礼赞》、《麻醉礼赞》（均收入《看云集》中）就集中总结和介绍了他的麻醉疗法：从身的麻醉—言的麻醉—心的麻醉。他在《娼女礼赞》中提出“非为糊口而是营业的卖淫自当有其尊严也”。对那些以身麻醉的娼女寄予同情。继而在《哑巴礼赞》中他又大力发掘到那些不能言的哑巴的快乐：“哑巴虽苦于说不出话，盖亦自有其乐，或者且在吾辈有嘴巴人之上，未可知也。”因此，感到装聋作哑，莫谈国事的言的麻醉实在也是一个在世道衰微中度日的良策。最后《麻醉礼赞》则无奈地自讽“我们的生活恐怕还是醉生梦死最好罢”，并且还为人们树立了两个醉生梦死的榜样——他的两个族叔。文中将这两个整日泡在酒中的族叔的麻醉极乐写得令人神往：

> 我有两个族叔，尤是这样幸福的国土里的住民。有一回冬夜，他们沉醉回来，走过一乘吾乡所很多的石桥，哥哥刚一抬脚，棉鞋掉了，兄弟给他在地上乱摸，说道，“哥哥棉鞋有了。”用脚一踹，却又没有，哥哥道，“兄弟，棉鞋汪的一声又不见了！”原来这乃是一只黑小狗，被兄弟当作棉鞋捧了来了。我们听了或者要笑，但他们那时神圣的乐趣我辈外人那里能知道呢？的确，黑狗当棉鞋的世界于我们真是太远了，我们将棉鞋当棉鞋，自己说是清醒，其实却是极大的不幸，何为可惜十二文钱，不买一提黄汤，灌得倒醉以入此乐土乎。③

周作人将这两个族叔把“黑狗当棉鞋”看成是神圣的乐趣。因此，他在三十年代，也就步这两个族叔的后尘，用他的散文来实现他的把“黑狗当棉鞋”的

① 周作人：《闭户读书论》，《永日集》，岳麓书社 1988 年版，第 110—111 页。
② 周作人：《妇女问题与东方文明等》，《永日集》，岳麓书社 1988 年版，第 96 页。
③ 见《看云集》，岳麓书社 1988 年版，第 12 页。

麻醉境界。这种自我麻醉在周作人手中其实很简单。一是装糊涂,抹煞事物差别,“黑狗”和“棉鞋”都一样。尤其是他能把严重对立的“有产”与“无产”两个阶级说成一样:

> 但事实上中国有“有产”与“无产”这两类,而其思想感情实无差别,有产者在升官发财中而希望更升更发者也,无产者希望将来升官发财者也,故生活上有两阶级,思想上只一阶级,即为升官发财之思想……故中国民族实是统一的,生活不平等而思想则平等,即统一于“第三阶级”之升官发财的浑账思想。①

这是他的黑狗和棉鞋都一样的麻醉哲学的具体运用,结果是把社会上的各个阶级之间的差别一笔勾销,得出“生活不平等而思想则平等”的观点,企图以此使自己的心态和帐子外面的黑暗调和起来。二是避难,到文学中避难。周作人在二十年代末,就开始对文学的功能和效应重新估价。令人惊讶的是他居然和兄长鲁迅差不多在同一时期对文学功能重新估价,而且思路也是惊人一致。如前所说,鲁迅在 1927 年 9 月发表的讲演《魏晋风度和文章与药及酒之关系》中怀疑文艺的“可以改变环境”的作用,借用曹植来说明文艺是“小道”。仅隔一年,周作人则在借为俞平伯的《燕知草》作跋时,提出“文学即是不革命”。当然,兄弟俩的最后的结论是背道而驰:鲁迅是用文艺为斗争服务;而周作人则是显得消极无为,认为“手拿不动竹竿的文人只好避难到艺术世界里去”。所以他最后专写草木虫鱼,寻找避难的最后归宿。当然,这种自我麻醉的疗效实在是有限的,他是个清醒者,麻醉奈何不了他,他也始终到不了麻醉的境界,所以,他只能悲叹:“所苦者我只会喝几口酒,而又不能麻醉,还是清醒地都看见听见,又无力高声大喊。此乃是凡人之悲哀,实为无可如何者耳。”②

周作人的闭户读书,静息默养,使他的创作态度发生了转变。虽则,他自己认为这一时期的散文创作态度与二十年代没有什么区别,他在 1934 年 9 月 17 日写的《夜读抄》的《后记》中曾这样说:“这些文章(指《夜读抄》——引者注)从表面看来或者与十年前的略有不同,但实在我的态度还与写《自己的园地》时差不多是一样。我仍旧不觉得文学与人心世道有什么相关。”但实质已起了变化,那就是他的人生态度的变化。如果说他二十年代开始皈依信仰的

① 周作人:《爆竹》,《永日集》,岳麓书社 1988 年版,第 119—120 页。

② 周作人:《麻醉礼赞》,《看云集》,岳麓书社 1988 年版,第 13 页。

中庸调和，在他手里还有调整自己和改造社会的双重功能，尽管这改造社会要打一问号，但他毕竟在关心着时局和社会。到了三十年代，中庸调和在周作人手里，则完全蜕化成单一功能——利己了，他用"苟全性命于乱世是第一要紧"①自嘲。"至于时事到现在决不谈了"，心安理得地耐着性子读书、抄书、欣赏花草虫鱼。但刻意地想用写"草木虫鱼"宽解自我，愈显出其无可宽解的无奈。有时户外的空气还会从门缝里透到屋里来，刺激他的神经，因此，他偶尔也会在个别散文篇章中对时事捎带一笔。如在《夜读抄》的《百草虫吟》中对日本"占去满洲说是行王道"的讽刺，《看云集》的《介绍政治工作》中对口号与标语的抨击等。这一些是他坐在屋里，清闲之中受了户外透进来的空气的刺激打出的喷嚏，而不是绷紧神经写的抗争之作。总体来看，这一时期的散文清闲、散漫，思想荒芜而形式丰富。

这一时期，常常能兴奋周作人神经并引起他的散文创作欲望的是书籍。如他在《夜读抄》的《后记》里说的："我所说的话常常是关于一种书的。"大致有这样三类书籍：一类是叙写花鸟虫鱼，自然生物的。即使一些写花鸟虫鱼的散文小品，并不是从书籍引起的，但在文中也往往要涉及叙写花鸟虫鱼的书。这是引起周作人创作欲望最主要的一类书籍。以《夜读抄》为例，三十七篇中有九篇是读了叙写花鸟虫鱼的书而写的，占四分之一。周作人认为，"我不信世上有一部经典，可以千百年来当人类的教训的，只有记载生物的生活现象的 Biologic，才可供我们参考，定人类行为的标准"；同时，生物"与我们很有关系，但又到底是异类，由得我们说话"②，具有保险系数。可以说周作人痴情于生物是由于他对人类的彻底失望。二类是历史神话和习俗方面的。对于这方面的书籍，周作人是带着整理考据和学术研究的动机来阅读和写作的。这类小品具有较高的认识价值和历史价值。三类是为别人的书作序，或是评介一些作品。不管哪一类，都和书有关。因此，他这一时期的散文大多是书斋小品。周对这些小品抱有切实的希望，他想以此向人们证明："不佞自审日常行动与许多人一样，并不消极。"③但实质上这些散文小品的面世的本身，也是一种亮相，它告诉人们：周作人很忙碌，只是与世隔绝，关起门来整天躺在书本上。用鲁迅的话说，是"从血泊中寻出闲适来"④。因此他的这

① 周作人：《闭户读书论》，《永日集》，岳麓书社 1988 年版，第 111 页。

② 周作人：《草木虫鱼小引》，《看云集》，岳麓书社 1988 年版，第 16 页。

③ 周作人：《〈夜读抄〉后记》，《夜读抄》，岳麓书社 1988 年版，第 199 页。

④ 鲁迅：《病后杂谈》，《鲁迅全集》第 6 卷，人民文学出版社 1981 年版，第 170 页。

些散文小品受到了左翼作家的批判。

周作人的书斋小品的创作思维具有两个鲜明的态势:一是"摘引",大段大段地摘,整段整段地录,他因此常常称自己为"文抄公"。他摘引的文章,常常都是他喜欢的,能引起他共鸣的,甚至于就是他想要说的话,如在《夜读抄》的《希腊神话一》中大段大段地抄录希腊学者哈理孙写的《学子生活之回忆》中的结论部分关于对"死"的议论。因为哈理孙的生死观非常合周作人的胃口,所以抄完哈理孙的这些议论后,周作人也觉得抄得太多了,赶紧补一个说明:"这末了几节文字(指周在文中摘引的哈理孙的文章——引者注)我平常读了很喜欢,现在趁便就多抄了些。"周作人摘引的文章另一些则是他认为可以向人们推荐的写得精美的片断。如在《夜读抄》的《塞耳鼓自然史》中摘引了《塞耳鼓自然史》中一些关于鸟的描写。这种精美的片断通常很有特色,具有鉴赏价值。因此,这种摘引使他的散文小品具有史料价值。但也不可否认,有些摘引太庞杂,有的小品基本上就是靠摘引串起来的,这样也就不免败坏读者的胃口。二是勾连。他的勾连非常随便自然,勾连的对象或是以往读的另一些书,或是以往贮藏在他生活信息库中的一些记忆。这样七勾八连,使得周作人的这些书斋小品具有丰富的知识性,如《夜读抄》中的《太监》、《论泄气》堪称佳作。需要指出的是,摘引和勾连均是周作人的一种清闲的半玩世的手段。正因为耐着性子能清闲地坐半天,才会东摘西引;也正因为神经松弛,才会七勾八连。而这一些,却是靠他用紧闭窗户、埋头读书换来的。尽管书斋味浓,但却有知识性、学术性,因此,它们又是知识小品、文化小品。

周作人这一时期的书斋小品中也有部分小品并不是凭借摘引和勾连来创作的,而这样的小品常常是精品。如《看云集》中的《关于蝙蝠》,它是这样写夏夜的蝙蝠盘旋景色的:

> 夏夜的蝙蝠,在乡村里面的,却有着另一种风味。日之夕矣,这一天的农事告完,麦粮进了仓房。牧人赶回猪羊,老黄牛总是在树下多歇一会儿,嘴里懒懒嚼着干草,白沫一直拖到地,照例还要去南塘喝口水才进牛栏的罢。长工几个人老是蹲在场边,腰里拔出旱烟袋在那里彼此对火。有时也默默然不则一声。场面平滑如一汪水,我们一群孩子喜欢再也没有可说的,有的光了脚在场上乱跑。这时不知从哪里来的蝙蝠,来来往往的只在头上盘旋,也不过是树头高罢,孩子们于是慌了手脚,跟着在场上兜转,性子急一点的未免把光脚乱跺。还是大人告诉我们的,脱下一只鞋,向空抛去,蝙蝠自会钻进里边来,就容易把他捉住了。然而蝙蝠君却

在逗弄孩子们玩耍,倒不一定会捉住的。①

这“另一种风味”,独具有浓郁的乡村夏夜的泥土香,它能使人醉倒。在周作人的闲适的书斋小品中,夹着这样充满活力的文章,委实难得。可惜这一时期他把门户关得太紧了,他甘愿充当“文抄公”,使得这样的小品在周作人中期的书斋小品中竟成为凤毛麟角。

二 陈源的《西滢闲话》

陈源(1896—1977),江苏无锡人。字伯通,笔名西滢。1912年赴英国留学,1922年获博士学位。回国后,先后在北京大学、武汉大学任教。1946年被政府派任“联合国科教文组织”常任代表。1977年病逝。

陈源的散文创作集中在1924年至1927年,约一百一十余篇。其中七十八篇收入1928年6月上海新月书店出版的《西滢闲话》,该书于1929年5月再版,1931年2月第三版。尽管其中多数篇章作于二十年代中期,但其主要影响却在二十年代末和三十年代。

《西滢闲话》的内容可分为四类:一类是针砭国民性,如《参战》、《南京》、《模范县与毛厕》等;二类是对社会和时局的评述,也包括和鲁迅等左翼作家的论战;如《行路难》、《五卅惨案》、《走马灯》、《剽窃与抄袭》、《利害》等;三类是书评、影评,如《新文学运动以来的十部著作》等;四类是杂谈,如《拆了火炉搭凉篷》、《节育问题》等。

《西滢闲话》的创作动机混杂。陈源的人生观是认为“中国人只有利害,没有是非”②。这一人生观的真实含义是,中国人“在他们看来,凡是同党,什么都是好的,凡是异党,什么都是坏的,凡是朋友,什么都是对的,凡是仇敌,什么都是错的。除了这样的善恶是非,就没有善恶是非”③。这是二十年代和三十年代自由主义者的一种观念,他们想离开“党”、“派”、“敌”、“友”,来寻求一种超然的“第三极”,其实本质和周作人、林语堂等的皈依中庸主义是一个模子。这一观念毫无疑问是一种清高的名士的回光返照。粗看起来,这一人生观似乎简单纯朴,但作者忘记了自己所处的社会时代是阶级严重对立的社会,因此

---

① 周作人:《关于蝙蝠》,《看云集》,岳麓书社1988年版,第47页。

② 陈源:《利害》,《西滢闲话》,上海书店1982年据新月书店1931年版影印,第147页。

③ 陈源:《“表功”》,《西滢闲话》,上海书店1982年据新月书店1931年版影印,第227—228页。

他要离开阶级对立这一现实，由他这一“我”来分“是非”，就只能碰碰运气了。这么一来，就使得他的创作动机复杂起来，即要看他自己的“利害”关系了。若他的“利害”能和客观事实一致起来，就能常常写出一些精彩的“闲话”来，如《西滢闲话》中第一类针砭国民性的部分小品；若他的“利害”不能和客观事实一致起来，就会写出一些荒唐的“闲话”来，如《西滢闲话》中的第二类对社会和时局的评述的部分小品。这样他本人的散文小品创作实践恰恰成了他的“中国人只有利害，没有是非”的人生观的最直接最重要的依据。尤其可悲的是，他认为中国最糟糕的是“中国人只有利害，没有是非”，因此他想用他的“闲话”来避开“利害”，分清“是非”，其结果虽则是分清了一些“是非”，但也不断地颠倒了“是非”，尤其是在“女师大”事件上对章士钊的偏袒，以及对鲁迅的攻讦上，很明显地反映了这一点，原因就是“利害”在作怪。事实证明，“利害”和“是非”是难以分开的，这不是陈源一人的悲剧，而是我国二十年代和三十年代的那些奢谈要脱离一切党派一切阶级一切利害来分清世界是非的整个自由主义者的悲剧。

但陈源的《西滢闲话》却是一本正经地老老实实地在作避开“利害”分清“是非”的工作，尽管工作做得笨拙，但没有理由予以蔑视。因为陈源的经历我们不可忽视，他既受传统文化熏陶，又留学于英国伦敦大学，对中西文化的体验较为丰厚，使得他的创作心态较为开放。他的文学创作观念是：“一到创作的时候，真正的艺术家又忘却了一切，他只创造他心灵中最美最真实的东西，断不肯放低自己的标准，去迎合普通读者的心理。”①把这一观念和他的人生观的重视分“是非”结合起来考察，可以看到他的散文创作惯性，乃是捕捉到某一意象，或生活中某一人某一事触动了他的神经后，他便会“忘却了一切”——不管什么党或什么派，也不管是敌人还是朋友，去创造他心灵中最美最真实的东西——分清“是非”。这种“忘却了一切”的就事论事，虽然有难以分“是非”的局限性，但也应该说有它的一定的开放性：如在《模范县与毛厕》中最后拖出一节，对无锡国学专修馆进行了批判；《再论线装书》中对胡适整理国故的非议；《东西文化及其冲突》中对梁漱溟的“道学心理”的讽刺等都有它的历史价值。不可否认，这种开放性使《西滢闲话》具有一定的客观性和认识意义，同时也带有一点迂腐的莫名其妙的混乱性。如《五卅惨案》是对震惊国内外的五卅惨案抒发情感。他在文中一开始却大谈各国知识界对五卅的声援，要人们联

---

① 陈源：《创作的动机与态度》，《西滢闲话》，上海书店 1982 年据新月书店 1931 年版影印，第 192 页。

络在国外主持人道的外国人。这固然是需要的,但在烈士鲜血面前,大谈这些不着边际的事,实在谈得不是时候不是地方。接着更糟糕的是写到北大师生请愿,和执政府卫队对峙,幸而卫兵退却没有流血时,却大发这样的感慨:“在当时悲忿填胸,觉得进行是天经地义,生死不成问题。过后想想,这样的打死了,可真不值得呢。那班兵士,我们虽然称他们为同胞,其实蠢如鹿豕,什么都不懂得,同他们去较量什么?可是当时再想不到。这就是群众的心理。”这样的分“是非”就叫人越分越糊涂了,简直是一种昏庸!但这篇文章写到最后,他却又分外清醒起来:

北京有两个报是帮了英国和日本说话的,一个是《顺天时报》,一个是《东方时报》。大家知道《顺天时报》是怎样的,因为它口口声声帮助着英国和日本。《东方时报》就不然了,它的英文部帮着英国人骂中国人,中文部又帮着中国骂英国人,这才是面面俱到,会做生意的报纸。可是,要是强迫我们看它们里的一种,我们还是觉得看《顺天时报》舒服些。

真没有想到,一盆浆糊似的散文,后面却拖了这么一小股清冽的甘泉似的“尾巴”。这里的“是非”分得非常清楚。这篇散文的昏庸和清醒的交杂所形成的混乱,也反映了陈源这一“我”的表现的固执、真实和自信,这也可说是一种开放。

和陈源避“利害”、分“是非”,追求表现心灵中最美最真实的东西相一致,在散文创作上,他也摆起了开明绅士的架子。但和徐志摩的绅士散文又不同,他不重感情宣泄,企图力求公允平和,温文尔雅,如《南京》、《“管闲事”》等几篇社会小品能较好地代表他这一风格。《南京》先是写爱——南京“城野不分明”之妙,后写恶——南京秦淮河上搓麻将和狎妓之盛,喜恶掺半,雍容大度。《“管闲事”》是中外比较,针砭国民的不管邻家瓦上霜,颇有真知灼见。诚然,公允平和的开明绅士架子也不是轻易能搭起来的,因此,有时不免浮泛,只能不着边际的打哈哈,如《拆了火炉搭凉篷》;有时又会火气十足,暴跳如雷,如《参战》。另外,有时和他切身“利益”相关的,如对鲁迅、周作人的攻讦,则完全是咬牙切齿的咒骂了。这一切又证明了:陈源的“忘却了一切”的分“是非”实在难以行得通。

还要特别强调的是:陈源主编的《现代评论》以及他的《西滢闲话》在三十年代散文闲话风气形成中起到了一个过渡的中间地带的作用,为之后闲话的风气之形成又提供了一批“样板”,这一事实是不能抹煞的。

三　夏丏尊的《平屋杂文》

夏丏尊(1886—1946),浙江上虞人。名铸。1905年赴日本东京弘文书院学习。1907年回国,先后在浙江、湖南、上海等地任教。1927年任暨南大学教授、开明书店编辑所所长。1930年创办《中学生》杂志。1943年被日寇拘捕,受尽折磨。1946年病逝。

夏丏尊的创作道路并没有多少特色,他和同时代的大多数知识分子的经历相似。值得一提的是1921年他从杭州回乡,任教于白马湖畔的春晖中学。不到几年,在他的力邀下,十余名当时的文坛名流,如丰子恺、朱自清和朱光潜等来到春晖中学任教,形成了有特色的白马湖作家群。在二十年代初期,他也曾激烈声讨折中主义,"诅咒古来'不为已甚'的教训……劝国民吃一服'极端'的毒药"。要人们,"与其畏缩烦闷的过日,何妨堂堂正正的奋斗"①。极力鼓吹"彻底","彻底走去,无论向哪条路都可以到得彼岸"②。但到了三十年代后,他似乎就早衰了,"几乎无时不觉到疲劳,什么都觉得厌倦"③。他本来就不懂政治,再加上又不如林语堂的敏感,体质上的这种转变,使得他的小品也长出了胡子,有一种早衰的迹象。具体表现在:一是从写作动机看,总是以一种教师和长者教诲学生和青年的口吻来写。如《我的中学时代》中对中学生活的回顾,《致文学青年》对青年的劝勉等等,显得严肃而庄重。二是以学者的身份介绍一些文学作品,谈论一些文学现象,如他写的一些序跋。三是喜欢回忆、怀旧,如《白马湖之冬》、《钢铁假山》等。总体来看,疏远政治,态度平和。其中个别散文篇章较有特色,如《白马湖之冬》、《钢铁假山》等。《白马湖之冬》全文笔墨落在"风"上。白马湖多风,先写寒夜中的风之威:"松涛如吼,霜月当窗,饥鼠吱吱在承尘上奔窜"的"萧瑟的诗趣"。次写大风整日夜的狂吼:"泥地看去惨白如水门汀,山色冻得发紫而黯,湖波泛深蓝色"。后写白马湖之寒风与别的地方的风之不同。整个画面肃杀而又沉重,蕴含了寂寞惆怅之情。《钢铁假山》是以克制平和的语调,把日寇的一块杀人武器的残骸——炸弹裂块作为意象,宣泄对日本帝国主义的仇恨。夏丏尊的散文用字造句规范,段落层次严谨,但并没有形成自己的特色。

---

① 夏丏尊:《"无奈"》,《夏丏尊散文选集》,百花文艺出版社1992年版,第46页。

② 夏丏尊:《彻底》,《夏丏尊文集》(平屋之辑),浙江人民出版社1983年版,第47页。

③ 夏丏尊:《早老者的忏悔》,《平屋杂文》,百花文艺出版社2005年据开明书店1947年版影印,第143页。

四 刘半农的《双凤凰砖斋小品文》

1934 年 4 月 5 日，《人间世》创刊，刘半农为特约撰稿人。他在《人间世》的创刊号上发表了一组《双凤凰砖斋小品文》。为什么名之曰“双凤凰砖斋”？他在这组小品文中的第一篇小品中作了这样的描述：

> 昔苦雨老人得一凤凰砖，甚自喜，即以名其斋。今余所得砖乃有双凤凰。半农他事或不如岂明，此则倍之矣。①

原来他的运气比周作人好，拣到了一块铸有两只凤凰图案的古砖块，这使他如痴如狂，便以此为名，开起创作小品文的铺子来。由于作者用这块铸有双凤凰的古砖头来作为铺子的名号，就说明作者开设的这个铺子所生产出来的小品文不仅有书斋味，还多一层古旧文物的味。

“双凤凰砖斋小品文”在《人间世》第一、六、十三、十六期连载，计二十四篇。都是用半文半白的老夫子式的语言写的，刊登在《人间世》上很显眼，似乎是一个出土文物。作者写得还比较精心，语言简练，少则二三十字，多则四五百，均是一些读书随笔、名人轶事、字画题跋、来往信札之类。其中有些小品，如《记韩世昌》中对韩世昌的正直为人的轶事记载，多少对后人还有警策作用，但占相当比重的则是津津有味地对一些琐屑事情的玩赏。如《无题》写作者和钱玄同交往，由于作者家养了一只狗，钱玄同不敢来，因为他怕狗。后不养狗了，钱玄同还不敢来，可见狗的余威尚在。这种对狗的余威的赞赏实在没有多少意思。这些小品笔力轻飘，格调闲适，内容琐屑，情趣沉暮。再把这些小品和他当时沉湎于字画、致力于搜集铜印、印泥等玩物的审美情趣联系起来考察，就可发现刘半农已从“入世”的战士转变到“玩世”的名士上来了。“双凤凰砖斋小品文”也就成了正宗闲适散文的一个名号。

第三节 郁达夫等的游记

一 游记发展历程的描述

在三十年代，游记出现了兴旺的局面。

---

① 见《人间世》1934 年 4 月 5 日创刊号。

现代散文诞生过程中,游记显得很活跃。它以三大支流平行向前发展。一个支流是重报告,重纪游,以写印象体验为主,倾向鲜明,新闻色彩浓郁,这一支流可追溯到十九世纪末,一些出使国外的官员和周游世界的学者写的一些游记,如薛福成的《出使日记》和王韬的《扶桑游记》等,他们把国外作为窗口和参照系,让外面的"风"透一些到紧闭大门的中国大陆上来。二十年代初的瞿秋白的《赤都心史》、《饿乡纪程》和邹韬奋、范长江等的纪实散文基本上就是从这条脉络上发展下来。最后这一支流归入到报告文学的海洋中。第二个支流则是重言志,写山写水写自然,最后归结到写自我,这类游记则如朱自清所说,它们里面"满是梦"。二十年代初期的孙伏园的《山野掇拾》、徐蔚南和王世颖的《龙山梦痕》,三十年代的郁达夫的《屐痕处处》、《郁达夫游记》,朱自清的《欧游杂记》等游记集以及萧乾的《雁荡行》、方令孺的《琅琊山游记》等篇章就是代表。这一类散文在二十年代就形成了一个制高点,如徐蔚南的《快阁紫藤花》,那是他和王世颖合著的游记《龙山梦痕》中的一篇。据王世颖在《龙山梦痕》的"序"中回忆,"一九二四年春天,我和蔚南同客绍兴,我们俩底卧室紧贴着。每夜必抱膝长谈,每谈必至深夜;直到灯昏人倦,然后各自寻梦去"。《龙山梦痕》共收录了他们两人各自写的游览绍兴的小品十篇。他们情趣相同,笔力也不相上下,可称得上珠联璧合。《快阁紫藤花》是这本散文集中最为人们所钟爱的名篇。它是记游快阁之作。快阁是宋代著名诗人陆游饮酒赋诗的故居,距离绍兴城西南三里,是鉴湖著名之景。文章以夹在书中的一朵紫藤花为引子,由此联想,引出畅游快阁,其层次安排,先写快阁,次写花园,再写两架紫藤。文章结尾,是写作者坐在紫藤架下欣赏紫藤花雨的情景:

> 我们在架下的石凳上坐了下来,观看那正在一朵一朵飘下的花儿。花也知道求人爱怜似的,轻轻地落了一朵在我膝上。我俯下看时,颈项里感得飕飕地一冷,原来又是一朵。它接连着落下来。落在我们的眉上,落在我们的脚上,落在我们的肩上。我们在这又轻又软又香的花雨里几乎睡去了。
>
> 猝然,"骨碌碌"一声怪响,我们如梦初醒,四目相向,颇形惊诧。即刻又是"骨碌碌"地响了。
>
> 方君说:"这是啄木鸟。"

作者调动视觉、触觉和嗅觉,采取立体交叉式的方法来欣赏眼前遇到的难得的花雨,而花雨也为遇到能欣赏它的知音显得活跃异常。彼此是如此融洽。

但这融洽的形成有一个过程：先是"我"观看，双方尚有一段距离；继而进一步，花落到膝上，距离没有了，接触开始了，但尚未能融和；"飕飕地一冷"，行了，双方已经情投意合了；接着，花雨在肆无忌惮地向作者倾泻它的情了："它接连着落下来，落在我们的眉上，落在我们的脚上，落在我们的肩上"；而"我"也醺醺然地醉了："在这又轻又软又香的花雨里几乎睡去了。"尺幅之中寓万里之势，在这有限的天地中含无限的滋味。出人意料的是，此时出现了一只粗鲁而又冒失的啄木鸟，用它的"骨碌碌"的一声怪响来惊梦，硬把"我"从这"又轻又软又香的花雨"中拉出。这也暗示了当时知识分子向往平静生活之梦，但却常被现实搅碎。这种静动强烈的反差和鲜明的对比，也可以使这醉人的花雨图不至于在静静的又轻又软又香的情致中凝固僵硬，使这花雨更增添了妩媚。作者对花雨的欣赏至纯至真至诚，堪称性灵之佳作。到了三十年代，这类游记再度兴旺，成为散文中最耀眼的光点，但从此以后它也就一蹶不振，直到世纪末，才再度勃兴。第三个支流则以风俗人情为主，这些游记均是写实的乡土风俗画，具有泥土香味。如吴组缃的《泰山风光》，艾芜的《漂泊杂记》，沈从文的《湘行散记》、《湘西》等。

三十年代是现代游记最辉煌的黄金岁月。

二　郁达夫的《屐痕处处》、《郁达夫游记》

郁达夫在三十年代初遇到了几次机会进行公费旅游：1933 年，他应杭江铁路车务主任曾萌千之邀，同陈万里、郎静山、黄伯惠等，从杭州出发，漫游浙东诸暨、金华等地；1934 年 3 月，他应东南五省周览会之邀，到浙西、安徽等名山观景；1934 年，他又往桐君山、天台和雁岩等地游览。或许由于是公费旅游，"舟车是不要钱的，膳宿也是不要钱的"①，一切安排妥帖，再加上山水自然的熏陶，郁达夫在这些旅游中有了脱胎换骨的改造。把《屐痕处处》、《郁达夫游记》和他的前期散文相比，除个别篇章，如《感伤的行旅》之外，使人难以相信出自一人之手。据郁达夫的好友刘百刚在《郁达夫外传》中回忆说："在我眼中的郁达夫，那时候和迁杭以后的一段时期中，确是由一般文人逐渐走向中国名士型的路上去了。其时他喜欢游山玩水，写几段流利轻松的游记；喜欢低吟浅酌，做几首清新隽逸的诗词；收集不少地方志书；雅好各种线装古籍。从前那种桀骜不驯的露骨牢骚，也变为含蓄蕴藉，谑而不刺的言

① 郁达夫：《两浙漫游后记》，《郁达夫全集》第 3 卷，浙江文艺出版社 1992 年版，第 338 页。

辞。我们朋友间有时在背后谈到达夫,大家都觉得达夫有点变了。”

郁达夫痴迷山水,他把这些山水当作“家山”“家水”来描写。他那颗躁动的心被山水自然抚平,原来前期散文中的写寂寞旅途生活用“性爱”来填充的思维现象就不大见到了,相反在他笔下常常出现幽静的境界描写。如《钓台春昼》中的钓台山的死灭的静,《半日的游程》中的九溪十八涧的阴森的静,《方岩纪静》中的毛发悚然的静,《雁荡山秋月》中的月下的神秘诡怪的静等等。他能如此享受静趣,这也反映了郁达夫的心态在轻松起来。更难得的是,面对山水自然,他既能醉心享受也能独特欣赏,因此他笔下的山水都深深打上了郁达夫的个性,是郁达夫眼中的理想山水自然。即使他笔下同一景色,如同是写静也各具特色。如《钓台的春昼》中的静是这样写的:

> 向天上地下四围看看,只寂寂的看不见一个人类。双桨的摇响,到此似乎也不敢放肆了,钩的一声过后,要好半天才来一个幽幽的回响,静,静,静,身边水上,山下岩头,只沉浸着太古的静,死灭的静,山峡里连飞鸟的影子也看不见半只。①

而九溪十八涧的静,郁达夫又是这样写的:

> 一到茶庄,都不想再说下去,只瞪目坐着,在看四周的山和脚下的水,忽而嘘朔朔朔的一声,在半天里,晴空中一只飞鹰,像霹雳似的叫过了。两山的回音,更缭绕地震动了许多时。②

上面的两种静有其共同点,都有一种太古似的阴森,但表现形式却不同,这不同是通过声响来显示的:前者是静境中的双桨的摇动“钩”的一声后,要好半天才有回响,阴森中透着清冷;而后者静境中的飞鹰的霹雳声叫,却震得两山的回音要缭绕多时,阴森中流满活力。作者能抓住这种细微区别来显示景的个性,一方面说明了作者真正融到山水自然中,另一方面说明了他对山水自然景色的敏感和善于感应。诚然也不可否认,由于来去匆匆,郁达夫的有些游记如《杭州小历纪程》见美必录,犹如旅行导游指南。但不管怎样,郁达夫的游记应该说是散文倡导“性灵”的“返祖”中的佼佼者。

---

① 见《郁达夫全集》第3卷,浙江文艺出版社1992年版,第165页。

② 郁达夫:《半日的游程》,《郁达夫全集》第3卷,浙江文艺出版社1992年版,第181页。

三 吴组缃的《泰山风光》

吴组缃(1908—1994),安徽泾县人。原名吴祖襄。1929年入清华大学中文系学习。三十年代初开始写作以农村破产为题材的小说散文。1935年应聘担任冯玉祥的国文教师。在《文学》月刊和《太白》半月刊上发表了《黄昏》、《村居纪事二则》、《柴》、《泰山风光》和《女人》等散文。后任中央大学国文教师,重庆中华全国文艺界抗敌协会理事。建国后,历任清华大学教授,中国作协书记处书记,《人民文学》编委,北京大学中文系教授。主要作品有短篇小说集《西柳集》、《饭余集》等,长篇小说《山洪》等,小说散文集《吴组缃小说散文集》、《吴组缃选集》等。

吴组缃的散文不多,他的散文重写人记事,以现实主义态度观察社会人情世态,笔墨简练,神形俱备。他的《泰山风光》①在游记中独领风骚。文章写得很用心。整个笔墨中心放在泰山形形色色的“乞丐”上,让读者闻闻美丽的泰山风光中所散发的阵阵铜臭味。巍巍泰山被“钱”折磨着:两个小道士为香火钱的打闹,庙里人对香火钱的分赃,老奶奶和小孙儿讨钱的执拗,乞官向香客讨钱的奸诈等等,形成了奇特的令人咋舌的泰山社会风光。吴组缃成功地开辟了风俗游记的写作蹊径——把社会风俗和自然胜景奇妙地糅合在一起。文中又穿插一对农家父子特有的农民式的审美观和价值观——在买画时,以画上胖孩子的多少论价,使得泰山风光更为撩人。而文章开始先写白天那些“乞官”的真相——穿着摩登,享着清福,造成悬念,到最后却亮出这些乞丐的假相,在夜晚那批“乞官”有意穿着破烂,死皮赖脸地向香客讨钱,一真一假,跌宕起伏,显得非常精致,使读者得到极大满足。

四 艾芜的《漂泊杂记》

艾芜(1904—1992),四川新都人。原名汤道耕。二十年代后半期,从云南漂泊到缅甸并以这漂泊流浪生活为题材创作了散文集《漂泊杂记》和小说集《南行记》等,为文坛瞩目。1932年参加“左联”。后在桂林、重庆从事创作,曾任重庆大学教授。建国后,历任重庆市人民政府委员兼文化局长,四川省文联名誉主席,作协四川分会名誉主席等职。主要作品有《艾芜文集》(十卷);散文集《漂泊杂记》、《杂草集》等;小说集《南国之夜》、《山中牧歌》、《南行记》、《春天的雾》、《百炼成钢》、《故乡》等。

---

① 吴组缃:《泰山风光》,《文学》1935年10月1日第5卷4号。

《漂泊杂记》是艾芜用脚走出来的。

二十年代后半期,艾芜从云南漂泊到缅甸。对这漂泊生活,他曾在《漂泊杂记》的《走夷方》中这样解释:“那时我没有家,也不只是为了一己的生活;多半的原因,是由于讨厌现实的环境,才像吉卜赛人似的,到处漂泊去。”正由于这一不同凡响的特殊经历,使得他的散文《漂泊杂记》身价百倍。

《漂泊杂记》大多是用他的从云南漂泊到缅甸期间的一些零星片断材料写成的。作者写得非常斑斓,让人应接不暇。由于他的漂泊流浪的特殊的跌打滚爬,使得他对西南边陲的近乎原始社会的种种生活有其深刻独特的体验。因此,西南边陲的野性风光和作者流浪生活的浪漫结合使得艾芜的散文在同类散文中独占鳌头。由于有这一优势,使得他在作法上不必过分讲究,采取朴实无华的写实方法,这样既可加大信息量,又可以反过来让奇异的材料的作用得到充分的发挥。在《漂泊杂记》中,他非常喜欢记叙描写边陲的夜生活,而这些作品也确是这本散文集中写得较为动人的篇章。如《滇东小景》中的当地人对客人的和善喜悦的描写,《江底之夜》中的那位狡猾而又可怜的寡妇的素描,《边地夜记》中对老婆子的恐怖不安的特写等等。使得这些稀有而罕见的人物的独特的经历和作为,给这边陲的夜晚增添了不少异趣。它如一股西南风,给散文园地注入一股活力。这股活力是由于艾芜用漂泊流浪的“入”生活换来的。西南边陲的野性风光和作者流浪生活的浪漫结合,使它成为游记的优秀之作。

相比之下,当时类似这样的速写游记如郑振铎的《西行书简》、冰心的《平绥沿线旅行记》和巴金的《旅途随笔》影响要小一些。这些作品还是一种印象观感,在“入”上是远远不如艾芜的。

余论:这一时期的海外游记显得非常活跃。当时有些作家面对政治危局威胁,被迫避居海外,因此这些作家的海外游记也就在记写域外风光的同时,不时露出“梁山”精神,如郑振铎的《欧行日记》,王统照的《欧游散记》,胡愈之的《莫斯科印象记》等。另有一类作家是出外留学,进行考察旅游,如朱自清的《欧游杂记》、《伦敦杂记》,李健吾的《意大利游简》,刘思慕的《欧游漫忆》等,尽管他们写作态度有所不同,有的较为客观地介绍,处处避“我”(朱自清、李健吾等),而有的主观介入,“我”很活跃(刘思慕等),但总的看来,影响要比前一类的海外游记小一些。因为当时的时代是乱世,政治高于一切,斗争主宰一切,这是特定的时代对海外游记作出的特定的选择。从总体上看,中国现代散文中的海外游记成就不大,精品少,影响小。

第四节　郭沫若等的回忆散文

一　回忆散文勃兴

回忆散文的发展和现代散文中的其他文体相比要缓慢一些。

二十年代初，当抒情小品蓬勃兴旺时，一些带有自传性的抒情小品就陆续地开始出现。如周作人的《雨天的书》中的一些篇章，鲁迅的《朝花夕拾》中的一些篇章等等。这些小品可以说是回忆散文的先声，它们无疑对后来回忆散文的写作有一种精神上的刺激和鼓舞。但在相当长的时间里，回忆散文却迟迟未能诞生。尽管像胡适这样的热心人"到处劝我的老辈朋友写他们的自传"，但响应者少，"虽然都答应了，终不肯下笔"①。如梁启超、蔡元培等都未能写。因此，回忆散文的发展，在现代散文史上整整慢了一拍。

二十年代末，国共分裂，一些在五四运动中涌现出来的第一批现代散文家都已过了而立之年，渐渐接近知天命的岁月。由于国内阶级矛盾民族矛盾的尖锐，一部分作家陷入了精神危机。他们开始对自己所走过的道路，乃至整个民族和国家所经历的道路进行反思。这种反思固然是痛苦的，但却又是带着眼泪来欣赏自己的过去，以寻找失去的自我，慰藉自己倾斜的心灵。率先进行这种反思的就是郭沫若。从 1928 年开始，他连续写了《我的童年》、《反正前后》等系列回忆录，从童年一直到抗日战争，进行认真回顾，在散文家中显得非常注目。不久，胡适也不甘寂寞，以《四十自述》为名，记录了他所走过的道路以及家庭的来龙去脉。三十年代是回忆散文的勃兴时期，沈从文的《从文自传》、谢冰莹的《女兵自传》、盛成的《我的母亲》等都是这一勃兴的收获。在勃兴中，回忆散文基本上定型，大致可分为两种：一种是文学性的回忆录，这以郭沫若的回忆录为代表；另一种是史传性的回忆录，可以胡适的《四十自述》为代表。它们共同地显示了这样三个特点：第一，重在纪实，是实人实事的真正回忆叙写。第二，摒弃虚构，时间地点人物事件均要真实可靠，不能"掺沙子"。胡适曾想探索用小说体裁来写，但"不知不觉的抛弃了小说的体裁，回到了谨严的历史叙述的老路上去了"②。第三，和"史"结合，把回忆自我和再现时代紧密糅合，有"史"的容量。当时回忆散文的作者，基本上是文学家组成。三十

①②　胡适：《〈四十自述〉自序》，《四十自述》，安徽教育出版社 2006 年版，第 1 页，第 3 页。

年代的回忆散文是回忆散文的第一个高潮。

抗日战争以后，全国处在战火弥漫之中，回忆散文的创作热情也就淡化下来了。直到 1949 年之后，国家统一，大陆安定，此时大批将领和革命功臣，都能有足够的时间坐下来，回顾昔日的峥嵘岁月。回忆散文从五十年代起再度勃兴，其成果集中地编撰在《红旗飘飘》和《星火燎原》中。

二　郭沫若的回忆录

1927 年国共分裂后，郭沫若开始了他自己称之为"从黑暗的石炭的阬底挖出土来"①的回忆录写作。这种写作的一开始就呈现出一种亢奋的激情，1928 年居然凭借"在养病期中的随时的记述"②，完成了《我的童年》的写作。之后，一发不可收拾，陆续完成了《反正前后》、《黑猫》、《北伐途次》、《脱离蒋介石之后》等等，延续到三四十年代，前后共二十余年。在他的这些自传中，处处回荡着浪漫的激情。如果把他在二十年代初写的《女神》作为他的文学创作中的第一次感情燃烧的话，那么从《我的童年》所开始的回忆录则是他的文学创作中的第二次感情燃烧，不同的仅是前者是诗，后者是散文而已。相比之下，他的回忆录的感情要比诗的感情的色彩丰富一些，同时也更可爱更可亲一些。

郭沫若的回忆散文大致可分前后两部分，前一部分是写童年和少年时代生活的，如《我的童年》、《反正前后》、《我的学生时代》；后一部分是回忆他二十年代、三十年代生活的，如《创造十年》、《创造十年续编》、《北伐途次》、《脱离蒋介石之后》等。相对说来，由于对童年和少年时代已有一定的时间距离，可以进行充分的反思，因此能从容地用成年人的目光和尺度来审视自己的童年和少年，并把童年和少年当作一面镜子，重新发现一个反叛的"自我"。如第二篇第三节中的对偶像毁坏的描写和多处对潜意识（尤其是性意识）的展示都是有力佐证。而后一部分的回忆散文则偏重就事论事，为事实所拘泥，尤其是其中有些篇章还牵扯到一些恩怨是非，如《创造十年》就是对鲁迅《上海文艺界之一瞥》中说创造社的成员是"新才子"进行答辩而写的，缺乏一种澹定的反思。虽则前一部分回忆录中也有一些篇章，突出的如《反正前后》，在回忆自我和抒写时代上有些顾此失彼，手忙脚乱，但不可否认，前一部分的回忆散文要比后一

① 郭沫若：《〈我的童年〉前言》，《郭沫若全集》第 11 编，人民文学出版社 1992 年版，第 7 页。

② 郭沫若：《〈我的童年〉后话》，《郭沫若全集》第 11 编，人民文学出版社 1992 年版，第 159 页。

部分的回忆散文更有精神更具丰采。

郭沫若在写回忆散文前，曾斩钉截铁地说："我不是想学 Augustine(奥古斯丁)和 Rousseau(卢梭)要表述什么忏悔，我也不想学 Goethe(歌德)和 Tolstoy(托尔斯泰)要描写什么天才。"这种明确的宣言并不能抹去郭沫若回忆散文里所深深烙着的奥古斯丁和卢梭等人的思想印记，也不能否认他的回忆散文有一种洋腔洋调——如用欣赏的态度自我暴露性意识和潜意识，就是明证。1928 年国共分裂，郭沫若东渡日本，开始了漫长的亡命生涯。虽则他在专注地潜心地研究中国古代社会、甲骨文和金文等，但无法摆脱他的压抑和苦闷，在《金文丛考》出版时，他曾在标题页的背面题了这样的诗句来抒写这种情绪：

大夫去楚，香草美人。
公子囚秦，《说难》《孤愤》。
我遘其厄，愧无其文。
爰将金玉，自励坚贞。①

困厄愤懑的情绪，充斥他的心头。因此，回复到童年和少年时代中去进行自我反省，寻找反叛的自我来度过精神危机，实是最佳选择。这种写作心态，也决定了他在进行回忆散文写作时，并没有用坚定的信仰和深刻的理念来统率，实质上思想处于一种混沌状态。他在 1947 年为《我的童年》、《反正前后》、《初出夔门》合并在一起出版时写的"序"中所说："中国社会的蜕变是过了时的，这使我们这些出水的蜻蜓，要脱皮真是艰难。"他的回忆散文形象地证实了他的"脱皮真是艰难"：一方面想挣脱那些主张民主自由平等的如卢梭等启蒙主义者的束缚，但又不得不运用卢梭等已用过的彻底自我暴露来完成历史的回忆；一方面想皈依共产主义但却又情不自禁地追随着卢梭。这种矛盾促使他的回忆散文陷入一种尴尬境地：在表现上采取反传统的开放思维方式，在彻底暴露社会的同时也彻底暴露自我。但这些暴露最后却只能成为他自恋情绪的一种发泄，并因不能找到明确的思想归宿而只能各自独立，显得不够和谐，甚至有些不伦不类，形成一种行为和情感的矛盾。这种行为和情感的矛盾的形成，正说明郭沫若是以一种诗人的激情来再现自己过去的历史，他的回忆散文是一种历史的诗，或称为文学性的回忆录。而他的回忆散文中许多形象的成功的描写，如《反正前后》中关于尹昌衡的描写，就富有戏剧性的个性化，这些也足以

① 郭沫若：《重印弁言》，《郭沫若全集》(考古编 5)，科学出版社 2002 年版，第 13—14 页。

使他的回忆散文可以担当这些称号。

现代散文中的回忆散文,由郭沫若开了一个不寻常的头。他的率直笔墨惊世骇俗,从本质上说,它和郁达夫的性爱散文有其相似之处。当时也有许多作家拿起笔,抒写自己的历史,如胡适的《四十自述》、沈从文的《从文自传》、谢冰莹的《女兵自传》等,但这些作家的创作心态的开放程度,都是无法和郭沫若相比拟的。

三 胡适的《四十自述》

相比之下,胡适的《四十自述》要比郭沫若的回忆散文严谨和冷静得多。他深知写回忆散文需要有足够的时间距离,所以,他说:“写回忆散文必须是四十岁写儿童时代,五十岁写留学时代到壮年时代,六十岁写中年时代。”这种时间距离,能够保证他用客观的历史态度来对待自己的历史。不仅如此,更为可贵的是在《四十自述》中有些记述历史重大事件的章节,为了保证史实的真实,居然写好后给当事人中的敌对一方审阅。如第五部分“我怎样到外国去”中的第一节是写1908年中国公学的风潮事件。胡适写成之后,“恐怕我的记载有不正确或不公平的地方,所以把原稿送给王敬芳先生,请他批评修改。他是我们攻击的干事之一,是当时风潮的一个主要目标”。以确保用比较客观的眼光来看待这一历史。结果王敬芳都承认胡适是“说的非常心平气和”。与之相比,郭沫若在这方面就显得大为逊色了。胡适这种严肃的史学家的风范使得《四十自述》足以成为史传性回忆散文的典范。

《四十自述》是胡适身体力行推动回忆散文写作的回忆录。他的写作原则是“赤裸裸的叙述我们少年时代的琐碎生活”①,基本上采用编年的方法,从年幼写到二十岁去美国康乃尔大学的前夕。胡适把自己的童年和青少年时代的事,就记忆所及,平铺直叙地记下来,这是件不容易讨好的事。为了避免枯燥,在取材上非常严格,果断地把笔墨集中到母亲身上。前两部分即“九年的家乡教育”和“从拜神到无神”是实写母亲,笔墨传神。如写母亲在大家庭中前后受气,忍无可忍时,就采用这样的方法来斗争:

> (母亲)忍到实在不可再忍的一天,她也有她的法子。这一天的天明时,她就不起床,轻轻的哭一场。她不骂一个人,只哭她的丈夫,哭她自己苦命,留不住她丈夫来照管她。她先哭时,声音很低,渐渐哭出声来。我

---

① 胡适:《〈四十自述〉自序》,《四十自述》,安徽教育出版社2006年版,第3页。

醒了起来劝她,她不肯住。这时候,我总听得见前堂(二嫂住前堂东房)或后堂(大嫂住后堂西房)有一扇房门开了,一个嫂子走出房向厨房走去。不多一会,那位嫂子来敲我们的房门了。我开了房门,她走进来,捧了一碗热茶,送到我母亲床前,劝她止哭,请她喝口热茶。我母亲慢慢停住哭声,伸手接了茶碗,那位嫂子站着劝了一会,才退出去。没有一句话提到什么人,也没有一个字提到这十天半月来的气脸,然而各人心里明白,泡茶进来的嫂子总是那十天半个月来闹气的人。奇怪得很,这一哭之后,至少有一两个月的太平清静日子。①

母亲的哭,嫂子送茶,一哭一劝,貌似平和,实却尖锐,逼真地展示了胡适大家庭中的矛盾以及母亲无可奈何地采用绵里藏针的特殊解决矛盾的方法之有效,把母亲的宽容、忍耐、仁慈以及柔中有刚的个性显现出来。后半部分写到上海后的三节,虽没有正面实写母亲,但母亲却还时时在他身边,采用虚笔来写母亲,尤其在关键时刻,他总会想到母亲。如他在中国公学胡闹,酒醉打人,对簿公堂,此时,他"心里百分懊悔,觉得对不住我的慈母,——我那在家乡时刻悬念着我,期望着我的慈母!"终于脱胎换骨,发愤学习,使他成功地度过了"一次精神大转机"。从这层意义上考察,《四十自述》并不是胡适为自我作传,而是为慈母立碑,是他献给母亲的珍贵礼物,因此,母亲乃是《四十自述》的真正灵魂。

四　瞿秋白的《多余的话》

1935 年,瞿秋白在红军第五次反围剿失败后的撤退途中,被国民党俘获,幽囚在福建汀州狱中。他在狱中,写下了散文《多余的话》。《多余的话》原手迹至今没有发现,它最早刊登在 1937 年 3 月 5 日至 4 月 5 日出版的第 25、26、27 期的《逸经》上。

《多余的话》是作为遗嘱来写的。诚如文中所道:"我愿意趁这余剩的生命还没有结束的时候,写一点最后的最坦白的话。"瞿秋白曾担任过中国共产党的总书记,作为这样的最高领导人,在临死前作最坦白的袒露,这一事实本身就是一种脱出常规的惊人之举。同时,文章又始终把笔墨的圆心放在"我"上,回顾"我"的生活历程,剖析"我"的复杂情绪,勾勒"我"在革命途中的沉浮等等。作为马克思主义者来说,"我"的位置是确定了的,应该服从革命事业的

① 胡适:《九年的家乡教育》,《四十自述》,安徽教育出版社 2006 年版,第 32 页。

"大我",和革命事业的"大我"融为一体,但瞿秋白却是在这里细微地显示"我"和"大我"的不一致,乃至矛盾的东西。对于瞿秋白来说,这是一种失常和失态。这种失常和失态的目的,是作者想用"多余的话"来送还历史和人们套在他头上的伟人光环,把自己还原成一个普通的人。但在特定的幽囚牢狱的环境下,这种还原就不免会给人们带来不少猜想和联想。要做一个伟人难,但一个伟人想把自己还原成平凡的人更难。

《多余的话》的写作环境和动机较为复杂。从外部环境来说,他被俘获,失去自由,这种遭遇就非常能触发人的内心深层意识的流露。从这一层意义上考察,瞿秋白透视"自我"是被迫的。这种被迫还包含了不能动摇信念,不能透露党的机密等因素。但他内心深藏的那些复杂的情绪又始终在冲击着他的心房,如鲠在喉,欲吐为快。从这一层意义上考察,瞿秋白的"多余的话"又是一种不可遏制的冲动。这种被迫和冲动的交杂,就形成了他创作《多余的话》的一种奇特的创作心态:他想尽情地倾吐真言,喷泻真情,但又不宜暴露党内的矛盾;他欲表白自己的理想和情怀,又无法对那些"左"倾机会主义者进行尖锐的批判。结果就变成:想袒露又无法袒露的袒露。连绝笔之言都如此艰难,而他的理想和要求又仅仅是要做一个平凡的人,但历史和现实仍然拒绝了他!命运对他是那么的残酷,又是多么的不公!

瞿秋白毕竟作了袒露,他在生命的最后时刻,用散文向世界宣告:他有勇气来认识真正的"自我"。我们在听完这悲壮而低沉的倾诉之后,就会惊奇地发现他是一个强者:因为你可以这样那样地指责他是一个脆弱的人物,但谁也无法抹煞和否认这样的事实:他能彻底把自己的脆弱向世界公开,那是何等的坦诚和勇敢!

《多余的话》主要抒写作者隐藏在内心深层的二元情愫。这种二元情愫由这样的二元组成:一元是绅士意识,一元是无产阶级意识,这和周作人身上的两个鬼——"流氓鬼"和"绅士鬼"有些类似。但瞿秋白的二元情愫的症结有其独特的表现形式,即政治与业务(或叫革命与文学)的矛盾。所以《多余的话》可以称得上是中国现代散文史上最早表现政治与业务矛盾的作品。在文中作者对于政治与业务的矛盾刻画得非常形象:

一只羸弱的马拖着几千斤的辎重车,走上了险峻的山坡,一步步的往上爬,要往后退是不可能,要再往前去是实在不能胜任了。我在负责政治领导的时期,就是这样的一种感觉。欲罢不能的疲劳使我永久感觉一种无可形容的重压。精神上政治上的倦怠,使我渴望"甜蜜的"休息,以致于脑经麻木停止一切种种思想。①

简言之,他所倦怠的政治活动,他不得不参加;而他所渴望从事的文学事业,又无法参加。这一矛盾他又无法摆脱。这就形成了他身上的二元情愫。它的形成的原因是多方面的,文中揭示了这样四个原因:一是受到无休止的错误打击和无情的处置,成为被人们遗忘的人物;二是在长期政治社会活动实践中力不从心,感到疲倦,“每天盼望着散会”;三是自我不能发挥,“一直觉得这工作是‘替别人做的’”,“不是‘自己的生活’”;四是身体衰竭。这些原因,结果就把作者塑造成一个二元型的人物。这种二元型的人物,在政治与业务,革命与文学面前是处处不讨好,就其本质来说,是脆弱的。

因此,这就使得作者面临这样一个难题,自己已身陷囹圄,却要来袒露自己脆弱的“自我”,不管怎么说,这一行动本身称不上是一种壮举。因此,在抒写自己的二元情愫时,他煞费苦心地找到了一个能准确地显示这一情愫的词语——“历史的误会”,并把它作为贯串全文的脊梁。这样就能把笔墨放在责己上,既可以不暴露党内矛盾,又可准确展示二元情愫。所以作者在写这篇散文时就形成了这样一种思维定势:历史的误会把他放错了位置→错位造成了二元情愫→二元情愫又形成了一连串的误会→误会的解脱出路:“回‘家’去罢,回‘家’去罢!”这一思维定势,深深地打上了传统的士大夫意识的烙印,历史上许多士大夫每每在政治社会活动失意时都会用责己来泄愤。因此这种思维定势很容易使人联想到《红楼梦》的林黛玉,她把自己到大观园,也看成是一场误会,总有一种隔的感觉,临死前也不禁深情地呼喊着要回家,因为大观园不是她的家。不可原谅的是瞿秋白,身为共产党员,也没有把革命事业当成是他的“家”,因此在和社会诀别时,要喊出:“回‘家’去罢,回‘家’去罢!”它从一个侧面告诉我们,作为一个知识分子要投身革命、和革命合拍是何等的艰难。《多余的话》实在并不多余。

五 盛成的《我的母亲》

盛成(1899—1996),江苏仪征人。1910 年加入同盟会,1911 年参加辛亥革命。1914 年入上海震旦大学预科学习。1919 年在长辛店京汉铁路事务所工作,参加五四运动。1920 年赴法勤工俭学,是法国共产党创始人之一。1928 年出版用法文写的回忆散文《我的母亲》,轰动法国文坛,被译成十多种

① 见齐乐编《精读瞿秋白》,中国国际广播出版社 2006 年版,第 229 页。

文字。1930年归国在北京大学等校任教。一·二八事件后,任十九路军政治部主任。1938年与老舍等人发起中华全国文艺界抗敌协会。1947年受聘在台湾大学任教。1966年再度赴法,研究法语。1978年10月归国,在北京语言学院任教授。主要作品有散文集《我的母亲》、《意国留踪记》等。

《我的母亲》前有作者“叙言”,叙说文集原以法文版问世,中文版不是法文版的翻译,而是重新改写,“详略不同,次序也不同,法文版本,偏于介绍;因为外人不明了中国的真相,太详了反而不觉得有味……中文版本,专在自述,以家庭系统与组织,习惯与道德,穷苦与灾祸,平日的力行,及生存的哲理,来证明中国人在人类历史上的地位”,并有“瓦乃里先生引言”。瓦乃里是法国大文豪,其序赞颂文集“写法极其新奇,极其细致,又极其伶俐”,“写了一位最可爱与最温柔的母亲,放到全人类的面前”,做全民族的代表,可称极奇特且极有正义的理想。既奇特而极有正义,如何使人不神魂颠倒心摇情动若山崩呢?全文以朴实的笔墨,刻画了一个封建大家庭中的良母形象。文中又时时糅进中国历史的大变动,从而浮动着浓烈的时代风云,具有历史厚重感,为我国回忆散文赢得了国际声誉。

第五节　冰心等的哀祭散文

一　冰心的《南归》和朱自清的《给亡妇》

在二十年代末三十年代初,冰心和朱自清都遇到了家庭变故。1929年11月,朱自清的夫人武仲谦不幸病逝。冰心的母亲也在1930年1月亡故。他们在国共分裂的严峻对立的时刻,虽则在散文创作上表现得无所作为,但家庭的变故,犹如强刺激,触发了他们的创作欲望,各写了一篇悼念散文:冰心的名曰《南归》,朱自清的名曰《给亡妇》,抒写了他们的一已之痛。虽则是被动式的反应,却至哀至痛,感人肺腑。

冰心的《南归》以事情发展为序,分归途、侍疾、丧母、葬仪、弟归等部分。其中侍疾写得最为动人,随着母亲的病情变化起伏,时喜时忧,使读者的感情随着一起共振。在母病中为父祝寿,以喜反衬悲愈觉悲。母亲吞服安眠药神态越来越迷糊,人越来越绝望之际,“母亲的眼皮”,却“微微的一动”,活转过来。读者还未来得及舒口气,母亲病情又沉重,终于魂归西天。写得放肆而惨烈,一反冰心散文温柔之个性。因为母亲是冰心心中的上帝,母亲病故无疑是她心中上帝的倒塌。对于冰心来说,这是犹如天崩地裂一般的灾难。因此,她放肆地在文中不断地用“泪”、“哭”、“哀”、“伤”、“病”等伤心字眼，刺激读者，使得文章被泪水浸透得湿漉漉的。在文中，从头哭到尾，自己哭了一路，哭着见母，哭着侍候母亲，哭着看母咽气，哭着送母葬母；自己哭，父亲哭，兄弟哭，侄女哭；当事者哭，后来者哭，因此也就泪洒全文：呜咽的泪，哽语的泪，惨烈的泪，嚎啕的泪，强作欢颜的泪。作者太多情，似要把她一生的泪全倾泻在此。作者又太残酷，似要舀干所有能读到这篇散文的人的泪。这篇悼文无处不揪心，无所不断肠，它是一块泪涟涟的湿手帕，不能不使你动容，几乎使人不忍再看第二遍。

相比之下，朱自清的《给亡妇》显得较为克制。《给亡妇》是朱自清于1936年出版的散文集《你我》中的一篇。在《〈你我〉自序》中，朱自清说：“从十三年八月起，到今年(即1934年——引者注)秋天止，共文二十九篇，分为甲乙两辑。甲辑是随笔，乙辑是序跋与读书录。”除《给亡妇》情感比较强烈外，其余皆为平和，犹如中年人的温厚持重。甲辑中的《谈抽烟》、《择偶记》是标准的闲适家庭小品，幽默而又有些调侃，可以给读者消遣。《你我》借称呼作文章，显得拖沓啰嗦。只有《冬天》颇具特色，童年时一家人在寒冬中围坐在一起，吃着一小洋锅的白煮豆腐的融融气氛的回顾，暗示了当时知识分子对安定祥和的环境的渴望。乙辑大多是序跋类。值得注意的是在这些序跋中对散文创作和欣赏的一些见解。如《山野掇拾》提出欣赏散文应该要提倡“缓缓咀嚼一番，便会有浓密的滋味从口角流出”的“缓缓咀嚼法”，同时他又提倡散文必须写“独得的秘密”等等，处处闪耀着他在散文理论上的独到见解的智慧光芒。在整个《你我》集中，唯有《给亡妇》独放异彩。

如果《南归》是嚎啕，《给亡妇》则是低泣。仿佛爱妻仍在面前，作者娓娓低诉，劈头几十个字：“谦，日子真快，一眨眼你已经死了三个年头了。这三年里世事不知变化了多少回，但你未必注意这些，我知道。你第一惦记是你几个孩子，第二便轮着我。”夫妻的默契尽在不言中，这就是哀的基础。文中涉及到的事虽均是琐事，诸如亡妻对孩子的爱，对“我”的体贴柔顺等等，处处蕴含着和亡妻的相知相亲相爱，生动地再现了一个贤妻良母。通篇虽不见作者之泪，有“几滴”竟还是亡妻的委屈之泪，但真切的回忆，再糅进作者对自己平日无能的悲哀和对自己粗暴的忏悔，使文章外淡内稠，益发感人，尤其到最后交待安葬的草率，此时惨痛悔恨可谓浓得化不开、挥不散，真是动情的绝唱。

值得深思的是，这两位散文家在差不多的时间里，同时到历史的记忆中，把家庭的变故拾来，祭奠一番。从当时他们所写的剖析自己心态的文章来看：其原因一是当时山河破碎，国难当头，心里都很悲怆，要写开心事，说开心话，没有这个胃口和趣味；二是他们又都已步入中年，因为“中年人是很胆小的；他听别人的话渐渐多了，说了的他不说，说得好的他不说。所以终于往往无话可说——特别是一个寻常的人像我。但沉默又是寻常的人所难堪的”①。因此，到历史记忆中，翻拣一些自己愿意说的而又能说出别人所不能说的话，那么，家庭变故诸如亡妻失母这类的事也就是最佳的表现题材了。这就是《南归》和《给亡妇》几乎同时降临文坛的真正原因所在。

二　萧红的《鲁迅先生记(一)(二)》和《回忆鲁迅先生》

萧红(1911—1942)，黑龙江省呼兰县人。诞生在一个很不和谐的家庭里。父亲贪婪，母亲早逝，家庭的冰冷和残酷迫使她不愿意接受和她“站在两端的父亲的豢养”，在二十岁时逃离家庭，来到哈尔滨开始流浪生涯。后结识萧军，在艰难中同居，直至1934年，又为环境所迫，向南逃亡到青岛，之后又到上海。在上海，她得到了鲁迅先生的关怀、提携与支持。萧红的名作《生死场》在鲁迅的直接帮助下得到出版，使她一跃成为全国知名的女作家。成功并没有给她带来欢乐，由于和萧军感情产生裂痕，她又陷入苦闷境地。为了摆脱环境的压抑，于1936年只身东渡日本。但等待她的，依然是异国的难以忍受的寂寞，尤其是鲁迅先生的逝世，更使她陷入痛苦之中。1937年回国，抗日战争爆发，她又和其他作家一起辗转流亡，最后到达香港。1942年1月22日病逝于香港。她在寂寞和孤独中匆匆走完了短暂的一生。

萧红的散文创作集中在三十年代。她出版的散文集有：《商市街》、《桥》(散文小说合集)、《萧红散文》、《回忆鲁迅先生》等。她的散文大致分两类，第一类是带有回忆性的抒情小品，这又包括两种：一种是带有自传性的抒情小品，以《商市街》为代表；另一种是带有纪念性的哀祭小品，以《回忆鲁迅先生》为代表。第二类是类似小说之类的亚小说式的小品，以《桥》和《萧红散文》中的一些篇章为代表。相比之下，回忆性的抒情小品是萧红散文中最为动人的篇章，也可以说是她的整个文学创作中的杰出的篇章。萧红擅长回忆，也酷爱回忆，命运对她这样不公，把她折磨成一个孤独者，唯一真正属于她的只有自我回忆，她真正能做的和乐意做的也只有自我回忆，因此在自我回忆中，她也真正地投入了全部精力和全部感情。作为孤独者，她一无所有，但她却是精神上的富有者，她的最大精神财富就是自我回忆。同时，作为一个敏感的女性，抒情又是她的天生本领，这使得她的自我回忆如虎添翼，奠定了她在现代散文

① 朱自清：《论无话可说》，《朱自清全集》(1)，江苏教育出版社1988年版，第161页。

史上的地位。

和二十年代的孤独者相比，萧红多了一层孤苦，即物质对她的压迫，使她连基本生存都无法维持下去。物质的压迫和精神的压迫同时折磨着她，在《商市街》中萧红显示了这种双重压迫，实质上有时物质的压迫还要超过精神的压迫。《商市街》是回忆作者和萧军在哈尔滨的一段生涯。这段生涯本来是他俩最美的蜜月生活，但却被饥饿、疾病、寒冷和寂寞所包围。在这本散文集中萧红逼真地向读者展示了她的物质贫困，写得最多的是饥饿，如《雪天》中写了她的饥饿的感觉："屋子虽然小，在我觉得和一个荒凉的广场一样，屋子的墙壁离我比天还远，那是说一切不和我发生关系；那是说我的肚子太空了。"饥饿所形成的精神感觉居然改变了身外的物质世界：自我缩小，小屋空间增大，形成自我和墙壁拉开距离的幻觉，物质贫困所造成的精神痛苦又反作用到现实之中，使自我和现实世界无情地隔开了，这就是饥饿所造成的残酷感觉。在物质贫困压迫的同时，还有更难熬的精神折磨，是孤独："白昼使我对着一些家具默坐，我虽生着嘴，也不言语；我虽生着腿，也不能走动；我虽生着手，而也没有什么做，和一个废人一般，有多么寂寞！连视线都被墙壁截止住，连看一看窗前的麻雀也不能够，……这就是'家'，没有阳光，没有温暖，没有声，没有色，寂寞的家，穷的家，不生毛草荒凉的广场。"在这种情况下，最火热最浪漫最甜蜜的爱情也要变味而显得暗淡无光。《商市街》完全浸在凄苦的愁闷之中，只听见一颗寂寞的心在孤独地跳动着，和二十年代的孤独者郁达夫、庐隐、石评梅等相比，这些描写更富有平民意识，也更有现实感。因为萧红的孤独是残酷的现实的挤压，硬把她和现实隔离，使她处于孤独地位，因此这种孤独的本身就和现实紧密相连。尤其因为三十年代是救亡的年代，这个孤独的灵魂的独白更激起了无数读者的共鸣，发挥了它的积极作用。

萧红和鲁迅私交甚笃，她和鲁迅交往的日子是她一生中最为灿烂的岁月。他们的情谊又成了萧红后期的哀祭散文的肥沃土壤。她怀着深深的眷恋写成了回忆鲁迅的系列哀祭散文：即《鲁迅先生记(一)(二)》和《回忆鲁迅先生》等。虽则是点点滴滴，琐事串联，都是一些零星的断片，但情真意切，楚楚动人。当时鲁迅是一个为人们所仰慕的名人，但萧红坚持尊重历史，尊重事实，尊重人物，不把鲁迅刻意写成巍巍耸立云霄的高山，而是用漫不经心的笔墨，写了一个完全道地生活化了的鲁迅：如写鲁迅抽烟喝酒，写鲁迅开玩笑随意发议论等。更为奇怪的是节与节之间，材料与材料之间互不关联，形成某种断裂。如文章一开始第一节写鲁迅的笑，第二节却又写鲁迅的走，第三节又转到鲁迅论衣着颜色的搭配上去了。但就是这一连串的犹如散沙般的断片，却在萧红笔下奇迹般地凝聚起来,站起一个可亲的有血有肉的真实的鲁迅。萧红的这些散文的成功就在于生动地把一个可亲的富有人情味的鲁迅交给了读者,在回忆和纪念鲁迅的散文中,萧红就凭这一点独占鳌头,为人们所推崇。她的成功是因为她写的鲁迅,是她眼中的鲁迅,心中的鲁迅,活生生的鲁迅,这是萧红式的鲁迅。反过来,也写活了鲁迅眼中的萧红,鲁迅心中的萧红。她是写鲁迅又是写自我,她在哭鲁迅又是在哭自我。她和鲁迅心心相印,说到底,这些系列散文又是萧红擅长自我回忆的杰出表现,萧红用它作为敬献给鲁迅的一个永恒的悼念的花圈。

第六节 鲁彦等的乡土散文

一 乡土散文悄然滋长

乡土散文在五四现代散文诞生的时候,虽然已经陆续零星地破土生长,如周作人的《乌篷船》、鲁迅的《朝花夕拾》中的一些篇章以及叶圣陶的思乡小品,都可称得上是乡土散文的佳作,但终究未能形成气候和潮流。尽管在文学研究会的青年作者中出现了乡土文学作家群,但并未出现有个性的乡土散文作家。直到三十年代,烽火遍地,社会动荡,许多作家处在物质和精神的痛苦的漩涡之中。生活的压抑,使得“怀乡”和“恋土”成了一种调节心灵的灵丹妙药。同时一些作家在二十年代进行乡土小说创作实践的成功也积累了一些经验。这都为三十年代乡土散文的滋长提供了有利条件。沈从文重返湘西,写下的乡土散文《湘行散记》轰动全国就是一个例子。人们把乡土散文视为慰藉精神的良药。“怀乡”“恋土”成为时尚,第一代第二代的现代散文家在三十年代几乎都有“怀乡”“恋土”之作。成就最大的当推沈从文和鲁彦。

三十年代的乡土散文呈现了这样一些审美特征:

第一,乡土散文所抒写的恋土和怀乡情绪从本质上看是一种寻根认宗的传统情绪。这种情绪有近乎宗教般的虔诚,虽然不排除自我本能发泄的因素,但归根结底是社会挤压的结果,是一种社会情绪。

第二,乡土散文所抒写的情致两极分化:一种趋向极端,这以沈从文的《湘行散记》等为代表,这类乡土散文并不是简单地复制昔日的历史记忆,而是以“我”为绝对主宰,自由展开本土想象;另一种则柔和宁静,以鲁彦的乡土散文为代表。但不管哪一种,都是用来调谐自我心灵,作为自我疗养的一帖药方。

第三，"怀乡""恋土"的终极目的是"恋世"，只不过是一种迂回曲折的入世。正因为如此，乡土散文大多富有积极进取的稳定审美价值。

由于沈从文在京派散文作家群中已有所介绍，这里重点介绍鲁彦。

二 鲁彦的宁静柔和的乡土散文

鲁彦(1901—1944)，浙江省镇海县人。原名王衡，又名返我、忘我。家境贫苦。父亲希望他从商，但他在五四运动感召下，赴京学文。之后走上文学道路，从事翻译、创作和教育工作。他一生身罹百苦，颠沛流离，在《童年的悲哀》中叙述道："过的艰苦和烦恼的日子太多。"尤其从1930年秋开始到1936年，鲁彦先后到福建、上海、陕西等地工作，生活极不安定，辗转流浪，引爆了他的乡情。他的为人们所推崇的乡土散文几乎全在这一时期写成。如《父亲的玳瑁》、《故乡的杨梅》和《钓鱼》等。这一时期，他已进入而立之年，在《我怎样创作》中如此描述他的状态："年纪渐渐大了，热情也就渐渐有意无意地减少起来。"他是在对现实生活的热情冷却的情况下，到历史的童年生活中去寻找昔日的热情。因此他的乡土散文是重温童年记忆之作。

鲁彦的乡土散文创作缘由大致有这样四种情况：一是现实生活的悲哀，促使他"回溯到我不知道悲哀的童年"，如《开门炮》；二是疾病的折磨，"病着的躯壳的病着的心"，在一定的环境下，发出思乡之情，如面对细雨连绵的春天，诱发了乡思，乃写《杨梅》；三是哀悼和思念亡故的亲人，如《父亲的玳瑁》就是寄托对父亲的思念；四是为寂寞所困扰，借乡情来排遣，如《秋雨的诉苦》。总体来看，他的乡土散文是怀土和人情的结合，是借叙写乡土来忘却眼前的烦恼和痛苦。

但这种忘却本身就是一种烦恼和痛苦。现实的碰壁，生活的无味，把鲁彦挤压到矛盾的漩涡中打转。他是以对现实失去欢乐和信任的失衡状态去欣赏昔日的乡土田园风光。这不是一种自觉，而是一种无可奈何的被动。这种被动使得他连陶渊明都不如，陶渊明还可以专注地"悠然见南山"，但鲁彦却只能在现实中暂时偷得片刻的工夫，神游昔日的乡土，还必须时时回到现实中来，这就形成鲁彦乡土散文中常常出现的两大景观：一是历史和现实常常碰撞，形成对比，如《杨梅》中的家乡昔日的杨梅是相思的杨梅，可爱的杨梅，甜美的杨梅，而眼前的杨梅，"比故乡的小，比故乡的酸，颜色又不及故乡的红"，"简直不像是杨梅"。结论只能是灰色的："故乡离开我愈远了"——典型的"今不如昔"。另一大景观则是消极的否定，这在《雪》中表现最为充分。面对现实中的雪景——"眼前飞舞着的上海的雪花"和北京的雪，他采取连续否定，感到"没有意思”。真正有意思的是他昔日童年在故乡时所见到的“雪”:“雪”是“我的火炉”,“是我的地毡,我在它上面打着滚,翻着筋斗。它在我的底下发出嗤嗤的笑声,我在它上面哈哈地回答着。我的心是和它合一的。我和它一样的柔和,和它一样的洁白。我同它到处跳跃,我同它到处飞跑着”。但这种肯定,虽然实在,却属于遥远的童年,时间已把它残酷地变成历史,变成虚空的幻想,因而这种肯定也是阿Q式的可怜的自我麻醉。作者完全清醒地意识到这一点,最后又不得不忍痛再回过头来否定这种肯定:“我既生为今日的我,为什么要追求或留恋今日的我以外的我呢?”这种否定之否定所形成的情感和行为的矛盾,酿造了鲁彦乡土散文的那种剪不断理还乱的朦胧多重感情。诚然,这种感情不是属于鲁彦个人的,而是代表了当时一部分知识分子在激烈的动荡中的情绪。

鲁彦的乡土散文崇尚宁静、柔和。虽然鲁彦也想借昔日的乡土的优美对现实予以否定,而且这种否定中,也有过“地太小了,地太脏了,到处都讨厌。从来只知道爱金钱,不知道爱自由,也不知道美”的呼啸,但这种否定,并不是像沈从文那样借写故乡的湘西山水形成一种极端的刺激,对压抑的都市生活和现实形成强烈冲击波。他仅是想借乡土的柔和宁静境界,来调节自己烦躁、孤独苦闷的心灵,近似于一种借酒浇愁的自我安慰,虽是否定,并不想破坏什么,是一种微调、弱刺激。鲁彦曾声称自己人格是多面的,“有时很讲理性,有时一点也不讲”。但就他的乡土散文而言,是“很讲理性”的,是冷静地蓄意地要借乡土来创造一些柔和的境界,让和他有同样烦躁苦闷心灵的人到其中去憩息片刻。如他的《旅人的心》中,作者开始一而再、再而三地渲染父亲每次出远门的平静,面对眼泪滂沱的送行家人,“父亲却平静地走了,露着微笑。他不畏惧,也不感伤,他说男子汉要胆大量宽,而男子汉的眼泪和珍珠一样宝贵”。在父亲的感染下,文中的“我”第一次出远门也是那样平静,“我勇敢地挺了一挺胸部,仿佛乐意地用两肩承受了那负担,而且觉得从此才成为一个‘人’了”。平静就是自信,平静就是力,平静的父亲成了这一宁静境界的感情的脊梁。正是在父亲平静的力的影响下,出现了这样宁静柔和的境界:

> 夜是美的,黑暗与沉寂的美。从篷隙里望出去,看见一幅黑布蒙在天空上,这里那里镶着亮晶晶的珍珠。两岸上缓慢地往后移动的高大的坟墓仿佛是保护我们的炮垒,平躺着的草扎的和砖盖的棺木就成了我们的埋伏的卫兵。树枝上的鸟巢里不时发出啾啾的拍翅声和细碎的鸟语,像在庆祝着我们的远行。河面一片白茫茫的光微微波动着,船像在柔软轻

漾的绸子上滑了过去。船头下低低地响着淙淙的波声，接着是咕呀咕呀的前桨声和有节奏的嚇咄嚇咄的后桨拨水声。清冽的水的气息，重浊的泥土的气息，和复杂的草木的气息在河面上混合成了一种特殊的亲切的香气。①

作者已完全痴迷于他昔日的宁静柔和境界中，连可憎可怖的坟墓和棺木也披上了宁静柔和的诗意的彩衣，显得可爱非凡。但行文到最后，却来了一个逆变，这一切已成历史，俱往矣，"我"现在已"连自己也不能相信"，"我的心没有一刻能够平静"。我"充满了烦恼，忧郁，凄凉，悲哀"地去为父亲"永久地安葬"。平静的父亲连同平静一起消失了。这一转折使这篇散文的柔和宁静平添一种感伤气息，显得不很协调，但却更衬托出作者对柔和宁静境界的向往，因此它给这柔和宁静之境添色加味，使之更为诱人。

第七节 其他散文作家

一 陆蠡："永不屈服于黑暗的囚人"

陆蠡(1909—1942)，浙江天台人。原名陆圣泉。1926 年考入杭州之江大学，后转到上海劳动大学学习工科。1932 年开始在上海文化出版社任编辑。次年去福建泉州中学教书，同时开始从事散文创作和翻译。一年后又回上海文化生活出版社工作。1942 年 4 月，所供职的出版社被抄，他奋不顾身去交涉，为日寇囚禁。在法庭上，威武不屈，受刑而死。

陆蠡的散文顽强地向人们显示了他的人格特征。这一人格特征可用他的散文名篇《竹刀》中写的那把"竹刀"来象征。《竹刀》抒写了一个悲惨的故事，穷困的山民和阴恶的城市商人发生了尖锐的冲突，一位年轻的山民削了一把竹刀，刺杀了大肚皮的老板，最后，在法庭上，这位年轻的山民又用竹刀刺杀了自己，故事画上了一个血淋淋的句号。竹刀是一把锋利的刀，复仇的刀；但它毕竟又是"竹"——厚钝的，脆弱的，因而结局也是悲惨的。这竹刀是一个刚柔的矛盾的混合体。陆蠡就是这样的一把"竹刀"：他其貌不扬，身材矮小，面目清癯，右目失明，拙于辞令，形貌委琐；但他心地坦白，不虚夸，不浮躁，光明磊落，锋芒毕露。1942 年 4 月，他所供职的文化生活社被抄，没收全部新旧《文

① 鲁彦：《旅人的心》，《鲁彦散文集》，新文艺出版社 1958 年版，第45 页。

学丛刊》。多少人躲开了,他却自投罗网,去租界当局交涉。“一个人平时没有一点点英雄的样子给人,然而危机来了,他却比什么人也勇敢,莎士比亚曾经说:‘因为勇敢要看机会。’”①他后来遭囚禁,在法庭上日敌反复问他赞不赞成伪政府,他回答不赞成。问他对于大东亚战争持何看法,他说必定失败。他不折不扣的是把“刀”。最后受刑而死。日敌可以折断这把“刀”,但是在这位矮小的人面前,他们也最终成了最虚弱的一抔粪土。

陆蠡是个孤独者。他对自己的气质作过这样的勾画:“我是感情的奴役,也是理智的仆隶。”成了“一个不幸的卖艺者。当命运的意志命我双手擎住一端是理智一端是感情的沙袋担子,强我缘走窄小的生命的绳索,我是多么战兢啊!为了不使自己倾跌,我竭力保持两端的平衡。在每次失去平衡的时候便移动脚步,取得一个新立足点,或则是每次移动脚步时,要重新求得一次平衡”②。这种艰难挣扎只能促使他永远在寂寞中徘徊。他深深感到:“情感是易变的,背信的,寂寞是忠诚的,不渝的。和寂寞相处的时候,我心地是多么坦白,光明!寂寞如一枚镜,在它的面前可以照见我自己,发现我自己。我可以在寂寞中围护中和自己对语,和另一个‘我’对语,那真正的独白。”③他在寂寞中和自己对语,首先是从和家乡他所熟悉的草木虫鱼对语开始的。他出生于浙江天台县的平镇里,那是一块贫瘠的土地。陆蠡的童年在这里一直和草木虫鱼为伍。因此在他孤独的时候,他首先想到了它们。他的第一本散文集《海星》共五辑二十五篇散文,近一半是借家乡的草木虫鱼来抒情的。由于刚开始创作散文,抒情写志显得虚空和稚嫩,但感情却有品位。如其中的《海星》,全文这样写道:

孩子手中捧着一个贝壳,一心要摘取满贝的星星,一半给他亲爱的哥哥,一半给他慈蔼的母亲。

他看见星星在对面的小丘上,便兴高采烈的跑到小丘的高顶。

原来星星不在这儿,还要跑路一程。

于是孩子又跑到另一山巅,星星又好像近在海边。

孩子爱他的哥哥,爱他的母亲,他一心要摘取满贝的星星,献给他的

① 刘西渭:《陆蠡的散文》,《李健吾创作评论选集》,人民文学出版社1984年版,第544页。

② 陆蠡:《〈囚绿记〉序》,《陆蠡散文选集》,百花文艺出版社1992年版,第126页。

③ 陆蠡:《寂寞》,《陆蠡散文选集》,百花文艺出版社1992年版,第145页。

哥哥，献给他的母亲。

海边的风有点峭冷。海的外面无路可以追寻。孩子捧着空的贝壳，眼泪点点滴入海中。

第二天，人们发现了手中捧着贝壳的孩子的冰冷的身体。

第二夜，人们看见海中无数的星星。①

孩子立下的誓愿是单纯的、诚挚的，也是浪漫的：他要摘取星星献给他的亲人。他充满了幻想，幻想导致了错觉：星星就在对面的小丘上，伸手可取，但现实是严酷的，峭冷的风和无路可寻的大海横亘在他面前。幻想和现实的矛盾却没有使孩子却步，执意的坚持使他倒下了。"海中无数的星星"和捧着空贝壳的"孩子的冰冷的身体"形成了强烈的对比和反差，画面的寂寞和孤独冷冷咬人。这一悲剧画面成了这位孤独的作者的一生的谶语。虽则整个篇章情节简单，物象细小，但心境恢弘，情真意醇，显示了陆蠡前期散文的情调特色。

从散文集《竹刀》开始，陆蠡的散文创作套路有所改变，渐渐向实的方向转变，喜欢借一件有寓意的事物作比兴，使得抒写的情感更为沉潜和实在。他的第三本散文集《囚绿记》在创作上更为成熟。其中的《囚绿记》是脍炙人口的名作。"我"喜欢窗外的绿色的常春藤，把两枝浆液丰富的常春藤的柔条伸进屋内，加以幽囚。奇怪的是幽囚的"绿友"却将"它的尖端总朝着窗外的方向。甚至于一枝细叶，一茎卷须，都朝原来的方向"，向着阳光，成为"永不屈服于黑暗的囚人"。这种惊喜的发现以及颂扬，就是作者本人的铁骨铮铮和向往自由的真实写照。他最后用他的行动，无愧地证实了他就是倔强的"绿友"。

陆蠡不仅善于抒情，他的记人也很有特色。由于他本人是个孤独者，所以他喜欢把一些孤独者作为他的表现对象，一是他理解他们，二是同情他们，惺惺惜惺惺。《水碓》写一个孤苦伶仃的童养媳，在各种残酷的虐待下独自守水碓，让巨灵般的杵臼震怖她稚弱的灵魂，最后被石杵卷进臼里，捣成肉酱；《嫁衣》写一个少女，带了"一两百人抬的大小箱笼"嫁到夫家及至母亲病逝，丈夫一去不返，遗弃了她，"她的青春在出嫁时便被褶入一对对的板箱，随着悠长的日子而霉烂了"。最后在检点嫁时的衣裳时，不幸失火被活活烧死。另外还有《私塾师》中那位"没有资格教孩子，但他有生存的权利"的私塾师

① 见《陆蠡散文选集》，百花文艺出版社 1992 年版，第 17 页。

等等，都写得栩栩如生，情真意切。

陆蠡作为孤独者，他具有孤独者的一般共性，如寂寞忧郁，如以自己和自己的独语来排遣郁闷等等。但是，陆蠡的孤独却有他的独特的风采。他在《寂寞》中十分动情地向读者显示了他和"寂寞"交往的过程：他幼小的时候，曾倔强地用"余勇追赶另一只欢乐"来拒绝"寂寞"对他的安慰；长大了，在失望和空虚时，作者依然不愿接近"寂寞"，因为他"另有念头"；经过生活的挫折，"寂寞"再次来安慰作者，作者"仍然有几分傲岸"地拒绝了它；但在作者历尽了生活坎坷，处处碰壁，只能"孤单地登上旅途，孤单地行路，孤单地栖迟，没有一个人作伴"时，终于"如同欢迎一个老友"般地和"寂寞"相安。严酷的现实剥夺了作者的一切，唯把"寂寞"留给了他；而作者在沉浮的人世中，也感到一无所有，唯有"寂寞"属于他，忠诚于他，"如良师，如益友，它在你失望的时候来安慰你，在你孤独的时候来陪伴你"①。"寂寞"在陆蠡心中变得如此可爱和令人向往，这是多么让人恐怖和惊心动魄！这就是时代强加给陆蠡的悲剧！在陆蠡和"寂寞"的感情上，显示了陆蠡孤独的个性：陆蠡的"寂寞"是在历尽沧桑，受尽折磨的情况下，无可奈何地和"寂寞"为伍，但最后又不得不真心地"安息"于其中。这种稳定性，既显示了作者百折不弯的韧性，又有众人皆醉唯我独醒的卓然独立的气概。相比之下，其他的同代的一些散文家的寂寞情感就不稳定，如何其芳在二十多岁时写的《画梦录》中显示的"寂寞"就是一种少年人多愁善感的生理冲动和发泄，无论从基调还是内涵来看，陆蠡的"寂寞"要诚实得多，踏实得多。

二 丽尼："弹奏幽怨的哀曲"

丽尼(1909—1968)，湖北孝感县人。原名郭安仁。曾参加中国左翼作家联盟，从事创作和翻译。1935 年他与巴金、吴朗西、伍禅等创办文化生活出版社。他的散文创作集中在三十年代，成果就是由文化生活出版的三个散文集：《黄昏之献》、《鹰之歌》、《白夜》。

丽尼生活坎坷，一直处在贫穷和困苦当中，他的散文常掉泪。在中国现代散文史上，男子汉写的散文中要数丽尼的散文泪水多。

这三本散文集的基调是诉怨。这种怨在《黄昏之献》中是集中表现在他个人对生活艰难的感受上，他"背负着生命的重累与疲乏"②，"如同倦旅的人背

① 陆蠡：《寂寞》，《陆蠡散文选集》，百花文艺出版社 1992 年版，第 142 页。
② 丽尼：《月季花之献》，《丽尼散文选集》，百花文艺出版社 1992 年版，第 33 页。

负着自己的重荷”①,已没有法子使生活“这炉火燃烧”②,只能在深更半夜,当人们沉睡后,才用“断裂的心弦”弹奏幽怨的哀曲③,发出“我感觉了寒冷”的呼号④。这些哀怨实质上是二十年代散文园地里的悲苦的灵魂们播下的“生之苦”的种子发芽滋长起来的,是同一类品种。它是一种哀怨的独语。但在《鹰之歌》中却起了变化,其怨是表现在对旧世界的诅咒上,是一种愤怒的表达。其中《鹰之歌》是以一位女友被残杀的事实,用鹰的搏击来赞美这位女友牺牲的壮烈,渴望新的希望在艰难中产生。《松林》以自己的祖父和父亲先后被逼吊死的血泪家史,深刻揭示了人吃人的社会的罪恶。《无业者》通篇都是咬牙切齿的怒骂:“人吃人的世界!不让人活的世界!”诚然,从总体上看,忧郁和寂寞依然贯穿始终。这两本散文集从哀怨的独语到愤怒的诅咒的嬗变,也促使作者在表现技巧上发生了变化:《黄昏之献》是侧重在对虚空的世界进行抽象的动感情的理念的诉说,而《鹰之歌》则在抒情写感时,常常会出现一个实体——一个或半个情节、人物,虽则不太完整,但却使感情有了个附着物,情感和实体粘得很紧。这种变化反映了作者生活观念的变化,从对内心自我的审视转到对社会的透视了,其结果是感情也变得粗壮和沉甸了。第三本散文集《白夜》又正是这种变化的延伸和深化,丽尼关心他人之苦已胜过对自己的苦的申诉了。《白夜》重在言他人之苦,其中许多篇章都编织了一个被眼泪浸透了的愁苦的故事。如其中的《池畔》讲述了被人遗忘只能痛苦呻吟的幺叔的血泪;如《影》中的阿秀为生活所折磨发了疯后如鬼般的生活;《秋》中的何老爹从“虎拐子”变成“老糊涂”,只能整天哀叹自己生活得“狗还不如”。这些故事是作者视野开拓的收获,自然也是由于作者心中有解不开拂不去的愁云,因此想用他人之愁苦来发泄自己的愁绪。虽则,丽尼三本散文集的表现形式不同,但从骨子里看,却离不开“怨”和“愁”,是作者在愁苦的泥坑中不能自拔的挣扎和呻吟,其质地是纤细的、柔弱的。

三 缪崇群:哀切凄怨,纯真动人

缪崇群(1907—1945),江苏六合人。早年生活于北平,曾留学日本。1931年从日本回国,在湖南、上海、南京等地从事编辑和写作。抗战爆发后,辗转武

① 丽尼:《失去》,《丽尼散文选集》,百花文艺出版社 1992 年版,第 36 页。
② 丽尼:《傍晚》,《丽尼散文选集》,百花文艺出版社 1992 年版,第 47 页。
③ 丽尼:《黄昏之献》,《丽尼散文选集》,百花文艺出版社 1992 年版,第 22 页。
④ 丽尼:《残梦与怅惘》,《丽尼散文选集》,百花文艺出版社 1992 年版,第 56 页。

汉、昆明、桂林、重庆等地,流亡中曾做过书店编译和小学教师,生活困苦,最后不幸病逝于重庆。他的短促的一生始终为疾病(肺病)和流浪飘泊所困扰。他满身疾苦而又天生敏感,散文成了他的精神寄托。在短暂的一生中,他留给人们的散文主要有《晞露集》、《寄健康人》、《废墟集》、《夏虫集》、《石屏随笔》、《眷眷草》以及他的好友巴金为之编辑的《碑下随笔》等。另还有一本《晞露新收》,是他生前自己定的书名,去世后由其好友韩侍桁综合他的全部散文选辑而成,该散文集于1946年由国际文化服务社出版。

缪崇群散文创作的历程,大致以1939年出版的《废墟集》为分界线,可以分为前后两期。三十年代是他散文创作的前期,也是他的散文创作的黄金时期,以《晞露集》、《寄健康人》和《废墟集》为代表。这一时期的散文,侧重在个人的诉怨写愁上,描写的大多是破碎的故事:或是写自己欲爱却不能的没有结果的恋爱悲剧,如《芸姐》和《高原的草》;或是写病魔折磨的凄愁,如《寄健康人》和《药》;或是感叹人生的哀愁,如《秋夕》等等。这些散文冰冷凄凉,为愁怨所笼罩。进入四十年代,缪崇群的散文开始转向,以泄愤为主。这一转向和他所处的大环境密切相关,日本帝国主义的炸弹天天高悬在头上,他被迫不断地重温"空袭"这一讨厌的功课。缪崇群愤怒了。事实上,缪崇群在《废墟集》中已开始流露出转向的端倪。如其中的《婴》,怀着满腔的怒火借一个在敌机轰炸中降生的婴儿怒吼说:"从白骨中还会生出一个复仇人!"再如《废墟上》、《红酒》等都可以说是金刚怒目式的泄愤之作。之后四十年代写的《夏虫集》、《石屏随笔》和《眷眷草》等散文集中大部分也是怒胜于怨之作。和前期相比,缪崇群后期散文的视野开阔了,笔墨较多地侧重写他人之不幸了,如《夏虫集》中的《血印》写在日寇大轰炸时,他抢救一位受伤的妇女,鲜血印在他身上,他极度痛苦地抒写道:"血,给我的衣服,给我的心,打上了一个不能泯灭的印记……"不过,泄愤并非缪崇群之所长,相比之下,他的后期散文要比前期散文粗糙一些,因而也逊色一些。

不幸的一生,促使缪崇群常常进行着生的思考。对生的思考,历来折磨着一些哀怨文人。缪崇群前期散文竭力想解开这个难题,答案是灰色而暗淡的。他的答案内容是:第一,生之艰难。在他看来,人好比旅途中的旅人,在人生的旅途上,"铁一般的重量,负在旅人的肩上;铁一般的寒气,沁着旅人的心,铁的镣铐锁住了旅人的手和足,听到了那钉铛的铁之音,怕旅人的灵魂也会被激烈地被震撼了罢?"①第二,生之寂寞。尽管和二十年代散文园地里的孤独者相

① 缪崇群:《从旅到旅》,《缪崇群散文选集》,百花文艺出版社1991年版,第99页。

比，缪崇群排斥他人和离群情绪并不十分强烈，但他天生的敏感使他常常感到莫名的孤独，这在《守岁烛》中显示得非常形象，他认为“天下没有不散的筵席”，因此在最热闹最欢乐的除夕守夜中，他“心里总感觉着难受似的”。其他如遇到一些客观的景，“蛙鸣”、“燕舞”、“铃响”之类，他都会油然而产生寂寞的愁绪。这和二十年代的孤独者郁达夫、庐隐一脉相承。第三，生之无望。他悲叹自我卑怯，无法主宰自己，只能被动地为世界主宰，从而对自我价值产生了怀疑，反复呻吟着：“我不知道还要被这被那命运的力推送到何处去”，进而产生绝望的心理，“我自己的路，完全到了尽头；所有的门，也都合闭了”。发出这样的悲鸣：“光明和药，以后我再也不去追求了；说它们在前头，可是我们知道却已埋进了坟墓。”第四，生死无常。他感受不到生的意义，“在无痕中带着痕迹，在无声中留着声音，在虚无中有着存在，这大约便是我的生命了罢？”其结论是生死无常，消极无为。在他看来，人世间“谁也不晓得谁是为谁而来的：在自然里生，在自然里死”，“蜉蝣”和扶摇直上的“鹏”是一回事，同是历史的过客等等。这些答案最集中最系统地表现在他为生之思考写的系列散文，即《废墟集》中的《药》、《从旅到旅》和《站》中。缪崇群的这些散文从一个侧面，可以让我们窥视到在阶级矛盾和民族矛盾深重的三十年代的中国的一部分神经脆弱的知识分子的“脑电图”，虽则哀切凄怨，但却纯真动人，如《晞露集》中的《红菊》、《芸姐》和《寄健康人》中的《寄健康人》(二)，均是值得一读的优秀篇章。

缪崇群一生为疾病所折磨，他的散文创作思维也呈现出一种少有的病态。这种病态思维不管写人写事写景，都要促使其形象向悲哀的方向逆转。他的这种逆转有时到了偏执的地步。如《守岁烛》中，写的明明是除夕守岁的欢乐景象，可是到了缪崇群的笔下，却残酷地逆转成为这样的哀境：

> 外面的爆竹，还是密一阵疏一阵地响着，只有这一对守岁烛是默默无语，它的火焰在不定的摇曳，泪是不止的垂滴，自始至终，自己燃烧着自己。①

这一切都是除夕守岁的真实景象，但被这位悲哀的孤独者的主观情感一处理，用“热”的“动”的爆竹和“冷”的“静”的烛进行对比，形成强烈错位，造成失衡。而后再借烛的一些形象特征：自己燃烧自己，不停止的滴泪等等，使景的内涵脱胎换骨地陡然逆转，形成凄艳的哀境。这就是缪崇群的病态思维的

---

① 见《缪崇群散文选集》，百花文艺出版社 1991 年版，第 23 页。

魔力。同样在《寄健康人》(二)中,他不露声色地写了“燕舞”景象,但紧接着却引出了他的哀哀切切的“燕论”:“燕子的身子仿佛是一个一开始就不停地飞舞着,胡乱地划着,但是发不出一点点的声音,更没有任何的意义。”这样,从容地把燕舞景观逆转到他的生之虚无的观念中去了。

值得一提的是,缪崇群散文中的一些写社会众生相的小品,如《夏虫集》中的《夏虫之什》,以及写社会生活的小品,如《废墟集》中的《茶馆》等,也都是缪崇群散文中颇有光彩的篇章。

概括起来,缪崇群是生得寂寞,死得冷落。他于1945年1月18日病逝于重庆江苏医院,身边无一亲友,唯有一点,他在江苏医院告别人世,名义上也算归了老家“江苏”的“根”。

第十一章　时代呼唤　无畏的抗争

第一节　爱国抗日：抗日战争时期散文的灼热主题

一　概述

1937年7月7日，卢沟桥事变发生，抗日战争的帷幕拉开，中华民族面临的一个最严峻的问题就是民族存亡的问题。日本帝国主义的枪声，很快使中国人民在这个问题上形成了共识，必须团结起来抗击日本帝国主义的侵略。战争激烈地改变着社会，一切均因失衡而打破了常态。文学也是如此。书店停顿，杂志停刊，以抗战初期的上海为例，由作家自己扶植、在炮火中发行的刊物，仅有三十二开的几种小型杂志，如《烽火》、《呐喊》、《七月》、《光明》特刊等。"文艺无用"一度支配着每个人的思想，当时被称为"前线主义"。过去集中在都市里的一些作家开始向各种各样领域疏散，投向热情洋溢的民众团体，奔向炮火纷飞的战场，投笔从戎，使得作家处于一种动荡纷乱的状态。但不久，事实就纠正了作家的思想，战争依然需要文学，除了刀和枪以外，还需要笔，文学还有它的特殊功能。同时战争也为文学开辟了肥沃的土壤，人民大众也并不因为战争而拒绝文化生活。到三十年代末，文学书刊的发行量比从前激增起来，新书的印数由战前的每版一两千变为三四千乃至上万。所以，当北平、天津、南京、上海相继沦陷，政治中心移到武汉后，许多作家立刻都汇聚到了那里。此时，面对强大的侵略者，作家们都不约而同地抛开分歧，摒弃成见，要把一切献给这场伟大的民族战争。"中华全国文艺界抗敌协会"（简称"文协"）于1938年3月27日在武汉成立。选出了老舍、邵力子、吴组缃等四十五人为理事。为了避免党派嫌疑，由老舍出任总务部主任，成为事实上的负责人。该协会明确宣告："我们应该把分散的各个战友的力量团结起来，像前线将士用他们的枪一样，用我们的笔来发动民众，捍卫祖国，粉碎敌寇，争取胜利。民族的命运，也就是文艺的命运；使我们的文艺战士能够发挥最大的力量，把中华民族文艺伟大的光芒照彻于世界，照彻于人类。”确定了“文章入伍，文章下乡”的方针。“文协”又先后在成都、香港、昆明、曲江、桂林、贵阳、延安等地成立了分会，在推动作家用文学为抗战服务上发挥了积极的作用。1939年到1940年，是抗战文学最活跃的一个阶段。当时，杂志又骤然增多起来，如在重庆继续出版的有《七月》、《抗战文艺》，在桂林出版的有《文艺战线》(周扬、沙汀主编)、《野草》(夏衍、宋云彬、孟超、聂绀弩、秦似等编辑)，在上海出版的有《文艺阵地》(茅盾、适夷主编)等，以及各地的刊物有数十种。文学终于恢复了常态。

由于日本帝国主义的侵略，中国的国土上出现了国统区、解放区、沦陷区以及“孤岛”(即1937—1941年的上海)，文学的发展也呈现出各种不同的姿态。尤其是抗日战争的持久战的特性，也影响了文学的发展。作家们纷纷奔赴前线，一切为了战争，主动地以散文为武器，为战争服务，把散文当通讯写，散文通讯化时代开始了。这是三十年代的散文俗化的热烈继续，战争促使了这种继续。

战争促使散文愈来愈重视和强调宣传功能以及社会效应。在战争的血与火中，散文坚定地又是自觉地肩负起宣传功能，尽管对于它来说是一种超负荷的负载，但它必须如此。速写、素描、纪实散文以及由此而蜕变成的报告文学，在战争的刺激下，显得异常热烈和活跃，而且生命力很旺盛。这一时期的报刊大部分篇幅都刊登这类散文。散文的宣传功能在这一段时间里得到最彻底、最生动的发挥。

战争促使散文愈来愈重视时效性，讲求快速真实地把战事的信息传递给读者。这也是散文为适应战争环境中读者口味的改变而不得不这样做。由于战争，读者阅读散文以了解战争为最高目的，信息的“快”与“真”是他们对散文评判的直接原则。相反，其他一些因素就显得较为次要了。

战争促使散文愈来愈向通俗易懂发展。能够简明扼要，通俗易懂地素描战事的散文深受人们欢迎。散文借助战争自觉地进行着一次大众化和普及化运动。

抗日战争时期散文的发展大致以1939年(即武汉陷落，迁都重庆)为界限，分为两个时期。在1939年之前，由于战争的突然爆发，猛烈地冲击着散文家，他们不仅在生活上动荡不安，纷纷内迁，同时在创作观念上和路线上，也彷徨起来。他们开始向前线、向后方、向乡村疏散。华北一带的散文家由津浦及平汉两路南下，如沈从文、刘白羽、朱自清等；东南沿海一带的散文家由南京绕道津浦、陇海西行；东北一批散文家如萧军、萧红等也分别从平津、河南等地向内地迁移。国家处在前所未有的混乱之中。这一时期的散文创作相对来说，群众性的创作比较活跃。这以《上海一日》为代表。1937 年 8 月 13 日,国民党军队和上海三百万爱国市民,同仇敌忾,抗击日本侵略者。由于许多市民亲身经历了战争,体验丰富,创作欲非常强烈,纷纷拿起笔,把他们的所见所闻写成散文。尽管这些散文并不高明,但诚如编者在《本书编辑经过》中所说,"隐藏在这些不高明的文章的背后的,是活生生的实际经验,是火焰一般的爱国热情。写作技巧的幼稚固然减损了他们作品的感染力,但比起技巧高明而内容空虚的作品,也许较胜一筹"。作者面也非常广泛,"就年龄说,作者有五六十岁的老头子,也有十三岁的小孩子,但绝大多数都是二十左右。就职业说,有学生,教员,小职员,兵士,工人,演员,家庭妇女,舞女,女招待,妓女……差不多什么职业都有"。这种群众性的散文创作使得《上海一日》内容非常丰富,有对军队战斗实况的特写,也有对亡国滋味的咀嚼,还有对日本帝国主义的暴行和汉奸的切齿痛恨的抒写等等。这种散文创作活动在整个抗战阶段中一直较为活跃,常常是在一个大的战役或一次大的事变后,都有一些散文作者以此为热点,及时写一些散文予以报道。在抗战初期,也有一些专业作家根据自己的实际经历或采访所得,写过一些篇幅较长的速写,如郭沫若的《在轰炸中来去》、靳以的《上海书简》、东平的《第七连》等等,但并不占主要地位。这一时期的散文创作采取了"盯"的战术,盯着一件事一个人,重实录,少议论,有明显的表面化、"前线主义"的倾向。

1939 年武汉、广州相继陷落,重庆和延安成为政治文化中心,这时抗战散文的发展进入了第二阶段。这一时期出现很多对散文创作有利的条件:一是带有统一战线性质的"文协"的成立,可以切实地对散文作家予以关心和指导;二是大批散文作家来到重庆、延安和其他根据地,直接投身到战火中,基本队伍逐步稳定;三是一些著名的报刊,如《大公报》等迁至内地,作品有了发表的园地;四是国共两党对散文作家都采取了一些积极政策,如国民党对流亡到重庆的东北散文家的安置,延安对从内地到解放区的散文家的关怀和培养等,造就了一批有成就的抗战散文家,如东平、曹白、骆宾基、刘白羽、吴伯箫、丁玲等。这时期的散文作家已经克服了单纯地"盯"着前线战斗题材的倾向,视野相对开阔,文学色彩有所增强,散文文体意识也有所强化,有活力,有深度,成就和影响比第一时期大。当然,在延安等地区的共产党领导下的解放区,对群众性的散文创作仍然十分重视,并积极加以倡导。如延安的散文集体创作《五月的延安》和《陕北生活》,冀中根据地在 1943 年发起的"冀中抗战八年"等写作运动,都以轰轰烈烈的气势载入了中国现代散文史册。

另外,从散文文体的发展来看,以 1939 年为分界线的抗战散文也有明显的变化。这就和1938年到1939年在文艺界发生的“抗战无关论”的争论紧密相关。1938年12月1日,梁实秋在他接编的《中央日报》副刊《平明》上发表了他写的“编者的话”,中间有这样一段:

> 现在抗战高于一切,所以有人一下笔就忘不了抗战。我的意见稍为不同,于抗战有关的材料,我们最为欢迎,但是于抗战无关的材料,只要真实流畅,也是好的,不必勉强把抗战截搭上去。至于空洞的“抗战八股”,那是对谁都没益处的。①

由于梁实秋一直和左翼文学相对立,再加上这又是发表在国民党的《中央日报》上,所以在左翼作家看来,梁语调轻佻带有讽刺意味,他们对此进行批判,并波及全国,这就是中国现代散文史上的“抗战无关论”之争。其实,从他的文章整体来看,也仅是闹情绪说几句而已,诚如柯灵所说,如果撇开政治、历史和心理因素,完整地理解梁实秋的那段话,“无论怎么推敲,也不能说明它有什么原则性错误。把这段文字的一句话孤立起来,演绎为‘抗战无关论’或‘要求无关抗战的文字’,要不是只眼见事,不免有曲解的嫌疑”。这场论争之后,梁实秋坚持他的观点,并身体力行地写了与抗战无关的散文《雅舍小品》,同时在昆明的王了一创作了《龙虫并雕斋琐语》,钱鍾书创作了《写在人生边上》等学者散文,尽管都和抗战关系不大,却改变了前期的单一感性散文主宰的局面。除梁实秋的《雅舍小品》外,王了一、钱鍾书的学者小品虽不能说和这次“抗战无关论”的论争有直接因果关系,但必须承认,1939年之后抗战散文的题材比第一时期要广泛,色彩要丰富,因此风格也要多样一些。

再从地域层面来考察,抗日战争时期的散文是以四个扇面展开:一是抗战前沿阵地,二是沦陷区,三是“孤岛”,四是大后方,即国统区和解放区。

抗战前沿阵地的散文,主要是战地速写。当时一部分散文作家在战争的裹挟下,直接参加了抗日军队,其所闻所感也就特别亲切;另一部分散文家也由于种种原因,进入了战场,促使他们用战地速写把他们的经历写出来。其中,较有成就的有东平、曹白、骆宾基等。另外有些作家的战地速写也在读者中产生一定的影响,如姚雪垠的《战地书简》以书简形式,记录了抗战初期山东高密一带的抗日实况。一方面真实地把那些患“恐日病”的如高密县绰号叫

① 见柯灵编《中国现代文学序跋丛书·散文卷》(引言),海南人民出版社1988年版,第6—7页。

“曹二鞋底”的县长之类人的心态亮出来曝光，另一方面对抗日志士的斗争的艰苦环境和英勇的精神也进行了忠实的描写。从一个局部地区为我们留下了抗战初期的一些历史画面。阿垄的《斜交遭遇战》具体状写一次以少胜多、以弱胜强的战斗，这也可以说是整个中国抗战的缩影。从保定战斗里撤出的一个团的残部由一个连长率领，和一个大队的日本兵相遇。中国军队咆哮了，在连长的指挥下，打得十分顽强，尤其在冲锋之前连长的一番剖白，标准的农民腔农民理农民情，质朴而动人，最后终于打败了敌人，在弥漫的火药味中显示了抗战激情。当时还有一些抗日将领亲自动笔写一些战地札记，如新四军将领陈毅的《江南抗战之春》。它是作者以亲身体验写成的“江南春天抗战事实的一个小记录”，以札记形式再现了江南全民抗日的情景，兼有军人的勇武和诗人的潇洒气质。

沦陷区的散文相对比较沉寂。北京的周作人从抗战开始，仍然努力写书斋小品。不过，“闲适之趣反愈减退……披中庸之衣，着平淡之裳，时作游行，此亦鄙人之消遣法也”①。愈来愈没有烟火味，情感更为深沉凝重。他从二十年代末开始专心研究新文学与晚明文学之间的关系，此时他更认为上述两者有相似之处，却忽视了我国抗日战争时期的特定的社会状态的研究。他为自己的研究所迷惑，认为当时的社会就是晚明：“世上如没有还魂夺舍的事，我想投胎总是真的，假如有人要演崇弘时代的戏，不必请戏子去扮，许多脚色都可以从社会里去请来，叫他们自己演。我恐怕也是明末什么社里的一个人。”②把三十年代外祸内乱交困的旧中国与晚明社会作简单比附，陷入了历史的循环论，认为中国非亡不可。不但致使他愈来愈消极地躲在书房中抄书，而且进一步导致他对民族对国家丧失信心，附逆下水。在这段时期，他的散文集有：《瓜豆集》、《秉烛谈》、《药堂语录》、《药味集》、《药堂杂文》、《书房一角》、《秉烛后谈》、《苦口甘口》、《立春以前》等等。上海的郑振铎，在上海沦陷后，一直蛰居在上海。他在1945年写的《蛰居散记》（1951，上海出版公司），是一本真实地显示沦陷后的上海的生活的散文集。正如集中《从“轧”米到“踏”米》中说的，那是“好不可惶的一场噩梦”。散文集侧重写知识分子在沦陷后的两极分化的心态。写得最好的是两篇记叙生死存亡时的“最后情景之作”。一篇是《最后一课》，日本占领租界，孤岛陷落。当时作者任教的暨南大学的校长决定，“看到一个日本兵或一面日本旗经过校门时，立刻停课，将这大学关闭结

① 周作人：《〈秉烛后谈〉序》，《知堂序跋》，岳麓书社1987年版，第157页。

② 周作人：《历史》，《永日集》，岳麓书社1988年版，第137页。

束”。教师镇定地授课,学生默默地记笔记,“镇定、安详,没有一丝的紧张的神色。该来的事变,一定会来的,一切都已准备好”。10时30分,日本的军车开来了,教师立刻坚决宣布下课,“学生们一致的立了起来,默默的不说一句话,有几个女生似在低低的啜泣着”。这是特殊的战场,是精神和意志的特殊较量。国可以亡,但人却挺立着。“没有伤感,没有悲哀,只有坚定的决心”。这种特殊的较量,也预示着:这里将是日寇的最后的坟墓。另一篇是《韬奋的最后》,记叙邹韬奋在沦陷的上海和病魔顽强斗争,抱着无穷的遗憾死去。尤其是他死在日本人的眼皮底下,日本人也一直追寻他,但他们的魔爪“永远伸不进爱国者们的门缝里去”,故而一直对邹韬奋的生死很迷惘。这反映了敌人的虚弱和沦陷区人民力量的强大。

在这一时期,上海还出现了以叶灵凤、章衣萍、张爱玲、苏青、钱歌川和马国良等为代表的海派散文作家流派。虽然在抗日战争之前,这些散文作家已逐渐在上海文坛上亮相,但在抗日战争时期,特别活跃,渐成气候,形成海派散文流派。海派散文属都市散文。他们集中展示上海人——特别战时上海人的众生相。他们注重商业效应,以读者口味为重。和京派散文作家不同的是他们拒绝“极端”,崇尚“圆通”;弃“斗争”,求“安稳”;追捧时尚,嗜好流行色。但他们也不可避免地呈现出一种世俗相,有不同程度的市侩味。

“孤岛”时期的杂文特别活跃。“孤岛”是指1937年11月抗日战争爆发到1941年的珍珠港事件爆发后的上海,这是中国现代史上极稀有的一个政治现象。身陷“孤岛”的散文家,正如巴人在《壮烈之外及其它》中所描述的:“不但喉管常被捏住,眼睛也常被挡着的。说的是说不痛快;看的是看不仔细。”杂文就成了他们感情宣泄的最好的文体。发表杂文最多影响较大的是《译报》副刊《大家谈》、《文汇报》副刊《世纪风》以及《申报》的《自由谈》。这时,杂文家唐弢、柯灵、文载道、周木斋、周黎庵、巴人等都非常活跃。他们六人还把这一时期写的杂文合成一本杂文集,名之曰《边鼓集》予以出版。另外,阿英、冯雪峰等也在这一段时间写了不少杂文。这一时期的杂文,虽然风格笔调各异,但方向是一致的:反日反汉奸反法西斯;情调也是一致的:浓重的民族情绪。正如巴人等著的《〈边鼓集〉弁言》中指出的,这时杂文的“心脏就抖成了一个”。值得一提的是在1938年还发生了关于“鲁迅风”的论争。起因是1938年10月19日阿英用“鹰隼”为笔名,在《译报》副刊《大家谈》上发表一篇题为《守成和发展》的纪念鲁迅的文章,文中说:

“鲁迅风”的杂感,现在真是风行一时。

> 鲁迅有《门外文谈》，于是就有人写《扪虱谈》；有《无花的蔷薇》，就有人“抽抽乙乙”地作“碎感”；有“怒向刀丛觅小诗”的苍凉悲壮诗文，诸多鲁迅式的杂感，也便染上了六朝的悲凉气概。

非难“有人”在机械地模仿鲁迅。次日，巴人即在《申报》副刊《自由谈》上发表《“有人”，在这里！》，出来应到，坦然承认《守成和发展》中所指责的《扪虱谈》以及“抽抽乙乙”的“碎感”之类的杂文，是他写的。他认为，这些杂文，“不是袭取鲁迅的，明眼人尽可在这里比较一下”。论争于是开始了。一方以巴人为代表，另一方以阿英为代表，中间夹杂着一些人的瞎起哄。论争的焦点是如何继承鲁迅精神。尽管双方有很深的意气和宿怨，但论争的双方还是平等的严肃的。在“孤岛”的环境下，进行这样的论争实无必要，同时对杂文的发展和理论建树也贡献甚微。唯一的积极效果是促使1939年1月11日《鲁迅风》的创刊，该刊以刊登杂文为主，为抗战发点声音。《鲁迅风》的《发刊词》宣称，该刊是“探取鲁迅先生使用武器的秘具，使他们可能使用的武器，袭击当前的大敌”。前后十八期，办得有声有色。后来，由上海地下党文委负责人之一的孙冶方，以孙一洲的笔名在《译报周刊》上发表了《向上海文艺界呼吁》，要求终止这场论争，并由《译报》主编出面邀请巴人、阿英等四五十人，开了一次座谈会，虽然意见仍有分歧，但在会后，他们联合署名发表了《我们对于鲁迅风杂文的意见》，对鲁迅的杂文进行了高度赞扬，这场论争才画上了句号。

抗日战争时期散文成就最为突出的还是在大后方。许多散文家离乡背井，从大城市来到大后方，环境的变更给这些散文家带来了许多强烈刺激。如八路军的抗战生活对来到延安的作家丁玲、吴伯箫和沙汀等作家的刺激，又如梁实秋、王了一等置身于山野之中的刺激，都使他们的瞬间情绪特别丰富，创作欲特别旺盛。王了一就是一个代表，他原先专心致志从事语言研究，此时也情不自禁地跑到散文园地里引吭高歌了。再加上后方家园相对稳定，创作条件较好，这都是散文创作的有利条件。这时散文显得相对活跃。大后方的散文以重庆、昆明和沦陷前的桂林为中心。重庆的散文家梁实秋开辟了一个世外桃源——“雅舍”，潜心读书翻译之外，不断地贡献出他的《雅舍小品》，别具一种风采。一直以写小说为主的无名氏也按捺不住他的激昂情绪，写下了《火烧的都门》，以明抗日之志。在昆明，当时许多高等学校迁徙在那里，学者云集，有闻一多、朱自清、王了一等，后来，巴金也到了昆明，他们也各自将自己的丰富体验化成散文，贡献给读者。如王了一的《龙虫并雕斋琐语》和巴金的《龙·虎·狗》等。王了一的《龙虫并雕斋琐语》、钱锺书的《写在人生边上》

和梁实秋的《雅舍小品》是抗日战争时期的学者小品中的三朵奇葩。在硝烟弥漫的动荡不安中出现这样融合情趣、智慧和学识为一体的小品，堪称奇迹。虽则写作方向相同，但他们各呈风采：钱锺书才气逼人，语多尖利，近似刻薄；梁实秋潇洒自如，温柔敦厚，犹如“老天真”；王了一学识渊博，牢骚过盛，情感老辣。1938年冬广州沦陷后，夏衍、郭沫若等一批作家先后来到桂林，桂林成了“文化城”，在抗日战争时期，散文创作也一度活跃。在夏衍的组织下，于1940年7月创办了专门刊登杂文的刊物——《野草》。由夏衍、宋云彬、聂绀弩、孟超、秦似等主持编辑。《野草》的编辑采取绵里藏针、软中带硬的方针，力求文字能切中时弊，并注意题材多样化，使《野草》“替战旗做镶嵌”①，形成富有特色的“野草”散文作家群。主要成员有：聂绀弩、宋云彬、孟超、秦似、夏衍等，还有林林、欧阳凡海、何家槐、司马文森等。《野草》坚持了两年多，于1942年被国民党勒令停刊。“野草”派散文作家群中最有影响的当推聂绀弩、秦似、宋云彬等。在延安，许多散文作家如沙汀、丁玲和吴伯箫等都深入前线，以满腔热情歌颂中国共产党和它所领导的军队的业绩。产生较大影响的是一些记述高级将领的纪传式散文，如沙汀的《随军散记》、丁玲的《彭德怀速写》等，另有一些散文家也很活跃，如吴伯箫、刘白羽等。

总体来看，抗日战争时期的散文属于感性型散文，阳刚之气较盛，重写实、少概括，情绪体验也没有能充分深化，富有实用色彩，是一种表层型的写实主义。在战争动乱环境中，散文家情绪比较粗糙，表现流于直露的不足，也就在所难免了。

二　爱国抗日：抗日战争时期散文的灼热主题

爱国主义是我国千百年来散文常写不衰的主题，尤其当外来民族侵略之时，面临山河破碎的惨景，散文家都会用各种方式来表达对祖国的感情。爱国抗日，成了抗战散文中常会出现的灼热主题。它具体表现在以下三个方面：

（一）爱国主义在抗日战争时期的散文中既是一种物的实在，又是一种理的抽象。它无处不在，既超然于一切事物之上又渗透在一切事物之中。

日本帝国主义的枪炮，使得中国人民都高度紧张地注视着“国”的存亡，他们从来没有像现在这个时刻感到“国”之可爱，爱国主义成了一种宗教式的理性抽象，主宰着人们。它无处不在，至高无上，既超然于一切事物之上又渗透

---

① 秦似：《〈野草〉月刊发刊词》，《秦似杂文集》，生活·读书·新知三联书店（北京）1981年版，第3页。

在一切事物之中。巴金的散文《从广州出来》就是代表。它写的是广州将沦陷,作者将撤离逃亡。文中写道:

> 广州是一天一天地逼近那个陷坑,它的陷落只是时间的问题,至于完整或者破碎,早不是我们所关心的了。这种感觉是奇怪的,然而它却是十分真实的。我们爱这个地方,但是离开它时就好像永远不能够和它再见。我故意留下一些破旧的书,让我自己临别时想到我不久便可以回来,而且准备着随时回来,这种心情也许是别人不易了解的罢。①

在广州将陷落的逃亡时刻,作者做出了这样一个令人难以理解的矛盾举动:“故意留下一些破旧的书,让我自己临别时想到我不久便可以回来。”这一举动无法用什么理念来剖析,近乎一种生理的本能反应,但冥冥之中驱使作者这样做的,正是爱国主义这一神灵。它揭示的主题非常深刻:即爱国主义和我同在!所以在抗战散文中,能够把一些极平常极普通的物和事经过爱国主义的处理,使得文章能够灼热燃烧起来。如陈淬茗的《朝夕不忘的高粱》,通篇就是认真地向人们诉说东北的高粱好:酿酒味道佳,煮成米饭特别香,做成饽饽最可口等等。但到最后,一个急转弯,仅用了两句口号:“打到东北去吃高粱米!”、“打回老家去吃高粱米!”一下子就把文章的爱国激情点燃起来了。普通的物在这里就转化为精神的力。抗战散文正是依靠爱国主义发挥了特有的宣传效应。

(二)爱国主义使抗日战争时期的散文形成爱憎分明的两极思维模式。

爱国主义使抗战散文在情绪上失衡,发生激烈的倾斜。抗战散文处处是仇恨,处处是愤怒,即使有欢笑的散文,如某个战役取得了胜利进行欢呼和庆祝,个中也包含着刻骨的仇恨。因此抗战散文的思维模式只有一个:爱憎分明,不是敌亡就是我死。对敌人无情地暴露,对人民热烈地歌颂。这种两极分明两极对立的思维方式一直影响到建国后的散文创作,所不同的是建国后二十余年时间的散文创作思维是冷战思维,但实质是相同的。这种两极分明的思维模式也就必然会给抗战散文带来简单化和标语口号式的毛病,在战争的特定环境中,读者谅解它,而且还分外欢迎它,因为读者也都被爱国主义强烈地主宰着,每个人的情感也处在失衡倾斜之中。这种思维模式决定了在抒写策略上,重视倾向性、明朗性和鼓动性,在散文话语运用上也带有明显的论战

---

① 见《巴金全集》第13卷,人民文学出版社1990年版,第172页。

性和自由性。正因为这种思维模式的流行和主宰,原来的中国现代的第一代散文家如周作人、冰心、朱自清等对此就不太适应,作品较少。尤其是经历了从五四到二十年代的思维模式从两极分明到多极模糊蜕变者,如周作人,更是无法接受,因此他依然我行我素,躲在书斋中读书抄书,继续着他的书斋小品的创作。

(三) 爱国主义的主题改变了散文作法,强化了散文的显志效果。

为了表现爱国主义的主题,必须强化散文的显志效果,因此,抗日战争时期的散文在作法上也进行了调整和改变。首先是取材充满硝烟味,即使没有硝烟味,也是和抗战有关,能够促进抗战事业的。其次是语言大众化,尤其受到当时的活报剧、街头剧、讲演文学和小说朗读的影响,散文在语言上也进行了自觉改造,尽量通俗化,大众化,加强效果。如上面提到的散文《朝夕不忘的高粱》,作者就在抗敌服务团青山宣传工作时向农民试讲。再次在显志上也不含糊,尽量用明确的语言来表达爱憎,强化宣传效果。以上的一些作法,其后也就成为军旅散文以及建国后的当代散文作法的最基本的模式。

第二节 战地速写

一 东平:描写战争的行家里手

东平(1910—1941),广东海丰县梅陇镇人。原名丘席珍。参加过海陆丰起义,在海丰县共青团担任宣传工作。起义失败后,流亡香港,当过捕鱼捉虾的渔民短工。回国后,参加十九路军,经历了"一·二八"淞沪抗战,负责部队政治工作和宣传组织战区民众的工作。之后,东平又在上海从事文化活动,当过《太白》杂志编辑,发表过一些短篇小说。1934 年底,他东渡日本到了东京,参加了东京的"左联",在"左联"中做组织工作。1935 年底回国,在上海从事写作,出版了短篇小说集《长夏城之战》和中篇小说《火灾》等。1937 年"八一三"事变后,他离上海经南京到武汉,参加了新四军,进入了他的战地速写的创作旺盛时期,发表了战地速写《第七连》、《我们在那里打了败战》等,在读者中引起反响。1941 年,在一次反扫荡战斗中,不幸牺牲,年仅三十一岁。

东平是从小说创作转移到战地速写上来的。他的小说创作使他在人物刻画上积累了一定的经验,如在短篇小说《沉郁的梅冷城》中对克林堡的刻画,已经相当老练。因此,他的战地速写扬其所长,重视"人"的素描,而其真正的笔力功夫也确是表现在"人"身上。他洞察和了解在战争这一怪物面前的各种人的灵魂和心态，所以他在戎马倥偬中，都能准确地把战争中的各种人的灵魂进行曝光：有面对敌人的屠杀兽行坚强起来的弱女子的“灵魂”，这“灵魂已经很坚定了，我要每一分，每一秒预备着敌人对我的侵袭”。有带领着战斗队伍正在行进的年轻指挥官的“灵魂”，他见到了一个年轻貌美的女子，便下令部队停止前进。这是他灵魂里的“自己的哲学”在命令他这样做，“我现在一碰到漂亮的女人都要避开，因为她要引动我想起了许多不必要而且有害的想头”。还有在战斗中，一批似“无灵魂”的战士的“灵魂”，他们虽然没有接到战斗命令，但面对敌人的猛烈的炮火，都似乎“无灵魂地向着危险的阵地行进，什么都不能动摇他们”等等，使得他笔下的人没有变成用公式化概念化演算出来的善于甩手榴弹或勇于拼刺刀的“天兵天将”，而是富有人情味。不过，相比之下，东平对部队里（不管是共产党还是国民党）的中下级指挥官更为熟悉，写起来得心应手，如《第七连》的连长丘俊，《我们在那里打了败战》中的方叔洪上校等，都较为成功。而涉及到高级军官，如《叶挺印象记》中的叶挺，写起来就较为拘谨，缩手缩脚，人物形象也就相对地单薄和苍白。

东平熟悉战地，尤其对实战有经验，这种熟悉的经验使他的战地速写显得对战争非常内行，有实战味，包括战场上的各种变化以及过程中的各个环节，都能准确地把握，乃至一些细节，都能百分之百地从战场里撷取过来，而不是想象虚构之产物。如《王凌岗的小战斗》中，写一连战士伏击日军，指战员高度注视着敌军，结果发生了这样一件事：

> 副连长大约因为对敌人的行列过度注视的缘故，把眼睛弄花了，他竟然神经质地提出一个令人迷惑的疑问：
>
> “同志们，这到底是一个什么队伍？是东洋鬼子，还是我们的队伍？”
>
> 有个别同志的确为这疑问所松懈，甚至这样附和着：
>
> “真的，不要发生误会呀，先派一个老百姓去看看去！”
>
> 我，王主任，陈同志那胖子这时同声的叫着：
>
> “你们不要发疯，哪里来自己的部队？把枪口对准，预备着放！坚决的放！”①

这是在战争的特定环境中由高度紧张所产生的失常。这种神志慌乱，从素描人物的角度出发，它也不会给副连长增添多少光彩。但这一动作恰恰是

① 见《茅山下》，海洋书屋 1947 年版，第 84 页。

在特定战场氛围下爆发的，对战争内行的在战火中炼就一对火眼金睛的东平，一眼感到这个细节的可爱，因为它可以逼真地显示和渲染战斗的紧张气氛。东平是战争氛围和场面刻画的行家里手。同时，他的战地速写，又喜欢用第一人称的“我”的角度来写，泯灭了和读者的距离。他的战地速写能受到读者欢迎并产生影响，这又是一个重要原因。

东平曾经给自己文学创作定下了一个伟大的抱负，他在给郭沫若的信中作了这样的描述：

> 我的作品中应包含着尼采的强者，马克思的辩证，托尔斯泰和《圣经》的宗教，高尔基的正确沉着的描写，鲍特莱尔的暧昧，而最重要的是巴比塞的又正确、又英勇的格调。①

抱负是浪漫的，要实行也是困难的，这诸多方面均是对立的、排斥的，难以统一在一起。同时，文学创作要和哲学、政治糅在一起，也是件难事。他的战地速写并没有达到这个抱负。但他是光荣的，他把他的鲜血洒在神圣战场上，他的战地速写是用鲜血灌溉培育起来的。

二　曹白：在灾难中显示强烈的“呼吸”

曹白（1909—　），江苏常州人。原名刘平若。他的战地速写偏重在写战时的人间的苦难。命运把战争的苦难送到他面前，硬要他来面对和接受这一事实。再者，抗日战争爆发后，曹白又直接参加了难民收容所的救济工作，这就把他泡进了战争所造成的人们的苦难和痛苦之中。战争的苦难既激发了他的创作欲望，又成了他创作的主要表现对象。

和东平的战地速写不同，曹白的战地速写以记事见长。他的战地速写所取的题材大致可分为两类：一类是战地的边缘速写，主要描写在战争边缘上受战争炮火折磨的难民，是侧面写战地，如《这里，生命也在呼吸……》、《受难的人们》等；另一类是直接写战地上的生活，如《在敌后穿行》、《访江南义勇军第三路》等，这是记载他参加抗日游击队后的经历和见闻。这两类速写最后收在一起，以《呼吸》为名结集出版。

战争所造成的创伤和苦难，既能激发人们的仇恨，也容易导致人们精神崩溃，陷于绝望之中。曹白清醒地意识到这一点，因此，他在展示战争中的苦难时，

---

①　郭沫若：《东平的眉目》，《郭沫若散文选集》，百花文艺出版社 1992 年版，第 126 页。

常常不露声色地把整个民族内在的强大的不屈的活力显示给读者,使人亢奋。如在《访江南义勇军第三路》中写到部队夜晚行军,穿过村落,狗疯狂地叫起来,有这样一段笔墨:

> 起先一匹,后来两匹,三匹……再后来是大群的村狗,对部队狂吠。这回是老百姓拾着石子,或者拿着竹条,向妨害部队行动的群狗去进攻了;目的是叫狗们不要狂吠,让部队安静的行动。然而狗是固执的,仍狂吠。然而老百姓也是固执的,只是追打着;一面还发怒的骂道:"你疯了吗?……你这婊子的儿子!你疯了吗?……你这狗肏的!你穷叫什么呢?"①

作者在看似不经意间写出了老百姓为了保证抗日部队安静的行动,去固执地打狗。让读者从这种"固执的"行动中看到整个民族的同仇敌忾以及内在的执着和顽强。不仅如此,曹白几乎在他的每一篇速写的末尾,都要倔强地挺起胸,抬起头,擦干眼泪,对读者进行激昂的指点,如《这里,生命也在呼吸……》,他在写完难民的苦难后,意识到自己也可能成为难民,但是深夜中,他面对着熟睡的四百多位难民,发出的是这样有力的指点:"我听得格外清楚的,却是围绕在我身边的四百多条生命的强烈的呼吸。"同样在《访江南义勇军第三路》的最后,作者的声音也是那样铿锵:"富饶的平原原是将'和平'和'幸福'约见他们,约给祖国,约见人类的;但现在所留下的却只是一片铁和火,贫穷和困苦……如此而已。然而既已如此,我们一定要在这平原上呼吸,将战斗约给永远,直到胜利的明天。"作者要把信心和希望留给读者。曹白是一个有崇高责任感的散文作家,在祖国最危急的关头,他的速写点亮了人们心坎的一盏灯。他的速写的脊柱是坚强的。

三 以小说笔法进行战地速写的骆宾基

骆宾基(1917—1994),祖籍山东省平度县,生于吉林省珲春县。他擅长小说创作,著述颇丰。如有长篇小说《边防陲上》、《吴非有》和中篇小说《一个倔强的人》等。在抗日战争时期,他坚持进行战地速写,出版了战地速写集《夏忙》,另外还有一些篇章,如《我有右胳膊就行》、《在夜的交通线上》等也均有特色。

骆宾基喜欢用小说笔法进行战地速写。他写于1938年到1939年之间的《东战场别动队》就可当小说来读,它有情节,有冲突,有人物形象塑造。写的

① 见《呼吸》,上海文艺出版社1983年版,第148—149页。

是一群年轻的工人和知识分子被一位所谓“大队长”以游击队的名义召集起来,既没有受过正规训练,也没有任何实战经验,连箱子里的手榴弹的型号也不知道,就被拉到前线,和武装到牙齿的日寇进行作战。他们完全靠“勇敢”来弥补上述的不足。尽管这位“大队长”临阵脱逃,但这支部队打得极为顽强,整个速写为悲壮气氛所笼罩。这支别动队的抗战实质是整个悲壮的中华民族的抗战的缩影,它在读者中引起了强烈的反响,成为抗战初期的战地速写的代表作。

骆宾基的战地速写视野开阔,对抗日战争的性质和进程都能准确地把握,尤其在揭示这场战争的“全面性”和“全民性”上是花了功夫的。《夏忙》集中的《夏忙》是写人们急切期望一个名叫“三先生”的出来领头抗日,而“三先生”也确实不负所望,挺身而出,文章到此戛然而止,就写这么一个小片断。至于“三先生”挺身而出的思想活动以及他如何领着大家干都没有细致展开,就连这位“三先生”到底是个什么样的人,文中也没有确实交代,仅是写他“粗胖身子”,手下有几枝枪,可以说是面目不清。但这一切都没有关系,因为他让读者看到了,这场战争的浪潮已能把这样一个人推到第一线了,说明我们的抗战已在全面展开了。《夏忙》集中的另一篇《在庙宇里》,写各界人士集中在庙宇里为清风娘娘主祭,但最后在政治宣传员的鼓动下,卷起的巨大声浪却是“打倒日本帝国主义!”在日本帝国主义屠刀面前,全民站起来了!这些描写都显示了骆宾基的战地速写的思想深度和广度。

和东平、曹白不同,骆宾基的战地速写,喜欢用第三人称来写,让“我”隐藏在背后。和以第一人称叙述相比较,读者阅读时,开始有些别扭,但随着他的实地的速写和素描,就能慢慢进入角色。不过,骆宾基用第三人称来写也给他带来了很多方便,不用受“我”的视线制约,可以灵活机动地全方位地展开。因此,他的战地速写硝烟味更浓,常有血肉横飞的描写,以此刺激读者感官。在叙述节奏上,他也不喜欢用蒙太奇式的大幅度跳跃的结构方法,而是采取纵式的实打实的描写,常常是密集型地快节奏地犹如发射机关枪的子弹那样来写,空隙少,急促而快速,几乎让人透不过气来。

第三节 “孤岛”时期的杂文

一 巴人:有“感”少“论”,务实求效

在“孤岛”时期,写杂文最为活跃者,当推巴人。

巴人(1901—1972),浙江奉化人。即王任叔。“文学研究会”早期成员之一。他先致力于小说创作,和杂文结缘始于1936年下半年。据他回忆:“我是并不准备以‘杂文家’出世的,更不想以‘杂文’而招人头痛。写杂文的结缘始,还在《立报·言林》发刊一年以后。为了高尔基逝世,我写了一些短文投寄《言林》,这就和编者结上因缘。”他的杂文观念的核心是战斗。在《从崎岖到康庄》中他明确地这样阐述道:“中国文艺之路,不仅是目前,即不远的过去与不远的将来也还是战斗的路。”因此,在他看来,对杂文“我们不求这投枪的形式的讲究、好看,我们但求它锋利,能深入人心。一击之下,使狐仙立化原形,而不敢再施迷惑的手腕。这正是我们目前所需要的作品”。在“孤岛”时期,他火气很旺,以八戒、行者、无咎、毁堂、若水、忍士等七八十个化名,给上海各抗日报刊写了大量杂文,出版的杂文集有《扪虱集》、《横眉集》(和唐弢等合集)、《边鼓集》(和唐弢等合集)、《生活·思索与学习》以及《窄门集》、《边风录》等。这些杂文都是他的战斗生涯的忠实的见证。

为了战斗,巴人的创作惯性:一是总针对某个具体对象(或人或事),有感而发,或指桑骂槐,或直截了当,务求字字见效;二是心急。诚如鲁迅在1936年所说:“这样的时候,人是很容易性急的。”①巴人的杂文就是这种心急的急速反应,抓住某个具体的对象,在一个夜里就写成,是一种近距离的快速写作。所以他的杂文干脆利落,有“感”少“论”,议论不是他之所长。如《“眼睛的哀祭”》先是列出外交人员蔡公时先生在“济南惨案”中为日军挖去眼睛,壮烈而死,接着又摆出一些患有“恐日病”的投降日本当汉奸的人的眼睛,“虽然没有挖去,却早已等于挖去了”,最后又把那些“虽然没有挖去眼睛,却患了极端短视”的“恐共病”的人揪出来示众。而后立刻带住,决不饶舌。即使有时要议论,也常常是夹在叙事中偶尔添一两句,如《“桌上的和平”》就是边叙边对英国首相张伯伦的绥靖政策抨击一两句。有时,他也想展开,典型的如《论争与批评》是对公共汽车上的一对小市民的无谓的争吵以及那位空谈的批评家的批判。这篇杂文一反巴人的写作习惯,居然一开始先用一段笔墨写自己在公共汽车上的遐想,而后又细描两位小市民的无谓争吵,再让那位空谈的批评家侃侃而谈。这么一展开,巴人就有些手足无措,被具体的人和事牵着鼻子跑野马,笔墨浪费,议论也不得要领。从总体上看,巴人是把“似鲁迅”作为自己的杂文创作追求,个性并不鲜明。他的杂文有实在的内容,尽管对杂文的形式不大讲究,但锋利,这比当时那些挂着空葫芦发表空话酸论的人却也高明许多。

---

① 鲁迅:《三月的租界》,《鲁迅全集》第6卷,人民文学出版社1973年版,第514页。

巴人在 1949 年后，曾担任我国第一任驻印度尼西亚大使，并继续他的杂文创作，出版了《遵命集》、《点滴集》。

二　柯灵："以杂文的形式驱遣愤怒"

柯灵(1909—2000)，浙江绍兴人。原名高秀林。一生厌恶虚妄。三十年代的十里洋场的旧上海伪货多，这就给柯灵的杂文提供了广阔的天地。他在三十年代初期和中期的杂文集中力量进行人间世事的真伪鉴别工作。他概括了一些"假博士"的成长历程："一曰海外镀金，'出洋研究'；二曰游历半载，'学成归国'；三曰拍电报；四曰刊玉照，在报章之上，发皇皇新闻。"所以一看到报刊上"刊出一张方顶帽子，满脸等待拍照的表情的'某博士玉影'"，他"总是毛骨悚然，要想吃阿司匹灵"。①对那些"准名人"，如许晚成之流，他也毫不留情地揭露其"今天发消息，明日写新闻，利用报纸，竭力把自己的名字推广出去"的手段，最后成名心切，反而"罹缧绁之灾"进行嘲讽②。对冒牌的"救国家"，他也没放过，"剥却漂亮的人皮，就露出了毛茸茸的本相"③。还有那些形形色色的文武"英雄"们，他更不屑一顾，指着他们的鼻子揶揄说："请拿出一点'英雄气概'来，先洗掉亲手涂在尊脸上的白粉再来吧。"④等等。这一切都表明他和人间的假恶丑势不两立。柯灵自觉地把辨真伪作为他刚踏上杂文创作之路时的首要任务，集中地显示了柯灵杂文创作的一真诚二无畏的笔墨特色。这一特色据他自己说："我这路笔墨的形成，是受鲁迅杂文熏陶的结果。"⑤也正因为如此，柯灵在 1939 年 1 月 28 日把他在初级阶段写的以上杂文，和巴人、唐弢等人的杂文合成《横眉集》出版时，可以挺直腰杆说出这样的话："自以为凡所讥评，虽在今日，仍然不算是'落空'的。"⑥

---

① 柯灵:《读报偶笔》,《柯灵杂文集》,生活·读书·新知三联书店(北京)1984 年版,第 16 页。

② 柯灵:《许案漫感》,《柯灵杂文集》,生活·读书·新知三联书店(北京)1984 年版,第 23—24 页。

③ 柯灵:《"救国家"》,《柯灵杂文集》,生活·读书·新知三联书店(北京)1984 年版,第 18 页。

④ 柯灵:《今昔英雄》,《柯灵杂文集》,生活·读书·新知三联书店(北京)1984 年版,第 58 页。

⑤ 柯灵:《〈柯灵杂文集〉序》,《柯灵杂文集》,生活·读书·新知三联书店(北京)1984 年版,第 1 页。

⑥ 柯灵:《〈横眉集〉后记》,《柯灵杂文集》,生活·读书·新知三联书店(北京)1984 年版,第 227 页。

抗战后，上海沦为"孤岛"，柯灵心头为亡国的阴影所笼罩。他在一篇为丰子恺辩白的杂文《抗战中的丰子恺先生》中说："在前线流血的；在后方流汗的；在没落的涡流中挣扎着的；在敌人的膝下扮鬼相的，映照之下，嘴脸分明：有血性的这边来，缺人性的那边去。——中间隔着条抗战的鸿沟。"柯灵正是用他的杂文写出了他的行动——"有血性的这边来"。这一时期他的杂文是一种不甘为奴的呐喊。在敌人十面埋伏的"孤岛"的特殊环境里，他更清楚地看清了一些人身上的奴性，因而也就特别对这种奴性的人毫不原谅。他的《斗室漫步》和《市楼独唱》中许多篇章是为这些奴性的人们画像。如《火山头上跳舞》是为醉生梦死的人勾勒脸谱，又如《西崽世界》是给那些"有时出奇地谦卑，有时又出奇地骄傲"的西崽们照镜等等。以此针砭时事，唤起人们的良知。

柯灵杂文大多是激愤之作。他自己总结杂文创作经验时，称："我以杂文的形式驱遣愤怒。"①这种"驱遣愤怒"的思维使他的杂文节奏明快而急促，有一种血性人的跳跃式的昂扬气概。在三十年代他也创作了一些抒写亡国之恨的小品散文，在笔调上相对要幽深含蓄得多。

他的散文杂文集还有《望春草》、《晦明》、《小朋友讲话》、《市楼独唱》等。

三　周木斋：重论辩，以博识辨微著称

周木斋（1910—1941），江苏武进人。1934年开始杂文创作，先后担任上海大东书局、《大美晨报》编辑，并主编过副刊《晨钟》、《早茶》等。他的杂文创作激情爆发在抗日战争之后。他在上海"孤岛"，为亡国的厄运煎熬着。他的杂文笼罩着浓重的民族情绪，收在《边鼓集》和《横眉集》中的杂文，话题从没离开抗日，这使得他的杂文成为一种为祖国生存而战的奴隶的怒吼！

周木斋皈依杂文是因为"杂感正类似游击战"，他主张杂文"重质，而不计文"②。他的杂文重说理重论辩，以博识辨微著称。如《活傀儡的嘴脸》，劈头对"活傀儡"进行界定，"人的傀儡由于本来是人，有血有肉，虽然因为做了傀儡，丧失人格，但还是一具脓包，所以还能说话"。接着，立刻把"活傀儡"和"死傀儡"对照辨析，分析它们的异同，实质是强调它们的同——都是"妖"。继而再剖析"活傀儡"现在的"反常"，居然"对家主说话了，发表祈求'和平'的陈述"。最后才引出一个火辣辣的严肃的结论："（'活傀儡'）因为还是一具脓包，

① 柯灵：《供状》，《柯灵散文选集》，百花文艺出版社1994年版，第83页。

② 周木斋：《〈消长集〉前记》，见柯灵主编《中国现代文学序跋丛书》（散文卷）上卷，海南人民出版社1988年版，第1331页。

脓包里还包含着神志,所以被牵行走过急,是会更加昏瞶的。”把那些汉奸的丑态活活地勾勒了出来,酣畅淋漓。周木斋的抗日激情弥补了他偏重说理的不足,使得他的不少杂文篇章文质并茂。

周木斋也写过部分文化批评的杂文,如《谅解》等,对中国的国民中的阿Q相以及其他弊病进行了抨击。

第四节 “后方家园”中的散文

一 吴伯箫:任意挥洒,务求酣畅

吴伯箫(1906—1982),山东莱芜人。从三十年代起就专心致志地在散文园地上耕耘,他对其他文体创作似乎不大感兴趣,是个痴迷散文的专职散文家。

吴伯箫在二十年代于北京师范大学英语系读书时即迷上了散文创作。1938年赴延安。他在三十年代创作的散文处女作《羽书》(1941,文化生活),显示了散文创作才能。《羽书》是初生牛犊不怕虎,它精力充沛,以自由的心态自由的笔法对某一个意象纵情而谈,任意挥洒,务求酣畅。正如他在《羽书》中的《夜谈》描写“夜谈”那样酣畅:

> 这是夜谈。这是乡间夜谈。这样夜谈是常常到夤夜才散的,是常常到露重了才散的。是常常谈着谈着有人睡着了,打起呼噜来;有人瞌睡了,打起呵欠来。有谁家孩子的妈唤她的孩子:“还不给我回来睡觉!”孩子揉着困眼,不愿走,可是走了。又有谁家的丈夫的老婆喊她的丈夫:“我说,还不回家么?”听话的老实的丈夫,也是不愿走,可是也站起来走了。这样你走,我也走,人就渐渐地稀,话就渐渐地少了。到人散净了,狗也“啊哼”一声舒起懒腰来,留下的就只有吱吱的蝙蝠飞,嗡嗡的蚊虫叫,仿佛还在谈得热闹。①

这是东方式的乡村夜谈,既无章法,也无主题;没有任何约束,该聚则聚,该散则散,彻底坦诚交付;听者与言者皆完全尽兴而心满意足,《羽书》追求的正是这种尽兴的酣畅境界。作者也有能力达到这种境界,因为他有两个优势,

① 见《吴伯箫文集》(上卷),人民教育出版社1993年版,第256—257页。

一是他有特殊的写意本领,可以不必凭借某个具体的人或事作为抒情的支撑点,而是针对一般的"面"进行概写,能形成一种氛围和境界。这是硬功夫,在这方面吴伯箫非常出色。如《羽书》中为人们所称颂的一些篇章,如《马》、《野孩子》和《夜谈》等,都是针对"骑马"、"野孩子"、"夜谈"的一般人或事件来写的,而不是叙写特定的某次骑马,某个野孩子或某次夜谈的"点"。二是他的心态活跃自由,好比他在《野孩子》中写的那些"野孩子","他们早晨不知从哪儿来,可是太阳出来时他们都从哪儿来了;夜晚也不知回哪儿去,然而黄昏过后又都回哪儿去了"。具有无拘无束,野头野脑的一种野性。这两种优势使得吴伯箫的文笔潇洒舒展,如《马》开首写自己喜欢骑马,继而又写远嫁他乡的姐姐骑马回家探亲,"尽管是一边笑着,偷回首却是满手帕的泪",再写"春郊试马图"的欢乐景象,又写祖父骑马的雄姿,还要插入徐庶走马荐诸葛等等,只要和马擦着一点边的,作者都敢拿来,凭着他的写意功夫,把它们雕刻成一颗颗的珍珠,镶嵌在他的爱马的情丝上。这样纵横错落的跑野马式的写,如何来收尾呢?作者自有妙法,在以上说东道西地跑了一趟野马后,他就漫不经心地指着马,对读者说:

> 你看,那风驰电掣的闪了过去又风驰电掣的闪了过来的,就是马。那就是我所喜欢的马——弟弟来信说:"家里才买了一匹年轻的马,挺快的……"真是,说句儿女情肠的话,我有点儿想家。①

原来如此,系在爱马的情丝上的珍珠在乡思的激发下统统发光了,是浓烈的思乡情绪,调动了作者的爱马的一系列事件,巧妙地把"过去"和"现在"凝在一起。因此,前面对马的一系列事件的叙写,虽野却没有野得杂乱无章,都没有野出作者紧紧捏住思乡情丝的那个手掌。诚然,吴伯箫有时也不免走火入魔,如《羽书》中的《灯笼》最后联想到"宫灯"、"塞外点兵",就误入歧道,不是他的才情所能驾驭的,不免就有蛇足之感。

吴伯箫赴延安后,参加抗日战争。这时他的散文创作热情依然旺盛。但战争要求他能及时反映现实中所发生的事,这就使得他必须改变原来的创作习惯,要去着力描绘特定的具体的某个人和事,他原有的优势也就难以发挥。他还有些不习惯,显得缩手缩脚,拘谨被动,如《潞安风貌》(1947 年,海洋书屋)中的一些篇章,无甚特色。但这一时期他的散文在技巧上却有所发展,突

---

① 吴伯箫:《马》,《吴伯箫文集》(上卷),人民教育出版社 1993 年版,第 250 页。

出的是为了适应战争的需要，便故意采用一些笨拙的手法来描写，以此加强散文感染力和教化的效果。如《一坛血》就是这样的成功佳作，它记叙博平沙区的阚庄的抗日事迹，写到全村上下杀敌人的情景时，这样描绘道：

阚庄的钢枪和红枪，自卫队和老百姓，密切地配合了起来。一个瞄准了敌人的下身，勾了一下枪机："这是他娘的粮食！"敌人跟了骂声就有的倒下去。又一杆红枪向敌人的心窝一指，"送你一笔款子！"敌人就是不死，也离死不远了。①

笔墨憨厚笨拙，还有些土气，但却把群众抗击敌人的情绪和气势真切地显示出来，达到拙中见秀的效果。

值得指出的是，这十年的战争给吴伯箫提供了大量的素材，它们蕴蓄在吴伯箫心中。到了六十年代，杨朔提出了散文"当诗一样写"，这时，吴伯箫文思汹涌，连续以战争时的题材创作了《记一辆纺车》、《歌声》、《菜园小记》等系列篇章，以此响应，成为脍炙人口的优秀篇章，从而迎来了他的散文创作的"第二青春"。

吴伯箫在1949年后，一直从事教育和出版等方面的行政领导工作，并出版了《烟尘集》、《北极星》和《忘年》等散文集。

二 丁玲的《彭德怀速写》

1936年11月，丁玲乔装奔赴延安，使她的创作发生了根本转变。

丁玲(1904—1986)，湖南临澧人。原名蒋伟，字冰之。1928年2月，她发表了《莎菲女士的日记》，轰动文坛。她熟悉都市知识分子，擅长描写新一代女性的苦闷、欲望以及压抑裂变的复杂心理，比二十年代初涌现的一些女作家冰心、庐隐、石评梅等更为开放、坦白，因而也更为现代化，受到读者拥护。丁玲写于三十年代初期的散文《不算情书》也就是她所擅长的描写的一个产物。这是写给她真心爱恋的一个男人的公开信，这位男人并不是她的丈夫。本来这是一种难以启齿的尴尬的恋情，但丁玲却珍惜它，赤裸裸地把它坦白出来，大胆到可以感动上帝。1936年她奔赴延安后，整个生活环境彻底改变了，战争对她进行了重塑，她的创作观念和风格发生了激变。由于她能常常接触到许多英雄事迹，使得她的散文创作热情激增，出版了《一颗未出膛的枪弹》(和小

---

① 见《吴伯箫文集》(上卷)，人民教育出版社1993年版，第674页。

说合集)、《一年》以及《陕北风光》。其中以《一颗未出膛的枪弹》中的《彭德怀速写》最有影响,突出地显示了丁玲在这一时期的散文创作风格。

《彭德怀速写》以一个青年政治委员的叙述起笔。显然,彭德怀在这位青年指挥官的心中是“神”。因此,彭德怀“一到战场上,我们便只有一个信心,几十个人的精神注在他一个人身上,谁也不敢乱动,就是刚上火线的,也因为有了他的存在而不懂得害怕。只要他下一声命令‘去死’,我们就找不到一个人不高兴去迎着看不见的死而勇猛地冲上去!我们是怕他的,但我们更爱他”!在战场上,彭德怀是权威,是至高无上的“神”。要这样描写彭德怀,太累,而且效果也不一定好。丁玲立刻笔锋一转,把彭德怀从“神”的位置请到地上来,把他还原成一个有血有肉的普通人。这篇散文的核心段落是写彭德怀作为“人”的普通:装束普通—外貌普通—言行普通,最后真正让彭德怀直接亮相的,就是让彭德怀拍着老百姓的背,说半句话:“呱呱叫,你老乡好的很”,真是千金难买的半句话,活脱脱地写出了彭总平易近人的形象。彭为什么在战场上能成“神”,就是因为他平时完全融在群众之中,真正立在群众之中,是群众的一员,所以能“顶天”。丁玲把她原来擅长写知识分子内心矛盾世界的种种技巧统统收起,不敢在彭大将军身上施展。她创作这篇散文的心态完全如这篇速写中开头那位青年政治委员在战场上对彭德怀的心态一样:“不敢乱动”。丁玲的这种心态是她感情赤诚投入的结果,在当时一些散文家中,这种心态有代表性。丁玲在抗日战争和解放战争时期所创作的散文一直是在这种心态下写的。直到七十年代末,她在历尽沧桑和坎坷之后,才把她原来熟悉的优势发挥出来,写下了《“牛棚”小品》等散文篇章,可谓老树发新枝。这一创作转变,和吴伯箫大致相似。因此,吴伯箫和丁玲散文创作的变化历程,也就是中国现代散文史上的横跨新旧两个时代散文家的发展的真实缩影。

三　沙汀的《随军散记》

沙汀(1904—1992),四川安县人。原名杨朝熙,又名杨子青、杨见青。除了《随军散记》外,他还写了《敌后七十五天》等六十多篇散文,《随军散记》则代表了三十年代末到四十年代的纪传散文的艺术成就。

《随军散记》写得很琐碎。他几乎想把和贺龙生活在一起所得的有关材料统统记述进来,连一个动作,一个眼神都不放过。这似乎有些违反创作规律,但就是这种原封不动地对贺龙的原始本相的展示,却逼真地把一个生活化的贺龙交给了读者。这实在是一个值得肯定的富有历史性的成就。贺龙作为一个传奇人物在民间有种种神化了的传说。但由于政治和战争等原因,人们对现实生活中的贺龙却一无所知。好奇心、窥视欲以及对战争命运的关注,都激发起读者想了解这位传奇人物的欲望。作者正是掌握读者这种心理,深知只要有关贺龙的都会对读者具有吸引力,便不惜用琐碎的笔墨把这尊“神”的一点一滴事无巨细统统写出来,看似不加剪裁,实质是一种大胆的抓取。效果是这样显著,既完成了生活化的贺龙的塑造又满足了读者的欲望。当然,这样做需要得到被写作对象——贺龙的理解,因为如此写作,必然要把被写作对象的所有秘密和盘托出,从而会把一些非英雄化的事也一起展览在读者面前,这就要求写作对象能够容忍。贺龙做到了。如《随军散记》中写到贺龙对待爱情的态度时,就真实地显示了贺龙的原始相,在“六”中写贺龙反思爱情时,承认他“在当军阀的时期我确实有点靠不住,加入共产党以后我就变规矩了”。在“二十九”中,也有贺龙自己在十八岁讨四个老婆的回忆。这些描写既是作者和被写作对象的相互沟通和信任,也表现了他们的彻底的唯物主义者的无畏精神。作者实现了他在“前记”中为自己立下的“力求真实”的原则。从这一点上考察,《随军散记》在中国现代散文史上的影响远远不止在艺术上。但遗憾的是在 1949 年之后出版的该文的各种版本,均把以上这些文字删去了。这种删节可能是由各种因素造成的,但毫无疑问,作者对真实的心理胆怯的倒退只能成为一种遗憾而载入中国现代散文史了。

《随军散记》是作者随同贺龙一起在前线生活了近半年写成的,这种同吃同住的真刀真枪的实地采访,使得作者能得天独厚地看到贺龙的生活本相。作者首先也是把自己放在和贺龙同吃一锅饭同住一间屋的家人位置上,对贺龙进行近距离观察。这种平起平坐的写作态度也保证了作者笔下的真实。作者通过对贺龙的家庭历史,贺龙和八路军高级将领的关系,贺龙对部队战士以及老百姓的态度言行等等的描绘,集中展示了贺龙的灵魂:他正义凛然,藐视敌人,自信能打到关外去,到松花江去钓鱼;在战争中,每逢紧张时,“总是一个人留在后面”,靠他的机智勇气,转危为安;他对敌人对邪恶,恨得咬牙切齿,一个打着他旗号招摇撞骗的小流氓,他无情地砍掉了他的脑壳,但对人民对长者对下级,又无限温柔,他在医院里见到受伤的战士锯下的手和腿,会难受得彻夜难眠。真实的写作态度终于产生了奇迹,人们读完这部散记,都会从心底里和作者一起,“向我们伟大的民族战士献出我至诚的祝福”。

四　周而复的《诺尔曼·白求恩断片》

周而复(1914—2004),生于江苏南京,祖籍安徽旌德。原名周祖武。《诺尔曼·白求恩断片》写于 1944 年 11 月 2 日。据周而复回忆,这篇散文“完全是真人真事，不允许展开幻想的翅膀”。虽是真人真事，和丁玲的《彭德怀速写》、沙汀的《随军散记》相比，周而复写白求恩的心理负担似乎要轻一些，因为白求恩是外国人，又已离开人世，且已有定评没有争议性。但事实上在写作时，周而复并不比丁玲和沙汀更显得轻松:《诺尔曼·白求恩断片》基本上是以一些闪光点(即使文中屡次写白求恩的“发脾气”这一缺点，也是因关怀伤员所引起的，因此这个缺点也是“光荣的缺点”)所凝聚成的一条耀眼的光带。但是读者喜欢它，一是因为这耀眼的光带货真价实，没有掺进任何虚假;二是饱受异族侵略之苦的中国人，骤然发现一个同样来自于异族却浑身充满对中国爱的人，会异乎寻常地动情。尽管《诺尔曼·白求恩断片》还称不上是艺术的“彩虹”，而只是具有亮度的“光带”，但仍深入人心为人们所传诵，其原因更多地得力于白求恩本人精神的可贵。

周而复在抗日战争以及后来解放战争中还写了许多军旅散文。他有过硬的写人记事本领，因而他的军旅散文不喜议论，极少议论，而是用出奇平静的语调，客观地记述他所见到的人和事，干净利落，从不拖泥带水，如他和人合作并由他执笔的《海上的遭遇》。这在当时的军旅散文中，也可称得上是别具一格。

五　桂林“野草派”杂文

(一) 聂绀弩:舒展潇洒，咄咄逼人。

聂绀弩(1903—1986)，笔名耳耶、萧今度、散宣生。野草派杂文作家群中杂文写得最为舒展潇洒的当推聂绀弩。尽管他受过鲁迅的批评，但他的杂文忠实地师承鲁迅。就其一些选题来看，足以证明他师承鲁迅杂文之虔诚，如《怎样做母亲》(鲁迅有《我们现在怎样做父亲》)、《蛇与塔》(鲁迅有《论雷峰塔的倒掉》)、《读鲁迅先生的〈二十四孝图〉》(鲁迅有《二十四孝图》)等。不仅如此，当聂绀弩看到“狂飚社”的向培良用小说《出关》以及随笔《〈狂飚周刊〉题记》对鲁迅进行攻击时，他毫不犹豫地站出来，连续写了《老子的全集》和《鲁迅的褊狭和向培良的大度》(均收在《历史的奥妙》中)，对向培良予以反击，文中的讽刺结实而无情:“向培良先生对于别人，也许毫不‘褊狭’，但对于鲁迅，据我所知，他是像伍子胥鞭打楚平王的尸骸一样地鞭打过两次了。我不知道和‘褊狭’对立的，是不是就是大度，也不知道说别人‘褊狭’，是不是因为自己大度;如果是，向培良先生一次两次地鞭尸，莫非倒是大度的表现么? 如果是，和鲁迅的‘褊狭’倒是一个极有趣的对照。”用实际行动证明了他对鲁迅的崇敬。

聂绀弩在桂林显得很活跃，曾用萧今度、耳耶等笔名，在《野草》上不断发表杂文。他先后曾出版了《历史的奥妙》、《蛇与塔》、《早醒记》以及后来出版的《血书》等杂文集，产生了较大的影响。

这一时期聂绀弩杂文中议得较多的最引人注目的是以《蛇与塔》为代表的那些涉及女权和伦理道德的杂文。女权和伦理道德似乎和抗战没有直接的关系，而且，在五四的急风暴雨中已经通过论争有了较为明确的答案。但到了四十年代，依然有人变换各种论调来放肆宣传贬低女权的观点，诸如"女人的真正地位是在家"就是典型的一种。所以聂绀弩在编完《女权论辩》后发出这样的叹息："编完了这本书，最使人不能不有点感慨的，就是今天的我们，还在讨论这样的问题，还在编印这样的书。"①事实上，聂绀弩的杂文宣传的女权问题和伦理道德的观点也都是属于一些普及性的常识，并没有多少深奥，我们可以从他的《贤妻良母论》中归纳出他的观点：第一，妇女必须走出家庭。聂绀弩反复宣传这一主张。"要妇女成为社会的人，就是社会活动的参加者……首先，就得把她们从家庭里解放出来"，这样妇女才能有"更远更大更多的事业"。为此聂绀弩在其他许多杂文中反复对"女人的真正地位是在家"进行激烈批判，如《妇女・家庭・政治》、《〈女权论辩〉题记》等都是著名的篇章。第二，男女真正平等。在《妇女・家庭・政治》中，通过反驳"男女平等应建筑在生物的平等之上"，宣传男女应该真正平等，妇女不能再成为万劫不复的奴隶。《蛇与塔》中更明确提出："要白蛇恢复自由"，预言镇压百姓和穷弱妇女的"塔"必将倒塌。第三，同情弱者，仇恨残暴。这既是作者女权观点的核心，又是作者判定情感美丑的标准。《早醒记》就是作者这一观点的宣言书。文中写一位被遗弃了的姨太太毒打丫头的情景。尽管这位姨太太的地位是卑贱的，但她却肆意折磨一位地位比她更卑下的丫头。"自己是卑贱者，被虐待者，不敢向虐待自己的人反抗，报复；一旦遇见比自己更卑贱的弱小者，就绝不放松，给以虐待的机会，这就是卑贱的灵魂的标本"！虽则这里的"卑贱者"、"比自己更卑贱的弱小者"均是一些较为含糊的概念，但他仇恨强暴、同情弱者却一点也不含糊，包括对他的母亲。在《怎样做母亲》中，他详尽地写了他的母亲对他的殴打与折磨，鲜明地表达了对母亲的这种粗暴行为的否定。最后他用血泪总结出怎样做母亲的答案，就是那么简单："不打。"尽管这一时期聂绀弩的杂文所宣传的女权和伦理道德的思想观念，只不过是五四思想解放运动中的一些观念的继续或重复，但由于他处处针对了当时在女权和伦理道德上的一些错误观点，有的

① 聂绀弩：《〈女权论辩〉题记》，《聂绀弩杂文集》，生活・读书・新知三联书店(北京)1981年版，第255页。

放矢,有感而发,重在论辩,意在抗争,因此也就具有生命的活力和积极的现实意义,再加上他那颗同情弱者、批判强暴的善良之心,使得他的这些观点更为光彩动人。聂绀弩的杂文无论是正面阐述,还是反面批驳,都是咄咄逼人,如《蛇与塔》和《妇女·家庭·政治》等都是成功佳作,受到人们欢迎。

(二) 秦似:淡化议论,以"实"辩难。

秦似(1917—1986),广西博白县人。他的主要杂文著作有:《感觉的音响》、《时恋集》、《在岗位上》和《没羽集》等。

秦似属于中国现代杂文第二代作家。他的杂文创作生涯始于四十年代,从1940年7月起他和夏衍等一起在桂林主持杂文刊物《野草》的编务工作,奠定了他的杂文创作的基石。他崇尚"实",喜借助一些实例完成他的论辩。如关于倡导女性解放的系列杂文《"女性应该安于生物的平等"论》、《女子·圣人·革命》、《男女与职业》、《"女子能力不及男子"论》等等,每篇常要列举五六个实例,边叙边议边辩难,使每篇杂文显得斑斓多彩,可读性强。有时他还干脆自始至终实写一事,如《恶梦》中写自己的一个恶梦,梦中的环境是"昏沉沉的、阴森森的、窒息的气氛",有几千几万人因吸不到空气死掉了,然而那些自命权威的,素称厚道的老师、战友都在那里著书立说,自得其乐,直至最后自己被人迫害等等,借梦写实,立意新颖。和第一代杂文家相比,秦似有意在逐渐淡化议论,因为他并不是不善于议论,一些他偶尔写的纯粹是议论的杂文如《琐话》,全是由点滴议论汇合而成,其中有些议论,如中间的"四"写道:"骂牢骚不好,是对的,但那是对实而言;倘若并不感到需要做,整天'天下太平哈哈哈',为而无为,反而转过脸来腻骂牢骚,则他的血液比发牢骚的还更凝冻。"言简意赅,字字千金,十分精彩。可见,淡化议论是秦似刻意为之并由此形成自己的个性。1949年以后报刊上常见的"小黄蜂"之类的无议论或少议论的讽刺小品,应该说和秦似的杂文有一定的渊源关系。

(三) 宋云彬:引经据典,书卷味浓。

宋云彬(1897—1979),浙江海宁人。笔名宋佩平。曾先后担任《浙江日报》、《黄浦日报》和上海开明书店编辑。抗战爆发后,在桂林与夏衍等人编辑《野草》杂志。建国后,先后担任编辑和浙江省文联主席等职。

宋云彬在三十年代末到四十年代初,共出版了两本杂文集,一是于1940年8月由桂林创作出版社出版的《破戒草》,二是于1942年9月由桂林文献出版社出版的《骨鲠集》。

1926年,鲁迅到达广州,不久发表文章。当时宋云彬在广州,便写了一篇《鲁迅先生往哪里躲》的文章,敦促鲁迅写文章。该文引起鲁迅注意,并说"记得看见时颇为激动”,使宋云彬感到意外的喜悦,从此和杂文创作结下不解之缘。

宋云彬的杂文洁身自好,有一种君子风度。处在抗日战争生死存亡的严重时刻,他时刻关心的是“气节”、“骨气”。宋云彬在三十年代末四十年代初写的杂文所议的热点就是“气节”、“骨气”以及“生死观”,不断提醒人们要“摸摸自己的骨头看,硬的?还是软的?”①他宣传国家至上,民族至上,在《畔牢愁》中对发牢骚的人提出尖锐批评。他认为“善发牢骚的人往往是最没出息的人”。“发牢骚的时代早已过去了。现在是斗争的时代,我们需要一片崭新的事物,几员凶猛的闯将”。他憎恨明哲保身、自命清高的伪君子,这在当时确是一种难得的声音。他在杂文中虽则也不断地翻检历史,引经据典,但其目的非常鲜明:要以史以典来激发人们的抗日热情。他渴望胜利也坚信能胜利,容不得半点失败主义情绪。甚至在宣传民族英雄时,他都要求宣传“抵抗异族侵略而建立丰功伟绩的人”,担忧多宣传“知其不可为而为之”的如史可法、文天祥这样的民族英雄会产生失败主义的负面影响②,铮铮的爱国之心实在令人佩服。宋云彬对世事并不熟悉,更欠精通,因此他的杂文的题材较狭窄,书卷味较浓。

六　巴金的《龙・虎・狗》

巴金是在窒息中写成《龙・虎・狗》的。

巴金(1904—2005),四川成都人。他是中国现代小说家,但却是捧着散文集作为走向文坛的见面礼的,“我的第一本散文集《海行杂记》还是在我写第一部小说之前写成的”③。从二十年代到四十年代,他创作了大量的散文。有《海行杂记》、《旅途随笔》、《点滴》、《生之忏悔》、《忆》、《控诉》、《梦与醉》、《感想》、《黑土》、《旅途通讯》、《无题》、《龙・虎・狗》、《废园外》、《旅途杂记》、《怀念》、《静夜的悲剧》以及《短简》等十七本,数量委实可观。

巴金的散文创作从四十年代开始发生了明显的转折。巴金自己曾说:“我的文章却像一个多嘴的年轻人,一开口就不肯停,一定要把什么都讲出

---

① 宋云彬:《骨气》,《宋云彬杂文集》,生活・读书・新知三联书店(北京)1985年版,第83页。

② 宋云彬:《杂谈》,《宋云彬杂文集》,生活・读书・新知三联书店(北京)1985年版,第95页。

③ 巴金:《谈我的散文》,《巴金选集》第10卷,四川人民出版社1982年版,第259页。

来才痛快……我常常想把文章写得短些，更短些。我觉得越短越好，越有力。然而拿起笔来我就无法控制自己，可见我还不能够驾驭文字，可见我还不知道节制。”①但《龙·虎·狗》开始转变，收在其中的一些散文，篇幅短小，有的仅二三百字。长短还仅是转变的一个方面，实质上是他的整个散文风格发生了嬗变。原来他创作散文是被动的，常常是触景(物)生情，见什么就写什么，也许由于见到的东西多了，他不大珍惜，不愿把这些东西用自己的感情火焰去蒸熟煮透，便匆匆地捧给读者。但《龙·虎·狗》则不同，他完全是主动地在精心捕捉一个意象，用自己的灵魂拥抱它，从而抽出一些空灵的情丝来，近乎是散文诗。与他的散文创作转折同时，他的小说创作在四十年代也发生根本的转折，而且轨迹大致相同。这和他当时所处的小环境有关，他正在和萧珊热恋，生活相对比较安定，情感也就相对地婉约细腻起来了。

《龙·虎·狗》是1940年到1941年期间巴金在昆明和重庆写成的。这时，抗战进入了最艰苦的相持阶段。中华民族正浸泡在苦难的泥潭里，诚如巴金在《龙》中所写的，中华民族这条巨龙“落在污泥里，不能自拔”，痛苦地挣扎着。作者处在极度的窒息之中。因此，他渴望自由，渴望光明。《龙·虎·狗》中绝大部分篇章的情绪都毫不犹豫地在“自由”上聚焦。在这本散文集中出现的一些意象，如《雷》中的“雷”，《风》中的“风”，《雨》中的“雨”，《日》中的“日”，《月》中的“月”等等，都统统被作者撷取过来，借助它们身上的某一特征或某些特征，用自己的炽热情感进行锤炼，以此对窒息的世界进行冲击，即使是冲破一个很小的缺口，能够暂时呼吸一下自由空气也在所不惜。他盼“风”，因为“窒息得快要闭气了”，所以“只有一个愿望，起一阵大风，或者下一阵大雨”②。他盼“雷”，因为一声响雷，“我觉得空气变得十分清凉，心里也非常爽快，我可以自由地呼吸了”③。作者渴望自由快快地到来，猛烈地到来，这是处在最苦难的岁月里的亿万同胞的共同心愿。《龙·虎·狗》正是作者用赤诚的心建造起来的一座自由探照灯！

巴金渴望自由，但他不乞求自由。《龙·虎·狗》有一股凛然的阳刚之气。在他的笔下，赞赏的是：人即使在苦难的泥潭中挣扎，但脊梁骨仍然应该挺得直直的，如《龙》中的“龙”，它在臭水泥潭中挣扎，尽管“已经过了多少万年了”，

① 巴金：《谈我的散文》，《巴金选集》第10卷，四川人民出版社1982年版，第265页。

② 巴金：《风》，《巴金选集》第8卷，四川人民出版社1982年版，第259页。

③ 巴金：《雷》，《巴金选集》第8卷，四川人民出版社1982年版，第265页。

但仍傲然地挺立着,“我不能死,而且我也不应该死”。最后终于“一声巨响自下冲上天空”,“蔚蓝色的天幕上隐约地现出淡墨色的龙影,一身鳞甲还是乌亮乌亮的”。这就是中华民族!即使暂时受了挫折,受伤了,但它浩气犹存。在《虎》中巴金就借百兽之王,张扬了这种浩气。猛虎为猎人误杀,虽倒下了,但它震慑着人们,“死了以后,还能够使人害怕,使人尊敬”。这显然是献给已经壮烈地倒下了的抗日志士的在天之灵。窒息的世界,必须借助这种浩然的阳刚之气来改变。正因为如此,作者还树了一个对立面——“狗”,在《狗》中巴金对见到石子就逃的“狗”极度鄙视,报之以“轻蔑地冷笑”,从反面来为阳刚之气鼓风助威。总体上看,巴金的多数散文是阳刚之作,如为人熟知的《一个女佣》等。《龙·虎·狗》则集中地鲜明地显示了巴金散文的阳刚气质。这和他的小说的气质正一脉相承。

巴金的散文观念也很奇特。他说:“只要不是诗歌,又没有完整的故事,也不曾写出什么人物,更不是专门发议论讲道理,却又不太枯燥,而且还有一点点感情,像这样的文章我都叫做‘散文’。”①“只要不是”、“又没有”、“也不”、“更不是”、“却又不太”等一连串的否定使他被动地对待散文创作。尤其在他的枝叶茂盛的小说大树荫护下,更显得他的散文缺少风采。直露是巴金散文的最大缺陷。但宝贵的是“还有一点点感情”,使得他的散文灵魂一直闪光。1949年之后,巴金散文的直露缺陷一直存在并有所发展,但在散文的“还有一点点感情”的内涵上也有所发展,尤其到七十年代末,他提出散文要“当遗嘱写”②,推开了散文旧时代,迎来了散文新时代,这也是题中应有的事了。

七　无名氏的《火烧的都门》

无名氏在抗日战争时期,先用两本香艳的爱情小说《北极风情画》和《塔里的女人》,叩开了文坛的大门。继而就用他的仇恨点燃起一股熊熊的烈火,烧出一本滚烫的散文集《火烧的都门》。在抗战后方家园的散文园地中,它显得光彩夺目。

无名氏(1917—2002),祖籍山东,后迁居江苏。原名卜宝南(卜乃夫)。抗战爆发,他到了重庆,先在《扫荡报》工作,后入教育部的图书杂志审查委员会工作。在重庆他结识了韩国人李范奭等,并一同去了西安。在抗战胜利前,他又回到重庆,继续从事写作。后迁居台湾。

---

①　巴金:《谈我的散文》,《巴金选集》第10卷,四川人民出版社1982年版,第260页。

②　巴金:《把心交给读者》,《巴金散文选》(下卷),浙江人民出版社1982年版,第836页。

《火烧的都门》共分四辑。第一、二两辑的散文写于1937年到1941年之间，这是这本散文集中最为光彩的篇章。它的发表，说明无名氏没有回避现实，既不虚无也不颓废。他的眼睛仇恨地盯着日本太阳旗，并要用自己仇恨的诅咒，把它撕得粉碎。第三辑是三个爱情片断，都是“你爱我，我离不开你”之类的一套。由于前两辑的恨的力量，使得这三篇爱情故事相形之下，无甚出众之处，可以被忽视。第四辑是深沉的理念结晶。无名氏和徐订一样，是理性很强的作家，思考是其所长，因此这些结晶也为人们所咀嚼，并为人们所传诵。

《火烧的都门》表现的情感非常丰富，但最引人注目的是作者的“恨”。这一恨极其简单而又集中，即恨——日本帝国主义，包括那些为日本帝国主义效劳，以及在打击日本帝国主义中持消极态度的人，他都毫不含糊地恨。无名氏自称：“当我恨的时候，我的情感是粗鲁的，难看的。”①又说：“用恨写出来的文字是暗哑的，不连串的，但有力量。——诅咒是一种力量。”②《火烧的都门》正如此，面对日本帝国主义的魔鬼，倘若还在文绉绉地背着手踱四方步，柔声细语，虽则是斯文的，但他的血是冷的，无丝毫美感可言。

无名氏的目光敏锐。他对大后方的种种醉生梦死，消极抗日的表现，进行了猛烈的抨击，采用极端的诅咒语言表示自已和他们的对立。在《我无言》中，当他听到友人说“战事现在还算平静。黄昏时分，你再来吧，到处都是牌声，比前方炮火还激烈似的”，他愤怒得只能“低头看空寂的白石阶：我无言”。无言就是刻骨的蔑视。同样，当他听到重庆的华丽的别墅里的笑声时，他也决绝地诅咒：“我憎恨这笑声！”乃至一些教授不敢挺身而出，领导义勇军，他对这种怯弱也丝毫不原谅，进行辛辣地嘲讽。甚至对一些社会的死角，如佛门之地，他也不放过。在《僧二》中他对僧甲从不阅览报纸，以至于对中日战争有何感想这样的问题都瞠目不知所对表示蔑视。他用恨的力量，把遮盖人们灵魂丑恶的面纱撕得粉碎，表达了他的信念——对“后方”种种丑恶的否定，对“佛门”与世无争的否定，对一切以怯弱的态度来对待抗日战争的人的否定。他本人的态度很鲜明：就是《宝剑篇》中末尾宝剑的咆哮：“我要杀人！”又是《父与子》中显示的：“每一张铁额上，镌镂着‘战斗’，每一篇钢唇上，写着‘要生活’。”

正因为无名氏对日本帝国主义的愤恨，所以他对抗日将士也爱得特别热烈。为人们所传诵的《薤露》，激励着人们勇敢地迈向战场。它是作者在“八一三”三周年时献给抗战全体死难将士之英灵的祭文。全文采取和阵亡的将士

①② 无名氏：《沉思录》，见许道明、冯金牛选编《沉思琐语》，汉语大词典出版社1996年版，第101页。

面对面的剖露衷肠的方式，连珠的句式和诚挚的深情糅合在一起，使文章一气呵成，细腻真切，催人泪下。出人意料的是文章以“寒冷”起笔：“你们，中华大地的儿子，争祖国自由的战士。你们，最最忠勇的，最最善良的，最最亲爱的，请静静的，静静的，静静的，安息在地下。地下是刻骨的寒冷，千种的凄清，没有路，没有光，没有城市与山林，没有野蛮与文明，长年陪伴你们的，紧紧拥抱你们的，只有黑暗的泥土，泥土的黑暗。”使读者的心顿时震悚和悲伤起来。而后再渐渐展开，采取对比的手法，形成感情的跌宕波澜，以此歌颂阵亡将士的光照人间的千秋功业，把感情推向高潮，但却是激昂的：“战士啊，请勿悲伤吧，你们并没有离开这世界！在祖国的天空里，有你们的笑容，在祖国的海水里，有你们的声音，在祖国的群山中，有你们的手臂，在祖国的原野上，有你们的胸膛，在祖国的瀑布里，有你们的足步，在祖国的人群里，有你们的幻想，回忆，幽梦，爱与恨，在祖国的未来建筑里，一木一石都有你们的鲜血与眼睛。”使人奋发。全文采用赋的铺陈手法：重复、连珠、排比，词句也是极为浓艳，由于感情真挚，愈加动人。诚然，这篇散文也有违他自已的创作规矩：“感情最浓时，作为代表的并不是狂叫，而是轻轻的一点叹息或几个字。”面对阵亡的将士的英灵，无名氏再也不能轻轻地叹息了，这实在是他的失态之所由。

就散文而言，无名氏抒写的情致是属于极端型的。

第十二章 海派散文

第一节 文化性格和审美特征

和京派散文的概念一样，海派散文也是一个约定俗成的概念，它的面目似乎比京派散文还要模糊和宽泛。究其原因，根源在“京派”和“海派”的名谓上。“京派”与“海派”来源于三十年代沈从文挑起的一场争论。这场争论由于鲁迅的加入变得格外令人注目。双方争论包括鲁迅的文章，集中论述的是“京派文人”和“海派文人”，并非特指京派散文和海派散文。而且，在这期间，南北文坛上的瞬息万变，错综复杂，“京派文人”与“海派文人”的行为，使得鲁迅得出了这样的结论：“我才明白了去年京派的奚落海派，原来根柢上并不是奚落，倒是路远迢迢的送来的秋波”①，是“炒在一起的苏式菜——‘京海杂烩’来了”②。这些断语实质是非文学性的，或者说是对京派文人和海派文人作出的一些边缘性的结论。虽则这场论争和鲁迅一些论断可以作为研究京派散文和海派散文的重要参照系，但这场论争，包括鲁迅的断语，实质是一些印象式结论，并非是学术研究的结晶。正因为如此，后人在研究京派散文和海派散文时，存在着许多模糊性，尤其在海派散文的研究上，显得相当突出。表现在对代表作家的判定上，把一些其他流派的散文家也囊括其中，这样一来，反而更加模糊了海派散文的个性。

海派散文属于地域散文。海，是特指一群散文作家所聚的地域——上海，并不指原籍而言。海派散文属于都市散文，是都市文学中的一道风景线。从时段上考察，是二十世纪三十年代到四十年代中期，代表作家有叶灵凤、章衣萍、章克标、张爱玲、苏青、马国亮、钱歌川和予且等。他们的阵地主要有：《天地》、《杂志》、《小天地》、《古今》和《万象》等。虽则，这些散文作家个性不同，才情不同，但他们的散文在总的倾向上，较为明显地显示着共同的文化性格和审

---

①② 鲁迅：《“京派”和“海派”》，《鲁迅全集》第 6 卷，人民文学出版社 1981 年版，第 303 页，第 302 页。

美特征。而且对之后的中国散文发展，产生了很大影响，如香港的专栏散文，以及二十世纪九十年代的“小女人散文”都是从海派散文那里吸取了灵感，在他们的身上鲜明地烙有海派散文的印痕。因此，海派散文在二十世纪中国散文史上占有不可忽视的一个席位。

一　崇尚“圆通”，拒绝“极端”

和京派散文相比，在文化精神上，海派散文家崇尚“圆通”，拒绝“极端”。在这一点上，显示了他们和论语派散文的血脉是相同的。

京派散文家在价值观念上极端化，他们拒绝一般“社会价值”和“社会标准”，“我是个乡下人，走到任何一处照例都带了一把尺，一把秤，和普通社会总是不合。一切来到我命运中的事事物物，我有我自已的尺寸和分量，来证实生命的价值和意义。我用不着你们名叫‘社会’为制定的那个东西，我讨厌一般标准”①。他们“不把那个社会价值掺加进去”②估定自已的爱憎。以此形成“我”和“社会”的对立。所以京派散文具有相对的封闭性，迷恋着自我情感幻化出来的色彩世界，“生活在自己的白日梦里”，“流连于一个不存在的世界”，“我重复着我自已的语言”③。他们极力想借助“极端”，把散文自我化，精神化。海派散文家则不同。他们非常注重生活、生存，千方百计使自我的价值、精神和市民的价值、精神一致起来。张爱玲公开宣扬她的写作原则是：“要迎合读者的心理，办法不外这两条：(一)说人家要说的，(二)说人家要听的。”④他们为了争取众多的读者，时时刻刻“注意到群众兴趣范围的限制”⑤。因此，对社会对公众的价值采取一种释然的认同姿态。这一点在张爱玲的散文表现得更为突出。张爱玲在《到底是上海人》中，指出“上海人之‘通’并不限于文理清顺，世故练达。到处我们可以找到真正的性灵文字”⑥，“是传统的中国人加上近代高压生活的磨练。新旧文化种种畸形产物的交流，结果也许是不甚健康的，但是这里有一种奇异的智慧”⑦。尽管海派散文作家队伍中对社会的价值认同的“圆通”的程度和姿态各不相同，如章衣萍的随笔中处处也可见到极端的影子，但总的来看，他们对社会以一种较为妥协、“圆通”的姿态出现。“圆

①②　沈从文：《水云》，《沈从文文集》第10卷，花城出版社、生活·读书·新知三联书店(香港)1984年版，第266页。

③　何其芳：《街》，《何其芳文集》第2卷，人民文学出版社1982年版，第82页。

④⑤　张爱玲：《论写作》，《杂志》1944年第1期。

⑥⑦　张爱玲：《到底是上海人》，《杂志》1943年第5期。

通”的生活基础是海派散文家和都市的关系的亲密与和谐。京派散文树起的是“乡”的旗号，公开表达对都市的厌恶，农业文化成了京派散文家的土壤和背景。海派散文家不同，他们对“乡”和“都市”的矛盾并不敏感。他们对“都市”有天生的好感。海派散文作家梁得所一到香港，那“两层的电车，有烟囱的汽车，碧绿的海，虽久别重逢，却使我一见如故”。香港“仿佛是从前我们家里一个人”①。他们对“乡”很淡漠，淡得如一缕青烟，如海派散文家钱歌川对故乡常州的记忆，淡得已到了“毫无关系”的地步，因为海派散文家已经成了都市的一分子，或者说是都市的一个细胞。他们在都市中如鱼得水，生活得非常滋润。张爱玲“喜欢听市声”，“是非得听见电车响才睡得着觉的”②。她还喜欢在生火炉时扇出的滚滚的白烟中穿行，去闻闻那“布毛臭”。他们完全市民化，熔铸入他们散文中的灵魂是都市、是市民意识。他们用市民的视角写市民关心的生活，表达浓浓的市民意识。在这一点上，显然和视都市为“敌”的京派散文家划清界限。

“圆通”的哲学基础是“不彻底”，“欠彻底”。不大喜欢文学理论的张爱玲一反常态，在《自己的文章》中系统地阐明了自己的文学主张。她坚决拒绝了“极端”，“极端病态与极端觉悟的人究竟不多。时代是这么沉重，不容那么容易就大彻大悟”。拒绝“极端”的同时，提出写“不彻底的人物”。虽则这一观点有弦外之音，是对当时的革命文学的理论的非议，或者说是对主张你死我活的阶级斗争理论的责难。但“不彻底”的本身就蕴含着对多元价值的认同。所以海派散文都有一个共同特点：“杂碎”。就以章衣萍的随笔来看，非常杂碎：名人琐事，人生众相，国际风云，街头巷尾的传闻，教育界的弊端，军阀政客的嘴脸……在他的笔下都有所显现。无论是弘扬还是批判，缺乏一个方向和原则，在价值观念上，有些乱谱，如有几则随笔对教授的批判近乎刻薄。这种乱谱，也就反映了海派散文家对读者阅读心理的迎合，凡是读者喜欢听的，他们都会去颂扬或批判，这样海派散文在反映民意的同时，也不免沾染上市侩气、世俗气。

二　求“安稳”，弃“飞扬”

海派散文在取材上反崇高性。“国家事管他娘”③，是他们取材的一个原

① 梁得所：《香港印象记》，《猎影与沉思》，汉语大词典出版社 1996 年版，第 45 页。
② 张爱玲：《公寓生活记趣》，《天地》1943 年第 3 期。
③ 曾经可：《〈画堂春〉的词句》，《新时代》1933 年第 1 期。

则。在这一点上,张爱玲说得最彻底:"我发现弄文学的人向来是注重人生飞扬的一面,而忽视人生安稳的一面。"①她的"飞扬",是指"超人"、"斗争","安稳"是指"和谐"、"人的神性"和"妇人性"②。尽管她把"安稳"和"飞扬"的关系解释成前者是后者的"底子","好的作品,还是在于它是以人生的安稳做底子来描写人生飞扬的"。但她却极力把"安稳"绝对化,唯一化,必然化:"没有这底子(指安稳——引者注),飞扬只能是浮沫,许多强有力的作品只予人以兴奋,不能予人以启示,就是失败在不知道把握这底子。"③说到底,她把"安稳"和"飞扬"对立起来,用"安稳"来主宰文学创作。她的"安稳",就是"把他想到的一切写出来。他写所能够写的,无所谓应当"④。"像恋爱结婚,生老病死,这一类颇为普遍的现象,都可以从无数各个不同的观点来写"⑤。"安稳"的重要一条是散文题材日常化,家常化,市民化,世俗化。

这种创作原则,决定了海派散文成了都市社会生活的光怪陆离的万花筒,他们以写市民的实际世俗生活题材保证"安稳"的实现。苏青说:"我的文章材料便仅限于家庭学校方面的了,就是偶尔涉及职业圈子,也不外乎报馆,杂志社,电影戏剧界之类。至于人物,自然更非父母孩子丈夫同学等辈莫属。"⑥她公开宣称:"我对于一个女作家写的什么:'男女平等呀,一起上疆场呀!'就没有好感,要是她们肯老实谈谈月经期内行军的苦处,听来倒是入情入理的。"⑦在海派散文中,有一些题材几乎是他们所共同的谈不厌的话题,如谈女人,谈男人,谈用钱,谈美食,谈失眠……在处理这些题材、选择表现视角时,又有意无意地与市民意识相契合,偏重的是物质感性的享受,个人生活质量的提升,对与个人利益无关的形而上学的精神、主义和思想显得冷漠。张爱玲在《烬余录》中,写到自己对待那位"尻骨生了奇臭的蚀烂症"的伤兵的态度,简直令人发指。那位伤兵在痛苦到极点的时候,哀求她给一点水,她都置之不理。这个伤兵死了,居然"我们大家都欢欣鼓舞",失去了起码的人性。在这乱世中,她还在有滋有味地享受,"我们立在摊头上吃滚油煎的萝卜饼,尺来远脚底下就躺着穷人的青紫的尸首"。这种自我的生存变成了自私的活着,如果这也就是他们主张的"安稳",那么"安稳"一定程度上成了满足享乐欲望的借口。这虽则是一些极端的个案,但不可否认,他们是以饱满的热情去写世俗生活,精神的干涸使得他们的散文具有一种世俗相。

---

①②③ 张爱玲:《自己的文章》,《苦竹》1944 年第 2 期。

④⑤ 张爱玲:《写什么》,《杂志》1944 年第 5 期。

⑥ 苏青:《自己的文章》,《苏青文集》(下),上海书店 1994 年版,第 430 页。

⑦ 苏青:《我国的女子教育》,《苏青文集》(下),上海书店 1994 年版,第 7 页。

在求“安稳”、弃“飞扬”中，还反映了海派散文家的生存姿态和审美追求，即对“闲适”的欣赏和向往。也正是在这一点上，海派散文家和论语派散文家成了孪生兄弟，海派散文家并没有喊出“以闲适为格调”，但他们几乎百分之百地求“闲”、偷“闲”、想“闲”。当然，每个海派散文家向往“闲适”的原因有所不同，张爱玲是对阶级斗争的厌倦，“斗争是动人的，因为它是强大的，而同时是酸楚的。斗争者失去了人生的和谐……”①认为“左翼分子”是“诊脉不开方”，“逼急了，开个方子，不外乎阶级斗争的大屠杀”②。她以“闲”求“和谐”。苏青则是在乱世中求生存，“这里已变成疯狂的世界，人心焦灼，烦躁。终日戚戚，或莫名其妙的兴奋着，像在火山上跳舞，又像在冰层上筑琼楼玉宇，明明知道这可是转瞬间便要倒坍的，然而还得争取这一刹那——一刹那的安慰与排遣哪”③！这些言论把“闲”的价值指向两极化，一极是在精神上追求“和谐”，把“闲”作为“和谐”的一种外化物化的表现状态，应该说它具有一点形而上的精神意义，或许这一极指向对他们的散文创作影响甚微，但不能说没有，张爱玲的《爱》、《夜营的喇叭》就是这一极价值指向的精神结晶。另一极的指向则是形而下，落实到现实中的“一刹那的安慰与排遣”，是作为生存方式的一种私欲追求。苏青主张在写女子从军时，写女人的月经的苦处，就是一个典型的个案。不管是哪一极，“闲”的本质是把自我从社会中剥离，实现散文自我化，在散文创作中把写自己的经验放在首位。所以，海派散文家都是写生活经验的高手，海派散文成了生活经验狂欢的乐园。

三　追捧时尚，嗜好“流行色”

海派散文的根据地是上海，上海是时尚的都市，流行色的天下。和京派散文相比，海派散文并不那样留恋“昨天”，对传统的感情也不那样固执。他们追捧时尚，喜欢“变”，因为他们并不担心丢掉祖宗，隔断龙脉。而这一切又和他们写散文的目的紧密相关，因为散文是他们手中的“商品”。苏青说：“我把自己的文章编印成书，自然是相信有人要看，有人会买，于是可以赚些钱。”④“常常是为着生活而写作的”，如果不写散文，“当然是可以的，不过不干就没有钱来换米，你的肚子可不肯跟着写文章的手来一起罢工呀”⑤。她还这样描述自

① 张爱玲：《自己的文章》，《苦竹》1944 年第 2 期。

② 张爱玲：《论写作》，《杂志》1944 年第 1 期。

③④ 苏青：《〈饮食男女〉后记》，《苏青文集》（下），上海书店 1994 年版，第 458 页。

⑤ 苏青：《自己的文章》，《苏青文集》（下），上海书店 1994 年版，第431 页。

己是如何走上创作道路的:夫妻反目,孩子们嗷嗷待哺,于是试着投稿,“我投稿的目的纯粹为了需要钱”,是“吃饭第一”,把“卖稿当做一个短时期的生活方法”①。章衣萍说得干脆,散文“皆是商品而已”②。作者和读者的关系建立在“卖”的基础上,也就决定了他们的散文的面孔天天要变,用“变”争取读者,用“变”抓住人们的眼球,用“变”求生存。对“变”的习以为常,使“变”成了海派散文的常态特征。海派散文善“变”表现在取材的世俗化民众化生活化上。他们非常关心现实,在这一点上和抗争的散文十分相似。但在处理材料的角度上不同,抗争散文家们是站在革命的立场上,用文字去唤醒民众,引导民众。而海派散文家们则是采取迎合的态度,“要争取众多的读者,就得注意到群众兴趣范围的限制”③。他们把读者视为上帝,读者的需要就是他们的写作原则,因此在取材上他们没有什么限制,百无禁忌,非但有恃无恐,而且很有自信能把文章写好,“只要题材不太专门性,像恋爱结婚,生老病死,这一类颇为普遍的现象,都可以从无数各不相同的观点来写,一辈子也写不完”④。他们“变”的手段多样:或故意制造悖论歪论偏论,几乎是危言耸听地从一些市民身边发生的事中发表惊人的见解,让读者产生陌生惊异之感,使散文有一种新闻效应,如章衣萍的那些随笔;或以读者关心的热门话题作为兴奋点,把散文的情感抒写轨道和世俗民众的情感轨道完全“接轨”。典型的如《苏青张爱玲对谈记》中对谈的十个问题是这样十个问题:“职业妇女的苦闷”,“用丈夫的钱是一种快乐”,“职业女性的威胁——丈夫被别人夺去”,“科学育儿法”,“母亲的感情”,“被屈抑的快活”,“女人最怕‘失嫁’”,“大家庭与小家庭”,“同居问题”和“谁是标准的丈夫”⑤等。简直每个问题都说到妇女的心坎上,这样的“对谈”怎能不让人迷?甚至连散文集的名字也非常“男女”,如章衣萍的《情书一束》,马国亮的《给女人们》、《再给女人们》等等。在这一点上,其他派别的散文几乎无法和他们匹敌抗衡,因为他们真正做到放下架子,和民众打成一片,和社会凝成一团。他们的“变”还表现在文体变革上,如章衣萍的随笔,大多以语录体的形式出现,直截了当,幽默风趣。总而言之,他们想尽办法,挖空心思地追捧时尚,把自己的散文和时尚贴近,努力把自己的散文变成一种流行色。

---

① 苏青:《关于我》,《苏青文集》(下),上海书店 1994 年版,第 442 页。

② 章衣萍:《〈枕上随笔〉序》,见柯灵主编《中国现代文学序跋丛书·散文卷》,海南人民出版社 1988 年版,第 274 页。

③ 张爱玲:《论写作》,《杂志》1944 年第 1 期。

④ 张爱玲:《写什么》,《杂志》1944 年第 5 期。

⑤ 见《杂志》1945 年第 6 期。

追捧时尚,还牵涉到一个问题,散文的趣味问题。不可否认,海派散文有商业气,西崽相,或沾染上市民的一些低级趣味,但事实上,对待这个问题不能简单化。因为他们欣赏都市,留恋都市,所以在表达上千方百计要把这一切艺术化。我们可以拒绝他们的这种艺术表现,但我们不能否认他们这种艺术表现的认真和用心良苦,张爱玲对他们的作品中的低级趣味作了这样的表述:"要低级趣味,非得从里面打出来。我们不必把你我之间划上这么清楚的界限。……将自己归入读者群中去,自然知道他们所要的是什么。要什么,就给他们什么,此外再多给他们一点别的——作者有什么可给的,就拿出来,用不着扭捏地说:'恐怕这不是一般人所能接受的吧?'那不过是推诿。作者可以尽量给他所能给的,读者尽量拿他所能拿的。"①"将自己归入读者群中去"的姿态,说明他们没有游戏人生,玩弄读者,他们所做的仅是把散文的消费性功能发挥到了极致。

第二节　张爱玲　章衣萍　苏青

一　张爱玲:醉心书写市民"不彻底"的却是"认真"的"流言"

张爱玲(1921—1995),上海人。中学毕业于上海圣玛丽亚学校,随后考入香港大学专攻文学。大学期间,在黄嘉德、黄嘉音主编的《西风》月刊上发表第一篇散文作品《我的天才梦》。因战事影响,大学未能毕业,回到上海,从事创作。始在英文杂志《二十世纪》上发表文章及影评,后在《紫罗兰》、《万象》、《杂志》、《天地》、《古今》等杂志上发表《金锁记》、《更衣记》等小说散文。1944年9月小说集《传奇》出版,11月散文集《流言》由上海五洲书报社初版,1945年1月街灯出版社再版。《传奇》和《流言》使她成为上海沦陷区红极一时的女作家。1952年赴港,在香港美国新闻处任职。1955年赴美,先后在美国雷德克里芙女校、伯克莱加州大学中国研究中心任职,其间偶或在台湾的报刊上发表一些散文。她的主要作品有《张爱玲全集》等多种文集和选集,散文集《流言》、《张看》(和小说合集)等。她是海派散文代表作家,代表作是《流言》、《张看》。

张爱玲生活在新旧交替、东西混杂、传统与现代并存、价值标准混乱的殖民空间。她属于都市,是为都市而生,她是都市的宠儿。她很坦率,也很

① 张爱玲:《论写作》,《杂志》1944年第1期。

实际，她说："有些东西我觉得是应当为我所拥有的，因为我较别人更会享受它，因为它给我无比的喜悦，眠思梦想地计划着一件衣裳，临到买的时候还得再三考虑着，那考虑的过程，于痛苦中也有着喜悦，钱太多了，就用不着考虑了；完全没有钱，也用不着考虑了。我这种拘拘束束的苦乐是属于小资产阶级的。每一次看到'小市民'的字样我就局促地想到自己，仿佛胸前佩着这样的红绸字条。"①都市的一切都可以天然地成为她享受生活理念观照下的艺术品，都可以成为她享受生活的资源。她的大部分散文揭示的真理简单又简单：我享受都市，都市为我享受。她会享受，也真会享受。寒天清早，人行道上人们生小火炉时扇出的带有"布毛臭"的滚滚浓烟，她"喜欢在那个烟里走过"，在她看来，这是"香而暖的呛人的烟雾"②。她对"市声"情有独钟，"非得听见电车响才睡得着觉的"，在她看来，"电车回家"的嘈杂声和场面是如此诗情画意："一辆衔接一辆，像排了队的小孩，嘈杂，叫嚣，愉快地打着哑嗓子的铃：'克林，克赖，克赖，克赖！'吵闹之中又带着一点由疲乏而生的驯服，是快上床的孩子，等着母亲来刷洗他们。车里的灯点得雪亮。专做下班的售票员的生意的小贩们曼声兜售着面包。有时候，电车全进了厂了，单剩下一辆，神秘地，像被遗弃了似的，停在街心。从上面望下去，只见它在半夜的月光中袒露着白肚皮。"③等等。享受到了极点，和自私难分。在战时临时医院当看护，面对病人的呻吟，她可以与己无关。自己看护的病人死了，竟"欢欣鼓舞"，把死者的"后事交给有经验的职业看护"，自己"缩到厨房里"，照样香喷喷地吃油烘酒酿饼，"我们这些自私的人若无其事的活下去了"④。即使对市民中的一些非理性行为，如姘居，她都能善解人意，入情入理地分析。她活得有滋有味，写得也有滋有味。这一切的一切的理论，就是："好的作品，还是在于它是以人生的安稳做底子来描写人生的飞扬的。没有这底子，飞扬只能是浮沫。"其实骨子里她是求"安稳"："我发现弄文学的人向来是注重人生飞扬的一面，而忽视人生安稳的一面。"⑤她把自己贬为"为稻粱谋"的卖文为生的匠人，为的是对政治或党派的"代言人"角色的拒绝。她的散文，就是市井里的一个女人在坐而论道。诚然，此时张爱玲生活在兵荒马乱之中的"孤岛"上海，她要生存，她

① 张爱玲：《童言无忌》，《天地》1944 年第 7、8 期合刊。

② 张爱玲：《道路以目》，《天地》1944 年第 4 期。

③ 张爱玲：《公寓生活的记趣》，《天地》1943 年第 3 期。

④ 张爱玲：《烬余录》，《天地》1944 年第 5 期。

⑤ 张爱玲：《自己的文章》，《苦竹》1944 年第 2 期。

不能用遥远的温室里的东西来敷衍读者，上海人讲究实际，因此，她必须要用市民的形象来招徕读者。恰恰她本人又是一个道地的市民。这是她的优势。她在散文《到底是上海人》中如此写上海人："谁都说上海人坏，可是坏得有分寸。上海人会奉承，会趋炎附势，会混水里摸鱼，然而，因为他们有处世艺术，他们演得不过火"，"上海人不那么幼稚"，"上海人是传统的中国人加上近代高压生活的磨练。新旧文化种种畸形产物的交流，结果也许是不甚健康的，但是这里有一种奇异的智慧"。其实这正是她自我的真实写照。她和都市已完全融为一体。诚然一切都是为了生存。所以在《到底是上海人》的最后要竖起一块广告牌："我喜欢上海人，我希望上海人喜欢我的书。"这才是顶顶要紧的，在这"孤岛"要活下去，不向上海人抛几个飞吻，怎能混下去呢？张爱玲能在"孤岛"的兵荒马乱中走红，靠的就是"市民"这块俗得不能再俗的招牌。不过，俗得真诚，也有不俗之处。而且，这块招牌还有些不凡，因为她代表市民，写市民的爱、市民的恨、市民的求、市民的心、市民的一切一切，她坚决反对极端，"极端病态与极端觉悟的人究竟不多"。力主安稳，要有"分寸"，要"不彻底"；她自信这是"有着永恒的意味"①。她的"市民精神"尽管有世俗味，但她正是通过散文咀嚼世俗，求得一点反俗的真味，却也"有着永恒的意味"。

张爱玲散文的写作姿态是把读者视为"邻居"，为"邻居"写邻居的家前屋后的凡人小事。因为她不相信极端，在她看来，正是这些凡人市民"是这时代的广大负荷者。因为她们虽然不彻底，但究竟是认真的"②。她的散文就是写那些凡人市民的"不彻底"的但却是认真的"流言"。她艺术感觉敏锐，表达一种意趣十分专长，如《公寓生活记趣》、《童言无忌》等。她的散文实质上是一个女人眼中的色彩斑斓的世界的生动再现。

就张爱玲的大部分散文而言，确实是担当了"市民"的代言人角色。但我们也应该注意到，她有少数篇章，超凡脱俗，纯净圣洁，文中的"她"和她的"市民"散文中的"她"相比，判若两人。这少数篇章的代表作，就是《夜营的喇叭》和《爱》。它们可以称得上是二十世纪的经典散文代表作。

《夜营的喇叭》抒情的起点很平常：每天晚上十点钟，军营里就会响起简单而又熟悉的喇叭声。那"简单而又熟悉的"调子，对生活在鼎沸的都市里的作者，是一种温暖和安慰。但是，当作者问和她生活在一起的姑姑，是否听到这喇叭声时，姑姑却说"没留心"，这一否定，激起了感情的跌宕和漩涡：现实是那

---

①② 张爱玲：《自己的文章》，《苦竹》1944年第2期。

样的冷漠和无情，明明天天存在的东西，人们可以视而不见，充耳不闻。所以，当喇叭声响起，她自己都怕听，她感到孤独，因为“只有我一个人听见”，“凄凉之外还感到恐惧”，恐惧自己到最后也会怀疑喇叭声的存在。

行文到这里，似乎和她的人生是爬满了虱子的“华美的袍”的苍凉生活理念是一致的。但意想不到的是，接下来却是峰回路转，阳光四射：

> 可是这时候，外面有人响亮地吹起口哨，信手拾起了喇叭的调子。我突然站起身，充满喜悦与同情，奔到窗口去，但也并不想知道那是谁，是公寓楼上或是楼下的住客，还是街上过路的。①

世界不容悲观，还有关心“喇叭”声的人在！世界仍有知音在！温馨的和谐构成了超凡脱俗的境界。那种形而上的提升，有一种永恒的纯粹，在张爱玲的散文中可谓是“鹤立鸡群”。同样，《爱》中对遥远的少男少女的一次邂逅和“噢，你也在这里吗?”的问候的描写，也让人怦然心动。张爱玲一生专注地写了那么多的情爱小说，均是以绝望和悲悯作底，对人间真情进行了残酷的否定，但她渴望的真情未灭，《夜营的喇叭》和《爱》就是这种渴望的闪现，尽管这一闪现是那样短促，却是她留给世人的一点温暖。巧的是两篇散文写的都是刹那的邂逅，但展示的却是一种情的永恒。

张爱玲在创作中喜欢用“参差”的手法：“我以为用参差的对照的手法是比较适宜的。”②在布局、情感、节奏和浓淡上都自觉地运用“对照参差”的手法，如《公寓生活记趣》是记公寓生活的趣，全文采用佣人的“人生一快”和“苦处”相对照，“公寓”和“乡村”相对照，“长的是磨难”和“短的是人生”相对照。从眼里看到的，写到耳朵听到的，楼上楼下，房里房外，人与人，人与物，都诗意地栖居着，处处充满了生机和情趣，尤其最后，有这样一段描写：

> 屋顶花园里常常有孩子们溜冰，兴致高的时候，从早到晚在我们的头上咕滋咕滋挫过来又挫过去，像瓷器的摩擦，又像睡熟的人在那里磨牙，听得我们一粒粒牙齿在牙龈里发酸如同青石榴的子，剔一剔便会掉下来。隔壁一个异国绅士声势汹汹上楼去干涉。他的太太提醒他道：“人家不懂你的话，去也是白去。”他揎拳撸袖道：“不要紧，我会使他们懂得的！”隔了

---

① 张爱玲：《夜营的喇叭》，《新中国报·学艺》1944 年 5 月 5 日。

② 张爱玲：《自己的文章》，《苦竹》1944 年第 2 期。

几分钟他偃旗息鼓嗒然下来了。上面的孩子年纪都不小了,而且是女性,而且是美丽的。①

这是多么尖锐的无趣:咕滋咕滋的像瓷器摩擦的令人难以忍受的声音的煎熬,气势汹汹的异国绅士的愤怒,看来一场冲突难以避免,但最后的结局却是那样的有趣:面对美丽的姑娘,绅士不战而降,"偃旗息鼓"!多有趣!公寓魅力无穷,无趣的事都能魔术般地化解成有趣的事,它的趣是无处不在,无时不在!这么一个无趣的事的插入,参差对照,既避免了文章的单调,又加强了情趣的浓度。

张爱玲的散文语言富有质感,有极强的表现力和冲击力,在《童言无忌》中有这样一段描写:

有一个时期在继母治下生活着,拣她穿剩的衣服穿,永远不能忘记一件黯红的薄棉袍,碎牛肉的颜色,穿不完地穿着,就像浑身都生了冻疮;冬天已经过去了,还留着冻疮的疤——是那样的憎恶与羞耻。②

"黯红的薄棉袍"本是一个中性的词组,但用"碎牛肉"一形容,就使读者在视觉上产生厌恶。再加一个"冻疮"的比喻,把作者对"黯红的薄棉袍"的痛恨深深地扎到读者的心坎上。"穿不完地穿着"中两个"穿"的重复,以及冬天过去还穿着如"冻疮的疤",把痛苦的连绵和难忘,到位地表达了出来。

二 章衣萍:平民化的怪论的开拓者

章衣萍(1901—1946),安徽绩溪人。原名章鸿熙。父亲是商人。十四岁考进师范学校,两年后,因"思想太新"被开除。后到南京勤工俭学。1919年中学毕业。毕业后到北京,因同乡关系担任胡适的私人秘书,并利用业余时间在北京大学旁听。其间,堕入恋爱纠葛。根据自身的恋爱纠葛,创作了散文集《桃色的衣裳》,大胆露骨地抒写青年人对爱情的渴望和性的苦闷,受到守旧派的攻击和非难;但更因它的反封建旧礼教以及对爱的坦诚表白,强烈地表达了青年个性解放的呼声,从而受到广大青年的欢迎。1928年到上海,在暨南大学任教。1937年抗日战争爆发后,到成都开书店。1946年3月病逝。是海派

① 张爱玲:《公寓生活记趣》,《天地》1943年第3期。

② 张爱玲:《童言无忌》,《天地》1944年第7、8期合刊。

散文的代表作家。出版的散文集还有《枕上随笔》、《古庙集》、《青年集》、《秋风集》、《衣萍文存》、《随笔三种》等。

章衣萍的代表作《情书一束》,原由北平北新书局于1925年出版,名为《桃色的衣裳》,销路不好。1928年上海北新书局再版时,更名为《情书一束》,顿时成为畅销书,并被翻译为俄文。全书分上、下两卷。上卷包括《松萝山下》、《从你走后》、《桃色的衣裳》等五篇,下卷包括《红迹》、《爱丽》、《你教我怎么办》、《第一个恋人》四篇。其中《桃色的衣裳》采用书信体与日记体相互交错的写法,写得最为出色。文集以爱情为中心,正如章衣萍在《情书一束》的"跋"中所说,"隐隐约约地可以看出男女真情的流露,和人世种种不幸的痛苦"。由于糅进自身恋爱纠葛,并充分运用具有第一人称叙述长处的书信体和日记体的表达方式,使文集具有一种火辣辣的艺术感染力。出版后社会上肯定和否定的反响均甚为强烈,诚如诗人汪静之给作者的信中所言:"《情书一束》虽不能说是十分完美的杰作,但那叙述描写的大胆直率的精神,是极可佩服的。但是听说教育家以为你的大胆直率,是利用青年的弱点,有陷害青年的动机,要禁止青年阅读。"这是海派散文作家对散文进行商业化运作的最成功的一次实验。

1934年1月,章衣萍在上海现代书局出版了《随笔三种》,包括"枕上随笔"、"窗下随笔"、"病中随笔"三种。虽然从章衣萍的散文创作艺术看,和《情书一束》相比,没有多大发展,但却呈现出典型的海派文学相。从取材看,文集均是辑录数十字到百余字不等的一则则趣闻逸事,或街头巷尾的闲谈传言而成,是从市民的口中采撷而来的。因此内容驳杂,无中心主题,无拘无束,潇洒自如。从形式看,以杂感的近似语录体的方式表达,少议论多叙述,话语自然亲切,清奇美丽,非常平民化,在议论时偏、怪、新,成为一种地道的怪论,以此招徕读者。从内涵看,富有机智幽默,力求生活化、趣味化,散发出面对面的亲和力,具有赏玩性。如,一则随笔这样写:"一个教授爱上一个女士,这个女士不肯嫁他。于是,这个教授带了手枪,跑到这个女士家里去,就地打滚,嚷着自杀。后来,这个女士终于嫁给了教授了。"应该说,这则随笔并没有多大意义,但通过这么一个教授的表现,揭示了知识分子的另一种世俗相,让读者在消遣中认识世界。另外,一些怪论,如"'女人有两种:一种是老虎,一种是蛇。'S这样说";"处世的最好法子,是'瞧不起人'。L先生说"。表面看,武断,偏激,怪异,但细细想想也有一定道理,虽则不是标准的人生答案,却也包含着一部分人生哲学。因此,章衣萍的随笔又具有赏玩性。其中描写昔日师友风采的一些篇章显得格外生动,但也有部分较为平庸之作,有迎合上海滩市民审美趣味的缺憾。

章衣萍的随笔对之后的都市散文产生了较大的影响,香港六十年代风靡一时的"三苏怪论"和八十年代深受民众喜欢的"哈公怪论",其源头之一就是章衣萍的随笔。

三 苏青:"替人家写有趣的文章"

苏青(1913—1982),浙江宁波人。本名冯允庄,笔名冯和仪、苏青。出身书香门第,祖父是清末举人,父亲曾留学美国。少年在宁波中学读书时,多次在校刊上发表文艺习作。后考取南京国立中央大学英语系,因结婚中途辍学,随丈夫迁居上海。1935 年在《论语》上发表第一篇散文《生男与生女》。结婚十载,夫妻关系不和导致离婚,终于走上自食其力、投稿卖文的道路。五十年代后因胡风事件受牵连,入狱一年半。1982 年病逝。主要散文集有《浣锦集》、《饮食男女》和《逝水集》等。另有长篇小说《结婚十年》、《续结婚十年》和《歧途佳人》等。

苏青多次撰文诉说她创作散文的缘由。在《浣锦集》的后记如此说:"我相信一个人的欲望,若在最基本的饮食男女方面尚不能得到满足,则其精神之亟须向外发展是必然的。向外之道有多端,音乐美术文学等等都是所谓艺术之途,其他当然还有战争,还有别的,我的技能很少,会的只是动动笔头,因此在感情郁结得不能不发泄时,就只好开始写些文章。"这是一种双重危机:物质贫困和精神危机。这种双重危机对于苏青来说,使她面临一个生存问题,"我是常常为着生活而写作的。试想生长在这个时代里,竟不能用别的方法来赚钱,却靠卖文章糊口,其人之百无一用是可知的了"①。为钱写作,为生活写作,看起来并不高尚,但它产生的冲动力是拼命的。"读者第一"的观念在她创作中非常牢固,是"替人家写有趣的文章","读者喜欢"主宰了她的创作,"我的文章是我的文章,发表在什么地方只得由它去吧。据说艺术家之类是应该'爱惜羽毛'的,但我实实在在却只求果腹,换句话说便是'吃饭第一',试问身先不在,毛将焉附"②?她和读者的这种关系逼得她对自己的作品要千方百计让读者喜欢,诚然这个读者主要是指像上海这样大都市的市民群。她的散文确实是实现了她的创作理论,在海派散文中,苏青的散文最市民化。

---

① 苏青:《自己的文章》,《苏青文集》(下),上海书店 1994 年版,第 431 页。

② 苏青:《关于我——续〈结婚十年〉代序》,《苏青文集》(下),上海书店 1994 年版,第 442 页。

苏青散文中大部分篇章是论饮食男女,日常琐事,尤其喜欢谈男人女人,谈婚姻家庭。这些都是非常抓眼球的。在这一点上,她和张爱玲一样,从取材开始,就为市民着想。在论述时,也把自己放在市民的立场上。她时时注意自己所充当的艰难角色,一方面她很清楚:要使自己的作品为市民所欢迎,自己必须是市民,自己要"俗",才能成为市民的代言人;但另一方面,自己是作家,要使作品艺术化,在审美上要上档次,不能太"俗"。她采取的策略是以一般市民所关心的世俗之事为议论对象,引发出不同世俗的真知灼见,有时甚至是大胆的奇谈怪论,并把这些真知灼见和奇谈怪论艺术化,避免审美世俗化。如《谈女人》认为:"我敢说世界上没有一个女人不想永久学娼妇型的,但是结果不可能,只好变成母性型了。"她反对女子和男子并驾齐驱,在《我国的女子教育》中对女子的性别上所带来的困苦特别关注:"我对于一个女作家写的什么:'男女平等呀,一起上疆场呀!'就没有好感,要是她们肯老老实实谈谈月经期内行军的苦处,听来倒是入情入理的。"她不是以教师爷的态度来教育人,完全以家人、朋友和知己者的善解人意的立场出发,娓娓而谈,说的都是家常话语,亲切而有滋味,使她的散文成为都市女性的良朋好友。诚然这样也不免要伤文体,有欠美的缺憾。

苏青的散文中记人叙事的小品不多,但这类小品却是她的散文中的珍品,如《豆酥糖》、《河边》等。《豆酥糖》里祖孙俩在深夜里吃豆酥糖的温馨场景的描写,有声有色,有情有义;《河边》中毛伙的憨厚、勤劳和贪杯的醉态,写得栩栩如生,清丽脱俗,别致动人。苏青是小说家,在记人叙事抒情上有优势,但她的记人叙事抒情的小品却甚少,惜乎哉!

海派散文作家还有叶灵凤、梁得所、马国亮等。因叶灵凤在之后有专节介绍,这里不再赘述。梁得所(1905—1938),广东连县人。1925年入山东齐鲁大学攻读医科,次年辍学赴上海主编《良友画报》。抗战爆发后,与友人黄式匡创办大众出版社,主编《大众画报》、《文化》、《小说》和《时事旬报》等。主要散文小品集有《若草》、《得所随笔》、《未完集》、《烟和酒》和《猎影记》等。他擅长摄影,所以也喜欢把散文小品当摄影一样来创作。其思维方式常常是选取一个或数个"点",对准焦距,进行素描。正因为如此,在选"点"上,他似乎不像有些海派散文家那样,自觉地有意识地把市民的口味放在首位,而是偏重在个人的爱好与感受上,偶感即兴之作较多。在创作手法上,他比较喜欢选取两个貌似无关,实际相似的"点"进行比较素描,以此抒情写志。如《苏州的牛马》中把苏州的"牛"和"马"比较,《麻雀与情信》中把"叉麻雀"和"写情书"相比,《女人与葱》中把"女人"和"葱"类比,以此加大内涵的层次和表达效果。钱歌川

(1903—1990),湖南湘潭人。笔名味橄。早年留学日本,1926 年回国后在湖南任中学教员,开始文学创作。1930 年进上海中华书局从事编辑工作。1935 年他出版了第一本散文小品集《北平夜话》,之后又连续出版了《詹詹集》和《流外集》,形成了他的散文创作的第一个高潮。在二十世纪四十年代他又陆续出版了《偷闲絮语》、《巴山随笔》和《游丝集》。1947 年赴台湾,在台湾大学任教,在台湾先后出版了《淡烟疏雨集》、《三台游赏录》、《虫灯缠梦录》、《竹头木屑集》、《狂瞽集》、《搔痒的乐趣》和《罕可集》等散文小品集。他在《流外集》的"小引"中把散文视为"杂记琐录"的"小品"。他的散文有学者的风度,但却关心市井、关心自我生存、关心人生安稳,对政治斗争和理想却不感兴趣。因此,在二十世纪三十年代的你死我活的社会斗争环境里,采取的是闲谈的叙写方式,尽管在文中也偶尔有"中国的大学都是恋爱训练所"(《两性大学》)的偏激之辞,但总体来看,他的散文平和、方正、优雅。似冬天坐在暖炉边的安乐椅上,和读者啜茗对谈,使你不时可以会心的微笑。马国亮(1908—2002),广东顺德人。长期在上海良友杂志任编辑。其小品主要发表在《良友》、《大众》、《人间世》、《现代》、《自由谈》、《青光》、《妇人画报》、《旅行杂志》、《华安》、《华美》和《一角丛书》等刊物上。散文集有《昨夜之歌》、《给女人们》、《生活之味精》、《再给女人们》、《偷闲小品》和《春天! 春天!》等。初期小品有特色,以冥想抒情写意,如《昨夜之歌》中的大多篇章,借助冥想,对生命对青春对亲情进行歌唱,浪漫而伤感,具有典型的青春骚动的症候。这种抒情定势随着岁月的增长,有所改变,逐步回到现实,注重写实,情感也更加丰满而富有张力,如《春天! 春天!》中的一些篇章。不过,在抒情特色上略逊于前期。

第十三章　学者散文

第一节　文化精神特征、渊源及影响

一　文化精神特征

(一) 自由、自是、自适。

似乎是一种偶然，也可以说是一种必然，在二十世纪四十年代初，中国散文家中出现了几位学者，他们是梁实秋、钱锺书和王了一。几乎是在同一时期，他们文思泉涌，用王了一的话说是“不甘沉寂”、“尼姑思凡”，创作散文。梁实秋在南京失守后入蜀，担任教育部教科用书编辑委员会中小学教科书组主任。后疏散到重庆北碚乡下。1940 年刘英士在他主办的《星期评论》上，为梁实秋辟了一个专栏，言明每期一篇，每篇两千字左右，于是有了《雅舍小品》的开始。1941 年 11 月，《雅舍小品》中的文章开始在《星期评论》上载出，署名“子佳”，但并未每期一篇，而是时有间隔。《星期评论》停刊后，梁实秋仍没有停止《雅舍小品》的写作，后来又相继刊载于重庆《时与潮》副刊、南京《世纪评论》和天津《益世报・星期小品》等报刊上。抗战胜利后回到北京，梁实秋将这些文章辑录成为一册，请龚业雅作序，名之为《雅舍小品》，交由商务印书馆印行。但清样出来后，适逢国内战乱，物价飞涨而无法印行面市，直至 1949 年梁实秋到台湾之后，才由正中书局编印出版。钱锺书于 1938 年受聘于昆明西南联大，开始《写在人生边上》的写作。其中《论文人》、《释文盲》、《一个偏见》和《吃饭》等篇分别发表在 1939 年出版的昆明《今日评论》的第 1 卷第 1、2、14、22 期上，后和其他六篇合在一起，于 1941 年由上海开明书店出版。王了一的《龙虫并雕斋琐语》写作日期始于 1942 年，终于 1946 年，共八十二篇，分别刊登在《星期评论》、《中央周刊》、《生活导报》、《中央日报星期增刊》、《自由论坛》和《独立周报》等报刊上。

就身份而言，梁实秋、钱锺书和王了一均是道地的学者。梁实秋先后在青岛大学和北京大学任教，因战乱被逼到重庆，钱锺书和王了一均是昆明西南联大教授。战争把他们推到兵荒马乱的动荡之中，生活居住环境简陋。王了一描述说:“一九四二年,我因避敌机空袭,搬到昆明远郊龙头村赁房居住。房子既小且陋,楼上楼下四间屋子,总面积不到20平方米,真是所谓‘斗室’。土墙有一大条裂缝,我日夜担心房子倒塌下来。”①梁实秋居住的“雅舍”,则也是“有窗而无玻璃,风来则洞若凉亭,有瓦而空隙不少,雨来则渗如滴漏”,连风雨都不能遮蔽。环境险恶简陋,使他们过着“差不多与世绝缘的”生活②。但他们的思想是活跃的,自由的。于是王了一用写作来“思凡”③,“瞎胡闹”④。梁实秋是“长日无俚,写作自遣,随想随写,不拘篇章”⑤。钱锺书则以“一种业余消遣者的随便和从容”⑥的态度,用“随时批识”⑦的方法看书写文。这似乎有些不可思议,中国学者散文竟是在战争的恶劣环境下成熟和定型的,但这确是历史的真实。凭借深厚的文化背景,以自己的博识才情作底,随意书写,自由自在;或说理或讽责,都喜欢旁征博引;针砭锢弊,风韵别致,以此融汇成具有独特的美境和善境的文明批评的美文。这就是三位学者所提供的中国的第一批学者散文的样本。

因此,这第一批学者散文的面世,对散文创作来说,是一次自由精神的展示。王了一说的非常清楚,他宣称,《龙虫并雕斋琐语》“不管雕得好不好,在这大时代,男儿不能上马杀贼,下马作露布,而偏有闲工夫去雕虫,恐怕总不免有一种罪名。所谓‘轻松’,所谓‘软性’,和标语口号的性质太相反了。不过,关于这点,不管是不是强词夺理,我们总得为自己辩护几句,世间尽有描红式的标语和双簧式的口号,也尽有血泪写成的软性文章。潇湘馆的鹦鹉虽会唱两句葬花诗,毕竟他的伤心是假的;倒反是‘满纸荒唐言’的文章,如果遇着了明眼人,还可以看出‘一把辛酸泪’来”⑧!他的散文自觉地和“描红色的标语和双簧式的口号”决裂与对抗,而这种决裂与对抗是需要有坚挺的自由精神的支撑的。对于他们三人而言,其自由精神源在何处?研究这三位学者的经历,就会发现他们都有一个共同的经历——曾经到西方留学,并在西方生活过相当长的一段时间:

梁实秋,1923年赴美留学,1926年回国。

---

① 王了一:《〈龙虫并雕斋琐语〉新序》,《龙虫并雕斋琐语》,中国社会科学出版社1982年版,第1页。

②③④⑧ 王了一:《生活导报和我》,《龙虫并雕斋琐语》,中国社会科学出版社1982年版,第3页,第4页,第6页,第5页。

⑤ 梁实秋:《雅舍》,《雅舍小品选》,人民日报出版社1987年版,第3页。

⑥⑦ 钱锺书:《〈写在人生边上〉序》,《写在人生边上》,福建人民出版社1983年版,第Ⅲ页。

王了一，1927 年留学法国，1932 年回国。

钱锺书，1935 年考入英国牛津大学，1938 年回国。

欧风美雨的耳濡目染，使他们接受了自由主义精神的熏陶。当然，并不是说欧风美雨的熏陶一定会把文人铸造成自由主义者，但欧风美雨确实对这三位学者起到了重塑的作用。梁实秋在美国对“新人文主义”的倡导者白璧德的崇拜和追随就是一个实例。他们所信奉的是“人生在世，言动专求合理，大可不必”，要的是自由。因此，他们把散文创作作为“是有思想的人的星期日娱乐”①。在他们的散文中，真正以“自我”为中心，不看他人脸色，想说什么就说什么，因此梁实秋、王了一和钱锺书的学者散文是他们的自由精神的一次狂欢。

当他们凭借散文，实现自由精神的“星期日娱乐”时，他们又处处显示自己的自傲、自信和自是。他们自信自己博览群书，有识见，可以自由地“掉书袋”。他们自傲自己对文学有感觉，有文化底蕴。感觉和识见，使他们产生了傲视一切的“百无禁忌”的气概。因此，他们在散文创作中，独具一种自由自在的心态。抓住一个意象，就古今中外的勾连，引经据典的评述，要讽即讽，要刺即刺，有话则长，无话即短。共同的一点是掉书袋，充满书卷气。以钱锺书的《写在人生边上》为例，粗略统计，在不到三万字的篇幅中，引经据典有六十余处。因为他们对文学有感觉，对世界有识见，所以引经据典和他们的抒情写志能做到鱼水相依，融为一体，形成一种文化批评和文明批评。正是这样，他们确实有些傲，钱锺书在《释文盲》中对那些全无欣赏能力的被他称之为“文盲”的如此批判：“看文学而不懂鉴赏，恰等于皇帝时代，看守后宫，成日价在女人堆里厮混的偏偏是个太监。”近乎刻薄的话语掩饰不住的是作者的自傲。

（二）拒绝“替圣贤立言”，以“人生边上”的“偏论”实现“文化自我”的自由。

这三位学者的散文都写在战时的动乱岁月。他们原本或以教书为生，或以编辑为生，或以研究为生，无意为文，但是在战时的动乱岁月中，却不约而同，萌生创作散文的欲望，这就必须对他们的创作散文的欲望和目的作一透视。

从表面来看，似乎这三位学者创作散文的欲望有所不同：王了一把他的散文创作欲望描述为战时生活所迫，“完全是为了几文稿费”，因此从书斋中走出来，如“尼姑思凡”，“有时一念红尘，不免想要和一般读者亲近亲近。因此，除

---

① 钱锺书：《一个偏见》，《写在人生边上》，福建人民出版社 1983 年版，第 35 页。

了一两本天书之外，不免写几句人话。如果说我们写小品文不单为卖钱，而还有别的目的的话，这另一目的就是换一换口味。这样，就是不甘岑寂，是尼姑思凡，同时，也就是不专心耕耘那大可开垦的园地，倒反跑到粥少僧多的文学界里去争取一杯羹了"①。钱锺书则把他的散文创作定格为"星期日娱乐"的"消遣"：看书时"有一种业余消遣者的随便和从容……不慌不忙地浏览。每到有什么意见……随手在书边的空白上注几个字，写一个问号或感叹号，像中国旧书上的眉批，外国书里的Marginalia。这种零星随感并非他们对于整部书的结论。因为是随时批识，先后也许彼此矛盾，说话过火。他们也懒得去理会，反正是消遣，不像书评家负有指导读者、教训作者的重大使命"②。不负"指导读者、教训作者的重大使命"的"星期日娱乐"的"消遣"，是和读者"亲近亲近"的"人话"等等，表达方式不同，意图却是一致的，拒绝他们的散文"替圣贤立言"，为自己的创作取得了精神的自由。散文本是艺术地阐释自我心灵的文体。正是这种"消遣"和"不正经"，使得他们的心态轻松，随便，自由，灵活，机动，过火一点也无妨，偏激一点也没有关系。说到底，他们不担负"重大使命"，拒绝布道，不"替圣贤立言"。

这种"消遣"和"亲近"读者的"人话"，是一种姿态，或者通常说的是一种立场。这种姿态和立场，放到二十世纪四十年代前后的战争特定环境中考察，有它的超然性。从当时抗日战争环境来看，这些学者的"消遣"和"人话"，显然没有像"大刀向鬼子们头上砍去"那样富有直接的鼓动性，在他们的散文中，除了个别篇章外，几乎闻不到战争的硝烟，此乃超然之一；超然之二，也看不到当时流行的无产阶级和资产阶级对立的烙印，他们的散文中的关键词是"人生"，在"人生"前没有什么限制词，是对整个社会中的"人"而言，从表述上看，是对人的阶级化和阶级人的一种间接或直接的拒绝，因此在他们的散文中几乎看不到阶级话语。即使如钱锺书的《说笑》非常鲜明地批判当时对幽默的提倡，发出"自从幽默文学提倡以来，卖笑变成了文人的职业"这样的尖刻之论，但是人们并没有感觉到，作者是肩负着阶级使命在斗争。虽然，也可以把他们的立场归结到民间立场去，但他们又不是有意识地和主流体制的思想抗衡，因此用民间立场定位他们的姿态，也似不当。确切地说，他们所持的超然的姿

① 王了一：《生活导报和我》，《龙虫并雕斋琐语》，中国社会科学出版社1982年版，第3—4页。

② 钱锺书：《〈写在人生边上〉序》，《写在人生边上》，福建人民出版社1983年版，第Ⅲ页。

态是一种文化姿态、文化立场，或者说是一种自由主义精英立场。需要指出的是，这种文化姿态、文化立场，不是以正论、宏论的面目出现的，而是以一种文化偏论来展现的，是植根于坦然的文化立场之上的偏论，是以偏锋来表达自我的自由的偏论。对社会的“公道”，“公理”来说，他们的言行或许是“偏见”，但在他们看来，“偏见可以说是思想的放假”，可以自由自在。

谈“偏见”，其实给创作带来很大的困难。正如季羡林所说：“谈‘偏见’，是代他人立言。代他人立言，比代圣人立言还要困难。”①在这三位学者看来，正因为是写自由的偏论，所以不必依赖固有抒情写志的套路，也不要搭什么架子，是一种心态的随意发挥。因此这些学者散文，和二三十年代的学者如朱自清、叶圣陶等的散文相比，有着鲜明的不同。朱自清、叶圣陶等的散文抒写的情感天然地具有正统的圣贤味，因此在套路上也有它的苦心经营的程式，但这三位学者的散文却是那样自由潇洒，王了一在《骑马》中把骑着马小跑的境界，称之为“小滚”，骑着马大跑的境界，称之为“大滚”。“大滚”的境界是：“马似流星人似箭，你只觉得身轻如叶，飘飘欲仙，并不像一匹马载着你在走路，只像一只神鹰载着你在凌空！”他们的散文创作，也达到了“身轻如叶，飘飘欲仙”，似“一只神鹰载着你在凌空”的境界。

令人惊讶的是，这种姿态和立场竟出现在战争动乱年代。战争动乱使人们处在动荡和不安之中，从文学创作来看，动荡不安对情绪、欲念、冲动是一种消解和破坏，但战争动乱中，体制对思想、意识的直接约束力也有所减弱，战争压倒一切，这样反而在文艺界造成了精神和思想的空隙，从而为有个性的学者提供了情绪释放的某种自由空间，尽管这个空隙处在战争的阴影笼罩下，但它毕竟给学者创造了一点“瞎胡闹”的天地。

诚然，自由的另一方面是寂寞。这又决定了他们的散文有些孤芳自赏，还有点“众人皆醉，唯我独醒”的自恋。再往更深一层看，他们还有些不同程度的孤独。王了一标榜的“思凡”的本身就是为了治疗孤独。从他们目光所注视的一些兴奋点来看，他们的心态和孤独者卢梭有些相似：“倘若我在自己周围认出了什么，那只有令人苦恼和痛心的一些事。当我把目光投向我接触到的身边之物时，总会发现某个东西令我义愤，轻蔑，使我悲哀，愁苦。”②当然，不同的是，这三位学者还没有到达“悲哀”和“愁苦”的境地，但在“义愤”和“轻蔑”

① 季羡林：《漫谈散文(代序)》，《魔鬼夜访钱锺书先生》，吉林摄影出版社 1999 年版，第 9 页。

② (法)卢梭：《一个孤独的散步者的遐想》，湖南人民出版社 1986 年版，第 17 页。

上,完全如出一辙。

四十年代前后的这三位学者的散文对于现代散文发展来说,是一场蜕变和转折,更重要的文体意义,是他们对散文中实现"文化自我"的自由,进行了实践和演练。虽然在战争环境中,它们并没有在散文文坛上形成气候,但对之后九十年代文化散文的兴盛,却提供了良好的文本和有意义的经验。

(三) 以书入文,坚持在"人生边上"妙笔生花。

学者散文对作者的身份要求很严,它要求作者必须是学者。学者离不开书,他不是"书橱",但"书橱"则是成为学者的一个必要条件。因此,学者散文离不开书,以书作底,以书入文,以书为本是它的一个必然的特质。事实上,考察这三位学者的散文,也确实是:书成了他们的创作灵感,并天然地融化成为他们的散文的文化气氛、文化环境和文化精神,从而闪现着一种特有的精英魅力。相比较之下,这三位学者的散文中,王了一、钱锺书的散文的书味更为浓烈一些。

有书作底,并不一定就能以书为文。在这一历史时期内,满腹经纶者何其多,但能为学者散文者,也就仅此几人。因为以书为文还必须具备一些条件:一是能"入""出"自如。这是指对书的态度,书癖书痴书呆,未必能为文。文与学,文人与学者之间有相通的地方,也有隔阂的地方。这三位学者之所以能破其隔阂而达到沟通与融会的地步,关键是对书的态度非常生动,梁实秋说,对书"要钻书窟,也还要从书窟里钻出来"①。简言之,能入能出,入出自如,活学活用,去呆去板,钱锺书对此概括为"随时批识"②。二是要有一定操守。操守,并不是简单地以阶级、政治来设定。王了一在《书呆子》中作如此说明:"世间只有极少数人能像教徒殉道一般地殉道,至死而不变,强哉矫。这种人可以称之为'呆之圣者也'。又有颇少数的人,为饥寒交迫,不能不稍稍牺牲他们的兴趣,然而大体上还不至于失了平日的操守。这种人可以称之为'呆之贤者也'。"这种操守,是一种品行、精神。从大的方面来说,爱国抗日应是一条;从小的方面来说,是指个人的品德,修养。操守,渗透在字里行间,决定了学者散文的品格。梁实秋在《雅舍小品》的《握手》中,借日常常见的握手,描写了人间生活百态,最后发出这样的感叹:"我们是要爱惜我们的手掌。"彰显出一种操守。借用这句话,学者散文作家们非常爱惜他们的散文。三是食人间烟火。

① 梁实秋:《书》,《雅舍小品选》,人民日报出版社 1987 年版,第 44 页。

② 钱锺书:《〈写在人生边上〉序》,《写在人生边上》,福建人民出版社 1983 年版,第Ⅲ页。

王了一的“一念红尘”、“思凡”正是指这一意思。或许是战争的缘故，把这些学者，从书房中逐到民间，从而对“竹头木屑”的百姓日常经验有所体察，了然于心。他所说的“辛酸泪”大部分是属于大众的。钱锺书在《论文人》中对一些文人不屑“竹头木屑”批评说：“天下事物用途如此众多，偏有文人们还顶着无用的徽号，对着竹头、木屑、牙刷、毛厕，自叹不如，你说可怜不可怜？”正是有了百姓日常经验，才使他们的散文有人间烟火味，赢得众多的读者。

当然，书上的经验也罢，操守也罢，人间烟火也罢，所有这一切，汇聚起来，必须能铸成学者散文的魂。这三位学者在铸魂时运用的叙事抒情策略几乎相同：一是拒绝“描红式的标语和双簧式的口号”①。他们认为“人生在世，言动专求合理，大可不必”②。因此，在创作中，他们拒绝“正道公理”，“只有人生边上的随笔、热恋时的情书等等，那才是老老实实、痛痛快快的一偏之见”。从而把他们从书上获得的经验，在人间烟火中品尝到的滋味以及自己所坚持的操守，用文化作为黏合剂，把它们熔铸起来，使他们的体验文化化。文化化的最终目的，是使他们的体验边缘化、自由化以及自我化，最终铸成文化的魂。二是从审美上，他们也作适度艺术妥协。王了一公开宣称，他们的散文，“雅俗共赏做不到，就只能努力投合读者的嗜好。所谓会做文章，就是会揣测‘读众’的脾胃。我们应该以七分雅或三分俗的读者做我们的对象。太雅了，他对我们这种文章会嗤之以鼻；太俗了，他根本不喜欢看报章杂志，更不耐烦读我们的文章。我们应该牺牲了那些十分雅和十分俗的读者，因为他们在读者群中究占少数。偶然也有宽大为怀的十足风雅之士（我看见你在会心的微笑了），原谅我们这种新时代的东方朔，也就不忍深加罪责。总之，我们不必学会了炙熊蹯，烹鹿筋，也不必学会了做窝窝头，烤大饼，要紧的是研究红烧肉，白切肉，木须肉，瓦块鱼，好好地弄一顿家常便饭。可惜的是，我们连厨子的起码本领也不够，常常把红烧肉烧糊了，对不起读者”③。这种“七分雅”、“三分俗”的“红烧肉，白切肉，木须肉，瓦块鱼”式的家常饭，促使他们的散文的审美情调向大众化倾斜，这正是他们的散文能坚持在“人生边上”言说，又没有酸味腐味，达到妙笔生花境地的决窍所在。

---

① 王了一：《生活导报和我》，《龙虫并雕斋琐语》，中国社会科学出版社 1982 年版，第 5 页。

② 钱锺书：《一个偏见》，《写在人生边上》，福建人民出版社 1983 年版，第 35 页。

③ 王了一：《写文章》，《龙虫并雕斋琐语》，中国社会科学出版社 1982 年版，第 93 页。

二　渊源和影响

学者散文在四十年代崛起，是有其历史渊源的。

现代散文发端于五四文学革命，它是个性解放的产物，代表作家之一是周作人。二十年代初，周作人通过散文创作，形成了他的独特的散文理念，其理念的核心是自由“言志”。他把文学分成“集团的文以载道”与“个人的诗言志”两种，反复地批判“载道文学”，把它斥为“差不多总是一堆垃圾，读之昏昏欲睡”，力主“言志”，并把自由“言志”推崇为散文的“极致”。学者散文正是继承了这种理念和实践，王了一在《龙虫并雕斋琐语》中多次批判“描红文学”，说“描红式的标语和双簧式的口号”是“潇湘馆的鹦鹉虽会唱两句葬花诗，毕竟他的伤心是假的”，又称自己“好像一个顽皮的小学生不喜欢描红”，并毫不留情的批评“报纸杂志上大部分有关‘建国’的文章只是拷贝文学，或描红文学”，不能引起读者的“心弦的共鸣”。钱鍾书把自己的散文创作姿态放在“人生边上”，从边缘角度来言说，他公开声称：“人生在世，言动专求合理，大可不必”，“只有人生边上的随笔、热恋时的情书等等，那才是老老实实、痛痛快快的一偏之见。”这一切，都是厌“道”恶“道”，其源可以直接追溯到周作人的“言志”说。而梁实秋创作《雅舍小品》是在抗战入蜀以后，他身为参政员，耳闻目睹不少政界权要置国家与民族利益于不顾的种种丑行，对现实对政治几乎完全失望，从“兼济天下”到“独善其身”，厌“道”恶“道”促使他到重庆北碚过着半隐居式的与世无争的生活，所以这三位学者不谋而合的是远“道”避“道”。厌“道”恶“道”似乎是一种被动，但它促使学者们实现“自我”和独立，精神的独立，最终寻求的是文学的独立。这种独立，从周作人来说，是经历了把散文作为“偶然避难所”到“精神避难所”的痛苦蜕变过程，这一过程折射了他的人生蜕变的艰难。但对于这三位学者来说，他们都是在战乱避难的特殊环境下，偶然地到散文中寻求精神的释放，除梁实秋后来继续和散文相依为命之外，总的来看，他们到散文园地中来是客串，是一种偶然的精神避难，偶然中有自觉，自觉产生了激情，因此避难变成了狂欢。不管怎样，这三位学者在散文创作中，王了一的“我之所以写‘小品文’，完全是为的自己”的声明，代表了他们的创作理念，这些理念或多或少是从五四的文学革命，尤其是周作人把散文作为“自己的园地”的实践中获得的灵感。

或许在“言志”上，他们所持的姿态、策略以及运用的话语系统，和周作人为代表的第一代散文家还有所不同，但在对待“道”的态度上，是完全一脉相承的。

自由精神的狂欢,必须选择最佳的宣泄载体。学者们几乎是不约而同地选择了随笔。他们都有留学西方的经历,对蒙田、卢梭、培根和兰姆等随笔的生存环境和笔法表现的真谛,皆有深刻的领悟。梁实秋晚年最喜欢最推崇的是兰姆的《伊利亚随笔》。他们面向人生,无目的无主义无倾向无硝烟,用一种半软性的思维,以谈家常的方式展开叙说,洋洋洒洒,有一种西方的绅士风度。但是,在叙事的姿态和文调上,又明显地带有魏晋人的闲气和晚明人的洒脱,在思想感情的规范上,也接近于中国传统化的形式,尤其在梁实秋和王了一的散文中显得更为突出。同时,在抒写策略上,自由自在中又较为节制,洒脱放浪中讲求艺术约束,这又和英法的 Essay 区别开来,所以,学者散文有些不中不西,不洋不土,确切说是有中国特色的 Essay。

学者散文在追求自我独立、精神独立和文学独立上所作的艺术的探索,在战争年代特殊环境下,未能形成气候。他们的一些宣言、独白和呼喊,也没有引起社会足够的重视。发生在三十年代的小品文是“匕首”、“投枪”还是“小摆设”之争,虽则以小品文是“匕首”、“投枪”的全面胜利结束,但事实上这三位学者的散文却为这场争论提供了另一个答案,尽管这个答案不为社会不为主流文化认同,但它的力量却是这样强大,九十年代兴起的文化散文,不能不说是他们的最忠实的继承者。

学者散文的无目的无主义无倾向和当时宣传抗战的散文相比,形成一种多元的对照。读者在被血与火包围着的现实里听到了另一种声音,一个世界需要多种声音和色彩,即使战争时期也不例外,它们能起到一种调谐的作用。学者散文面向人生,针砭痼弊,使人们得到感悟,对社会起到净化作用。诚然,远“道”离“道”也会导致活力萎缩而产生矫情,在《雅舍小品》中就已露出装腔作势的端倪。如《男人》中写到男人的“脏”:“男人令人首先感到的印象是脏!当然,男人当中亦不乏刷洗干净洁身自好的,甚至还有油头粉面衣裳楚楚的,但大体讲来,男人消耗肥皂和水的数量要比较少些。”这最后一句就显得不自然。特别在 1949 年之后,梁实秋到台湾后延续的散文创作,有部分作品较为苍白和贫血,影响也就相对地脆弱。

第二节　梁实秋

一　美在适当

梁实秋(1903—1987),北京人,原籍浙江杭州。原名梁治华,字实秋,笔名有秋郎、子佳等。1915年进入清华学校,1923年赴美留学,先后进入哈佛大学研究院和哥伦比亚大学研究院。1926年回国,任教于东南大学、复旦大学等校。1927年在上海与徐志摩等合办“新月”书店,并成为“新月”诗派主要成员。1927年11月,梁实秋因在《复旦旬报》上发表《论卢梭论女子教育》的短文,引发了和鲁迅等左翼作家的论战。论战的焦点围绕“人性论”展开,但真正的动机,是在于梁实秋对“普罗文学”的不满和反感。本来,对于“人性论”这类问题完全可以从学术上进行讨论,但由于当时上海的两大阵营对立的文化现状,使得论争的双方蜕变成一种敌我的政治的对立。尤其梁实秋在论争后期发表《资本家的走狗》一文,对鲁迅等提出了这样的批评:“我只知道不断的劳动下去,便可以赚到钱来维持生计,至于如何可以到资本家的账房去领英镑,如何可以到××党去领卢布,这一套本领,我可怎么能知道呢?”把论争的对方和××党联系起来,并特地用“卢布”指明××党是什么党,在当时的上海,这种联系和指明的后果显然要把论争的对方置于死地,这就完全超越了学术和文学论争的范围,暴露了梁实秋的人格上的缺陷。抗战期间,梁实秋随机关到达重庆,曾任《中央时报》副刊《平明》主编。1938年12月1日,梁实秋在《平明》副刊的《编者的话》中发表了这样一段文字:“现在抗战高于一切,所以有人一下笔就忘不了抗战。我的意见稍为不同,于抗战有关的材料我们最为欢迎,但是与抗战无关的材料,只要真实流畅,也是好的,不必勉强把抗战截搭上去,至于空洞的‘抗战八股’,那是对谁都没有益处的。”对此,用柯灵的话来说,梁实秋是“闹点情绪,说两句怪话,原不是什么了不起的大事”,“无论怎么推敲,也不能说它有什么原则性错误”。但是后来这段话被演绎为“与抗战无关论”,受到文化界的批判。其间,梁实秋开始《雅舍小品》创作。1949年去台湾,历任台湾省立师范大学编译馆馆长,文学院院长等职。1987年病逝于台北。主要作品有散文集《骂人的艺术》、《雅舍小品》、《谈徐志摩》、《清华八年》、《秋室杂议》、《雅舍小品续集》、《偏见集》、《槐园梦忆》等;译著《莎士比亚戏剧全集》等,代表作是《雅舍小品》。

梁实秋创作《雅舍小品》是在抗战期间入蜀后进行的,当时他担任教育部教科用书编辑委员会中小学教科书组主任,后疏散到重庆北碚乡下。梁的一位朋友刘士英在重庆主办《星期评论》,邀梁写稿,言明系一专栏,每期一篇,每篇两千字。深感到情不可却,就用“子佳”的笔名,在《星期评论》上开始刊登“雅舍小品”,引起读者的注意和颂扬。朱光潜曾写信给梁,称颂《雅舍小品》“对于文学的贡献在翻译莎士比亚的工作之上”①。从此,“雅舍小品”的写作

① 梁实秋:《雅舍忆往》,(台)《联合报》1986年5月29日。

一直未中断，之后又在重庆《时与潮》副刊、南京《世纪评论》和天津《益世报·星期小品》等刊发表多篇，于 1949 年由台北正中书局结集出版《雅舍小品》单行本，共收"雅舍小品"三十四篇。之后，又写了《雅舍小品》(续集)，收三十二篇小品，仍由台北正中书局出版。《雅舍小品》面世，深受读者欢迎，《雅舍小品》正集印了十七版，续集印了七版，成为中国现代散文史上受欢迎的散文作品。《雅舍小品》奠定了梁实秋在中国现代散文史上的地位。

梁实秋信奉"人性"，他认为，"文学难得的是忠实——忠于人性"，"因为人性是测量文学的唯一的标准"。围绕"人性"，他和鲁迅等左翼作家展开了激烈的论争。但梁实秋所信奉的"人性"究竟是一个什么样的概念，自始至终，梁实秋没有明确阐释过。不过，他在三十年代发表的《文学的纪律》一文中，对"人性"作了这样一段叙述："人性是很复杂的(谁能说清楚人性包括的是几样成分)。唯因其复杂，所以才有条理可说，情感和想象都要向理性低首，在理性指导下的人生是健康的，常态的，普遍的。在这种状态下表现出的人性亦是最标准的。"据此，梁氏的"人性"应包括情感、想象和理性。但理性和情感、想象的关系是"指导"与"被指导"的关系，理性是起指导作用的，"节制的力量永远比放纵的力量更可贵"，而"所谓节制的力量，就是以理性驾驭情感，以理性节制想象"。他把这一观念直接移植到他的散文创作理念中，就是他力主散文必须"美在适当"。这和梁实秋对散文的文体认识有关。他认为："散文是没有一定的格式的，是最自由的，同时也是最不容易处置。"所以这种没有格式的自由也就易犯"太"的毛病，梁实秋在文中列举了四种"太"的毛病："(一)太多直接，(二)太繁冗，(三)太生硬，(四)太粗陋。"①这些"太"皆是"适当"的反面，必须节制。对此，梁实秋提出一个行之有效的办法"就是'割爱'"②。他把这一条提高到"散文的艺术中之最根本的原则"，而且对"割爱"的操作规定得非常具体："一句有趣的俏皮话，若与题旨无关只得割爱；一段题外的枝节，与全文不生密切关系，也只得割爱；一个美丽的典故，一个漂亮的字眼，凡是与原意不甚洽合者，都要割爱。"③他认为判定一篇散文美不美，"不在乎你能写出多少旁征博引的故事穿插，亦不在多少典丽的词句，而在能把心中的情思干干净净的直截了当的表现出来"④，提出"散文的美妙多端，然而最高的理想也不过是'简单'"，"散文的美，美在适当"⑤。同时，他又提出，"有一个人便有一种散文"，散文应有"文调"，"文调的美纯粹是作者的性格的流露"，"散文文调应该是活泼的，而不是堆砌的——应该是像一泓流水那样的活泼流

①②③④⑤　梁实秋：《论散文》，《新月》1928 年 10 月第 1 卷第 8 期。

动”。最后的结论是，散文必须“先有高超的思想，然后再配上高超的文调，才是完美”①。他一方面强调“像一泓流水那样的活泼流动”，另一方面又要“先有高超的思想”的制约，充满了矛盾，实质是他的“人性”论在散文创作中的具体运用。尤其是他对散文的“感情”的拒绝：“不过感情的渗入，一方面固然可以救散文生硬冷酷之僻，在另一方面也足以启出恣肆粗鄙的缺点”，“不知是过分的要求自然，抑是过分的忽略艺术，常常的沦于粗陋之一途，无论写的是什么样的题目，类皆出之以嬉笑怒骂，引车卖浆之流的语气，和村妇骂街的口吻，都成为散文的正则。像这样恣肆的文字，里面有的是感情，但是文调，没有！”他对散文的情感要求制约的强调是显然的。他所有这些散文理念，尤其是对散文美的最高理想是“简单”的追求以及“美在适当”的割爱等等，在他的以《雅舍小品》为代表的散文创作中，得到了实践和运用。

但是事实上，散文创作并不会沿着梁实秋的散文美学理念所铺设的轨道前进。作为“简单”、“割爱”和“适当”的美学追求，在创作过程中还是可以遵守的，但“理性”对“情感和想象”的指导或节制就不那样简单了。尤其是当个性、情感或想象“像一泓流水那样活泼流动”，理性如何指导或制约？纵观梁实秋的“雅舍小品”式的小品创作史，可以分为前后两期，以 1949 年为界，1949 年前，尤其在重庆北碚时期的小品创作，可称之为前期。正如他自己所说，“像一泓流水那样的活泼流动”，并具有“适当”的“简单美”。如《雅舍》中叙写“雅舍”的简朴：“我非显要，故名公巨卿之照片不得入我室，我非牙医，故无博士文凭张挂壁间，我不业理发，故丝绸西湖十景以及电影明星之照片亦均不能张我四壁。”到此毅然带住，不再“我非巨贾”之类的铺张下去，显然是“理性”在指导，以求“适当”的“简单”美。有时，“理性”也非常宽容，竟任意让作者的个性“像一泓流水那样的活泼流动”，如《家》中对久坐不走的“恶客”的描述：“客人久坐不去，驱禳至为不易。如果你枯坐不语，他也许发表长篇独白，像个垃圾口袋一样，一碰就泄出一大堆，也许一根一根的纸烟不断地吸着，静听挂钟滴答滴答地响。如果你暗示你有事要走，他也许表示愿意陪你一道走。如果你问他有无其他的事情见教，他也许干脆告诉你来此只为闲聊天。如果你表示正在为了什么事情忙，他会劝你多休息一下。如果你一遍一遍地给他斟茶，他也许就一碗一碗地喝下去而连声说‘主人别客气’。乡间迷信，恶客盘踞不去时，家人可在门后置一扫帚，用针频频刺之，客人便会觉得有刺股之痛，坐立不安而去。此法有人曾经实验，据云无效。”可谓洋洋洒洒，把“客”久坐不去之“恶”，

① 梁实秋：《论散文》，《新月》1928 年 10 月第 1 卷第 8 期。

写得淋漓尽致，虽有些铺张，但人们依然感受到一种"适当"的畅达的"简单"美。这段时间梁实秋的小品创作，体现了他的"理性"指导"情感和想象"的成功。1949年到台湾之后，梁实秋所延续的"雅舍小品"式的散文创作，是他的散文创作的后期。在他的散文中，虽则还能看到作者对"适当"的"简单"美的追求的努力，有些篇章，尤其是忆人小品，写得还较为出彩，但明显地感到"理性"指导和制约的威力，有些篇章几乎变成了纯介绍的零度感情的说明的文字，实在有些"今不如昔"的味道。

二 以中间色彩的家常情作底的真切而自然的文调

梁实秋重文调，他在《论散文》中，引用喀赖尔(Calyle)的话："每人有他自己的文调，就如同他自己的鼻子一般。"又引用布丰(Buffon)的话说："文调就是那个人。"《雅舍小品》写于兵荒马乱的战争年代，此时国共两党虽然形成统一战线，但国共对立犹存，而梁实秋本人又是为左翼作家厌恶并屡遭鞭挞的具有政治色彩的人物，奇怪的是《雅舍小品》却广受欢迎，并获得成功，原因之一，它有独特的文调。

首先，《雅舍小品》抒写的情感主要是家常事家常情，从《雅舍小品》中的诸多文章题目看，如雅舍、男人、女人、客、下棋、写字、中年、鸟、运动、树、读画、睡、老年、雪、书、送礼、爆竹等，都是家常事，文中由这些家常事所抒写的也都是家常情。这些家常事家常情是一种带有自由色彩的中间色。梁实秋在散文中对所写的事和情家常化，实质是在斗争白热化的社会里，想借助中间色，使情感边缘化，并以此实现去阶级化去政治化的目的。这些家常事家常情也有利于缓解当时战争给读者带来的紧张情绪，这又一次说明了，社会不管处在何种状态下，对文艺永远有着多元化的审美需求。

写家常事，抒家常情，关键是如何艺术处理。梁实秋在处理时，力图以一份士人的高洁，用光明透亮的文化笔调来抒写对象。不管写女人写男人还是写饮酒写下棋，写这写那，他都力求超脱于阶级之外，把镜头对准人生中普遍存在于"人"的身上的种种习性，写"人"身上的超阶级的陋习恶性，即使对和他切身有关的匿名信、匿名电话，他也以仁厚的态度超然待之。这种超然态度，虽然和他执着宣传的"人性论"有关，但他又并不是有意识有目的地要用他的《雅舍小品》来证实他的"人性"论。他的这种超然态度，事实上对时刻处在阶级斗争漩涡中的他来说，是一种精神突围。因为超然的本身就是对他以前陷入漩涡的否定，否定就是突围。精神突围的必然结果是获得了自由，他畅达地用自己的那份心情智慧，对笔下事进行自由的抒写。即使像写"穷"一类的题材，是最能和阶级斗争沾上边的，流行的阶级斗争理论就是穷则思变，变则革命，但梁实秋在抒写时，则平静地抒写现实生活中的穷相、穷事、穷酸，以及各种人对穷的态度，和阶级和革命相去甚远。同样，王了一写“穷”也是持这种态度，可谓不谋而合。他们实在不属“穷”人，叹“穷”不是他们所长，所以梁实秋、王了一以“穷”为同题的小品，在他们的小品中，实属次一类文字。但连“穷”这样的题材，梁实秋都能超阶级处理，其他还有什么题材不能处理呢？

写家常事，梁实秋善于用“具有个人心情”的真切而又轻松自然的文调进行脱“俗”处理。写“俗”人“俗”事，必须脱“俗”。梁实秋凭借的是他的散文创作理念，即用“具有个人心情”的真切而又轻松自然的文调进行脱“俗”处理。对这种轻松又自然的“文调”，梁实秋认为必须具备两点要素：一是“作者的性格的流露”，二是“意念的真实”。在散文创作中，梁实秋作为叙述者时时变换角色，或是当事人，或是局外人，或是目击者，不管什么角色，他都用“意念的真实”来实现“作者的性格的流露”。《握手》中首先叙写大官者的手不好握。这是以局外人和目击者的身份来写的：“第一是做大官或自以为做大官者，那只手不好握。他常常挺着胸膛，伸出一只巨灵之掌，两眼望青天，等你趁上去握的时候，他的手仍是直僵的伸着，他并不握，他等着你来握。你事前不知道他是如此爱惜气力，所以不免要热心的迎上去握，结果是孤掌难鸣，冷涔涔的讨一场没趣。而且你还要及早罢手，赶快撤手，因为这时候他的身体已转向另一个人去，他预备把那巨灵之掌给另一个人去握——不是握，是摸。对付这样的人只有一个办法，便是，你也伸出一只巨灵之掌，你也别握，和他作‘打花巴掌’状，看谁先握谁！”挺胸，两眼望青天，直僵的伸着，是大官者握手时的关键词，尽管作者是局外人，目击者，但他用这些关键词最大限度地达到了“意念的真实”。“你也伸出一只巨灵之掌，你也别握，和他做‘打花巴掌’状，看谁先握谁！”又鲜灵地借助作者自己的性格流露，自然地实现了作者蔑视权贵的脱“俗”处理。接着展示另一种人的恶狠狠的握手状时，作者又摇身一变，成为当事人，这种恶狠狠的握手显然是作者亲身经历：“另一种人过犹不及，他握着你的四根手指，恶狠狠的一挤，使你痛彻肺腑，如果没有寒暄笑语偕以俱来，你会误以为他是要和你角力，此种人通常有耐久力，你入了他的掌握，休想逃脱出来。如果你和他很有交情，久别重逢，情不自禁，你的关节虽然痛些，我相信你会原谅他的。不过通常握手用力最大者，往往交情最浅，他是要在向你使压力的时候使你发生一种错觉，以为此人待我最善，其实他是握了谁的手都是一样卖力的。如果此人曾在某机关做过干事之类，必能一面握手，一面在你的肩头重重地拍一下子：‘哈喽，哈喽，怎样好？’”作者在这种握手时的“痛彻肺腑”和

“误以为他是要和你角力”传递的除了“意念的真实”之外，还有感觉的真实，继而用对这种“握手用力最大者”的分析，进行脱“俗”处理，显示的是作者观察人的智慧和才情。这两种人握手姿态的展示，都彰显了作者个人的心情，形成一种性格化的文调。正因为如此，最后的“我们是要爱惜我们的手掌”，很自然地使境界得到了提升和拓展，提升的成功也标志了脱“俗”的成功。

三　机智而又充满活力的概括艺术

《雅舍小品》的基本抒写策略是和读者拉家常：从脚下的狗身边的病一直谈到人生处世伦理道德社会众生百态等等，尽管海阔天空，但就是“与抗战无关”。既无火药味也无柔情蜜意，腔调也颇特别，没有一个宗旨，也没有一个规矩，有话说时发挥一通，不愿讲的一笔带过；兴致来时形象勾勒一番，有所不满时冷冷地刺几句，放纵自由，充满活力，显得非常机智，有一种独特的概括艺术。

（一）以似是而非的模糊概括获得概括的丰富弹性。

《雅舍小品》的概括大致有两类情况，一类是实指的，具有确实的对象，如《雅舍》写自己居住的房屋，《狗》是以他邻居家的那“一条脑满肠肥的大狗”为议论话题；另一类是泛指的，具有不确定的对象，如《男人》、《女人》都是泛指一般男人和女人，没有实指任何具体的男人和女人。不管哪一类，作者在概括时都采取一种似是而非的模糊的概括，如《狗》在具体叙述他和那条狗的恩怨关系（即狗每次袭击他，主人在旁颇为得意）之后，作了这样的概括：“养狗的目的就要它咬人，至少作吃人状。这就是等于养鸡是为要它生蛋一样，假如一只狗像一只猫一样，整天晒太阳睡觉，客人来便咪咪叫两声，然后逡巡而去，我想不但主人惭愧，客人也要惊讶，所以狗咬客人，在主人方面认为狗是克尽厥职，表面上尽管对客抱歉，内里是有一种愉快，觉得我的这只狗并非是挂名差事，它守在岗位上发挥了作用。”再如《女人》对所有女人作出了这样五个概括：“女人喜欢说谎”、“女人善变”、“女人善哭”、“女人胆小”、“女人聪明”等。以上的这些概括，都是似是而非，十分模糊。这种概括作者必须承担风险，就如上面这两篇小品的概括，完全可以在现实生活中找到铁一般的事实和材料把它推翻。但事实恰恰相反，人们不仅谅解它而且欢迎它，因为正是这些貌似不准确的似是而非的模糊的概括，恰恰最大限度地涵盖了生活（尽管有的概括只擦到了边），虽似是而非甚至有些武断，但细细想想，生活中也确有那么一回事存在，或确有一定道理，从而感受到愉悦，并接受它。

（二）用个别形象（包括人、事和一切现象）进行加倍的描写，形成亮点，作为概括的突出和强调，与概括的似是而非的模糊性形成互补、相得益彰。

梁实秋深知他的叙述和似是而非的概括很可能会使文章平板僵化，死水一潭，败坏读者的胃口。因此，他在小品中适时巧妙地穿插一些对个别形象的生动描写，形成亮点，刺激读者的阅读兴趣，如同小说戏剧中的高潮，形成兴奋点，使读者久久不忘，并能获得感知的升华。如《汽车》在一开始写了一番下雨天的泥泞路上，汽车过处，人们怨言纷纷的情景之后，就插入一段精彩的“汽车是最明显的阶级标识之一”的描写：

……如果去拜访一位贵友或是场面较大的机关，而你是坐着汽车去的，到门无须下车敲门投刺那一套手续，只消汽车夫呜呜地揿两声喇叭，便像是天方夜谭里盗窟的魔术一般，两扇大门砉然而开，一个穿制服的阍人在门旁拱立，春风满面，一头不穿制服的獒犬在另一边立着，尾巴摇动，满面春风，汽车长驱直入。但如果你是人力车的乘客，甚而是安步当车者流，于按门铃之后要鹄立许久，然后大门上开一小洞，里面露出两只眼睛，向你上下扫射，用喝令的腔调问你找谁，同时獒犬大吠，大门一扇略开小缝，阍者堵着门缝向你盘查，如果应对得体，也许放你进去，也许还要在门外鹄立，等他去报告他也不知是否在家的主人。①

访友时坐汽车和不坐汽车的人所受到的两种截然不同的待遇，经过作者的集中、强调和夸张的加倍描写，烙印到读者心上。整篇《汽车》小品，虽是漫无边际的似是而非的进行各种概括，但读者对这一亮点所受到的启示却是确定的、鲜明的和光艳的。它既调节了文章的节奏，又可和模糊的概括起到互补作用，不至于使读者迷惘而不知所措。这种亮点在《雅舍小品》中俯拾皆是，篇篇都有，如《讲价》中对“善于还价”的描写，要“有政治家的脸皮，外交家的嘴巴，杀人的胆量，钓鱼的耐心，坚如铁石，韧似牛皮……”，又如《握手》中写那种做大官的人和人握手的敷衍虚伪景观的描写等等，都能产生出一种动人的效果。

（三）站在平民立场上，通过一些常见的熟悉的凡人小事，概括出一些使人意料不到的思想和道理，使读者产生惊异的新鲜感。

《雅舍小品》的概括具有强烈的平民意识，它所论所议的都是人们屋前屋后的家常事，人人大多经历过，但谁也没有去深究，梁实秋注意到了，把它

---

① 梁实秋：《汽车》，《雅舍小品》（上册），天津教育出版社 2006 年版，第 83—84 页。

放到读者面前，议论一番，讲出一些叫你不得不信服的道理来。如《谦让》对日常生活中的宴会落座时大家谦让，不肯先坐，不肯坐首座的奥妙作了如下的揭示：

> 考让座之风之所以如此地盛行，其故有二。第一，让来让去，每人总有一个位置，所以一面谦让，一面稳有把握。假如主任宣布，位置只有十二个，客人却有十四位，那便没有让座之事了。第二，所让者是个虚荣，本来无关宏旨，凡是半径都是一般长，所以坐在任何位置（假如是圆桌）都可以享受同样的利益。假如明文规定，凡坐过首席若干次者，在铨叙上特别有利，我想让座的事情也就少了……①

这一概括叫人眼前突然一亮，茅塞顿开，可贵的是这些概括都是作者站在平民立场上用平民观点来阐述的一些平民道理，或叫家常道理，因此它能深得民心，赢得读者的青睐。有趣的是，梁氏一方面倡导超阶级的"人性"，但《雅舍小品》中却不自觉的处处进行阶级分析，宣传阶级性，尽管他是力图要写永久不变的人性，突出的如《汽车》、《乞丐》等。这也是他的理论和实践的矛盾，也正是这种矛盾又丰富了他的概括的多重性。

第三节 钱锺书 王了一

一 钱锺书：以"人生边上"的"偏见"，作为"有思想的人的星期日娱乐"

钱锺书(1910—1998)，江苏无锡人。字默存，号槐聚，笔名中书君、"D·J·S"等。1929年考入清华大学外文系后，广泛接受了世界各国文化艺术成果，并继续研读中国古典文学。1933年大学毕业后在上海光华大学任教。1935年秋，与杨绛结婚后一同留学英国，在牛津大学获文学学士学位，旋即去法国巴黎大学研究院攻读法国文学。1938年秋回国后，先后在西南联大、湖南蓝田国立师范学院任教。1941年夏到上海任震旦女子文理学院、上海暨南大学教授等职。建国后，定居北京，任清华大学外文系教授。1953年调文学研究所任中国古典文学小组研究员。主要作品有散文集《写在人生边上》；长

① 梁实秋：《谦让》，《雅舍小品》（上册），天津教育出版社2006年版，第26页。

篇小说《围城》,短篇小说集《人·兽·鬼》;学术著作《谈艺录》、《宋诗选注》、《管锥编》、《旧文四篇》、《也是集》和《七缀集》等。

钱锺书把他的散文集命名为《写在人生边上》,实质是写在文人生活边上,作者对文人和文人领域尤为熟悉。不过,这些站在文人生活边上的见解全是“偏见”。写“偏见”,用作者在文中之言,这是他的“星期日娱乐”。这种“娱乐”据作者描述,是“只有人生边上的随笔,热恋时的情书等等,那才是老老实实,痛痛快快的一偏之见”。“老老实实,痛痛快快”应该是一种愉悦,但是,在钱的散文中,我们见到的却是火星四射,处处布满了刺。正是这些火星和刺,向读者传递了一种对文人的人生不“痛痛快快”的“厌”的情绪。钱锺书在《谈艺录》中说,“当境厌境,离境羡境”,他的散文是生活在文人领域里的精神叛逆的“当境厌境”之作。厌而生偏,偏中见刺,其发泄和释放的情有时非常无情,无情到刻薄的地步,如作者把一些没有鉴别欣赏诗文美丑能力的“文学研究者”,比作为“皇帝时代,看守后宫,成日价在女人堆里厮混的”,“虽有机会,却无能力”的太监,就是一例。偏虽偏,但却一语中的;虽则其理有些可怕,但却说了个透。这就叫歪打正着。此谓《写在人生边上》的一大特色。

丰富的中西阅历使钱锺书的散文思维具有开放性。他在当时特定环境下所熟悉的,大都是知识社会里的伪知识分子的一些丑恶的东西。照钱锺书的看法,当时的世界不是天堂,也不是地狱,而是粪窖,里面尽是些臭人和丑事。《写在人生边上》是审“丑”小品,其人生哲学近乎“性本恶”。在《谈教训》中,他对人很悲观,斩钉截铁地说:“反正人是不可教诲的。”虽则是对文学界的深恶痛绝而发的,但也确是他对人生的一种见解。

《写在人生边上》是学者小品,却没有迂腐的酸气和霉气。钱锺书认为,小品文的格调,“我名之曰家常体(familiar style),因为它不衫不履得妙,跟‘极品’文的蟒袍玉带踱着方步,迥乎不同”。《写在人生边上》熟谙“家常体”的“不衫不履得妙”,不咬文嚼字,不在牛角尖里打滚,不四平八稳地踱方步。书名虽叫《写在人生边上》,实实在在他是在人生之中。他利用自己的渊博知识作为武器,以此针砭人生,为粪窖中的人们画脸谱,这叫活学活用。如他读《伊索寓言》,读得你坐立不安:

例如蝙蝠的故事:蝙蝠碰见鸟就充作鸟,碰见兽就充作兽。人比蝙蝠就聪明多了。他会把蝙蝠的方法反过来施用:在鸟类里偏要充兽,表示脚踏实地;在兽类里偏要充作鸟,表示高超出世。向武人卖弄风雅,向文人装作英雄;在上流社会里他是又穷又硬的平民,到了平民中间,他又是屈尊下顾的文化分子:这当然不是蝙蝠,这只是——人。①

“人”和“蝙蝠”的颠倒,这是钱锺书读《伊索寓言》之“活”。如此,就准确地切入人生,把那些无脊梁骨的变色龙刻画得惟妙惟肖,呼之欲出。会使读者情不自禁地看看身边,这种蝙蝠“人”抑或就在边上端坐着,甚至其阴魂还可能就附在自己身上。更妙的是,钱锺书有时还要不露声色地捎带一笔,使人心惊肉跳。仍然在《读〈伊索寓言〉》当中,当读到蚂蚁和促织的故事时,发了一通精辟议论后,突然冷不丁又冒出这样一句:“生前养不活自己的大作家,到了死后偏有一大批人靠他生活,比如开追悼会写纪念文字的亲戚和朋友。”读到这里,大概会使一大批知识文人如坐针毡,不是滋味。至于“在这个年头儿,不愁没有人请你吃饭,只是人不让你用本领来换饭吃。这是一种苦闷”,更是当今社会的一种写照。这就是《写在人生边上》的活力。

《写在人生边上》喜比较,也善于比较,所以它又是不折不扣的“比较小品”。这和钱氏治学喜用比较进行辨异一脉相承。特别引人注目的是在这本散文集中形成了一种相对稳定的比较句式。如:

真有幽默的人能笑,我们跟着他笑;假充幽默的小花脸可笑,我们对着他笑。小花脸使我们笑,并非因为他有幽默,正因为我们自己有幽默。②

有用的东西只能给人利用,所以存在;偏是无用的东西会利用人,替它遮盖和辩护,也能免于抛弃。③

假使自己要充好人,总先把世界上人说得都是坏蛋,自己要充道学,先正颜厉色,说旁人如何不道学或假道学。④

一个普通的现象,在作者简单的正反比对中得到鉴别,揭示的道理是深刻的。这正和钱氏的《管锥编》中所反复叮咛的“貌同心异”现象暗合。其言不

① 钱锺书:《读〈伊索寓言〉》,《写在人生边上》,福建人民出版社1983年版,第26页。
② 钱锺书:《说笑》,《写在人生边上》,福建人民出版社1983年版,第18页。
③ 钱锺书:《吃饭》,《写在人生边上》,福建人民出版社1983年版,第20页。
④ 钱锺书:《谈教训》,《写在人生边上》,福建人民出版社1983年版,第30页。

多,但其意味无穷。

钱锺书的散文除了对比外,还善于比喻,对比和比喻堪称是他的散文创作中的两大绝技。在《一个偏见》中,描写东方乍白,梦已回而未醒,听到无数禽声的情景时,用了这样一连串的比喻:

> 数不清的麻雀的鸣噪,琐碎得像要啄破了这个寂静:乌鹊的声音清利像把剪刀,老鹳鸟的声音滞涩而有刺像把锯子,都一声两声地向寂静来试锋口。但是寂静似乎太厚实了,又似乎太流动了,太富于弹性了,给禽鸟啼破的浮面,立刻就填满。雄鸡引吭悠扬的报晓,也并未在寂静上划下一道声迹。慢慢地,我们忘了鸟啭是在破坏寂静;似乎寂静已将鸟语吸收消化,变成一种有声音的寂静。①

这里充满了比喻:在清晨禽鸟声中,作者把乌鹊声喻成"剪刀",把老鹳声比成"锯子"。"剪刀"和"锯子"虽有微小的区别,但却突现了它们在寂静中的共性:尖与利。寂静从麻雀的鸣噪啄破开始,到寂静吸收鸟语变成有声的寂静为止,用流动、弹性、厚实来形容寂静,重在展示黎明的寂静的变化过程,写得非常流动而富有质感。钱锺书在驾驭文字上犹如魔术师,善于调理文字,运用一切手段,追求语言的风韵和滋味。如他对没有幽默却大力提倡幽默文学的人,如此说:"于是你看见傻子的呆笑,瞎子的趁淘笑——还有风行一时的幽默文学。"这里冷不丁地夹进一个无锡方言词语"趁淘",极写了幽默文学的贫乏和无聊,具有一种独特的魔性。

从《写在人生边上》的写作态度来看,作者有一种知识"贵族"的傲慢,俨然以至高无上的法官自居,手持利刃,对知识社会自身溃烂的东西进行无情解剖。但由于是杂感,似乎意犹未尽。因此,之后才有《围城》。《写在人生边上》是《围城》的宣言、前奏,《围城》是《写在人生边上》的形象脚本,而且在写作态度上更为变本加厉,把那人生的粪窖打开,让它完全赤裸裸地暴露于世人面前,这两本书的前因后果大致如此。

除了《写在人生边上》之外,钱锺书还有零星几篇散文,如发表在1933年11月4日《大公报》上的《论俗气》,发表在1932年10月1日《大公报》上的《为什么人要穿衣》,发表在1947年第2卷第1期《观察》上的《说"回家"》以及写于1947年的《谈交友》等。《论俗气》和《谈交友》写得自由自在,潇洒空灵,和《写在人生

---

① 钱锺书:《一个偏见》,《写在人生边上》,福建人民出版社1983年版,第37页。

边上》一样有锐气灵气，但《为什么人要穿衣》、《说“回家”》却写得拘谨。《为什么人要穿衣》是读书笔记，似乎想要借佛洛伊德的《衣服的心理》来谈心解学说，就事论事，没有什么可以让读者赏心悦目；而《说“回家”》是想借“回家”来阐述诸如“归根复本”、“回是历程，家是对象”这样的哲学命题，一篇短文要承担如此任务，显然是超负荷，难免空泛，结果哲学谈得也勉强，文学也乏光彩。

二 王了一：在“思凡”和“怀俗”中实现以“文化自我”为中心

王了一(1900—1986)，广西博百县人。又名王力。著名的语言学家。《龙虫并雕斋琐语》大多是他在四十年代中期，随西南联大避乱于昆明时所作。这是他唯一的一本散文专集。全集共分五个部分：“瓮牖剩墨”、“龙虫并雕斋琐语”(《生活导报》时期)、“棕榈轩詹言”、“龙虫并雕斋琐语”(《自由论坛》时期)、“清呓集”，由观察社于 1949 年出版。它所议题目诸如“姓名”、“辣椒”、“看报”、“衣”、“食”、“住”、“行”均是些常情常理，用他自已的话是“好好地弄一顿家常便饭”。也就格外受到大众化的读者欢迎。

对于《龙虫并雕斋琐语》的写作动机，作者坦白说明，是为生活所困，在文集中有多篇涉及，诉说因当时生活艰难，执笔为文，“完全是为了几文稿费”。文集中的有些大标题，如“瓮牖剩墨”，是指寒士书生的课余闲文，“棕榈轩詹言”，则表示是穷人家所发的胡言乱语，也表明了当时所处的生活窘境。直接宣称为生活所困，被迫作文者，同时代的还有一个，那就是在上海的苏青。生活困厄而作文，与那些衣食无忧以玩文字作为消遣的人的文相比，或许要更真切一些。但联系他对“描红式的标语和双簧式口号”的文章的反感，“为了几文稿费”则应该是对写“代言人”式的文章的拒绝的最佳理由。不过，《龙虫并雕斋琐语》更直接的写作动机，王了一作了这样的叙述：“像我们这些研究语言学的人，雕起龙来，姑勿论其类蛇不类蛇，总是差不多与世绝缘的。有时一念红尘，不免想要和一般读者亲近亲近。因此，除了写一两本天书之外，不免写几句人话”，“这样，就是不甘岑寂，是尼姑思凡”。①所以这本散文集是这位学者的“思凡”和“还俗”之作。值得注意的是，当时的学者似乎都萌生了这种“思凡”和“还俗”的念头，都从书斋里跑出来，或把书斋的窗户打开，对世俗滔滔不绝地议论一番。梁实秋的《雅舍小品》和钱锺书的《写在人生边上》也是这种“思凡”之作。究其原因是：战乱动荡，把他们逐出书斋，置身于山野凡人俗间，

① 王了一：《生活导报和我》，《龙虫并雕斋琐语》，中国社会科学出版社 1982 年版，第 3—4 页。

被迫开始了流浪生活，于是，他们和民众真正挤压在一个空间，必然遇到许多新问题、新苦恼、新忧乐，杂感丛生，牢骚满腹，瞬间情绪特别丰富，身体流浪激发了精神流浪，身体流浪是被迫，精神流浪则是自觉，自觉成了创作欲的动力。他们又都博古通今，议论起来可以左右逢源，滔滔不绝，有话则长，无话则短，适合战时的特点。再者他们都时值中年，小品不需精心营构，可以任意而谈，随物赋形，自由散漫，适合他们的年龄特征。因此，王了一把小品写作当成是他的"一服清凉散"①，是能代表当时这些学者型的知性散文的作者的创作心态的。

《龙虫并雕斋琐语》的写作所取的是一种独立的姿态。作者对"描红式的标语和双簧式的口号"的文章不屑一顾，公开声称："我之所以写'小品文'，完全是为的自己。"但战争把作者的"自己"和社会紧密联系起来，他所遭遇的苦情，如薪水赶不上物价上涨等等都是当时公职人员所面临的社会问题。"自我"成了大我，因此文章中所挞伐的贪官污吏、发国难财的富豪、丑陋的文士、国民的自私等等，皆为当时千夫所指的丑恶。"琐语"变成了大众的心声。

《龙虫并雕斋琐语》以学者特有的同情、友善和仁慈的目光对待社会，观察世界，因此文集中抒写的情绪有一股纯粹的诚实味。《乡下人》中写到战争期间，乡下人的收入胜过自己时，如此说："凭良心说，我们尽管对于发国难财的奸商贪官深恶痛绝，然而对于乡下人我们非但没有仇意，甚至于没有妒心。像我们这种'四体不勤，五谷不分'的人，平时的享受都是过分的；如果说'民以食为天'的话，乡下人正是天所寄托者，他们千百年才得一度扬眉吐气，已经是太不公平了，我们还能妒忌他们吗？"友善之心可谓至诚。因此，到最后，能写出这样的纯粹文字："每逢你的芳邻送给你吃的东西，你无论吃与不吃，总得欣然接受。仔细他们怪你嫌他们的东西脏。最好是当面吃给他们看，非但不应该联想到'作羹汤'的人不曾'洗手'，而且嚼着细沙或尝着不宜有的味儿也得让它快快下咽。如果你的芳邻有婚丧大事，那是你交际的好机会来了。送礼不拘多少，要紧的是杂坐在他们里头抽旱烟，喝时酒，高谈阔论，活像一家子的人。乡下人义气为重；只要他们觉得你'够朋友'，他们可以常常为你出力，而不计较报酬。千万不要忘记：乡下人除了缺乏洋味之外，没有一桩事情比较城里人更可憎，大丈夫的傲气应该用来对付权豪；对乡下人摆架子只是自身丧失了人格。"正是这种纯粹的诚实的呆味，使得文章显露出一种

---

① 王了一：《生活导报和我》，《龙虫并雕斋琐语》，中国社会科学出版社 1982 年版，第 6 页。

不凡的格调和境界。如《劝菜》,文中极写中国吃饭时的劝菜风之盛,字里行间,显然对"劝菜"风有保留态度,谁知到文章最后,陡然一个逆转,曰:"然而我并不因此就否定劝菜是一种美德。'有杀身以成仁',牺牲一点儿卫生戒条来成全一种美德,还不是应该的吗?"又如在《书呆子》中最后的感叹:"这年头儿的书呆子加倍难做。'时穷节乃见',咱们等着瞧那一班自命为书呆子的人们,谁能通过这大时代的试金石。"掷地有声,铮铮傲骨中显示出一种不凡的气节。纯粹、诚实而有品位,是王了一散文的一种可贵的格调。不过,纯粹诚实的呆味,有时也会自觉或不自觉地把作者的感觉牵引脱离开凡人烟火,如《手杖》、《穷》等的凡人烟火味就淡,因而有些呆滞失重。

王了一创作散文,不重规矩,想怎么写就怎么写,真正是有感而发,至于如何发,大多是随着情感的流淌,自由地延伸,有一种漫不经心的随意,没有做作的痕迹,也不讲门面和架子。令人注目的是有较多篇章以书入文,以书起笔,如《骑马》、《辣椒》、《诅咒》、《闲》和《失眠》等。对于作者来说,这类散文或许是现实中的人、物、景和事勾起书的记忆,又或许是书的记忆被现实中的人、物、景和事激活了,书被凡人烟火味熏染,文章从容而有灵气,显得特别有神。

王了一是语言学家,深得语言之奥妙。他对语言运用既有理论之研究,又有纵横自如运用语言的感觉。尤其在散文中喜欢插入一些整齐的四六文。如《失眠》从古到今,抒写了许多失眠事例和体验,写到最后,突然把笔墨转到爱国志士们的失眠身上,提升境界,那是一连串整齐的四六文:

> ……此外还有那些爱国志士们,身在田园,心存廊庙。凛匹夫之有责,痛胡骑之横侵。更筹细数,默招贾傅之魂;烛跋轻吹,幽诉彭咸之鬼。九度肠回,叹神京之日远;一宵发白,忧汉社之将墟。心病还将心药医,这种失眠症,恐怕要等到兵渡鸭头,甲齐熊耳的时候,方才医治得好的了。①

这一段,句式整齐,或四言,或六言,古典板重,气势不凡,把那些忧国忧民的文人志士的夜不能寐的豪情胜概挥洒得淋漓尽致。这是从形式而言,更奇的是他在运用语言的感觉上另有一招,是以他的生活体验为基础,糅进丰富的想象,并进行幽默化的再处理,创造了一些新鲜的词语,突出的是对"守财奴"的刻画:"守财奴过的只是精神生活。每天晚上抱着保险箱睡觉,心里念着:'这是我的,这是我的,这是我的。'于是恍惚地看见那保险箱幻成一个天堂,里

---

① 见《龙虫并雕斋琐语》,中国社会科学出版社1982年版,第129—130页。

面应有尽有，就觉得心满意足了。拿一文钱去换一样吃的东西，反足以令他的精神感受痛苦。如果他死的时候，他的财产分毫未动，他也就甘心瞑目；如果他把财产用了一半他才死去，他实在是死有余憾。他对于他的财产，可以说是有一种很纯洁的爱情；他的爱情是'给予'的，并不希望对方有任何酬报。如果说红楼梦里的贾宝玉是'意淫'，那么，守财奴对于物质的享受也可以说是'意享'。'意享'是神仙的高趣，不看见玉皇大帝也只享受人间的烟火，并没有把三牲吃下去吗？"这里有作者平时对守财奴的观察体验，又有贾宝玉、玉皇大帝的丰富联想，再加上幽默化的创造，"意享"一词，简直是绝唱，把守财奴的贪婪和变态刻画得惟妙惟肖，既贴切又生动，让读者自然地发出会心的一笑。

王了一的《龙虫并雕斋琐语》和梁实秋的《雅舍小品》颇为相似。他们遇到的苦恼大多相同，因而议题也雷同，如对"匿名信"的反感，对清谈客的讥讽等等。但王氏的《龙虫并雕斋琐语》比梁氏的《雅舍小品》有两方面味要浓：一是书卷味浓。王氏喜欢引经据典，有些地方甚至于要"掉书袋"；二是火药味浓。常常要和抗战挂钩，而且不是马马虎虎地装装门面的挂，是实实在在的情不自禁的挂，有时不禁壮怀激烈。在情方面，王氏要胜过梁氏一筹。如《骑马》一文，先从骑马的渊源写起，而后写到英雄和马的关系，再写女子骑马的风采，至此，文章进入佳境。写自己的骑马史，骑马有"小滚"（小跑）和"大滚"（大跑）境界，此时神采飞扬，极写"大滚"境界之美："马似流星人似箭，你只觉得身轻如叶，飘飘欲仙，并不像一匹马载着你走路，只像一只神鹰载着你在凌空。"令人神往。但正当王氏让读者和他一起骑马凌空进入"飘飘欲仙"的境界时，作者猛地一个筋斗，从空中翻回到现实的尘世中来，写道：

我十四岁就学骑马，虽然栽了不少的筋斗，但是那种飞行的乐趣，至今犹萦梦寐。这二十年来，总没有痛痛快快地骑它一次，不免有髀肉复生之感。我自信盛年虽逝，豪气未销。等到黄龙既捣，白堕能赊时节，定当甘冒燕市之尘，一试春郊之马！①

豪畅淋漓。前面的骑马史，骑马术，骑马经，到此一下就化为爱国主义的豪情冲上九霄。它使人联想到陆游的"王师北定中原日，家祭无忘告乃翁"的铮铮誓愿。它代表了当时的知识分子切望收拾河山的殷殷之情。所以，《龙虫并雕斋琐语》实则是软中有硬，绵里藏针，堪称难得的佳作。

---

① 王了一：《骑马》，《龙虫并雕斋琐语》，中国社会科学出版社 1982 年版，第 39 页。